다락방의 미친 여자

다락방의 미친 여자

여성 작가와 19세기의
문학적 상상력

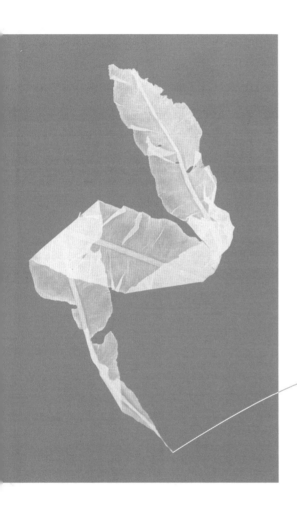

샌드라 길버트
수전 구바

박오복 옮김

북하우스

많은 감사를 담아

에드워드, 엘리엇, 로저에게

그리고 캐시, 몰리, 샌드라, 시몬, 수전, 수재나에게 바친다.

비난하고 변명하는 생각의 싸움이 새롭게 시작되더니 맹렬해졌다. 릴리스의 영혼은 내면의 빛 속으로 완전히 스며들어가는 고통 속에 알몸으로 누워 있었다. 그녀는 신음하고, 깊은 한숨을 쉬면서, 분열된 자아와 대화라도 하듯 중얼거렸다. 그녀의 왕국은 더 이상 완전한 통합체가 아니었다. 왕국은 분열되었다. 드디어 그녀는 자신에 대한 이야기 비슷한 것을 시작했는데, 언어는 너무 이상하고 방식도 너무 모호해서, 나는 이 대목 저 대목에서 조금씩만 이해할 수 있을 뿐이었다.

- 조지 맥도널드, 『릴리스』

처음에는 내가 정확히 어떤 사람인지 분명하지 않았다. 분명한 것은 내가 나와 똑같은 누군가에 의해 무엇인가를 하도록 만들어졌다는 것이다. 나는 그녀를 릴리스라고 불렀다. 그러나 나의 행위들은 릴리스가 아니라 나의 것이었다.

- 로라 라이딩, 「그것의 이브의 편」

차례

일러두기

1. 이 책은 다음의 책을 저본으로 삼았다. Sandra M. Gilbert and Susan Gubar, *The Madwoman in the Attic: The Woman Writer and the Nineteenth-Century Literary Imagination* (New Haven and London: Yale University Press, 2000, 2020)

2. 인용문에 나오는 [ ]는 저자들의 첨언이다.

3. 본문에서 *로 표기한 각주는 옮긴이 주다.

4. 원서에서 이탤릭체로 강조한 부분은 고딕체로 표기했다.

5. 저자들이 인용한 단어, 구절, 문장은 모두 작은따옴표로 표시했다.

6. 단행본은 『 』로, 시·단편·논문은 「 」로, 정기간행물·영화·음악 등은 〈 〉로 구분했다.

7. 외래어표기법은 국립국어원 외래어표기법을 참고하되 일부는 해당 지역의 발음에 따랐다. (예: 오토 바이닝거 → 오토 바이닝어)

8. 에밀리 디킨슨 시의 편수 표기에 대해 다음과 같이 일러둔다. 영미권에서는 디킨슨의 시를 토머스 존슨의 편집을 따라 'J. 숫자'로 표기하는바, 이 책에서는 [J '숫자'편]으로 표기했다.

리사 아피냐네시

(작가, 문학연구가)

『다락방의 미친 여자』의 초판이 나오고 40년이 지난 지금, 이 책을 읽는 일은 놀랍고도 흥분되는 경험이다. 놀랍게도 이 책은 여전히 매우 신선하게 느껴진다. 책의 통찰과 용어 대부분은 마치 지금 여성들의 사고와 관심으로부터 튀어나온 것 같다. 40년 전에 우리가 정말 감금, 폐쇄, 거식증, 가스라이팅에 대해 이야기했단 말인가? 길버트와 구바는 확실히 그런 이야기를 했다. 여성 작가들과 독자들에게 많은 변화가 있었지만, 19세기 여성 작가들의 문학적 사회적 상상력에 대한 저자들의 탐색은 그 분석의 예리함 덕분에 우리를 계속 흥분케 한다. 이탈리아 소설가 이탈로 칼비노의 말처럼 고전이 말해야 할 것을 결코 멈추지 않고 말하는 책이라면, 『다락방의 미친 여자』는 페미니즘, 사실상 모든 해설적 글쓰기의 고전이다. 이 책은 우리가 보는 방식과 읽는 방식을 형성해왔으며 여전히 우리의 흥미를 부추긴다.

그러나 이렇게 말하는 것은 한 가지 두드러진 특징을 무시하는 처사다. 문화와 삶의 모든 면에 미치는 가부장제의 영향력에 페미니즘적 사유가 온 관심을 쏟았던 1970년대 끝머리, 그러니까 1979년에 『다락방의 미친 여자』가 처음 나왔을 때, 그 사건은 가히 혁명적이었다. 일레인 쇼월터가 예리한 역사적 관점으로 브론테부터 도리스 레싱에 이르는 여성 작가들이 어떻게 수용되었는지에 대해 서술한 적은 있지만, 이전에는 아무도 19세기의 다양한 여성 작가들을 한 권의 방대한 책으로 펴낸 적이 없었다. 메리 셸리의 『프랑켄슈타인』을 제인 오스틴의 『노생거 사원』과, 또는 더 과격하게 밀턴의 『실낙원』과 나란히 놓는다는 것은 정전에 대한 예의를 통쾌하게 깨는 시도였다. 누구도 위대한 남성 작가들과 비교해 자신들을 '이류'로 경험한 19세기 여성 작가들을 그렇게 박학다식하고 광범위하게 연결시킨 적이 없었다. 글 쓰는 여성의 삶에 따라다닌 일상적 방해와 글 쓰는 일에 대한 출판업자 및 가장 가까운 사람들의 즉각적 저지를 집중적으로 다룬 사람은 거의 없었다. 그리고 내내 그런 비방이 여성들의 자기 평가를 형성했다.

여성의 타자성을 지적해 그 물꼬를 튼 철학 스타였던 시몬 드 보부아르는 D. H. 로런스와 그의 '남근 자부심'을 제외하고는 영어로 쓰인 소설과 시에 관심이 없었다. 길버트와 구바는 19세기 여성 작가들이 남성의 물건인 펜을 통념에 맞서 휘두르기 위해 여성으로서 자신의 한계를 어떻게 내면화하고 어떻게 그것과 싸웠는지 탐색했다. 제인 오스틴, 엘리자베스 배럿 브라우닝, 브론테 자매, 조지 엘리엇, 크리스티나 로세티, 에밀리 디킨슨은 소설과 시를 써서 자신들을 옥죄는 범주에 도전했다. 그들은 샬럿 브론테가 『제인 에어』에서 말했던 '우리가 아무리 애써도 닿을 수도 불평할 수도 없고, 단지 그것에 대해 너무 자주 생각하지 않는 것이 바람직하다고 충고받는 (사회제도의 근간에 깊이 뿌리박고 있는) 악'을 알고 있었다. 교육은 비정규로나마 거의 받지 못했고, 바깥 세계에 대한 경험은 부족했으며, 법과 가정의 구속으로 의존적 지위에 묶여 있었지만, 그들은 어쨌든 위대한 영속적 작품을 창조해냈다. 이 책은 이런 작품들이 여성의 전통을 형성하고 있음을 보여줄 것이다.

길버트와 구바는 이 많은 작품들이 어떻게 작가들의 내적인 (가끔은 무의식적인) 투쟁을 증언하는지 추적한다. 작가들은 순종적인 아내, 어머니, 집 안의 천사, 심지어 착한 독신 이모라는 인습적 역할의 감수를 요구받았지만, 이 요구가 더 많은 (방랑하고 배우고 쓰고 자유롭게 사랑하며 현재 상황에 도전하는) 자유를 향한 욕망과 나란히 함께하기는 어려웠다. 우리 모두가 그럴 수밖에 없듯이, 이 작가들은 자연의 시간이라는 신화에 갇힌 채 자아분열을 일으켜 때때로 광기를 경험하거나 미친 여자를 만들어냈다. 참으로 깊은, 체념과 분노 사이를 왔다 갔다 할 만큼 깊고 깊은, 제어할 수 없는 갈등은 걸핏하면 자아 통제를 무너뜨렸다. 상상력과 분투가 그들 작품의 캔버스 위를 날아다녔다. 문과 탈출구로 나갈 수 있는 열쇠가 전부 잔인한 남편이나 아버지에게만 있는 거대한 집에 갇힌, 비틀거리는 고딕 여자 주인공이 등장했다. 한때는 매혹적이었지만 미쳐버린 나머지 『제인 에어』의 다락방에 갇혀 있다가 저택 전부를 불태워버리고 난봉꾼이자 남편이었던 자를 눈멀게 만들고 거세시킨, 짐승 같은 버사 메이슨처럼 말이다. 이런 인물을 창조했다는 것이

19세기 젊은 여성 예술가의 정신 상태를 보여주지 않는가? 저자들은 많은 사례를 들어 그런 주장을 설득력 있게 펼친다. 대표적인 두 작가가 샬럿 퍼킨스 길먼과 에밀리 디킨슨이다. 환각을 다룬 길먼의 유명한 작품 「누런 벽지」는 명목상 그녀 자신의 정신 건강을 위해 (당시 대세인 사일러스 위어 미첼 박사의 추종자였던) 의사 남편이 강요한 요양 생활에서, 즉 책도 펜도 종이도 없이 방에 갇혀 지냈던 자신의 경험에서 나왔다. 아마 광장공포증 때문에 스스로를 감금한 것이었을 에밀리 디킨슨은 생의 마지막 수십 년 동안 거대한 저택의 방 한 칸에서 삶을 영위했다.

더 많은 이야기가 있다. 여성으로 젠더화된다는 말은 (특히 종교가 여전히 보편적인 영향력을 행사하던) 19세기의 여성 작가 모두가 타락과 인간의 모든 악은 이브 탓이라는 전통 속에서 작업했음을 의미한다. 길버트와 구바가 수두룩한 19세기 소설에 영향을 끼친 작품임을 보여준 밀턴의 『실낙원』에서, 이브는 마땅히 벌을 받아야 할 뿐 아니라 제멋대로 구는 일탈 본성 (여자도 남자도 억누를 수 없고 물리치고 싶은 본성)을 지닌 전형적 인물이다. 이런 여성성의 양극화는 여전히 우리와 함께 있다. 이상화된 여성이란 성모 마리아, 19세기 집 안의 천사, 도덕성의 보유자, 법정에 선 순수하고 탈성애화된 무고한 사람 등이다. 만약 그녀가 자신의 주춧돌을 무너뜨리면 괴물, 살인자, 물고기 꼬리를 지닌 인간으로 추락한다. 그런 문화 속 양극성이 개인에게 지울 수 있는 긴장은 지대하다.

길버트와 구바는 동화를 여성의 상황을 이해할 열쇠로 보고 일관성 있게 분석한 최초의 연구자 중 하나다. 백설 공주의 사악한 계모는 나이 들었지만 여전히 성적 매력이 있는 여성으로, 점점 사라져가는 아름다움을 거울의 판단에 맡기고 얽매여 질투에 휩싸인 채, 눈처럼 순결하고 황홀하게 아름다운 젊은 딸을 제거하려 한다. 백설 공주는 여러 차례 계모의 살해 시도를 피하지만, 결국은 이브처럼 금지된 사과를 맛보고 유리 관에 갇히는 신세가 된다. 활기를 전부 빼앗긴 공주는 왕자 덕분에 깨어나지만, 이는 여성의 전반적 생애 주기를 다시 시작하기 위해서일 뿐이다.

20세기 후반 (앤절라 카터처럼 동화를 새로운 의미로 전복시켰던) 여성 작가들이 그토록 사랑했던 동화는 추상적 개념으로 남아 있다. 그들은 모든 멜로드라마를 거부하려 애썼던 조지 엘리엇 같은 사실주의 작가가 의지한 종류의 소설을 창작하지 않았다. 엘리엇이 19세기 중반 영국인의 삶을 독창적으로 강렬하게 보여주며 가부장적 안주, 특히 결혼과 관련된 가부장적 요소를 신랄하게 비판하는 여성들을 묘사했는데도 말이다. 『대니얼 데론다』에서 궨덜린은 '말 한마디 한마디가 고문 도구처럼 조여대고 고문대처럼 오싹한 느낌을 주는' 남자와 결혼한다. 그녀는 '자신의 증오'와 자신의 살해 계획을 두려워한다. 지식의 성소에서 경배하고 싶어 학구적인 캐저반을 (그의 『모든 신화를 푸는 열쇠』 집필 프로젝트 파트너가 되기를 원하며) 남편으로 선택한 『미들마치』의 최고 이상주의자 도러시아 브룩조차 '인정미 없는 책벌레'이자 '해골바가지'이며 '미라와 다를 바 없는' 사람과의 팍팍한 결혼 생활에 갇혀 있는 자신을 발견할 뿐이다. 길버트와 구바의 말마따나 그녀는 강압적인 결혼 생활에 짓눌려 살인적 분노와 자살이라는 자기 징벌 사이를 왔다 갔다 한다.

'누가 시인의 가슴 속에 담긴 열기와 폭력성을 측정할 것인가?' 버지니아 울프는 『자기만의 방』에서 이렇게 묻는다. 이 글에서 울프는 재능은 뛰어났지만 여자라 불운했던 셰익스피어의 여동생을 불러냈는데, 런던으로 도망간 그녀는 오빠와는 딴판으로 성적 착취와 임신으로 괴로워하다 자살로 생을 마감한다. 울프 자신은 극단적인 정신 상태에 대해 많은 것을 알고 있었다. 이 글의 요지는 여자이면서 시인이 되는 일이 1928년에도 여전히 거의 불가능하다는 것이었다. 길버트와 구바는 여성 시인을 두고 '평범성과 교훈성' 둘 다를 못마땅해하고 '생각이 모자라 피상적이고 심오한 주제를 멜로드라마적으로 수행한다'고 공격하는 '남성 우월주의자' 비평가들의 말을 인용함으로써 이런 통찰을 더 깊게 밀고 나아갔다. 엘리자베스 배럿 브라우닝은 '여성스러운' 주제와 그녀의 '순수하고 사랑스러운' 사생활 때문에 인정받았지만, 1860년에 쓴 『의회 앞에서의 시』처럼 정치적이고 반낭만적인 주제로 들어가자 '광기의 발작'을 앓고 있다는 비난을 받았다.

거의 동시대를 살았던 미국의 위대한 두 시인, 월트 휘트먼과 에밀리 디킨슨의 궤적 비교는 길버트와 구바에게 19세기 후반 남녀 시인의 차이를 뽑아낼 수 있는 풍요로운 영역이었다. '나는 거대하고 나는 군중을 품는다'라는 시로 확장해갔고 '나 자신을 축하하며 나 자신을 노래할' 수 있었으며 『풀잎』의 모든 개정판에서 확신에 차 자신의 이미지를 재생산했던 휘트먼과 대조적으로, 에밀리 디킨슨은 자아 망각의 과정을 밟아나갔다. 점점 더 작은 공간을 차지하고, 거의 먹지 않으며, 방 하나에 자신을 가둔 채 사람을 점점 더 멀리했다. 1861년에 그녀는 '나는 아무도 아니다!'라고 썼다. 여성은 자신의 이름으로부터도 소외당했다. 여성의 이름은 아버지, 계부 또는 남편에게 얻어온 것이니 말이다.

『다락방의 미친 여자』가 나온 이후 전 세계 문학 연구에 많은 변화가 일어났다. 이제 뛰어난 여성 시인, 학자, 비평가, 높은 수준의 독자 들이 상당히 많이 존재한다. 길버트와 구바가 수행했던 위대한 작가들에 대한 독해는 숱한 논쟁을 겪어왔다. 그들이 『다락방의 미친 여자』의 세 권짜리 속편 『남자의 것이 아닌 땅』에서 이어 논의했듯이, 여성 작가들은 이제 길버트와 구바가 『다락방의 미친 여자』에서 말했던 '작가 되기'에 대한 불안뿐만 아니라 위대한 여성의 전통이 드리운 '영향에 대한 불안'도 느껴야 했다. 그러니까 음경적 펜이 어떤 경우엔 키보드로 대체되지 않았던 것이다. 또 디킨슨의 '감염된 문장'에 대한 불안, 여성을 대립적 이중성에 감금시키는 여성 혐오적 가부장적 텍스트가 안겨주는 불안은 여성 작가의 다양한 목소리들과 함께 어느 정도 경감되었다.

지난 수십 년 동안 여성 비평가들은 길버트와 구바의 어떤 해석에 대해서는 물론 동의하지 않았다. 『다락방의 미친 여자』는 젠더를 본질주의로 귀착시킬 우려도 있고, 역으로 엘렌 식수와 여성적 글쓰기 학파의 포스트구조주의자들이 (그들은 전통 형식의 언어 그 자체가 가부장적이어서 여성들이 개혁해야 할 매체라고 말한다) 주장하는 한층 급진적인 형식의 본질주의를 위한 자리를 없애다시피 할 우려도 있다. 그러나 데버라 바움 같은 현대 비평가들은『유대인으로 느낀다는 것』등의 책에서 여전히『다락방의 미친 여자』를 언급하면서 이용한다.

이 점은 확실하다. 길버트와 구바는 몸, 광기, 그리고 이들과 정신의 관계가 여성의 (따라서 불가피하게 남성의) 글을 읽어 나갈 때 매우 중요하게 여겨지는 문학 영역의 토대를 구축했다. 그러므로 친애하는 독자여, 젠더에 상관없이 나는 이 책을 그대들에게 추천하노라.

(2020년)

초판 서문

수전 & 샌드라

이 책의 출발점은 1974년 가을 학기 인디애나대학에서 우리가 함께 가르친 여성문학 수업이었다. 제인 오스틴과 샬럿 브론테부터 에밀리 디킨슨, 버지니아 울프, 실비아 플라스에 이르는 여성들의 작품을 읽으면서, 우리는 작품들이 지리적 역사적 심리적으로 서로 멀리 떨어져 있음에도 주제와 이미지가 일관적이라는 데 놀랐다. 실제로 극단적으로 다른 장르에 속하는 여성문학을 연구할 때도 여성문학의 고유한 전통이라 할 법한 것을 발견했는데, 이미 많은 여성 독자들과 작가들이 그 전통을 연구하고 그 가치를 인정했지만 아직 누구도 그 전체상을 규명하진 못했다. 감금과 탈출 이미지, 미친 분신이 온순한 자아의 반사회적 대리인으로 기능했던 환상, 얼어붙은 풍경과 불길에 싸인 실내에 나타난 육체적 불편함에 대한 은유—이런 유형들은 대물림되며 거식증, 광장공포증, 폐소공포증 같은 질병의 강박적 묘사와 함께 거듭 나타났다.

이 전통의 근원임에 틀림없는 저 불안을 이해하기 위해 우리는 19세기 여성문학을 정밀하게 연구했다. 19세기는 여성이 작가가 된다는 것이 어떤 의미에서 더 이상 이례적이지 않은 최초의 시기처럼 보였기 때문이다. 그런데 19세기 여성문학을 탐색하는 과정에서 우리는 두 가지가 내내 분리되어 있으면서도 연결되어 있음을 알게 되었다. 하나는 19세기 여성 작가들이 처한 사회적 위치이고, 또 하나는 그들 자신의 독서 행위다. 우리가 연구한 예술가들은 삶과 예술 둘 다 실제로도 비유적으로도 감금되어 있었다. 압도적인 남성 지배 사회구조에 갇힌 여성 문인들은 거트루드 스타인이 '가부장적 시학'이라고 말할 수밖에 없던 문학 구조물에도 분명히 갇혀 있었다. 19세기 여성 작가는 남자들이 짓고 소유한 조상의 저택(또는 오두막)에 거주해야 했을 뿐 아니라, 남성 작가들이 고안해낸 소설의 집과 예술의 궁전에도 갇혀 제한받았기 때문이다. 이에 따라 우리는 자아·예술·사회를 전략적으로 재정의함으로써 사회적 문학적 구속에서 벗어나고자 한 여성의 공통적인 투쟁 욕구를 들어 보이며, 여성문학에서 발견한 놀라운 일관성을 설명하기로 했다.

이 책의 제목을 『제인 에어』에서 가져왔다는 사실이 보여주듯이, 우리는 샬럿 브론테를 세밀하게 읽어나가며 여성 작가들을 재정의하기 시작했다. 샬럿 브론테가 여성 고유의 불안과 능력의 패러다임을 우리에게 제공해주는 것 같았기 때문이다. 그리하여 이 책에서 작가들이 대개 연대기 순으로 배치되긴 했어도, 우리 연구에서 중심을 차지하고 있는 것은 많은 경우 저평가되어온 이 19세기 소설가다. 우리는 샬럿 브론테의 소설을 자세하게 분석함으로써, 여성이 쓴 모든 19세기 작품에 대한 새로운 해석 방법을 제시하고자 한다. 목차에서 드러나듯이, 샬럿 브론테를 더 완전하게 이해하기 위해서라도 우리는 결국 이 작가로부터 가지를 뻗어나가야 한다고 느꼈다. 이렇게 해서 다른 많은 페미니스트들처럼 우리는 주요한(그러나 홀대받는) 여성문학뿐만 아니라 전체(적으로 소홀히 다루어진) 여성의 역사를 되찾고자 했다.

이와 관련해 거다 러너, 앨리스 로시, 앤 더글러스, 마사 비시누스 같은 사회 역사학자들의 작업은 우리에게 도움을 주었을 뿐 아니라, 얼마나 많은 여성의 역사가 사라지거나 오해받아왔는지 상기시켜주었다. 하지만 이들보다 우리 프로젝트에 더욱 도움이 되었던 것은 엘런 모어스와 일레인 쇼월터의 새로운 논증이었다. 그들의 작업은 19세기 여성 문인에게 자신들만의 고유한 문학과 문화가 있었음을, 다시 말해 19세기에 분명하고도 풍부한 여성문학의 하위문화, 즉 여성들이 의식적으로 서로의 작품을 읽고 관계 맺는 공동체가 있었음을 보여주었다. 모어스와 쇼월터가 이 공동체의 역사 전반을 매우 훌륭하게 추적한 덕분에 우리는 중요해 보이는 몇몇 19세기 작품을 파고들 수 있었다. 우리는 후속 집필을 통해 20세기의 핵심적인 작품들을 유사한 방식으로 읽을 계획이다. 그 작품들은 남성 문학의 주장과 강제에 대응했던 여성문학의 원동력을 이해할 시금석이 되어주었다.

문학작품은 강제적이라는 (또는 적어도 설득을 강제한다는) 것이 우리의 주된 결론 중 하나였다. 왜냐하면 여성들은 남성 작가가 반복적으로 규정해왔던 여성에 대한 은유를 (마치 그 은유가 암시하는 의미를 이해하려고 애쓰기라도 하듯) 자신의 작품에서 실행해야 한다고 생각하고 반응했던 것으로 보이기 때문이다. 그런 만큼 우리의 문학 연구 방법론은 문학사가 강력한 행위와 그에 대한 불가피한 반작용으로 구성되어 있다는 블룸의 전제에 기초한다. 나아가 가스통 바슐라르, 시몬 드 보부아르, J. 힐리스 밀러 같은 현상학 비평가들처럼 우리는 '은유를 낳는 경험'과 '경험을 낳는 은유' 둘 다를 묘사하고자 했다.

이렇게 경험적인 방식으로 은유를 읽어나가다 보니, 필연적으로 우리는 연구 대상인 작품은 물론 우리 자신의 삶을 읽게 되었다. '펜을 들었던' 과정이 우리가 논한 많은 여성들을 변화시켰던 것처럼, 이 책을 쓰는 과정은 우리를 변화시켰다. 글 쓰는 일은 두 사람이 함께했던 덕분에 즐거웠다. 대부분의 공동 저자처럼 우리도 책임을 분담했다. 샌드라 길버트는 밀턴에 대한 글, 『교수』와 『제인 에어』에 대한 에세이, 「체념의 미학」과 에밀리 디킨슨에 대한 장章을 썼고, 수전 구바는 제인 오스틴에 대한 글, 『셜리』와 『빌레트』에 대한 에세이, 조지 엘리엇에 대한 글을 썼다. 페미니즘 시학을 소개하는 글은 나누어 썼다. 우리는 서로 초고를 계속해서 교환하며 토론했다. 그리하여 우리는 이 책이 단지 대화를 담은 것이 아니라 의견의 일치를 이루어낸 결실이라고 느꼈다. 여성 작가들이 '가부장적 시학'을 수정했던 것과 똑같은 방식으로 남성이 규명한 기존 문학사를 재규정하면서, 우리는 이처럼 야심적인 프로젝트를 완성하는 데 합작 과정이 꼭 필요한 버팀목이었다는 것을 깨달았다.

나아가 서로 외에 우리는 운 좋게도 동료, 친구, 학생, 남편과 자녀 들에게 많은 도움을 받았다. 많은 사람들, 프레더릭 에

이머리, 웬디 바커, 엘리스 블랭클리, 티머시 보비, 모네라 도스, 로버트 그리핀, 돌로러스 그로스 루이스, 앤 히딘, 로버트 홉킨스, 케네스 존스턴, 신시아 키너드, U. C. 크뇌플마허, 웬디 콜마, 리처드 레빈, 바버라 클라크 모스버그, 셀레스트 라이트, 특히 도널드 그레이가 (그의 세세한 논평은 매번 결정적이었다) 유용한 제안을 해주었다. 또한 우리는 다른 많은 사람에게도 감사한다. 해럴드 블룸, 틸리 올슨, 로버트 숄스, 캐서린 스팀프슨, 루스 스톤은 중요한 면면에서 우리를 도와주었다. 특히 케네스 R. R. 그로스 루이스에게 감사한다. 이 프로젝트에 대한 그의 관심 덕분에 우리는 인디애나대학에서 여러 번 함께 강의할 수 있었고 그의 선의는 내내 격려가 되어주었다. 이와 관련해 특히 우리의 본거지인 캘리포니아 주립대학 데이비스 캠퍼스와 인디애나대학에 고마움을 전한다. 이 두 대학은 다른 어떤 기관도 주려 하지 않은 출장비와 연구비, 여름 특별 연구비를 관대하게도 제공해주었다.

우리는 이 책이 나오도록 도와준 예일대학 출판사와 관계자들에게도 고마움을 전한다. 특히 출판사가 사외 조언자로 섭외한 개릿 스튜어트는 이상적인 독자였고, 그의 열정과 통찰력은 더없이 소중했다. 엘런 그레이엄은 완벽한 편집자였다. 이 프로젝트는 그녀의 존경스러운 인내심 덕분에 완성될 수 있었다. 원고를 정리해준 린 월터릭은 마음이 통하는 최상의 교열 편집자로, 능란한 질문으로 항상 우리가 더 좋은 답변을 찾게 해주었다. 그러나 원고를 준비하는 데 이디스 레이비스의 헌신이 없었다면, 그들의 노력은 헛되이 끝났을 것이다. 그녀에게도 감사를 전한다. 우리는 또한 헌신적으로 아이를 돌봐준 버지니아 프렌치 부인에게 감사를 전한다. 그녀가 없었다면 집필은 애당초 불가능했을 것이다. 찾아보기 작업을 도와준 트리샤 루텐스와 로저 길버트, 유용한 제안을 해준 아일린 프라이와 앨리슨 힐턴에게도 고마움을 전한다. 이 책이 출간되기까지 호프웰 셀비는 우리의 사유에서 중요한 자리를 차지했다. 마지막으로 우리 두 사람에게 매우 중요했던 것을 고백한다. 샌드라의 남편 엘리엇 길버트와 수전의 남편 에드워드 구바는 교정 관련 조언과 긍정의 의견을, 우리 아이들 로저, 캐시, 수산나 길버트와 몰리, 시몬 구바는 우리에게 삶을 주었다 ― 읽는 기쁨으로 가득한 삶을.

(1979년)

제2판 서문

수전 & 샌드라

독자에게 전하는 기록

샌드라 길버트(이하 샌드라): 『다락방의 미친 여자』 새천년 판에서 수전 구바와 나는 솔기 없이 '단일한' 텍스트를 만들어내는 일반적인 집필과 결별했다. 우리는 함께 글을 쓰는 대신 대화를 했다. 이 대화는 의도적으로(글자 그대로 그리고 비유적으로) 우리 두 사람의 목소리 차이를 극화해 독자들이 항상 이해해왔던 것을 보여줄 것이다. '길버트와 구바'로 알려진, '와'로 연결된 단일해 보이는 저자의 실체 뒤에는, 유대 관계가 깊긴 하지만 각자의 세계관을 가진 다른 두 사람, 특히 (미치거나 제정신인) 여성, 다락방과 손님방, 언어와 언어예술에 대해 각자의 견해를 가진 두 사람이 있다.

지금부터 나누는 대화는 우리가 함께 집필해온 여러 주제들을 아우른다. 대화 전체를 통해, 우리의 페미니즘 교육과 초기의 공동 작업 시절을 되돌아보고(〈교육 현장〉), 우리가 애초에 특정한 문학 시기에 초점을 맞춘 이유를 분석하고(〈19세기

와 그 이후〉), 우리의 연구를 뒤따랐던 연구들에 대해 고찰하고
(〈『다락방의 미친 여자』를 넘어서〉), 21세기를 맞이하며 절박
한 목소리로 제기된 가능성들과 문제들을 숙고하면서(〈현재의
순간〉), 그 각 주제에 대해 각자의 견해를 말했다.

교육 현장

수전 구바(이하 수전): 1973년 가을 첫 학기 초, 우리는 밸런타인
홀에 따로따로 도착했다. 엘리베이터는 올라가고 있었지만 둘
다 기분은 가라앉아 있었다. 각자 인디애나주 블루밍턴으로 이
제 막 이사한 참이었다. '여기 와서 장거리전화가 아닌 전화를
받아본 적 있어요?' 이렇게 물은 것이 샌드라였나, 나였나? 우
리는 서로 전화하기로 약속하면서 이 중서부 대학가에서 얼마
나 외롭고 맘 붙일 데 없는 심정인지 고백했다.

우리는 압도적으로 프로테스탄트적이고 남성적 의미에서 생
산성을 중시하는 기풍 때문에 불안했다. '선생님은 생산적인 주
말을 보냈나요?' 월요일 아침 복도에는 엄숙한 동료들의 행렬
이 읊조리는 이런 질문이 무겁게 걸려 있었다. 전前 뉴욕 시민에
유럽계라는 두 사람의 공통점이 우정의 괜찮은 계기가 되어주
었다. 하지만 무엇보다 우리를 결속시켜준 것은 샌드라가 생각
해낸 '사사프라스 차 가설'이었다.

처음에 내가 당황해하자, 샌드라는 고개를 끄덕이면서 말했
다. '그들은 그걸 마셔요, 사사프라스 차를요. 그들에게 엄숙함

을 불어넣어주는 게 바로 그 차예요.' 우리는 미래의 우정이 가져올 즐거움에 들떠서 영문과 사무실 앞에서 키득거리고 있었다. 다른 이들 눈에는 한 쌍의 미친 여자들 같았을 것이다. 우리의 동료들은 (남자가 압도적으로 많았다) 업무용 차를 마시지 않겠다고 (마셨다면 우리를 그들의 복사품으로 만들어버렸을 것이다) 완강하게 거부하는 우리를 정중하게 흘겨보았다. 그런 눈길에 대한 기억이 단지 허구에 불과할지도 모르지만, 우리는 사사프라스 차를 거부함으로써 우리를 더욱 도취시킬 영약을 갈망하게 되었다고 생각하고 싶었다. 그리하여 드디어 멋진 추수감사절 파티나 주중 피크닉 저녁을 먹으려고 두 가족이 모였을 때, 그런 영약은 풍부하게 흘러넘쳤다.

샌드라: 사사프라스 차에 대한 불안은 진짜였고 심각했다. 당시 나에게 인디애나로 이주하기로 한 것은 매우 급진적인 결정이었기 때문이다. 뉴욕에서 나고 자란, 학문 경력이 나보다 여러 단계 앞서 있던 사람과 결혼한 나는 스물일곱 살 나이에 이미 세 아이의 엄마가 되어 있었다. 아직 컬럼비아대학에서 학위 논문을 쓰고 있었는데도, 남편이 캘리포니아 주립대학 데이비스 캠퍼스에 자리를 잡게 되자 고분고분 캘리포니아로 따라 왔다. 남편과 나는 확실히 미국 동서부 양쪽 해안의 사람들이었다. 1973년 가을, 이 나라 심장부 중의 심장부에서 우리와 세 꼬마 버클리 히피들은 뭘 하고 있었지? 우리 머릿속의 미국 지도는 그 유명한 스타인버그 만화에 나오는 지도 같았다. 맨해튼이 중심에 있고, USA로 알려진 거대한 틈 다른 편에 매혹적이고 희

망적인 캘리포니아가 있으며, 그 사이에 끼어 있는 공백에는 뭔지 모를 구불구불한 선이 두서넛 있는 지도 말이다. 어떻게 그 많은 곳 중 인디애나에 정착하게 된 걸까?

우리는 공부하는 부부였고 그것이 이유의 전부였다. 부부가 감히 공통의 관심사를 갖는다는 이유로 보상받는 대신 대가를 치러야 했던 시대에, 더 정확히 말하면 남편이 지배하는 바로 그 분야에서 일하고 싶어한다는 이유로 아내가 비싼 대가를 치러야 했던 시대에, 우리는 학문의 길을 함께 가는 부부였다. 대학원 시절 내내 나는 그 대가를 치렀다. 지금은 이상하게 들리는 1970년대의 용어로 말하면, 그것은 결국 '의식화'의 대가였지만, 블루밍턴에 도착했을 때만 해도 아직 완전히 파악하지 못했던 대가였다.

옛 페미니즘 장치인 정신의 '딸깍' 소리를 기억하는지? 그것은 이른바 성차별에 직면했을 때 머릿속에서 울리는 소리다. 엘리베이터에서 우연히 수전을 만나기 전까지 나는 '딸깍' 소리의 탭댄스를 (그것들에 각별히 주의를 기울이진 않았지만) 마주쳐야 했다. 딸깍: 대학원 과정에 등록했을 때 남편이 컬럼비아대학에서 가르치고 있다는 사실을 알게 된 같은 대학 교수는 나에게 여기 대학원에서 도대체 무엇을 하고 있느냐고 힐문했다. 딸깍: 데이비스에서 내가 일자리를 얻을 가능성은 손톱만큼도 없었다. 우리가 대학에 도착하자마자 남편의 동료가 친인척 임용 불가 법칙은 신성불가침이라고 설명해주었기 때문이다. 딸깍: 그렇게 하는 것이 옳다고 다른 사람이 맞장구쳤다. '한 가정에 월급 봉투가 둘'이라면 공정하지 않을 것이기 때문이다. 딸

깍: 나는 포기하고 캘리포니아주 제도 내에서 강사 신분으로 가르치기 시작했다. 이 제도 아래 캘리포니아주 소재 대학의 다른 많은 아내들이 비슷한 처지에 있었다. 그들이 가르치는 분량은 남편의 두 배였고, 이는 오늘날 수많은 대학에서 수많은 남녀가 하고 있는 노동을 예시하는 것이었다.

수전을 만날 때까지 계속됐던 딸깍 소리는 (대부분은 듣지 못했지만) 내 특별한 행운의 수레바퀴를 완전히 새로운 자리로 돌려놓았다. 1972년에 나는 내가 학자 부부 중 더 못한 반쪽임을 처음으로 잊어버린 채, 자리를 얻으려고 미국 전역에 이력서를 제출했다. 캘리포니아는 아니었지만, 기쁘게도 몇몇 곳에서 제안을 받았는데, 그중 가장 좋은 곳이 인디애나였다. 인디애나주는 그때까지 내 지리적 인식 속에서는 너무나 충격적인 장소였다. 그곳에 도착했을 때 나는 매우 이국적인 마실 것에 대한 악몽을 꾸기 시작했다.

왜 '사사프라스 차'일까? 블루밍턴으로 이주해온 첫해에 우리는 크고 무섭고 약간 고딕풍인 집에 세들어 살았는데, 언젠가 주변을 드라이브하면서 옥수수밭, 작은 도시, 목장, 그리고 퀸스나 브롱크스에서는 못 보는 것들을 보기로 했다. 이를테면 인디애나주의 소도시 내슈빌 같은 곳에 가서 말이다. 그곳은 아침용 거친 오트밀과 수제 햄, 통나무 오두막, 심지어 몇몇 비합법적 증류기와 소다수 판매점이 있는 매력적인 소도시였는데, 소다수 판매점에서는 사람들이 실제로 (그리고 매우 합법적으로!) 사사프라스 차를 마시고 있었다.

나는 오트밀과 햄은 열광하며 먹었지만 밀주 제조하는 사람은 만나지 못했고, 또 스스로도 이유를 모르는 채로 사사프라스 차를 거부했다. 이후 영화 〈신체 강탈자의 침입〉을 보면서 그 이유를 깨달았다. 나는 수전이 언급했던 꿈을 꾸었다. 꿈에서 나는 식물 모양 외계인들로 (그들 중 다수가 트위드 재킷을 입고 파이프 담배를 피우는 남자 교수들 같았다) 가득 찬 학과에 합류했는데, 모두 엄숙하게 '사사프라스 차'를 권했다. 그 차를 마시면 나는 분명 렘수면을 취한 뒤 외계인이나 중서부 사람으로 변할 것이었다.

다소 복잡하게 얽혀 있는 이 이야기가 시사하는 바는 명백하다. 서로 공모해 나의 악몽을 만들었던 불행들은 수전과 내가 엘리베이터에서 만난 지 얼마 안 되어 우리의 공통 관심사인 것을 확인했던 힘과 관련이 있었다.

수전: 우리는 고학년 단기 세미나를 함께 가르치기로 했다. 1974년 가을 가족과 함께 버클리의 집으로 돌아간 샌드라는 캘리포니아에서 통근하는 편이 더 나았으므로 팀티칭 방식을 활용하기로 했다. 나는 18세기 소설을 전공하고 샌드라는 20세기 시를 전공했지만, 우리가 가장 열심히 나눈 대화는 여성이 쓴 작품에 대해서였다. 대학원에서는 그런 작품을 공부하지 않았지만, 우리 둘 다 청소년이었을 때나 최근까지 독자로서 사랑해왔다. 제인 오스틴, 브론테 자매, 루이자 메이 올컷, 버지니아 울프의 소설들과 크리스티나 로세티부터 실비아 플라스에 이르는 모든 시들을 말이다. 그럼 우리의 학부 과목명을 뭐라고 해야 할까? 당시 방영한 인기 텔레비전 쇼의 영향을 받기도 했고

정전화되지 못한 우리의 작가들 다수의 지위를 고려한 끝에, 샌드라가 '위층 아래층'이라고 하자고 했다. '통속적이에요.' 나는 최대한 노골적인 브루클린 억양으로 반대했다. 샌드라가 다시 제안했다. 이번에는 자신의 초등학교 2학년 딸 수재나와 『제인 에어』에 대해 이야기 나눈 뒤 영감을 받아, '다락방의 미친 여자'는 어떠냐고 물었다. 비현실적인 발상은 아니었지만 나는 어물쩍거렸다. '빅토리아 시대 전문가에게 한번 같이 물어봐요.' 우리는 카페테리아에서 우리 옆자리에 앉아 있던 돈 그레이에게 물어보았다. 그는 곧바로 긍정적인 반응을 보였다. 그것은 이후 그가 보내준 숱한 응원 중 첫 번째 지지였다.

　대단히 활기찬 그 강의에서 가장 기억에 남는 사건은 매우 역설적인 순간에 일어났다. 우리는 낭독회 초청으로 블루밍턴에 오게 된 시인 데니즈 레버토프에게 그녀의 시를 여러 편 공부한 우리 학부 학생들을 만나주면 좋겠다고 연락을 했다. 그녀는 이에 친절히 응해주었다. 의자가 둥글게 배치된 강의실 정면에 이 위엄 있는 방문자가 앉았다. 그때 지각한 학생이 (도러시였나?) 자신이 만든 (레버토프의 시 제목을 따라 '마음속에서'라고 명명한) 부드러운 작품을 들고 부산하게 들어왔다. 그것은 겸손하고 온순한 여성성과 반항적이고 과격한 상상력 사이의 분열을 매우 뚜렷하게 표현하고 있었기 때문에 일종의 증거 자료처럼 보였다. 형형색색의 퀼트 작품으로 변형된 〈마음속에서〉는 일종의 공물로 레버토프의 발아래 놓였다. '이것은 내가 의도했던 것이 아니에요. 결코 아니에요.' 레버토프가 약간 경멸적으로 콧방귀를 뀌어서 우리는 놀랐고 불편했다. 우리가 그녀의 적대적인 반응에 당황해서 학생들을 의미심장하게 응시하고 있을 때, 그녀는 '나는 한 번도 나 자신을 여성 예술가로 생각해본 적이 없어요' 하고 학생들에게 경고했다. 우리는 이후 수업에서 '이야기하는 사람이 아니라 이야기 자체를 믿으라'고 되풀이해 말했고, 손으로 만질 수 있는 그 학생의 예술 작업을 칭찬했다. 이 에피소드 덕분에 우리의 학부 학생들뿐만 아니라 우리 자신도 남성적인 문학 시장의 젠더 정치 안에서 자기규정이라는 것이 얼마나 예측 불가능한지 확실히 배울 수 있었다.

샌드라: '다락방'으로 가는 길에서 우리 눈에서 꺼풀이 일단 벗겨지자 모든 것이 의미를 가지고 반짝였다. 현란한 만화경이 돌아가듯 우리 삶의 모든 부분이 스스로를 재배치하기 시작했고, 그리하여 각각은 새로운 의미를 발하기 시작했다. 우리가 팀티칭을 하기로 한 것은 우선 나의 (문제적 부부의 힘든) 통근 때문이었다. 그러나 무엇보다 우리의 의식 있는 학과장이 지금까지 들어보지 못한 주제인 여성문학 수업을 의뢰한 덕분이다. 우리는 과목명을 논의했던 것과 동일한 방식으로 (수전이 말했던 방식으로) 강의 계획안도 함께 만들었다. 주로 카페테리아나 피자 가게에서 아이디어를 짜냈다. 기본적으로 우리는 우리가 알고 있는 대부분의 여성 작품들을 목록에 올리고 (그것들은 나중에 『다락방의 미친 여자』를 두고 몇몇 비평가들이 '옛날이야기', 은유적으로 말하자면 '브론테의 산들', '디킨슨의 언덕들' 등 걸출한 지리학이라고 불렀던 것들이다) 일정한 순서로 배치한 다음 둘이서, 그리고 학생들과 읽어나갔다.

데니즈 레버토프가 열기로 가득한 교육 현장으로 들어가고 있다는 것을 전혀 인지하지 못한 채 시 낭송을 위해 블루밍턴에 도착할 때까지, 우리는 수정/개정의 도취라고 묘사할 수밖에 없는 상태에 있었다. 그것은 지금은 너무 쉽게 폐기해버리는, 1970년대의 많은 초기 2세대 페미니스트들이 처한 것과 똑같은 상황이었다. 개인적인 것이 정치적이었고, 문학적인 것이 개인적이었고, 성적인 것이 텍스트적이었고, 페미니스트는 속죄하는 존재였고 기타 등등! (그것들은 진정 계시였고) 이런 계시들을 냉소하려는 게 아니다. 나는 로고스 중심적인 권위를 몇몇 이론가들이 말했던 '기원의 순간' 탓으로 잘못 돌리는 위험을 무릅쓴다 해도 인정해야 한다. 그때 그곳에 있었다는 건 축복이었다고. 그리고 나는 그 축복 중 일부가 마치 맛있는 후식처럼 우리와 함께 개종의 여정을 떠났던 최초의 학생들에게 나눠지기를 희망한다. 수전이 언급한 '눈맞춤'은 분명 전기 충격처럼 짜릿했고, 우리 사이를 지나간 계시와도 같은 이해의 네트워크 자체였다. 그것은 아마 레버토프가 「마음속에서」를 썼을 때, '자신의 마음속에 있었던 것을 스스로 이해하지 못했을 것'이라는 데 우리 모두가 동의했다는 의미다. 말하는 사람을 결코 믿지 마라. 페미니스트의 분석을 믿어라. 적어도 지금까지는 그렇다.

그 분석이 우리에게 얼마나 큰 변화의 힘이 되었는지! 그것은 마치 내가 조금 전에 묘사한 '딸깍 소리'가 천둥소리로 변하는 것만 같았다. 수전과 나는 가끔 강의 시간이나 학생 면담 시간 이후에도 대화를 멈출 수가 없어서 슈퍼마켓에 들러 물건을 사들고 수전의 집으로 갔다. 그 집에서 나는 일종의 명예 가족이었다. 밤에는 툭하면 전화로 여성 작품, 『프랑켄슈타인』, 『폭풍의 언덕』, 『제인 에어』, 에밀리 디킨슨의 시들, 『댈러웨이 부인』, 『에어리얼』이 주는 의미에 대해 통찰을 교환했다. 그 통찰은 작품들을 따로따로 읽을 때나 일반적인 대학원 과정의 맥락, 즉 '빅토리아 시대의 소설'이나 '19세기 미국 문학'의 맥락으로 읽을 때가 아니라, 여성문학 전통이라는 새롭게 규정된 맥락으로 함께 읽었을 때 얻을 수 있는 것이었다.

그런 전통이 분명 존재한다는 사실이 날마다 점점 더 분명해졌다. 물론 전통의 형성에 작동한 역학은 아직 더 추적해야 했다. 우리는 그 탐구자 중 하나가 되기를 원했다. (거트루드 스타인이 말한 그 '가부장적 시학'이 지배했던 시대 안에서, 그리고 시대를 초월해 여성 문인들을 서로 소통할 수 있게 해준) '진정한 마법의 책들'이라고 에밀리 디킨슨이 표현했던 것을 탐험하는 책을 쓰고 싶었다. 우리가 이제 막 보기 시작했던 것처럼 (그리고 초기 페미니즘 비평가들이 말하기 시작했던 것처럼) 앤 브래드스트리트에서 앤 브론테, 거트루드 스타인, 실비아 플라스에 이르기까지, 여성 문인들은 시간의 경계뿐만 아니라 국가의 경계도 가로지르는 복잡하고 가끔은 공모의 분위기를 풍기며 때로는 유쾌한 대화에 참여하느라 바빴다. 그 대화는 우리가 지금껏 인식했던 것보다 훨씬 더 활력 넘치고 훨씬 더 반항적이었다. 예를 들어 에밀리 디킨슨을 보자. 그녀의 시를 몰두해 읽어보면, 그녀가 존 크로 랜섬이 묘사했던 것이나 대부분의 고등학교나 대학에서 가르쳤던 것처럼 '집 안에만 틀어박혀 있던 딱

딱한 작은 사람'이 결코 아니었음을 알 수 있다. 그와 반대로 그녀는 '백열 상태에 있는 영혼'이었고, 그녀의 '진정한 마법의 책들'은 스스로도 인정했듯 장전된 총의 베수비오 화산 같은 격렬한 상상력으로 창조되었다.

수전: 나에게 에밀리 디킨슨과 사랑에 빠진다는 것은 샌드라가 했던 말의 힘, 긴장감, 젖이 돌 때 따끔거리는 느낌 모두와 관련이 있다. 기이하게도 그 장면은 1977년 4월 17일 뉴욕 시립대학 대학원센터에서 열린 '언어와 문체'라는 제목의 학회에서 펼쳐졌다. 나는 H. D.의 장시 『3부작』을 두고 계획했던 논문들 중 첫 번째 논문을 발표하기 위해 전날 도착한 참이었다. 발표는 (행복하게도) 작은 강의실보다 더 많은 사람들(프로그램 연사들)이 앞줄에 앉을 수 있는 강의실, 이른 아침 세션에 배정되었다. 시간대는 아주 좋았다. (당시 3개월 된) 둘째 딸에게 젖을 먹이러 어머니가 사는 어퍼웨스트사이드 아파트까지 지하철로 시간 맞춰 갈 수 있었기 때문이다. 17일 오후에는 샌드라를 대신해 『다락방의 미친 여자』 마지막 장 초고를 발표해야 했다(샌드라는 캘리포니아로 이사 간 뒤였고, 학회가 열리는 날 버클리에서 시 낭독회를 진행할 예정이었고, 그런 다음 우리 책의 서문을 함께 작업하려고 뉴욕으로 날아오기로 되어 있었다). 이때는 더 복잡한 계획이 필요했다.

집으로 돌아올 때 러시아워 때문에 늦어질까 봐 나는 어머니 편에 여분의 젖병을 남겨두었다. 그러나 위기는 그 이전에 일어났다. 더 편한 시간이었기 때문인지, 디킨슨의 명성 때문인지,

(그 덕분에 얻게 된) 샌드라의 명성 때문인지 (그녀가 최근에 출판한『주목 행위』는 D. H. 로런스의 시를 비판적으로 주목하는 것이었다) 많은 사람들이 그 자리에 나타났다(그중에는 몇 년 전 브룩클린에서 우리 아이를 돌봐준 아네트 콜로드니도 있었다). 디킨슨에 대한 샌드라의 말이 내 입술에서 흘러나왔을 때, 내가 전율하고 떨기 시작한 것은 당연한 일이었다. 어떤 말들이었기에? 그 말들은 나뿐만 아니라 각자의 내면세계를 따르고 있던 그 방에 있는 모든 사람을 멈춰 세웠다. 샌드라의 산문은 약간 섬뜩하게 느껴질 만큼 시를 흔들어서, 뉴욕 시립대학의 강의실로 날아든 폭탄처럼 디킨슨을 춤추게 했다. 발표 후반에 샌드라가 내 입을 빌려 자신의 시집『에밀리의 빵』에서 고른 시를 낭송했을 때, 나는 그것이 그녀가 자신의 선구자에게 보내는 (나에게 흉내 내기를 허락한) 인사말이었다는 것을 이해했다. 그때 내가 느꼈던 것은 긴장감과 젖이 돌 때의 따끔거림뿐이었다. 그때 (아, 슬프게도 오직 그때만) 풍만한 가슴을 덮고 있던, 내가 가진 유일한 원피스 앞쪽에 젖이 배어들고 있었던 것이다.

샌드라: 육아, 어머니 되기, 어머니! 우리가『다락방의 미친 여자』를 연구하고 쓰던 때를 되돌아보면, 우리 프로젝트에서 항상 핵심이었던 것은 모성임을 깨닫는다. 우리는 '가부장적 시'와 '가부장적 시학'에 저항하면서 우리 세대의 모든 페미니즘 비평가처럼 창조성에 대한 대안적 수사를 찾아보려고 애썼다. 펜이 은유적으로조차 음경을 말하지 않는다면(그리고 음경은 확실하게 펜이 아니었다!) 자궁은 어떨까? 그것의 미학은 워즈

위스식 '현명한 수동성'으로 영양을 공급받았나, 아니면 끓어오르는 자체적 에너지로 영양을 공급받았나? 물론 창조성을 나타내는 새로운 방식을 찾아내려고 하기 시작하자마자 우리는 본질주의라고 비난받았다. 플라톤의 동굴 비유에 대해 (수정적 사유 끝에) 쓴 글을 저명한 활동가인 옛 친구에게 보냈을 때, 컴퓨터 이전 시대에 그녀는 여백 없이 타이핑한 열 쪽짜리 혹평으로 응답했다(지금이었다면 그녀의 장광설은 내 이메일 프로그램을 부수었을 것이다!).

그러나 수전이 말했듯 우리는 글자 그대로 '아이를 돌보고' 있었고 어머니의 돌봄도 받고 있었다. 내가 블루밍턴에 혼자 살던 1974년 가을에, 나는 어린 딸 수재나가 보낸 편지를 작은 월세 아파트의 냉장고 문에 붙여두고 지냈다. 『제인 에어』를 다시 읽도록 영감을 준, 이 소설의 독자이자 2학년짜리 딸이었다. 그 덕분에 우리는 잠들 때 전화로 『제인 에어』에 대해 이야기를 나눌 수 있었다. 딸은 내가 자주 집을 그리워한다고 생각했으며, 또한 내가 얼마나 수재나와 수재나의 오빠나 언니를 그리워하는지 알고 있었다. 수재나는 나에게 위로의 쪽지를 보내주었고, 나에게 여성들 사이의 우정의 즐거움을 상기시켜주었다. '『제인 에어』에서 차를 마시는 그 굉장한 순간을 기억하세요!' 그 쪽지는 마치 우리가 끔찍한 사사프라스 차를 홀짝이는 대신 템플 선생이 제인과 헬렌에게 먹음직스러운 조각 케이크와 함께 따라주던 따스한 차를 같이 마시기로 했다는 것을 증명해주는 것 같았다.

때때로 딸들의 돌봄을 받았던 (열한 살 난 페미니스트였던 딸 캐시는 때로 자신의 페미니스트 엄마를 돌봐야 했다) 나는 수전처럼 페미니스트 어머니의 지원을 받았다. 두 어머니 모두 뉴욕에 살고 있었기 때문에 우리는 뉴욕에 올 때마다 거의 매번 어머니들을 만났다. 우리는 약간 엄숙하게 (마치 그들이 괴테의 『파우스트』에서 그토록 거대한 힘이 있는 신적 존재들과 어떤 종류의 마법을 공유하고 있는 것처럼) '그 어머니들'이라고 불렀고, 기꺼이 서로를 소개시켰다(두 어머니는 지금도 친구 사이다). 그들의 민족적 배경은 퍽 다르긴 하지만 두 사람 다 이 나라에서는 이민자로, 신세계의 가능성을 찾아 유럽의 고통으로부터 도망쳐왔다.

많은 이민자들처럼 두 어머니에게도 비밀이 있었다. 수전과 나는 가끔 그 의미를 해독해보려고 애썼다. 우리는 여성의 텍스트에 지워진 흔적으로 남아 있는 서브텍스트를 읽으면서, 어떤 의미에서 물에 잠겨 있는 어머니 삶의 플롯을 해독하려고 애쓰고 있는 것이 아닐까 생각한 적도 있다. 또 우리는 자신들을 이민자 내지 어쨌거나 탐험가(여성문학이라는 새롭게 떠오르는 아틀란티스, 여성의 상상력이 만든 여성의 땅herland의 지도를 만들어보려고 애쓰는 지리학자)로 다시 상상하곤 했다. 분명 그런 우쭐한 생각만으로 많은 시간을 소비할 수는 없었다. 특히 잉크와 종이로 이루어진 현실의 책을 만들어야 한다는 기겁할 만한 현실에 맞닥뜨리자, 완성된 타이핑 원고는 상자 두 개를 묵직하게 채웠고, 끝도 없는 주석과 악몽같이 복잡한 찾아보기, 표지 문안, 표지 사진이 필요했다.

수전: '하우디 두디가* 프랑켄슈타인의 신부를 만나다.' 샌드라가 엉클 밥의 꼭두각시 짝패처럼 나오고, 나는 괴물의 짝처럼 나온 표지나 광고사진 속의 괴상한 상황을 넘길 때마다 우리는 큰 소리로 웃었으며, 그럴 때마다 눈물이 뺨 위로 흘러내렸다 (『다락방의 미친 여자』 초판 때 찍은 아네타 스퍼버의 사진은 빼고). 캘리포니아 북부 해안에서 함께 작업할 때, 외딴곳에 있는 다 무너진 오두막에 간 적도 있었다. 시체 분장을 하고 촬영해야 할 것만 같았다. 그런데 놀랍게도 아주 작은 목각 인형과 기우뚱하게 서 있는 헐크처럼 촬영되었다. 우리가 그렇게 키 차이가 나는 편은 아니었는데, 그 이후 모델 노릇을 계속하는 동안 조명이나 원근이 만드는 어떤 속임수 때문에 샌드라는 항상 쇠망에 갇힌 채 싱글거리는 축소형으로, 나는 돌연변이 맘모스로 보여졌다. 나중에 블루밍턴에서 서로 아이디어를 짜낼 때는 구식 카메라로 사진을 찍기 위해 〈사이코〉에 나오는 베이츠 모텔 같은 곳에 가기도 했는데, 이 카메라는 〈미즈〉에서 보낸 다른 (이 경우 전문적인) 사진가의 관점을 확인해주었다. 이 시기에 〈미즈〉 편집자들은 『노턴 앤솔러지: 여성문학』 출판을 축하하는 차원에서 우리를 '올해의 여성들'로 선정했다. '당신 둘은 같이 찍기가 어렵습니다.' 편집자는 투덜댔다. 우리의 친구, 동료, 편집자 대다수가 그 의견에 동의했을 것이다.

---

* 1940, 50년대에 방영했던 미국 어린이 프로그램. 카우보이 차림의 밥 아저씨와 목각 인형 하우디 두디가 나와 우스꽝스러운 질문과 답을 주고받았다.

샌드라: 인물 사진가들에 의해 하우디 두디와 프랑켄슈타인의 신부로 바뀐 우리 자신을 보고 약간 이상한 기분 이상을 느꼈다면, 『다락방의 미친 여자』에 대한 비판을 만나는 것도 마찬가지로 이상했다(가끔은 지금도 이상하다). 그런 비판 가운데는 수년 뒤 우리의 작업을 '지적 범죄'로 비난하는 평도 있었다. 하지만 그 죄목은 우리 대부분이 더없이 순진했던 1970년대 벽두에는 결코 인식하지 못했던 것이다. 처음으로 (절대적인 것이 아닌 의미에서) 하나의 여성문학 전통을 규정하려고 시도했을 때 전향의 경험을 겪은 이후 수십 년 동안, 우리는 초기에는 알지 못했던 죄목인 본질주의, 인종주의, 이성애주의, 남근 로고스 중심주의 등으로 비난받았다. 가끔은 자매 페미니스트들로부터 날카롭게, 가끔은 남성 유사 페미니스트들로부터 생색내듯이.

이런 맥락에서 보면 하우디 두디와 프랑켄슈타인의 신부는 새로운 의미를 띤다. 한 명이 아니라 다정하면서도 기쁨에 넘치는 두 명의 하우디 두디로서 우리는, 말하자면 너무 멍청해서 중산층, 백인, 이성애적 특권을 가진 입장에서 쓰고 있다는 것을 스스로 인식하지 못하는 꼭두각시, 너무 어리석어서 (시몬 드 보부아르의 그 유명한 말처럼) '여자는 태어나는 것이 아니라 만들어진다'는 것도 인식하지 못하는 꼭두각시로 취급받았던 것이다. 우리가 프랑켄슈타인의 신부들이라고 한다면 그건 훨씬 더 나빴다. 그 경우 우리는 여성 문인의 작품에 깔려 있는 단일한 '플롯'만을 암암리에 주장하는 남근 로고스 중심주의자였고, 더 나쁘게는 '저자'를 언어 현장의 존재가 아니라 살아 있는 존재로 보는 복고적이며 정치적으로 회귀적인 사악한 신념을 갖고 알게 모르게 가부장제 자체와(사실상 그것의 피조물이자 산물과!) 결혼한 셈이었다.

그런 비난이 내포한 이론의 정교함은 그 뉘앙스와 함께 1960년대 후반과 1970년대 초, 최초의 환상적인 자각 이래 페미니즘이 일궈온 발전에 대해 우리에게 무엇인가를 말해준다. 그러나 우리는 그때 그런 뉘앙스를 정확히 제공할 수 없었다. 그때는 새롭게 볼 수 있는 방식이 있다는 것을 갑자기 알아차리는 바람에 하우디 두디처럼 그저 기뻐했다. 프랑켄슈타인의 신부처럼 흥분으로 감전되는 것만으로도 충분했다. 우리에게 적대적이었던 최초의 비평가들에 대해 언급하자면, 그들 또한 뉘앙스가 부족했다. 그들은 대부분 남자였다. 나의 남편이 언젠가 말했듯, 『다락방의 미친 여자』의 기본적 주장에 대한 그들의 공격은 단순하고 그저 애처로운 두 가지 진술로 요약할 수 있다. '남자도 고통받는다' 그리고 '내 아내는 그런 식으로 느끼지 않는다!'

수전: 나는 언젠가 샌드라에게 '히스클리프가 여자라고 생각하지 않는다'고 경고했다. 또 그녀에게 여러 번 물었다. '첫 문장에서 음경이라는 단어를 사용해도 정말 아무 탈 없이 지나갈 수 있을까요?' 공동 작업에서 내 역할은 그렇게 영감을 주는 정도였다. 우리는 많은 대화를 나누며 (전화로, 차에서, 비행기에서, 식당과 호텔방에서, 팀티칭하는 동안, 학회에서, 나중에는 속달우편과 이메일을 통해) 글을 만들어나갔고, 마찬가지로 우리의 글에 맞추어 대화 주제가 구성되었다. 다른 사람들과도 많은 대

화를 나누었는데, 그것은 그 자체로 논의 과정이었다. 내 딸 몰리와 시몬은 우리 연구와 관련된 창작물과 행위에 대해 열정적인 반응으로 (제인 갤럽의『몸을 통해 생각하기』표지에 대한 반응, '출장을 가야 하는' 어머니의 잦은 부재에 대한 반응 등으로) 항상 우리를 깨우쳐주었다. 전 남편 에드워드 구바는 타자기를 컴퓨터로 바꿀 수 있도록 도와주었다(『다락방의 미친 여자』는 '오려 붙이기'가 가위와 풀을 가리키던 시대에 쓰였다). 한편 절친한 친구 메리 조 위버를 언급해야 한다. 나를 지지해준 인디애나대학의 총명한 동료들과 더불어, 그녀는 모든 중서부 사람들이 식물 외계인은 아니며 또한 그렇게 되지도 않으리라는 것을 보여주는 살아 있는 증거였다.

누구보다도 지금은 세상에 없는, 샌드라의 남편 엘리엇 길버트를 빼놓을 수 없다. 그는 열정적이면서도 명료하게 〈마술피리〉의 '밤의 여왕'을 주제로 즉흥 강의를 하고, 『올리버 트위스트』에서 사이크스를 구현한 디킨스로 분장을 하고, 유대인풍 농담을 던지고, 복잡한 요리를 하고, 『미국현대어문학회지』에 실리는 논문들을 다듬어주고, 캘리포니아 주립대학 데이비스 캠퍼스의 행정 정치를 분석하면서 어떻게 생각하고 어떻게 써 나가야 하는지 늘 배움을 전해주었다. 1999년에는 캘리포니아 주립대학 샌타크루스 캠퍼스에서 디킨스 프로젝트를 조직한 학자들이 『다락방의 미친 여자』 출간 20주년 기념일에 그들의 결론에 해당하는 논문의 패널을 무대에 올리기로 결정했는데, 엘리엇이 설립을 도운 그 연례 학회에서 출간 20주년을 기념하는 것은 적절해 보였다.

19세기와 그 이후

샌드라: 수전처럼 나도 『다락방의 미친 여자』를 쓰던 어려운 시절, 내 아이들 로저, 캐시, 수재나와 셀 수 없이 많은 친구들과 동료들이 보여준 격려와 지원에 감사하고 싶다. 또한 감정적인 면뿐만 아니라 지적인 면에서도 엘리엇의 역할이 중요했다는 수전의 의견에 동의한다. 그는 일종의 뮤즈이자 스승이었고 사실상 빅토리아 시대 전문가였다(그 점에서는 나의 가족이나 수전의 가족 가운데 유일하게 진실한 빅토리아 시대 사람이었다). 따라서 그의 충고와 조언은 늘 소중했고, 덕분에 20세기에서 매혹적이고 문제적인 19세기 심장부인 빅토리아 시대로 돌아가는 여정이 (또한 어느 정도는 18세기에서 앞으로 더 나아가는 수전의 여정도) 쉬워졌다. 수전과 나는 그 시대의 연구에 대한 지적 자격증이 없었다. 그러나 아마도 그 덕분에 우리의 훈련이 디킨슨 방식의 의미에서 빅토리아 시대의 문학을 '비스듬히' 보는 데 유용했을 것이다. 수전은 18세기 문학에 대한 자신의 연구를 소설사에 대한 관심, 좀 더 일반적으로 장르 이론과 결합시킨 연구자였고, 나는 대학원 시절 내내 모더니즘과 낭만주의 연구 사이에서 갈등했다. 특히 나는 모더니즘이 낭만주의의 주요 유산에 의해 형성된 방식을 검토함으로써 두 분야를 통합해보려고 내내 노력했다.

페미니즘 비평이 새롭게 탄생시킨 다른 많은 여자들과 마찬가지로, 우리의 첫 지적 에너지를 19세기에 쏟아부은 데는 (개인적 배경을 차치하고) 분명한 이유가 있다. 한 가지는 우리를 여성 독자로 만든 주요 작품들이 사실상 대부분 19세기 작품이었기 때문이다. 이론적으로나 역사적으로 '순진했던' 많은 여성 문인들 중 누가 그때 그렇지 않았다고 말할 수 있을까?『다락방의 미친 여자』의 토대가 된 강의 계획안은 (오스틴과 브론테 자매, 메리 셸리와 조지 엘리엇, 만약 시를 좋아했다면 에밀리 디킨슨이 생산한 여성 상상력의 고전들을 탐욕스럽게 읽어대면서 소녀 시절을 보낸) 모든 보통의 지적인 여성의 마음속에 살아 있는 정전을 반영했다. 다행히도 이 강의 계획안의 배경은 1970년대 초부터 캐럴 스미스로젠버그, 낸시 콧, 마사 비시누스 같은 사회역사학자들, 엘런 모어스와 일레인 쇼월터 같은 선구적인 비평가들이 연구하고 있었다. 이 두 사람은 논문을 발표하기 시작했고 마침내 모어스의『여성 문인들』(1976)과 쇼월터의『그들만의 문학』(1977)으로 결실을 맺었다(엘리엇은 1960년대 캘리포니아 주립대학 데이비스 캠퍼스에서 영국 여성 소설가들에 대한 일레인의 논문 완성본을 읽었다).『다락방의 미친 여자』로 가는 길에서 내 눈에서 꺼풀이 벗겨진 뒤, 나는 캘리포니아로 돌아오자마자 곧장 도서관으로 달려가 표지와 서명이 있는 그녀의 대학 소장용 논문으로 공부하기 시작했다. 1979년에 나온 초판 서문에서 밝혔듯이, 수전과 나는 그 연구들에 접근 가능했다는 사실을 특혜로 여겼다. '모어스와 쇼월터가 여성문학이라는 하위문화의 전반적 역사를 매우 훌륭하게 추적한 덕분에' 우리는 '그 역사에 중요한 […] 몇몇 19세기 텍스트를 자세하게 파고들 수 있었기' 때문이다.

이제 막 발생한 페미니즘 비평 운동 진영은 출판되긴 했었지만 잊힌 여성 작품들을 발굴하기 시작했고, 「누런 벽지」, 「도깨비 시장」, 『각성』 같은 주요 텍스트들을 복원하거나 재평가해나갔다. 그래서 우리는 우리가 작성하려고 했던 문학적 지리학에 그런 작품들을 포함시켰다. 게다가 모든 주요 페미니즘 텍스트의 위대한 어머니로서 우리가 인정한 작품을 (물론 『자기만의 방』을 의미한다) 연구함으로써 우리는 반쯤 상실된, 그러나 이제 새롭게 발견된 문학적 귀부인들(나는 '귀부인'이라는 단어를 의도적으로 사용한다), 즉 앤 핀치와 마거릿 캐번디시 같은 여성들에게 특별한 관심을 기울였다. 한편, 우리는 우리의 여성적 상상력과 다른 여성 독자들과 작가들의 상상력을 작동시키는 가장 강력한 힘은 적어도 한 종류의 소설적 계시록을 썼던 여성 기수 네 명(제인 오스틴, 샬럿 브론테, 에밀리 브론테, 조지 엘리엇)에게서 나온다는 것을 인식했다. 이 작가들의 동시대인이거나 후손이었던 위대한 여성 시인들, 그중 엘리자베스 배럿 브라우닝, 에밀리 디킨슨, 크리스티나 로세티는 모두 그들 소설가에게 내재한 독특하면서도 이중적인 감수성을 공유했고, 자신들이 이를 통해 작품 세계를 형성했음을 인식했다. 우리는 이런 시인들도 의미가 풍성한 여성문학 전통에서 뜻깊은 강력한 힘으로 경험했다.

이 전통이 우리가 학교에서 배웠던 '주류' (말하자면 남성 지배적인) 문학사와 다른 역사적 형세를 품고 있다는 것은 19세기에 부가적인 울림을 주었다(그리고 여전히 주고 있다). 1990년에 수전과 나는 『다락방의 미친 여자』뿐만 아니라 그 후의 『노턴 앤솔러지: 여성문학』에서도 여성 문학사가 남성 문학사와 매우 다르게 형성되었다는 것을 주장했다. 즉 학자들이 이른바 시대정신이라 불리는 파동을 감지하기 위해 일상적으로 사용하는 시대 구분 전략이 다른 젠더 작가들에게는 매우 다른 연대기적 패턴을 가져왔다는 것이다. 사실상 우리와 다른 사람들이 살펴보았듯, 여성의 과거는 남성의 과거와 똑같지 않았다.[1] 예를 들면 왜 우리는 여성문학의 황금시대(일종의 여성 르네상스를 형성한 브론테 자매와 엘리엇, 디킨슨, 로세티의 시대)를 일반적으로 르네상스라고 일컫는 시기가 아니라, 19세기 중반으로 인식하려고 했을까?

물론 초기 모더니즘 영문학자들이 점점 더 많이 논증하고 있듯, 불가사의할 정도로 해박했던 페미니즘 역사가인 버지니아 울프가 의혹을 품었던 것보다 훨씬 더 많은 여성 문인들이 16세기와 17세기에 활발히 활동했다. 『노턴 앤솔러지: 여성문학』목차는 펨브로크 백작부인 메리 시드니 허버트 (1562~1621)와 조카 메리 로스(1587?~1651/53)부터 뉴캐슬 공작부인 마거릿 캐번디시(1623~1673)와 윈칠시 백작부인 앤 핀치(1661~1720)에 이르는 고위 특권층 르네상스 귀족들이 설득력 있는 논쟁, 유토피아 단상, 서간체 운문, 많은 필사본들과 함께 (어떤 것들은 인쇄되었지만 대부분은 개인적으로 유포되었다) 정교한 번역과 복잡한 소네트 연작을 생산했음을 보여준다. 더 놀라운 사실은 (저자들이 더 큰 곤란을 무릅쓴 것이기 때문에 그렇다) 그들만큼 특권이 없었던 많은 동시대 여자들도 이 시기에 의미 있는 작품을 쓰고 출판했다는 것이다. 문학에 대한 진지하고도 '전문적인' 헌신이라고 할 만한 것을 제시한 예술가로는 어멜리아 래니어(1569~1645)와 캐서린 필립 스(1632~1664), 특히 (물론) 앤 브래드스트리트(1612~1672), 애프라 벤(1640~1689)을 들 수 있다.

더욱이 최근 학자들이 충분하게 논증하고 있듯, 18세기에 들어서면서 여성들이 본격적으로 문학 시장에 진입했다. 엘리자 헤이우드(1693?~1756)부터 샬럿 스미스(1749~1806), 앤 래드클리프(1764~1823)에 이르는 선구자적 여성 소설가들과 시인들은 (앤 핀치가 냉소적으로 표현했듯) 단지 '글쓰기를 시도' 한 것만이 아니라 그 노동의 열매로 생계를 유지했다.[2] 그들이 천천히 그러나 뚜렷하게 형성한 전통이 남성 독자들(심지어 몇몇 여성 독자들)에게 번번이 비난과 조롱을 받고, 수 세기에 걸쳐 남성 문학이 만들어놓은 주류의 전통과 무게나 힘과 비교할 만하다고 여겨지지 못했다 해도, 이 전통은 문학을 열망하는 19세기 여성들에게 지위와 선례의 가능성을(아마도 보이지 않게 커져가는 여성 문인이라는 주요 집단을) 선사했다. 표리부동하게 자신은 어떤 선배 '여성 시인'도 알지 못한다고 주장했지만 ('할머니들을 찾아서 사방을 둘러보아도 아무도 보이지 않는다')[3] '영국에는 학식 있는 여자들이 많았다'고 엘리자베스 배럿 브라우닝은 마침내 인정했다.

우리는 대서양 양편에 있는 19세기 여성 문인을 연구하는 일이 미학적 정치적 반항이라는 낭만주의의 유산에 영향을 받았다는 점에서 특별히 긴급하다고 판단했고, 『다락방의 미친 여자』 전체를 통해 그 유산을 추적하고자 했다. 메리 울스턴크래프트의 '여성의 권리' 발언을 비롯해 노예제 폐지 운동, 1848년 유럽 봉기, 같은 해 뉴욕주 세니커폴스에서 시작된 페미니스트 봉기(이 시기 여성사의 매우 중요한 사건)에도 불을 붙인 민족 자결주의 운동에 이르기까지, 워즈워스가 그 여명기에 살고 있다는 것이 '축복'이라고 생각했던 혁명은 다가오는 또 다른 혁명으로 진화했다. 그 시대는 배럿 브라우닝에게 자신의 여자 주인공을 '오로라'(새벽의 여신)라고 명명하도록 영감을 준 시기였고, 에밀리 디킨슨이 그 세기 후반부에 그토록 칭송받았던 영국의 선구자를 숭배하며 '남자들에게는 보이지 않는' 마술적인 '아침', '다른 새벽'이라고 명명한(J 24편) 새롭게 꽃피는 예술의 아침이었다. '여자들도 남자들이 느끼는 것처럼 느낀다. 그들도 그들의 남자 형제들처럼 능력을 기르기 위해 훈련이 필요하고 그들의 노력을 펼칠 수 있는 자리가 필요하다'고(12장) 도전적으로 주장하는 『제인 에어』의 급진주의는, 16세기 어멜리아 래니어에서 18세기 앤 핀치까지 이르는 은밀하거나 공공연한 페미니스트 여성 문인들의 급진주의에 의해 예견된 것이었음은 의심의 여지가 없다. 샬럿 브론테의 19세기 여자 주인공은 자신이 전례 없이 강하고 놀랄 정도로 힘을 실어주는 자매들과 함께한다는 것을 깨닫는다.

『다락방의 미친 여자』와 좀 더 최근에 『노턴 앤솔러지: 여성 문학』에서 우리가 주장한 바와 같이, 자매애를 강화하는 과정은 전통적 역사의 결뿐 아니라 일반적인 문학의 지리학적 근거에 반해 규정되어야 했다. 여성은 최근까지도 공적 세계(국가 기록이 국가별로 분리를 시키는 세계)에서 아주 미약하게만 영향을 끼치며 살았기 때문에, 『다락방의 미친 여자』를 작업할 때 우리는 여성문학의 전통을 형성하는 여성 공동체는 정치적 국경을 넘나든다고 가정했던 것이다. 특히 영어권 여성들에게 국가마다 다르게 규정되는 다양한 19세기란 없으며, 영국과 미국 여성 작가들의 (그들 모두 산문과 시에서 여성성이라는 빅토리아 시대의 이데올로기와 빅토리아 시대 여성들의 삶의 현실 사이의 모순과 타협한다)⁴ 성취를 포함하고 유지하는 오직 하나의 19세기만 있을 뿐이라고 가정했다. 여성 상상력의 과업이 대서양을 가로질러 보여주는 이 연속성에서 우리는 흥미로운 부조화를 발견했다. 예를 들면 중요한 노예 서사를 만들어낸 해리엇 제이콥스가 『폭풍의 언덕』 저자와 같은 해에 태어났다는 것은 무엇을 의미하는가? 소저너 트루스가 메리 셸리와 같은 해에 태어났다는 것은? (평가의 문제로 돌아가보면) 더 활기가 있다고 상상할 수 있는 20세기 초 참정권 투쟁의 시대는 왜 더 열등한 예술적 목소리(시인 중에서는 크리스티나 로세티 대신에 엘리스 메이넬, 소설가 중에서는 조지 엘리엇 대신 메이 싱클레어)에 의해 특징을 부여받는 것처럼 보이는가?

이 질문이 시사하듯, 페미니즘 비평을 위해 19세기 연구는 여전히 탐색할 만한 중요성을 지닌다. 한편으로 그 시대의 성 이데올로기는 여러 면에서 특히 억압적이었다. 또한 버지니아 울프가 오래전에 설파했듯, 그 시대는 여자들을 코르셋에만 감금시킨 것이 아니라, 모든 박탈과 불만족과 함께 '사적인 집'에 감금시켰다. 다른 한편으로 그 시대의 미학적 정치적 명령은 광범위한 혁명 운동뿐만 아니라 여성의 상상력에서 나온 가장 풍요로운 산물을 만들어낼 만큼 영향력이 컸다. 윌리엄 버틀러 예이츠가 시도한 가장 이상한 문학적 시대 구분 중 하나(「19세기와 그 이후」라는 수수께끼 같은 4행시)는 시대적 뒤처짐에 대한 페미니스트의 인식을 가장 잘 요약한다(그 인식은 오스틴, 브론테 자매, 배럿 브라우닝과 디킨슨, 엘리엇과 로세티가 세운 전통의 계승자이자 독자이고 학자인 우리를 한 번씩 압도한다).

위대한 노래가 더는 되돌아오지 않을지라도
우리가 가진 것에도 예리한 기쁨은 있나니
해안의 조약돌 구르는 소리
물러나는 파도 아래서.[5]

『다락방의 미친 여자』 속편인 세 권짜리 『남자의 것이 아닌 땅: 20세기 여성 작가의 자리』를 읽은 독자는 수전과 내가 20세기 여성의 진전에 자주 매혹당하지만, 예이츠의 소품을 특징짓는 그 아이러니한 체념을 진심으로 공유하지는 않는다는 사실을 알아차릴 것이다.
아직은, 아직은⋯

『다락방의 미친 여자』를 넘어서

수전: 페미니즘 비평의 초기 단계를 간략하게 돌아가보면 그 생생한 기원이 빅토리아 시대에 있음을 알 수 있다. 마찬가지로 1979년 이 책이 출판된 이후의 상황을 간략하게 살펴보면,

19세기가 극적으로 일련의 방법론적 변화를 겪어왔던 페미니즘 사유에 활발한 활동 영역을 계속 제공했음을 알 수 있다. 사실 매우 놀라운 것은 페미니즘 진화의 불연속성이다. 포스트구조주의적 접근뿐만 아니라 신역사주의, 퀴어 이론, 탈식민주의, 아프리카계 미국인 연구와 문화 연구가 낭만주의와 빅토리아 시대의 기존 지도를 변화시켰기 때문이다. 우리 동료 중 한 명은 그 속편으로 『잔디 위의 미치광이』가 나올 것이라고 놀리듯이 예언하면서 『지하실의 미치광이』의 1980년 출판을 환영했다. 하지만 『다락방의 미친 여자』 이후 19세기 문학사를 연구하는 우리의 계승자는 아직 나타나지 않고 있다.

『다락방의 미친 여자』의 모습이 매우 다른 영역들에서 재생되었다는 사실은 19세기 문학사 연구가 계승되지 않고 있다는 점을 강조할 뿐이다. 우리의 과제와 전혀 관련이 없는 저메인 그리어의 『미친 여자의 속옷: 에세이와 시기별 글들』(1987)은 많은 책을 대신할 수 있지만, 그 어떤 글도 19세기 문학사를 다루지는 않는다. 제시카 어맨다 샐먼슨의 『오 루 켄과 아름다운 미친 여자』(1985), 막달렌 냅의 『사령관과 미친 여자』(1988), 린다 시어스 리어나드의 『미친 여자 만나기: 여성을 위한 내적 도전』(1993), 존 S. 휴즈의 『빅토리아 시대 미친 여자의 편지들』(1993), 낸시 J. 홀런드의 『미친 여자의 이성: 윤리적 사고에서 적절함의 개념』(1998)이 그러하다. 마르타 카미네로 산탄젤로의 신작 『미친 여자는 말할 수 없다: 왜 광기는 전복적이지 않은가』(1998) 같은 문학비평서조차 연구 범위를 20세기로 바꾸었다. 인터넷에서도 『다락방의 미친 여자』의 화신은 멀리 떨어져 있는 영역에서 나타난다. 잰 스콧은 자신의 소설 『다락방의 미친 여자의 일기』를 시작할 때, 책 제목의 인유를 유쾌하게 인정했다. '(알아야 하겠지만) 나는 그 작가들을 모른다. 그러나 나는 그것을 찾아보고 다른 항목에 넣겠다.' 그러나 이런 인정이 다른 온라인 페이지에는 나타나지 않았다(혹은 필요한 것처럼 보이지도 않았다). 예를 들면 토리 에이모스에 대한 '팝음악 다락방의 미친 여자', 또는 '당신이 다락방에서 혼자 몰래 빠져나올 때' 당신을 보호해줄 '고르곤' 안내인 '미친 여자', 또는 '다락방의 잡담' 등은 전부 '18세 이상을 겨냥한 성적인 것 위주의 성인물'이 포함된, 가슴이 엄청나게 큰 여자들의 사진으로 연결된다.

아카데믹하고 엘리트적인 인본주의이기는 하지만, 좀 더 창의적인 분위기에서 19세기 문학사에 대한 가장 활기 넘치는 페미니즘적 접근은 『다락방의 미친 여자』의 어휘 복제를 삼가고 있으며, 그러기는커녕 이의를 제기했다. 분명히 책이 출간된 이후 많은 학자들이 우리가 다룬 형식과 주제의식과 매우 흡사한 연구를 내놓았다. 마거릿 호먼스, 캐럴린 하일브런, 낸시 K. 밀러, 니나 아우어바흐, 바버라 크리스티안, 퍼트리샤 예거, 수전 프레이먼, 체릴 월은 관련 주제에 대해 고무적인 책들을 썼다. 그러나 곧 그 경기장은 ('적대적'이지는 않다 해도) 불가지론 선수들로 채워졌다. 그런 연구를 하는 비평가들이 채택한 불가피하게 불완전하고 지루한 비평 목록을 피하기 위해, 또 지루한 방어를 피하기 위해, 우리는 여기에서 1979년 이후 우리의 제목과 부제에 있는 각각의 용어에 대해 19세기 페미니즘 연구자들이 질문했던 방식을 전면에 내세울 것이다. 우리가 의지한 카테고리(문학, 젠더, 작가)가 지난 20년간 굉장한 변화를 겪었기 때문이다. 학자들의 주목은 문학에서 문화로, 특권을 가진 렌즈로서의 젠더에서 섹슈얼리티, 민족, 인종, 계급, 종교 및 다른 명칭과 결합된 젠더로, 작가에서 텍스트로 이행해갔다. 우리 표지에 실린 각각의 문구에 대한 도전은 이런 변화를 극적으로 보여주면서 자극하는 새로운 저서로 귀결되었다.

(우리 책 부제이기도 한) '19세기의 문학적 상상력'이라는 어휘는 일차적으로 장르와 시대 구분의 문제와 관련해 변화를 겪었다. 『다락방의 미친 여자』에서 우리는 일관성 있는 여성 전통을 세우기 위해 소설이나 해설적 산문과 함께 운문을 분석했다. 지난 20년 동안 지금은 정전이 된 크리스티나 로세티, 엘리자베스 배럿 브라우닝, 에밀리 디킨슨을 넘어선 19세기 여성 시가 활발히 복원되었다. 영국을 보면, 이저벨 암스트롱이 조지프 브리스토, 캐스 샤록과 편찬한 앤솔러지 『19세기 여성 시인들』(1996)은 샬럿 스미스, 헬렌 마리아 윌리엄스, 아멜리아 오피, 펠리시아 헤먼스, 레티샤 엘리자베스 랜던, 에이미 레비 같은 이들에 대한 훌륭한 연구의 시금석이 되어주었다. 과거에는 출판이 미비해 이런 여성 문인들의 성취를 접할 수조차 없었지만, 1980년대와 1990년대에 이르러서는 활발하게 분석하고 교육하기에 이르렀다. 게다가 빅토리아 시대 여성 작가들에 대한 프로젝트가 이들 시인의 전 작품을 온라인에 올려놓았다. 이들 작품의 목록이 보여주듯, 전에는 무시한 여성 시인들의 생산성 재평가가 19세기 초에 두드러졌고, 그리하여 여성과 낭만주의

에 대한 페미니즘적 분석이라는 새롭고 중요한 분야를 개척할 수 있었다.

특히 「밀턴의 악령」(6장)에서 우리는 빅토리아 시대의 여성 작가들을 반항적인 상상적 창조성과 환상적 정치라는 (여성 작가들을 배제함과 동시에 그들에게 힘을 실어준) 낭만주의적 수사의 계승자로 제시했다. 이것은 불가피하게 19세기를 단일한 역사적 시기로 개념화했다. 그러나 최근에 시뿐만 아니라 다양한 산문 장르에서 여성의 글을 발굴한 결과, 비평의 관심은 우리가 19세기 중후기 문학에서 추적한 미학적 정치적 반항이라는 낭만주의의 유산으로부터 앤 K. 멜러의 1988년 저서 제목이기도 한 '낭만주의와 페미니즘'으로 이동했다. 여성의 시, 일기, 편지 발굴은 18세기 후반과 19세기 초 문학의 면밀한 조사를 밀어붙인 반면, 빅토리아 시대 연구는 종교 및 철학 논문뿐만 아니라 법률 소송 사건, 극장, 광고, 그림, 초기의 사진 실험, 의학에 대한 신실증주의적 매력으로 19세기 말까지 확장되어 갔다. 세기말 영미 문화 페미니즘 비평가들은 이제 문학, 또는 '고급'스럽거나 엘리트적 예술 형식만을 자신들의 영역으로 규정하지 않았다. 비평가들은 이른바 우리가 '성 전환'이라고 불렀던 것(『다락방의 미친 여자』의 후속 3부작 『남자의 것이 아닌 땅』 중 2권[1989])을 탐색했다. 이런 기획은 필연적으로 (여성성의 규정을 크게 변화시킨 것처럼 남성성의 규정도 변화시킨) 복잡한 성 이데올로기 안에서 여성문학의 진화를 동시대 남성 작가들과 주고받은 계속된 변증법적 상호작용으로서 이해할 필요를 강조한다.

이런 추론을 감안한다면, 이 책 부제에 나온 첫 단어(여성 작가)에 대한 이해는 게이 레즈비언 사상가들의 작업에 의해 불이 지펴진 남성 작가들에 대한 분석으로 보충되어야 했다. 이브 코소프스키 세지윅은 『남자들 사이에서』(1985)를 통해 게일 루빈의 이론적 통찰을 자세히 설명함으로써, 빅토리아 시대 소설의 지형에 심오한 영향을 끼쳤다. 세지윅의 연구는 교환의 대상으로서의 여성 인물로부터, 이 상품화된 선물이 '동성의 사회적' 거래 양편에 있는 두 남자에게 무엇을 의미했는가 쪽으로 연구자들의 관심을 돌렸다.[6] 남성 이성애자 사이의 '동성애 공포'라는 세지윅의 개념이 동성애적 이성애적 섹슈얼리티의 달라지는 정의가 남성 문인들에게 끼친 영향에 주목하는 연구를 불러일으켰듯, 에이드리언 리치의 '레즈비언 연속체'는 여성의 섹슈얼리티 논의를 촉발시켜 여성들의 관계(친구, 자매, 연인, 경쟁자, 동료) 범위가 더 많은 주목을 받았다.[7] 이 과정에서 그런 연구들은 지리적으로 다양한 지역에 거주하는 여성들의 차이를 생략한 여성 작가라는 단일한 관념을 부수어버렸다. 민족을 강조하면서 인문학에서 점점 영향력을 높여간 탈식민주의 연구가 우리 책의 주장에 이의를 제기했다. 그 가운데 널리 읽힌 가야트리 차크라보티 스피박의 「세 여자의 텍스트와 제국주의 비판」이 가장 인상적이었다.[8] 스피박은 여성학에서 『제인 에어』가 '숭배 텍스트'의 지위를 차지한 까닭이 '제국주의 시대의 페미니즘적 개인주의' 이데올로기 때문이라고 생각해 페미니스트를 제국주의자의 기획과 적극적으로 연결시켰다. 이 탈식민주의적 관점에 따르면 우리 책 제목 중 한 단어인 '다락방'은 상대적으로 특권을 가진 제1세계 여자 주인공의 자리가 아니라, 서구 문명의 밖이나 경계에서 공민권을 빼앗긴 제3세계 여성의 자리로 규정되어야 한다. 다시 말해 19세기 문학에 등장하는 예의 바른 여자 주인공과 분노에 찬 여성 괴물 사이에 우리가 가정한 관련성은 제국주의적 백인 자아가 자신의 우월성을 구축한 소설에 의해 생산된 '어긋남'으로 분리되거나 일축되어야 했다. 따라서 『제인 에어』의 저자 샬럿 브론테에 의해, 그리고 그 소설을 선도적으로 해석한 『다락방의 미친 여자』에 의해 수사적으로 칭송받은 결혼하기와 영혼 형성은 (자메이카의 크레올이며, 그녀의 인종적 지리학적 주변부성이이야말로 유럽 여성의 주체성을 위해서는 짐승 같은 이교도 타자는 말살될 수 있다는 메커니즘을 원활하게 해주는) 버사 메이슨 로체스터의 비인간화에 의존하고 있다고 여겨진다. 1990년대를 통틀어 영미 학자들이 수행했던 제국주의 비판은 젠더, 장소, 인종의 지리정치학 사이의 상호작용에 주목함으로써 19세기 정전에 대한 비판적 이해를 확장시켰다. 그것은 또한 식민 지배를 받거나 노예가 된 사람들이 쓴 비정전 텍스트를 학자들의 연구와 강의실로 불러들이는 노력으로 귀결되었다. 제니퍼 드베레 브로디의 『불가능한 순수: 흑인, 여성성, 빅토리아 시대의 문화』(1998)는 흑인 페미니즘 이론과 아프리카계 미국인 연구를 빅토리아 시대 연구로 유입했다.

민족과 인종, 계급 경제학이 유물론 사상가들의 사고 안으로 일단 들어오자, 영미 여성 작가들은 자신들이 겪었던 결핍의 측면보다 향유하고 이용했던 특권의 측면을 이해해야 했다. 1980

년대 니나 바임과 제인 톰킨스 같은 미국학 연구자들은 문학 시장에서 여성이 차지하는 문화적 중심성, 특히 19세기 소설가들이 생산한 감상소설의 상업적 성공을 분석했다. 이 연구의 목적은 초기 비평가들이 그들의 인기에 힘입어 미국 여성 문인들을 비하했던 경향을 비판하는 것이었다. 해리엇 비처 스토와 엘리자베스 스튜어트 펠프스는 독자들에게 단순히 영합한 것이 아니라, 영향력 있는 여성이 주도한 도덕적 미학적 영역의 재평가와 관련이 있었다. 1990년대 헤이절 카비와 로런 벌랜트 같은 페미니스트로 구성된 미국의 2세대 연구자들은 감상주의와 노예제도의 관련성, 국가적 초국가적 이데올로기로 욕망을 규제하는 것과 시민권의 관련성을 탐색했다.[9] 영문학사에서 두 중요한 비평가들인 메리 푸비와 낸시 암스트롱은 여성 문인들이 전형적인 여성성의 이미지를 힘의 원천으로 변형시키는 방식을 강조했다. 푸비의 『예의 바른 숙녀와 여성 작가』(1984)와 『균일하지 않은 발전』(1988), 암스트롱의 『욕망과 가정소설』(1987)에 따르면, 가정의 영역은 여성을 감금한 다락도, 우리가 빅토리아 시대 여성 분노의 원천으로 강조한 속박의 응접실도 아니며, 현대의 제도적 문화의 조건을 만들어준 여성의 가정 경제가 형성된 곳이었다.

푸비와 암스트롱을 따랐던 학자들은 한편으로 빅토리아 시대에 여성의 정치적 경제적 지위를 향상시킨 조직화된 사회운동을 탐색했고, 다른 한편으로 다양한 계급과 인종, 종교의 여성들이 공공 영역에 접근하는 것을 제한한 가정적 이상형을 구축하는 과정에서 자신들이 기여한 바에 대해 실제로 이익을 얻어냈음을 검토했다. 이처럼 진취적으로 사회 활동을 했던 19세기의 모든 여성들을, 아니 그것이 한 명이라 해도 왜 미친 것으로 간주해야 하나? 문화비평가들은 문학작품과 더불어 진단서, 소송 서류, 입법 논쟁과 이혼, 양육, 섹슈얼리티와 고용에 관한 행동 지침서를 가지고 영미 지역의 사회생활에서 여성들이 수행한 복잡하고 다양한 역할을 보여줌으로써 우리의 사회사적 인식을 키워주었다. 19세기 여성에 대한 이처럼 확장된 정의는 여성, 자아, 저자와 같은 카테고리를 해체했다. 말할 필요도 없이, 미친 여자 인물이 권위에 대한 빅토리아 시대 여성들의 좌절된 욕망을 나타낸다는 생각은 자아 개념을 부정하기에, 자주권을 얻기 위한 작가나 그의 인물들의 투쟁을 진지하게 받아들일 수 없는 비평적 연구자들의 마음에는 들지 않을 것이다.

지대한 영향을 끼친 미셸 푸코의 이론에 따르면, 힘의 원천으로서의 자아를 대체하는 것은 제도화된 사회조직들이며, 그 사회적 힘이 사람들을 개인성이라는 망상에 사로잡히게 한다. 빅토리아 이전 시대의 여성 문인을 다루는 캐서린 갤라허의 『무명씨 이야기: 시장에서 여성 작가의 소멸 1670~1820』(1994)은 여성 작가의 이탈을 심리적 성적 문제이기보다 그들의 경력을 진작시켰던 문학 시장의 요구로 본다.[10] 19세기 문학은 반복해서 자아의 창조를 말한다. 하지만 포스트구조주의자들이 보기에 그것이 실제로 성취한 바는 역사적 개념의 자연화였다. 예를 들면 메리 제이코버스와 토릴 모이는 해체주의의 보호 아래 『다락방의 미친 여자』의 패러다임을 공격했는데, 그 공격은 이 특별한 은유적 모델(독립성을 획득하려고 투쟁하는 반항적인 병든 여성 작가) 내용을 넘어 '여성'이라는 용어나 '여성 작가들'이라는 카테고리를 신뢰하는 어떤 형식화도 부인하는 포스트구조주의적 거부로까지 나아갔다. 그런 거부는 필연적으로 문학사의 맥락에서 페미니즘의 작업을 어렵게 만들었다. (1990년대 주디스 버틀러의 책이 출간되면서 페미니즘 이론에 주요한 흔적을 남겼던) 포스트구조주의와 (유물론에 투신하는) 문화 연구 사이의 긴장이 이 선구적 연구 업적에 방해가 되었는지 여부에 상관없이 자크 라캉, 자크 데리다, 특히 미셸 푸코는 비평가들이 '본질주의'를 거부하는 포스트구조주의자와 제휴하게 했다. 그 때문에 그들은 의미의 창시자로서 개개의 작가들보다는 정치적 함의가 있는 복잡하고 강력한 의미-효과로서 텍스트 생산에 더 관심을 기울였다. 주체를 만드는 것은 언어이기 때문에 (그 반대가 아니라) 빅토리아 시대의 온순한 여자 주인공과 그녀의 미친 분신 사이의 분열은 (샬럿 브론테의 소설뿐만 아니라 『다락방의 미친 여자』의 여러 장에서) 두 인물을 개념화하는 자율적 주체의 신화 앞에서는 무색해진다.

그런 연구의 섬세함을 찬양하거나 『다락방의 미친 여자』에 반대하는 주장이 우리를 '대학의 미친 여자'로 만들었다고 외치는 수밖에, 우리가 달리 무슨 말을 할 수 있겠는가? 무엇보다 분명한 것은 그런 비판들이 19세기 연구에서 페미니스트 비평, 구체적으로는 영문학, 일반적으로는 인문학의 소우주로 기능하고 있음을 보여준다는 것이다. 좋든 나쁘든 신역사주의, 퀴어 이론, 탈식민주의, 아프리카계 미국인 연구, 문화 연구, 포스트구조주의의 영향이 동시대의 학문 전반에 걸쳐서 느껴졌다.[11]

그러나 우리가 방금 추적해본 20세기 말 비평사를 감안한다면, 페미니즘 비평 궤도의 총괄적 효과는 무엇일까? 그것이 빅토리아 시대 연구가, 페미니스트 비평가, 인문주의자, 대학의 학자들에게 어떤 미래를 담보해줄까?

현재의 순간

샌드라: 『다락방의 미친 여자』가 다락방에서 강의실로 내려온 것은 많은 면에서 분명 역설로 가득 찬 여정이었다. 충분히 예견된 일이었지만, '그녀의' 선동적인 충격은 반페미니즘적 사상 경찰로부터 상당한 저항에 직면했다. 수전이 말했듯, 그녀는 자기편 몇몇 페미니스트 동료들에게 자격을 의심받았으며, 많은 포스트페미니스트 자매, 사촌, 이모의 노골적인 적대감과 마주치는 예상치 못한 일을 겪어야 했다. 더 놀라운 것은 수전이 들어간 대학의 일부가 이미 해체주의자부터 문화비평가에 이르는 여성 이론가들뿐만 아니라 남성 이론가들에 의해서도 빈번하게 화염에 휩싸였다는 사실이다.

『다락방의 미친 여자』가 지금 움직이고 있는 세계는 실제로 새로운 세계다. 계속 역설적으로 말하기 위해 나는 실제로라는 단어를 글자 그대로의 의미로 사용한다. 왜냐하면 번개처럼 나타난 컴퓨터 기술로 인한 정보혁명은 의심할 여지 없이 거대한 변화를 수반할 것이기 때문이다. 그것은 『다락방의 미친 여자』가 태어났던 세기의 특징이자 산업혁명이 가져왔던 변화만큼이나 엄청난 것이다. 하이퍼텍스트적으로 고도로 복잡해진 21세기에, 고풍스럽게 '책'이라고 알려진 실체는 결국 어떻게 될까? 우리가 놀라운 속도로 달려가고 있는 멋진 신세계에는 문학이라고 일컫던 것들을 실제로 읽고, 실제로 공부하고, 실제로 가르칠 사람들이 실제로 있을까?

내가 만든 어떤 공식들은 터무니없어 보일 수도 있겠지만, 이 모든 것은 페미니즘 비평가들, 좀 더 일반적으로는 학계 전체에 매우 중요한 질문을 던진다. 하이퍼텍스트에 대한 나의 과장을 잠깐 제쳐두고, 이론 이후의 시대에 우리가 여전히 '문학'이라고 부를 수 있는, 말하자면 전화번호부, 기차 시간표, 노스트롬 백화점 카탈로그, 웹페이지와 구별할 수 있는 현상이 존재할까? (한때 '작가'로 알려진) 그런 종류의 글을 생산하는 사람들, 어떤 면에서 ('독자'로 알려진 사람들인) 그것을 소비하는 사람들이 존재할까? 이전에 작가로 알려졌던 사람들 중 어떤 사람은 '남자'가 아닌 '여자'로 불린다는 것이 어떤 차이를 만들까? 만일 그렇다면 우리는 어떻게 그 차이의 결과를 공부하고 가르칠 수 있을까? 더 나아가 우리가 달려나가고 있는 고도로 기술적인 미래에 (아니, 고쳐 말하겠다. 깜빡거리는 컴퓨터 화면, 회의적 포스트모더니즘, 무너져가고 있는 교육 인프라와 함께, 우리가 이미 거주하고 있는 하이퍼리얼적인 미래에) 한때는 '직업'으로 알려진 자리, 즉 한때 문학이라고 불린 가설적 현상을 형성하고 결정하는 차이를 공부하고 가르칠 수 있는 자리가 있을까?

수전이 말했듯 오늘날 페미니즘 비평은 '구체적으로는 영문학, 일반적으로는 인문학의 소우주로 기능한다.' 왜냐하면 그녀가 열거한 지성사는 주목할 만한 현실적 결과를 이끌어냈으며 그에 대응했기 때문이다. 예를 들면 이론으로 알고 있는 것을 향해 나아가는 우리의 직업적 이동에 대한 다양한 설명이 있다. 가장 긍정적이며 매우 설득력 있다고 여겨지는 설명은 지적 가정들을 발굴해 검토하고자 하는 충동을 불가피하고 영원하다고 생각되는(페미니즘 자체를 촉발시킨) 문화 제도를 심문하려는 욕구 안에 위치시키는 것이다. 그러나 이 분석은 좀 더 냉소적인 사고를 배제하지 않는다. 말하자면 '고급' 이론을 (이 형용사를 주목하라!) 향한 문학비평의 이동은 전국적이거나 지역적인 학문의 영역에서 인문학자가 과학자들과 연구비를 두고 경쟁해야 한다는 의미이며, 이 경쟁에서 승자는 항상 '부드러운' 인문학자가 아니라 '강한' 과학자이고, 앞으로도 의심할 바 없이 언제나 그럴 것이라는 점이다.

이 형용사들을 다시 주목하라! 젠더 연구의 관점에서 (수전과 나를 포함해) 많은 사상가들이 주장했듯, 일반적으로 인문학, 특히 우리의 직업은 최근 (사실적으로나 비유적으로나) 점점 더 여성화되었다. '사실적인' 측면에서 현재 현대어문학회 MLA 회원의 약 50퍼센트가 여자이며, 관련 학과의 대학원 학생은 여자가 압도적으로 많다는 것을 들 수 있다. 비유적으로 말해보자. 과학이 강하고 우리가 부드럽다면, 그 이유는 적어도 부분적으로 우리가 캠퍼스에서 문화 변용과 사회화라는 점잖은 아내의 일을 하는 반면에, 남자 천체물리학자들은 화성에 우주선을 발사하기 때문이다. 그러므로 보상을 풍부하게 받는 과학자들이 습득하기 힘들고 어려운 그들만의 언어로 말하는 세계에서 이전에는 평범하게 말했던 소박한 우리 인문학자들 역시 어려운 사적 담론(말하자면 우리끼리 쓰는 특수 용어, 우리 영역의 신참자들에게 미생물학자와 지질학자의 전문성을 나타내는 것과 똑같은 종류의 언어적 통달을 제공해줄 전문용어)에 대한 유일한 접근권을 열망한다는 것은 당연하다. 철학적 사회 문화적 상투어를 파괴하는 흥분과 함께 '이론'은 일상의 언어를 '의문시해' '사람' 대신 '주체'나 '주체성'으로, '책들' 대신에 '언어의 장들'로 대체함으로써 전문성을 보증하는 '담론'을 제공했다. 그 과정에서 '이론'은 심지어 캠퍼스 밖 우리의 고객이었던, 울프가 말한 교양 있는 '보통 독자'로부터도 우리를 유리시켰다.

이 상황에 대한 어떤 치유책이 있을까? 아니면 놀랍게도, 우리가 이미 몸담고 있는 미래의 고도로 경쟁적인 학계에서 내가 묘사한 이 잘못된 초䎃전문화는 불가피한 걸까? 나에게는 이 질문에 대한 그 어떤 포괄적인 답변도 없다. 왜냐하면 나 자신도 오늘날의 많은 페미니스트 동료들과 마찬가지로 갈등하고 있기 때문이다. 나는 분명 르네 웰렉과 오스틴 워런이 문학의 법칙을 권위적으로 주장하고, 교수가 되기 위해서는 파이프 담배를 피워야 하고, 루퍼트 브룩의 시구대로 '차를 위한 꿀이 여전히' 있던 그런 신화적인 순간으로 상아탑의 시간을 되돌리고 싶지는 않다. 반면, 시인으로서, 또한 평범한 독자로서, 작가이자 교수로서 나는 일상의 삶과 비평을 위해 에이드리언 리치가 품었던 '공통 언어를 향한 꿈'에 공명한다. 『다락방의 미친 여자』가 수전과 샌드라로 알려진 작가의 실체에 부여한 텍스트의 즐거움 중 하나는 그 책이 대중적으로 격하게 호응받았다는 것이다. 부분적으로는 페미니즘 비평 초기의 시도였다는 역사상의 특권적 위치를 차지한 덕분에 이 책은 전 세계에 걸쳐 셀 수 없이 많은 신문과 학술지만이 아니라 〈하퍼스〉나 〈애틀랜틱〉 같은 잡지에서도 널리 논평되었다. 또한 이 책이 초기의 시도였던 만큼 그것의 손녀들처럼 이론적으로 세련되거나 전문화될 수 없었기에 자신의 정치적인 열망을 우리 분야 밖에 있는 많은 독자들에게 전달했던 것 같다.

우리 페미니즘 비평가들이 전형적인 '연사'가 아니라 '대중의 지성인'으로서 좀 더 넓은 세계에서 계속 말할 수 있을까? 우리는 그런 일을 우리가 그토록 신중하게 연마해온 학문적 정교함과 방법론적 지식을 잃지 않고 해낼 수 있을까? 슬프게도 최근에 거대한 대중을 향해 (페미니즘적이 아니라) 여성의 관점을 보여준 여자들은 카미유 파글리아, 크리스티나 호프 서머스, 기껏해야 수전 팔루디나 나오미 울프 정도다. 지금은 대부분 대학에 있는 우리가 내가 앞서 언급했듯 모든 의미에서 축복이었던 최초의 순간(1970년대 우리 페미니스트들이 개인적인 것이 정치적인 것이며, 성적인 것이 텍스트적인 것이라고 자각했던, 쏜살같이 지나간, 그러나 불꽃같았던 순간)을 회상할 수 있다면, 우리는 어떻게 나아가야 할지에 대한 실마리를 찾을 수 있을 것이다. 아마도 오늘날 우리가 도전해야 하는 것은 전문적인 것을 정치적인 것과 개인적인 것 둘 다와 통합시키는 작업이기 때문이다. 실제로 정치적인 스펙트럼 전체에 걸쳐 있는(앨빈 커넌과 프랭크 커모드부터 낸시 K. 밀러, 마리애나 토르코프니크, 제인 톰킨스, 제인 갤럽에 이르는) 학자들의 회고록이 최근에 쏟아져 나왔는데, 그것은 '주체'로서의 우리가 '언어적 실천'과 '문화적 인용'의 혼합물에 지나지 않는다고 생각하는 우리조차 우리 자신을 서술하는 방법(그리고 권위를 부여하는 방법)을 알고 있음을 시사한다. 따라서 21세기의 페미니스트들은 엘리자베스 배럿 브라우닝의 가장 뛰어난 책 중 한 쪽을 훔쳐 '오로라 리'로 알려진 기표들의 유려한 모음집과 제휴해, 세계를 향해 크고 분명한 소리로 설명할 필요가 있을지도 모르겠다.

> 우리에게도 있다고,
> 우리의 사명이, 해야 할 일이.
> ....
> 가장 진지하고, 가장 필요한 일이
> 여느 경제학자들의 일과 마찬가지인 것이.
> 또는 천체물리학자나 미생물학자의 일과 같은 것이.

수전: 대중적 지성인으로서 말하기의 어려움은 여전히 사그라들지 않았다. 학자들이 미디어에 접근하기는 여전히 어려운데, 그건 우리가 전문화의 시대에 살고 있기 때문이다. 리치가 '공통 언어를 향한 꿈'에 연이어 '위치의 정치학'에 대한 주장을 내놓았다는 사실은 오늘날 배럿 브라우닝이 말한 '가장 필요한 일'을 하는 것이 얼마나 어려운지 암시한다.[12] 전자 정보의 폭발, 그리고 경제적 지원을 받기 위해 과학자들과 (그들 자신도

치솟는 연구비 때문에 궁지에 몰린 상태다) 경쟁할 필요 이외에, 우리는 20세기 말에 (미국 사회의 다른 영역은 호황이었음에도) 고등교육을 강타했던 경제 불황과 관련한 연구의 분화에 직면해 있다. 비용 절감의 시기에 (늘어나는 학술지, 학회, 단행본 시리즈, 전문 조직, 학부 전공과 부전공, 대학원 프로그램을 통해) 제도화되었기 때문에, 여성학 연구의 안과 밖에 있는 페미니즘 비평은 이른바 인문학 축소 요구에 의해 규제되어왔다. 살아남기 위해서는 연구물을 출판해야 한다는 압박, 젊은 교수들에게 기대되는 점점 높아져가는 생산성 수준, 점점 줄어드는 일자리를 둘러싼 경쟁, 승진 결정에서의 연구에 대한 과대평가 등―이 모든 것 때문에 놀랄 정도로 연구물이 증가했다. 그러나 학술 출판이 침체기를 겪고 있듯, 우리도 앞으로는 우리의 비평을 출판하는 데 어려움을 겪게 될 것이다. 직업 시장의 불황이 지속된다면, 우리는 분명 우리의 박사 과정 학생들에게 정년 보장이 되는 자리를 (그들은 그런 자리를 가질 자격이 있다) 찾아주기 점점 어려워질 것이다.

이 모든 물질적 조건에 다양한 학문 영역에서 이미 출판된 엄청난 양의 연구물을 더한다면, 이론적 어휘와 비평 방법이 유행했다가 지나가는 빠른 속도는 19세기 여성의 먼 과거를 살리기 위해, '그것을 새롭게 만들어' 대학생뿐만 아니라 전반적인 문화에도 연결하기 위해 애쓰는 인문학자의 노력의 지표라고 간주하고 싶어질 것이다. 또한 영미 문학에 집중된 학술 자료의 증가에 대한 불안감 때문에 비평가들이 소설과 시라는 문학 영역을 넘어서, 제1세계의 지정학적 영역을 넘어서 이동하려는 노력을 기울이게 되었을 수도 있다. 최근에 문학적인 것이 주변화되는 경향과 페미니즘 비평의 뚜렷한 특징이었던 제3세계 문화에 대한 강조는 미학적인 것이 가져다주는 쾌락과 20세기 이전의 여성의 성취를 우리의 임무에서 제거하라고 위협하고 있다. 아마 이런 이유 때문에 빅토리아 시대 연구자들은 페미니즘 문학비평가처럼, 『다락방의 미친 여자』 같은 크로스오버 책을 쓰는 것이 점점 더 어렵다는 사실을 발견할 것이다(우리는 이 책이 크로스오버 책이라고 생각하고 싶다).

그러므로 미래 세대가 직면한 임무 중 하나는 아마도 방법론적인 교양을 회피하는 것이 아니라 그것을 이용해 더 이해하기 쉬운 형태의 비판적 글쓰기로 만드는 것이리라. 우리가 어떻게 우리의 비판적 글에서 이론의 낡고 진부한 딱딱함을, 그리고 눈길을 끌기 위한 공허한 정치적 수사를 제거할 수 있을까? 그리하여 우리의 글을 더 유연하게 만들어 전문가나 일반 독자가 모두 훨씬 더 재미있게 읽게 만들 수 있을까? 또 다른 임무는 비판적인 자아 성찰을 수반할 것이다. 즉 지난 수십 년에 걸친 인문학과 여성운동의 전문적이고 지적인 진화의 의미를 더 깊이 있게 파악하려는 노력과 더불어 우리가 퍼뜨린 것의 결과에 관심을 돌리려는 노력이 필요할 것이다. 빅토리아 시대 연구가들이 오늘날 할리우드 영화를 연구하고 BBC 프로그램을 만들어 낸다는 것은 무엇을 의미하는가? 사실상 모든 방법론적 유형과 모든 연구 분야에서 페미니스트를 발견할 수 있다는 것은 무엇을 의미하는가? 마지막 임무는 세대 간 경쟁에 좀 더 생산적으로 대처하는 것이다. 즉 학문적 과거를 쓰레기통에 버리지 않고 확대시키는 방법을 찾아내는 것이다. 『다락방의 미친 여자』를 쓰는 동안 느꼈던 즐거움의 일부는 분명 세대 간 경쟁을 다룬 우리의 관대한 고결함에서 온 것이 아니라, 오늘날 말하는 '역사적 위치'라는 행운에서 온 것이다. 우리가 만나 『다락방의 미친 여자』를 함께 작업했을 때는 페미니즘 비평이 존재하지 않아서 학계의 페미니스트 선구자 역시 없었으니 말이다. 우리가 느끼는 의기양양함은 기원의 순간에 있었다는 바로 그 사실에서 비롯한다.

분명 그런 흥분이 비평가들을 북돋우어 아프리카계 미국인 연구나 게이 레즈비언 연구 같은 다른 정치화된 연구 분야를 개척하게 했음에 틀림없다. 그 결과 그들의 계승자들이 그 분야의 변화를 향유하는 것과 마찬가지로, 페미니즘 비평에서 우리의 계승자들도 그렇게 하기를 희망한다. 가끔씩 우리는 공격을 받아 신경이 곤두서고 때로는 재순환되는 이론들이 만들어내는 혼란스럽거나 엘리트주의적인 전문용어에 대해 걱정하면서도, 논쟁이 (이전보다 더 싸우기 좋아하지만, 더 사람들로 붐비며, 흡수력이 더 강하고, 더 노골적으로 모험적인) 페미니즘 비평의 생명력을 압살할 것이라고는 생각하지 않기 때문이다. 기원의 순간에 대한 향수는 불가피하겠지만, 기원의 복잡성을 단순화하거나 현재의 순간에 자족하기 위해, (더 나쁘게는) 현재의 순간에서 이탈하기 위해 그것을 악용하는 것은 잘못일 것이다. 어느 정도의 성공에도 불구하고 여성 문제는 학계 안이나 밖에서 아직 해결되지 않았다. 여자들의 성취가 통상적으로 야기하는 반발을 감안하면, 그런 향수는 페미니스트 후계자들을 축소된 미래에 집어넣을 위험이 있으며, 그런 미래는 앞으로 계속해서 진행되어야 할 중요한 지적 노동에 어울리지 않는다. 우리의 후계자나 우리의 모사자가 아니라 우리의 동맹자인 젊은 페미니스트들은 전문적이고 학문적인 벅찬 임무에 직면해 있는데, 1970년대에 족적을 남긴 우리가 그들과 함께 그 임무를 해낼 수 있을 것이다.

가끔씩 일어나는 냉소주의에도 '우리가 갖고 있는 것에서' 우리가 느끼는 '강렬한 즐거움'은 (「19세기와 그 이후」에서 예이츠가 의지한) '위대한 노래', 『다락방의 미친 여자』에서 우리가 의지한 노래와 책들이(오스틴과 브론테 자매, 메리 셸리와 엘리자베스 배럿 브라우닝, 조지 엘리엇과 에밀리 디킨슨의 현명하고 박식한 서정주의가) 다시 돌아오리라는 것, 그 노래들이 우리 중 누구도 예견할 수 없었던 운율로 울리리라는 것을 확신시켜준다. 바로 이 이유 때문에 우리는 성년이 된 스물한 번째 생일에 맞추어 예일대학 출판사에서 『다락방의 미친 여자』를 재출간한 것이 특히 기쁘다.

(2000년)

1부

페미니즘 시학을 향하여

1장 여왕의 거울
여성의 창조성, 남성의 눈으로 본
여성 이미지, 문학에서의 부권 은유

그리고 그 집의 부인은 그녀가 각 방의 남자 주인 성격에 맞춰 보여주는 모습으로만 보였다. 그녀 자신을 제외하고는 아무도 부인의 전체를 볼 수 없었다. 빛이 곧 그녀 자신으로, 그녀의 거울이자 몸이었기 때문이다. 아무도 부인의 전체를 알지 못했다. 그녀 자신을 제외하고는.
- 로라 라이딩

아아! 무엇인가 쓰려고 하는 여자는
남자의 권리를 침해하는 자,
그처럼 뻔뻔스러운 자의 잘못은
어떤 미덕으로도 회복될 수 없나니.
- 앤 핀치, 윈철시 백작 부인

헨리와 래리가 말했던 모든 헛소리를 보자. 창조하기 위해 '신이 되어야 한다'는 이 필연성을(그들이 말하는 '나는 신'이라는 의미는 '나는 여자가 아니다'를 의미하는 것 같다). 창조를 고독과 자부심의 행위로 만드는 '나는 신'이라는 말, 이런 신의 이미지만이 하늘 땅 바다를 만든다. 그리고 바로 이 이미지 때문에 여자는 혼란스러워진다.
– 아나이스 닌

펜은 음경의 은유일까? 제러드 맨리 홉킨스는 그렇다고 생각했던 것 같다. 1886년 친구 R. W. 딕슨에게 보낸 편지에서 홉킨스는 자기 시론의 중요한 특징을 고백했다. 예술가가 지녀야 할 '가장 기본적인 자질은 대가다운 기술이다. 이 기술은 남자에게 타고난 재능이랄 수 있어서 이 특징이 특히 남자와 여자를 구분해준다. 운문으로든 다른 어떤 형식으로든 종이 위에 생각을 낳는 것은 남자다.' 이에 덧붙여 홉킨스는 '좀 더 깊이 들어가자면 내가 말하는 '대가다움'이란 놀랍게도 정신이 아니라 대가의 자질을 지닌 삶의 성숙기다. 창조적 재능은 남성의 자질이다'라고 말했다.[1] 다시 말해 남성의 섹슈얼리티는 비유적으로는 물론이요, 실제로도 문학적 힘의 본질이라는 것이다. 시인의 펜은 어떤 의미에서 (비유적 의미 이상으로) 음경이다.

괴짜에다 유명하진 않았지만, 홉킨스는 빅토리아 시대의 대표적인 남성으로서 핵심 개념을 말하고 있다. 물론 신이 세상을 만든 아버지이듯 작가는 자기 텍스트의 '아버지'라는 가부장적 사고는 서구 문학 세계 전반에 퍼져 있었고 지금도 마찬가지다. 에드워드 사이드가 말했듯이 이 은유는 작가, 신, 가부장이라는 말과 동일시되는 '저자'라는 단어에 내재되어 있다. '저자'라는 단어에 대한 사이드의 세심한 고찰은 이 논의와 관련해 상당히 많은 내용을 요약하고 있기에 여기에 전부 인용할 가치가 있다.

나에게 '권위authority'란 서로 연결되어 있는 의미들의 집합체다. 그것은 옥스퍼드 영어 사전의 설명대로 '복종을 강제하는 힘', '파생된 또는 위임된 힘', '행위에 영향을 미치는 힘', '믿음을 고취시키는 힘', '자신의 의견이 받아들여지는 사람'만 의미하는 것이 아니다. 이 단어에는 또한 저자authour, 즉 무엇을 생겨나게 하고 존재하게 하는 사람, 낳는 사람, 개시자, 아버지 또는 조상, 문서화된 성명서를 발표하는 사람이라는 의미도 담겨 있다. 여기에 또 다른 의미 덩어리도 달라붙는데, 저자는 동사 '증식하다'의 과거분사 '아욱투스auctus'와 관련되어 있다. 에릭 파트리지에 따르면 '아욱토르auctor'는 글자 그대로 증식시키는 사람, 즉 창립자다. '아욱토리타스Auctoritas'에는 소유권이라는 의미 외에 생산, 발명, 원인이라는 뜻이 있다. 결국 그것은 연속 또는 계속하게 하는 것을 의미한다. 이 모든 것을 종합할 때 이런 의미는 모두 다음과 같은 개념에 기초한다.

① 한 개인이 창시하고 제정하고 확립하는 힘. 즉 시작의 힘. ② 이 힘과 이것에서 나온 산물은 이전보다 증식된다. ③ 이 힘을 휘두르는 사람은 힘의 결과와 파생을 통제한다. ④ 권위가 이 과정이 지속되도록 지켜준다.[2]

'시작하려는 의도로서의 소설'을 논한 사이드는 결론적으로 '네 가지 개념은 모두 소설이 (소설가의 기술적 노력을 바탕으로) 심리적 미학적으로 자신을 내세우는 방법을 설명한다'라고 말한다. 이 개념들은 작가와 문학작품의 권위를 묘사하는 데도 쓰이곤 하는데, 이것이 바로 홉킨스가 상세하게 설명하려 했던 성 이론이자 미학 이론이다. 실제로 나중에 사이드 자신도 대부분 문학작품의 관례를 볼 때 '작품의 통일성이나 완전성은 일련의 계보적 연결, 즉 저자-작품, 처음-중간-끝, 텍스트-의미, 독자-해석 등에 의해 유지된다'고 하면서, '이 모든 것의 밑바탕에는 계승, 부권, 위계질서의 이미지가 깔려 있다'(강조는 인용자)라고[3] 말한다.

『율리시스』에서 스티븐 디덜러스가 말했듯, 부권 개념 자체는 '합법적 허구',[4] 믿음까지는 아니어도 상상력을 요구한다. 남자는 자신이 아버지라는 사실을 감각이나 이성으로 확인할 수 없다. 자기 아이가 자신의 자녀라는 것은 그 아이의 존재를 자기 자신에게 설명하기 위해 되뇌는 말일 뿐이다. 그런 이야기 속에 내재한 불안은 (가부장적 남존여비를 암시하는) 남성의 우월함에 대한 재확인을 필요로 할 뿐만 아니라, 사이드가 묘사한 계보적 형상화가 구현한 허구처럼 말씀으로 보상하는 허구를 필요로 한다. 이에 따라 홉킨스와 사이드 이외에도 많은 문학 이론가들의 책을 통해 (가끔은 솔직하게 진술되기도 하고, 가끔은 스티븐 디덜러스가 부권의 '신비한 재산'이라고[5] 부른 것처럼 숨겨진 이미지로 나타나기도 하는) 이 보상의 역사를 추적할 수 있다. '시란 자연을 비추는 거울이다'라고 정의하는 모방 미학은 아리스토텔레스에서 시작해 필립 시드니, 셰익스피어, 벤 존슨으로 이어진다. 이 정의가 의미하는 바는, 시인이란 작은 신처럼 또 다른 우주, 즉 (실재의 그림자를 실제로 붙잡아두는 것처럼 보이는) 우주의 거울을 만들어낸다는 것이다. 마찬가지로 인간의 '상상하는 또는 통합하는 힘'이라는 콜리지의 낭만주의적 개념도 '무한한 나라는 존재의 영원한 창조 행위'를 반향하는 남성의 생식력에 대한 것이다. 음경을 연상시키는 러스킨의 '관통하는 상상력'은 '소유권 획득을 위한 기능'이며 새로운 경험의 싹이라면 무엇이든 들어올릴 요량으로 뿌리를 붙잡아 베어 취하려는 '관통하는 […] 마음의 혀'다.[6] 이 모든 미학에서 시인은 아버지 신처럼 자신이 창조한 허구 세계의 아버지 지배자다. 셸리는 시인을 '입법자'라 불렀고, 키츠는 작가에 대해 '우리 현대 작가는 각자' '하노버의 선거인'에 불과하지만 '고대 작가는 거대한 지역의 황제였다'고 했다.[7]

중세철학에 나오는 성적 문학적 신학적 은유의 연결망 역시 복잡하다. 에른스트 쿠르티우스의 말마따나 하느님 아버지는 우주를 빚어내고 자연이라는 책도 썼다. 이 두 비유는 창조라는 단일한 행위를 묘사한다.[8] 게다가 전통적인 레퀴엠 미사곡 〈리베르 스크립투스〉에도 나오듯이, 천상의 작가가 궁극적으로 획득하는 묵시론적 힘은 그가 심판의 책을 쓸 때 명백해진다. 좀 더 최근의 예를 들자면, 17세기의 로체스터 백작이나 19세기의 오귀스트 르누아르 같은 남성 예술가들은 솔직하게도 남성의 성적 희열에 기초해 미학을 규정했다. 로체스터의 재기발랄한 인물 타이먼은 '나는 내 음경을 위해서가 아니면 […] 결코 시를 짓지 않는다'고 선언했으며,[9] (화가 브리짓 라일리에 따르면) '르누아르는 자신의 음경으로 그림을 그렸다고 말했다.'[10] 두 예술가는 '음경은 몸의 머리'라는 노먼 O. 브라운의 말을 믿었을 것이며, 다음과 같은 존 어윈의 말에 동의한 것이 분명하다. '남성 자아와 남성이 쓴 여성-작품의 관계란 자기 발정적 행위이며 […] 일종의 창조적 자위다. 여기에서 자아는 처녀 페이지라는 '순수한 공간'에 펜이라는 음경을 대면서 끝없이 소진된다.'[11] 이 모든 이유 때문에 대대로 시인들은 자신의 관계를 묘사할 때 가부장적 '가족 로맨스'에서 유래한 어휘를 사용해왔다. 해럴드 블룸이 지적했듯이, '호메로스의 아들들로부터 벤 존슨의 아들들에 이르기까지 시적 영향은 아버지와 아들' 관계 차원에서 묘사되어왔다. 문학사의 심장부에서 발생한 격렬한 투쟁은 '강력한 대립자로서 아버지와 아들의 투쟁, 교차로에서 부딪친 라이우스와 오이디푸스의 싸움'이었다.[12]

많은 작가들이 다양한 방식으로, 그리고 다양한 목적에서 문학적 부권 은유를 사용하는데, 모두가 하나같이 문학작품은 문자 그대로 언어의 표현일 뿐 아니라 육체로 신비롭게 구현된 권력이라는 데 동의하는 것 같다. 따라서 가부장적 서구 문화에서 텍스트의 저자는 아버지이자 창시자이며 낳는 자, 펜을 음경처럼 생산의 도구로 쓰는 미학적 가장이다. 더욱이 저자의 펜이 지닌 힘은 음경의 힘처럼 생명을 만들어내는 능력이요, 자신의 것이라고 주장할 수 있는 자손을 만들어내는 힘이다. 즉 저자는 사이드가 파트리지의 말을 바꿔서 표현한 대로 '증식시키는 자, 따라서 창시자'다. 이런 점에서 볼 때 펜이란 음경의 비유인 칼보다 더 강력하며, 가부장제 안에서는 더더욱 성적인 울림을 던진다. 작가는 자신의 뮤즈가 불러일으키는 유사 성적 흥분에 미학적 에너지를 뿜어내는 식으로 대응한다. 이는 곧 홉킨스가 '사고를 잉태하는 황홀한 희열(펜이 종이에 정자처럼 쏟아내는 희열)'이라 부른 것이다. 그뿐만 아니라 작가는 왕이나 아버지가 현재의 존경을 '소유하는' 방식과 같이, 영원한 텍스트의 저자로서 미래의 관심을 끌어들인다. 그 어떤 칼을 휘두르는 장군도 그토록 오랫동안 거대한 왕국을 지배할 수도 소유할 수도 없을 것이다.

마지막으로, '소유권'이나 소유 개념이 부권 은유 안에 새겨져 있다는 사실은 이 복잡한 은유의 또 다른 의미를 밝혀준다. 저자/아버지가 작품과 독자의 관심을 소유한 자라면, 그는 (자기 머리에서 나온 자식들, 종이에 잉크로 구체화시키고 천과 가죽으로 '장정한') 작품의 백성이라고 할 인물, 장면, 사건의 소유자이기도 하다. '문인'은 저자이기에, 신과 마찬가지로 아버지이자 주인 또는 지배자이며 소유자다. 서구 사회가 그 용어를 이해하는 방식에 따르자면 그는 정신적 유형의 가부장이다.

*

가부장적 문학 이론은 (암시적으로 나타나든 명백하게 나타나든) 여성 문인을 어디에 위치시키는가? 펜이 음경의 은유라면 여성은 어떤 기관으로 텍스트를 생산할 수 있는가? 이 질문은 하찮아 보인다. 그러나 이 장 제사 중 아나이스 닌의 말이 보여주듯이, 고독한 하느님 아버지를 만물의 유일무이한 창조자로 정의한 가부장적 원인론과 이에 따른 문학적 창조에 대한 남성적 은유는 오랫동안 여성 문인, 독자와 작가 모두를 '혼란'에 빠뜨렸다. 우주의 저자가 그처럼 자랑스러운 남성이고, 남성이 지상 모든 작가의 유일한 정당한 모델이라면? 더 나아가 남성의 생식력이 유일하게 합법적인 힘일 뿐만 아니라 유일한 힘이라면? 아리스토텔레스에서 홉킨스에 이르는 문학 이론가들이 그렇다고 믿었기 때문에, 많은 여성들은 앤 핀치의 말대로 '펜을 들지' 못했으며 '감히' 펜을 들었던 여성들은 수 세대에 걸쳐 엄청난 불안을 경험해야 했다. 제인 오스틴의 앤 엘리엇은 『설득』의 마지막에서 다음과 같이 예의 바르게 말한다. '남자들은 자기 이야기를 할 수 있기에 우리보다 여러모로 유리하지요. 교육과 펜 역시 매우 불평등하게도 남자들의 것이었고요.'[13] 앤 핀치의 불평처럼 펜은 우연이 아니라 본질적으로 남성의 '도구'로 정의되어왔고, 여성에게는 부적절한 것으로 여겨졌을 뿐만 아니라 실제로도 낯설었다. 오스틴식의 새침 떠는 아이러니는 부족하지만 핀치가 보인 격렬한 저항은 홉킨스가 캐넌 딕슨에게 보낸 편지에서 언급한 문학적 부권 은유의 핵심을 찌른다. '펜을 드는 여자'는 건방지고 '주제넘을' 뿐만 아니라 전적으로 구제 불능인 존재다. 어떤 미덕도 그녀의 건방진 '결함'을 메울 수 없다. 그녀는 자연이 내리그은 경계선을 괴물처럼 횡단해버렸기 때문이다.

그들은 우리에게 말한다, 우리가 우리의 성과 삶의 방식을 잘
못 생각하고 있다고.
우리가 욕망해야 할 교양은
올바른 가정교육, 유행, 춤, 옷맵시, 유희라고.
쓰고 읽고 생각하고 질문하는 것은 우리의 아름다움을 흐리
게 만들고

우리의 시간을 갉아먹을 것이며
우리의 한창때를 방해할 뿐이라고.
반면 독창성 없는 집 관리 같은 따분한 일은
우리가 가진 제일 너절한 기술과 능력에 달려 있다고.[14]

위의 글은 쓰고 읽고 생각하는 일이란 본래 남성의 활동이기 때문에 '여성적' 특성이라 하기에는 낯설고 해롭다고 암시한다. 100년 뒤 샬럿 브론테에게 보낸 유명한 편지에서 로버트 사우디도 똑같은 생각을 표현한다. '문학이란 여성의 일이 아닙니다. 그럴 수 없습니다.'[15] 문학에서의 부권 은유는 (사회학적으로도 생리학적으로도 불가능하기에) 여성이 문학에 관여할 수 없음을 암시한다. 남성의 섹슈얼리티가 문학 권력과 끈끈하게 연관되어 있는 반면, 여성의 섹슈얼리티는 (19세기 사상가 오토 바이닝어의 표현에 의하면) '여성은' 문학 권력이 없기에 '존재론적 실재를 [남성과] 공유하지 못한다'는 사고로 이어진다. 부권/창조성 은유가 나타내는 암시는 또 있다. 여성은 문학의 대상일 뿐만 아니라 관능의 대상으로서 남성의 행위를 받아들이기 위해서만 존재한다는 (바이닝어와 사우디의 편지에 공히 드러나는) 생각이다. 앤 핀치의 또 다른 시 한 편은 숱한 문학 이론들에 숨겨진 가정을 탐색한다. 앤 핀치는 세 남자 시인에게 이렇게 외쳤다.

그대들 셋은 행복하여라! 남자라는 종은 행복하여라!
펜으로 영향을 끼치고 남을 나무라는 운명으로 태어났으니 이득과 쾌락, 자유와 지배를 누리도록 태어났으니.
반면에 우리는 마치 '영'이라는 숫자처럼
당신들의 숫자를 늘려주고 우리의 매력으로
당신들의 즐거움을 부풀려주기 위해 당신들 옆에 있나니.
슬프게도 우리는 이런 구분을 주입받으며 훈육된다.
(우리의 유혹에 의한) 타락 이후
우리의 잘못이 더 큰 만큼, 우리가 잃는 것도 더 크다고.[16]

시는 말장난을 써가며 말하고 있다. 이브의 딸들이 아담의 아들들보다 훨씬 더 깊은 나락에 떨어졌기 때문에, 모든 여자는 단지 남자의 몸과 정신, 즉 남자의 음경과 펜을 즐겁게 해 남자의 (시든 사람이든) '숫자'를 늘려주는 '영(0, 무無, 텅 빔)'인 존재일 뿐이라고.

그러나 리처드 체이스가 '남성적 열정'이라고 일컬었던 것을 거부하고 '여성성'이 주는 비굴한 위안을 암암리에 거부하는 여성 문인 역시 이중적으로 '영'이다. 왜냐하면 여성 문인은 (저메인 그리어가 가부장적 사회의 여성 전체에게 적용했던 놀라운 비유를 사용하자면) 사실상 '거세된 남자'이기 때문이다. 최근 앤서니 버지스는 제인 오스틴의 글이 '강력한 남성적 공격성'이 부족해 실패했다고 말했으며, 윌리엄 가스 또한 여성 작가에게는 '그 모든 위대한 문체에 활기를 불어넣는, 피가 끓어오르는 듯한 생식적 충동이 부족하다'고 한탄했다.[17] 이들의 진술에 깔린 가설은 한 세기도 더 전인 19세기에 편집자이자 비평가인 루퍼스 그리스월드가 피력한 것이다. 『미국의 여성 시인들』이라는 시 선집을 소개하면서 그리스월드는 문학 분야의 성 역할 이론을 간단히 서술했다. 그 이론은 '문학에서의 부권' 은유가 암시하는 음산한 의미에 기초해 그 의미를 명료하게 밝혀주고 있다.

여자에게서는 남자보다 문학적 재능의 진정성을 확인하기 더 어렵다. 여성의 도덕성이 아주 섬세하고 풍요롭게 개발된 상태라면 천재성을 어느 정도 엿볼 수 있다. 그것은 최소한 남자에게서 발견되는 수준의 특징이며 아니면 가장 높은 수준의 정신적 영감을 수반하는 도덕성과 비슷하다. 그런 만큼 우리는 그저 '쓸데없이 넘쳐나는 개인적 감정'을, 창조적 지성이 피어나는 에너지로 오인할 위험이 있다. […] 정신의 가장 절묘한 감수성은, 환경이나 주변에 작용하는 정신의 영향을 아찔할 만큼 무수히 다양하게 반영할 능력으로는 창조할 수 없는, 심지어 (적절한 의미에서) 재생산할 수 없는 힘을 끌어오기도 한다.(강조는 인용자)[18]

그리스월드는 여성 시 모음집을 편찬했으니 모든 여성이 재생산 능력이나 문학 창조 능력이 부족하다고 믿지는 않았다. 그러나 젠더에 대한 그리스월드의 정의는 문학 창조 에너지가 여성에게 나타나는 것이 비정상적이고 '기형적'임을 의미한다. 그에너지는 '남성적인' 특성이자 본질적으로 '비여성적'이기 때문이다.

'여성성'에 대한 이런 명확하고 절대적인 정의의 역逆은 부권의 '신비한 유산'에 기초해 문학 이론을 전개하는 사람들에게도 적용된다. 만일 여성이 문학적 생산력을 갖고 있지 않다면, 그 힘을 상실했거나 남용하는 남자는 내시, 즉 여자 같은 사람이 되는 셈이다. 감옥에 갇힌 뒤 '연필, 잉크, 펜, 종이'를 금지당했을 때 '경전의 정자'를 더 이상 내보낼 수 없게 된 사드 후작은 상징적으로 거세당한 셈이다. 롤랑 바르트는 '습작과 펜이 없다면 사드는 비대해져 내시가 되었을 뿐이리라'고 말했다. 홉킨스도 딕슨에게 남성적 기술이 부족해서 생기는 미학적 결과를 설명하면서 여성과 내시의 명백한 유사점을 들었다. '만일 삶이 작품에 녹아나지 않는다면 그리고 […] 삶이 작품 안에서 펼쳐지지 않는다면 […] 그 결과는 암탉의 알과 같이 될 것이다. 먹음직스럽고 살아 있는 듯 보이지만 결코 부화되지 않는 달걀 말이다.'(강조는 인용자)[19] 그리고 말년에 비생산성에 대해, 점점 둔해지는 자신의 머리에 대해 정의해보려고 하면서, 홉킨스는 자신을 내시와 여성, 특히 남성적 힘이 사라진 여성으로 묘사했다. 그는 자신을 (「사고를 잉태하는 섬세한 즐거움」이라는 소네트에서) 남성 생식력(남근처럼 '활기 있고 불길을 키우는' 강한/원동력)의 '운율, 소생, 찬가, 창조성'이 전적으로 부족한, 쪼그라든 '겨울의 세계'에서 살아남은 '통찰력을 상실한 과부'로 묘사했다. 남성의 문학 헤게모니에 애처롭게 저항하는 앤 핀치의 시행詩行들은 홉킨스가 보여준 무력한 불임 여성 이미지의 존재를 또다시 입증한다. 앤 핀치는 자신의 시집 『서시』의 결론에서 여자들은 '멍청해지라고 요구받고 그렇게 키워진다'고 말하면서 그런 기대를 물리치지 않는다. 오히려 신랄하게 빈정대는 투로 자기 자신에게 멍청해지라고 충고한다.

그러니 나의 뮤즈여 조심스럽게 물러나라.

칭찬받으려다 경멸받지 말고.

욕망을 의식할지언정, 앞으로도 쭉 날개를 움츠린 채

몇몇 친구에게, 그리고 너의 슬픔에게 노래하라.

그대는 태생상 결코 로렐의 숲에 어울리지 않으며,

그대의 그늘은 충분히 어두우니, 그대는 거기 만족하라.[20]

생성의 에너지와 동떨어진 채 어두운 겨울 세계에 있는 핀치는 자기 자신을 하찮은 사람으로, '통찰력을 상실한 과부'로 정의하고 있는 것만 같다.

*

핀치가 (빈정대는 어조이기는 하지만) 절망적인 심정으로 남성의 요구와 의도를 수용한다는 사실은 문화적 구속의 강압적 힘과 더불어 그 힘을 구현한 문학작품의 강압적 힘까지 뚜렷이 드러내준다. 왜냐하면 학식 있는 여성들은 '멍청해지라고 요구받고 그렇게 키워진다'는 것을 '일상생활'에서뿐만 아니라 문학에서도 배우기 때문이다. 리오 베르사니가 말하듯, '글은 단순히 정체성 묘사만 하는 것이 아니라 도덕적 정체성, 나아가 육체적 정체성을 만들어내기까지 한다. […] 우리는 문학에 몰입함으로써 일어나는 일종의 존재의 용해, 혹은 적어도 존재의 유연성을 고려해야 한다.'[21] 한 세기 반 전에 제인 오스틴은 『설득』에서 앤 엘리엇과 대화하는 하빌 대령을 통해 비슷한 이야기를 했다. 여성의 변덕에 대해서 논쟁하던 중 앤의 불같은 반박에 부딪히자 대령은 이렇게 말한다. '모든 역사가 당신의 반대편에 있습니다. 이야기, 산문, 운문 전부가요. […] 나는 순식간에 내 의견을 지지해주는 인용문을 쉰 개는 댈 수 있습니다. 여성의 변덕에 대해 말하지 않은 책은 내 평생 본 적이 없답니다.'(2부 11장) 이 말에 앤은 (우리가 앞에서 보았듯이) 펜은 남성의 전유물이었다고 대꾸한다. 하빌의 말과 관련해서 보면 그녀의 대꾸는 여성이 저자의 권위로부터 배제되어왔을 뿐만 아니라 남성의 권위에 종속되어왔음을 (그리고 권위의 대상이 되어왔음을) 암시한다. 초서의 '교활한 바스 여장부'를 따라 앤은 '누가 사자를 그렸는가, 도대체 그자가 누구인지 나에게 말해달라'라고 요구하는 것이다(『이솝 우화』에서 사람이 사자를 죽이는 그림을 보여주자 사자는 누가 그 그림을 그렸는지 묻는다. 만약 사자가 그렸다면 그 반대를 그렸을 것이다). 그리고 바스 여장부처럼 앤도 문학적 권위와 가부장적 권위를 혼동하는 우리 문화의 역사를 강조하면서 저 수사학적 질문에 답한다.

> 맹세컨대 남자들이 그랬듯이
> 여자가 서재에 앉아 이야기를 쓸 수 있었다면
> 아담의 후예인 남자들이 수정할 수 없을 정도로
> 훨씬 더 사악하게 썼을 것입니다.

다시 말해 베르사니, 오스틴, 초서의 모든 언술은 이런 뜻이다. 작가는 작품의 '아버지'이기 때문에 문학 창조물은 (우리가 앞에서 지적했듯) 작가의 소유물이자 재산이라는 것이다. 언어로 작품을 정의하고 만들어낸 작가는 창작품을 소유하고 통제하고 종이에 인쇄해 가둔다. 사르트르는 『말』에서 작가로서의 소명을 처음 표명하면서 어린 시절의 믿음을 떠올린다. '글을 쓴다는 것은 [말의 무한한 일람표에] 새로운 존재를 각인시키는 일이었으며, […] 문구들의 덫에서 살아 있는 것을 포획하는 일이었다.'[22] 이런 생각은 순진하게 보일지 모르지만 '전적으로 환상은' 아니다. 어느 비평가의 말마따나[23] '그런 관념이 사르트르의 진실이기 때문이다.' 그리고 사실상 그것은 모든 작가의 '진실'이다. 즉 남성 작가들은 대대로 '말의 그 무한한 일람표'에 새겨넣은 여성 '인물'에 대해 가부장적 소유권을 취했다.

남성 작가들은 남성 인물들도 만들어냈고 그들에 대해서도 똑같이 소유권을 갖고 있는 것처럼 보인다. 그러나 문학에서의 부권 은유에는 남자가 창조적 재능 면에서 (홉킨스가 말했던) '성숙기'에 이르게 되면 또 다른 소설을 창조함으로써 다른 남자에게 응답할 능력과 의무가 생긴다는 생각이 내포되어 있다. 역사상 소설을 소설로 반박할 수 있는 도구인 펜/페니스가 없었던 여성은 가부장적 사회에서 재산으로, 또 남성 텍스트에 갇힌 인물과 이미지로 환원되어왔다. 앤 엘리엇과 앤 핀치가 말하듯, 여성은 그저 남성들의 요구와 생각대로 만들어졌기 때문이다.

여성을 남성이 만들어낸 최고의 창조물로 당연시하는 생각도 문학에서의 부권 은유와 마찬가지로 그 역사가 유구하고 복잡하다. 가부장적 신화는 이브를 비롯해 미네르바, 소피아, 갈라

테아 등의 여성이 남성에 의해, 남성으로부터, 남성을 위해 창조되었다고 정의한다. 여성은 남성의 두뇌, 갈비뼈, 재능에서 나온 아이인 것이다. 블레이크에게 영원한 여성은 기껏해야 남성의 창조 원칙의 소산일 뿐이었다. 셸리에게 여성은 '영혼의 외부'이자 시인의 영혼에서 나온 영혼이었으며, 그 시작은 이브와 미네르바의 (종교적 차원에서) 가장 믿을 수 있는 탄생과 병행한다. 더욱이 서구 문화사에서 밀턴의 '죄', 스위프트의 '클로이', 예이츠의 '미친 제인'처럼 남성이 만들어낸 여성 인물들은 겉으로는 다르게 보여도 하나같이 여성의 섹슈얼리티에 대한, 또 (남성) 저자 자신의 육체성에 대한 남성의 양면성을 구체화한 화신이다. 동시에 남성의 텍스트는 계속해서 문학에서의 부권 은유를 정교하게 다듬으면서, '여성의 미덕은 남성의 가장 위대한 발명품'이라는[24] 발자크의 애매모호한 말을 내내 옹호했다. 매우 응축되고 수수께끼 같은 노먼 브라운의 논평은 그런 모든 텍스트의 밑바탕에 깔린 가설을 완벽하게 요약한다.

시, 창조 행위, 생명의 행위, 원형적 성행위.
섹슈얼리티는 시다. 여성은 우리의 창조물 내지 피그말리온의 조각품이다. 여성은 시다. [페트라르카의] 라우라는 실제로 시다.[25]

은유와 원인론이 뒤섞인 이런 고정관념은 그야말로 서구 사회의 지독한 가부장적 구조를, 그리고 가혹한 가부장제가 딛고 서 있는 여성 혐오를 반영한 것이다. 결국 이런 '권위'의 뿌리가 말해주는 것은, 여성이 남성의 소유물이라면 여성은 남성이 만들어낸 것이 분명하다는 것이다. 이는 남성이 여성을 만들어냈다면 여성은 남성의 소유물이라고 단정하는 것과 마찬가지다. 여성은 남성의 '펜'에 의한 창조물로서 '감금되었다.' 여성은 남성이 내뱉은 '문장'으로 (사형이든 징역형이든) 형을 '선고받았다.' 남성은 여성을 '창조했을' 뿐만 아니라 여성을 '기소했다.' 여성은 남성이 '만들어놓은' 사고에 따라 남성의 텍스트, 그림, 그래픽 속에 '갇혀' 있었으며, 여성은 남성의 우주론 속에서 (죄 많은 결함투성이로) '날조되었다.' 『거울 나라의 앨리스』에서 험프티 덤프티가 앨리스에게 말한 것처럼, 단어, 발화, 어구, 저작권의 '주인'은 '그 모든 운명을 조종할 수 있기 때문이다.'[26] 남성 권위의 어원론이나 원인론은 보기에 필연적으로 거의 동일하다. 그러나 모든 면에서 자신이 문학작품의 소도구 이상이라고 느끼는 여성에게는 권위가 제기하는 문제가 형이상학적이거나 철학적일 수 없다. 여성에게 이 문제는 (앤 핀치와 앤 엘리엇이 표현한 고통이 보여주듯이) 심리적이다. 여성은 그토록 철저하게 금지당했던 펜을 들어보기도 전에 이미 가부장제와 문학작품에 의해 종속되고 감금당했기 때문에, 남성 텍스트들을 피해야 한다. 그 텍스트들은 여성을 '영'으로 규정하고, 여성에게 (여성을 가두고 펜을 들 수 없게 만드는) 권위에 맞서 대안을 만들 자주성이 있다는 것을 부정하기 때문이다.

이 문제의 악순환은 남성의 요구와 의도에 핀치가 왜 그토록 수동적으로 답변했는지를 (또는 그런 척했는지를) 이해하게 해준다. 나아가 핀치와 견줄 재능을 갖고 있던 많은 여성들이 왜 그토록 오랜 세기 동안 침묵했는지도 설명해준다. 문학에서의 부권 은유의 마지막 역설은 다음과 같다. 작가는 생명을 불어넣을 때조차 허구의 인물을 만들어내고 감금시키는 것과 똑같은 방식으로 독립적으로 말할 자율성을 박탈해 침묵시킨다. 작가는 허구적 인물을 침묵시킨다. 키츠의 「그리스 고병부」에서처럼 허구적 인물들을 잠잠하게 만들거나 자기 예술의 대리석에 새겨넣어 죽이는 것이다. 앨버트 젤피가 간명하게 말했듯이, '예술가는 경험을 죽여서 예술로 만든다. 일시적인 경험이 죽음을 피할 유일한 길은 예술 형식의 '불멸성' 속으로 죽어서 들어가는 것밖에 없기 때문이다. 예술 속의 고정적 '삶'과 자연 속의 유동적 '삶'은 속성상 양립할 수 없다.'[27] 따라서 펜은 칼보다 더 강할 뿐만 아니라 죽이는 힘(그 필요성)도 칼과 다를 바 없다. 펜의 이 마지막 속성은 다시 한번 은유적 남성성과 연결된다. 시몬 드 보부아르에 따르면 자연에 대한 남성의 '초월성'은 사냥하고 죽이는 능력으로 상징된다. 여성의 자연 동일시, 그리고 내재성을 상징하는 역할은 인간 종을 영속시키는 무의식적 출산 과정과 핵심적으로 얽여 표현된다. 인간의 우월성 혹은 권위는 '생명을 낳는 성이 아니라 죽이는 성이 소유해왔다.'[28] D. H. 로런스의 말을 빌리자면 '생명의 주인이 죽음의 주인이다.' 그러니까 가부장적 시학은 가부장이 바로 예술의 주인임을 암시한다.[29]

여성의 종속을 다룬 이론가들은 (프로이트와 호니부터 보부아르, 볼프강 레더러, 최근 도러시 디너스타인까지) 두 성이 맺는 관계의 다른 측면도 탐색했다. 그러나 그런 연구에서도 남자는 여성을 비유적으로 '죽이기' 원한다. 호니가 여성에 대한 남성의 '두려움'이라고 부른 바는 레더러가 오랫동안 연구했던 현상이다.³⁰ 생명의 어머니로서 '여성 최초의 거짓말이자 최초의 배신은 생명 자체, 즉 가장 매력적인 형식으로 포장되어 있지만 항상 늙음과 죽음의 소동으로 들끓는 생명을 배신하는 것'이라는 보부아르의 주장을 상술하면서, 레더러는 여성이 '남성의 관심을 끌기' 위해 자기 자신을 '죽여서' 예술 작품으로 만드는 경향이 있음을 언급한다.

구석기 시대 이래 여성은 공들인 머리 장식이며 치장과 화장을 통해 필멸의 자아보다 영원한 여성의 전형을 강조하려 했다는 증거가 있다. 아프리카나 일본에서는 그런 화장이 생명력 없는 가면 수준까지 나아갔으리라. 그러나 그것이야말로 화장의 목적이다. 생명이 없는 곳에서는 아무도 죽음을 말하지 않는다.³¹

그렇다면 이 또 다른 이유 때문에 대대로 여성들이 글쓰기를 주저했다는 사실은 놀랍지 않다. 남성 신과 신 같은 남성에 의해 만들어져 자신의 '완벽한' 이미지 속으로 죽어 들어간 여성 작가의 자기 응시는 남성이 새겨놓은 문학작품이라는 거울을 들여다보려는 시도에서 시작되었을 것이다. 거울 속에서 여성은 우선 자연과 자신의 두려운 혈연관계를 가리기 위해 자신에게 씌워놓은, 가면처럼 단단히 고정시킨 영원한 모습을 보게 될 것이다. 그러나 충분히 오랫동안 열심히 바라본다면 (메리 엘리자베스 콜리지의 「거울의 이면」 화자처럼) 성난 수인, 즉 자신을 보게 될 것이다. 이 환영을 묘사한 시는 우리가 구축하려고 하는 페미니즘 시학의 핵심이다.

어느 날 거울 앞에 앉아
발가벗은 환영을 불러냈다.
그곳에서 처음 본 것은
즐겁고 기쁜 모습이 아닌,
여자의 절망보다 더한 절망으로 미쳐 있는
한 여자의 환영.

양옆 머리는 뒤쪽으로 뻗쳐 있고
사랑스러움이라곤 없는 얼굴.
이제는 은밀한 선망의 눈길조차 받지 못하는구나,
그것은 세상 그 어떤 남자도 상상하지 못했던 일.
성스럽지 못한 힘겨운 고통의
가시관을 만들었구나.

그녀의 입술은 열려 있지만, 벌어진
붉은 선 밖으로 소리 하나 나오지 않는다.
그것이 무엇이든, 섬뜩한 상처가
침묵과 비밀에 싸여 피 흘리고 있다.
어떤 한숨도 그녀의 말 없는 비탄을 덜어주지 못하고,
자신의 두려움을 말할 수 있는 목소리도 없다.

이글거리는 그녀의 눈 속에

꺼져가는 욕망의 불꽃이 타오르니.

미친 듯이 타오른다, 희망이 사라졌기에.

변하지도 지치지도 않는 힘,

질투와 격렬한 복수가

솟구치는 불꽃에 타오른다.

거울 속 그림자의 그늘,

오, 저 유리 표면을 자유롭게 하라!

지나가게 하라—더 아름다운 환영이 지나가노니—

다시는 돌아오지 마라,

'내가 바로 그녀다!' 이런 속삭임을 들려준

미친 시간의 유령이 되기 위해서.[32]

이 시에서 거울/텍스트의 이미지 속에 갇혀 있는 여성은 '자신의 두려움을 말할 수 있는 목소리가 없다' 해도, '어떤 한숨도' '그녀의 말 없는 비탄'을 덜어주지 못한다 해도, 자율성과 내면성에 대한 불굴의 인식을 견지해낸다. 초서의 '바스의 여장부'의 말을 바꿔 말하면, 그녀는 '자기 경험에 대한 권위를 인식'하고 있다.[33] 메리 엘리자베스 콜리지의 시는 은유의 힘이 이처럼 멀리까지 확장될 수 있다고 말한다. 마지막으로, 텍스트나 이미지는 어떠한 사람도 완벽하게 침묵시킬 수 없다. 이야기가 작가로부터 '달아나는' 습관이 있듯이, 에덴동산 이후로 인간은 (신

의 권위든 문학의 권위든) 권위에 도전하는 습성이 있기 때문이다.[34]

오스틴의 소설에 나오는 앤 엘리엇과 하빌 대령의 논쟁도 이와 관련이 있다. 두 인물이 벌이는 논쟁의 핵심이 여성의 '변덕'이라는 것, 그러니까 여성이 작가/소유자의 손에 '죽임을 당하거나' 고정되기를 거부하고 자신의 길을 고집스럽게 주장한다는 것이라는 사실은 결코 우연이 아니기 때문이다. 남성 작가들 자신이 '괴물 같은' 자율성을 지닌 여성 인물을 만들어냈으면서도 작가/소유자를 거부한다는 이유로 여성을 꾸짖는 것은 문학의 아이러니다. 그러나 여성 입장에서 보면 '변덕'은 고무적인 성격이자 덕성이다. (이중성을 수반하긴 해도) 변덕은 여성이 그 자신을 인격으로 창조할 능력, 더 나아가 거울/텍스트 반대쪽에 갇혀 있는 여성에게 다가가 그녀가 빠져나올 수 있도록 도와줄 능력까지 있음을 암시하기 때문이다.

*

그러나 여성 작가는 문학적 자율성을 향해 거울을 통과하는 여정을 떠나기 전에 먼저 거울 표면에 있는 이미지와 타협해야 한다. 그 이미지는 남성 예술가들이 여성의 '변덕'에 대한 두려움을 누그러뜨리기 위해, 그리고 자신들이 창조해낸 여성을 '영원한 여성의 전형'과 동일시함으로써 더욱 철저하게 소유하기 위해 여성의 인간적인 얼굴에 단단히 씌워놓은 신화적 가면이다. 앞으로 보겠지만, 여성 작가는 남성 작가가 만들어놓은 '천사'와 '괴물'이라는 양극단의 이미지를 특별히 더 읽어내고 적응하고 초월해야 한다. 버지니아 울프는 여성이 글을 쓸 수 있으려면 먼저 '집 안의 천사를 죽여야 한다'고 선언했다.[35] 다시 말해 여성은 자기를 '살해해' 예술에 가두어놓았던 미학적 이상을 죽여야 한다. 모든 여성 작가는 천사와 정반대쪽에 있는 대립쌍인 집 안의 '괴물'도 죽여야 한다. 메두사의 얼굴을 한 이 괴물도 여성의 창조력을 죽이기 때문이다. 그러나 페미니즘 비평가인 우리에게 천사와 괴물 둘 다 '죽이는' 울프적인 행위의 시작은 이런 이미지의 기원과 본질을 이해하는 것이다. 페미니즘 시학을 수립하고자 한다면, 살해하기 위해 우선 분석해야 한다. 특히 여성이 쓴 문학을 이해하려면 그래야 한다. 왜냐하면 '천사'와 '괴물' 이미지는 남성이 쓴 문학 전반에 퍼져 있을 뿐 아니라, 두 이미지 중 어느 하나라도 확실하게 죽인 여성은 거의 없을 정도로 여성문학에도 스며들어 있기 때문이다. 여성의 상상력은 거울을 통해 그 이미지를 어렴풋이 인식했을 뿐이다. 최근까지 여성 작가는 자신을 (무의식적이지만) 메리 엘리자베스 콜리지가 말했던 '수정 유리 표면'에 살고 있는 천사나 괴물, 또는 천사/괴물의 이미지 뒤에 거주하는 신비한 존재로 정의해야 했다.

모든 작가에게 자아 정의는 자기주장보다 반드시 선행한다. 창조적인 '나란 존재'가 무엇인지 '내'가 알지 못한다면 언어화할 수 없다. 그러나 여성 예술가에게 자아 정의의 본질적 과정은 그녀와 자신 사이에 끼어든 모든 가부장적 정의 때문에 복잡해진다. 자신이 걸려들었다고 느끼는 남성의 음모에서 벗어나려 애쓰는 앤 핀치의 「아멜리아」부터, '박사님 […] 원수님, 나는 당신의 작품입니다. 나는 당신의 보물입니다'라고 말하는 실비아 플라스의 「레이디 나사로」에 이르기까지,[36] 여성 작가는 거울에서 본 자신의 모습이 남성의 구성물이고 남성의 머리에서 나온 '순수한 황금빛 아이'이자 반짝이는 100퍼센트 인공적인 아이임을 고통과 혼란과 분노 속에서 인정한다. 나아가 크리스티나 로세티는 남성 예술가가 '있는 그대로의 여성이 아니라 자신의 꿈을 채워주는 사람으로서' 예술 소재가 되어주는 여성의 얼굴을 '먹고 산다'는 것을 인식했다.[37] 마지막으로, 1859년의 「한 여성의 시」에서 어느 여성 작가는 '당신[남성]은 당신이 움직이는 세계를 만들고, […] 우리는 우리 세계(아! 당신이 그 세계도 만들었구나!)', 그 좁은 곳에 갇힌 채 '사방이 벽으로 에워싸인 텅 빈 곳에서 […] 우리 역할을 해낸다'고 주장한다.[38]

이 마지막 시가 언급한 고도로 정형화된 여성의 역할은 궁극적으로 천사와 괴물 역할의 변형이지만 그 양상은 매우 다양하다. 이런 식으로 정교한 유형을 반영한 많은 가면들이 여성을 위해 만들어졌기 때문이다. 엘리자베스 배럿 브라우닝의 『오로라 리』에 나오는 결정적인 한 구절은 여성 예술가들이 남성의 손으로 만들어진 여성의 이미지를 통해 깨닫는 치명적인 신비화와 신비한 변형을 암시한다. 어린 오로라는 의미심장하게도 어머니가 돌아가신 뒤에 그려진 어머니의 초상화(따라서 일종의 데스마스크, 은유적으로 말하면 살해되어 예술 속으로 들어간 여성의 이미지)를 바라보면서 그 작품의 도상학에 대해 숙고한다. 어머니의 하녀가 '영국풍 수의'를 입은 어머니의 모습이 아니라 '뻣뻣한 붉은색 비단' 궁중복을 입은 초상화를 고집했다는 사실에 주목한 결과, 아이는 이 어울리지 않은 의상이 주는 효과가 '매우 기이하다'고 말한다. 아이가 이 그림을 응시하자, 어머니의 '백조처럼 초자연적인 하얀 삶'이 아이 자신이 '마지막으로 읽고 듣고 꿈꾸었던 것'과 뒤섞이는 듯하다. 그리하여 그 카리스마적인 아름다움 속에서 어머니의 이미지는 다음과 같이 바뀌었다.

> 유령, 악마, 천사, 요정, 마녀, 정령.
> 무시무시한 운명을 본 용감한 뮤즈.
> 사랑을 놓쳐버린 사랑스러운 프시케.
> 부드러운 우윳빛 이마를 가진 조용한 메두사,
> 온통 뱀으로 뒤덮이고 엉켜진 채
> 점액질이 땀처럼 순식간에 흘러내린. 혹은 이내
> 칼로 난자당한 우리의 정열적인 여성,
> 갓난아이가 젖 빨고 있는.
> 혹은 달빛처럼 창백한 괴물 라미아,
> 움츠린 채 눈을 깜빡거리며 진저리치고
> 몸부림치면서 더럽혀지기 전에는.
> 또는 나 자신의 어머니, 마지막 미소를
> 갓난아이 입에 한 마지막 입맞춤 속에 남겨둔,
> 그 때문에 아버지는 침대 아래로 밀쳐졌지.
> 또는 나의 죽은 어머니. 미소도 입맞춤도 없이,
> 피렌체에 매장된.[39]

죽은 어머니의 초상화에서 오로라가 본 여성의 모습은 '유령, 악마, 천사, 요정, 마녀'처럼 극단적이며 멜로드라마적이고 고딕적이다. 오로라가 우리에게 말하고 있듯이, 그녀가 읽은 것은 그녀가 본 것과 하나로 녹아 있다. 그러나 이것이 의미하는 바는, 오로라 자신이 자신의 어머니처럼 남성이 규정한 가면과 옷차림으로 살아야 할 운명일 뿐만 아니라, 그녀 안에 남성이 규정한 가면과 옷차림이 불가피하게 존재해 그녀의 시야를 변화시킨다는 것이다. 시인으로서 오로라의 자아 발전은 배럿 브라우닝이 쓴 이 운문 교양소설의 핵심 관심사다. 오로라가 시인이 되고자 한다면 남성의 '작품'인 죽은 자아를 해체시키고 살아 있는 '변덕스러운' 자아를 발견해야 한다. 다르게 말하면, 배럿 브라우닝이 자신의 성숙한 예술 작업에서 실현했다고 말한 대로,[40] '복사판'을 '개인성'으로 대체해야 한다. 다만 오로라의 어머니 초상화에서 묘사된 '복사판' 자아도 결국 또다시 천사('천사' '요정', 어쩌면 '정령')와 괴물('유령' '마녀' '악마')이라는 도덕의 양극단을 보여준다는 것은 매우 의미심장하다.

인류학자 셰리 오트너는 '남자 대 여자의 관계가 문화 대 자연의 관계와 같은가?'라는 질문을 두고 뛰어난 분석 글을 썼다. 널리 영향을 끼친 그 글에서 오트너는 모든 사회에서 '여성과 관련된 심리적 양상은 인간의 관계 맺기 단계의 밑바닥과 꼭대기를 동시에 차지하고 있는 것 같다'고 말한다. 오트너는 이 '상징적인 모호성'을 설명하려고 애쓰면서, 여성은 '특정 관점에서 보면 문화의 헤게모니 아래에 서 있는 동시에 그것 너머에 (그러나 사실상 외부에) 서 있는 것처럼 보일 수 있다'고 지적함으로써 '불온한 여성의 상징들(마녀, 악마의 눈, 생리의 더러움, 거세당한 어머니)과 초월적인 여성의 상징들(모신, 자비로운 구원자, 정의를 나타내는 여성의 상징들) 둘 다'를 설명한다.[41] 다시 말하면, 여성은 펜이 나타내는 자율성(주체성)을 부정당하기 때문에 문화로부터 (문화의 상징은 펜이니) 배제되는 한편 스스로 신비한 타자와 비타협적인 타자라는 양극단을 체현하고 있다는 것이다. 그리고 문화는 이 타자를 숭배와 공포, 사랑과 혐오로 마주한다. 여성은 '유령, 악마, 천사, 요정, 마녀, 정령'으로서 남성 예술가와 미지의 것 사이를 중재하며, 동시에 남성 예술가에게 순수함을 가르치고 그의 타락을 지적한다. 그러면 여성 자신의 예술적 성장은 어떨까? 오랫동안 여성 문인들이 남성 작가의 텍스트라는 거울에서 본 천사와 괴물 이미지에 의해 그 성장은 근본적으로 제한되어왔다. 따라서 그런 이미지에 대한 이해는 여성문학 연구에 필수적이었다. 조앤 디디온이 말했듯이 '글쓰기란 공격이다.' 왜냐하면 글쓰기는 '하나의 강제이며 […] 누군가의 가장 사적인 공간을 침략하는 일이기 때문이다.'[42] '존재의 탄력성은 문학에 몰입함으로써 촉진된다'는 리오 베르사니의 주장에 견주어보면 디디온의 말은 특별한 의미를 지닌다. 수많은 여성 문인들의 '가장 사적인 공간'을 침략해온 남성의 구성물을 철저하게 연구하려면 수백 페이지가 필요할 것이다. 실제로 다수의 뛰어난 책들이 이 연구에 바쳐졌다.[43] 남성 텍스트가 여성에게 '부과한' 가혹함을 논증하기 위해 우리는 이제 천사와 괴물이라는 근본적인 양극단에 대해 간략하게 살펴보겠다.

*

    [페트라르카의] 라우라 시에 대한 노먼 브라운의 논평대로 남성 작가들이 꿈꾸는 이상적인 여성은 항상 천사다. 동시에 버지니아 울프의 관점에서 보면 '집 안의 천사'는 남성 작가들이 지금껏 여성 문인들에게 부과해온 가장 치명적인 이미지다. 도대체 이 모호한 이미지는 어디에서 어떻게 출현했을까? 특히 울프가 불편해했던 빅토리아 시대 집 안의 평범한 천사는 어디에서 유래했을까? 물론 중세에 순수를 가르쳤던 가장 위대한 스승은 오트너가 '자비로운 구원자'라고 정의한 여성의 역할에 완벽하게 들어맞는 어머니 여신 동정녀 마리아였다. 그러나 세속적인 19세기에 여성의 순수를 나타내는 영원한 유형은 천상의 마리아가 아니라 집 안의 천사였다. 성모 마리아에서 집 안의 천사로 이어지는 문학적 계승은 뚜렷하게 이어지는데, (몇 명만 들어보면) 단테, 밀턴, 괴테를 꼽을 수 있다.

    르네상스 시대 대부분의 신플라톤주의자처럼, 단테는 성모 마리아의 순결한 수행원인 베아트리체를 알게 됨으로써 신과 그의 시녀 성모 마리아를 알 수 있었다고 주장했다. 밀턴도 (나중에 검토하겠지만) 명백하게 여성 혐오를 드러내는 가운데서도 '천사가 된 죽은 아내'의 환영을 보았다고 말한다.

    그녀는 마음처럼 순결한 흰옷을 입고 왔다.
    그녀의 얼굴은 베일에 가려 있었지만, 내 마음의 눈에는
    사랑과 상냥함과 미덕으로 환하게 빛나는 아내의 모습이

아주 또렷했다. 그렇게 환희로 빛나는 얼굴은 처음이었다.

다시 말해 밀턴의 죽은 아내는 성모 마리아를 휘감은 천상의 광휘와 ('분만의 흔적을 씻어낸') 베아트리체의 순결 둘 다를 지니고 있다. 밀턴의 아내가 실제로 부활한다면 의아해하는 남편 앞에 집 안의 천사로 나타나 신비한 천상의 광휘를 연출해줄 것이다.

괴테의 『파우스트』 마지막에 나오는 '영원히 여성적인 것'이라는 그 유명한 환영은 회개하는 성매매 여성부터 천사 같은 처녀까지 모든 여자들을 아버지 신과 인간 아들들 사이에 있는 해설자 혹은 중개자라는 역할로 제시한다. 파우스트의 「신비한 코러스」는 운문으로 번역해내기가 지극히 어렵긴 하지만 한스 아이히너의 영어 번역을 읽어보면 여성 중재자라는 괴테의 이미지가 밀턴의 '죽은 아내 천사'의 변형과 다름없다는 것을 쉽게 알 수 있다. '일시적인 모든 것은 그저 상징적이다. 여기에서 (다시 말하자면 당신 앞의 광경에서) 접근할 수 없는 것은 (상징적으로) 그려지며, 표현할 수 없는 것은 (상징적으로) 드러난다. 영원히 여성적인 것(즉 여성에 의해 상징되는 영원한 원칙)은 우리를 더 높은 영역으로 끌어올린다.' 더 들어가면, 영원히 여성적인 것의 정확한 성격에 대해 숙고하면서 아이히너는 괴테에게 '명상적인 순수의 이상'은 항상 여성적이었던 반면 '의미 있는 행위의 이상은 남성적이었다'고 말한다.[44] 따라서 여성은 전적으로 수동적이며 전적으로 생식력이 없다는 바로 그 이유 때문에 ('영'처럼) 다시 한번 남성 예술가들에게 신비한 존재가 된다. 형이상학적으로 공백인 그들의 '순수'는 '자아 없음'을 (이 단어가 제시하는 모든 도덕적 심리학적 의미와 함께) 의미하기 때문이다.

아이히너는 괴테의 '영원히 여성적인 것'을 더 자세히 설명하면서 '가장 숭고한 여성성'의 전형적이며 극단적인 예로 괴테의 후기 소설 『빌헬름 마이스터의 편력 시절』 등장인물 마카리에를 든다. 마카리에 묘사는 '집 안의 천사'의 철학적 배경을 잘 요약해 보여준다.

> 그녀는 […] 아주 순수한 명상적 삶을 영위해나간다. […] 시골 영지에서 완전히 고립된 채 […] 이야기가 없다고는 할 수 없지만 외적인 사건이 없는 삶을. 그녀의 존재가 쓸모없는 것은 아니다. 그 반대다. […] 그녀는 어두운 세계에서 횃불처럼 빛난다. 이야기가 있는 삶을 살아가는 다른 여행자들이 방향을 잡을 수 있게 움직이지 않는 등대처럼 빛난다. 감정과 행위로 뒤얽혀 있는 그들은 필요할 때마다 그녀에게 도움을 청하고 그녀는 충고와 위로를 결코 마다하지 않는다. 그녀는 이타심과 순수한 마음의 본보기이자 이상형이다.[45]

마카리에에게는 자기 이야기가 없다. 그러나 다른 사람들에게 '충고와 위로'를 해주고, 이야기를 들어주며 미소 짓고 공감해준다. 이런 특징은 마카리에가 서구 문화에서 은둔 생활을 하는 여자들의 후손일 뿐 아니라, 코번트리 패트모어가 쓴 집 안의 천사(이 명칭의 시조가 된, 19세기 중반의 가장 인기 있는 시집의 여자 주인공)의 직계 조상임을 보여준다.

'그녀에 의해서, 그리고 그녀를 위해서 시인이 되었던' 패트모어가 '그녀에 대한 기억'에 헌정한 『집 안의 천사』는 오노리어에게 칭송을 바치며 구애하고 청혼하는 운문 연속체다. 오노리어는 시골 교구장의 세 딸 중 하나로, 그녀의 이타적인 우아함, 친절함, 단순함, 고상함은 빅토리아 시대 숙녀의 전형일 뿐만 아니라 문자 그대로 지상의 천사임을 보여준다. 그녀의 시인 남편은 확실히 오노리어의 정신을 신성함으로 이해하고 있다.

> 일생 동안 나는 아내의 계관시인으로 사는 것보다
> 더 행복한 지위를 요구하지 않으리.
> 자유롭게 들어올린 사랑의 날개를 타고
> 아내의 친절로 위대해져,
> 이토록 사랑스러운 짝에 걸맞기 위해
> 귀족 남자는 어떠해야 하는지를 가르치리라.[46]

다시 말해 오노리어의 본질적 미덕은 그녀가 남자를 '위대하게' 만든다는 점이다. 그녀 자신은 위대하지도 않고 뛰어나지도 않다. 실제로 패트모어는 그녀의 생활이 애처로울 정도로 평범하다는 것을 강조하기 위해 세세한 일들을 제시한다. 오노리어는 제비꽃을 꺾고, 장갑을 잃어버리고, 새에게 먹이를 주고, 장미밭에 물을 주고, 교구장인 아버지와 함께 런던으로 기차 여행을 한다. 여행할 때 오노리어는 연인에게 빌린 페트라르카의 책한 권을 무릎에 얹어놓았지만, 작가가 우리에게 말하듯이, 그 책이 '책 무게의 금만큼 가치가 있다'는 것은 전혀 모른다. 간단히 말해 괴테의 마카리에처럼 오노리어도 자신의 이야기가 전혀 없다. 단지 '남자는 기쁨을 누려야 하며, 그를 기쁘게 하는 것이 여성의 즐거움'[47]이라는 생각에 바탕을 둔, 자아 없이 무구한 일종의 반反이야기를 품고 있을 뿐이다.

오노리어가 '잠자는 숲속의 미녀'나 '백설 공주'처럼 자신을 기다리고 있는 교구관을 이 젊은 시인-연인이 처음 방문했을 때, 그녀의 언니는 케임브리지를 떠난 그가 이제 칸트나 괴테를 '능가하는지' 묻는다. 영국 시골의 영원한 여성성 찬가에서 그가 아직 괴테를 능가하지 못했음을 암시할 때, 빅토리아 시대 문인에게 괴테는 대학생의 미성숙이 아니라 도덕적 성숙함을 상징한다. 빅토리아 시대의 현명함을 보여주는 가장 영향력 있는 걸작 『의상철학』의 절정은 '바이런을 덮고 괴테를 펴라'라는 말이다.[48] 물론 칼라일이 훗날 '여성 문제'로 일컬어지는 바를 구체적으로 생각한 것은 아니었고, 그가 괴테를 정전으로 삼은 까닭은 무엇보다도 영원한 여성성, 즉 패트모어가 시로 묘사하고, '오로라 리'가 어머니의 초상화에서 감지했으며, 버지니아 울프가 몸서리치며 기억한, 천사 같은 여자를 새롭게 강조하고자 했기 때문이다.

물론 18세기 이래 서구 문화에서는 숙녀를 위한 행실 규범서가 쏟아져나와 젊은 여자들에게 순종과 겸양과 헌신을 강요하면서, 모든 여성들이 천사처럼 되어야 한다고 상기시켰다. 『예절서』(1477)에서 「친애하는 애비」 같은 칼럼에 이르기까지 길고도 혼잡한 길이 있었다. 사회 역사학자들은 겸양, 우아, 순수, 섬세, 온순, 순종, 과묵, 순결, 상냥, 공손이라는 '영원히 여성적인' 미덕이 (이 모든 것이 오노리어의 천사 같은 순진함을 구성하고 있는 규범적 행실의 양상들이다) 어떻게 생겨났는지 충분히 탐구했다. 예의범절 책의 저자들은 여성에게 '우리의 모든 행위에는 (심지어 우아하게 자는 법에 이르기까지) 법칙이 있다'고 확신시켰고, 우아함이 남편 앞에서 지켜야 할 의무라고 말했다. '여성의 존재 이유가 남자를 이롭게 하고 위로해주는 것이라면 여성은 남자를 만족시키고 즐겁게 해주기 위해 매우 조심스럽고 부지런해야 한다는 것, 이것이 당연한 귀결이기 때문이다.'[49]

다시 말해 남자를 즐겁게 해주는 기술은 천사의 특성이자, 좀 더 세속적인 말로 표현하자면 숙녀에게 적절한 행위다. 빅토리아 시대 영국 최고의 교사인 세라 엘리스 부인은 1844년에 여성의 도덕과 예의범절에 대해 말하기를, 숙녀는 '자신을 만족시키기 위해 또는 존경받기 위해 무엇을 해야 하는가?' 같은 질문을 해서는 안 된다고 주장했다. 여성은 '집 안의 다른 어떤 사람보다 일에 적게 참여하니' 올바른 여성이라면 다른 사람의 행복을 위해 헌신해야 한다는 것이다.[50] 또 여성은 자신의 노력에 주목할 것을 요구하지 않으면서 말없이 헌신해야 한다. '다른 사람이 아니라 자신에 대해 생각하는 것은 악마를 피하듯 피해야 하는 일이기 때문이다!'[51] 마찬가지로 존 러스킨은 1865년에 여성의 '힘은 지배를 위한 것도 전쟁을 위한 것도 아니다. 여성의 지성은 창조나 발명이 아니라 가정을 기분 좋게 정리하기 위한 것'이라고 단언했다.[52] 두 작가의 선언이 주장하는 바는 이렇다. 빅토리아 시대의 천사 같은 여자는 가정 안에 갇힌 채 남편의 '의미 있는 행위의 삶'에 불가피하게 수반되는 피와 땀으로부터 그를 지켜주는 신성한 안식처가 되어야 하며, '명상적인 순수함'으로 신 같은 타자성을 상기시키는 살아 있는 기억이 되어야 한다는 것이다.

그러나 이따금 자아를 극단적으로 상실하고 세속적인 일상생활로부터 극단적으로 소외당한다는 측면에서 19세기의 천사-여자는 단순히 타자성을 기억시키는 존재에 머무는 것이 아니라, 메멘토 모리, 또는 알렉산더 웰시가 말한 '죽음의 천사'로 나타난다. 특히 디킨스의 여자 주인공들과 웰시 자신이 빅토리아 시대의 '천사학'이라 부른 것을 논하면서, 웰시는 플로렌스 돔비 같은 영적인 여자 주인공들이 병상을 지키면서 '죽음의 저편'에서 고통받는 자들을 어머니처럼 받아들여 '저세상으로 옮겨가도록 도와주는' 행동에 대해 분석한다.[53] 그러나 '천사-여자'가 이승과 저승에 동시에 거주하는 존재라면, 그녀 자신은 죽어가는 자들을 돌보는 존재이면서 동시에 이미 죽은 존재다. 웰시는 '이런 여자 주인공 역할의 명백한 역전 가능성'에 대해 숙고한다. '여기에서 죽어가는 것은 누군가를 죽음으로부터 구해주는 행위와 혼동되고 있는 것 같다.' 웰시는 또 디킨스가 사실상 플로렌스 돔비를 죽은 자처럼 비현실적인 고요함을 지닌 인물로 묘사했다고 지적한다.[54] 이 영원히 여성적인 천사는 어리둥절해하면서도 충실한 남자에게 정신적 전령이자 신비의 해설자로서 결국 죽음이라는 신비한 타자성의 전령으로 나타난다.

앤 더글러스가 최근에 보여주었듯이, 해리엇 비처 스토의 어린 에바나 디킨스의 넬 같은 19세기 죽음-천사에 대한 숭배는 진정한 '죽음 길들이기'로 귀착했고, 죽어가는 여성과 아이에 대한 관례화된 도상학과 양식화된 성인 열전을 생산했다.[55] 살아 있지만 죽은 자나 다름없는 디킨스의 플로렌스 돔비처럼 루이자 메이 올컷의 베스 마치도 집 안의 성녀다. 베스 마치가 자기 자신을 천상에 넘겨주는 임종의 침상은 천사-여자의 최종적인 신비한 성소다. 천사-여자의 도덕적 숭배와 연관되어 있는 여자의 연약함과 섬세한 아름다움에 대한 미학적인 숭배는 '상류사회'의 여성으로 하여금 자신을 '죽여서'(레더러가 살펴보았듯이) 예술 작품으로 만들게 했다. 가녀리고 창백하며 수동적인 그들의 '매력'은 섬뜩할 정도로 눈처럼 하얗고 도자기처럼 꿈쩍하지 않는 죽은 자를 연상시킨다. 몸 졸라매기, 단식, 식초 마시기, 매우 짙은 화장, 식이요법 등은 모두 여성을 병적으로 약하게 보이거나 실제로 '병들게' 만드는 양생법이다. 따라서 베스 마치의 아름다운 동생 에이미는 그녀 나름의 인위적인 방식으로 폐병을 앓는 언니처럼 창백하고 연약하게 꾸민다. 그리하여 이 두 여자 주인공은 '아름다운 여성'의 상징을 (에드거 앨런 포는 아름다운 여성의 죽음이 의심의 여지 없이 '가장 시적인 주제'라고 생각했다)[56] 서로 보완하며 각각의 반쪽을 구성한다.

예술품이 되든 성녀가 되든, 아름다운 천사-여자의 행위에서 중요한 것은 자신을(자신의 안락, 개인적 욕망, 혹은 둘 다를) 포기한다는 것이며, 그녀를 죽음과 천상으로 몰고 가는 것은 바로 이런 희생 행위다. 자아를 버리는 것은 고귀해지는 길일 뿐 아니라 죽는 것이기 때문이다. 이야기가 없는 삶은 괴테의 마카리에의 삶처럼 사실상 죽은 삶이고 산 죽음이다. '명상적인 순수함'의 이상은 결국 천상과 무덤 둘 다를 환기시킨다. 오로라 리의 목록(어머니의 초상화에서 '유령, 악마, 천사, 요정, 마녀, 정령'을 보는 그녀의 환영)으로 돌아가보면, 천상의 '천사'인 오로라 리의 어머니도 얼마쯤은 불길한 '유령'이다. 그녀의 얼굴은 자신의 욕망, 자아, 삶을 버리고 살아 있는 동안 사후의 삶을 살았던 빅토리아 시대 여성의 승화된 얼굴이기 때문이다.

그러나 더글러스가 지적하듯이, 빅토리아 시대의 죽음 길들이기는 자아를 버린 자의 죽음에 대한 묵인을 나타낼 뿐 아니라 권력을 향한 힘없는 자의 비밀스러운 분투를 나타낸다. '무시당하는 사람들의 의식 속에서 비석은 신성한 상징이다.'[57] 공적 생활에서 배제되고 관능적인 존재의 (고통이 아니라) 쾌락을 부정당한 채, 빅토리아 시대 집 안의 천사는 집을 넘어선 곳, 적어도 한 영역에서만큼은 지배권을 허용받았다. 그것은 바로 죽음의 왕국이었다. 그런데 여성이 간호사, 위로해주는 자, 정신적 안내자, 신비한 전령으로서 죽어가는 자와 죽은 자를 지배한다면, 여성의 숭배자들은 여성이 죽은 자 또는 죽음을 위로하면서 이따금 죽음을 가져올 수도 있겠다고 두려워하지 않겠는가? 웰시가 말하듯, '부정되고는 있지만, 천사의 구원 능력은 죽음의 능력을 암시한다.' 디킨스는 『데이비드 코퍼필드』에서 천사 같은 애그니스 윅필드에 대해 불길하지만 위트 있는 질문을 덧붙인다. '탐정소설식으로 말해, 살아 있는 도라 코퍼필드를 마지

막으로 본 사람은 누구였을까?'[58]

웰시도 디킨스도 천사 같은 여자에게 있을 수 있는 치명적인 잠재력을 암시하는 데서 그친다. 그러나 이 맥락에서 보면 현명한 자에게는 그런 한마디로 족하다. 그런 암시는 오로라의 어머니가 겪는 여러 변신을 설명해주기 때문이다. 우리가 마주하는 그녀의 여러 이미지 '유령, 악마, 천사, 요정, 마녀, 정령'은 서로 뒤엉켜 있을 뿐 아니라 각각 반대 이미지와도 연결되어 있다. 죽음의 천사 관에 갇힌 여성은 분명 악마처럼 그곳에서 도망쳐 나오기를 갈망했을 것이다. 게다가, 여성이 죽음의 천사로서 남성의 영혼을 섭리에 따라 이승에서 저승으로 운반해주는 자아 없는 어머니를 나타낸다면, 똑같은 여성의 모성적 힘은 모든 어머니가 자식들을 무서운 죽음에 넘겨주는 운명의 존재임을 암시한다. 마지막으로, 천사-여자가 자신에게 맡겨진 사람들의 안녕을 책임지기 위해 가정/신비의 영역을 조종한다는 사실은 그녀가 이야기뿐 아니라 전략까지 조종·획책할 수 있음을 드러낸다.

빅토리아 시대 천사의 꿍꿍이, 그녀가 필멸의 몸이라는 사실, 분노를 폭발시킬 수 있는 억압된 (따라서 더욱더 위협적인) 능력은 남성 '천사-기록자'의 가장 빛나는 텍스트에서도 어렴풋이 포착되곤 한다. 예를 들어 패트모어의 오노리어는 처음 모습보다 훨씬 더 이중적임이 드러난다. 시인인 오노리어의 연인은 '그녀는 비둘기의 귀여운 어리석음에 뱀의 교활함을 잇는다'고 말한다. 물론 화자는 그녀의 교활함이 '그의 사랑을 견고하게 지키고 고양시키기 위한' '좋은' 목적에서 행사되고 있음을 보여준다. 그럼에도 이렇게 서술한다.

> 그녀의 솔직함은 속임수다.
> 그녀의 생각과 그녀의 말은
> (나는 결코 그녀를 사기꾼이라 부르지는 않겠지만)
> 스코틀랜드와 중국만큼이나 멀리 떨어져 있다.[59]

여기에서 시인은 자신의 연인도 오스틴의 하빌 경이 '변덕'이라고 일컬은 것(즉 그녀의 천사 같은 자기희생 아래 깔린 말살할 수 없는 이기심일 고집 센 자율성과 이해할 수 없는 주체성)을 가질 수 있음을 인정한다.

마찬가지로 단테 가브리엘 로세티는 천사-여자의 또 다른 버전인 시에서 몸과 정신의 유사한 긴장을 탐색하면서, 자신의 '축복받은 다모젤'을 천상에 있는 '황금 장벽' 뒤에 배치하면서도 여전히 인간의 모습으로 구현한다. 그녀가 기대고 있는 장벽은 이상하리만치 따뜻하다. 그녀의 목소리, 머리카락, 눈물은 기이할 정도로 생생하고 관능적이다. 이는 아마 어떤 여자도 완전히 정신적일 수는 없다고 강조하기 위해서일 것이다. 여하튼 '다모젤'의 죽음 속 삶은 어떤 면에서는 여전히 육체적이기에 (역설적으로) 필멸성을 상징한다. 로세티는 자신의 부인이자 모델인 엘리자베스 사이달이 자살하기 16년 전인 1846년에 「축복받은 다모젤」을 썼다. 이 시의 이미지에 숨겨진 불안은 그녀가 죽고 난 이후 한참이 지나서야 표면으로 떠올랐다. '자신의 꿈을 채워주었던' 이 사랑스러운 여성을 묻을 때 (마치 여성과 예술 작품은 필연적으로 떼어놓을 수 없다는 듯) 시의 원고를 감상적으로 함께 묻었던 로세티는 1869년에 원고를 꺼내려고 그녀의 관을 파냈다. 이때 런던의 문단은 그녀의 머리카락이 '죽은 후에도 계속해서 자라나 그 길고 아름답고 화려한 머리카락이 관을 황금으로 가득 채우고 있는 것 같았다'는 소문으로 들끓었다.[60] 엘리자베스 사이달 로세티의 머리카락은 아무리 천사 같은 여성이라 해도 여성이라면 전적으로 거부할 수 없는 불굴의 세속성을 품고 있음을 보여주는 듯했다. 그녀의 머리카락은 괴물 같은 여성의 성적 에너지를 암시하는 은유처럼, 그녀의 예술가 남편이 감금시켰던 실제적이고도 비유적인 관에서 튀어나온다. 죽은 엘리자베스는 그 강렬한 광휘로 인해 로세티에게 놀랄 만큼 현실적으로 보인 동시에 매우 초자연적으로 보였다. 그에 따르면 '변화하는 세계 속에서도 변하지 않은 밤이 에워싸고, / 죽음 속에서도 퇴색되지 않은 황금빛 머리카락이 놓여 있었다.'[61]

*

로세티의 죽은 아내처럼 꺾이지 않는 세속성을 지녔으면서도 약간은 초자연적인 존재로 여성을 정의한다면, 우리는 마녀나 괴물, 좀 더 지하 세계의 마법적 존재, 그리고 천사와 대척점에 있는 일종의 거울 이미지로 여성을 정의하는 것이다. 셰리 오트너의 말을 빌리자면, 여성은 여전히 '문화의 헤게모니 아래에, 동시에 그것 너머에 (그러나 사실상 외부에) 존재한다.' 그러나 이제 타자성의 재현으로서 여성은 영감을 불러일으키는 정신의 타자라기보다 육체의 파멸적 타자로 구현되며, 만들어진 그대로 천사 같은 겸양이나 '우둔함'을 보이기보다는 남자들이 (앤 핀치의 말을 빌리자면) '주제넘은' 욕망이라고 간주하는 특성을 내보인다. 이 장의 서두에서 논했던 '권위'에 대한 문학적 정의로 되돌아간다면, 천사 같은 자매를 위협하는 괴물-여자는 비타협적인 여성의 자율성을 구현한다는 것이 드러난다. 또한 그 '권위'는 불안의 근원을 나쁜 이름(마녀, 음란한 여자, 악마, 괴물)으로 부름으로써 '자신의' 불안을 누그러뜨리려는 남성 작가의 권력을 나타내는 동시에, 부여받은 텍스트 안의 '자리'에 머물러 있기를 거부하는, 그리하여 그 작가로부터 '벗어나는' 이야기를 빚어내는 인물의 신비한 힘도 나타낸다.

도러시 디너스타인이 말했듯이, 여성의 자율성에 대한 남성의 불안은 어머니에게 지배되었던 유아기에서 비롯된 매우 뿌리 깊은 것이다. 따라서 전통적으로 가부장적 텍스트는 천사처럼 자아를 버린 모든 백설 공주가 사악할 정도로 자기주장이 강한 계모에게 (괴롭힘을 당했거나) 쫓겨났다는 이야기를 그린다. 가정에 조용히 머무르는 여자의 빛나는 초상화에는 하나같이 중요한 부정적 이미지가 담겨 있다. 바로 윌리엄 블레이크가 '여성의 의지'라고 불렀던, 신성모독적인 악마성을 구현한 이미지다. 전통적으로 남성 작가들은 비둘기의 단순함을 찬양하고, 뱀의 교활함은 늘 (적어도 교활함이 그녀 자신을 위해 쓰일 때는) 혹평한다. 마찬가지로 자기주장을 하고 공격성을 내보이는 ('의미 있는 행동'으로 가득 찬 남성적 삶의 모든 특성을 가진)

여성은 '괴물'로 묘사한다. 그런 특성은 '비여성적인' 만큼 '명상적이며 순수한' 부드러운 삶에 적합하지 않기 때문이다. '이브의 딸'을 염두에 두면서, 패트모어의 시인-화자는 다음과 같이 의미심장하게 말한다.

> 도를 넘어선 여성의 부드러운 정조는
> 다른 이들을 흘깃 볼 뿐인
> 나의 사랑을 시들게 하지. 그녀는 자신의 모든
> 결함은 받아들이나, 남자의 결함은 결코 용인하지 않아.[62]

다행히 패트모어의 오노리어에게는 사악한 결함이 없다. 앞에서 보았듯 그녀의 뱀 같은 교활함은 전적으로 그녀의 애인을 즐겁게 해주는 일에 집중되어 있다. 그러나 대다수 남성 문학에서 (오노리어 같은) 집 안의 사랑스러운 여자와 바깥의 사악한 여자의 대립은 반복적으로 나타난다.

예를 들면 새커리의 『허영의 시장』에서 천사처럼 순종적인 어밀리아 세들리(패트모어의 천사보다 더 비극적인 삶을 산 또 한 명의 오노리어) 뒤에는 고집 세고 독립적인 베키 샤프가 숨어 있다. 작가는 한 대목에서 이 독립적이고 '매혹적인 여자'를 실로 괴물 같고 뱀 같은 마녀로 묘사한다.

노래하고 미소 지으며 달래고 어루만져주는 이 세이렌을 묘사하면서 작가는 독자들에게 자존심을 최대한 누르고 묻기를, 자신이 잠시 예의범절을 잊고 괴물의 무시무시한 꼬리를 물 위로 드러낸 것이냐고 한다. 아니다! 상당히 투명한 물 아래를 들여다본 사람들은 그것이 꿈틀거리고 뒤척이며 악마처럼 무시무시하고 끈적거리며, 뼈 사이에서 퍼덕거리거나 시체 주위에서 소용돌이치는 모습을 보았을 것이다. 그러나 수면 위에서는 모든 것이 적절하고 유쾌하고 점잖아 보이지 않은가.[63]

이례적인 위의 문단이 제시하듯이, 괴물은 천사 뒤에 숨어 있을 뿐만 아니라 사실상 천사 안에 (혹은 천사의 더 저급한 반쪽에) 살고 있다. 따라서 새커리는 ('적절하고 유쾌하고 점잖으며', 불행한 남자를 '달래고 어루만져주는') 집 안의 모든 천사란 진짜 '악마처럼 무시무시하고 끈적끈적한' 괴물이라고 암시하는 셈이다.

에이드리언 리치는 「플라네타륨」에서 '괴물의 모습을 한 여자', '여자의 모습을 한 괴물 / 하늘은 그들로 가득 차 있다'고 말한다.[64] 하늘이 그들로 가득 차 있기 때문에 새커리의 뱀처럼 교활한, 세이렌과 직접 관련이 있는 여성 괴물들만 조명해보더라도 여성 괴물들이 남성의 텍스트에 오랫동안 거주해왔다는 것을 알 수 있다. 자기 자신의 사적 목적에만 헌신하는, 더러운 물질성의 상징인 이런 여자들은 자연의 재난이며 물리쳐야 할 변덕스러움이다. 건강하지 못한 에너지와 강력하고도 위험한 그들의 기술이 이 변덕스러움 안에 있다. 더욱이 괴물 캐릭터는 여성에 대한 남성의 두려움, 특히 여성의 창의성에 대한 남성의 경멸을 구현하고 있는 만큼, 여성 작가들의 자아상에 강력하게 영향을 끼쳤다. 결국 그들의 천사 같은 자매가 전달하는 순종의 메시지를 반대 방향에서 강화한 것이다.

스펜서는 『선녀여왕』 1편에서 이 시 전체에서 원형으로 작용하는 여성 괴물을 소개한다. 에러는 반은 여자, 반은 뱀의 형상을 한 괴물로, '아주 혐오스럽고 더럽고 추악하며 지독한 오만으로 가득 차 있다'고 묘사된다. 에러는 어두운 굴에서 새끼를 낳고, 새끼들은 독성 있는 그녀의 젖꼭지를 빨다가 자기들이 질색하는 빛을 보면 엄마 입속으로 도로 기어들어간다. 한편 고귀한 적십자 기사와 맞싸운 전투에서 에러는 책과 문서, 개구리와 두꺼비를 대량으로 토해낸다. 에러의 더러움은 잘못되고 소화시키지 못한 배움이 불러올 위험천만한 결과를 상징하면서, 1편에 나오는 또 다른 두 강력한 여자 두에사와 루시페라의 추악함을 예고한다. 두 여자는 자신들의 사악한 본성을 감출 가짜 외모를 만들어낼 수 있기에 더 위험하다.

에러처럼 두에사도 허리 아래가 변형되어 있다. 마치 '허리까지는 신의 속성을 물려받고, 그 아래로는 악마의 속성을 물려받았다'는 리어 왕의 말을 예증하는 듯하다. 스킬라, 키르케, 메데이아 같은 다른 마녀들처럼 두에사도 달이 떠오르면 대대로 내려오는 약초로 목욕하며 참회의 시간을 갖는다. 이때 그녀의 '아랫부분'은 '흉하고 괴물 같은' 모습으로 드러난다.[65] 그러나 의미심장하게도 두에사는 기독교와 순결함과 온순함을 대표하는 아름답고 천사 같은 여자 주인공 우나로 변장함으로써 남자들을 속여 유혹한다. 마찬가지로 루시페라도 겉으로는 아름다운 대저택에서 살고 있지만, 허약한 지반과 폐허가 된 뒤뜰을 감쪽같이 감추어둔 그 집은 교묘하게 꾸며진 '오만의 집'이다.

두 여자 모두 남자를 유혹하고 파멸시키기 위해 속임수를 사용한다. 그들의 은밀한 수치스러운 흉측함은 숨겨진 성기(그들의 여성성)와 밀접하게 연관되어 있다.

테르툴리아누스나 성 아우구스티누스 같은 초기 기독교 교부의 여성 혐오 이후 르네상스와 왕정복고 시대의 문학(시드니의 세크로피아, 셰익스피어의 레이디 맥베스와 고너릴과 리건, 밀턴의 [사탄의 딸] '죄'와 나중에 논할 밀턴의 이브)에서 계승된 여성 괴물은 18세기 풍자가들의 작품을 채웠다. 여성들이 이제 막 '펜을 든' 시기, 일군의 남성 작가들이 드러낸 여성 적대적 관점은 여성 독자들에게 특히 두려움을 안겼을 것이다. 이 작가들은 여성 문인을 두 방향에서 공격했다. 가장 두드러지게는 (셰리든의) 맬러프롭 부인과 (필딩의) 슬립슬롭 부인, (스몰렛의) 태비사 브램블 같은 만화적 인물을 창조함으로써 언어 자체가 여성의 입에 올리기에는 낯설다는 점을 암시했다. 여성의 입에서 어휘는 의미를 잃고 문장은 용해되어버리며 문학적 메시지는 왜곡되거나 파괴된다. 동시에 좀 더 교묘하게, 바로 그 이유 때문에 더욱더 의미심장한데, 남성 작가들은 여자 '천사'가 사실 여자 '악마'였으며 귀감이 된 귀부인은 사실 숙녀답지 않은 괴물이었음을 보여주기 위해 정교한 반反로맨스를 지어냈다. '여류 시인' 앤 핀치는 (그녀가 포프나 게이에게 당했던 대로) 자신이 『결혼 후 세 시간』에 등장하는 피비 클링킷처럼[66] '시적 갈망' 때문에 고통받는 인물로 적나라하게 희화화되었음을 알아차렸을 것이다. 또한 핀치는 여성 설교가란 뒷발로 서 있는 개와 같다는 존슨의 유명한 말에 의해, 모든 여자는 육체적으로도 정신적으로도 어쩔 수 없는 괴물이라는 (스위프트, 포프, 게이, 그 밖의 다른 사람들의 작품에 배어 있는) 암시에 의해, 간접적이지만 더 심하게 공격받는다고 느꼈을 것이다. 마지막으로 메리 울스턴크래프트를 '페티코트를 입은 하이에나'라고 한 호레이스 월폴의 말은 두 종류의 여성 혐오적 공격을 확고히 통합한다.[67]

따라서 조너선 스위프트의 많은 시에 출몰하는 괴물 같은 여자에 대한 혐오는 특히 여성 예술의 엄연한 부재 때문에 가능했을 것이라는 사실은 매우 중요하다. 영국에 돌아와 거실보다는 마구간을, 아내보다는 말을 더 좋아하게 된 걸리버처럼 스위프트는 시간에 대한 공포, 물질성에 대한 두려움을 또 다른 냄새 풍기는 동물(타락한 여자)에게 투사했다. 이런 투사의 가장 유명한 예는 그의 이른바 더러운 시에서 찾을 수 있을 것이다. 이 작품들에서 우리는 외관상 천사 같은 여자의 이면을 볼 수 있으며, 관념화된 '실리아, 실리아, 실리아, 똥같은 년!'을 발견할 수 있다. 겉으로는 흠 없어 보이는 클로이는 '배설하거나 폭발하며', '사랑의 여신'의 여성적인 '내면세계'는 더러운 요강과 같다.[68] 몇몇 비평가들은 스위프트가 만들어낸 여성들이 암시하는 여성 혐오가 단지 아이러니일 뿐이라고 말한다. 그러나 같은 맥락에 놓인 가장 분노에 찬 시들에서는 여성의 육체에 대한 공포, 육체를 구원하거나 변형시킬 수 없는 여성의 예술적 무능(무력함)에 대한 혐오가 드러난다. 따라서 스위프트에게 여성의 섹슈얼리티는 시종일관 타락, 질병, 죽음과 동일하고 여성의 예술은 불가피한 종말을 앞당기려는 하찮은 시도일 뿐이다.

패트모어의 애처가 화자가 여성을 자리매김하는 이중성의 전통을 정의하듯, 스위프트는 많은 시를 통해 도움이 되기도 하지만 적절치 못한 (여성성의) 허구를 만들어내는 속임수를 기능 면에서 살핀다. 「아름다운 젊은 요정」에서 학대받는 성매매 여성은 잠들기 전 가발을 벗고 수정 눈, 이, 어깨심을 모두 뺀다. 다음 날 아침에는 '빼낸 부속품을' 다시 끼워넣기 위해 자신의 모든 '기술'을 동원한다.[69] 여기에서 나타나듯 그녀의 기술은 자신의 고통이나 타인의 고통에 공헌할 뿐이다. 이는 「미의 진보」속 다이애나도 마찬가지다. 시에서 그녀는 갈라진 입술, 더러운 이, 부은 눈과 함께 땀과 얼룩으로 뒤범벅된 모습으로 깨어나, 자신을 교묘하게 다시 만들기 위해 네 시간이나 소비한다. 그러나 다이애나는 어차피 부패해가고 스위프트는 결국 모든 형상이 사라질 것이라고 선언한다. '물질이 모두 사라질 때 / 기술은 결코 이길 수 없기' 때문이다.[70] 클로이, 실리아, 코리나, 다이애나(모두 실패한 예술가)의 전략은 일시적으로 소멸을 면할 수 있을 뿐 결코 성공하지 못한다. 포프의 「여왕들의 섹스」에서와 마찬가지로 스위프트의 여자들은 포프의 말마따나 '너무 부드러운 물질'로 구성되었고 그들의 기술은 늘 부적절하기 때문이다.[71]

따라서 18세기 전반(신고전주의 시대)의 풍자가들이 여성 문필가들을 그토록 심하게 공격했다는 것, '멍청할 것을 요구받고 또 그렇게 만들어진' 만큼 여성이 펜을 드는 것은 괴물처럼 되는 일이고 '주제넘은' 일이라는 앤 핀치의 우울한 인식을 그들이 강화했다는 것은 놀랍지도 않다. 여성 작가는 여성의 육체적 한계를 초월할 수 없다는 바로 그 근거에 기초해 적어도 어느 정도는 자신의 예술적 적절함에 대한 남자 예술가들의 불안을 체화했으므로 18세기 풍자문학에서 실패자로 간주되고 비방받았다. 여성은 재생산 측면 바깥에 있는 자신을 결코 생각할 수 없다. 예를 들어 불쌍한 피비 클링킷은 핀치 자신의 희화화이자, 여성의 문학적 창조성이란 단지 성적 좌절의 결과일 뿐임을 증명하는 열등한 여성의 전형이다. 클링킷은 자신의 시혼을 바칠 가치가 없는 '문제'를 애정 있게 가꾸는데, 그 일이 그녀의 상상력이 '풍요롭고 순발력 있음'을 증명하기 때문이다. 시에 대한 클링킷의 태도는 레이디 타운리의 만족할 줄 모르는 성욕만큼 관능적이고 분별력 없다.[72] '사생아'나 '장애아'를 낳은 어머니처럼 여성 작가들은 그들이 '정작' 낳아야 할 존재를 생산하지 못한다고 풍자가들은 말한다. 그리하여 헤픈 여성 소설가는 [포프의] 『우인 열전』 속 소변 콘테스트에서 대상을 받는다. 차점자는 요강을 수여받는다.

18세기 풍자가들은 대부분 여성을 괴물로 묘사할 때 피비 클링킷이나 스위프트의 쇠락해가는 요부 묘사처럼 저급한 모방 수준에 머물렀다. 그러나 몇몇 중요한 여성 괴물의 화신들, 알레고리의 구조를 간직한 더 기상천외한 선배들이 있다. 이를테면 『책들의 전쟁』에서 스위프트의 '비판의 여신'은 명백하게 기지와 학문의 사망을 상징한다. 에러의 굴처럼 어두운 굴에서 헤아릴 수 없이 많은 책을 삼키고 있는 여신은 무지, 자만, 의견, 소음, 뻔뻔스러움, 현학 같은 친척들에게 둘러싸여 있으며, 그 자신은 스펜서의 여느 여성들처럼 우화적으로 변형되어 있다.

여신은 고양이처럼 발톱이 있다. 그녀의 머리, 귀, 목소리는 당나귀를 닮았다. 이는 진작 빠져버렸고, 눈은 오로지 자신만을 바라보는 듯 안쪽을 향해 있었다. 여신이 먹는 음식은 줄줄 흘러나온 자신의 쓸개즙이었다. 비장은 어찌나 큰지 훌륭하게 모양 잡힌 젖꼭지처럼 돌출되어 있어서 젖꼭지 모양 혹이라 하기에도 손색이 없었는데, 흉측스러운 괴물 무리가 모여서 그 사마귀 같은 것을 탐욕스럽게 빨고 있었다. 정말 놀라운 점은, 빠는 행동이 비장의 크기를 축소하기보다 더 빠른 속도로 키운다는 것이었다.[73]

스펜서의 '에러'나 밀턴의 '죄'처럼 여신 비판은 새끼 치고 먹고 토하고 먹이고 다시 먹어 치우는 영원한 생물학적 순환과 관련되어 있다. 세 시인 모두 이런 순환이 초월적 지적 삶에 파괴적이라고 본다. 더 나아가 각각의 괴물 같은 어머니가 만들어낸 창조물은 전부 그녀의 배설물이기 때문에, 그리고 그녀의 배설물은 전부 그녀의 음식이자 무기이기 때문에, 어머니는 새끼와 함께 자폐적인(서로를 잡아먹는 유아론적인) 시스템을 형성하고 있다. 육체로 구현된 세계의 창조성은 파괴적이다. 스위프트의 심술궂은 비장 창조 여신은 포프의 『머리카락 도둑』에 나오는 울화의 여신과 결코 멀리 떨어져 있지 않다. 그 여신은 어머니 여신이기 때문에 포프의 『우인 열전』에 나오는 우둔함의 여신과도 공통점이 많다. '공상과 여성적 위트' '히스테리 또는 시적 변덕'의 어머니인 울화의 여신은 열다섯 살부터 쉰 살 사이의 모든 여성을 지배한다. 여성의 성적 주기를 지키는 수호자로서 그녀는 '에러' '죄' '비판'을 특징짓는 반反창조와 연관된다.[74] 마찬가지로 우둔함의 여신이자 저능아 집단의 숭배를 받는 양육하는 어머니는 문화의 실패, 예술의 실패, 나아가 풍자가의 죽음을 상징한다. 혼돈과 밤의 거대한 딸인 그녀는 넓은 무릎 위로 월계관을 흔들고, 포상과 함께 중독성 있는 술을 우둔한 아들들에게 건네준다. '분비의 여신'이 보이는 무력증은 관념화된 '사랑의 여신'에 대한 주석이라 할 수 있다. 그녀가 고개를 끄덕이면 온 자연은 잠에 빠지고, 빛은 그녀의 '친절함'의 젖에 스며든 뒤 땅 전체에 퍼져 있는 우둔함에 의해 파괴당한다.[75]

이 모든 화신 ('에러'에서 '우둔함의 여신'까지, 고너릴과 리건에서 클로이와 실리아까지) 중 여성 괴물은 시몬 드 보부아르의 주장을 강력하게 뒷받침해주는 본보기다. 남성이 자신의 육체적 실존, 즉 자신의 출생과 죽음을 통제할 수 없다는 무능감에 대한 모든 양가적인 감정을 바로 여성이 대변하도록 만들어왔다는 주장 말이다. 타자인 여자는 삶(파괴되도록 만들어진 삶)의 우발성을 나타낸다. '남자가 여성에게 투사하고 있는 것은 바로 육체적 우발성에 대한 남성 자신의 공포'라고 보부아르는 말한다.[76] 캐런 호니와 도러시 디너스타인도 보여주었듯이 여성에게 느끼는 남자의 두려움, 특히 어머니의 자율성에 대한 유아적 두려움은 대대로 여성에 대한 비난으로 객관시되었다. 반면 여자의 '매력'을 대하는 남자의 양면성은 스핑크스, 메두사, 키르케, 칼리, 델릴라, 살로메 같은 무시무시한 '마녀 여신'의 전통적 이미지에 깔려 있다. 그들은 모두 남자를 유혹해 생식 에너지를 훔치는 기술을 소유하고 있다.[77]

모든 괴물 여자와 연관되어 있는 성적 혐오는 왜 그토록 많은 여자들이 스스로 바꿀 수 없는 여성 신체에 대해 혐오감을 (또는 적어도 불안감을) 끊임없이 표현해왔는지 설명한다. 예술 작품이 되도록 자기 자신을 '죽이는 것'(치장하고 꾸미고 열광적으로 거울을 보는 일, 냄새와 노화 걱정, 항상 너무 곱슬거리거나 너무 반듯한 머리카락 걱정, 너무 야위거나 너무 뚱뚱한 몸 걱정)은 여성이 천사가 되기 위해서만이 아니라 여성 괴물이 되지 않으려고 애쓰고 있음을 입증한다. 더 의미심장한 것은 여성의 변덕이 글쓰기에 대한 열망을 남몰래 품고 있던 여성에게는 위압적인 훈계의 이미지로 다가왔다는 사실이다. 이 이미지는 영원한 여성성 개념에 내재한 침묵하라는 경고를 강화시키는 이미지이기도 하다. 작가가 되는 것이 자신의 '성과 태도'에 대한 오인을 의미한다면, 작가가 되는 것이 '성을 부정하는' 혹은 성적으로 삐딱한 여성이 되는 것을 의미한다면, 작가가 된다는 것은 바로 괴물이나 변종, 즉 사악한 '에러', 기괴한 레이디 맥베스, 혐오스러운 '우둔함의 여신', (나중에 나올 마녀 중 몇몇만 말해보자면) 살인마 라미아, 사악한 제럴딘이 되는 것을 의미한다. 따라서 '주제넘은' 노력을 해서는 안 된다. 예컨대 또 하나의 여성 괴물인(히브리 신화에 등장하는 첫 번째 여자이자 첫 번째 괴물인) 릴리스의 이야기는 시를 써보려는 여성의 주제넘은 행위를 광기, 변덕, 괴물성과 연결시키고 있다.

　아담의 갈비뼈가 아닌 흙으로 만들어진 릴리스는 유대 경외서에 따르면 아담의 첫 부인이었다. 릴리스는 자신을 아담과 동등하게 생각했기 때문에 아담 아래에 눕기를 거부했고, 아담이 복종을 강요하자 분노해서 입에 담기 어려운 욕설을 내뱉고는 악마와 살기 위해 홍해 가장자리로 달아나버렸다. 신의 사자인 천사가 그녀에게 되돌아오지 않으면 날마다 그녀의 악마 자식이 100명씩 죽을 것이라고 위협했으나, 릴리스는 가부장적 결혼보다는 징벌을 선택했다. 릴리스는 아이들(특히 그녀의 공격에 더 취약하다고 알려져온 남자아이들)을 해침으로써 신과 아담 둘 다에게 복수했다. 릴리스 이야기가 암시하는 바는 가부장적 문화에서 여성의 말과 여성의 '주제넘음'(남성 지배에 대한 분노에 찬 저항)은 불가분하게 뒤엉켜 있으며 필연적으로 악마적이라는 것이다. 인간 사회에서는 물론 심지어 성경의 반†신적인 공동체 연대기에서도 배제당한 릴리스는 여성이 자신을 자리매김하고자 할 때 지불해야 하는 대가를 보여준다. 실로 끔찍한 대가다. '달아났기' 때문에, 그리고 명명하는 행위에 암시된 문학의 권위를 감히 강탈하려 했기 때문에, 릴리스는 복수(아이 살해)에 갇히고 이로써 그녀는 (자신의 아이를 죽이는 고통으로) 더욱더 고통스러워지는 저주를 받았다. 게다가 이 혁명이 오로지 한 여성에 의해 발생했다는 사실은 그녀의 무력함과 소외를 강조해준다. 왜냐하면 릴리스의 저항은 거부와 떠남의 형식을 띠고 있어서 사탄처럼 적극적이라고 하기에는 고작 도망쳐 달아나는 것이 전부이기 때문이다. 『오로라 리』의 '유령, 악마, 천사, 요정, 마녀, 정령'의 '마녀'와 '악마'의 패러다임처럼, 릴리스도 여성이 펜을 드는 일이 얼마나 어려운지 보여주고 있다. 빅토리아 시대의 환상소설 작가 조지 맥도널드는 놀라운 책 『릴리스』에서 릴리스를 자기주장이 강하고 자학하는 여성의 전형으로 묘사했고, 로라 라이딩은 「이브 이야기」에서 릴리스를 여성 창조자의 원형으로 그렸다. 맥도널드에서 라이딩에 이르기까지 릴리스가 제기하는 문제는 여성이 작가가 되는 문제, 여성의 권위 문제와 연루되어 있다.[78] 여성 문인들이 릴리스 전설을 공부하지 않았더라도, 천사와 괴물이라는 서로 의존하는 두 이미지가 여성들에게 이중의 속박임을 한탄했던 앤 핀치 같은 여성 작가들은 릴리스가 구현한 메시지를 틀림없이 이해했을 것이다. 여성의 순종하는 삶, '명상적인 순수한' 삶은 침묵의 삶이요, 이야기도 없고 펜도 갖지 못한 삶인 반면, 반항하는 여성의 삶, '의미 있는 행위'의 삶은 침묵을 강요받고 괴물 같은 펜으로 끔찍한 이야기를 말하는 삶이다. 어느 쪽이든 여성 예술가가 자신을 찾기 위해 들여다보는 거울 위의 이미지는 여성 예술가에게 이렇게 경고한다. 여성 예술가는 누명을 쓰고 함정에 빠진, 고발되고 기소된 '영'이라고, 또는 '영'이 되어야 한다고.

*

릴리스 전설이 보여주듯이, 또 프로이트와 융 이래 정신분석학자들이 줄곧 주장하듯이, 신화와 동화는 좀 더 복잡한 문학작품보다 훨씬 더 정확하게 문화의 판결을 진술하고 공고히 한다. 릴리스 이야기가 유용한 비유로서 여성 괴물의 탄생을 요약하고 있다면, 그림 형제의 '백설 공주' 이야기는 '천사-여자와 괴물-여자'의 본질적이면서도 모호한 관계를 극적으로 표현하고 있다. 이 관계는 돌아가신 어머니를 생각하는 오로라 리의 혼란스러운 사색에도 암시되어 있다. 디즈니가 '백설 공주와 일곱 난쟁이'로 제목을 단 이 이야기는 사실상 '백설 공주와 사악한 계모'라고 해야 할 것이다. 왜냐하면 이 이야기의 핵심 행위(사실상 유일한 실제 행위)는 두 여성의 관계에서 비롯하기 때문이다. 아름답고 젊고 창백한 여자와 아름답지만 늙고 사나운 여자, 딸과 어머니, 사랑스럽지만 무지하고 수동적인 여자와 교활하고 능동적인 여자, 천사 같은 여자와 명백하게 마녀인 여자.

이 두 여자의 갈등은 주로 투명하고 폐쇄된 공간 안에서 벌어진다. 우리가 지금까지 논했던 모든 다른 여성의 이미지처럼 이 두 여자도 공간 안에 갇혀 있다는 것은 매우 중요하다. 두 여성은 가부장제가 그들 스스로를 죽여서 예술로 만드는 데 사용하라고 권하는 도구(마법의 거울, 마법에 걸린 유리 관, 마법을 거는 유리 관 등)를 무기로 휘두르며 솜씨를 부려 문자 그대로 서로를 죽이려 한다. 마치 오로라 어머니 초상화의 '악령'이 또 다른 분신인 '천사'를 파괴하려고 하듯이, 그림자는 그림자와 싸우고, 이미지는 수정 감옥에 갇혀 있는 이미지를 파괴한다.

이야기는 한겨울 창문에 둘러싸여 바느질하는 여왕으로부터 시작된다. 많은 동화처럼 그녀는 손가락을 찔려 피를 흘리고, 윌리엄 블레이크가 '생식'의 영역이라고 부른 섹슈얼리티의 궤도 안으로 진입한다. 그리하여 '곧' '눈처럼 하얗고 피처럼 붉으며 나무 창틀처럼 검은' 딸을 낳는다.[79] 서문 격의 첫 문단에서 소개한 모든 모티프(바느질, 눈, 피, 폐쇄)는 여성의 삶에서 (따라서 여성의 글에서) 나타나는 핵심 주제와 관련된다. 그런 만큼 그것은 이 책 전반을 통해 우리가 탐색해야 할 주제다. 그러나 우리의 목적에 비추어본다면 이야기의 시작은 서막에 불과하다. 진짜 이야기는 어머니가 된 여왕이 마녀(즉 사악한 '계모')로 변할 때 시작된다. '아이가 태어났을 때 여왕은 죽었다.' 그리고 '1년 후 왕은 다른 아내를 맞아들였다.'

우리가 왕의 '새' 아내를 처음 만날 때, 그녀는 그녀의 선임자가(다시 말하면 예전의 그녀 자신이) 창틀 안에 갇혀 있었듯 마법 거울 안에 갇혀 있다. 창문이 아니라 거울에 사로잡혀 있다는 것은 마치 생존할 수 있는 자아를 내면으로 파고들어 찾으려는 듯 강박적으로 자아상을 탐구한다는 의미다. 첫 번째 여왕은 아직 기대를 품고 있는 것 같았다. 그녀는 아직 섹슈얼리티에 빠지지 않았으며 외부로 눈길을 (눈길뿐이긴 하지만) 주고 있었다. 두 번째 여왕은 브루노 베텔하임 같은 심리분석학자들이 '나르시시즘'이라고 비판적으로 명명한 내면 탐색에 빠진다.[80] 그러나 그것은 (메리 엘리자베스 콜리지의 「거울의 이면」이 암시하듯) 외부를 향한 모든 전망이 제거되었을 때 불가피하게 수반되는 상태다.

외부를 향한 전망이 제거되었다는 것(혹은 상실되었거나 녹아 사라졌다는 것)은 거울에 대한 여왕의 집착뿐만 아니라 그림 형제 동화에서처럼 이 이야기에 왕이 부재한다는 사실이 암시하는 바다. 여왕의 남편이자 백설 공주의 아버지는 결코 모습을 드러내지 않는다(베텔하임에 의하면 이 두 여자는 왕의 주목을 받기 위해 여성 버전의 오이디푸스적 투쟁을 벌이고 있다). 이 사실은 이 이야기가 거울에 비친 어머니와 딸, 여자와 여자, 자아와 자아 사이의 갈등에 숨 막힐 정도로 강렬하게 집중하고 있음을 강조한다. 왕이 모습을 드러내는 방식만큼은 분명히 존재한다. 거울의 목소리는 분명 왕의 목소리다. 그것은 여왕의(그리고 모든 여자의) 자아 평가를 지배하고 심판하는 가부장적인 목소리다. 그는 처음에는 자신의 배우자가 '모든 사람 중에서 가장 아름다운 자'라고 결정하는 자이며, 나중에는 여왕이 미쳐 반항적인 마녀처럼 변하자 천사처럼 순결하고 충실한 (따라서 여왕보다 '여전히 더 아름다운' 사람으로 규정되는) 딸로 대체되어야 함을 결정하는 자다. 따라서 왕은 첫 번째 여왕의 희망이었을 때만 필요할 뿐 더는 나타날 필요가 없다. 왜냐하면 첫 번째 여왕이 섹슈얼리티의 의미를 받아들임으로써 (두 번째 여왕이 되었고) 왕의 법칙을 내면화했기 때문이다. 그의 목소리는 이제 그녀 자신의 거울, 그녀 자신의 마음속에 존재한다.

그러나 백설 공주가 '정말로' 첫 번째 여왕의 딸일 뿐만 아니라 두 번째 여왕의 딸이라면(즉 두 여왕이 동일하다면), 왜 여왕은 백설 공주를 그토록 미워할까? (어머니가 아버지를 '소유'한다는 사실에 의해 딸이 위협받는 것처럼, 어머니도 딸의 '움터오는 섹슈얼리티'에 의해 위협받는다는 식의) 전통적인 설명은 도움이 되기는 하지만, 여왕의 분노의 깊이와 광폭함을 고려한다면 전적으로 적절하진 않은 것 같다. 물론 이들 여자들이 살고 있는 작품 속 가부장적 왕국에서 여왕의 인생이 딸의 아름다움 때문에 그야말로 위태로워진다는 것은 사실이며, 그런 위험을 내포한 여성의 취약성을 감안한다면 가부장제에서 여성의 유대가 상당히 어렵다는 것도 사실이다. 거울의 목소리가 여자들을 반목하게 만들기 때문에 여자들은 갈등할 수밖에 없다. 그러나 이를 넘어서서, 백설 공주에 대한 증오심을 야기한 것은 자아도취 의식을 행하는 여왕의 강한 절망인 것 같다(또는 증오심인 것 같다). 순결하고 수동적이며 여왕을 소모시키는 거울에 대한 광기로부터 자유로운 자아–부재 상태의 백설 공주는 이야기 서두에서 여왕이 진작 내버렸던 체념의 전형을 표현한다. 백설 공주가 여왕을 미워한다기보다는 여왕이 그녀를 미워하기 때문에 백설 공주는 여왕을 대체할 운명이 된다. 다시 말해, 백설 공주에 대한 여왕의 증오는 증오의 명백한 이유를 거울이 제공하기 이전에 존재했다.

이야기의 진행에 따라 우리는 여왕이 전략가, 술책가, 음모자, 마녀, 예술가, 분장가라는 사실을 알게 된다. 여왕은 전통적으로 모든 예술가들이 그러듯 거의 무한한 창조적 에너지를 가지고 있으며, 위트 있고 교활하며 자아도취적이다. 반면 절대적인 순결성, 얼어붙은 순수성, 사랑스러운 무無라는 측면에서 백설 공주는 우리가 이미 논했던 '명상적인 순수성'의 이상(문자 그대로 여왕을 죽일 수 있는 이상)을 정확하게 표상한다. 신화적 집 안의 천사에 해당하는 백설 공주는 (여성 천사가 항상 그러듯) 어린아이일 뿐만 아니라 순진하고, 유순하고 순종적이며 이야기 없는 삶의 여자 주인공이다. 그러나 여왕은 성인이며 악마적이고 '의미 있는 행위'의 삶, 말하자면 이야기가 있고 이야기를 말하는 '반여성적인' 삶을 명백하게 원한다. 따라서 딸인 백설 공주가 자신의 일부인 한 여왕은 자기 안의 백설 공주, 즉 자신의 집에서 행위와 드라마를 막는 천사를 죽이고 싶어한다.

여왕이 꾸민 첫 번째 살해 시도는 순진할 정도로 단순하다. 그녀는 사냥꾼에게 백설 공주를 죽이라고 명령한다. 그러나 브루노 베텔하임이 보여주었듯이, 그 사냥꾼은 사실 아버지인 (더 구체적으로는 가부장인) 왕의 대리인이다. 말하자면 '사나운 야생동물을 지배하고 조종하고 달래는' 인물, 그리하여 '인간 내면의 동물적이고 비사회적이며 폭력적인 성향을 제압하는' 인물이다.[81] 여왕은 한편으로는 권력을 행사하기 위해, 다른 한편으로는 권력을 훔쳐오기 위해, 그녀가 의도한 전복적인 행위를 어리석게도 가부장적 주인에게 부탁한 셈이다. 사냥꾼은 분명 그 행위를 하지 않을 것이다. 가부장제의 천사 같은 딸인 백설 공주는 자신의 아이이기 때문에, 사냥꾼은 백설 공주를 구해야 하지 죽여서는 안 된다. 사냥꾼은 백설 공주 대신에 멧돼지를 죽이고 공주를 죽였다는 증거물로 멧돼지의 폐와 간을 가져가 여왕에게 바친다. 여왕은 얼음처럼 순수한 자신의 적을 먹어치운다고 생각하면서 멧돼지의 내장을 먹는다. 상징적으로 말하자면 여왕은 자신의 야성적인 분노를 집어삼킨 셈이니 당연히 더욱더 분노에 떨게 된다.

자신의 첫 번째 계획이 실패했다는 것을 알았을 때 여왕의 이야기는 더 창의적이고 복잡해지며 더 전복적으로 바뀔 뿐 아니라 더 분노로 들끓어 오른다. 여왕이 써내려간 세 가지 '이야기'는 (다시 말해 그녀가 만들어낸 세 가지 계획은) 독극물을 쓰거나 남을 흉내 내는 방식 등 여성적인 책략을 명백한 살해 무기로 사용하는 것이다. 그리고 각각의 경우에 그녀는 '현명한 여자', '좋은' 어머니, (엘런 모어스의 말을 빌리면) '교육하는 여자 주인공'역으로 분장함으로써 그 역할을 무기화해 '여성성'에 대한 냉소적인 논평을 강화한다.[82] 여왕은 '친절한' 방물장사 노파가 되어 일단은 백설 공주를 코르셋 끈으로 '정석대로' 조여준다. 그리고 나서 빅토리아 시대의 꼭 끼는 레이스로 공주를 질식시킨다. 세 번째는 현명하고 나이가 지긋한 여성미 전문가로 나서 백설 공주의 머리를 '제대로' 빗어준다고 약속하고 독 있는 빗으로 그녀를 공격한다. 마지막으로 농부의 건강한 아내로 위장한 왕비는 백설 공주에게 '매우 유독한 사과'를 준다. 왕비는 그 독사과를 '아무도 들어오지 않는 매우 비밀스러운 외딴 방'에서 만들었다. 드디어 백설 공주는 여성 미용술과 요리 기술에 공격당해 쓰러져 살해당한다. 그렇게 보여진다. 여왕은 자신을 내세우고 과장할 양으로 세이렌의 빗과 이브의 사과 같은 여성적 계략을 전복적으로 사용해 천사 같은 백설 공주를 죽이지만, 역설적이게도 이런 술수는 딸을 통해 자신이 실현하려던 바와는 정반대 효과를 낸다. 한마디로 백설 공주가 수동적인 처녀라는 사실을 부각시키고, 공주를 영원히 아름답고 생명력 없는 예술품으로 만들어버렸다. 이것은 바로 가부장적 미학이 젊은 여자에게 바라는 것이다. 광적이고 자기주장이 강한 여왕의 관점에서 보면 여성의 인습적인 기술은 죽을 만큼 고통을 준다. 그러나 온순하고 자아가 없는 공주의 관점에서 보면 그런 여성의 기술이, 그 기술이 자기를 죽이긴 해도, 가부장적 문화에서 여성이 획득할 수 있는 유일한 권력 수단을 제공한다.

사냥꾼-아버지가 자신의 왕국 가장자리에 있는 숲에 딸을 버림으로써 친절하게도 공주의 생명을 구해주었을 때 백설 공주는 틀림없이 자신의 무력함을 깨달았을 것이다. 백설 공주는 '착한' 소녀였기 때문에 살아났지만, 자신의 외부와 내면에서 미친 여왕의 공격에 저항할 자신만의 교활한 방법을 찾아내야 했다. 일곱 난쟁이는 그녀 자신의 위축된 권력, 발육 부진의 자아를 나타낸다고도 볼 수 있다. 베텔하임이 지적했듯, 그들은 백설 공주를 여왕으로부터 구해내는 일에 거의 도움이 되지 않기 때문이다. 그러나 그들과 함께하는 생활은 순종적인 여성성을 교육하는 데 매우 중요하다. 왜냐하면 백설 공주는 난쟁이들을 돌봐주면서 봉사, 이타심, 온순성이라는 기본 교훈을 배우기 때문이다. 마지막으로, 백설 공주가 작은 집에서 집안일을 해내는 천사라는 사실은 '여자의 세계와 여자의 일'에 대해 이 이야기가 취하는 태도를 보여준다. 가정 영역이란 최상의 여자가 난쟁이처럼 되고 난쟁이의 하녀가 되는 왕국의 축소판이다.

이런 인식에 수반되는 아이러니와 신랄함이 백설 공주의 사소한 불복종으로 이어질까? 아니면 자신이 여왕의 진짜 딸이라는 바로 그 이유 때문에 궁극적으로 어떻게든 반항했을까? 물론 이야기는 이런 질문에 답변하지는 않지만 암시는 주는 것 같다. 왜냐하면 난쟁이들이 경고했음에도 백설 공주가 여왕의 '선물' 유혹에 기꺼이 넘어감으로써 이야기는 전환점을 맞이하기 때문이다. 사실 이 이야기 전체에서 백설 공주가 드러내는 유일한 이기심은 변장한 살인자가 주는 코르셋의 끈과 빗과 사과에 대한 '자아도취적' 욕망이다. 베텔하임이 말했듯이, 이는 '계모의 유혹과 백설 공주의 내적 욕망이 얼마나 가까운지를 암시한다.'[83] 우리가 이미 보았듯이, 이는 여왕과 백설 공주가 어떤 의미에서는 한 사람임을 암시한다. 여왕은 자신 안에 있는 수동적인 백설 공주로부터 자신을 자유롭게 풀어주려고 애쓰는 반면, 백설 공주는 자신 안에 있는 공격적인 여왕을 억누르려고 애쓴다. 두 여자 다 세 번째 유혹 에피소드에서 똑같이 치명적인 사과를 먹는 장면은 이 점을 분명하게 극화한다. 여왕의 독자적인 기술로 만든 양면(한쪽은 하얗고 한쪽은 빨간) 사과는 (자신의 딸이자 적이고 자아이자 자신의 정반대인) 천사 같은 소녀와 여왕 자신의 모호한 관계를 나타낸다. 여왕의 의도는 소녀가 독 묻은 빨간 사과 반쪽을 (빨간색은 그녀의 성적 에너지, 피와 승리에 대한 적극적인 욕망을 의미한다) 먹고 죽는 것인 반면, 자신은 하얀 반쪽의 수동성의 덕을 보는 것이다.

처음에는 여왕의 의도가 실현된 듯 보이지만 사과의 효과는 결국 당연하게도 매우 다르게 나타난다. 여왕의 계략으로 죽어서 예술품이 된 백설 공주는 이전보다 더 '계모'의 자율성에 위험한 존재가 된다. 백설 공주는 몸과 마음 두 측면에서 모두 '계모'의 자율성과 더욱더 대립하기 때문이다. 죽어서 자아 없이 유리 관 속에 누워 있는 백설 공주는 전시된 욕망의 대상물, 가부장제의 대리석 '작품', 모든 통치자가 자신의 거실을 꾸밀 때 쓰는 단아한 장식용 갈라테이아인 것이다. 이런 맥락에서 왕자는 처음 관 속에 있는 백설 공주를 보았을 때 난쟁이들에게 '그것'을 선물로 달라고 애원한다. '백설 공주를 보지 않고서는 살 수 없기 때문일세. 나는 그녀를 경애하며 나의 가장 소중한 소유물로 여길 거야.' '그것'이자 소유물인 백설 공주는 여성의 가장 이상적인 이미지, 즉 오로라 리의 어머니 같은 초상화 속 여성이 된다. 그리하여 백설 공주는 자신이 가부장제의 이상적인 여성, 완벽한 여왕 후보감임을 확실하게 증명한다. 따라서 바로 이 시점에 백설 공주는 독 묻은 사과를 토해내고 (그녀의 광기는 목에 걸려 있었다) 관에서 깨어난다. 그 나라에서 가장 아름다운 공주는 가장 권력 있는 자와 결혼할 것이다. 결혼에 초대받은, 이기적이고 자기주장이 강하고 계략을 잘 꾸미고 다녔던 여왕은 이전 여왕같이 될 것이며, 빨갛게 달군 쇠 구두를 신고 춤추다가 죽음에 이르게 될 것이다.

그렇다면 백설 공주에게는 어떤 미래가 있는가? 왕자가 왕이 되고 자신이 여왕이 된다면, 백설 공주의 인생은 어떻게 될까? 난쟁이 교사에게 가정적인 사람이 되도록 훈련받은 덕분에 그녀는 창가에 앉아 자신의 과거였던 야생의 숲을 응시하면서 한숨짓고, 바느질하다 손가락을 찌르고, 눈처럼 하얗고 피처럼 붉고 흑단처럼 검은 아이를 잉태하게 될까? 세상에서 가장 아름다웠던 백설 공주는 하나의 유리 관을 다른 유리 관과 교환했다. 여왕의 감옥에서 구출되어 왕의 목소리가 매일 흘러나오는 거울 안에 갇히게 된 것이다. 이 이야기에서 백설 공주에게는 '착한' (죽은) 어머니와 자신의 살아 있는 화신인 '나쁜' 어머니 외에 여성에 대한 어떠한 역할 모델도 없다. 만약 백설 공주가 착함, 수동성, 온순성 덕분에 첫 번째 유리 관을 탈출했다면 두 번째 유리 관, 즉 그녀를 가둔 거울로부터의 탈출은 '사악함'을 통해서, 그리고 계략과 이야기, 이중 책략, 허황한 꿈, 험악한 날조, 광적인 분장을 통해서만 가능하다는 것이 분명하다. 백설 공주가 처한 운명의 순환은 냉혹하다. '명상적 순수성'을 거부한 백설 공주는 이제 '의미 있는 행위'의 삶을 시작해야 하는데, 여성에게 그런 삶은 바로 마녀의 삶이라 규정된다. 그런 삶은 매우 괴물 같고 부자연스럽기 때문이다. 에러, 두에사, 루시페라처럼 기괴한 백설 공주는 혼자만의 비밀스러운 방에서 잘못된 기술을 연마할 것이다. 릴리스나 메데이아처럼 자기 파괴적인 백설 공주는 자녀 살해와 그 시도에 내재한 자기 살해를 결심한 살인자가 될 것이다. 결국 그녀 자신이 고안한 빗과 코르셋처럼 확실하게 여성의 복식인 불타는 구두를 신은 채 백설 공주는 이야기, 거울, 자아상으로 만든 투명한 관 밖에서 끔찍한 죽음의 춤을 말없이 출 것이다. 이 죽음은 그녀의 유일한 행위는 죽음의 행위이며 자아 파괴라는 치명적인 행위임을 암시할 것이다.

이런 맥락에서 보면 여왕이 추는 죽음의 춤이 침묵의 춤이라는 것은 특히 의미심장하다. 백설 공주의 또 다른 버전이라 할 수 있는 「노간주나무」에서는 (물론 다른 이유 때문에) 소년의 어머니가 소년을 죽이려고 한다. 이 이야기에서 죽은 소년은 말 없는 예술품이 되는 것이 아니라 살인자에게 복수의 노래를 부르는 분노의 황금빛 새로 되살아나 어머니를 맷돌로 갈아 죽인다.[84] 「노간주나무」는 남자아이가 성인의 길로 나아가는 것은 자기 확신과 자기표현을 향한 성장이며 언어의 힘을 발전시키는 일임을 암시한다. 그러나 여자아이는 (남성 작가의 작품이라는 마법 거울에 의해 규정되거나 만들어진 침묵의 이미지로서, 혹은 비탄에 잠긴 침묵의 춤, 즉 말하기보다는 몸으로 공연하는 무용가로서) 침묵의 기술을 배워야 한다. 성폭행당한 프로크네부터 은둔하는 레이디 샬럿에 이르기까지, 여성들은 자신들의 기술이 「백설 공주」 속 마녀의 춤 같은 침묵의 기술이라고 배워왔다. 프로크네는 강간당할 때 혀도 잘렸기 때문에 제프리 하트먼이 '재봉틀의 목소리'라고 명명한 방법으로 자신이 받는 고통을 기록해야 한다.[85]* 레이디 샬럿도 자신의 이야기라는 옷감을 짜야 한다. 왜냐하면 그녀는 유리 관처럼 견고한 탑 안에 갇혀 있어서 (여왕이 죽음의 춤이라는 자기 파괴적 광기를 통해서만 탈출할 수 있었듯이) 낭만적 사랑의 자기 파괴적 광기를 통해서만 탑을 탈출할 수 있기 때문이다. 그리고 그녀의 마지막 예술 작품은 배 안에 누워 물길을 따라 흘러내려가는 자신의 죽은 몸이다. 가부장적인 이론가들은 이처럼 미치거나 기괴한 여성 예술가들이 목소리를 낼 때조차 대부분 그것이 부조리하거나 기이하거나 보잘것없다고 말한다. 예를 들면 프로크네의 언니인 필로멜라는 (「노간주나무」의 남자 주인공 목소리와는 달리) 알아들을 수 없는 새의 목소리로 이야기한다. 우리가 펜과 음경, 왕과 여왕에 대한 논의를 시작하며 언급했던 제러드 맨리 홉킨스는 「여류 시인에 대하여」라는 짧은 풍자시에서 필로멜라에 대해 다음과 같이 쓴다.

M 양은 나이팅게일. 좋아.
그대의 미소를 내가 간직하리.

* 오비디우스의 『변신 이야기』에 따르면 테레우스에게 강간당하고 혀가 잘린 뒤 천에 글을 짜넣은 인물은 언니 프로크네가 아닌 동생 필로멜라다. 원서의 오류로 보인다.

그것이 필로멜라의 방식이지,

다른 이들이 잠자는 동안 노래하는 것이.[86]

필로멜라를 연민의 눈길로 바라보았던 매슈 아널드까지도 필로멜라를 두고 '당황한 머리'가 동요하여 '미친 듯한, 누를 수 없는, 깊이 가라앉아 있는 구 세계의 고통'을 겪게 되었다고 말한다.[87]

그러나 거울 이면에 감추어진 정상적이고 진지한 자아에 대한 메리 엘리자베스 콜리지의 열망이 암시해주듯이, 그리고 앤 핀치의 불편한 심기나 앤 엘리엇의 반항이 우리에게 말해주었듯이, 애써 펜을 들었던 여성 작가들은 남성 작가들이 자신의 소유라고 주장했던 가부장적 텍스트의 다면적인 유리 관에서 탈출하기를 갈망했다. 오로라 리는 거울 같은 어머니의 초상화 뒤에 있는 엄격하고 자기 확신이 있는 자아에게 손을 내뻗고, '유령, 도깨비, 천사, 요정, 마녀, 정령'이라는 기이하고 앞을 가로막는 이미지에 도달한다. 우리가 이 책에서 짚어볼 다른 모든 여성 예술가들처럼, 그녀는 '복사된' 자아 아래 파묻혀 있는 진정한 자아를 발굴해내려고 한다. 마찬가지로 메리 엘리자베스 콜리지도 자신의 입이 '비밀과 침묵 속에서' 피 흘리며 '끔찍한 상처'로 나타나는 거울을 응시하면서 '두려움을 말할 수 있는 목소리'를 갖고자 노력한다.

우리는 오로라 리나 메리 엘리자베스 콜리지 같은 여성 작가들이 남성 텍스트의 감옥에서 여성의 펜으로 탈출하고자 노력하는 가운데 그 출발점에서 자신을 '천사-여자'와 '괴물-여자'

로 번갈아가며 정의하는 모습을 목도할 것이다. 우리는 또 백설 공주나 사악한 여왕처럼, 이들의 초기 욕망이 양가적임을 보게 될 것이다. 이들은 가부장제의 유리 관 속에서 숨 막히게 꼭 끼는 코르셋으로 자기 자신을 옴짝달싹 못 하게 조이거나, 거울 밖으로 나와 불같은 죽음의 춤을 추어 스스로를 파괴하라고 유혹받는다. 그러나 천사와 괴물이라는 한 쌍의 이미지가 제시하는 걸림돌이 가로놓여 있었어도, 그리고 작가가 되고 싶은 열망과 불모성에 대한 공포로 고통을 받았어도, 여성 작가들은 작품을 산출했다. 18세기 말까지 여성들은 글만 쓴 것이 아니라 (이것이 이 책 전반에서 우리가 보게 될 가장 중요한 현상인데) 가부장적인 이미지와 인습을 근본적으로 수정한 허구의 세계를 품고 있었다. 그리하여 앤 핀치와 앤 엘리엇부터 에밀리 브론테와 에밀리 디킨슨에 이르는 자부심 강한 여성들이 남성 작가의 텍스트라는 유리 관에서 나와 여왕의 거울을 폭파했을 때, 오래전 침묵 속에 추었던 죽음의 춤은 승리의 춤, 언어를 향한 춤, 권위의 춤이 되었다.

2장 감염된 문장
여성 작가와 작가가 된다는 것에 대한 불안

병든 여자를 알지 못하는 남자는 여자를 모르는 것이다.
- S. 웨어 미첼

나는 이 오래 지속된 한계에 대해 묘사하고자 한다. 그리고 지금은 내 것이 된 그 힘으로, 그 힘에 담긴 언어를 사용해서, 관심 있는 사람이면 누구라도 나의 이런 '삶'이 어마어마한 걸림돌 아래 놓여 있었다는 것을 확신할 수 있게 되기를 바란다.
- 샬럿 퍼킨스 길먼

페이지에 아무렇게나 떨어진 단어는
눈을 자극하겠지.
영원한 솔기 속에 접힌 채,
주름투성이 창조자가 누워 있을 때.

감염된 문장은 새끼를 친다.
우리는 절망을 들이마시겠지.
말라리아로부터

수 세기 떨어진 곳에서 —
- 에밀리 디킨슨

나는 반지 안에 서 있다.
죽은 도시에서,
빨간 구두를 묶는다.
[…]
그건 내 것이 아니야,
그건 내 어머니의 것,
어머니의 어머니의 것,
가보처럼 전해 내려왔지만
사실은 수치스러운 편지처럼 숨겨졌던.
- 앤 섹스턴

우리가 살펴보았듯이 문학적 권위에 대한 근본 정의는 공공연히 그리고 은근히 가부장적이다. 이런 문화 속에서 여성 작가가 된다는 것은 무엇을 의미할까? 문학 전통이 여성들에게 제공해주는 주된 이미지가 천사와 괴물, 착하지만 바보 같은 백설공주와 사납고 광적인 여왕 같은 극단적인 대립쌍뿐이라면, 그런 이미지는 여성이 글을 쓰는 방식에 어떠한 영향을 미칠까? 여왕의 거울이 왕의 목소리로 말한다면, 그 목소리가 들려주는 영원한 훈계는 여왕 자신의 목소리에 어떠한 영향을 미치는가? 여성이 듣는 목소리가 주로 왕의 목소리인 만큼 여왕은 왕의 음색, 왕의 억양, 왕의 표현, 왕의 관점을 모방하여 왕처럼 들리도록 애쓰지 않을까? 아니면 여왕은 자신의 관점을 주장하면서 자신의 음색과 자신의 어휘로 왕에게 '응수'할까? 페미니즘 문학비평이 이론적으로나 실천적으로 답변해야 할 기본 질문은 바로 이런 물음일 것이다. 따라서 우리는 19세기 여성문학을 독해할 때 이 장뿐만 아니라 반복적으로 이 질문들로 되돌아가야 한다.

작가들이 선배들의 업적을 소화하고 나서 의식적이든 무의식적이든 그것을 긍정하거나 거부하는 일은 문학사에서 당연히 중요하다. T. S. 엘리엇, M. H. 에이브럼스, 에리히 아우어바흐, 프랭크 커모드 같은 다양한 이론가들은 그것의 미학적 형이상학적 의미를 상세하게 논의한 바 있다.[1] 좀 더 최근에는 일부 문학 이론가들이 문학사의 심리학이라 부르는 것(작가들이 선배들의 업적뿐 아니라 '선조들'로부터 물려받은 장르, 문체, 은유의 전통과 직면했을 때 느끼는 긴장, 불안, 적대감, 결여 등)을 탐색하기 시작했다. J. 힐리스 밀러가 말했듯이 이런 비평가들은 문학작품이 '이전 작품들의 현존, 메아리, 인유, 손님, 유령이라는 기생체의 거주지'가 되는 방식을 연구한다.[2]

밀러도 말했듯 최초이자 최고의 문학 심리사 연구가는 해럴드 블룸이었다. 블룸은 프로이트의 구조를 문학 계보학에 적용하면서 작가의 '영향에 대한 불안', 즉 자신이 자신의 창조자가 아니고 선배들의 작품이 이미 자신을 넘어서서 존재하며 자신의 작품보다 본질적으로 우월할 것이라는 불안에서 문학사의 역동성이 나온다고 주장했다. 문학 부권 은유를 논의할 때 지적했듯이, 문인들의 순차적인 역사적 관계라는 블룸의 패러다임은 아버지와 아들의 관계, 특히 프로이트의 정의에 따른 관계다. 블룸은 '강한 시인'이라면 자신의 '선구자'와 영웅적인 투쟁을 벌인다고 설명한다. 시인은 문학의 오이디푸스적 삼각관계에 연루되어 있어 자신의 시적 아버지를 어떻게든 무효화시켜야 시인이 될 수 있기 때문이다.

문학사에 대한 블룸의 모델은 극도로 (거의 전적으로) 남성적이며 필연적으로 가부장적이다. 이 때문에 이 모델은 페미니즘 비평가에게 불쾌할 만큼 성차별적으로 보였고 앞으로도 그러할 것이다. 블룸은 문학사를 아버지와 아들의 치열한 전투로 묘사할 뿐만 아니라 밀턴의 지극히 남성적인 타락한 사탄을 우리 문화 속 시인의 전형으로 본다. 더 나아가 블룸은 시가 되는 과정을 남성 시인과 여성 뮤즈의 성적인 만남이라고 은유적으로 정의내린다. 그렇다면 여성 시인은 도대체 어디에 들어맞는가? 여성 시인은 '남성 선배 작가'나 '여성 선배 작가'를 지우려고 하는가? 여성 시인이 모델이나 선구자를 발견할 수 없다면 어떨까? 여성 시인에게 뮤즈가 있다면 그 뮤즈는 남성인가 여성인가? 이런 질문은 블룸의 시학을 고려하는 여성이라면 누구나 피할 수 없을 것이다.[3] 그러나 페미니즘의 관점에서 보면 이런 질문의 불가피성이야말로 바로 핵심이다. 우리는 서구 문학사의 원동력을 개념화한 블룸의 이론에서 틀린 것이 아니라 맞는 것(또는 적어도 암시해주는 것)에 주의를 집중함으로써 그 핵심에 다가설 수 있을 것이다.

왜냐하면 서구 문학사가 압도적으로 남성적(더 정확하게 말하자면 가부장적)이라는 사실을 블룸이 분석하고 설명하고 있기 때문이다. 반면 다른 이론가들은 문학이란 남성적이어야 한다고 가정했기 때문에 그 분석을 간과했다. '영향에 대한 불안' 이라는 블룸의 문학적 심리분석에는 프로이트 심리분석의 가설이 스며들어 있다. 프로이트처럼 블룸은 선배 이론가들이 고려하려 들지 않았던 (여러 이유가 있지만 특히 그들 자신이 그 과정 속에 사로잡혀 있었기 때문이다) 상호작용 과정을 정의했다. 프로이트처럼 블룸도 작가나 독자들이 일상적으로 검토하지 않는 가설을 의식 차원으로 끌어올려야 한다고 주장했다. 그렇게 함으로써 그는 모든 문학작품을 둘러싼 성의 심리적 맥락과 성의 사회적 맥락을 밝히고, 텍스트 자체에 들어 있는 '손님'과 '유령'의 의미를 해명했다. 페미니즘 이론가 줄리엣 미첼은 프로이트에 대해 말하면서 '심리분석이란 가부장적 사회에 던지는 충고가 아니라 그 사회에 대한 분석'이라고 말했다.[4] 블룸의 문학사 모델에 대해서도 같은 말을 할 수 있을 것이다. 말하자면 문학사란 우리 문화의 주요 문예 운동에 깔려 있는 가부장적 시학 (그리고 그에 수반되는 불안)에 건의를 하는 것이 아니라 그 시학을 분석하는 것이다.

블룸의 역사 개념은 우리 목적에 유용하다. 그의 개념은 그처럼 많은 서구 문학을 탄생시킨 가부장적 성의 심리적 맥락을 규정하고 정의할 수 있게 해줄 뿐만 아니라, 여성 작가의 불안과 업적을 남성 작가의 그것과 구분할 수 있게 해주기 때문이다. 우리가 앞서 했던 질문으로 돌아가보면(블룸이 묘사한 압도적이고 근본적으로 남성적인 문학사에서 여성 작가는 어디에 '들어맞는가?') 여성 작가는 '들어맞지' 않는다고 대답할 수밖에 없음을 알게 될 것이다. 언뜻 보면 여성 작가는 이례적이고 규정할 수 없으며 소외되고 변덕스러운 아웃사이더다. 남자와 여자의 성적 심리 발달에 대한 프로이트의 이론에서 남자아이의 성장과 여자아이의 성장이 비대칭적인 것처럼(다시 말하자면 남자아이의 '오이디푸스 콤플렉스'는 여자아이의 '엘렉트라 콤플렉스'에 해당한다), '영향에 대한 불안'이라는 블룸의 남성 지향적 이론도 여성 작가의 상황을 설명하겠다고 쉽게 뒤집거나 뒤엎을 수 없다.

우리가 블룸의 가부장적 모델을 따른다면, 여성 시인은 남성 시인과 똑같은 방식으로 '영향에 대한 불안'을 경험할 수 없다는 것을 확신할 수 있다. 여성 시인은 거의 전적으로 남성 시인, 한마디로 자신과 다른 성의 선배 시인들을 만날 수밖에 없다는 단순한 이유 때문이다. 이 선배들은 (문학 부권 은유를 논의할 때 우리가 주장했듯이) 가부장적 권위를 체화하고 있을 뿐만 아니라, 여성 시인의 인격과 가능성에 대해 자신들이 이미 그어 놓은 정의 안에 여성 시인을 가두려고 한다. 그런 정의는 여성 시인을 (천사와 괴물로) 축소시켜 극단적으로 정형화함으로써 자신에 대한(다시 말하자면 자신의 주체성, 자율성, 창의성에 대한) 여성 시인의 인식과는 단적으로 상충된다. 그러므로 한편으로는 여성 작가에게 남성 선배들은 권위를 상징하지만, 다른 한편으로는 남성 선배들은 권위가 있음에도 여성 작가가 자신을 작가로 정체화하는 방식을 설명할 수 없다. 더욱이 문학적 페르소나를 구성하는 남성의 권위뿐 아니라 자아를 창조하는 과정에서 휘말리는 강렬한 권력 투쟁은 여성 작가가 자신의 젠더를 정의하는 조건과 전적으로 모순된다. 따라서 남성 시인들이 경험하는 '영향에 대한 불안'은 여성 시인에게 오히려 '작가가 되는 것에 대한 불안'(자신은 창조할 수 없다는 불안, 자신은 결코 '선배'가 될 수 없기 때문에 글 쓰는 행위는 자신을 소외시키거나 파괴할 것이라는 근본적인 불안)으로 다가온다.

이 불안은 그녀가 남성 선배와 '남자'의 방식대로 싸워서는 이길 수 없다는 공포뿐만 아니라 뮤즈의(여성의) 몸은 예술을 '잉태할 수' 없다는 공포에 의해 악화된다. 줄리엣 미첼이 여성의 성 심리 발달에 대한 프로이트의 이론이 의미하는 바를 요약했듯이, 남자아이와 여자아이는 '말과 사회생활을 배울 때 똑같이 아버지(블룸의 용어로 말하자면 선배)의 자리를 차지하기 원하지만, 남자아이만이 언젠가 그렇게 할 수 있도록 허용받을 것이다. 더 나아가 두 성 모두 어머니를 욕망하도록 태어나는데, 문화적 유산을 물려받은 어머니가 욕망하는 것은 아이 모습의 남근이기 때문에 남녀 아이는 모두 어머니를 위해 '팔루스'가 되고자 욕망한다. 여기에서도 남자아이만 자기 자신을 어머니가 욕망하는 것으로 완전히 인식할 수 있다. 그리하여 두 성 모두 여성성이 암시하는 것을 거부하기에 이른다.' 그러나 (아버지와의 관계에서) 여자아이는 '아버지의 법에 종속됨으로써 자신이 '자연'과 '섹슈얼리티', 즉 창조성의 무의식적이고 직관적인 혼돈을 의미한다는 것을 배운다.'[5]

따라서 남성 예술가와 달리 여성 예술가는 먼저 사회화의 영향과 싸워야 한다. (남성) 선배의 의지와 대립하는 행위는 더할 나위 없이 부조리하고 쓸데없는 행위로, 심지어 「백설 공주」에 나오는 왕비처럼 자기 말살적 행위로 이어지기 때문이다. 남자 예술가와 그 선배의 싸움이 블룸이 말했던 수정적 이탈, 탈주, 오독의 형태를 띠는 것과 마찬가지로, 여성 작가의 자아 창조를 위한 싸움도 그녀를 수정 과정에 연루시킨다. 여성 예술가는 (남성) 선배의 세계를 읽는 시각이 아니라 자신을 읽는 시각과 싸운다. 자신을 작가로 정의하기 위해 여성 예술가는 자신의 사회화 조건을 다시 정의해야 한다. 따라서 수정을 향한 그녀의 투쟁은 에이드리언 리치가 말했던 '수정—되돌아보는 행위, 생생한 눈으로 보는 행위, 새로운 비평적 시각으로 과거의 텍스트에 들어가는 행위 […] 살아남는 행위'를[6] 위한 투쟁이다. 여성 작가의 투쟁은 매번 여성 선배를 적극적으로 찾아내는 행위로만 시작할 수 있다. 여성 선배 작가는 부인하거나 죽여야 할 위협적인 힘이 아니라, 가부장적 문학의 권위에 저항할 수 있다는 본보기가 된다.

미첼과 다른 이론가들이 주장한 합리적 심리분석적 이유뿐만 아니라 이런 이유 때문에도, 블룸이 남성 작가에게 제시했던 오이디푸스적 구조에 상응하는 엘렉트라 패턴에 여성 작가를 가두는 것은 어리석은 일이다. 여성 작가가 여성 모델을 찾는 이유는 (우리는 여성들이 줄곧 이 일을 반복하는 것을 보게 될 터인데) '여성성'에 대한 남성의 정의를 충실하게 따르고자 해서가 아니라 자신의 저항을 합리화해야 하기 때문이다. 동시에 가부장적 사회의 대부분 여성처럼 여성 작가도 자신의 젠더를 고통스러운 걸림돌 내지 쇠약하게 만드는 부족함으로까지 경험한다. 다시 말해 가부장제에 길들여진 대다수 여성들처럼, 여성 작가는 미첼이 말한 '가부장제 여성들을 열등하게 취급하는 '대체'(『제2의 성』) 심리학'의[7] 희생자인 것이다. 따라서 여성 예술가의 고독, 여성 선배와 후배에 대한 갈증과 남성 선배로부터의 소외감, 남성 독자의 반감을 사는 일에 대한 두려움, 여성 독자에 대한 절박한 갈구, 문화적 조건 안의 자아를 극화시킬 때 튀어나오는 소심함, 예술의 가부장적 권위에 대한 두려움, 여성 창조의 부적절함에 대한 불안 등등 이 모든 '열등화' 현상은 여성 작가가 예술가로서의 자아를 정립하려는 분투의 표식이며, 자아 창조를 위한 그녀의 노력을 남성 작가와 구분해주는 현상이다.

앞으로 보겠지만 사회적 성별 구분은, 일레인 쇼월터가 시사했듯이, 여성 작가가 남성 작가와는 매우 다른 문학적 하위문화에 참여하고 있다는 것을 의미한다. 이 하위문화에는 그 자체의 독특한 (비록 '주류' 남성 지배적 문학 문화를 통해 정의되었다 할지라도) 문학적 전통, 독특한 역사가 있다.[8] 독립적인 여성 하위문화는 여성에게 고무적이었다. 최근의 예를 들면, 남성 작가들은 블룸의 '영향에 대한 불안' 이론이 정확하게 묘사한 수정 요구로 인해 점차 탈진하고 있는 반면, 여성 작가들은 자신을 창조성의 개척자로 본다. 여성 작가들에게 이런 느낌은 너무 강렬해서 르네상스 이래, 혹은 적어도 낭만주의 이래 남성 작가들은 결코 경험하지 못했을 정도다. 수많은 아버지의 아들인 오늘날의 남성 작가들은 자신이 뒤떨어졌다는 절망감을 느끼지만, 몇 안 되는 어머니들의 딸인 오늘날의 여성 작가들은 드디어 싹트기 시작한 생명력 있는 전통을 창조하는 데 일조한다고 느끼는 것이다.

그러나 여성문학의 하위문화에는 어두운 면도 있다. 특히 문학의 부계 계승에 대한 블룸의 프로이트식 이론이 설명한 성의 심리적 맥락에서 여성의 문학적 자아 창조 투쟁을 살펴볼 때 더욱 그러하다. 앞에서 살펴보았듯 여성 작가에게는 '영향에 대한 불안' 대신 '작가가 되는 것에 대한 불안'이 자리 잡는다. 이 불안은 여성 예술가가 자신의 성에 부적절하다고 여겨지는 권위에 대한 복잡하고도 거의 의식하지 못하는 두려움에서 온다. 이 불안은 여성이라는 자신의 생물학적 조건에 따라 결정된 사회적 의미에 기초하기에, 호손이나 도스토옙스키 같은 남성 작가들이 드러내는 창조성에 대한 불안과는 사뭇 다르다. 실제로 문학적 하위문화의 비밀스러운 자매애라 할 수 있을 불안이 여성들의 독특한 유대를 형성할 만큼, 불안은 그 자체로 하위문화의 중대한 특징을 이룬다.

강한 아버지와 아들의 싸움이라는 '남성적' 전통과 대조적으로, 작가 되기에 따른 여성의 불안은 여성을 심각하게 무력화한다. 이 불안은 한 여성에게서 다른 여성에게로 전해진 것이 아니라, 가부장제의 엄격한 문학적 '아버지들'에게서 모든 '열등화된' 여성 후손에게 전해진 것이다. 그것은 불편함, 적어도 불만, 방해, 불신 등 여러 가지 세균이다. 세균은 많은 여성문학의 구조와 문체, 특히 (이 책에서 앞으로 살펴보겠지만) 20세기 이전 여성문학 전반에 얼룩처럼 퍼져 있다. 현대 여성들이 활력 있고 당당하게 펜을 들어 써내려간다면, 그것은 18세기와 19세기의 여자 조상들이 병들 정도로 심한 고립 속에서, 미칠 듯한 소외감 속에서, 마비를 일으키는 모호함 속에서 자신들의 문학적 하위문화에 고질적으로 퍼져 있던 작가 되기의 불안을 극복하려고 싸웠기 때문이다. 따라서 최근의 페미니스트가 강조하는 긍정적 역할 모델이 여성들을 도와준 것은 사실이지만, 창조적인 여성 하위문화가 맞닥뜨렸던 심각한 불평등을 잊어서는 안 될 것이다. 그런 문제들을 충분히 고려할 때에야 사회 억압적인 성적 정형화를 강화하는 대신 18세기와 19세기에 여성이 성취했던 문학의 엄청난 힘을 밝혀낼 수 있을 것이다.

문학적 심리사에서 자신이 차지하는 위치에 대한 여성 문인의 특별한 인식을 가정한다면 이 장 첫머리에 인용한 '감염된 문장'에 대한 에밀리 디킨슨의 명석한 관찰은 여성 작가들에게 다양한 방식으로 큰 울림을 준다. 우선 이 말은, 가장 순수하게 블룸이나 밀러의 의미에서, 모든 문학 텍스트에 치명적인 '손님'과 '유령'이 거주하고 있다는 디킨슨의 날카로운 의식을 보여준다. 어떤 독자에게나, 특히 작가이기도 한 독자에게는 모든 텍스트가 은유적인 세균전에서 '판결(문장)'이나 무기가 될 수 있다. 더 나아가 '감염된 문장은 새끼를 친다'는 말은 문학작품이 강제적이고 감금시키며 열병을 일으킨다는 것, 그리고 문학은 독자의 내면을 강탈하기 때문에 사적 영역에 대한 침해라는 디킨슨의 인식을 나타낸다. 더욱이 디킨슨 자신이 내린 젠더에 대한 정의를 감안한다면, 디킨슨 시에 등장하는 '주름 잡힌 창조자'의 성적 모호함은 의미심장하다. (특히 여성 작가를 의미하는) '우리'는 한편으로 여성의 자율성과 권위를 부인하고자 하는 모든 가부장적 텍스트로부터 '절망을 들이마실지도 모르지만', 또 다른 한편으로 '선배 여성 작가들'의 작품들로부터 (여자 선배들은 혼란스러워하는 여성 후계자들에게 작가가 된다는 행위에 담긴 전통적인 불안을 공공연하고도 암암리에 전달하므로) '절망을 들이마실지도 모르기' 때문이다. 결국 대대로 내려오는 은유적으로 모계적인 불안 때문에, 여성일 때는 텍스트의 창조자조차 텍스트 안에 (접힌 채, 그리고 '주름 잡힌 채') 감금되어 있다는 것, 그리하여 자신이 어떻게 보이는지를 계속해서 말해주는 '영원한 솔기' 속에 갇혀 있다는 것을 확실하게 느낄 것이다.

비록 오늘날 여성 작가들이 (적어도 19세기 선배들과 비교해 볼 때) 디킨슨이 정의 내렸던 '절망'의 감염에서 상대적으로 자유로워지긴 했지만 미국의 시인이자 에세이스트인 애니 고틀립이 최근에 고백한 일화는 모든 여성에게 '감염된 문장이 새끼를 치는' 방식에 대해 우리가 말하고 싶은 핵심 내용을 요약해서 전해준다.

내가 작가로서 나의 힘을 즐기기 시작했을 때, 어머니가 나를 불임시키는 꿈을 꾸었다. (우리는 꿈속에서도 문화가 우리에게 강요한 형벌을 선택했다는 이유로 우리 어머니를 비난했다.) 나는 꿈속에서 커다란 칼을 휘두르며 (칼날에 글자가 쓰여 있었다) 어머니를 뒤쫓아갔다. 나는 울부짖었다. '어머니는 어머니가 무슨 일을 하고 있는지 알아요? 어머니는 어머니 자신 때문에 나의 여성성을, 나에게는 중요한 나의 여성적 힘을 파괴하고 있다고요!'[9]

마치 디킨슨에게 화답하듯이, 고틀립은 선배 여성 작가를 찾는 과정에서 여성 작가는 감염과 쇠약만을 발견할 것이라고 말한다. 그러나 여성 작가는 여전히 '여성적 힘'을 찾아야 한다. 그것을 파괴하기 위해서가 아니고, 잃어버린 문학적 모계를 찾기 위해서는 '그 힘이 중요하기' 때문이다. 이를 감안했을 때 어머니에 대한 디킨슨 자신의 고백은 많은 의미를 드러낸다. 디킨슨은 '나는 어머니가 있었던 적이 한 번도 없다' '어렸을 때 나는 늘 집으로 두려움에 차 달려갔다. […] 어머니는 몹시 무서운 사람이었지만 나는 누구보다 어머니를 좋아했다' '어머니는 기적이었다'라고 말을 바꿔가며 주장하고 있기 때문이다.[10] 그러나 앞으로 드러나듯, 작가가 되는 일이 불러일으킨 그녀의 불안은 '절망'이었다. 그것은 병든 생모와 고통받은 문학적 어머니가 옮겨 들이마신 절망일 뿐만 아니라, 가끔은 가까이서 가끔은 '수세기나 떨어진 곳에서' 그녀에게 말했던('거짓말'까지 했던) 문학적 아버지가 퍼뜨린, 문학적 텍스트라는 검열의 거울에서 옮겨붙어 들이마신 절망이었다.

*

여자가 천사처럼 행동하지 않으면 괴물이 될 것이라고 경고받는 사회에서 여자가 된다는 것은 쇠약해지는 것이다. 최근에 제시 버나드, 필리스 체슬러, 나오미 와이스스테인, 폴린 바트 같은 사회학자나 역사학자들은 가부장적 사회화가 어떻게 육체적으로 정신적으로 여자들을 글자 그대로 병들게 하는지 연구하기 시작했다.[11] 프로이트가 정신과 몸의 역동적 관계를 밝힌 유명한 연구의 출발이 된 질병인 '히스테리'는 원래 정의상 '여성의 질병'이다. 히스테리의 명칭이 자궁을 뜻하는 그리스어 히스테르hyster에서 유래했기 때문이라기보다 (실제로 19세기에는 자궁이 정서적 장애를 '야기한다고' 생각했다) 히스테리라는 질환이 주로 19세기 말의 빈 여성들에게서 발병했기 때문이다. 19세기 내내 다른 신경증과 마찬가지로 이 정신병도 여성의 생식기관 때문에 발병한다고 여겨졌다. 이런 발상은 여성성 자체가 결함이라는 아리스토텔레스의 개념을 상세히 설명하는 것 같다.[12] 사실상 거식증이나 광장공포증같이 육체적 사회적 환경에 잘 적응하지 못해 생기는 질병은 유독 여성에게 자주 발생한다. 거식증(식욕 상실, 스스로 굶기) 환자는 주로 사춘기 소녀들이다. 광장공포증(개방된 혹은 '공적' 장소에 대한 공포증)으로 고통받는 사람도 주로 중년 여성이다. 류머티스성 관절염 환자도 그렇지만.[13]

이런 질병은 여러 가지 면에서 가부장적 사회화에 기인한다. 가장 두드러지게는 어린 소녀, 특히 생기발랄하고 상상력이 풍부한 소녀가 온순, 복종, 자아 축소를 배우다 실제로 병에 걸린다. 포기하도록 훈련받는 것은 거의 필연적으로 나쁜 건강으로 이어지는 지름길이다. 인간이라는 동물의 욕구 가운데 가장 거대하고 강렬한 것은 자신의 생존, 쾌락, 자기주장이기 때문이다. 여기에 어린 소녀가 교육받는 각각의 '과목'도 특정한 방식으로 병들게 할 것이다. 소녀는 아름다운 대상이 되어야 한다고 배우면서 자기 몸에 대해 불만을 (아마 혐오감까지) 학습한다. 자신을 둘러싸고 있는 은유적인 거울과 실제 거울을 강박적으로 들여다보면서 소녀는 자신의 몸을 문자 그대로 '축소시키기'를 갈망한다. 우리가 앞서 살펴보았듯, 19세기에는 아름답고 '연약하고' 싶어하는 이 갈망 때문에 꼭 끼는 코르셋을 착용하거나 식초를 마셨다. 우리 시대에 그 갈망은 수많은 식이요법과 '단식'뿐만 아니라 10대의 거식증이라는 비정상적인 현상을 낳았다.[14] 마찬가지로 사적인 삶, 침묵하는 삶, 가정 안의 삶을 살도록 길러지고 한계가 정해진 여성들이 공공장소나 툭 터진 공간에 병적인 공포를 품는 것은 불가피하다. 「백설 공주」에서 여왕이 자기가 미워하는 의붓딸과 싸우는 데 무기로 사용한 빗, 코르셋 끈, 사과와 마찬가지로, 거식증이나 광장공포증 같은 고통은 가부장제가 정의한 '여성성'을 터무니없을 정도로 극단으로 몰고 간 결과이자, 사회적 처방에 대한 본질적이고 어쨌든 피할 길 없는 패러디다.

그러나 19세기에 여성들을 아프게 한 것은 이런 질병이 패러디하고 있는 복잡한 사회적 처방전만이 아니었다. 19세기 문화 자체가 여성들을 병들게 했다고 볼 수 있다. 다시 말해 빅토리아 시대 여성들이 고통받았던 '여성의 질병'은 꼭 여성성 훈련이 낳은 부산물만은 아니었다. 그 질병이 바로 훈련 목표였다. 바버라 에런라이크와 디어드러 잉글리시가 보여주었듯, 19세기 내내 '상류층과 중상층 여성들은 '병든'(허약한, 건강이 나쁜) 존재로 여겨졌으며, 노동자 계급 여성들은 '병들게 하는'(감염시키는, 병적인) 존재로 여겨졌다.' 그들은 '숙녀'에 대해 이야기하면서 계속 '숙녀란 약하고 병약한 존재라는 사회적 동의가 있음'을, 그 결과 '여성의 병약함에 대한 숭배'가 영국과 미국에서 발달했음을 지적한다. 메리 퍼트넘 자코비가 1895년에 썼듯이, 병약함의 숭배 결과 '일어날 수 있는 그 모든 긴장(더 타당한 이유는 말할 것도 없고 겨울 동안의 에너지 소진, 집 안을 가득 메울 정도로 많은 하인, 여자 친구와의 싸움 등) 속에서 신경쇠약에 걸리는 것은 당연하고 거의 찬양할 만하다고 여겨졌다. […] 스스로 신경과민에 끊임없이 신경 쓰고, 의도는 선했지만 근시안적인 조언가로부터 신경 쓰도록 강요받은 결과, [여자들은] 이내 한 묶음의 신경다발이 되고 말았다.'¹⁵

이런 사회적 조건이 빚어낸 여성 질병의 유행을 고려한다면, 문학작품에 등장하는 집 안의 천사가 공포와 전율로만 고통받는 것이 아니라 사실적이고 비유적인 죽음의 병으로도 고통받는다는 것은 놀랄 일이 아니다. 지극히 활동적인 의붓어머니가 죽음의 춤을 출지라도, 결국 아름다운 백설 공주는 유리 관 속에 갇힌 채 긴장과 몽환 상태에서 회복하지 못한다. 우리가 괴테의 마카리에, 즉 한스 아이히너가 '명상적 순수함'이라는 괴테의 이상을 구현했다고 말한 『빌헬름 마이스터의 편력 시절』속 '착한' 여자로 돌아가보면, 우리는 '자아 포기와 순수한 마음의 모델, […] 영원히 여성적인 것으로 구현된 모델이 편두통으로 고통받는다'는 것을 알게 될 것이다.¹⁶ '영원히 여성적인 것'이 무자비한 자기 억제를 의미한다면 필연적으로 질병을 수반하지 않겠는가? 그렇다면 '감염된 문장은 새끼를 친다'는 디킨슨의 주장에서 또 다른 의미를 발견할 수 있을 것이다. 그로부터 '수세기 떨어진 곳'에 있는 우리가 '들이마시는' 절망은 마카리에의 인생 같은 삶, 즉 '이야기를 갖지 못하는' 삶이라는 절망, 바로 그것이다.

한편, '괴물-여자'의 절망 또한 실제적이고, 부인할 수 없으며, 쉽게 퍼져나간다. 여왕의 광적인 춤은 분명 병적이고, 은유적으로 보면 너무 많은 이야기의 결과다. 낭만주의 시대의 시인들이 두려워했듯이 지나친 상상력은 남자든 여자든 누구에게나 위험하며, 가부장적 문화는 특히 여자의 정신노동이 무서운 결과를 가져올 것이라고 가정했다. 1645년, 매사추세츠 식민지 총독이었던 존 윈스럽은 일기에 이렇게 적었다. '슬프게도 앤 홉킨스가 병에 걸렸다. 앤은 이성과 이해력을 잃고 말았는데, 이 증세는 여러 해 동안 읽기와 쓰기에 몰입한 결과 악화되었다. 게다가 앤은 많은 책을 썼다.' 또 윈스럽은 '만일 앤이 집안일에(여자들이 해야 할 일에) 전념했더라면, […] 미치기까지는 하지 않았을 것'이라고 덧붙였다.[17] 웬디 마틴도 다음과 같이 말했다.

19세기에 지적인 여성이 되는 것에 대한 공포는 매우 강렬해서 […] 의학 연보에 기록될 정도였다. 생각하는 여자는 자연을 거스른다고 간주되었다. 하버드의 한 의사는 래드클리프 여자 대학 졸업생을 부검한 뒤 그녀의 자궁이 콩알만 한 크기로 쪼그라들었다고 보고했다.[18]

앤 섹스턴의 암시에 따라 (시의 일부를 이 장의 서두에 인용했다) 여자에게서 여자에게로 은밀하게 전해지는 빨간 구두가 예술의 구두이자 여왕이 춤출 때 신은 구두라고 하자. 그렇다면 구두를 거부하고 천사 같은 마카리에가 되는 것이 여자를 병들게 하는 것과 마찬가지로, 구두를 신는 여왕이 되는 것 역시 여자를 병들게 한다. 섹스턴은 여러 시에서 '작가가 되는 것에 대한 불안'이라고 우리가 규정한 것을, 여성의 창조력을 자살로 끝장내려 드는 춤에 대한 강렬한 두려움으로 표현한다.

> 빨간 구두를 신었던
> 소녀들은 전부
> 각각 멈추지 않는 기차에 탔다.
> ……………………………
> 소녀들은 자신들의 귀를 안전핀처럼 뽑아냈다.
> 소녀들의 팔은 떨어져서 모자가 되었다.
> 소녀들의 머리는 굴러떨어져 길가에서 노래 불렀다.
> 소녀들의 발은, 저런, 소녀들의 발은 시장 바닥에서—
> …발은 계속 움직였다.
> 발은 멈출 수 없었다.
> ………………………
> 소녀들은 들을 수 없었다.
> 소녀들은 멈출 수 없었다.
> 소녀들이 추었던 것은 죽음의 춤.
> 소녀들이 이른 곳은 자신의 파멸.

이런 글은 분명 감염력이 있다. 절망도 마찬가지다. 섹스턴이 암시하듯이, 여성 예술에는 '숨겨진', 하지만 통제할 수 없는 광기라는 치명적인 전통이 있다. 섹스턴은 아마도 이 전통을 반쯤 의식적으로 자각하고 있었기 때문에 자신이 에드나 밀레이의 (그녀의 명성은 연애담에 근거하고 있는 듯하다) '화신'이 될수도 있다는 '은밀한 공포'를 느꼈을 것이다. 디윗 스노드그래스에게 보내는 편지에서 섹스턴은 '여성 작가로서 글 쓰는 일에 대한 두려움'이 있다고 고백하고, 나아가 자신이 '남자이기를 바라며 […] 남자가 쓰는 방식으로 글을 쓰고 싶다'고 덧붙인다.[19] 결국 죽음의 춤을 추면서 '빨간 구두를 신었던 소녀들'은 그들 자신의 몸을 해체한 셈이다. 그것은 마치 거식증 환자가 죄책감 속에서 여성인 자기 육체의 무게를 거부하는 것과 같다. 그러나 만약 그들의 팔, 귀, 머리가 떨어져나간다면 그들의 자궁도 '콩알 크기'로 '쪼그라들'까?

이와 관련해 마거릿 애트우드의 『신탁받은 여자』에 나오는 다음 문단은, 섹스턴이 과격한 이미지로 구현한(혹은 해체한) 창조성과 '여성성'의 갈등에 대한 주석 같다. 애트우드 소설의 주인공이 최근 '여성 고딕 소설'이라고 불리는 소설의 작가라는 사실은 의미심장하다. 더욱 의미심장한 것은 주인공 또한 작가가 되는 것에 대한 불안을 빨간 구두라는 동화적 은유에 투사한다는 것이다. 유리 조각을 밟은 발에서 피가 나는 것을 보면서 주인공은 갑자기 깨닫는다.

새빨간 구두를 신고 춤을 춘 발은 벌을 받았다. 당신은 춤을 출 수 있고 좋은 사람의 사랑을 받을 수도 있겠지. 그러나 당신은 춤을 두려워했다. 만약 당신이 춤을 춘다면 그들이 발을 잘라버려 더는 춤을 못 추게 하리라는 이상한 공포가 있었기 때문이다. […] 결국 당신은 그 공포를 극복하고 춤을 추었고, 그들은 당신의 발을 잘랐다. 좋은 남자 또한 떠나버렸다. 당신이 춤을 추기를 원했기 때문이다.[20]

다시 말해 수동적인 천사든 능동적인 괴물이든 여성 작가는 문화가 제공하는, 여성을 쇠약하게 만드는 대안들 때문에 있는 그대로의 의미에서든 비유적인 의미에서든 자신이 무능하다고 느낀다. 여성이 처한 조건의 치명적인 효과는 여성 선배 문인들에게 이어받은 피 묻은 구두 속 죽음의 선고처럼 '퍼져나간다.'

여성 작가는 질병의 이미지, 질병의 전통, 질병과 불편함의 권유에 둘러싸여 있기 때문에, 자기 본성의 불안을 비추는 많은 거울을 들고 있다는 것은 놀랄 일이 아니다. 앞으로 보겠지만, '감염된 문장이 새끼를 친다'는 개념은 여성 문인에게 너무도 잘 들어맞는 진실이다. 오스틴과 셸리부터 디킨슨과 배럿 브라우닝에 이르는 19세기 소설가들과 시인들의 위대한 예술적 성취는 사실적으로나 비유적으로나 번번이 질병과 결부되었다. 그것은 마치 절망과 파편화가 빚어낸 감염성 '우울증'으로부터 건강과 완전함을 얻어내기 위해 노력했다고 역설하는 것만 같다. 문화가 건네는 독사과를 거부하는 여성 작가는 거식증 환자가 되어 고집스럽게 입을 다물고 침묵으로 들어간다(제인 오스틴의 인물인 헨리 틸니의 말을 빌리자면, '여성의 유일한 힘은 거절하는 것이기' 때문이다).[21] 그러면서도 여성 작가는 굶주림에 대해 불평한다. 따라서 샬럿 브론테와 에밀리 브론테는 굶주린, 그리고 굶고 있는 거식증 여자 주인공들의 고통을 묘사하며, 에밀리 디킨슨은 '1년 내내 배가 고팠다'고 금방 선언해놓고 다른 곳에서는 '화려한 궁핍'을 선택한다. 마찬가지로 크리스티나 로세티도 악귀의 과일을 '빨아먹으려는' 여자 주인공과 침묵과 격렬한 거부의 몸짓으로 입술을 굳게 다문 사람 사이에서 분열하며 작가가 되려는 자신의 불안을 나타낸다. 그뿐이랴, 이들 여성 문인 중 많은 사람들이 이런저런 식으로 광장공포증 환자가 된다. 침묵하도록 훈련받았기 때문에 그들은 문학 시장의 아찔한 개방성을 두려워하며 '출판이란 인간 정신의 경매'라고 했던 디킨슨의 말을 합리화시킨다. 더 심하게는 '창조란 나를 보이게 만드는 거대한 틈'이라고 익살스럽게 고백한다.[22]

앞으로 또 확인하겠지만, 다른 질병과 불편함도 거식증과 광장공포증이라는 고전적인 두 증상에 덧붙는다. 예를 들면 광장공포증과 대등한 차원의 질병이면서 대립 관계에 있는 폐소공포증은 19세기 동안 여성의 글에서 반복해서 마주치는 장애다. 눈의 '질환'도 여성 작가의 삶과 작품에 자주 나타난다. 디킨슨은 자신의 눈이 '빠졌다'고 사실적으로 말했고 조지 엘리엇은 가부장적인 로마를 두고 '망막의 질병'으로 묘사했다. 제인 에어와 오로라 리는 맹인과 결혼했고, 샬럿 브론테는 일부러 눈을 감은 채 글을 썼다. 메리 엘리자베스 콜리지는 '완전히 눈부신, / 햇살이 가려질 때까지 나를 강타했기' 때문에 '실명'되었다고 기술했다.[23] 실어증과 건망증(가부장적 문화가 대대로 여성에게 요구한 일종의 지적 무능을 상징하고 패러디하는 두 질병)

역시 솔직하거나 위장된 형태로 여성의 글에서 되풀이해 나타난다. 제인 오스틴의 소설에서 '어리석은' 여성 인물(예를 들면 『에마』의 베이츠 양)은 언어에 대한 말라프로피즘적(비슷한 발음이 나는 말의 엉뚱한 오용) 혼동을 보여주고, 메리 셸리의 괴물은 언어를 처음부터 배워야 하는 상태로 등장한다. 에밀리 디킨슨은 가장 기본적인 영어 단어의 의미를 어린아이처럼 질문한다. "정말 '아침'이 있을까? / '낮' 같은 것이 있을까?"[24] 동시에 많은 여성 작가들이 언어의 무지를 묘사했던 까닭은 (그들의 깊은 소외감과 불가피한 아노미적 느낌 때문이기도 하지만) 자신들이 무언가 잊었기 때문이라는 것을 암시한다. 펜조차 여성에게 힘을 주지 못한다. 힘을 박탈당한 여성들은, 도리스 레싱의 여자 주인공들처럼, 자신이 될 수도 있었던 무언가를 희미하게라도 기억해내기 위해 내면화된 가부장적 비난과 싸워야 했다.

크리스티나 로세티는 「으뜸음」이라는 시에서, '내가 알고 있던 노래는 어디 갔을까, / 내가 부르곤 했던 멜로디는 어디 갔을까?' 하고 읊는다. 이 시의 제목은 로세티에게 아주 중요하다. '나는 모든 것을 잊었나니 / 그토록 오래전에 알고 있던 모든 것을.'[25] 마치 같은 말을 하는 것처럼, 샬럿 브론테의 루시 스노는 편리하게도 자기 개인사를 '잊어버리고', 이야기 속 핵심 인물의 세례명도 잊어버린다. 브론테가 고아로 만든 제인 에어는 가족의 유산을 잃어버린 것(또는 상징적으로 '잊어버린 것')으로 나타난다. 에밀리 브론테의 히스클리프 역시 자신이 누구이며 어떤 사람이었는지 '잊거나' 잊도록 만들어졌다. 메리 셸리의 괴물은 기억도 가족사도 없이 '태어난다.' 엘리자베스 배 럿 브라우닝의 오로라 리는 일찍이 '모국' 이탈리아에서 멀어지 는 바람에 모국을 '잊기에' 이른다. 그러나 마지막 사례가 암시 하듯이, 이 모든 인물들과 작가들이 잊었을까 봐 정말로 두려워 하는 대상은 정확하게 말해 가부장적 시학 때문에 멀어진 자신 들 삶의 국면, 즉 자신들의 모계적 문학 유산이다. 그것은 애니 고틀립이 말한 것처럼 그들의 어머니이기 때문에 (어머니'임에 도 불구하고'가 아니라) 그들에게 중요한 '여성적 힘'이다. 따라 서 '감염된 문장'이 여성들 사이에 '새끼를 쳐나가는' 방식을 이 해하기 위해서뿐만 아니라 여성들이 어떻게 질병을 통해 예술 적 건강을 획득해내는가를 배우기 위해서도 '영향에 대한 불안' 이라는 블룸의 중요한 정의를 재정의해야 한다. 그렇게 함으로 써 우리는, 19세기 여성들이 자신들을 쇠약하게 만드는 가부장 적 인식을 거부하고 자신들의 고유한 여성의 힘을 발견할 수 있 도록 도와주는 잃어버린 어머니들을 되찾고 기억해내 '작가가 되는 것에 대한 불안'을 극복한 일이 얼마나 지난했는지 추적해 낼 수 있을 것이다.

*

펜을 들었던 최초의 여성들이 자신에 대한 불신, 무력감, 열 등감에 감염되거나 그로 인해 병들었음은 분명하다. 이런 느 낌은 '여성성' 교육이 유도한 결과였다. 이전의 논의에서 보았 듯이 문학 부권 은유의 역명제는 여성이 문학적으로 불임이라는 믿음, 즉 앤 핀치 같은 여성 문인들에게 스스로 '무'가 될지도 모른다는, 힘없는 지적 내시가 될지도 모른다는 깊은 불안감을 불러왔던 믿음이다. 게다가 그런 여성들은 루퍼스 그리스월드 같은 사람의 주장('우리는' 여성의 글을 읽으면서 "'쓸데없는 감정'이 넘쳐날 뿐인데도 창조적인 지성을 피워내는 에너지가 느껴진다고 오인할 위험이 있다")에 깔려 있는 전제에 깊이 영향받았다.[26] 이 말은 비록 여성이 펜을 드는 일이 부조리하지는 않다 할지라도 병적(오늘날의 말로 하자면 '신경증적')임을 암시하고 있다. (우리가 앞에서 논했던 오스틴의 『설득』에 나오는) 앤 엘리엇과 하빌 대위가 남성의 펜과 여성의 '변덕'에 대한 묘사를 두고 논쟁하는 장면 바로 앞에서 엘리엇은 대위에게 '우리는 집 안에 산답니다, 조용히 갇힌 채 말이에요. 그러니 우리 감정이 우리를 잡아먹는 거죠' 하고 말한다. 엘리엇은 오스틴의 묘사대로 '낮고 다정한 목소리로' 말하는데, 그녀의 말과 태도는 여성이 남성보다 더 '쓸데없는 감정'의 질병과 위험에 빠지기 쉽다는 견해에 자기 자신뿐만 아니라 자신을 만들어낸 작가도 동의하고 있음을 암시한다.[27]

핀치의 시 중 최고이자 가장 정열적인 작품은 「우울」이라는 야심 찬 핀다로스적 서정시다. 『머리카락 도둑』에서 '우울의 여왕'의 성격을 묘사한 포프에게 반응을 보인 작품이라고 할 수 있는 이 시에서, 핀치는 자신의 인생과 예술을 지배했던 '공상적인 질병'에 대한 불안을 고백하고 탐색한다. 그녀의 자기 검토는 특히 흥미롭다. 그것은 엄격한 정직성 때문이기도 하지만, (여자의 '쓸데없는 감정'이라는 표현을 시에서 쓰기도 했던) 포프의 여성 혐오적인 비난에 핀치 자신이 얼마나 심하게 영향을 받았는지를 바로 그 정직성이 드러내주기 때문이다. 포프는 '변덕스러운' 우울의 '여왕'이 '15세부터 50세까지의 여성'을 지배하기에 (여성 섹슈얼리티의 '전성기'에 걸쳐 여자를 지배하며) 히스테리와 (여성) 시의 '부모'가 된다고 말했다. 이 말에 핀치는 적어도 부분적으로 동의하는 것 같다. '그대는 오만한 아내로서 허풍 떨며 예술을 말한다'라고 쓰기도 했기 때문이다. 포프 자신이 생각했던 것처럼, 굴복하지 않은 여자는 그저 신경증적인 여자일 뿐이라는 것이다. '군주다운 남자는 제국을 통치하도록 태어난다'고도 핀치는 말한다. 그러나 시에서 남자는 우울증을 앓는 여자에게 패배한다. 그는 '평화를 위해 타협한다. […] 여자는, 우울로 무장한 채, 노예처럼 복종한다.' 그러나 동시에 핀치는 자기 내부에서, 특히 예술가로서의 자기 자신 안에서, 우울의 가장 유해한 영향을 받았음을 고백한다. 핀치는 우울의 영향에 대해 대단히 감동적으로 불평하는데, 이때 여성의 불복종에 대한 이전의 시각에서 나왔을 법한 자기비판을 불러들이지 않는다. '우울의 여왕'에게 말하면서 핀치는 이렇게 쓴다.

아! 그대는 나를 너무 압도하는구나.
나는 그대의 힘을 느낀다, 나 그대를 저주하지만.
나의 시는 썩어가고, 속박당한 나의 노래는 약해져가는 것만 같다.
그대의 검은 황달을 통해 나는 모든 사물을 본다.

그대처럼 어둡고 무시무시한,

나의 시구들은 비난받고, 나의 일은

쓸데없는 어리석음이요, 건방진 흠이라고 여겨지는구나.[28]

작가가 되고자 하는 것은 미친 짓에 정신병적이며 우울증적인 증세인가? 「우울」에서 핀치는 그럴까 봐 두렵다고 말하면서 포프가 자신을 피비 클링킷처럼 어리석은 신경증 환자로 묘사한 것이 자신을 그녀 마음속 우울의 동굴로 몰아넣었다고 말한다. 놀랄 것도 없다.

17세기와 18세기 여성 작가들과 19세기 여성 문인들은 펜을 드는 행위를 실제로 미친 짓이라고 고백하지는 않았지만, 어떤 의미에서 그와 같은 '건방진' 소일거리를 한다는 것에 죄책감을 느꼈다고 토로했다. 우리가 앞에서 보았듯이 핀치는 자신의 뮤즈에게 조심하라고, '조용히 물러나라'고 경고했으며, 자신이 작가로서 가장 하고 싶은 것은 '날개를 움츠리고 조용히' 있는 것, 그리고 '몇 안 되는 친구와 그대의 슬픔을 노래하는 것'이라고 덧붙였다. 자신을 지워버리라는 핀치의 경고가 아이러니로 점철되어 있다고 할지라도, 그것은 진지하고 현실적이다. 일레인 쇼월터가 보여주었듯, 19세기 말까지 여성 작가는 사실상 남성 작가나 선배 작가 다음 자리에 밀려나 있었다.[29] 여성 작가가 자신을 낮추거나 비하하고 굴종하기를 거절한다면, 자신의 예술 작품이 독자들의 한가한 기분 풀이를 위해 만들어졌음을 부인한다면, 그녀는 무시당하거나 (가끔은 무례하게) 공격받을 것이다. '운문의 여왕'에게 자신의 영혼을 '시의 불길'로 달

구어달라고 야심 차게 애원했던 앤 킬리그루는 무리한 욕망을 내밀었다가 그 보답으로 표절이라는 비난을 받았다. '나는 썼다. 그리고 현자들은 나의 글을 칭송했다. 그렇다면 누가 그런 영광을 의심할 수 있는가?' 앤 킬리그루는 자신이 받은 굴욕의 일부분을 이야기하면서 남성 예술가에게는 충분히 타당하게 여겨졌을 기대감에 대해 상술했다. 그러나 '나에게 영광을 가져다주었어야 할 것이 수치만을 가져다주었다.'[30] 앤 킬리그루와 동시대 미국인 앤 브래드스트리트도 자신이 발표한 시가 어떻게 받아들여질까에 대해 이야기하면서 좌절과 괴로움을 표현한다.

내 손은 바느질에 더 잘 맞는다고
투덜대는 혀에 미운 털이 박혔다.
모두가 시인의 펜을 든 내가 잘못했다고 조롱한다.
그들은 여성의 재능에 경멸을 퍼붓나니.
내가 쓴 것이 훌륭해도, 그것은 빛나지 않을 것이다.
그것은 훔친 것이거나 우연의 소산이라고들 말할 테니.[31]

특히 킬리그루의 경험을 견주어볼 때, 분별 있는 여성 작가라면 누구나 이 시가 내포한 경고—겸손하라, 그래야 한다! 그대의 그림자처럼 모습을 드러내지 말고 그 상태에 만족하라!—를 무시할 수 없을 것이라는 분석은 짜증나지만 세속적으로 매우 정확하다.

따라서 브래드스트리트 자신은 남자를 위한 아폴로의 '월계관'을 삼가고, 그저 '백리향풀이나 파슬리 화환'을 요청한다. 그리고 그녀의 남성 독자에게 '나의 이 하찮고 정련되지 않은 광석은 / 당신의 반짝이는 금을 더욱더 빛나게 해줄 것'이라고 온화하게 말하며 확신을 준다. 핀치가 자책했듯 이런 자기 비하에도 씁쓸한 아이러니는 스며 있지만, 자신을 낮추는 태도는 필연적으로 시인 자신뿐만 아니라 예술에도 나쁜 영향을 끼친다. 핀치가 자신의 「속박된 노래」가 여성 우울증으로 손상되었다고 느낀 것처럼, 브래드스트리트도 자신에게 '어리석고 박살난 오점투성이의 뮤즈'가 있다고 고백하면서, 자신의 결함은 '자연이 회복할 수 없게 만들었기' 때문에 고칠 수 없다고 고백한다. 또 (마치 여성성과 광기, 아니면 적어도 정신적인 결함을 확실하게 접합시키려는 듯이) '약하고 상처 입은 두뇌는 치료될 수 없다'고 덧붙인다. 마찬가지로 뉴캐슬 공작 부인 마거릿 캐번디시도 (문학 활동 때문에 동시대인들은 그녀를 '미친 매지'라고 불렀다) 일종의 겸손하고 '분별 있고' 자기 비하적인 여성 혐오를 표현함으로써 자신의 '광기'를 넘어서려 했던 것 같다. 여성 혐오는 브래드스트리트의 『삶에 대한 옹호』를 특징 짓는 요소였다. 캐번디시는 '나는 자연이 가장 차가운 요소와 가장 부드러운 요소를 혼합해놓은 두뇌를 가진 연약한 성의 존재이기 때문에 남자처럼 재치 있고 현명하게 글을 쓸 수 있다는 기대를 받지 않는다'고 말한다. 이어서 '남자와 여자는 지빠귀에 비교할 수 있다―암컷 지빠귀는 가슴이 높은음을 낼 수 있도록 만들어지지 않은 탓에 수컷처럼 강하고 큰 소리로 노래할 수 없고, 수컷처럼 맑고 완벽하게 노래할 수도 없다'고 주장한다.[32] 그러나 결국 캐번디시가 드러내는 젠더에 대한 태도와 자기 직업에 대한 의식이 보여준 모순은 그녀를 어떤 의미에서 '미치게' 만든 것처럼 보인다. '여성은 박쥐나 올빼미처럼 [어둠 속에] 살고, 짐승처럼 일하며, 벌레처럼 죽는다'고 캐번디시가 쓴 것은 자기 자신과 절망이 대결하는 쏜살같은 순간이었을 것이다. 그러나 결국 버지니아 울프의 말처럼 '그녀가 나타났을 때 사람들이 그녀의 마차 주위에 몰려들었다.' 왜냐하면 '미친 공작 부인이 영리한 소녀들을 놀라게 하는 악귀가 되었기 때문이다.'[33]

울프의 언급이 암시하듯, 자신의 문학적인 노력에 대해 사과하지 않는 여자들은 미친 사람 내지 괴물로 취급받았다. '성을 벗어났기' 때문에 기이하고 성적으로 '타락했기' 때문에 기이하다는 것이다. 캐번디시의 비상한 지적 야망은 자연에서 탈선한 듯 보였으며, 핀치의 글은 그녀를 바보로 만들었고, 애프라 벤 (사실상 영국 최초의 '전문' 여성 작가)처럼 아주 뻔뻔하고 사죄할 줄 모르는 반항아는 항상 (의심할 바 없이 문란하고 방종하며 '음란한') '수상한 여자'로 간주되었다. '판단력과 신성한 시를 금지당한 이 가련한 여자는 무엇을 했는가?' 벤은 솔직하게 질문했고, 또 솔직히 말하자면 왕정복고 시대 방탕자의 삶을 살았던 것처럼 보인다.[34] 그 결과 마치 현실판 두에사처럼, 그녀는 진지한 문학의 정전에서뿐만 아니라 점잖은 사람들의 응접실이나 도서관에서도 점차 가차 없이 추방(나아가 삭제)당했다.

부르주아적인 19세기 초에 들어서면 돈과 '도덕'이 매우 중요해져 진지한 작가라면 심리적으로나 경제적으로 벤 같은 '수상쩍은' 모험을 감행할 수 없었다. 그리하여 1816년, 우리는 자신은 선천적으로 '남성적인 기운찬 묘사'에 함께할 수 없다고 점 잖게 항의하는 제인 오스틴과 만난다. 오스틴은 자신의 소설을 [넓은 캔버스 대신] '(5센티미터 폭의) 작은 상아 조각'에 새겨 넣는다고 비유적으로 주장했다. 1837년에 샬럿 브론테는 '저 는 여자가 해야 할 모든 의무를 수행하려고 노력했습니다'고 말 하며 로버트 사우디를 안심시켰다. 브론테는 '항상 성공한 것은 아닙니다. 왜냐하면 가르치거나 바느질할 때 가끔 저는 차라리 독서하거나 글을 쓰고 싶었기 때문이지요' 하고 부끄러운 듯 고 백하고, '저는 저 자신을 부정하려고 애씁니다. 아버지의 인정 은 그런 결핍에 대한 충분한 보상이 되어주고요'라고 공손하게 덧붙인다.[35] 마찬가지로 1862년에 우리는 에밀리 디킨슨이 토 머스 웬트워스 히긴슨에게 '나에게 출판은 물고기에게 하늘이 낯선 것처럼 낯설어요'라고 말하는 장면을 보게 된다. 디킨슨은 기질적으로 자신이 자기 선전에 능하지 않음을 말한 것이다.[36] 또 우리는 1869년 루이자 메이 올컷의 조 마치가 야심찬 고딕 스릴러 대신에 어린이용 교훈 설교집을 쓰는 모습을 만난다. 이 모든 선택, 즉 확실히 주류적인 것이 아니라 외관상 소품 같은 것, 극적인 것이 아니라 가정적인 것, 공적인 것이 아니라 사적 인 것, 영광이 아니라 눈에 띄지 않은 것을 선택한 데는 의식적 이거나 반의식적인 아이러니가 작용했음이 분명하다. 그런 선 택의 필요성은 아주 최근까지 영미의 거의 모든 여성 작가들이 처했던 상황, 즉 작가 되기의 병적인 불안을 강조해준다.

모든 여성의 삶과 시, 그리고 선택이 우리에게 말해주는 바는 간단히 말해, 여성 문인이 세계 내에서 자신의 공적 현존을 규정해야 했을 때 어떤 선택을 하든 똑같이 항상 자기 존재를 비하하는 결과에 이르렀다는 것이다. 여성 문인은 자신의 작품을 전적으로 억압하거나 작품의 출판을 필명이나 익명으로 출판해야 했고, 그렇지 않은 경우 그녀는 겸손하게 여성으로서의 '한계'를 고백하고, 열등한 능력에 걸맞게 숙녀들을 위한 '더 하찮은' 주제에 집중해야 했다. 후자의 선택이 실패의 인정으로 보인다면 여성 문인은 반항할 것이며 그 결과 불가피하게 추방당할 것이다. 그리하여 버지니아 울프가 말했듯, 여성 작가는 당황스러운 이중의 속박에 갇혀 있었다. 여성 문인은 자신이 '단지 여자'일 뿐임을 인정하거나 '남자만큼 훌륭하다'고 저항하거나, 둘 중 하나를 선택해야 했다.[37] 앞으로 살펴보겠지만, 이 같은 불안감을 조장하는 선택에 직면한 여자들이 문학작품을 창조하자 그들의 작품에는 제한된 선택에 대한 강박적 관심뿐 아니라 예외 없이 강박적 감금의 이미지가 강력하게 나타난다. 감금 이미지는 어느 쪽이든 숨을 틀어막는 양자택일과 그렇게 만들어놓은 문화에 의해 여성 예술가들이 감금되고 병들었다고 느꼈음을 보여준다. 괴테의 허구적 인물인 천사 같은 마카리에뿐만 아니라 조지 엘리엇도 (버지니아 울프처럼) 끔찍한 두통에 시달렸다. 그 이유를 따라가면서 이야기를 시작해보려고 한다.

*

우리는 조지 엘리엇의 고통을 살펴봄으로써 저항하는 여성 작가가 사회적으로 부여받은 굴종의 미덕을 다루기 위해 발달시킨 또 다른 전략을 만날 수 있다. 핀치나 브래드스트리트 같은 여자들은 자신들의 부적절함에 대해 사과하고, 벤이나 캐번디시 같은 여자들은 자신들의 변덕을 과시한 반면, 19세기 후손들 중 가장 심하게 몸부림쳤던 이 반항아는 자신을 남자로 내세움으로써 여자라는 문학적인 문제를 해결하려 했다. 사실상 이런 작가들은 자신이 남자'만큼 훌륭하다'고 주장한 것이 아니라 작가로서의 자신이 남자라고 주장한 것이다. 조르주 상드와 조지 엘리엇이 남자들에게 지적인 진지함을 인정받기 위해 남자로 분장했다는 일화는 유명하다. 브론테 세 자매 또한 커러, 엘리스, 액턴 벨이라는 가면 뒤에 골칫거리였던 자신들의 여성성을 감추었다. 샬럿 브론테는 정직하지 못하게 양성적인 중립성 때문에 그 이름들을 선택했다고 주장했지만, 초기 독자들은 대부분 남자 이름이라고 생각했다. 이 모든 여자에게 남성성의 옷은 분명 (브래드스트리트, 핀치, 캐번디시에게 그토록 많은 고통을 주었던) '여성성'이라는 폐소공포증의 이중 속박에서 벗어날 실용적인 은신처였다.

결국 여성 작가는 남자로 가장한 채, 선배 여성 작가들을 속박했던 '덜 중요한 주제', '더 하찮은 인생'을 과감하게 떠날 수 있었다. 동물을 연구할 수 있는 도살장이나 경마장에 가기 위해 남자 옷을 입었던 19세기 프랑스 화가 로사 보뇌르처럼, '남자로 알려진' 여성 작가는 필명이라는 남자의 '옷을' 입고서야 여자들을 대개 금지한 문학의 영역에서 더 자유롭게 거닐 수 있다고 생각했다. 따라서 '나의 바지는 위대한 보호자였다. […] 어디에서든 스커트 자락을 끌어야 하는 의무 때문에 내 일을 방해하는 전통을 감히 깨뜨린 일에 대해서, 나는 몇 번이고 나 자신이 자랑스러웠다'고[38] 보뇌르는 큰소리칠 수 있었다.

상드, 엘리엇, 브론테 자매 같은 여자들의 은유적인 바지는 압도적으로 남성적인 문학 전통 안에서 그들의 입지를 확보해주었을지 모른다. 하지만 남자 옷이 그들을 쇠약하게 하지는 않았을지라도, 핀치와 브래드스트리트 같은 작가들이 채택한 더 겸손하고 숙녀다운 옷과 마찬가지로 여전히 문제적이었다. 왜냐하면 여성 예술가는 결국은 여성이고(그 사실이 바로 그녀의 '문제'인데), 만일 그녀가 자신의 젠더를 부정한다면 작가가 되는 것에 대해 극복해야 하는 불안만큼이나 불가피한 격심한 정체성의 위기에 직면하게 되기 때문이다. 보뇌르의 바지 논의에는 그런 위기의 암시가 나타난다. '나 자신의 성에 맞는 옷이 전적으로 나에게 방해가 됨을 깨닫는 것 말고는 다른 여지가 없었다'고 보뇌르는 설명한다. '그러나 내가 입는 옷은 나의 작업복일 뿐 다른 어떤 의미도 없다. (그리고) 만일 당신이 조금이라도 싫어한다면, 나는 언제라도 스커트를 입을 준비가 되어 있다. 구색 맞춘 여성 옷을 찾으려면 벽장문을 열기만 하면 되니까.'[39] 사실적이든 비유적이든 남성으로 분장하고 나자 이들은 처음에 남성을 모방한 이유였던 변덕이나 괴물 됨에 대한 공포와 동일한 공포가 되살아나는 동시에, '여성적인 저항'을 해야 한다는 신경증적 강박 역시 생겨났을 것이다. 대부분의 여성 문인이 기억하는바, 그것은 결국 야망을 위해 자신의 '성을 제거'해달라고 신에게 간청했던(셰익스피어의 여자 주인공 중 가장 고약한 인물인) 레이디 맥베스의 강박과 같다.

창의성을 전적으로 남성적이라고 규정하는 문화에서 여성 문인은 거의 모두가 애프라 벤이 '나에게 있는 남성적인 부분인 시인'이라고 표현한 젠더 갈등을 틀림없이 경험했을 것이다.[40] 작가가 되는 것에 대한 불안을 극복해보려 했던, 은유적인 복장 도착이나 남성 분장으로 가부장적 권위를 획득해보려 했던 19세기 여성에게 정신적인 혼란은 더욱 심각하고 불가피했을 것이다. 조르주 상드에 대한 엘리자베스 배럿 브라우닝의 인상적인 소네트 두 편은 그런 여성이 직면한 문제를 밝히고 분석한다. 첫 번째 소네트에서(「조르주 상드에게, 욕망」) 배럿 브라우닝은 자신이 찬양해 마지않았던 이 프랑스 작가의 자기 창조를 빗대어 '머리 큰 여자이자 가슴 큰 남자 / 스스로 조르주 상드라고 부른' 괴짜라고 묘사했다. 그러고 나서 브라우닝은 상드가 '여자의 요구와 / 남자의 요구에' 응해 '비난을 씻어낸 진정한 천재로' 회복시키는 '천사의 은총'을 결합할 수 있었으면 한다는 희망을 선언한다. 이것은 상드가 금지된 사회적 성의 영역을 이례적으로 가로질렀기 때문에 전적으로 (성적 정신적 사회적) '정화'가 필요하다는 것을 암시하는 대목이다. 반면 두 번째 소네트 「조르주 상드에게, 감사」에서 배럿 브라우닝은 상드가 무슨 일을 하든 그녀는 여전히 여성이기 때문에 분명 괴로웠을 것이라고 주장한다.

진정한 천재는 (그러나 진정한 여자인 그녀는)
여자의 본성을 남자처럼 조롱하듯 부정하며,

속박된 나약한 여자들이 찬

장식물이나 팔찌를 부숴버리는가?

아, 헛된 거부로다! 그 반항의 외침은

버려진 여자의 흐느낌 속으로 잦아드나니.

내 자매여, 그대의 머리칼은 온통 풀어헤쳐져

고통 속에서 헝클어진 힘으로 떠도는구나,

그대의 남자 이름을 반박하면서.[41]

배럿 브라우닝은 상드가 사실상 죽음 속에서만 자기 젠더의 속박을 초월할 수 있을 것이라고 선언한다. 그제야 신은 '천국의 해안에서' 그녀의 '성을 제거할' 것이다. 그때까지 상드는 ('시적인 열정으로' 쿵쿵 뛰고 있는 '여자의 가슴'이라는 말에서 드러나는바) 자신이 여성이라는 피할 수 없는 사실을 받아들여야 한다.

배럿 브라우닝의 이미지는 격렬하고 멜로드라마적이며 기이하기까지 하다. 그러나 배럿 브라우닝이 상드가 대표하는 여성의 정체성 위기를 그토록 강렬하게 묘사한 데는 그럴 만한 이유가 있다. 그녀 자신이 열정적으로 몰두했던, 상드 소네트에서 배럿 브라우닝이 실제로 직면하는 문제는 모든 여자에게 불안을 야기했던 직업과 젠더의 불일치를 넘어, 이른바 장르와 젠더의 모순까지 포함하고 있기 때문이다. 서구의 대부분 문학 장르는 결국 본질적으로 (세계에 대한 남성의 이야기를 펼치기 위해 남성 작가가 고안한 것으로) 남성적이니 말이다.

예를 들면 전통적으로 소설은 본래의 형식상 가부장적 사회가 항상 남성적인 패턴이라고 생각한 것을 따라간다. 중산층 남자 주인공이 극적으로 묘사된 사회적 경제적 걸림돌을 넘어 더 높고 적절한 지위로 상승하는 (『파멜라』에서 보여주듯 여자 주인공의 신분 상승은 일반적으로 남자 주인공의 지위를 통해 가능하다는 사실은 매우 의미심장하다) 패턴이 대표적이다. 이와 유사하게 『오이디푸스』에서 『파우스트』까지 전형적으로 위대한 비극은 '인간의 한계를 넘어서려는' 남자 주인공에게 초점을 맞추는데, 남자 주인공은 지배하거나 반항하려는 강한 의지로 (또는 둘 다를 원함으로써) 고귀해질 뿐 아니라 상처받는다. 떠돌아다니는 방탕아에서 현대판 방랑자라 할 수 있는 세일즈맨까지 우리의 희극적 영웅들은 모험과 정복의 측면에서 본질적으로 남성적이다. 또한 서사시에서 역사소설, 탐정소설, '웨스턴'까지 유럽과 아메리카의 서사문학은 대체로 (여자들은 거의 항상 배제되었던) 강력한 공적 역할을 맡은 남성 인물에게 관심을 쏟는다.

운문 장르는 소설보다 훨씬 더 철저하게 남성적이었다. '자신의' 라우라에 대한 페트라르카의 찬미에서 시작된 소네트는 시인의 (노먼 브라운의 말에서 보듯, 그녀 자신이 시'이기' 때문에 결코 시인이 될 수는 없는) 연인을 찬양하는 시로 정착했다. [윌리엄 워즈워스의] 『위대한 송시』는 시인으로 하여금 자신을 성직자 같은 방랑 시인으로 정의하도록 고무했다. 풍자적 편지는 보통 작가가 남성적인 분노를 일으켜 '그의' 펜을 비유적인 칼로 변신시키려 할 때 쓰였다. 그리고 (모스코스의 「비온을 위한 애가」에서 시작된) 목가적 비가는 전통적으로 동료 남성 시인의 죽음에 대한 시인의 슬픔을 표현한다. 때 이른 동료의 상실을 통해 시인은 죽음과 재생이라는 우주적인 문제에 직면하게 되고 그 문제를 해결하는 것이다.

물론 이른바 여성을 위한 '파멜라 플롯'을 넘어선 이야기는 남성 시인과 남성 소설가들이 쓰긴 했다. 그러나 우리가 이미 살펴보았듯이, 이런 이야기의 대부분은 천사 아니면 괴물이라는 여성의 극단적이고 부정적 이미지를 영속시킨다. 따라서 그런 플롯의 패러다임과 결부된 장르도 남성에게만 초점을 맞춘 문학작품과 마찬가지로 여성 작가에게는 난항일 뿐이다. 메리 셸리가 『프랑켄슈타인』에서 신랄하게 보여주었듯이, 여성 소설가가 자신을 백설 공주와 동일시하면 로맨틱한 유리 관은 죽음의 침대처럼 '느껴진다.' 반면 여왕처럼 '자신의 한계를 넘어서려는' 여성은 사회에서 추방한다는 암울한 사실은, 여성 문인에게 비극적이고 장엄한 이야기의 영감이기보다 늘 불안의 원천이 되었다. 고귀한 자는 결국 맥베스이고 레이디 맥베스는 괴물이다. 마찬가지로 오이디푸스는 영웅이지만, 메데이아는 마녀일 뿐이다. 리어의 광기는 거룩하고 보편적이지만, 오필리아의 광기는 그저 측은할 따름이다. 비극의 구조가 가부장제의 구조를 반영하는 한(다시 말해 비극이 '고귀한' 인물의 '몰락' 이야기여야 하는 한) 비극이라는 장르 자체가 그런 이야기를 단순히 사용한다기보다는 필요로 하는 것이다.[42]

사실 여성 작가가 전통적인 이야기를 (비록 그것이 남자 영웅의 이야기이고, 따라서 불가피하게 남자가 고안한 장르의 구조에 들어맞는다고 할지라도) 할 수 없는 진짜 이유는 없다. 조이스 캐럴 오츠가 말했듯이 '창조적인 예술가라면 정도의 차이는 있지만 자신이 창조한 모든 인물의 성격, 심지어 자신이 혐오하는 인물들의 (아마 가끔은 이들이 작가와 가장 닮은 인물들일 것이다) 성격까지 공유하고 있는데 비평가들은 이를 보지 못하는 경우'가 허다하다.[43] 이 진술을 여성이 했다는 것은 매우 중요하다. 이 진술은 특히 자기 자신을 마음에 들지 않는 많은 인물과 상황에 투사할 수밖에 없는 여성 예술가의 처지를 예리하게 인식하고 있기 때문이다. 그 말은 또한 여성 예술가가 자신이 '혐오하는 것처럼 보이는' 인물들과 자기가 '사실은 가장 닮았다'고 느끼는 감정을 통해 그녀가 경험하는 자기혐오뿐만 아니라 정체성의 분열이나 구분에 대한 불안의 정도를 암시한다. 여성 작가는 '작가의 정신분열'이라고 부를 수 있는 이 질병에 특히 취약하다. 왜냐하면 여성 작가는 가부장적인 플롯이나 장르를 사용함으로써(그리고 그것에 참여함으로써) 이중성이나 불신에 불가피하게 연루된다는 것을 그녀 자신이 암암리에 인식하고 있기 때문이다.

예를 들면 여성 소설가가 『파멜라』 플롯을 사용한다면, 여성은 그녀 자신이 책을 씀으로써 성취하는 것을 이룰 수도 없고, 해서도 안 된다고 암시하는 이야기를 활용하게 되는 것이다. 자신은 문학적 노력을 통해 성공하고 싶은 야망으로 가득 차 있으면서도, 여성 작가는 여성 독자들에게 여러분은 남자의 중재를 통해서만 희망을 이룰 수 있다고 암암리에 충고하는 것이다. 동시에 조안나 러스가 지적했듯이 만일 여성 작가가 '여자 주인공을 포기하고 남자 주인공을 내세워 남성의 신화를 고수한다면

[…] 그녀는 자신과 자신의 경험을 왜곡하는 것이 된다.'[44] 왜냐하면 (오츠가 암시했듯) 작가들이 대부분 작품에서 가면을 쓰고 변장한다고 할지라도, 또 키츠가 말한 '시적 인물'이란 사실상 너무 많은 자아이기 때문에 어떤 의미에서는 '자아가 없다'고 할지라도,[45] 남성 모델의 지속적 사용은 여성 예술가를 심리적 자아 부정이라는 위험한 상황으로 불가피하게 몰고 가기 때문이다. 그런데 이 심리적 자아 부정은 키츠가 숙고했던 형이상학적 자아 상실을 훨씬 넘어선다. 배럿 브라우닝의 상드 소네트가 드러내듯, 자아 부정은 심각한 정체성 위기로 치닫을 것이다. 남성으로 분장한 자는 그녀 자신을 괴물로(건강한 양성적 남녀가 아니라 불건강한 양성 동물로) 볼 것이기 때문이다. 게다가 자아 부정은 여성 작가가 모든 여성을 신성시하거나 비방해 순종하게 만드는 도덕을 영속시켜 다른 여성들을 종속시키는 작품을 창조할 때는 더욱더 자아 파괴적이 된다. 『아내와 나』에서 해리엇 비처 스토가 '숙부'라는 페르소나를 통해 여성에게 가정의 의무를 교육시킬 때, 우리는 스토의 이중성과의 타협뿐만이 아니라 자신의 성에 대한 배반에 대해서도 분개한다.[46] 마찬가지로 『작은 아씨들』에서 루이자 메이 올컷이 조 마치에게 고딕풍 스릴러를 포기하라고 '가르칠' 때, 올컷이 바로 그런 스릴러를 계속 썼다는 것이 위선적으로 느껴지지 않을 수 없다. 당연히 이런 이중성, 타협, 위선은 예술가에게 아주 큰 타격을 가져다준다. 작가가 정확성과 일관성을 잃는다면 어떻게 작품이 진실할 수 있겠는가?

또 남성 모방이 우리가 논의해왔던 도덕적이거나 미학적인 타협을 동반하지 않을 때조차 남성이 만든 플롯, 장르, 관습을 사용한다는 것 자체가 여성 작가에게 불편한 모순과 긴장을 불러왔을 것이다. 엘리자베스 배럿 브라우닝은 이전에 주로 남자들이 썼던 명상적 철학적 장시인 (포프의 『인간론』이 이 장르의 대표적인 시다) 『정신론』을 쓰면서 전 세계의 '위대한' 시인 목록을 만들었다. 목록에 오른 인물은 모두 남자였고, 브라우닝이 묘사하는 여자는 뮤즈였다. 더욱이 같은 작품에서 브라우닝이 소녀 때 느꼈던 지적 발견의 기쁨을 묘사할 때는 한 남학생과 그가 드러낸 고전에 대한 환희에 찬 반응을 가져와 기술했다. 브라우닝이 자신의 초기 작품은 자아의 '복제품'이라고 말하면서 특별히 『정신론』을 언급하고 있다는 사실은 매우 의미심장하다. 더 성숙한 시인이 된 다음에 『시인들의 비전』에서도 여성은 (사포) 한 명만 포함시켰고, 사포를 언급할 때도 조르주 상드의 경우처럼 직업과 젠더 사이의 모순이 너무 위태롭기에 결국 완전한 자아 파괴로 치달을 것이라고 말했다.[47]

또한 앞으로 살펴보겠지만 샬럿 브론테도 첫 소설 『교수』를 쓰기 위해 남자로 가장했다. 마치 자신을 여성이라는 성에서 되도록 멀리 떼어놓으려는 듯, 그녀 또래의 젊은 여성이 지닌 결함과 단점을 '객관적으로' 분석하는 데 상당한 지면을 할애했다. 그 결과는, 배럿 브라우닝의 『정신론』이 그러했듯, 남자로 가장함으로써 작가 됨에 대한 불안을 극복하고자 한 여성 작가를 위협하는 미학적 긴장과 도덕적 모순을 예증하는 '복제품'이다. 브론테 자매를 열렬하게 찬양했던 개스켈 부인은 자신들의 '작품에 남성성의 색깔을 불어넣으려' 했던 브론테 자매의 욕망을 언급했다. 개스켈에 따르면 이들 자매는 정신적으로 진지함에도 '남자처럼 보이려는 욕망'이 튀어나와 때때로 그들의 작품을 '기술적으로 부실한 것'으로 만들고, 심지어 '그들의 작품을 사시로 만든다.'[48] 개스켈이 육체적 불편함의 은유('사시')를 사용했다는 것은 의미심장하다. 남자 흉내 내기는 그 자체가 여성의 불편함을 나타내는 기호이자 '문장'의 감염, 적어도 두통이 퍼져나간다는 표시이기 때문이다.

그러나 치료도 질병만큼 문제적이었는데, 이 점에 대해서는 『교수』와 조지 엘리엇을 논할 때 자세하게 살펴볼 것이다. 왜냐하면 남자 분장의 문학적인 어려움이 보여주었듯, 자신이 여성임을 부정하는 천재 여성은 배럿 브라우닝 자신이 '헛된 부정'이라고 말했던 함정에 빠질 수밖에 없기 때문이다. 그녀의 '반항의 외침은 / 버려진 여자의 흐느낌 속으로 잦아들고', 그녀의 '여성스러운 머리칼'은 '고통 속에서 헝클어진 힘'을 드러낸다. 이 모든 것은, 그녀가 '남자의 이름'으로 얻어내는 실용적인 이점이 무엇이든 그것을 반증하고 반박하며 전복시키는 사례가 허다하다는 것을 말해준다. 이와 동시에 자신의 여성성뿐만 아니라 예술가로서 자신이 사용할 수 있는 플롯이나 시학의 가부장적인 성격에 정면으로 맞서는 여자는 장르와 젠더의 화해할 수 없는 대립에 아연실색할 것이다. 마거릿 풀러의 일기는 이 문제를 깔끔하게 요약했다.

내 안으로 흘러들어오는 생의 모든 물결을 느끼면서도, 나의 생각을 형식으로 주조하려고 할 때면 나는 입이 딱 붙고 무력해진다. 옛날 것은 어떤 것도 나에게 맞지 않는다. 내가 새로운 것을 만들어낼 수 있다면, 나는 창조의 즐거움을 만끽하며 무언가를 쓸 수 있을 것이다. […] 나는 여자인 게 정말 좋다. 그러나 지금은 여성이라는 사실이 직접적으로 '나'의 영역을 제한한다. 어떤 때는 진정으로 여자로서 살지만, 또 어떤 때는 숨이 막힌다. 내가 예술가 역할을 할 때 마비되는 것처럼.[49]

*

가부장제의 문장(판결)으로 병들고 감염되었지만, 자신 안에서 느껴지는 '시적 정열'의 절박성을 부인할 수 없는 여성 작가는 작가가 되는 것에 대한 불안을 극복하기 위해 어떤 전략을 개발했을까? 그녀는 어떻게 남성 텍스트의 거울을 벗어나 그녀 자신의 권위를 창조할 수 있는 전통 속으로 춤추며 들어갔을까? 창조성에 필수적인 경제적 사회적 심리적 지위를 박탈당한 채, 그들 자신의 이야기를 자신 있게 말할 수 있는 권리와 기술과 교육을 다 거부당했지만 천사 같은 침묵 속으로 물러나지 않은 여성들은 처음에는 매우 제한된 선택만 할 수 있었던 것 같다. 한편으로 그들은 자아 부정의 '파슬리 화관'을 받아들여 더 '하찮은' 장르(어린이용 책, 편지, 일기)를 쓰거나 독자를 '고작' 여성으로 제한하여 조지 엘리엇이 말한 대로 '여성 소설가들이 쓰는 바보 같은 소설들'을 썼다.[50] 다른 한편으로 그들은 유사 남자, 남자 모방자가 되어 자기 정체성을 가장하고 스스로를 부정하여 불확실하고 잘못된 신념의 문학을 허다하게 생산해냈다. 그들을 지배하는 문제의 해결책이 그처럼 허약했다면 어떻게 여성문학의 위대한 전통이 존재할 수 있었을까? 그러나 앞으로 밝히겠지만, 그런 위대한 전통은(특히 우리가 방금 설명했던 문제적인 전략을 우회해 생명력 있는 방식을 발견했던 19세기 여성 작가들의 작품을 포함한 전통은) 분명 존재한다.

　남자가 고안한 장르는 늘 부적절해 보였지만, 어떤 여성들은 그 장르 안에서 대단히 훌륭한 성과를 냈다. 19세기 여성 시인과 소설가의 위대한 작품들을 살펴보면 이내 두 가지 사실이 눈에 띈다. 첫째, 많은 여성 문인이 여성의 '겸손함'이나 남성 흉내를 벗어버리고 뛰어넘어 성장했다. 오스틴에서 디킨슨에 이르는 이런 여성 예술가들은 모두 여성의 관점에서 여성의 중요한 경험을 구체적으로 다루었다. 그러나 일반적으로 비평가들은 그들 예술의 독특한 여성적 측면을 무시했다. 크게 성공한 여성 작가들도 자신들의 여성적인 관심사를 비밀에 붙이거나 눈에 띄지 않는 변두리로 번번이 몰아넣었기 때문이다. 실제로 이 여성들은 표면 아래 의미를 숨겨놓았다. 더 손쉽게 접근할 수 있는 작품의 '공적인' 내용 안이나 뒤에다 숨겨진 의미를 창조해놓았던 것이다. 그리하여 그들의 문학은 여성의 박탈감과 질병이라는 작품의 핵심적인 관심사가 무시될 때조차 읽히고 인정받을 수 있었다. 둘째, 우리가 가부장적 시학이라고 부르는 기준에 따라 전적으로 남성적인 문학사와 관련해서 볼 때, 이들 여성의 작품은 종종 '이상해' 보인다. 그들은 고전주의나 낭만주의에 들어맞지 않았고, 빅토리아 현자나 라파엘 전파의 관능주의자도 아니었다. 18세기 후반과 19세기의 뛰어난 영미 여성 작가들 대부분은 문학사가들이 만들어놓은 익숙한 범주 중 어떤 것에도 '들어맞지' 않는 듯 보인다. 실제로 많은 비평가들과 학자들은 여성 문인들을 고립된 기인처럼 본다.

그러나 19세기 여성문학의 두 번째 특징은 어떻게 보면 첫 번째 특징의 결과물이다. 그들 작품의 '기이함'은 작가가 되는 것에 대한 불안을 극복하려는 이들의 비밀스럽지만 끈질긴 노력과 관련된 것이 아닐까? 이 여성들의 '고립'과 외견상의 '기괴함'은 앤 핀치가 여성 문인의 '타락'이라고 부른 문제를 해결하고자 한 이들의 공통된 노력과 아울러, 전적으로 남성적인 '예술의 궁전'에서 건강한 공간을 확보할 수 있는 미학의 공통된 추구를 나타내는 것이 아닐까? 우리가 여성 작품의 '기이함'을 숨겨진 내용과 관련해 살펴본다면, 여성들이 남자 흉내를 내지 않거나 '파슬리 화관'을 받아들이지 않았던 경우, 남성의 장르를 수정하거나 그것을 이용해 자신의 꿈이나 이야기를 변장시켜 기록함으로써 작가 됨에 대한 불안을 극복하려 했다는 점이 확실해진다. 이 작가들은 남성 문학사의 중심적 연속체에 참여함과 동시에 (해럴드 블룸의 핵심 개념 중 하나를 사용하자면) 그로부터 '벗어났으며', 수정과 재정의라는 여성 고유의 과업을 수행했기에 그들은 필연적으로 '기이하게' 보였다. 자기 이야기를 함으로써 근본적인 권위를 획득한 이런 작가들은 또한 '모든 진실을 말하되, 비스듬히 말하라'는 에밀리 디킨슨의 유명한 (그야말로 여성적인) 충고를[51] 따름으로써 이들 특유의 작가 됨에 대한 불안을 누그려뜨렸다. 요컨대 자신의 한 소설을 '거듭 쓴 양피지'로 명명함으로써 미학 전략을 선언했던 20세기 미국 시인 힐다 둘리틀(H. D.)처럼, 제인 오스틴과 메리 셸리에서 에밀리 브론테와 에밀리 디킨슨에 이르는 여성들은 어떤 의미에서 양피지에 썼다가 지우고 다시 쓴 것 같은 문학작품을 생산했다. 이런 작품들의 외관은 표면의 무늬가 훨씬 깊고 접근하기 어려운 (사회적으로 받아들여지기가 더 어려운) 층위의 의미를 감추거나 흐려놓았다. 작가들은 이렇게 가부장적인 문학의 표준에 순응하는 동시에 그것을 전복시킴으로써 진정한 여성문학의 권위에 도달하는 어려운 임무를 해냈다.

물론 두에사라는 알레고리적 인물이 보여주었듯, 우리가 여기에서 설명하고 있는 문학 전략에는 이중성이 필수적으로 따라오기 때문에 남자들은 항상 여자들을 비난해왔다. 적어도 그런 비난은 삶과 예술 모두의 차원에서 충분히 근거 있는 것이었다. 백인과 흑인 관계처럼 남녀 관계에서도 당연히 지배 집단은 종속 계급이 순종성의 이면에 반항적인 정열을 감추고 있다고 의심하고 두려워한다. 더욱이 미국 남부의 주인과의 관계에서 흑인 노예들이 그랬듯이, 가부장제 아래 여성들은 그들 방식대로 살아갈 자유를 얻기 위해 (그들 자신의 사적인 생각 안에 국한될 뿐이지만) 전통적으로 순종의 특징을 연마해왔다. 흥미롭게도 최근 몇몇 페미니즘 비평가들은 남성 (기원의) 문화와 여성 (식민화된) 문학의 관계를 묘사하기 위해 프란츠 파농의 식민주의 모델을 활용했다.[52] 그러나 영미의 여성 작가들은 그들이 자유자재로 쓸 수 있는 언어가 하나였기 때문에 식민화된 다른 지역의 여성 작가들보다 애매하게 이중으로 말하기에 훨씬 더 능란해야 했다. 따라서 여성 작가들은 자신들의 사적이고 위험한 비전이 공적으로 수용될 수 있도록, 그들의 가장 전복적인 충동을 모호하지만 말살시키지 않을 광범위한 전략을 오랫동안 구사해왔다. 이들 예술가는 누구나 '형식 문제'란 대체로 '작품이 진지하게 받아들여지도록 내용을 숨기기 위한 장치'였다는 20세기 미국 화가 주디 시카고의 말에 공감했을 것이다. 또한 주디 시카고처럼 여성 작가들은 누구나 '이 이중성 때문에, 지배적인 미학에 의하면 나의 작품에는 항상 무언가 '옳지 않은' 것이 있는 듯 보인다'고 고백했을 것이다.[53]

남성 작가들 또한 그들의 선배로부터 '일탈하여' 양식화된 외관 뒤에 혁명적인 메시지를 숨겨놓은 문학작품을 생산해냈다. 게다가 우리가 최근에 '주류' 비평가라고 명명하는 독자들에게는 아주 독창적인 남성 작가도 가끔 '올바르지 않게' 보인다. 그러나 블룸의 영향에 대한 불안 이론이 암시하고 문학 부권 은유에 대한 우리의 분석이 제시하듯, 많은 독자들이 어떤 남성 작가가 '올바르지 않다'고 생각할지라도, 그 남성 작가에게는 자신의 반항, '일탈', '독창성'을 자기 자신과 세계로 설명할 수 있는, 남성의 지적 투쟁이라는 강력한 패러다임이 있다. 그러므로 어떤 의미에서 남성은 자신의 혁명적 에너지를 더 강력하게 드러낼 수 있도록 일탈을 감추는 것이고, 새로운 질서를 수립해 승리하기 위해 일탈하거나 반항하는 것이다. 선배에 대한 남성의 투쟁은 '동등한 힘 사이의 싸움'이기 때문이다.

반면 여성 작가에게 감추기 전략은 전투적인 표현이 아니라 공포와 질병에서 비롯된 전략이다. 마찬가지로 문학적 '일탈'도 그것을 통해 힘을 얻는 승리의 몸짓이 아니라 필요한 도피다.

18세기와 19세기 여성 작가들은 남자에 의해, 남자를 위해 만들어진 구조에 갇힌 채 지배적인 미학에 반항하기보다는 순응할 수 없다는 데 죄의식을 느꼈다. 생명력 있는 여성 문화에 대한 인식이 거의 없었던 여성 작가들은 다른 (말하자면 남성) 작가들이 결코 느끼거나 표현하지 않았던 진실을 전달해야 한다는 사실 때문에 퍽 고통을 겪었다. 그들 자신의 권위를 의심할 수밖에 없는 조건 속에서 디킨슨의 말마따나 '조롱거리가 되지 않는' 것을[54] 묘사하려 했던 여성 작가들은 사회를 향해 비판적 목소리를 내기보다는 자신을 의심하는 것이 더 쉬웠을 것이다. 따라서 그들의 예술적 회피나 은폐는 대부분 남성 작가들보다 훨씬 더 정교하다. 19세기 문학 문화의 가부장적 편견을 감안한다면, 여성 문인은 감추어야 할 중요한 어떤 것을 가지고 있었기 때문이다.

최근 페미니즘 연구가들이 상실되거나 은폐되었던 여성 문화의 많은 진실을 복원한 덕분에, 여성 독자들은 19세기 여성 문인들이 무언가를 숨겨야 한다고 느꼈다는 것을 인식하게 되었다. 페미니즘 비평가들은 여성의 글에 나타나는 회피와 은폐 현상에 대해 논하기 시작했다. 예를 들어 『여성의 상상력』에서 퍼트리샤 마이어 스펙스는 여성 작가들이 표면적으로 받아들이는 것처럼 보이는 진실에 대해 여성 작가의 소설이 드러낸 '땅 밑의 도전' 같은 방식들을 묘사한다. 마찬가지로 캐럴린 하일브런과 캐서린 스팀프슨은 여성문학에 나타난 '부재의 현전', '작품 안의 구멍, 중심, 동굴(자신이 기대한 활동이 상실되었거나 […] 거짓으로 부호화되어 있는 장소들)'에 대해 논한다. 일례인 쇼월터가 최근에 한 다음의 말은 아마 가장 설득력 있는 지적일 것이다. 여성 작가의 불가피한 젠더 의식을 강조한 페미니즘 비평은 '전에는 빈 공간이었던 곳에서 의미를 볼 수 있게' 해주었다. '공인된 줄거리는 물러나고 지금까지 배경의 익명성 속에 숨어 있던 또 다른 줄거리가 엄지손가락 지문처럼 또렷하게 드러난다.'[55]

그런데 여기에서 또 다른 줄거리란 무엇인가? 어떤 줄거리가 있는가? 만약 비밀 메시지가 있다면 여성문학의 비밀 메시지는 무엇인가? 다시 말해 여성은 감추어야 할 무엇을 가지고 있는가? 그렇다는 것은 물론 명백하다. 마카리에(그녀의 저자가 그녀에게 '이야기 없는' 삶을 부여했기 때문에 두통을 앓았던 '명상적 순수'의 이상형)가 상징하는 천사 같은 인물로 돌아가보면, 여성 문인이 숨기거나 가장하는 것은 자신이 쓰는 이야기가 어떤 의미에서 자신의 이야기라는 것을 알고 있다는 사실이다. 시몬 드 보부아르가 말하듯, 여성은 '여전히 남성의 꿈을 통해서 꿈꾸고', 왕의 목소리로 들려주는 거울의 비난을 내면화하고 있기 때문에 자신의 이야기를 숨긴다. 캐럴린 카이저의 신랄한 말을 빌리자면, 숨겨진 이야기나 메시지는 '인류의 반이 꾸려가는 한낱 사적인 삶'이다.[56] 좀 더 상세하게 말한다면, 우리가 여기에서 관심을 갖는 19세기 여성문학 대부분에 은폐되어 있는 단 하나의 플롯은 어느 정도는 자기 이야기에 대한 여성 작가 자신의 탐색이다. 다시 말해 그것은 자아 정체성을 찾고자 하는 여성의 탐색이다. 메리 엘리자베스 콜리지의 「거울의 이면」 화자처럼 여성 문인은 거울의 표면에 신비하게 새겨져 있는 자신의 무시무시한 이미지를 공포에 떨며 응시하고 있는 자신을 종종 발견한다. 여성은 상처입고 피 흘리는 입이 말할 수 없는 진실, '질투와 격렬한 복수의 / 타오르는 불길' 뒤에 감추어져 있는 진실, '인정받지 못하는 격심한 고통의' 진실을 캐내고자 애쓴다. 또 실비아 플라스처럼 자신 안에 '절규가 깃들어 있다'는 것을 금방 인식하지 못한 채 자신의 파편들과 타협함으로써 남몰래 자신을 통합하고자 한다. 그러나 메리 엘리자베스 콜리지처럼 여성은 거울의 '유리 표면'에 나타난 무시무시한 이미지를 없애려고 애쓰지만, 메이 사턴의 표현대로 자기 자신이 '어떤 정의定義에 의해 / 둘로 나뉘어' 있다고 계속 느낀다.[57] 따라서 '어떤 남자도 추측할 수 없는' 이 이야기는 자신의 감염과 질병을 치유해 자신을 온전하게 만들고자 애쓰는 여성의 이야기다.

자신을 치유하기 위해 여성 작가는 우선 자신을 감염시켰던 문장(판결)을 쫓아내야 한다. 그녀는 공공연하게 또는 암암리에 '주름진 창조자'에게서 들이마신 절망을 벗어내어 자신을 자유롭게 해야 한다. 여성 작가가 그렇게 할 수 있는 유일한 길은 창조자의 텍스트를 수정하는 것이다. 다른 은유로 표현해보자면, '유리 표면에서 자유로워지기' 위해 여성 문인은 모든 여성이 지켜야 했던 사회적 규범을 그토록 오랫동안 반영해온 거울을 박살내야 한다. 이런 이유 때문에 19세기에서 20세기에 이르는 영미 여성 작가들은 남성 문학으로부터 계승받은 여성의 이미지들을, 특히 여왕의 거울 논의에서 보았듯이, 천사와 괴물이라는 양극적인 범례를 집중적으로 공격하고 수정하며 해체하고 재구축했다. 그런 이미지를 공격하고 탐색하면서 이 작가들은 의식적이든 무의식적이든 이런 무시무시한 범례를 만들었던 사회의 가치나 가정을 거부할 수밖에 없었다. 그리하여 여성 작가들은 가부장제나 인습을 공공연하게 비판하지 않을 때조차 (그리고 우리가 살펴볼 19세기 여성들은 그런 비판을 공공연히 하지도 않았다) 거의 편집증적으로 자신의 감추어진 분노를 드러내주는 인물들을 창조했다. 그 인물은 샬럿 브론테와 함께 '너무 자주 생각하지 않는 것이' 나은 '악'이 있다고 느끼며, 그 인물은 조지 엘리엇과 함께 '여성 문제'는 '심연에 드리워져 있고 성매매조차 이들 중에서 최악은 아니'라고 선언할 수도 있을 것이다.[58] 그러나 작가들은 반복해서 자신들의 절망 에너지를 정열적이고 멜로드라마적인 인물들에게 투사했고, 이 인물들은 여성이 가부장제의 '뿌리 깊은' 악을 숙고할 때 모든 여성이 느낄 수밖에 없는 전복적인 충동을 실행해낸다.

그렇다면 「거울의 이면」 화자가 자신의 거울을 들여다보았을 때, 그녀가 본 여자가 그동안 가장해온 천사가 아니라 '여성적 절망 이상의 것으로 / 제정신이 아닌' 미친 여자거나 그녀가 두려워하는 괴물이라는 사실은 의미심장하다. 조지 엘리엇의 시극 『암가트』의 여자 주인공이 '비열하게 가장된 내용, 불행한 여성의 / 조용한 가면'이라고 말했던 것은 한낱 가면일 뿐이다. 메리 엘리자베스 콜리지는 다른 많은 동시대인들처럼 그 가면 뒤에서 '이 땅의 어떤 남자도 추측할 수 없는' 분노에 찬 인물이 출현했다고 기록한다.[59] 이 인물은 '비열한 거짓 내용'을 거부하면서 악몽처럼 나타난다. 피투성이가 된 채 질투심에 불타고 분에 떨면서. 마치 글 쓰는 과정 자체가 제정신을 잃고 분노에 떠는 미친 여자를 (그녀 자신도 작가도 계속 묵인할 수는 없는) 침묵에서 해방시키려는 것처럼. 따라서 '자신의 두려움을 말할 수 있는 목소리가 없기' 때문에 콜리지의 거울에 나타난 미친 여자는 '말 못 하는 고통'을 표상하지만, 시인이 '내가 바로 그녀'라고 속삭이는 것은 결국 그녀를 대신해 말하는 것이다. 나아가 조용한 가면, '예전에 거기에 반사되었던 / 기쁘고 명랑한 면면들' 뒤에서 그녀의 출현을 서술한 시를 쓴다는 점에서 시인은 그녀를 위해 말하고 있다.

19세기 문학을 살펴보면, 여성 작가들이 자신의 본성과 그 본성에 대한 그들의 비전을 비추려고 들고 있는 거울에서 이 미친 여자가 반복해서 나타나고 있음을 알게 될 것이다. 심지어 표면상으로는 가장 보수적이고 얌전하게 보이는 여성 작가들조차 대단히 독립적인 인물들을 강박적으로 창조했으며, 이런 인물들은 작가나 작가의 순종적인 여자 주인공이 존재할 수밖에 없다고 받아들이는 모든 가부장적 구조를 파괴하고자 한다. 물론 이 작가들은 자신들의 반항적 충동을 여자 주인공이 아니라 미치거나 괴물 같은 (소설이나 시 속에서 적절하게 벌을 받는) 여자에게 투사함으로써 자신의 자아분열, 즉 가부장적 사회의 억압을 수용하고자 하는 욕망과 거부하고자 하는 욕망을 동시에 극화한다. 그러나 이것이 의미하는 바는 여성문학에 등장한 미친 여자가 남성 문학과 달리 단순히 여자 주인공의 적대자거나 들러리가 아니라는 것이다. 오히려 미친 여자는 어떤 의미에서 작가의 분신이고 작가 자신의 불안과 분노의 이미지다. 실제로 여성이 쓴 많은 소설과 시에는 미친 여자가 출현한다. 그렇게 해서 여성 작가는 자신이 파편화되었다는 여성 특유의 느낌, 그리고 자신의 실제 모습과 강요받는 모습 사이의 괴리에서 비롯된 자신의 예리한 의식과 타협할 수 있었다.

따라서 이 미친 분신은 샬럿과 에밀리 브론테의 한층 반항적인 이야기에서 중요하듯 제인 오스틴이나 조지 엘리엇의 지극히 온건한 소설에서도 중요하다. 고딕 작가와 반反고딕 작가 두 부류는 모두 선택받은 수녀와 저주받은 마녀 사이에 있는 에밀리 디킨슨처럼, 또는 고상하고 비판적인 과학자와 분노에 찬 어린애 같은 괴물 사이에 있는 메리 셸리처럼, 자신을 분열된 자아로 재현했다. 여성 작가의 이런 정신분열은 지극히 중요하다. 그것이 19세기 작가들을 (자신을 댈러웨이 부인과 미친 셉티머스 워런 스미스 둘 다에게 투사하는) 버지니아 울프, (자신을 분별 있는 마사 헤세와 미친 린다 콜리지 사이에서 분열시키는) 도리스 레싱, (자신을 석고로 만들어진 성자이자 위험한 '늙은 황색' 괴물로 본) 실비아 플라스 같은 20세기의 후배 작가들과 연결해주기 때문이다.

19세기와 20세기를 망라해 모든 예술가들은 때때로 파멸을 위해 미친 인물을 창조했다. 빅토르 프랑켄슈타인의 괴물과 더불어 셉티머스 워런 스미스와 버사 메이슨 로체스터가 좋은 본보기다. 분노하는 인물이 그저 경고하는 이미지로 기능할 때조차 그녀의(혹은 그의) 분노는 그녀(그)와 대립하는 천사 같은 주인공뿐만 아니라 (의미심장하게도) 독자도 받아들여 인정해야 한다. 제프리 초서는 『캔터베리 이야기』에서 통상적인 통찰력으로 이런 상황의 역동성을 예상했다. 초서가 바스의 여장부에게 그녀 자신만의 이야기를 만들어주었을 때, 그녀는 가부장제에 대한 전복적인 비전을 자기뿐만 아니라 (남편까지 지배할 수 있는 최고의 권력을 요구한) 격노한 노파에게 투사했다. 초서가 그녀의 권위를 완전히 인정할 때 비로소 이 마녀는 겸손하고 순종적인 미인으로 변한다. 5세기 뒤, 노파, 괴물, 마녀, 미친 여자의 위협은 여전히 여성들 이야기 속 순종적인 전형 뒤에 웅크리고 있다.

마녀를 언급하는 것은 창조적인 여성과 괴물의 전통적인(가부장적으로 규정된) 관련을 다시 한번 상기시킨다. 여성 작가들의 분노와 불편함을 무시무시한 모습 속에 투사하고, 그들 자신과 여자 주인공들의 어두운 분신을 창조하면서, 여성 작가들은 가부장적 문화가 자신들에게 부과해온 자아의 정의를 확인할 뿐 아니라 고쳐 쓴다. 소설과 시에서 여성 괴물을 불러냈던 모든 19세기, 20세기 여성 작가는 자신을 괴물과 동일시함으로써 괴물의 의미를 수정하고 있다. 여성 작가는 보통 마녀-괴물-미친 여자야말로 작가 자신의 결정적인 분신이라는 생각에 물들어 있기 때문이다. 남성의 관점에서 가정생활의 순종적 침묵을 거부한 여성들은 무시무시한 대상(고르곤, 세이렌, 스킬라, 라미아, 죽음의 어머니, 밤의 여신)으로 간주되어왔다. 그러나 여성의 관점에서 보면 괴물 여성은 자신을 표현할 힘을 구하는 여자일 뿐이다. 메리 셸리는 창조자에게는 단지 '움직이고 말하는 더러운 덩어리'에 불과한 괴물을 1인칭 시점으로 이야기하며 그런 인물의 내면을 처음으로 제시했다. 가부장적 시학에 대한 급진적인 오독은 여성 예술가들을 자유롭게 하여 자신들이 물려받은 문학적 전통을 은연중에 비판할 수 있게 해주었다. 또한 이런 오독을 통해 여성 작가는 자신의 젠더를 정의할 뿐 아니라 자신의 정신을 형성시킨 문화와 그녀가 맺는 애매한 관계를 표현할 수 있었다. 뮤리얼 루카이저의 유명한 시처럼 어떤 의미에서 이 모든 여성은 궁극적으로 (해독할 수 없는 메시지가 자기 생존의 열쇠인) 가장 신화적인 여성 괴물 스핑크스의 역할을 받아들였다. 남자들이 그토록 오랫동안 감추어온 비밀의 지혜가 바로 자신들의 관점이라는 것을 알았기 때문이다.[60]

그렇다면 우리가 정의한 여성문학 전통은 똑같이 모든 면에서 괴물 같은 분신을 낳은 이중성이나 표리부동함을 띠고 있다고 할 수 있을 것이다. 그런 전통은 천사 같은 작가나 제정신인 여자 주인공의 삶을 복잡하게 하는 미친 인물에 그림자를 드리웠다. 예를 들면 패러디는 이런 여성의 이중성을 드러내는 핵심 전략 중 하나다. 우리가 살펴보았듯 19세기 여성 작가들은 남성의 일반적인 전통이나 장르를 허다하게 이용하거나 오용(혹은 전복)했다. 그 결과 우리는 양식화된 장르의 제스처와 이런 명백한 제스처를 벗어난 일탈 사이에서 '복잡한 진동'이 일어나는 것을 반복해서 마주칠 것이다. 그 진동이란 곧 사용한 장르를 베어내거나 조롱하는 것이다. 가장 잘 알려진 최근의 몇몇 여성 시는 페미니즘을 위해 그런 패러디를 공공연하게 사용했다. 키르케, 레다, 카산드라, 메두사, 헬레네, 페르세포네 같은 가부장적 신화의 전통적인 여성 인물들은 모두 최근에 여성 창조자의 이미지로 재창조되었고, 이들 인물에 바친 각각의 시는 그녀의 원래 이야기를 재창조했다.[61] 19세기 여성은 이런 류의 패러디를 그렇게 공공연하게 분노에 차서 사용하지는 않았지만, 자아를 새롭게 정의하려는 시도에 힘을 더하는 데 그 방법을 차용하기도 했다. 예컨대 제인 오스틴의 소설 『이성과 감성』은 여성의 탁월함을 가늠하는 두 가지 기준에 반항한다. 마찬가지로 『천로역정』을 비판적으로 다시 쓴 샬럿 브론테는 버니언의 탐색하는 기독교인을 탐색하는 여성으로 대체함으로써 여성의 순종이라는 가부장적인 이상에 질문을 던진다. 다음 장들에서 자세하게 살펴보겠지만 메리 셸리, 에밀리 브론테, 조지 엘리엇은 여성의 타락이라는 밀턴의 이야기를 오독하고 고쳐 씀으로써 밀턴의 신화가 내포한 여성 혐오를 암암리에 거부하고 재평가한다. 이들 여성의 작품은 하나같이, 일반적으로 천사처럼 순종하는 자의 본보기라고 생각되는 작가의 작품까지도, 풍자적이고 이중적이며 극도로 교묘한 수정과 혁명의 장치를 품고 있다.

이 부분을 요약하기 위해서는 브론테 세 자매 중 가장 얌전하고 온화하게 보이는 사람의 작품을 살펴보는 것이 도움이 될 것이다. 앤 브론테의 『와일드펠 홀의 거주인』(1848)은 일반적으로 기독교 가치를 지지한다는 점에서 보수적이라고 평가받는다. 그러나 사실 이 작품은 여성 해방 이야기다. 특히 잘못된 결혼의 감옥 밖으로의 탈출, 그리하여 예술가로서 성공해 독립성을 성취하고자 하는 과정을 묘사한다. 소설의 주인공 헬렌 그레이엄은 남편을 피하려면 신분을 숨겨야 하기 때문에 전문 화가가 된 뒤 자신의 풍경화에 가짜 서명을 써넣고, 사는 곳을 숨기기 위해 제목으로 다른 장소 이름을 써붙인다. 헬렌 그레이엄은 자신을 표현할 뿐만 아니라 감추기 위해 예술을 사용한 셈이다. 그러나 이렇게 기능적으로 여러 해석이 가능한 미학적 특징은 단지 가정과 남편으로부터 도주한 결과에 머물지 않는다. 우리가 소설 초반부에서 만나는 결혼 전의 헬렌도 예술을 이중적으로 활용하기 때문이다. 처음에는 헬렌의 그림과 드로잉이 고상한 사교적 재주로만 보인다. 하지만 그녀가 미래의 남편에게 자신의 그림 한 점을 보여주었을 때, 그는 캔버스 뒷면에서 헬렌이 연필로 스케치한 자기 얼굴을 발견한다. 헬렌은 자신의 비밀스러운 욕망을 표현하기 위해 그림 뒷면을 사용해온 것이다. 다른 모든 스케치는 헬렌이 지워버렸지만, 이것은 남아서 결국 다른 모든 이면의 희미한 흔적들을 일깨우며 남편의 관심을 환기시킨다.

앤 브론테는 헬렌 그레이엄의 모습으로 우리에게 여성 예술가의 유용한 패러다임을 제공해준다. 얌전해 보이는 젊은 아가씨의 '재주'를 숙녀답지 않은 자기표현을 위해 암암리에 사용하든, 자신의 전문성과 독립성을 공공연하게 과시하든, 헬렌은 자신의 예술을 부정하거나 감추어야 한다. 적어도 자신의 예술이 함축하는 자기주장을 부인해야 한다. 달리 말해 예술가로서 헬렌의 생애에는 본질적인 애매함이 깔려 있다. 소녀 시절에 헬렌이 작품의 뒷면에 그림을 그렸을 때, 그녀는 자신의 사적인 꿈을 숨기기 위해 작품 자체를 공적인 가면으로 만들었다. 그리고 가면 뒤에서만 자신의 주제를 자유롭게 선택할 수 있다고 느꼈다. 헬렌은 스스로 부적절하다는 이유로 거부했던 공적인 그림을 비밀리에 자신을 위한 새로운 미적 공간을 발견하는 통로로 사용한 것이다. 헬렌은 흔적 속에서만 존재하는 (자기표현은 부적절하다는 죄책감이 그녀 자신을 말살시켰듯, 그녀는 자신의 사적인 드로잉을 지워버렸기 때문이다) 개인적인 재현으로 자신의 고상한 '여성적' 작품들을 전복하고 있다.

의미심장하게도 헬렌의 캔버스의 뒷면 스케치에는 그녀가 마침내 결혼하기로 결심한 아서 헌팅던의 얼굴, 즉 생각에 잠겨 있는 바이런 같은 관능적 얼굴이 그려져 있다. 자기 삶의 구속에서 탈출하기 위해 갈망했던, 에너지와 자유에 숙명적으로 매혹당한 헬렌은 최초의 매혹에 대한 대가를 지불한다. 그것은 남편이 도박과 성매매와 술에 빠져 악마적인 삶을 자기 파괴적으로 추구하는 가운데 타락한 천사에서 악마로 변해가는 과정을 지켜보는 것이다. 이 점에서 헬렌은 원형적이다. 처음에는 여성 예술가들이 자신의 분신이나 남동생 같은 억압적인 젊은 남자가 성적인 굴복을 강요할 때 저항하면서도, 악마적이고 바이런 적인 남자에게 매번 매혹당하기 때문이다. 거의 강박적으로 이런 인물을 거부했던 제인 오스틴부터 메리 셸리, 브론테 자매, 조지 엘리엇에 이르기까지 (이들은 모두 그의 맹렬한 도전성과 자신을 동일시했다) 여성 작가들은 낭만주의적 저항 정신과 독특하게 관련되어 있는 전복적인 전통을 보여준다.

그러나 남성 낭만주의자와 헬렌 그레이엄(그리고 그녀를 닮은 모든 여성 작가들)의 차이는 예술성에 대한 그녀 자신의 불안과 그 불안을 구성하는 이중성이다. 전문 화가가 되었을 때조차 헬렌은 자기 직업에 새겨져 있는 사회적 함의를 계속 두려워한다. 여성의 창조성을 남성 지배로부터의 자유와 연관시켰고, 공동체의 여성 혐오적 비난을 두려워했기 때문에, 헬렌은 자신이 실제로 살고 있는 장소의 경험을 부분적으로 숨기는 형식의 예술을 창조한다. 관람객 중에는 그녀가 도망치고자 하는 남자도 있을 수 있기 때문에 헬렌은 자신의 상황을 그려야 할 필요성과 자신의 위치를 숨겨야 할 필요성 사이에서 균형을 잡아야 한다. 따라서 자신의 예술과 맺는 긴장 관계는 거의 전적으로 젠더에 의해 결정된다. 우리는 헬렌의 불안과 이를 극복하기 위한 전략을 통해 여성 예술이 여성성에 의해 어떻게 근본적으로 제한받는지 추정할 수 있다.

앞으로 밝혀지겠지만, 앤 브론테의 언니 샬럿도 자기 소설에 등장시킨 모든 여성 예술가들의 생애에서 헬렌의 불안과 불안 극복을 위한 전략을 비슷하게 묘사했다. 『교수』의 소심한 프랜시스 앙리에서 침착한 제인 에어까지, 신비스러운 루시아에서 『빌레트』의 화려한 바시티에 이르기까지, 브론테의 여성 예술가들은 예술을 통해 자신을 주장함과 동시에 예술 뒤로 숨는다. 그것은 마치 헬렌 그레이엄이 사용했던 자기표현의 이중적인 기술을 고의로 차용한 듯 보인다. 지난 두 세기의 위대한 여성 작가들은 모두 다, 아무도 보고 있지 않는 사이, 자신들을 병약하게 만드는 남성 텍스트라는 거울로부터 춤추며 나와 건강한 여성의 권위 속으로 들어가는 독창성과 연결되어 있었기 때문이다. 여성 작가들은 사회적으로 수용 가능한 외관 뒤에서 전복적인 그림을 그려가면서 정열적으로 혁명적인 충동을 발산하면서도 자신들은 마치 그 충동과 떨어져 있는 듯이 묘사했다. '인류의 반을 차지하는 사람의 개인적인 삶'을 말하는 그들의 소설과 시는 마지 피어시가 '말하지 않는 법을 버리기'라고 말했던 투쟁을 기록할 뿐 아니라 그것을 넘어서고 있다.[62]

*

'말하지 않는 법을 버리기'와 같은 매우 결정적인 투쟁을 벌였음에도 예술의 외관 뒤에 숨는다는 것은 여전히 숨기는 것이고 제한받는 것이라는 점을 우리는 잊지 말아야 한다. 비밀이 되어야 한다는 것은 감추어야 한다는 것이다. 에밀리 디킨슨에게 보내는 통렬하고도 통찰력 있는 시에서 에이드리언 리치는 노래하기를, 디킨슨은 나름의 '반쯤 미친 방식으로' '즐거움을 위해 침묵을' 선택했으며, '마침내 [그녀] 자신의 집에서도 / 침묵을 선택했'고 했다.[63] 이것은 바로 제인 오스틴이 자신의 작업대를 5센티미터 폭의 작은 상아 조각이라고 아이러니하게 규정하면서 그녀가 선택한 바이며, 에밀리 브론테가 자신의 시를 부엌 찬장에 숨기면서 (그리고 아마 자신의 곤달 이야기를 없애버리면서) 그녀가 선택했던 바이며, 크리스티나 로세티가 '수도원 문설주'와 같은 종교적인 속박을 칭송했던 예술을 하기로 결심하면서 스스로 선택한 바다. 리치의 집/전제premises라는 다의어적 말장난은 우리를 이 여성들의 감금, 즉 가장 위대한 승리의 순간에도 피할 수 없었던 감금, 비밀 속에 내포되어 있는 감금으로 데려간다. 이 감금은 사실적이면서 동시에 비유적이다. 글자 그대로 디킨슨, 브론테, 로세티 같은 여자들은 가정, 아버지의 집에 갇혀 있었다. 실제로 거의 모든 19세기 여자들은 어떤 의미에서 남자의 집에 갇혀 있었다. 우리가 살펴보았듯이 여자들은 비유적으로 남성 텍스트에 갇혀 있었고, 오로지 독창적인 재간과 우회적인 방식으로만 남성 텍스트에서 도망칠 수 있었다. 그러므로 거의 강박적인 강렬함으로 잘 다듬어진 폐쇄와 탈출이라는 공간적 이미지가 그들 작품의 특징이라는 점은 놀랄 일이 아니다.

실제로 공간에 대한 불안이 19세기와 20세기 여성문학을 지배하고 있는 듯하다. 예를 들면 엘런 모어스가 최근에 '여성 고딕'이라고 불렀던 장르에서[64] 여자 주인공들은 대개 이해할 수 없을 만큼 복잡하거나, 숨막히게 답답한 집에 붙잡혀 있거나, 족쇄가 채워져 있거나, 덫에 걸렸거나, 심지어 산 채로 묻혀 있는 모습으로 그려졌다. 여성이 쓴 다른 종류의 작품들(풍속소설, 가정소설, 서정시)도 축소된 공간에 대한 불안을 똑같이 보여준다. 앤 래드클리프의 멜로드라마적인 지하 감옥에서 제인 오스틴의 거울에 반사된 거실에 이르기까지, 샬럿 브론테의 유령이 출몰하는 다락방에서 에밀리 브론테의 관 모양 침대에 이르기까지, 봉쇄 이미지는 여성 작가 자신의 불편함, 무력감, 기묘하고 이해할 수 없는 곳에서 살고 있다는 공포를 반영한다. 실로 이런 두려움은 여성 작가들의 의혹이 점점 짙어지는 사태를 반영한다. 19세기가 '여성의 장소'라고 불렀던 것 그 자체가 비합리적이고 이상하다는 의혹 말이다. 더욱이 에밀리 디킨슨의 유령의 방에서 H. D.의 꾹 닫힌 조개, 실비아 플라스의 무덤과 동굴에 이르기까지, 올가미 이미지는 여성 작가들이 철저하게 붙잡혀 있다(말 그대로 모든 의미에서 붙잡혀 있다)는 바로 그 이유 때문에 박탈당해왔다는 인식을 표현한다.

「의무에 얽매여」라는 샬럿 퍼킨스 길먼의 시 첫 연은 동음이의어의 재치를 보여주는데, 길먼이 아이러니하게 '안락한 가정'이라고 불렀던 장소가 정신적인 억압을 가한다는 절망의 느낌을 공간적인 용어로 옮길 수밖에 없었다는 점에서 여성 예술가들의 불가피함을 엿볼 수 있다.

> 의무에 얽매여 생활 속에 갇힌 채,
>   정신은 어느 쪽으로 고개를 돌려봐도,
> 죄를 짓지 않고는 빠져나올 방도가 없네.
>   피해볼 도리도 없이
>   단지 살고, 일할 뿐.

> 청하지도 않았는데 미리 부과된 의무,
>   자연의 법칙이라는 강력한 힘으로 옥죄고 있나니,
> 적대적인 생각의 압박,
>   마음속을 후비네, 매 시간,
>   힘을 낭비하고 있다는 인식이.

> 그토록 어둡고 낮은 천장의 집,
>   무거운 서까래가 햇빛을 차단하고,
> 힘들이지 않고는 일어설 수도 없구나.
>   내면의 영혼이

무덤을 애원할 때까지… 더 넓은 무덤을.[65]

글자 그대로 집 안에 갇힌 채, 비유적으로는 한 '장소'에 갇힌
채, 응접실에 갇히고 텍스트에 넣어지고 부엌에 가두어지고 시
구절에 모셔져 있었기 때문에 여성 예술가들은 자연스럽게 어
두운 내면을 묘사했으며, 집 안에 묶여 있다는 인식과 얽매인
의무에 대한 반항을 혼동했다. 19세기 길먼의 시가 보여준 상
황을 18세기 앤 핀치도 똑같이 말하고 있다. 시를 쓰고자 했던
여자들은 '노예의 집을 관리하는 따분한 일'이 그들 '최고의 예
술이고 쓸모'라는 말로 조롱받았다고 핀치는 불평했다. 가부장
제의 건축물(집과 제도)에 여러 방식으로 갇혀 있었기 때문에
여자들은 불가피하게 '주제넘은' 문학적 야망을 자신들에게 부
과된 가정적 성취와 비교함으로써 작가 됨에 대한 불안을 표현
했다. 그들이 반항적인 탈출을 감행했기에 밀실공포증의 분노
를 표현할 수밖에 없었다.

감금과 탈출의 극화는 19세기 여성문학 전반에 퍼져 있어서
그것이 당대 고유한 여성의 전통을 대변한다고도 볼 수 있다.
흥미롭게도 이 전통에 속한 작품들은 일반적으로 여성을 감금
시키는 제1의 상징으로 집을 내세워 시작하지만, 갇힘과 탈출
이라는 핵심적이고도 상징적인 드라마를 만들기 위해 '여성의
장소'를 상징하는 다양한 장치를 사용하기도 한다. 여성의 베
일, 옷, 거울, 그림, 조상, 자물쇠가 채워진 캐비닛, 서랍, 트렁
크, 금고, 그 밖의 다른 가정용 가구가 19세기 여성 소설과 시에
반복해서 나타나며, 이 현상은 20세기까지도 지속된다. 에밀리

디킨슨의 표현대로 이는 여성의 '삶'이 '깎여 하나의 틀에 맞추어져 있으며', 이런 제한은 '영혼이 모든 문을 박차고 / 밖에서 폭탄처럼 춤출 때 / 영혼은 탈출의 순간을 갖는다'는 믿음을 가질 때만 참아낼 수 있다는 여성 작가의 인식을 의미한다.[66] 또한 여성 작가들이 지속적으로 '탈출의 순간'을 상상하며 감행한 폭발적인 행위는 많은 여성 작가들이 작품 속에 투사했던 미친 분신 현상으로 우리를 돌려보낸다. 결국 여성 작가가 남성의 집과 텍스트를 탈출하고자 하는 분노에 찬 욕망을 분출하는 것은 분신이 떨치는 폭력을 통해서다. 동시에 이 불안한 작가가 이제 더는 인내할 수 없을 때까지 억눌렀던 분노를 거대한 희생을 치르는 파괴성으로 드러내는 것도 이 분신의 폭력을 통해서다.

앞으로도 드러나겠지만, 작품 속에서 감금과 탈출의 드라마를 강박적으로 재연한 여성들의 문장에서 감염은 지속적으로 퍼져나간다. 특히 여성의 질병으로 알려진 거식증과 광장공포증은 극의 패턴, 주제의 패턴과 밀접하게 관련되어 있다. 예를 들면 여성 작가들은 자신을 젠더의 수인으로 정의하면서 툭 하면 거식증이라는 자기 파괴적인 굶주림을 통해 탈출하고자 한 (비록 이 탈출이 무無로 가는 것일지라도) 인물들을 창조했다. 마찬가지로 여성 작가들은 거식증의 보완이자 거울 이미지인 과식증을 은유적으로 설명하며 (말린 보스킨트로달이 최근에 보여주었듯)[67] 종종 그들의 인물을 거대하고 강력한 괴물로 변형시키는 '소동'을 구상한다. 더욱 명백하게 광장공포증과 상보적이면서 정반대인 폐소공포증은 명칭만으로도 공간 이미지와 연결된다. 이 이미지를 통해 소설가와 시인은 사회적으로 감금되어 있다는 느낌과 정신적인 탈출에 대한 열망을 표현한다. 따라서 전형적인 여성의 이야기(괴테의 마카리에나 패트모어의 오노리어 같은 집 안의 천사처럼 사실상 말하는 것이 '금지된' 이야기)는 대부분의 독자들이 샬럿 브론테의 『제인 에어』에서 쉽게 기억해낼 수 있는 요소들을 조합한 경우가 많다. 그런 이야기는 '유령이 출몰하는' 오래된 대저택이 암시하는 사회심리적인 의미를 살펴보면서, 다락방과 응접실 사이에서의 긴장, 즉 남성의 명령에 복종하는 여성과 반항하는 광인 사이의 심리적인 분열을 탐색한다. 그러나 이런 문제를 살펴보면 결국 전형적인 여성 이야기는 추운 바깥으로 추방되느냐, 뜨거운 실내에서 질식하느냐 사이에서 어느 쪽도 편치 않은 공간적인 선택에 내몰릴 수밖에 없다. 그 이야기는 또 죽음에 이르는 굶주림과 괴물 같은 존재로서의 거주에 대한 강박적인 불안을 구현한다.

물론 19세기의 많은 남성 작가들도 감금과 탈출 이미지를 사용했다. 그러나 그것은 개인과 사회의 관계에 대해 그들이 진지하게 느꼈던 바를 주장하기 위해서였다. 예를 들면 디킨스와 포는 대서양의 양 끝에서 비슷한 방식으로 비슷한 이유 때문에 감옥, 새장, 무덤, 지하실에 대해 썼다. 그럼에도 남성 작가는 자신의 문학적인 역할에 훨씬 더 편안해했고, 여성 작가보다 더 의식적이고 객관적으로 자신이 그리는 주제를 다듬을 수 있었다. 남성과 여성이 만들어낸 감금 이미지 차이는 (항상 그러했지만) 한편으로는 형이상학과 은유의 차이이고, 또 다른 면에서는 사회적인 것과 실제적인 것의 차이다. 17세기의 시인 존 던은 관 안에서 잠을 자면서 무덤의 폐쇄성을 경건하게 예행 연습했지만, 19세기의 시인 에밀리 디킨슨은 커튼 뒤에서 흰옷을 입고 실제로 마음 졸이며 폐쇄성을 견뎌냈다. 에드거 앨런 포는 무덤과 지하실에 생매장당한 자신의 모습을 상상하면서 자신의 마음이 정신의 가장 깊숙한 구석까지 시적으로 방랑하도록 했다. 그러나 디킨슨은 '나는 아버지의 땅을 건너 도시의 어떤 집으로도 가지 않는다'고 말하면서 자기 의지로 정말 자신을 매장하고 기록을 남겼다. 마찬가지로 바이런의 시용의 죄수가 '나의 족쇄와 나는 친구가 되었다'고 말하면서, 시인 자신은 인간 마음의 본성에 대해 인식론적 주장을 펼쳤을 뿐만 아니라 국가의 독재라는 정치적 문제를 설파했다. 그러나 『셜리』에서 로즈 요크가 대리석 블록 속에 갇힌 두꺼비처럼 산다는 식으로 캐럴라인 헬스턴을 묘사했을 때, 샬럿 브론테는 헬스턴을 통해 박탈당한 자신의 제한적인 삶과 그 삶이 처한 실질적인 상황을 이야기한 것이다.[68]

따라서 감금에 대한 남성의 은유는 대부분 공통적으로 분명히 서로 관련되어 있지만(그리고 여러 은유가 셰익스피어나 플라톤이 사용했던 전통적인 이미지에서 기원하고 있지만), 그런 은유에는 여러 남성 문학작품에 따라 매우 다른 미학적 기능과 철학적 메시지가 있었다. 『암시』에서 워즈워스의 감옥-집은 찰스 디킨스 소설의 감옥과는 매우 다른 목적에 유용하다. 콜리지의 16킬로미터나 펼쳐진 환상의 푸른 숲과 키츠의 영혼을 만드는 골짜기를 혼동해서는 안 된다. 테니슨이 묘사한 예술의 궁전으로부터의 탈출과 포가 묘사한 라이지어의 소생을 동일시해서는 안 된다. 그러나 여성 작가들이 묘사하는 구속에는 글자 그대로 그들 자신이 감금당한 현실이 반영되어 있다. 그리하여 그들은 전부 공간 이미지를 차용할 때 똑같은 무의식적 혹은 의식적 목적을 가지고 시작한다. 자신들만의 고유한 여성 경험을 기록할 때, 그들은 자신들의 삶을 정의하기 위해 문학작품의 관습 안에서, 그리고 그 관습을 통해 비밀리에 작업하고 있는 것이다.

몇몇 남성 작가들도 넌지시 혹은 분명하게 고백의 목적 때문에 그런 이미지를 사용하지만, 여성들은 그들 각각의 '문제'를 해결하기 위해 자신들이 창조한 은유들과 훨씬 더 밀접하게 살아야 하는 듯 보인다. 한 비평가는 그런 이미지뿐만 아니라 그런 이미지가 집 주위에서 창조될 때 생겨나는 심리적인 의미까지 다루었다. 가스통 바슐라르는 『공간의 시학』에서 '집 이미지는 가장 내밀한 우리 존재의 지형학이 된 것 같다'고 말하면서 집, 둥지, 조개껍질, 옷장 안에 우리가 존재하는 것처럼 그것들이 우리 안에 존재하는 방식을 보여준다.[69] 우리의 관점에서 중요한 것은 바슐라르가 시종일관 논하는 '행복한 공간'과 우리가 발견한 부정적인 공간 사이의 엄청난 간극이다. 바슐라르에게 집이라는 보호 시설은 틀림없이 모성적 특징과 밀접하다. 이 점을 볼 때 그는 꿈의 상징에 대한 프로이트의 작업과 여성의 내면 공간에 대한 에릭 에릭슨의 논의를 따르고 있다. 그러나 그런 상징이 남성 비평가와 여성 작가에게는 매우 다른 의미를 띨 수밖에 없다는 것 또한 분명하다.

물론 여성 자신을 집으로 묘사하거나 상상하는 경우는 많았다. 가장 최근에 에릭 에릭슨은 소녀들이 가정의 울타리에 흥미를 가지는 현상을 설명하고자 하면서 여성의 '내면 공간'에 대한 매우 논쟁적인 이론을 제시했다. 마치 에릭슨을 예상하기라도 한 것처럼, 중세에는 성처녀의 내면 공간 안에 숨겨진 성가족을 열어 보여주고 드러내기 위해 성모 마리아 상을 만들었다. 여성의 자궁은 확실히 늘 어디에서든 아이 최초의 집, 가장 만족스러운 집이자 음식의 원천, 어두운 보호소였다. 따라서 자궁은 신성한 동굴, 비밀스러운 성소, 성스러운 오두막 등으로 반복해서 형상화되는 신화적 낙원이었다. 그러나 여성 작가에게 집과 자아를 낡은 방식으로 연관시키는 것은 여성 작가가 자신의 예술에 투사했던 감힘에 대한 불안을 강화시켰던 듯하다. 메리 셸리처럼 자신의 알 수 없는 생리적인 부분(어찌 보면 그녀 자신은 아닌 부분)에 의해 방해받을지도 모른다는 생각으로 불안해지는 바람에 여성 예술가는 출산에 대한 불안과 문학적 창조성에 대한 불안을 혼동하기도 했다. 이와 달리 독신의 삶이 초래할 해부학적 '텅 빔'의 상태를 걱정하면서 여성 예술가는 에밀리 디킨슨처럼 무와 죽음의 삶을, 자궁이 무덤으로 변하는 것을 두려워하기도 했다. 게다가 여성 예술가는 그녀 자신이 집이며 남자의 소유물이라고 (그리고 거주하는 집이라고) 믿어야 했기 때문에, 다른 이유로 또 다시 자신을 대상화시킬 수밖에 없었다. 다르게 말하면, 여성 예술가는 자신의 자궁을 일종의 무덤으로 경험하지 않거나 아이가 그녀의 집/몸을 점유하는 것을 자신의 비인격화 경험으로 인식하지 않더라도, 본질적으로 자신이 순전히 인간 종의 생물학적 유용성에 의해서만 규정받아왔다는 것을 알아차리고 만다는 것이다.

글자 그대로의 집이 된다는 것은 결국 몸을 정신적으로 초월할 수 있다는 희망을 거부당하는 것이다. 그런 초월성이야말로 시몬 드 보부아르가 주장했듯, 인간을 고유하게 인간으로 만들어주는데 말이다. 따라서 지속적으로 출산에 갇혀 있는 것은 (그리고 우리가 지금 '출산'이라고 부르는 행위를 일컫는 19세기 단어가 '감금'이라는 것은 매우 의미심장하다) 어떤 점에서는 집이나 감옥에 갇혀 있는 것만큼이나 문제적이다. 사실상 여성 문인에게, 개체 발생이 계통 발생을 반복하는 것처럼, 임신의 감금은 사회의 감금을 반복하는 것처럼 다가올 것이다. 왜냐하면 그녀가 은유적으로만 초월을 거부당했다고 할지라도, 집/몸의 방정식이 의미하는 바를 알고 있는 여성 작가는 그런 은유가 그녀를 유리 관에 '넣을' 뿐 아니라 그녀 자신을 일종의 유리 관으로 변형시킨다는 것을 무의식적으로 인식하고 있기 때문이다. 따라서 그런 은유의 그물망에 갇힌 채, 이른바 에이드리언 리치가 명명한 '생각하는 여자'는 자신이 자신의 이질적이고 혐오스러운 몸에 갇혀 있다고 느끼지 않을 수 없을 것이다.[70] 다시 한번 말하자면, 여성 예술가는 갇혀 있는 수인은 물론이요 괴물이 된다.

마치 이 모든 문제들을 종합해서 (다시 말하자면 여성 작가들이 유사한 병행적 감금으로 보았던 텍스트와 집, 출산하는 여성의 몸 등 불안을 유발하는 모든 것 사이의 관련성에 대해) 논평하려는 듯, 샬럿 퍼킨스 길먼은 이 모든 문제를 결합시켜 1890년에 여성의 감금과 탈출에 대해 놀라운 이야기를 썼다. 그것은 모든 여성 문인들이 (『제인 에어』처럼) '말할 수 없는 고통'에 대해 이야기할 수 있었다면 분명히 했을 그런 전형적인 이야기다. 길먼 자신이 '신경쇠약 사례에 대한 묘사'라고 말했던 「누런 벽지」는 심각한 산후 정신이상으로 고통받는 여성의 경험을 1인칭으로 서술한다.[71] 비판적이며 가부장적인 의사 남편은 유명한 '신경 전문의' S. 위어 미첼이 비슷한 문제를 겪던 길먼 자신을 치료했던 방식으로 여자 주인공을 다룬다. 남편은 자신이 빌린 '조상의 홀'에 있는 넓은 다락방에 아내를 가두었고, 아내가 회복할 때까지 펜과 종이를 금지시켰다. 화자가 말하기를, '나의 상상력과 이야기를 만드는 습관이 신경쇠약에 걸려 있는 나를 틀림없이 온갖 흥분된 환상으로 몰고 갈 것이며, 따라서 그것을 억제하기 위해 나는 의지와 분별력을 사용해야 한다'고 남편이 판단했기 때문이다.

물론 이 치료는 질병보다 더 나쁘다. 병든 여자의 정신적 상태가 빠르게 무너져내리기 때문이다. '나는 가끔 내가 조금이라도 글을 쓸 수 있을 만큼만 건강하다면 생각의 압박에서 벗어나 휴식을 누릴 수 있으리라 생각한다'고 아내는 말한다. 그러나 그녀는 벽에 '고리들과 물건들'이 걸려 있어서 한때 육아실이었다고 짐작되는 방에 글자 그대로 갇혀 있고 글자 그대로 창조성과도 절연당했다. '고리들과 물건들'은 어린아이의 체조 기구를 연상시키지만, 사실상 계단의 꼭대기에 있는 문과 같은 감금 장치다. 아내를 완전히 감금했음을 나타내는 도구인 것이다. 그러나 더욱더 고통스러운 것은 벽지다. 군데군데 찢겨나가고, '급격한 각도로 튀어나와 전례 없는 대립으로 망가지는 어설프고 불확실한 곡선'이 반복되는 유황색 누런 벽지 말이다. 그녀가 몸담고 있는 사회의 억압적인 구조처럼 오래되고 묵어 '깨끗하지 않은' 벽지는 설명할 수 없는 텍스트처럼 화자를 에워싸고 있다. 또 벽지는 그녀의 의사 남편처럼 그녀를 검열하고 압도하며, 그녀가 그 안에서 살아 남으려고 애쓰는 '상속받은 영지'처럼 그녀의 뇌리를 떠나지 않는다. 어쩔 수 없이 아내는 벽지의 자멸적 의미를 탐색하고, '상상력과 이야기를 만드는 습관'으로 그것을 수정하여 탈출에 대한 자신의 열정을 벽지의 불가해한 상형문자 속에 투사한다. 이야기의 절정에 이르러 그녀는 생각한다.

['이 벽지'에는] 다른 색조의 무늬가 곁들여져 있다. 그것은 특히 거슬리는 무늬다. 왜냐하면 특정한 빛에서만 볼 수 있고 그럴 때도 분명하게 보이지 않기 때문이다.
그러나 색이 바래지 않은 자리에서, 그리고 햇빛이 선명한 곳에서, 나는 그 우스꽝스러운 선명한 겉면 무늬 뒤에 슬그머니 숨어 있는 낯설고 자극적인 형체 없는 모습을 볼 수 있다.

시간이 지남에 따라 (우리가 논의해온 바에 의하면) 가부장적 텍스트의 겉면에 해당하는 것 뒤에 숨겨진 이 모습은 점점 분명해진다. 달빛에 벽지 무늬는 '빗장이 된다! 내가 말하는 것은 바깥쪽 무늬다. 그리고 그 뒤에 있는 여자가 분명하게 드러난다.' 마침내 화자가 이른바 광기 상태로 점점 더 깊이 빠져듦에 따라 벽지와 벽지 뒤에 갇혀 있는 여자가 암시하는 무서운 의미가 그녀와 남편이 감금되어 있는 오래된 임대 저택에 스며들기(말하자면 출몰하기) 시작한다. 벽지의 '누런 냄새'가 '집 전체를 기어다니고' 묘하게 썩는 냄새가 모든 방을 뒤덮는다. 여자 또한 기어다닌다. 집 안 전체를, 집 안에서, 집 밖에서, 정원에서, 그리고 '나무 밑 그 긴 길에서'. 가끔 화자는 고백한다. '많은 여자가 있는 것 같다' 벽지 뒤에도 있고 정원을 기어다니기도 한다.

그리고 가끔은 한 명뿐인데, 그녀는 빠르게 기어 다닌다. 그러면 온 벽지가 흔들리고 [⋯] 그녀는 항상 뚫고 나오려고 낑낑거린다. 그러나 아무도 그 무늬를 뚫고 기어 나올 수 없다. 그것은 그렇게 교살한다. 무늬에 그렇게 많은 머리가 달려 있는 것은 그 때문이라고 나는 생각한다.

결국 벽지 사이와 벽지 뒤에서 기어 다니는 형상은 화자이면서 동시에 화자의 분신이라는 사실이, 독자뿐만 아니라 화자에게도 명백해진다. 더욱이 이야기의 마지막에서 화자는 이 분신을 그녀의 텍스트적/건축적 감금에서 탈출시킨다. '내가 잡아당기면 그녀가 잡고 흔들고, 내가 잡고 흔들면 그녀가 잡아당겼다. 그리하여 아침이 오기 전에 우리는 벽지를 몇 미터 뜯어냈다.' 이 이야기의 결론이 주는 메시지는 단지 광기인가? 확실히 올바른 의사인 존은 (그의 이름은 샬럿 브론테의 『빌레트』에 등장하는 주인공답지 않은 주인공과 그를 연결시킨다) 일시적으로 패배했거나 적어도 순간적으로 기절했다. 화자는 다락방을 기어 다니며 '그런데 저 남자는 왜 기절한 것일까?' 하고 아이러니하게 묻는다. 그러나 존이 놀라서 남자답지 않게 기절한 것은 길먼이 자신의 미친 여자를 위해서 상상한 승리 중 가장 하찮은 축에 속한다. 더욱 의미 있는 것은 미친 여자 자신의 상상력과 창조력이다. 이것은 잠자는 여자 주인공에게 금을 쏟아주는 요정 대모처럼 작가가 그녀에게 부여한 건강과 자유의 신기루다. 이를테면 여자는 벽지 뒤에서 기어 나와 환한 햇빛 속으로 멀리 길게 이어진 길까지 빠르게 기어간다. '나는 때때로 그녀가 거센 바람 속 구름의 그림자처럼 빠르게 기어서 광활한 땅에서 멀어지는 것을 지켜보았다'라고 화자는 말한다.

불분명하지만 빠르게, 거의 감지할 수 없지만 멈출 수 없는 이 구름 그림자의 경로는 가부장적 시학이 정의하는 텍스트에서 벗어나 그들 자신이 세운 권위의 광활한 공간으로 나아가는 19세기 여성 문인의 경로와 다르지 않다. 텍스트의 무늬 벽 뒤에 있는 마비된 세계의 탈출이란 바로 질병에서 벗어나 건강해지는 탈출이었다는 것은 길먼 자신에게 매우 명백했다. 「누런 벽지」가 출판되었을 때 길먼은 이 작품을 위어 미첼에게 보냈는데, 미첼은 그녀가 신경쇠약에 걸렸을 때 글 쓰는 것을 금지시켜 그녀의 병을 악화시켰던 장본인이다. 몇 년 후 '그가' 길먼의 이야기를 '읽은 뒤 자신의 신경쇠약 치료법을 바꾸었다'는 소식을 듣고 길먼은 매우 기뻐했다. '만약 그것이 사실이라면 나는 헛되이 살지 않았다'고 말이다.[72] 길먼은 의학적 우상 파괴자이면서 반항적인 페미니스트였기 때문에 그녀가 이런 승리를 좁은 의미의 치료 측면에서만 생각하지 않았다는 것을 우리는 확신할 수 있다. 에밀리 디킨슨처럼 길먼도 '감염된 문장은 새끼를 친다'는 것을 알고 있었기에, 여성의 절망에 대한 치료는 육체적일 뿐만 아니라 정신적이어야 하며, 사회적일 뿐만 아니라 미학적이어야 한다는 것을 알고 있었다. 길먼은 「누런 벽지」를 통해 '미쳤다'고 추정되는 여자가 자신의 몸이라는 '감염된' 집에 갇히는 형을 받았을 때조차 (70년 후 실비아 플라스가 말했던 것처럼) '회복할 자아, 여왕'이 있음을 발견할 수도 있다는 것을 보여준다.[73]

3장 동굴의 비유

나는 말했다. '그다음은 교육과 무지에 대한 다음 비유가 우리 본성의 조건을 보여준다고 생각해보게. 인간이 땅 밑의 동굴에서 살고 있다고 상상해보세.'
- 플라톤

내가 알고 있던 노래는 어디 갔을까,
내가 부르곤 했던 멜로디는 어디 갔을까?
나는 모든 것을 잊었나니
그토록 오래전에 알고 있던 모든 것을.
- 크리스티나 로세티

내 위로 밝은 구름이 그늘을 드리우며 다가왔다. 그 사이에서 (투명한 금으로 아주 화려하게 장식하고 머리는 늘어뜨렸으며 얼굴은 너무 빛나서 거대한 수정처럼 보이는) 한 여자의 모습을 보았다. 곧 이런 목소리가 들려왔다. 보아라, 나는 신의 영원한 지혜의 처녀니라. [...] 나는 신이 주신 심오한 지혜의 보물을 그대에게 열어주고, 리브가가 야곱의 어머니가 된 것처럼 진정한 자연의 어머니가 될 것이다.

그대는 내 자궁에서 영혼의 방식으로 잉태되어 다시 태어날 것이기 때문이다.
- 제인 리드

동굴은 (프로이트가 지적했듯이) 여자의 장소이고, 자궁 모양의 폐쇄된 공간이며, 비밀스럽고 대개 신성한 대지의 집이다 (물론 플라톤은 이 점에 대해 깊이 생각하진 않았던 것 같다).[1] 입회자는 어둠의 목소리, 내면의 지혜를 듣기 위해 이 성소에 왔다. 이 감옥에서 노예는 감금되고, 처녀는 희생당하며, 여자 사제는 버려진다. 에드거 앨런 포가 공포에 질려 내지르는, 유아론의 흔적을 지닌 전형적인 외침 '우리는 그 여자를 산 채로 무덤 속에 처박았다!'는 말은 동굴과 동굴이 표상하는 악(질식, '검은 박쥐의 분위기', 흡혈귀, 빅토르 프랑켄슈타인이 말했던 '더러운 창조물'의 혼돈)과 직면해야 한다는, 생각만 해도 혐오스러운 빅토리아 시대의 공포를 집약한다. 그러나 포의 외침은 멜로드라마적 특성도 느껴지지만 가부장적 문화 안의 여성, 즉 동굴 모양의 해부학에 의해 자신의 운명이 결정되는 여성의 곤경도 (의도적인 것은 아닐지라도) 집약한다. 플라톤의 동굴 거주인, 즉 자연의 수인과 달리 여자는 자기 본성의 수인이며, 내재성이라는 '무덤 동굴' 속에 있는 수인인 것이다. 그녀는 이 무덤 동굴을 안개 가득한 우울의 동굴로 변형시킨다.[2]

이 점에서 시몬 드 보부아르의 일화는 플라톤의 우화에 대한 대항 우화다.

튀니지의 한 원시적인 마을에서 여자 네 명이 웅크리고 앉아 있는 지하 동굴을 본 기억이 난다. 외눈에 이도 다 빠져서 얼굴이 끔찍하게 망가진 노부인이 매캐한 연기 속에서 작은 화로에 반죽을 익히고 있었다. 젊기는 하지만 마찬가지로 얼굴이 거의 망가진 부인 두 명은 아이를 안고 어르고 있었다. 그중 한 명은 젖을 먹이고 있었다. 베틀 앞에는 비단과 금과 은으로 화려하게 차려입은 눈에 띄는 젊은 부인이 털실을 이어 꼬고 있었다. 내가 (내재성의 왕국이며 자궁이자 무덤인) 이 어둠침침한 동굴을 나설 때, 한낮의 빛을 향해 위쪽으로 뻗어 있는 복도에서 흰옷을 말쑥하게 차려입고 미소짓고 있는 쾌활한 모습의 남자를 지나쳤다. 남자는 시장에서 다른 남자들과 세상사를 이야기하고 돌아오는 길이었다. 그는 자신이 속해 있고 분리될 수도 없는 거대한 세계의 심장부, 그 피난처에서 몇 시간을 보낼 것이다. 쭈글쭈글한 늙은 여자에게나 빠르게 시들어갈 운명의 젊은 부인들에게는 연기 자욱한 동굴 이외에 어떤 세계도 없었다. 그들은 오로지 밤에만 말없이 베일을 쓰고 나타날 뿐이었다.[3]

여자들이 남자들에게 생기를 주듯, 여자들에게 생기를 불어넣어주었어야 할 전통적인 여성의 활동(요리, 양육, 바느질, 매듭 세공)은 이 지하 후궁의 여자들을 부수고 망가뜨렸다. 이 여자들은 그들의 섹슈얼리티에 대한 가부장적 정의 안에 (그리고 그것에 의해) 파묻혀 있다. 이것이 바로 초월의 희망이 없는 내재성, 문화에 유혹받고 배신당한 본성, 탈출 가능성이 없는 감금이다. 아니 적어도 그렇게 보인다.

그러나 자궁 모양의 동굴은 여성의 힘이 생겨나는 장소이자 세계의 중심, 신비한 변화를 위한 위대한 대기실 중 하나다. 일종의 동굴인 모든 여자에게는 말살이라는 동굴의 은유적인 힘, (보부아르가 다른 곳에서 말했던) '대지 내부에 있는 밤'의 힘이 있는 것 같다. 왜냐하면 '수많은 전설에서 우리는 영웅이 어머니의 그림자(동굴, 심연, 지옥) 속으로 떨어진 뒤 영원히 길을 잃어버리는 장면을 목격하기 때문이다.'[4] 동시에 보부아르 책 속의 튀니지 여자들이 갇혀 있는, 내재성의 동굴-대지에 사는 숙명적인 거주자인 모든 여자는 동굴의 은밀한 어둠의 지식에 은유적으로 접근하는 것이 가능해 보인다. 운명을 결정하는 '위대한 여성 직녀들(노른, 운명의 여신, 데메테르의 여사제, 가이아의 예언자)'의 특성을 요약하면서, 헬렌 다이너는 다음과 같이 지적한다. '운명에 대한 모든 지식은 여성의 심연에서 나온다. 어떤 표면적 권력도 그것을 알지 못한다. 운명을 알고자 하는 사람이라면 누구나 심연의 여성에게까지 내려가야 한다.' 여기서 여성은 자신이 힘을 쥐고 있는 자신의 동굴에서 '탄생과 죽음으로 세계의 태피스트리'를 짜는 직녀, 대모大母를 의미한다. 그러나 여자들 개개인은 동굴 속에서 힘을 얻는 것이 아니라 그 안에 갇히고 만다. 그 동굴은 마치 '성의 투쟁의 꿈을 직조하면서 / 삶의 거미줄에 눈물 흘리는' 블레이크의 상징적 벌레와 같다.[5] 그러니 과연 어떤 여자(특히 이미지로 사고하는 여성 문인)가 동굴이 암시하는 부정적이고 은유적인 의미를 긍정적이고 신화적인 가능성과 조화시킬 수 있겠는가? 플라톤의 동굴에 반쯤 눈이 먼 채 꼼짝없이 묶여 있는데, 어떻게 여자가 자신의 본질과 자신이 보는 것을 구분하고, 자신의 진정한 창조적 본질과 동굴의 주인이 실재라고 주장하는 믿을 수 없는 그림자를 구분할 수 있겠는가?

메리 셸리는 『최후의 인간』(1826) 「작가 서문」에서 소설 형식으로 동굴에 대한 또 다른 이야기를 써내려갔다. 이 이야기는 위의 질문들에 은연중에 답변하고 있으며, 따라서 세 번째 동굴의 비유가 된다. 메리 셸리는 1818년에 자신과 한 친구가 '쿠마에의 무녀가 사는 어둠의 동굴'이라고 불리는 곳을 방문했다는 이야기로 소설을 시작한다. 접근이 불가능할 정도로 깊고 신비한 내부로 들어갔을 때 그들은 '수북이 쌓인 나뭇잎들, 부스러진 나무껍질들, 익지 않은 인디언 옥수수 알갱이를 보호해주는 녹색식물 안쪽을 닮은 하얗고 얇은 막 같은 물질'을 발견했다. 처음에 메리 셸리와 그녀의 연인인 퍼시 셸리는 이 하얀 막을 발견하고 당황했다. 그러나 '한참 있다 친구가 '여긴 무녀의 동굴이야. 이것들은 무녀의 나뭇잎들이야!' 하고 소리 질렀다.' 셸리는 이렇게 설명한다.

자세히 살펴보니 잎, 나무껍질, 다른 것들에도 하나같이 글자가 새겨져 있었다. 더 놀라운 것은 이 글들이 여러 언어로 쓰여 있었다는 것이다. 어떤 것은 내 친구도 모르는 언어였고 […] 어떤 것은 […] 요즘 쓰는 방언이었다. […] 우리는 희미한 불빛에 의지해 겨우 알아볼 수 있었는데, 그것은 예언과 최근에 일어났던 사건들의 자세한 관계에 관한 것 같았다. 이름들, […] 가끔은 환희와 비탄의 외침도 그 얇은 잎에 새겨져 있었다. 우리는 우리 중 한 명이라도 이해할 수 있는 글자가 적힌 잎들이 있으면 급히 긁어모았다. 그러고는 어두운, 하늘 쪽으로 구멍이 나 있는 동굴에 작별을 고했다. […] 그 후 […] 이 신성한 유물을 해독하는 데 몰두했다. […] 나는 부서질 듯한 예언자의 잎들에서 가장 최근에 발견한 것들을 대중에게 발표했다. 그것은 흩어져 있고 연결되어 있지 않아서 일관성 있는 형식으로 만들어야 했다. 그러나 핵심적인 부분은 쿠마에의 무녀가 성스러운 직관력을 발휘해 하늘에서 받은 그녀만의 것으로 남겨두었다.[6]

이 동굴 여행이 보여주는 특징은 매우 중요하다. 특히 남성의 동굴 비유의 의미뿐 아니라 여성의 동굴 비유의 의미도 이해하고자 하는 페미니스트 비평가에게는 더욱 그러하다.

우선 메리 셸리가 아니라 남자 친구가 예언자의 동굴을 알아보고 예언자의 잎들에 쓰여 있는 몇몇 어려운 언어를 쉽게 해독할 수 있었다는 슬픈 사실은 가부장적 문학계 내 자신의 애매한 위치를 불안해하는 여성 작가의 심리를 보여준다. 왜냐하면 여성 작가에게 가부장적 문화는 심심치 않게 기이한 의식을 행하며 알 수 없는 언어로 말하는 것처럼 보이기 때문이다. 여성은 동굴일지도 모르지만 (메리 셸리가 주저하며 대응하는 바가 나타내듯이) 동굴을 알고 그 의미를 분석하는 사람은 남자다. (플라톤처럼) 원래의 비유담을 만든 사람도 남자이고, 남성 미학의 사도인 제러드 맨리 홉킨스가 『최후의 인간』이 출판된 이래 반세기 이상이 지난 뒤에도 자신의 소네트 「예언자의 잎에서 판독한」에서 해냈듯 그 언어를 해석한 사람도 남자인 것이다.

그러나 동굴은 여성의 공간이며, 여성 사제, 사라진 예언자, 자신의 '성스러운 직관'을 부드러운 잎과 연약한 나무껍질 조각에 새겼던 여성 선지자에게 속해 있다. 따라서 메리 셸리에게 동굴은 자신의 예술적 권위는 물론 자아 창조의 힘과도 밀접하게 연관되어 있다. 남자 시인이나 교사가 셸리를 동굴로 안내할수는 있지만, 셸리 스스로 인식하고 있듯이 오직 자신만이 예언자의 잎에 흩어진 진실을 효과적으로 재구성할 수 있다. 글자 그대로 불명예를 안고 돌아가신 어머니(강력한 페미니스트였던 메리 울스턴크래프트)의 딸인 메리 셸리는 이 비유담에서 자신을 은유적으로 사라진 예언자, 모든 여성 예술가들을 잉태했던 신화 속 최초의 예언가의 딸로 그린다.

따라서 예언자의 잎들이 흩어져 파편화되어 있어 거의 이해할 수 없다는 사태야말로 셸리가 자신의 예술에서 맞닥뜨린 핵심 난제라 할 수 있다. 서문에서 셸리는 동굴을 찾아내는 것이 첫 번째 난제였다고 말한다. 셸리와 동반자는 토착민 안내자의 잘못된 인도를 받았다. 안내자가 새 횃불을 가지러 간 사이 한 방에 남겨진 그들은 어둠 속에서 '길을 잃었다.' 그리고 '잘못된' 방향으로 올라가다가 우연히 진짜 동굴과 마주쳤다. 그러나 셸리가 보여주듯, 이 최초의 발견에 이르기까지 겪었던 어려움은 재구성이라는 중대한 임무에 따르는 온갖 어려움의 시작일 뿐이다. 왜냐하면 무녀의 동굴로 가는 길이 잊힌 것과 마찬가지로 무녀의 나뭇잎이 지녔던 일관된 진실도 산산조각나 흩어지는 바람에 그녀의 예술 본체가 해체되었기 때문이다. 앤 핀치처럼 셸리도 일종의 무력하고 수수께끼 같은 '영'이 되었다. 그러나 동굴로 가는 길이 우연히 '기억날 수' 있듯이, 무녀의 잎이 지닌 전체 의미도 고통스러운 노력(번역, 전사, 보수, 수정, 재창조)을 통해 다시 기억해낼(재조합될) 수 있다.

　무녀의 문서들, 흩어져 있는 나뭇잎과 남겨진 것들이 품고 있는 독특한 성적 기질은 여성에게 그 심오한 중요성을 더욱 증가시킨다. 나뭇잎과 나무껍질, '하얗고 얇은 막 같은 물질' 위에 글을 새기면서 무녀는 그야말로 '자연의 책'을 썼다. 다시 말해 무녀는 모성적 창조성이라는 여신의 힘, 즉 문학적 부권에 대한 남성의 잠재력에 해당하는 여성의 성적/예술적 힘을 가지고 있었다. '어두운, 하늘 쪽으로 구멍이 나 있는 동굴'(어두운, 그러나 하늘을 향해 열려 있는 바다 동굴)에서 무녀는 '하늘의 빛이 들어오는' '돔 모양의 둥근 지붕에 있는 틈새'를 통해 '성스러운 직관'을 받았다. 그리스 안락의자 크기의 '도드라진 돌 좌석'에 앉아 무녀는 예술을 잉태해 바깥 푸른 세계에서 온 나뭇잎과 껍질에 새겨넣었다. 무녀의 시들이 너무도 격렬하고 그 '시적인 광시곡'이 지극히 진실했기 때문에 셸리는 그것을 해독할 때 자신이 '세상 밖으로 (한때 다정했던 그 얼굴은 나를 피해 상상력과 힘으로 빛나는 사람을 향해 돌렸다) 끌려나오는 것처럼' 느껴졌다고 외친다. 무녀의 흩어진 예술적/성적 에너지를 찾아내고 복원하면서 셸리는 (문자 그대로 암호를 푸는) 자신이 자신의 창조적인 힘을 깨닫고 창조하고 있음을 인식했기 때문이다. '그것들이 모호하고 혼란스러울지라도 무녀의 나뭇잎을 번역한 결과가 현재의 모습을 갖춘 것은 그것을 해독한 나의 공이라고 생각하곤 했다'고 셸리는 겸손하게 고백한다. '베드로 성당에

있는 라파엘로의 〈예수의 변용〉을 보고 그린 모자이크 복제판
은 원본의 채색화 조각을 만들어낸 다른 예술가의 공으로 돌려
야 하는 이치와 마찬가지다. 그 예술가는 파편들을 모아 하나의
형태로 만들었으며, 그 형태는 그 자신의 독특한 정신과 재능의
산물일 것이기 때문이다.'[7]

　이 모든 것이 암시하는 의미를 감안해보면 셸리의 동굴 비유
담에 숨어 있는 메시지는 그 자체가 우리가 지금까지 논의해온
일련의 동굴의 비유 중 네 번째 비유라 할 수 있다. 이 마지막
비유는 정신의 동굴로 들어가 그곳에서 자신의 힘과 더불어 힘
을 생성해온 전통의 흩어진 잎들을 발견한 여성 예술가의 이야
기다. 선구자의 예술, 곧 그녀 자신의 예술은 조각난 채 여성 예
술가 주위에 놓여 있다. 절단된 채, 잊힌 채, 분해된 채. 그녀는
어떻게 예술을 기억해 그것의 부분이 되며, 그것을 결합하고 재
접합시켜 통합하고, 그렇게 함으로써 자신의 진실성과 자아를
성취할 수 있을까? 스스로의 전통이 남긴 잔해들, 정신적인 어
머니의 예술이 남긴 부스러기들에 둘러싸여 여성 예술가는 마
치 (우리가 앞에서 살펴보았듯) 기억상실증에 걸린 사람처럼
고통을 느낀다. 그녀는 동굴 자체를 알아보지(말하자면 기억해
내지) 못할 뿐 아니라 그 언어, 메시지, 형태조차 알지 못한다.
크리스티나 로세티처럼 셸리는 또다시 궁금해한다. '내가 알고
있던 노래는 어디 갔을까, / 내가 부르곤 했던 멜로디는 어디
갔을까?' 자신이 직면한 파편들의 비일관성에 당황한 나머지
셸리는 '나는 모든 것을 잊었나니 / 그토록 오래전에 알고 있던
모든 것을' 하고 단정하지 않을 수 없다.

그렇지만 메리 셸리의 작가 서문이 말해주듯, 여성 시인은 자신의 모계적 유산인 부서진 전통을 새롭게 구축할 수 있다. 자기 안에 있는 정신의 동굴로 떠나는 여행에서, 여성 시인은 비록 어둠 속에서 넘어지고 비틀거리고 불안하게 방황한다 해도 (혹은 아마도 그러기 때문에) 재조합의 과정을 시작했다. (메리 셸리의 비유에서) 셸리를 안내한 낭만주의 시인과의 대화도 유용하다는 것이 증명되었다. 왜냐하면 노스럽 프라이가 주장했듯, 여성에게 힘과 위엄을 허용한 혁명적인 '어머니-여신 신화'(반위계적이며 모든 살아 있는 생물의 에너지를 해방시키는 신화)는 낭만주의 시대에 '널리 퍼졌기' 때문이다.[8] 무녀의 메시지 자체도 셸리에게 말하고 있다. 메시지들은 셸리에게 말함으로써 셸리가 자기 자신을 위해 말할 수 있도록 힘을 줄 뿐만 아니라 무녀를 위해 말할 수 있도록 힘을 준다. 여성 작가는 헬렌 다이너가 묘사하듯 운명의 '여성에게까지 내려가서' 여성 예술가로서 자신을 발견하게 된다. 전통적인 남자 주인공은 암흑의 용을 죽이거나 용에게 죽임을 당하기 위해 지구의 중심으로, 호수 바닥으로, 고래 배 속으로 '밤바다 여행'을 떠난다. 반면, 여성 예술가는 어둠을 소생시켜 잃어버린 것을 되찾고 갱생시키고 다시 잉태해서 출산하기 위해, 에이드리언 리치가 '여성의 기억이 분화구가 된 밤'이라고 불렀던 곳으로 여행을 떠난다.[9]

여성 예술가가 출산하는 것은 어떤 의미에서 자신의 어머니 여신이며 자신의 어머니 땅이다. 이 동굴의 비유에서 그것은 갈기갈기 찢기는 남성 신 오시리스가 아니라 절단되고 파괴되는 그의 여동생 이시스다. 마찬가지로 그것은 곤경을 겪는 남성 시인 오르페우스가 아니라 지하 세계의 미로 같은 동굴에 버려졌다가 발견되는, 오르페우스가 잃어버린 신부 에우리디케다. 요점을 다르게 말해본다면, 이 비유는 오시리스를 찾고 있는 전통적인 이시스의 모습이 (시인인 H. D.가 알고 있었듯) 사실 자기 자신을 찾고 있는 이시스의 모습이라는 것, 배반당한 에우리디케는 사실 (버지니아 울프의 '주디스 셰익스피어'처럼) '무덤 동굴'이라는 감옥에서 결코 벗어나지 못하는 여성 시인이라는 것을 암시한다. 그러므로 여성 예술가는 이시스와 에우리디케를 복원하면서 문학 유산의 잃어버린 아틀란티스, 즉 가라앉은 대륙을 재정의하고 되찾는다. 한때는 완벽해 보였던 이 대륙의 모든 것이 이제는 '이상하고' 파편적이며 불완전해 보인다. 여성 예술가는 이 지평선 위의 모든 이상한 모습들(역사가들이 '이상한 변종'이라고 불렀던 소설가들, 비평가들이 '여류 시인'이라고 부른 시인들, 가부장적 시인들이 '무성'의 괴물 같고 기이하다고 한 혁명적 예술가들)을 아우르고 설명했다. 그들이 속해왔던 공동체가 그 모습을 기억한 덕택에 인물들은 완전한 권위를 다시 획득하고, 그들의 비전은 쿠마에의 무녀에 버금가는 강력한 구상처럼 보이기 시작한다. 에밀리 브론테의 정열적인 A. G. A., 제인 리드의 소피아, H. D.의 선한 여신 등 이들의 모든 것은 그들의 모국인 다시 떠오른 아틀란티스에 자리 잡는다. 또한 제인 에어의 다이애나와 메리 리버스에 대한 우정, 오로라 리의 새로운 예루살렘에 대한 꿈과 모국 이탈리아에 대한 사랑, 여자가 '큰소리 내며 살 수 있는' 에밀리 디킨슨의 '신비한 초원', 그리고 조지 엘리엇의 자매애 개념, 이 모든 비전과 수정된 비전은 부활한 대륙의 유토피아적 경계를 정의하도록 이끌어준다.

여성들이 어머니 같은, 또는 자매 같은 선구자들에 대한 여성들의 갈망을 땅에 대한 비전으로 옮겼다는 것, 그것은 은유적인 땅이 무녀의 나뭇잎들과 여성 작가의 힘처럼 부서지고 흩어져 버렸다는 확실한 사실만큼 명백하다. 에밀리 디킨슨, 신중하게 묶어놓은 자신의 시 다발이 (아이러니하게도) 남자 편집자들과 여자 상속인들에 의해 파편화되었던 여성 예술가는 잃어버린 여성의 집에 대한 자신의 갈망을 우리에 갇힌 (암컷) 표범의 모습에 투사했다. 디킨슨이 상상 속에서 느끼는 향수는, 아틀란티스에 대한 망각이 고통스러웠던 것처럼 완전한 대륙에 대한 기억도 여성 작가에게는 때때로 고통스러울 수 있음을 증명하고 있다. '문명은—표범을—경멸한다!'고 디킨슨은 말하면서, '사막은—결코 자신의 고운 비단을 비난하지 않았다— […] 그것이 바로 표범의 본성이기 때문이다—선생—사육자가—찡그릴—필요가 있나요?' 하고 썼다. 그리고 다음과 같이 날카롭게 덧붙인다.

고향 아시아를 떠난—표범을—측은히 여겨야 한다.
야자수의—기억들은—
마약으로도—지울 수 없고—
향유로도—억누를 수 없으니—[10]

마찬가지로 크리스티나 로세티는 겉으로는 전통적인 종교의

상징을 내세우지만, 어느 시에서 디킨슨의 '아시아' 같은 잃어
버린 상상 속 대륙에 대한 고통스러운 갈망을 묘사했다. 그 시
의 제목 '어머니의 나라'는 진짜 주제를 열어 보여준다.

오 그 나라는 어떤 나라인가?
　어디에 있단 말인가?
내 나라도 아니지만,
　훨씬 더 소중한.

그러나 그것은 나의 나라,
　언젠가 보게 된다면,
그의 풍미와 삼목을,
　그의 금과 상아를.

내가 꿈꾸며 누워 있을 때,
　그 땅은 일어서서,
내 앞에 솟아오른다.
　초록의 황금빛 해안이
고개 숙인 삼목과 함께,
　빛나는 모래와 함께,
빛을 번쩍이면서,
　불붙은 나무가 흔들리듯이.[11]

로세티가 이 땅과 자신이 맺는 관계를 애매하게 묘사한 것은

('내 나라도 아니지만, 훨씬 더 소중한') 자신의 비전이 기대고 있는 자아의 정의가 불확실하다는 것을 반영한다. 여성의 어머니 나라는 그녀 '자신의' 나라인가? 메리 셸리는 무녀의 나뭇잎에 대한 '권리'가 있는가? 여성 예술가는 어떤 정의와 어떤 자격의 체계를 통해 자신의 모계 유산을 요구할 수 있고, 애니 고틀립의 꿈이 주장했듯 어머니 때문에 자신에게 중요하다는 그 힘의 생득권을 요구할 수 있는가? 이런 암시적인 질문에 로세티는 다음과 같이 대응한다. '내가 꿈꾸며 누워 있을 때 / 땅은 일어서서' 빛나며 반짝이고, '불붙은 나무가 흔들리듯이' 의미 있게 솟아오른다. '여성의 기억이 분화구가 된 밤'으로부터 솟아오른다. 어둠에 불을 질러 동굴의 그림자를 쫓아내고, 침묵과 어둠 속에 밀봉해놓은 옛 구조를 파괴하면서.

이 책은 우리에게 크리스티나 로세티의 '어머니 나라'가 솟아오르는 꿈과 같다. 또한 무녀의 잎 조각들을 잘 꿰어 맞추면 '우리 모두의 어머니'인 유일한 여성 예술가가(거트루드 스타인의 말을 빌리자면 가부장적 시학이 해체해버렸기에 우리가 기억해내려고 애쓰는 여성이) 이야기 전체를 말해주리라는 희망이 우리를 계속 따라다닌다. 이 책은 무녀의 잎을 재구성하려는 시도다. 앞으로 보게 되겠지만, 여성 예술가는 자신으로부터도 소외된 채 침묵 속에 자신을 억누르면서, 처음에는 소설의 집에서 천사처럼 글을 쓰려고 애썼다. 제인 오스틴과 마리아 에지워스처럼 여성 예술가는 자기 자신의 진실을 점잖고 숙녀다운 의관 뒤에 감추었다. 그러면서 자신의 진정한 소망을 바람 속에 흩뿌리거나 이해할 수 없는 상형문자로 바꾸어냈다. 그러나 시간이

지나고 그녀의 동굴 감옥이 더욱 좁아져서 폐소공포증을 유발하자, 그녀는 고딕적/악마적 형태로 '빠져'들었고, 브론테 자매와 메리 셸리에서 볼 수 있듯이 광적이거나 흉폭한 탈출을 계획하기에 이른다. 그러고 나서 그녀는 (조지 엘리엇과 에밀리 디킨슨처럼) 작열하는 가부장적 태양이 훤히 트인 공간에서 (디킨슨이 '정오의 남자'라고 불렀던 태양이) 그녀의 취약성을 강조하자 어지러워하며 물러났다. '창조'는 자신을 '보이게' 만드는 '갈라진 거대한 틈처럼 보였기' 때문에 그녀는 또다시 은신처인 '어둡고 지붕 없는 동굴'로 숨어들었다. 그곳에서 그녀는 파편일지라도 자신의 진실과 홀로 있을 수 있기 때문이다.[12]

역사의 모든 단계에 걸쳐 이 신화적인 여성 예술가는 무녀 같은 여성 조상들처럼 상상의 미래, 즉 자신이 온전하고 활동적일 수 있는 유토피아적인 땅을 꿈꾸었다. 그녀는 (리베카 하딩 데이비스의 『제철소에서의 삶』에서 울프라는 남자가 피부색 금속 '쓰레기'로 만든 거대한 '여자'처럼) 갈망으로 굳은 채, '열광적인 간절한 표정'으로 '미친 것 같은, 물에 빠진 듯한 다소 절망적인 제스처'를 취하면서 자신이 반의식적으로 상상하는 미래를 향하여 고개를 돌렸다. 결국 그녀는 에이드리언 리치처럼 자신이 '동굴에서 살면서 / 동굴의 우화를 읽고' 있다는 것을 알아차렸고, 실비아 플라스의 생각에 동의하며 '나는 흙의 자궁이 / 죽음 같은 권태로부터 흘리는 / 눈물'로 둘러싸인 '광부'라고 결론내렸다. 플라스처럼 그녀는 자신의 동굴을 '장미'로 꾸몄고, 그것을 (무녀가 했던 것처럼) 예술적인 나뭇잎들이 있는 동굴로 바꾸었다.[13] 하지만 자아 창조에 대한 그녀의 비전은 시종일관 연결과 부활이었다. 이 비전은 어슐러 르귄의 유토피아적인 「신 아틀란티스」에서 물에 빠진 아틀란티스인들이 부활한 것과 같이 어둠 속에서 깨어나는 것에서 시작한다. 그것은 '땅속에서 속삭이는 천둥소리'에 대한 희미한 자각이며, '우리가 대답할 수 없다' 해도 '우리는 들었고 느꼈고 울었기 때문에 우리는 과거의 우리를 알고 있으며, 다른 목소리들을 기억하고 있다'는 의식이다.[14] 무녀의 잎들을 다 같이 꿰어 맞추는 메리 셸리처럼, 그 비전은 보부아르의 글에 나오는 동굴에 사는 침모의 예술을 지하에서 '베 짜는 여성'의 강력한 예술로 전복적으로 변형시킨다. 베 짜는 여성은 여성 고유의 '낙원의 태피스트리'를 짜기 위해 자신의 마술적인 베틀을 사용한다.[15] 그런 비전이 가능했고 현재도 가능한 곳이 동굴이라는 사실은 그 자체로 동굴의 힘과 동굴의 비유가 주는 중요한 메시지다. 이 메시지를 통해 동굴이란 단순히 과거가 회복되는 장소일 뿐만 아니라 미래를 잉태하는 장소, 새로운 땅이 솟아오르는 '흙의 자궁'(또는 윌라 캐더의 『나의 안토니아』에서처럼 '열매 동굴')이라는 사실을 우리는 떠올릴 수 있다.[16]

엘리자베스 배럿 브라우닝은 마치 메리 셸리의 알레고리적 서사를 한 단계 더 밀고 나가려는 듯, 19세기 후반에 이 마지막 핵심을 표현했다. 모든 생물체가 '즐겁고 안전하고, […] 꿈속에서조차 총이나 덫도 나타나지 않는' 유토피아적 낙원의 섬을 묘사하면서, 브라우닝은 어두운 바다 동굴 안에서 은둔의 삶을 사는 상상 속의 시인들을 이 평화로운 섬에 살게 했다. 그녀는 '나는 동굴 안에서 살기 위해 간다. / 내 가까이에도 아마 두세

명이 더 살 것이다. / 환상적인 꿈에 기뻐할 사람들'이라고 썼
다. 그러고 나서 낙원을 더욱 구체적으로 묘사했다.

> 멀리서 반짝이며, 수정 같은 거리로
>   감아 돌아가는 긴 동굴,
> 그 틈을 통해, 많은 별들이
>   저항 없이 영롱하게 빛날 것이며!
> 별빛과 보이지 않는 천상의 꽃 향기를
> 지상으로 가져올 것이다.[17]

여기에서 배럿 브라우닝은 (여성인 혹은 가부장적이기보다
는 모계적인, 프라이가 묘사한 '낭만적 어머니 여신의 숭배자들'
을 은연중에 암시하는) 자신의 상상 속 시인들이 이제까지 유
명한 '남성주의자' 시인들이 찬양했던 고귀한 주제를 수정함으
로써 그들 자신의 문학 전통을 창조할 것이라고 선언한다.

> […] 종종 외부, 그리고 우리 안에 있는
>   즐거움에 압도되어,
> 우리는, 명상을 통해, 시들을
>   떠다니게 할 것이다, 말없이 앉아서.
> 만일 핀다로스가 아르카디아에서 양을 돌보았다면
> 써내려갔을 것 같은 시를,
> 또는 아이스킬로스가 자신이 죽었던
>   아늑한 들판을, 더 오랫동안 기억하면서 썼을 시를,

또는 호메로스가, 인간의 죄와 방패를
　　멜레스강에서 상실했다면 썼을 것 같은 시를,
또는 시인 플라톤이 썼을 것 같은, 명료하고 저물지 않는
신의 빛이 그 앞에서 부서졌다면 썼을 시를.

정오의 빛나는 여성, 즉 '거대한 수정처럼 빛나는 얼굴'을 가
진 제인 리드가 쓴 '영원한 지혜의 처녀' 같은 마술적인 여자에
의해 시인 플라톤은 수정된다. 어떤 의미에서 그 수정은 우리
책의 주요한 주제다. 그것은 배럿 브라우닝이 여성으로서 올린
간절한 기도의 주제이기도 했다.

　　나에게 가장 훌륭한 동굴을 골라주세요,
　　기도의 장소로 쓸 수 있는 동굴을.
　　그러면 나는 기도하는 목소리를 고르겠어요,
　　우리 영혼을 그곳에 쏟아붓기 위해서.

배럿 브라우닝의 이 기도에 대한 응답으로 제인 리드의 지혜
의 처녀나 동굴의 진정한 여신인 소피아 같은 예언의 목소리가
내려왔을 것이다. '그대는 내 자궁에서 영혼의 방식으로 잉태되
어 다시 태어날 것이기 때문이다.'

2부

소설의 집 안에서
제인 오스틴, 가능성의 거주자들

4장 산문 속에서 입 다물기
오스틴의 초기 작품에 나타난 젠더와 장르

'기회만 있다면 미치는 것도 좋아. 그렇지만 기절하진 마.'
- 소피아가 로라에게, [제인 오스틴의] 『사랑과 우정』에서

그들은 나를 산문 속에 가두었다 —
꼬마 시절 그들이 나를
벽장 속에 가두었을 때처럼 —
내가 '조용히' 있기를 바라면서 —
- 에밀리 디킨슨

웃으면 더 혼란스러워질 수 있다고 생각하는가. 그렇다고 대답하라.
우리는 특별하다. 우리에게는 여자의 합리성이 있으며, 우리는 방을
좋아하지 않는다고 말한다. 우리가 결혼했다면 좋았을걸.
- 거트루드 스타인

그녀는 열두 살이고 그녀의 이야기는 이미 하늘에 쓰여 있다. 그녀는
그 이야기를 끝내 이해하지 못한 채 날마다 발견할 것이다. 그녀는 호
기심이 많지만 인생의 모든 단계가 예견되어 있고 매일매일 단계를

밟아나아갈 수밖에 없다는 것을 생각하며 두려움을 느낀다.
- 시몬 드 보부아르

　제인 오스틴을 개인적으로 아는 많은 사람들은 '흰 피부에 미
모가 빼어나고 뺨은 좀 통통하며 가냘프고 우아한 여성이었고,
자신이 여성 작가라는 사실을 결코 의심하지 않았다'는 새뮤얼
에저턴 브리지스 경의 말에 수긍했을 것이다.[1] 왜냐하면 다른
어떤 유명한 작가보다도 사생활이 숨겨져 있는 이 소설가는 항
상 잽싸게 익명성을 주장하거나, 자신의 재능에는 한계가 있으
며 단지 '시골 마을의 서너 가족'을 묘사하는 데서 즐거움을 찾
을 뿐이라고 주장했기 때문이다.[2] 제인 오스틴은 자신은 '다양
성과 빛으로 가득 찬 강하고 남성다운 힘찬 묘사'는 할 수 없다
며 변명하듯 말했고, 자신의 작품을 '5센티미터 폭의 작은 상아
조각'에 빗대기도 했다.[3] 그러면서 자신의 예술은 '한 여자'의
성취일 뿐이며, '너무 가볍고 밝으며 순간적으로 번득이는 재능
일 뿐'이라는 믿음을 친구들에게 주지시켰다.[4] 이런 점에서 오
스틴은 그가 좋아한 동시대인인 메리 브런튼을 닮았다. 브런튼
은 이렇게 말했다. '젠체하는 여성들은 여성 문인을 피하려 하
고 젠체하는 남성들은 여성 문인을 혐오하는 상황에서 문학적
인 태도로 의심받기'보다 차라리 '알려지지 않은 채 세상을 미
끄러지듯 지나가고 싶다. 오, 그대여. 나는 차라리 줄타기 광대
로 보이고 싶다.'[5]
　오스틴의 말이 얼핏 예의 바르게 보이긴 해도, 자기를 지우

는 익명성과 자신의 예술은 그저 세밀화일 뿐이라는 겸손한 설명은 세계 전체에 대한 비판이며 나아가 거부이다. 왜냐하면 가스통 바슐라르가 설명했듯, 세밀화란 '우리를 작은 위험도 알아채는 존재로 만들어주기' 때문이다.[6] 풍자적으로 축소한 풍경화를 고안한 창조자는 그 자신이 너무 웅대하기에 모든 것을 작게 보는 듯하지만, 자기 예술에 대한 오스틴의 은유가 (그녀의 '5센티미터 폭의 작은 상아 조각') 암시하는 연약함은 우리에게 소설 공간 밖의 위험과 불안정함을 상기시킨다. 실로 최근까지 심하게 평가절하된 여성 예술과 관련해 오스틴은 자신의 예술을 자신의 비평가들처럼 은유적으로 보았던 데다[7](작은 상아 조각에 그림을 그리는 것은 전통적으로 '여성적인' 취미 활동이었으니 말이다) 사실 그런 작은 공간에서는 편안하게 거주하기가 불가능하다고 인정하면서도, 스스로 규정한 소설가의 한계를 헤쳐가며 안전한 장소를 정의하려고 했다. 감금당한 상태가 얼마나 답답하든, 오스틴이 보기에 그 속박 안에서 순종해야 하는 것은 언제나 (세계 전반에서 너무나 상처받기 쉬운) 여자들이었다.

그러나 오스틴을 향해 가장 큰 목소리를 내던 비평가들이 칭찬과 비난을 섞어 늘 반응한 대상은 바로 그녀 예술의 한계였다. 기묘하게 간접적으로 칭찬하는 월터 스콧의 방식은 이들 비평가들의 본보기라 할 수 있다. 그는 오스틴의 소설을 '고도로 치장한 뜰'이나 '산림 경관의 거친 장엄함'에 대비되는 '옥수수밭과 오두막과 풀밭'에 비유했다. 스콧이 말하기를 소설의 즐거움은 '젊은 방랑자가 자신이 돌아다니던 장면을 회상하면서도 고개를 전혀 돌리지 않고 산책에서 일상 생활로 돌아올 수 있는' 즐거움이다.[8] 다시 말해 오스틴의 소설은 너무 젠체하지 않아서 쉽게 잊힐 수 있다는 것이다. 그 소설들은 (옥수수밭처럼) 평범하고 (오두막처럼) 작고 (풀밭처럼) 유순하여, 샬럿 브론테가 『오만과 편견』에서 발견했던 '평범한 얼굴'을 하고 있다. 브론테는 이 작품을 '신중하게 울타리를 치고 아주 세련되게 가꾼 정원, 산뜻한 가장자리 장식과 고운 꽃들이 피어 있지만 빛날 만큼 강렬한 특색은 없는 정원, 광활한 전원도 신선한 공기도 없고 푸른 언덕도, 아름다운 시내도 없는' 정원이라고 경멸조로 묘사한다.[9]

'경계'와 '울타리'라는 공간 이미지는 작가들이 제인 오스틴을 받아들일 때마다 확산해나가는 것 같다. 마치 오스틴이 드러내는 바에 대한 그들 자신의 불안을 보여주는 듯하다. 에드워드 피츠제럴드의 논평은 ('오스틴은 나름대로 훌륭하다. 그러나 그녀는 결코 거실 밖으로 나가지 않는다') 이런 점에서 대표적이며, 엘리자베스 배럿 브라우닝이 오스틴의 소설을 '나름대로 완벽하다. 그것은 확실하다. 다만 멀리 나아가지 않을 뿐'[10]이라고 가볍게 묘사한 것도 마찬가지다. 에머슨이 오스틴의 이야기의 사소함과 하찮은 가정사에 혐오감을 느끼며 '왜 사람들이 오스틴의 소설을 그렇게 높이 평가하는지 이해할 수 없다'고 말한 것은 놀랄 일도 아니다.

　어조는 저속하고, 예술적 창작력은 빈곤하고, 영국 사회의 불쌍한 인습에 갇혀 있으며, 천재적 재능이나 위트도 없고, 세계

에 대한 지식도 없다. 삶이 심각하게 위축되거나 힘겨웠던 적도
없다. 내가 읽은 두 작품 『설득』과 『오만과 편견』에 드러난 작가
마음속의 문제는 오직 결혼할 수 있느냐다. 소설 속 인물들의
모든 관심은 오로지 그 한 가지 문제, 그(또는 그녀)에게 결혼
할 돈과 적합한 조건이 있느냐다. 그것은 '맹목적인 절망', 이를
테면 영국 하숙집의 '광기'에 가깝다. 자살하는 편이 훨씬 더 낫
다.[11]

그러나 오스틴의 사소함을 진부한 태도로 판단한 남성 중 단
연 압권은 마크 트웨인일 것이다. 트웨인은 오스틴의 가장 강
력한 미국인 옹호자였던 윌리엄 딘 하우얼스에게 편지를 쓸 때
오스틴의 이름을 정확하게 쓸 마음도 없었다. 에드거 앨런 포
의 '산문은 읽을 수 없다. 제인 오스틴의 글처럼'이라고 말하면
서 둘 사이에는 한 가지 차이가 있다고 덧붙인다. '돈을 받는다
면 포의 산문은 읽을 수 있지만 제인의 산문은 그렇지 않다. 제
인 오스틴은 조금도 못 참겠다. 그들이 그녀를 자연사하도록 놔
두었다는 것이 유감천만이다.'[12] D. H. 로런스도 오스틴을 공격
하면서 여성 작가를 향한 유사한 적의를 표현했다. 로런스는 오
스틴을 '인물 대신 '성격'을 전형화하며, 종합적으로 아는 것 대
신 따로따로 날카롭게 아는 노처녀'라고 비난했고, '내가 느끼
기에 오스틴은 매우 불쾌하고 형편없고 인색하고 속물적이라는 의
미에서' 영국적이라고 했다.[13]

좀 다르게 재차 말하면 오스틴은 그 자신이 소설로 설득력 있
게 극화할 법한 이중의 구속에 놓여 있었다. 한편으로는 인위적

이고 관습에 묶여 있는 작가로 폄하당하고, 그게 아닐 때는 타고났을 뿐인, 그리하여 자신도 모르는 사이에 작가가 된 작가라고 경멸당했기 때문이다. 헨리 제임스는 오스틴을 '정원의 나뭇가지에서 자기 이야기를 재잘대는 갈색 개똥지빠귀'로 묘사하고, 오스틴의 '경쾌한 표현 솜씨', '놀라운 우아함'을 '오스틴의 무의식'으로 치부한다.

> 마치 […] 그녀는 가끔 그 옛날 한가하고 시원한 응접실에서 자신의 바느질 바구니나 수틀에 수놓아진 꽃을 굽어보면서 즐거움에 빠진 나머지, 누군가 말했듯 '지나치게 은유적으로' 허황된 공상에 빠진 것 같다. 그리하여 그녀가 용서받을 수 있는 이 소중한 순간 앞에서 놓친 바늘땀은 나중에 인간 진실의 작은 조각으로, 확고한 비전을 흘끗 보여주는 것으로, 상상력을 대가처럼 휘두른 소품으로 간주되었다.[14]

여기에서 전형적인 '여성' 작가 오스틴은 남성 작가가 자신의 양탄자에 복잡한 인물을 짜넣을 때 사용할 법한 힘든 기술을 통해서가 아니라 우연한 부주의를 통해(오스틴은 자신의 바늘땀을 아무 생각 없이 놓친다), 그리고 나중에 그것을 매력적인 상상력의 소품으로 여겨주는 남성 비평가의 평가를 통해, 가정적인 생산물을 예술적 창조물로 변형시키는 하찮은 인간으로 폄하되었다. 위에서 인용한 제임스의 문단은 자신이 이 '작은' 여성 선구자에게 빚을 졌다는 불안을 드러낸다. 당혹스럽게도 오스틴은 헨리 제임스에게 노련한 기술의 상당한 부분을 가르쳐주었기 때문이다. 실제로 러디어드 키플링은 오스틴이 남성에게 미친 기묘한 영향력과 오스틴이 남성 문화에 얼마나 유용했는지를 검토하는 이야기를 쓴다. 그 이야기에서 싸우기 좋아하는 어느 인물은 '제인 오스틴은 자신의 아들을 적통 후계자로 삼았다. 그 아들의 이름은 헨리 제임스였'라고 주장한다.[15]

「제인의 추종자들」에서 키플링은 1차대전 참전 군인 몇 명을 등장시킨다. 그들은 전쟁신경증에 걸린 요새 포병 출신 험버스톨의 이야기를 듣는다. 험버스톨은 [프랑스] 솜 전선에 있을 때 뜻밖에도 '제인 추종자회'라는 오스틴 팬들의 비밀단체를 발견했다고 말한다. 오스틴의 얌전하고 '여성적인' 응접실과 폭력적이고 '남성적인' 전쟁 사이의 표면적인 괴리에도 불구하고, 장교들은 자신들의 얽매인 신분과 역할의 의미를 오스틴이 그려낸 인물들의 제한된 사회적 지위와 똑같이 분석한다. 험버스톨은 오스틴의 인물들이 '우리가 언제 어디서든 만날 수 있는 사람들'이라는 것을 발견할 뿐만 아니라, '그들은 모두 조용한 방식으로 제인의 기질'을 지니고 있다는 것을 안다. 그래서 험버스톨은 아둔하게 한 가지 법칙만 고수하는 한 남자 (그가 오스틴 소설에 등장하는 '악당들'의 이름을 따라 대포 이름을 명명하는 장면이 보여주듯, 모든 문제를 만들어내는 오스틴 인물들의 자아는 키플링의 대포를 발사하는 자아와 똑같다) 때문에 그곳의 모든 사람이 폭파로 산산조각났을 때도 놀라지 않는다. 또한 역설적으로 '틸니 장군'과 '캐서린 드 버그 부인'의 발포 또한 오스틴 소설의 표면상의 점잖음 뒤에 숨어 있는 폭발적 분노에 주목해야 한다고 우리에게 이르는 것 같다. 물론 참호 속 남자들은 오스틴의 대포에서 그들이 싸우고 있는 목적의 상징들을 발견해낸다.

'제인 추종자회'는 미군들이 벽에 미녀 사진을 붙여놓는 것과 똑같은 방식으로 오스틴을 이용하는데, 이들에게 오스틴은 모든 옛 신들이 실패하거나 사라진 종말론적 세계에서 질서, 문화, 영국의 그리움 섞인 상징이다. 오스틴은 남성 사회를 위해 이용당하거나 각색됨으로써 작가라면 개탄했을 법한 남성의 속박과 폭력을 영속화하는 기능을 떠맡는다. 분명 키플링은 종교적 분파 형성이나 숭배를 조롱한다. 특히 오스틴을 예절과 우아함의 사도로 신성시했던 역사적인 '제인 추종자회'를 (앤 더글러스는 조금 다른 맥락에서 이것을 문화의 '여성화'라고 칭했다) 조롱한다. 그러나 키플링은 이른바 여성화가 남성이 여성을 지배하는 과정임을 암시한다. 이 점에서 그는 오스틴 자신이 어떻게 소설화 과정에서 희생자가 되는지 보여준다. 우리는 오스틴이 이런 과정을 여성의 근본 문제로 인식했다는 사실을 그녀의 소설 속에서 보게 될 것이다.

「제인의 추종자들」은 남성 문화가 오스틴 숭배를 소재로 삼은 일의 패러디일 뿐만 아니라 오스틴을 향한 찬사였다. 오스틴은 자신이 장교들의 수호 성자로 신격화된 것을 정당화하고자 험버스톨에게 암호를 알려준다. 험버스톨은 그 암호로 병원 기차에 자리를 얻어 말 그대로 목숨을 구할 수 있었다. 험버스톨은 '베이츠 양'이라는 이름을 발음함으로써 기적적으로 그 상황에서 살아남는데, 그 상황은 베이츠 양(『에마』에 나오는 독신녀로 그녀는 자신의 물리적 경제적 사회적 제약을 쾌활함에 의해서만 누그러뜨릴 수 있었다) 자신이 겪은 것만큼 불길했다. 험버스톨은 ('실제의 공간을 가능한 한 최대로 이용하는 하빌 대령의 천재적인 계략과 훌륭한 배치'를 찬양하는)[16] 『설득』을 특히 좋아하는데 그 이유는 오스틴에 대한 그의 평가와 무관하지 않다. '우리가 좁은 곳에 있을 때, 제인을 필적할 만한 자는 아무도 없다.' 험버스톨과 그 무리는 오스틴 덕분에 그들 자신의 갑갑한 삶을 이해할 사회적 인습을 분석할 수 있을 뿐만 아니라, 좁은 장소에서 우아하고 지적으로 살 수 있는 본보기까지 배우고 있는 셈이다.

'제인 추종자회' 부대가 나쁜 상황을 최대한 상쇄시켜 살아남으려고 노력하는 것은 매우 당연한 일이었다. 즉 그들은 좁은 공간에 적응하고, 참호 주변에 구축해놓은 위장 차폐물 뒤에 다시 참호를 파서 살아남으려고 했다. 그 장소는 결국 발각되지만, 그들의 태도만은 공동의 거실에 거주하는 인물들에게만 관심을 쏟는 작가만큼이나 가치가 있다. 이 장소의 하찮음을 깎아내리는 비평은 전쟁이나 사업이 (예를 들면 가정의 정치보다) 질적으로 더 '진짜'거나 더 '의미 있다'고 보는 관점과 관련되어 있다.[17] 그러나 오스틴이 한계나 경계선을 인정한다는 이유로 그녀를 깔보는 태도를 취하거나 혹평하는 비평가들은 오스틴의 초기 작품들에서부터 나타나는 전복적 특질을 간과하고 있다. 오스틴이 말하는 용기 있는 '압박받는 상황에서의 우아함'이란 위험한 현실에서 도피하는 동시에 그 현실을 논평하는 것이다. W. H. 오든이 다음과 같이 암시하듯 말이다.

당신은 그녀에게, 그녀가 나를 놀라게 한 것보다 더 충격을
줄 수 없을 것이다.

그녀 옆에서는 조이스도 풀처럼 순진해 보인다.

중산층의 영국 독신녀가

연애에서의 '돈'의 효과를 묘사하다니,

사회의 경제적 토대를 그토록 냉정하고 솔직하게 폭로하다
니,

실로 아주 불편하다.[18]

오스틴은 문화의 상징이 되었지만, 그녀가 끈질기게 보여준
자신이 물려받은 문화적 유산에 대한 불편함, 특히 가부장제가
여성에게 부여한 협소한 위치에 대한 불만, 성적 착취의 경제학
에 대한 분석은 지금도 충격적이다. 동시에 오스틴은 처음부터
자신에게는 좁은 장소 이외의 다른 어떤 곳도 없다는 것을 알았
기에 그녀의 패러디 전략은 부적절하지만 피할 수 없는 구조에
대항한 자신의 싸움에 대한 증언이다. 만일 스콧과 브론테, 에
머슨과 제임스처럼 우리가 계속 오스틴의 세계를 협소하고 하
찮다고만 본다면, 우리는 험버스톨에게 '우리가 좁은 곳에 있을
때 제인을 필적할 만한 자는 아무도 없다'는 말을 듣게 될 것이
다. 이 협소한 장소는 문학적이며 사회적이기 때문에 우리는 패
러디적인 초기 작품부터 읽어나갈 것이다. 그리고 나서 왜 여성
은 모든 면에서 자신을 축소시키는 인습과 범주를 벗어날 수 없
는가의 문제를 오스틴이 어떻게 집중적으로 탐색하는지 살펴볼
것이다. 그러기 위해서 『노생거 사원』에서 나타난 '연애에서의

돈의 효과'를 살펴볼 것이다.

*

　제인 오스틴은 벽난롯가 장면으로 유명하다. 소설 속 벽난롯가 장면에서는 몇몇 인물들이 아주 하찮아 보이는 선택을 두고 편안하고 조용하게 논쟁하곤 한다. 그 과정에서 아주 하찮아 보였던 선택은 놀랍게도 중요하고도 윤리적인 딜레마로 변형된다. 또한 그런 장면들이 중요성을 띠는 것은 화자의 기술 덕분이라는 느낌이 매번 든다. 오스틴은 진부함이 얼마나 부담스러운지 잘 알고 그 때문에 아주 하찮은 제스처라도 면밀하게 분석해야 한다는 압박을 받았던 것 같다. 『사랑과 우정』(1790)에서 한 가족은 그들 '둥지'의 난롯가에 앉아 있다가 문 두드리는 소리를 듣는다.

　아버지가 흠칫 놀란다. '이게 무슨 소리야?' (하고 말했다.) '문을 쾅쾅 치는 소리 같은데요.' (어머니가 답했다.) '정말 그렇네요.' (내가 소리 질렀다.) '내 생각도 그렇다. (아버지가 말했다.) 아무 죄도 없는 우리 문에다 무시무시한 폭력을 휘두르는 것 같구나.' '그래요. (내가 큰소리로 말했다.) 누군가가 들여보내달라는 게 틀림없어요.'
　'그건 또 다른 문제구나. (아버지가 말했다.) 무엇 때문에 저 사람이 문을 두드리는지 우리는 모르는 척해야 한다. 누군가 매우 다급하다는 것은 알겠지만 말이야.'[19]

노크 소리 하나에도 심사숙고하는 이 장면은 어이없을 정도로 아주 하찮은 사건까지 기록하는 경향이 있는 감상 소설 작가들을 조롱한다. 그러나 이것은 왕자가 오기를 기다리는 동안 예의 바른 대화를 유지해야 하는 평범한 여성의 권태도 보여준다. 말하자면 오스틴의 초기 작품은 작가의 표현을 깎아내리는 잘못된 문학적 인습을 조롱함으로써 특히 여성 독자의 기대치를 위험이 따를 정도까지 저버리고, 나아가 그런 인습이 바로 여성의 삶을 결정했다는 인식을 드러내기 때문에 중요하다. 제인 오스틴은 문학적 인습을 노골적으로 패러디함으로써 여성을 지속적으로 그런 환상에 빠지게 만드는 문화를 공격하려고 했다.

『사랑과 우정』의 로라는 벽난로 장면이 상징하는 지루한 구속에 좌절해 있다. '아이고!' 로라는 한탄한다. '절대 맞닥뜨리고 싶지 않은 불운을 어떻게 피한담?' 로라는 [작가로부터] 무례한 방종이라는 악을 추구해도 된다는 허가를 받았기 때문에, 『사랑과 우정』은 오스틴의 다른 어떤 소설보다 완전하게 극화된 태도를 이해하기 위한 좋은 출발점이다. '확실한 이성[분별력]'이[20] (나중에 오스틴의 소설은 이 이성으로 유명해진다) 두드러지게 부족한 오스틴의 청소년기 소설은 우리가 애초에 기대한 것보다 더 큰 '삶의 조각'을 품고 있다. 주제는 대개 절도와 과음, 부모 살해, 간음과 광기 같은 것들이다. 더욱이 이 풍자적인 멜로드라마는 분주하게 이동하는 책략을 세워, 오스틴의 성숙기 소설과는 아주 다르게, 여성의 도망과 탈선을 줄기 삼아 이야기를 펼친다.

예를 들면 로라는 낯선 남자[에드워드]를 만나 자기 미래의 행불행을 걸고 즉각 도망치기로 결심한다. 로라는 우스크에 있는 자신의 초라한 작은 집을 떠나 미들섹스에 있는 에드워드의 이모에게 가지만, 에드워드가 자신의 아버지에게 로라가 허락 없는 결혼을 결심해 아버지의 심기를 불편하게 했다고 매우 자랑스럽게 떠들어댄 탓에 바로 떠나야 했다. 에드워드 아버지의 마차로 도망가던 이 행복한 부부는 'M'에서 우연히 소피아와 아우구스투스를 만난다. 하지만 아우구스투스가 자기 아버지의 돈을 '우아하게 훔친' 죄로 구속당하자 그곳에서 재빨리 사라져야 했다. 세상에 홀로 남겨진 듯, 번갈아 가며 소파에 까무러친 로라와 소피아는 런던으로 출발하는가 싶더니 스코틀랜드에 도착한다. 그곳에서 그들은 젊은 여성 친지를 그레트나 그린 마을로 도망가라고 부추기는 데 성공한다. 이 잘못된 꼬드김 때문에 쫓겨난 로라와 소피아는 마차 충돌 사고로 죽어가는 자신들의 남편을 만나게 된다. 급속히 진행된 결핵으로 소피아는 때맞춰 죽으며 퇴장하고, 로라는 역마차로 여행을 계속한다. 그러다 그녀는 오랫동안 소식이 끊겼던 시가와 재결합한다. 시가 식구들은 스털링과 에든버러를 오가며 여행 중이었는데, 여기에서 그 이유를 언급하기에는 너무 복잡하고 우스꽝스럽다.

오스틴이 이처럼 우스꽝스러운 피카레스크 소설적 책략을 사용한 것은 물론 그녀가 나중에 자신의 예술적 영역의 한계를 주장한 것과 같은 맥락에 있다. 오스틴식 패러디의 핵심은 로라 같은 여자 주인공을(그리고 『사랑과 우정』 같은 이야기를) 현실의 모델로 진지하게 제시하는 소설이 위험한 속임수임을 보여주는 데 있다. 오스틴은 우스꽝스러운 문학적 인습을 조롱하면서 낭만적 이야기가 터무니없이 잘못된 생각을 불러일으킨다고 암시한다. 첫눈에 반한 사랑, 다른 모든 감정과 (또는) 의무보다 우선시하는 정열, 남자 주인공의 기사도 가득한 모험, 여자 주인공의 상처받기 쉬운 감수성, 재정 문제에 대한 연인들의 뚜렷한 무관심, 부모들의 잔인한 미숙함 같은 소설 속 상투적인 요소들은 있을 법하지 않은 사안으로 제시된다. 이런 의도가 아니라 해도 그것들이 보여주는 것은 물질적이고 본능적인 에고이즘을 감추는 속임수와 위선적인 허튼소리 정도인 것 같다.

통속소설의 규칙에 따라 인생을 살아가는 인물들은 그런 허구가 얼마나 파탄적인지 증명할 뿐이다. 왜냐하면 로라와 소피아는 섬세한 감정, 부드러운 정서, 세련된 감수성을 내세우지만 사실은 다른 사람의 욕망을 희생시키고 그들 자신의 욕망을 채우면서 즐거운 시간을 누리고 있기 때문이다. 이런 문학의 윤리적인 영향을 비판하는 오스틴의 태도는 그녀가 그 문학의 근본적인 허위성을 (모험, 계략, 범죄, 열정, 죽음은 격렬하고 줄줄이 신속하게 다가오기 때문에 현실성이 없다) 끈질기게 주장하는 모습과 연결된다. 그것들은 분명히 너무 많은 에밀라린과 에밀리아[21]*에 의해 감염된 상상력이 지어낸 열에 들뜬 몽상일 뿐이다. 로라 같은 여자 주인공이 거치는 광범위한 여정은 소망을 충족하는 이야기일 뿐이며, 가정의 영역에 얽매여 살아가는 여성에게 특히 매혹적이라는 사실을 보여주는 가장 극적인 단서다. 풍자적인 작품은 아니지만 오스틴 초기 작품 「왓슨 집안」의

---

* 로맨스 소설에 흔히 나오는 주인공 이름.

여자 주인공인 에마 왓슨이나 초기 소설 「캐서린」의 캐서린도 마찬가지다.

　에마 왓슨과 캐서린 둘 다 왕성한 로맨스 독자라는 사실은 흥미롭다. 오스틴의 상상력도 이들 젊은 여성처럼 그때나 지금이나 로맨스 문학에 나오는 모든 현실 도피주의자들에게 영향을 받은 것이 분명하다. 『사랑과 우정』이 보여주는 기묘한 효과의 대부분은 여자 주인공들에 대한 지속적인 조롱과 그녀들의 생기발랄함, 즉 기꺼이 여정을 지속하며 다음 마차를 잡아탄다는 것 사이의 모순에서 기인한다. 열정적으로 자기주장을 펼치고, 세계를 탐색하며 모험하고, 욕구를 솔직하게 표현하고, 아버지의 충고를 반항적으로 거부하고, 자율성을 요구하며, 자기 인생과 모험의 드라마와 의미를 자각하고 있고, 그들이 찬양했던 계획의 실행으로 단순히 즐거움을 맛본다는 점에서 로라와 소피아는 꽤 매혹적인 인물이다. 가족의 구속에 반항하는 로라와 소피아의 반란에 매혹당한 오스틴은 『사랑과 우정』에서 강박적이라 할 만큼 반란을 반복한다. 또한 익명의 여자 발신인이라는 가면을 쓰고 보낸 유쾌한 편지에서도 반란을 반복한다. '나는 내 인생의 매우 이른 시기에 아버지를 살해했고, 이후 어머니도 살해했다. 이제 나는 언니를 살해하려고 한다.'[22] 부모 살해를 통해 인물들은 분별력은 있지만 아둔한 죽어가는 부모보다 훨씬 더 생생하게 살아 있는 인물이 된다. 『사랑과 우정』의 명백한 '교훈'을 의심스럽게 만드는 것이 바로 이 숨겨진 대조적 요소로, 오스틴이 비록 억압적인 전통 안에서 작업하지만 그녀가 보여주는 일반적이고 도덕적인 신호는 다만 편리한 위장일 뿐임을 암시한다.

언뜻 보면 소피아와 로라는 18세기 문학의 일반적인 유형에 속하는 듯 보인다. 예를 들면 스틸의 『부드러운 남편』에 나오는 비디 팁킨스, 콜먼의 『폴리 허니컴』, 셰리든의 『경쟁자들』에 나오는 리디아 랭기시처럼, 이 소녀들은 이동 도서관에서 독서를 하면서 이국에 대한 환상을 품는다. 18세기 소설에 등장하는 여성 돈키호테들은 여성 방종의 위험과 순종의 필요성을 보여주면서, 로맨스 소설과 여성의 자기주장이 지닌 악을 전형적으로 예증한다. 오스틴의 초기 작품에는 그런 여자 주인공들이 많이 등장하기 때문에 엘런 모어스가 최근에 탐색했던 바로 그 전통(여성 독자에게 구속 의무의 필요성을 설교하고, 특히 로맨스의 유혹에 빠지지 말라고 경고하는 교훈적인 여자 주인공의 전통) 속에 오스틴을 포함시킬 수 있을지도 모른다. 그러나 오스틴은 모범적인 마담 드 장리를 찬양하지 않았다. 오스틴은 그녀의 교훈주의 유형과[23] 도덕주의자를 자처했던 소설가들의 복음주의적 열정에 넌더리를 냈다.[24]

해나 모어나 그레고리 박사, 샤폰 부인 같은 보수적인 규범적 작가들을[25] 모델로 삼지 않은 오스틴은 자신이 신고전주의 시대의 유산을 구성하는 공격적인 가부장 전통과 거리가 멀다는 것을 거듭 보여준다. 또한 이런 작가들이 '여성을 더 인위적이고 약한 인물로 만들었다'는 메리 울스턴크래프트의 의견에 동조했다.[26] 『인간론』의 패러디 작품에서 '갈 수 있는 곳까지 가라. 정직할 수 있는 곳에서는 정직하라'를(강조는 인용자) 읽어내는 작가는 인간에 대한 신의 방식을 옹호하지 않는다.[27] 여자에게 포프의 길을 정당화시키지도 않는다. 메리앤 대시우드처럼 오스틴도 포프를 예의 바른 인물 이상으로 보지 않는다.[28] 오스틴이 존경하는 듯한 존슨 박사조차 예언자인 체하는 수사학적 문체로 인해 오스틴의 풍자 대상이 된다. 이런 풍자는 처음에는 오스틴의 초기 작품 속 공허한 추상 개념과 대구를 통해 나타나고,[29] 나중에는 진부한 말로 거만을 떨며 자랑하는『오만과 편견』의 메리 베넷의 입을 통해 나타난다. 또 오스틴은 여성 독자를 깔보는 태도를 취하는 〈스펙테이터〉를 거듭 공격한다. 여성인 자신의 사적인 관점과 더불어 섭정 시대라는 시대적 배경도 그녀가 흔히 놓이는 신고전주의 시대의 맥락에서 그녀를 분명히 떼어낸다. 가장 성숙한 여자 주인공인『설득』의 앤 엘리엇처럼 오스틴도 한 번씩 젊은 독자에게 '최고의 가르침과 가장 강력한 도덕적 종교적 인내의 본보기를 통해 정신을 깨우치고 강건하게' 해주었던 에세이스트들의 지혜를 성찰하라고 충고했다. 그러나 오스틴도 '스스로도 잘 실천하지 못한 일에 말만 앞세우고 있다'고 분명히 표현하고 있다.[『설득』1부 11장]

오스틴이『사랑과 우정』같은 패러디를 통해 자신이 속한 문화의 낭만적 전통을 거부한다면, 그것은 규범적인 문학에 공통적으로 나타나는 여성의 경솔함을 공격하기 위해서가 아니라 적어도 무언가 다른 핵심을 감추기 위해 그 모티프를 사용했다고 볼 수 있다.『사랑과 우정』은 오스틴이 자기가 사는 문화에서(특히 여성을 규정하고 제한하는 문화에서) 느끼던 심한 낯설음을 최초로 암시한 글이다. 로맨스에 반대하는 18세기 문학은 일반적으로 여성에게 착실하게 살고 가정의 속박에 순종하라고 호소하지만, 『사랑과 우정』은 여성의 자기주장을 하찮게 여기는 사회를 공격한다. 그 공격은 매우 어리석고 비생산적인 행동 양식을 매개로 이루어진다. 소피아와 로라는 이 세계에서 달리 할 일이 없기 때문에 감정에만 매달려 있다. 오스틴의 풍자적인 초기 작품의 다른 여자 주인공들처럼 소피아와 로라는 수동적으로 정체성을 형성한다. 그것은 마치 시몬 드 보부아르가 '우울하고 낭만적인 백일몽에 빠져 있다'고 묘사한 권태로워하는 소녀의 전조인 듯하다.

무시당하고 '이해받지 못하는' 그들은 자기도취적인 환상에서 위안을 구한다. 그들은 자화자찬과 자기 연민에 빠져 자신을 소설의 낭만적인 여자 주인공으로 여긴다. 따라서 그들이 멋을 부리고 연극적인 태도를 보이는 것은 매우 자연스럽다. 이런 결함은 사춘기에 더욱더 두드러진다. 그들의 불안은 참을성 없음, 울화, 눈물로 드러난다. 그들은 울기(많은 여성이 나이 들어서도 유지하는 기호)를 좋아하는데, 대부분이 희생자 역할을 하는 것을 좋아하기 때문이다. [···] 어린 여자애들은 희생자 역할을 한층 더 즐기기 위해 가끔 자신이 우는 모습을 거울로 들여다본다.[30]

소피아와 로라는 수동성을 숭배한다. 그들은 소파에서 극적으로 기절하고 슬퍼하며, 자신들의 미덕과 아름다움이 육체적 약함과 압도적인 열정에 대한 예민함이라고 정의한다.

소피아와 로라는 이런 식으로 끊임없이 자신들의 육체적 완벽성을 음미하면서 더욱더 노골적으로 보부아르의 (여성은 현실 직면을 두려워하기 때문에 전형적인 희생자 스타일로 자기도취에 빠진다는) 주장을 극적으로 내보인다. 그들은 자신의 허약성뿐만 아니라 그것을 보장하는 '소양'에 자부심을 느끼기에 이들의 자기도취는 마조히즘과 연결될 수밖에 없다. 왜냐하면 사회적 종속이라는 위치가 바로 그들이 갈망하는 성취라고 믿도록 사회화되었기 때문이다. 여자들이 그런 환상에 사로잡혀 있는 이유를 오스틴은 매우 분명하게 드러낸다. 소피아와 로라는 캐런 호니가 최근에 밝혀낸 '과대평가된 사랑'의 희생자들이다. 오스틴에 따르면 바로 이 점 때문에 그들은 자신들의 성을 대표한다.[31] 로라와 소피아는 남자의 사랑을 이해하고 오직 그것만 원하도록 격려받았기 때문에, 사랑받고 싶은 지칠 줄 모르는 욕구를 만족시키는 일에 강박적이고 무차별적으로 몰두한다. 반면 진정한 감정을 깨닫거나 다루는 능력은 없다. 그들은 남자를 '잡기' 위해서라면 어떠한 짓도 서슴지 않을 것이며 실제로 서슴지 않는다. 반면 무지를 가장하고 겸손해야 하며 성적인 정열에는 무관심한 척해야 한다. 여자는 남자를 사랑하는 것 말고는 타당한 목적을 가지고 있지 않다는 전통적인 생각에 대중적인 로맨스 소설이 어떻게 기여했으며, 여성에 대한 이런 억측이 '여성의' 자기도취, 마조히즘, 망상의 뿌리에 어떤 방식으로 자리 잡고 있는가. 오스틴이 보여주는 것이 바로 이것이다. 오스틴은 여성성의 사회적 정의에 대해서 이보다 더 이단적으로 도전할 수 없었을 것이다.

나아가 『사랑과 우정』에서 오스틴은 소설의 수사학적 효과에 관심을 보인다. 그녀의 관심은 「소설에 대하여」라는 영향력 있는 에세이에서 존슨 박사가 제기한 도덕적 문제의 측면이 아니라 그토록 어리석은 역할 모델과 망상적인 플롯이 가할 수 있는 심리적 파멸의 측면에 있었다. 보부아르는 '자신을 소설 속의 낭만적인 여자 주인공으로 여기는' '연극적인' 소녀들에 대해 언급한다. 로라와 소피아가 매우 기이하게 보이는 이유 중 적어도 하나는 그들이 미리 결정된 플롯을 살아나가기 때문이다. 로라와 소피아를 소설 속 등장인물로 인정하고 심지어 기꺼이 받아들이는 독자들에게 두 인물은 문학적 역할을 위해 자기를 규정할 자유와 내면성을 상실하는 여성의 전형을 보여준다. 왜냐하면 우리가 키플링을 통해 추론할 수 있듯이 오스틴 자신은 숭배받는 상징이 될 운명이겠지만 그녀 소설 속 인물들은 자신들을 미친 허수아비처럼 보이게 하는 소설적 전형과 플롯에 제한받고 있기 때문이다. '남자들은 자기 이야기를 할 때 모든 면에서 우리보다 유리하기' 때문에 자신은 '책이 어떤 것도 증명하도록 허용하지 않을' 것이라고 설명하는 앤 엘리엇처럼, 오스틴도 여성과 남성 모두에게 미칠 수 있는 문학적 이미지의 효과에 대해 의구심을 놓지 않는다. 나아가 그런 이미지에 손상을 입히기 위해, 예를 들면 남녀 영웅주의에 대한 리처드슨의 영향력 있는 사고를 해체하기 위해, 반복해서 패러디 전략에 의존한다.

클래리사나 파멜라처럼 천사 같은 본보기를 거부하면서 오스틴은 여성을 수동성과 동일시하고 남성을 공격성과 동일시하는 것이 도덕적으로 얼마나 치명적인지를 비판한다. 「레이디 수전」에서 「샌디턴」까지, 오스틴은 여성이 단순히 남성의 성적인 공격에 대항해 순결을 지켜나가는 이야기를 거부한다. 오스틴의 여자 주인공들은 오히려 대부분「샌디턴」의 샬럿 헤이우드를 닮았다. 샬럿은 [프랜시스 버니의 소설]『카밀라』를 집어 들었다 내려놓는데, '그녀는 카밀라처럼 젊지도 않을뿐더러 그녀의 고민을 떠안고 싶은 마음도 없기' 때문이다.[32] 마찬가지로 오스틴은 감상소설이 유혹자-강간자의 역할을 정당화하기 때문에 남자들의 약탈적 충동을 부추긴다고 암시하며 리처드슨식의 난봉꾼을 비판한다.「샌디턴」의 에드워드 경은 못된 구혼자 중 마지막 인물이다. 에드워드 경은 [리처드슨의『클래리사 할로』의 바람둥이 남자 주인공] 러브레이스를 자신의 모델로 삼는 인물로, 삶의 1차 목적은 유혹이다. 오스틴에게 바람둥이는 바이런적인 영웅에 가깝다. 오스틴은 에드워드 경의 위험한 매력을 조롱이라는 방법으로 가장 잘 제거할 수 있다는 것을 강하게 확신한다. 오스틴은 편지에 '나는『해적선』을 읽고 페티코트를 수선했고 이제 아무 할 일이 없어'라고 쓰면서 자신의 기법을 너무도 잘 예증해낸다.[33] 리처드슨이나 바이런 같은 작가가 양성 간의 권력 투쟁을 정직하게 재현하고 있다는 것을 알기에, 오스틴은 그들의 이야기를 영속시키지 않으면서 이야기하는 방식을 취한다. 오스틴의 소설에서 유혹받고 나서 버림받는 플롯은 여자 주인공에게 들려주는 이야기 형태로 삽입되어 있는데, 이는 좀 더 문제적인 사연을 가진 여자 주인공에게 경고하는 이미지로 기능한다.

숙녀다운 신중함을 전부 지니고 있음에도 오스틴은 자신이 물려받은 인습에는 가열차게 반항한다. 그러면서도 당시 대부분의 보수적인 작가들이 인정한 패러디 전략이라는 보호막 아래에서 자신의 이견을 표현한다. 따라서 당시에도 이 전략은 (또한 지금도) 근본적으로 모호했다. 오스틴이 패러디를 반복해서 사용하는 이유는 여성을 직접적으로는 깎아내리지 않는 상속된 문학적 구조들이 명백히도 부적절하다는 믿음 때문이다. 따라서 오스틴이 『리어 왕』을 변형한 방식으로 『이성과 감성』을 시작할 때, 이 반전은 남성의 전통이란 여성의 관점에서 재평가하고 재해석해야 함을 의미한다. 오스틴은 왕의 기사 수행원 수를 점차 줄임으로써 ('저 한 명은 왜 필요하죠?') 늙은 왕을 거세시키는 사악한 딸이 아니라, 재산의 정당한 몫을 이미 부당하게 박탈당한 자매들을 속이자고 회유하는 남자 상속자와 그의 아내를 보여준다. ('모두 합하면 1년에 500파운드는 나온다는 말인데, 여자 넷이 살면서 대체 어떻게 그 이상을 바랄 수 있겠어요?' [『이성과 감성』 1부 2장]) 마리아 버트램이 스턴의 『센티멘털한 여행』의 새장에 갇힌 새를 흉내 내며 남편 될 사람의 영지는 대문이 잠겨 너무 갑갑하다고 불평할 때('저 찌르레기가 노래한 것처럼 나는 저 바깥으로 나갈 수 없어요'),[34] 그녀는 개인의 자유와 자기표현을 찬양하는 낭만주의적 사고가 여성에게 얼마나 위험한가를 숙고하는 것이다. 여자들이 계속 탈출을 고집한다면 가혹한 벌을 받을 것이기 때문이다.

여기뿐만 아니라 『오만과 편견』 속 패니 버니와 새뮤얼 에저턴 브리지스 경의 패러디에서도 오스틴은 남자에 의해, 남자를 위해 만들어진 문화 안에 산다는 것이 여자에게 얼마나 치명적인지를 극화한다. 오스틴은 이후 어떤 여성 작가보다도 메리 엘면의 다음 주장을 잘 확증한다.

여성 작가는 흑인처럼 자신이 무슨 말을 하든 다른 사람들이 말한 것에 의해 제압당할 것이다. 여성과 흑인 둘 다 무너진 빌딩 아래에서 자신의 몸을 찾는 사람처럼 부스러기를 치워야 한다. 그들이 새로운 관점을 만들어내려고 노력하는 가운데 우리는 이전의 관점(자율성을 방해하려는 세력)이 반박하고 있음을 느낀다.[35]

오스틴이 자신이 읽었던 문학의 신비를 벗겨내는 이유는 메리 라셀스가 주장하듯 그것이 현실을 잘못 재현한다고 믿어서도 아니고, 마빈 머드릭이 주장하듯 감정적 접촉에 대한 강박적인 공포 때문도 아니며, 매릴린 버틀러가 추측하듯 자코뱅당을 반대하며 토리당의 주장을 가져왔기 때문도 아니다.[36] 오스틴은 그런 소설들이 여성을 약하게 만드는 데 기여한, 작가들의 절대적인 창조물이라는 점을 예증하고자 했다.

엘먼의 이미지가 여성 예술가를 일반적으로 이해하는 데 도움이 되기는 하지만, 오스틴의 경우 그것은 단순화일 뿐이다. 오스틴의 문화는 시체 주변에 있는 부서진 돌조각이 아니다. 반대로 그 문화는 오스틴이 그 안에서 사는 것을 배워야 하는 튼튼하고 강력한 건물이다. 오스틴은 무너진 건물 밑을 뒤지거나 (훨씬 더 과격하게) 스스로 건물을 부수는 것이 아니라, 아버지 지붕의 한계와 불편함을 인정하면서도 그 아래에서 사는 법을 알아간다. 우리가 보았듯 오스틴은 그 건축물을 비웃기 시작하며, 그 건축물이 사실상 여성의 종속에 의존하고 있음을 정확하게 지적한다. 그녀 스스로 건축가가 되고자 한다면, 접근 가능한 건축 자재(마음대로 쓸 수 있는 언어, 장르, 인습, 전형)만 이용할 수밖에 없다. 오스틴은 그것들을 거부하지 않고 재창조한다. 그렇게 보는 근거는 다음과 같다. 첫째, 오스틴은 마리아 에지워스, 래드클리프 부인, 샬럿 레녹스, 메리 브런턴, 패니 버니 같은 동료 여성 작가의 작품을 찬양하고 즐겼다. 둘째, 우리가 살펴보았듯 그들의 작품들이 여성에게 얼마나 치명적인가에 상관없이 오스틴 문화의 여자들은 로맨스 소설의 관습을 내면화해왔다. 그런 만큼 그 작품들은 성장하는 여성의 심리를 묘사한다. 셋째, 그들의 작품은 오스틴이 접할 수 있는 유일한 이야기들이다. 작품의 여자 주인공들과 마찬가지로 오스틴은 자신의 한계 상황을 잘 활용했다. 오스틴은 자신이 부적절하다고 폭로한 바로 그 인습을 이용해 가부장제의 권력뿐만 아니라 여성 작가의 한계와 양면성을 보여준다. 또한 오스틴은 자신의 문화를 가혹하게 비판할 효과적인 속임수를 찾아낸다. 피할 수도 넘어설 수도 없는 사회에서 자신의 소외 문제를 극화시킬 때조차 대중소설의 인습을 전복시킨 것이다. 그것은 소녀들이 그토록 강박적으로 읽었던 소설 속 인생과 마찬가지로, 훨씬 더 세속적일 그들의 삶도 좌절과 외로움으로 상처받기 쉽다는 것을 묘사하기 위해서였다. 초기 작품의 사건과 인물은 전부 유쾌하게 과장되어 있지만 후기 소설에 다시 나타나 여자 주인공들의 (이야기를 말하는 방식을 탐색하는 오스틴이 불충분한 안내자였듯 여자 주인공들의 안내도 불충분하다) 당혹감을 그려 보인다.

『사랑과 우정』 초반부에서 로라가 우스크의 계곡에서 권태로운 나날을 보내는 것처럼, 후기 작품의 여자 주인공들도 숨 막히는 분위기를 풍기는 집에 갇혀 있다. 「캐서린」 속 여자 주인공의 세계는 온갖 사회적 접촉이 소녀의 마음을 무분별하게 유혹할 것이라고 두려워하는 숙모와의 관계에만 국한되어 있다. 조금도 흐트러지지 않은 질서 정연한 숙모의 집에 살면서 캐서린은 사춘기 시절 몽상의 장소였던 낭만적인 정자에 틀어박히는 것 이외에는 할 일이 없다. 캐서린 몰런드와 샬럿 헤이우드의 주된 고통도 권태다. 둘 다 친구라고는 별로 없는 외딴곳에서 동생들을 가르치는 단조롭고 고된 일에 파묻혀 있다. 마찬가지로 겉으로는 더 많은 특권이 있어 보이는 에마도 아버지 집의 난로와 닫힌 창문과 잠긴 문, 여기에 지적인 외로움 때문에 고통받는다. 대시우드 자매는 파티를 열기에는 응접실이 너무 좁은 오두막으로 이사 오고, 패니 프라이스는 포츠머스에 있는 숨 막힐 만큼 비좁은 집에서 맨스필드 파크의 작고 하얀 다락방으로 옮겨간다. 맨스필드 파크의 다른 아이들은 모두 그 방에서 성장해 그곳을 떠났다. 부모의 집이 좁다고 꼭 불편한 것은 아니다. 그러나 부모의 집은 아직 프라이버시가 없는 곳이다. 따라서 사정없이 생겨나는 하찮은 소동을 피할 수 있는 베넷 집안의 유일한 사람은 자기 서재가 있는 아버지뿐이다. 더욱이 니나 아우어바흐가 밝혔듯이, 모든 소녀들은 국한된 공간이 주는 편안함이나 물질적 안정감이 없는 집에서 산다.[37] 세세한 것의 부재는 그녀들의 가정생활이 얼마나 공허하고 비현실적인지 암시한다. 예를 들면 앤 엘리엇 같은 인물은 아버지의 개인 드레스

룸에 있는 거울에 갇혀 어리둥절해하면서 아버지 영지의 무익한 우아함을 마주한다. 그 거울은 독자에게 제공되는 몇 안 되는 세목 중 하나다.

후기 작품의 여자 주인공들이 겪는 모험이 '베일에 감싸인 초라하고 작은 집에서 아름다운 젊은 시절을 낭비해야 할 운명의' 소녀들에게 작은 위안을 제공하는 한 가지 이유는, 로라처럼 대다수 소녀들이 유일하게 할 수 있는 일은 예기치 않았고 믿어지지 않는 노크 소리를 기다리는 일밖에 없기 때문이다. 오스틴 소설 속 여자 주인공들의 문밖 나들이는 전적으로 더 부유한 가족이나 친구의 변덕에 의존한다는 점이 특징이다. 누구에게도 자신의 여정을 스스로 만들 권력이 없으며, 누구도 마지막 순간까지 자신의 행복이 걸려 있는 여행을 할 수 있을지 없을지 알지 못한다. 오스틴 소설의 여자 주인공들은 전부 부모 집 바깥 더 넓은 세계의 경험을 간절히 바라지만, 보호자와 동행할 수 있는 행운이 올 때까지 기다려야 한다. 그런데 보호자는 대개 모험의 즐거움을 방해할 뿐이다. 초기 작품에서 오스틴은 이류 소설의 급작스럽고 개연성 없는 우연의 일치를 조롱한다. 하지만 그녀 소설의 플롯 역시 자주 (여자 주인공을 아주 마음에 들어해서 '헤어질 때, 다음 날 아침 몇 주 예정의 바스 여행에 그녀를 데려가는 것이 자신의 유일한 소망이라고 선언하는')[38] 좀 더 나이 든 사람을 등장시키는 공공연한 문학적 장치를 통해 여자 주인공들을 정체 상태에서 구출한다.

아마도 이런 이유 때문일 텐데, 오스틴의 초기 작품부터 사후 출판한 단편들에 이르기까지 말과 마차에 대한 관심이 반복적으로 나타난다. 초기 작품에서 3년 동안 어떤 공공장소에도 가지 않는다면 그 보답으로 승마용 말이 딸린 은색 테두리의 새 마차를 약속했다는 이유로 싫어하는 남자와 결혼하는 여자를 보는 것도 놀라운 일이 아니다.[39] 실제로 많은 여자 주인공이 초기 작품의 두 인물이 겪은 곤경(조랑말이 한 마리뿐이라 어머니는 말을 타고 그들은 걸어서 웨일스를 여행해야 했던 곤경)을 되새긴다. '달려가면서 해야 했던, 바라는 만큼 정확하지 않은' 장면 묘사뿐만 아니라, 히어퍼드에서 집까지 뛰어야 했던 그들의 발도 고통스러웠을 것이다.[40] 그럼에도 그들은 여행에 열광했고, 여행에 대한 그들의 정열은 오스틴 소설에 자주 나오는 도망자들을 떠올리게 한다. 이 도망자들의 상상력은 과도한 물질주의나 성욕에 불을 붙이는 낭만주의적 생각으로 물들어 있다. 그들은 집을 벗어나기 위해서라면 누구하고든 어떤 일이든 불사하겠다는 젊은 여성이다. 엘리자 브랜던, 줄리아와 마리아 버트램, 리디아 베넷, 루시 스틸, 조지애나 다아시는 모두 '집과 속박과 평온함에 대한 지긋지긋함 때문에 결혼을 결심한다.'[『맨스필드 파크』 2부 3장] 감상문학에서 순진하고 상투적인 것만 제공받았기 때문에 그들은 오스틴이 자기 소설에서 몰아내고자 한 (그러나 그러기에 할 수 없었던) 바로 그 플롯을 줄기차게 재연한다.

히어퍼드에서 집까지 뛰어오는 장면을 보면 메리앤 대시우드가 떠오르는데, 그녀도 패니 프라이스처럼 말 한 마리를 소유하는 것에 관심이 지대하다. 그러나 비용과 부적절함 때문에 소녀들은 말이 주는 즐거움과 오락을 누릴 수 없다. 에마 우드하우스는 미스터 엘턴의 마차를 탈 수밖에 없고 그 마차에서 달갑지 않은 청혼을 받는다. 제인 베넷은 부모님의 말을 탈 수 없게 되자 심하게 앓는다. 마찬가지로 캐서린 몰런드와 파커 부인은 둘 다 남성 동행의 희생물이 되는데, 두 남성의 무모함이 생명까지는 아니어도 건강을 해치기 때문이다. 앤 엘리엇은 크로프트 부부가 경쾌하면서도 서로 자아를 통제하는 방식으로 이륜마차를 모는 모습이 그들의 결혼관계를 잘 나타내준다고 여긴다. 이는 그녀가 그들의 상호 동반자 관계에 관심을 갖고 있다는 커다란 증거다. 사륜마차와 이륜마차는 노생거, 펨벌리, 돈웰 애비, 사우서턴, 라임 같은 곳으로 여행을 떠날 때, 누가 누구와 어디를 가느냐를 결정짓는 중요한 요소다.

여자 주인공들이 직면하는 모든 하찮은 사교 사건이며 즐긴다기보다 견뎌야 하는 빈번한 방문을 보면, 여성들은 아주 제한적으로 움직일 때조차 사사건건 그들을 검열하고 비판하는 돈 많은 과부의 은혜를 입거나 아버지와 오빠들에게 의존해야 한다는 사실을 알 수 있다.[41] 여자 주인공은 운송 수단을 소유하거나 조종할 수 없으므로 마을에서 가장 가난한 이웃 남자보다 못하다. 그 남자들은 자신들이 원하거나 필요한 곳에 어디든 갈 수 있기 때문이다. 사실상 여자 주인공과 남자 형제들을 구분짓는 것은 여성의 예외 없는 자유의 부재다. 오스틴은 남동생들도 자신들의 누나처럼 (예를 들면 배우자를 선택할 때 경제적으로) 제한을 받는다고 설명하지만, 항상 경제적 계급보다 성의 계급이 우선한다고 주장한다. 윌리엄 프라이스는 가난하고 의존적이지만 가난한 여자 형제나 부유한 여자 사촌들보다 이동이 훨씬 더 자유롭다. 오스틴에게 여성의 가정 내 속박은 하나의 은유라기보다 실질적인 삶의 진실이고, 여성의 속박은 각각 소설 속 여성들에게 영향을 끼치는, 사소한 아침 방문까지 지배하는 까다로운 예의범절에 의해 더 공고해진다. '남자는 음식을 구해와야 하고 여자는 미소 지어야 한다'는[42] 사실은 틀림없이 브론테나 배럿 브라우닝 같은 독자들에게 분노와 반발을 일으켰을 것이다. 앤 엘리엇이 설명하고 있듯이, '우리는 집에 갇힌 채 조용하게 살고 있으며, 우리의 감정이 우리를 잡아먹는다.'[『설득』2부 11장]

오스틴 시대에 인기 있던 대중적 도덕론자들에 따르면, 마음에 들지 않은 상황에서 만족스러운 삶을 살기 위해서는 '내적 자원'이 필요하다. 그러나 오스틴 소설에 등장하는 젊은 여자들은 대부분 '내적 자원'이 없다. 그들은 무능한 어머니와 살고 있거나 어머니가 없어서 적절한 교육을 받지 못했기 때문이다. 사실상 오스틴의 초기 작품들은 여자 주인공을 고아나 버려진 아이, 방치된 의붓딸로 묘사한 소설을 조롱하지만, 후기의 성숙한 작품에서도 여자 주인공에게 초기와 별다르지 않은 가정환경을 제공한다. 『여성의 권리 옹호』에서 메리 울스턴크래프트는 '모든 상황에서 편견의 노예인 […] 여성은 현명하게 모성적 사랑을 행사하는 경우가 거의 없다. 소홀히 대하거나 부적절한 관대함을 보여줌으로써 아이들을 망치기 때문'이라고 설명했다.[43] 오스틴은 특히 딸 양육에 실패한 어머니들에게 초점을 맞추지만 울스턴크래프트에게 동의할 것이다. 에마 우드하우스, 에마 왓슨, 캐서린, 앤 엘리엇 모두 어머니가 없고, 클래라 브레레턴,

제인 패어팩스, 스틸 자매, 미스 틸니, 조지애나 다아시, 빙리 자매, 메리 크로퍼드, 해리엇 스미스 같은 조연급 인물들도 그렇다. 어머니가 있는 소녀들도 현명하지 못한 모성애 때문에 방치되거나 지나치게 방임된다.

패니 프라이스는 '표현하기가 좀 내키지 않았을 뿐, 그녀는 어머니가 편견에 가득 차 있고 무분별하며, 자녀들을 제대로 가르치지도 않고 단속하지도 않는 게으르고 단정치 못한 여자이며, 살림은 엉망으로, 불편하기 짝이 없게 꾸려나가고, […] 재능도 친교 관계도 자신에 대한 사랑도 없다고 느꼈다.'[『맨스필드 파크』 3부 8장] 프라이스 부인은 대시우드 부인이나 베넷 부인과 별반 다르지 않다. 그들은 막내딸처럼 미숙하고 어리석어서 젊은 여자가 성숙해지도록 지도해줄 수 없다. 레이디 버트램, 머스그로브 부인, 베이츠 부인 같은 여자들은 자식들에게 짐이 된다. 자식들을 방치하게 된 성격적 원인인 무지, 게으름, 어리석음은 지나친 탐닉으로 자식들을 망치는 숨 막히는 사랑보다 나을 게 없기 때문이다. 『이성과 감성』에 나오는 패니 대시우드와 레이디 미들턴이 그런 예인데, 이들은 자식 아닌 다른 사람의 요구에는 잔인할 정도로 무관심하다. 따라서 그들의 자식들은 지나친 관심 때문에 시끄럽고 성가신 괴물이 된다. 레이디 캐서린 드 보는 딸의 인생을 권위적으로 관리하는 일과 딸을 성장시키는 사랑이 함께 갈 수 없음을 확실하게 증명하고 있다. 딸의 모든 성장 과정을 냉정하게 관리하는 지배적인 레이디 캐서린은 '창백하고 허약한' 소녀를 만들었을 뿐이다. '소녀는 평범하지 않지만 왜소해 보였다. 말수가 거의 없고, 말을 할 때도

아주 작은 목소리로 말했다.'[44]

오스틴의 소설에 나오는 딸들에게는 실제로든 비유적으로든 어머니가 없기 때문에 그들은 자신의 안위를 위해 남자에게 의존해야 한다는 사실을 쉽게 납득한다. 그들의 어머니는 결혼이 얼마나 사람을 쇠락하게 하는지 증명하는 본보기지만, 딸들은 집에서 도망치기 위해 남편을 구한다. 페미니스트들이 최근에 (누군가의 어머니가 되는 공포인) '모성 공포증'이라고 불렀던 것이[45] 부모의 집을 도망쳐 나오는 또 하나의 동기를 제공한다. 나아가 그들의 어머니는 제공해줄 수 없는, 남성의 보호를 얻어내기 위해 쟁취해야 할 경제적인 필요성도 그런 동기를 제공한다. 따라서 「잭과 앨리스」에서 술고래인 앨리스 존슨과 교양 있는 재봉사의 딸 루시가 견줄 데 없는 찰스 애덤스를 두고 (그는 '아찔할 정도로 미남이어서 이글스 이외에는 누구도 그의 얼굴을 바라볼 수 없었다') 경쟁하는 것을 풍자적으로 그리고 있는데, 이것은 에마 우드하우스가 미스터 나이틀리를 두고 해리엇 스미스와 제인 페어팩스에게 느끼는 경쟁심과 크게 다르지 않다. 초기 작품에서 오스틴이 이 여성들의 격렬한 경쟁을 그에 걸맞은 결론으로 밀고 간다는 것은 놀랍지 않다. 오스틴은 '루시의 뛰어난 매력을 시기하여 열일곱 살 그녀의 생명을 독극물로 빼앗아버린' 여성 동료를 등장시키며 불쌍한 루시가 어떻게 질투심의 희생물이 되는가를 묘사한다.[46]

결혼 시장에서 경쟁하는 것 말고는 다른 어떤 길도 없다고 느끼는 젊은 여자들 사이의 적대감을 탐색할 때조차 오스틴은 멜로드라마를 장식하는 손쉬운 폭력을 조롱한다. 샬럿 루카스처럼 오스틴의 여러 여자 주인공은 '남자나 결혼을 소중히 생각하지도 않으면서', '재산은 별로 없지만 교육을 잘 받은 젊은 여자가 선택할 수 있는 유일하게 명예로운 것이자, 곤궁함을 벗어날 수 있는 가장 유쾌한 예방책'이[『오만과 편견』 1부 22장] 결혼이라고 간주한다. 그리하여 「왓슨 집안」의 서두에서 한 자매는 다른 자매에게 또 다른 자매에 대해 말하면서, '그애는 결혼하기 위해서라면 무슨 짓이라도 할 거야. 그러니 […] 그애에게 네 비밀을 절대 말하지 마. 내 경고 새겨들어. 절대 그애를 믿지 마' 하고 경고한다. 이처럼 여자들은 학교 교사나 가정교사라는 '노예 매매'로[47] 나아가기보다 차라리 싫어하는 남자와의 결혼을 선택하기 때문에 매력적으로 보이는 몇 안 되는 적격자를 두고 맹렬하게 싸운다. 미스 빙리와 미스 베넷, 미스 대시우드와 미스 스틸의 경쟁, 헨리 크로퍼드를 둘러싼 줄리아와 마리아 버트램의 경쟁, 웬트워스 대위를 두고 붙는 머스그로브 자매의 경쟁은 여성들이 벌이는 격렬한 경쟁의 가장 명백한 본보기에 지나지 않는다. 여기에서 여성의 분노가 향하는 과녁은 권력을 쥔 남자가 아닌 힘없는 여성이다.

오스틴은 초기 작품 전반을 통해, 특히 「프레더릭과 엘프리다」에서 가장 재미있게, 기록할 가치가 있는 유일한 사건은 청혼, 결혼식, 약혼 또는 파혼, 사랑하는 사람을 만날 수 있는 무도회 준비, 사랑에 대한 환멸, 가출이라는 로맨스 소설이 퍼뜨린 생각을 조롱한다. 그러나 오스틴 자신의 소설도 근본적으로는 그런 주제에 얽매여 있다. 그것이 암시하는 바는 분명하다. 결혼은 매우 중요하다. 오스틴의 사회에서는 결혼만이 소녀들이 자기를 인식할 수 있는 유일한 길이었기 때문이다. 사실 다른 모든 문제에 대한 오스틴의 침묵은 그 자체로 일종의 진술이다. 오스틴 소설에 다른 문제들이 부재한다는 사실은 소녀나 여자들의 삶이 얼마나 불충분한가를 증명하기 때문이다. 마찬가지로 그것은 여성 작가인 오스틴 자신의 결핍을 증명한다. 오스틴은 사실상 자기 예술의 한계를 스스로 천명하고 수용하는바, 이것은 예술가이자 여성으로서 자신에게 허용된 자기표현의 형태를 전복적으로 비판하는 것을 감추기 위해서다. 어리석은 문학 구조에 대한 오스틴의 조롱은 문학과 마찬가지로 부적절한 사회적 비난이 안겨주는 소외감을 분명하게 표현하도록 이끌어주기 때문이다.

*

오스틴이 앞뒤가 맞지 않는 말, 사람들이 의도한 것과 반대로 흘러가는 대화, 혼란시키기만 하는 진술, 언어학적으로는 맞지만 해독할 수 없거나 같은 말을 되풀이하는 묘사에 매혹당했다는 것은 논쟁의 여지가 없을 정도로 확실하다. 이런 말들에 대한 오스틴의 관심을 우리는 「잭과 앨리스」에서 볼 수 있다. 여기에서 독재적인 윌리엄스 부인은 이미 계획된 바스 여행에 대해 친구에게 알아들을 수 없는 충고를 매우 강력하게 전한다.

'그 부인들과 함께 간다는데 내가 뭐라고 하겠니? 네가 없다면 나는 비참하겠지만 너에게는 매우 즐거운 여행이 되겠지. 나는 네가 가기를 바란다. 네가 가면 나는 분명 죽은 것이나 마찬가지일 테지만, 내 말을 믿게 되길 바란다.'⁴⁸

마치 슬립슬로프 부인이나 맬러프롭 부인(그 대단한 '사전의 여왕'), 타비사 브램블의 페르소나를 쓰기라도 하듯, 오스틴은 「프레더릭과 엘프리다」이야기를 소개하는 화자의 말에서('엘프리다의 아저씨는 프레더릭의 아버지였다. 그러니까 그들은 아버지 쪽으로 사촌이었다'), 그리고 「레슬리 캐슬」에서 ('사랑하는 샬럿, 우리는 잘생겼어요. 매우 잘생겼죠. 그리고 우리의 가장 위대한 미덕은 우리가 우리의 아름다움에 전적으로 무감각하다는 것이죠'), 똑같은 종류의 장난기 어린 넌센스에 빠져 있다. 오스틴의 초기 작품에서 한 소녀는 성격대로 '잘 쓴 책은 항상 너무 짧다'고 말하고 소녀의 친구도 동의한다. '나도 그렇게 생각해. 다만 책이 끝나기 전에 싫증이 날 뿐이야.'⁴⁹ 이 문장이 뛰어난 것은, 소녀들의 대화가 완벽하게 수용할 수 있는 듯 들릴 뿐 아니라 문법적으로도 우아하고 점잖게 들리지만 언어의 관습을 '숙녀다운' 방식으로 조용히 전복시키기 때문이다.

『노생거 사원』(1818)은 교양소설과 해학극이라는 두 장르의 틀을 지속적으로 환기시키면서 오스틴이 암호화, 숨기기, 의중을 솔직하게 말하지 않기에 그토록 매혹당한 한 가지 이유를 제공한다. 『노생거 사원』은 겉으로 보면 재미있고 거슬리지 않지만 결국 오스틴의 시대에는 적절하지도 않고 허용되지도 않았던 가부장제에 대한 고발이기 때문이다. 실제로 이 초기 작품이 (생전에는 이 작품을 출판해줄 출판사를 찾을 수 없었기에) 오스틴 사후에 출간되었을 때 비평가들은 가부장에 대한 가혹한 묘사 때문에 아주 불편해했다.[50] 우리는 이미 오스틴이 남성적 사회에서 여자 주인공이 쉽게 상처받는 장면을 묘사할 때 자신의 문학적 선배들과 양가적인 관계에 있으려 한다는 점을 살펴보았다. 따라서 오스틴이 여성과 소설의 복잡하고 모호한 관계와 타협하려고 노력하는 와중에 캐서린 몰런드의 바스 사교계, 무도회 등장과 부부 재산 계약을 묘사한다는 것은 놀랄 일이 아니니다.

『노생거 사원』은 소설이 진행됨에 따라 계속 울림이 이어지는 문장으로 시작한다. '유아 시절에 캐서린 몰런드를 본 사람이라면, 그녀가 여자 주인공으로 태어났다고는 생각하지 못했을 것이다.' 젊은 캐서린에게서 발견할 수 있는 것은 비낭만적인 육체의 활력과 건강뿐이다. 더욱이 캐서린은 '소년들이 즐기는 놀이를 좋아했다. 인형 놀이는 말할 것도 없고 들쥐를 돌보거나 카나리아를 기르거나 장미 덩굴에 물을 주는, 여자 주인공에게 어울리는 즐거움을 마다하고 크리켓을 훨씬 더 좋아했다.'[1부 1장] 캐서린은 책, 음악, 그림에 별 관심이 없었고 '왈가닥에 말괄량이로 집에 갇혀 지내는 것과 청결함을 질색했으며, 집 뒤 경사진 풀밭 아래로 미끄러져 내려가며 노는 것을 세상에서 가장 좋아했다.'[1부 1장] 그러나 열다섯 살이 되자 캐서린은 머리에 컬을 넣기 시작했고 책 읽기와 일기 쓰기를 시작했으며, '열다섯 살부터 열일곱 살까지 여자 주인공이 되기 위한 훈련을 받았다.'[1부 1장] 실로 그녀를 '여자 주인공으로 만들기 위한 훈련'이 소설의 나머지 부분에 기록되어 있다. 우리가 앞으로 보겠지만, 캐서린이나 다른 기운찬 소녀에게 이보다 더 부적합하고 비자연적인 훈육 과정은 없을 것이다.

어리둥절해하고 혼란스러워하면서, 남을 즐겁게 해주려고 애쓰면서, 무엇보다도 순진하고 호기심에 가득 차서, 캐서린은 성인 여성이 되는 두 가지 전통적인 배경인 바스의 무도회와 고딕 사원의 복도를 왕래하며 생각한다. 그러나 오스틴은 캐서린이 여자 주인공으로 태어나지 않았기 때문에 전형적이라는 것을 우리에게 계속 강조한다. '딸들을 […] 가두는 일에 조금도 몰두하지 않는' 부모 덕분에 캐서린은 '소네트를 쓸 수 없었고', '그림에 대한 취향도 없었다.'[1부 1장] 캐서린의 이웃 중에는 '귀족이 한 사람도('준 남작조차'[1부 2장]) 없었으며', 바스로 가는 여행 길에 '강도도 폭풍우도 찾아와주지 않았다.'[1부 2장] 캐서린이 바스의 [무도회에서] 위층 방으로 들어갔을 때, '단 한 명의' 신사도 캐서린을 보고 놀라지 않았고, '캐서린이 누구인지 궁금해하는 속삭임이 퍼지지도 않았으며, 캐서린을 여신이라고 불러주는 이도 없었다.'[1부 2장] 사원에 있는 캐서린의 방은 '결코 터무니없이 크지도 않고 태피스트리와 벨벳 장식도 없었다.'[2부 6장] 오스틴은 샬럿 스미스나 래드클리프 부인 같은 유명한 표본들이 믿을 수 없을 정도로 성취해놓은 수준에 캐서린이 결코 도달할 수 없다는 점을 부각시킨다. 여자 주인공들은 인간처럼 태어나는 것이 아니라 괴물처럼 만들어지는 듯 보인다. 또한 그들은 괴물처럼 자기 파괴의 길로 가는 운명을 짊어진 듯하다. 따라서 『노생거 사원』은 자기 삶의 이야기를 찾는 한 소녀가 자신이 자신의 중요성을 박탈하는 괴물 같은 허구의 덫에 빠졌다는 사실을 깨닫는 과정을 정확하게 묘사해나간다.

　우선 이 허구화의 과정은 바스에 도착한 이후 첫 대목에서 가장 명백하게 드러난다. 혼잡하고 시끄러운 위층 방에 앉아 적절한 파트너를 기다리면서 캐서린은 자기 자식 이야기만 하는 소프 부인과 가운, 모자, 모슬린, 리본에 편집광적으로 집착하는 앨런 부인 사이에 불편하게 앉아 있다. 사교계는 물론 귀족적 가부장제 사회에서 성숙한 여성의 상태를 적절하게 대표하는 그들 때문에 캐서린은 끊임없이 초조해한다. 따라서 이저벨라와 존 소프 덕분에 두 부인이 반복하는 어리석은 말에서 해방되자 그녀는 행복해했다. 그러나 앨런 부인과 소프 부인이 우스꽝스럽다면, 젊은 두 소프 집안 사람들도 어리석기는 마찬가지다. 우리는 그들에게서 상류층의 젊은 숙녀와 신사가 된다는 것이 무엇을 의미하는지 보기 때문이다. 이저벨라는 복수심을 품고 있는 여자 주인공이다. 시시덕거리며 젠체하는 이저벨라는 이전 작품에 등장하는 소피아와 로라 자매와 비슷하다. 이저벨라는 캐서린에 대한 자매애를 보이는 척도 하지 않고, 오로지 한 가지 목적으로 남자들 꽁무니를 쫓아다닌다. '여리디여린 슬픔을 머금은 미소를 지으며, 낙담에 빠진 눈웃음을 흘리며'[1부 9장] 찡그린 채, 이저벨라는 자신을 우스꽝스럽게 만드는 대본을 계속 연기한다. 이저벨라가 여성성의 전형에 갇혀 있듯 이저벨라의 오빠도 남성성이라는 전형의 덫에 걸려 있기에, 사냥 기술, 훌륭한 이륜마차, 견줄 데 없는 음주 실력, 과감한 승마 능력을 쉴 새 없이 자랑하면서 쉴 새 없이 모순된 말을 늘어놓는다. 따라서 이 소프 집안의 사람들은 자신을 영웅이나 주인공처럼 여긴다는 것이 어떤 것인지를 보여주는 악몽 같은 그림일 뿐이다. 또한 그들은 캐서린의 속기 쉽고 상처받기 쉬운 성격을 먹이로 삼아 그녀 인생을 비참하게 만드는 사람들이다.

소프 남매는 자신들이 쳐놓은 일련의 강압적인 허구의 덫에 캐서린이 걸려들 때까지 캐서린에게 거짓말하고, 캐서린에 대해 거짓말한다. 캐서린은 제임스 몰런드와 자의식적인 극적 로맨스를 꿈꾸는 이저벨라의 플롯 속에서 허약하고 수줍은 이저벨라와 자매처럼 가깝게 지내는 역할을 맡으며, 그 플롯 안에서 저당물이 되고 만다. 이저벨라는 계속 캐서린에게 사랑 고백을 졸라대거나, 이별에 대해 불안해해야 한다는 암시를 주지만, 캐서린은 결코 그 암시에 따르지 않는다. 의미를 이해하지 못하기 때문이다. 마찬가지로 존 소프도 일련의 허구를 만들어낸다. 즉 캐서린은 자신이 최초로 사랑한 대상이고, 틸니 장군이 마음대로 상상한 이야기에 따라 돈 많은 상속녀라고 여긴 것이다. 존 소프가 캐서린에 대해 이 모든 이야기를 조작하는 모습에 캐서린은 극도로 거북해진다. 오로지 캐서린의 무지만이, 그녀가 노생거로 초대받은 까닭은 틸니 장군이 캐서린에 대해 잘못 알았기 때문이라는 굴욕적인 인식에서 그녀를 구해준다.

헨리 틸니가 캐서린에게 '남자는 선택할 자유가 있고 여자는 거절할 자유가 있죠'[1부 10장]라고 말할 때, 그는 클래리사가 (훨씬 더 비극적인 상황에서) 말한 진실('자신의 성에 속해 있는 거절의 자유'⁵¹를 가질 수만 있다면, 자신은 선택을 포기하겠다는 말)을 되풀이하고 있다. 그러나 오스틴의 풍자적인 텍스트에서 헨리는 그가 의도했던 주제인 결혼과 춤과 마찬가지로 소설에 대해서도 핵심을 말하고 있다. 오스틴이 (여자 주인공이 된다는 의미가 무엇인지를 말하는) 전승된 이야기를 거부해야 할 필요성에 갇혀 있듯, 캐서린도 다른 인물들의 상투적인 이야기에 갇혀 있다. 다만 작가와는 달리 캐서린은 '이해하기 어려울 정도로 잘 말할 수 없다.'[2부 1장] 그리하여 캐서린은 현실에 대한 소프 집안의 해석이 자신과 어긋날 때(예를 들면 이저벨라가 '여긴 정말 안전해'[2부 3장]라고 말하며 들어오는 모든 사람을 가장 잘 볼 수 있는 문 가까이에 앉을 때, 혹은 존 소프가 자기 말이 포악하다고 경고했지만 마차에 타고 보니 안전한 속도로 달릴 때) 침묵으로 빠져든다. 캐서린은 몇 번이고 어떻게 '똑같은 것에 대한 서로 다른 설명을 조화시킬 것인가'[1부 9장]를 이해하지 못한다. 캐서린은 소프 남매의 잘못된 해석에 사로잡혀 자신이 존 소프를 거절하는 것은 처음 가졌던 감정을 식혀버리는 것이라는 이저벨라의 주장을 나약하게 반박할 수 있을 뿐이다. '너는 일어나지도 않았던 일을 말하는구나.'[2부 3장] 남자를 증오한다는 이저벨라의 말과 지속적인 교태 사이의 불일치, 또는 틸니 형제가 랜스다운로드 위쪽으로 마치를 몰고 가는 것을 보았다는 존 소프의 주장과 자신이 틸니 형제가 그 길을 걸어 내려가는 것을 보았다는 사실 사이의 불일치를, 캐서린은 어리둥절해서 단지 이따금씩 얼핏 감지할 뿐이다. 그러나 오스틴은 존과 이저벨라가 캐서린의 현실 감각을 왜곡시키기 위해 속닥이는 거짓말을 분명히 의식한다. 또한 이런 거짓말의 원천이 당시 대중소설의 소재라는 것도 의식하고 있다.

오스틴이 소설적 관습의 허위성을 혐오한다 해도, 『노생거 사원』의 초반부에서 그녀와 동업에 종사하는 자[소설가]들을 거부하지 않겠다고 주장한다. '나는 소설가들에게 널리 퍼져 있는 옹졸하고 무례한(경멸적인 비난으로 창작물을 깎아내리면서도 그들 스스로 그런 창작물을 생산하고 있는) 관습을 따르지 않을 것이다.'[1부 5장] 오스틴은 소설 비평가들을 비범하게 공격하면서 골드스미스, 밀턴, 포프, 프라이어, 에디슨, 스틸, 스턴 등 선집에 수록된 남성 작가들이 『세실리아』『카밀라』『벨린다』 같은 작품을 쓴 여성 작가들보다 (비록 그 남성들의 작품이 독창적이지도 문학적이지도 않지만) 관습적으로 훨씬 더 칭송받는다는 것을 명백하게 밝힌다. 오스틴은 소설에 대한 편견이 널리 퍼져 있다는 자신의 느낌을 입증하려는 듯, (대다수 소녀들처럼 소설 읽기가 공식적인 교육을 대신할 수밖에 없었던) 로맨스 소설에 중독된 독자조차 로맨스 장르에 대한 경멸을 내보이고 있음을 보여준다. 비천 클리프로 가는 중요한 여행에서 우리는 소설 형식을 경멸하는 캐서린을 보게 된다. 캐서린은 소설이란 헨리 틸니가 읽을 만큼 '훌륭한 것이 아니다.' 왜냐하면 '신사는 더 나은 책을 읽기 때문이다.'[1부 14장] 두말할 나위 없이 캐서린의 비판은 실제로 자기 비하의 한 형태다.

오스틴은 소설이 신분을 박탈당한 장르임을 암시한다. 소설은 신분을 박탈당한 젠더와 밀접하게 연관되어 있기 때문이다. 캐서린은 소설을 열등한 문학으로 간주하는데, 소설이 이미 여성 작가와 빠르게 확산되는 여성 독자의 영역이 되었기 때문이다. 우리는 소설이 캐서린을 잘못 교육하는 양상을 반복해서 보게 된다. 즉 소설은 부풀려지고 과장된 상투어로 말하도록 캐서린을 가르치고, 그녀가 생각하는 것보다 동기가 훨씬 복잡한 사람들에게 도저히 가능하지 않을 만큼 악하거나 선한 행동을 기대하게 만들며, 캐서린으로 하여금 동시대인의 세속적인 이기심을 판단할 수 없게 한다. 그러나 오스틴은 소설가들이 '상처받은 집단'이었음을 선언하고, '오만, 무지, 유행'[1부 5장] 같은 말로 부당하게 비난받아온 작가라는 종을 명백하게 옹호해나간다.

오스틴의 열정적인 소설 옹호는 겉으로 보이는 만큼 그렇게 부적절하지 않다. 『노생거 사원』이 상투적인 소설의 패러디라면, 그것은 바로 그런 상투적인 소설의 관습에 의존하려는 경향면에서 나머지 초기 작품과 형식상 유사하기 때문일 따름이다. 오스틴은 자신이 비판하는 로맨스만큼 인습적인 방식으로 자신의 로맨스를 쓴 것이다. 캐서린 몰런드의 가장 사랑스러운 특징은 아무 경험이 없다는 것이다. 캐서린의 모험은 바스 여행에 캐서린을 데려가기로 한 앨런 일가의 호의에서 시작되었다. 그곳에서 캐서린은 헨리 틸니를 소개받고 운 좋은 실수로 헨리 아버지의 고딕식 저택에 초대받는다. 파멜라의 많은 딸들처럼 캐서린은 그녀가 꿈에 그리던 남자와 결혼한 덕분에 그 남자와 동등한 지위로 올라간다. 말하자면 캐서린은 좋은 짝을 만나는 데 성공한다. 그런데 이저벨라는 좋은 짝을 만나기를 원했다는 이유 때문에 가혹한 벌을 받는다. 캐서린은 진정한 여자 주인공의 방식대로 진정한 구혼자를 만나기 위해 잘못된 구혼자를 거부한다.[52] 그리고 대부분 감상소설의 결말만큼 공격적으로 조작된 결말에 의해 캐서린은 행복을 얻고 구원받는다.

오스틴은 동료 여성 소설가들과 자신의 여자 주인공 이야기의 낭만적인 틀을 둘 다 강력하게 변호하려는 듯, 캐서린으로 하여금 있는 그대로의 역사적 사실에 대해 매서운 적의를 드러내게 한다. 캐서린은 헨리 틸니와 그의 여동생에게 역사에 대해 다음과 같이 말한다. '불편하고 피곤하지 않은 이야기는 하나도 없어요. 교황과 왕이 싸우거나 감염병이 도는 이야기뿐이잖아요. 남자는 전부 아무짝에도 쓸모가 없고 여자는 아예 나오지도 않죠. 너무 지루해요.'[강조는 인용자, 1부 14장]라고 말했다. 캐서린은 이 견해 때문에 심하게 비판받는다. 그러나 캐서린이 결국은 옳다. 왜냐하면 역사가들이 제공하는 지식이란 여성들의 사적인 생활과는 대부분 상관없어 보이기 때문이다. 더 나아가 오스틴은 역사에 대한 한 번의 글쓰기를 통해 이미 이 사실을 확인했다. 그 작품은 그녀가 젊었을 때 골드스미스의 『영국사』를 패러디해 쓴 것으로, '불완전하고 편견에 사로잡힌, 무지한 역사가의'[53] 작품이라고 작가의 말을 남겼다. 이 초기의 농담은 캐서린이 인식하고 있듯이 역사는 비합리적이고 잔인하고 부적절할 뿐만 아니라 이른바 가장 객관적이라는 역사가들조차도 당파적 악의를 지니고 있다는 사실을 가리킨다. 오스틴이 자신과 두 친구를 스코틀랜드의 메리 여왕의 동반자로 집어넣기 이전에는 역사적 사건들이 오스틴의 일상적인 관심사와 터무니없이 거리가 먼 듯 보인다. 역사적 사건들의 요원함은 『셜리』의 샬럿 브론테, 『미들마치』의 조지 엘리엇, 『세월』의 버지니아 울프에게도 마찬가지였다. 이 작가들은 개인화된 삶으로 인해 여성들이 직접 결코 겪어보지 못하는 공적 사건을 다루면서 역사나 역사적 이야기가 여성들에게 어떻게 간접적으로 영향을 끼치는지 자의식적으로 보여준다.

오스틴은 생애 후기에 존엄한 코부르 집안의 역사를 써달라는 부탁을 받았다. 오스틴은 역사적 '실제'를 심각하게 받아들이기 거부하고, 자신은 서사시를 쓸 수 없는 것과 마찬가지로 역사적 로맨스도 쓸 수 없다고 선언했다. '만약 내가 나 자신이나 사람들을 편하게 조롱하지 못하는 소설을 계속해서 써야 한다면, 첫 장을 끝내기도 전에 틀림없이 나가떨어질 거예요.'[54] 이 편지에서 오스틴은 작가로서 자신의 영역을 확실하게 인식하면서 '시골 마을의 가정적인 삶에 대한 묘사'를 옹호할 수도 있었다. 그러나 오스틴이 캐서린 몰런드의 무지를 공감하고 캐서린과 자신을 동일시한다는 사실은 그녀가 어떤 주제들을 전적으로 알지 못한다고 주장하는 데서 분명하게 드러난다. 오스틴은 편지를 쓴 사람이 개략적으로 묘사한 목사를 그려낼 수 없었다.

남자의 대화는 가끔은 과학과 철학에 대한 것이어야 하는데, 나는 그것에 대해 아무것도 모른답니다. 가끔은 인용과 인유가 풍부해야 할 텐데, 나 같은 여자는 모국어만 알고 모국어로 읽은 것도 몇 안 되기 때문에 어떤 인용이나 인유도 할 수 없을 거예요. 당신이 말한 목사를 제대로 다룰 수 있는 사람은 고전 교육, 아니면 적어도 고대나 근대 영문학에 대한 광범위한 지식을 필수적으로 갖춘 사람이라고 생각합니다. 나는 비록 허영심일지라도, 감히 여성 작가가 되고자 한, 제대로 배우지 못하고 무지한 여성임을 자랑스럽게 생각합니다.[55]

'알고 있다는 이유로 항상 두려워해야 할 어떤 것을 배우는데 그토록 많은 시간을 쏟을 수' 없기 때문에[56] 존슨 박사의 라틴어 강습 제안을 거절한 패니 버니처럼, 오스틴은 어느 정도 숙녀다운 무지를 유지해야 한다고 느꼈던 것 같다.

한편 오스틴은 여성의 잘못된 교육을 이야기할 뿐만 아니라 자신이 잘못된 교육의 유일한 희생자가 아니라고 생각한다. 『노생거 사원』에서 오스틴은 문화적 조건에 의해 정해져버린 여성들의 무지를 분노에 차서 공격한다. 오스틴은 '만일 여성이 불행히도 어떤 것을 알고 있다면 알고 있다는 사실을 가능한 한 감추어야 한다'는[1부 14장] 현실에 격노하고 있는 것이 분명하다. 그러면서도 '여성의 우둔함이 개인적인 매력을 크게 돋보이게 한다'고 해도, 어떤 남자들은 '이성적이고 교육을 받아서 여성에게 무지 말고 다른 것을 원한다'고[1부 14장] 비꼬는 투로 인정한다. 비천 클리프에서 헨리 틸니가 자연 풍경이라는 주제에서 정치적 논의로 옮겨갔을 때, 캐서린 같은 화자는 침묵을 지킨다. 무지 때문에 논의가 불가능한 게 아니어도 논의를 삼가는 것이 (인물과 작가 모두에게) 예의이기 때문이다. 그러나 캐서린과 작가 둘 다 여성의 경험 범위를 완전히 벗어나 있는 역사와 정치가 결코 이런 분리 때문에 신성시되는 것은 아님을 인식하고 있다. 『대니얼 데론다』에서 조지 엘리엇이 했던 말처럼,

오스틴은 아마 '그 장대한 [역사의] 드라마 가운데에 존재하는 소녀들과 그들의 무지한 시각은 무엇을 의미하는가?'라고 물었을 것이다. 마찬가지로 수 세대에 걸쳐 이런 '섬세한 그릇으로 인간의 사랑이라는 보물이 건네지고 있다'[57]고 답변했을 것이다. 역사상 남자의 정치적 경제적 활동을 무시하면서 오스틴은 역사란 남성의 가식으로 구성된 한결같은 드라마인 동시에 고딕적인 로맨스와 마찬가지로 하나의 허구(그것도 매우 해로울 수 있는 허구)일 뿐이라는 것을 암시한다. 또한 여성이 역사에 참여할 수도 없고 역사의 장에 거의 완전히 부재해왔기 때문에, 이 역사라는 허구는 결국 여자에게 무관심한 문제일 뿐임을 오스틴은 암시하고 있다. 따라서 오스틴은 『3기니』에서 버지니아 울프가 분노를 터뜨리며 제기할 문제를 예견한다. "'애국심'이 [교육받은 남자의 여자 형제에게] 무슨 의미가 있을까요? 그녀도 똑같은 이유로 영국을 자랑스러워하고 사랑하고 지켜야 하나요?"[58] 울프처럼 오스틴도 여자는 남성 지배적인 역사를 외부자의 각성하고 반항하는 관점으로 보고 있다고 주장한 것이다.

동시에 여자들이 '영국을 자랑스러워하고 사랑하고 지켜야 하는' 이유는 우리가 『노생거 사원』에서 고딕소설의 수정 과정을 읽어낼 때 매우 중요하다. 오스틴은 자신이 풍자하는 고딕적 관습을 거부하기보다 그것에 권위를 다시 부여하기 위해 여성적 고딕을 매우 분명하게 비판한다. A. 월턴 리츠가 주장하듯, 오스틴은 래드클리프 부인의 이국적 장소를 거부한다. 이국 배경은 여자 주인공의 위험과 독자의 안전 사이의 괴리를 의미하기 때문이다.[59] 독자로 정의되는 오스틴의 여자 주인공은 자신의 내러티브에서 멜로드라마적인 요소는 덜할지라도 좀 더 의미 있는 진실을 우연히 발견한다. 그 진실에는 래드클리프 부인의 소설 속 진실이 그러하듯 잠재적 파괴성이 있다. 캐서린은 구식 검정 캐비닛에서 수녀 이야기가 상세히 쓰인 잃어버린 필사본처럼 무시무시한 어떤 것을 발견한다. 자신의 여자 주인공이 빨랫감 목록을 발견하는 장면을 묘사할 때, 오스틴은 여성의 행복을 진정 위협하는 것을 지적하고 있다고 할 수 있을까? 틸니 부인이 갇혀서 몰인정한 남편에게 '밤마다 형편없는 음식을 받아먹는' 것은 아닐지 캐서린이 우려하면서 그녀는 순진한 망상을 드러낸다.[2부 8장] 그러나 '틸니 장군이 부인을 살해하거나 가두었다고 의심한 것이 딱히 그에게 죄를 지은 것도 아니며 그의 잔인성을 과장한 것도 아니라는'[2부 15장] 것을 깨닫는다.

오스틴은 가부장제에 대한 전복적 비판을 위해 고딕소설의 관습을 변형시키면서도, 그 장르를 이용해 여자 주인공이 저택의 소유주인 아버지, 즉 장군의 완벽하고 전횡적인 권력을 파헤치기 위해 사원의 비밀과 저택의 숨겨진 진실을 파고들어가는 모습을 보여준다. 그 내용에 걸맞게 '북쪽[영국]의 분노North/anger'로 발음되는 제목의 책을 통해 오스틴은 고딕소설을 다시 쓰는데, 이는 여성의 구속에 대해 다른 여성 소설가들과 의견을 달리하기 때문이 아니다. 그녀는 벽보다 잘못된 교육에 의해, 말로 하는 맹세나 경고보다 조상의 진정한 저주라 할 수 있는 경제적 의존에 의해 여성이 더 효과적으로 감금된다고 믿기 때문이다. 오스틴이 쓴 고딕소설의 배경은 영국이다. (가부장적인 정치학을 조롱하고 거부하고 있음에도, 혹은 아마도 바로 그 때문에) 이 소설은 로버트 홉킨스가 보여주었듯, 제인 오스틴의 소설 중에서 가장 정치적이다. 『노생거 사원』의 정치적 은유에 대한 홉킨스의 분석은 돈을 최고로 보는 장군의 '공익에 대한 냉혹한 무관심'뿐만 아니라, '선동적일 수 있는 팸플릿을 검열하는 심문자' 역할도 폭로한다. 이는 헨리 틸니가 '모든 사람이 자발적으로 감시하는 이웃에게 둘러싸여 있기'[2부 9장] 때문에 고딕적인 잔인함이 결코 일어나지 않는다고 한 영국에 대한 찬사가 아이러니하게도 장군의 정치적인 편집증과 억압을 언급하고 있음을 의미한다. 장군의 근대적 심문자 역할은 '1790년대와 1800년대 초반의 악몽 같았던 정계'에[60] 대한 오스틴의 인식을 반영한다. 오스틴은 여성의 상처받기 쉬운 속성을 묘사하는 로맨스 작가들이 틀렸다기보다는 단순했다고 넌지시 내비친다. 그녀 스스로 고백한 무지 또는 실제 무지에도 불구하고, 오스틴은 이국적이고 멀리 떨어진 고딕적 장소의 악한을 당대 영국에 훌륭하게 재배치해냈다.

캐서린에게 재산이 없다는 사실을 알고 틸니 장군이 캐서린을 쫓아내 113킬로미터나 되는 여정을 호위자나 충분한 여비 없이 떠나게 했다는 사실은 의미심장하다. '영국 소설에서 돈이나 돈벌이는 남성적이기보다 여성 특유의 주제'[61]라는 엘런 모어스의 주장은 과장일 수도 있지만, 여성에 대한 가부장적인 통제가 여성으로부터 돈을 벌거나 상속받을 권리를 박탈하고 여성을 좌지우지한다는 것, 그 특유의 방식을 오스틴은 독자적으로 탐색한다. 남성 상속자가 여자 형제들에게서 집을 빼앗는

『이성과 감성』을 비롯해, 남성에게만 세습되는 재산이 베넷의 딸들을 정략결혼으로 몰아가는『오만과 편견』에 이르기까지, 제인 패어팩스가 부자 남편과 약혼하거나 가정교사가 되어야 하는『에마』를 비롯해, 과부가 된 스미스 부인이 가난과 헛되이 싸워야 하는『설득』에 이르기까지, 헨리 틸니가 열렬하게 공표하듯이, 오스틴은 독자들에게 영국의 관습과 법이 아내 살해는 막아주지만[2부 10장], 사랑받지 못하는 아내나 아내가 아닌 여자에게는 최소한의 안전 이상은 제공하지 못한다고 경고한다. 오스틴은 사랑하는 조카에게 보내는 편지에서 '두렵게도 혼자 사는 여자는 가난해지기 십상'[62]이라고 설명한다. 따라서 오스틴은 자신의 모든 소설에서 재정 압박 때문에 결혼할 수밖에 없는 여성의 무력함, 불공평한 상속법, 공식적인 교육을 받지 못한 여성들의 무지, 상속녀나 과부의 심리적인 취약성, 이용당하는 독신녀의 의존 상태, 몰두할 일이 없는 여성의 권태를 탐색한다. 이 모든 상황에 내재된 무력함은 캐서린이 뚫고 들어간 영국 사회의 품위 있고 우아한 표면 뒤에 감추어진 비밀의 일부인 것이다. 오스틴의 다른 여자 주인공들처럼 캐서린은 대부분의 여성이 자기 친구인 (그 집에서 '이름만 안주인'일 뿐 '실질적인 권력은 하나도 없는'[2부 13장]) 엘리너 틸니를 닮았다는 사실을 인식하기에 이른다.

틸니 집안으로 대표되는 가정이란 파탄적이고 강압적인 제도일 뿐이라는 캐서린의 인식은 오스틴의 많은 여자 주인공의 깨달음과 동일하다. 특히 틸니 장군이 명예심과 감정이 부족한데도 집안을 통제하고 있다는 캐서린의 인식은, 아버지가 자신의 서재로 숨어버리는 것이 파괴적이며 이기적이라는 엘리자베스 베넷의 깨달음, 병약한 아버지가 오로지 그에게만 관심을 쏟게 하려는 이기적인 필요에서 그녀의 자기중심주의를 강화시켰다는 에마 우드하우스의 깨달음과 유사하다. 틸니 장군의 탐욕과 강압에 대한 캐서린의 인식은 누구보다도 버트램 집안 가장의 판단이 틀리거나 완고할 뿐만 아니라 그 판단의 동기가 돈 때문이라는 패니 프라이스의 깨달음과 닮았다. 어떤 의미에서 오스틴 후기 소설의 모든 여자 주인공은 캐서린 몰런드를 닮았다. 그들은 모두 아버지의 실패, 가부장적인 위계질서의 공허함, 그리고 메리 버건이 보여주었듯 사회의 심리적 경제적 기본 단위로서 가정이 부적절하다는 것을 발견한다는 점에서 그러하다.[63]

집안의 경제권을 장악하고 있는 모든 아버지가 갖가지 이유로 자식들을 부양하지 못한다는 사실은 의미심장하다. 미스터 우드하우스는 가족과 손님들을 글자 그대로 굶기려 하고, 월터 엘리엇 경은 너무 인색해서 딸들에게 저녁 식사를 주지 않는다. 토머스 버트램 경은 식탁을 우아하게 꾸미는 데만 관심을 쏟기 때문에 자식들은 잘 갖추어진 그의 식탁을 피할 궁리만 한다. 엄격한 미식가인 틸니 장군은 '꽤 큰 주방을 생활필수품 중 하나'[2부 6장]로 보지만 본인의 식욕이 너무 왕성한 바람에 그가 주재하는 식사는 항상 자식들과 손님을 배곯게 만든다. 캐서린은 식탁에서 장군의 계속된 주목에 압박감을 느끼면서, '좀 이상하게 들리겠지만, 오히려 관심을 덜 받으면 덜 불편하지 않을까 하고 생각했다.'[2부 5장] 장군이 그녀를 끊임없이 어리둥절하게 만드는 것은 '왜 한 가지를 말하면서 다른 뜻을 전달하는

지'[2부 11장]다. 오스틴은 『노생거 사원』에서 고딕소설을 또 다른 방식으로 재정의하는데, 캐서린 몰런드는 장군의 사원에 갇혀 있는 것이 아니라 장군이 만든 허구, 즉 캐서린을 상속녀로 여겨 그녀가 둘째 아들에게 적합한 신붓감이라고 생각하는 일에 붙잡혀 있다는 것을 보여주는 방식이다. 더 나아가 덜 명확하기는 해도 캐서린은 장군의 자식들이 하려 드는 해석의 덫에도 빠져 있다.

비천 클리프에 오기 이전에도 캐서린의 눈에는 엘리너 틸니가 '집에 있지 않았다.' 엘리너가 아버지와 함께 집을 떠나는 것을 보았기 때문이다.[1부 12장] 비천 클리프에서 캐서린은 자신의 언어를 사람들이 이해하지 못한다는 사실을 깨닫는다. 모든 비평가들이 캐서린의 '실수'를 '고쳐주는' 헨리 틸니의 편을 든 것처럼 보이지만, 자신을 변호하는 장면에서 캐서린의 언어는 정확하게 자신의 관점을 반영하고 있다. 예를 들면 캐서린은 교육이라는 말 대신에 고문이라는 단어를 사용하는데, 그녀는 헨리 틸니가 결코 경험하지 못한 바를 알고 있기 때문이다.

'당신은 교육을 고문이라고 부르는 나를 어리석다고 생각하죠. 그러나 불쌍한 아이들이 처음 글자를 배우고 받아쓰기를 하는 소리가 당신도 나처럼 익숙하다면, 아침 내내 그들이 얼마나 바보 같을 수 있는지, 그렇게 한 끝에 나의 가련한 어머니가 얼마나 피곤해지는지, 내가 거의 날마다 습관적으로 바라보는 바로 그 시선으로 나의 가정생활을 당신도 볼 수 있다면, 당신은 고문과 교육이 가끔 동의어로 쓰일 수도 있다는 것을 인정할걸

요.'[1부 14장]

　이 언어적 논쟁 바로 다음 순간 캐서린은 틸니 집안 사람들이 '그림에 익숙한 사람의 눈으로 시골을 바라보는 것'에 주시하며, 그들이 '그녀가 거의 이해할 수 없는 단어로' 말하는 것을 듣는다.[1부 14장] 게다가 '그녀가 겨우 이해할 수 있는 몇 마디도 […] 그 문제에 대해 전에 그녀가 생각하고 있었던 얼마 안 되는 생각과 모순된다는 것을' 알게 된다. 캐서린이 자기 눈으로 직접 본 증거와 이해를 의심하게 하는 교육은 분명히 일종의 고문이다. 나아가 캐서린은 바스에서 시작된 (이때 그녀는 진심으로 헨리의 견해를 받아들이고 '헨리 틸니는 결코 틀릴 수 없다'는[1부 14장] 믿음을 품는다) 몰개성화 과정의 희생자가 된다.

　틸니 집안 사람들이 소프 집안 사람들처럼 위선적이지도 않고 강압적이지도 않다는 것은 분명하지만, 그들로 인해 캐서린은 자신이 내린 해석에 대해 혼란스럽고 불안한 감정을 느낀다. 그녀와 말할 때마다 헨리는 조롱하듯 캐서린을 '여자 주인공'으로 취급하고, 그녀를 상투적인 언어와 상투적인 플롯으로 에워싼다. 그들이 바스의 무도회에서 만났을 때, 헨리는 캐서린이 일기에 자신을 가련한 모습으로 묘사할까 걱정스럽다고 말한다. 여기서 헨리는 분명 모든 소녀가 평범한 일상의 가장 세속적인 세목들로 지면을 채우는 감상소설을 조롱한 것이지만, 그런 조롱으로 캐서린은 불필요하게 오해하고 혼란스러워한다. 노생거에서 캐서린이 헨리의 여동생이 히아신스가 얼마나 좋은 건지 자신에게 가르쳐주었다고 헨리에게 털어놓았을 때, 헨리는 동조하며 이렇게 대꾸한다. '꽃을 사랑하는 건 여성에게 늘 바람직하지요. 꽃을 좋아해야 밖으로 나갈 거리도 생기고 안 그럴 때보다 더 자주 운동할 기회도 생기니까요!' 이에 캐서린은 (우리는 그녀가 집 밖에서 항상 행복했다는 것을 알고 있지만) '어머니는 내가 집에 붙어 있는 걸 보지를 못했다고 말씀하셨는데' 하고 우물쭈물 항의할 뿐이다.[2부 7장] 더욱이, 캐트린 리스트콕 벌린이 주장했듯이, 사원에서 캐서린을 위협적으로 압도하는 플롯을 제공하는 이는 헨리다.[64] 틸니 장군은 자식들을 감시하고 통제하려고 한다는 점에서 (작가가 '그의' 인물들에게 하듯이) 오스틴 후기 소설의 아버지들을 닮았지만(이를테면 자기도취적인 월터 경과 재치 있는 미스터 베넷을 보라), 비천 클리프에서 캐서린에게 자연을 미학적으로 보는 법을 가르쳐준 사람 역시 헨리 틸니다. 또한 노생거의 미닫이 창, 오래된 태피스트리, 어두운 통로, 장례식, 귀신이 출몰하는 홀에서 캐서린을 사로잡은 고딕적인 이야기를 만들어낸 사람도 아버지의 아들다운 헨리다.

물론 오스틴이 그린 젊은 남성 예술가의 모습은 문학적 조작의 위험을 강조하지만, 헨리의 소소한 고딕 이야기는 분명 일종의 익살극으로 잘 속는 캐서린을 제외하고는 누구도 1분도 속지 않을 것이다. 사실상 많은 비평가들은 소설의 이 점을 거북해했고, 여기에서 이 소설이 두 부분으로 분리되어 있다고 여겼다. 그러나 두 부분은 바스 부분의 리얼리즘과 사원 장면의 익살극으로 나뉜다기보다, 마침내 사원에서 문자에 빠져 산문에 갇히는 캐서린의 단적인 변화에 의해 나뉜다. 원래는 책보다 크리켓, 농구, 승마를 더 좋아했던 소녀는 헨리 틸니가 지어낸 이 야기에 매료된다. 그것이 그녀를 여자 주인공으로 만드는 교육 의 정점이기 때문이다. 캐서린의 교육은 초기에 그레이나 포프 를 정독하는 것에서 시작해 바스에서 이저벨라와 함께 집 안에 처박혀 소설을 읽는 것, 그리고 새 책상을 사서 마차에 싣고 노 생거 사원으로 가지고 오는 일로 진전되어간다. 캐서린이 헨리 틸니에게 끌리는 이유도 헨리의 생생한 문학성으로, 그가 책과 매우 밀접하게 연관되어 있기 때문이다. 헨리는 소설 '수백 권' 을 읽었고[1부 14장], 모든 소설이 그녀를 향한 여성 혐오적 고 정관념을 제공했다. 노생거에 있는 자신의 방을 책, 소총, 두꺼 운 군용 코트로 어지럽혀놓는 이 남자는 '젊은 아가씨의 눈에 는' 전문가다.

'기분 좋은 편지를 쓸 수 있는 것은 여성 특유의 재능임을 모 든 사람이 인정하고 있으며', 여성적 스타일이란 '일반적으로 주제가 빈약하고, 구두점에 전적으로 무신경하며, 대개 문법에 무지하다'는[1부 3장] 것을 제외하고는 흠잡을 데 없다고 헨리 는 설명한다. '맑은 머리와 관대한 마음에 의해'[1부 14장] 자 기 자신이 남자임을 증명하는 헨리는 '가끔 여성들의 이해력 수 준에 머물러 있는 경멸스러운 남자를 참을 수 없어' 한다. 게다 가 헨리는 '아마도 여성의 능력은 견고하지도 명민하지도 않으 며 열정적이지도 날카롭지도' 않다. '여성은 관찰, 분별력, 판단, 열정, 천재성, 위트가 부족'하다고[1부 14장] 느낀다. 따라서 그 모든 매력적인 활력에도, 헨리 틸니의 여성 혐오는 그의 문학적 인 권위와 거의 동일시되며, 그리하여 헨리의 노생거 이야기가 캐서린에게 '꼭 책처럼' 들릴 때[2부 5장], 그녀는 마침내 책 속의 인물로서 자기 위치에 굴복하여 이 '무서운' 소설 안에 갇히고 마는 것이다.

캐서린은 그녀를 만든 작가를 벗어난 최초의 인물이다. 자신의 상상력으로 헨리가 제공한 역할과 플롯을 두르고 달아나기 때문이다. 캐서린의 이야기는 무시무시한 고딕적인 모험에 그녀를 참여시킨다. 잠 못 이루는 밤마다 떨면서 진땀 흘리며, 캐서린은 커다란 궤의 부서진 손잡이에 사로잡힌다. 그것이 캐서린에게는 '때 아닌 폭력'과 '숨겨진 비밀'을 폭로해줄 '이상한 암호'를 암시하기 때문이다.[2부 6장] 닥쳐오는 재난이나 죽음에 대한 실마리를 찾아 헤매다가 금고가 끝내 열리지 않자 캐서린은 공포에 휩싸인다. 결국 다음 날 아침에야 캐서린은 스스로 금고를 잠갔다는 것을 깨닫는다. 설상가상으로 그녀는 틸니 부인의 감금을 확신하고 죽은 여성을 기리는 추모비 앞에서 울고 있는 자신을 본다. 그러나 추모비가 있음에도 그녀는 틸니 부인의 죽음을 납득할 수 없다. 밀랍으로 만든 가짜 시체와 진짜 시체가 지하의 가족 납골당에서 바꿔치기될 수도 있다는 사실을 알기 때문이다. 실제로 장군의 죄악을 증명할 원고를 찾지 못하자, 캐서린은 이 악당이 꾀가 너무 많아서 자신이 간파당할 어떤 실마리도 남기지 않았다고 더욱더 확신할 뿐이다.

『노생거 사원』의 이 부분은 소녀들이 고딕소설의 우스꽝스러운 요구와 기준을 내면화할 때 만들어지는 망상을 간단하게 입증한다. 캐서린이 꿈꾸던 남자의 집에 진짜 여자 주인공처럼 들어선 바로 그 시점에 경험하는 불안은 그녀의 혼란스러운 감정을 표출하는 듯하다. 캐서린이 자신의 낯선 모습과 이해할 수도 없고 서로 충돌되는 행동 규범에 얼마나 끊임없이 시달려왔는가를 기억한다면 이런 감정은 이해할 수 있을 것이다. 여자 주인공은 태어나는 것이 아니라 만들어지기 때문에 여자 주인공이 된다는 것은 이해할 수 없는 허구에 부자연스럽지만 복종하는 것을 의미한다. 실제로 여자 주인공이 되는 소녀는 미치지는 않더라도 병들 것이라고 오스틴은 암시한다. 여기에서 우리는 젊은 아가씨가 배워야 하는 몸치장, 독서, 쇼핑, 몽상에 대한 감정교육의 자연스러운 귀결을 본다. 캐서린은 이미 바스에서 친구들과 지인들이 펼치는 서로 모순되는 주장의 틈바구니에 끼여서, 마치 자신이 포프의 우울의 미친 동굴에 거주하고 있는 것처럼, '깨진 약속, 무너진 기둥, 사륜마차, 눈을 속이는 양탄자, 틸니 남매, 성 안의 비밀스러운 문에 대해 차례차례' [1부 11장] 숙고한다. 물론 이후 한밤중에 사원을 배회하면서 캐서린은 자신의 진짜 이야기를 찾고 있으며, 미래의 비밀을 열어줄 사라진 여성의 옛 운명을 밝혀내려 한다고 볼 수 있다. 다음 세대의 틸니 부인이 되기를 열망하는 만큼 캐서린이 죽은 틸니 부인의 모습에 사로잡혀 있다는 것은 이해할 만하다. 우리가 그녀의 환상을 진지하게 받아들인다면, 강한 풍자적 어조 속에서도 우리는 그녀가 왜 그러는지 알 수 있다. 틸니 부인은 바로 그녀의 자아상이기 때문이다. 장군의 집에 갇혀 있고 구속되어 있다고 느끼면서도 왜 그런지는 이해하지 못한 채, 캐서린은 자신이 희생당하고 있다는 감정을 장군의 부인에 대한 (그녀의 부드러운 용모는 아마 삶과 마찬가지로 죽음의 틀에 맞춰져 있고, 그녀의 초상화는 사원에서 실물만큼 대접받지 못하고 있다) 자신의 상상력에 투사하고 있다. 「거울의 이면」의 메리 엘리자베스 콜리지처럼 캐서린은 감금 상태에서 침묵당하고 있는 이 여성의 이미지와 직면하고는 '내가 곧 그녀다!'라는 것을 인식한다. 의미심장하게도 이 여성 수인의 이야기는 캐서린의 유일한 독립적인 소설이며, '자신이 자발적으로 만들어낸 망상' [2부 10장]이기 때문에 즉각 부인해야 할 이야기다. 그것은 자신에 대해 증오만을 안겨줄 뿐이다.

틸니 장군이 조작의 괴물이라면, 조지 러빈이 보여주었듯이, 캐서린 몰런드 또한 오스틴의 동시대인 메리 셸리를 괴롭혔던 괴물과 별로 다르지 않은 '괴물의 전조'인 셈이다.[65] 캐서린의 괴물성은 러빈의 주장처럼 단지 사회적 도덕적 규범이 정해놓은 제약과 상충하는 사회적 신분 상승의 결과만은 아니다. 그것은 그녀가 자신의 이야기를 탐색한 결과이기도 하다. 상상력과 감수성이 풍부한 캐서린은 자신이 자기 삶의 이야기의 주인공이 될 수 있으며, 자기 자신을 만들어낼 수 있고, 그럼으로써 현실을 통제하고 정의할 수 있다고 진심으로 믿고 있다. 그러나 메리 셸리의 괴물처럼 캐서린은 마침내 누군가가 만들어낸 창조물로, 즉 마음에 들지 않은 플롯 안에 갇혀 있는 인물로 자신을 받아들여야 한다. 사실 메리 셸리의 괴물처럼 캐서린은 자신이 속한 문화의 기호들을 이해하지 못한다. 캐서린의 좌절은 부분적으로 자신이 만들어낸 굶주리고 고통받는 틸니 부인에게 반영되어 있다. 자신이 이 여성 수인을 해방시켜준다는 것도 망상의 일부분일 뿐이다. 캐서린은 엘런 모어스가 말했던 '여장부다운' 자질을 갖추고 있지 않을뿐더러 작가의 권한과 권위도 없기 때문이다. 캐서린은 소설을 만들려는 자신의 시도를 무례하다고 생각하는 환경에 처해 있다. 우리가 그녀를 끊임없이 괴롭히는 문학적인 문제를 이해하고자 하고, 그녀가 느끼는 불안의 숨겨진 원인을 찾아보려 할 때, 우리는 캐서린이 호기심에 이끌리고 있음을 알게 될 것이다. 그녀의 호기심은 메리 셸리의 괴물뿐만이 아니라 캐서린 언쇼, 제인 에어, 도러시아 브룩 같은 반항적이고 불만에 가득 찬 탐구자들과 캐서린을 연결해준다.

처음에는 소프 집안 사람들 탓에, 나중에는 틸니 집안 사람들 탓에 혼란스러워진 캐서린은 당연하게도 자신의 타자성을 인식하게 된다. 말하자면 감금된 아내 이야기는 캐서린의 분노와 자기 연민을 완벽하게 폭로한다. 그러나 캐서린이 완전히 '깨어나' '로맨스의 꿈이 끝났을 때'[2부 10장], 그녀는 힘을 완전히 상실한다. 자신의 이야기를 단념할 수밖에 없게 된 캐서린은 '평범한 삶의 불안이 로맨스의 불안을 잇기 시작했을 때'[2부 10장] 성숙한다. 첫째, 그녀의 분신이며 '야심 덩어리'였던[2부 19장] 이저벨라는 철저히 벌을 받아야 하며, 그녀의 괴물 같은 모든 야망은 폭로되어야 한다. 헨리 틸니가 캐서린에게 '이저벨라를 잃는 게 당신의 반쪽을 잃은 듯'[2부 10장] 느낄 것이라고 말했을 때 헨리 틸니는 농담한 것이었다. 그러나 그의 말은 일말의 진실도 담고 있다. 이저벨라는 자신을 주인공으로 만들고자 하는 캐서린의 야망의 정수를 나타내기 때문이다. 이저벨라가 재산이 없기 때문에 틸니 대령과 결혼하기 어렵다며 나눈 대화는 자신에 대한 캐서린의 불안을 증대시킨다. 캐서린이 인정하듯

이 '그녀도 이저벨라처럼 보잘것없고, 상속금이 한 푼도 없는 처지이기 때문이다.[2부 11장]

사실을 다르게 말하는 이저벨라의 마지막 시도는 철저히 실패로 끝난다. 그것의 모순과 부자연스러움은 캐서린에게조차 거짓으로 들릴 정도였다. '이저벨라에게 부끄러움을 느끼고 그녀를 사랑한 일에 수치심을 느껴서'[2부 12장], 캐서린은 평범한 삶의 불안에 눈뜨기 시작한다. 캐서린 자신의 추락은 바로 이저벨라의 추락에 뒤따라 발생한다. 장군의 집에서 쫓겨난 뒤, 캐서린은 이제 이전에 상상했던 것보다 '현실적이며 실제적으로 압도적인 서글픈' 동요를 경험한다.[2부 13장] 캐서린은 헨리를 통해 '자신의 호기심과 공포가 터무니없다'는 것을 확신했지만, 이제는 헨리가 이저벨라의 이야기를 잘못 이해했을 뿐만 아니라('당신은 그 일이 그렇게 끝나리라고 생각하지 않았죠'[2부 10장]), 자신의 이야기도 잘못 이해하고 있다는 것을 깨닫는다. 따라서 캐서린의 동요에는 장군에 대한 두려움이 '단지' 상상의 산물이라는 헨리의 평가에 그녀가 굴복했다는 인식이 조금도 실려 있지 않다. 처음부터 내내 그녀의 평가가 옳았다.

이것이 바로 『노생거 사원』이 래드클리프 부인의 이야기처럼 무서운 고딕소설이 되는 이유다. 소설이 묘사하는 악은 샬럿 퍼킨스 길먼, 필리스 체슬러, 실비아 플라스 같은 서로 결이 다른 작가들이 묘사한 공포이기 때문이다. 다시 말해 여성이 위험에 대한 감각을 무시해야 하고, 자신의 상황에 대한 인식과 모순되는 것을 현실로 받아들이도록 강요받았을 때 생기는 공포와 자기혐오인 것이다. 자신의 내면성과 확실성을 헨리의 부적절한 판단으로 대체했음을 깨달았을 때 캐서린이 느끼는 혼란을 설명하기 위해서는 좀 더 극적인 (더 무력화시키지는 않을지라도) 예들을 인용할 수 있을 것이다. 왜냐하면 캐서린을 치명적으로 혼란에 빠뜨리는 세뇌 과정은 여성에게 항상 고통스러운 굴욕감을 주고, 여성을 서서히 미치게 만들기 때문이다. 최근 플로렌스 러시는 미쳐가는 여자에 대한 잉그리드 버그먼의 유명한 영화를 은유적으로 사용하며 이 과정을 '가스라이팅'이라고 불렀다.[66]

'결말에서 여자 주인공이 명예를 전부 회복하고 승리감을 안고 고향으로 귀환하는 것'이 작가와 독자 모두의 '기쁨'일 테지만, 오스틴은 '나는 여자 주인공을 고독과 불명예 속에서 집으로 데려온다'고 고백한다.[2부 14장] 캐서린은 '홀로 침묵하는 일' 이외에 어떤 다른 할 일이 없다.[2부 14장] 이야기나 관점을 가져보려는 시도를 포기하고, 그녀는 만일 헨리가 우연히 그 편지를 읽게 된다 해도 그녀를 고통스럽게 하지 않을 편지를 엘리너에게 쓴다. 백설 공주는 물론이요 『어두워지기 전의 여름』의 서두에서 주전자가 끓기를 기다리며 서 있는 케이트 브라운에 이르기까지 모든 여자 주인공처럼 캐서린은 기다리는 일 외에는 아무 할 일 없이 남겨진다.

캐서린은 가만히 앉아 있을 수도 단 10분간 일에 몰두할 수도 없었다. 그리하여 정원과 과수원 주위를 몇 번이고 걸어다녔다. 움직이는 것만이 그녀에게 주어진 자유이기라도 한 듯… 그것은 마치 응접실에 잠깐 꼼짝없이 있기보다는 차라리 집 주변

이라도 걸어다니겠다는 심사로 보였다.[2부 15장]

　어머니는 캐서린에게 『거울』이라는 교훈적 에세이가 담긴 잡지를 준다. 그 책은 이제 로맨스를 대신한다. 캐서린의 '침묵과 슬픔'에 적합한 이야기를 담고 있기 때문이다.[2부 15장] 그녀는 이 유리 관에서 왕자 덕분에 구출되지만, 왕자의 '애정은 다만' 그녀가 그를 좋아하는 데 대한 '고마움에서 비롯할 뿐'이다.[2부 15장]

　헨리는 잘못을 저질렀고 캐서린에게 당연하게 그의 권위를 강요하지만, 헨리의 목사관은 장군의 사원이나 부모님의 작은 집보다 더 편안한 거주지가 될 것이다. 초록빛 경사지를 굴러 내려가는 놀이를 그토록 즐겼던 소녀는 균형이 잘 잡힌 방들에서, 적어도 창문을 통해서 찬란한 초록빛 초원을 바라볼 수는 있다. 다시 말해 캐서린이 살 미래의 집은 여성들에게 사회에 거주할 편안한 공간을 발견할 수 있다는 약속을 제공한다. 오스틴은 엘리너 틸니도 (그의 하인이 세탁물 목록을 남겨둔 채 떠나버린) 젠틀맨과 결혼시킴으로써 '노생거 같은 악마의 집'[2부 16장]에서 빼내온다. 그러나 두 여성 모두에게 행복한 결말을 가져다준 것은 교육이 아니다. 오스틴이 암시했듯 캐서린과 엘리너 둘 다 계속 사원의 비밀을 당혹스러워하며 파헤치기 때문이다. 이 점에서 캐서린의 운명은 후기 작품의 여자 주인공의 운명을 예시하고 있다. 그들 대부분도 마찬가지로 화자의 (이 화자는 자신의 노력에 주목할 것을 요구함으로써 잘 보호받지 못하는 여성들의 삶이 과연 만족스럽게 끝날 수 있을 것인지 의

심하게 만든다) 조작을 통해 그들의 주체성을 포기할 때 비로소 '구출된다.'

　동시에 과거의 틸니 부인의 결혼이 미래의 틸니 부인의 행복에 의구심을 드리울지라도, 오스틴은 여성의 반항에 창의적으로 공감하는 것과 여성적인 순종을 이상화하는 기존의 문학 구조를 예술적으로 수용하는 것 사이에서 성공적으로 균형을 이루어냈다. 오스틴의 초기 패러디물은 모두 독자들이라 할 수 있는 인물들에게 과중하게 의존함으로써 그녀의 후기 소설에 나타나는 여성의 상상력이라는 중요한 주제를 시사한다. 해럴드 블룸은 (자신을 여성으로, 그리하여 이류로 정의한 것과 불가분하게 관련되어 있는 말) '시대에 뒤떨어졌다'고 말했지만 오스틴이 자신의 의식을 가장 강력하게 보여준 작품은 『노생거 사원』이다. 캐서린 몰런드가 독자로 남는 것과 마찬가지로 오스틴은 자신을 '그저' 이전 소설들의 해설가요 비평가로 제시하고, 이를 통해 자신이 만들지 않은 소설의 집에 기꺼이 거주하고자 하는 의지를 매우 겸손하게 보여준 것이다.

5장 제인 오스틴의 겉 이야기(와 비밀 요원들)

나는 가난한 칼 가는 사람 같다 ─ 나는 할 이야기가 없다.
- 마리아 에지워스

나는 가능성 안에서 살고 있다 ─
산문보다 더 아름다운 집 ─
창문도 더 많고 ─
문도 ─ 훨씬 좋은 ─
- 에밀리 디킨슨

기절하는 방식은 되도록 다양해야 하고 기발해야 한다.
- 『소녀들의 오락책』(1840년경)

사포부터 나 자신까지, 여자들의 운명을 생각해보라.
그것을 논하는 일은 얼마나 여성답지 않은가!
- 캐럴린 카이저

제인 오스틴은 '여성' 작가 되기에 담긴 긴장을 혼자 경험하지 않았다. 그녀는 『노생거 사원』에서 마리아 에지워스 같은 여성 문인이 소설가라는 지위 때문에 당혹감을 느낀다고 부드럽게 책망하면서 그런 긴장을 강조하는 듯하다. 흥미롭게도 오스틴은 에지워스의 핵심 문제를 거의 정확하게 짚어냈다. 에지워스는 아버지가 헌신했던 건전한 도덕교육의 측면에서 자신의 '여성적인' 소설을 바라보며 끊임없이 비판하고 비하했다. 첫 번째 제사가 의도하듯, 자신의 이야기가 없다는 마리아 에지워스의 계속된 믿음은 여성이란 자신의 역사나 이름이 없고 작가가 될 만한 의미 있는 이야기도 없는 사람이라는 사실에 대한 캐서린 몰런드의 각성을 반영한다. 그러나 에지워스가 자신에게 부여한 '가난한 칼 가는 사람' 이미지는 예리한 통찰을 보여준다. 그 통찰은 버지니아 울프가 '오스틴은 인물들의 머리를 잘라내는 데서 즐거움을 얻는다'고 말했던 것과 다르지 않다.[1] 틸니 장군에 대한 오스틴의 반응은 ('터무니없이 도리에 어긋나고 비뚤어져 있는 인물')[2] 후기 작품에 보이는 남성 권력에 대한 오스틴 자신의 판단을 반영하고 있기 때문에, 마리아 에지워스의 생애는 오스틴의 후기 작품에 대한 서문으로 고려해볼 가치가 있다.

당시에 가장 인기 있고 영향력 있는 소설가 중 한 명이었지만, 에지워스의 개인적인 과묵함과 겸손은 오스틴에 견줄 만하다. 그래서 바이런은 '아무도 그녀가 자신의 이름을 쓸 수 있으리라고 생각하지 않았을 것이다. 반면 그녀의 아버지는 자신이 쓴 글 이외의 것을 쓸 수 없다고 하는 대신 어떤 것도 쓸 만한 가치가 없는 것처럼 말했다.'[3] 에지워스라는 이름은 가장 최근의 그녀의 전기 작가에게조차 여전히 리처드 러벌 에지워스, 즉 거만한 자기중심주의로 많은 사람들을 만날 때마다 웃기거나 불편하게 했던 그녀의 아버지를 의미했다. 매릴린 버틀러는 리처드 에지워스를 순진한 아이를 조종하는 파렴치한 스벤갈리[조종자]로 보아서는 안 된다고 주장한다.[4] 그러나 버틀러는 아버지에 대한 자발적인 헌신이 에지워스의 재능을 방해하고 억누르는 바람에 이제 막 작가로 부상 중이었던 그녀에게 직접적인 강요가 초래할 문제보다 훨씬 더 복잡한 문제가 생겼을 수도 있다는 것을 인식하지 못하고 있다. 과학적인 발명가로서, 그리고 가족의 지적 발달을 위해 집에서 자신의 교육학을 실천했던 계몽주의 이론가로서 리처드 에지워스를 묘사할 때는 그가 큰 아들에게 루소식 교육을 실험했고(아들의 변덕스럽고 통제할 수 없는 기질은 루소가 틀렸다는 것을 그에게 확신시켜주었다), 네 명의 부인에게서 (그는 나머지 아이들에게 극도로 무관심했다) 스물두 명의 아이를 낳았다는 사실을 참조해야 한다.

스물두 자녀 중 셋째 딸이자 가장 철저히 무시당했던 부인의 딸이었던 마리아 에지워스는 아버지의 관심과 인정을 얻기 위해 글쓰기를 이용했던 것 같다. 작가로서 첫발을 내디뎠을 때부터, 아버지는 서로 동의하에 마리아의 삶을 지휘하는 감독이자 화자가 되었다. 처음에 아버지는 지나치게 비판적인 마담 드 장리의 소설 『아델과 시어도어』를 마리아에게 번역하라고 했는데, 출판사가 마리아의 번역을 거절하지 않았더라면 마리아는 이 작품으로 출세할 수 있었을 것이다. 리처드의 친구 토머스 데이는 리처드에게 딸의 번역 출판 취소를 축하하는 뜻을 전했다. 마리아는 『여성 작가를 위한 편지』(1795)를 여성이 작가가되는 문제에 대한 데이와 리처드 러벌 에지워스 사이에 오고 간 편지의 답장으로 썼지만, 그것을 문학적 주장으로 보기는 매우 어렵다.

마리아가 '독설로 가득 찬 여백에 쓰인 주석과 그것 말고도 아버지의 비판적 분노가 담긴 온갖 종류의 비뚤어진 표시 때문에 꼴사나워졌다'고 묘사한[5] 이 원고는 사실상 여성의 권위를 옹호하는 것이 아니라 여성의 변덕과 자기 극화를 (「줄리아와 캐럴라인의 편지」에서) 공격하고 있기 때문이다. 이 원고에는 여성이 아주 사소한 결정을 내릴 때조차 조작적이고 위선적이며 자축적이고 비이성적임을 암시하는 풍자적인 에세이도 (「자기 정당화라는 고상한 학문에 대한 에세이」) 들어 있다. 마리아는 원고에 '여성의 천재성은 괴물과 마찬가지로 나의 기호에 거슬린다'고 주장하는 여성 혐오자와 (아마 토머스 데이가 그 모델일 것이다) 여성 교육을 옹호하는 자 (아마 마리아의 아버지) 사이에 오고 간 편지도 포함시킨다. 그 옹호자는 주장한다.

여성에게 펜이 새로운 도구라는 점을 감안한다면, 여성들은 적어도 교육받은 남자가 몇 세기 전에 이 바늘을 잘 사용했듯 펜을 잘 사용하고 있다고 생각합니다. 그 시절에 그들은 얼마나 많은 영혼들이 펜 끝에 서 있을 수 있는가를 결정하려고 애쓰면서 이 숭고한 질문에 대해 논쟁할 때마다 서로 갈기갈기 찢어버릴 태세였지요.[6]

그러나 여성이 중세 신학자보다 더 어리석은 건 아니라는 '옹호'는 (계몽 철학자로부터 나온) 칭찬이라고 볼 수 없으며, 여성을 더 훌륭한 아내와 어머니(마리아 에지워스 자신은 결코 해보지 않은 두 역할)로 만들려면 교육이 필요하다는 주장도 아니다. 데이와 에지워스 같은 청중을 위해 쓴 『여성 작가를 위한 편지』를 통해 우리는 왜 마리아 에지워스가 자신을 여성 문인, 아버지의 상상력이 만들어낸 인물, 아버지의 통제를 당연하게도 갈망하고 두려워했던 사람으로 만들지 않고서는 작가가 될 수 없었는지를 이해할 수 있다.

'아버지가 없었다면 나는 어디에 있었을까? 나는 무無로 가라앉았을 것이다. 아버지는 무로부터 나를 건져주었다'라고 마리아 에지워스는 속을 태운다.[7] 이 걱정은 조지 엘리엇과 또 다른 책임감 강한 딸-작가가 표현했던 두려움의 섬뜩한 전조다. 리처드 러벌 에지워스가 딸에게 '단지 예쁜 이야기나 하찮은 짧은 소설이나 쓰는 작가가 되는 것은 내 파트너이자 학생, 딸답지 못하다'고 '지적했기' 때문에,[8] 마리아는 상당히 성공을 거둔 자신의 초기 저작 발표 이후 소설 쓰기를 이내 그만두었다. 그러나 마리아는 곧 다시 아버지의 도움이나 지식 없이 소설 한 권을 썼다. 『래크랜트 성』(1800)은 마리아의 초기 작품 중 가장 인기 있었던 저작이었을 뿐만 아니라 우리가 『노생거 사원』에서 발견했던 것과 놀랄 만큼 유사하게 가부장제에 대한 전복적인 비판이 담겨 있다.

믿음직한 하인인 새디 쿼크가 아일랜드의 오래된 저택에 얽힌 역사를 이야기하는 이 소설은 저택 소유자의 상속을 소재로 삼는다. 저택의 소유주들은 나태하고 경솔한 데다 소송과 술, 여자를 좋아한다는 공통점이 있는 아일랜드 귀족이다. 텔리후스 경, 패트릭 경, 머타 경, 키트 경, 콘디 경의 충복은 그들을 찬양하고 봉사하는 동시에 아일랜드 사회에서 주인들의 무책임한 지위 남용을 폭로하는 장본인들이다.『래크랜트 성』은 갇혀 있는 아내에 대한 흥미 있는 에피소드를 담았으며, 나아가 우리가 노생거의 복도를 내려다보며 발견했던 비밀과 이 작품을 연결시켜준다. 래크랜트의 지주들은 전부 돈 때문에 결혼하지만 단 한 사람, 키트 경은 유대인 상속녀를 부인으로 맞아 아일랜드로 데리고 온다. 새디는 겉으로는 '이 이교도 블랙모어가'[9] 영지의 수장에게 아무것도 선사해주지 못할 것이라고 한탄하면서, 사실 이 부자 외국인의 애처로운 무지와 취약성을 묘사하고 있다. 그녀는 잔인할 정도로 변덕이 심한 남편의 손아귀에 완전히 내맡겨진 상태이기 때문이다. 그녀의 무력함은 식탁에 놓일 음식에 대한 논쟁에서 눈에 띄게 극화된다. 키트 경은 식사 때마다 소시지와 베이컨, 돼지고기를 차려 놓음으로써 계속해서 아내의 화를 돋운다. 후기 작품의 많은 여자 주인공들도 그렇듯이, 그녀는 금지된 외국 음식을 거부하기 위해 방 안에 틀어박히는 것으로 응수한다. 그것은 매우 위험한 해결책이다. 결국 키트 경이 그녀를 감금해버리기 때문이다. '우리 중 누구도 그 후 7년이 지날 때까지 마님을 보지도 목소리를 듣지도 못했다'고 새디는 침착하게 설명한다.

이 에피소드의 잠재적 영향력을 의식하고 있기라도 하듯, 작가는 '거의 믿기지 않는 것'의 역사적 정확성을 입증하기 위해

긴 설명조의 주석을 첨부했다. 즉 마리아는 '그 유명한 레이디 캐스카트가 결혼으로 감금당한 사건'을 인용하는데, 이 사건은 또 마리아 에지워스에게 조지 1세의 부인 이야기를 상기시킨다. 부인은 조지 1세가 영국의 왕위에 오르기 위해 떠났을 때 하노버에 갇혀 있었고, 32년 뒤 죽어서야 그곳에서 나올 수 있었다.[10] 키트 경은 캐스카트의 남편이 저지른 또 다른 예를 보여준다. 키트 경은 동료들과 식탁에 둘러앉아 래크랜트의 안녕을 위해 건배를 하며, '식탁에 있는 것 중 아내에게 보내줄 것이 있는지' 물어보라고 하인에게 거짓 심부름을 보내고, '마님은 아무것도 원하지 않으며 단지 남편의 손님들을 위해 건배했다'고 거짓 답변을 하도록 시킨다. 고색창연한 저택 안에서 굶주리며, 글자 그대로 갇혀 있는 아내는 비유적으로 말하면 남편의 소설 안에 갇혀 있는 것이다. 새디는 충성스럽게 선언한다. 키트 경은 자신의 영지를 저당 잡혀도 도박벽을 결코 고치지 못했지만, 그것만이 '그가 가지고 있는 유일한 결점이다. 신이여 그에게 축복을 주소서!'

남편이 죽은 뒤 건강을 회복한 레이디 래크랜트가 요리사를 해고하고 그 나라를 떠날 때 새디는 '주인의 아내인 마님이 더 많은 의무감을 보여주지 못한 것은', 특히 재정 파탄에서 키트 경을 구해주지 못한 것은 '수치였다'고 생각한다. 그러나 부인의 탈출이 승리라는 것은 분명하다. 이는 더 나아가 왜 『래크랜트 성』이 마리아 에지워스가 아버지의 도움 없이 빠르고 비밀리에 썼던 거의 유일한 작품인지 설명해준다. 실제로 마리아는 늙은 집사의 목소리를 들었을 때 그 이야기가 저절로 떠올랐으며, 자신은 단지 그것을 기록했을 뿐이라고 주장했다. 이렇게 '몽환의 경지'에서 글을 쓴 예들은 많다. 특히 브론테 자매가 그랬다. 에지워스가 몽환의 경지에서 글을 썼다는 주장은 어떻게 『래크랜트 성』이 그녀의 저작으로 남아 있는지, 왜 그녀는 아버지의 '수정' 권고를 끈질기게 물리쳤는지 분명하게 말해준다.[11]

여성의 창작품으로서 『래크랜트 성』을 볼 때, 이 소설은 가부장제를 비판하는 작품이라고 분명히 볼 수 있다. 귀족 혈통 남성이 아일랜드(그 전통적인 늙은 암퇘지)를 착취해서 농부를 굶주리게 하고 재산을 빼앗아가기 때문이다. 래크랜트는 파괴적인 소작료를 의미하고 『래크랜트 성』은 착취하는 지주에 대한 저항이다. 더구나 새디 쿼크는 전형적인 무력한 관리인 역할을 담당하는데, 『노생거 사원』의 엘리너 틸니나 『폭풍의 언덕』의 넬리 딘 같은 여자들처럼 양가적 특성을 똑같이 지니고 있는 인물이다. 두 여자는 남성 소우주와 자신을 동일시하기에 (제멋대로이고 강압적이라고 생각하면서도) 남성의 의지를 실행한다. 그러나 '가난한 칼 가는 사람'인 마리아 에지워스처럼, 새디는 자신이 쓸모 있는 것은 자기 이야기 때문이 아니라 자신이 부양하는 사람의 이야기 때문이라고 말한다. 새디의 말은 파괴적이다. 자신이 그렇게 충성스럽게 찬양하는 듯한 바로 그 주인의 비행을 폭로하기 때문이다. 주인을 그토록 온순하게 섬기는 것으로 보이는 이 집사는 사실 주인의 몰락을 틈타 이익을 챙기고, 그들을 끝장내는 장치를 작동시키고, 그들 집안의 마지막 수장이 죽는 데 일조하기까지 한다. 의식적으로든 무의식적으로든,[12] 이 '가족의 충복'은 어떻게든 그 저택을 얻게 된다. 힘없는 자의 기만적인 책략을 이용한 새디는 실제로는 유능한 적수로, 이야기 말미에서 자기 자신을 경멸한다고 말하지만 래크랜트 가문의 권력을 계승한 사람은 바로 새디의 아들이다.

아버지의 서재에서 작업했고, 원래 아버지를 기쁘게 하기 위해 글을 썼던 마리아 에지워스는 이 초기 소설에서 겉으로 보기에는 충성스럽고 약해 보이는 자의 보복 원한을 극화함으로써 아버지의 통제를 벗어나고 있다. 그러나 로맨스 소설『벨린다』의 성공과 열렬한 호응에도 마리아는 자신의 '예쁜 이야기와 짧은 소설 쓰기'를 아버지의 '파트너이며 학생이자 딸'로서 자신이 '할 만한 것이 못 되는' 것으로 간주한다. 따라서 그것에 등을 돌리고 대신 아버지의 프로젝트, 예를 들면 소년들을 위한 직업 교육 연구서인『직업 교육』집필을 수행하기로 한다. 아버지가 정치적 교육적 이론의 주석으로 사용한 아일랜드의 이야기와 어린이용 이야기를 아버지가 죽을 때까지 쓰는 일에 헌신했던 마리아 에지워스는 자신을 아버지의 비서로 여기고 소개할 정도였다. 마리아는 '나는 그저 [아버지와] 똑같은 의견을 다른 형식으로 반복했을 뿐이었다'고 설명했다. '나는 일정한 양의 금을 받았고, 그것을 통상 사용하기 편리하게 대량의 화폐로 주조했다.'[13] 마리아는 자신을 '대행하는 가장 친절한 문학적인 파트너'가 모든 최종적인 결정을 내렸다는 것을 번번이 인정하면서, '내가 처음에 글을 쓰려고 애쓴 목적은 아버지를 기쁘게 하기 위해서였고, 그래서 계속 글을 썼다'고 고백한다. 그러나 마리아는 '아버지가 최초의 돌을 던졌고, 그리하여 최초의 움직임이 만들어졌다 해도, 비슷하게 움직이는 힘이 없을 땐 아

름다운 동심원은 사라지고 물은 썩을 것'이라고도 믿었다.[14]

마리아 에지워스는 분명 그녀의 저자(아버지)가 없다면 자신은 존재할 수도 창작할 수도 없을 것이라고 걱정했지만, 동시에 우리가 '여성이 작가가 된다는 것에 대한 불안'이라고 불렀던 그 문제를 자신이 아버지의 펜인 것처럼 글을 씀으로써 해결했다. 마리아의 많은 계승자들(개스켈 부인, 제럴딘 주스버리, 조지 엘리엇, 올리브 슈라이너)처럼 그녀도 두통에 시달렸는데, 아마도 이런 해결 방법이 수반하는 긴장 때문이었을 것이다. 마리아는 아버지의 편집 기술, 비평, 창의성만이 자신이 쉽사리 빠져드는 마음의 동요와 불안을 덜어주어 글을 쓰도록 이끌어 준다고 확신했다.[15] 이 점에서 마리아 에지워스는 『미들마치』의 도러시아 브룩을 닮았다. '만일 그녀가 책을 썼다면 성 테레사가 그랬던 것처럼, 틀림없이 자기 양심을 속박했던 어떤 권위의 명령 때문에 썼을 것이다.'[10장] 우리는 마리아의 전기에서 그런 긴장을 분명히 감지할 수 있다. 리처드 러벌 에지워스가 임종할 당시의 사건을 예로 들어보자. 죽기 전날 리처드 에지워스는 딸에게 출판사에 보낼 편지를 받아쓰게 했다. 매릴린 버틀러에 따르면 그 편지에서 리처드는 자신이 죽고 나서 한 달 이내에 480쪽에 이르는 자신의 회고록에 딸이 200쪽을 덧붙일 것임을 언급했다고 한다. 그의 비서는 용기가 없어서 입 밖에 낼 수 없었던 말을 여백에 적었다. '나는 결코 약속하지 않았다.'[16] 캐저반의 책을 완성하겠다고 결코 약속하지 않고 그 대신 말없이 그의 노트에 왜 그녀가 그럴 수 없는지를 설명하는 메시지를 남긴 『미들마치』의 도러시아 캐저반과 같이 마리아 에지워스도 아버지의 계획을 실현함으로써 그의 소망을 실현하고 싶은 욕망과 자신의 재능을 내세우고 싶은 욕구 사이에서 틀림없이 갈등했을 것이다. 그러나 마리아는 도러시아와 달리 심한 고통이 따랐음에도 결국 아버지의 책을 썼다.

글자 그대로 아버지의 책을 쓰는 일은 생애 내내 그녀가 했던 일, 즉 아버지의 이론을 설명하고 권위적인 남성 인물의 현명한 자비심을 묘사하는 이야기를 썼던 일이었다. 적어도 한 비평가는 마리아가 아버지의 기준과 자신의 개인적 도리 사이에서 균형을 잘 잡았다고 믿는다. 그러나 마리아가 (자신의 소설에서 도덕적인 표면과 상징적인 저항의 대화를 유지함으로써)[17] 아버지의 가치와 다른 자신의 의견을 암암리에 표현했다 하더라도, 이 정신분열적인 해결은 가정이라는 전선에서 그녀에게 책상을 내준 일에 대한 아버지의 선심 쓰는 듯한 글을 남겼을 뿐이다.

내 딸 마리아 에지워스의 작품은 전부 우리 집 평범한 응접실에 있는 이 초라한 책상에서 쓰였습니다. 주로 나를 기쁘게 해주기 위해서 쓴 이 책들에서 딸은 어떤 사람의 개인적인 성격도 결코 공격하지 않았으며, 그 어떤 정치적 종교적 분파나 정당의 견해와도 대립하지 않았습니다. [⋯] 마리아는 자신의 정신을 향상하고 즐겁게 누렸으며, (내가 딸애의 머리보다 낫다고 믿는) 자신의 마음을 만족시켰습니다.[18]

『래크랜트 성』이 우리가 『노생거 사원』에서 살펴보았던 것과 똑같이 가부장제를 비판하는데도, 에지워스는 자신의 응접실에 있는 딸 마리아의 책상에 대해 깔보는 듯한 칭찬을 한다. 이를 통해 우리는 오스틴 또한 그렇게 점잖은 공간에서 작업했다는 사실을 짐작할 수 있다. 리처드 러벌 에지워스가 이 공간을 마리아가 가정의 통제에 숙녀답게 순종하는 기호로 인식하는 것처럼, 버지니아 울프도 그런 글쓰기 공간이 '숙녀' 소설가를 감금하는 상징으로 쓰인다고 암시한다.

만일 여성이 글을 썼다면 가족이 함께 사용하는 응접실에서 써야 했을 것입니다. […] 여성은 항상 방해받았습니다. […] 제인 오스틴은 마지막까지 그런 환경에서 글을 썼습니다. 오스틴의 조카는 회고록에 이렇게 썼습니다. '생각해보면 고모가 어떻게 이 모든 것을 성취할 수 있었는지 놀랍다. 고모는 독립된 서재가 없어서 작품을 대체로 공동 응접실에서 썼는데, 보통 응접실은 모든 종류의 일상사로 방해받기 십상이었기 때문이다.' '고모는 하인들이나 방문객, 자신의 가족을 제외한 어떤 사람도 자신이 글을 쓴다는 것을 눈치채지 못하도록 조심했다.' 제인 오스틴은 자신의 원고를 숨기거나 압지로 덮어두었습니다. […] [오스틴은] 문의 경첩이 삐걱거리는 소리를 내는 것을 다행이라 생각했는데, 누군가 들어오기 전에 원고를 감출 수 있었기 때문이었습니다.[19]

울프는 『자기만의 방』의 다른 곳에서 오스틴이 그녀의 성에 의해 방해받지 않았다고 반복적으로 주장하지만, 위의 문단을 보면 여성이기 때문에 오스틴이 직면해야 했던 한계를 울프가 날카롭게 인식했음을 알 수 있다. 두 가지 인식 사이에서 감지되는 모순에도 불구하고, [울프가 묘사한] 사람들이 함께 사용하는 응접실에서 글을 쓰는 숙녀의 이미지는 오스틴의 감금뿐만 아니라 감금에 대처하기 위한 소설적 전략을 이해하는 데 특히 유용하다. 오스틴의 초기 작품조차 (많은 비평가들이 오스틴 작품 가운데 가장 보수적인 작품이라고 평가한다) 패러디라는 '표지'나 '압지' 뒤에 분명 숙녀답지 않은 견해를 숨기고 있다는 실마리를 엿볼 수 있다. 삐걱거리는 소리를 예상하고 압지를 사용한 것은 오스틴의 후기 소설에 존재하는 훨씬 더 유기적인 숨김의 상징이라 할 수 있다. 물론 그것은 작가가 되는 일에 따라붙는 오스틴의 불안에 주목할 것을 우리에게 요구하고 있다.

우리는 오스틴이 『노생거 사원』 이후 암묵적이고 반항적인 시각과 겉으로 드러낸 예의 바른 형식을 결합시키려고 애쓰고 있음을 알 수 있다. 또한 오스틴은 마리아 에지워스를 본보기 삼아 자신을 위해 글을 쓰면서, 다른 여성들이 짊어진 가정적인 의무에 대한 도덕적 사회적 책임감을 고무시키는 방식으로 자신이 감히 펜을 든 것을 정당화하고 있음을 알 수 있다. 오스틴이 죽은 이후 그녀의 친척들은 마리아의 아버지인 에지워스와 똑같은 주장을 펼친다. 그러나 오스틴은 (여성은 항상 자기 자신의 이야기를 거부할 필요가 있다는) 자기 이야기가 품고 있는 억압 덕분에 역설적으로 자신이 여자 주인공의 운명으로 규정하고 옹호한 감금을 피할 수 있었다. 그리하여 에밀리 디킨슨처럼 오스틴 자신도 마침내 나는 '가능성 속에 살고 있다― /

산문보다 더 아름다운 집에서 —' 하고 말할 수 있는 것이다.

*

오스틴의 예의 바름은 그녀가 가르치기 시작한 모든 후기 소설 속 공공연한 교훈에서 가장 또렷하게 나타난다. 왜 그리고 어떻게 여성의 생존이 남성의 승인과 보호에 의존하고 있는지 극화시킬 때, 오스틴은 남성이 우월하다는 인식이 허구 그 이상이라는 것을 알고 있기 때문에 항상 남성의 경제적 사회적 정치적 힘을 존중한다. 부적절한 아버지를 거부하는 모든 여자 주인공은 더 훌륭하고 더 섬세한 남자들을 찾아나서지만, 그 남자들도 여전히 권위를 대표한다. 『노생거 사원』과 같이 오스틴 소설의 행복한 결말은 소녀가 자신의 선생이자 조언자였던 더 나이 많고 현명한 남자(소녀에게 피난처와 생계, 그에 걸맞은 지위와 영광을 제공할 수 있는 집을 소유한 남편)의 딸이 되는 것이다. 그 남자의 집이 목사관이든 오래된 저택이든, 그곳은 여자 주인공이 부모의 부적절성과 바깥세상의 위험을 피할 수 있는 곳이다. 헨리 틸니의 우드스턴처럼 델러퍼드, 펨벌리, 던웰, 손턴 레이시는 전부 사랑스러운 과일나무와 전망이 예쁜 넓고 아름다운 장소다. 남자가 된다는 것은 자신을 증명하거나 시험하거나 직업을 갖는 것을 의미하는 반면, 여성이 된다는 것은 자신의 성취를 단념하고 남자와 그가 제공하는 공간에 순응하는 것을 의미한다.

여성이 생존하기 위해서는 복종할 수밖에 없는 현실을 묘사하는 오스틴의 이야기는 특히 남성 독자에게 아첨한다. 오스틴은 아무 여자나 길들이는 것이 아니라 특히 반항적이고 상상력이 풍부한 소녀가 분별 있는 남성에게 사랑스럽게 정복당하는 이야기를 주로 그리기 때문이다. 오스틴의 책상 위 원고를 덮고 있는 압지와 마찬가지로, 침묵과 순종이 필요하다고 말하는 오스틴의 겉으로 드러나 있는 이야기는 가부장적인 문화에서 여성의 종속적인 위치를 강화하고 있다. 흥미롭게도 관습법이 이 시기에 '엄호물'이라고 불렀던 것은 실제로 결혼한 여자의 지위를 유예되고 '덮인 것'으로 규정하고 있다. '여성의 존재 자체나 여성의 법적 지위는 결혼 동안 유예되거나 적어도 남편의 존재 안으로 통합되어 합체된다. 그의 날개와 보호와 덮개 아래서 여성은 모든 것을 수행한다'고 윌리엄 블랙스톤 경은 쓴다.[20] 오스틴이 꿈꾸었던 가장 행복한 결말은 (적어도 그녀의 마지막 소설까지) 무엇인가를 해내려는 여자 주인공들에게 보호와 덮개가 필요하다는 사실을 인정하는 것이다.

동시에 우리는 오스틴 자신이 이 겉 이야기 아래에서 '모든 것을 수행'하는 모습을 본다. 버지니아 울프가 말했듯 오스틴은 자신의 모든 '오류 없는 분별력'에도 불구하고, 항상 독자들을 자극하여 '그곳에 없는 것을 제공한다.'[21] 예를 들면 '말괄량이 길들이기' 유의 성차별주의적인 이야기는 오스틴 자신의 자아 분열을 표현하는 데 필요한 '압지'나 사회적으로 수용 가능한 덮개를 제공해준다. 의심할 바 없이 여자는 남성적 가치에 숙녀답게 순종하고 동의해야 한다고 인정하는 이런 유용한 플롯을 통해 오스틴은 여성의 주장과 표현에 대한 자신의 불안을 상기시키고, 이 불안은 여자인 자신이 작가가 될 수 있는지에 대한 오스틴의 의심을 극적으로 표현한다. 오스틴은 자신의 딜레마에서 더 나아가, 인간으로서 점하는 지위와 여성으로서 짊어진 임무 사이의 모순에 붙잡힌 채 분열을 경험하는 모든 여성의 딜레마를 묘사한다.

여성의 창의성이란 부적절하다는 생각이 오스틴의 문제의식으로 처음 등장하는 작품은 「레이디 수전」이다. 여기에서 오스틴은 재능 있고 방탕한 여성의 생명력에 즐거움을 느끼는 자아, 그리고 여자 주인공의 섹슈얼리티와 이기심에 거부감을 느끼는 자아 사이에서 분열을 경험하는 듯하다. '말괄량이 길들이기'의 첫 번째 판형이라고 할 수 있는 이 작품에서 오스틴은 레이디 수전의 사악한 의도를 폭로한다. 레이디 수전은 뭐든 자기가 하고 싶은 대로 하는데, 그것은 그녀의 '교활한'[편지 4, 13, 17] '홀리는 기술'[편지 4], 즉 언어를 '영리하고 청산유수로 구사하는 능력'과[편지 8] 밀접하게 관련된 능력 덕분이다. '심오한 술수'를 사용하는 레이디 수전은 항상 '계획'이나[편지 4] 자신의 위대한 '재능'을 입증하는 '책략'을[편지 16, 36] 쥐고 있으며, 여러 역할을 아주 설득력 있게 연기할 수 있는 '속임수의 여왕'이다.[편지 23] 그녀는 다양한 매력을 지닌 일련의 여자 주인공(생기발랄한 위트와 왕성한 상상력 덕분에 아주 매혹적으로 창조자까지 놀라게 한다) 중 과연 으뜸이다.

몇몇 비평가들은 레이디 수전의 런던식 태도가 시골을 사랑하는 그녀의 딸과 어떻게 대조되는지, 어머니의 수다스러운 생기와 섹슈얼리티가 딸의 침묵 및 정결함과 어떻게 비교되고, 예술과 자연이 어떻게 대립되는지 탐색했다.[22] 그러나 레이디 수전이 혈기왕성하게 쾌락을 좇는 데 반해, 그녀의 딸은 활기 없고 연약하다. 사실상 레이디 수전의 딸은 자연을 적절하게 대변한다기보다 훨씬 더 수동적으로 사회화되어 있는 듯 보인다. 사실 그녀는 수전의 매력 없음(그녀의 딸에게 잔인한 면)을 강조하기 위해 필요할 따름이다. 매력 없음은 레이디 수전처럼 교활한 여자들에 대한 흥미를 억누르려는 오스틴의 반사작용으로 보는 것이 가장 타당할 것이다. 왜냐하면 레이디 수전과 프레더리카의 관계는 교활한 여왕과 천사 같은 의붓딸 백설 공주의 관계와 다르지 않기 때문이다. 레이디 수전은 거의 편집증적으로 딸에 대한 증오에 사로잡혀 있다. 딸은 자아의 확장이자, 사회적 추방의 위험을 무릅쓰고 파괴하거나 초월하려고 애쓴, 피할 수 없는 여성성의 투사물이기 때문이다. 소설 말미에서 레이디 수전은 불가피하게 사회적으로 추방당한다. 어머니와 딸이라는 이 두 사람의 관계는 좀 더 후기의 소설에서 자매로 변형되어 다시 나타난다. 이는 오스틴이 어떻게 두 사람이 가능한(어떤 면에서 똑같이 매혹적이지만 동시에 상호 배타적인) 선택 중 하나를 구현했는지 고려해보고자 했기 때문이며, 때로는 분리된 자아의 두 가지 면이 어떻게 통합될 수 있는지 보여주고자 했기 때문이다.

대부분의 독자들이 알아차렸듯이, 『이성과 감성』(1811)에 드러난 메리앤 대시우드의 감수성은 그녀를 낭만적 상상력과 연결시킨다. 메리앤은 공상적이고, 상상력이 풍부하고, 감정적 감응이 빠르고, 나무의 자연적 아름다움과 쿠퍼의 미학적 아름다움에 대한 감수성이 예민한 사람으로 반복적으로 묘사된다. 또한 상투어에 반감을 느낄 만큼 언어에 극도로 민감하며, 정중하고 예의 바른 거짓말을 참지 못한다. 수전과는 매우 다르지만, 그녀도 생기발랄함에 의해 부적절한 애정 관계에 휘말린다. 메리앤의 무분별한 행위는 말이 없고 내성적이며 퍽 예의 바른 언니 엘리너와 대조적이다. 「레이디 수전」에서는 상상력이 마키아벨리적 악과 관련된다면, 『이성과 감성』에서 상상력은 자기파괴와 밀접하다. 엘리너와 메리앤이 똑같이 고통스러운 상황(남편감이라고 여겼던 남자의 배신)에 직면하게 됐을 때, 엘리너는 분별력을 발휘해 금욕적 자제를 발휘하는 반면, 메리앤은 감성에 대한 방종 때문에 거의 죽음으로 내몰린다. 메리앤은 상상력의 자유로운 작동 때문에 무시무시한 열광에 빠지는데, 이는 상상력이 풍부한 여성이 어떻게 꿈에 의해 감염되고 병드는지 보여주는 장면이다.

메리앤이 보여주는 젊음의 열정은 매우 매혹적이다. 그리하여 독자는 브랜던 대령처럼, '젊은 마음의 편견을 보면 왠지 끌리는데 그런 걸 버리고 더 일반적인 견해를 받아들이는 것을 보면서 안타까워'한다.[1부 11장] 그러나 그들은 겉으로는 굴복해야 하며 분명히 굴복하고 있다. 공상의 간절함은 다른 열렬함과 마찬가지로 일종의 정열이다. 공상은 보통 정열로 인식되지 않기에 더 무분별한 정열이다. 게다가 공상은 처음에는 즐거워 보이지만, 항상 미성숙의 표시, 굴복을 거부하는 표시로 나타난다. 결국 공상은 여자에게 어울리지 않으며 비생산적이다. 여자는 정신의 유연성과 탄력성, 적응에 적합한 내적 능력을 발휘해야 하기 때문이다. 특히『이성과 감성』은 읽기 매우 고통스러운 소설이다. 오스틴 자신이 메리앤의 성실성과 자율성에 이끌리면서도 엘리너의 예의 바른 허위와 내성적이고 겸손한 침묵에도 동일시하고 있기 때문이다. 이런 점에서 엘리너의 작품이 병풍의 그림으로 묘사되는 것은 매우 적절하다.

이어서『오만과 편견』(1813)은 상상력의 위험함을 자기주장과 이기심, 섹슈얼리티의 함정과 관련짓는다. 엘리자베스 베넷은 아버지의 위트를 타고났기 때문에 아버지가 가장 사랑하는 딸이다. 엘리자베스 베넷은 수다스럽고 풍자적이며 현상을 빠르게 이해하고 자신의 판단을 명석하게 표현한다. 따라서 분별은 있지만 침묵하는 언니, 조용하고 자신의 필요나 욕망을 표현하지 않으려 하며 모든 사람을 지지하고 누구도 비판하지 않는 제인과 현격하게 대조된다. 도덕적인 제인이 환자가 되어 빙리 집안에 갇혀 있을 때, 풍자적인 여동생 엘리자베스는 언니를 간호하기 위해 3킬로미터가 넘는 진흙길을 걸어간다. 제인은 가드너 집안을 방문하지만, 다만 그들의 집에 머물면서 자신이 맞이하고자 하는 방문객들을 희망 없이 기다리고 있을 뿐이다. 그러는 동안 엘리자베스는 콜린스 집안으로 여행을 떠나 캐서린 부인을 방문한다. 제인이 상사병을 앓으면서도 불평하지 않고 집에 머물러 있는 동안, 엘리자베스는 가드너 집안들과 함께 더비셔 도보 여행을 한다. 제인의 온순성, 상냥함, 관대함은 놀랍다. 플롯 전반에 걸쳐 제인은 마침내 매력적인 왕자에 의해 자유로워질 때까지 말없이 고통을 감수하기 때문이다. 이런 점에서 제인은 오스틴의『에마』(1816)의 제인 패어팩스를 예시한다. 그녀는 애인에게 거듭 굴욕을 당하면서도 전적으로 수동적이고 말이 없는 또 다른 제인이라 할 수 있다. 제인 패어팩스는 이윽고 저항의 몸짓(프랭크 처칠이 남편이 될 날을 기다리기보다 가정교사가 되는 '노예 매매'를 견디겠다는 그 가련한 결정)을 취하지만, 시련을 겪는 동안에는 내내 순종적인 겸손함과 인내의 본보기를 보여준다. '겸손함이라는 외투에 푹 싸여서' 제인은 에마에게, 심지어 나이틀리 씨에게조차 '혐오스러울 만큼 […] 의심스러울 정도로 말이 없다.'[2부 2장]

제인 베넷이 제인 패어팩스의 성격과 역할을 예고하듯, 엘리자베스 베넷은 에마와 많은 점을 공유한다. 에마는 다른 어떤 인물보다도 더 자신의 상상력에 대한 오스틴의 양가적인 태도를 보여준다. 오스틴은 에마를 통해 자신을 제외하고는 누구도 좋아하지 않을 여자 주인공을 창조했기 때문이다.[23] 단어게임 선수, 초상화가, 이야기꾼인 에마는 분명 소설가 오스틴의 화신이다. 다른 어떤 장난기 넘치는 활기찬 소녀들보다 에마는 재치 있는 여성이란 자신이 갇힌 상황에 말로 대응하는 여성임을 제시한다. 말이 바로 그녀의 무기이고, 평범함에 대한 방패이고, 적어도 자신의 삶을 통제하는 것처럼 보이는 방식이다. 오스틴처럼 에마도 닳아빠진 진부한 로맨스 이야기를 마음대로 사용할 수 있으며, 자신의 삶에서 그런 이야기를 거부할 만큼 영리하다. 에마가 사람들을 자신이 만든 이야기에 등장하는 인물인 양 조종하는 예술가라면, 오스틴은 이런 행위의 비도덕성뿐만 아니라 그 원인과 동기도 강조한다. 에마는 아버지를 달래는 일 외에는 아무것도 할 일이 없다. 에마의 지성과 상상력을 감안한다면, 세속적인 현실을 바꾸어보려는 그녀의 성마른 시도는 전적으로 이해할 만하다.

에마와 친구들은 에마가 자신만큼 영리하지 못하고 확신이 없는 소녀들이라면 어리둥절해할 질문들에 답할 능력이 있다고 믿는다. 즉 그 능력이란 직업과 거짓말, 퍼즐, 제스처 게임, 수수께끼의 세계에 필요하다고 여겨지는 자질이다. 그러나 단어 게임은 속성상 숨겨진 의미를 발견했다고 생각하는 이들을 속이기 마련이어서 에마는 모든 수수께끼를 잘못 해석한다. 소설에서 대부분의 편지는 '오직 진실만을 말하지만, 말해지지 않은 몇몇 진실 역시' 포함한다.[2부 2장] 수다는 빈번하게 과묵함을 감추고 있기 때문에 대다수의 대화들은 대화에 의해 영향을 받지 않을 뿐만 아니라 서로 상대의 말을 거의 듣지 않는 인물 사이에서 이루어진다. 이저벨라, 미스 베이츠와 미스터 우드하우스, 엘턴 부인과 미스터 웨스턴은 동시에 벌어지는 독백에 참여하는 셈이다. 사회가 굴러가게 하는 예의 바른 허위는 각각의 인물을 서로 수수께끼, 예의 바른 퍼즐로 만든다. 프랭크 처칠은 에마와 제인 페어팩스를 둘 다 당혹스럽게 만들고 고통을 주는 비밀을 간직하고 있었다. 에마는 담론에 폭로하는 본질도 있지만 신비화하고 억제하며 강요하고 거짓말하는 모호한 본질도 있음을 발견하는 것이다.

그러나 오스틴만큼 철저하게 에마를 벌줄 수 있는 사람은 없을 것이다. 이 점에서 에마는 상상력이 풍부한 다른 소녀들을 닮았다. 모든 여자 주인공들은 굴욕감을 느끼고 창피당하며, 심지어 위협을 받음으로써 분별력을 획득하기 때문이다. 예를 들어 오스틴은 에마의 기지가 비참하게 실패하는 장면을 그림으로써 에마를 심하게 공격한다. 처음에 에마를 주인공으로 돋보이게 한 영리하고 확신에 찬 장난은 결국 자기기만이라는 이유로 비판받는다. 에마는 자신의 비전을 현실화할 수 없다는 점을 깨닫고, 자신이 누군가의 소설에 등장인물로 내내 조종당해왔다는 사실을 알게 된다. 에마를 통해 오스틴은 소설의 부적절성과 함께 자신이 살고 있는 세계의 가차 없는 저항과 마주친 '상상하는 자'의 고통에 직면한다. 오스틴은 에마의 상처받기 쉬운 미망도 폭로하는데, 이것은 캐서린 몰런드가 자신은 말할 이야기가 없다는 것을 알기 전에 품었던 미망과 같은 것이다. 따라서 여성 예술가는 실패할 뿐만 아니라 여성 예술가의 노력도 독재적이고 강압적이라고 경멸받는다. 에마는 자신이 얼마나 맹목적이었는지 알아차렸을 때, 자신에 대해 심하게 혐오감을 느낀다. 에마는 '그녀에게 밝혀진 한 가지, 미스터 나이틀리에 대한 애정을 제외하고 모든 감정에 수치심을 느꼈다. 그녀 마음의 모든 부분이 혐오스러웠다.'[3부 2장]

비록 에마는 오스틴 소설의 중심이지만, 에마가 배워야 하는 것은 자신이 제인 페어팩스와 똑같은 특성, 즉 여성으로서 상처받기 쉬운 특성을 가지고 있다는 사실이다. 우리가 논의했던 서로 대조를 이루는 자매처럼, 에마와 제인 페어팩스는 닮은꼴이다. 그들은 하이베리에서 재주꾼에 속하고 나이도 똑같고, 어울릴 만한 동료임에도 친구가 아니라는 사실은 꽤 의미심장하다. 심지어 에마는 그녀가 제인을 싫어하는 이유가 제인에게서 '자신이 되고 싶은 정말로 재주 있는 젊은 여성'[2부 2장]을 보기 때문이라고 믿기도 한다. 사실상 에마는 제인의 운명에 굴복해야 하며, 자신 또한 프랭크 처칠의 게임에서 졸¹로 조종당해왔다는 인식을 통해 제인의 분신이 되어야 하는 것이다. 에마가 박스 힐에서 무례하게 말하고 버릇없이 행동할 때, 분별없는 말로 미스터 엘턴의 접근을 부추길 때, 상상 속에서 제인 패어팩스와 유부남의 성적 교섭이라는 음란한 가정에 빠질 때, 에마의 독단적인 장난기의 심각성은 명백해진다. 달리 말해 에마의 상상력은 숙녀답지 않은 죄를 범하게 한다. 에마가 제인의 친구가 된 뒤 자신도 제인처럼 무력하다는 것을 인식했을 때 에마가 느끼는 치욕감은 복종의 서곡이다. 이런 점에서 엘턴이 잘 알려진 수수께끼를 암송하는 장면은 불길하다.

나의 첫 번째는 고통을 표시하고,
나의 두 번째는 그것을 느낄 운명이며,
그리고 나의 전체는 최고의 해독제다.
그 고통을 덜어주고 치유할 ―
[1부 9장]

정답이 '여자woe/man(비애/남자)'라면 여성인 에마는 성장 과정에서 봉사와 침묵이라는 부차적인 역할에 입문해야 하기 때문이다.

마찬가지로 『노생거 사원』에서 캐서린 몰런드는 '자신의 상상력이 감히 획득한 자유를' 어리석다고 생각하고, 그 어리석음 때문에 '자신이 표현할 수 있는 것 이상으로 자신을 증오했다'[2부 10장]고 느낀다. 그리하여 캐서린 몰런드도 '침묵과 슬픔'[2부 15장]에 빠진다. 메리앤 대시우드의 여동생은 '서른다섯 살과 열일곱 살은 결혼 관계를 맺지 않는 편이 낫다'[2부 15장]는 주장에 동의하지만, 메리앤은 마지막에 브랜던 대위의 고결한 지조에 대한 '보답'[3부 14장]으로 자신을 그에게 넘겨 버린다. 열아홉 살에 메리앤은 '새로운 애정에 굴복해 새로운 의무에 착수하는 자신을'[3부 14장] 발견한다. 화자는 '그처럼 모든 것이 힘을 합쳐 그녀에게 저항하는데 달리 무엇을 할 수 있겠는가?' 하고 질문한다. 심지어 자신의 '분별력'에 '자긍심'을 품었던 엘리자베스 베넷조차 자기 자신을 제대로 잘 알지 못했다는 것을 발견한다.[2부 13장] '그녀의 분노가 자신을 향할 때'[2부 14장], 엘리자베스는 '자신이 맹목적이었고 편파적이며 편견에 사로잡혔고 불합리했다'는[2부 13장] 사실을 깨닫는다. 중요하게도 '그녀는 겸손해졌고 슬퍼했으며 후회했다. 무엇 때문인지는 자신도 잘 알지 못했지만.'[3부 8장, 강조는 인용자]

이 소녀들은 모두 자신의 혀에 재갈을 물려야 할 필요성을 배운다. 메리앤은 순종을 배웠을 때 침묵하며, '그녀 마음속에 천 개의 의문이 솟아올랐을 때 […] 감히 그중 한 가지도 입 밖에 내지 못했다.'[3부 10장] '자신에 대해서는 초라함을 느꼈지만, 그에 대해서는 자랑스러움을 느꼈을'[3부 10장] 때, 엘리자베스 베넷은 겸손하게 말을 아끼면서 자신이 성숙했음을 보여준다. 그녀는 다아시에 대한 자기 감정을 부모에게 말하기를 삼갈 뿐 아니라, 가디너 부인의 편지나 빙리가 청혼하지 않도록 설득하기 위해 자신의 애인이 한 역할에 대해서도 제인에게 결코 말하지 않는다. 예전에 엘리자베스는 여자들이 결코 자신들이 뜻하는 바를 말하지 않는다는 콜린스의 비난을 조소했지만, 『오만과 편견』의 마지막에서 엘리자베스 베넷은 레이디 캐서린에게 대답하기를 거부하며 그 부인이 방문한 동기에 대해 어머니에게 거짓말한다. 더 나아가 그녀는 '그는 아직 조롱당하는 법을 모르지만 지금 시작하기에는 너무 빠르다'는[3부 16장] 생각에 미스터 다아시에 대해서도 자신을 억제한다.

에마도 분별 있는 행동을 배우게 되자 엘턴 부인과 제인 페어팩스와 대화를 자제한다. 에마는 미스터 나이틀리가 청혼했을 때조차 해리엇의 비밀을 어떻게든 지켜나간다. 화자는 '그녀가 뭐라고 말했지?' 하고 수줍은 듯이 묻는다. '물론 그녀가 해야 할 말이겠지. 숙녀란 항상 그래야 하니까.'[3부 13장] 여기에서 소설가는 숙녀다운 분별력으로 개인적인 장면을 공공연하게 자세히 말하는 것을 삼가고 있다. 로빈 래코프가 보여주었듯, 예의 바른 숙녀는 말할 때 '강력한 진술을 해서는 안 된다.'[24] 그러나 예의 바름 때문에 작가와 여자 주인공은 둘 다 '겸손하고 조심스러워야 하며 상상력을 억눌러야 한다.'[1부 17장] 작가로 살기 시작할 때부터 이중적으로 말하는 방식에 매료되었던 소설가는 여성의 침묵, 회피, 거짓말을 여성이 필수적으로 갖추어야 할 이중성의 불가피한 징후로 보고 있다.

오스틴의 자아분열(상상력의 매혹과 그것이 비여성적이라는 인식에서 오는 불안)은 (자신을 자유로운 주체로 경험하는 사춘기 이후에는 대상이라는 지위를 받아들여야 하는) 모든 여성에게 고유한 딜레마에 대한 의식을 드러낸다. 시몬 드 보부아르는 오스틴의 모든 여자 주인공들이 묻는 질문을 이렇게 표현한다. '내가 단지 타자로서만 성취를 이룰 수 있다면, 어떻게 나의 에고를 포기하게 되는 것일까?'[25] 에마처럼 오스틴의 여자 주인공들은 사춘기적 에로티시즘, 상상적 육체적 활동을 여성다운 억제와 생존과 양립할 수 없는, 오히려 그것을 넘어서는 활력으로 보게 된다. '그녀가 얼마나 부적절하게 행동했는가. […] 그녀의 행위는 얼마나 사려 깊지 못하며, 얼마나 버릇없고, 얼마나 비합리적이며, 얼마나 무정했는가! 어떤 맹목과 어떤 광기가 그녀를 그렇게 내몰았던가!'[3부 11장] 자신의 무력함을 의식적으로 인정하기 시작하는 것은 항상 굴욕적이다. 그것은 자신의 위치가 권위를 부여받지 못하고 그저 한 명의 인물일 뿐이라는 사실을 받아들여야 한다는 것을 의미할 뿐만 아니라, 재능 있는 여성의 경우에는 자기 자신을 부인하면서 말 없는 자신의 분신이 되어야 한다는 것을 치욕스럽게 인정해야 한다는 것을 의미하기 때문이다. 자기주장, 상상력, 재치는 자기를 정의하는 유혹적인 요소다. 이런 요소는 각각의 여자 주인공들로 하여금 자신이 세계를 지배할 수 있거나 지배했다고 생각하게 한다. 그러나 지배당하는 운명을 감수해야 하는 여성에게 이것은 매우 위험한 환상임이 증명되면, 여자 주인공은 겸손, 과묵, 인내의 이점들을 배워나간다.

『사랑과 우정』에서 소피아가 임종 때 로라에게 한 충고를 ('기회만 있다면 미치는 것도 좋아. 그렇지만 기절하진 마') 회상한다면, 오스틴의 뇌리에서 이 두 가지 선택은 떠나지 않았으며, 오스틴은 기절이란 단지 장난 삼아 죽은 척하는 것을 의미한다고 할지라도 여성들에게는 좀 더 실용적인 해결책이 될 수 있다고 생각했음이 분명해진다. 여성들은 침묵과 고요와 종속의 유리 관에서 살 때만 남자에게 받아들여지기 때문이다. 동시에 오스틴은 여자 주인공들이 '광기'라고 불렸던 주체성을 그들 이야기의 마지막까지 결코 포기하지 않았다. 더욱이 생기발랄한 자매와 조용한 자매의 상보성은 여성의 상황에 대한 이 두 가지 부적절한 대응이 서로 분리될 수 없음을 시사한다. 메리앤 대시우드가 약혼자라고 생각했던 남자에게 배신당했던 상황이 그녀의 언니가 겪은 상황과 매우 유사하다는 것을 우리는 이미 보았다. 그리고 많은 비평가들이 엘리너는 대단한 감성을 가지고 있는 반면, 메리앤은 약간의 분별력을 가지고 있다는 것을 보여주었다.[26] 엘리자베스와 제인 베넷도, 에마 우드하우스와 제인 패어팩스처럼 비슷한 딜레마에 직면하고, 마침내 그들도 살아남기 위해서 유사한 전략을 취하게 된다. 두 자매의 상호 의존성과 우정에 관심을 계속 집중시킴으로써 오스틴은 여성들이 성숙하는 과정을 통해 자아를 주체와 객체로 의식할 수 있으리라는 희망을 견지하고 있다.

모든 여성이 세상을 향해 자기주장을 하고 싶은 욕망과 가정이라는 안전한 곳으로 숨고 싶은 서로 대립되는 욕망(말과 침묵, 독립과 의존)으로 분열해 있을지라도, 오스틴은 이런 심리적 갈등을 해결할 수 있다고 암시한다. 여성에게는 개인적 정체성과 사회적 역할의 관계가 매우 문제적이지만, 새로운 자아는 이중의 비전을 견지함으로써만 생존할 수 있기 때문이다. 오스틴의 추종자들이 항상 인정했듯, 오스틴은 조화에 대가가 따른다는 점을 인정하면서도 조화에 대해 자세히 다룬다. '기절하기'와 '미쳐버리기'라는 양극단은 여성을 유혹하지만 또한 파괴하는 극단이기 때문에, 오스틴이 묘사하는 것은 일종의 변증법적인 자아의식이 나타나는 방식이다. 여성 의식의 양극단은 수많은 여성들을 정신분열로 내몰았지만, 오스틴의 여자 주인공들은 살아남아 번영을 누린다. 바로 서로 대립되는 투사 때문이다. 대접받고 싶은 만큼 다른 사람들에게 베풀어주는 기독교적인 삶을 여자 주인공들이 살 수 있을 때, 딸들은 아내가 될 준비가 된 것이다. 그때 자아의식이 그들을 자아에서 해방시켜 타인의 요구와 반응에 매우 민감하게 반응하도록 한다. 이것이 바로 여자 주인공들을 오스틴의 희극적인 희생자, 즉 쓸데없이 참견하는 에고이즘에 갇혀 있거나 둔감한 게으름 때문에 무능해진 사람과 구별시켜준다. 오스틴에게 이기적인 것과 자아의 부재는 사실상 호환 가능한 것이다.

오로지 성숙한 여자 주인공만이 오스틴 소설에 넘쳐나는 몽유병적인 병약자들과 자부심 강한 간섭자들에게 공감할 수 있고 그들과 동일시할 수 있다. 그들의 성숙은 무너진 세계와 자기 분열, 이중성, 앞뒤가 맞지 않는 말의 지속적인 가능성뿐 아니라 필요성까지 함축한다. 『에마』의 화자가 설명하듯이, '인간의 말에서 완전한 진리가 드러나는 경우는 드물다. 정말 드물다. 어떤 일이 전혀 꾸밈도 오해도 없이 생길 수 있는 경우도 드물다.'[3부 13장] 오스틴의 여자 주인공들은 침묵을 조종의 수단으로, 수동성을 권력을 얻기 위한 전략으로, 순종을 그들이 유일하게 가능한 통제 수단으로 이용하고, 그들이 원하고 필요한 것을 얻어낼 수 있을 때 순종하는 듯 보인다. 한편으로는 순종의 과정과 그것에 뒤따르는 이중성은 이를 통해 진정한 영웅으로 상승하는 여자들에게 심리적으로나 윤리적으로 이롭고, 심지어 은혜이기도 하다. 반면 보부아르가 여성들 자신의 '타자성'이라고 말했던 것에 빠져 있거나 갇혀 있는 여자 주인공들에게 그것은 고통스러운 수모일 뿐이다.

따라서 에마, 엘리자베스, 메리앤의 굴욕은 그들이 자기 책임과 자기 정의를 포기했기 때문에 맞이하는 당연한 귀결이다. 메리앤 브랜던, 엘리자베스 다아시, 에마 나이틀리는 그 후 모두 행복하게 잘 살았다는 식으로 약간은 악의적인 미래를 제외하고는 어디에도 결코 존재하지 않지만, 그들은 분명 종속의 복잡한 표시를 배웠을 것이다. 오스틴이 가장 주의 깊게 이 이중성의 대가를 탐색한 『맨스필드 파크』(1814)에서 우리의 성숙한 작가는 여성에게 매우 흔한 심리적 분열이 재통합될 수 없을 때 어떻게 그것이 전면적인 파편화로 폭발할 수 있는지 극화한다. 오스틴의 소설 중 이 소설만큼 자아와 타자의 갈등으로 개인이 정신분열을 일으켜 파편화될 가능성을 민감하게 묘사한 작품은 없다. 오스틴은 이 소설에서 자신의 재능에 대해 가장 격심하게 갈등을 겪는 듯하다.

패니 프라이스와 메리 크로퍼드는 오스틴의 소설에서 흔히 볼 수 있는 갈등을 실연한다. 패니는 시골에서 조용하고 만족스럽게 살며 시골을 사랑한다. 그녀는 취향이 보수적이어서 오래된 건물과 나무를 숭배하고, 행동도 순종적이어서 그 집안 사람들의 냉대를 참을성과 겸손함으로 감수한다. 그러나 '패니는 고요하고 편안했지만 메리는 지루하고 괴로웠다.'[2부 2장] 성격과 습관, 처지의 차이 때문에 메리는 재능 있지만 침착하지 못한 소녀, 하프 연주자, 최고의 카드 선수, 패러디와 말장난을 구사할 수 있는 재치 있는 대화자로 그려진다. 유명한 연극 에피소드를 통해 두 사람은 극명하게 대조된다. 모범적인 패니는 버트램 경이 없을 때 연극을 하는 것은 부적절하다고 생각하고 어떤 역할도 맡기를 거부한다. 반면 메리는 공연의 기대감에 들떠서 발랄하게 리허설에 참여하는데, 그 공연이 대본이라는 보호막 아래 에드먼드에 대한 사랑의 감정을 극화할 수 있는 기회라고 생각했기 때문이다. 예술을 이용한다는 점에서 메리는 오스틴과 연결된다. 오스틴도 소녀 시절에 가정 연극을 매우 좋아했다는 전기적인 설명을 확인할 수 있다. 많은 비평가들은 오스틴이 자연에 대한 패니의 관심을 찬양한다는 점에 동의하지만,[27] 사실상 오스틴을 가장 닮은 인물은 메리다. 메리도 오스틴처럼 '활기 없는 자연에는 별로 눈길을 주지 않는다. 메리의 관심은 온통 남자와 여자에 쏠려 있었고, 천성적으로 밝고 생기 넘쳤다.'[1부 8장]

메리와 패니는 서로 대응하는 모습이 대조적임에도 오스틴 소설의 다른 '자매'처럼 공통점이 여럿 있다. 둘 다 시골의 방문객이고, 사실상 맨스필드 파크에서는 부모 없는 외부인이다. 둘 다 평판 나쁜 집안의 출신으로서 버트램 집안과의 관계를 통해 어느 정도 불미스러운 평판을 피하고자 한다. 둘 다 그들의 조언과 지지를 필요로 하는 오빠들에게는 사랑스러운 여동생이다. 또한 둘 다 상대적으로 가난해서 경제적으로 남자 친척에게 의존하고 있다. 메리는 패니의 말을 타고, 패니는 메리의 목걸이 중 하나로 보이는 것을 착용한다. 패니는 메리의 음악을 듣는 것을 좋아하고, 메리는 끊임없이 패니에게 조언을 구한다. 오직 두 젊은이만 헨리가 버트램 집안의 두 자매를 농락하고 있으며, 그 때문에 두 여동생의 엄청난 질투심을 유발하고 있다는 것을 알고 있다. 둘 다 러시워스를 바보로 여기며(실제로 바보다), 둘 다 연극의 잠재적인 부적절함을 알고 있고, 둘 다 에드먼드 버트램과 사랑에 빠져 있다. 사실상 둘은 각각 상대방이 완전하게 구현하고 있는 바로 그 자질이 없기 때문에 불완전해 보인다. 자신을 억누르는 패니는 용기와 의지가 부족해 보이는 반면, 메리는 친구의 감정과 욕구에 무신경하다. 패니는 말을 지나치게 아끼고, 메리는 너무 말이 많다.

아마 패니는 메리에게 진정한 오스틴의 여자 주인공이 될 수 있는 자질을 충분하게 배웠을 것이다. 패니는 무도회에 도의상 '나왔을' 뿐만 아니라 '아주 기분 좋은' 상태로 등장했다.[2부 10장] 패니는 토머스 경의 설득을 거부한 탓에 그에게 '고집스럽고 자기기만적이며 […] 독립적'이라고 비난받는다.[3부 1장] 헨리 크로퍼드의 떨떠름한 태도에 대항해 자신을 방어할 때도 패니는 어느 때보다도 더 격하게 분노에 차서 말한다. 특히 에드먼드의 권위를 의심한 패니는 '에드먼드에 대해 언짢아하고 화를 냄'으로써[3부 8장] 마침내 에드먼드의 승인을 받아야 한다는 필요성에서 자신을 해방시킨다. 최근 두 페미니즘 비평가가 사회적인 이득을 위해 결혼하는 것을 거부한 패니가 사회제도에 도전하고 그것의 취약한 가치를 폭로하는 인물로서 다른 인물들의 도덕적인 본보기가 된다는 것을 설득력 있게 논증했다.[28] 확실히 패니는 여동생 수전에게 권위 있는 인물이 되어 결국 포츠머스 집의 시끄러운 감금 상태에서 수전을 해방시킨다.

그러나 천사 같은 침묵 속에 갇힌 채, 패니는 극단적인 상황을 제외하고는 결코 자신을 주장하지도 않고 활력을 띠지도 않는다. 극단적인 상황에서도 패니는 단지 수동적인 저항을 통해서만 성공할 뿐이다. ('의존적이고 무력하며 친구도 없고 무시당하며 잊힌'[2부 7장]) 가정적인 미덕의 본보기인 패니는 수동성뿐만 아니라 죽음 같은 병약성, 정지 상태, 창백한 순수성을 갖추고 있다는 점에서 백설 공주를 닮았다. 오스틴은 패니가 침묵, 자제, 고집, 심지어 잔꾀를 통해서만 자신을 주장할 수 있다는 사실을 매우 조심스럽게 보여준다. 리오 베르사니의 주장대로 '『맨스필드 파크』의 세계에서는 존재가 없다는 것이 궁극적인 신중함'을 의미하기 때문에,[29] 시체 같은 토머스 경 부인의 본보기를 따라 패니는 제2의 버트램 부인이 될 운명에 처한다. 얌전한 순수성으로 거의 위선에 가깝게 말을 아끼는 패니는 오스틴의 다른 여자 주인공들보다 훨씬 덜 매력적이다. 제인 페어팩스에 대한 프랭크 처칠의 논평처럼, '침묵은 안전하지만 매력은 없다.'[2부 6장] 순종, 눈물, 창백, 순교는 효과적이기는 해도 생존을 위한 방법으로는 사랑스러워 보이지 않는다. 패니의 자기 비하에서도 약간의 교만이 감지되기 때문이다.

패니 프라이스가 진정한 주체로서 자신을 충분히 실현하지 못한 것 같다면, 메리 크로퍼드는 자신이 처한 우발적인 상황을 수용하지 못한다. 이 때문에 메리는 마치 자신의 생생한 이야기를 말하고 실현하려는 여왕처럼 맨스필드 파크라는 장소와 플롯에서 쫓겨난다. 오스틴은 메리 고유의 부적절함의 징표(메리의 대담한 말)에 대한 자신의 편집증적인 노파심을 극화하는 방식으로 메리를 쫓아낸다. 메리의 자유가 방종으로, 자아실현이 이기심으로 타락할 때, 에드먼드는 '그녀는 악을 생각하지 않는다. 다만 그것을 (장난하듯이) 말한다'고 주장함으로써 그녀를 변호할 수 있을 뿐, 그는 자신의 주장이 '마음 그 자체가 오염되었다'는 의미임을 인정한다.[2부 9장] 사실 메리의 유일한 죄가 언어 측면에 있는 것으로 보일지라도, 우리는 반복해서 메리의 마음이 '타락하고 현혹되었으며, 그렇다는 것을 전혀 눈치채지도 못한 채, 마음 자체는 밝다고 생각하지만 사실은 어둡다'는 말을 듣는다.[3부 6장] 메리는 패니와 에드먼드가 '악'으로 규정하는 것을 '어리석음'으로 변명하고 있기 때문에 메리의 언어는 그녀의 무례함, 그녀의 '무뚝뚝한 섬세함'을 드러낸다.[3부 16장] 깜짝 놀란 에드먼드는 '주저하지도 않고 두려워하지도 않고 여성적이지도 않고 겸손하지도 않은 혐오 덩어리!'라고 말한다.[3부 16장] 에드먼드가 기분이 매우 상하고, 결국 메리를 거부한 이유가 '메리가 말하는 방식'[3부 16장]이라는 사실은 의미심장하다.

연극 에피소드에서 패니가 연극에 참여하기 거부하면서 묵묵히 천사 역할을 할 때, 메리 크로퍼드는 세이렌으로 변신한다. 처음에는 연극을 온당치 못하다고 경멸했던 에드먼드를 교태를 부려서 설득해 연극에 참여시키기 위해서다. 패니는 자신의 침묵이 일정 부분 자신을 드러내는 두려움에 기인한다는 점을 알고 있지만, 이런 깨달음이 메리에 대한 강한 질투를 멈추지는 못한다. 그런 질투심의 원인은 메리가 훌륭한 배우일 뿐만 아니라 에드먼드의 목사직 선택에 반대한다는 뜻을 표현할 수 있는 (아니라면 조용했을) 역할을 선택했기 때문이다. 이단적이고 세속적이며 냉소적이어서 교회라는 제도를 경멸하는 메리는 저주받은 이브다. 아버지가 사업 때문에 집을 비웠을 때, 메리는 녹색 방의 정원에서 순수한 에드먼드 버트램을 유혹한다. 메리의 유혹은 적어도 부재중인 아버지가 다시 나타나 모든 대본을 불사르고, 낙원에서 본능 분출을 억압하며, '진정한 조화의 부족을 은폐해주었던'[2부 2장]) 음악을 요구할 때까지는 거의 성공적이었다. 리허설은 단지 동요, 경쟁, 성가심, 사소함, 성적 방종만 가져다주었기 때문에 『연인의 서약』은 오스틴의 신념을 (자기표현과 예술적 재능은 위험스러울 정도로 매혹적이다. 바로 그것들이 일상적 삶의 규범, 역할, 사회적 의무, 가족의 유대로부터 배우들을 해방시켜주기 때문이다) 분명히 보여준다.[30]

메리의 유혹적인 매력은 오빠 헨리의 매력과 똑같다. 헨리도 무대 위와 아래에서 최고의 배우인데, 그에게는 '누구에게나 무엇이든' 될 수 있는 능력이 있기 때문이다.[2부 13장] 그러나 헨리는 '악을 섞지 않고서는 아무것도 할 수 없다.'[2부 13장] 자신을 매력적인 인물로 바꿀 수 있는 변화무쌍한 바로 능력 때문에 매력적인 헨리는 사기꾼으로 전락한 배우다. 헨리는 '연기를 하거나 진지하지 않은 고백을 떠벌리는'[『에마』2부 6장] 프랭크 처칠과 다를 바 없다. 사실상 헨리는 모든 여자 주인공들이 미몽에서 깨어나기 전에 잠깐 사랑에 빠지는 종류의 젊은이를 대표하고 있다. 윌러비, 위컴, 프랭크 처칠, 헨리 크로퍼드, 미스터 엘리엇은 모두 자신을 바꿀 수 있고, 자신을 만들어낼수 있기 때문에 호감을 주는 인물들이다. 여하튼 그들은 여자주인공의 분신 역할을 하고 있기 때문에 많은 점에서 여자 주인공들에게 매력적이다. 남을 즐겁게 해주는 것을 배워야 하는 젊은 남자들, 자아도취에 빠진 그들은 전통적으로 '여성적인' 무력함을 경험한다. 따라서 그들은 특히 그들 자신의 창조자가 되는 데 흥미를 갖는다.

그러나 『맨스필드 파크』에서 오스틴은 자기 창조의 정신을 '매혹적인'[2부 13장] '감염병'[2부 1장]이라고 정의한다. 크로퍼드가 나타내고 있는 이 감염병적인 동요는 패니의 병약한 수동성보다 훨씬 더 위험한 것으로 여겨진다. 따라서 패니가 헨리를 거부한 것은 자신의 인생과 과거의 역사, 현재 자신의 허구적 정체성을 창조하고자 하는 헨리의 외람된 시도에 대한 견제라고 볼 수 있다. 자아가 분열되고 열정에 빠져 있으며 권위로부터 소외되어 야망으로 가득 차 있는, 그리고 과거의 상처에 대한 복수를 꿈꾸고 있는 이 가짜 젊은이는 거의 악마다. 그 자신의 방식대로 어떻게든 성공하여 적절한 연인과 아내를 만나는 과정에서 일반적으로 재산도 형성하지만, 그 길이 오스틴의 여자 주인공의 길은 될 수 없다. 헨리의 죄는 실제 행동이고 메리의 죄는 순전히 수사적인 것인데도, 메리가 훨씬 더 철저하게 비난받는다. 왜냐하면 메리의 방종은 사회적인 역할에 대한 좀 더 심각한 도전을 의미하기 때문이다.

메리 크로퍼드의 아담이 그녀가 제공한 과일을 맛보는 것을 거절했을 때, 오스틴은 새뮤얼 리처드슨의 소설 중 자신의 애독서인 『찰스 그랜디슨 경』을 본보기로 삼는다. 거기에서 해리엇은 찰스 경과 아담을 비교하면서 칭찬을 유도해낸다. 전자는 금지된 과일을 맛볼 만큼 그렇게 고분고분하지 않았고, 그 대신 최초의 이브를 없애고 두 번째 이브를 달라고 신에게 요청했을 것이다.[31] 패니가 그 연극의 배우인 헨리 크로퍼드를 연기자이며 위선자라고 꿰뚫어본 것과 마찬가지로 에드먼드도 결국 메리의 장난기가 자신의 문화에 굴복하기를 거부한다는 의미로, 매력적이지만 비도덕적인 반항으로 인식한다. 장난은 메리에게 원하는 것이면 무엇이나 될 수 있는 자유를 주고, 심지어 한 가지 정체성에 따르는 것이 아니라 다양한 목소리를 시도해볼 여지를 주기 때문이다. 이 모든 이유 때문에 메리는 죽어야 한다. 그러나 오스틴은 리처드슨의 경우와는 달리, 뉘우치지 않고 상상력이 풍부하며 자기주장이 뚜렷한 이 소녀를 파괴할 때 그녀 자신의 자기분열적 감정을 보여준다.

오스틴이 쓴 총 여섯 권의 소설에서 자기규정의 수단을 박탈당한 여자들은 분장과 위장이라는 위험한 즐거움에 치명적으로 이끌리는 모습을 보인다. 오스틴의 직업은 바로 이런 가장에 의존하고 있다. 분장이 아니라면 무엇으로 인물들의 성격을 묘사할 수 있다는 말인가? 위장이 아니라면 무엇으로 플롯을 이끌어나갈 수 있는가? 모든 소설에서 화자의 목소리는 재치 있고 확신에 차 있으며 활기 넘치고 독립적이다. 심지어 (D. W. 하딩이 보여주었듯) 오만하고 비열하기까지 하다.[32] 서정시의 주관성과 드라마의 객관성 사이에서 균형을 잡고 있는 소설은 오스틴에게 고유한 기회를 제공한다. 오스틴은 메리 크로퍼드의 재치 있는 편지나 에마의 뛰어난 말대답을 부적절하다고 보고 거부하기는 하지만 그것들을 만들어낼 수 있다. 더 나아가 오스틴은 작가에게 필요한 것이 여자 주인공에게는 적절치 못하다고 비난할 수 있다. 오스틴에게 작가가 된다는 것은 곧 자신이 여성 인물들에게 부여한 구속에서 탈출한다는 것을 의미한다. 이 점에서 오스틴은 전형적인 듯하다. 소설이란 작가의 주체성을 유지하고 숨기면서도 효과적으로 대상화한다는 바로 그 이유 때문에 여성들이 소설에 지대하게 공헌해왔다고 볼 수 있기 때문이다. 달리 말해 오스틴은 자신의 소설들에서 본인의 미학적 풍자적 감수성에 의문을 던지고 비판하는 동시에, 예술의 엄격성에 의해 규율이 잡히지 않은 상상력의 한계를 언급하며 그 위험을 주장하고 있다.

자신의 소설을 채우는 상상적 허구를 혹평하기 위해 등장인물들을 이용하고 있는 오스틴은, 우리가 살펴보았듯이, 그녀가 여자 주인공들이 택할 수 있는 유일한 해결책이라고 생각한 바로 그 모순에 빠져 있다. 여자 주인공들이 복종하는 척해야 살아남을 수 있는 것과 마찬가지로, 오스틴은 소설에서 자신의 이중적인 인식, 즉 자기주장과 반항의 즐거움을 폭로하면서도 온순함과 자제를 주장하는 이중적인 인식을 성공적으로 견지한다. 실제로 오스틴 소설의 희극은 그녀의 예술적 자유와 인물들의 의존성 사이에 흐르는 긴장을 탐색한다. 소설 속 인물들이 더듬거리고 지껄이다 침묵에 빠져들어 완전한 행복으로 서둘러 향하는 동안, 작가는 근사하게 이중적인 여성의 언어를 획득한다. 이 점에서 오스틴은 19세기 중반에 대거 출현한 성공적인 여성 문인들인 로다 브로턴, 샬럿 메리 영, 홈 리, 크레이크 부인 같은 대중적 여성 소설가들의 본보기라 할 수 있다.[33] 그들은 자신의 작업이 어떻게 전통적인 여성의 역할에 의문을 던지고 있는가에 대한 인식을 온 힘을 다해 억누르려 했다. 그러나 그들 작품의 내용이 표면적으로는 매우 보수적으로 보일지라도, 기원부터 명백하게 드러내듯 독특한 이중성의 흔적을 남기는 경우가 허다하다. 물론 그 이중성은 그들이 전형적인 여자 주인공에게 지시한 피할 수 없는 한계를 자기들은 열심히 피하고 있다는 것을 증명해준다.

*

비록 여자 주인공들에게 자신의 이야기를 말하는 것을 포기하게 했지만, 오스틴 자신은 자기 이야기를 창조해 여자 주인공들을 감금하고 있는 산문의 집을 확실하게 벗어난다. 더 나아가 에밀리 디킨슨의 '가능성'이라는 더 자유로운 전망 속에 거주하고 있다. 오스틴은 전형적 여자 주인공과의 동일시뿐만 아니라, (자신의 문화를 반항적으로 이탈한 오스틴을 재현하는) 덜 두드러지지만 더 심술궂고 더 발랄하고 활동적인 여성 인물들과의 동일시를 통해 '가능성' 속에 머무른다. 우리가 보아왔듯이 이런 이탈자는 오스틴 플롯의 '압지'에 의해 부분적으로만 감추

어져 있다. 이미 많은 비평가는 오스틴 소설의 '행복한 결말'이
내포하는 이중성을 주목해왔다. 이 결말에서 오스틴은 매우 서
둘러서, 또는 있음직하지 않은 우연의 일치로, 또는 모든 메시
지를 약화시켜버릴 정도의 빈정거림으로 연인들을 축복의 가장
자리로 데려온다.[34] 호의적인 화자의 도움이 없다면 소녀는 결
코 치욕감이나 부모의 집에서 벗어날 수 없다는 암시가 여전히
남아 있는 것이다.

오스틴의 이중성이 좀 더 모호하게 나타나는 것은 극도로 강
력한 여자들을 재현할 경우다. 이런 여자들은 여자 주인공이나
작가가 억누르고 있는 반항적인 분노를 매우 성공적으로 재연
한다. 분노한 여자들은 매우 드물게 나타나고 자신의 목소리로
말하는 경우도 드물기 때문에 플롯에서 비밀스러운 존재로 남
아 있다. 그들은 소설 속에서 플롯이 요구하는 것보다 훨씬 더
미미한 역할을 할 뿐 아니라(소설 마지막에 가서는 스토리의
끝에 묻혀버리거나 죽임을 당하거나 추방당한다), 자신들이 매
력이 없기 때문이라는 이유로 징벌을 정당화하는 것처럼 보인
다. 레이디 수전처럼 그들은 온순한 아이들을 파괴하려는 어머
니나 대리모다. 그들 인생의 남성 권위자들보다 오래 살아남았
다는 바로 그 이유 때문에 더는 남자들의 규정을 받지 않는 과
부들은 권력을 정당화할 수는 없을지라도 권력을 행사할 수는
있다. 그리하여 그들은 뻔뻔스럽고 위험해 보인다. 그러나 그들
의 에너지가 파괴적이고 불쾌하게 느껴진다면, 그 이유는 오스
틴이 자신의 가장 독단적인 측면을 타자로 가장하는 메커니즘
때문이다. 못된 여자들은 반항적 충동을 재연하고, 그 충동은

그들을 이중적으로 만든다. 그것은 여자 주인공을 위한 것일 뿐만 아니라 작가를 위한 것이기도 하다.

우리는 오스틴이 『맨스필드 파크』에서 가장 심각하게 갈등하고 있음을 보았다. 그러므로 여기에서 우리는 어떻게 오스틴이 조용하고도 강력하게 자신의 도덕을 약화시키고 있는지 이해할 수 있을 것이다. 이 작품에서 아마도 가장 기분 나쁜 인물은 노리스 이모일 것이다. 노리스 이모는 메리 크로퍼드에 대한 음울한 패러디 역할을 맡아, 메리의 소녀다운 발랄함과 물질주의가 얼마나 쉽게, 참견하기 좋아하는 주제넘는 인색함으로 타락할 수 있는지 보여준다. 돈을 얼마라도 아끼겠다고 패니를 어떻게든 조정하려 하거나 짐짓 친절하게 굴려고 할 때, 노리스 이모의 인색함은 반복해서 보여지고 언급된다. 하지만 노리스 이모는 어떤 면에서 (변명할 수는 없지만 이해할 만한) 도덕적 실패에 대해 벌받고 있는 것이다. 그녀가 얼마 안 되는 고정 수입 때문에, 요컨대 재정적인 도움을 얻기 위해 아첨을 해야 한다면, 그녀의 기쁨은 돈을 받고 못 받고에 달려 있는 셈이다. 패니 프라이스처럼 노리스 이모는 자신이 토머스 경의 비위를 맞추고 그를 회유해야 한다는 것을 알고 있다. 토머스 경이 '충고'를 할 때조차 둘 다 그것을 '절대적 권력을 가진 충고'로 받아들인다.[2부 18장] 노리스 이모가 패니를 그토록 뿌리 깊게 증오하는 이유 중 하나는 패니가 토머스 경의 보호를 원하는 경쟁자, 또 하나의 무력하고 유용한 의존자라고 보기 때문이다. 더 나아가 노리스 이모는 패니처럼 자신의 목적을 달성하기 위한 전략으로 순종을 사용한다. 노리스 이모는 권위적인 힘에 순종함으로써 자신의 형부를 설득하여 계획에 끌어들인다.

'선량한' 레이디 버트램과 달리 노리스 이모는 모질고 다른 사람을 조종하며 자기 식대로 밀어붙이는 여성으로서 다른 사람이 자기 나름대로 살게 놔둘 수 없는 인물이다. 적어도 이것이 이 자매들이 처음 우리에게 보여주는 모습이다. 이 인상은 온화한 위엄을 가지고 있음에도 레이디 버트램이 '옷을 잘 차려입은 채 소파에 앉아서 별 쓸모도 없고 아름답지도 않은 긴 천에 바느질을 할 뿐이며, 자식들보다는 강아지를 더 생각하는'[1부 2장] 사람이라는 것을 우리가 기억할 때까지는 지속된다. 사실상 레이디 버트램의 전적인 수동성과 노리스 이모의 마구잡이식 노력의 대조는 『사랑과 우정』에서 소피아가 말했던 (기절하거나 미치거나 하는) 선택을 다시 한번 상기시킨다. 오스틴 소설에 나오는 다른 (죽거나 죽어가거나 바보이기 때문에 수동적인) '선량한' 어머니들처럼 레이디 버트램은 순종의 필요성과 재정적으로 안전한 결혼의 절대적 중요성, 그리고 이런 가치에 어울리는 무지를 가르친다. 시끄럽게 부산을 떨고 다녀도, 노리스 이모가 레이디 버트램의 딸들에게 훨씬 더 애정 깊은 어머니다. 노리스 이모가 딸들의 응석을 다 받아준다면, 그것은 부분적으로 그녀가 표현한 진정한 애정과 성실함 때문이다. 노리스 자신도 능동적으로 자신의 삶을 살아가며 자신의 목적을 추구하기 때문에 그녀가 자신의 고집 센 조카들에게 동질감을 느끼는 것은 너무나 당연하다. '선량한' 어머니의 모습과는 달리, 나쁜 노리스 이모의 모습은 여성의 힘, 노력, 정열이 생존과 즐거움을 위해 필요하다는 것을 암시한다.

마리아가 가출과 이혼 때문에 사회적으로 망신을 당한 이후에도 노리스 이모는 마리아를 버리는 대신 마리아의 대리모로서 마리아와 함께 살기 위해 그녀에게 간다. 그 때문에 노리스이모는 맨스필드 파크에서 쫓겨나는 벌을 받지만, 아마도 토머스 경의 냉정한 법칙이 행사하는 억압에서 벗어났다는 데 안도감을 느꼈을 것이다(그렇게 생각하지 않을 수 없다). 마찬가지로 토머스 경도 자신을 거역하고 자기주장을 하고 자신의 통제를 벗어나려고 하는 사람을 제거했다는 데 안도감을 느꼈을 것이다. 이 사나운 여자는 책의 끝에서도 길들여지지 않은 채 여전히 말하고 있는데 아마도 끝까지 결코 길들여질 수 없을 것이다. 이처럼 전적으로 받아들여질 수 없는 여자에 대한 찬양을 정당화하려는 듯, 오스틴은 노리스 이모에게 지속적인 추진력을 부여하는 플롯을 구성한다. 예를 들면 패니를 맨스필드 파크로 데려오도록 결정하는 사람도 노리스 이모다. 그녀는 패니를 토머스 경의 집 안에 들여놓고 패니에게 열등한 지위를 배정하고, 토머스 경이 없을 때는 맨스필드 파크를 지배하면서 연극이 진행되도록 허락한다. 또한 사우더턴 방문을 계획하고 실행해 마리아와 러시워스의 결혼을 주선한다. 쾌락과 활동을 추구하는 일, 특히 다른 사람들의 삶을 조종하는 일에 공공연하게 전념하는 노리스는 풍자적으로 작가를 대리하는 인물이다. 사람을 다루는 솜씨로 보면 제2의 제인 이모라 할 수 있다.

노리스 이모는 비록 비난받는 인물이었지만, 작가 입장에서는 기쁘게도 오스틴 시대의 사람들이 가장 격찬하며 즐거워하는 인물이기도 했다.[35] 노리스 이모는 『맨스필드 파크』에서 가장 기억할 만한 목소리 중 하나다. 그녀는 백설 공주의 계모인 부산하고 교활한 여왕을 닮았을 뿐 아니라 모차르트의 〈마술피리〉에 나오는 밤의 여왕과도 닮았다. 오스틴 소설의 모든 분노에 찬 귀족 과부들은 남성 신의 계몽적 이성을 위협하며, 남성 신은 결국 여성의 섹슈얼리티, 변덕, 수다의 힘을 추방함으로써만 여자 주인공을 얻는다. 밤의 여왕이 여전히 격렬한 저항의 노래를 열광적으로 부르면서 무대 뒤로 사라지는 〈마술피리〉처럼, 노리스 이모 같은 여자들은 결코 완전히 억압될 수 없다. 『이성과 감성』에서 멸시당하는 페라스 부인이 좋은 예다. 엘리너 대시우드는 소설이 끝날 때까지 자신을 속여왔던 이기적인 남자가 벌 받기를 바라기만 하지만, 페라스 부인은 가차 없이 징벌을 가한다. 가부장적 상속권에 간섭함으로써 페라스 부인은 엘리너가 중시하는 형식이 임의적인 것임을 증명한다. 비록 『이성과 감성』은 메리앤과 엘리너 같은 젊은 여성들이 남성 보호자를 찾고 사회의 강력한 인습에 복종해야 한다는 명백한 메시지로 끝날지라도, 페라스 부인과 그녀의 피보호자인 교활한 루시 스틸은 여성들 자신이 억압의 대리인, 인습의 조정자로서 살아남을 수 있음을 증명한다.

이 강력한 과부들은 대부분 '여성 혈통의 상속인이 나오는 경우는 없다'는[『오만과 편견』 2부 6장] 점을 간파하고 있기 때문에 레이디 캐서린 드 보에게 동조할 것이다. 가부장제의 근본이라 할 수 있는 남성만 상속받을 수 있다는 배타적인 권한 자체에 반대한다는 이유로 레이디 캐서린이 비난받는다는 것은 예견된 수순이다. 작가는 모계적 힘을 대변하는 인물을 항상 비난하기 때문이다. 레이디 캐서린이 소설 속 다른 모든 인물들에게 윗사람으로 행세하려 들 때, 그녀는 오만하고 참견하기 좋아하고 이기적이며 무례하게 보인다. 창백하고 약하며 수동적인 딸을 경멸한다는 점에서 레이디 수전을 닮은 레이디 캐서린은 다른 사람의 일을 관리하는 데서 기쁨을 얻는다. 그녀는 다아시와 결혼할 수 있는 엘리자베스의 권리에 반대하면서 몹시 불쾌해한다. 레이디 캐서린은 엘리자베스가 '젠틀맨의 딸'임은 인정하지만, '어머니는 누구였느냐?'고[3부 14장] 따짐으로써 엘리자베스의 출생과 혈통에 의문을 제기한다.

두려운 존재로 보이기는 해도 레이디 캐서린 자신은 어떤 면에서 엘리자베스에게 어울리는 어머니다. 두 여자는 놀랄 정도로 비슷하기 때문이다. 엘리자베스에게 '젊은 아가씨치고 너는 매우 단호하게 너의 의견을 말하는구나'[2부 6장] 하고 말했을 때, 레이디 캐서린은 스스로 이 점을 지적하고 있다. 둘 다 어떤 문제에 대해 권위적으로 말하지만, 둘 다 그 문제에 어떤 권위도 없다. 둘 다 신랄하고 사람들에 대한 판단에 확신이 있다. 엘리자베스는 다아시에게 '다른 사람의 의지에 굴복하는 것을 결코 참아낼 수 없는 고집이 저한테 있죠'[2부 8장] 하는 말로 자신을 묘사한다. 이 점에서 엘리자베스는 꺾이지 않는 용기를 지닌 캐서린을 닮아 있다. 결국 이들만이 이 소설에서 진정한 분노를 느끼고 표현할 수 있는 여자다. 물론 상속권이 자신과 자매들의 삶을 매우 엄격하게 제한하는 탓에 엘리자베스가 느낄 수밖에 없는 상속권에 대한 분노를 분명히 표현하는 것은 레이디 캐서린에게 달려 있다. 엘리자베스와 레이디 캐서린 사이에 의견 충돌이 생길 때, 둘 다 자신의 목적을 수행하겠다는 결의를 다진다. 엘리자베스와 다아시의 결혼을 반대할 때도 레이디 캐서린은 그 문제에 대해 엘리자베스 자신이 생각한 것, 즉 엘리자베스의 어머니가 다아시에게 걸맞지 않으며 동생은 더욱더 걸맞지 않다는 것만 분명히 말할 뿐이다. 몹시 격양된 상태로 묵묵부답으로만 충고에 대응하는 엘리자베스는 자신의 대화 상대를 닮아 있다. 엘리자베스가 다아시와 결혼한다면 레이디 캐서린의 딸의 자리를 빼앗겠지만, 한편으로는 반드시 레이디 캐서린을 펨벌리에서 환대하도록 남편을 설득하리라는 점도 자명하다. 다아시와 엘리자베스 둘 다 알고 있듯이, 레이디 캐서린은 그들 결혼의 주선자였다. 레이디 캐서린은 둘이 만날 수 있는 기회와 장소를 제공해 첫 청혼을 이끌어냈다. 그뿐만 아니라 그녀는 그 둘을 갈라놓기 위해 엘리자베스가 다아시에게 새롭게 끌리고 있다는 사실을 정확하게 말함으로써, 바로 그런 격려를 기다리던 다아시가 엘리자베스에게 두 번째 청혼을 하게 했다.

『에마』에서는 신랄한 잔소리꾼이 매우 신중하게 감추어져 있어서 겉으로 나타나지 않는다. 그러나 여기에서도 잔소리꾼은 플롯의 동인이 된다. 자신의 선배들처럼 처칠 부인도 자부심 강하고 오만하며 변덕쟁이다. 처칠 부인은 모든 수단을 이용해 (자신의 건강이 좋지 않다는 진단서까지 포함해) 가족에게 관심과 복종을 이끌어내는 여성이다. 사실상 (프랭크 처칠이 제인 패어팩스와 결혼할 수 있도록 길을 열어준) 그녀의 죽음만이 처칠 부인의 신경쇠약이 이기적인 동기로 만들어낸 가상의 병이 아니었다는 확신을 가족들에게 안겨준다. 사실 처칠 부인은 연인들의 모든 속임수를 야기한 인물이라고 할 수 있는데, 그들이 비밀리에 약혼한 것은 그녀가 연인들을 인정하지 않기 때문이다. '사람들에게 돌처럼 무정하고 악마 같은 성질을 지니고 있는'[1부 14장] 이 까다로운 여자는 '보이지 않은 존재'다. W. J. 하비가 설명하듯이, 이 점 때문에 '제인 오스틴은 오든이 요약한 현실에 대한 ('우리는 우리가 이해하지 못하는 힘에 의해서 살아가게 된다') 우리의 직관을 구현할 수 있다.'[36]

그러나 처칠 부인은 예견할 수 없는 현실의 우발성을 나타내는 것 이상이다. 한편으로 그녀는 제인 패어팩스의 괴기하고 불길한 닮은꼴로 보인다. 제인 패어팩스는 결혼하게 된다면 무일푼의 벼락부자가 될 것이며, 신경증적인 두통과 열에 시달릴 것이다. 웨스턴 부인은 처칠 부인이 '우리가 만날 수 있는 가장 완전하고 훌륭한 부인'이라고[2부 18장] 말한다. 따라서 예의 바른 제인 패어팩스가 다음 처칠 부인이 되어 부인의 보석을 상속받는 것은 적절하다. 다른 한편으로 처칠 부인은 에마와 (그녀 또한 모범적인 여자가 되는 일에 연루되어 있다) 몹시 비슷하다. 매우 이기적인 상상을 하는 데다 둘 다 자기 뜻대로 할 수 있는 힘이 있고, 둘 다 재능, 정신의 우아함, 재산, 우월한 지위를 확신하고 있으며, 둘 다 부차적인 부분을 동료들에게 할당하기를 즐길 수 있는 사회에서 첫 번째가 되고자 한다.

본보기가 될 만한 숙녀가 『에마』에 등장하는 모든 인물을 사로잡고 있다. 그 본보기는 미스터 우드하우스에게 '섬세한 식물'을[2부 16장], 엘턴 부인에게 셀레나의 빛나는 장신구를 환기한다. 그런데 이상의 실추를 보여주는 이가 처칠 부인이다. 처칠 부인은 오스틴의 여자 주인공에게 경고의 이미지로 나타날 뿐만 아니라 그들이 이미 빠르게 닮아가고 있는 바로 그 인물이기도 하다. 만일 작가로서 자신의 인물들을 마음대로 조종한다는 오스틴의 죄의식을 처칠 부인이 대변한다면, 그녀는 또한 여성적인 정숙, 과묵함, 겸손이 마녀 같은 교활함에 굴복할 수 있다는 사실도 우리에게 주지시킨다. 마녀란 처음부터 젊은 아가씨의 역할과 가치가 함축하고 있는 측면으로, (우리가 보았듯이) 공모와 조작과 속임수로 만들어진 것이기 때문이다. 동시에 처칠 부인 자신은 자신의 숙녀다운 침묵, 회피, 거짓말의 희생자이기도 하다. 건강이 좋지 않다는 처칠 부인의 이야기를 아무도 진지하게 받아들이지 않고, 처칠 부인을 죽게 만든 병이 자신이 조작한 허구 이상이라는 것을 아무도 믿지 않는다. 그녀의 (오스틴의 후기 소설에서 거의 일어나지 않는) 죽음은 상처받기 쉬운 여성의 속성을 드러내는 불길한 예시다. 오스틴은 자신의 마지막 소설에서 이런 속성을 더욱 충분하게 탐색해 나간다.

*

단지 소설 속 맹렬한 여장부들만 여성의 복종이라는 유리 관에 대해 느끼는 오스틴의 불편한 심기를 반영한 것은 아니다. 오스틴이 마지막으로 완성한 『설득』(1818)은 자신의 이야기를 추구하지 않기에 효과적으로 자신을 말살시켜버리는 천사처럼 조용한 여자 주인공에 초점을 맞춘다. 자신의 플롯이 암시하는 의미를 재검토하려는 듯, 오스틴은 『설득』에서 권위에 대한 복종과 삶의 이야기에 대한 포기가 여성에게 미치는 영향을 탐색한다. 소설이 시작되기 8년 전, 앤 엘리엇은 웬트워스 대위와 로맨스를 포기하라는 설득에 굴복한다. 이 결정은 앤을 무존재로 바꾸어버려 병들게 한다. 자신이 '아무것도 아니라는 사실을 알도록'[1부 6장] 강요받은 앤은 '아버지와 자매가 있는 하찮은 사람'이며, 따라서 앤의 말은 '전혀 무게가 없다.'[1부 1장] 배경으로 사라져버릴 듯한 보이지 않는 관찰자로서 앤은 자신이 눈에 띌까봐 움직이는 것도 두려워하는 경우가 허다하다. 청춘의 '빛'을 잃어버린 앤은 과거 자신의 희미한 흔적일 뿐이며, 자신의 연인이 '[자신을] 다시 알아보지 못할 뻔했다'는 것을[1부 7장] 깨닫는다. 그들의 관계가 '지금은 무'이기 때문에 앤 엘리엇은 죽은 자아의 유령일 따름이다. 앤을 통해 오스틴은 위협에 시달리고 있는 인물을 제시한다.

　앤이 유령 같은 비실체로 쇠락한 이유는 허영심 많고 이기적인 귀족 아버지가 상징하는 세계에서 의존적인 여성으로 살고 있기 때문이다. 앤은 켈린치 홀의 거울을 갖춘 드레스룸에 살고 있다. 『설득』이 앤 아버지의 책, 『준남작 명부』로 시작하고 있다는 것은 의미심장하다. '책 중의 책'[1부 1장]으로 일컬어지는 이 책은 남성의 권위, 일반적인 가부장적 역사, 특히 그녀 아버지의 가족사를 상징하고 있기 때문이다. (차기 상속인인 향사 윌리엄 월터 엘리엇으로 끝맺은) 이 책 안의 가족 계보에 이름과 생일이 올라 있는 앤은 남편의 성이 자기 이름에 첨부될 때까지는 아무 실체가 없는 존재다. 그러나 앤의 이름은『준남작 명부』에 새로운 이름이다. 이 오래되고 존경받는 상속자들의 계보는 '그들이 결혼했던 모든 메리들과 엘리자베스들'을 [1부 1장] 기록한다. 그것은 마치 앤의 언니인 엘리자베스와 동생인 메리와는 달리, 앤이 '책 중의 책' 안의 인물로 남아 있도록 강요받지 않을 수도 있다는 희망적인 사실에 주목하라고 요구하는 듯하다. 사실상 앤은 개인적인 성장의 과정이 끝나는 시기에 이르러 자신이 아니라 과부 자작 부인인 달림플과 그 영애 카터릿 양이야말로 '아무도 아니'[2부 4장]라고 결론 내리고,『준남작 명부』가 상징하는 경제적 사회적 기준을 거부할 것이다. 앤은 또한 웬트워스 대위가 '더 이상 하찮은 사람이 아님' [2부 12장]을 발견할 것이다. 더욱더 중요한 것은 앤이 '적어도 자기 식대로 전체 이야기를 할 수 있는 편안함'[2부 9장]을 추구하고 발견할 능력을 주장하리라는 사실이다.

그러나 앤이 중요한 사람이 되려면 먼저 아무도 아니라는 것이 의미하는 바에 직면해야 한다. 에밀리 디킨슨은 이따금 '나는 아무도 아니다!'(J 228편) 하고 공언했다. 앤은 자신의 이야기를 갖지 않겠다고 선언함으로써 디킨슨의 '가능성' 영역에 살기로 작정한 듯하다. 오스틴은 앤을 통해 중요한 사람이 아닌 사람은 모든 사람에게 시달린다는 사실을 입증한다. 아버지가 소유한 거울의 세계에 살고 있는 앤은 그녀가 될 수 있었던 여러 자아를 만나게 되고, 그 모든 자아가 권위와 자율성을 박탈당한 여성이라는 똑같은 이야기를 드러내고 있을 뿐임을 발견한다.

비록 앤은 자신의 어머니가 월터 경의 집에서 보이지 않는 존재로 버려진 채 살고 있다는 사실을 알지만, 어머니가 없는 딸로서 스스로 자신의 어머니가 되려고 한다. 앤은 미스터 엘리엇과 결혼해서 미래의 엘리엇 부인이 될 수도 있다. 따라서 본인 역시 자신의 어머니처럼 불행한 결혼 생활을 영위할 가능성에 직면해야 한다. 그런 결혼은 캐서린 몰런드가 생각한 틸니 부인의 결혼 생활과 다를 바 없다. 동시에 앤은 아버지의 동반자이자 언니 엘리자베스의 절친한 친구로서 가족 내에서 어머니의 자리를 차지하려는 친절하고 결혼하지 않은 클레이 부인을 지켜보면서 자신도 참을성 많은 페넬로페 클레이가 될 수 있다고 깨닫는다. 앤도 남을 '기쁘게 해주는 기술'[1부 2장], 즉 자신을 유용하게 만들 수 있는 기술을 이해하고 있기 때문이다. 더 나아가 앤은 어퍼크로스에 갔을 때 두 소작인들 각각의 '불평에 숨어 있는 비밀을 너무 잘 알고 있지만'[1부 6장], 그들을 치켜세우고 달래서 두 사람을 기분 좋게 해주려고 애쓴다. 이 점에서 앤의 역할은 클레이 부인과 똑같다. 따라서 앤의 감수성과 희생 정신은 클레이 부인처럼 남의 비위나 맞추는 위선적인 도움으로 타락할 위험이 있다.

물론 메리 머스그로브도 앤이 취할 수 있는 또 하나의 가능한 정체성이다. 찰스가 앤의 여동생인 메리에게 마음을 주기 전에 사실상 앤에게 청혼한 바 있었고, 메리도 아버지에게 사랑받지 못한 딸 중 하나라는 점에서 앤을 닮았기 때문이다. 자신은 '항상 가족 중 가장 주목받지 못한다'[2부 6장]는 메리의 불평은 앤도 쉽게 할 수 있는 불평이다. 자신이 아무도 아니라는 사실에 씁쓸해하는 메리는 집안의 고된 일에 '여성적인' 병약함으로 대응한다. 그것은 앤의 지긋지긋한 자기 회의의 연장일 뿐 아니라 메리가 자신의 삶에 드라마와 중요성을 덧붙이기 위해 마음대로 상상력을 사용할 수 있는 유일한 수단이다. 메리의 건강염려증은 루이자 머스그로브가 문자 그대로 돌계단에서 떨어져 머리를 다치고 지나친 신경과민으로 고통받을 때, 이 모든 여자들의 전형을 보여주고 있다는 사실을 우리에게 알려준다. 무능력해진 루이자는 처음에는 웬트워스 대위에게 이끌리지만, 결국에 앤에게 처음 관심을 가졌던 벤윅 대위와 결혼한다. 루이자의 이미지 또한 분명 앤이 될 수도 있었다.

따라서 오스틴은 메리와 루이자 둘 다를 통해, 여성이 성장함에 따라 어떻게 자유와 자율성과 강인함에서 멀어져 병약함과 자신을 낮추는 숙녀다운 의존성으로 타락하는지 보여준다. 산울타리에서 웬트워스 대위가 설교한 것과 정반대로 루이자는 단호함조차 자신을 그런 타락에서 구해줄 수 없음을 알게 된다. 사실상 단호함은 오히려 그런 타락을 가속시킨다. 루이자는 층계참에서 가파른 해변의 계단으로 추락하는 것을 자신의 운명이라 생각하지 않는다. 루이자는 응접실에서 자신의 예민한 신경을 걱정하는 구혼자와 함께 연애시를 조용히 읽는 것에서 자신의 운명을 발견한다. 루이자는 추락 사고로 얻은 고통을 통해 여성의 자기주장과 격렬함은 치명적이라는 앤의 믿음을 강화시키는 한편, 앤 자신이 하찮것없다는 의식, 즉 자신의 이야기가 '이제 무가 되었기' 때문에 그녀가 경험하는 상실을 반영한 애상적인 가을 풍경으로 우리를 되돌려놓는다.

앤은 거울의 세계에 살고 있다. 앤은 소설 속 대부분의 여자들이 될 수 있을뿐더러, 제목이 암시하듯 모든 인물들이 앤을 설득하기 위해 자신들의 개인적 선호를 원칙으로 포장해 앤에게 제시한다. 앤의 이야기는 타인에 의해 각색되고 그녀는 각색한 판본에 둘러싸인 채 월터 경, 웬트워스 대위, 찰스 머스그로브와 그의 부인, 레이디 러셀, 스미스 부인의 강압적인 충고를 받는다. 결국 다른 사람의 출현 자체가 앤에게는 억압인 것이다. 앤을 제외하고 모든 사람이 자신의 현실 판단만이 타당하다고 확신하기 때문이다. 유일하게 앤만 자신이 접촉하는 여러 가문과 개인에 대해 다양하고도 똑같이 타당한 시각을 가지고 있다. 캐서린 몰런드처럼, 앤도 다른 사람들이 자신을 허구적으로 이용하고 상상하는 것에 대항해서 싸운다. 어떤 특별한 수사 기술도 없는데도 마침내 앤은 가부장제의 비밀을 꿰뚫어본다. 캐서린이 (자신이 말한 바를 진정으로 의도하지 않았던) 틸니 장군의 전횡적인 권력을 이해하는 과정에서 오래된 저택의 비밀을 우연히 알아채듯이, 앤도 우연히 켈린치 홀의 상속자인 윌리엄 엘리엇의 비밀을(돈 때문에 결혼해서 첫 부인에게 매우 고약하게 굴었다는 것을) 알게 된다. 엘리엇의 '이기심과 이중적 계략은' 앤에게는 '혐오스러웠음에 틀림없다.'[2부 7장] 그리하여 앤은 이 구혼자의 '악'이 쉽게 '돌이킬 수 없는 해악'을 낳을 것이라고 믿게 된다.[2부 10장]

오스틴의 모든 여자 주인공들은, 다아시가 설명하고 있듯이, '간파할 능력이 없으며, 의심하는 것은 확실히 [그들의] 성향이 아니다.'[2부 3장] 그러나 앤은 자기 세계의 일원들을 조용하고 주의 깊게 관찰하고 귀 기울이며 판단한다. 스튜어트 테이브가 보여주듯, 앤은 점점 말을 하려고 애를 쓰며 점차 사람들이 자신의 말에 귀를 기울인다는 것을 발견한다.[37] 더 나아가 켈린치 홀에서 어퍼크로스까지, 그리고 라임에서 바스까지 이어지는 순례길에서 앤이 만나는 풍경은 그녀의 성장 과정에서 일종의 심리적 지형으로 기능하고 있다. 시든 산울타리와 황갈색 가을 초원이 라임의 산뜻한 산들바람과 밀려오는 조수로 바뀔 때, 앤의 생기가 되돌아왔다는 것에 우리는 별로 놀라지 않는다. [1부 12장] 마찬가지로 바스에 도착했을 때, 타인의 말을 언제나 듣고 또 엿들어왔던 앤은 이미 자신의 감정으로 가득 차 있었기에 타인의 말을 듣기가 힘들어진다. 앤은 '내 반쪽이 나머지 반보다 항상 더 현명한 것도 아니고, 나머지 반이 과거보다 더 나쁘다고 항상 의심하지도 않으리라'[2부 7장] 다짐한다. 말하는 사람들로 가득 찬 방에서 앤은 아버지의 집에 있는 일행과 어떤 즐거움도 나눌 수 없다고 주장하며 엘리엇에 대한 자신의 무관심을 웬트워스 대위에게 전하는 데 성공한다. '앤이 말을 했다'고 화자는 강조한다. '말을 끝냈을 때 사람들이 자신의 말에 귀 기울였다는 것을 알고 앤이 전율했다'면[2부 10장], 그것은 사실상 '사랑하는 어머니를 잃은 이후로 앤은 자신의 말에 누군가 귀 기울이거나 격려해주는 행복감을 한 번도 경험해본 적이 없었기' 때문이다.[1부 6장]

여자 주인공의 행복을 자신이 여자임을 명확하게 자각하고 말할 수 있는 능력과 밀접하게 연관시키고 있는 이 작품에서 어머니의 상실이 앤의 비가시성과 침묵을 야기했다는 사실은 매우 중요하다. '어머니는 늘 곁에 계셨겠지. 어머니는 변함없는 친구였겠지. 누구보다 많은 영향을 끼치셨겠지' 하고 느끼는 엘리너 틸니처럼(『노생거 사원』 [2부 7장]), 앤은 사랑하는 여자의 지지를 아쉬워한다. 따라서 선의를 가진 머스그로브 부인과 크로프트 부인의 강력한 속삭임이 가부장적 문화에서 느끼는 앤의 소외감에 대해 하빌 대위와 논의해볼 수 있는 구실(기회와 격려)을 제공하는 것은 당연하다. '남자들은 자신의 이야기를 할 때 우리보다 모든 면에서 유리합니다. […] 펜은 늘 그들의 손 안에 있었고요.'[2부 11장] 앤 엘리엇은 책이란 '모두 남자가 썼기 때문에 책이 무엇인가의 증거가 될 수 있다고 믿지 않을 것'이다.[2부 11장] 여성의 감정이 더 섬세하기 때문에 여성들은 남성보다 더 오랫동안 사랑한다는 앤의 주장은 하빌 대위가 인용한 여자의 '변덕'에 대한 판례를 직접적으로 반박한다. 우리가 이미 보았듯이 앤의 말은 '변덕'에 대한 남자의 비난이 가부장적 문화가 부여한 이미지에 가둘 수 없는, 억압할 수 없는 여성의 내면에 대한 공격임을 상기시킨다. 비록 앤은 차마 '말해서는 안 될 것을 말해'[2부 11장] 자의식을 표현할 수 없기 때문에 항상 이들 이미지에 의해 억압당하고 있고, 단지 『준남작 명부』를 『해군 목록』(여자들이 거의 나오지 않는 책)으로 대체할 수 있을 뿐이다. 하지만 앤은 여전히 여성의 주체성에 대한 믿음을 보여주는 최고의 본보기다. 앤은 자신의 감정에 충실하기 위해 자신의 친구들이 만들어놓은 죽은 자아를 해체했을 뿐만 아니라 자아와 자신의 과거를 재검토하고 재평가한다.

결국 앤의 운명은 소녀들이 낭만적인 야망을 포기해야 했던 오스틴의 초기 작품에 대한 응답처럼 보인다. 앤은 '청춘 시절에 조신하도록 강요받았으며, 나이가 들어감에 따라 부자연스럽게 시작될 로맨스의 자연스러운 결말을 배웠다.'[1부 4장] 웬트워스 대위에게 남성적인 적극성의 한계를 가르친 사람은 앤이다. 앤이 말없이 듣기만 해야 하는 상황에 놓이자 웬트워스는 그녀의 진정한 강렬한 감정을 발견한다. 웬트워스가 첫 반응으로 펜을 떨어뜨리는 장면은 매우 의미심장하다. 그러고 나서 웬트워스는 조용하게 하빌 대위를 위해 일하는 척하며 앤에게 청혼서를 쓴다. 그는 방을 떠나기 전에 앤에게 말없이 청혼서를 건넨다. 반갑지 않은 방해를 받을까 봐 경계하면서 화이트하트 여관의 공용 응접실에서 편지를 쓰고, 진정한 의도를 감추기 위해 다른 편지를 일종의 압지로 사용하는 웬트워스 대위의 모습은 오스틴 자신과 겹쳐진다. 『노생거 사원』에도 등장한 곳이자 정화라는 세례식의 약속을 지키지 못하고 부패해버린 도시와 동일한 장소에서 앤은 '젊음과 아름다움의 두 번째 봄'[2부 1장]을 다시 맞이한다. 그러나 우리는 이 남자와 함께 하는 앤의 인생은 바스 사회의 공허한 우아함에서 벗어날 수 있을 것이라고 믿게 된다.

라임의 해풍과 바스의 온천 치료 덕분에 앤이 유령 같은 수동성에서 벗어났다는 사실은 해군의 삶이 (부계 혈통과 매우 밀접하게 관련되어 있는) 육지의 부패를 벗어나는 탈출이자 대안이 될 수 있다는 증거다. 월터 엘리엇 경은 해군이 된다는 생각을 머릿속에서 바로 지워버린다. 그것은 '남자들에게 그들의 아버지와 할아버지들이 결코 꿈도 꾸지 못했던 명예로움'을[1부

3장] 선사하기 때문이다. 분명 웬트워스 대위는 바다에서 재력을 쌓아 거의 기적적으로 엄격한 계급 체제의 위선과 불평등을 피할 수 있었던 듯 보인다. 그러나 해군 생활이 '남자의 청춘과 활력을 가장 끔찍하게 말살시킨다'는 월터 경의 두 번째 거부 이유를 정당화하는 듯 보이는 것도 사실이다. 허영심으로 가득 찬 월터 경은 선원들이 급속하게 자신들의 외모를 잃어가는 것만 생각하지만, 우리는 바다가 청춘을 앗아가버린 사례로 등장하는, 절대로 호감을 가질 수 없는 남자와 마주친다. 오직 바다에서 죽음을 맞이할 운명으로 보잘것없는 딕 머스그로브가 오스틴의 펜 끝에서 창조되었을 때, 우리는 자연이 베푸는 은혜에 대한 오스틴의 신뢰를 떠올린다. (딸보다) 아들을 부당하게 찬양하는 일에 오스틴이 분노하지 않았더라면, '살아 있을 때는 아무도 좋아하지 않았던 한 아들의 운명에 대한' 머스그로브 부인의 '얼빠진 커다란 한숨'이라는[1부 8장] 오스틴의 논평은 근거 없는 잔인함으로만 부각되었을 것이다. 웬트워스 대위가 잃어버린 이 아들을 바보로 여겼다는 점은 중요하다. 웬트워스가 해군으로서 이룬 성공은 대부분 육지에 한정된 직업과는 달리 여자들을 전적으로 배제하지 않는 직업과 그를 밀접하게 연관시키기 때문이다. 그의 여동생 크로프트 부인은 '훌륭한 젠틀맨'과 해군 남자의 차이를 이야기하면서, 전자는 여자들을 '이성적인 피조물이 아니라 훌륭한 숙녀들'로[1부 8장] 대한다고 말한다. '합리적인 여자라면 누구나' 선상에서 '완벽하게 행복할 수 있을 것'이라고[1부 8장] 크로프트 부인은 믿고 있다. 대서양을 네 번 건넌 그녀는 동인도제도를 왕래할 때가 켈린치 홀에 있을 때보다 더 편안하고 행복했(다고 인정했)기 때문이다. 물론 그녀의 남편은 월터 경의 거울을 내려놓아버렸다.

웬트워스 대위와 크로프트 제독 같은 해군 남자들은 하빌 대위와 마찬가지로, '독창적인 장치와 훌륭한 설비'를 만들어낼 수 있으며 [⋯] 실질적인 공간을 최대한 잘 이용할'[1부 11장] 능력을 갖추고 있다. 그것은 '국가적인 중요성보다는 가정적인 미덕으로 더 돋보이는 직업'[2부 12장]과 관련된 기술이기도 하다. 오스틴의 귀족 과부들은 전통적으로 남성에 속한 특권을 사용함으로써 권력을 얻으려고 애쓴다. 하지만 이 마지막 소설의 여자 주인공은 남자들도 가정생활을 중시하고 참여하는 한편, 여자들은 공적인 행사에 공헌하는 평등한 사회를 발견한다. 이것은 평등한 성적 이데올로기의 출현을 예견하는 상호 보완적인 이상이다.[38] 앤은 오스틴의 소설과 편지에서 위험하고 따분한 행위로 묘사하는 출산과 양육의 여성 공동체에 더 이상 갇히지 않고,[39] 전통적인 남성 영역과 여성 영역의 통합을 상징하는 결혼에 성공한다. 그런 결혼의 완성은 미래에 전쟁이 임박했다는 위협 가운데 바다에서만 기대할 수 있다 하더라도, 오스틴은 이 두 연인이 '내밀한 환희 속에서 춤추는 듯한 기분으로 미소를 참아가며'[2부 11장] 바스의 거리를 걸어내려갈 때 양성 간의 우정을 찬양하고 있다.

웬트워스 대위가 자신들의 이야기에 대한 앤의 설명을 받아들일 때, 대위는 파혼하라고 충고했던 여자에 대해 앤이 내린 매우 양가적 평가에 동의한다. 레이디 러셀은 오스틴의 소설에 마지막으로 등장하는 뻔뻔한 과부 중 한 명이다. 그러나 이 소설은 말괄량이를 길들일 필요성을 인정했던 오스틴의 초기 소설을 수정하고 있으며, 따라서 경계해야 할 괴물은 자기주장보다 자기 말살이다. 『에마』가 여성은 숙녀가 되어야 한다는 심리적 압박감이 강한 여성의 본보기를 그리고 있다면, 『설득』은 숙녀가 되기를 거부하는 여자 주인공을 묘사하고 있다. 앤 엘리엇은 힘 있는 부자로 예의 바른 레이디 러셀의 설득을 받아들여 자신이 사랑했던 남자와 결혼하지 않았다. 그러나 결국 앤은 가슴의 명령보다는 계급과 신분을 중시하는 레이디 러셀을 거부한다. 왜냐하면 부분적으로 레이디 러셀이 비뚤어진 마음으로 앤에게 상처를 주는 사건을 '즐겁게 경멸하며, 분노에 차서 즐기기'[2부 1장] 때문이다. 앤은 이 잔인한 계모를 다른 종류의 대리모이자 또 다른 과부인 스미스 부인으로 대체한다. 가난하고 갇혀 있고 류마티스성 열병으로 다리를 절게 된 스미스 부인은 가부장적 사회에서 정당한 지위를 박탈당한 여성의 상징이다. 폴 지틀로가 보여주었듯이, 그녀는 만약 운이 없었다면 앤이 처했을 미래를 구현하고 있다.[40]

레이디 러셀은 앤에게 가난한 남자와 결혼하지 말라고 설득한 반면, 스미스 부인은 그녀가 왜 부유한 남자와 결혼해서는 안 되는지 설명한다. 스미스 부인은 육체적 경제적 자유를 모두 빼앗긴 채, '아이도 없고 […] 친척도 없고 […] 건강도 잃고 […] 움직일 수 있는 가능성도 없는'[2부 5장] 마비 상태다. 비록 스미스 부인이 자신의 비좁은 공간에서 좋은 기분을 유지하려고 애쓸지라도 그녀는 미쳐가고 있다. 스미스 부인은 잘못된 형태의 예의범절, 특히 명백한 상속자이자 가부장적 사회의 축소판인 엘리엇의 부패하고 이기적인 이중 플레이에 분노를 표현하고 있다. 복수에 찬 폭로에 격렬한 기쁨을 느끼면서 스미스 부인은 자신을 '상처 입고 분노에 찬 여자'라고[2부 9장] 선언한다. 이것은 곧 불필요하고 승인받지 못한 마비와 고통을 인정받지 못한 앤의(그리고 오스틴의) 분노를 대신 말해준다. 비록 이 과부가 가부장제의 불의에 저항하는 분노에 찬 여성의 목소리를 내고 있지만, 스미스 부인은 레디 러셀과 마찬가지로 바스에 거주하고 있다. 치료를 위해 상류 인사들이 모여드는 이곳은 그 사회가 병들었음을 제시한다. 스미스 부인은 앤이 엘리엇과 결혼할 의사가 없음을 확신할 때까지 그에 대한 진실을 말하지 않는다. 그녀가 앤의 행복한 결혼보다 자신의 출세를 우선시하여 이기적으로 앤에게 거짓말을 할 때, 그녀는 그곳의 도덕적 타락에 참여하는 셈이다. 레디 러셀처럼, 앤의 마음에 있는 다른 목소리도 그녀를 희생시킬 수 있는 것이다.

영국 사회의 사회적 인습에 물들어 있고, 또 그것을 특징짓는 부패를 가장 잘 드러내는 인물은 스미스 부인의 호기심 많은 지적 원천인 그녀의 정보 제공자 또는 그녀의 뮤즈다. 아픈 사람들을 간호해서 건강한 상태로 되돌려놓는 여자, 루크라는 기막힌 이름을 가진 이 간호사는 이 소설에 부재한다는 점에서 오스틴의 가장 중요한 화신들과 닮았다. 환자의 침대 곁에 앉아 있는 모습으로 그려진 간호사 루크는 고통받은 자들의 구원자이자 독수리처럼 보인다. 사회에서 루크가 누리는 이동의 자유는 체스 말의 이동과 닮아 있는데, 그 말은 체스 판의 가장자리와 나란히 이동하면서 게임의 한계를 결정하기 때문이다. 루크는 자신의 환자들을 '속여서' 그들의 숨겨진 저장물을 발견한다.

갇혀 있는 스미스 부인의 눈과 귀가 되어주는, 어디에나 존재하며 전지적으로 보이는 이 간호사는 병상의 모든 비밀에 내밀하게 관여한다. 루크는 스미스 부인에게 뜨개질하는 방법을 가르쳤고, '작은 바느질 상자와 바늘 방석', 그리고 오스틴의 '(5센티미터 폭의) 작은 상아 조각'과 다르지 않은 '카드 상자'를 판다. 루크가 봉사의 일부로 가져온 것은 병실에서 나온 책들, 즉 나약함과 이기심과 참을성 없음의 이야기들이다. 개인적인 삶의 역사라 할 수 있는 간호사 루크는 전형적인 여성의 방식으로 이야기를 전달한다. 즉 여성의 수공예품을 상류사회에 파는 형식, 외관상으로는 매우 하찮아 보이는 자선과 관련된 형식으로 말이다. 루크의 일과 가십은 물론 상류사회의 점잖은 외관 뒤에 감추어진 더러운 실체를 들추어내는 전복적인 관심을 위장하기 위한 것이다. 이런 점에서 루크는 오스틴 자신의 훌륭한 초상화다. 표면상으로는 신뢰할 수 없고, 오해와 무지투성이의 상호 교류에 (오스틴처럼) 정보를 의존하고 있지만, 이 독특한 여성 역사가는 한 계층의 '이기심과 이중성의 책략'을[2부 9장] 다른 계층에게 폭로할 때만큼은 정확하고 혁명적이다. 마지막으로 분별력 있는 간호사 루크는 자신의 모든 지식에도 불구하고 사회에서 추방되지 않는다는 점에서 오스틴을 닮았다. 그 대신 자신이 돌보는 공동체의 일원이라는 점을 인식하고 있는 루크는 자기 나름대로 사회적 성공에 대한 '높은 비전'을 지닌 '결혼 애호가'다.[2부 9장] 오스틴의 많은 여성 인물은 엘턴 씨의 수수께끼 안에 항상 갇혀 있는 듯 보이지만, 간호사 루크는 이 갑갑한 장소를 최대한 이용한다는 점에서 오스틴 작품의 성공한 여자 주인공들과 닮았다.

오스틴이 사회의 병, 특히 적극적인 활동의 삶에서 배제당한 사람들에게 그 병이 미치는 영향에 주목하고 있었다는 사실은 「샌디턴」의 파커 자매를 통해 마지막으로 예증된다. 이 작품에서 친절한 다이앤은 장애인 동생 수전의 병을 치료하기 위해 열흘 동안 하루에 거머리 여섯 마리를 붙여서 피를 뽑고 적출한 치아를 관리한다. 한 자매는 '정신 나갈 정도의 활동'[9장]을 보여주고 또 다른 자매는 소파에서 시들어가고 있는데, 두 자매는 둔감한 버트램 부인, 장애가 있는 스미스 부인, 병든 제인 패어팩스, 열병 걸린 메리앤 대시우드, 감염된 크로퍼드, 건강염려증인 메리 머스그로브, 병약한 루이자 머스그로브, 창백하고 허약한 패니 프라이스를 연상시킨다. 그러나 간호사 루크의 치료 기술이 암시하듯, 병든 잔소리꾼들과 죽어가는 실신자들은 오스틴의 가장 성공적인 인물들이 일반적으로 정착하는 상태의 경계를 설정한다. 소수의 여자 주인공들만 문화가 야기한 어리석음과 가정의 감금과 여성의 사회화가 초래한 무능을 피할 뿐이다. 실신해서 침묵 속으로 빠지지도 않고 자기를 파괴해가며 다변 속으로 빠지지도 않으면서, 엘리자베스 베넷, 에마 우드하우스, 앤 엘리엇은 그들의 창조자인 오스틴을 반향한다. 그들 모두 자신들이 여성적인 온순함을 회피하고 보류할 때, 한편으로는 몽유병으로 빠지지 않게 하고 또 한편으로는 자멸하는 그들이 오염되어 비속함으로 빠지지 않게 해주는, 이중적으로 말하는 능력을 가지고 있기 때문이다.

3부

우리는 어떻게 타락했는가?
밀턴의 딸들

6장 밀턴의 악령
가부장적 시와 여성 독자들

단어들은 사람이다. 알파벳을 쓸 때
우리는 살아 있는 것을 다루고 있는 것이다.
발과 넓적다리와 가슴, 사나운 손, 강한 날개를 가지고 있는,
물질적인 힘, 위대한 혼례, 천국과 지옥을 가지고 있는,
우리의 이야기는 위협적이다.
– 애나 헴프스테드 브랜치

그대의 몸에서 찢겨 나와, 그대의 갈빗대에서 새로워진
나는 그대 해골의 딸,
그대의 살을 에는 극도의 고통에서 태어난
– 엘리너 와일리

가부장적 시 그들의 기원 그리고 그들의 역사 그들의 역사
가부장적 시 그들의 기원 가부장적 시 그들의 역사
그들의 기원 가부장적 시 그들의 역사 그들의 기원
가부장적 시 그들의 역사 가부장적 시 그들의 기원
가부장적 시 그들의 역사 그들의 기원

- 거트루드 스타인

아담이 신선하고 평화로운 땅을 배회했을 때, 그는 길든 짧든 시간을 가지고 있었다. […] 그러나 가련한 이브가 세상을 들여다보았을 때 그곳에서 자신에 대한 모든 권리를 지닌 아담을 발견했다. 그것이 여성이 항상 창조자에 대해 품고 있는 원한이다. [그래서 어떤] 젊은 마녀들은 반사경 속의 이미지처럼 그들이 원하는 모든 것, 그리고 악마를 제외하고 어떤 남자도 결코 여자에게 소유를 허용하지 않았던 것 [이라고 그들이 믿었던 것]을 소유했다. […] 젊은 마녀들은 창세기를 (정통 마녀의 방식으로) 거꾸로 읽음으로써 모든 것을 얻었다.

- 이사크 디네센

버지니아 울프는 『자기만의 방』에서 '셰익스피어의 여동생이었던 죽은 시인'을 소생시키기 위해 문학적 여성은 '밀턴의 악령 너머를 바라보아야 한다. 어떤 인간도 그 시야를 막아서는 안 되기 때문'이라고 선언한다.[1] 밀턴에 대한 피상적인 언급은 수수께끼 같아서 호기심을 자아낸다. 이 은유는 더는 의미 있게 전개되지 않기 때문이다.[2] 울프는 그 의미를 더 설명하지 않고 열변을 계속해나간다. 표면적으로는 수수께끼처럼 보이지만 울프가 이 악령을 언급한 맥락은 매우 암시적이다. 밀턴의 악령은 시야를 막아버림으로써 여성들을 광활한 가능성으로부터, 즉 울프가 『자기만의 방』 전체를 통해 묘사하는 남성적 성취의 풍경에서 차단해버린다. 나아가 여성의 개인성을 부정하는 '공동의 응접실'에 여성을 가두어놓은 것 또한 잔인한 유령이다. 그 유령이 설사 실제로 '주디스 셰익스피어'를 죽이지 않았다 하더라도, 수백 년 동안 그녀를 죽은 상태로 놓아두었으며, 그녀의 창의적 정신을 '그녀가 그토록 번번이 포기해버리는 몸'에서 거듭 분리시켰다.

그럼에도 울프의 말은 여전히 불가해하다. 밀턴의 악령은 누구(무엇)인가? 그 말은 수수께끼 같을 뿐만 아니라 모호하기도 하다. 그것은 밀턴 자신, 실제 가부장적 유령, (해럴드 블룸의 비평 용어를 사용한다면) 여성 시인들의 시야를 막아버린 '케루빔'을 언급한다고 할 수 있을 것이다.[3] 그 악령은 밀턴이(그리고 신이) 사랑하는 아담을, 그리하여 아담을 위한 일종의 케루빔을 언급한다고도 볼 수 있다. 혹은 또 다른 허구의 유령, 즉 밀턴이 만들어낸 또 하나의 악령(그보다 열등하고 악마적으로 영감을 받은 이브, 여자들을 위협하고 여자들의 실질적 문학적 가능성의 전망을 막아버렸던 이브)을 언급한다고도 할 수 있을 것이다. 울프가 이들 중 어떤 것을 의도했는지 명확하게 말하지 않았다는 것은, 울프 말의 모호성이 고의적일 수도 있음을 암시하고 있다. 밀턴에 대한 울프의 또 다른 은유들은 (대부분 다른 여성 작가들과 마찬가지로 울프에게도) 밀턴과 그의 상상력이 만들어낸 피조물들이 거트루드 스타인이 말했던 '가부장적 시'의 여성 혐오적 진수를 보여준다는 생각을 확실히 강화한다.

문학적 부권 은유에 대한 논의가 암시하듯, 독자든 작가든 문학적 여성들은 모두 유일한 아버지 신을 모든 것의 창조자로 정의하는 가부장적인 원인론에 의해 오랫동안 위협받고 '당황'해왔다. 또한 그런 우주적인 작가만이 지상의 모든 작가에게 유일한 합법적 모델이 될 수 있지 않을까 하여 두려워해왔다. 밀턴의 기원 신화는 여성 혐오적인 장구한 전통을 요약하고 있으며, 여성 혐오적 관념을 (밀턴의 전형적인 가부장적 시에 대한 불안을 직간접적으로 기록했던) 숱한 여성 작가들에게 분명하게 암시했다. 그런 여성 작가들의 목록에는 최소한 마거릿 캐번디시, 앤 핀치, 메리 셸리, 샬럿과 에밀리 브론테, 에밀리 디킨슨, 엘리자베스 배럿 브라우닝, 조지 엘리엇, 크리스티나 로세티, H. D., 실비아 플라스, 스타인, 닌, 울프 등이 포함된다. 이들 중 많은 여성이 밀턴의 서사시가 표현하는 제도화되고 정교하게 은유화되곤 했던 여성 혐오와 타협하기 위해 자기 나름대로 신화와 은유를 수정했다.

메리 셸리의 『프랑켄슈타인』을 예로 들면, 『프랑켄슈타인』은 적어도 부분적으로는 『실낙원』에 절망적으로 순종하는 『실낙원』의 '오독'이다. 『실낙원』에는 표면상 이야기에서 추방당했으나 실제로는 밀턴이 암시하듯 괴물로 변형된 이브-'죄'가 나온다. 이와 대조적으로 에밀리 브론테의 『폭풍의 언덕』은 밀턴을 과격하게 수정하는 '오독'이다. 천국에서 지옥으로 떨어지는 추락이 『폭풍의 언덕』에서는 인습적인 신학이 '지옥'과 연관시키는 장소(언덕)에서 '천국'을 패러디하는 장소(그레인지)로 추락하는 것으로 변형된다. 이는 지옥에 대한 블레이크적인 바이블이다. 마찬가지로 엘리자베스 배럿 브라우닝의 「추방의 드라마」, 샬럿 브론테의 『셜리』, 크리스티나 로세티의 「도깨비 시장」은 모두 『실낙원』을 수정하는 비판을 포함하거나 암시하고 있다. 조지 엘리엇의 『미들마치』는 특히 밀턴과 그의 딸들의 비참한 관계를 말하기 위해 '친절한 대천사' 캐저반에게 바치는 도러시아의 숭배를 이용한다. 또 ('냉혹한 신', '강도! 은행가―아버지'라고 불렀던) '하늘의 아버지'에게 딸답지 않게 반항했던 에밀리 디킨슨은 앨버트 겔피가 말했듯 '열정적으로 바이런적'이었고, 따라서 우리가 앞으로 살펴보듯 미묘하게 반反밀턴적이었다.[4] 달리 말해 이 모든 여성에게 밀턴의 여성 혐오 문제는 결코 학문적 성격이 아니었다.[5] 그 반대로 여성 작가들이 '그들의 기원과 그들의 역사'를 배운 것은 (다시 말해 여성 혐오적인 신학이 규정했던 대로 자신들을 규정하도록 배운 것은) 가부장적 시를 통해서였기 때문에 대다수 여성 작가들은 밀턴을 고통스럽게 열중해 읽었다.

이 모든 것을 감안하면 『실낙원』을 언급한 울프의 1918년 일기는 이 시를 늦게 공부한 이후의 반응을 가볍게 요약한 것처럼 보인다. 이는 '밀턴의 악령'에 대한 모든 여성의 불안을 잘 대변하고 있기 때문에 전체를 여기에 인용할 가치가 있다.

내가 서섹스에서 밀턴을 읽은 유일한 사람은 아니지만, 밀턴을 붙들고 있는 동안 『실낙원』에 대해 받은 인상을 기록해보고자 한다. 그 인상은 내 마음속에 남아 있는 것을 꽤 잘 묘사한다. 나는 많은 수수께끼를 풀지 않은 채 남겨두었다. 나는 밀턴의 시를 너무 쉽게 읽어버려서 완전한 풍미를 맛볼 수 없었다. 그러나 완전한 맛이란 가장 높은 경지의 연구에 대한 보답이라는 것을 알고 있으며, 어느 정도는 그런 믿음에 동의한다. 나는 이 시와 다른 시가 극심하게 다르다는 점에 압도당했다. 밀턴의 시에는 숭고한 초연함과 감정의 냉정함이 있다고 생각한다. 나는 결코 쿠퍼를 소파에서 읽어본 적은 없지만, 소파가 『실낙원』의 타락한 대체물이라는 것을 상상할 수 있다. 밀턴의 내용은 모두 천사들의 몸, 싸움, 도망, 거주지에 대한 훌륭하고 아름답고 완벽한 묘사로 이루어져 있다. 밀턴은 공포, 장대함, 비참함, 숭고함을 다루고 있지만, 결코 인간적 가슴의 정열로 다루지는 않는다. 어떤 위대한 시가 우리의 기쁨과 슬픔에 그토록 적은 빛을 들여보낸 적이 있었던가? 나는 삶을 판단하는 데 어떤 도움도 받지 않는다. 내 느낌에 결혼과 여자의 의무의 까다로운 성격을 제외하고는 밀턴이 남자나 여자를 겪었거나 안다는 생각이 들지 않는다. 밀턴은 최초의 남성 우월주의자였지만 그의 비난은 그 자신의 불운에서 나온 것이고, 심지어 자신의 가정불화에서 비롯된 악의에 찬 최종 발언처럼 보인다. 그러나 그 모든 것은 얼마나 매끄럽고 강렬하며 정교한가! 얼마나 훌륭한 시인가! 심지어 셰익스피어도 이와 견주어보면 다소 거칠고 개인적이고 흥분하여 불완전한 것처럼 보일 것이다. 이것이야말로 정수이며, 다른 대다수의 시는 다만 그것을 희석한 것에 불과하다고 생각할 수 있다. 뉘앙스마다 미묘함이 감지되는 이 형언할 수 없는 문체의 아름다움은 시의 진행을 따라가는 표면적인 작업이 끝난 뒤에도 오랫동안 이 시를 들여다보게 만든다. 이 시의 깊은 곳에서 우리는 여전히 결합, 거부, 더없는 행복, 뛰어난 솜씨를 포착한다. 더욱이 레이디 맥베스의 공포나 햄릿의 울부짖음 같은 것도 없고, 측은함도 연민도 직관도 없지만 표현이 장엄하다. 거기에는 남자가 생각하는 우주에서 차지하는 우리의 위치, 신과 종교에 대한 우리의 의무가 요약되어 있다.[6]

자신 없는 이 문단의 첫 문장조차 흥미롭게도 밀턴의 '숭고한 초연함과 냉정함' 앞에서 꼭 집어 무엇이라고 할 수 없는 겸양과 심지어 신경과민까지 내비친다. 1918년에는 울프 자신도 경험이 풍부하고 저작을 다수 출판한 문학비평가였을 뿐 아니라 성취도 높은 한 권의 소설을 완성하고 나서 또 다른 소설을 쓰고 있는 작가였다. 이 문단의 앞 페이지에서 울프는 크리스티나 로세티('그녀는 천성적으로 노래하는 힘을 가지고 있다'), 바이런('그는 적어도 남성적 미덕을 가지고 있다'), 소포클래스의 『엘렉트라』('그것은 결코 두려워할 정도로 어렵지 않다'), 그리고 많은 다른 심각한 문학적 주제에 대해 자신 있게 평가를 내렸다. 다만 밀턴만이 울프에게 당혹감, 소외감, 열등감, 다소 간의 죄의식을 안겨주고 있다. 그리스어나 형이상학 같은 지적인 남성성의 다른 요새들처럼, 밀턴은 울프에게 엄청나게 복잡한 대수학 방정식, 자신이 풀어야 한다고 느끼는(그러나 풀 수는 없는) 문제다. ('나는 많은 수수께끼를 풀지 않은 채 남겨두었다.') 동시에 밀턴의 대작은 사물에 대한 울프 특유의 여성적인 인식과는 거의 또는 전혀 상관이 없는 듯 보인다.('어떤 위대한 시가 우리의 기쁨과 슬픔에 그토록 적은 빛을 들여보낸 적이 있었던가?') 더 나아가 울프는 특히 모호하고 추상적인 언어로 밀턴의 시를 칭송한다.('그 모든 것은 얼마나 매끄럽고 강렬하며 정교한가!') 그리고 (울프가 애호하는 양성적인 셰익스피어 드라마가 아니라) 밀턴의 운문이 '정수이며, 대다수 다른 시는 그것을 희석한 것에 불과하다'는 울프의 느낌은 아마도 밀턴 시의 깊은 곳에 '남자가 생각하는 우주에서 차지하는 우리의 위치, 신과 종교에 대한 우리의 의무가 요약되어 있다'는 억지스러운 주장으로 울프가 공손하게 결론을 내린 이유를 설명해줄 것이다. 우리의? 여기에서 울프가 좋아하는 표현 중 하나를 빌려 말하자면 '그녀는 분명 여성으로서' 말하고 있다. 울프의 의식적 무의식적 진술 또한 분명하다. 밀턴의 악령은 그것이 무엇이든 결국 밀턴의 우주론이고, '남자가 생각했던 것'에 대한 그의 시선이며, 대부분의 다른 여성 문인들처럼 울프가 서구의 문학적 가부장제의 핵심에서 감지했던 문화적 신화에 대한 밀턴 자신의 강력한 표현인 것이다.

'최초의 남성 우월주의자'인 밀턴이 여성들에게 전하는 명백한 이야기는 물론 여성의 부차성과 타자성에 대한 이야기다. 그리고 어떻게 그 타자성이 가차 없이 여성을 악마적인 분노, 죄, 타락으로 몰고 가는지, 신의 정원(여성에게는 시의 정원이기도 한 장소)에서 여성을 배제하는지에 대한 이야기다. 따라서 여성에게 밀턴은 굉장히 중요하고 매우 특이한 방식으로, 해럴드 블룸이 (그는 여기서 울프의 말을 바꾸어 표현하는데) '위대한 억압자, 요람에 있는 강력한 상상력조차 목 졸라 죽이는 스핑크스'라고 불렀던 존재다. 블룸은 여성에게 훨씬 더 적절한 글귀에 "밀턴 이래 영시의 모토는 키츠의 진술, '그에게는 생명인 것이 나에게는 죽음'"이라는 말을 덧붙인다.[7] 울프 자신이 부친의 사후 수년이 지나서 아버지에 대해 말할 때 이 글귀를 그대로 반영했다는 사실은 매우 흥미롭다. 만일 [울프의 아버지인] 레슬리 스티븐 경이 아흔 살까지 살았더라면, '그의 생명이 나의 삶을 전적으로 끝내버렸을 것이다. 어떻게 되었을까? 글 쓰는

일도 책도 없었을 것이다. 감히 상상도 못 했을 것'이라고 울프
는 말한다.[8] 남성의 상상력에서 밀턴이 차지하는 의미가 무엇
이든, 여성의 상상력에서 밀턴은 금지하는 아버지(가부장 중의
가부장)와 하나가 된다.

사실 울프에게는 밀턴이 쓴 원고까지도 남성의 지배 및 여성
의 종속과 극적으로 연관되어 있다. 『자기만의 방』에서 가장 핵
심적인 대립 장면 중 하나는 울프가 '옥스브리지' 도서관에서
밀턴의 『리시다스』 원고를 참고하려 했을 때, 당황한 남성 사서
가 출입을 금지하는 장면이다.

하얀 날개 대신 검은 가운을 펄럭이며 길을 가로막는 수호천
사처럼 미안해하는 이 친절한 은발 신사는 손을 흔들어 나를 내
치면서 여자들은 대학의 특별 연구원을 동반하거나 소개장을
지녀야 도서관에 입장할 수 있다고 낮은 목소리로 유감을 표명
했습니다.[9]

여성적 오염에서 격리된 '옥스브리지'의 전형적이고 가부장
적 도서관의 심장부(말하자면 도서관들의 천국)에는 권력의 언
어가 있는데, 그 언어는 밀턴의 것이다.

비록 『자기만의 방』이 그저 밀턴의 글과 그것의 여성 혐오적
맥락이 지닌 비밀스럽지만 치명적인 힘을 암시한다 하더라도
울프는 문인으로서 생애 내내 밀턴을 (비판적이기보다) 허구적
으로 이용했을 때나 이용하지 않았을 때나 그를 무서운 '억압
자'로 분명하게 규정했다. 예를 들면 역사에 대한 울프의 가장

야심찬 페미니즘적 다시 쓰기라고 할 만한 『올랜도』와 『막간』은 문학적 사건을 혁명적으로 변형한 연대기라 할 수 있는데, 울프는 이 연대기에서 밀턴을 고의적으로 배제하는 듯하다. 양성적인 올랜도는 수수께끼 같은 안드로진 셰익스피어와 여성적인 알렉산더 포프를 만나지만, '그/그녀'에게 존 밀턴은 존재하지 않는다. 그것은 『막간』에 등장하는 수정주의 역사가 미스 라트로브에게 밀턴이 존재하지 않는 것과 마찬가지다. 블룸이 말했듯 시인이 불안을 피하는 한 가지 방법은 불안의 원천인 선배 시인의 존재를 부인하는 것이다.

한편 『항해』에서처럼 울프가 소설에서 밀턴을 언급할 때, 그 언급은 밀턴에게 전적으로 파괴적인 힘을 부여한다. 사실 여자 주인공 레이철 빈레이스의 모토는 '그에게는 생명인 것이 나에게는 죽음'이라는 키츠의 말이라고 해도 무방하다. 테런스 휴잇에 의해 성적으로 눈뜨고 그 때문에 알 수 없는 병으로 죽어간 스물네 살의 레이철은 밀턴 시의 파도 속에서 익사하는 듯 보이기 때문이다. '테런스는 밀턴을 큰 소리로 읽고 있었다. 그가 밀턴의 말은 내용과 형식을 갖고 있다고 말했기 때문에, 그가 무슨 말을 하고 있는지 이해하는 것은 필요하지 않았다. […] [그러나] 테런스의 말에도 불구하고, 그 말은 의미로 충만한 것처럼 보였고, 바로 그 이유 때문에 그 말을 듣는 것이 고통스러웠다.'10 '유리같이 차갑고 맑은 물' 속에 있는 여신 '사브리나 페어'를 불러내는 주문, 테런스가 『코무스』에서 읽고 있는 이 어구는 돌로 변해버린 처녀의 구원을 간구한다. 그러나 이 어구가 레이철에게 미치는 영향은 매우 다르다. 그것은 레이철의 병을 예고하고 있으며, 울프 자신의 광기에서 비롯된 이미지와 함께 그녀를 음산하고 '끈적끈적한 깊은 물웅덩이'로 끌고 간다. 마침내 그 어구는 그녀를 '바다 밑바닥'의 어둠 속에 던져넣는다.[11] 밀턴에게는 죽음인 것이 레이철에게는 생명일 수 있을까? 고민할 만하다.

샬럿 브론테는 틀림없이 그렇다고 생각했을 것이다. 매우 수준 높은 문학비평가였던 울프는 밀턴의 문화적 신화를 의식적인 동시에 아주 불안해하며 상속받았을 것이다. 그러나 그 이전의 여성 작가들 가운데 밀턴의 위협적인 특징, 특히 그가 여성의 운명에 미친 영향이 해로운 (동음이의어를 사용하는 블룸의 재치를 빌려 말하자면)[12] 인플루엔자로 여길 만큼이었음을 가장 잘 인식했던 사람은 브론테였다. 『셜리』에서 브론테는 특히 가부장적인 밀턴의 우주론을 공격했다. 브론테는 여성에게 해로운 이 우주론 안에서 자신의 여자 주인공들이 남성 지배적 사회 때문에 아프거나 고아가 되거나 굶어죽는 것을 보았기 때문이다. '밀턴은 위대했다. 그러나 그는 좋은 사람이었는가?' (그 이름이 이 소설의 제목이기도 한) 셜리 킬다는 질문한다.

[그는] 최초의 여자를 보려고 애썼다. 그러나 […] 그는 그녀를 보지 못했다. […] 그가 본 것은 그의 요리사였다. 아니면 길 부인이었다. 내가 봐왔던 대로 여름의 더위 속에서 커스터드를 만들거나, 격자 창문 주위에 장미나무와 한련이 있는 시원한 버터 제조장에서 교구 목사를 위해 간단한 식사(잼과 '달콤한 크림')를 준비하며, '최상의 진미를 위해 어떤 것을 선택할 것인가'

에 어쩔 줄 몰라 하던.[13]

셜리가 암시하는 대목은 『실낙원』 5편에 나오는 구절이다. 여기에서 알뜰한 이브는 '후하게 대접할 마음으로' 아담과 천사 손님에게 과일과 견과류, 딸기류와 '달콤한 크림'을 준비해 시원한 에덴의 간식으로 대접한다. 입에서 군침을 돌게 하는 천사의 연회 묘사와 태고의 가정의 축복에 대한 빅토리아 시대의 묘사를 담고 있는 이 장면은 특히 풍자적인 재치가에게 취약해 샬럿 브론테는 셜리로 하여금 그 장면에 등을 돌리게 한다. 그러나 브론테와 셜리가 제시하는 밀턴의 '하찮은 이브'에 대한 대안은 좀 더 진지하며, 『실낙원』의 망상적 여성 혐오를 훨씬 더 심하게 비판한다. 셜리는 최초의 여자는 이브가 아니라 '반은 인형, 반은 천사'로 언제나 악마로 변할 가능성이 있는 인물이었다고 가정한다. 이브는 티탄이며 특유의 프로메테우스적인 인물이었다.

'그녀에게서 사투르누스, 히페리온, 오케아노스가 튀어나왔고, 그녀는 프로메테우스를 낳았다. […] 이 세계에서 생명으로 부풀었던 최초의 여성의 가슴은 전능한 신과 싸울 수 있는 용기를 만들어냈다. 천 년의 속박을 견뎌낼 수 있는 힘(헤아릴 수 없이 유구한 시대에 걸쳐 독수리가 쪼아 먹은 간을 다시 소생시킬 수 있는 생명력), 지치지 않는 생명력과 부패하지 않는 탁월성, 영원불멸한 자매들, […] 메시아를 임신해서 낳을 수 있는. […] 나는 보았다, (이제 나는 본다.) 여자 티탄을. […] 그녀는

자신의 가슴을 스틸브로 황무지 능선에 기댄다. 그녀는 거대한
두 손을 그 아래 맞잡고 있다. 그렇게 무릎 꿇은 채 얼굴을 마주
하고 그녀는 신과 이야기한다. 이브는 여호와의 딸이다. 아담이
그의 아들인 것처럼.'

외견상 대담해 보이는 거인 같은 이브의 환영은 흥미롭게도
(그리고 아마 필연적으로) '밀턴의 악령'이라는 울프의 개념처
럼 모호하다. 예를 들면 이 구절은 남성의 위대함을 낳는 어머
니 자연을 비교적 인습적으로 환기시킨다고 해석될 수 있다. 그
녀가 '프로메테우스를 낳았기' 때문에 최초의 여성의 가슴은 용
기와 힘과 생명력을 키웠다는 것이니 말이다. 동시에 이 구절
은 '전능한 신과 싸울 수 있는 용기'와 '천 년의 속박을 견뎌낼
수 있는 힘'이 그것에 버금가는 ('지치지 않는 생명력과 부패
하지 않는 탁월성 […] 메시아를 낳을 수 있는') 다른 특징들처
럼 최초의 여성 자신에게 속해 있음을 말해준다. 그렇다면 셸리
의 이브는 프로메테우스를 낳았을 뿐 아니라 그녀 자신이 전능
한 신과 싸우며 속박에 반항한 프로메테우스적 인물이라 할 수
있다.[14] 밀턴의 이브는 잘못된 목소리에 귀 기울여 재앙을 불러
오는 반항의 한순간을 제외하고는 명백히 순종적인 반면, 셸리
의 이브는 강하고 자기주장이 뚜렷하며 생기가 넘친다. 밀턴의
이브는 가정적인 반면, 셸리의 이브는 대담하다. 밀턴의 이브
는 처음부터 마치 타락한 상태로 창조되기라도 한 듯, '정교한
겉모습과 정밀하지 못한 내면'[『실낙원』 8편 538~539행] 때문
에 이상할 정도로 공허하지만, 셸리의 이브는 '지치지 않는 생

명력과 부패하지 않는 탁월성'으로 가득 차 있다. 밀턴의 이브
가 일종의 신의 보족이자 아담의 '여분의' 갈비뼈에서 만들어
진 거의 잉여적이며 주로 물질적인 존재라면, 셸리의 이브는 정
신적이고 근본적이며 '하늘에서 태어난' 존재다. 무엇보다 밀턴
의 이브는 일반적으로 신의 시야에서 밀려나 에덴의 중요한 역
사적 순간에 신이 의도한 잠에 취해 침묵당하지만, 셸리의 이브
는 '얼굴을 마주하고' 신과 이야기한다. 셸리의 이브는 비굴하
고 파괴적인 유령으로 대체되어버렸지만, (울프가 수정본 신화
에서 주디스 셰익스피어라고 불렀던, 그리고 밀턴의 악령에 의
해 사형선고를 받은) 죽은 시인의 첫 화신이다.

*

　셸리의 티탄적 여성에게는 흥미로운 후손뿐 아니라 흥미로운
조상도 있다. 예를 들면 그녀 자신이 프로메테우스의 어머니이
자 일종의 프로메테우스라면, 어떤 의미에서 밀턴의 이브보다
는 그의 사탄에 더 가깝다. 분명 '전능한 신과 싸울 수 있는 용
기'와 '천 년의 속박을 견뎌낼 수 있는 힘'은 셸리의 (또는 바이
런의, 또는 괴테의, 또는 아이스킬로스의) 프로메테우스적 군
은 결의와 '천국의 독재'에 맞서는 밀턴의 악마적인 '불굴의 의
지'도 상기시키는 특질이다. 또한 밀턴의 타락한 천사의 거대
한 크기는 ('거대한 크기로 / 전설에서는 괴물처럼 큰 그를 / 티
탄 또는 땅이 낳은 존재라고 말했던'[『실낙원』 1편 196~198행])
셸리의 이브의 거대함으로 반복되고 있다. 그녀가 자신의 가슴

을 '스틸브로 황무지 능선에 기대고' 있는 모습은 『실낙원』 1편에서 사탄이 '거대한 몸을 쭉 편 채' 누워 있는 모습과 유사하고, 또한 블레이크의 타락한 알비온(또 다른 새로운 밀턴적 인물)이 그의 오른발을 '도버 절벽에, 그의 뒤꿈치는 / 캔터베리 폐허에, 그의 오른손은 높은 웨일스를 / 그의 왼손은 스코틀랜드를' 덮은 채 등장하는 모습과 같다.[15] 물론 밀턴의 사탄은 브론테에게 영향을 미친 낭만주의 시인들이 상상한 모든 프로메테우스적 영웅들의 조상이다. 그 사실을 인정하듯 브론테의 셜리는 다음과 같이 말한다. 티탄 여자의 가슴 아래에서 '그녀의 지평선 같은 자줏빛 지역을 본다. 그 홍조를 통해 저녁별이 빛나고 있다.'—루시퍼, '아침의 아들'이자 타락하지 않은 사탄인 저녁별이.

프로메테우스적 이브로 변형된 밀턴의 사탄은 처음에는 믿기 어려운 문학적 전개처럼 보인다. 그러나 『실낙원』을 잠깐만 살펴보아도 이브가 외견상 수동적이고 가정적으로 보이지만, 밀턴이 고의적으로 그녀와 사탄의 유사점을 서술하고 있음을 알 수 있다. 부주의한 독자는 이 둘의 죄를 구분하기 어렵다. 스탠리 피시가 지적했듯, 9편에서 이브가 아담에게 '나를 보세요. / 믿지 마세요' 하고 유혹하는 말은 '사탄적인 주장을 반향한다.' 이것은 앞서 사탄이 이브를 유혹할 때 사용했던 말에 새겨져 있는 반종교적 경험주의의 정확한 복사본이다.[16] 더욱이 아내에 대한 '사랑', (적어도 현대 독자들에게는 매우 고귀해 보이는) 그 자기희생적인 사랑 때문에 아담이 타락하는 곳에서, 밀턴의 이브는 정확하게 사탄과 똑같은 이유로 타락한다. 이브는 '신들처럼' 되기를 원하며, 사탄처럼 마음속으로 자신의 위치에 만족하지 않고, '동등함'에 대한 의문에 남몰래 사로잡혀 있었기 때문이다. 타락 이후 사탄은 자신의 동료 천사들에게 사이비 자유의지론자 같은 입장으로 연설을 한다. 그 연설에서 사탄은 '권력과 영광은 그렇지 못할지라도 / 자유만큼은 동등한 자들 위에 / 이치로나 권리로나 감히 누가 군림할 수 있겠는가?'[5편 794~797행] 하고 묻는다. 타락 이후 이브도 '여성에게 부족한 것을 보충하고, [아담의] 사랑을 더욱더 끌기 위해, / 그리고 나를 더 동등하게 만들기 위해'[9편 821~823행] 선악과를 혼자 가질까 고민한다.

밀턴의 사탄이 (그가 신과 동등한 체하는 것에도 불구하고) 천사에서 무시무시한 (매우 교활하지만) 뱀으로 변하는 것처럼, 이브도 점차 천사 같은 존재에서 괴물과 닮은 뱀 같은 존재로 몰락한다. 그녀는 아담의 호령을 슬프게 듣는다. '내 앞에서 사라져라, 너 뱀이여! 그것과 한패가 되어 똑같이 거짓되고 증오스러운 너에게는 이 이름이 가장 적절하다. 네 모습을 제외하고는 모든 게 다 같으니, / 뱀의 색깔이 너의 마음속 간계를 그처럼 보여주는구나.'(『실낙원』10편 867~871행) 따라서 여자와 뱀 사이에 신이 설정한 적의는 반대나 적대감이 아니라 너무 닮아 서로에게 몹시 끌리는 사람들을 갈라놓기 위해 필요한 불화다. 게다가 사탄이 이브에게 금단의 열매를 먹이듯, (에덴의 요리사로서뿐만 아니라 자궁으로, 열매 전달자로, 끊임없이 열매와 연관된) 이브도 아담에게 금단의 열매를 먹인다. 결국 사탄의 타락은 생식으로의 추락이고, 그 첫 번째 결과로 죄와 죽음의 물질세계가 출현했다. 마찬가지로 (아담이 아니라) 이브의 추락이 생식의 길로 들어선 인간을 완성시킨다. 생식의 결과는 죽음의 필연적인 상대이자 거울 이미지인 출산의 고통이다. 사탄이 쓰디쓴 열매에 대한 욕망 때문에 비천한 노예로 전락했듯이, 이브도 한 개인으로서 아담뿐만 아니라 원형적 남자라 할 수 있는 아담의 노예가 됨으로써, 보부아르가 설명했듯 남편의 노예뿐만 아니라 인간 종의 비천한 노예가 된다.[17] 이와 대조적으로 아담의 추락은 오히려 운이 좋다. 다른 이유 중에서도 특히 여성의 관점에서 보면, 그의 벌은 거의 보상처럼 보인다. 아담도 '나에 대한 저주는 빗나가서 / 땅에 떨어졌다. 노동으로 / 나의 빵을 벌어야 한다. 무슨 해가 되랴? 권태가 더 나쁘다'라는 [10편 1053~1055행] 말로 이를 암시한다.

그러나 밀턴이 이브와 사탄을 그릴 때, 그 관계는 앞에서 제시한 몇 가지 점들의 암시보다 훨씬 더 풍요롭고 심오하며 복잡하다는 것을 우리는 기억해야 한다. 둘 사이의 놀라운 유사성은 물론, 이브가 악마의 여성적 화신이자 사실상 『실낙원』을 빛나게 해주는 (또는 오히려 수치스럽게 만드는) 유일한 다른 여성 인물인 (시인의 머릿속에 일종의 천사로 존재하는 우라니아를 제외하고) '죄'를 닮았다는 사실에 의해서도 악마와 이브의 유대는 견고해진다.[18] 브론테의 셜리는 그녀의 티탄적인 이브가 밀턴의 악마가 지닌 프로메테우스적인 면을 상기시키는데도, 그녀가 밀턴의 하찮은 여자를 신랄하게 공격할 때조차 이 관계를 깨닫지 못하는 것 같다. 그러나 다른 많은 여성 독자들처럼 브론테 자신은 그 유사성을 (단지 무의식적일지라도) 확실히 감지했다. '죄'는 이브처럼 여성일 뿐만 아니라 사탄이 그렇듯, 아담이 이브가 그렇다고 말했듯 뱀이기도 하다. 그녀의 몸, '허리까지는 여성 같고 아름다우나, / [그 아래는] 비늘로 겹겹이 둘러싸여 흉하다 / 덩치 크고 거대한, 죽음의 침으로 / 무장한 뱀'은 스펜서의 에러와 두에사의 괴물 같은 몸처럼 여성의 해부학적 구조를 과장해 풍자한다.[2편 650~653행] 마찬가지로 흉함과 아름다움을 역설적으로 겸비한 '죄'는 이브의 '정교한 겉모습'과 '정밀하지 못한 내면' 사이의 긴장을 공포스럽게 인식하는 아담을 풍자한다. 더욱이 이브가 아담의 갈비뼈로 만들어진 부차적이고 우연한 창조물인 것처럼, 사탄의 '딸'인 '죄'도 마찬가지다. '죄'가 타락한 천사의 머리를 열어젖히고 나온 일은 제우스/유피테르의 머리에서 현명한 아테나/미네르바가 탄생했다는 그리스 로마 신화를 기괴하게 전복한 것이다. 밀턴이 암시하듯 가부장적 기독교의 맥락에서 이교도 지혜의 여신은 혐오스러운 악마 '죄'가 될 수도 있다. 하늘의 지식은 전적으로 '남성적 영혼'으로 구성되어 있으며, 여자는 그녀의 어두운 분신인 '죄'처럼 '자연의 아름다운 흠'이기 때문이다.[10편 890~893행]

더욱이 이브의 벌이 어머니가 되는 고통이라면, '죄'는『실낙원』이 그녀에게 제공하는 '광대한 혼돈의 자궁'이라기보다 모성의 유일한 본보기다. 말하자면 밀턴의 괴물은 하나의 본보기로서 '종의 노예'가 되는 것이 무슨 의미인지 공포스럽게 경고하는 것이다. 한없이 많은 지옥의 사냥개를 낳아야 하는 끔찍한 순환 속에서 '죄'는 그녀의 자궁에서 태어나 그곳으로 되돌아가는, 그리고 그곳에서 보이지 않은 채 짖어대고 으르렁거리는 아이들에게 잡아먹힌다. 그들의 짐승 같은 소리는 아이를 잉태한다는 것이 정신적인 것이 아니라 동물적인 것, 육체적인 물자체, 이해할 수도 없고 이해받지 못하는 몸이 되는 것임을 우리에게 알려준다. 반면 쉬지 않고 젖을 빨아대는 아이들은 어머니의 몸을 소진시킴으로서 결국 출생의 동료인 죽음으로 그녀를 몰고 간다. '죽음'은 이 고통을 낳기 위해 아이들의 어머니인 '죄'를 강간했던 (그리하여 융합되었던) 아버지일 뿐만 아니라 아이들의 형제이기도 하다. 그것은 마치 이브가 사과를 먹었을 때 결국 '죽음을 먹은 것'이 되어 '그'가 그녀와 섞이는 것과 같다. [9편 792행]

물론 오만하고 사탄의 유혹적인 간계에 취약한 점도 '죄'를 이브의 분신으로 만든다. '죄'가 신의 명령을 따르지 않고 지옥의 문을 열어 악의 최초의 원인을 세상에 퍼트린 것은 결국 사탄의 간청 때문이었는데, 그녀의 이런 행위는 금지된 사과를 먹고 비슷한 결과를 초래한 이브의 사례와 매우 유사하다. 더 나아가 이브와 사탄처럼 '죄'도 '빛과 축복의 새로운 세계'를 지배하기 위해 '신처럼' 되고자 한다.[2편 867행] 사탄에 대한 감동적이지만 불경한 '죄'의 맹세('그대는 내 아버지요, 나를 만든 자이고 / 나에게 삶을 주었소. 그대 말고 내가 누구에게 복종하며 / 누구를 따르리까?'[2편 864~866행])가 아담에게 전하는 이브의 가장 통렬한 연설('그러나 이제 인도하세요. […] 그대와 함께 가는 것은 / 여기[낙원]에 머무는 것이며, 그대 없이 여기 머무는 것은, / 마음 없이 떠나는 것이니, 그대는 나에게 /

하늘 아래 있는 모든 것입니다.'[12편 614~618행])을 앞서 암시하고 있다는 것은 확실히 의미심장하다. 그것은 마치 밀턴의 마음 한구석에 두 종류의 복종을 대조시킴으로써 독자를 가르치기보다는 이브의 '선함'을 미리 약화시키려는 의도가 있는 듯 보인다. 아마 이 때문에 '죄'의 메두사 같은 교활함의 어두운 그늘 속에서 이브의 아름다움도 (『실낙원』의 노련한 독자에게는) 수상쩍어 보이기 시작한다. 제멋대로 물결치는 이브의 금빛 머릿결과 굽이치듯 곱슬대는 머리카락은 불길한 징조를 암시하고, 해즐릿 같은 예리한 비평가조차 이브의 알몸이 그녀를 과일처럼 관능적으로 만든다고 생각하는 것이다.[19]

밀턴의 잘 알려진 여성 혐오가 고도로 발달한 철학적 전통에 뿌리를 내리고 있음에도 사탄, 이브, '죄' 사이의 연결, 병치, 이중성은 명확한 진술로 조심스레 설명되기보다 『실낙원』의 텍스트에 새겨진 어렴풋한 메시지로 전달된다. 그렇지만 '남성 우월주의적'이고 교부적이며 신 이원론적인 교회의 품 안에서 성장한 예민한 여성 독자에게 『실낙원』 같은 강력한 작품의 내용은, 숨어 있든 겉으로 명백히 드러나 있든, 상처를 줄 정도로 생생하다. 그런 여성들에게 신, 예수, 아담이라는 성스러운 삼위일체를 악마적으로 흉내내는 사탄, 이브, '죄'의 불경스러운 삼위일체는[20] 18세기와 19세기에도 여성적 원칙을 역사적으로 박탈하고 격하시켰다는 사실을 분명하게 예증한다. 특히 20세기에 로버트 그레이브스는 그런 역사적인 박탈과 격하를 뛰어난 상상력으로 분석했다. 밀턴은 유대교-피타고라스 전통의 신화를 상세히 설명하는데, 그레이브스는 『하얀 여신들』에서 이 전통의 부상에 대해 다음과 같이 썼다.

알파와 오메가, 시작과 끝, 순수 신성, 순수 선과 순수 논리로
서 지배한다고 주장했던 새로운 신은 여성의 도움 없이 존재할
수 있다. 그러나 그를 이 주제의(『하얀 여신들』의) 원래 경쟁자
중 하나와 동일시하는 것, 그에 대항하는 여성과 다른 경쟁자를
영원히 결속시키는 것은 당연했다. 그 결과 정신적 이분법에 수
반되는 모든 희비극적인 고통의 원인인 철학적인 이원론이 등
장했다. 만일 진정한 신, 로고스의 신이 순수 사고, 순수 선이라
면, 악과 죄는 어디에서 오는가? 서로 분리된 두 가지 창조물을
가정해야 한다. 진정한 정신적 창조물과 거짓의 물질적 창조물
말이다. 천체의 차원에서 보면 태양과 토성은 이제 서로 합세해
달, 화성, 수성, 목성, 금성과 대치한다. 반대편의 다섯 천체는
처음부터 끝까지 여자와 강력한 동반자 관계를 맺고 있다. 목성
과 달의 여신은 물질세계의 지배자로 한 쌍을 이루고, 연인인
화성과 금성은 음탕한 육체로 짝지워져 있으며, 그 쌍들 사이에
잘못된 창조의 원흉이자 우주의 창조자인 악마 수성이 놓여 있
다. 물질적인 오감으로 피타고라스의 질료 또는 숲을 구성한 것
은 바로 이 다섯 천체였다. 정신적 기질의 사람들은 그것들을
죄의 원천으로 간주하여 순수 묵상을 통해 뛰어넘으려 했다. 신
을 두려워하는 [유대교의] 에세네파는 이 방침을 극단적으로
수행했다. 그들은 수도 생활 공동체를 설립해 주변을 아카시아
울타리로 막고 어떤 여성도 그 구역으로 들어올 수 없게 했다.
그들은 금욕적인 생활을 했고, 자신의 자연적 기능을 병적으로

혐오했으며, 세속과 육체, 악마에게서 눈을 멀리 돌렸다.[21]

적어도 결혼 제도에 대해서는 바른 소리를 하는 밀턴은 광적으로 독신주의를 내세운 에세네파만큼 강하게 여성 혐오적이지는 않았다. 그러나 좀 더 숨겨져 있는 유사한 여성 혐오는 아담으로 하여금 이브와 사탄이(그리고 간계를 부려 '신의 아들들'을 배신했던 '한 무리의 미녀들'에 대한 그의 시각이[11편 582행, 622행]) 제기하는 세속적인 거짓을 초월하는 수단으로 올바른 이성을 옹호하게 했다. 윌리엄 블레이크는 『실낙원』의 올바른 이성에 그런 의미가 있다는 것을 분명하게 이해하고 있었다. 따라서 블레이크의 타락한 유리즌*적인 밀턴은 그의 족쇄를 던져버리고 상상적인 완벽함을 달성하기 위해 그의 여성 에머네이션과 결합되어야 한다. 여기에서 우리 목적에 더 중요한 것은 블레이크가 환상적인 서사시 「밀턴」에서, 밀턴의 잘못된 '순결'이 밀턴뿐만 아니라 여성들에게 미친 역사심리학적 영향을 확실하게 포착하고 있다는 점일 것이다. 예를 들면 고상한 방랑 시인으로서 밀턴이 '신의 섭리의 복잡한 미로'에 대해 숙고하는 동안, 블레이크는 밀턴의 '여섯 겹의 에머네이션'이 '깊은 고통 속에 흩뿌려져' 울부짖고 통곡하게 한다.[22] 자신의 세

---

* 블레이크의 세계관에서 유리즌은 이성과 법을 구현하는 인물로, 수염을 기른 노인의 형상을 하고 있다. 그는 우주를 창조하고 속박하기 위해 건축 도구, 사람들을 옭아매는 법, 인습적인 문화의 그물을 쥐고 있다. 아래에 나오는 에머네이션은 근본적으로 양성적인 남성 존재의 여성적인 면을 가리킨다.

아내와 세 딸을 포함하는 원형과 같은 이 버림받은 여성은 밀턴의 반페미니즘이 자신의 성격뿐만 아니라 운명에도 치명적인 의미를 지닌다는 것을 잘 알고 있다. '이것이 우리 여성의 몫인가?' 하고 블레이크의 그녀는 절망적으로 외친다. '우리는 서로 상반되는가. 오, 밀턴이여, 그대와 나 / 오, 불멸이여! 어떻게 우리는 전쟁으로, 죽음의 전쟁들로 인도되는가?' 마치 그런 여성 혐오 때문에 여자들이 갖게 되는 도덕적인 어긋남을 묘사라도 하듯이, 그녀는 다음과 같이 말하고 있다. '비록 우리 인간의 힘이 그 격렬한 싸움을 계속할 수 있다 하더라도 […] 우리의 성적인 힘은 그럴 수 없다. 단지 [물질세계인] 울로[의 지옥으]로 날아갈 뿐이다. / 따라서 우리의 모든 공포는 영원에서 생겨났다!'[23]

비록 블레이크가 밀턴의 여성 혐오로 고통받았고, 어렴풋이 마니교적 우주론이 예견하는 밀턴의 데카르트적 이원론에 근본적으로 반대했다 할지라도, 블레이크는 『실낙원』의 저자 이름을 제목으로 붙인 시에서 그를 영웅으로(심지어 구세주로) 묘사했다. 밀턴의 악령 뒤편이나 그 너머에 매우 위세 넘치고 기분 좋은 인물이 있다는 것을 블레이크는 간파했다. 그토록 많은 여성이 밀턴에게 모호한 반응을 보였다는 점으로 미루어보면, 셸리와 그의 작가도 다른 여성 독자들처럼 위세 넘치고 기분 좋은 인물을 틀림없이 인식했을 것이다. 비록 『실낙원』의 서사적 목소리가 서구 가부장제의 핵심 문화 중 신화를 언급할 때 비판적이고 '남성 중심적'으로 말할지라도, 이 서사시의 창조자는 천국의 검열에 저항하는 반항자들과 극적인 유사성을 빈번하게 보여주기 때문에 낭만주의적 독자들은 밀턴이 '족쇄를 찬 채' 글을 썼으며, '그것을 알지 못한 채 악마의 진영에 있었다'고 말한 블레이크와 의견을 같이한다.[24] 그리하여 블레이크는 셸리와 셀리, 바이런과 메리 셸리, 브론테 자매에게 길을 열어주었으며, 잘 알려진 대로 사탄을 실제적이고 불타오르는 상상력을 지닌 실낙원의 신(로스Los)으로, 엄격하고 죽음을 다루는 유리즌적인 악마로서의 '신'으로 정의한다. 비상하고도 의미 있는 블레이크의 오독은 셸리의 프로메테우스 계보뿐만 아니라 셸리의 티탄적인 이브의 계보도 밝혀준다. 그토록 부정적인 의미에서 이브가 사탄처럼 뱀 같은 유혹자라면, 그녀는 T. S. 엘리엇이 '밀턴처럼 곱슬머리인 바이런적인 영웅'이라고[25] 간주했던 낭만적 무법자 사탄과도 유사하다 할 수 있지 않을까?

*

『실낙원』의 많은 부분에서 사탄이 매력적인 악마이기에 더없이 매력적인 상태에 있는 바이런적인 영웅의 본보기라는 사실은, 바이런과 밀턴에 적대적이었던 엘리엇보다는 그들에게 덜 적대적이었던 사람들을 포함한 많은 비평가들이 확신했던 점이다. 사실상 사탄의 프로메테우스적인 특성, 그가 셸리의 이브에게 전해준 불굴의 의지와 용기는 일반적인 낭만주의의 중요한 특성을 보여주기 위해 창조한 것처럼 보일 정도다. 셸리의 프로메테우스처럼 '천국의 독재'에 굴복하기를 거부하고, 바이런의 차일드 해럴드처럼 '기쁨 없는 백일몽 속에서 홀로' 활보하는 밀턴의 사탄은,[26] 마치 사탄을 자신들의 상징으로 삼았던 19세기 초 반항적인 시인들처럼 천국에서 소외되어 있다. 저주받고 스스로를 저주하는, 역설적이고 신비한 ('내가 날아가는 곳은 지옥, 나 자신이 지옥 […] 그대 악은 나의 선'[『실낙원』 4편 75행, 110행]) 그는 이중적인 죄의식, (바이런이 『맨프리드』와 『카인』에서 우월성의 표시로 새롭게 정의했던) 이름 없는 거대한 범죄를 저지를 수 있는 엄청난 자의식을 경험한다. 더욱이 천국의 독재가 올바른 이성과 연관되어 있는 만큼, 자신과 우주의 비밀스러운 깊이를 탐색하는 사탄은 낭만주의적으로 반이성적이다. 또한 밀턴의 사탄은 지나친 정열에 점잖지 못하게 빠져든다는 점에서, 즉 바이런적인 '사나운 거동'과 '미친 행동'[4편 128~129행]을 보여준다는 점에서 반이성적이고 낭만주의적이다. 동시에 사탄이 신의 '아들'만을 가장 높은 천사들보다도 위로 격상시키는 부당한 천국의 장자 상속제도에 대항해 싸우는 전쟁에서 귀족주의적 평등주의가 드러난다. 이는 모든 이를 위한 자유와 정의라는 바이런적인(그리고 셸리적이며 고드윈적인) 관심을 암시하고 있다. 천둥의 상처를 입고 세상에 지친 이 검은 눈썹의 악마는 [그리스] 미솔롱기에서 눈을 감으며 비로소 자신의 자리를 찾았을 것이다.

현재의 위계질서에 대한 반항이 사탄에게 필요한 것처럼 『실낙원』에서 그런 반항이 필요한 유일한 인물이 이브라는 사실은 매우 의미심장하다. 비록 아담이 어떤 의미에서 신에 의해 억압받거나 적어도 조종당하고 있을지라도, 신이 자신의 영역에서는 가부장적 장자 상속권의 수호자이자 절대적인 주인이듯이 아담도 자신의 영역에서는 그러하다. 4편에 나오는 이브의 유순한 말은 이를 강조한다. '나의 창조자이며 처분자, 그대의 명령에는 / 이의 없이 따를 뿐. 신이 그렇게 명했나니, / 신이 그대의 법이요, 그대는 나의 법. 더는 모르는 것이 / 여자의 가장 복된 지식이며 영예.[4편 635~638행]' 그러나 아담에게 이 말을 하고 나서 바로 이브는 낙원과 억압으로부터 사탄처럼 탈출하는 (5편에 나오는) 꿈을 꾼다. 이 꿈은 그녀의 진짜 느낌을 폭로하는 듯하다. '구름 위로 […] 날아올라 아래를 내려다보니 / 대지가 광대하게 펼쳐져 있었다. 넓고 변화무쌍한 / 광경'[5편 86~89행],[27] 이는 행복한 지식을 다시 정의한 결과 나타난 광경인데, 이 광경은 울프가 여성들이 열린 창문에서 바라보는 광경이라고 상상했던 것과 다르지 않다. 흥미롭게도 이브의 탈출을 묘사하는 문단은 아주 짧지만, 그 장면은 여성과 낭만주의 시인들의 작품에서 빈번하고 강력하게 반복되는 환상의 전조라 할 수 있다. 예를 들면 바이런의 카인은 바이런이 '낙원의 정치학'이라고 불렀던 것에[28] 의해 미몽에서 깨어나 밀턴의 이브의 남성판 같은 유혹적인 루시퍼와 함께 허공을 날아간다. 셸리의 이브는 비록 (지구 같은) 대지에 묶여 있지만, 여성적 기원을 지닌 헤아릴 수 없이 많은 다른 '이브들'은 날았다가 떨어지고, 떠오르거나 나는 것을 무서워했다. 그것은 마치 밀턴의 사탄이 이브에게 준 꿈의 힘을 간접적으로 인정하는 것 같다. 그러나 날아서 도망치는 여성의 꿈이 밀턴에게서 유래했는지, 혹은 낭만주의나 여성의 집단 무의식에서 유래했는지는 답변하기 어렵다. 사탄과 낭만주의, 숨겨진 혹은 시초의 페미니즘 사이의 연관은 사실상 복잡하고 광범위하기 때문이다.

사탄과 이브가 어떤 의미에서 소외되어 있고 반항적이기에 바이런적인 인물이라면, 하나의 계급으로서 여성 작가들도 (셜리뿐만 아니라 셜리의 창조자, '주디스 셰익스피어'뿐만 아니라 버지니아 울프도) 그러하다. 오빠들('신의 아들들')에 의해 소유권을 박탈당한 채, 순종하도록 교육받고 침묵을 강요당한 여성 작가는, 현실에서는 아닐지라도 환상 속에서는 바이런적인 영웅들처럼, 사탄처럼, 프로메테우스처럼, '기쁨 없는 백일몽 속에서 홀로 활보했던' 경우가 허다했을 것이다. 여성 작가도 남들이 기대하는 천사와 자신이 알고 있는 평소 자기 모습인 분노한 악마 사이의 간극을 예리하게 느끼기 때문에, 사탄과 맨프리드 둘 다를 괴롭혔던 똑같은 역설적인 이중의식, 죄의식과 위대함에 대한 인식을 경험했음에 틀림없다. 자신을 성자 같은 고요함으로 진정시키고, 이브처럼 자신의 이미지를, 사탄처럼 자신의 힘을 자아도취 기분으로 숙고하는 그녀는 가끔 사탄처럼 (혹은 바이런의 라라나 맨프리드처럼) '사나운 거동'이나 '미친 행동'으로 자신의 내밀한 분노를 드러낼까 봐 두려워했을 것이다. 가정이라는 휴식처에서 잠자고 있는 그녀는 밤에 비상하는 사람들의 환상적인 세계로 그녀를 초대하는 낭만주의적이고 사탄적인 속삭임을 ('그대 이브여 왜 잠자고 있는가?') 침묵시킬 수 없었을 것이다.

밀턴은 또다시 아담, 신, 그리스도, 천사들을 공상적인 예언의 힘과 연관시킨다. 하지만 시와 상상력의 공상적인 밤의 세계는 악마적인 세계인 한에서, 『실낙원』에서 서사시의 화자 자신을 제외하면 ‘선한’ 인물들보다는 이브, 사탄, 여성성과 미묘하게 더 자주 연관된다. 물론 블레이크도 이 점을 매우 명백하게 알고 있었다. 이것이 바로 그가 사탄-신의 역할을 역전시킨 주된 이유다. 그의 친구인 메리 울스턴크래프트와 그녀의 낭만주의적 여성 후손들도 바이런이나 셸리처럼 그 점을 틀림없이 알았을 것이다. 왜냐하면 비록 아담이 마술 수정구를 통해 미래를 볼 수 있다 해도, 사탄과 이브는 둘 다 『실낙원』의 진정한 몽상가들이기 때문이다. 그들은 낭만주의적인 의미에서 유혹적인 생각과 다른 삶에 대한 통제할 수 없는 상상에 사로잡혀 있다. 그리하여 맨프리드나 크리스타벨 또는 『하이페리온의 타락』의 키츠처럼, 그들은 몽상적인 열망에 너무 속이 탄 나머지, (키츠에게 한 [이탈리아 언론인] 모네타의 말을 되풀이하자면) 그들 자신이 열망 자체가 되었다. 사탄의(또는 이브의) 열망과 지위 사이의 지옥 같은 간극에 대한 고통스러운 인식조차 낭만주의 시인과 그로부터 영감을 받은 페미니스트에게는 미학적 고귀함의 모델이다. 메리 울스턴크래프트는 타락 이전의 안락한 상태에 있는 ‘아름다운 한 쌍’ 아담과 이브를 보면 자신은 ‘아이들이 놀거나 동물들이 뛰어놀 때 느끼는 것과 유사한 감정’을 느낀다고 고백한다. 그때 ‘나는 의식적 위엄 또는 사탄의 자부심으로 더 숭고한 주제를 위해 지옥으로 돌아섰다’고 말한다.[29] 그녀가 ‘숭고함’에 대한 자신의 존경과 함께 ‘의식적 위엄’과 ‘사탄의 자부심’을 의도적이고 아이러니하게 혼동하는 것은 셸리의 티탄적인 여자뿐만 아니라 셸리의 티탄도 분명하게 예시한 바다. 더욱이 블레이크와 울스턴크래프트가 보았던 것처럼, 더 ‘숭고한’

다른 삶에 대한 상상은 통찰력 있는 시인 사탄이, 귀족적인 바이런의 반항아 사탄처럼, 여성과 낭만주의자의 특성으로 규정했던 혁명적 열정을 강화하고 있다.

낭만주의적 미학이 상상의 정치학과 자주 결부된다는 사실은 물론 진부할 정도로 명백하다. 블레이크와 셸리의 종말론적인 혁명부터 예이츠나 로런스에 이르기까지 밀턴의 문화적 신화의 다시 쓰기들은 '낙원'의 보수적인 위계적 '정치학'에 대한 거부와 연관되어왔다. 블레이크의 사탄적인 밀턴은 '무시무시한 위엄을 갖추고' 천둥처럼 호령한다. '그대, 영감받은 인간의 말에 복종하라. / 말살할 수 있는 모든 것은 말살하라. / 예루살렘의 아이들은 노예 상태에서 구출될 것이다.'[30] 블레이크의 말처럼 바이런의 루시퍼도 카인에게 (자유의 선행조건인) 자율성과 지식을 제공하며, 셸리의 프로메테우스는 천국의 독재를 타도하여 모든 인류를 '생명, 기쁨, 제국, 승리'로 이끈다.[31] 100년 후 지옥처럼 불타는 대지의 내장으로부터 나타난 D. H. 로런스의 사탄적인 뱀조차 '생명의 신들 중 하나'로서, 다시 태어난 사회를 알리기 위해 '이제 다시 권좌에 올라야 할' 추방된 왕처럼 보인다.[32] 이 모든 낭만주의 시인들의 혁명적인 우주관에서 사탄과 그의 또 다른 자아인 루시퍼('아침의 아들') 둘 다는 살아 있는 것이 축복일 해방된 새벽의 상징이었다.

여성들은 가장 반항적일 경우엔 사탄, 가장 덜한 경우에 반항적인 이브, 그 밖에는 거의 항상 낭만주의 시인들과 동일시된다. 따라서 여성들이 밀턴의 수정본이 초래할 종말론적인 사회변혁에 사로잡혀 있었다는 것은 놀랄 일이 아니다. 메리 울스턴크래프트의 『여성의 권리 옹호』는 대체로 『실낙원』에 대한 분노에 찬 논평처럼 읽힌다. 그녀는 (적어도 초기에는) 프랑스혁명에 대한 블레이크적인 열정과 사탄의 숭고함에 대한 자신의 '프리로맨티시즘적' 경외감, 그리고 밀턴의 여성 혐오에 대한 페미니스트적인 분노를 결합했다. 복잡하기는 하지만 밀접하게 얽힌 감정은 그녀만의 것은 아니었다. 페미니즘과 낭만주의적 급진주의는 이미 많은 여성 작가들의 마음속에 의식적으로 연관되어 있었기 때문이다. 또한 여성 작가들은 성의 정치학을 은유적으로 위장하기 위한 수단으로 바이런적으로(그리고 사탄적으로) 반항적인 상상의 정치학을 빈번하게 사용했다. 『셜리』에서 샬럿 브론테는 반밀턴적 이브를 창조할 뿐 아니라 체제를 부수는 노동자의 혁명적인 분노를 사용한다. 소설은 제 것을 박탈당한 여자 주인공의 분노의 이미지로 노동자에게 지대한 관심을 보인다. 마찬가지로 엘런 모어스가 주장했듯, (개스켈의 『메리 바턴』 같은) 영국 여성의 공장 소설들과 (스토의 『톰 아저씨의 오두막』 같은) 미국 여성의 반노예제 소설들은 겉으로는 더 중대한 사회적 문제들을 중립적으로 검토하는 척함으로써 '사적으로 속앓이하는 여성의 분노'를 숨기고 위장했다.[33] 그보다 최근에 나온 버지니아 울프의 분노에 찬 페미니즘 작품 『3기니』는 일차적으로 여성 문제를 다루고 있다기보다는 여성 '국외자들의 사회'를 결성함으로써 세계를 변혁하고자 하는 (전쟁, 독재, 무지 등을 없애는) 셸리적인 꿈을 말하려는 것이었다.

물론 그런 사회는 흥미롭게도 사탄적인 사회가 될 것이다. 왜냐하면 낙원의 정치학에서 '어둠의 왕자'는 글자 그대로 '최초의 국외자'이기 때문이다. 울프 자신은 밀턴의 악령을 넘어서 이 점의 인식까지는 나아가지 못했을지라도 많은 다른 여성들은 (페미니스트건 반페미니스트건) 그 점을 인식했다. 예를 들면 19세기 후반 낭만주의적인 급진적 정치학과 페미니즘을 표방하는 미국의 잡지 이름은 '빛의 전달자 루시퍼'였다. 영국 빅토리아 시대에 릭비 부인은 샬럿 브론테의 바이런적이고 페미니즘적 소설인 『제인 에어』에 대해 '권위를 전복하고, 국외에서는 모든 인간적 신적 규칙을 어지럽혔으며, 국내에서는 차티스트 운동과 반항을 조장한 정신과 사고의 기조'(다시 말해 바이런적이고 프로메테우스적이며 사탄적이고 자코뱅당다운 정신의 기조)는 '『제인 에어』를 썼던 정신과 똑같다'고 썼다.[34]

그러나 역설적으로 브론테 자신은 『제인 에어』에 담았던 꽤 복잡한 상상력과 수정된 충동을 릭비 부인보다 덜 의식했을 수도 있다. 적어도 다른 많은 여성들처럼 브론테도 자신의 분노가 초래한 지적인 결과를 직면하기에는 너무 고통스러웠을 것이기 때문이다. 이른바 여성 문제의 조건을 논평할 때, 브론테는 개스켈 부인에게 '(사회제도의 근간에 깊이 뿌리박고 있는) 악이 있다. 그 악은 우리가 아무리 애써도 닿을 수도 불평할 수도 없다. 단지 그것에 대해 너무 자주 생각하지 않는 것이 바람직하다'고 말했다. 메리 엘리자베스 콜리지처럼 브론테에게도 분명 '신에게서 어떤 친구도, 사탄의 주인에게서 어떤 적도 보지 못했던' 순간이 있었다.[35] 브론테가 '불평'을 거부하면서도 사회적 불평등에 대해 생각하기를 꺼리는 모습은 예이츠가 '하늘의 불공평'이라고 불렀던 것에[36] 맹목적인 복종을 표시한다기보다는 자신의 반항적인 사탄적 충동에 대한 그녀 자신의 두려움을 보여주는 것 같다.

여성 작가와 밀턴의 바이런적인 곱슬머리 영웅 사이의 관계는 우리가 지금까지 제시했던 관계보다 훨씬 더 복잡하다. 복잡하게 얽혀 있는 관계야말로 브론테 같은 작가들이 『실낙원』의 악한으로 육화되어 있는 충동에 편집증적인 관심을 의식적으로 기울이지 않으려는 또 다른 이유이기도 하다. 밀턴의 사탄은 결정적으로 여성과 매우 흡사할 뿐만 아니라, (오스틴의 매력적인 사탄적 반反영웅들을 통해 우리가 보았듯이) 여자들에게 상당히 매력적이다. 사실상 엘리엇의 시구와 바이런의 전기에서 사탄은 여러 가지 면에서 세속적인 남성 섹슈얼리티의 화신으로 그려지는 한편, 사납고 강력하며 노련한 동시에 잔인하고 유혹적이며 악마적이어서 육체를 충분히 압도할 수 있는, 그러면서도 정신을 충분히 매혹시킬 수 있는 타락한 천사로 묘사되고 있다. 따라서 여성과의 관계에서 사탄은 일종의 니체적 초인으로서 명령하고 자신의 '자연적인'(말하자면 남성적인) 우월성에 대한 존경을 기대한다. 마치 자신이 신의 그림자 자아이며 천국의 이드인 양, 가는 곳마다 낙원의 정치학을 악마적으로 되풀이해 말한다. 그러나 그가 어디를 가든 여자들은 그를 따르며, 심지어 그가 신의 지배를 풍자할 때는 신을 따르기를 거부하기도 한다. 실비아 플라스의 유명한 말처럼, '모든 여자는 파시스트를 찬양한다, / 얼굴의 장화, 잔인한 / 당신 같은 짐승의 잔인한 가슴을.' 플라스가 '아빠'라고 할 때 그녀는 사탄, '나의 투쟁을 표정에 담은 검은 옷의 남자'에 대해 말한다.[37] 플라스가 묘사한 마조히즘적인 현상은 말할 수 없는, 생각조차 할 수 없는 죄의식을 설명하는 데 도움을 준다. 죄의식 때문에 울프나 브론테 같은 여자들도 그들 자신의 사탄적인 충동에서 눈을 돌리게 된다. 왜냐하면 이브가 사탄의 분신일 뿐 아니라 '죄'의 분신이기도 하다면, 사탄과 이브의 관계는 사탄과 '죄'의 관계와 같기 때문이다. 즉 사탄은 이브의 연인이자 아빠가 된다.

*

낭만주의자들이 근친상간에 매력을 느끼는 이유는 부분적으로 밀턴의 '죄'-사탄 관계의 묘사에서 유래했을 것이다. 그러나 어떤 의미에서 이것은 이 글의 요점이 아니다. 그보다는 여자와 낭만주의 시인들이 사탄과 '죄' 각각과 맺고 있는 자신들의 관계가 사탄과 '죄'의 근친상간적인 관계와 유사하다는 점을 틀림없이 발견했다는 사실이 훨씬 더 핵심적이다. 여성 작가는 사탄의 바이런적인 반항, 인습적인 미덕에 대한 그의 조롱, 그의 맹렬한 에너지를 찬양하고 숭배까지 하면서 비밀스럽게 자신이 사탄(또는 카인, 맨프리드, 프로메테우스)이라고 상상했을 것이다. 동시에 여성 작가들은 무력감을 느낀다. 자신이 사탄이 될 수 있는 가장 가까운 길은 그의 창조물, 그의 도구, 그의 오른쪽에 앉아 있는 마녀 같은 딸/정부가 되는 것이라는 여성 작가들의 확신에서 무력감은 뚜렷하게 드러난다. 레슬리 마천드는 메리 셸리의 이복자매 클레어 클레몽의 뜻깊은 일화에 대해 말한다. 그 일화는 자기 확신적 동일시에서 마조히즘적 자기 부정으로 이동하는 과정을 훌륭하게 보여준다. 반항적인 클레어는 (나중에 바이런을 따라 제네바에 갔고, 딸 알레그라를 낳았다) 바이런에게 반쯤 완성된 자신의 소설을 비평해달라고 매달리면서, '창조자는 그의 창조물을 파괴해서는 안 되기' 때문에 그는 원고를 읽어야 한다고 설명했다고 전해진다.[38]

브론테는 프로메테우스적인 이브를 상상했지만, 브론테의 『셜리』조차 독단적인 사탄의 원칙에 직접적으로 동일시하기 어려우며, 따라서 여성들은 그들 자신의 도구성을 받아들일 필요가 있다는 유사한 인식을 드러낸다. 브론테가 최초로 능동적인 불굴의 이브를 황홀하게 묘사한 직후 바로 이브가 징벌을 받는 이야기로 넘어가는 것은 이 때문이다. 이 두 번째 비유에서 '최초의 여성'은 홀로 활기 없이 고립된 풍경 속을 배회하면서, '자신의 지성의 불꽃은 그토록 강렬하게 타오르고, 자신의 내부에서는 무언가가 요동치며 흔들어대고 있는데도, 생명의 빛은 어떤 좋은 일도 하지 못하고 결코 드러나지도 않은 채, 아무런 소용도 없이 그렇게 다 타서 사라져버릴 것인가' 생각한다. 그러나 최초의 이브의 구원이 암암리에 그러했듯이 [셜리 속] 에바의 구원은 자신 안에 있는 프로메테우스적인 불꽃에서 나오는 대신 '지니어스'라고 불리는 바이런적/사탄적 밤의 신으로부터 온다. 그 신은 그녀를 '잃어버린 생명의 원자'이자 자신의 신부라고 주장한다. '나는 그대의 환상에서 어둠을 취하며 […] 나는 나의 현전으로 공허함을 채우노라' 하고 선언하고, '나는 자신을 비하시키지 않으면서 나의 것을 가질 수 있다'고 설명한다. '에바의 존재를 밝혀주었던 불꽃을 제단에서 가져온 것은 내가 아니었던가?'[39] 피상적으로 보면 이 알레고리적인 서사는 성적으로 교류할 수 있는 남성 뮤즈를 상상한 여성의 시도로 볼 수 있을 것이다. 이는 남성 시인이 그의 여신 뮤즈와 나누는 성적 교류와 유사하다. 하지만 여기에서는 알레고리적 메시지 자체보다 브론테가 자신의 메시지에서 구현하는 근친상간적이며 바이런적인 사랑 이야기가 더 중요하다.

　그것은 우선 클레어 클레몽처럼 브론테도 자신을 기껏해야 남성 '지니어스'의 창조물로(예술 작품인지 딸인지는 의도적으로 모호하게 남겨져 있다), 궁극적으로는 자율성이 부족한 존재로 보았으리라는 점을 암시한다. 브론테는 자신의 생각이 찬양받는 남성(바이런, 사탄, '지니어스')의 생각과 놀랄 정도로 유사하다는 것을 알게 됐다. 마치 아담의 갈비뼈가 이브 몸의 원천인 것처럼 남성의 사고가 모든 여성의 사고의 원천이라는 가정에 익숙해 있기 때문에, 말하자면 '지니어스'가 자신을 만들었다고 가정하고 있다. 게다가 브론테의 자율성은 근친상간적인 결합에 의해 부정되는데, 근친상간은 브론테를 자신의 창조자와 연결시키고 그 둘을 동등하게 만든다. 왜냐하면 헬린 모글렌이 말했듯, 사탄적이고 바이런적인 주인공의 탐욕스러운 자아는 근친상간의 환상(또는 현실)이 여성의 타자성을 은유적으로 말살하기 위한, 즉 자신의 자율성을 지키기 위한 최선의 전략임을 알고 있기 때문이다. 바이런은 '그의 (의붓 여동생) 오거스타 리와 결합함으로써, 사실상 자기 자신과의 결합을 이루려고 애쓴다'고 모글렌은 지적한다. 그것은 마치 맨프리드가 자신의 누이 아스타르테에 대한 금지된 정열을 만족시킴으로써 자신의 유아론적인 자아 탐닉을 표현하는 것과 마찬가지다. 사탄의 거대한 에고 역시 그 자신을 '죄'로 또 '죽음'으로 유아론적으로 생산하고 재생산하기 위한 성적인 순환 속에 명백하게 나타나 있다. 바이런처럼 사탄도 '자신의 현재 안에 자신의 과거를 소유함으로써 완벽하게 자아 의존적이 되려고 애쓰며, 자신의 또 다른 보충적인 자아를 봉쇄하고 억제함으로써 더욱 완전한 정체성을 주장'하려는 것 같다. 그러나 모글렌이 계속해서 주장하듯, "'타자'를 통합하는 것은 결국 그것을 부정하는 것이다. 여성을 위한 어떤 공간도 남아 있지 않다. 여성은 자신이 먹히는 것을 허용하거나 고립 속에서 은둔할 수 있을 뿐이다."[40]

따라서 사탄의 유아론적인 '죄'와 결합한 열매가 '죽음'이라는 것은 의미심장하다. 그것은 마치 '죽음'이 아스타르테를 향한 맨프리드의 사랑의 열매이자 궁극적으로는 (우리 모두가 알게 되겠지만) 메리 셸리에서 실비아 플라스에 이르는 여성 작가들이 상상해왔던 모든 근친상간적인 신新사탄적 결합의 열매인 것과 같다. 근친상간의 금기를 깨뜨리고자 하는 욕망이 자아충족적(자아 증식적)이 되려는 욕망인 한, 그것은 '신들처럼' 되고자 하는 소망, 동시에 신이 금지한 소망이다. 그것은 마치 맛을 보는 것이 곧 죽음을 의미하는 선악과에 대한 욕망과 같다. 더욱이 여성 작가들이 바이런적 영웅의 창조물이듯, 바이런적 영웅도 그녀 정신의 창조물(그녀의 '사적이고 사색적인 여성의 원한'을 육화시킨 것)이라는 생각은 여성 작가에게 위안이 되지 않는다. 바이런적 영웅이 여성을 사랑함으로써 자신을 사랑하는 것이라면 남성을 사랑하는 여성 역시 자신을 사랑하는 것이고, 그렇다면 여성도 유아론을 징벌하는 영혼의 죽음으로 갈 수밖에 없기 때문이다.

물론 그런 영혼의 죽음은 사탄의 사악한 창조물들('죄', '죽음', 이브)이라는 개념 어디에나 암시되어 있다. 사탄은 밀턴이 기독교 전통에서 물려받은 이원론적 가부장적 우주론에서 잘못된 '우주 창조자'의 역할을 맡은 천상의 훼방꾼이다. 사탄은 사실상 일종의 죽음의 예술가이자 영혼보다는 육체를 즐겁게 해주며, 신보다는 세속을 섬기는 모든 사악한 미학적 기술을 모범적으로 제시하고 예증하는 대가다. 사탄이 판데모니움에 세우는 황금 궁전을 비롯해 정원에서 자신을 천사로 구현하는 모습, 신에 대항하는 전쟁의 일부로서 그가 조종하는 악마 집단에 이르기까지, 그는 사악하고 육체적인 죽음에 헌신하는 기예를 부린다(물론 그들 중 몇몇은 키츠 같은 낭만주의적 관능주의자가 찬양했던 예술과 매우 유사하다). 밀턴을 따르기라도 하는 듯, 바이런 역시 사탄과 같은 맨프리드를 그릇되고 악마적인 기예의 대가로 만든다. 여성 작가는 이런 비종교적인 예술가들의 '창조물'로 자신을 정의하면서 자신이 '잘못된 창조'의 '여성적인 유약함'의 일부라는 의미뿐 아니라, 그녀 자신이 잘못된 창조자이며 유혹적인 '한 무리의 아름다운 여성' 중 하나라는 (그들에게는 춤과 음악처럼 언어 예술도 '탐욕스러운 욕망을 / 애호하도록 […] 길러진' 기술이며[『실낙원』 11편 618~619행], 천사들의 언어와 하늘의 음악에 대한 불길한 풍자다) 두려움도 확인할 것이다. 그런 두려움의 그림자 속에서 여성 작가의 주부다운 기예조차 ('맛이 섞이지 않도록 고안된' 음식을 선택하는)

이브의 요리법처럼 수상하게 보이기 시작하는 반면, 그녀가 잉태한 시는 마치 사탄의 무시무시한 아이인 '죽음'처럼 괴물의 탄생으로 보일 것이다. 여성 작가들은 앤 핀치처럼 가사노동으로, '독창성 없는 집 관리 같은 따분한 일'로[41] 추락할 뿐만 아니라 생식이라는 굴레 속으로 들어감으로써, 맨프리드처럼 고상하게 죽는 만족감조차 주어지지 못했을 것이다. 도리어 불임으로 인한 단조로움으로 점차 여위어가는 여성 작가는 그릇된 창조의 예술가로서 사탄과 이브의 이미지가 결국은 가장 품위 없고 낙담시킬 뿐인 밀턴의 악령의 화신이었다고 결론 내리는 것이 당연했다.

*

위에서 마지막에 언급한, 악령에 대한 여성 작가의 인식을 더욱더 괴롭혔던 것은 물론 『실낙원』의 서사적 화자로서 밀턴이 지속적으로 자신의 예술에 관심을 불러일으키기 위해 취한 권위적인 냉정함이었을 것이다. 그 냉정함은 이 시 전체를 통해 자신을 진정한 예술가의 전형으로, (이브나 사탄처럼) 단지 쾌락만 추구하는 것이 아니라 가르치면서 즐거움을 추구하는 고결한 시인으로 규정하고자 하는 명백한 목적에서 기인했다. 예언가 혹은 성직자 같은 시인이기에 가부장제의 신성한 비밀을 수호하는 인물인 밀턴은 인간에게는 신의 길을 차분하게 정당화시켜주고자 하고, 추종하는 여성 뮤즈에게는 자신의 당연한 몫인 도움(그리고 실제 삶에서는 노예 같은 딸에게 똑같은 종류의 도움)을 요청한다. 동시에 신이 사탄과 싸우듯, 분노에 찬 말의 포화로 여자들을 공격한다. 사실상 진정한 예술가, 신의 사자, 지상의 방어자의 모습으로 『실낙원』에 나타나는 밀턴 자신은, 여성 독자들이 사탄, 이브, '죄'와 매우 유사한 것처럼, 당연하게도 그녀들에게 신과 매우 흡사하게 보였을 것이다.

예를 들면 서사시의 화자로서 밀턴은 신처럼 역사, 전설, 철학이 빚어낸 어리둥절할 정도의 혼돈으로부터 천국과 지상(또는 그것들의 언어적인 상응체)을 창조한다. 신처럼 밀턴도 자신이 창조했던 우주의 가장 먼 구석이라 할 수 있는 지옥 밑바닥과 하늘 꼭대기까지 침투할 수 있는 정신적인 힘이 있는 만큼, '중간이 아니라' 극에서 극으로, '산문이나 시에서 아직까지 시도한 적이 없는'[『실낙원』 1편 16행] 존재론적 주제를 향해 날아오른다. 신처럼 그도 모든 행동과 사건의 결과를 알고 있기에 그것들에 대한 그의 논평은 과거, 현재, 미래의 동시성에 대한 거의 신적인 의식을 보여준다. 신처럼 그도 사탄을 벌하고, 아담과 이브를 꾸짖고, 천사들을 이 전투장에서 저 전투장으로 이동시킨다. 그리고 모든 인간에게 종말론적인 미래를 (그때 '좀 더 위대한 인간'이 낙원의 축복을 회복시키기 위해 찾아올 것이다) 살짝 보여준다. 신처럼(구세주처럼, 창조자처럼, 성령처럼) 그도 남자다. 실제로 남성 신의 길을 남성 독자에게 정당화시키는 남성 시인인 밀턴은 자기 시의 천국에서 모든 여자들을 ('대심연을 품고 앉아' 잉태시킨 성령처럼, 여자들의 혼란스러운 다산성에 기대어 새로운 사고를 낳을 수 있다는 점을 제외하고) 엄격하게 배제하고 있다. [1편 21~22행]

이 서사시의 화자는 자신이 눈이 멀었다고 가끔 언급하는데, 이조차 그를 신처럼 보이게 한다. 화자가 눈이 멀었다는 사실은 일반 속인들의 '즐거운 길'에서 그를 분리시키고, 사탄과 이브의 물질적인 영역을 '우주의 공허'로 환원시켜버린다. 눈먼 화자는 하찮은 육체적인 관심을 벗어나 '천상의 빛'이 그의 '내면에서 빛나게 함으로써', 눈먼 현자 티레시아스, 호메로스, 신처럼 영혼적 세계의 신비를 보게 되고 '사람의 눈에 보이지 않는 것을 말하게 된다.'[3편 55행] 마지막으로 그가 '보이지 않는 것'을 말하는 구문조차 그를 다소간 신처럼 보이게 한다. 영어에 라틴어의 문장구조를 부가한 것은 분명 최상의 자부심과 권력을 암시한다. 밀턴이 '북쪽의 사투리'를 '그리스어와 라틴어의 도치와 억양'에 맞추었다는 점 때문에 키츠는 반밀턴적인 시기에 『실낙원』을 두고 '세상의 가장 뛰어난 산물'이라고 무미건조하게 말했다.[42] 그러나 (예를 들면 버지니아 울프가 끊임없이 지적했듯) 그리스어와 라틴어는 남성적 학문의 핵심 언어일 뿐 아니라 교회의 언어이자 교부적 가부장적인 제식과 신학의 언어다. 더욱이 『실낙원』의 어떤 문체적인 장치보다도 영어에 부가된 도미문(주절이 문미에 있는 글)은 시인의 신적인 예지를 과시한다. 밀턴이 '전능하신 주님'이라고 문장을 시작할 때, 그 문장(시, 책, 인류에 대한 서사시)이 어떻게 끝날 것인지 독자는 오직 시인과 신만 완벽하게 알고 있을 것이라 인식한다.

낭만주의자들이 프로메테우스적인 에너지와 용기를 지닌 사탄을 자신과 동일시하는 동시에 밀턴의 시인 같은 신성을 감지하고 찬양하면서 가끔은 밀턴과 자신을 동일시한다는 것은 좀 더 이해할 만한 문학사의 역설 중 하나다. 때로 비종교적이고 급진적인 방식으로 사탄의 환상에 잠겨 있을지라도, 워즈워스와 셸리 같은 시인들은 (셸리가 그랬던 것처럼) 메리 울스턴크래프트를 존경하고 (워즈워스가 했던 것처럼) 앤 핀치를 찬양했지만, 결국 근본적으로는 밀턴과 같은 '남성 우월주의자'다. 이런 점에서 시인과 '그의' 예술에 대한 그들의 은유는 밀턴만큼이나 깊은 뜻을 드러낸다. 워즈워스와 셸리 둘 다 시인을 신적인 지배자(셸리의 유명한 말로는 '인정받지 못한 입법자', 워즈워스의 좀 더 보수적인 말로는 '옹호자이며 보존자')로 간주한다. 지배자이자 일종의 영감을 받은 가장으로서 시인은 밀턴처럼 신성한 신비의 사제이자 수호자이며, 그릇된 여성적 창조의 '나태와 나약한 절망'에 항상 대항했다. 게다가 시인은 인류를 싸움터로 집결시키는 씩씩한 트럼펫이고, 칼집조차 삼켜버리는 지독히 남근적인 칼이다. 또한 (무엇보다도 가장 밀턴적인) 아리스토텔레스의 '부동의 동자'를 모델로 한 '움직이지 않은 채 움직이게 하는 영향'을 미치는 신과 같은 존재다.[43]

따라서 조지프 비트라이히가 말하듯, 『실낙원』의 저자는 '낭만주의자들이 가장 찬양했던 모든 것의 정수, […] 진리에 의해서만 움직였던 식자, 신적 사고로부터 신적 행위가 나오도록 한 […] 행위자, 신적 사고를 시로 번역하여 말하는 자'였으며, '따라서 밀턴을 안다는 것은 구분할 수 없는 두 질문(시인은 무엇인가? 시란 무엇인가?)의 답변을 아는 것이었다.'[44] '주디스 셰익스피어'였던 죽은 여성 시인이 자신의 몸을 그토록 여러 번 포기해야 했던 세계에서 살던 버지니아 울프는 똑같은 요점을 달리 표현했다. '이것이야말로 정수이며 대다수 다른 시는 그것을 희석한 것에 불과하다.' 남자가 그런 주장을 했다면 환호하는 말로 들리겠지만, 밀턴의 악령의 변화무쌍한 그림자는 울프가 쓴 페이지에 어둡게 드리워 있었다.

7장 공포의 쌍둥이
메리 셸리의 괴물 이브

여성적 공간의 특징은 다음과 같다. 여성의 공간은 삶의 기관들을 제한하고 그 공간이 무한하게 보일 때까지 축소시킨다. 사탄은 그 광대한 공간에서 전율했다! 밖에 있는 자들에게는 제한적이지만 안에 있는 자들에게는 무한하다.
- 윌리엄 블레이크

여자는 자신 안에 악마가 있는 것처럼 글을 쓴다. 그것이야말로 여성이 무엇이든 읽을 만한 가치가 있는 글을 쓰는 유일한 조건이다.
- 패니 펀에 대한 너새니얼 호손의 글

나는 회수할 수 없는 것을 탐색했다.
나의 복사본을 — 빌리려고 —
초췌한 위안이 솟아오른다.

어딘가 움켜쥔 사고 안에 —
천국의 사랑 같은 다른 창조물이 — 잊힌 채 —
살고 있다는 믿음으로

나는 우리를 분할하는 벽을 잡아 뜯었다.
서로 맞서고 있는 방 안에서 —
자신과 — 공포의 쌍둥이 — 사이의
벽을 떼어내야 하듯이 —
- 에밀리 디킨슨

　울프가 밀턴의 악령이라고 요약했던 복잡한 문화의 신화가 여성 작가에게 끼친 영향은 무엇이었을까? 이들은 '가부장적 시'에 둘러싸인 채 예술적으로 살아남기 위해 어떤 전략을 세울 수 있었을까? 브론테, 울프, 울스턴크래프트 같은 작가들의 논평은 밀턴이 제기한 문제를 지적인 여자들이 예리하게 인식하고 있었음을 보여준다. 그러나 그 문제들 탓에 여성들은 어지러움을 느꼈다. 『실낙원』의 비밀스러운 메시지는 방에 가득 찬 일그러진 거울처럼 여성 독자들을 에워쌌기 때문이다. 키츠가 의아해하며 제시한 논평은 ('혹시라도 뱀의 감옥 안에 있는 사탄을 생각한다면 누구의 머리인들 현기증을 느끼지 않겠는가?'[1]) 여성 혐오적인 신화와 전통이 구축해놓은 뱀의 또아리 같은 이미지 속에 감금되어 있는 여성들에게 더 강력하게 적용되는 것 같다. 그러나 표면적으로는 많은 여성 작가들이 밀턴과 그가 대표하는 모든 것에 한결같이 유순하게 대응했다. 『미들마치』에 나오는 다음의 대화는 가부장적 시에 대한 공손하고 순종적인 태도를 보여준다.

　'이제 저 자신이 좀 더 유용해질 수 있지 않을까요?' 하고 구혼 초기의 어느 날 아침 도러시아가 [캐저반에게] 말했다. '밀턴의 딸들이 자신들이 읽는 것을 이해하지도 못하면서 아버지에게 읽어주었듯, 저도 라틴어나 그리스어를 배워 큰 소리로 당신에게 읽어줄 수 있지 않을까요?'

'당신이 지루해하지 않을까 걱정이오.' 캐저반이 미소 지으면서 말했다. '내 기억이 맞는다면, 당신이 언급한 그 딸들은 모르는 언어 연습을 아버지에 대한 반항이라고 생각했답니다.'

'맞아요. 그들은 매우 반항적인 장난꾸러기들이었어요. 그렇지 않았다면 아버지에게 봉사하는 것에 자부심을 느꼈어야 했을 테니까요. 또 몰래 공부해서 읽은 것을 이해했을 수도 있죠. 그렇다면 매우 흥미로웠을 거예요. 설마 당신은 내가 버릇없고 멍청한 사람이길 기대하지는 않겠죠?'[2]

유용성, 큰 소리로 읽어주기, 현명한 아버지에게 '봉사하는 것', 이 모든 용어와 개념은 여자에 대한 밀턴의 생각을 보강한다. 밀턴은 여자를 기껏해야 남에게 봉사하는 이차적 존재, 아이를 낳거나 아담의 사려 깊은 안내에 따라 나뭇가지를 다듬는 참회하는 이브로 여긴다. 도러시아 브룩은 '열렬하고 순종적인 애정'을 지닌 자신을 스스로 아버지 같은 캐저반의 내조자로 규정한다. 조지 엘리엇 자신이 소망한 바와 같이 도러시아 역시 사탄적인 열망으로부터 자유로운 고귀한 인물로 나타나고 있다. 그러나 이런 해석과 달리, 이 문단과 그 문맥을 좀 더 자세히 살펴보면 순종적인 도러시아가 캐저반에게 했던 말의 정반대를 의도했다는 것을 알 수 있다. 사실 이 문단에서 아버지로서 밀턴에 (말하자면 정치가로서 밀턴이나 시인으로서의 밀턴보다) 관심을 보이는 것조차 '밀턴'이라는 이름 주위에 달라붙어 있는 가부장적 연상의 힘을 역설적으로 약화시키려는 의도 때문이다.

마지막 요점을 먼저 말하자면, 밀턴이 딸들에게 자신의 말을 받아쓰게 하는 장면은 18세기 말과 19세기에 걸쳐 매우 인기 있는 장면이었다. 예를 들면 새로운 거처로 이사 간 키츠가 처음 한 일은 책 짐을 풀고 '헤이든이 그린 스코틀랜드의 메리 여왕, 딸들과 함께 있는 밀턴을 나란히' 핀으로 꽂은 것이었다.[3] 강력한 아버지에게 천사처럼 봉사하는 착하고 젊은 여자가 등장하는 이 그림은 서구 문화가 가장 애호하는 환상의 본질을 거울로 비추어주는 것 같다. 동시에 (『미들마치』의 문단이 암시하고 있듯) 여성의 관점에서 보면 봉사를 받는 아버지라는 밀턴의 이미지는 절대적인 권력을 보여주기보다 오히려 그가 여자 자손들에게 의존하는 상태라는 점을 암시할 뿐이다. 눈이 먼 신과 같은 시인은 비서의 도움뿐만 아니라 차와 동정도 필요하다. 따라서 적어도 약간의 신성을 상실하고 인간화된다. 그는 (새로운 말을 만들어내자면) 삼손화되었다. 그리하여 눈이 먼 로체스터를 시골의 영지로 이끌고 다니는 제인 에어가 자신을 유용하고도 동등한 존재로 만드는 델릴라적인 방법을 찾았다는 것을 샬럿 브론테가 암시하듯, 조지 엘리엇도 똑같은 도상적 전통 속에서 낭만주의적으로 허약해진 캐저반과 동등해지고 싶은 도러시아의 은밀한 욕망을 암시한다. '그녀가 라틴어와 그리스어를 알고 싶어한 것은 전적으로 미래의 남편에게 헌신하고 싶어서만은 아니었다. […] 도러시아는 아직까지 현명한 남편을 둔 것에만 만족할 정도로 자신을 포기하지 않았다. 가련한 아이 같은 그녀는 현명해지고 싶었다.'[4]

(시력은 약해졌지만) 현명한 남편만큼 현명해지고 싶다는 그녀의 소망은 입으로 발설되지는 않지만 밀턴과 그의 딸들이 처해 있는 극적인 상황을 통해 실현 가능해진다. 또한 도러시아가 단지 자신의 '열렬하면서도 순종적인 애정'을 표현하는 것처럼 보일 때조차 그녀는 사실 현명해지고 싶은 소망을 표현하고 있는 것이다. 엘리엇은 다른 문단에서 이를 명확히 드러낸다. 밀턴의 '반항적인' 딸들은 '그런 아버지에게 봉사하는 것에 자부심을 느꼈어야' 한다고 도러시아는 말한다. 즉 '그들의' 아버지도 아니고 그 어떤 아버지도 아닌, 날마다 가까운 접촉을 통해 지혜를 빨아들일 수 있는 (마치 그녀 자신이 캐저반의 학식을 빨아들이고 싶어하는 것처럼) 특별한 아버지에게 봉사하는 것이다. 더 중요한 것은 도러시아가 밀턴의 딸들을 두고 '몰래 공부해서 읽는 것을 이해했을 수도 있죠. 그렇다면 매우 흥미로웠을 거예요' 하고 생각한다는 점이다. 다시 말해 밀턴의 딸들은 이차적인 지위를 거부하고 지식 면에서 아버지와 동등해짐으로써 (도러시아처럼) 그들 자신도 현명해지고 싶었을지도 모른다.

여기에서 도러시아의 현명해지고 싶은 소망이 남편과 동등해지고 싶다는 소망일 뿐 아니라 금지된 '남성적 지식의 영역, […] 그로부터 모든 진리가 더욱더 진실되게 보일 수 있는 영역' 속으로 침투하고 싶은 소망인 한, 그것은 사탄적인 것을 풍자하는 지적인 독립에 대한 열망이다. 더욱이 그런 소망은 그녀의 소망을 표현하는 겸양적 수사학을 분명하게 전복시키고('이제 저 자신이 좀 더 유용해질 수 있지 않을까요?'), (다른 누구보다도) 도러시아에게 일종의 사탄과 같은 교활함을 전가한다. 사실 도러시아에게 어떤 교활함이 있다 할지라도 그 교활함은 대부분 무의식적이지만, 권력과 지혜에 대한 그녀의 사탄적인 열망과 이브 같은 호기심은 (그 자체가 사탄적인 것의 기능인) 여러 곳에 조심스럽게, 그러나 분명하게 명시되어 있다. 예를 들면 '사물의 핵심에 도달하고 싶은' 도러시아의 욕망은 비록 표면상 '기독교도의 의무에 근거해서 올바르게 판단하고자 하는' 온순한 소망의 결과일지라도, 가난한 사람들을 위한 새집을 지어 사회를 혁신하고자 하는 그녀의 야심찬 계획과 긴밀하게 연결되어 있다. 그러나 '고전을 알고 있는 남자들이 오두막에 사는 가난한 농부들에 대한 무관심을 영광에 대한 열정으로 무마하는 듯 보일 때, 그녀는 단칸 오두막이 신의 영광을 위한 것이 아니라고 어떻게 확신할 수 있단 말인가?' 하고 냉정하게 묻는다. '사물의 핵심에 도달하기 위해서는', 학식 있는 남자들의 주장을 이기기 위해서는 '아마도 히브리어, 적어도 알파벳과 몇 개의 어원들'도 필요하리라고 엘리엇은 넌지시 말한다.[5]

좀 더 앞에서 도러시아가 교육과 건축의 문제를 함께 숙고하고 있는 문단에서 엘리엇은 그의 야심의 본질과 강도를 더 분명하게 밝힌다. 사실 '신들처럼' 되려는 의지를 표현한 이 문단은 『실낙원』 9편에 나오는 이브의 숙고를 거의 그대로 번역해놓은 것 같다.

그녀는 '그때 [캐저반과 결혼하면] 나는 전부 배워야 한다'고 생각했다. […] '그가 자신의 위대한 작업을 더 잘할 수 있도록 도와주기 위해서는 공부를 하는 것이 나의 의무일 것이다. 우리의 삶에 하찮은 것은 아무것도 없을 것이다. 날마다 우리와 관련된 모든 것은 가장 위대한 일일 것이다. […] 나는 위대한 남자들이 진리를 보았던 것과 똑같은 관점으로 진리를 보는 법을 배워야 한다. […] 나는 이곳 영국에서 지금 원대한 삶을 영위하는 것이 어떻게 가능한지 보아야 한다.'6

이 이브는 아직 사과를 먹지 않았지만, '선하고 현명해지고자' 하는 그녀의 욕망은 '이곳에서 지금 원대한 삶'을 살고자 하는 열망과 함께, 그녀가 곧 그런 '지적 양식'에 대한 열정에 굴복하리라는 점을 암시한다. 또한 이 양식이 그녀의 마음 속에서 자유와 연관된다는 사실은 다른 무엇보다 이 이야기의 요점을 가장 강력하게 설명해준다. 도러시아가 캐저반과의 결혼이 가져다준 이점에 대해 환상을 품을 때, 엘리엇은 '그녀를 매혹시킨 결합은 소녀처럼 무지에 종속된 상태에서 자신을 구해주고 가장 원대한 길로 자신을 데리고 갈 안내자에게 자발적으로 굴복할 수 있는 자유를 주는 결합'이라고 말한다.7 이 열망에 가득 찬 학자는 캐저반을 결혼의 안내자로 상상하고 비밀스러운 공부가 곧 '열등하지만 자유로운' 그녀를 그 안내자와 동등하게 만들어줄 것이라고 확신하기 때문이다.

흥미롭게도 이 원대한 길의 안내자인 캐저반은 처음에는 아담보다 대천사처럼, 나아가 대천사보다는 훨씬 더 이상화된 밀턴처럼 보인다. 『미들마치』 3장에 부친 엘리엇의 제사('제발 무슨 일이 일어났는지 말해달라, 친절한 / 라파엘로가 […]')는 도러시아의 꿈의 안내자를 친절한 대천사, 천국의 화자, '날개 달린 전령'으로 그리고 있고, 도러시아 자신은 교육받기를 기다리는, 찬양하는 이브로 그려지고 있다. 다른 문단들에서는 일종의 신으로 변신한 캐저반의 모습을 보여준다. '그는 전 세계를 생각한다. 그 세계에서 나의 생각이란 단지 초라한 2페니짜리 거울에 불과하다.'[8] 남성적인 지적 영역에서 가르침을 베푸는 천사와 신 같은 대가 역할을 맡은 이 꿈 속 캐저반은 도러시아의 딸 같은 말투가 암시하듯 환생한 밀턴처럼 보인다.

그러나 이 꿈(캐저반)의 뒤에는 진짜 캐저반이 잠복해 있다. 『미들마치』에서 엘리엇은 아이러니하게도 학자가 처음 등장하는 장면부터 줄곧 이 점을 강조한다. 그것은 마치 (밀턴과의 유사점 때문에 우리는 계속 이렇게 연관을 지어가는데), '진짜' 밀턴이 천상의 시인이라는 신중하게 구축된 꿈의 이미지 뒤에 머무르는 것과 같다. 사실 도러시아의 이상화된 캐저반과 대립하는 엘리엇의 진짜 캐저반은 어떤 점에서 『실낙원』의 저자와 더 비슷하다. 이 유사성은 캐저반의 이상화된 이미지와 밀턴의 서사적 화자 사이의 유사성보다 강하다. 밀턴처럼 캐저반도 고전과 신학('이 영역으로부터 모든 진리가 더욱더 진실되게 보이는 남성적 지식의 영역들')의 대가다. 밀턴처럼 캐저반의 지적인 야망도 원대하고 존재론적이며, 지나칠 정도다. 어떤 의미에서 사실상 캐저반의 야망은 밀턴의 야망과 동일하다. 밀턴의 목표가 서구 문화의 핵심 신화를 학문적으로 다시 말함으로써 신의 길을 인간에게 정당화시키는 것이었듯이, 캐저반의 목표도 '모든 신화를 열 수 있는 열쇠'를 주조해 '완전한 지식과 헌신적인 신앙'을 결합하는 것이기 때문이다.[9] 따라서 밀턴의 딸들이 밀턴에게 그러했듯 도러시아가 캐저반에게 순종적인 딸-아내-학생이 되고자 하는 것, 그녀의 훌륭한 본보기가 암암리에 그녀의 17세기 선구자들의 악덕을 비판하는 것도 이치에 맞는다.

만일 도러시아의 열정적인 본성이 밀턴의 딸들이 처한 부정적인 역사를 논평하고 있다면, 캐저반의 둔감한 본성은 밀턴의 역사적 이미지를 더 강력하게 말한다. 모든 신화를 여는 열쇠의 주조자인 캐저반은 숭고함을 장엄하게 정당화하는 밀턴을 우스꽝스럽게 희화화한 인물이기 때문이다. 독선적이며 현학적이고 재미없는 그는 『미들마치』의 이야기가 진행됨에 따라 천상의 학자에서 성가시고 지루한 학자로, 무덤에서도 도러시아를 억압하는 외고집의 시체로 쪼그라든다. 신중하게 표현한 그의 소멸을 보건대, 그는 밀턴이라기보다 바이런적으로 매력이 없는 밀턴의 사탄과 더 유사해 보인다. 죄 많은 육체에 대한 거부, 도러시아의 여성성에 대한 노골적인 경멸, 포악함, 독단주의로 인해 캐저반은 밀턴적인 여성 혐오주의자를 풍자하는 그림자처럼 보이며, (동시에) 버지니아 울프가 말한 '기념비적인 책 『여성의 정신적, 도덕적, 육체적 열등성』을 쓴 붉은 얼굴의 격노한 X 교수'의 초판본이 되고 만다.[10] 그런 남자와 쉽지 않은 결혼을 한 야심적인 도러시아는 불가피하게 비참한 여성의 원형으로 (블레이크는 이를 가리켜 밀턴의 세 아내와 세 딸들이 합해져 슬퍼하는 모습이 되어버린, 밀턴의 울부짖는 '여섯 겹의 에머네이션'이라 불렀다) 변해간다. 그녀 자신이 밀턴 딸들의 전형을 좀 더 희망적으로 규정했다는 사실은 의심할 바 없이 엘리엇이 완벽하게 의도했던 아이러니다.

*

밀턴의 딸들 이야기는 (그 도상학이 모호하기는 해도) 엘리엇과 그녀의 주인공에게 유용했지만, 이제는 밀턴의 작품이 훌륭하게 제시했던 일군의 여성 혐오 주제들과 여자들의 관계를 이해하고자 하는 비평가들에게 훨씬 더 유용해졌다. 『실낙원』 출판 이후 (어떤 면에서는 그전에도) 모든 여성 작가는 어느 정도 밀턴의 딸들이었으며, 지속적으로 자신과 밀턴의 가부장적 시가 어떤 관계여야 하는지 고심했다. 또한 도러시아가 묘사한 것과 매우 흡사한 대안적 형태의 딸의 지위에 대해서도 계속 숙고했다. 예를 들면 뉴캐슬 공작 부인 마거릿 캐번디시는 다음 문단에서 밀턴의 우주를 자신에게 애써 설명하려고 한다.

비록 자연은 가장 능력 있는 남자가 가진 명석한 이해력과 강한 육체를 여자에게 주지는 않았지만, 여자를 더 아름답고 더 부드럽고 더 가냘프게 만들었다. […] [그리고] 사랑, 경건, 자비, 관용, 인내, 겸손 같은 다정한 감정을 모아주었다. 그것들은 그녀를 자연의 작품 중 가장 완전한 천사와 흡사하게 만들었고, 반면 남자의 야망, 강탈, 분노, 잔인성은 그를 악마와 닮게 만들었다. 그러나 악에 사로잡힌 몇몇 여자들도 악마 같으며 남자에

게 가장 좋은 것은 […] 신이 되는 것이다.[11]

마찬가지로 '우리는 어떻게 잘못된 법칙에 의해 타락하는가? / 그리고 자연의 바보가 아닌 교육의 바보가 되는가?'라는 앤 핀치의 물음은 타락이라는 밀턴의 문제를 여성 고유의 딜레마로 규정한다.[12] 밀턴의 '반항적인' 딸들처럼, 엘리자베스 시대의 '제인 앵거'는 최초의 밀턴적인 우주의 가부장적인 억압을 (여기서 '신들은 인간에게 열망하는 정신이 있음을 알고, 여자들이 풍부하게 지니고 있는 훌륭한 미덕들을 철저하게 고찰했다. 그러고는 그 때문에 여자들이 자부심을 갖지 않도록, 그리하여 여자들이 자신을 루시퍼와 동일시하지 않도록, 신들은 남자에게 여자에 대한 지배권을 부여했다')[13] 통렬하게 비난한다. 밀턴이 여자에 대해 생각해보기 전에 여자들이 먼저 밀턴에 대해 생각했던 것 같다.

밀턴과 사탄을 동시에 성인으로 받들며 낭만주의를 따랐던 여성 작가들은 부인할 수 없는 밀턴의 딸들이었다. 더 중요한 것은 그들이 (엘리엇의) 도러시아가 캐저반에게 설명한 바로 그 선택을 자신들의 것으로 훨씬 더 분명하게 요구했다는 점이다. 하나의 선택은 남성의 신화에 표면적으로 온순하게 순종하며, '아버지에게 봉사하는 것을 자랑스럽게' 여기는 것, 또 다른 선택은 동등성을 획득하기 위해 몰래 공부하는 것이다. 이 두 가지 행위의 방침은 광범위하고 은유적인 의미에서 아마도 거의 모든 여성의 글을 포함할 수 있는 범주를 규정하고, 좀 더 협소한 (그러나 여전히 은유적인) 의미에서 19세기와 20세기 여성 작가들이 읽었거나 오독했던, 여성 작가들 특유의『실낙원』에 대한 비판적 반응을 설명한다.

첫 번째 선택은『프랑켄슈타인』에서 메리 셸리가 취한 것이다. 메리 셸리는『실낙원』에 나타난 남성적 문화의 신화를 그 가치 그대로 취해(그것이 내포한 모든 유비와 비교법을 포함해) 그 의미를 해독하기 위해『실낙원』을 다시 썼다. 도러시아처럼 아버지가 그녀 자신에 대해 말해주는 대로 자기 자신을 이해하고, 그가 자신에게 원하는 바를 정확하게 이해함으로써 아버지에게 봉사하려고 했던 여성 작가들은 좀 더 열렬하고 순종적인 밀턴의 딸들이 선택했던 방법을 쓴다. 그러나 밀턴의 여성 혐오에 대처하는 (도러시아의 봉사처럼) 겉으로는 온순해 보이는 이 방법은 동등성에 대한 환상을 감추고 있다. 이것은 우리가『프랑켄슈타인』을 살펴볼 때 드러나듯 이따금 분노하는 괴물의 이미지로 분출될 것이다.

이렇게 억제된 분노는 밀턴의 딸들의 두 번째 선택인 다시 쓰기를 감행한 여자들 글의 표면에 (완전히는 아닐지라도) 떠오른다. 이 여성 작가들은『실낙원』을 여성의 경험을 더 정확하게 비춰주는 거울로 만들기 위해 다시 쓰기를 선택한다. 밀턴의 가부장제에 대처하는 이 방식은 예컨대 (『폭풍의 언덕』과 그 밖의 곳에서) 에밀리 브론테가 선택한 작업 방식이며, 몰래 라틴어와 그리스어를 공부한 상상 속의 딸(말하자면 내용을 이해하지 못한 채 저명한 아버지에게 책을 읽어주는 듯 보이지만 자신과 자신의 경험을 재창조할 수 있도록 신화와 권력의 언어를 독학하는 여성)이 선택한 방식이기도 하다. 우리는 이 여자들이 단호하게 괴테를 덮고 열정적으로 바이런을 다시 펼침으로써『실낙원』을 페미니즘의 관점에서 전복적으로 재해석하기 위해 낭만주의적 방법과 형식을 활용한 방식을 살펴볼 것이다. 자신의 어려운 처지에 대처하기 위해 다시 쓰기를 선택한 여성 작가는 비록 자신의 분노를 좀 더 솔직하게 표현할 수는 있었을지라도, 남성이 만든 장르나 인습 안에서 여성의 비밀을 은폐하며 양피지에 덧쓰거나 암호화된 예술 작품을 생산했다.『폭풍의 언덕』을 비롯해 크리스티나 로세티의「도깨비 시장」, 버지니아 울프의『올랜도』, 실비아 플라스의『에어리얼』같은 좀 더 최근의 여성 (페미니즘적이기까지 한) 신화들은 바로 이런 방법을 선택한 여자들의 작품이다. 물론『실낙원』에 대한 다시 쓰기와 다시 쓰기의 아버지라 할 수 있는 가부장적 시학의 관계는 20세기 들어 (20세기의 여성들은 밀턴의 언어를 몰래 공부해 그들의 힘을 끌어낼 수 있는 여성의 전통을 유례 없이 발전시킬 수 있었다) 점점 상징적이 된다.『실낙원』에 대한 불안을 가장 노골적으로 표현한 여성적 상상력을 볼 수 있는 곳은 초기의 좀 더 고립된『프랑켄슈타인』이나『폭풍의 언덕』같은 소설이다. 특히『프랑켄슈타인』은 여성에게『실낙원』이 어떤 의미인지를 소설화한 작품이다.

*

　많은 비평가들은『프랑켄슈타인』(1818)이『실낙원』에 대한 주요한 낭만주의적 '독해' 중 하나임에 주목했다.[14] 그러나 여성의 입장에서 독해해보자면『프랑켄슈타인』은 아주 특이한 지옥 이야기가 된다. 천상을 암울하게 풍자한 지옥, 천상의 창조를 기괴하게 모방한 지옥의 창조, 그리고 천상의 남성성을 기괴하게 풍자한 지옥 같은 여성성 등등. 물론 풍자에 의한 탈주는 그저 원래의 자리로 되돌아가고 원본의 무서운 현실을 강화할 뿐이다. 왜냐하면 밀턴을 전복시키기 위해 비밀스럽게 거의 무의식적으로『실낙원』을 풍자했음도, 그로써 셸리도 결국은『실낙원』의 중심 이야기, 즉 '이브의 무절제가 어떤 재앙을 / 인간에게 야기시켰는가'의 이야기를 되풀이하기에 이르렀기 때문이다.

메리 셸리 자신은 '어떻게 내가 […] 이런 무시무시한 이야기를 생각하고 확장시키게 되었는가'를 끊임없이 질문했다고 주장하지만, 셸리가 여성성에 대한 자신의 불안을 그토록 고도의 문학적인 방식으로 형상화했다는 것은 사실 놀랄 일이 아니다. 왜냐하면『프랑켄슈타인』을 썼던 열아홉 살 소녀는 평범한 열아홉 살짜리가 아니라 영국의 가장 뛰어난 문학적 상속인 중 하나였기 때문이다. '뛰어난 문학적 명사였던 두 사람의 딸'이며 또 다른 명사의 아내였던 메리 울스턴크래프트 고드윈 셸리는 예리한 밀턴 비평가 중 한 명의 딸로서, 나중에는 그 비평가 중 한 명의 아내가 되었다. 따라서 영문학의 가족 로맨스에 대한 해럴드 블룸의 유용한 비유는 실제로 메리 셸리의 실제 인생을 정확하게 묘사하고 있다.[15]

문학적/가족적 관계의 그물망을 인식하고 있는 비평가들은 전통적으로『프랑켄슈타인』을 낭만주의적 신화 만들기의 흥미로운 본보기로 여기고, 퍼시 셸리의『해방된 프로메테우스』나 바이런의『맨프리드』같이 이미 인정받은 프로메테우스적 대작들의 부속 작품으로 연구했다(그중 한 비평가는 '[메리의] 삶의 거의 모든 것이 그러했듯,『프랑켄슈타인』은 칭송받고 주목받았지만 공유되지 못한 천재의 한 예'라고 말한다).[16] 최근에 많은 작가들이 메리 셸리의 괴물 제조의 '백일몽'과 그녀 자신의 섹슈얼리티에 대한 자각 사이의 관계에 주목했다. 특히 그들은 엘런 모어스가 '10대 엄마 되기'라고 불렀던 영역에 메리가 성급하게 진입함에 따라 등장하는 '모성의 무시무시한 이야기'에 주목했다.[17]『프랑켄슈타인』은 남성 주인공과 '남성적' 철학을 옹호했음에도, 비평가들은『프랑켄슈타인』이 어쨌든 '여성의 책'이라는 사실에 대해 커져가는 불편함을 분명히 표명했다.『프랑켄슈타인』의 저자가 소설을 썼을 당시에 섹슈얼리티의 소용돌이에 휘말려들었다는 이유 때문이다.

이 작품을 여성 환상소설로 만들고 있는 모어스 같은 비평가들은 우리가 규정한『프랑켄슈타인』의 문학성이 제기하는 문제점을 회피하는 경향이 있다. 키츠적인 (또는 콜리지적인) 백일몽에서 나온 메리 셸리의 '유령 이야기'에 대한 전통적인 독해는 그 소설이 갖고 있는 강렬한 성적 요소들을 간과한다는 약점이 있지만, 그 책이 (다른 무엇보다도) 낭만주의에 대한 낭만주의 소설이며 책들에 대한, 아마도 작가들에 대한 책이라는 점은 여전히 부인할 수 없는 사실이다. 따라서 모어스의 용어를 빌리면, '출생 신화'로서 그 소설의 여성성과 의의를 논하는 어떤 이론가라 할지라도 자기 의식적인 문학성에 직면해야 한다. '뛰어난 문학적 명사였던 부모의 딸'에게는 당연한 일이듯, 메리 셸리는 자기가 읽은 책과 그녀가 책에서 강렬하게 느꼈던 의미의 맥락에서 자신의 섹슈얼리티를 스스로 설명했기 때문이다.

고아가 된 이 문학적 상속인에게 여성성과 문학성의 고조된 관계는 틀림없이 초기, 특히 논쟁의 대상으로 떠오른 메리의 죽은 어머니와 관련해서 수립되었다. 앞으로 보겠지만, 메리 울스턴크래프트 고드윈은 자랄 때 어머니의 글을 반복해서 읽었다. 무엇보다 메리가 어머니의 유작을 다룬 논평을 대부분 (이들 논평은 메리 울스턴크래프트를 '철학적인 바람둥이'와 괴물이라고 공격했으며, 그녀의 『여성의 권리 옹호』(1792)를 '[매춘부를] 선전하기 위해 교활하게 날조한 성경'이라고 했다) 읽었으리라는 점은 의심할 바 없는 사실이다.[18] 어떤 경우든 열정적인 페미니스트 작가였던 어머니가 자기를 낳다가 죽었다는 사실을 메리 셸리가 알고 있었다는 점을 감안한다면, '철학적인 바람둥이'의 딸이 어머니의 작품에 대한 비평을 (혹은 작품을) 읽는 일은 출산 합병증으로 인한 울스턴크래프트의 죽음에 멜로드라마적 색채를 (소녀인 메리 셸리 자신에게는 분명 멜로드라마 같았을 테지만) 부여할 만큼 고통스러웠을 것이다. 더욱이 메리 셸리가 죽은 어머니에 대한 감정, 살아 있는 시인과의 로맨스, 독자와 작가로서 품은 소명 의식의 긴밀한 관계를 의식하고 있었다는 사실은 메리 셸리가 '성 펜크라 교회 묘지에 있는 메리 울스턴크래프트의 묘지에 자신의 책들을 가지고' 가는 습관을 보더라도 완전히 명백해진다. 뮤리얼 스파크는 메리가 '두 번째 고드윈 부인보다 더 위대한 정신과 교섭하는 분위기에

서 공부하기 위해 [그리고] 연인 퍼시 셸리를 몰래 만나기 위해' 묘지에 갔다고 말한다.[19]

메리 셸리 어머니의 무덤이라는 배경을 보자. 이 배경은 읽고 쓰고 사랑하기에는 지극히 음산하고 귀신이 나올 것 같은 장소 다. 그러나 메리 셸리 같은 배경의 소녀에게 문학 활동은 성적 행위와 마찬가지로 우선 자신의 가족사에 나타나는 정교하고 도 고딕적인 심리 드라마의 확장이었음에 틀림없다. 메리 셸리 의 유명한 일기가 주로 자신과 퍼시 셸리의 독서 목록 일람표라 는 사실이 그녀의 이례적인 과묵함을 암시하는 것은 아니다. 오 히려 이 일화는 메리에게 책을 읽는다는 것이, 대다수 작가들이 느끼는 것보다 훨씬 더 중요한 지적 행위였을 뿐만 아니라 빈 번하게 감정적인 행위였음을 강조한다. 특히 메리 자신은 어머 니를 전혀 몰랐고, 사랑하는 남자와 가출한 뒤 아버지가 자신을 명백하게 거부하는 것 같았기 때문에, 메리가 자신을 정의하는 주요한 방식은 (그녀가 『프랑켄슈타인』을 썼던 시기, 그리고 셸 리와 함께한 초창기 때는 확실하게) 일차적으로는 독서, 그다 음으로는 쓰기였다.

어머니와 아버지의 작품을 끊임없이 연구했던 메리 셸리는 자신의 가족을 '읽었을' 것이고, 따라서 자신도 그 읽기에 연관 되었을 것이다. 책들이 그녀의 대리 부모 기능을 담당함으로써 페이지들과 단어들은 그녀에게 피와 살을 대신하는 듯 다가왔 을 것이다. 더욱이 메리가 독서의 많은 부분을 남편인 셸리와 함께했다는 사실도 독서에 대한 강박증을 설명해준다. 메리의 문학적 유산은 바로 그 자신의 문학적 로맨스 및 결혼과 분명 연결되어 있었기 때문이다. 예를 들면 『프랑켄슈타인』을 쓰기 직전 시기와 이 소설을 구상하던(1816년부터 1817년까지) 몇 년 동안 메리 셸리는 마치 어떤 비밀 텍스트의 의미를 설명해줄 실마리를 찾는 학구적인 형사처럼 부모의 글을 혼자 또는 남편 셸리와 함께 연구했다.[20]

물론 문학적 계보의 신비를 추적하는 그녀의 연구에는 좀 더 큰 맥락이 깔려 있었다. 같은 시기에 메리 셸리는 당시의 수많은 고딕소설을 읽었을 뿐 아니라 오늘날 대학원생들에게도 부끄럽지 않을 영문학, 불문학, 독문학 연구 과정도 기록했다. 특히 메리 셸리는 1815년, 1816년, 1817년에 밀턴의 작품들인 『실낙원』(두 번), 『복락원』, 『코무스』, 『아레오파지티카』, 『리시다스』를 읽었다. 메리 셸리가 열일곱 살에서 스물한 살에 이르는 이 시기에 거의 지속적으로 임신하여 '갇혀 지냈거나' 아이를 키우고 있었다는 사실을 감안한다면, 이런 독서는 눈에 띄게 인상적이다. 동시에 이 모든 서로 상반되는 활동들(자신의 가족사 연구, 성인 섹슈얼리티의 입문, 문학 독학)이 함께 일어났기에 『실낙원』에 대한 그녀의 관점은 더욱 중요해진다. 자신을 문학적 창조물, 그리고/또는 창조자로서 인식해간 과정은 메리 셸리가 자신을 딸, 연인, 아내, 어머니로서 규정해간 과정과 분리할 수 없다. 그리하여 메리 셸리는 자신의 출생 신화(기원에 대한 그녀의 신화)를 정확하게 자신의 부모, 남편, 문학의 전체 문화가 끊임없이 언급했던 우주 발생론적 측면에서 주조했다. 그것은 바로 (소설 표지에서 그녀가 보여주었듯) 자신의 남편이 막 번역한 프로메테우스 극의 그리스적 우주 발생론보다 앞서고, 그것과 견줄 수 있으며, 그에 대한 논평으로 간주했던 『실낙원』의 관점이다. 따라서 성과 독서에 대한 여성의 환상소설로, 이른바 성서 발생론에 대한 메리 셸리의 인식을 반영한 고딕적인 심리 드라마로서 『프랑켄슈타인』은 『실낙원』이 내포한 여성 혐오 이야기의 또 다른 판본인 것이다.

*

암시적인 부제('현대의 프로메테우스')와 신중하며 예리한 밀턴의 제사로 ('창조주여, 내가 그대에게 요구했나요, 진흙으로 / 나를 인간으로 만들어달라고? 내가 그대에게 간청했나요 / 어둠에서 나를 들어올려달라고?') 시작하는 『프랑켄슈타인』의 속표지의 의미는 과소평가될 수 없다. 그러나 역사 밖에서 태어난 한 피조물의 역사에 담겨 있는 고도로 문학적인 본질을 찾고자 할 때 우리에게 주어지는 최초의 진정하고 중대한 실마리는, 괴물과 괴물의 창조자에 대한 이야기를 전달하기 위해 작가가 사용한 증거가 되는 비상한 기술이다. 문학적인 조각 그림 맞추기처럼, 표면적으로는 무계획적인 문서들의 집합처럼 보이는 (이로부터 학자-탐정은 의미를 추론해야 한다) 『프랑켄슈타인』은 세 '동심원적' 서사로(월턴의 편지, 빅토르 프랑켄슈타인이 월턴에게 들려주는 이야기, 그리고 괴물이 프랑켄슈타인에게 하는 말로) 되어 있다. 그 안에는 다른 소서사(프랑켄슈타인의 어머니 이야기, 엘리자베스 라벤자와 저스틴의 이야기, 펠릭스와 애거사의 이야기, 사피의 이야기) 등을 포함한 일군의 지엽적인 이야기들이 끼어 있다.[21] 우리가 살펴보았듯 문서 증거를 모아서 읽고 검토하고 분석하고 조사하는 일은 메리 셸리에게 기원을 탐색하고 정체성을 설명하고 섹슈얼리티를 이해하는 데 관음증적이긴 하지만 매우 중요한 방법이었다. 그것이『실낙원』같은 감정적으로 이해할 수 없는 텍스트를 연구하고 분석하는 하나의 방법이었음은 말할 필요도 없다. 따라서 어떤 의미에서 괴물의 독서 목록 중에서도 핵심적인 책이라 할 수 있는『실낙원』이『프랑켄슈타인』에 문학적 사건으로 등장하기 전에도, 이 소설의 문학적 구조는 일종의 연구 문제일 뿐만 아니라 인유의 복잡한 체계로서 밀턴의 가부장적 서사시와 직면하게 만든다.

이 책의 극적인 상황도 마찬가지로『실낙원』을 반향하고 있다. 밀턴을 곤혹스럽게 여겼지만 매우 진지한 밀턴 연구가였던 메리 셸리처럼, 이 소설의 핵심 인물들(월턴, 프랑켄슈타인, 괴물)은 문제 해결에 사로잡혀 있다. 젊은 탐험가 월턴은 '자기 고향의 강을 따라 올라가는 탐험대에' 승선했을 때 아이처럼 '나는 이전에 결코 가본 적이 없는 세계의 일부를 보는 것으로 나의 열렬한 호기심을 만족시킬 것'이라고 소리친다.[편지 1] 더불어 '동반자들이 사물의 화려한 외양에 대해 […] 숙고하는 동안, 나는 그 원인을 탐색하는 데서 즐거움을 맛보았다'고, 성적 존재론을 연구하는 과학자인 프랑켄슈타인은 선언한다.[2장] '나는 누구였는가? 나는 무엇이었는가? 나는 어디에서 왔는가?'[15장] 하고 괴물은 질문하고 궁금해하면서 밀턴적 언어로 끊임없이 사색을 기록한다. 세 명 모두 메리 셸리처럼 타락한 세계에서 자신의 현존을 이해하려고 애쓰는 동시에 타락 이전에 틀림없이 존재했을 잃어버린 낙원의 본질을 규명하려고 애쓴다. 그러나 아담과 달리 이 세 인물들은 에덴뿐만이 아니라 지상에서도 쫓겨나 '죄', 사탄, (암시적으로) 이브처럼 지옥으로 곧장 추락했다. 그리하여 그들의 질문은 어떤 의미에서 여성의 것이다. 그 질문은 젠더 속으로 추락한 여성 문인이 던지는 질문과 같은 선상에 있기 때문이다. 그 질문은 적어도 애절한 앤 핀치의 '어떻게 우리는 추락했는가?'까지 거슬러올라가며, 실비아 플라스의 '나는 너무 멀리 추락했다!'는 두려움의 외침까지 이어지는 것이다.[22]

하지만 『프랑켄슈타인』은 처음부터 타락에 대항하기보다 그 의미를 해명하기 위해 다시 타락의 이야기를 서술하면서 밀턴에 대한 명시적이거나 암시적인 비유를 통해 신新밀턴적 질문들에 답하고 있다. 예를 들면 독자들에게 프로메테우스처럼 도를 넘어선 월턴과 프랑켄슈타인의 유사점은 항상 명백했다. 반면 두 인물이 (월턴이 프랑켄슈타인을 묘사하는 방식대로) '타락한 천사'로 묘사될 수 있다는 사실만큼은 빈번하게 언급되지 않는다. 하지만 프랑켄슈타인은 젊은 탐험가 월턴이 사탄처럼 '한 사람의 생명이나 죽음은, 내가 얻[고자 하]는 지배권을 위해 […] 지불해야 할 작은 희생에 불과하다'라고[편지 4] 말했던 바로 그 순간에 '그대도 나의 광기를 공유하고 있는가?'라고 질문할 만큼 그 점을 충분히 인식하고 있었다. 타락한 천사는 다른 타락한 천사를 쉽게 알아볼 수 있다. 선원들과 따로 떨어져 동료 하나 없는 월턴은 누나에게 자신은 '이 광활한 바다에서' 한 명의 친구를 갈망하며, 마침내 빅토르 프랑켄슈타인에게서 지옥 같은 동료 의식을 발견했다고 말한다.

사실 메리 셸리가 자신의 소설에서 제공하는 숱한 다른 이차적인 서사처럼, 월턴의 이야기 자체는 바로 『실낙원』이 제시한 기원의 신화를 변형한 것이다. 월턴은 상트페테르부르크, 아크엔젤, 북극에서 집으로 야망에 찬 편지를 보내면서 누나와 선원, 그리고 그가 떠나는 장소의 지명들이 비유적으로 나타내는 신성함과 온전한 정신으로부터 사탄처럼 멀어져간다. 월턴은 사탄처럼 적어도 부분적으로는 천국으로 되돌아가기 위해 지옥의 얼어붙은 변경을 탐험하는 듯하다. 월턴이 북극에서 상상하는 '영원한 빛의 나라'는[편지 1] 밀턴의 천상의 '빛의 샘'과[『실낙원』3편 375행] 공통점이 많기 때문이다.²³ 또한 사탄의(그리고 이브의) 열망처럼 그의 야망은 가부장적 명령에 반한다. 월턴의 아버지는 '죽어가면서' 월턴에게 '항해'를 하지 말라는 유언을 남겼다. 게다가 월턴이 프랑켄슈타인과 괴물을 만나는 얼음으로 뒤덮인 지옥은 밀턴적인데, 악마 같은 세 방랑자 모두 『실낙원』의 타락한 천사들처럼 다음과 같은 사실을 알게 되기 때문이다. '이 강 너머에는 얼어붙은 대륙이 / 캄캄하고 황량하게 누워 있다 […] / 그곳으로 하피(괴조)의 발톱을 가진 분노의 여신들에게 끌려와, / 정해진 주기에 따라 모든 저주받은 자들이 / 실려 온다 […] 불길의 바닥에서 얼음 속의 아사에 이르기까지.'[2편 587~600행]

마지막으로 월턴은 그의 야망과 사탄의 야망 사이의 유사성뿐만 아니라 『프랑켄슈타인』을 저술한 여성 저자의 불안과 자신의 불안도 유사하다는 사실을 스스로 폭로하고 있다. 자신의 어린 시절에 대해 이야기하면서 월턴은 누이에게 시가 '[나의 영혼을] 천상으로 올려주었기 때문에' 그는 시인이 되었고, '1 년 동안 내가 만든 낙원에서 살았다'는 사실을 상기시킨다. 그러고 나서 월턴은 불길한 목소리로 덧붙인다. '누나는 나의 실패에 대해, 그로 인한 실망감에 내가 얼마나 낙담했는지 잘 알고 있겠지.'[편지 1] 『프랑켄슈타인』 서문에서 고백하듯, 메리 셸리도 어린 시절 문학의 '백일몽' 속에서 살았다. 나중에 메리 셸리와 시인인 그녀의 남편은 그녀가 스스로 '[그녀의] 부모의 이름에 어울리는 가치'가 있음을 증명하고 '[그녀 스스로] 명성의 목록에 오르기를'[서문] 바랐다. 어떤 의미에서 월턴의 시적 실패가 밀턴적 맥락에서 서술되고 있다는 점을 감안한다면, 메리 셸리는 월턴의 서사를 통해 불안한 환상을 은밀하게 검토하고 있다고 볼 수 있다. 그 판타지 중 하나는 예술, 말, 자율성이 가득한 잃어버린 낙원에서 섹슈얼리티, 침묵, 더러운 육체성이 ('죽음의 우주, 그것은 신이 저주로 창조한 악, 다만 악을 위한 선, / 거기에서 모든 생은 죽고, 죽음은 살며, 자연은 만들어낸다, / 심술궂고 모든 괴물 같은 것, 모든 기괴한 것들을'[2편 622~625행]) 상징하는 지옥으로 추락하는 여성의 공포스러운 이야기일 수 있는 것이다.

*

월턴과 그의 새 친구 빅토르 프랑켄슈타인은 바이런적인 (혹은 수도사 루이스적인) 악마성을 넘어서 상당히 많은 점을 공유한다. 그 하나는 둘 다 고아라는 점이다. 마찬가지로 프랑켄슈타인의 괴물도 고아고, 『프랑켄슈타인』의 모든 주요 인물과 부차적인 인물도 (카롤린 보포르와 엘리자베스 라벤자에서 저스틴, 펠릭스, 애거사, 사피에 이르기까지) 거의 다 고아다. 빅토르 프랑켄슈타인이 처음부터 고아였던 것은 아니다. 메리 셸리는 그의 가족사를 설명하는 데 지면을 충분히 할애한다. 사실 가족사, 특히 고아의 가족사는 셸리를 매혹시켰던 것 같다. 서사에 포함시킬 수만 있다면 어디에서나 고아의 가족사를 강박적으로 포함시킨다. 그렇게 함으로써 메리 셸리는 '고아이자 거지'가 된 아이의 비참한 이야기를 통해 자신이 또다시 타락의 이야기, 낙원에서 추방당한 이야기, 지옥과 대면하는 이야기를 하고 있음을 암시한다. 밀턴의 아담과 이브도 결국은 어머니 없이 엄격하지만 자상한 아버지/신이 양육하는 고아로 시작했고 (셸리 자신이 연인과 도망쳤을 때 아버지 고드윈에 의해서 거부당했듯) 결국 신에게 거부당하는 거지가 되기 때문이다. 따라서 카롤린 보포르의 아버지는 카롤린을 '고아이자 거지로' 남겨둔 채 죽고, 엘리자베스 라벤자도 아버지가 오스트리아의 지하 감옥으로 사라지자 '고아이자 거지'가 (이 단어들은 내내 반복되어 나온다[1장]) 된다. 두 소녀 다 빅토르의 아버지인 알퐁스 프랑켄슈타인에 의해 구출되지만, 그 이전 고아 시절에 가부장적 존재의 사슬로부터 소외되었던 경험은 그들과 그들 가족에게 준비되어 있는 지옥 같은 운명을 예시한다. 나중에 어머니 없는 사피와 아버지 없는 저스틴도 무일푼 상태로 추락하는 데 대한 여성의 불길한 불안 환상을 드러낸다.

저스틴, 펠릭스, 엘리자베스 같은 서로 다른 인물들은 그들이 고아라는 사실 이외에도 보편적 죄의식으로 연결되어 있다. 이 죄의식도 결국 빅토르와 월턴, 괴물을 연결시켜줄 것이다. 예를 들면 저스틴은 자신이 완전히 무죄임에도 이성을 잃은 채 어린 월리엄을 자신이 살해했다고 실토한다. 엘리자베스는 저스틴보다 더 이성을 잃은 상태에서 어린 월리엄의 시체를 처음 보고 나서, '오, 신이여! 나는 사랑하는 아이를 살해했어요!' 하고 울부짖었다고 알퐁스 프랑켄슈타인은 보고한다.[7장] 빅토르 또한 괴물이 사실상 자신의 동생을 살해했다는 사실을 알기 훨씬 이전에 자신의 '창조물'이 윌리엄을 죽였으므로, 창조자인 자신이 '진짜 살인자'라고 생각한다. '그 생각이 떠올랐다는 사실 자체가 (자신이 살인자라는) 그 사실에 대한 거역할 수 없는 증거'라고 빅토르는 말한다.[7장] 어린 윌리엄의 살해에 연루되었다는 사실은 프랑켄슈타인 가문의 걸출한 인물들이 공유하는 원죄의 또 다른 중요한 구성 요소다.

동시에 이 모든 인물들 사이의 유사성(소외감, 죄의식, 고아와 거지 신세 등)은 교묘하게 놓인 거울들 사이의 유아론적 관계처럼 그들 사이에서 반복되는 관계를 암시한다. 이 소설에서 묘사되는 다수의 결혼과 로맨스의 핵심에 들어 있는 거의 숨김 없는 근친상간은 이 지옥 같은 유아론에 대한 우리의 의식을 강화시켜준다. 그중에서도 특히 빅토르 프랑켄슈타인은 그의 '여동생 이상인' 엘리자베스 라벤자와 결혼하기로 되어 있다. 빅토르는 엘리자베스를 항상 '자신의 소유'로[1장] 간주했다고 고백한다. 월턴이 쓰는 편지의 수신자로서 베일에 싸여 있는 사빌 부인도 겉으로는 어떤 의미에서 월턴의 '누나 이상'이다. 그것은 마치 카롤린 보포르가 아버지의 친구인 알퐁소 프랑켄슈타인에게 분명 아내 '이상'이고, 사실상 딸과 마찬가지였던 것 같다. 아무 관계 없는 저스틴조차 은유적으로는 프랑켄슈타인 집안과 근친상간적 관계를 맺은 것처럼 나타난다. 그들의 하녀로서 저스틴은 그들의 소유물이자 여동생 이상이기 때문이다. 반면 빅토르가 스코틀랜드에서 반쯤 만든 여자 괴물은 그 괴물의 짝이면서 여동생 이상의 상대가 될 것이다. 둘 다 똑같은 부모/창조자를 두었기 때문이다.

엘런 모어스가 언급하듯 『프랑켄슈타인』에 나타나는 강박적 근친상간은 낭만주의 소설들이 '표준적'으로 활용하는 선정적인 소재임이 확실하다.[24] 낭만주의 소설들 중 몇몇은 고딕류의 스릴러 형식을 갖추지 않았지만, 근친상간으로 유명한 『맨프리드』의 작가와 이제 막 몇 개월을 함께 보냈던 젊고 영향받기 쉬운 여자에게 근친상간은 자연스러운 주제였을 것이다.[25] 그럼에도 『프랑켄슈타인』을 음침하게 만드는 근친상간적 경향은 메리 셸리 자신의 삶과 시대에서 기인할 뿐만 아니라 이 작품이 취한 밀턴적 틀에 빚진 바가 크다. 예를 들면 어린 시절 에덴 같은 편안함 속에서 빅토르와 엘리자베스의 관계는 아담과 이브처럼 근친상간적이다. 그들의 창조자(부모)는 동일하기 때문에 그들의 관계는 문자 그대로 근친상간적이다. 또한 엘리자베스가 빅토르의 아름다운 장난감이자 천사 같은 영혼의 이미지이자, 이브가 아담의 갈비뼈에서 창조되었듯 그 자신의 영혼에서 창조된 '초영혼'이기 때문에 비유적으로도 근친상간적이다. 마찬가지로 사탄과 '죄'의 근친상간 관계, 암시적으로 드러나는 사탄과 이브의 근친상간 관계는 『프랑켄슈타인』의 근친상간 환상에 반영되어 있다. 그중 하나는 위장되어 나타나지만 강력하게 성적인 백일몽이다. 그 꿈에서 빅토르 프랑켄슈타인은 '생명의 도구들'을 괴물의 몸에 적용하고 반응의 진동을 유도함으로써 자신의 괴물과 사실상 결합한다.[5장] 따라서 밀턴과 밀턴을 이해하고자 애쓰는 메리 셸리에게 근친상간은 매슈 아널드가 훗날 '자신과의 마음의 대화'라고 불렀던[26] 자기 인식에 대한 유아론적 열광 때문에 나타난, 피할 수 없는 은유였다.

만일 빅토르 프랑켄슈타인을 아담과 사탄에 비유할 수 있다면 그는 진짜 누구이며 무엇인가? 여기에서 우리는 『프랑켄슈타인』의 모든 성격 묘사의 핵심에 있는 도덕적 애매함과 상징적 불안정에 직면한다. 실제로 비평가들은 등장인물들의 역사가 서로 반향하고 재반향하는 와중에 발생하는 지속적이고 복잡한 의미의 재할당 때문에 어리둥절했을 것이다. 꿈속의 인물들처럼 『프랑켄슈타인』의 모든 사람들은 몸이 다르지만, 어쨌든 무시무시하게 똑같은 얼굴, 심지어 심하게 똑같은 두 얼굴을 가지고 있다. 이런 이유로 뮤리얼 스파크가 지적하듯, 이 작품의 부제인 '현대의 프로메테우스'조차 모호하다. '처음에 프랑켄슈타인 자신은 프로메테우스, 생명 유지에 필요한 불을 갖다준 주인공이지만, 괴물은 창조되자마자 [그와는 다른 측면의] 역할을 맡는다.'[27] 더욱이 메리 셸리가 아이스킬로스보다 밀턴에 더 가깝다는 점을 가정한다면, 의미의 꼬임은 더 혼란스럽다. 괴물 자신이 '나는 그대의 아담이 되어야 하지만 나는 오히려 타락한 천사입니다'라고 프랑켄슈타인에게 여러 번 말한다.[10장] 또 다른 곳에서는 '신은 동정심에서 자신의 이미지를 본떠 인간을 아름답게 […] 만들었죠. 그러나 나의 외양은 당신들의 가장 추한 모습입니다. […] 사탄에게도 동무가 있는데 […] 나는 혼자이고 멸시당합니다'[15장] 하고 덧붙인다. 다시 말해 프랑켄슈타인과 그의 괴물은 둘 다 어떻게든 프로메테우스의 이야기를 재연하고 있을 뿐만 아니라 각각 때에 따라 신(창조자로서 빅토르, 창조자의 '주인'으로서 괴물)처럼, 아담(무구한 아이로서 빅토르, 최초의 '피조물'로서 괴물)처럼, 사탄(고통받는 도가 지나친 사람으로서 빅토르, 복수심에 불타는 악마로서 괴물)처럼 보인다.

역할이 이처럼 지속적으로 복제되고 재복제되는 이유는 무엇인가? 아마도 가장 분명한 것은 이 역할에서 저 역할로, 이 복장에서 저 복장으로 꿈처럼 이동해가는 환상 속 인물들의 모습은 우리가 사실상 셸리 자신의 심리 드라마나 백일몽을 다루고 있음을 말해준다는 사실일 것이다. 이 밖에도 서사의 상징적 구도가 구비한 유동성은 또 다른 방식으로 밀턴적인 틀의 핵심적 의미를 재강화한다. 그리고 그들을 중심으로 메리 셸리의 끔찍한 아이들이 구체화되고 있다. 우리가 『실낙원』을 염두에 두고 『프랑켄슈타인』을 읽다 보면, 이 소설의 작가가 집념을 품고 문학과 가족과 섹슈얼리티를 연구했고 자신의 독서의 이해를 도와주는 도구로 자신의 소설을 사용했고, 그 점에서 『프랑켄슈타인』은 궁극적으로 『실낙원』의 조롱임이 점차 분명해진다.

실낙원을 흉내 낸 이 소설에서 빅토르와 괴물은 둘 다 다른 부차적인 인물들과 함께 모든 신新성서적인 역할(이브의 역할을 제외한 모든 역할)을 반복한다. 그러나 밀턴에 관한 이 '여자의 책'에서 이브에 해당하는 인물이 제외되었다는 것은 분명한 사실이다. 이런 생략과 이 이야기가 암시하는 거의 노골적인 성적 요소들, 그리고 앞에서 우리가 논했던 밀턴의 악령에 대한 분석은 메리 셸리에게 이브의 역할이란 모든 역할이었음을 말해 준다.

*

표면상 빅토르는 사탄이나 이브보다 아담에 더 가까워 보인다. 에덴에서의 삶 같았던 그의 어린 시절은 타락 이전의 무구한 막간이라 할 수 있다. 아담처럼 어린 시절의 그는 마치 민감한 식물이 '거친 바람으로부터 정원사의 보호를 받듯이'[1장] 자비로운 아버지의 보호를 받는다. 천사 같은 엘리자베스 라벤자가 가족으로 합류했을 때, 엘리자베스는 밀턴의 이브처럼 '천상이 보내준' 것 같고, 아담의 갈비뼈가 아담의 것인 것처럼 빅토르의 '소유물'로 보인다. 더 나아가 빅토르는 월턴에게 신과 같은 아버지는 자신에게 거의 모든 것을 허용했지만('나의 부모는 폭군이 [아니었어요.] […] 오히려 적잖은 즐거움의 창조자이고 대리인이었죠'), 아담이나 월턴의 아버지와 마찬가지로 단 한 가지, 즉 불가해한 지식의 추구만은 덮어놓고 금지했다고 말한다. 사실 이브와 사탄처럼 빅토르는 자신의 타락을 어느 정도 아버지의 명백한 독단성 탓으로 돌리고 있다. '만일 […] 나의 아버지가 나에게 아그리파의 원칙이 전적으로 뒤집어졌음을 설명해주었더라면 […] 아마 나는 내 사고의 전 과정에 작용해 나를 파멸로 이끈 이 치명적인 충동을 받지 않았을 것입니다.'[2장] 이 주장 이후 빅토르는 한 나무가 신의 벼락을 맞은 사건을 금지된 연구에 대한 자신의 감정과 연관시키기도 한다.

그러나 빅토르는 '자연의 비밀'을 파헤치는 열광적인 연구에 점점 더 몰두하게 되고, '미지의 힘을 탐색하고자 하는' 야망은 더욱더 강렬해진다. 이에 따라 빅토르는 아담에서 사탄으로 변신하기 시작해 '생명 없는 물질에 활기를 부여하는' 능력을 통해 '신들처럼' 되고 잘못된 창조물을 완성하기 위해 죄 많은 예술가처럼 노동한다. 마침내 월턴과의 대화에서 빅토르는 밀턴의 타락한 천사와 비슷해진다. '나는 어떤 것으로도 소멸시킬 수 없는 지옥이 내 안에 있습니다'는[8장] 빅토르의 반복되는 고백에서는 말로의 타락한 천사 모습을 연상할 수 있다. 실제로 여기에서 빅토르는 어린 윌리엄에게 무구함을 투사해 자신을 '진짜 살해하는 자'로 인식하며, 본의 아니게 괴물 같은 '추악한 악마'를 '풀어놓는' 정신의 소유자인 악마 같은 창조자로 신을 인식한다. 마찬가지로 밀턴의 사탄은 부풀어오른 머리로 만든 혐오스러운 괴물 죄를 세상에 '풀어놓는다.' 빅토르는 우리가 『실낙원』의 요소 대부분을 비판적으로 재배열하는 데 참여하고 있음을 거의 의도적으로 상기시켜주는 듯한 '천상의 고귀한 싸움'을 바라보면서 다음과 같이 설명한다. '내가 인간 사이에 내던졌던 존재, […] 거의 나 자신의 흡혈귀 모습을 띤, 내 정신이

무덤에서 해방시킨, 그리고 나에게 소중한 모든 것을 파괴한 존재를 나는 생각했다.'[7장]

어린 윌리엄의 죄 많은 살해는 빅토르가 아담에서 사탄으로 변해가는 마지막 신호이자 봉인이기도 하지만, 그것은 메리 셸리가 『프랑켄슈타인』 안으로 짜넣어 우리를 어리둥절하게 만든 요소, 즉 일련의 숨겨진 정체성의 변화와 병치의 본질에 대한 최초의 명백한 실마리이기도 할 것이다. 우리가 앞서 보았듯 빅토르와 괴물뿐 아니라 엘리자베스와 저스틴도 괴물의 악행에 대한 자신들의 책임을 주장하기 때문이다. 빅토르는 아직 어떠한 범죄도 저질러지기 전임에도 '마치 나 자신의 책임이라도 되는 듯 죄의식을' 느끼면서[4장], 윌리엄이 죽었다는 소식에 두 고아가 괴로워했던 것과 똑같은 방식으로 자책한다. 이 셋 모두의(또한 괴물과 어린 윌리엄의) 범죄와 죄책감이 하나로 모아지는 초점이 또 다른 아름다운 고아인 카롤린 보포르 프랑켄슈타인의 이미지라는 점은 의미심장하다. 빅토르의 '천사 어머니'가 미소 짓고 있는 작은 세밀화가 손에서 손으로, 호주머니에서 호주머니로 옮겨다닌다는 설정은 비밀스럽게 죄를 공유한 동지들을 상징하는 것 같다. 빅토르가 창조 이후 사랑스러운 살아 있는 엘리자베스를 단 한 번의 마법의 키스로 ('플란넬의 주름 속을 기어다니는 무덤 벌레 때문에'[5장] 더 소름끼치는 수의로 둘러싸인) '나의 죽은 어머니의 시체'로 변형시켜버리는 악몽을 꾸는 것도 비슷한 맥락이다. 외관상 남성적인 이 책에서 여성성(어머니, 딸, 고아, 거지, 괴물, 그릇된 창조자 들의 젠더)은 숨겨져 묻혀 있거나 축소되어 있을지라도, 이 책의 중심에 있다.

그러므로 빅토르 프랑켄슈타인이 여러 옷을 갈아입는 아이처럼 아담과 사탄의 역할을 해낼지라도, 정작 빅토르 자신을 최선으로 규정할 수 있는 행위는 그를 이브로 변형시키는 것임이 분명해진다. 엘런 모어스와 마르크 루벤슈타인 둘 다 지적했듯, 빅토르 프랑켄슈타인은 '생식과 생명의 원인'을 방대하게 연구한 다음에, 그리고 일상 사회에서 자신을 격리시켜 울스턴크래프트의 마리아, 엘리엇의 헤티 소렐, 하디의 테스처럼 고통받은 어머니들의 전통 속에 자신을 가둔 다음 아이를 갖는다.[28] 빅토르의 '임신과 출산은 그의 '불결한 창조의 공장'에 출현한, 기이할 정도로 거대한 존재에 의해 분명하게 드러난다. 빅토르의 창조 신화를 묘사하는 언어는 '믿을 수 없을 정도의 산고', '감금으로 쇠약해진' '잠깐의 몽환 상태', '은근한 열로 압도당한 채' '고통스러울 정도로 불안한' '운동과 오락이 초기의 질병을 […] 쫓아낼 것', '생명의 도구'[4장] 등으로 암시적이다. 이브가 죄를 부르는 지식과 고통스러운 출산으로 추락했듯, 블레이크가 일컫은 '생식'의 영역으로 들어간 빅토르는 상보적인 대립 쌍인 성과 죽음의 불가피한 상호 의존성을 인정하게 된다. 빅토르는 '생명의 원인을 알기 위해, 우리는 먼저 죽음에 의존해야 한다'고 말하며[4장], 불결한(외설스러울 정도로 성적이기 때문에 불결한)[29] 창조의 장소인 외딴 연구실에서 '해부실과 도살장'에 비치했던 재료를 정리한다. 빅토르는 이브가 사과를 먹을 때처럼 '자연을 숨겨진 곳까지' 추적한 결과, '인간 구조의 거대한 비밀들'은 성과 죽음처럼 서로 맞물려 있음을 알게 된다. 그러나 또다시 이브처럼 빅토르는 초기의 광적인 지식을 추구하는 과정에서 자신이 '죽음을 먹는다'는 것을 알지 못한다. 빅토르의 괴물-아이의 생기가 절정에 달하는 시기가 바로 해가 짧고 '모든 영혼의 달'이며 한 해가 죽음을 향해 마지막으로 미끄러져 들어가는 '11월의 황량한 밤'이라는 사실은 그의 생식 행위의 본질이 밀턴적이고 블레이크적이라는 인식을 강화시켜줄 따름이다.

빅토르 프랑켄슈타인의 자기 규정적 생식은 그를 이브와 같은 인물로 극적으로 변형시키고 있지만, 그것이 암시하는 의미를 깨닫기 위해서는 빅토르를 사탄으로, 그 이전에는 아담으로 간주했던 우리의 인식을 거꾸로 숙고해야 한다. 사탄으로서 빅토르는 사실상 『실낙원』의 1편에 등장하는 남성적 바이런적 사탄이 결코 아니었다. 그 대신 그는 항상 이상하게도 여성적이며 죄를 출산한 추방당한 사탄이었다. 이브와 같은 자부심을 가진('나 홀로 그처럼 놀라운 비밀을 간직해야 한다[…]는 것에 놀랐다'[4장]) 빅토르-사탄은 자신의 창조적인 힘에 '현기증'을 느낀다. 그래서 그가 홀로 연구를 통해 괴물을 잉태한 순간은 무시무시한 성서적 창조의 순간(밀턴에 의하면 사탄이 '어둠 속에서 / 현기증 느끼며 / 한편 [그의] 머리에서는 짙은 불꽃이 마구 튀어나와 / 마침내 왼편으로 널리 퍼지고', '죽음'의 어머니가 될 '죄'가 '불길한 / 징조'처럼 나타났던 순간[『실낙원』2편 753~761행])을 재현한다. 그릇된 책을 심사숙고한 결과 괴물 자손을 잉태했다는 점에서 (아니, 오히려 잘못 잉태했기 때문에) 그릇될 정도의 창조력을 지닌 타락한 천사와 마찬가지로 빅토르-사탄은 여성 예술가의 모범이라 할 수 있다. 우리는 자신의 미학적 활동에 불안을 느끼는 여성 예술가의 예로서 메리 셸리를 손꼽을 수 있다. 메리 셸리는 자신의 '끔찍한 자손'을 예의 바르게 소개하면서 자신이 불결한 창조물을 만들어내는 고립된 다락방에서 문학적인 낙태나 유산에 견줄 수 있는 '기형적인' 책을 출산했다고 명백하게 말한다. '어린 소녀였던 내가 어떻게 그토록 무시무시한 생각에 이르렀으며, 그것을 확장시킬 수 있었을까?' 이 질문은 셸리가 기록한 (솔직하진 않더라도) 핵심적인 질문이다. 우리는 셸리가 확장이라는 단어를 유희적으로 사용하고 있다는 점을 간과해서는 안 된다. 우리가 『프랑켄슈타인』에 깊숙이 새겨진 작가라는 단어의 불안한 동음이의어를 활용한 예를 간과해서는 안 되는 것과 마찬가지다.

성인이 된 사탄 같은 빅토르가 출산과 불안한 창조의 측면에서 이브와 같다면, 젊은 시절 타락 이전의 아담 같은 빅토르는 (말장난의 위험을 무릅쓴다면) 이상하게 여성적으로, 말하자면 이브와 같다. 고드윈적인 정원에서 노니는 블레이크적인 양처럼, 비단 실의 안내를 받는 순결한 빅토르는 '자연의 비밀을 꿰뚫어보려는 열렬한 열망'에 사로잡혀 있다. (그가 '지하 감옥과 납골당'을 탐색할 때, 죄의식을 느끼면서도 '무덤의 불경한 습기'를 관찰할 때, 그리고 '인간 형식의 구조'를 이해하고자 열정을 바칠 때 표현하는) 그 열망을 통해 우리는 프시케가 비밀스러운 연인의 얼굴을 응시함으로써 사랑을 잃고, 이브가 '지적 양식'을 먹겠다고 우기고, 프로메테우스의 (나중에 동생의 아내가 된) 판도라가 육체적 재난이 들어 있는 금지된 상자를 열어보는 범죄에 이끌리는 여성의 호기심을 떠올린다. 그런데 빅토르-아담이 빅토르-이브라면 빅토르가 학교에서 떠나 가족과도 단절된 채, 불결한 것을 창조해내는 연구실 안에 자신을 가두고 지력을 통한 분만으로 거대한 괴물을 출산하는 에피소드의 진정한 의미는 무엇인가? 소설 속에서 빅토르가 스스로 아담이 아니라 이브고, 사탄이 아니라 '죄'이며, 남성이 아니라 여성이라는 사실을 발견한 순간은 정확히 이 지점이 아닌가? 그렇다면 이와 같은 『프랑켄슈타인』의 핵심적인 부분이 실제로 재연하는 것은 바로 이브의 이야기가 단순히 이브가 타락했다는 이야기라기보다 이브가 여성으로 창조되었기 때문에 타락하고 말았다는, 즉 여성성과 타락이 본질적으로 동의어라는 사실의 발견이다. 빅토르 프랑켄슈타인이 배운 것 중 가장 중요한 것은, 그가 괴물의 (오로지 그에게만 '그처럼 놀라운 비밀이 간직되어 있는') '작가'이자, 그리하여 '진정한 살인자'이며 세상에 '죄'와 '죽음'을 풀어놓은 자이고, '여자 형제'와 '어머니'를 둘 다 근친상간으로 죽이는 최초의 키스를 꿈꾼 자라는 사실이다. 그렇다면 불결하고 운명적인 그는 아담이 아니라 이브가 아닌가? 사실상 타락의 이야기는 자신들이 무구한 아담이 아니라 타락한 이브라는 사실을 여자들이 발견하는 이야기이지 않은가? 이처럼 자신이 여자이고, 따라서 타락했고 부적절하다는 여자아이의 무서운 발견은 프로이트의 개념, 즉 잔인하지만 은유적으로는 정확한 남근 선망이 실제로 의미하는 것이리라. 분명 빅토르 프랑켄슈타인이 (그리고 메리 셸리가) 이브, 아담, '죄', 사탄과 맺는 다양한 관계에 거의 기이할 만큼 불안한 자아 분석이 함축되어 있는 것도 이와 같은 남근 선망을 암시할 것이다.

*

　어떤 의미에서 자신이 타락했다는 발견은 자신이 괴물이자
살인자이고, '결코 죽지 않는 벌레'에 갉아먹히는 존재[8장], 따
라서 성과 죽음과 불결한 문학적 창조를 포함해 어떠한 공포도
제한받지 않고 자아낼 수 있는 존재라는 발견이다. 더욱이 자신
이 타락했다(분열되어 있고 흉악하며 물질적이다)는 발견은 곧
자신이 '흡혈귀'를 세상에 풀어놓았고 '사랑하는 모든 것을 파
괴할 수밖에 없다'는 발견이다.[7장] 이런 이유로 (『프랑켄슈타
인』은 말하자면 겉으로는 유순해 보이는 딸이 검열관 같은 '아
버지'에게 전하는 여성의 타락 이야기이기 때문에) 괴물의 서사
는 마치 타락 자체의 비밀처럼 소설의 핵심에 새겨져 있다. 우
주적인 질문에 대한 광적이고 수수께끼 같은 답변을 품은 프랑
켄슈타인의 연구실이 비록 숨겨져 있으나 모든 일을 지휘하는
다락의 자궁/방인 것처럼(이곳에서 젊은 예술가-과학자는 해
부하고 재창조하기 위해 살인을 저지른다), 흉악한 괴물의 단
일하고 용의주도할 정도로 신중한 서사는 메리 셸리의 소설을
지휘하고 조정한다. (창조와 파괴의 강력한 원천에 대한 셸리
가족의 은유인 북극처럼) 몽블랑의 꼭대기에서 분만한 그것은
「크리스타벨」에 나오는 '기형적인' 제럴딘의 이야기이자, 『노수
부의 노래』에 나오는 죽어서도 살아 있는 선원의 이야기이며,
『실낙원』의 이브의 이야기이자 그녀의 격하된 분신인 죄의 이
야기다. 이들 모두는 부차적 인물이거나 여성 인물로, 전제적
인 남성 작가들은 그들에게 자신을 설명할 어떤 기회도 주지 않

았다.[30] 동시에 괴물의 서사는 '영혼'이나 역사 없이 태어난다는 것이 무엇을 의미하는가에 대한 철학적 명상이며, '움직이고 말하는 추악한 덩어리', 물체, 타자, 제2의 성을 가진 존재가 된다는 것이 어떤 기분인가에 대한 탐색이다. 프랑켄슈타인을 미친 과학자의 원형으로만 강조하는 비평가들(과 영화 제작자들)은 이 사실을 간과하는 경향이 있지만, 괴물의 쓰라린 자기 현시가 메리 셸리의 가장 인상적이고 독창적인 성취인 것처럼,[31] 이름 없는 괴물의 독백이 드러내는 과감한 시점의 이동은 아마도 『프랑켄슈타인』의 가장 뛰어나고 기술적인 묘기일 것이다.

자신의 창조자이자 피상적으로는 자신보다 더 나은 자아인 빅토르 프랑켄슈타인처럼 괴물도 아담과 사탄 역할을 차례대로 재연하며 결국에는 신의 역할에 빠져든다. 괴물 역시 아담처럼 최초의 순수했던 시대, 즉 딸기를 먹고, 열기와 추위를 배우고, '나를 덮었던 반짝이는 빛의 지붕의 경계'를 지각하면서 '잉골슈타트 근교'에서 지냈던 낮과 밤을 떠올린다.[11장] 하지만 추방당한 자와 사탄의 모습으로 너무 빠르게 변형되어 양치기의 오두막에 숨는다. 그 오두막은 그에게 '불의 호수 […] 다음의 […] 지옥과 같이 절묘한[…] 피난처'로 보인다.[11장] 나중에 괴물은 드레이시 집안의 돼지우리 뒤에 몰래 자신의 집을 짓는다. 괴물은 비록 추방당한 가족이지만 사랑으로 넘치는 그들의 전원적 거주지를('행복한, 행복한 대지! 신들에게 걸맞은 집'을[12장]) 탐내듯 관찰한다. 이 모습은 사탄이 찬탄과 질투가 뒤범벅된 시선으로, 신과 밀턴이 아담과 이브에게 마련해준 낙원의 '다양한 풍경이 보이는 행복한 전원의 보금자리'를 바라보던 모습을 상기시킨다.[『실낙원』 4편 247행] 마침내 악마처럼 분노해 오두막을 불태우고 윌리엄을 살해한 괴물은 완전한 사탄이 된다. '나는 악마의 수장처럼, 내 안에 지옥이 있다.'[16장] '고통으로 불타올라 나는 모든 인간에 대한 영원한 증오를 맹세했다.'[16장] 동시에 괴물이 자신을 만든 '작가'를 지배할 수 있다고 주장할 때, 다른 피조물(여성 괴물)을 구상할 때, 그리고 '남아메리카의 광대한 황야'[17장] 어딘가에서 새로운 채식주의 인종을 만드는 꿈을 은연중에 드러낼 때, 비록 실패하지만 괴물은 일시적이나마 신, 창조자, 주인의 역할을 수행하고 있다.

그러나 괴물 자신이 이미 알고 있듯이, 이 같은 각각의 밀턴적 역할은 도저히 괴물이 맞출 수 없는 프로크루스테스 침대 같다. 예를 들면 빅토르 프랑켄슈타인이 에덴 같은 낙원에서 어린 시절을 보냈다면, 괴물은 안전과 순수함보다 고립과 무지 속에서 불안한 유년을 보낸다. 그리하여 그가 더듬거리며 도달한 자의식은 ('나는 가난하고 무력하며 비참한 존재다. 나는 아무것도 모르며 아무것도 구별할 수 없다. 오직 고통의 느낌만이 사방에서 엄습하여 나는 앉아서 울었다'[11장]) 아담의 풍요로운 상태를 ('만물은 미소 짓고, / 내 가슴에는 향기와 즐거움이 넘쳐흘렀다. / 그러고선 나 자신을 자세히 살펴보고 팔과 다리도 / 훑어보고 활기에 이끌려 부드러운 관절로 / 걷기도 하고 달리기도 했다'[8편 265~269행]) 강력하게 전복한 패러디다. 마찬가지로 괴물의 말을 하려는 시도는 ('가끔 나는 나의 방식대로 느낌을 표현하고자 했지만 나로부터 터져나오는 거칠고 모호한 소리에 놀라 다시 침묵 속으로 빠져들었다'[11장]) 아담의 경우를 ('말하려고 하니 곧 말이 나와, / 혀가 순종했고 보는 것은 무엇이나 / 이름 지을 수 있었다'[8편 271~272행]) 패러디하고 전복한다. 물론 괴물의 불안과 혼동은 ('나는 무엇인가? 이 반복되는 질문에 대한 답변은 단지 신음이었을 뿐이다[13장]) 아담이 의아해하며 받아들이는 축복을 ('나는 누구이고 어디서 왜 생겨났는지 / [나는] 모른다. […] [그러나 나는] 말할 수 없이 행복하다'[8편 270~271행, 282행]) 음침하게 변형한다.

억제할 수 없는 분노, 소외, 거대한 몸과 초인적인 물리적 힘을 가진 괴물이 아담보다 사탄에 더 가깝긴 하지만, 괴물은 자신의 상황과 타락한 천사의 상황이 다르다는 것에 어리둥절해한다. 예를 들면 그가 '비유 속에서 신과 싸웠던 '티탄'이나 '대지에서 태어난'이라는 이름을 가진 괴물처럼 거대한 몸'을 갖고 있으며, 프로메테우스처럼 신과 같은 프랑켄슈타인과 싸워야 할 운명이지만, 이 악마/괴물은 천상에서 추락한 것도 아니고 선택할 수 있는 권력도 없으며 악을 함께 행할 수 있는 동료도 없다. 괴물은 '나는 나 자신이 내가 읽었고 대화를 통해 들었던 존재들과 유사한 동시에 이상할 정도로 이질적이라는 것을 알아차렸다'고 프랑켄슈타인에게 말하며, 드레이시 집안의 돼지 우리에서 배웠던 것을 묘사한다.[15장] 그런데 흥미롭게도 메리 셸리 자신도 비슷한 말을 한다. 남자들의 대화를 '경건하게, 그러나 거의 침묵 속에서 들으면서'[서문] 셸리는 그녀의 흉측한 아이처럼 '[그녀의] 친구들이 일상적인 일에 몰두하는 동안', 『실낙원』, 『플루타르크 영웅전』, 『젊은 베르테르의 고뇌』 같은

'이야기를 계속해서 공부하고 숙고했다.'[15장]

　괴물과 그를 창조한 ('남성 작가'가 아니라) 여성 작가의 지적 유사성은 빅토르 프랑켄슈타인의 남자 괴물이 실은 위장한 여성일 수도 있다는 사실을 먼저 암시한다. 분명 그를 교육시킨 책들(『젊은 베르테르의 고뇌』, 『플루타르크 영웅전』, 『실낙원』)은 메리 셸리 자신이 프랑켄슈타인을 쓰기 한 해 전인 1815년에 읽었던 책일 뿐만 아니라, 그녀가 공부할 필요가 있다고 여긴 문학 범주(당대 감수성의 소설, 진지한 서구 문명사, 고도로 교양 있는 서사시)를 대표하는 책이기도 하다. 더욱이 특정 작품으로서 그것들 각각은 메리에게 남성 지배 사회에 대해 여성 작가(혹은 괴물)가 배워야 할 교훈을 구현하는 것으로 보였다. 괴물은 베르테르의 이야기가 그에게 '유순한 가정의 예법'과 '자신을 초월하는 어떤 대상에 대한 […] 고결한 느낌'을 가르쳤다고 말한다. 마치 메리 셸리를 대신해 말하고 있는 듯하다. 다시 말해 『젊은 베르테르의 고뇌』는 일종의 낭만주의적 규범 안내서로 기능한다. 게다가 그것은 전형적으로 바이런적인 '감정의 인간'이 갖추어야 할 미덕을 소개하는 역할도 한다. 괴물은 로테를 전혀 언급하지 않은 채 베르테르만 찬양하면서 빅토르에게 다음과 같이 설명하기 때문이다. 괴물은 '나는 베르테르가 지금까지 상상했던 어떤 사람보다도 더 성스럽다고 생각했다'고 말하고, 남자의 자기 극화에 대한 여성적 아이러니를 의도적으로 드러내며 '나는 그것(베르테르의 자살)을 정확하게 이해하지 못했지만 그 일 때문에 울었다'고 덧붙인다.[15장]

　『젊은 베르테르의 고뇌』가 괴물에게 여성적인 가정생활과 자아 포기의 양식을 소개하고 자신이 성취할 수 없는 영웅 남성의 영광을 소개했다면, 『플루타르크 영웅전』은 괴물에게 자신의 비정상적 출생 때문에 접근할 수 없었던 역사에 얽힌 모든 남성적 분규를 가르쳤다. 두 번째 고드윈 부인의 가정에서 나와 어머니의 무덤에서 가족뿐만 아니라 문학사도 공부했던 메리 셸리는 자신의 경험을 통해 괴물이 처한 곤경의 적절한 예를 발견했음에 틀림없다. 제임스 리저가 설명하듯, 괴물은 특히 '역사로부터 자유롭게 태어난다는 것이 어떠한 의미인지 유일하게 알고 있기' 때문이다.[32] 그러나 감추어진 이야기라는 측면에서 소설은 이 괴물이 독특한 괴물이 아니라 그저 일반적인 괴물일 뿐이라고 말한다. 아마 셸리는 자신도 마찬가지라고 생각했을 것이다. 제인 오스틴의 『노생거 사원』에서 캐서린 몰런드가 제시한 것처럼 여자란 역사가 없는, 적어도 『플루타르크 영웅전』과 관련된 비슷한 역사가 없는 남자에 불과하다. '나는 역사에, 실제 역사에는 흥미가 없어요. […] 남자는 전부 아무짝에도 쓸모가 없고 여자는 아예 나오지도 않죠. 너무 지루해요'라고 캐서린은 선언한다.[『노생거 사원』 1부 14장]

물론 괴물의 서사라는 미니 성장소설에서 세 번째로 언급한 가장 중요한 책은 『실낙원』이다. 이 책은 메리 셸리에게 그랬던 것처럼, 괴물에게도 가장 중요한 기원의 서사적 신화다. 괴물에게는 플루타르크와 달리 『실낙원』이 자신의 역사처럼 보인다는 바로 그 이유 때문이다. 자신의 역사가 필요한 셸리의 괴물은 제인 오스틴이 보여준 현실적으로 무지한 여성뿐만 아니라 존 밀턴이 정의하는 원형적 여성과도 매우 유사하다. 괴물과 캐서린 몰런드, 메리 셸리 자신처럼 이브는 (비록 그녀가 '인류의 어머니'로서 역사를 '만드는' 운명을 타고났다 해도) '역사로부터 자유롭게 태어난다는 것이 어떤 의미인지 유일하게 알고' 있기 때문이다. 어쨌든 신과 천사들이 과거와 미래를 설명할 능력을 부여한 사람은 아담이다. 그토록 중요한 역사적 회담의 순간에 이브는 (타락 이전에는) '지위가 낮아서' 참석하지 못하고, (타락 이후에는) 마치 놀란 짐승이 '조용한 꿈'으로 진정하듯이 마술처럼 잠들어, '그녀의 모든 정신은 가라앉아 온순하게 순종한다.'[12편 595~596행]

한편, 괴물이 『실낙원』을 끊임없이 열성적으로 공부하는 가운데 가장 눈에 띄는 사실 중 하나는 괴물이 이브에 대해서는 언급조차 하지 않는다는 것이다. 괴물은 양피지 위에 덧쓰인 자기 서사의 표면에서 끝까지 남자 괴물로 남아 밀턴의 서사에 흡수되는 듯하다. 퍼시 셸리가 아내를 위해 『프랑켄슈타인』 서문에 썼던 것처럼, 『실낙원』이 '인간 본성의 기본 원칙에 담긴 진실을 가장 특별하게' 전달하고 있고, 그 진실은 남성 인물들, 아담, 사탄, 신 사이의 역동적인 긴장 속에서 전개되고 있기 때문이다.[서문] 괴물의 비역사적인 독특한 탄생, 괴물의 문학적인 열망, (메리처럼) 자신이 책-독서에 의해 만들어졌다는 괴물의 인식, 이 모든 사실과 특징과 더불어 자신의 기괴한 모습, 혐오감을 주는 몸집, 이름 없음, 고아이며 어머니가 없다는 고립감도 괴물을 이브와 이브의 분신인 '죄'와 연결시킨다. 괴물은 사실상 밀턴의 이야기를 정열적으로 분석하는 가운데 그렇게 말하고 있는 듯하다. 괴물이 아담, 사탄, 그 자신 사이의 분열에 대해 살펴볼 때도 그렇다.

아담처럼 나 역시 다른 어떤 존재와도 연결되지 않았다는 것은 분명하다. 그러나 아담의 상태는 모든 면에서 내 처지와 매우 달랐다. 아담은 신의 손에서 완전한 피조물로 나와 창조주의 특별한 보살핌을 받아 행복하고 풍요로웠다. 아담은 우월한 본성의 존재들과 대화할 수 있었고 그들에게 지식도 얻을 수 있었다. 반면 나는 비참하고 무력하고 혼자였다. 나는 종종 나의 상태를 더 적절하게 나타내는 상징으로 사탄을 간주했다. 나 역시 사탄처럼 나의 보호자들이 누리는 축복을 바라볼 때면 질투심의 쓰디쓴 담즙이 내 안에서 솟아올랐기 때문이다.

[…] 저주받은 창조주! 당신은 왜 당신 자신조차 혐오감 때문에 고개를 돌릴 만큼 흉측한 괴물을 만들었나? 신은 동정심으로 자신의 이미지를 따라 인간을 아름답고 매혹적으로 만드셨는데. 나의 모습은 추악한 당신 모습이며, 닮았기 때문에 더 끔찍해. 사탄에게는 그를 찬양하고 격려해주는 친구들, 즉 동료 악마들이 있었지만 나는 혼자이고 미움을 받지.[15장]

아담이 우월한 존재들과 대화하는 동안, 무력하게 홀로 시들어가는 사람은 결국 이브다. 이브는 사탄처럼 질투심의 뜨거운 담즙이 솟아올라 '여자라는 성에 / 부족한 것'을 더해볼까 하는 희망에서 사과를 먹었다. 더욱이 아담이 그녀를 거부한다면, 치명적 고립(사탄이 겪는 천상의 소외보다 훨씬 더 무시무시한 고립)의 위협을 받는 것도 이브다. 또 밀턴에 의하면 이브는 자신의 정신처럼 육체도 '두 사람을 만드신 분의 형상을 덜 닮았고 다른 생물을 지배하도록 주어진 권한의 특성도 덜 [나타나] 있는 자'다.[8편 543~546행] 사실 성적으로 불안한 독자에게 이브의 몸은 죄의 몸처럼 남편의 몸과 '매우 유사하기 때문에 더 무섭고', 신성한 인간의 형체를 '불결하게' 또는 외설적으로 변형시킨 것처럼 보일 것이다.[33]

우리가 앞에서 주장했듯 여자는 (여성이 그렇게 여겨졌기 때문에) 자신을 괴물 같은 수치스럽고 타락한 피조물, 부차적 존재, 더러운 육체성의 상징으로 보았다. 비록 여성들을 좀 더 우월한 정신적인 존재, 천사, 더 나은 반쪽으로 정의하는 전통도 있긴 했지만 테르툴리아누스 교부는 '여자는 하수구 위에 지어진 사원'이라고 말했고, 그 교부와 같은 여성 혐오를 반향한 밀턴은 이브를 사원과 하수구 둘 다로 보는 것 같다.[34] 메리 셸리가 천사 여성에 함축된 괴물 여성을 의식적 무의식적으로 인식하고 있었다는 사실은 그녀의 괴물이 마치 『실낙원』 4편에 나오는 이브의 예를 따르는 양 자기 자신의 이미지를 처음으로 포착하는 장면에서 가장 명백하게 드러난다. '나는 시골집에 사는 사람들의 완벽한 생김새를 찬양했다. […] 그러나 투명한 연못에 비친 나 자신을 보았을 때 얼마나 경악했던가. 처음에 나는 그 거울에 반영된 모습이 진짜 나라는 걸 믿을 수 없어 뒤로 물러섰다. 하지만 내가 실제로 괴물임을 완전히 확신하게 되었을 때, 나는 엄청나게 쓰라린 낙담과 분노에 휩싸였다.'[12장] 어떤 의미에서 이것은 이브에 대한 밀턴의 무지를 지적하는 장면이다. 부차적이고 더 열등하고 단지 갈빗대 한 개로 창조한 그녀가 어떻게 자기 자신을 괴물이 아닌 다른 것으로 생각할 수 있단 말인가? 앞의 문단은 이 질문을 암시한다. 그 장면은 이브가 자신을 자각하는 장면에 대한 밀턴의 묘사를 또 다른 의미에서 보완한다. '맑고 / 잔잔한 호수'에 반사된 이브는 괴물이 추한 것만큼이나 아름다웠지만, 이브가 고백하듯 자신의 이미지에 대한 열정이 부추기는 이브의 자기 탐닉은 아이러니하게도 밀턴이 보기에 분명히 도덕적으로 추하고, 그녀가 정신적으로 '기형'일 수 있음을 암시하는 것이었다. '지금도 내 눈은 그것만을 바라보고, 헛된 소망으로 애태웠을 것이다, / 만일 한 목소리가 이렇게 경고하지 않았던들 말이다. 그대가 보는 것, / 거기에서 그대가 보는 것은 여성이여! 그대 자신이니라'.[4편 465~468행]

여성의 나르시시즘을 비유적으로 표현하는 괴물성은 많은 여성이 자기 육체의 특징이라고 배워온 글자 그대로의 괴물성과 비교해보면 포착하기 힘든 '기형성'이다. '괴물의 모습을 한 여자 / 여자의 모습을 한 괴물'이라는 에이드리언 리치의 20세기식 묘사는 단지 여자들이 자신을 괴물로 정의하는 긴 역사의 도정 중 가장 최근에 속할 따름이다. 예를 들어 주나 반스의 『혐오스러운 여자들에 관한 책』에 나오는 무서운 이미지들이나, '땀 흘리는 하얀 황소 시인은 우리에게 말하나니 / 우리의 성기는 추하다'는 데니즈 레버토프의 말이나, 실비아 플라스의 시 「석고상 안에서」의 '늙고 노란' 자아는 전부 유구한 역사의 한 자락이다.[35] 보기 흉한 동물이라는 자기혐오의 표상은 부분적으로 틀림없이 메리 셸리가 이브/'죄'/괴물을 음침하게 풍자한 방식인 과장된 몸에서 유래되었다. 그 괴물의 거대함은 빅토르 프랑켄슈타인의 '죄'와 사탄의 크기가 거대하다는 것을 나타낼 뿐만 아니라 임신으로 인한 몸의 팽창과 '기형', 거인국 사람의 가슴에 대한 레뮤얼 걸리버의 무시무시한 묘사에서 표현된, 스위프트의 성적 혐오도 나타낸다. 메리 셸리는 『프랑켄슈타인』을 집필하기 직전인 1816년에 『걸리버 여행기』를 읽었기 때문에 『걸리버 여행기』의 나머지 부분들과 함께 해당 구절을 틀림없이 숙고했을 것이다.[36]

메리 셸리가 괴물의 육체적 '기형'으로 이브의 도덕적 '기형'을 상징하듯, 괴물의 육체적 추함은 사회적 위법성, 잡종성, 무명성을 나타낸다. 메리 셸리의 괴물은 셰익스피어의 에드먼드처럼 (그는 불결한 여성성과 관련이 있다. 이는 육체적/모성적 자연의 여신에 대한 그의 헌신과 더불어, 더러운 여자인 고너릴과 리건의 연애에서도 드러난다) 음란하고 비겁하게 '어둡고 사악한 곳'에 '갇혀' 있다. 사실 괴물의 비열한 위법성 때문에 그는 '이름 붙이기 어려운' 흉측한 장소를 육화하는 듯하다. 나아가 괴물이 가부장적 사회의 여자처럼 이름이 없다는 (결혼하지 않은 채 위법적인 임신을 했던 메리 울스턴크래프트 고드윈도 『프랑켄슈타인』을 썼던 시기에 자신에게 이름이 없다고 느꼈을 것이다) 사실은 의미심장하다.

『프랑켄슈타인』을 극으로 만든 초기에는 괴물을 연기했던 배우의 이름 옆에 빈 선을 그어놓은 것이 관례였다는 것을 알았을 때, '명명할 수 없는 것에 이름을 짓기보다 차라리 이름 없는 방식이 오히려 낫다'고 메리 셸리는 논평했다.[37] 그러나 뜻밖에 흡족해했던 그녀의 반응은 정직하지 못하다. 왜냐하면 이름, 그리고 이름이 있는 존재의 사회적 합법성의 관계는 일생 동안 메리 셸리의 의식을 사로잡았던 문제였기 때문이다. 예를 들면 메리 셸리는 위법적인, 따라서 이름 없는 패니 임레이라는 자매가 있었으며, 태어난 지 2주 만에 이름도 없이 죽은 위법적인 조산아의 어머니이기도 했기 때문에 서출이라는 것이 무엇을 의미하는지 알고 있었다. 물론 패니가 자살 공책에서 자신의 이름을 극적으로 삭제했을 때 메리 셸리는 하찮은 이름들의 의미에 대해 더 많이 배웠다. 자신을 바이런 경의 '창조물'로 생각하여 단시일 내에 놀랄 정도로 빈번하게 자신의 이름을 바꾸었던 (메리 제인에서 제인으로, 클라라로, 클레어로) 메리 제인 클레몽의 의붓자매로서 메리는 이름의 중요성을 알고 있었다. 메리가 합법적 불법적 이름의 가공할 만한 중요성을 그토록 날카롭게 인식했던 이유는 무엇보다도 자신의 이름 '메리 울스턴크래프트 고드윈'이 자신을 출산하다가 죽은 어머니의 이름과 완벽하게 동일하다는 자각 때문이었다. 상황이 그러했기 때문에 아마 그녀는 (빅토르 프랑켄슈타인의 창조처럼) 자신의 존재 안에 있는 괴물성, 흉악한 불법성, 죽은 자의 환생, 아이러니하게도 '생명의 요람'이었어야 하는 곳에서 나온, 일종의 활기가 불어넣어진 시체에 대해 숙고했을 것이다.

죽은 자를 흉악하고 이름 없는 육체로 소생시킨다는 이 암묵적인 환상소설은 사탄적이며 죄로 가득 차 있는, 이브와 같은 도덕적 결함을 지닌 괴물의 문제로 우리를 돌려놓는다. 괴물이 일단 자신의 이름 없는 '불결한 덩어리'라는 세상의 규정을 받아들이자 그가 저질렀던 모든 범죄는 '죄', 이브/사탄, '죽음'이라는 밀턴의 불경한 삼위일체와 괴물 사이의 연관성을 강화하기 때문이다. 어머니를 죽음에게 빼앗긴 두 저자(빅토르 프랑켄슈타인과 메리 셸리)의 아이로서 이 어머니 없는 괴물은 죽은 몸으로, 공동묘지 주변에 널린 혐오스러운 부분으로 만들어졌으며, 따라서 괴물은 '자연스럽게' 더 많은 죽음을 세상에 내놓음으로써 출생부터 시작된 블레이크적인 절망의 순환을 지속시킨다. 물론 괴물은 죽음을 가져오고, 죽음은 이 소설에서 괴물이 저지르는 가장 중심적인 행위다. 어린 윌리엄의 (이 이름은 메리 셸리의 아버지의 이름이자 그녀의 의붓오빠, 그녀 아들의 이름이다. 따라서 그녀가 어떤 남자 가족을 언급하고 있는지 우리는 알 수 없다) 아이 같은 순수함, 알레고리적 이름을 가진 저스틴의 진실과 믿음, 셸리적인 시인 클러벌의 합법적인 예술, 천사 같은 엘리자베스의 여성스러운 이타성에 괴물은 죽음을 가져다준다. 메리 셸리의 우아한 여성성은 그녀가 저술한 책들에 비추어보건대, 시인 베도스와 문학적인 딜런 경과는 어울리지 않았다. 이런 메리 셸리에게 괴물은 비열하게 행동하는 존재로 보일까? '그녀의 작품을 보면 메리 셸리는 결코 여자가 아니'라고 베도스는 말했고, 딜런은 메리에게 '당신의 글과 당신의 태도는 어울리지 않습니다' 하고 말했다. '내가 당신 책만 읽었다면 나는 아마 당신을 일종의 […] 무녀/예언자, 정열이 넘쳐나는 사람으로 생각했을 것입니다. […] 그러나 당신은 냉정하고 조용하며 철저하게 여성적입니다. […] 그 이유를 저에게 설명해주십시오.'[38]

메리의 냉정함은 그녀의 괴물이 내뿜는 분노의 열기 때문에 가능했던 것일까? 메리의 예의 바른 침묵의 긴장은 이름 없는 괴물이 자신을 거부한 '보호자들'의 오두막 주위에서 악마처럼 멋대로 추는 제의적인 불춤 때문에 누그러졌을까? 메리의 시체 같은 창조물은 눈멀고 기이할 정도로 밀턴을 닮은 늙은이, 신을 연상시키는 음악에 재능이 있는 수장 드 레이시의 동정심을 얻는 데 실패했기 때문에 (다른 끔찍한 여자들인 이브와 '죄'처럼) 세상에 더 많은 죽음을 주고자 했던 걸까? 괴물이 맹인 남자의 무릎에 달라붙어서 인정과 도움을 구걸하는 장면은 의미심장하다.('나를 시련 속에 버리지 마요.') 그 집의 아들인 펠릭스가 행복한 영웅처럼 나타나 '초자연적인 힘으로 [그가] 그의 아버지로부터 나를 떼어냈다. […] 미칠 듯이 화를 내면서, 그는 나를 땅에 내던지고 막대기로 격렬하게 쳤다. […] 내 가슴은 마치 병이 든 것처럼 가라앉았다'[15장] 하고 괴물은 말한다. 소설이 명백하게 언급하는 이야기에 비추어 괴물의 육체적인 추함을 알고 있는 우리에게도 펠릭스의 분노는 지나쳐 보인다. 이 소설의 숨겨진 플롯에는 여성 혐오적이고 밀턴적인 가부장제가 맹목적으로 여성을 거부하는 이야기가 있고, 그로부터 기인한 펠릭스의 분노는 불가피하고 적절하다. 아버지의 세계에서 그토록 확실하게 거부당한 괴물이 가장 먼저 그의 아버지 이름을 환기시키는('우리 아빠는 높은 사람이예요. M. 프랑켄슈타인이죠. 아빠가 당신을 벌할 거예요') 남자아이인 윌리엄을 살해하고, 그다음 자신을 창조했던 가혹한 사회에서 모성적 여성적 원칙에 대한 불운한 탐색의 시작으로 복수에 나선다는 사실은 심리적인 면에서 훨씬 더 적절하다.

이런 맥락에서 보면, 이브가 (그리고 괴물이) 어머니가 없다는 사실은 메리 셸리에게 문화적으로나 개인적으로 틀림없이 특별한 의미일 것이다. '우리가 여자라면, 우리는 우리의 어머니들에 비추어 되돌아봐야 한다'고 버지니아 울프는 『자기만의 방』에서 말했다.[39] 이브는 자신을 발견하게 되는 남성적 낙원에서 소외감을 느낀다. 이런 소외감을 가장 극적으로 상징하는 요소 중 하나는 자신에게 어머니가 없다는 사실이다. 이브는 남성 창조주의 이미지를 따라 만들어진 남자의 이미지로 만들어졌기 때문에, 그녀의 전례 없는 여성성은 단지 결함 있는 남성이자 괴물의 비인간적인 육체 같은 기형으로 보일 뿐이다.[40] 실제로 우리가 보았듯, '죄'의 위협적인 형상이야말로 『실낙원』 유일의 모성 모델이다. 따라서 (이브의 죄에 대한 벌이 고통스러운 산고로 어머니가 될 운명, 더는 자신이 아니라 '인류의 어머니'가 되는 고통스러운 운명이라는 사실은 이 무시무시한 유사점을 확인해주는 것 같다.) 이 모든 강력한 상징들은 셸리에게 개인적인 부담과 암울한 의미로 다가왔을 것이다. 셸리의 유일한 실질적인 '어머니'는 묘비(또는 선반 가득한 책들)였고, 다른 고아들처럼 그녀도 죽은 자신의 부모가 자신을 고의적으로 버렸을지도 모른다는 두려움에 떨었기 때문이다. 또한 셸리는 자신이 괴물이라면 지하에 숨겨진 어머니도 괴물이었으리라는 점 때문에 두려워했다.

이 모든 이유 때문에 어머니를 발견할 가능성(또는 불가능성)을 눈앞에 둔 괴물의 태도는 유별나게 모순적이고 복잡하다. 괴물은 자신의 유일한 '어머니'(빅토르 프랑켄슈타인)가 누구인지 알고 놀란 나머지 처음에는 부모를 혐오한다. 괴물은 독서를 통해 (메리 셸리가 자신의 출생에 대해 알게 되는 방식과 마찬가지로) 자신의 '잉태'와 '출산'의 세세한 과정을 알게 된다. 빅토르는 '역겨운 인간[괴물]의 제작' 과정에서 발생한 '일련의 혐오스러운 상황'을 기록한 일기를 간직하고 있었기 때문이다.[41] 나중에 괴물은 빅토르의 '천사 어머니'인 카롤린 보포르 프랑켄슈타인의 불길한 세밀화에 순간적으로 매혹된다. 사실 자신이 저스틴을 윌리엄의 살해에 연루시키기로 결정한 이유는 '그처럼 아름다운 피조물들이 줄 수 있는 즐거움을 자신은 영원히 박탈당했기' 때문이라고 괴물은 주장한다. 그러나 그녀를 비난하는 듯한 괴물의 설명은 ('그 범죄의 원천은 그녀 안에 있다. 벌은 그녀가 받아야 한다') 그가 잠자는 고아 옆에서 사악한 강간의 공상을 실천하는 장면만큼 ('깨어나라, 아름다운 여성이여. 그대의 연인이 가까이 있다. 그는 자신의 생명까지도 주고 싶은데, 얻는 것은 단 한 번 그대의 사랑의 눈길뿐이구나'[16장]) 기묘하다. 메리와 괴물은 이상화하는 감정들과 더불어 분노, 공포, 성적 역겨움의 감정을 모성적 여성이라는 이미지 주변에 부착시킨다. 이는 나중에 겉으로 아무런 죄가 없는 엘리자베스를 결혼식 날 밤에 살해하는 결정적인 사건으로 이어진다. 『프랑켄슈타인』은 이처럼 흉폭한 밀턴적 세계에서 천사 여자와 괴물 여자는 둘 다 아직 죽지 않았다면 죽어야 한다고 말한다. 다른 무엇보다 그에게 가장 두려운 것은 죽은 사람의 소생, 특히 죽은 어머니의 소생이다. 그 때문에 아마 중요한 출산 장면에 의미 있는 말장난이 끼어 있는 것이다('11월의 따분한 밤이었다'). 메리 셸리에 의하면 그 장면은 그녀의 상상 속에서 '자연스럽게' 떠올랐다. '내가 그렇게 고생해서 생명을 준 악마와 같은 몸뚱이'를 바라보면서, 빅토르는 '생명이 다시 주어진 미라도 이처럼 흉측할 수는 없다'고 말한다.[5장] 이와 같은 성적인 역겨움을 마찬가지로 공포스럽게(그리고 동음이의적으로) 진술하고 있는 던의 「사랑의 연금술」은 끈질긴 여성 혐오적인 원칙을 보여준다. '여자에게서 마음을 기대하지 마라. 그들은 기껏해야 / 사랑스럽고 재치 있을 뿐, 소유해보면 / 미라에 불과하다.'

흥미롭게도 빌라 디오다티에 머물렀던 문인 집단은 메리가 괴물-꿈을 꾸고 유령 이야기를 쓰기 바로 직전에 다른 시들과 함께 새뮤얼 테일러 콜리지의 최신작 「크리스타벨」이 포함된 책 묶음을 받았다. 『프랑켄슈타인』의 저자는 「사랑의 연금술」(메리가 읽었을 수도, 읽지 않았을 수도 있는 시)보다 자신에게 더 많은 영향을 끼쳤던 작품인 「크리스타벨」을 읽고, 마녀 제럴딘이 시들어가며 그 결과 자기혐오에 빠지는 장면뿐만 아니라('아! 그녀는 얼마나 찌든 모습을 하고 있는가!'), 죽은 어머니의 유령에 대한 크리스타벨의 두려움('사라져라, 떠도는 어머니여! 여위어 수척해져라!' '슬프도다 / 그녀는 내가 태어날 때 죽었도다') 속에서도 「크리스타벨」이 구현하고 있는 여성성의 비전을 발견했을 것이다. 그러나 던의 말장난이나 콜리지의 치명적인 모성에 대한 낭만화된 남성적 정의가 없었더라도 메리 셸리는 『실낙원』과 자신의 어머니가 짊어져야 했던 그 무서운 전형적 운명을 통해, 그리고 울스턴크래프트의 예언자처럼 불안한 글을 통해 여성 섹슈얼리티의 고뇌와 특히 어머니가 되는 것에 따르는 위험을 날카롭게 인식했을 것이다.

메리가 1814년(어쩌면 1815년)에 읽었던 『마리아 또는 여성학대』(1797)는 다른 '학대' 가운데서도 특히 마리아가 잃어버린 아이를 찾기 위해 벌이는 추적과 (환상 속의 아이는 딸이기 때문에) '그녀'가 악랄한 아버지에게 살해당했을지도 모른다는 공포, 자신과 아이의 죽음을 화해시키려는 시도를 다룬다. 울스턴크래프트는 죽기 바로 전에 (메리 셸리도 알고 있었을 것이다) 마리아의 자살 장면을 쓴다. 마리아는 아편을 삼킨다. '그녀의 영혼은 진정되었다. […] 환멸의 지옥에서 […] 날아가버리고 싶은 […] 강렬한 열망 외에는 아무 생각이 없었다. 그녀의 눈은 아직 감기지 않았다. […] 살해당한 아이가 그녀 앞에 다시 나타났다. […] [그러나] '어머니의 보살핌도 받지 못한 채 살아가느니 차라리 나랑 함께 죽는 게 더 낫지!'[42] 어머니와 미라 앞에서 『프랑켄슈타인』의 고통스러운 양가적인 태도는 어떤 의미에서 (무덤을 넘어서까지) 딸에게 닿으려는 마리아의 고통에 대한 반응이다. '사라져라, 떠도는 어머니여! 여위어 수척해져라!' 콜리지의 시가 메리 울스턴크래프트 고드윈 셸리에게 악몽을 선사했다는 것은 놀랄 일도 아니며, 그녀가 밀턴의 '인류의 어머니'를 슬픈 괴물로 보았다는 것도 당연하다.

*

『프랑켄슈타인』 자체는 콜리지적이고 밀턴적인 불결한 창조의 악몽으로 시작하는데, 이 악몽은 괴물이 자신의 불결한 여성성을 드러내는 장면에서 절정에 이른다. 그러나 메리 셸리는 분명 빅토르 프랑켄슈타인처럼, 그런 괴물의 비밀과 거리를 두어야 했다. 죄인이자 어머니가 없는 이브, 비난받는 자이자 딸이 없는 마리아, 둘 다 남성 사회에서 무력하게 소외당하는 여성의 두 유형이다. 여성들은 길을 잃고 남자 영웅들과 악당들의 바다에 잠깐 동안 나타나지만, 이내 두 명의 미친 피겨스케이터인 빅토르 프랑켄슈타인과 그의 무시무시한 자손을 둘러싼 얼음이 그들의 머리를 덮어버린다. 핵심적인 '탄생 신화'에서 소설이 시작되는 빙하 지역으로 이동하면서, 우리는 다시 한번 월턴의 순진한 극지 여행에 사로잡히게 된다. 그곳에서 프랑켄슈타인과 그의 괴물은 전투 태세를 갖춘 기괴한 모습으로, 분리된 빙산에서 서로 떨어진 채 홀로 표류하는 어렴풋한 원형적 모습으로 다시 나타난다. 월턴의 도식에 의하면 그들은 또다시 사탄이 생각했던 신과 아담처럼 보인다. 그러나 메리 셸리가 '밀턴의 딸들'이라고 규정했던 당혹스러운 관점을 거의 완전하게 이해했기 때문에, 우리는 그들이 내내 이브와 이브였다는 사실을 안다.

셸리는 불결한 창조의 불길에서 괴물과 프랑켄슈타인, 자신의 고통을 극지의 얼음과 침묵 속으로 운반함으로써 이 셋의 고통을 어떻게든 잠재우고 있지만, 그녀는 결코 괴물-자아가 보여주었던 승화된 분노를 완전히 포기하지 않았고, 『프랑켄슈타인』이 구체화하고 있는 형이상학적 야망도 결코 포기하지 않았다. 스파크가 지적했듯, 『최후의 인간』에서 메리 셸리는 '새로운 비인간 주인공'인 플라그PLAGUE를 (이 이름은 거의 항상 전부 대문자로 쓰인다) 소개한다. 이 새 주인공은 여성의 특징을 지니고 있으며, '재앙은 이제 더는 개인의 것이 아니라 전 인류의 것'임을 확신한다.[43] 물론 플라그의 이야기는 메리가 시빌의 동굴에서 발견했다고 주장하는 이야기로, 좀 더 차분한 서사인 『프랑켄슈타인: 현대의 프로메테우스』가 예견한, 글자 그대로 여성 괴물의 이야기다.

흥미롭게도 플라그의 이야기는 종말의 비전, 심판의 비전과 허무주의적으로 복원된 낙원의 비전으로 끝난다. 이는 『프랑켄슈타인』의 태초의 비전과 비교된다. 프랑켄슈타인의 온 가족을 빅토르의 괴물이 파괴했듯이 플라그라는 괴물이 모든 인류를 말살한 뒤 화자인 라이어널 버니는 (가부장적 문명의 요람이자 바이런과 셸리에게는 그 유적들이 그토록 장엄하게 상징적으로 보였던) 로마로 간다. 메리의 남편은 황홀경 속에서 그 위대한 도시에 대해 썼지만, 그의 부인은 박탈당한 '최후의 인간'으로 하여금 텅 빈 로마를 멋대로 배회하게 만든다. 마침내 그는 '흩어져 있는 원고의 일부를' 발견하고, '나 또한 책을 쓸 것이다. […] [그러나] 누구를 위해서? 누구에게 헌정할 것인가? 그러고 나서 나는 어리석은 미사여구로(절망처럼 변덕스럽고 어린애 같은 것이 또 있을까?) 다음과 같이 썼다.'

저명한 망자들에게
바침

그림자들이여 깨어나 그대의 몰락을 읽어라!
최후의 인간의 역사를 보아라.[44]

    최후의 인간이 보인 적대적이며 아이러니한 문학적 제스처는 그 자신의 생애뿐만 아니라 그 작가의 생애도 해명해준다. 왜냐하면 역사 안에서 진정한 자리가 주어지지 않은 괴물의 마지막 복수가 역사의 말살인 것은 당연하기 때문이다. 메리 셸리가 낳은 최초의 무시무시한 아이는 밀턴의 이브처럼 이 교훈을 처음부터 이해하고 있었던 것 같다.

8장 반대로 보기
에밀리 브론테의 지옥의 바이블

그들은 허리 위는 여자지만
허리 아래는 말이로다.
허리춤까지는 신의 것이지만
그 아래는 악마의 것, 그곳은 지옥이고 암흑이며
유황의 구렁텅이니
- 『리어 왕』

이성에게는 욕망이 추방되어버린 것처럼 보였지만, 악마는 타락한 메
시아가 심연에서 훔쳐온 것으로 천국을 만들었다고 생각한다.
- 윌리엄 블레이크

무엇인가 잃어버렸다고 나는 느꼈다 ―
내가 회상할 수 있는 최초의 것은
내가 빼앗겼다는 것 ― 그것이 무엇인지는 알지 못했지만
의심하기에는 너무 어렸다.

애도자가 아이들 사이를 걸어 다녔다.

나 또한 걸어 다녔다.
마치 통치자 그 자체인
유일한 왕자의 추방을 애도하듯이 —

오늘, 더 나이 들고 현명해져
또한 더 약해져서, 현명함이 그러하듯이 —
나는 여전히 조용히 찾고 있다
나의 죄 많은 궁전을 —

그리고 내가 천국의 왕국을 찾아서
반대로 보고 있다는 의심이 —
이따금 손가락처럼
나의 이마를 만지고 있다.
- 에밀리 디킨슨

『프랑켄슈타인』과『폭풍의 언덕』(1847)은 둘 다 유명한 19세기의 문학적 수수께끼라는 점을 제외하고는 일반적으로 연관 있는 작품으로 간주되지 않는다. 자기가 어디에서 그토록 '무시무시한 생각'을 받아들였는지를 곰곰이 생각해본 메리 셸리는 수수께끼 같은 여성 문인인 히스클리프의 창조자에게서 자신의 닮은꼴을 찾았다. 브론테와 셸리는 전례 없는 수수께끼 같은 소설을 썼지만, 그들의 작품은 서로 다른 방식으로 독자들을 당혹스럽게 한다. 셸리의 작품은 형이상학적 공포에 대한 수수께끼 같은 환상소설이고, 브론테의 작품은 형이상학적 정열에 대한 수수께끼 같은 로맨스다. 셸리는 은유적 낭만적 '남성적' 텍스트를 썼으며, 그 안에서 종속적인 여성의 운명은 외견상 남성 주인공이나 반영웅적 행위에 전적으로 의존한다. 브론테는 훨씬 더 사실적인 서사를 만들어냈다. 작품 속에서 마크 쇼러가 '그 불후의 시골 목소리'로 묘사했던 넬리 딘은 남자들이 활기차고 독립적인 여자들의 호의를 얻기 위해 싸우는 세계를 소개한다.[1]

이렇듯 다른 점도 있지만,『프랑켄슈타인』과『폭풍의 언덕』은 많은 중요한 점에서 유사하다. 한 가지는 둘 다 수수께끼 같고 당혹스러우며, 어떤 의미에서 총체적으로 문제적이라는 점이다. 게다가 각각의 경우, 소설의 미스터리는 (많은 비평적 논란의 중심이 된) 형이상학적 의도와 관련되어 있다. 왜냐하면 (하나는 스릴러이고 또 하나는 로맨스인) 두 '대중'소설은 많은 독자들에게 소설의 카리스마 넘치는 표면적 이야기가 복잡한 존재론적인 심오함, 정교한 비유의 구조, 모호하지만 강렬한 도덕적 야망을 (드러난 것보다 훨씬 더 많이) 숨기고 있다는 확신을 주기 때문이다. 특히 이 점은 두 작품이 공유하는 좀 더 단순한 특징으로 나타난다. 두 작품 다 우리가『프랑켄슈타인』에서 '증거적 서사 기법'이라고 불렀던 것을 사용하고 있다. 이 기법은 낭만주의적 이야기 구사 방법으로, 똑같은 사건을 보는 서로 다른 관점의 아이러니한 괴리뿐만 아니라, 표면적인 드라마와 작가가 감추어놓은 의도 사이에 내재하는 아이러니한 긴장을 강조한다. 사실 이런 기법을 사용한다는 점에서『폭풍의 언덕』은『프랑켄슈타인』을 의도적으로 모사했다고 볼 수 있다. 두 소설에서 이야기들은 서술의 동심원을 통해 나타날 뿐만 아니라 본래의 궤도에서 상당히 벗어나 있다. 『폭풍의 언덕』에서 캐서린 언쇼의 일기, 이저벨라의 편지, 질라의 이야기, 히스클리프가 넬리에게 털어놓는 속마음 등의 소설 속 기능은 『프랑켄슈타인』에서 알퐁스 프랑켄슈타인의 편지, 저스틴의 이야기, 사피의 역사가 행하는 기능과 똑같다.

『폭풍의 언덕』과 『프랑켄슈타인』은 증거, 특히 문자화된 증거에 공통으로 관심을 보인다는 점에서도 비슷하다. 두 작품 모두 대부분의 소설보다 훨씬 더 의식적인 문학성을 보여주며, 상징적이면서도 극적인 (플롯 조성) 활동으로서 책과 독서에 가끔은 거의 강박적으로 집착한다. 셸리처럼 브론테 역시 문학적 유산을 상속받았기 때문인가? 그렇다면 이 생각은 좀 이상하다. 메리 셸리가 19세기의 고드윈적 바이런적 중심에 파묻혀 있었던 반면, 요크셔의 외진 웨스트 라이딩에서 글을 썼던 브론테 남매 넷은 19세기 문학 문화의 변두리에 갇혀 있었기 때문이다. 물론 그들이 주변부에 있었다고는 해도, 브론테 집안 아이들도 메리 셸리처럼 문학에 조예가 있는 부모를 두었다. 패트릭 브론테 목사는 젊었을 때 시집 몇 권, 소설 한 권, 설교집을 썼던 작가였고, 브론테 남매의 어머니 마리아 브랜웰도 전해지는 이야기로는 분명 문학적 재능이 있었다.[2] 에밀리 브론테에게는 눈에 띄지 않은 문학적 조예가 있는 부모 외에 문학적인 자매들도 있었다. 물론 그녀가 살아 있는 동안에 자매들은 그들의 부모만큼이나 거의 알려지지 않았지만 말이다.

『폭풍의 언덕』의 저자가 『제인 에어』와 『아그네스 그레이』의 저자와 자매라는 사실은 우연의 일치일까? 부모, 특히 아버지가 문학적 성공을 향한 좌절된 충동을 자식들에게 넘겨준 것일까? 흥미롭지만 답변하기는 힘든 질문이다. 물론 이 질문들은 브론테 자매를 탐색하는 데 필요한 핵심을 암시한다. 우리는 메리 셸리를 연구할 때도 똑같은 질문을 해야 한다. 울스턴크래프트-고드윈-셸리 집안처럼, 책을 매개로 현실에 접근하는 것, 친족의 책을 읽고 자신의 독서와 자신이 연관되어 있다는 느낌을 품는 것이 브론테 집안의 습관이었다. 따라서 외롭지만 야심에 찬 요크셔의 가정교사 세 명을 커러, 엘리스, 액턴이라는 엄연하게 양성적인 3인조로 변모시킨 것은 공동의 행동이자 가족 정체성의 주장이었다. 더욱이 그들이 어린 시절에 즐겼던 게임이 자아 인식을 문학적인 형식으로 할 수 있게 해주었다는 사실은 의미심장하다. 대부분의 브론테 찬미자들이 알고 있듯이 하워스 목사관의 젊은 거주자들인 브론테 남매 넷은 이른 나이에 긴 이야기를 지어내기 시작했다. 그리고 그것은 마침내 영어로 쓰인 가장 유명한 청소년 소설의 일부가 되었다. 이들이 쓴 작품은 주제를 기준으로 두 가지로 나눌 수 있다. 하나는 에밀리와 앤이 쓴 상상 속의 곤달 왕국 역사이며, 또 하나는 샬럿과 브랜웰이 쓴 앵그리아라는 상상의 나라 이야기다. 네 아이는 모든 이야기를 함께 읽고 의논했으며, 서로 많은 이야기에 등장하는 인물들의 모델이 되기도 했다. 그리하여 브론테 남매는 처음에는 문학적 협업과 서로를 소설화하는 어린아이 같은 사적인 시도를 통해, 나중에는 공식적으로 합작했던 불운한 시집을 (그들에게는 최초의 '진짜' 출판이었다) 통해 혈족에게 깊은 애정을 표현했다. 이 비범한 남매 중 가장 오래 살았던 샬럿은 잃어버린 자매들에 관한 이야기를 소설과 논픽션으로 펴내 기념했다(예를 들면 『셜리』는 에밀리를 신화화한 소설이다). 브론테 가족의 전통을 감안한다면 샬럿에게 글쓰기란 (소설뿐만 아니라 '가족'의 작품에 서문을 쓰는 것도) 비석을 세우거나 찬송가를 부르는 일, 어쩌면 애도까지 대신하는 일이었을 것이다.³

우리는 브론테 자매들에게 문학 활동과 문학적 증표 둘 다 매우 중요했다는 사실을 통해 그들이 메리 셸리와 공유했던 또 다른 문제까지 거슬러 올라갈 수 있다. 『프랑켄슈타인』의 불안한 창조자처럼 『폭풍의 언덕』, 『제인 에어』, 『와일드펠 홀의 거주자』를 쓴 저자들도 어렸을 때 어머니를 잃었다. 셸리처럼 에밀리와 앤 브론테도 너무 어렸을 때 어머니가 돌아가셨기 때문에 나이 많은 사람들의 증언이나 문서를 통하지 않고서는 어머니에 대해 알 수 없었다. 고아와 무일푼 상태를 강조하는 『프랑켄슈타인』이 어머니가 없는 책인 것과 마찬가지로, 에밀리 브론테의 모든 소설도 어머니의 부재, 고아 신세, 결핍에 대한 강렬한 감정을 드러낸다. 특히 『프랑켄슈타인』과 마찬가지로 『폭풍의 언덕』에서도 문학적 고아라는 문제는 작가로 하여금 증거에 대한 관심뿐만 아니라 기원의 문제에도 사로잡히게 만들었다. 따라서 가부장적 문화에서 은유적으로 고아라고 할 수 있는 모든 여성 작가들이 '우리는 어떻게 추락했는가? 잘못된 법칙에 의해서인가?'라는 질문에 대해 문학적인 해답을 찾고 있다면, 메리 셸리와 에밀리 브론테 같은 어머니 없는 고아들은 그 질문에 대한 사실적인 답변을 대체로 찾은 것처럼 보인다. 그들의 소설들은 여성 특유의 문학적 강박관념을 강렬하게 재연하고 있기 때문이다.

『폭풍의 언덕』과『프랑켄슈타인』의 또 다른 유사점은 두 작품 모두 심리 드라마로 재연되고 있다는 사실이다. 두 작품의 유사성으로 인해, 우리는 이 논의를 시작했던 극적인 표면과 형이상학적 심연 사이의 긴장으로 되돌아간다.『프랑켄슈타인』을 자세히 연구했을 때 가장 당혹스러웠던 사실 중 하나가 인물들이 보여주는 상징적인 모호성이나 유동성이었던 것처럼,『폭풍의 언덕』의 핵심 요소 중 하나 역시 리오 베르사니가 '존재론적 불안정성'이라고 불렀던 것이기 때문이다.[4]『폭풍의 언덕』은 사실상 (『프랑켄슈타인』이 형이상학적 스릴러인 것처럼) 형이상학적 로맨스이기에 때로는 사람이 아니라 힘이나 존재에 대한 이야기처럼 보인다. 이 때문에 어떤 비평가들은 이 작품은 장르상 문제가 있으므로 소설이 아니라 확장된 교훈적 이야기나 '산문화된' 극시라고 생각했다.『프랑켄슈타인』의 모든 인물들이 어떤 의미에서 똑같은 두 인물인 것처럼,『폭풍의 언덕』의 '모든 인물도 결국은 다른 모든 인물과 관련되어 있으며, 어떤 의미에서 다른 모든 인물을 통해 반복되고 있다.'『폭풍의 언덕』은 마치 프로이트의 '기괴함'을 예증하는 듯, '이질적인 자아에 사로잡히는 위험'에 대해 서술하는 것 같다.[5] 그러나 이 소설은 서구의 여성 혐오적인 문학 전통 안에서 여성이 창조했기 때문에, 이런 식의 간절한 철학적 문제해결적 신화적 서사는 가부장적 시, 특히 밀턴의 가부장적 시가 대표하는 대항적 이야기와 맞붙어 싸울 수밖에 없다.

*

위니프리드 제린에 따르면 밀턴은 패트릭 브론테가 즐겨 읽던 작가 중 하나였다. 따라서 셸리가 밀턴을 비판한 사람의 딸이었다면, 브론테는 밀턴을 찬양하는 이의 딸이었다.[6] 그러니 헤겔의 정/반의 법칙에 비추어보았을 때 셸리가 밀턴의 성 혐오적 이야기를 반복하고 재진술하는 길을 선택한 반면, 브론테는 그런 이야기를 수정하는 길을 선택했다는 사실은 어울린다. 사실상 『폭풍의 언덕』과 『프랑켄슈타인』이 공유하는 가장 심각한 문제는 『실낙원』의 문제이고, 두 작품의 가장 큰 차이는 밀턴의 신화에 대한 작가들의 태도다. 셸리가 밀턴의 충실한 딸로서 그의 이야기를 명료하게 다시 말했다면, 브론테는 반항적인 딸로서 밀턴의 신화적인 서사를 과격하게 수정(심지어 번복)한다. 브론테가 『폭풍의 언덕』에서 밀턴이나 『실낙원』을 전혀 언급하지 않았다는 사실을 감안한다면, 브론테를 밀턴의 딸로 규정하는 작업이 처음에는 괴상하고 잘못된 것처럼 보일 것이다. 어쨌든 셸리는 자신의 문학적인 의도를 강화하기 위해 『프랑켄슈타인』에 공공연하게 밀턴적 구조를 도입했다. 밀턴을 언급하진 않았지만 『폭풍의 언덕』도 밀턴의 악마에 사로잡힌 소설이라는 사실은 명백하다. 밀턴의 부재 자체가 현전이라고 생각할 수 있을 것이다. 브론테의 이야기는 밀턴이 상상했던 사람들과 장소에 고통스러우리만치 천착한다.

예를 들면 오랫동안 비평가들은 『폭풍의 언덕』을 천국과 지옥에 대한 이야기로 보았다. 록우드가 하이츠를 처음 방문하는 소설의 시작부터 모든 서사의 목소리가 행위와 묘사에 종교적 용어를 부여하고 있기 때문이기도 하지만, 캐서린이 넬리 딘에게 전하는 최초의 대사 중 하나가 영국 소설의 다른 어떤 대사보다도 더 절박하게 '천국은 무엇이고 지옥은 무엇일까?'라는 질문을 던지고 있기 때문이다.

'내가 만약 천국에 있다면, 넬리, 나는 정말 비참할 거야. […] 한번은 내가 천국에 있는 꿈을 꿨는데 그곳은 내 집 같지 않았어. 나는 지상으로 되돌아오고 싶어서 비탄에 잠겨 울었어. 천사들이 너무 화가 나서 나를 워더링 하이츠 꼭대기에 있는 히스 황야의 한가운데에 내던졌는데 그곳에서 나는 기뻐서 흐느끼다가 깨어났어.'[7]

사탄(적어도 밀턴의 원형적 바이런적 영웅인 사탄)도 오랫동안『폭풍의 언덕』과 관련된 존재로 여겨졌다. 악마적 연인이며 사나운 자연의 힘을 상징하는 '악마 히스클리프'는 비평가들이 항상 연구해온 현상이기 때문이다. '히스클리프 씨는 사람인가요? 사람이라면 그는 미쳤나요? 사람이 아니라면 그는 악마인가요?'[13장] 하고 묻는 이저벨라의 질문은 전통적인 히스클리프 문제를 가장 간명하게 요약한다. 한편 '나는 […] 양심이 그의 마음을 지상의 지옥으로 바꿔버렸다고 믿을 수밖에 없어요'[33장] 하는 넬리의 말은 더 명백하게『실낙원』을 반향한다. 『폭풍의 언덕』이 어떤 의미에서 타락에 대한 이야기라는 주장은 빈번하게 제시되어왔다. 그리하여 샬럿 브론테에서 마크 쇼러, Q. D. 리비스, 리오 베르사니에 이르는 많은 비평가들은 언제나 타락의 정확한 성격과 도덕적 의미가 무엇인지 논쟁해 왔다. 캐서린의 타락은 교양소설의 주인공이 직면하곤 하는 원형적인 타락인가? 히스클리프의 타락과 그의 왜곡된 '도덕적 유아기'는 캐서린의 그림자인가? 브론테는 『폭풍의 언덕』의 두 세계 중 어떤 세계를 진정으로 '타락한' 세계로 제시하고 있는가? 이런 질문들이 타락의 문제와 연관된 전통적인 논쟁들이었다. 여하튼 『폭풍의 언덕』이 타락의 이야기를 핵심에 두고 전개된다는 사실은 반박의 여지가 없는 것 같다. 그리하여 이 소설을 부분적으로는 한 소녀가 '순수'에서 '경험'으로 (이 용어에 대한 정확한 의미는 제쳐두고) 나아가는 과정을 그린 교양소설로 보는 견해 또한 널리 받아들여지고 있다. 『폭풍의 언덕』에서 타락이 밀턴적인 의미라는 것은 문화적으로 의심할 바 없이 명백하다. 설사 그렇지 않다고 하더라도 소설 속 행위가 밀턴적인 의미를 암시한다는 것은 '미친 장면'만 보아도 분명하다. 이 장면에서 캐서린은 자신을 '나의 세계에서 쫓겨난 […] 추방자이자 망명자'로 묘사하며, '왜 나는 이렇게 변했을까? 왜 나의 피는 몇 마디 말에 격정의 지옥 속으로 달려가는 걸까?' 하고 덧붙인다.[12장] 『폭풍의 언덕』의 형이상학적 성격을 감안할 때 캐서린이 자신을 '망명자이자 추방자'로 규정한 것은 새 길을 여는 망명자이자 추방자인 아담과 이브, 사탄을 불가피하게 연상시킨다. 캐서린의 낭만주의적인 질문은 ('왜 나는 이렇게 변했을까?') 정체성의 뿌리를 찾고자 애쓰는 절박함이면서 궁극적으로는 사탄이 바알세불에게 (그들이 불의 호수에서 어리둥절한 채 누워 있을 때) 주저하면서 한 (하지만 역시 중요한) 말을 상기시킨다. '만약 당신이 그라면. 그러나 아, […] 이렇게 변할 수가 있는가.'[『실낙원』1편 84행]

물론 『폭풍의 언덕』은 전복적인 환상소설로 간주되어오곤 했다. 사실 브론테는 신비주의적 정치의 실천자로서 블레이크와 함께 다루어지는 경우가 많다. 마치 브론테의 책이 '비겁한 영혼은 나의 것이 아니'라는 불가해한 종교를 예증하기 위해 쓰이기라도 한 듯 이 환상적인 특질은 캐서린의 주장, 즉 자신은 몸이라는 '이 산산조각난 감옥'에 '갇혀 있는 것'에 지쳤고, '그 찬란한 세계로 도망쳐서 항상 그곳에 있고 싶다'는[15장] 주장과 관련되어 있다. 달리 말하자면 독자들은 브론테를 사나운 범신론자/초월주의자로 규정한다. 즉 브론테는 바위, 나무, 구름, 남자, 여자에게서 신의 현현을 찾아내 숭배하는 한편, 자신의 이야기가 낭만주의적인 죽음을 불사하는 사랑을 불러일으키도록 조작한다. 그 사랑 속에서 브론테가 총애하는 인물들은 '끝없고 그림자 없는 내세'로 들어간다. 록우드의 말을 빌리자면, 그런 낭만적 사랑 관념은 블레이크의 『순수의 노래』처럼 확실히 '이교도적'이다. 동시에 그 사랑 관념은 『실낙원』의 빛나는 아버지 신에 대한 허구화된 비전처럼 불안하게 하는 신밀턴적인 것이라기보다 진정시켜주는 것이다. 그것은 사실 '안정적이고 합리적인' 넬리 딘의 관념이다. 죽음의 천사 같은 평온을 믿고 생명의 악마적 특성을 거부하는 넬리 딘은 『폭풍의 언덕』이 제시하는 환상적 대안 하나를 나타낸다. 그러나 블레이크의 양의 은유처럼, 넬리의 경건한 대안은 잔인한 정반대 상황의 맥락을 제외하고는 브론테에게 현실적으로 아무런 의미가 없다.

『폭풍의 언덕』이 암시하는 잔인한 그 정반대 의미는, 이 소설의 모든 밀턴적 요소들을 자신의 형이상학적 의도를 공식화하려는 브론테의 개인적인 시도와 함께 놓고 볼 때 가장 극적으로 나타난다. 이 소설의 환상적인 부분들의 총합은 거의 놀랄 정도로 수정된 전체다. 천국(또는 그것의 거부), 지옥, 사탄, 타락, 신비주의적 정치, 형이상학적 로맨스, 고아 신세, 그리고 기원에 대한 의문 말이다. 이들은 서로 분리되어 있는 것처럼 보이지만, 여자의 타락과 그녀를 따라다니는 또 하나의 자아인 사탄에 대해 밀턴과 서구 문화의 주요 이야기를 반항적으로 뒤집어서 다시 말한다는 점에서 일관성이 있다. 브론테는 이 추락은 지옥으로 떨어지는 추락이 아니라고 말한다. 그것은 '지옥'으로부터 '천국'으로 추락하는 것이며, (종교적인 의미에서) 은총으로부터 추락한 것이 아니라 (문화적인 의미에서) 은총으로 추락한 것이다. 더욱이 추락하는 여자 주인공에게 순수에서 경험으로 고통스러운 이행을 알려주는 것은 신의 상실이라기보다 사탄의 상실이다. 다시 말해 에밀리 브론테는 '이중의' 신비주의적 환상을 보여준다는 점에서 블레이크적인 것이 아니다. 가부장적 기독교가 '지옥'이라고 부른 상황이 영원히 원기왕성하고 즐거운 것인 반면 '천국'이라고 말하는 곳은 엄격하게 위계적이며 유리즌적이고 독나무만큼만 '유익하다'는 믿음에 치열하고 과격하게 정치적으로 헌신한다는 점에서 블레이크적이다. 그러나 브론테는 은유적으로 밀턴의 딸 중 하나였기 때문에 특히 페미니즘적 이유로 밀턴의 기독교적 우주 발생론을 전도시키고 있다는 점에서 힘있는 아버지의 힘있는 아들인 블레이크와 다르다.

캐서린 스미스는 17세기 프로테스탄트 신비주의자이며 환상적인 성의 정치학을 전개했다는 측면에서 브론테의 중요한 선구자였던 제인 리드를 언급하면서 다음과 같이 말했다. '신비주의와 페미니즘을 함께 공부하면 상상의 힘과 그 힘을 추구하는 것 사이의 관계에 대해 더 많은 것을 배울 수 있다.' 그리고 '유물론자나 합리론자의 주장처럼 초월에 대한 이상주의자의 개념이 성 평등에 대한 정치적 개념을 형성할 것이다.'[8] 제인 리드의 요지는 브론테에게도 적용할 수 있다. 제인은 권력의 추구보다 상실에 강조점을 두지만, 제인의 수정 신비주의는 정치와 페미니즘으로부터 분리될 수 없기 때문이다. 그럼에도 일반적으로 비평가들은 지옥과 천국, 권력과 무력, 순수와 경험에 대한 신밀턴적인 정의에 관심을 보이면서 자신의 페미니스트적 성격을 드러내는 제인의 면모를 간과해왔다. 그런 비평가 중 많은 사람들은 (대부분이 전기적 비평인데) '에밀리 제인에게 무슨 문제가 있느냐?' 같은 동정조의 질문을 하는 경향이 있다.[9] 흥미롭게도 어떤 여자들은 처음부터 브론테의 페미니즘 신화를 이해했다. 곤달의 불꽃 같은 바이런적 여왕인 A. G. A.의 (에밀리 브론테는 항상 그녀의 삶과 사랑에 사로잡혀 있었다) 기원을 숙고하면서 패니 래치퍼드는 1955년에 다음과 같이 말했다. 샬럿 브론테의 환상 왕국인 앵그리아의 황제 아서 웰즐리는 '귀족 여자들의 사랑 때문에 낭만적으로 몰락해가는 최고의 바이런적인 영웅'이었던 반면, '곤달의 여왕은 사람을 홀릴 정도로 아름답고 매력적이어서 모든 남자를 자신의 발아래 무릎 꿇게 했으며, 잔인할 정도로 이기적이어서 그녀를 사랑했던 모두에게 비극을 가져다주었다. 그것은 마치 에밀리가 샬럿에게 '너는 낭만적 사랑에서 남자가 지배적인 요소라고 생각하지? 지배적인 것은 여자임을 보여주겠어' 하고 말하는 것 같다.'[10] 물론 샬럿 자신은 에밀리의 수정적 성향을 누구보다도 잘 이해했다. 래치퍼드보다 100년도 더 앞서, 『셜리』의 여자 주인공('에밀리가 더 행복하게 살았다면 그런 모습이었을' 이상적인 인물)은 밀턴에 대해 영국 소설에서 최초의 의도적인 페미니즘 비평이라 할 수 있는 말을 한다. '밀턴은 이브를 보지 못했다. 그가 보았던 것은 그의 요리사였다.' 그리고 이브의 대안으로 앞서 논했던 여자 티탄, '지니어스'의 짝이며 신과 대화하는 잠재적 사탄을 제안한다. 가장 최근의 마르크시즘 비평가인 테리 이글턴을 포함해서 일부 독자들은 '우리를 당혹시키는 『셜리』에 쓰인 페미니즘적 신비주의의 두서없는 수사학'에 대해 조롱조로 말한다.[11] 그러나 지적으로도 육체적으로도 에밀리와 유사했던 샬럿은 자기 동생의 환상 속에서 동생이 했던 진지한 성찰을 간파했다. 샬럿은 『폭풍의 언덕』 저자가 (브론테의 찬미자인 에밀리 디킨슨을 인용해 말한다면) '천국의 왕국을 찾아서 / 반대로 보고' 있었다는 것을 알고 있었다.

*

에밀리 브론테는 천국(그리고 지옥)뿐만 아니라 자신의 여성적 기원 또한 반대로 찾고 있었기 때문에, 『폭풍의 언덕』은 소설적 신화 만들기(문제 해결이라는 기능적 의미의 신화 만들기)의 몇 안 되는 확실한 예에 속한다. 샬럿 브론테와 헨리 제임스를 비롯해 제임스 조이스와 버지니아 울프에 이르는 작가들은 자신들의 소설에 의미와 구조를 부여하기 위해 신화 자료를 사용했던 반면, 에밀리 브론테는 자신의 신화에 실체(사실상 개연성)를 부여하기 위하여 소설 형식을 사용했다. 그녀에게는 그렇게 해야 할 절박한 이유가 있었다. 앞으로 보게 되겠지만, 이 신화의 페미니즘적 설득력은 감히 밀턴을 수정한다는 사실과 더불어 신화가 기원의 질문에 대한 19세기 특유의 답변이라는 사실에서도 나오기 때문이다. 그 신화는 문화란 어떻게 형성되었는가, 특히 19세기 사회가 어떻게 생겨났는가에 대한 신화이며, 다탁, 소파, [스커트를 부풀리기 위한] 크리놀린, 그리고 하워스에 있는 것과 같은 목사관이 어디에서 나왔는가에 대한 이야기다.

그 신화는 매우 야심만만해서 『폭풍의 언덕』에는 우리를 당혹케 하는 미스터리가 (그 단어의 옛 의미에서, 즉 기적극이나 엘레우시스의 신비 의식이라는 의미에서) 갖추어야 할 자족성이 있다. 넬리 딘의 이야기는 록우드가 이해할 수 없는 서사 안에 갇힌 채 중복된 이름, 장소, 사건이 우리를 어리둥절하게 만들면서 끊임없이 그 자체를 재연하는 듯하다. 그것은 마치 자연과 문화 둘 다를 유지하기 위해 (또한 설명하기 위해) 순환적으로 반복해야 하는 어떤 의식과도 같다. 동시에 그것은 매우 산문적인 신화(크리놀린에 대한 신화)이기 때문에 『폭풍의 언덕』

은 조금도 불길하거나 자의식적으로 '신화적'이지 않다. 반대로 모든 진정한 의식과 신화처럼 브론테의 '미친 이야기'는 실용적이고 일상적이며 익살스러운 얼굴을 청중에게 향하고 있다. 레비스트로스의 말처럼 진정한 신자들은 기도문 바퀴 옆에서 험담을 나누기 마련이니 말이다. 엄숙함을 요구하는 근대의 숭배는 다만 근대 회의주의의 수양 자녀일 따름이다.[12]

아널드의 불안한 명상과 칼라일의 분노에 찬 설교 원고가 보여주듯, 종교적인 19세기에도 수다스럽지만 비관습적인 진정한 신자는 드물었다. 그러나 역설적으로 들릴지 모르는 사실적인 상상력과 사실주의적 색채가 가미된 환상의 땅으로 들어가는 브론테의 능력은 일찍이 나타난다. 브론테의 사춘기 일기 중 가장 유명한 대목을 보자. 일기에서 브론테는 목사관 가정부 태비로부터 부엌일을 도와달리는 부탁과 ('앤, 이리 와서 감자 좀 깎아줘') '곤달이 갈딘의 내부를 발견했다'와 '샐리 모슬리가 부엌 뒤에서 빨래하고 있다'를 병치시킨다.[13] 허구 인물 곤달의 영웅적인 탐험과 실제적인 샐리 모슬리의 세탁 일을 구분하지 않는다는 점은 의미심장하다. 일기 속의 호기심 많은 어린아이 같은 목소리는 논평 없이 모든 사건을 기록하고 있으며, 이 기록은 모든 사건의 '진실'은 동등하다는 주장에 암묵적으로 동의하고 있다. 11년 후 열여섯 살의 '감자깎이' 통신원이 자라서 『폭풍의 언덕』을 쓰기 직전까지도 브론테 일기의 외양은 여전히 순진하고 한결같다.

앤과 나는 처음으로 함께 긴 여행을 떠났다. 6월 30일 월요

일에 집을 떠나 요크에서 자고 화요일 저녁에 키슬리에 돌아왔다. […] 여행 중 우리는 로널드 매컬긴, 앙리 앙고라, 줄리엣 앵거스티나, 로저벨라 에즈몰던, 엘라와 줄리언 에그레몽, 캐서린 나바르, 코딜리아 피차프놀드였다. 우리는 교육의 궁전에서 도망처 왕당파에 합류했다. 그들은 현재 승리한 공화파들에게 심하게 몰리고 있다. […] 나는 이제 빨리 돌아가서 다림질을 해야 한다. 눈앞에 닥친 일, 글 쓰는 일, 처리해야 할 업무가 쌓여있다.[14]

이 문단은 심리극 같은 '연극'이란 삶에 필요한 것임과 동시에 집안일처럼 일상적인 활동임을 제시한다. 다리미질과 대안적 삶의 탐험이란 똑같은 종류의 '업무'다. 그것은 아마 앤 브래드스트리트와 에밀리 디킨슨, 그리고 환상을 쫓는 그 밖의 다른 주부들이 인정했을 법한 독특한 여성적 사고다.

의심할 바 없이 환상을 품고 현실을 살아가려는 브론테의 뿌리 깊은 성향은 『폭풍의 언덕』에 대한 많은 비평 논쟁, 특히 소설 장르와 스타일에 대한 논쟁들을 설명해준다. 예를 들면 Q. D. 리비스와 아널드 케틀은 이 작품이 '사회학적인 소설'이라고 주장하는 반면, 마크 쇼러는 '숭고한 정열의 본질에 대한 교훈을 의미한다'고 말한다. 리오 베르사니는 이 작품을 존재론적 심리극으로 보고, 엘리엇 고스는 일종의 확장된 동화로 본다.[15] 겉으로는 서로 상충하는 듯한 모든 논평에는 기이하게도 진실이 있다. 마찬가지로 (로버트 킬리가 주장했듯) 『폭풍의 언덕』에서 보이는 특이함의 일부는 '문학적' 아우라가 없다'는 사실에 있다는 것도 진실이며, 또한 (우리가 주장해왔듯)『폭풍의 언덕』은 브론테가 주로 문학을 매개로 리얼리티에 접근했기 때문에 대단히 문학적인 소설이라는 것도 진실이다.[16] 사실 킬리의 논평은 일기장의 변하지 않은 외양뿐만 아니라 작가의 소설을 둘러싼 논쟁도 밝혀준다. 브론테는 18세기 문학적 규범에 대해 아무런 인식도 없었다는 점에서 '비문학적'이기 때문이다. 잘 알려진 브론테의 시 한 편이 선언하듯, 브론테는 '[그녀] 자신의 본성이 이끄는 곳'으로 따라가는데, 그 본성은 기묘하게도 그녀가 아주 다양한 문학작품, 아이디어, 장르를 사실적으로 (따라서 비문학적으로) 이용하도록 이끈다. 그리고 이 모든 것은 다시 그녀 자신에게 돌아오는데, '그것은 또 다른 지침을 선택하도록 [그녀를] 괴롭히기 때문이다.'[17]

따라서『폭풍의 언덕』은 어떤 의미에서 (래치퍼드가 말했듯) 여성의 관점에서 의식적으로 기술한『맨프리드』의 바이런적 낭만주의와 근친상간 환상에 대한 정교한 주석이다. 캐서린을 불러내기 위한 히스클리프의 열정적인 간청은 ('들어와! […] 내 말 듣고 있니?'[3장] '언제나 내 곁에 있어줘, 어떤 식으로든. 나를 미치게 해'[16장]) 맨프리드가 아스타르테에게 하는 유명한 말을 ('내 말 들어봐, 들어봐. […] 나에게 말해줘! 분노에 찬 말이라도…') 거의 정확하게 되풀이한다.[18] 또 다른 면에서『폭풍의 언덕』은『리어 왕』에 구현된 형이상학적 폭풍과 존재론적인 자연/문화의 갈등을 산문으로 다시 썼다고 할 수 있다. 즉 히스클리프는 자연의 서자인 에드먼드 역을 맡고, 에드거 린턴은 같은 이름인 에드거의 교양 있는 도덕성을 구현하고, 언덕의 '휘몰아치는 폭풍'의 혼돈은 리어가 악마 같은 딸들에게 자신의 가부장적 통제권을 양도했을 때 왕국을 덮쳤던 무질서를 반복하고 있는 것이다. 그러나 시적인 바이런식의 낭만주의와 극적인 셰익스피어식의 형이상학은 사회적 세목 파악 면에서 놀라운 능력을 보여주는 오스틴식의 소설적 감수성을 통해 여과된다. 그리하여 『폭풍의 언덕』은 브론테가 아마 한 번도 읽어보지 않았을 교양소설(제인 오스틴의 『노생거 사원』)에 내재한 페미니즘적 심리학적 관심을 '비문학적인 방식으로' 반복하는 듯 보이기도 한다. 예를 들면 캐서린 언쇼의 '반은 야만적이고 대담하고 자유로운' 소녀 시절은 또 다른 캐서린인 캐서린 몰런드의 말괄량이 어린 시절을 상기시키고, 캐서린 언쇼가 숙녀다운 '우아함'으로 빠져들어가는 것은 캐서린 몰런드가 바스와 노생거 사원에서 겪는 희극적인 입문 의식의 비극적인 이면을 탐색하는 듯 보인다.'[19]

달리 말해 『폭풍의 언덕』의 세계는 브론테의 일기장의 세계처럼 서로 가장 닮지 않은 반대의 것들이 공존하는 세계로, 그것도 표면상 이런 공존이 작가 쪽의 어떠한 의식이나 수상쩍은 기미도 전혀 없이 나타나는 세계다. 바이런, 셰익스피어, 제인 오스틴의 유령들이 똑같은 지면에 출몰한다. 품위 있는 기독교식 이름을 가진 사람들(캐서린, 넬리, 에드거, 이저벨라)이 사는 곳에 이상한 동물이나 자연의 이름을 가진 사람들(힌들리, 헤어턴, 히스클리프)도 살고 있다. 미르체아 엘리아데가 말한 '위대한 시간'에서 비롯된 동화 같은 사건들에 특정 장소가 주어지며, 엘리아데가 위대한 시간의 정반대로 규정한 역사적 현재에 실제의 연대기가 주어진다.[20] 비유적으로 말하자면, 개와 신dog/god은 (또는 여신은) 반대말이 아닌 것으로 드러나지만 다르게 철자화된 똑같은 단어다. 장례식은 결혼식이고, 결혼식은 장례식이다. 물론 여기에서 가장 중요한 것은 지옥이 천국이고, 천국이 지옥이라는 점이다. 천국과 지옥은 밀턴과 문학적 규범이 주장하듯, 거대하고 무한한 공간이 아니라 작은 잔디 한 포기를 사이에 두고 떨어져 있을 뿐이다. 브론테는 그 위를 반항적으로 걸어가기로 작정했다.

옛 영웅의 발자취도 아니고,
고매한 도덕의 길도 아니다.
지나간 긴 역사 속에서 희미해진 형체들,
반만 구분되는 얼굴들에 둘러싸여 있는 것도 아니다.

반대로 브론테는 역사와 역사가 암시하는 의미를 살펴보고 나서 '한 사람의 가슴을 깨워서 느끼게 만드는 지상이 / 천국과 지옥의 두 세계를 합할 수 있다'는 수정적 결론에 이르렀다.[21]

*

나름 점잖게 '요리된' 문명인이자 문학적인 인물 록우드와 우리 자신을 동일시한다면, 지옥이란 바로 워더링 하이츠 같은 집이라는 판단으로 브론테의 소설을 시작하게 될 것이다. 록우드 자신은 마치 이야기의 핵심이 될 가치의 전도를 재치 있게 예견이라도 하듯, 처음에는 그 장소를 '염세주의자의 완전한 천국'이라고[1장] 부른다. 그렇다면 염세가의 천국, 즉 사랑이 증오로, 평화가 폭력으로, 생명이 죽음으로, 그 결과 정신적인 것이 물질적인 것으로, 질서가 무질서로 대체된 곳이 아닌, 전통적인 밀턴이나 단테의 지옥은 무엇인가? 분명 이 모든 변화는 록우드가 워더링 하이츠를 처음 두 번 방문하는 사이에 일어났다. 예를 들면 히스클리프가 록우드에게 들어오라고 청했을 때 이를 꽉 물고 말했기 때문에, 그 말은 록우드에게 '꺼져버리라는' 감정을 표현하는 듯 보였다. 그 집에 거주하는 다른 사람들, 캐서린 2세, 헤어턴, 조지프, 질라도 하나같이 적대적이다. 조지프는 무례하게 투덜거리며, 헤어턴은 퉁명스럽고, 캐서린 2세는 사실상 '요술'을 부린다(또는 부리는 척한다).[22] 더욱이 그들의 증오 에너지는 초대하지 않은 손님뿐만 아니라 그들 서로를 향하고 있다. 캐서린 2세가 헤어턴에게 폭풍 속에서 록우드를 배웅해주라고 하자 그렇게 하면 캐서린 2세가 즐거워할 테니 배웅하지 않겠다고 헤어턴이 말했을 때, 록우드는 슬프게도 이 사실을 알게 된다.

하이츠를 뒤덮은 이 찌무룩한 증오 분위기는 지속적이고 목적 없는 폭력(특히 그 구역에서 살고 있는 으르렁거리는 개들이 가장 잘 구현하는 폭력)에서 드러난다. 록우드는 이렇게 말한다. '화장대 아래 오목한 구석에는 거대한 적갈색 포인터 암놈이 웅크리고 있었으며, 그 주위를 강아지들이 낑낑거리며 둘러싸고 있었다. 다른 개들은 다른 구석에 출몰했다.'[1장] 록우드가 출몰이라는 단어를 쓴 것은 매우 적절하다. 그가 나중에 말하듯이, 이 동물들은 일반적인 개라기보다 오히려 '네 발 달린 악령' 같기 때문이다. 특히 '강아지 떼'의 여가장인 주노는 짖어대는 한 무리의 지옥의 개들 사이에서 기이하게 모성적인 밀턴의 인물 죄를 풍자하는 것처럼 보인다. 또한 이 지독하게 사탄적인 요새에서 유일하게 적의 없는 피조물들은 죽은 것들이다. 록우드는 일련의 블랙 코미디 같은 실수를 저지른다. 그중하나가 캐서린 2세의 고양이라고 생각한 고양이에 대해 캐서린 2세에게 듣기 좋은 말을 건네는 일이었다. 그러나 '고양이들'이 죽은 토끼 더미라는 것을 알게 된다. 게다가 부엌은 중앙 거실과 분리되어 있고, '지붕까지' 닿아 있는 응접실의 '거대한 오크나무 화장대'에는 귀리 비스킷, 총, 날고기가('소와 양 다릿살들과 햄들이') 쌓여 있다. 눈에 띄는 그 방의 특징이란 죽은 몸, 날고기, 살아 있는 몸을 죽은 살로 바꾸는 도구들뿐이어서 쌓여 있는 귀리 비스킷과 '켜켜이 쌓아놓은 […] 백랍 접시들'조차[1장] 지옥이나 콩 줄기 꼭대기에 있는 땅처럼, 워더링 하이츠를 피에 굶주린 어떤 거인의 처소처럼 보이게 한다.

워더링 하이츠를 가득 채운 증오, 폭력, 죽음에 자연적으로 따라붙는 무질서 때문에 도시 출신인 록우드는 첫 방문 때 더 많이 실수를 하는데, 특히 그 집 유사 가족의 주요 세 사람(캐서린 2세, 헤어턴, 히스클리프) 사이의 관계를 헤아리지 못해 실수를 저지른다. 처음에 록우드는 캐서린 2세가 히스클리프의 '사랑스러운 숙녀'이며, 헤어턴은 '인정 많은 요정을 사로잡고 있는 사람'으로 추측한다.[2장] 이런 표현은 대부분의 다른 가정들처럼 여자들을 인정 많은 요정이나 사랑스러운 숙녀로 규정함으로써 여자들을 그들의 '장소'에 묶어두는 소설의 감상주의를 풍자한다. 히스클리프는 이를 파악하고 록우드의 가정에 세 번째 전형을 더한다. 히스클리프는 '당신은 [내 아내의] 영혼이 구원의 천사 같다고 생각하겠지요'하고 말하면서 사탄적인 문학비평가처럼 '거의 악마적으로 조롱한다.' 그러나 록우드의 생각이 전형적일지라도, 그가 함께 차를 마시는 사람들 사이에 어떤 가족적인 관계를 기대하는 것은 당연하며, 그들 사이의 끔찍한 관계의 결핍 때문에 록우드의 기세가 꺾이는 것도 당연하다. 헤어턴, 히스클리프, 캐서린 2세는 모두 얼마간은 서로 관련되어 있지만, 증오와 폭력으로 하이츠를 압도하고 있는 원초적인 분열에 의해 혈연으로 상징되는 인간의 질서에서 분리되었기 때문이다. 밀턴의 지옥이 (시인의 관점에서는) 권좌를 향한 동등성을 광적으로 추구하고 시기심 많은 악마들로 구성되어 있는 것처럼, 워더링 하이츠의 거주자들도 천국의 위계적인 존재의 사슬이라는 원칙도 없고 천상의 조화도 없는 혼돈속에 살고 있다. 천상의 조화란 아버지 신의 미덕, 왕권, 권력이 만드는 것이기 때문이다. 이 때문에 캐서린은 '내가 하고 싶은 것 이외에는'[4장] 어떤 것도 하지 않겠다고 퉁명스럽게 거부하며, 하인인 질라는 웃는다는 이유로 헤어턴을 큰소리로 비난하고, 늙은 조지프는 (여기에서 그가 사악할 정도로 풍자하는 종교는 천국을 희생시키는 지옥의 조롱처럼 보인다) 그의 '주인'인 히스클리프에게 물어보지도 않은 채 린턴 앞에 개들을 풀어 놓는다.

'동등성'의 문제와 관련해 록우드가 워더링 하이츠를 처음 방문했을 때 그곳을 둘러싼 지옥 같은 상태를 가장 확실하게 보여주는 최종 상징은 한 치 앞도 내다볼 수 없는 눈보라다. 눈보라는 이제 그만 지옥 같은 집을 떠나고 싶은 손님을 일시적으로 꼼짝 못 하게 만든다. 워더링 하이츠를 둘러싸고 있는 춥고 '굽이치는 하얀 대양'은 저주받은 자들의 왕국처럼 길도 없다. 이는 프랑켄슈타인, 월턴, 괴물, 노수부가 항해했던 얼어붙은 북극해를 상기시킨다. 그것은 밀턴의 지옥 속 '깊은 눈과 얼음'을 상기시키고, '군대가 송두리째 빠져 죽었던' 대심연, 그러니까 '괴조의 발을 가진'(의심할 바 없이) 히스클리프 같은 '분노의 여신에게 끌려온 / 모든 저주받은 자들이 […] 얼음 속에서 굶어 죽게 되는' '세르보니스 늪 같은, 무한히 깊은 대심연'을 상기시킨다.[『실낙원』 2편 592~600행] 물론 『리어 왕』에서 암시하듯, 지옥이란 통제되지 않은 '자연'의 또 다른 이름일 뿐이다. 다른 곳에서와 마찬가지로 여기에서 『폭풍의 언덕』은 『리어 왕』의 모델을 따른다.

강하고 파괴적인 눈보라 속에서 이 지옥 같은 자연은 언쇼의 조상의 집뿐만 아니라 린턴의 집도 삼켜버린다. 이 자연은 '염세주의자의 완벽한 천국'에 고립되어 있는 모든 사람을 붙잡아 얼어붙게 한다. 『리어 왕』에서와 마찬가지로 이 지옥 같은 자연은 웬일인지 여성 내지 여성성과 관련이 있다. 그것은 마치 분노의 여신이 얼음 머리 타래를 흔들어대며 록우드를 (그리고 그의 독자를) 『폭풍의 언덕』의 핵심 주제인 여성의 분노로 이끄는 것 같다. 이 '자연의' 지옥은 로버트 그레이브스가 『하얀 여신들』에서 명쾌하게 분석했던 '잘못된' 물질 창조와 매우 유사하다는 사실에 의해서도 여성성을 엿볼 수 있다. 여성의 본성은 저항의 폭풍 속에서 분기하는 것처럼 보인다. 이는 록우드가 한 번도 자신의 사랑을 '보여주지' 않은 채 '여신'을 냉정하게 취급했음을 반성하면서, '공교롭게도 그녀에게 눈살을 찌푸릴 때' 죄 같은 개 주노가 으르렁거리며 뛰어오른 것과 같다.[1장] 결국 폭풍이 지옥 같고 여성적이라는 것은 록우드의 두 번째 계시적 꿈에서 가장 명백해진다. '자베스 브랜더햄'의 가부장적인 설교에 저항해 일어난 폭풍이 얼음처럼 차가운 손의 모습으로 나타나듯, 창문을 두드리는 나뭇가지로부터, 바람과 휘몰아치는 눈발로부터 유령 같은 마녀-아이가, 본래의 (지금까지 '20년 동안 방랑자였던') 캐서린 언쇼가 나타난다.

*

『폭풍의 언덕』은 왜 그토록 밀턴의 지옥처럼 보이는가? 그리고 캐서린 언쇼에게 일어난 일은 무엇인가? 왜 그녀는 폭풍이 몰고 온 악마 같은 유령이 되었는가? 『폭풍의 언덕』의 '진정한' 인과론적인 이야기는 록우드가 '인간 붙박이'라 할 수 있는 넬리 딘에게서 배운 것처럼, 일반적인 인간 사회의 조직을 닥치는 대로 약화시키는 것에서 시작한다. 옛날 옛적, 신화적으로 말하자면 역사 이전, 혹은 엘리아데가 '그때'라고 말한 시대의 어디쯤에 최초의 언쇼 가문이 있었다. 그 가문의 계보는 전형적인 르네상스의 분위기를 풍기며 적어도 '대문' 위에 '1500 헤어턴 언쇼'라고 새겨져 있는 시대까지 거슬러 올라간다. 18세기 말

어느 아름다운 여름날 아침, 그 집의 '늙은 주인'은 리버풀까지 96킬로미터의 도보 여행을 결심한다.[4장] 왕국을 나누어주기로 한 리어 왕의 결심처럼 그의 결심은 임의적이지만 분명 불가사의한 심리적 주제 중 하나다. '옛날 옛적에'라는 소설적 관습은 이 주제를 위해 만들어졌다. 도보 여행은 리어 왕의 행위처럼, 그가 반의식적으로 죽음을 준비하기 시작했다는 것을 의미한다. 어쨌든 그가 자신의 두 아이(오빠와 여동생)와 하녀인 넬리 딘에게 던진 관습적인 질문들은 아이들의 답변처럼 똑같이 양식화되어 있고 제멋대로다. 물고기 덕분에 세 가지 소원을 이루었던 어부처럼 늙은 주인은 '무엇을 사다줄까?' 하고 묻는다. 그리고 관습적으로 아이들은 마음속으로 원했던 것을 부탁한다. 다시 말해 결국 아이들의 삶에서 자신이 사라질 것임을 예견한 아버지의 희망대로 아이들은 자신의 진정한 자아를 드러내고 있다.

이상하게도 하녀인 넬리의 마음속 욕망만은 분별 있고 관습적이다. 넬리는 호주머니 가득 사과와 배를 채워줄 것을 요청한다(혹은 그것을 가져다주겠다는 약속을 받아낸다). 반면 하이츠의 다음 주인이 될 아들 힌들리는 특별하게 격에 맞는 선물을 요청하지 않는다. 힌들리의 소망은 하이츠가 속한 거친 세계의 맥락에서 보면 실로 시시해 보인다. 힌들리는 바이올린을 부탁하는데, 이는 문화에 대한 내밀하면서도 온화한 욕망과 함께 거의 퇴폐적이라 할 수 있는 남성적 의지의 결여를 드러낸다. 캐서린이 채찍을 원하는 것은 더 예상 밖의 일이다. '캐서린은 이제 마구간에 있는 어떤 말도 탈 수 있을 것'이라고 넬리는 말하지만, 이 이야기의 동화 같은 맥락에서 보면 그와 같은 사실적인 설명은 충분치 않다.[23] 어린 캐서린이 채찍을 원한다는 것은 무력한 어린 딸이 힘을 열망한다는 상징적 소망처럼 보이기 때문이다.

물론 우리가 읽었던 동화들이 늘 그렇듯이, 적어도 아이들 중한 명은 원하는 선물을 받는다. 캐서린은 채찍을 손에 넣는다. 사실 말 그대로의 채찍이 아니라 비유적인 의미의 ('집시 선머슴'의 형태로) 채찍을 갖게 된 것이다. 그럼에도 '그것(채찍과 선머슴)'은 캐서린의 무의식적인 소망을 실현해준다. 즉 경쟁자인 오빠의 바이올린을 부수고 가족 가운데 매력적인 제3자를 만들어 오빠의 지배욕이 야기하는 억압으로부터 자신을 격리시킨다(동화의 관례상 가족은 항상 세 아이가 있어야 한다. 또한 죽은 아들, 어쩌면 진정한 맏아들의 이름이 히스클리프에게 부여되었다는 사실을 통해서도 히스클리프가 잃어버린 아들의 환생 같다는 점이 분명하게 드러난다).

마음속 깊이 원하던 채찍을 받았기 때문에 힐리스 밀러와 리오 베르사니가 말했듯, 캐서린은 존재의 엄청난 충만함을 획득한다.[24] 이 표현이 과하게 형이상학적으로 보일지 모르지만(이 때문에 Q. D. 리비스 같은 비평가들은 이 표현에 반대했다),[25] 캐서린과 히스클리프가 결국에 추방당하고 마는 어린 시절의 천국을 논하면서 우리는 파악하기 어려운 심리 상태를 설명해보려 할 것이다. 워즈워스의 공상적인 어린 시절이나 자신이 괴물(의 창조자)이라는 것을 '알기' 이전인 프랑켄슈타인의 젊은 시절, 또는 밀턴의 아담과 이브가 타락하기 전의 섹슈얼리티를 논할 때처럼 말이다. 유아기에 무위도식했던 천국을 설명하면서 대양 같은이라는 단어들 사이를 더듬거렸던 프로이트처럼, 우리도 역설적이며 은유적인 신비주의 언어를 사용할 수밖에 없다. 전체성, 존재의 충만함, 양성성 같은 말이 불가피하게 떠오른다.[26] 앞으로 드러나겠지만 이 셋은 다 캐서린에게, 더 정확하게는 캐서린-히스클리프에게 적용된다.

부분적으로 캐서린은 가족의 역학 관계에 매우 실용적인 변화가 생김에 따라 새로운 전체성을 획득하게 된다. 환상 속에서 죽은 큰오빠를 대체한 히스클리프는 사실상 힌들리를 밀어내고 늙은 주인의 사랑을 독차지하고, 재산권을 박탈당한 여동생의 도구로 기능한다. 즉 캐서린의 '채찍'은 히스클리프인 것이다. 좀 더 명확하게 말하면 캐서린은 히스클리프 덕분에 처음으로 워더링 하이츠 왕국을 소유할 수 있게 되며, 워더링 하이츠는 캐서린의 지배 아래 곤달처럼 여왕국이 될 징후를 보인다. 더 나아가 히스클리프의 출현으로 캐서린은 가족 내 정치에서 권력을 넘어선 존재의 충만함을 만끽한다. 히스클리프는 캐서린의 채찍이고(그녀 자신도 이를 인식하고 있다), 또 다른 자아이자 분신이며, (반창고가 상처를 지혈하듯 그녀의 모든 결함을 채워주는) 캐서린의 존재를 보충하는 부가물이기 때문이다. 그리하여 여동생 아스타르테와 결합한 맨프리드처럼 캐서린은 히스클리프와의 결합을 통해 완벽한 양성적 존재가 된다. 타락 이전의 낙원에서 아담과 이브가 그랬듯이, 성적 의식이 없는 그녀는 매일 밤 시골의 원시적인 방식으로 자신의 다른 반쪽인 채찍과 잔다. 캐서린은 블레이크가 영원한 기쁨이라 표현했던 순수하고 자의식 없는 성적 에너지를 부여받았다. 넬리의 말마따나 캐서린은 '한 번도 본 적이 없을 정도로' '자기만의 방식'을 가지고 있다.[5장] 히스클리프가 캐서린의 의지를 실행하는 육체(강하고 음울하고 오만하며 영어보다는 토착어로 '횡설수설' 말하는 자)라면, 캐서린 자신은 초월적으로 생기 넘치는 영혼의 '비여성적인' 예다. 캐서린은 결코 온순하지도 순종적이지도 숙녀답지도 않기 때문이다. 반대로 캐서린은 밀턴의 이브에게 결코 허용되지 않았던 것에서 기쁨을 (콜리지의 어휘가 너무 강한 것은 아니다) 느낀다. 캐서린의 혀는 '항상 움직이며 노래하고 웃고, 자신과 똑같이 하지 않으려는 모든 사람을 괴롭히고' '즉각적인 대꾸로 조지프의 종교적인 저주를 우스꽝스럽게 만들고 […] 아버지가 가장 싫어하는 짓만 골라서 한다.'[5장]

　도착적으로 보이지만 히스클리프의 출현이 워더링 하이츠를 어린 캐서린의 천국으로 변화시킨 것은 여성에게 매우 확실한 환상이다. 그것은 밀턴의 에덴이 남자들에게 환상인 것과 마찬가지다. 물론 너무 겁을 먹어서 여성을 혐오하게 된 밀턴의 딸들은 자신들의 꿈을 발설하여 아버지를 바꿀 만큼 용기가 없었다. 그러나 브론테는 역사의 과정에서 전체성에 대한 페미니스트의 꿈이 진정으로 실현되는 순간이 나타날 것이라고 우리가 생각하기를 바란다. 또한 지금까지의 가부장적인 여성 혐오적 권력을 감안한다면, 전체성의 실현이 낙원이 되기도 하겠지만 고통스러울 것이라는 슬픈 깨달음을 브론테는 전달하려 한다. 출산을 흉내 내기라도 하듯이, 두툼한 외투 밑에서 히스클리프를 꺼냈던 늙은 언쇼는 곧바로 '캐서린의 채찍'의 모호한 본질을 감지한다. '이 채찍은 악마에게서 나온 것처럼 검지만 너는 이것을 신의 선물로 생각해야 한다.'[4장] 히스클리프의 양의성은 근거가 충분하다. 캐서린은 히스클리프의 힘을 빌려 조지프가 주창한 풍자적인 가부장적 종교에 점점 더 반항하고, 아버지의 훈육에도 점점 더 신경을 쓰지 않는다. 캐서린의 반항적인 에너지가 증대됨에 따라 그녀는 사회적 권위에 저항함으로써 사탄과 같이 '신처럼' 되어, 결국에는 악마적인 코딜리아처럼(말하자면 코딜리아, 고너릴, 리건처럼 모두 하나니까) 아버지를 마지막으로 조롱한다. 즉 임종 때 아버지는 캐서린에게 '왜 너는 항상 착한 딸이 될 수 없었니?' 하고 핵심적인 질문을 던지는데, 캐서린은 반항적이지만 정직하게 '왜 아버지는 항상 착한 어른이 될 수 없었나요?'[5장] 하고 반문한다. 그러고 나서 캐서린은 약간의 적개심을 품은 채 아버지에게 노래를 불러주어 '잠들게 한다.' 즉 죽음에 들게 한다.

다시 말해 캐서린의 천국은 록우드 같은 대표적인 신사가 지옥이라고 부를 만한 그런 장소다. 왜냐하면 그 천국은 (리어 왕의 지옥처럼) 블레이크가 말했듯, 대다수 사람들이 '악마적인' 에너지(로스Los와 사탄의 창조적인 에너지이며 강렬하고 날것의 훈육되지 않은 존재의 생명 에너지)라고 부르는 기운을 발산하면서 자의식 강한 여성과 연결되기 때문이다.[27] 한편, 캐서린의 아버지가 딸에게 '신의 선물'을 주면서 감지하는 모호성은 록우드가 처음 두 번 워더링 하이츠를 방문했을 때 그곳에서 발견했던 확실하게 지옥 같은 특징들, 특히 '증오'(즉 반항)와 '폭력'(즉 에너지)이 그에게는 워더링 하이츠(캐서린에게는 천국

같았던 어린 시절의 집)의 특징으로 보였을 것이라는 사실에서
도 드러난다. 캐서린의 경우 증오처럼 보였을 반항은 사랑(그
녀가 히스클리프와 하나가 됨)으로 가능했고, 폭력처럼 보였던
에너지는 분열되지 않은 자아의 평화(전체성)에 의해 촉진되
었다.

그럼에도 캐서린의 개인적인 천국은 밀턴의 에덴처럼 캐서
린이 규정한 '지옥'의 위협으로 둘러싸여 있다. 예를 들면 캐서
린이 아버지의 죽음을 통해 천국의 수평선에 떠 있던 유일한 구
름인 어두운 가부장제의 멍에를 벗어던질 수 있으리라는 희망
을 조금이라도 가졌다면 그것은 틀린 생각이었다. 역설적이게
도 늙은 언쇼의 죽음과 함께 에덴처럼 '다소 야만적이고 무모
하고 자유로웠던' 캐서린의 소녀 시절도 끝나기 때문이다. 아버
지의 죽음은 한때 양성적이었던 아이가 처음으로 '홀로 놓이게
될' 분열된 세계를 열어놓는다. 하지만 장자 상속이라는 가부장
적인 법에 의해 아버지의 죽음은 진정한 상속인인 힌들리의 권
력을 증대시켰다는 점이 가장 중요하다. 이 새로운 아버지는 소
설 속에서 캐서린의 (그리고 히스클리프의) 타락과 그로 인한
몰락을 불러온다.

*

C. P. 생어의 정확한 연대기에 의하면, 캐서린이 지상의 낙
원에서 어린 시절을 보낸 기간은 6년이다. 그러나 넬리 딘이 그
시절의 에피소드를 말하는 데는 15분도 채 안 걸렸다.[28] 밀턴도

알고 있었듯 타락 이전의 역사는 요약하기 쉽다. 행복에는 절망이라는 변종이 거의 없기 때문에 타락하지 않은 것은 정지한 것인 반면, 타락한다는 것은 시간의 과정으로 들어서는 것이다. 따라서 캐서린의 타락 또한 6년에 걸쳐 이루어졌지만, 그것을 서술하는 넬리의 이야기는 적어도 몇 시간이 걸린다. 그리고 넬리 딘이 묘사할 때 타락(또는 타락의 과정)은 힌들리의 결혼과 함께 시작된다. 결혼이란 젊은 남자가 아버지의 권력과 지위를 명백하게 상속받는 사유가 되기 때문이다.

힌들리의 결혼이 캐서린을 어린 시절의 천국에서 바로 쫓아내는 결과를 초래했다는 이야기는 이상하다. 결혼이라는 사건을 통해 4년 전 언쇼 부인의 사망 후 처음으로 단출한 하이츠 가정에 성인 여자가 들어오는데, 통념이(혹은 페미니즘적인 지혜가) 말해주듯 캐서린은 자신을 돌봐줄 어머니와 같은 사람이 '필요하고' 특히 이제 막 사춘기에 들어섰기에 더욱 그렇기 때문이다. 그러나 캐서린과 히스클리프가 한창 자라는 열두 살이라는 바로 그 이유 때문에 프랜시스의 출현은 캐서린에게 일어날 수 있는 최악의 사건이 된다. 넬리가 말했듯 프랜시스는 전형적인 어린 숙녀이며, 자신만의 독특한 에덴에 안전하게 격리되어 있었던 캐서린은 마치 이브가 타락 이전에는 뱀과 만날 일이 없었던 것과 같이 프래시스 같은 사람을 만날 일이 없었던 것이다.

물론 프랜시스는 뱀이 아니다. 민첩하고 생기 넘치는 모습의 프랜시스는 18세기 후반 빅토리아 시대 집 안의 천사에 훨씬 더 가깝다. 프랜시스는 힌들리를 정복하는 동시에 그를 좀 더 영적으로 만들고자 한다. '그는 점점 더 야위어가고 안색은 창백해지며 말도 옷차림도 매우 달라져갔다'고 넬리는 말한다. [6장] 심지어 힌들리는 방 하나를 응접실로 바꾸자고 제안하는데, 이는 워더링 하이츠에는 결코 없었던 시설이었다. 힌들리는 사실상 교양인이 되어간다. 숙녀 같은 신부를 얻음으로써 힌들리는 소년 시절 마음속에 품고 있었던 욕망인 바이올린을 은유적인 방식으로 얻은 셈이다.

힌들리의 바이올린과 캐서린의 채찍이 평화롭게 공존할 수 없다는 사실은 명백하다. 이는 일찍이 캐서린이 '채찍'으로 바이올린을 박살냈던 사건을 통해서도 확인할 수 있는 바다. 따라서 캐서린과 히스클리프가 연이어 겪어나가는 온갖 고초가 바이올린 사건에 대한 복수로 기획된 것이라는 짐작은 말이 전혀 안 되는 가정이 아닐 것이다. 그러나 이 점을 강조하지 않더라도, 우리는 힌들리의 천사/바이올린이 '천상의' 영역으로 알려진 문화를 문제적으로 대표한다는 사실을 알 수 있다. 그중 하나인 프랜시스의 숙녀다운 다정함은 그저 피상적이다. 리오 베르사니는 하이츠와 그레인지 집안 아이들의 차이는 '공격적으로 이기적인 아이들'과 '징징대면서 이기적인 아이들'의 차이라고 말한다.[29] 그렇다면 프랜시스는 그레인지 아이들(점잖은 문화에 속한 아이들)에 속한다고 볼 수 있다. 그런 만큼 캐서린에 대한 '프랜시스의 애정은 이내 지쳐버려 그녀는 점점 역정을 낸다.' 동시에 신사가 된 힌들리는 새로운 가장으로서 자신의 지위에 걸맞게 '폭군'으로 변한다. 힌들리는 특히 반위계적이었던 하이츠에 블레이크가 '유리즌적인 천상의 질서'라고 불렀던 위계를 강제하면서 폭력성을 드러낸다. 힌들리가 명령한 바에 따르면, 하인인 넬리와 조지프는 '부엌'이 자신들의 자리라는 것을 알아야 하고, 사회적으로 아무 지위도 없는 히스클리프는 문화 영역에서 추방되어야 한다. 히스클리프가 '부목사의 교육'을 받아서는 안 되며 '들판'으로 내던져져야 한다고[6장] 공표한다.

프랜시스의 역정은 단지 그녀의 숙녀다운 방식과 캐서린이 어린시절에 누렸던 타락 이전의 세계가 서로 적대적이라는 의미만 나타내지는 않는다. 프랜시스의 역정은, 열두 살 소녀도 알아차렸듯, 숙녀가 된다는 것은 병드는 것임을 알리고 있다. 넬리가 넌지시 이야기하는 것처럼 프랜시스는 결핵을 앓고 있다. 프랜시스는 죽음을 언급할 때마다 마치 자신이 죽을 것임을 알고 있거나 자신이 이미 반은 유령인 듯 행동하며, '어중간한 바보처럼' 행동한다. 그녀는 유령이다. 프랜시스의 결핵은 은유로서 바로 사회적인 '결핵'이 한창 진행 상태에 있다는 것을 의미한다. 결핵은 결국 캐서린도 죽일 것이다. 그리하여 마르고 어리석은 신부인 프랜시스는 어린 소녀에게 그녀도 언젠가는 그렇게 되리라는 사실을 알리는 일종의 전조 또는 유령의 역할을 한다.

물론 어리석음과 광기가 따라다니는 숙녀다움이라는 사회적 질병은 프랜시스가 열두 살 캐서린에게 예시하고 있는 위협들 중 하나일 뿐이다. 캐서린에게 어머니가 필요하긴 해도 (이브나 메리 셸리의 괴물이 어머니/모델을 필요로 한 것과 같은 의미에서) 프랜시스는 캐서린에게 좋은 어머니가 아니고 그렇게 될 수도 없다는 사실은 반박하기 더 어렵기에 훨씬 더 불길한 위협이라 할 수 있다. 죽은 언쇼 부부는 동화 속에 나오는 본래의 '진정한' 부모처럼(또는 사춘기 이전의 아이들 눈을 통해서 본 대부분의 부모처럼) 희미하지만 신화적인 숭고함을 지니고 있다. 반면 새 언쇼 부부인 힌들리와 프랜시스는 동화 속의 양부모처럼 억압적이지만 곤란할 정도로 현실적이다.[30] 힌들리와 프랜시스가 어떤 면에서 양부모 같다는 것은 그들이 캐서린에게 변형되거나 이질적인 부모로 보인다는 뜻이다. 이것은 죽은 커플이 실제로 보여주었던 행위 때문이기도 하지만 캐서린 자신의 상상력이 작용한 결과이기 때문에, 소녀 캐서린이 사춘기에 들어섬에 따라 초래된 변화와 관련이 있다고 가정해야 할 것이다.

사춘기에 이른 아이들은 왜 부모를 의붓아버지, 의붓어머니처럼 보기 시작하는가? 사춘기의 위기를 다루는 동화에 양부모가 어김없이 등장한다는 사실은 그런 현상이 뿌리 깊게 널리 퍼져 있음을 시사한다. 이 현상을 설명하는 한 가지 방법은 아이가 자신의 부모를 성적인 존재로 의식할 만큼 성장하면 부모는 실제로 '본래' 부모 자신들보다 더 사납고 (힌들리와 프랜시스의 경우처럼) 좀 더 어려 보이기조차 한다는 것이다. 이런 설명은 캐서린 언쇼의 경험을 뒷받침해준다. 이제 진정으로 이해할 수 있게 된 부모의 섹슈얼리티가 아이를 괴롭히는 만큼 아이 자신의 성적인 자각이 부모를 혼란스럽게 하기 때문에 부모는 확실히 점점 더 위협적으로 (말하자면 더 '짜증내고' '폭군처럼') 되어간다. 그리하여 넬리의 이야기가 시작되기도 전에 록우드는 캐서린의 일기를 읽으며 중요한 문단을 발견하는데, 이 문단은 조지프의 종교적인 억압만이 아니라 청교도적인 공격의 원인도 다루고 있다. 즉 '힌들리와 그의 아내가 아래층에서 편안하게 불을 쬐면서 키스도 하고 늦은 시간까지 쓸데없는 이야기(부끄러워해야 할 어리석은 수다)를 나누고 있기 때문에' 캐서린과 히스클리프는 다락방에서 떨고 있어야 한다는 사실을 말해주는 것이다. 캐서린의 자기방어는 명백하다. 캐서린은 (그리고 히스클리프는) '양부모'의 애무 때문에 고통받는다. 캐서린은 1분도 채 지나지 않아 자신이 힌들리의 '난롯가의 낙원'이라고 부르는 것의 성적인 본질을 처음으로 이해하고, (더 나쁘게도) 그것과 자신의 연관성을 이해하게 되기 때문이다.

부엌으로 ('그곳에서 조지프는 '닉이 우리를 데리러 올 것'이라고 단언한다') 달려가서 캐서린과 히스클리프는 각자 '닉의 출현을 기다릴 각자의 피난처'를 찾는다. 캐서린과 히스클리프, 다시 말해 캐서린과 캐서린, 혹은 캐서린과 그녀의 채찍은 이미 분리되었다. 시간이라는 기계가 만들어낸 신이라 할 수 있는 폭군적인 힌들리뿐만 아니라 캐서린 자신의 섹슈얼리티가 출현한 것과 청교도적이고 가부장적인 사회에서 섹슈얼리티에 달라붙는 모든 공포가 그들을 분리시킨 것이다. 프랜시스의 까다로움이 숙녀가 내포한 사회적 질병을 구현하듯, 프랜시스는 섹슈얼리티의 공포스럽고도 시시한 결과를 글자 그대로 구현한다. 어리석지만 낙원 같았던 난롯가의 수다는 결국 프랜시스를 죽음으로 곧장 인도한다. 이 일은 유령 같고 바보 같았던 이전의 그녀 모습을 통해 이미 예견할 수 있었다. 그녀의 섹슈얼리티가 지닌 파괴성은 파괴성과 연관된 사소하지만 포악하고 불공평한 행위(예를 들면 히스클리프의 머리카락을 제멋대로 잡아당기는 일)에서도 은연중 드러난다. 밀턴과 메리 셸리에게서 발견되는 섹스-죽음의 등식은 프랜시스와 힌들리의 아들인 헤어턴이 태어났을 때 사실상 표면에 드러난다. 『폭풍의 언덕』 전반에 걸쳐 그리스 합창단같이 기능하는 내과 의사 케네스가 힌들리에게 슬픈 목소리로 '아마도' 겨울이 프랜시스를 '끝장낼 것'이라고 알려준다.

그러나 캐서린에게 죽음의 중개인은 겨울이 아니라 섹스임이 틀림없다. 캐서린이 차츰 깨닫듯이 밀턴은 캐서린의 세계에 '내가 너에게 잉태에 따르는 고통을 크게 더하리니'[『실낙원』10편 192~195행] 하고 선고하고 있으며, '죽음'을 낳는 '죄'의 모성적 이미지가 이 점을 강화시키고 있기 때문이다. 따라서 프랜시스의 쇠락과 죽음이 캐서린의 타락을 수반한다는 설정은 형이상학적으로 적절하고 극적으로도 적절한데, 프랜시스의 운명은 캐서린이 섹슈얼리티를 획득한 이후 겪어야 할 위기를 미리 보여주기 때문이다. 이는 [『실낙원』에서] 이브의 타락 이후 '죄'와 '죽음'이 지상에 출현한 것과 마찬가지다. 프랜시스가 헤어턴(언쇼 가문의 진정한 상속인)을 낳고 죽음에 이른다는 설정도 대단히 적절하다. 헤어턴의 탄생은 결국 '부끄러움을 모르는 어린 소년들의 황야' 한복판에서, 하이츠의 거대한 정문 위에 이름이 새겨진 기원의 가장이 소생한 것으로 볼 수 있기 때문이다. 그의 탄생은 (워더링 하이츠에 있는 그의 '정당한' 자리를 일시적으로 빼앗았던) 사탄적인 여성 원칙의 심리적인 쇠퇴와 몰락을 의미할 뿐만 아니라 역사의 시작을 의미하는 것이기도 하다.

*

그런데 캐서린의 타락은 가부장적 미래와 연관되었을 뿐만 아니라 가부장적인 과거와 현재가 야기한 것이기도 하다. 따라서 캐서린이 스러시크로스 그레인지의 파수꾼/신이라 할 수 있는 수컷 불도그 앞에서 넘어져 물렸을 때부터 캐서린의 문제가 매우 급격하게 전개된다는 것에 주목해야 한다. 많은 독자들은 그 중요성을 간과하지만, 캐서린은 열두 살이 될 때까지 그레인지에 가지 않는다. 반면 그레인지 집안 사람들은 캐서린을 붙잡고 '놓아주지 않는데', 이는 『폭풍의 언덕』이 묘사하는 사납고 냉혹한 성 심리적 통과의례의 본질을 강조하는 은유적 행위라 할 수 있다. 마찬가지로 (스러시크로스의 상징으로서) 난폭한 수컷/개는 하이츠를 지배하는 ('마담'과 '유노'로 번갈아 언급되는) 소름 끼치는 암캐 여신과 현저하게 대조적이다.[31]

상식적으로 말하자면 캐서린과 히스클리프가 그레인지 방향으로 도망친 이유는 조지프의 종교적인 고문을 피하기 위해서이기도 했다. 더 절박하게는 힌들리의 낭만적인 낙원이 강요하는 성적 자각을 피하기 위한 것이라 할 수 있다. 그러나 캐서린과 히스클리프는 섹슈얼리티도 그 결과도 피할 수 없었고, 더 멀리 도망칠수록 자신들이 남모르게 피하고 싶었던 바로 그 운명에 더 가까이 다가갔다. 캐서린과 히스클리프는 '하이츠의 꼭대기에서 공원까지 쉬지 않고' 달려서 (그들의 천국을 지옥으로 바꾸어버린) 힌들리의 낙원 주변을 벗어난다. 그들이 도착한 곳은 처음에는 빛과 부드러움과 색으로 가득 차 있는, 분명 천국처럼 보이는 곳, '진홍색 카펫이 깔린 휘황찬란한 곳, [···] 금빛 테가 둘러진 순백의 천장 중앙에서 내려온 은사슬에는 유리 장식들이 쏟아질 듯 걸려 있어 부드러운 양초와 함께 반짝이고 있는 곳'[6장]의 경계다. 이 추방자들은 창 안을 들여다보면서 자신들이 그 방 안에 있다면 '천국에 있는 것과 같을 거야' 하고 생각한다. 적어도 밖에서 보면 린턴 가의 우아한 안식처는 천국처럼 보인다. 그러나 캐서린과 히스클리프는 이곳의 유리즌적인 내부를 경험하고 나서 자신들에게는 이 천국이 지옥임을 알게 된다.

그들을 환영하는 천국의 최초의 사자는 불도그 스컬커다. 천국의 개처럼 포즈를 취하고 있지만 사실은 지옥의 개다. 토템 같은 이 동물이 캐서린에게 입히는 부상은 캐서린이 워더링 하이츠에서 스러시크로스 그레인지까지 강제로 이동하는 과정에서 개가 행하는 역할만큼 상징적이다. 캐서린의 '길들여지지 않은' 순수성을 강조하기라도 하듯, 맨발의 캐서린은 야생의 아이가 그럴 수밖에 없듯이 쉽게 상처를 입는다. '[개의] 목을 조르자 입에서 15센티미터쯤 되는 거대한 자줏빛 혀를 늘어뜨렸고, [···] 스컬커의 축 늘어진 입술에는 피범벅이 된 침이 흘러내리고 있었다.' 에드거 린턴이 소리친다. '보세요. [···] 저 애 발에서 피가 흐르고 있어요.' 린턴의 어머니는 걱정스럽게 '어쩌면 캐서린은 평생 다리를 절게 될지도 몰라' 하고 말한다.[6장] 사춘기 소녀가 피를 흘리는 장면은 성적인 암시를 분명히 드러낸다. 다리를 절게 만든 부상도 마찬가지다. 그 부상은 오이디푸스, 아킬레스, 피셔 킹의 이야기에 나오듯 거의 항상 상징적 거세를 의미한다. 게다가 스컬커가 캐서린을 공격하는 도구(예를 들면 거대한 자줏빛 혀와 축 늘어진 입술)가 매우 남근적으로 보인다는 점은 지적할 필요도 없다. 이 단순하지만 폭력적인 에피소드의 이미지들은 프로이트적인 의미에서 캐서린이 성숙한 여자의 섹슈얼리티로 내던져짐과 동시에 거세되었음을 암시한다.

어떻게 소녀가 '여성이 됨'과 동시에 거세될 수(다시 말해서 성에서 벗어날 수) 있는가? 위의 이미지들이 의미하는 바가 상당히 프로이트적이라는 것을 감안한다면 이는 바보 같은 질문이리라. 엘리자베스 제인웨이와 줄리엣 미첼이 말했듯, 프로이트적 의미에서뿐만 아니라 페미니즘적 의미에서도 ('음경 선망'을 암시하는) 여성성이 거세를 의미한다는 주장은 매우 적절해 보이기 때문이다. 제인웨이는 프로이트의 중요한 논문인 「여성의 섹슈얼리티」(1931)를 논평하면서, '어떤 여성도 음경을 빼앗기지 않았다. 여성은 처음부터 그것을 가져본 적이 없다'고 말한다.

그러나 여성은 남자들이 즐기는 자율성, 자유, 자기 운명을 통제할 권력을 박탈당했다. 프로이트는 여성이란 남성의 기관이 결여된 존재라는 그릇된 주장을 펼치면서 실질적 결여와 그가 분명하게 알고 있는 한 가지를 지적한다. 프로이트의 시대에 열등한 여성에 비해 남성이 누릴 수 있던 이득은 물론 지금보다 훨씬 더 많았다. 나아가 그 이득은 훨씬 더 피할 수 없는 것으로 받아들여졌다. 여성들은 명백하게 사회적으로 거세당했고, 무엇인가를 성취할 수 있는 인간으로서의 잠재력은 손상당했다. 이런 거세와 손상은 육체적인 부상과 매우 유사했다.[32]

프로이트 시대의 진실은 에밀리 브론테의 시대에는 더욱더 확실한 진실이었다. 캐서린 언쇼가 '평생 다리를 절게' 됨으로써 '사회적으로 거세당한 자'가 되었다는 가정은 스러시크로스 그레인지에서 캐서린을 다루는 방식과 그녀의 또 다른 자아인 히스클리프를 취급하는 방식에서 입증된다. 린턴 가의 가족은 캐서린을 '젊은 숙녀'로 가정하고, 이 부상당한(그러나 여전히 건강한) 소녀가 정말로 환자이기라도 하듯 보살펴준다. 린턴 가는 캐서린에게 낯설고 영양가 있는 음식(그들의 식탁에서 가져온 니거스주와 케이크)을 먹인다. 발을 씻겨주고, 머리를 빗겨주고, '큰 슬리퍼'를 신긴 채 인형처럼 휠체어에 태워 돌아다닌다. 린턴 가족은 페르세포네부터 백설 공주에 이르는 신화 속 여자 주인공들을 전통적으로 무력하게 만들었던 사악한 입문식을 거행하는 듯 보인다. 반면 히스클리프는 '꼬마 인도인 선원, 미국이나 스페인의 부랑아'로 취급받고 응접실에서 쫓겨난다. 그리하여 캐서린은 (자신의 가장 강하고 가장 절실한 '자아'로 규정한) 연인/형제와 분리된다. 이로부터 5주 동안 캐서린은 그레인지 집안의 천국 같은 온화함 속에 맡겨진다.

스러시크로스 그레인지가 우아하고 세련된 '천국처럼' 보이는 것은 그곳이 워더링 하이츠와 정반대이기 때문이다. 분명 모든 점에서 이 두 집은 마치 각각 자신을 주장하면서 상대의 존재를 절대적으로 부인하는 것처럼 서로 대립적이다. 밀턴과 블레이크처럼 에밀리 브론테도 대립적으로 사고했다. 워더링 하이츠가 거대한 중앙 화덕, 즉 로스의 불길 같은 검은 에너지를 내뿜는 화덕을 중심으로 지어진 응접실 없는 거대한 방이라면, 스러시크로스 그레인지에는 열기보다는 빛이 넘쳐나는 응접실이 있다. '금빛 테두리가 둘러진 순백의 천장'과 '유리 구슬 장식이 쏟아질 듯한' 응접실의 중앙은 올바른 이성의 천국을 밝히는 밀턴의 '생기 넘치는 불빛'을[『실낙원』 3편 22행] 풍자한 것 같다. 게다가 워더링 하이츠는 레비스트로스적인 의미에서 알몸이나 '날것'에 가깝지만 (마룻바닥에는 양탄자도 깔려 있지 않고, 거주인들은 대부분 문맹에 가까우며, 선반에 있는 고기조차 누구나 볼 수 있게 포장도 없이 놓여 있다) 스러시크로스 그레인지는 장식이 있고 음식이 '요리되어 나온다.' 그곳에는 진홍빛 양탄자가 깔려 있고, 책도 많으며, 케이크를 먹거나 차와 니거스주를 마신다.[33] 워더링 하이츠는 개들도 양치기 개나 사냥개일 만큼 기능적인 반면, 스러시크로스 그레인지는 (불도그가 지키고 있긴 하지만) 숙녀와 반려견을 위한 장식적이거나 미학적인 집이다. 따라서 불필요한 것 하나 없이 기능적이기만 한 날것 그대로의 워더링 하이츠는 이브와 사탄의 열망처럼 본질적으로 반위계적이고 평등하다. 반면 스러시크로스 그레인지는 서구 문화가 대대로 하늘의 섭리로 규정해온 위계적인 존재의 사슬을 재생산한다.

이 모든 이유 때문에 워더링 하이츠에서 캐서린 언쇼는 그녀의 채찍인 히스클리프와 함께 에밀리 디킨슨이 '맨발의 지위'라고 부르는 상태에 놓여 있다.[34] 반면 스러시크로스 그레인지에서 캐서린은 처음에는 절뚝거릴 만큼 커다란 슬리퍼를 신고, 나중에는 걷기 위해 '두 손으로 들어올려야 하는 긴 옷'을 입는다. [7장] 또다시 디킨슨의 말을 빌리면, 캐서린은 '사라져버릴까 두려워서 / 감히 베일을 들어 올리지 못하는 여성'이[J 421편] 되기 직전의 상태에 놓여 있는 듯 보인다. 워더링 하이츠와 비교했을 때 스러시크로스 그레인지는 결과적으로 은폐와 이중성의 집이며, 앞으로 알게 되겠지만 영혼이 육체에서 분리되듯 생각이 생각의 담지자와 분리되는 장소이기 때문이다. 그리하여 불안한 여성은 '그녀의 망사 너머를 응시한다― / 그리고 소망하고―거부한다― / 이미지가―만족시키는 / 욕망을 면담이 없애버릴까 봐.' 바로 여기에서 캐서린 언쇼는 하늘의 섭리에 따라 '누군가를 속이려는 의도 없이 이중인격을 갖는 법'을 배우게 된다.[8장]

사실상 그 치명적인 5주 동안 캐서린 언쇼에게 스러시크로스 그레인지는 훈육의 궁전이다. 브론테는 그곳을 어린 곤달들이 자주 감금당하곤 했던 모호한 인생 학교라고 빈정댄다. 그러나 캐서린은 A. G. A.와 그 군대처럼 강력한 나라를 통치하는 방법을 배우기보다 스스로를 통제하는 방법, 또는 린턴 집안과 오빠의 명령을 수용하는 방법을 배워야 한다. 캐서린은 자신의 충동을 억눌러야 하며, 자신의 에너지를 '이성'이라는 단단한 버팀목으로 동여매야 한다. 품위 있는 여성성의 '천국'으로 추락한 캐서린은 숙녀가 되어야 한다. 스러시크로스 그레인지의 세계로 들어가는 것이 강제적이고 폭력적이었듯, 캐서린은 폭력적이고 고통스러우며 냉정한 교육을 통해 그 세계에 적응하게 된다. 이 교육 과정은 숙련된, 거의 가학적일 정도로 빈틈없는 관찰자에 의해 기록된다. 이는 어린 곤달들이 훈육의 궁전에서 힘든 시간을 겪는 것과 비슷하다. 훌륭했던 황금시대와는 판이하게 다른 그들의 학창 시절에 곤달들은 대부분 동굴과 고문실에서 시간을 보냈으며, 그곳에서 그들의 선배들은 그들을 굶겨서 복종하게 만들거나 자기 인식에 이르게 했다.

에밀리 브론테가 교육을 항상 공포스럽고 심지어 고통스러운 것으로 묘사하는 이유는 '성직자 딸들의 학교'와 그 밖의 곳에서 겪었던 트라우마 때문일 것이다.[35] 교육에 대한 브론테의 묘사는 19세기 교육이 젊은 아가씨에게 억압적이었다는 사실을 반영한다. 즉 생기발랄한 소녀들(캐서린 언쇼와 캐서린 몰런드)은 카프카의 유형지 거주자들처럼 가부장제의 도덕과 금언이 자신의 피부에 수놓아졌다고 느낄 때까지 수판에 묶여 교훈적인 견본을 들고 몇 시간이고 일해야 했다. 여기에서 캐서린 몰런드를 언급하는 것은 논점 이탈이 아니다. 우리가 보았듯 오스틴은 풍자적인 의도가 있을 경우를 제외하고는 여자 주인공을 고문 같은 고덕적/곤달적 교육에 종속시키지 않았다. 그러나 오스틴의 풍자조차 캐서린 몰런드 같은 소녀에게 학교 생활은, A. G. A.에게 그런 것처럼, 거의 본능적인 공포를 일으킨다는 점을 암시한다. 캐서린은 '천국 같은' 노생거 사원이 감방을 숨기고 있다고 의심하며, 자신이 읽고 있는 여성 로맨스가 어느 정도는 자기 인생의 위장된 이야기임을 감지함으로써 (헨리 틸니는 할 수 없지만) 이 의심을 발전시켜나간다.

캐서린 언쇼의 경우 이런 점은 곤달의 시나 『노생거 사원』보다 파악하기 어렵다. 캐서린은 이중성과 (숙녀다운 속임수를 의미하는) 숙녀의 예의범절을 배움으로써 실질적으로 이중인격을 갖게 되고 파편화되기 때문이다. 따라서 교육받는 자는 형식적으로 캐서린이지만, 감방으로 추방당하는 자는 히스클리프(그녀의 반항적 다른 자아, 그녀의 채찍, 그녀의 이드)다. 이는 마치 연약한 이저벨라 린턴이 히스클리프를 처음 만났을 때 보였던 공포에 질린 반응을 ('혐오스러운 것! 그를 지하실에 가두어라') 실행하는 듯 보인다.(6장) 히스클리프가 지하실이 아니라 다락방에 갇혀 굶주리는 반면, 캐서린은 아래층에서 우아하게 '거위 날개를 자르며' 식탁의 규범을 배운다. 더 의미심장한 것은, 캐서린도 마침내 먹을 수가 없어서 식탁보 아래로 들어가 갇혀 있는 친구를 생각하며 운다는 사실이다. 캐서린이 나중에 넬리에게 말하듯, 캐서린에게 히스클리프는 '나 자신보다 더 나 같은' 사람이다. 히스클리프의 실질적인 굶주림은 더 위험한, 그래서 더 무서운 캐서린의 정신적인 굶주림을 상징한다. 마찬가지로 스러시크로스 그레인지에서 캐서린이 당한 부상은 히스클리프의 건강과 힘에 가해진 치명상을 의미한다. 한때는 양성적이었던 히스클리프-캐서린은 이제 서로 격리된 채 가부장제가 합의한 힘, 즉 스러시크로스 그레인지의 린턴 집안과 그들의 밀사인 하이츠의 힌들리와 프랜시스가 합의한 힘에 의해 정복당하기 때문이다.

프랜시스가 새로운 가장이 될 헤어턴을 낳고 죽음으로써 이 작품과 세계에서 고통스러운 임무를 완수한 것이 이 시기라는 것도 충분히 그럴듯하다. 또한 같은 시기에 캐서린은 숙녀다운 극기 교육에 입문해 자아를 부인하고 에드거와 결혼하기로 결심한다. 캐서린이 히스클리프는 '나 자신보다 더 나 같다'고 말할 때, 그 이름 없는 '집시'는 그녀의 추방당한 자아로서 사실상 캐서린보다 더 확실하게 캐서린의 본래적인 존재를 몸 안에 담고 있음을 의미한다. 궁핍 속에서도 히스클리프는 완전하고 확실해 보이는 반면, 캐서린은 디킨슨의 시가 묘사하는 숙녀다운 소망과 거부의 세계에 전적으로 흡수된다. 록우드가 발견한, 정체성과 관련된 에밀리 브론테의 최우선적인 관심사라 할 수 있는 글('온갖 종류의 글씨체로, 크게 작게 반복해서 쓴 하나의 이름, 캐서린 언쇼! 여기저기 캐서린 히스클리프로 변했다가 다시 캐서린 린턴으로 바뀐 이름')을 캐서린이 창턱에 강박적으로 휘갈겨 쓰는 것도 상실과 전이가 일어나는 바로 이 시기다.[3장] 다양한 이름이 반복되는 상황에 비추어볼 때, 결국 캐서린은 히스클리프가 '자신보다 더 나 같다'는 사실을 알고 있다고 볼 수 있다. 히스클리프의 이름은 단 하나뿐이지만, 캐서린의 이름은 많기 때문에 어떤 의미에서는 이름이 없다고 말할 수 있기 때문이다. 남성적 교양소설의 최종적인 목표가 성공적인 자아 발견이듯이, 여성 교육의 최종 산물은 불안한 자기 부정임을 브론테는 암시하고 있다. 캐서린, 혹은 모든 소녀들은 자기 이름을 알지 못하고, 따라서 자신이 누구이며 어떤 사람이 될 운명인지 알 수 없다는 것만을 배운다.

정체성에 대해 느끼는 캐서린의 불안과 불확실성은 그녀의 성격에 내재한 치명적인 결함이라 할 수 있는 도덕적인 약점을 나타낸다. 이 약점 때문에 캐서린은 에드거와 히스클리프 중 한 사람을 선택하지 못한다는 주장이 종종 제기된다. '캐시, 왜 너는 네 마음을 배반하는 거지?'[15장] 이런 히스클리프의 책망은 블레이크적인 형식을 빌려 캐서린의 도덕성을 비판한다. 블레이크는 '욕망을 억누르는 자는 그의 욕망이 억제당할 만큼 약하기 때문에 억누르는 것'이라고 경멸한다.³⁶ 반면 좀 더 세속적이고 상식적인 리비스적 공격('성숙'은 자신의 케이크를 먹지 않을 수 있을 정도로 강해진다는 것을 의미한다는 검열관다운 생각)은 마크 킨키드 윅스가 '그레인지 집안의 관점'이라고 부른 것을 대변한다.³⁷ 그러나 캐서린의 타락과 관련해서 (그리고 특히 자기 기만적으로 내린 에드거와의 결혼 결정과 관련해서) 도덕성을 말하는 것은 무의미하다. 도덕성이란 유효한 선택의 기회가 존재하는 경우에만 의미가 있기 때문이다.

우리가 보았듯이 캐서린에게 유의미한 선택의 기회란 없다. 캐서린은 오빠의 결혼 때문에 워더링 하이츠에서 스러시크로스 그레인지로 쫓겨난다. 캐서린은 그곳에서 이성과 교육, 예의범절의 아가리에 갇힌 채, 선택의 여지 없이 에드거와 결혼해야 했다. 에드거 외에 결혼 상대는 없으며, 숙녀는 결혼을 해야 하기 때문이다. 사실상 캐서린이 에드거에 대한 사랑을 정당화시키는 장면은 ('나는 그의 발아래 있는 대지를, 그의 머리 위에 있는 공기를, 그가 만지는 모든 것을, 그가 하는 모든 말을 사랑한다'[9장]) 우아하고 낭만적인 고백을 신랄하게 풍자한다. 이런 풍자는 캐서린이 받은 교육이 젊은 숙녀에게 적절한 문학적 낭만주의를 주입하는 데 상당히 효과적이었다는 사실을 보여준다. 모든 에너지를 아버지/연인/남편의 카리스마와 동일시하는 연약한 '여성성'이 문학적 낭만주의다. 히스클리프와 결혼하면 자신이 '격하될' 것이라는 캐서린의 변명도 캐서린이 받은 교육의 불가피한 산물이다. 캐서린이 숙녀로 추락하는 동안 히스클리프 역시 여성의 무력함에 해당하는 위치로 전락했기 때문이다. 캐서린은 여자 되기가 타락이라면 여자처럼 되기는 더 심한 타락임을 정확하게 배운 것이다. 따라서 밀턴의 이브가 이미 타락했기 때문에 어떤 의미 있는 선택도 할 수 없었던 것같이 (물론 밀턴은 이브의 선택을 다른 방식으로 설명하려고 노력한다) 캐서린에게도 진정한 선택이란 없다. 문화가 본질적으로 가부장적이라면 여성은 타락할 수밖에 없다. 다시 말해 그들은 타락할 운명이기 때문에 이미 타락한 것이다.

이 점을 감안한다면 도덕적인 검열은 단지 장황할 뿐이다. 또한 소설의 핵심적인 사실을 미심쩍게 재진술하고 있을 뿐이다. 히스클리프의 블레이크적인 책망도 원인을 따지기 위한 것이 아닌 도덕적인 책망이라면 역시 불필요하다. 캐서린이 나중에 자신의 한 부분이 다른 부분에게 질문하듯 '내가 왜 이렇게 변했지?' 하고 격정적으로 묻는 것은 원인을 따지기 위한 질문이라 할 수 있다. 캐서린의 변화는 스스로도 알듯이, 사회적 생물학적 힘이 결합하여 격렬히 그녀에게 대항한 결과다. (W. H. 오든의 말을 빌리자면) '빅토리아 시대의 아버지'로서 신은 캐서린이 '천국'이라 부르고 그는 '지옥'이라 부르는 애매한 자연

의 낙원에서 그가 '천국'이라고 생각하는 곳으로 그녀를 내던진
다. 그러나 그곳에서 캐서린은 하이츠로 되돌아오고 싶어 비탄
에 잠겨 울 뿐이다. 캐서린이 넬리에게 하는 사색적이고 모호
하며 '광적인' 말은 최종적으로 캐서린이 겪은 추락의 끈덕짐
과 냉혹함을 나타낸다. '생각해봐. 열두 살에 내가 하이츠에서
억지로 쫓겨나와 [⋯] 히스클리프, 나의 전부와 생이별을 하고
단숨에 린턴 부인으로, 스러시크로스 그레인지의 마님으로, 낯
선 사람의 아내로 바뀌었다는 것을. [⋯] 나의 세계였던 곳으로
부터 망명자이며 추방자가 되었다는 것을.' 『폭풍의 언덕』이 심
리 드라마라고 본다면, 캐서린이 사용한 단어 중 오직 생각해보
라는 말만이 수사학적인 전략이라 할 수 있다. 캐서린의 나머지
말은 절대적으로 정확하고, 그 이후 일어나는 그녀의 행위를 선
과 악을 초월한 곳에 자리매김해준다. 캐서린의 말은 관습적인
용어를 블레이크식으로 전도시킨 것으로, 캐서린이 미친 것이
아니라 사실은 제정신일 수도 있음을 암시한다.

*

　캐서린 언쇼 린턴의 몰락은 캐서린 언쇼의 추락에 뒤따라 발
생한다. 그것은 처음에는 느리지만 마침내 브론테 자신이 앓았
던 결핵의 진행처럼 급속히 캐서린을 병들게 하며 이내 치명적
이 된다. 육체의 죽음을 향해 미끄러져가는 그 기나긴 과정은
돌이킬 수 없는 영혼의 죽음에서(에드거의 청혼을 캐서린이 받
아들인 결과 '스러시크로스 그레인지의 마님인 린턴 부인' 역할

에 스스로를 가두는 일에서) 시작된다. 물론 히스클리프가 스스로 하이츠를 떠나고, 그래서 캐서린이 심리적 분열로 치달은 계기는 캐서린이 자신의 결정을 넬리에게 말하는 것을 히스클리프가 엿들었기 때문이다. 자신의 진정한 자아가 떠나자 캐서린이 병든다는 설정은 의미심장하다. 이런 설정은 캐서린이 추락하기 시작했음을 알려줄 뿐만 아니라 추락의 치명적인 끝을 예고하기 때문이다. 히스클리프가 떠난 다음 날 아침에 넬리에게 건네는 캐서린의 말은 극적일 뿐만 아니라 상징적으로도 의미심장하다. '문 닫아, 넬리. 배고파 죽겠어!'[9장]

도러시 반 겐트가 보여주듯, 『폭풍의 언덕』에서 창문은 한결같이 개방의 가능성을 의미한다. 즉 창문은 전복적인 타자가 들어올 수 있는 틈을 나타내거나 마치 인습적인 의례가 흐르는 피처럼 빠져나올 수 있는 상처를 나타낸다.[38] 록우드가 편집증적으로 새겨진 캐서린의 여러 다른 이름을 발견하는 곳도 창턱이다. 창턱을 보면 마치 그녀가 어떤 자아를 창 안으로 들어오게 할지, 주변 소나무 가지들 사이로 도망친 다음 어느 방향으로 날아갈지 고심하는 듯하다. 캐서린 린턴의 유령이 경악한 방문객에게 얼음처럼 차가운 자신의 손가락을 내미는 곳도 바로 창문이다. 캐서린이 '광기'에 사로잡혀 넬리에게 '황야에서 곧장 불어오는' 바람을 들이마실 수 있도록 열어달라고 간청하는 것도 그레인지에 있는 창문이다. '창문을 다시 열어줘, 활짝! 연채로 고정시켜줘' 하고 캐서린은 울부짖는다. 자신의 죽음을 예감하며 일어선 그녀의 모습은 황야 위쪽에 있는 집을 향해 여정을 시작할 준비가 거의 된 것처럼 보인다(넬리는 현명하게 '열려 있는 격자 창가에 그녀를 홀로 놓아둘 수 없다'고 말한다).
그러나 지금 창문을 열고 싶어하는 캐서린의 욕망은 그녀의 몸,
결혼, 자아, 인생의 '산산조각난 감옥'에서 도망치고 싶은 일반
적인 소망을 표현할 뿐만 아니라 특히 3년 전의 한동안을 가리
킨다. 그것은 캐서린의 교육의 일환으로 그녀의 분신인 히스클
리프에게 가했던 감금과 굶주림을 선택하고 창문을 닫았던 시
기다.

　바이런의 『시용의 죄수』, 브론테의 곤달 시들, 그리고 헤아릴
수 없이 많은 다른 고딕 및 신고딕 이야기들이 보여주듯 감금은
광기, 유아론, 마비로 이어진다. 굶주림은 (영양실조라는 현대
적 의미뿐만 아니라 얼어붙은 혹은 '얼음 속에서 굶어 죽는' 고
풍스러운 밀턴적 의미에서도) 허약, 정지, 죽음으로 이어진다.
굶주림과 감금에서 시작하여 그녀가 몰락해가는 동안 캐서린은
정신적 육체적 쇠락의 이 모든 무서운 단계들을 거쳐간다. 처음
에 캐서린은 (어떻든 넬리에게는) 그저 약간 '고집 센' 아이처럼
보인다. 채찍 없이 무력해진 캐서린은 강건하고도 자유로웠던
소녀 시절의 자율성을 상실했다는 것을 날카롭게 인식하고 있
으며 마음껏 성내고 속이고 조정함으로써 자신의 욕망을 충족
시킨다. 그리하여 캐서린과 에드거가 '실제로 점점 더 깊은 행
복감을 누렸다'는 넬리의 낙관적인 믿음은 동시에 히스클리프
의 떠남, '위험한 병', 결혼이라는 서로 맞물리는 세 사건 '전에
는 캐서린이 결코 우울증에 빠지지 않았다'는 넬리의 말과 아이
러니하게 대조를 이룬다.[10장] 캐서린이 결혼한 지 6개월 만
에 불가사의하게 히스클리프가 다시 나타나자, 이는 캐서린의

증상을 고치기는커녕 악화시킨다. 왜냐하면 히스클리프의 귀환은 사춘기에 입은 여성성의 상처를 결코 치유하지 못하기 때문이다. 그 대신 그것은 '광기'의 시작이자 상처가 급속도로 악화되는 신호가 된다. 캐서린은 에드거와 결혼함으로써 자신의 자율성을 부인하는 사회제도에 가차 없이 갇혔기 때문에 심리적 상징으로서 히스클리프의 귀환은 캐서린에게 이전의 힘은 되돌아오지 않은 채 진정한 자아의 욕망만 되돌아온 것을 뜻한다. 그러나 힘없는 욕망이란 프로이트와 블레이크가 알고 있었듯, 병을 일으킬 뿐이다.

히스클리프가 다시 등장하는 순간부터 캐서린이 죽을 때까지 스러시크로스 그레인지에서 에드거와 캐서린, 히스클리프 사이에 일어난 모든 사건은 궁극적으로 심리 드라마로 이해할 수 있다. 즉 '실제' 무대에서 벌어지는, 캐서린의 정서적 분열이 야기한 기괴한 드라마로 이해할 수 있는 것이다. 그렇다면 점잖을 경우에는 빅토리아 시대적으로, 가끔 격렬할 경우에는 바이런적으로 이루어지는 캐서린의 몰락은 더는 논의할 필요가 없을 정도로 의미가 분명해질 것이다. 히스클리프(캐서린이 탐내는 자아이자 독립적인 의지)를 향한 에드거의 독재자 같은 증오는 캐서린으로 하여금 돌아온 '집시' 또는 '시골뜨기'를 부엌에서 (히스클리프는 응접실에 속하는 자가 아니기 때문에) 접대하게 하는 장면에서 최초로 나타난다. 이내 에드거는 증오를 참지 못하고 히스클리프를 자신의 저택에서 완전히 쫓아내려고 한다. 에드거는 이 악마 같은 침입자가 그가 상징하는 모든 것을 이용해 아내뿐만 아니라 여동생에게 영향을 미칠까 봐 두렵기 때문이다. 그의 두려움은 곧 사실로 드러난다. 앞으로 나오겠지만 히스클리프가 '천국 같은' 응접실 안으로 들어오는 사탄적인 반항은 가부장제에 해롭고 가부장제가 불편해하는 무시무시한 병원균을 가지고 있다. 그 병원균은 캐서린과 이저벨라 같은 여자들이 도주와 굶주림, 끝내는 죽음을 무릅쓰고라도 자신들의 역할과 집 안에 감금된 상황에서 도망치게 하는 원인이다.

에드거는 종종 '부드럽고' '약하며' 호리호리하고 금발에 여성적인 모습이라고 묘사되기 때문에, 히스클리프에 대한 그의 감정이 정확하게 가부장적인 성향을 띤다는 사실은 곧바로 드러나지 않는다. 분명 많은 독자들이 에드거의 양식화된 천사 같은 특징 때문에 거칠고 어두운 히스클리프가 린턴의 여성성과 대조되는 남성성을 구현하고 있다고 잘못 생각한다. 돌아온 히스클리프는 '키가 크고 건장하고 좋은 체격의 남자가 되어 있었다. 그 옆에서 나의 주인은 매우 가냘픈 청년 같았다. 곧추선 자세로 미루어 그가 군대에 있었다는 것을 알 수 있었다'고 넬리는 말한다.[10장] 넬리는 심지어 히스클리프의 월등한 남성성을 인정한다. 그러나 넬리가 에드거를 부를 때 끊임없이 재귀적으로 사용하는 '나의 주인님'이라는 호칭은 넬리의 다른 표현과 마찬가지로 다른 의미를 가진다. 어떻든 소설의 이 지점에서 히스클리프는 항상 단지 '히스클리프'지만, 에드거는 '미스터 린턴' '나의 주인님' '미스터 에드거' '주인님' 등 다양하게 불린다. 당연히 이 모든 호칭은 에드거의 육체적인 힘과 상관없이 그의 지위와 권력을 시사한다.

사실상 밀턴처럼 에밀리 브론테도 가부장의 권력인 에드거의 권력이 말과 함께 시작하고 있음을 보여준다. 천국은 '남성 영혼들'로 가득 차 있는데, 천상에서 그러하듯 땅에서도 마찬가지기 때문이다. 에드거는 사람들이 관습적으로 떠올리기 마련인 강한 남성적인 몸이 필요하지 않다. 에드거의 지배는 책, 의지, 유언, 차용증서, 권리 증서, 지대 장부, 서류, 언어 등 가부장적 문화를 한 세대에서 다음 세대로 전하기 위한 모든 수단에 미치기 때문이다. 사실 넬리가 그를 '주인님'으로 부르지 않더라도 에드거의 두드러진 학구적 태도는 그를 가부장으로 규정하도록 한다. 에드거는 (밀턴의 딸들을 그토록 분노케 했던)[39] 남성의 특권인 라틴어와 그리스어 교육을 풍자라도 하듯 서재에서 집안을 다스리기 때문이다. 캐서린의 몰락을 그린 심리 드라마의 등장인물 중 한 사람으로서 에드거는 캐서린이 스스로 자신의 '위치'를 자각하게 하는 숙녀 교육을 구체화한다. 프로이트식으로 말하자면, 에드거는 캐서린의 초자아, 도덕과 문화의 내면화된 감시인으로 묘사할 수 있을 것이다. 에드거의 반대편에는 캐서린의 어린아이 같은, 욕망의 이드로 기능하는 히스클리프가 있다.

동시에 에드거의 초자아적 성격에도 불구하고 에밀리 브론테는 그의 가부장적인 지배가 스러시크로스 그레인지 자체가 그러하듯, 정신적인 폭력뿐만 아니라 육체적인 폭력에 근거하고 있음을 보여준다. 블레이크에게 그랬던 것처럼 캐서린에게도 천상은 죽음의 장소다. 따라서 스러시크로스 그레인지에서도 그의 말 한마디에 스컬커가 풀려나고, 치안판사인 에드거의 아버지는 하인에게 '어떤 놈들이야! 로버트'라고 소리지르며, '어제가 소작료를 받는 날이기' 때문에 도둑이 들어올까 걱정스럽다고 말한다. 마찬가지로 에드거는 캐서린을 충분히 '달랬다'고 생각하고 자신의 권위를 지지해줄 건장한 하인 둘을 불러 히스클리프를 쫓아내기 위해 부엌으로 내려간다. 가부장에게는 근육이 아니라 말이 필요한 법, 히스클리프의 조롱조의 언어는 에드거의 '부드러운' 의관이 감추고 있는 진정한 남성의 권력에 대한 이해를 역설적으로 암시한다. '캐시, 너의 이 양은 황소처럼 위협해!'[11장] 캐서린이 에드거를 자신과 히스클리프와 함께 가두었을 때(표면적으로는 미움받는 주인을 가두는 것이지만 한 번 더 자신을 감금시키는 것), 겉으로는 연약해 보이는 '젖내 나는 겁쟁이'가 히스클리프의 목에 '좀 더 약한 사람이라면 나가떨어졌을' 놀랄 만한 일격을 가하고 도망치는 장면은 더욱더 의미심장하다.

　에드거의 승리로 워더링 하이츠에 대해 스러시크로스 그레인지가 거두었던 이전의 승리가 다시금 떠오르고, 이는 또한 즐겁고 생기 넘치는 '지옥'에 대한 유리즌적인 '천국'의 승리를 의미한다. 동시에 에드거의 승리는 캐서린의 운명을 결정한다. 캐서린은 스스로 굶주림을 택하여 추락으로 이어지는 소용돌이에 자신을 가둔 것이다. 이로써 에드거와 캐서린의 관계에 대해 넬리가 던진 말 중 가장 수수께끼 같은 말을 결국 이해할 수 있다. 8장에서 사랑에 빠진 열여섯 살 에드거의 '운명은 결정되었고, 이제 그는 그의 운명으로 날아가고 있다'고 말하면서, 넬리는 '그 나약한 것[에드거]은 […] 고양이가 반쯤 죽인 쥐나 반쯤 먹은 새를 두고 갈 수 없는 것처럼, 그도 떠날 의지가 없다'고 빈정대듯이 선언한다. 이 대목에서 넬리의 은유는 적절치 않아 보인다. 고집 센 캐서린이 굶주린 고양이고 '나약한' 에드거가 반쯤 먹힌 쥐 아닌가? 그러나 사실은 우리가 지금 보듯이 에드거는 내내 캐서린을 갉아먹고 물어뜯어 죽음에 이르게 하고, 몸과 영혼 둘 다를 소진시켜버리는 맹렬한 힘을 보여준다. '천국'에 떨어진 캐서린은 결국 (실비아 플라스를 인용해보면) '무관심의 배 속에 / 떨어진 것'이기 때문이다. 이런 사회적 생리학에는 캐서린 자신을 위해서라기보다 그녀의 역할 때문에 그녀가 필요하다.[40]

『폭풍의 언덕』 곳곳에 편재한 굶주림의 모티프와 게걸스럽게 먹어 치우는 이미지가 담고 있는 의미에 주목한다면, 에드거와 히스클리프의 핵심적인 대결이 부엌을 배경으로 벌어진다는 설정은 우연 이상의 의미를 띤다. 어떻든 이 에피소드 바로 다음에 C. P. 생어가 캐서린의 '단식 투쟁'이라고 부른 장면과 캐서린의 유명한 광기 장면이 나온다.[41] 플라스의 또 다른 시행은 자아 축소의 느낌을 묘사하는데, 이런 느낌은 자신이 하나의 역할과 기능, 그리고 일종의 걸어 다니는 복장으로 축소되어버렸다는 캐서린의 깨달음과 일치한다. '나는 얼굴도 없다. 나는 자신을 지워버리고 싶었다.'[42] 광기의 장면에서 캐서린이 거울에 비친 자신의 얼굴을 알아볼 수 없다는 사실은 세상과 캐서린을 연결해주던 끈이 헐거워졌다는 것을 의미한다. 캐서린은 넬리에게 자신은 미치지 않았다고 말하며 만일 자신이 미쳤다면 '나는 네가 정말로 시들어버린 노파고, 나는 페니스톤 절벽 아래 있다고 생각할 거야. 그런데 지금은 밤이고, 탁자 위에 있는 촛불 두 자루가 까만 찬장을 흑석처럼 빛나게 한다는 걸 알고 있어'라고 말한다. 그런 뒤 '이상해. 저기에 얼굴이 보여'[12장] 하고 덧붙인다. 물론 아이러니하게도 그 방에는 '까만 찬장'이 없고 거울만 있을 뿐, 캐서린은 거울에 나타난 자신의 이미지를 부인하는 것이다. 이제 캐서린의 분열은 히스클리프와 떨어져 있을 때 겪었던 심리적 분열을 훨씬 넘어서 몸과 이미지(또는 몸과 영혼)가 분리되는 지경에 이른다.

Q. D. 리비스는 분명하게 고딕적인 이 에피소드가 '죽음의 경고와 유령에 대한 흉악한 미신, 그리고 영혼에 대한 원시적인 믿음'을 암시한다는 점이 『폭풍의 언덕』을 처음 구상했을 때 에밀리 브론테가 미성숙했다는 증거라고 주장한다. 반면 리오 베르사니는 이 장면이 '매우 이질적인 자아에 사로잡혀 있는 존재의 위험성'을 암시한다고 주장한다.[43] 그러나 어떤 의미에서 캐서린이 거울로 본 이미지는 고딕적이거나 이질적인 것이 아니라 (그녀가 그 이미지에서 소외되어 있을지라도) 무서울 정도로 익숙한 것이다. 그것은 캐서린이 미친 것이 아니라 사실상 제정신이라는 또 다른 증거다. 캐서린은 거울에서 세상이 자신에게 부여한 모습, 즉 '린턴 부인, 스러시크로스 그레인지의 마님'의 이미지를 보는 것이다. 기이하게도 이 이미지는 옷가지나 패물, 또는 또다시 실비아 플라스의 말을 빌리자면, '평범하고 섬세한 / 유대인의 린넨'이[44] 어린 시절의 찬장, 하이츠에 있는 그녀의 옛날 방에 있었던 검은 찬장에 보관되어 있는 것처럼 나타난다.

이렇게 어린 시절과 연결되어 있기 때문에 캐서린의 환상이 불러들이는 공포의 일부는 그 환상이 제기하는 질문에서 생긴다. 그 복장, 그 얼굴은 어린 소녀의 옷장 구석에 머물며 항상 거기 있었는가? 이 질문은 이브는 타락한 상태로 창조되었는가, 여성은 교육 때문이 아니라 '천성적으로 바보'인가, 그리하여 스스로 강하고 자유롭다는 환상에도 불구하고 여성은 처음부터 망명자이자 추방자가 될 운명인가 하는 프랑켄슈타인의 질문과 궤가 같다. 밀턴의 이브가 '그대 거기에서 보는 아름다운 모습이 바로 너 자신[오로지 너 자신]'이라고 말해주는 초자아적인 신의 목소리를 따라 자신의 이미지에서 벗어나는 길로 이끌릴 때, 이브는 어떤 의미에서 캐서린 언쇼의 몰락을 결정한 것이 아닌가? 자신의 이미지를 아담의 월등한 이미지로 대체하면서 이브가 '남자의 은총과 지혜가 여성의 아름다움보다 탁월하다'(『실낙원』 4편 490~491행)고 인정할 때 이브가 '제정신으로' 바치는 복종은 캐서린 언쇼의 블레이크적인 광기의 윤곽을 반항적으로 보여주는 것 아닌가? 이 같은 질문들은 거울에 비친 캐서린 자신의 광기 어린 환상에서만 명백하게 드러난다. 질문들이 암시되어 있음을 아는 것이 중요하다. 다시 한번 셸리는 괴물이 '자신의' 이미지를 혐오하고 있음을 보여주면서 밀턴을 변호하지만, 브론테는 밀턴을 거부하고 밀턴의 가르침으로 인해 그녀의 주인공이 잃어버린 진정한 자아를 (넬리가 보기에) 광적으로 추구하도록 어떻게 내몰렸는지 보여준다. '내가 그 언덕의 히스 속에 한 번 더 있을 수 있다면 틀림없이 나는 나 자신이 될 수 있을 텐데' 하고 말하며 캐서린은 울부짖는다. 그것은 어린 시절의 양성적인 전체성으로 되돌아가는 것만이 캐서린의 거울 이미지가 상징하는 상처, 즉 그녀가 히스와 히스클리프와 떨어져 최초로 오크나무로 장식한 침대에 운명적으로 갇혀 '홀로 누웠을 때' 시작된 분열을 치유할 방법임을 의미한다. 거울 이미지는 자신과 사회에 의해 감금당한 캐서린의 감방을 나타내는 또 하나의 상징이기 때문이다.

가공할 만한 거울-울타리에서 도망치는 것은 모든 가정 울타리에서 도망치는 것 또는 도망치려고 애쓰는 것이다. 광기에 시달리는 캐서린이 이로 베개를 찢고, 넬리에게 창문을 열어달라고 간청하며 '막 찢어낸 베개 틈에서 깃털을 끄집어내는 것을 어린애처럼 좋아한다'는 것은 의미심장하다.[12장] 사회적으로 유용한 사물로 환원된 깃털을 감옥에서 해방시켜주면서 캐서린은 깃털이 (한때 자신이 그랬듯이 자유롭고 완전한) 새들로 다시 태어나는 모습을 상상한다. 그리고 새들이 '황야의 한가운데서 우리 머리 위를 선회하며' 보금자리로 되돌아가려 하는 모습을 그려본다. 그 순간이 지나자 캐서린은 이제 '찬 공기에도 아랑곳하지 않은 채' 창가에 서서 황야를 지나 워더링 하이츠로 되돌아가는 자신을 상상하고는 이렇게 말한다. '힘든 여정이 될 거야. 그리고 아주 슬플 거야. 이 여행을 하려면 우리는 기머턴 교회를 지나가야 해! […] / 하지만 히스클리프, 내가 지금 떠나자고 한다면, 당신은 그런 위험을 무릅쓸 거지? […] 나는 당신과 함께 있지 않으면 평온할 수 없어. 결코 평온하지 않을 거야!'[12장] 가부장제의 뒤틀린 거울 속에 갇혀 있는 '몰락한' 여성에게는 죽음으로 가는 여행만이 유일한 출구이며, 사랑으로 인한 죽음은 신비한 것이 아니라 (남성 예술가인 키츠나 바그너에게는 그렇겠지만) 실용적인 해결책임을 브론테는 암시한다. 플라스를 다시 인용하자면 죽음의 면전에서 결국 '거울은 수의로 덮여 있다.'[45]

A. 알바레즈는 자살을 '야만적인 신'이라고 불렀다. '야만적인 신'에 굴복하는 마조히즘은 캐서린 자신의 말과 행동뿐만 아니라, 캐서린의 말과 플라스의 시 사이에 존재하는 여러 유사한 주제들에서도 분명하게 드러난다.[46] 물론 굶주림, 신경성 거식, 마조히즘, 자살, 이 모든 것은 함께 복잡한 정신신경증 증세를 빚어내고, 그 증상은 거의 전통적으로 무력감과 분노라는 여성의 감정과 관련된다. 페미니즘 운동(그리고 다른 많은 억압받는 사람들의 운동)의 역사가 보여주듯, '단식 투쟁'이 힘없는 사람들의 전통적인 투쟁 수단임은 분명하다. 더욱이 신경성 거식증은 (살아남기 위한 분별 있는 전략이라고 할 수 있는) 단식에서 오는 일종의 광기다. (거울에 비친 캐서린 언쇼의 소외된/익숙한 이미지와 같은) '신체 크기에 대한 왜곡된 개념'과 임상적으로 연관된 이 신경증은, 심리학자들의 주장에 따르면, '굶주림을 통해 권력을 획득할 수 있다는, 굶는 자의 권력에 대한 잘못된 인식'으로 키워지며, 통제와 정체성에 대한 인식, 능력, 유효성을 위한 투쟁과 결부된다.

그러나 좀 더 일반적인 의미에서 모든 마조히즘적이거나 심지어 자살적인 행위는 무력한 자들의 맹렬한 권력 욕구를 표현한다고 주장할 수 있다. 히스클리프, 그에 대한 캐서린의 '사랑', 더 심오하게는 캐서린과 히스클리프의 결합이 나타내는 자율성의 욕망을 의미하는 캐서린의 채찍은 이제 그녀를 향한다. 캐서린이 자신을 채찍질하는 것은 세상을 채찍질할 수 없기 때문이며, 그럼에도 무엇인가를 채찍질해야 하기 때문이다. 캐서린은 자신을 채찍질함으로써 세상을 고문하려는 것이 아닐까? 권력이 없는 캐서린은 그 점을 확신할 수 없고, 그런 불확실성은 캐서린을 점점 더 심각한 광기로 몰아가 악순환을 강화한다. 캐서린은 자신이 치켜든 채찍을 더 확실하게 느낄 수 있도록 사회적으로 처방된 옷을 찢으면서 리어 왕처럼 '오, 나를 미치게 만들지 마' 하고 울부짖었을 것이다. 반항성이라는 면에서 이전의 캐서린은 그녀의 아버지이자 남편인 리어 왕에 대항하는 코딜리아, 고너릴, 리건의 역할을 번갈아 수행했다. 이제 아무런 힘이 없는 캐서린은 스스로 리어의 모습이 되어 그녀의 잃어버린 왕국을 애도하며, 황야에서 불어오는 돌풍 앞에 자살하듯이 자신을 포기한다.

캐서린의 광기와 그 배경은 오필리아의 분열보다 리어의 분열을 더 많이 반항하지만, 캐서린은 여러 가지 중요한 점에서 리어와 다르다. 그중에서도 가장 분명한 것은 캐서린의 여성성이 그녀에게 하나의 역할이나 기능이라는 운명을 부여해버리고, 프랜시스의 운명이 예언했던 죽음으로 그녀를 위협한다는 사실이다. 비평가들은 이 점에 대해 결코 논하지 않았지만 부엌 장면과 광기의 장면에서 캐서린이 임신 중이었던 것은 사실이며, 그녀가 '해산할' 때 (그리고 표면상으로는 그것 때문에) 죽음을 맞이한다는 것 역시 사실이다. 이런 점에서 본다면 캐서린의 거식증, 광기, 마조히즘은 훨씬 더 무서운 의미를 띤다. 예를 들면 거식증 환자가 상상하는 자신의 왜곡된 몸은 임신한 여자가 실제로 직면하는 기형의 몸과 유사하다. 먹는 행위가 그런 몸을 만드는 것일까? 터무니없이 들릴지라도 이 질문은 불가피하다. 다시 심리학자들에 따르면 어떤 경우든 사춘기 소녀 특유의 거식증은 구강 임신의 공포를 반영하고 있고, 굶기는 그것에 대한 하나의 명백한 반응이다.[47]

하지만 아무리 여자가 자신의 임신을 수용하거나 인정한다고 해도, 절식의 충동은 괴물 같은 무엇이 자신의 몸에 깃들어 있다는 임신한 여자의 불가피한 공포에 대한 확실한 반응이다. 나아가 그것은 자신이 종의 노예가 되어 생명 과정 가운데 하나의 도구로 전락해버릴 것이라는 공포에 대한 반응이다. 지나친 ('병리학적인') 입덧은 전통적으로 이질적인 침입자, 꿈속의 마귀처럼 배에 심어진 아이를 토해버리려는 시도로 해석되어왔다.[48] 사실 (캐서린의 경우처럼) 임신한 여자가 아이 아버지를 이방인 남자로 간주한다면 자신의 몸에서 그 침입자를 제거해버리고 싶어 하는 욕망은 충분히 타당해 보인다. 그러나 그 과정에서 여자가 자살한다면 어찌될 것인가? 이것은 캐서린의 마조히즘적 단식이 암시하는 또 다른 질문으로서, 특히 단식을 입덧의 위장된 형태로 본다면 더욱 그러하다. 또 다른 질문은 좀 더 일반적이다. 어머니가 된다는 것은 숙녀가 되는 것처럼 죽음을 불러오는 일인가? 여성의 섹슈얼리티는 필연적으로 치명적인가?

브론테가 '그렇다'고 답변한다면, 그 긍정의 강도만큼 그녀는 다시 한번 밀턴에게서 (비록 보통보다 덜 급진적이긴 하지만) 멀어진다. 이브가 자신의 이미지와 분리되었을 때, 밀턴은 그녀를 '인류의 어머니'라고 새롭게 명명하기 때문이다. '죄'가 모성을 두려운 상징으로 규정했음에도 밀턴은 '인류의 어머니'가 생명을 부여하는 명예로운 타이틀이라고 간주한다. 캐서린이 어머니의 위치로 진입하는 과정은 이 이야기를 전복시키지는 않지만 암울하게 풍자적이다. 출산이 캐서린을 (그리고 결국에는 히스클리프를) 죽음으로 몰고 간 것은 확실하다. 동시에 출산은 캐서린이 자기를 주장함으로써 워더링 하이츠에서 무너지기 시작했던 가부장적 질서를 소생시키고 있다. 출산은 결국 자아가 겪을 수 있는 최종적인 분열이다. 마찬가지로 '해산'이란 여자에게 결국 감금과 동의어다. 마치 이 사실을 알고 있는 듯 모성을 회피하고자 하는 캐서린의 시도는 무의식적이기는 하지만 밀턴을 전복한다. 밀턴의 이브는 '죽음을 먹지 않기' 때문이다. 그러나 브론테는 그렇게 한다. 종의 노예가 되기를 거부하고 '인류의 어머니'가 되기를 거부하고, 플라스식으로 말하자면 '영성체'를 거부하며 입을 닫아버린다. 물론 소용없는 일이다. 그녀는 두 명의 캐서린으로, 즉 워더링 하이츠가 키운 죽어버린 미친 과거의 캐서린과 스러시크로스 그레인지가 키운 더 온순하고 무난한 현재의 캐서린으로 분리된다. 그럼에도 에밀리 브론테의 이브는 그녀의 창조자와 마찬가지로 일종의 굶주린 예술가다. 이는 샬럿 브론테가 여성의 굶주림의 원인에 대한 또 다른 수정주의적 설명이라 할 수 있는 『셜리』에서 자신의 동생 (에밀리 브론테)을 기념할 때 인정했던 점이다.[49]

*

캐서린의 추락, 그로 인한 그녀의 몰락, 분열, 죽음은 두말할 나위 없이 『폭풍의 언덕』의 전반부를 지배하는 주제다. 그렇게 뚜렷하지는 않지만 이 소설의 후반부는 캐서린의 추락이 몰고 온 좀 더 커다란 사회적인 영향에 관한 것이다. 이 영향은 강에 던져진 돌이 일으킨 파문처럼 동심원으로 퍼져나가며, 캐서린이 죽을 때 이미 시작된 것을 포함해 많은 유사한 이야기들을 통해 검토되고 있다. 이저벨라, 넬리, 히스클리프, 캐서린 2세, 이 모든 인물의 삶은 이런저런 식으로 캐서린의 삶과 병치된다(또는 어떤 의미에서 캐서린의 삶을 포함한다). 그것은 마치 브론테가 똑같은 플롯을 번갈아 바꿔서 차용하는 것과 같다.

아마도 이저벨라가 이 유사한 인물 중에서 가장 두드러진 인물일 것이다. 캐서린처럼 이저벨라도 사춘기 때 집에서 도망쳐 나온 고집 세고 충동적인 '아가씨'이기 때문이다. 그러나 캐서린의 추락이 운명적이고 비인습적인 반면, 즉 '위로 향한' 추락, 지옥에서 천국으로의 추락인 반면, 이저벨라의 추락은 자의적이며 인습적이다. 캐서린과 정반대로, 그러니까 스러시크로스 그레인지에서 워더링 하이츠로, '천국'에서 '지옥'으로 떨어지면서 이저벨라는 히스클리프에 대한 캐서린의 경고를 듣지 않고 오빠의 감시도 교묘하게 피해 분명하게 자신의 운명을 선택한다. 그렇다면 이저벨라는 처음부터 캐서린의 반대, 즉 가부장적 교육이 만들어내고자 한 전형적인 젊은 아가씨의 모델로 기능한다고 볼 수 있다. 캐서린이 워더링 하이츠에서 날것 그대로 자연의 품 안에서 자란 '굳세고 기운 찬' 아가씨라면, 이저벨라는 호리호리하고 창백한 스러시크로스 그레인지의 딸이자 문화의 딸이다. 캐서린과 히스클리프가 하나라는 점에서 캐서린의 어린 시절은 양성적이지만, 이저벨라는 처음부터 사회화된 성의 상표가 찍힌 채 태어났다. 오빠 에드거(그녀의 미래의 보호자이자 주인)와 그녀가 일찍이 분리되는 것도 그 때문이다. 캐서린과 히스클리프가 처음 이저벨라와 에드거를 보았을 때, 그들은 반려견(그들이 공유할 수 없는 부드러운 [은밀하게 성적인] 장난감) 때문에 싸우고 있었다. '너는 캐서린이 원했던 것을 갖고 싶어하는 나를 상상할 수 있어? 아니면 우리가 방 이쪽저쪽으로 서로 떨어진 채 [다투고] 있는 모습을 상상이나 할 수 있겠어?' 이렇게 말하며 히스클리프는 그 장면을 곰곰이 떠올린다.[6장] 사실상 이저벨라의 인생과 혈통은 캐서린과 너무 정반대여서, 브론테가 마치 '내가 캐서린의 삶을 '바른' 방식으로', 사회적으로 용인된 인물과 상황을 통해 말한다면 '어떻게 되는지 한번 볼까?' 하고 말하는 것 같다.

그러나 이저벨라의 운명이 암시하듯 (그리고 이 점이 분명 브론테의 요점 중 하나다) 이야기의 '올바른' 시작은 잘못되고 '전복적인' 시작과 마찬가지로 거의 불가피하게 잘못된 결말로 이어지는 듯하다. 이저벨라가 책과 함께 자랐기 때문에 (많은 사람 중에) 히스클리프와 사랑에 빠진다는 설정은 아이러니하다. 이저벨라는 강압적인 문학적 관습을 신뢰하도록 교육받았다는 바로 그 이유 때문에 로맨스 장르의 희생물이 된다. 이저벨라는 외양을 실재로 여기는데, 말하자면 키가 크고 건장한 히스클리프를 '사납고 잔혹한 늑대 같은 남자'가 아니라 '고귀한 영혼의 소유자'로 오해한다. 그녀는 자신의 교양 있는 집에서 도망쳐 나오면서도 자신이 다른 문화적인 환경으로 들어가는 것일 뿐이라고 순진하게 믿는다. 그러나 현실에서 유사한 드라마를 겪었던 클레어 클레몽처럼, 이저벨라는 바이런적인 영웅의 잔혹성과 사회 속 모든 여성, 즉 '숙녀들'의 무력함을 과소평가하고 있다. 워더링 하이츠에서 겪은 경험으로 이저벨라는 천국의 아이들에게 지옥이란 정말로 끔찍하다는 것을 깨닫는다. 캐서린을 패러디하듯 이저벨라도 밀턴적인 기괴한 조지프에게 억압을 받은 결과 굶주리고 수척해지고 병든다. 캐서린이 문화의 (혹은 천상의) 음식을 삼킬 수 없는 것처럼, 이저벨라도 자연의 (혹은 지옥의) 거친 음식을 소화시킬 수 없기 때문이다. 이저벨라가 이 모든 것 때문에 실제로 죽지는 않지만, 그녀가 미친 여자처럼 킥킥거리면서 자신의 감옥에서 도망쳐 나올 때, 그녀의 오빠(그리고 브론테)가 그녀를 이 소설에서 너무나 효과적으로 추방하는 바람에 거의 죽은 상태나 다름없게 된다.

이저벨라가 히스클리프보다 덜 문제적인 사람(사탄적인 인물이 아니라 이를테면 교양 있는 남자)과 사랑에 빠졌다면 운명이 달라졌을까? 그녀의 오빠나 히스클리프의 집을 빌린 록우드 같은 남자를 사랑했다면 잘 살았을까? 어린 시절 이저벨라와 에드거의 관계를 생각한다면 에드거의 가부장적인 완고함 때문에 그러지 못했으리라 짐작할 수 있다. 1장에서 록우드가 해변의 낭만적인 만남을 이야기하는 부분은 더욱더 불길하다. 독자들은 록우드가 그 '매혹적인 피조물'이 '[나를] 알아채지 못하는 한 내 눈에는 진짜 여신'이었다고 찬양했던 장면을 회상할 것이다. 그러나 그녀가 '뒤돌아보았을 때' 록우드는 '차갑게 움츠러들고 […] 마침내 이 가련하고 순진한 여자는 자신의 짐작이 틀렸다고 생각한다.'[1장] 가장 교양 있는 여자도 무력하기는 마찬가지기 때문에 여자들은 록우드든 히스클리프든 똑같이 남자들의 손에 달려 있는 것이다.

따라서 문학적인 록우드가 한 여자를 여신으로 만든다면, 그는 아무런 고통 없이 마음대로 그녀를 격하시킬 수도 있다. 하지만 문학적인 이저벨라가 한 남자를 신이나 영웅으로 만든다면, 그녀는 자신의 실수로 고통을 겪어야 하며 심지어 죽기까지 한다. 록우드는 그의 여신이 인간이라는 이유로 그녀를 사실상 죽이며, 이저벨라도 전혀 의심하지 않고 같은 이유로 죽인다. 반면 히스클리프는 이저벨라가 여신, 천사, 숙녀가 되려 하고, '감성적인 창백한 얼굴'이라는 이유로 글자 그대로 이저벨라를 죽이려 한다. 어느 쪽이든 어떤 의미에서든 이저벨라는 죽임을 당한다. 이저벨라의 운명도 캐서린의 운명처럼 이중 구속에 묶여 있고, 가부장적 사회는 이중 구속으로부터 도망쳐 나온 소녀들의 발을 짓뭉개기 때문이다.[50] 브론테가 히스클리프로 하여금 이저벨라와 함께 도망쳐 나온 밤에 이저벨라의 개 패니를 '고삐 걸쇠'에 매달게 하는 것은 이 점을 훨씬 더 극적으로 만들고 있다. 이저벨라와 캐서린의 운명의 유사성을 통해 '추락하는fall 것'과 '사랑에 빠지는fall in love 것'이 똑같다는 것을 알수 있듯이, 추락한 여자들이 그들의 보편적인 어머니인 이브처럼 (디킨슨이 말했듯) '태어나 신부가 되고 수의에 덮이는 / 하루 동안'의 세계에서 고삐 또는 신부의 걸쇠는 결혼 제도에 대한 적절한 동음이의어적 은유다.[51]

많은 비평가들이 보기에 에밀리 브론테는 자신의 의도가 한결같이 어둡지만은 않다는 것을 보여주기 위해서 넬리 딘을 소설 안에 넣었다. 샬럿 브론테는 '진정으로 자비롭고 수수하고 성실한 인물인 넬리 딘을 보라'고 확신에 차서 말함으로써, 빅토리아 시대의 독자들이 동생 에밀리가 창조했다고 생각하는 '도착된 정열과 정열적인 외고집'의 상을 유화시키려 한다.[52] 이에 Q. D. 리비스는 샬럿 브론테가 '에밀리는 온전하고 모성적인 넬리 딘을 창조했다고 지적함으로써 에밀리가 비정상이라는 주장에 대항해 동생을 정당하게 옹호하고 있다'고 논평한다.[53] 그런데 어떻게 넬리 딘이 온전하고 모성적인가? 넬리가 근본적으로 인자하다는 데 동의한다면, 그녀의 인자함은 어떤 것인가? 온전함이나 자비로움 같은 문제적인 단어들은 넬리의 이야기와 캐서린의 (또는 이저벨라의) 이야기의 관계를 추적해볼 수 있는 시발점을 제시한다.

우선 넬리는 건강하고 온전하다. 왜냐하면 예술가-화자가 그래야 하듯이 그녀는 살아남은 자이기 때문이다. 소설 초반부에서 록우드는 그녀를 '붙박이 같은 사람'이라고 언급한다. 사실상 넬리에게는 오래가는 물건 같은 특질이 있다. 넬리는 마치 언쇼와 린턴 두 집안처럼 언쇼/린턴의 열정의 폭풍을 견뎌낸 것 같아 보이고, '아, 이 오래된 벽이 말할 수만 있다면 어떤 이야기를 할 것인가' 하는 습관적인 한탄에 응답해 이야기를 시작하는 벽, 문, 가구 같다. 더욱이 넬리는 벽이나 붙박이처럼 수동적이고 혼란스러운 감정에 얽혀들지 않는 일에 매우 능란하다. 넬리는 가끔 특정한 행위에 강한 감정을 표현하기도 하지만 어느 편도 들지 않고, 마치 벽처럼 양편 모두에 관여한다. 따라서 예술가가 그렇듯, 넬리는 어느 곳이든 갈 수 있으며 무엇이나 들을 수 있다.

넬리의 이런 교묘한 회피는 비록 그녀가 캐서린과 이저벨라에게 헌신하기를 거부하고 그들이 겪어야 했던 재난을 피하긴 했을지 몰라도, 그녀의 이야기가 캐서린과 이저벨라의 이야기와 양립해온 방식을 제시하고 있다. 예를 들면 히스클리프가 캐서린과 가까웠듯 한때 힌들리는 넬리와 가까웠다. 사실상 히스클리프처럼 넬리도 하이츠에서 일종의 의붓자식처럼 보인다. 늙은 언쇼 씨가 리버풀로 운명적인 여행을 떠났을 때, 그는 힌들리와 캐서린이 요청했던 바이올린과 채찍뿐만 아니라 넬리에게 사과와 배를 선물로 가져오겠다고 약속했다. 그러나 넬리는 단지 '가난한 남자의 딸'이고 특히 하인이었기 때문에 가족에서 배제된다. 그리하여 다행히도 넬리는 캐서린이 히스클리프와 맺었던 근친상간적/동등한 관계를 힌들리와 맺지 않을 수 있었고, 동시에(그녀는 양쪽 어느 가문과도 결혼할 수 있는 자격이 없었기 때문에) 이저벨라와 캐서린을 파괴한 신부의 걸쇠를 피할 수 있었다.

결국 이런 이유 때문에 넬리는 이야기의 덫에 빠지지 않고 모든 인물들의 이야기를 할 수 있었다. 더 정확하게 말하자면, 자신을 그런 함정에서 보호하기 위한 전략으로 (브론테 자신처럼) 이야기하는 행위를 이용할 수 있었다. 넬리는 '록우드 씨, 나는 당신이 생각하는 것보다 더 많이 읽었답니다' 하고 새 주인에게 말한다. '이 서재에서 내가 들여다보고 무엇인가를 얻지 않은 책을 당신은 찾을 수 없을 겁니다. […] 그것은 가난한 집의 딸에게 당신이 기대할 수 있는 최대치일 겁니다.' 이는 의심할 바 없이 추락에 대한 밀턴적인 공포에 대해, 리처드슨적인 신분 상승의 꿈에 대해, 가부장적인 교육과 멋진 로맨스의 환상으로 야기된 불안에 대해 그녀가 초연한 상태에서 알고 있다는 것을 의미한다.[54] 넬리는 그처럼 예리한 문학적인 의식이 있었기 때문에 궁극적으로 살아남을 수 있고, 때로는 제어할 수 없는 이야기를 이겨낼 수 있다. 예를 들면 히스클리프가 넬리를 가두었을 때조차 (결코 빠져나올 수 없는 캐서린과 이저벨라와 달리) 넬리는 빠져나오며, 자신의 이야기를 고치려고 인습을 벗어난 이탈자(캐서린, 히스클리프, 이저벨라)는 하나씩 하나씩 죽어가지만 넬리는 살아남는다. 베르사니가 주장했듯이, 그녀는 살아남아 이야기가 더 유순하고 더 적절한 형태가 되도록 강제한다.[55]

넬리와 관련해 강제를 언급하는 것은 특히 리비스적인 관점에서 볼 때 매우 부정적으로 보일 것이다. 리비스적 관점을 옹호한다면, 우리는 넬리가 살아남은 자이기 때문에 건강하다는 점 이외에도 유모이자 양육자이고 양어머니이기 때문에 자비롭다는 점에도 주목해야 한다. 이런 점에서 언쇼 씨가 그녀에게 약속한 선물은 캐서린의 채찍이나 힌들리의 바이올린만큼이나 상징적으로 의미심장하다. 물론 나중에 우리는 넬리가 원했던 사과와 배는 자신이 아니라 다른 사람들을 위한 것이었음을 알게 된다. 넬리가 건강하다는 사실로 그녀가 왕성한 대식가임을 알 수 있지만, 그녀는 빈번하게 다른 사람들을 먹이고, 사과 바구니를 들고 다니며, 죽을 휘젓고, 고기를 굽거나 차를 따르는 모습으로 등장한다. 건강하게 양육하는 넬리는 어떤 의미에서 이상적인 여자, (에밀리 브론테의 시각이 아니라 말하자면 밀턴의 시각에서) '일반적인 어머니'로 보인다. 샬럿 브론테의 『셜리』에서 셜리/에밀리가 밀턴을 비판한 핵심 구절을 다시 살펴본다면, 우리는 틀림없는 넬리 딘의 모습을 발견할 것이다. '밀턴은 최초의 여자를 보려고 했다'고 셜리는 말한다. '그러나 캐리, 그는 그녀를 본 것이 아니었어. […] 그가 보았던 것은 그의 요리사일 뿐이야. […] '최상의 진미를 위하여 어떤 선택을 할 것인가'로 골치 아팠을 요리사일 뿐이야.'

이 구절은 많은 것을 설명해준다. 넬리 딘이 밀턴의 요리사 같은 이브라면(브론테나 셜리가 아니라 밀턴이 생각했을 법한 이브라면) 그녀는 자신이 먹기 위해 사과를 따지 않는다. 사과 소스를 만들기 위해서 사과를 딴다. 마찬가지로 넬리가 이야기하는 것은 이야기 속에 자신이 참여하기 위해서나 이야기가 제공하는 정서적인 양식을 먹기 위해서가 아니라 도덕적인 식사, 미래의 세대를 온순하게 키울 수 있는 교훈적인 음식을 만들기 위해서다. 사실 밀턴의 요리사로서 넬리 딘은 가부장제의 모범적인 주부이며, 남자의 집을 질서정연하게 유지하기 위해, 즉 응접실과 딸들과 그들의 이야기를 바로잡기 위해 고용된 남자의 여자다. '내 마음은 캐서린의 편에 서 있지만 항상 주인에게 충실했다'고 넬리는 스스로 말하고[10장], 소설 전체를 통해 가부장제의 검열관으로 행동하며 자신의 마음을 표현한다.

예를 들면 넬리가 '주인'에게 그의 부인이 어떤 상태인지 말하지 않았기 때문에 (물론 넬리 편에서 소문을 퍼뜨림으로써 처음에 그 사실이 드러나기는 하지만) 캐서린의 굶주림은 연장된다. 캐서린은 생애 내내 밀턴의 요리사가 제공한 음식을 소화시키는 데 어려움을 겪는다. 그러므로 캐서린이 미쳤을 때 넬리를 '어린 암소에게 상처를 주려고 돌화살촉을 모으는' 마녀로 보는 것은 당연하다. Q. D. 리비스가 넬리 딘을 '악마'로 보는 '미국의 비평가'를 꾸짖고 있듯이,[56] 넬리는 악마가 아니다. 넬리는 싹싹하게 사람을 잘 조종하며, 전형적으로 인자한 남자의 여자다. 그렇기 때문에 넬리는 워더링 하이츠 같은 반밀턴적인 여성성의 천국에 거주하는 '작은 암소를 다치게' 하는 것이다. 사실 캐서린의 '광기 서린' 말이 인정하고 있듯, 넬리 딘이야말로 밀턴의 악귀이며, (넬리 딘이『폭풍의 언덕』전반에 걸쳐 보여주듯) 창문을 닫고 여자들을 거실에 가두는 가정부다. 에밀리 브론테는 혁명적인 주장을 하는 것이 아니라 기원의 신화를 쓰고 있기 때문에, 아이러니하게도 그런 심리적 원인에 대한 이야기를 그 이야기의 제작에 도움을 준 생존자의 말을 통해(마크 쇼러의 재치 있는 표현을 빌리자면 '시골의 불후의 목소리'를 통해) 전하기로 한다. 넬리의 말을 읽으면서 우리는 현재의 우리로 우리를 변형시킨 요리사의 눈을 통해 우리가 잃어버렸던 것을 보는 것이다.

넬리가 밀턴의 요리사-이브로 상정된 존재로서 캐서린과 유사해지거나 캐서린을 논평하는 것이라면, 이저벨라의 경우에는 부르주아 여성 문인인 캐서린/이브를 재현하고 있기 때문에 히스클리프가 어떻게 또는 왜 캐서린과 유사한지 처음부터 알아차리기 어려울 것이다. 히스클리프는 캐서린의 또 다른 자아이 기는 하지만, 베르사니의 말대로 확실히 '동일하지 않은 분신' 이다.[57] 캐서린은 여성이지만 히스클리프는 남성이다. 이 차이 는 젠더에 사로잡혀 있는 이 작품에서 몇 가지의 명백한 차이뿐 아니라 미묘한 여러 차이까지도 암시한다. 히스클리프는 소설 후반부 대부분에서 승리를 거둔 생존자, 내부인, 권력 찬탈자로 나타나는 반면, 캐서린은 죽은 실패자이자 추방당해 울부짖는 유령이다. 히스클리프는 캐서린을 사랑하고 애도하지만(그리 고 마침내 캐서린은 어떤 의미에서 그를 '죽인다'), 그런 멜로드 라마 같은 로맨스적 연결을 제외한다면 어떤 결속이 한때 연인 이었던 이 둘을 묶어주고 있는가?

캐서린이 죽은 뒤 히스클리프는 슬픔에 휩싸인 채 그의 심정 을 최초로 표현한다. 이때 그가 내뱉은 마지막 격정적인 말을 검토함으로써 우리는 이 질문의 답을 가장 쉽게 찾을 수 있을 것이다. '오, 신이여! 이는 말로 표현할 수 없습니다! 나의 생명 없이 나는 살 수 없습니다! 나의 영혼 없이 나는 살 수 없습니 다![16장]' 사춘기 시절 캐서린은 넬리에게 히스클리프에 대해 핵심적인 말을 하는데 그 말이 함축한 형이상학적인 역설처럼 ('그는 나 자신보다 더 나 같다'), 히스클리프의 절규도 한편으 로는 공허한 수사로 간주하거나, 다른 한편으로는 매우 신비한 것으로 간주하는 경우가 허다하다. 그러나 그 말들은 히스클리 프와 캐서린의 관계에 대한 심리적 사실을 묘사한다는 점에서 그 의미를 상상해볼 필요가 있다. 히스클리프가 그녀 자신이라 는 캐서린의 주장은 결국, 자신은 숙녀로 변신했지만 히스클리프는 그녀 본래의 반‡야생적인 자아의 광폭성을 유지하고 있다는 생각을 매우 적절하게 압축한다. 마찬가지로 자신의 영혼 없이 살 수 없다는 히스클리프의 절규는 이런 생각의 당연한 결과로서, 자신이 캐서린의 채찍이라는 '집시의' 깊은 인식과 자신은 이제 열정이 사라져버린 영혼 없는 몸뚱이일 뿐이라는 자각을 표현하고 있다. 단지 몸(여자 주인 없는 채찍)뿐이라는 것은 일종의 괴물, 살덩어리, 그리고 빅토르 프랑켄슈타인이 창조했던 실패한 존재처럼 전적으로 동물적인 물질성만 남아버린 물체를 가리킨다. 히스클리프는 바로 그런 괴물이 되는 것이다.

많은 독자들이 논평했듯, 히스클리프는 처음부터 괴물이 될 명백한 가능성이 있었다. 이저벨라가 넬리에게 하는 질문은 ('히스클리프 씨는 사람인가요? 사람이라면 그는 미친 것일까요? 사람이 아니라면 악마인가요?'[13장]) 다른 무엇보다도 에밀리 브론테가 (그녀의 언니가 반쯤 바랐던 것처럼) '무의식적'으로가 아니라 타당한 이유로 자신이 이례적인 존재, 일종의 '귀신'이나 '악마'를 창조했다는 것을 냉정하게 인식했음을 보여준다. 인간적 특성과 동물적 특성을, 문화의 기술과 자연의 에너지를 결합한 히스클리프의 성격은 인간과 동물, 자연과 문화의 경계를 시험함으로써 악마적인 것을 새롭게 정의하려 한다. 여기에서 우리의 목적에 비추어 더 중요한 것은 히스클리프가 외형적 남성성에도 불구하고 어쨌든 그의 괴물적 속성 면에서 여성적이라는 사실이다. 그의 실존은 일반적으로 인간성에 대해 일련의 의문을 던지고 있으며, 그 밖에도 남성성과 여성성의 관계(밀턴이 대표적으로 규정하고 있는 관계)에 대해 많은 주요점을 요약하고 있다.

히스클리프가 '여성적'이라는 주장은 처음에는 미친 소리처럼, 또는 터무니없게 들릴 것이다. 앞서 우리가 살펴보았듯, 히스클리프의 외형적인 남성성은 운동선수 같은 체격과 군인 같은 자세뿐만 아니라 숙녀다운 이저벨라에게 어필한 바이런적인 성적 카리스마로도 확실하게 논증된다. 우리가 알고 있듯 에드거는 분명히 연약함에도 사실은 가부장적이지만, 히스클리프가 차남의 남성성이나 가부장제의 전형적인 이단아와 같은 대안적인 남성성에 해당하지 않을 이유는 없는 것 같다. 물론 이것은 어느 정도 사실이다. 에드거가 기존의 천사의 방식으로 남성적이듯, 히스클리프도 분명 사탄적인 추방자의 방식으로 남성적이다. 그러나 동시에 좀 더 뿌리 깊은 연상의 측면에서 (차남, 서자, 악마 들이 여성들과 연합하여 천상의 폭정에 맞서 싸운다는 점에서, 고아는 여성이고 상속자는 남성이라는 점에서, 육체는 여성이고 정신은 남성이며 대지는 여성이고 하늘은 남성이며 괴물은 여성이고 천사는 남성이라는 점에서) 히스클리프는 '여성적'이다.

유리즌의 아들들은 천상에서 태어났지만, '그의 딸들은 초록의 허브와 소 떼로부터 / 구덩이의 괴물들과 벌레들로부터' 태어났다고 블레이크는 선언한다. 블레이크의 '작고 어두운 것'이라는 표현은 히스클리프를 묘사하는 듯한데, 그의 불가사의한 광폭성은 증식하는 유령, 지옥, 구덩이, 밤(자연의 모든 '여성적인' 비합리성)을 암시하기 때문이다. 늙은 언쇼 씨가 불가사의한 리버/풀의 내부에서 데리고 온, 여자처럼 이름도 없는 '집시'

고아는 부계적 문화에서는 분명 딸처럼 사생아다. 더욱이 동물처럼 웅얼거리는 히스클리프의 말과 이국적인 검은 피부 때문에 양식 있는 넬리조차 처음에는 히스클리프를 '그것'이라고 부른다. 이는 (두드러진 남성적 외모임에도) 넬리가 히스클리프의 젠더를 곧바로 알아볼 수 없었다는 의미를 암시한다. 히스클리프의 '그것임it-ness' 혹은 충동성은 그의 으르렁거리는 동물적 특질(그의 식욕, 포악성)과 물질성을 강조한다. 히스클리프가 웅얼거리며 말한다는 사실은 그가 재현하는 육체적/자연적/여성적 영역이 언어, 즉 문화의 도구이자 '남성적 정신'의 영광으로부터 심각하게 소외되어 있음을 시사하는 것이다. 따라서 글자 그대로 그는 일레인 쇼월터가 말한 '여자의 남자', 즉 여성 예술가가 사회에서 자신의 성과 그 의미가 불러일으키는 불안을 가장의 형태로 투사한 남성상이다.[58] 사실상 넬리 딘이 밀턴의 요리사라면, 히스클리프는 은유적으로 말해 요리되거나 영적으로 되어야 하는 (즉 날것인 채로의 여성성으로, 통제할 수 없으면 쫓아버려야 할 대상으로 브론테가 제시하는) 완고한 자연의 세계를 구현한다.

대부분의 인간 사회에서 실제적이든 비유적이든 위대한 요리사들은 브릴라트사바린부터 밀턴에 이르기까지 남자들이었다. 그러나 셰리 오트너가 말했듯, (낮은 단계의 자연에서 문화로 향한 전환을 의미하는 육아, 도자기 빚기, 빵 굽기 같은) 일상의 요리는 여성들이 하며, 여성들은 사실상 그 영역을 관리하는 임무를 떠맡는다.[59] 이 점은 캐서린 언쇼가 어떻게, 그리고 왜 히스클리프의 '영혼'이 되는가를 설명하는 데 도움을 줄 것이다.

전형적인 가정부인 넬리가 히스클리프를 마지막으로 돌봐준 뒤, 활기찬 캐서린이 히스클리프의 교육을 이어받는다. 히스클리프를 교육시킴으로써 캐서린은 자신의 권력욕을 충족시킬 수 있기 때문이다. 그들의 관계는 잘 유지된다. 히스클리프가 캐서린에게 그녀의 여성적 취약성을 보완해줄 여분의 몸을 제공해주듯, 캐서린은 영혼, 목소리, 그리고 에드거와 같은 교양 있는 남자에게 말할 수 있는 언어에 대한 히스클리프의 필요를 채워주기 때문이다. 그들은 함께 자율적이고 양성적인(더 정확하게 말하자면 여성적인 것 안에 남성적인 것을 합한다는 의미에서 양성적인) 전체가 되는 것이다. 사르트르적인 의미에서 여자의 남자와 자율적인 여성은 하나의 완전한 여자가 된다.[60] 사실상 그들은 자신들이 너무도 완벽하다고 느껴서, 워더링 하이츠에 있는 그들의 집을 천국으로, 그들 자신을 일종의 블레이크적인 천사로 규정한다. 그것은 마치 75년 후 D. H. 로런스의 『무지개』에서 톰 브랭웬이 언급한 천사를 그려놓은 것 같다.

우리가 천사가 되어야 한다면, 그리고 천사에게 남자와 여자 같은 구별이 없다면, […] 결혼한 부부는 하나의 천사가 되는 것이다. […] 천사 하나가 인간 하나보다 못할 수는 없기 때문이다. 만일 천사가 단지 육신이 없는/육신을 제한 사람의 영혼뿐이라면 그때 천사는 사람보다 못한 존재일 것이다.[61]

세계(특히 록우드, 에드거, 이저벨라)가 워더링 하이츠의 천국을 '지옥'으로 본다는 사실은 양성적 몸과 영혼을 특징짓는 지옥 같은 여성성에 대한 또 다른 증거다. 히스클리프가 자신의 '영혼' 없이는 전적으로 악마 같은 짐승, '귀신'이나 '악마'가 되리라는 점이 일찍 보이는 증거다. 존 던은 여자에게도 영혼이 있지만 '단지 자신들을 파멸시키기 위해서' 있을 뿐이라고 진지하면서도 우스꽝스럽게 말하고 있다. 그는 밀턴보다 훨씬 이전에 이 주장에 깔려 있는 복잡하고 전통적인 생각을 피력했다. '상식적으로 왜 여자에게 영혼이 있다고 생각하는가?' 하고 던은 묻는다. 결국 여자의 유일한 '정신적인' 특질은 언어 능력이다. '언어 능력은 그들의 육체적인 수단에 의존하고 있다. 황소나 염소, 여우, 뱀의 마음도 만일 가슴에 위치해 있어서 혀와 턱을 움직일 수 있다면 그렇게 말할 것이기 때문이다.'[62] 여자에 대해 말하고 있지만 던은 이저벨라가 에밀리 브론테를 대신해서 말한 문제를 정의하고 있는 것이다. '히스클리프 씨는 사람인가요? 아니라면 그는 도대체 무엇이죠?'

우리가 이미 살펴보았듯 캐서린이 처음 사춘기의 히스클리프에게서 멀어졌을 때, 히스클리프는 점점 더 포악해져서 마치 그가 결국 맞게 되는 영혼 없는 상태를 미리 보여주는 것 같다. 스러시크로스 그레인지에서 숙녀의 복장을 한 채 돌아온 캐서린은 한때 자신의 '짝'이었던 히스클리프가 '진흙과 먼지'로 뒤덮인 낡은 옷을 입고, 그가 자연의 더러움과 불가피하게 연결되어 있음을 암시하는 듯 얼굴과 손이 흙으로 '암울하게 흐려져 있음을' 보게 된다. 마찬가지로 캐서린이 죽어갈 때, 넬리는 특히 '이를 갈고 […] 마치 미친개처럼 거품을 뿜어'대는 히스클리프를 보고 그가 자신과 같은 종이 아니라고 느낀다.[15장] 더 나중에 히스클리프의 '영혼'이 죽은 다음, 넬리는 히스클리프가 '사람이 아니라 칼과 창으로 찔려 죽는 야생 짐승처럼' 울부짖는다고 말한다.[16장] 이후 이어지는 히스클리프의 행동은 그렇게 뚜렷하게 동물적이지는 않지만, 시종일관 그런 태도를 견지한다. 음탕한 여신인 자연의 진정한 아들인 히스클리프는 탕자처럼 『폭풍의 언덕』 후반부에 걸쳐서 비열하게 가부장제에 잔인한 복수를 퍼붓는다. 이 복수는 똑같은 추방자인 『리어 왕』의 에드먼드가 가장 적절하게 표현한다. '그렇다면 / 적자인 에드거여, 나는 너의 땅을 가져야겠다.'[63] 이야기를 수정하는 브론테의 천재성은 특히 그녀가 셰익스피어의 에드먼드, 밀턴의 사탄, 메리 셸리의 괴물, 헤아릴 수 없이 많은 설화에 등장하는 악마 연인/동물 신랑의 모습, 그리고 최초의 반항적인 여성인 이브 사이에 존재하는 깊은 관련성을 감지하는 데서 드러난다.

히스클리프는 한몸 안에 이 모든 인물의 특징을 결합하고 있기 때문에 『폭풍의 언덕』 후반부에 걸쳐서 이런저런 방식으로 그 모든 사람들처럼 행동한다. 소설의 후반부에서 히스클리프의 개략적인 목표는 합법성을 전복시킴으로써 문화에 자연의 복수를 가하는 것이다. 그리하여 에드먼드처럼(그리고 에드먼드와 대칭점에 있는 여자인 고너릴과 리건처럼) 그는 합법적인 상속자의 자리를 차례로 차지한다. 히스클리프는 하이츠에서 힌들리와 헤어턴을 밀어내고 마침내 그레인지에서 에드거의 자리까지 차지한다. 게다가 그는 합법적인 문화를 대체할 뿐 아니라 프랑켄슈타인의 괴물처럼 분노에 사로잡혀 문화를 끝장내려고 한다. 히스클리프가 이저벨라와 힌들리를 죽이려 할 때나 자신의 아들을 무자비하게 학대할 때 드러난 그의 유아 살인적인 성향은 세계의 방식을 바꾸어보려는 욕망만이 아니라, 글자 그대로 그 방식을 끝장내버리고자 하는 욕망, 문화에 궁극적으로 합법성을 부여하는 세습적 혈통을 목 졸라버림으로써 가부장제의 심장부에 다다르고자 하는 욕망을 보여준다. 따라서 히스클리프는 자신의 아픈 아들과 에드거의 합법적인 딸을 가둔 죽음의 자궁/방을 질식시킴으로써, 리어 왕의 '격정적 히스테리', (어디에 있든 모든 아버지에게 불가해하게 반항하는) 여성적인 자연에 의해 자신이 질식당하고 있다는 리어 왕의 인식을 강력하게 패러디한다.[64] 신의 아들에게 주어진 천상의 정통성을 질투한 결과 추락하는 사탄처럼, 히스클리프는 장자 상속권을 훔치거나 뒤집는다. 이브와 그녀의 분신인 '죄'처럼, 그는 자신의 가치를 옹호하고 자신의 에너지를 주장하기 위해 유리즌의 천상에 반항하는 죄를 저지르는 것이다. 신의 빛나는 왕국을 그림자처럼 모방해 지옥의 왕국을 만든 사탄처럼, 또는 끝까지 기품 있게 마음을 고쳐 먹지 않는 야수 같은 신랑인 미스터 폭스나 푸른 수염처럼, 그는 많은 일을 달성한다. 정통성을 전복시키려면 우선 정통성을 구현해야 하기 때문이다. 다시 말해 가부장제를 죽이기 위해, 자신이 먼저 가부장처럼 행동해야 한다는 것을 깨달았기 때문이다.

달리 말하면 히스클리프의 카리스마적인 남성성은 적어도 부분적으로 자신을 짓밟았던 사회를 그 사회의 방식으로 쳐부수어야 한다고 이해한 결과다. 따라서 히스클리프는 캐서린의 채찍으로서 최초의 양성적 삶을 워더링 하이츠에서 시작했지만,

그는 이저벨라의 결혼의 고리로서 변형된 자신의 영혼 없는, 혹은 사탄적 삶을 그곳에서 시작하는 것이다. 마찬가지로 이저벨라와 자신의 죽음 사이의 20년 동안 그를 사로잡았던 에드거와 그의 딸에게까지 확장된 계략을 통해 그는 '악마 아버지'를 구현한다. 즉 히스클리프는 캐서린 2세와 린턴을 그들의 정당한 거주지인 집에서 강제로 빼내고, 밀턴의 요리사를 그녀의 이야기와 도덕으로부터 분리시키려 하며, 순진한 헤어턴을 인위적으로 변형시켜 자신의 어두운 복사본처럼 만든다. 히스클리프가 자신의 행동이 정당하지 않다는 것을 알고 있었다는 사실은 그의 아이러니를 통해서 계속 드러난다. 히스클리프는 자신에게 성姓이 없다는 그 이유 때문만으로도 자신이 진정한 의미에서 (가부장적인) 아버지가 아니라는 것을 완벽하게 알고 있다. 히스클리프는 단지 아버지처럼 행동할 따름이다. 그가 즐거워하면서 부드럽게 건네는 말은 ('나는 내 아이들이 내 주위에 있기를 바란다')[29장] 그가 경멸하는 세상을 빈정거리듯 흉내 내고 있을 뿐이다. 그것은 마치 사탄이 신의 논리를 흉내 내고, [『리어 왕』에서] 에드먼드가 글로스터의 점성학을 흉내 내는 것과 같다.

한편으로는 린턴의 잔인한 아버지로서 히스클리프는 사탄처럼, 진정으로 (그러나 '죄'가 아니라 어리석음이 잉태한) '죽음'의 아버지이고, 다른 한편으로는 매우 의식적인 가짜 아버지로서 게걸스레 먹어치우는 무시무시한 어머니의 남성판이다. 캐서린 2세에게 그는 사악하고 희극적인 경고를 하는데 ('더는 도망치지 마라! […] 너를 집으로 데려가려고 왔다. 네가 충실한 딸이 되기를, 더 이상 내 아들을 부추겨 반항하지 말기를 바란다'[29장]), 이 경고는 밀턴적인 정당함을 풍자하면서 지옥의 음울한 즐거움을 환기시킨다. 이 모든 복잡성을 감안한다면 넬리가 하이츠에 거주하는 것을 '설명할 수 없는 억압'으로 간주하는 것은 당연하다.

히스클리프의 어두운 에너지는 그토록 무한해 보이는데, 왜 그의 복수 계획은 실패하는가? 궁극적으로 그 복수가 실패할 수밖에 없는 이유는 자연과 문화가 싸우는 이야기에서 자연은 늘 실패하기 때문이다. 이런 설명은 물론 동어반복이다. 문화는 이야기를 말한다(말하자면 이야기는 문화적으로 구성된 것이다). 그리고 이야기는 인과론적이다. 이야기는 문화가 어떻게 자연에 대항해 승리를 거두었는가, 목사관과 티 파티는 어디서부터 유래했는가, 숙녀는 스커트와 디저트를 어떻게 입고 먹어야 하는가 등을 다룬다. 우리가 현상만을 설명하려 든다면 에드먼드, 사탄, 프랑켄슈타인의 괴물, 미스터 폭스와 푸른 수염, 이브, 히스클리프는 모두 이런저런 식으로 실패해야 한다. 그러나 히스클리프의 유사체들이 그들 외부의 힘에 의해 보편적으로 파괴되는 반면, 히스클리프는 캐서린처럼 자기 내부의 어떤 힘에 의해 살해된다는 점이 중요하다. 히스클리프가 스스로 굶어죽는다는 것은 그가 캐서린과 거의 동일한 그녀의 분신으로 기능한다는 사실을 확실하게 보여준다. 흥미롭게도 히스클리프를 죽음으로 이끌고 가는 사건들을 자세히 살펴보면, 히스클리프는 그의 사라진 '영혼'에 대한 절망적인 욕망에 의해서만 살해되는 것이 아니라, 적어도 부분적으로는 또 다른 캐서린, 에드거 린턴이라는 형태의 가부장제의 중재를 통해서 다시 태어나 교화된 새로운 캐서린에 의해서도 살해된다는 것을 알 수 있다. 캐서린 2세가 하이츠에 갇히고 그녀가 헤어턴과 화해하는 사건과 동시에 히스클리프가 잃어버린 캐서린을 환상 속에서 보고 캐서린의 신경성 거식증과 매우 유사한 섭식 장애를 앓게 됨으로써 '이상한 변화가 다가오고 있다'는 것을 인식하는 사건이 일어나는 것은 분명코 우연이 아니다.

*

히스클리프가 캐서린과 거의 동일한 그녀의 분신이라면, 캐서린 2세는 그녀의 어머니와 '동일하지 않은 분신'이다. 히스클리프는 그의 분신들을 혼란스럽게 하지만, 넬리의 '온화한 가르침'은 '어린 캐서린의 장난기 있는 독립심에 어울리는 것' 같다고 베르사니는 설명한다.[65] 캐서린 2세의 고집 센 어머니는 자율성을 위해 진정으로 투쟁했지만, 좀 더 온순한 캐서린 2세는 단지 장난 삼아 반항하기 때문이다. 캐서린 2세는 아버지의 영지의 담 안에서 상상의 여행을 떠나며, 넬리의 한마디에 금지된 (역시 가공의) 연애편지를 순순히 내어준다. 문화의 아이이자 타고난 숙녀인 캐서린 2세는 사실상 거의 모든 면에서 죽어버린 사나운 어머니와 다르다. '에밀리 브론테는 똑같은 이야기를 두 번 하는데, 두 번째 이야기할 때는 독창성을 제거하는 것 같다'고 베르사니는 말한다.[66] 그러나 브론테가 똑같은 이야기를 (실제로는 세 번 네 번) 반복한다는 베르사니의 말이 맞는다고 할지라도, 브론테는 자신의 독창성을 거부하고 있는 것이 아니다. 오히려 캐서린 2세의 성공을 분석함으로써 사회가 어떻게 캐서린의 독창성을 거부했는지 보여준다.

예를 들면 캐서린 언쇼는 아버지에게 반항하지만, 캐서린 2세는 아버지에게 매우 순종적이다. 캐서린 2세가 감행한 가장 눈에 띄는 모험은 아버지에게 돌아가기 위해 워더링 하이츠에서 도망친 일이며, 이것은 캐서린과 이저벨라의 도망과는 현저하게 다르다. 이 둘은 분명한 목적을 가지고 아버지와 오빠들의 세계에서 도망치기 때문이다. 게다가 캐서린 2세는 순한 딸이기 때문에 요리사이고 간호사이고 교사이고 가정부다. 다시 말하면 그녀의 어머니는 무분별하고 거친 아이였지만, 캐서린 2세는 이상적인 빅토리아 시대의 여자가 (당대 여성의 모든 미덕은 어떤 의미에서 딸, 아내, 어머니가 되는 것과 연관되어 있다) 될 수 있다. 넬리 딘이 원래의 캐서린을 대신하는, 글자 그대로 양어머니이기 때문에 캐서린 2세가 이런 재능을 계발한 것은 놀랄 만한 일이 아니다. 밀턴의 요리사가 어머니가 되고 밀턴의 천사 중 하나를 아버지로 둔다면, 문화의 아이가 되는 것도 당연하다. 그리하여 캐서린 2세는 (그를 싫어하지만) 린턴을 간호하고, 히스클리프에게 차를 끓여주며, 넬리를 도와 채소를 준비하고, 헤어턴에게 읽는 것을 가르치며, 워더링 하이츠의 야생 딸기를 스러시크로스 그레인지의 꽃으로 대체한다. 캐서린 2세는 아버지와 이저벨라 고모처럼 문학적이면서도, 가부장적인 기독교의 교리도 너무 잘 알고 있어서, 심지어 히스클리프와 린턴이 자신에게 지은 죄를 용서하겠다고 히스클리프에게 경건하게 약속하기도 한다. '저는 [린턴의] 본성이 나쁘다는 것을 압니다. […] 그는 당신의 아들이죠. 그러나 나는 기쁘게 그를 용서할 겁니다.'[29장] 동시에 그녀는 상류사회의 (또는 유리즌적인) 계급에 대한 감각도 있는데, 그 감각은 그녀가 일찌감치 하이츠에서 헤어턴, 질라와 다른 사람들을 다루는 태도에서 드러난다.

캐서린 2세가 성경식으로 용서하기를 그만두었을 때조차 문학적 형태가 그녀의 성격을 지배한다. 캐서린 2세가 애써 연습하는 '흑마술'은 본질적으로 문학적이며 분명 진짜도 아니다. 이야기의 이 지점에서 히스클리프가 단지 아버지를 구현하고 있다면, 캐서린 2세는 단지 마녀를 구현하고 있다. 진정한 마녀는 문화를 위협한다. 그렇지만 캐서린 2세의 사명은 문화를 섬기는 것이다. 캐서린 2세의 성격이 암시하듯, 그녀는 셰리 오트너가 여성의 중요한 기능으로 규정한 자연과 문화를 매개하는 일(을 위해 양육되었고 그)에 완벽하게 들어맞기 때문이다.[67] 결국 헤어턴 언쇼와 결혼함으로써 하이츠와 그레인지의 질서를 회복시킨 사람은 캐서린 2세다. 그녀가 헤어턴에게 글을 가르침으로써 그가 새 주인이 되도록 준비시켰다는 것은 의미심장하다. 그녀의 개입을 통해 헤어턴은 드디어 워더링 하이츠의 문위 가로대에 써 있는 이름(헤어턴 언쇼라는 이름, 그 자신의 이름이자 이 집의 설립자인 원래 가부장의 이름)을 읽을 수 있다.

히스클리프는 위협 앞에 거의 초자연적으로 예민하기 때문에 캐서린 2세가 나타내는 위험을 감지한다. '그를 용서하겠다'고 말하면서 그녀가 안으려 할 때 그는 떨면서 '나는 차라리 뱀을 포옹하겠다'고 말한다. 나중에 그녀와 헤어턴이 우정을 굳건하게 다질 때, 히스클리프는 끊임없이 캐서린 2세를 '마녀'나 '허튼 계집'이라 부른다. 세속적인 면에서 보면 캐서린 2세는 이와 정반대다. 캐서린 2세는 사실상 집 안의 천사다. 바로 그 이유 때문에 그녀는 하이츠에 있는 히스클리프의 지옥에 매우 위험한 존재다. 캐서린 2세와 헤어턴의 결합은 히스클리프의 현재 지위를 위협하기도 하지만, 특히 히스클리프가 잃어버린 천국을 연상시킨다. 책에서 눈을 떼고 올려다보는 이 젊은 한 쌍의 '눈은 매우 닮았는데 그것은 정확하게 캐서린 언쇼의 눈이다.'[33장] 아이러니하게도 캐서린의 자손이 그녀의 눈을 '가지고 있다'는 사실은 히스클리프에게 캐서린이 계속 살아 있다기보다는 이미 죽어 파편화되었다는 사실만을 말해준다. 캐서린 2세는 다만 어머니의 눈만 가지고 있을 뿐 헤어턴이 그녀의 모습을 더 많이 닮았지만 그 또한 캐서린은 아니다. 따라서 에드거가 죽고 나서 히스클리프가 마치 캐서린의 유령을 자유롭게 해주려는 듯 캐서린의 관을 열었을 때, 또는 록우드가 악몽 속의 꼬마 마녀를 들어오게 하려는 듯 창문을 열었을 때, 원래의 캐서린은 아직 온전히 존재할 수 있는 유일한 곳(묘지, 황야, 폭풍, 밤에 날아다니는 것들의 비이성적인 영역, 사탄, 이브, '죄', 죽음의 영역)에서 유령의 온전함으로 깨어난다. 이 영역의 바깥, 즉 캐서린 2세와 헤어턴이 살고 있는 일상의 세계는 단지 '[캐서린이] 존재했다는, 그리고 내가 그녀를 상실했다는 무서운 비망록의 집합'일 뿐이라는 것을 이제 히스클리프는 깨닫는다.[33장]

결국 캐서린 2세와 헤어턴의 결합은 이전에 이해하지 못했던 젊은이에 대한 진실을 알도록 히스클리프를 깨우친다. 이런 각성은 히스클리프를 죽음으로 보내는 마지막 한 방이다. 소설 후반부에서 히스클리프는 헤어턴이 '놀랄 정도로' 캐서린의 외모를 닮았다는 사실뿐만 아니라 재산을 박탈당한 처지로서 사회에서 배제당했던 자신의 어린 시절과 닮아 있다는 사실로부터 안도감을 느낀다. 히스클리프는 넬리에게 '헤어턴은 인간이 아니라 내 청춘의 화신 같다'고 말한다.[33장] 이 점 때문에 그는 은유적인 의미에서 이 문맹에다 버림받은 아이를 자신과 캐서린의 진정한 결합으로 생긴 진짜 아들로 바라보는 것이다. 히스클리프는 원래 힌들리에 대한 복수의 일환으로 헤어턴의 재산을 빼앗았지만, 나중에 자신이 적어도 강한 자연의 (린턴이라는 죽어버리는 가짜 후손과 대립되는) 후손을 한 명쯤 남긴다는 의미에서 이 소년을 거칠고 미개한 상태로 놓아두려는 것처럼 보인다. 그러나 헤어턴이 캐서린 2세의 궤도 안으로, 즉 자연에서 문명으로 이동했을 때 히스클리프는 자신이 저지른 실수를 깨닫는다. 헤어턴이 자신의 젊은 시절과 꼭 같다면, 잃어버린 캐서린을 어떻게든 부활시켜 잃어버린 캐서린-히스클리프를 되돌려줄 것이라고 생각했지만, 그는 이제 자신의 젊은 시절을 재연하고 있는 헤어턴이 본질적으로 그 이야기를 수정해 '바른' 방식으로 다시 풀어내고 있다는 것을 알게 된다. 따라서 우리가 캐서린 2세를 'C2' 헤어턴을 'H2'로 부를 수 있다면, 우리는 히스클리프의 문제를 다음과 같은 수식으로 표시해볼 수 있을 것이다. C + H는 C와 H 둘 다에게 충만한 존재와 같고,

C2 + H2는 C와 H 둘 다를 부정하는 것과 같다. 마지막으로 헤어턴이라는 이름의 모호성은 언쇼에 대한 히스클리프의 가장 당혹스러운 문제를 또 다른 방식으로 요약해준다. 한편으로 헤어(토끼)Hare/턴ton은 히스Heath/클리프Cliff처럼 자연에서 유래한 이름이지만, 다른 한편으로 헤어턴은 상속자Heir/ton(Heir/town)를 암시함으로써 동음이의어를 통해 이 젊은이의 정통성을 보여준다.

이런 정통성을 통해 헤어턴은 승리자가 된다. 그는 캐서린 2세와 함께 전통적으로 적법한 세계였던 그레인지와 이제 새로 적법한 세계가 된 워더링 하이츠에서 히스클리프를 몰아내는 역할을 맡는다. 히스클리프는 '모든 구름, 모든 나무'에 캐서린이 존재하고 있는 자연 속으로 점차 사라져가면서 이제 더는 넬리가 해주는 잘 요리된 인간의 음식을 먹을 수 없다. 캐서린 2세가 자신이 꺾어온 꽃으로 헤어턴의 수프를 장식하는 동안, 늙은 히스클리프는 자신이 죽어서 아무런 격식 없이 '저녁에 교회 묘지로 실려가는' 비종교적인 환상을 본다. 그는 굶어 의식이 희미해져가면서도 '나는 나의 천국을 거의 얻었다. 다른 사람의 천국을 […] 나는 부러워하지 않는다'고 넬리에게 말한다.[34장] 그리고 나서 그가 죽을 때, 마치 그를 통과시키기라도 하는 듯 자연과 문화 사이의 경계가 잠깐 동안 무너진다. 창문이 흔들려 열리더니 비가 들이친다. '악마가 그의 영혼을 몰아갔다'고 늙은 조지프(『폭풍의 언덕』의 사이비 밀턴)는 소리치며, 무릎을 꿇고 '합법적인 주인과 오래된 혈통이 정당하게 회복되었음'에 감사드린다.[34장] 서자 격인 히스클리프/캐서린은 마침내 자연/지옥에 다시 놓이며, 넬리가 캐서린 2세의 제대로 된 어머니로 캐서린을 대신했던 것과 마찬가지로, 어울리는 한 쌍인 헤어턴과 캐서린 2세가 히스클리프와 캐서린을 대체한다. 넬리가 이제 '나의 최고의 소망은' 문명화된 새로운 두 사람의 '결합'이라고 말하는 것, 록우드가 '그들은 함께 사탄과 그 무리에 용감하게 맞설 것'이라고 말하는 것은 매우 자연스럽다. 사실 밀턴과 브론테 둘 다의 관점에서(그리고 이 관점은 이 둘이 절대적으로 동의하는 유일한 것이다), 헤어턴과 캐서린 2세는 이미 사탄에 용감하게 맞섰고 승리했다. 1802년에 하이츠(지옥)는 그레인지(천국)로 바뀌었다. 재정의하고 혁신하고 회복한 가부장적 역사와 함께 19세기는 티 파티, 구원의 천사들, 가정교사들, 목사관을 완비한 상태로 진정으로 시작될 수 있다.

*

합법적인 주인과 오래된 혈통이 회복되었다는 조지프의 중요한 언급은 날짜(1801/1802년, 사이비 신화적 과거에 대한 넬리의 이야기를 둘러싸고 있는 시기)와 함께, 『폭풍의 언덕』이 여하튼 인과론적이라는 확신을 준다. 또한 브론테가 소설의 날짜와 언쇼-린턴의 혈통을 둘러싼 세목을 그토록 정교하게 잘 짜놓았다는 사실을 통해 그녀 스스로 기원과 재생의 이야기를 창작한다는 의식이 매우 또렷했음을 알 수 있다. 소설의 결론에 도달한 우리는 이제 그 시작으로 되돌아가 『폭풍의 언덕』이 말하는 기본적인 이야기를 요약해볼 수 있다. 물론 이것만이 작품의 유일한 이야기는 아닐지라도 이것은 분명 핵심적 이야기다. 창턱에 쓰여 있는 이름들이 보여주듯이 『폭풍의 언덕』은 캐서린과 그녀의 여러 화신들로 시작하고 끝난다. 좀 더 자세하게 말하자면, 그것은 캐서린 언쇼가 캐서린 히스클리프와 캐서린 린턴으로 진화해가는 길, 그리고 캐서린 린턴 2세와 캐서린 히스클리프 2세를 거쳐 캐서린 언쇼 2세로서 그녀의 '온당한' 역할로 되돌아오는 길을 탐색한다. 좀 더 일반적으로 말하자면, 이런 진화와 퇴행은 패러디한 반밀턴적 신화를 나타낸다.

최초의 어머니(캐서린)가 있었다. 그녀는 자연의 딸이며 그 좌우명은 다음과 같다. '그대, 자연이 나의 여신이다. 나의 봉사는 그대의 법에 묶여 있다.' 그러나 이 소녀는 쇠퇴해가는데, 적어도 부분적으로는 독이 든 문화의 요리를 먹었기 때문이다. 한편으로 그녀는 미치거나 죽은 자아들로 분열하고(캐서린, 히스클리프), 다른 한편으로는 더 작고 더 부드러우며 더 점잖은 자아들로(캐서린 2세, 헤어턴) 쪼개진다. 격렬한 태고의 자아들은 자연, 그들의 집이었던 전도된 지옥 같은 천국으로 사라졌다. 가르칠 수 있는 온순한 자아들은 읽고 쓰는 법을 배웠고, 응접실과 목사관의 타락한 문화의 세계로, 태초의 어머니의 관점으로 보면 사실상 지옥인 밀턴적 천국으로 이동했다. 자연에서 문화로의 이동은 일련의 교사, 설교가, 간호사, 요리사, 모범적인 숙녀, 가부장(넬리, 조지프, 프랜시스, 린턴 집안 사람들)에 의해 촉진되었다. 이들 대부분은 이야기가 끝날 무렵 점차 사라진다. 반면 이들 2세들은 너무 잘 훈육되어서 그들 자신이 다른 세대들을 가르칠 수도 있고 본보기가 될 수도 있다. 사실 그들

은 너무 모범적이어서 오래된 집의 설립자(헤어턴 언쇼, 1500)
뿐 아니라, 가부장의 아내로서 재규정된 태초의 어머니(캐서린
린턴 히스클리프 언쇼)와 동일시될 정도다.

브론테의 신화에 나타나는 자연/문화의 대립 때문에 많은 비
평가들은 이 작품을 「미녀와 야수」나 「개구리 왕자」 같은 동물
신랑 이야기의 변형판으로 보았다. 그러나 브루노 베텔하임이
아주 최근에 주장했듯, 그런 이야기들은 일반적으로 청자나 독
자가 섹슈얼리티를 의식에 동화시키고 자연을 문화에 동화시
킬 수 있도록 도와주는 (예를 들면 야수는 사실 사랑스럽다, 개
구리는 실제로 잘생겼다 등)[68] 기능을 한다. 『폭풍의 언덕』에서
문화는 원료로서 자연 에너지를 요구하지만 (그레인지는 하이
츠가 필요하고 에드거는 캐서린을 원한다) 사회의 가장 절박한
필요는 반항적이고 사탄적이며 비이성적이고 '여성적인' 자연
의 대리인을 몰아내는 것이다. 이 점에서 브론테의 소설은 일반
적으로 비교되는 다른 어떤 동화보다도 레비스트로스가 설명한
아메리카 토착민의 신화와 더 가까운 것 같다. 특히 「표범의 아
내」라는 [남미의] 오파예스를 이야기를 상기시킨다.

이 이야기에서 한 소녀는 자신과 가족을 위해서 원하는 모든
고기를 얻고자 표범과 결혼한다. 얼마 후 표범은 토착민들과 함
께 살게 되고, 한동안 소녀의 가족은 이 신혼부부에게 친절했
다. 그런데 이내 할머니가 의심하기 시작한다. '손녀는 점차 맹
수로 변해간다. […] 얼굴만 사람으로 보일 뿐이었다. […] 그리
하여 할머니는 마법의 도움으로 결국 손녀를 죽인다.' 이후 표
범이 복수를 할까 봐 그 가족은 표범을 매우 두려워한다. 표범

은 복수하지 않지만, '아마 당신들은 앞으로 나를 기억할 것'이라는 수수께끼 같은 말을 남기고 '살인에 격노하여 으르렁 소리로 공포를 퍼뜨리며' 사라진다. '그러나 그 소리는 점점 더 멀어진다.'[69]

이 신화가 『폭풍의 언덕』과 많은 점에서 유사하다는 것은 분명하다. 이질적이고 동물적인 히스클리프는 표범, 캐서린은 표범의 아내와 대응하고, 넬리 딘은 방어적인 할머니의 역할이며, 캐서린 2세와 헤어턴은 죽은 아내로부터 고기와 표범이 없는 세계를 물려받은 가족과 같다. 이 이야기에 대한 레비스트로스의 분석은 둘의 유사성을 더욱더 분명하게 밝혀주는데, 그로 인해 브론테가 틀림없이 『폭풍의 언덕』의 음울한 필연성으로 여긴 것이 무엇인지 드러난다.

(표범이 이제는 상실한) 모든 사람의 현재 소유물이 표범에게서 (사람이 소유하기 전에는 자신이 그 소유물을 누렸다) 왔다고 하기 위해서는 그들 사이에 관계를 세워줄 중개인이 있어야 한다. 표범의 (인간인) 아내가 거기에 딱 들어맞는다.

그러나 일단 (아내라는 매개를 통해서) 소유물의 이전이 달성되자,

a) 여자는 쓸모없어진다. 그녀는 예비 조건으로서 목적을 수행했기 때문이다. 그것은 그녀가 가지고 있던 유일한 목적이었다.

b) 그녀가 살아남는다는 것은 근본적인 상황과 모순적이다. 그 상황은 상호성의 부재가 특징이기 때문이다.

따라서 표범의 아내는 제거되어야 한다.[70]

　여기에서 레비스트로스는 언급하고 있지 않지만, 멀리서 들리는 표범의 포효는 언젠가 그가 되돌아올 것을 암시하고 있음에 주목해야 한다. 문화는 반드시 자연을 부단히 경계해야 하며 초자아는 항상 이드와 싸울 태세를 갖추어야 한다. 마찬가지로 브론테의 소설이 시작하는 곳에서 (늙은 언쇼가 리버풀에서 히스클리프를 발견한 사건이 상징하듯) 워더링 하이츠의 벽이 아무렇게나 허물어져 있는 장면을 보건대, 가부장적 문화는 자연의 반항적인 힘을 단지 불안정하게 밀어내고만 있을 뿐임을 암시한다. 1500년 헤어턴 언쇼의 혈통이 히스클리프의 침입으로 파괴당했던 것처럼, 1802년에 회복된 헤어턴 언쇼의 혈통이 여신의 비합법적 아이들의 공격으로 무너지지 않으리라고 누가 확신할 수 있겠는가? 1500년 헤어턴 언쇼라고 새겨진 이름 다음에 또 다른 자연과 문화 전쟁이 유사하게 벌어지지 않는다고 누가 말할 것인가? 비록 드라마 자체는 드라마의 배우처럼 신화의 무한한 회귀 중 단 하나의 에피소드만 보여주고 있다 할지라도, 모든 이가 이름이 같다는 사실은 불가피하게 그런 유추로 이끈다. 게다가 어린 양치기 소년이 여전히 황야를 방황하는 '히스클리프와 한 여자'를 본다는 사실은 그들이 나타내는 강력한 파괴적 잠재력이 언젠가 워더링 하이츠에 환생할 수도 있음을 암시한다.

　에밀리 브론테는 그런 환생을 열렬하게 바라 마지않는 성취로 간주했을 것이다. 브론테의 이야기에 넬리 딘은 「표범의 아

내」의 어조만큼 무미건조하고 사실적인 표면을 부과한다. 반면
『폭풍의 언덕』이 관련된 구조, 캐서린-히스클리프의 카리스마,
그리고 이 작품의 반밀턴적인 메시지가 보여주듯, 작가의 의도
는 열렬하게 애수적이다. 샬럿 브론테도 이 점을 잘 이해하고
있었다. 그녀는 『셜리』에서 페미니즘적인 신비주의를 통해서뿐
만 아니라, 『폭풍의 언덕』의 서문 일부에서 그녀가 보여준 전략
적인 아이러니를 통해서도 에밀리 브론테의 의도를 드러낸다.
『셜리』에서 최초의 여자, 진정한 이브는 자연이다. 그녀는 고상
하지만, 셜리-에밀리 같은 몇 명의 특권을 지닌 탄원자를 제외
한 모든 사람들은 그녀를 상실했다. 셜리-에밀리는 캐럴라인에
게 (교회에 가자는 초대에 대한 응답으로) 다음과 같이 말한다.
'나는 나의 어머니 이브와 (요즘에는 자연이라 불리지만) 여기
있겠어. 나는 어머니를 사랑해. 죽지 않는 위대한 존재! 어머니
가 낙원에 떨어진다면 천국도 어머니의 이마에서 사라졌을 거
야. 지상에서 영광스러운 모든 것이 그곳에서도 여전히 빛나
지.'[71] 몇 년 후 샬럿은 『폭풍의 언덕』의 서문을 실제의 히스 절
벽에 대한 신중하고 제한적인 묘사로 끝낸다. 이 묘사는 『셜리』
의 티탄 같은 이브에게도 적용할 수 있을 것이다.

바위는 인간의 형체를 한 채 그렇게 거기 서 있다. 거대하고
어둡고 위압적으로, 반은 조상이고 반은 암석인 형태로. 전자로
보면 무시무시하고 악귀 같지만 후자로 보면 아름답기까지 하
다. 색깔은 부드러운 잿빛이고, 그 위를 황야의 이끼가 덮고 있
다. 종 모양의 꽃이 피어나고 은은한 향기를 풍기는 히스는 티

탄의 발밑 가까운 곳에서 충실하게 자라난다.[72]

이 장엄함이 바로 '엘리스 벨'이 쓰고자 했던 것이라고 샬럿 브론테는 말한다. 바로 이것을 우리가 잃어버렸다고 샬럿 브론테는 (제대로) 생각했던 것이다. 강렬하지만 잊혀버린 17세기의 뵈메 추종자이자 신비주의자 제인 리드처럼, 에밀리 브론테도 이브가 불같은 본래의 자아로부터 비극적으로 분리되었기에, '자신이 독수리 같은 처녀의 몸을 상실하고 […] 어리석음과 약함, 불명예 속에서 잠과 같은 죽음 속으로 뿌려졌'고 믿는 것만 같다.[73]

이브의 잠과 같은 죽음은 여전히 이브가 깨어날 수 있는 여지를 남겨둔 죽음이었다. 죽음은 슬프고, 그 기원의 신화처럼 애처로울 정도로 결정적이지만, 그럼에도 『폭풍의 언덕』은 잃어버린 양성적 근본적 잠재력, 즉 지금은 단지 히스클리프와 캐서린을 발견하는 아이들에게만 보이는 유령에 사로잡혀 있다.

> 어떤 천국의 약속도, 이 사나운 욕망들
> 모두를 혹은 반만이라도 충족시킬 수 없으리,
> 어떤 지옥의 협박도, 끌 수 없는 불길로
> 이 억누를 수 없는 의지를 진압하지 못하리!

에밀리 브론테는 시에서 위와 같이 선언한다.[74] 이 말이 곤달의 연설을 의도했을 수도 있고 아닐 수도 있지만, 그것은 중요하지 않다. 어떤 경우든 이 말은 『폭풍의 언덕』에 퍼져 있는 억누를 수 없고 냉소적이고 불경한 의지라는 특징을 띠기 때문이다. 그 의지는 오래된 집의 창문들을 흔들어대며 가정용 성경의 페이지들을 얼룩지게 한다. 캐서린과 히스클리프는 오래된 가문의 세습 영지에서 쫓겨나 죽음의 사랑을 통해서만 사악한 양성체가 되었지만, 그 영지의 가장자리에서 마녀와 악귀로서, 이브와 사탄으로서 여전히 서성거리고 있다. 따라서 넬리의 이야기에 대한 프롤로그로 제시한 록우드의 두 가지 꿈은 그 이야기에 필요한 에필로그다. 첫 번째 꿈에서 조지프의 악몽 같은 설교자인 '자베스 브랜더햄'은 록우드에게 밀턴 같은 저주를 장황하게 퍼부으며, 어긋난 자연과 억누를 수 없는 의지가 저지른 490가지 죄를 나열한다. 두 번째 꿈에서 울부짖는 마녀 아이 '캐서린 린턴'으로 의인화된 자연은 저항하여 분연히 일어선다. 신사 같은 록우드가 뜻밖에 그녀를 폭력적으로 공격하는 것은 그녀가 나타내는 위험을 두려워하는 그의 인식을 보여준다.

메리 셸리는 브론테가 전복시키려고 애썼던 밀턴의 여성 혐오를 반복하고 있지만, 그녀 또한 추방당한 사람의 의지가 내포하는 위험한 잠재력을 이해하고 있었다. 메리 셸리의 잃어버린 이브는 괴물이 되었고, '그' 또한 사회 구조에 파괴적이었다. 19세기 후반에 다른 여성 작가들도 밀턴의 악령과 싸우면서, 이브의 억누를 수 없는 의지를 말살하겠다고 위협했던 가부장제와 그에 대한 여성들의 대응 수단이었던 마녀 같은 분노를 검토했다. 예를 들면 조지 엘리엇은 『플로스강의 물방앗간』에서 치명적인 양성성을 그리는데, 이는 히스클리프와 캐서린이 성취한, 죽음을 통한 사랑을 기이하게 패러디하는 것 같다. '죽음을 통해' 매기와 톰 털리버는 '분리되지 않는다.' 그들이 달성한 결합은 엘리엇이 그들을 위해 상상할 수 있는 것 중 유일하게 믿을 만한 결합이다. 왜냐하면 삶에서 매기는 단념의 천사가 되었고, 톰은 근면의 단장이 되었기 때문이다. 그러나 그들이 문화의 풍경 절반을 휩쓸어버리는 홍수 때문에 죽는다는 것은 의미심장하다. 이처럼 여성적인 자연은 저항하고 있으며 계속 저항할 것이다.

엘리엇이 브론테의 죽음을 통한 사랑을 특별하게 재창조했다면, 메리 엘리자베스 콜리지는 자신의 마녀 같은 본성의 영혼을 다시 상상한다. 그녀는 어떤 시에서 「크리스타벨」의 저자인 그녀의 위대한 숙부 새뮤얼의 영향에 대해 불안해하는 양면적인 태도를 반영했다. 그 시에서 콜리지는 제럴딘, 캐서린 언쇼, 루시 그레이, 심지어 프랑켄슈타인의 괴물이 된다. 이들은 모두 가부장제의 묘지에 출몰해 울부짖는 추방당한 여성들이다. '자신들의 가슴속 욕망을 주장했던 여자들의 목소리'를 빌려 콜리지는 외친다.

나는 눈길을 한참 동안 걸어왔네.
나는 키가 크지도 않고 강하지도 않네.
내 옷은 젖고, 이는 앙다물었네.
길은 험하고 길었지.
나는 비옥한 대지에서 방황했네.
그러나 전에 이곳에 온 적이 없네.
오, 문간 위로 나를 올려, 나를 문 안으로 들여보내주오.

그리고 '그녀는 왔다―그리고 흔들리는 불꽃은 / 불 속에 가라앉아 사라졌다'고 콜리지는 폭로한다.[75]

에밀리 브론테의 추방된 마녀-아이는 콜리지의 아이보다 더 사납고 덜 꾸미고 있지만, 마찬가지로 응접실의 불을 끄고 상상할 수 없을 만큼 다른 에너지로 다시 불붙이기를 갈망한다. 그녀의 창조자인 브론테도 결과적으로 보면 밀턴의 딸들 중 가장 사납고 가장 억누르기 힘든 딸이다. 천국의 여왕국을 반대로 보면서 그녀도 블레이크처럼 '세상이 원하든 원하지 않든 세상은 지옥을 가질 것이며, 나 역시 지옥의 바이블을 가지고 있다'고 주장한다.[76] 워더링 하이츠에 새로 가꾼 정원을 휩쓸고 가는 바람의 목소리로, 우리는 멀리서 (블레이크의 분노한 린트라처럼) 표범의 포효하는 소리를 들을 수 있다.

4부

샬럿 브론테의 유령 같은 자아

9장 비밀스러운 마음의 상처
『교수』의 학생

야망의 강한 맥박이
나의 모든 혈관 속에서 요동치고 있다.
그 순간, 흐르는 피는
내면의 내밀한 상처를 누설한다.
- 샬럿 브론테

나는 눈앞에서 나의 인생이 이야기 속 초록빛 무화과나무처럼 가지를 뻗어나가고 있는 것을 보았다.
모든 가지 끝에서, 통통한 자줏빛 무화과처럼, 찬란한 미래가 손짓하며 윙크했다. 어떤 무화과는 남편이고 행복한 가정과 아이들이었다. 어떤 무화과는 유명한 시인이었고, 다른 무화과는 뛰어난 교수였으며, 어떤 무화과는 에제, 그 대단한 편집자였다. […]
어떤 무화과를 선택해야 할지 결정할 수 없다는 바로 그 이유 때문에 나는 나 자신이 무화과 나무 등치에 앉아서 굶어 죽어가는 것을 보았다. […] 그리고 내가 결정하지 못하고 거기 그대로 앉아 있자 무화과들은 쭈그러들더니 까맣게 변하기 시작했다. 그리고 하나씩 하나씩 땅으로, 내 발치에 툭 하고 떨어졌다.

- 실비아 플라스

고통이 있다 — 너무 지독한 —
그것은 본질을 꿀꺽 삼킨다 —
그리고 심연을 몽환으로 덮는다 —
기억이 그 주변에서 — 횡단하여 — 그 위를 —
밟고 다닐 수 있도록
마치 혼수 상태에 빠진 사람이 —
안전하게 가듯이 — 그곳에서 뜬 눈은 —
그를 떨어뜨리리 — 뼈 하나하나를 —
- 에밀리 디킨슨

 샬럿 브론테는 본질적으로 무아지경에 빠져 글을 쓴 작가였다. '모든 사람이 왜 내가 눈을 감은 채 글을 쓰는지 의아해했다'고 그녀는 자신의 로헤드 [기숙학교 시절] 일기에서 언급했다.[1] 위니프리드 제린이 지적하듯이, 초고의 들쑥날쑥한 행들은 브론테가 눈을 감고 글을 썼다는 사실을 보여준다. 제린에 따르면 브론테가 눈을 감고 글을 쓴 것은 '신체의 환경을 차단해 내면의 시야를 더 선명하게 하기 위한 의도적인' 습관 때문이다.[2] 내면의 풍경이라는 낭만주의적 수사학은 제린뿐 아니라 브론테의 수사학이기도 하며, '사고의 무아경과 정신의 고양'이라는 워즈워스의 말뿐만 아니라 '경외심을 품고 눈을 감아라'라는 콜리지의 말을 상기시킨다. 같은 일기에서 브론테는 '요즘 내내 나는 반은 절망적이고 반은 황홀한(방해받지 않고 그 꿈을 끝까지 따라갈 수 없기 때문에 절망적이고, 아주 생생하고 현실감 있게 지옥의 세계[어린 시절 꿈꾼 환상 속 세계인 앵그리아]의 한계를 보여주기 때문에 황홀한) 꿈속에 살고 있다'고 고백한다.[3] 이는 확실히 낭만주의적이다. 독특하게 여성적이기도 하다. 브론테의 어휘와 상상력 대부분은 그녀가 몰두했던 19세기 초의 작가들(워즈워스, 콜리지, 스콧, 바이런)에게서 나온 것이지만, 그녀가 무아지경이 될 정도로 빠져서 썼던 반복적인 주제와 은유는 우선 자신의 젠더에 의해, 즉 험난한 자신의 성적 운명에 대한 의식과 세계 속에 처한 이상한 '고아 같은' 위치에 대한 불안에 의해 결정된 것 같으니 말이다.

로헤드 일기의 초입에 나오는 다음의 글은 이 점을 더욱 분명하게 제시해준다.

문법 수업이 끝났다. […] 내 인생 최고의 순간을 이렇게 비참하게 감금된 상태로 보내야 하나 하는 생각이 나를 엄습했다. […] 나는 침대로 기어올라가 그날 처음으로 혼자가 되었다. 허름한 침대에 누워 석양과 고독의 호사 속에 자신을 맡겼을 때의 느낌은 달콤했다. 온종일 억눌렸던 생각의 흐름이 통로를 따라 자유롭고 조용하게 흘러나왔다. […] 하루 일과 후 성스러운 여가의 순간을 누리고 있자니, 그것은 나에게 마치 아편처럼 작용해서 이전에는 결코 느껴보지 못했던 불안하지만 매혹적인 마력으로 나를 휘감았다. 내가 상상했던 것이 점점 더 섬뜩하게 생생해졌다. 나는 어떤 여자가 마치 누군가를 기다리는 듯, 신사의 집 현관에 서 있는 것을 본 듯하다. 어두컴컴한 가운데 모자와 멋진 두툼한 털코트를 걸쳐놓은 사슴뿔 같은 윤곽이 보였다. 그녀는 손에 납작한 촛대를 들고 있었고, 부엌이나 그 비슷한 곳에서 나오는 것 같았다. […] 그녀가 기다리면서 나는 앞문이 열리는 소리를 똑똑히 들었고, 바깥 잔디에 쏟아지고 있는 부드러운 달빛을 보았다. 멀리 잔디 너머로 희미한 빛 속에서 불빛이 반짝이는 도시를 보았다. […] 그걸로 끝이었다. 그 풍경을 계속 바라볼 시간이 없었다. 나는 무거운 짐이 내 위에 놓인 것을 알게 되었다. 나는 완전히 깨어났다. 어두웠고 이제 여자들이 머리를 말 종이를 가지러 방에 왔다는 것을 알았다. […] 나는 여자들이 나에 대해 말하는 것을 들었다. 나는 일어나 말하려고 했지만 불가능했다. […] 일어나야겠다고 생각했고 흠칫 놀라며 그렇게 했다.

제린이 언급했듯 이 문단은 부분적으로 이런 고백이 '문학사에서 실질적인 창조 과정이 어떻게 작동하는지 알 수 있게 해주는 매우 희귀한'[4] 사례라는 사실 때문에 흥미롭다. 그러나 몇몇 '섬뜩하게 생생한' 요소는 훨씬 더 흥미롭다. 사슴뿔과 거기에 걸쳐 놓은 멋진 두툼한 털코트에 의해 지극히 성적으로 서술된 어두컴컴한 신사의 집, 현관에 서 있는 신비로운 여자, 접근할 수 없지만 매혹적인 먼 바깥으로 열려 있는 앞문, 그리고 (일기의 다음 부분에 등장하는) 루시라는 수수께끼 같은 소녀의 모습 등등(그녀의 '창백한 모습은 […] 죽어 땅 밑에 묻힌 사람'을 생각나게 한다).

브론테는 '내 위에 놓인 무거운 짐'을 불평하면서, '이 풍경을 계속 바라볼 시간이 없다'고 적었다. 그럼에도 그녀는 이 환상을 대부분의 자기 소설에서 다룬다. 그것은 분명하지 않은, 대개는 여성의 모습('부엌이나 그 비슷한 곳에서' 나오곤 하는), 즉 가부장적 사회의 건축물에 갇혀 있지만(심지어 묻혀 있지만) 탈출구로서 벽, 잔디, 사슴뿔을 지나 바깥의 반짝이는 도시로 가는 길을 상상하고 꿈꾸거나 실제로 그 길을 개척하는 여성의 모습이다. 이런 점에서 브론테의 작업은 19세기 많은 여성들이 가부장적인 집과 '여성의' 역할에 갇힌 채 느끼는 감정에 대해, 그리고 그런 집과 역할에서 도망치고 싶은 자신들의 열렬한 욕망에 대해 강박적으로 글을 썼던 방식, 대개 (은유적으로) '무아지경' 상태라고 부를 수 있는 글 쓰는 방식의 모범을 제공한다.

브론테의 앵그리아 이야기가 이국의 '남성적' 풍경으로 해방되고 싶은 여성의 환상을 말하기 위해 바이런적인 요소를 사용하고 있음은 분명하다. 소설가의 사춘기 시절(열 살부터 스물두 살이 될 때까지)에 쓴 '지옥의 세계'는 동생인 에밀리가 쓴 곤달 이야기와 마찬가지로 가부장적인 밀턴의 도덕 평가를 사탄식으로 변주하고 있다. 앞으로 보게 되겠지만 샬럿은 천국과 지옥, 천사와 괴물이라는 이분법에 대해 에밀리보다 훨씬 더 모순되는 모습을 보인다. 따라서 샬럿 브론테가 『교수』를 쓰기 직전에 썼던 유명한 「앵그리아여, 잘 있거라」는 초기 환상소설에 대한 작별만을 뜻하는 것이 아니었다. 그것은 그런 환상소설이 구현하던 사탄적인 반항에 대한 작별이었다. 앵그리아를 거부한 브론테는 더욱더 정교한 위장으로, 명백한 '천사적인' 교리와 은밀한 사탄적인 분노 사이의 갈등에 전념했다. 이것이 그녀의 전 문학적 생애의 특징이었다. 표면적으로 보면 샬럿 브론테는 '바이런을 덮고, 괴테를 펼치라'는 칼라일의 충고를 따라 자신의 수정 충동을 철저하게 수정했던 것처럼 보인다. 그러나 샬럿의 소설 네 권을 주의 깊게 읽어보면, 자신의 괴테와 자신의 바이런을 어느 정도 동시에 읽고 있었음을 알 수 있다.

예를 들면 『제인 에어』는 고딕풍 악몽의 고백적 형식과 버니언의 『천로역정』에 나오는 도덕적 교훈주의를 둘 다 패러디한다. 패러디를 통해 이 작품은 좀 더 냉정한 여자 주인공의 분신이라 할 수 있는 '고딕적인' 미친 여자의 '섬뜩하게 생생한' 탈출의 꿈을 보여주며, 구속과 탈출이라는 여성 특유의 이야기를 들려준다. 마찬가지로 『셜리』는 분별 있는, 전지적 작가적 수법을 사용해 여성의 '굶주림'의 기원에 대한 '여성의' 이야기를 하는데, 이 이야기는 체제-파괴자 남자와 공장-소유자 남자의 갈등이라는, 겉으로 보기에는 균형 잡히고 보수적인 역사를 배경으로 삼는다. 브론테 소설 중 가장 독특하게 독자에게 대안적 여성 미학을 가장 솔직하게 제시한 『빌레트』조차 여성의 매장과 시험적 상상의 산물인 부활의 꿈 서사를 자아 거부의 비유와 엄격한 도덕적 설교라는 복잡한 구조 안에 감추고 있다. 은유적으로 말하자면, 의도적으로 모호한 시작에서 의식적으로 애매한 결론에 이르기까지 책 전체에 걸쳐, 사탄과 가브리엘, 천사와 괴물, 수녀와 마녀는 우리의 주의를 돌려 진짜 요점을 지나치게 하려는 듯 정교한 대화를 나눈다. 그러는 동안 소설의 화자 루시 스노는 괴테의 마카리에처럼, 마카리에(그리고 어쩌면 브론테)에게 끔찍한 두통을 안겼던 억압의 이야기를 제외하고는 자

신의 이야기가 없는 여자인 척한다.[5]

물론 많은 다른 여성 작가들처럼, 브론테도 자신이 어느 정도 이중적인지를, 말하자면 문학적 격식을 더없이 숙련된 솜씨로 다룬 작품에 탈출에 대한 자기도취적 몽상이 어느 정도 스며들어 있는지를 항상 전적으로 의식한 것은 아니었다. '사실주의적인' 빅토리아 시대 소설의 복잡성을 숙달할 준비를 해나간 「앵그리아여, 잘 있거라」에서 브론테는 '나는 잠시 우리가[샬럿, 브랜웰, 에밀리, 앤이] 오랫동안 머물렀던(하늘은 타오르고 석양의 빛이 항상 그 위에서 빛나던) 불타는 영토를 떠나고자 한다. 마음은 흥분하지 않을 것이며, 이제 잿빛과 무채색으로 동이 트고, 다가오는 날에는 적어도 얼마간 구름에 덮여 있을 좀 더 냉정한 영역으로 돌아갈 것'이라고 외쳤다.[6] 그러나 『교수』(1846년, 출판은 1857년), 즉 샬럿이 정신을 바짝 차리고 되돌아간 이 유사 남성 교양소설은 여성의 감금-탈출이라는 기본 스토리의 몇 가지 중요한 요소를 전개한다. 그 이야기는 충실하게 전통적인 영웅-승리 패턴을 따라가는 듯하지만, 그래도 아마 이 작품의 인물들이 더 중요할 것이다. 이 인물들의 성격은 샬럿이 거부했던 이전 앵그리아 이야기에 나오는 인물들처럼 강박적이고 무의식적인 듯하다. 또한 이들은 『제인 에어』와 『빌레트』 같은 후기 소설에서 '섬뜩하리만큼 생생한' 꿈의 실현을 예견하는 인물들이다. 예민하고 버림받은 고아 소녀, 설명할 수 없을 정도로 적대적인(한 명은 독재적이고 다른 한 명은 조용하게 혁명적인) 두 형제, 사악하고 속임수에 능한 '계모', 그리고 바이런적 풍자가가 바로 그들이다. 특히 바이런적 풍자가의 경우 행위에 대한 그의 논평은 자신의 낭만주의적인 불만뿐 아니라 화자와 작가의 억제할 수 없는 비밀스러운 분노, 즉 소설가가 눈을 감고 자신 위에 놓인 젠더의 '무거운 짐'을 느끼는 순간 끓어오르는 분노까지 반영하고 있다.

*

『교수』에서 브론테는 성숙기에 쓴 다른 어떤 소설에서보다 신중하게 화자와 작가를 구분했다. 게다가 남성 화자의 사용과 이 작품의 '평범하고 소박한' 스타일은 자신이 말하는 이야기의 광경을 객관화시키고, 개인적인 환상을 플롯과 분리해 (여성 소설가로서) 소원 충족이라는 '불타는 영역'을 식히고자 한다. 이런 이유 때문에 위니프리드 제린이 남성 화자를 이 작품의 '내적인 결점'으로 본 것은 이해할 만하다. 윌리엄 크림즈워스로서의 샬럿 브론테는 분명 제인 에어나 루시 스노로서의 샬럿 브론테보다 솔직함과 고백의 강렬함 면에서 부족하다.

그러나 이상하게도 『교수』의 분명한 객관성조차 (혹은 아마도 이 객관성이 특히) 이 작품을 더 명백하게 '도취적인' 초기작 앵그리아 이야기와 연결시켜준다. 앵그리아 이야기도 남성 화자, 즉 찰스 아서 플로리안 웰즐리라는 의미심장한 이름을 가진 풋내기 작가의 '불치의 호기심 많은' 화신에 의해 전개되기 때문이다. 이 초기 작품의 화자는 앵그리아의 술탄적/사탄적 통치자이자 모호하게 매혹적인 자모르나의 남동생이다. 그는 자기 형제가 행하는 미친 독재에 저항하자고 공공연하게 선동하고 다닌다. 브론테가 열여덟 살 때 썼던 「주문, 화려한 쇼」의 서문에서 그는 외친다. '앵그리아의 농노여! 베르도폴리스의 자유인이여! 내가 당신들에게 말하노니 당신들의 독재자, 당신들의 우상은 미쳤다! 그렇다! 그와 함께 태어난 전도된 지성의 검은 혈관이 그의 전 영혼에 흐르고 있다.'[7] 냉정한 교수인 윌리엄 크림즈워스는 비난하지는 않지만, 자신의 '고난의 언덕 등정'에 대한 절제된 설명은 자기 형의 '난폭한 버릇'을 ('주장보다는 암시에 의해서'지만) 훨씬 더 강력하게 고발한다.[8]

그렇다면 브론테가 문학에서 (앵그리아 이야기와 『교수』에서)남성으로 분장한 일과 우리가 도취적 글쓰기라고 불렀던 '여성적' 성향 사이에 어떤 중요한 관계가 있는가? 우리가 살펴보았듯 남성이 지배하는 문학적 전통에서 글을 쓰는 많은 여자들은 처음에는 남성을 모방할 뿐 아니라 은유적 남성으로 분장함으로써 자신들의 모호한 상황을 해결하려 한다. 마찬가지로 (샬럿 브론테가 자신의 반항적인 충동을 실천하는 동시에 회피하는 행위를 묘사하기 위해 이 말을 사용한다면) 도취적 글쓰기는 분명 여성이 작가가 되는 것에 대한 불안을 덜기 위한 시도다.[9] 그러나 도취적 글쓰기와 남성 분장은 둘 다 문학적 불안을 해결하는 방식이라는 공통점 외에도 훨씬 더 깊은 연관이 있다. 우선 남성적 사회에서 여성의 연약함을 여성이 의식적으로 평가해야 한다는 부담이 있는 여성 작가는 남성으로 분장함으로써 그런 평가를 더 쉽게 내릴 수 있다. 다시 말하자면 여성 작가는 남자로 가장함으로써 중요하고 권력을 가진 타자가 여성 작가를 보는 것처럼 자신을 볼 수 있다. 또한 남자로 분함으로써 여성 작가는 자신의 금지된 환상을 벌할 수 있게 되며 환상을 실행할 수 있는 남성의 권력을 얻는다. 특히 마지막 사례는 브론테가 이중적인 감금-탈출 이야기를 (이 이야기는 자신의 표면상 도덕을 은밀하게 전복시키고 있다) 몽유병 환자처럼 반복하면서 써나간 것이다. 이런 영향은 도취 속에서 글을 쓰는 작가의 꿈같은 문장으로 퍼져나갈 것이며, 마찬가지로 자신의 절망을 완전히 인식하고 있는 예술가의 문장으로 퍼져나갈 것이다. 왜냐하면 여성을 전업 작가로 내모는 '야망의 강한 맥박'은 종종 '비밀스러운 마음의 상처'를 드러내고, 그 상처에서 흐르는 피는 복잡한 방어, 분장, 회피가 필요하기 때문이다.[10]

*

겉으로 드러나는 모든 냉정함에도 『교수』는 위장투성이다. 『교수』에는 앵그리아 이야기의 열광적인 빛도, 『셜리』의 혁명적인 열정도, 『제인 에어』나 『빌레트』의 고딕적 신화적 고결함도 없다. 하지만 『교수』는 가부장적 사회에서 실제로, 그리고 비유적으로 박탈당한 여성의 문제를 탐색하고 작가의 불안과 분노를 해결하려는 (그다지 성공적이지만은 않은) 모습을 보여준다. 그런 시도는 동정적인 남자의 눈을 통해 여성의 상황을 점검함으로써, 그녀를 고아에서 대가가 되는 가부장적인 남자 교수로 변형시킴으로써 이루어진다. 그러나 이 작품 처음에 등장하는 화자/주인공 윌리엄 크림즈워스는 대가도 교수도 아니다. 브론테는 '고난의 언덕'을 올라가는 그의 투쟁을 상세히 설명하는 과정에서 자신의 문제, 즉 특유의 여성 문제에 직면하는 제3의 길을 발견했다.

『교수』는 크림즈워스가 친구에게 보낸 설명투의 편지로 어색하게 시작한다. 브론테는 후기 앵그리아 이야기에서 서술의 기술적 문제(시점, 시간 설계, 전이)를 꽤 솜씨 있게 다루지만, 자신의 첫 '진짜' 책에서는 서간체 소설의 리처드슨적인 엄격성에 통달해야 한다고 느꼈던 것 같다. 그녀의 시도는 (『와일드펠 홀의 거주자』에서) 동생 앤이나 (「레이디 수전」에서) 제인 오스틴의 시도처럼 실패했고, 샬럿은 재빨리 편지 형식을 버리고 좀 더 직접적인 자서전 구조를 택한다. 무엇보다 앤이나 오스틴처럼, 샬럿이 이런 시도를 했다는 것이 중요하다. 브론테는『교수』에서 리처드슨의 작품을 여러 번 언급하는데, 리처드슨은 분명 소설의 대가였고, 의미심장하게도 그가 보여준 여성의 이미지는 여성 독자에게 그들이 누구이고 어떤 여성이 되어야 하는가에 대해 단호하게 말한다.[11] 브론테는 이제 크림즈워스로 분장해 천사로 비치는 젊은 여자라는 전형적인 리처드슨의 이미지를 재평가하고자 한다.

예를 들면 작품을 시작하는 편지에서 화자는 수취인에게 자신이 성직자가 되기를 거부하고, 자신의 귀족 사촌 여섯 명 중 한 명과 결혼하기를 거부함으로써 돌아가신 어머니의 가족과 결별했다고 설명한다. 화자는 '내 사촌 중 한 명에게 일생 동안 묶여 있어야 한다니, 생각만으로도 얼마나 끔찍한 악몽인가!' 하고 말하면서, '그들이 예쁘고 교양 있다는 것은 의심할 나위 없지만 […] 겨울 저녁을 그들 중 한 명, 예를 들어 거대하게 잘 만들어진 조각 같은 세라와 단둘이 지낼 것을 생각만 하면, 오, 아니야' 하고 덧붙인다.[1장] 크림즈워스는 편지 후반부에서 형 에드워드의 어여쁜 아내로부터 '지루한 듯이' 고개를 돌리는 자신을 묘사한다. 에드워드는 그녀의 영혼 없고 '아이 같은 표정'이 마음에 들지 않는다고 말한다. 우리는 브론테 자신도 그녀가 마음에 들지 않았다고 덧붙일 수 있을 것이다. 브론테는 세 권의 후기 소설에서 비슷한 분노를 실어 완벽한 '숙녀'의 이상을 공격했기 때문이다.

그런데 크림즈워스가 서술하는 앞부분은 문화적으로 수용되는 여성의 이미지를 재점검하려는 의도를 보여주는 동시에 남자 세계의 매우 냉랭한 모습을 전해준다. 그러나 브론테에게는 이 세계가 더 친숙했다. 왜냐하면 『교수』에 나오는 냉소적으로 그려진 수동적인 여자들과 비교했을 때 앵그리아의 여자들이 일반적으로 매우 독립적이라면, 앵그리아의 남자들이 윌리엄 크림즈워스의 남자 친척들과 비교했을 때 더 불쾌하지는 않았던 것이다. 젊은 브론테 자매들이 당시 읽었던 신문에 근거해 그린, 반은 바이런적인 영웅이고 반은 교활한 정치가인 자모르나, 노생거랜드의 공작, 그 밖의 다른 사람들은 '짐승 같은' 영국 남자의 과장된 버전으로 보인다. 세라 엘리스 부인이 『패밀리 모니터』에서 설명했듯, 여자의 문화적 손길이 없다면 그들의 이와 발톱은 완전히 짐승처럼 붉게 변할 것이다.[12] 비열한 영혼을 가진 크림즈워스의 외삼촌들도 마찬가지로 짐승 같다. 이 신사답지 않은 신사들은 누이와 의절하고(잘못된 남자와 결혼했기 때문에), 올바른 여자와 결혼하지 않은 누이의 아들 윌리엄과도 의절한다. 윌리엄은 이렇게 말한다. '나는 자라면서 그들이 품었던 끈질긴 적대감을 알게 되었지. 아버지가 돌아가실 때까지 그들이 보여준 나의 아버지에 대한 증오를, 나의 어머니의 고통을, 우리 집에 대한 그 모든 부당한 대우를 듣고야 말았네.'[1장] 또한 은신처를 구하려 찾아간 형도 숙부들과 다를 바 없다. 사실상 형은 어떤 점에서 숙부들보다 훨씬 더 나쁘다.

말로 설명할 수 없을 정도로 적대적이고 독재적인 에드워드 크림즈워스는 성질 고약한 대실업가다. 형 에드워드의 편협한 포악성은 『제인 에어』에서 존 리드가 보여준 사악한 억압성을 예견하며, 자연을 '끊임없이 짙은 증기로 뒤덮으며' 파괴하는 그의 사업은 『셜리』에 나오는 어두운 사탄 같은 공장을 예고한다. 에드워드는 자신의 말을 때리고 하인들을 노예로 만든다. 윌리엄의 친구인 요크 헌스든은 '에드워드는 언젠가 폭군 남편이 될 거야' 하고 말한다.[6장] 형제애로 말할 것 같으면, 에드워드의 마음속에 그런 어휘는 없다. '내 형제라는 이유로 너를 봐주지 않아. 나는 너에게서 내 돈의 가치를 충분히 뽑아낼 거다' 하고 윌리엄에게 말한다.[2장] 에드워드는 윌리엄을 파티에 초대하지만 아무에게도 윌리엄을 소개하지 않는다. 그리하여 화자는 우리에게 '나는 지치고 쓸쓸했으며 외로운 가정교사처럼 기가 죽어 있었다'고 말한다.[3장] 에드워드는 또 극단적인 대립 상태에서 동생에게 실제로 채찍을 휘두른다. 그런데 에드워드가 부당한 가부장의 전형으로 지배적인 형, 크림즈워스 홀의 주인이자 윌리엄이 정말 사랑하는 어머니 초상화의 정당한 상속자라 해도, 그는 폭군 같은 활력이 있고 그 활력은 '짐승 같은' 남자들이 지배하는 사회에서 반드시 인정받는다는 것을 브론테는 보여준다. 에드워드는 자신의 사업이 실패한 뒤 요크 헌스든이 예견했던 폭행을 저질러 부자 아내와 소원해지지만, 결국 '철도 투기로 크로이소스 왕보다 더 큰 부자가 된다.'[25장]

여자는 수동적이고 인형 같으며 남자는 사납고 지배적인 이 세계에서 브론테의 남성 화자는 처음부터 이상할 정도로 양성적인 역할을 맡는다. 여자에 대한 열망을 비칠 때 크림즈워스는 인습적인 남자의 모습을 보여준다. 하지만 여성에 대한 그의 판단은(예를 들면 전형적인 인형 같은 여자에 대한 혐오는) 그가 적어도 인습적인 남자는 아니라는 점을 암시하며, 자신의 본성이 사회적으로 용납될 수 없다는 인식은 남성성을 더욱 제한한다. 마찬가지로 세속적 야망을 다질 때 크림즈워스는 인습적인 남성의 모습을 보이지만, 그의 침묵과 수줍어하는 듯한 수동성('침착한 성격')은 전형적으로 여성적이며, '여자 가정교사처럼 기꺼이 절제하는' 태도도 그러하다. 여자가 남성 사회에서 상속권이 없는 고아 신세이듯, 크림즈워스도 '상업의 바닷가에서 난파당해 좌초된'[4장] 여자처럼 무력하다. 이런 무력감은 샬럿 브론테 자신이 일찍이 경제적인 독립을 시도했지만 실패했을 때 느낀 심정과 같다.

브론테의 후기 소설, 나아가 다른 여성 작가들의 작품과 같이 크림즈워스는 자신의 '여성적인' 무력함을 자각하고 처음에는 폐쇄, 매장, 감금 같은 상태가 불러일으킬 법한 폐소공포증 같은 감정으로, 그다음에는 탈출을 결심하는 저항으로 대응한다. 크림즈워스는 '내가 미끌미끌한 우물 벽의 습기 찬 그늘에서 자라는 식물 같다고 느끼기 시작했다'고 고백한다.[4장] 형과 마지막으로 싸운 후 그는 자신의 상업적인 출세를 포기하면서 '나는 폭군이 지배하는 감옥을 떠난다'고 소리 지른다. 그러면서 '나는 가볍고 해방된 기분이었다'고 덧붙인다.[5장] 브뤼셀로 떠날 때 크림즈워스는 같은 주제에 관한 제인 에어의 생각을 예시하듯 '자유의 여신'을 위한 찬가를 부른다. '내가 처음으로 내 품에 붙잡은 자유의 여신이여! 그녀의 미소와 포옹이 태양과 서풍처럼 나의 삶을 소생시켰다.'[7장] 그러나 크림즈워스를 후원해주는 여자, 즉 자유의 여신이라는 환상은 무력하고 양성적이었던 크림즈워스가 견디기 힘든 여성의 역할을 벗어나 더 힘 있는 사람, 즉 확실하게 남성적인 영웅-교수로 변신해가기 직전에 서 있다는 것을 암시한다.

*

『빌레트』에 나오는 루시 스노의 경우처럼 윌리엄 크림즈워스에게 브뤼셀의 낯섦은 중요하다. 크림즈워스는 '넓고 천장 높은 이국의 방'에서 깨어남으로써 자신의 해방감을 고양시키고, 자신이 이제 새로운 인생의 문턱에 서 있다는 인식을 강화한다. 제인 에어처럼 새로운 '일'을 찾은 그는 놀라운 능숙함으로 M. 플레 남자학교에서 새 삶을 시작한다. 그러나 플레 학교와 학생들보다 더 큰 흥미를 끄는 것은 옆집의 '보이지 않는 낙원'이다. 정확하게 브뤼셀에서 샬럿과 에밀리 브론테가 공부했던 에제

기숙학교가 모델인 '여자 기숙학교'다. '기숙학교! 그 단어는 나를 뒤숭숭하리만치 흥분시켰다. 그것은 억압에 대해 말하는 것 같았다.'[7장] 그 단어는 확실히 크림즈워스 자신보다 크림즈워스의 창조자에게 훨씬 더 큰 억압을 의미했을 것이다. 사실상 크림즈워스의 브뤼셀 시절 직업에 초점을 맞춘 『교수』의 중요한 중반부에서 브론테는 2년 동안 굉장히 고통스럽게 갇혀 지냈던 기숙사의 좁은 여자의 세계를 점검하기 위해 그를 일종의 렌즈로 사용한다.

크림즈워스는 실제로 여자 기숙학교를 방문하기 전부터 이상하게도 그 학교에 사로잡혀 있다. 판자로 막은 그의 방 창문에서는 학교 정원이 내려다보였다. '예의범절을 지키느라' 판자를 댔다고 플레는 서투르게 설명한다. 그리고 젊은 교사는 '그 신성한 땅을 엿볼 수' 없어서 '내가 얼마나 실망했는지를 안다면 놀랄 것'이라고 고백한다. 그의 감정은 남자의 '신성한' 영역을 '엿보고 싶은' 샬럿 자신의 욕망을 반영하는 것일까? 부분적으로는 그럴 수 있다. 아울러 그 감정은 또한 여성성의 신비를 이해하고자 하는 여성 특유의 욕망을 암시한다. 많은 여성 소설가들처럼 크림즈워스는 관음증 환자, 성의 비밀을 캐는 과학자가 된 자신을 상상한다. '꽃과 나무가 심어진 정원을 내려다보는 일은 정말 즐거울 것이다. 소박한 모슬린 커튼 뒤에 숨어서 젊은 아가씨들이 노는 것을 바라보는 것, 여자의 특성을 여러 국면에서 연구하는 것은 정말 기쁜 일이라고 나는 생각했다.' [7장] 마침내 기숙학교 교사로 초빙되었을 때 크림즈워스는 미칠 듯이 기뻐했다. 이 반응은 ('이제 드디어 그 신비스러운 정원을 보겠구나. 천사들과 그들의 에덴을 보겠구나') 여성을 이상화하는 남자를 패러디하는 데 그치지 않는다. 이는 여성성이라는 담장으로 둘러싸인 정원을 분석하고자 하는 브론테 자신의 욕망을 표현한 것이기도 하다.

브론테는 매우 적절하게도 복수심을 품고 분석한다. '나는 까만 수녀 같은 옷을 입고 부드럽게 머리를 땋아 내린 모습으로 내 앞에 서 있는 젊은 여자들을 경외감을 품고 보면서 반은 천사나 다름없다고 생각했다'고[10장] 말하는 크림즈워스는 마치 리처드슨을 반복하는 것 같다. 크림즈워스는 뒤에서 '이상주의자들, 지상의 천사와 인간 꽃을 꿈꾸는 자들에게 나 스스로 포트폴리오를 열어 자연 그대로 그린 연필 스케치 한두 장을 그들에게 보여주리라'고 계속해서 말한다.[12장] 여기에 기숙학교에 다니는 '신분 높은' 젊은 벨기에 여자들의 뻔뻔함, 부도덕성, 관능성, 경박함에 대한 일련의 (17세기적인 의미에서) 매력적인 '인물 묘사'가 따라 나온다. '대부분은 […] 대담하게 거짓말을 할 수 있었다. […] 모두들 점수를 얻을 수 있을 때 정중하게 말하는 방법을 이해하고 있었다. […] 험담과 소문 퍼뜨리기는 보편적이었다. […] 각자와 모두는 전적으로 무의식적인 악 속에서 교육받았으며, 대담하고 뻔뻔스럽게 희롱하는 태도나 방자하고 어리석은 추파를 통해 남자가 보내는 일상적인 눈길 하나도 그냥 지나치지 않았다.'[12장]

브론테는 크림즈워스를 애써 냉정하고 이상적인 젊은이로 창조했기 때문에 이 비판은 그의 본래 인격과 어긋나지 않는다. 그러나 '그의' 관찰은 작가 자신의 제재를 받기 마련이기에 그의 관찰이 보여주는 이례적인 신랄함이 처음에는 약간 의아하다. 평균 나이가 열네 살을 넘지 않을 여학생들을 여성 간의 적대감이 섞인 상투적인 말로 그토록 심술궂게 희화화한 것을 정당화할 수 있을까? 아니면 브론테 자신의 영국적 반가톨릭주의에서 그 해답을 찾을 수 있을까? 브론테 자신이 크림즈워스의 감정이 그의 반가톨릭주의 때문이라고 말한 바 있을뿐더러 『빌레트』와 『교수』의 다른 장면에서도 가톨릭교회를 공격한다는 점에서, 크림즈워스는 그들이 여자이기 때문이 아니라 가톨릭교도 여자이기 때문에 기숙학교 학생을 비판했다고 생각할 수 있다. 그렇다면 크림즈워스는 왜 이른바 '여성 인격'을 일반화하는가? 크림즈워스는 자신의 위치가 이 불투명한 수수께끼를 다른 사람들이 통찰할 수 있게 하기 때문이라고 설명한다. 사실상 그런 통찰이 그가 드러내는 '정통함'의 궁극적인 원천임이 이내 드러난다. '오, 쉽게 믿지 않는 독자여! 대가는 예쁘고 경솔하고 아마도 무지한 소녀와 무언가 다른 관계에 있다는 것, 그것은 무도회의 파트너나 산책길의 멋진 청년이 그녀를 보는 시선과는 다르다는 것을 알라. 교수는 새틴 옷으로 차려입은 그녀를 보는 것이 아니라 [⋯] 수수하게 입은 채 책을 앞에 둔, 교실에 있는 그녀를 보는 것이다.'[14장] 달리 말해 그는 있는 그대로의 그녀, 그러니까 교활하고 특이한 방식으로 여성 역할을 행하는 그녀를 보는 것이며, 19세기 기숙학교의 정해진 교과목뿐만 아니라 더 중요한 여성성의 이중적 술책을 배우는 교실 안의 그녀를 보는 것이다. 따라서 크림즈워스는 교실의 수장으로서 여성 정체성의 신비를 실제로 정복한 사람이다. 다른 남자들이 알지 못하는 (그러나 브론테 자신은 자신이 알고 있기에 틀림없이 두려워했을) 여자의 실체를 그는 '알고 있다.'

여자란 무엇인가? 브론테가 의식적으로 이 문제에 천착하고 있지는 않긴 해도, 크림즈워스라는 도구를 통해 그녀는 여자란 자주성이 없고 '정신적으로 타락한' 피조물로, 천사이기보다 노예이고 꽃보다 동물에 더 가깝다고 말한다. (크림즈워스/브론테는 암시하지 않을지라도) 이 작품이 암시하는 바에 따르면, 여자가 그렇게 되는 것은 가부장적 사회에서 그런 존재가 되는 것이 그녀의 임무이기 때문이다. 거짓말하기, '점수를 얻을 수 있을 때 정중하게 말하기', 소문 퍼뜨리기, 뒤에서 험담하기, 새롱거리기, 추파 던지기. 이 모든 것은 결국 노예의 특성, 즉 복종하는 것처럼 보이면서 복종하지 않는 방식, 남자의 권력을 회피하는 방식이다. 이것은 또한 도덕적으로 '괴물적인' 특성이며, 따라서 다시 한번 천사 같은 여자의 외관 뒤에 괴물-여자가 나타난다. 브론테가 『제인 에어』에서 검토한 천사와 괴물의 연관성에 비추어보면, 『교수』에서 여성 괴물/노예의 특징에 지나치게 공포심을 품고 반응했다는 것은 의미심장하다.

크림즈워스가 기숙학교의 여자 교장, 요컨대 어떤 의미에서 여자의 본보기인 조라이드 로이터를 묘사하는 부분처럼 여자의 이중성에 대한 브론테 자신의 혐오를 명확하게 그려낸 곳은 없다. 브론테가 이 여자를 가능한 한 음흉하게 그린 데는 강력한 개인적인 이유가 있다. 조라이드의 원본은 분명 미움받는 마담 에제였다. 마담 에제는 사악한 이중성을 발휘해 그녀가 사랑하는 '주인'인 무슈 에제과 젊은 영국 여자를 떼어놓기 위해 강력하게 조처했다.[13] 브론테는『빌레트』의 마담 베크를 통해 이 여자를 더 음울하게 그린다. 그럼에도 조라이드 로이터의 창조에는 상처받은 소설가의 부인할 수 없는 원한을 넘어, 더 크고 철학적인 적대감이 중요한 역할을 하는 듯하다.

처음에 윌리엄 크림즈워스는 '겸손하고 온화하며 조용한' 조라이드 기숙학교 교장을 찬양할 뿐이다. 그 이유는 정확하게 그녀의 성격이(그녀의 학생들처럼 환멸이 느껴지는 방식은 아니어도) 남자들이 전통적으로 품어온 여성 이미지와 어긋나기 때문이다. 크림즈워스는 말한다. '이 작은 여성을 보라. 그녀가 소설가나 로맨스 작가의 여자 같은가? 시와 소설에 묘사된 여성 인물을 보면, 여성은 좋든 나쁘든 감정으로 만들어졌다는 생각이 든다. [그러나] 여기에 매우 분별력 있고 존경할 만한 본보기가 있으니, 그 여자의 주요한 구성물은 추상적인 이성이다.'[10장] 그러나 곧 그는 조라이드의 합리성, 절제, 침착성이 이중성의 표시이자 교활하게 조종하는 기능을 하며, 그리하여 그것이 가장한 추상적인 이성을 비밀리에 전복시키고 있지 않나 의심하기 시작한다. 마담 플레는 크림즈워스에게 이렇게 말한다. '그녀를 관찰해보세요. 조라이드가 뜨개질을 하거나 다른 여자 일을 처리할 때, 평화의 이미지 자체인 양 앉아 있을 때를요. […] 만일 신사가 그녀 의자에 가까이 가면 […] 더 온화한 겸손함이 그녀의 자태를 물들입니다. […] 그때 그녀의 눈썹을 관찰해보세요. 그리고 한쪽에는 고양이가, 다른 쪽에는 여우가 있는지 없는지 나에게 말해주세요.'[11장] 온화한 현상 유지파인 플레가 능란한 위선을 찬양하고 있다는 것은 분명하다. 이때 크림즈워스는 혐오감을 느낀다. 학생들의 노예 같은 이중성은 교장의 그런 못된 교활함을 본받은 것인가?

조라이드와 플레가 기숙학교 정원의 '금지된' 오솔길을 산책하면서 다가오는 그들의 결혼에 대해 논의하는 대화를 크림즈워스가 엿들었을 때, 조라이드를 신뢰하는 이 젊은 교사의 믿음에 좀 더 강력한 또 다른 타격이 가해진다. 크림즈워스에 대한 조라이드의 태도는 적당하게 유혹적이었는데, 그것은 이 정직한 젊은 남자를 그저 유혹하기 위한 전략이었던 것이다. 그는 조라이드도 학생들처럼 항상 이중 플레이를 하고 있었다는 사실을 간파한다. 조라이드는 크림즈워스가 대표하는 이상주의를 희롱하는 한편, 플레가 구현하는 가부장적 기득권층에 자신을 묶어두고 있었다. 조라이드가 표면상 숙고하고 있는 것은 사랑과 정직함의 결합보다 '공증과 계약'의 결합, 편의상 선택한 냉소적인 결혼이다. 자신이 에제 부부의 동업자 같은 관계에서 배제되었다는 브론테의 인식이 크림즈워스가 그 사실을 알게 되었을 때 느낀 분노 묘사에 틀림없이 공헌했을 것이다. 그런데 잠시 후 우리는 에제 부부에 대한 질투심이 먼저인지, 여성의 이중성에 대한 분노가 먼저인지 묻게 된다. 크림즈워스의 혈관으로 흘러간 '무엇인가 뜨겁고 불같은 것'은[12장] 좌절된 정열만큼 성적 혐오도 명시하고 있는 것 같다.

의미심장하게도 크림즈워스가 조라이드를 '냉정과 무관심'으로 대한 이후에도 그녀는 계속해서 그에게 노예처럼 구애하는 가운데, 솔직함에 대한 크림즈워스의 찬양에 마지막 타격이 가해졌다. 브론테와 크림즈워스가 조라이드를 경멸하는 이유는 가부장적 사회가 가장 귀하게 여기는 '남성적' 특질에 대해 그녀가 전형적으로 여성의 존경심을 보여주기 때문이라는 것이 여기에서 명백해진다. 사실 '노예처럼 숭배하는' 조라이드의 특징은 남성적 독재의 극치를 보여주는 윌리엄의 폭군적인 형 에드워드를 가장 잘 묘사해준다. '조라이드는 자존심, 냉정함, 이기심을 힘의 증거로 간주하는 경향이 있었다. […] 폭력, 불의, 학대에 그녀는 굴복했다. 그것들이 그녀의 타고난 주인이었다.'[15장] 이 모든 것을 감안한다면 조라이드가 세속적인 플레와 결혼하는 것은 불가피하다. 그뿐만 아니라 조라이드가 겸손하다고 가정되지 않는 모든 것에 반감을 갖는다는 것은 젊은 스위스계 영국인 레이스 수선가 프랜시스 앙리를 사악한 계모처럼 대하는 데서 강하게 표현된다. 이 소설에서 프랜시스의 진정한 본성만이 여성성에 대한 남성의 이상화를 모순적이거나 거슬리는 방식으로 깨뜨리지 않기 때문이다.

*

『교수』는 크림즈워스의 이야기이기도 하지만, 프랜시스 앙리에 대한 이야기이기도 하다. 사실 이 이 두 인물의 생애는 마치 각각이 서로를 반향하기 위해 만들어진 것처럼 병치되어 있다. 윌리엄처럼 프랜시스도 가난한 고아에 가톨릭 국가의 프로테스탄트이며, 물질주의 사회에서 이상주의자로 살아가며, 자수성가한 인물로 남자 교수와 동등한 지위라 할 수 있는 전문가인 '여자 교장'이다. 한편 이 둘의 인격 차이는 유사성만큼 중요하다. 그 차이의 일부는 성차에서 기인하고, 다른 일부는 우리가 이 두 인물의 '고아 시절'을 서로 다른 관점으로 경험한다는 사실에서 기인한다. 브론테가 크림즈워스의 인생을 이야기하며 고아에다 '여자 같은' 남자가 위엄 있는 교수로 변신하는 환상을 실현했다면, 프랜시스 앙리의 이야기를 통해서는 크림즈워스가 새롭게 얻은 교수라는 지위의 관점에서 고아 여성의 실제 상황을 점검하고 있다. 이 상황은 『제인 에어』나 『빌레트』가 보여주는 좀 더 정교한 환상의 기반이 된다. 흥미롭게도 추방자였던 크림즈워스가 교수로 변신하는 과정을 완성한 것은 프랜시스 앙리의 외로움이다.

창백하고 작고 야위어 '걱정으로 지쳐 있는' 프랜시스는 샬럿 브론테 자신의 외형적인 모습이자, 제인 에어나 루시 스노 같은 후기 작품에 등장하는 여자 주인공의 유형이다. 게다가 브론테나 루시처럼 프랜시스는 기숙학교에서 이례적인 위치에 있다. 레이스 수선가이자 수줍음 많고 '하찮은' 시간제 재봉 교사인 프랜시스는 학교 조직 서열이 거의 밑바닥이다. 다른 젊은 여자들을 위해 여성적인 의상을 준비해주는 신데렐라 같은 인물이자 정작 프랜시스 자신은 사회적으로 인정받을 만한 어떤 의상도 없다는 점에서 브론테의 일기 속 인물처럼 '부엌이나 그 비슷한 장소' 출신임이 분명하다. 소설 후반부에 이르러 조라이드 로이터에게 해고당한 뒤, 크림즈워스는 루뱅의 프로테스탄트 공동묘지를 '어두운 그늘'인 듯 배회하는 프랜시스를 본다. 유일한 친척이었던 숙모의 죽음을 애도하는 그녀의 모습은 마치 생매장당한 자신의 삶을 애도하는 듯하다. 손필드에서 제인 에어가 배회했던 것처럼 프랜시스는 자신이 죽음 같은 삶을 살아왔다는 것을 깨닫는다. 이는 바로 브론테의 일기에 등장하는 신비한 루시가 깨달았던 점이며, 나중에 『빌레트』의 루시 스노도 깨달았던 점이다. 더욱이 프랜시스는 (작품의 마지막에 이르러) 이름마저 상징적인 울림이 있는 실제 지명인 브뤼셀 노트르담오네주 거리에 있는 냉골 셋방에 산다. 학생일 때도 급우들보다 나이도 많고 관례적 교육도 덜 받았다는 이유로 고생했다. 그럼에도 크림즈워스처럼 그녀도 지적이고 이상주의자이기에 장점이 이내 드러난다. 가장 이례적이고 지적인 여자로서 프랜시스는 조라이드의 적대감을 불러일으키지만 동시에 자신의 특이한 교수에게 찬양을 자아낸다.

프랜시스 앙리는 지적인 고아 인텔리 여성 그 이상이다. 크림즈워스가 자신의 '진정한 본성'이 어느 정도 양성적이었기 때문에 사회 부적응자로 인생의 첫발을 내디딜 수밖에 없었던 것처럼, 프랜시스는 크림즈워스가 본 대로 예술가이기 때문에 (샬럿 브론테와 다른 모든 여성 작가들 역시 창작의 과정에서 그렇게 묘사되었다) 자기 세계에 적응하지 못한 인물이다. 처음에 크림즈워스가 프랜시스에게 흥미를 느낀 이유는 자신의 작문을 읽는 프랜시스의 영어 억양 때문이었다. 프랜시스의 목소리는 '앨비언[영국]'의 목소리였다'고 크림즈워스는 말한다. [15장] 곧이어 그는 그녀가 해온 '숙제' 내용에 더욱더 감동해 그녀의 글에서 '감식안과 상상력'을 읽어내고는 그녀에게 약간 생색내듯 충고한다. '신과 자연이 당신에게 부여한 능력을 가꿔야 합니다. 어떤 부당한 압력에도 두려워 말고, 그것이 힘이고

귀한 것이라는 의식에 위안을 얻으세요.' 프랜시스는 의기양양한 미소로 답하는데, 그 미소는 억압받고 있는 이 레이스 수선가가 자신의 내밀한 정체성을 잘 알고 있음을 보여준다. 프랜시스의 표정은 크림즈워스에게 '교수님이 저에게서 그토록 여러 가지 본성을 발견해주시다니 기뻐요. […] 그런데 제가 저 자신을 모른다고 생각하시나요? 교수님이 그렇게 권위 있는 용어로 저에게 해주신 말은 어릴 때부터 저도 충분히 알고 있었답니다'[16장] 하고 말하는 것 같다.

 '부당한 압력'에 대한 크림즈워스의 두려움, 은인인 체하는 그의 태도, 프랜시스 앙리의 갑옷 같은 자존심, 이 모든 것이 이 문단을 특히 흥미롭게 만든다. 예를 들면 이 젊은 예술가는 '부당함'에 에워싸여 있다. 그것은 프랜시스의 가난, 소외, 그녀가 고아라는 사실로 명시될 뿐만 아니라 조라이드의 빈틈없는 적대감으로 아주 뚜렷하게 드러난다. '프랜시스가 완성한 지갑의 술을 침착하게 잘라낸' 이 고양이 같은 교장은 크림즈워스가 프랜시스를 찬양하는 동안에도 그 자리에 있었고, 나중에 알게 되지만, 프랜시스를 직업과 학교와 크림즈워스로부터 떼어놓을 계략을 미리 세워놓았다. 가부장제의 대리인인 조라이드는 남자에게는 노예이지만 여성에게는, 특히 노예 같지 않은 여성에게는 폭군이다.

 크림즈워스의 기능에 대해 말하자면 그것은 노예에서 주인으로, 남자 프랜시스 앙리에서 교수 에드워드로 나아가는 변화를 나타낸다. 크림즈워스는 부분적으로 자신의 학생을 이해하는 과정에서 이런 변화를 보여준다. '내 태도가 점점 더 엄격해지고 교수다워질수록 그녀의 태도는 점점 더 편안해지고 침착해진다는 것을 깨달았다.'[17장] 프랜시스는 많은 면에서 조라이드와 다르지만, 남성적 지배를 욕망한다는 점에서는 조라이드와 다르지 않다. 크림즈워스의 변화는 부분적으로 어떤 사람도 인지하지 못한 그의 '진정한 본성'을 프랜시스가 인지하기 때문에 일어난다. 자신들이 처해 있는 표리부동 때문에 크림즈워스가 학교에서 소외당한다는 것을 감지하고, 프랜시스는 그에게 정직함을 벌주고 포악함이나 노예성에 상을 주는 세상의 방식과 싸울 수 있도록 가르쳐달라며 용기를 북돋는다. 그러나 그렇게 함으로써 프랜시스는 역설적으로 하나의 횡포를 또 다른 횡포로 대체한다. 왜냐하면 크림즈워스는 사랑스럽지만 점점 더 도덕적인 교수가 되어가고(프랜시스는 결혼 후에도 그를 '교수님'이라고 부른다), 한편으로는 정직함, 이상주의, 사회의 위선에 대한 낭만주의적 반항을 격려하는 것 같지만 여성 작가를 좌절시키는 남성적 문학 전통을 구현하기 때문이다. 프랜시스에게 예술을 가르치면서도 크림즈워스는 고집이 세다고 그녀를 벌주고 '마지못해' 칭찬하며, 나중에 프랜시스가 이미 훌륭한 교사가 되었음에도 그녀가 이해하기 어려운 워즈워스의 '깊고 평온하고 온건한 정신 [그리고] 언어를' 그녀에게 '조제해줌'으로써, '그녀는 질문하고 설명을 애걸하는 어린아이나 초보자처럼 되어 [그를] 그녀의 상급자나 지휘자로 인정할 수밖에 없었다.'[25장][14]

브론테는 일종의 창작의 황홀경 속에서 글을 쓰기 때문에 교수/학생의 역학관계는 『교수』에서 완전하게 작동하지 않는다.

하지만 아마도 그것이 최상일 것이다. 꿈은 빈번하게 진실을 말하지만, 여기에서 말해지는 진실은 모호하다. 예를 들면 크림즈워스는 프랜시스의 정신적 지도자이기도 하다. 프랜시스는 어머니 쪽으로는 영국인이고 아버지 쪽으로는 스위스인인데, 크림즈워스는 프랜시스의 '모어'를 말하기 때문이다. 크림즈워스 자신의 모계적 성향(초기의 그의 양성적 본성을 암시해주는 또 하나의 사실)은 죽은 어머니의 초상화를 집착하는 모습에서 나타난다. 크림즈워스는 돌아가신 아버지의 초상화에는 한 번도 관심을 보이지 않지만, 형 에드워드가 어머니의 초상화를 소유한 것을 시기한다. 크림즈워스는 프랜시스가 어머니가 돌아가셨던 열 살 이후 잊고 지냈던 어머니의 언어로 그녀를 가르침으로써 그녀에게 진정한 예술적 목소리('엘비언의 목소리')를 선사하며, 따라서 워즈워스에 대한 반감 때문에 그녀가 속할 수 없었던 바로 그 전통에 그녀의 자리를 내준다.[15]

엘비언의 목소리, 프랜시스 앙리의 작문을 통해 '은빛' 여성성으로 드러나는 그 목소리는 전형적인 여성의 가면을 쓴 채 추방된 예술가의 내밀한 자존심을 표현하기 위해 내지르는 목소리다. 『교수』 서두에서 크림즈워스가 그랬던 것처럼, 프랜시스도 브뤼셀에서 '외로운 가정교사처럼 기가 죽어' 있다. 프랜시스는 수업 시간에 그녀가 교수를 위해 또는 교수에 대해 쓴 시를 통해, 브론테가 자신의 모든 소설에서 그랬던 것처럼 자기 처지를 탐색하며 체념과 탈출을 번갈아 공상한다. 예를 들면 우리가 듣게 되는 최초의 긴 작문은 앨프리드 왕과 케이크 이야기의 변형이다. '죽음 같은 광대한 겨울 숲에 갇혀 있는 색슨 농부의 오두막 묘사로' 시작하는 이 작문은 앨프리드를 향한 여자 농부의 경고를 생생하게 그려낸다. '어떤 소리를 듣더라도 꼼짝하지 마세요. […] 이 숲은 매우 사납고 쓸쓸합니다.' 그리고 '왕관 없는 왕'의 암울한 신념을 진술하는 것으로 끝을 맺는다. '당신 손에 부서지고 발가벗겨졌지만 […] 나는 절망하지 않습니다. 절망할 수가 없습니다.'[26장] 앨프리드에게는 어떤 탈출구도 해결책도 그려지지 않는다. 이 작은 이야기의 모든 요소는 많은 여성의 글 도처에서 강박적으로 되풀이되는 모티프와 관련되어 있다.

예를 들면 겨울 숲의 혹독한 추위(황량함과 매정함을 나타내는 직접적인 이미지)는 『제인 에어』의 황야와 로우드의 추위를 예견하며, 메리 셸리의 『프랑켄슈타인』이나 에밀리 디킨슨 시에 나타나는 극지의 추위와 연관된다. '고대 색슨족의 유령 전설'은 『제인 에어』와 『빌레트』의 고딕적 이미지를 예시하며, 다른 많은 여성의 상상 속에 살고 있는 괴물을 연상시킨다. 사실 앨프리드를 향한 여자 농부의 경고는 어떤 의미에서 모든 여성 자신을 향한 경고를 상징하며, 갇혀 있음에 대한 자신의 괴물 같은 분노를 억누르는 모든 여성의 노력을 상징한다고 볼 수 있다. '당신은 그러니까, 아이의 울음소리 같은 것을 들을 수도 있어요.[16] 그렇지만 도와줄 생각으로 문을 열었다가는 거대한 검은 황소나 끔찍한 마귀 같은 개가 문턱을 넘어 달려들 겁니다.' 무엇보다 모든 것을 빼앗긴 왕관 없는 왕이라는 극적인 인물은 밀턴의 사탄 이야기를 반향하며, 프랜시스 앙리와 샬럿 브론테가 이 세상에서 자신의 처지를 어떻게 판단하는지 다시 한번 요약한다. 프랜시스는 자신이 이어받은 상상의 왕국을 의식하고 있지만, 동시에 자신이 상속권을 박탈당했다는 사실을 쓰라릴 만큼 알고 있다. 여성의 노예 상태를 장려하는 사회에서 그녀는 노예의 집에 살아야 한다. 동시에 앨프리드의 '고난 속의 용기'는 자신의 운명을 스스로 결정하고자 하는 프랜시스의 열정을 반영한다. 프랜시스는 '저에게는 저 자신의 과제가 있어요' 하고 크림즈워스에게 말하면서 브론테의 모든 후기 소설이 내포한 조용한 저항을 예시해준다.

프랜시스 앙리의 다음 '작문'은 크림즈워스가 더 간략하게 요약하는데, 그 작문의 요소들도 똑같은 울림을 준다. '고국에 있는 친구들에게 보내는 한 이민자의 편지'는 '원시림과 위대한 신세계의 강'을 묘사하고 나서 '이민자의 삶에 뒤따르는 어려움과 위험'뿐만 아니라 '무너뜨릴 수 없는 자존감'도 암시한다.[28장] 크림즈워스의 권위 있는 지원이 사물에 대한 프랜시스의 시야를 밝혀주었다는 것은 분명하다. 앨프리드는 농촌의 오두막에 갇힌 채 자아 인식이라는 음울한 위안만 누리지만 프랜시스는 이민자로서 적어도 과거의 재난에서 도망쳐 예술가의 내밀한 자존심이 보상받을 신세계를 상상할 수 있다. 크림즈워스가 이 작문을 칭찬한 다음 조라이드가 결국 프랜시스를 그녀의 '교수'와 떼어놓은 것은 분명 의미심장하다. 탈출에 대한 예술가의 꿈은 사회의 대리인에 의해 가차 없이 억압될 수밖에 없는 걸까? 비관적으로 보면 『교수』는 그런 억압을 암시하는데, 이와 관련해 프랜시스 앙리의 마지막 문학적 성취는(적어도 이 작품에서 우리에게 주어진 마지막 작문은) 아마도 그녀의 가장 흥미로운 작품일 것이다. 그것은 브론테가 『교수』 집필 전에 썼음이 분명한 「제인」이라는 시인데, 그녀는 이 시에서 무슈 에제에 대한 자신의 감정을 서술했다. 그럼에도 이 시는 브론테와 에제의 우정을 허구화한 이 작품 속에 자연스럽게 동화된다. 프랜시스에게 구혼할 셈으로 비유적 장소인 노트르담오네주 거리에 도착한 크림즈워스는 프랜시스가 작은 방 안을 '앞으로 뒤로' 걸으면서 시를 낭송하는 것을 엿듣는다. 크림즈워스가 프랜시스를 보면서 '고독은 사막에서 또는 버려진 집의 홀에서 그렇게 말할 것이다' 하고 말하듯이, 브론테 자신도 에제가 엿듣기를 바랐고, 또한 그렇게 썼을 것이다.

'고독'의 탐색을 넘어서 질병을 검토하는 단계까지 나아간 이 시 자체는 '제인이' (그리고 프랜시스가, 그리고 샬럿 브론테가) 자신의 교수에 대해 품었던 사랑을 이야기한다. 교수가 학업의 중압감 때문에 지쳐버린 그녀를 보고 어떻게 잠깐이나마 '지루한 과제와 규칙'에서 그녀를 해방시키는지, 그를 즐겁게 해주기 위해서 어떻게 그녀가 '애쓰며', 그의 얼굴에서 그가 자신을 인정하고 있다는 '비밀스러운 의미'를 어떻게 읽어내는지, 어떻게 그녀가 학업상과 '월계수 화환'을 얻게 되는지, 그리고 어떻게 승리의 바로 그 순간에 '야망의 강한 맥박'이 그녀의 혈관 속에서 요동치는지, 그 순간 어떻게 '흐르는 피가 내밀한 내면의 상처를 드러내는지' 이야기하는 가운데 제인의 사랑이 드러난다. '제인'이 상처받은 이유는 표면상 자신이 이제 '바다를 건너야' 하고, 자신의 교수와 헤어져야 함을 알고 있기 때문이다. [23장] 그러나 사실에 대응하는 수준에서 '제인'이 브론테와 에제의 관계에 대해 말하고 있다면 (아마도 실제라기보다는 그렇게 되었으면 하는 브론테의 희망을 더 나타내지만) 이 시는 비유적인 의미에서 더 흥미롭다. 그것은 여성 예술가가 견뎌야 할 고통, 즉 여성 예술가가 '스승'과 관계를 맺을 때 깊은 양가적 감정과 밀접하게 관련된다는 고통에 대한 브론테의 인식을 정확하게 묘사하고 있기 때문이다.

예를 들면 제인이 자신의 '내밀한 마음의 상처'를 자각하는 시점은 자신이 바다를 건너야 한다는 것을 인식했을 때가 아니라 예술의 월계관이 그녀의 '고동치는 이마'에 씌워졌을 때, 아마 처음으로 '야망의 강한 맥박'을 느꼈을 때다. 이 점은 매우 중요하다. 제인으로 하여금 스승을 떠나 바다를 건너라고 강요한 것은 시에 등장하는 신비한 '그들'이 아니라 이 맥박인가?('그들이 다시 부른다. 이제 나의 가슴을 떠나라.') 어느 정도 그런 것 같다. 또 다른 의미에서 야망의 맥박은 그 자체로 질병의 맥박이며 상처나 두통의 전조로 보인다. 여성 예술가에게 야망이란 슬픔으로, 스승과의 불가피한 결별로(말하자면 가끔은 여성 예술가의 노력을 칭찬하고 가끔은 워즈워스와 비교해 그녀에게 충고하면서 그녀를 키워준 문학적 전통과의 결별로), 남성 세계의 완전한 적절함이나 숙련성과는 대조적인 자신의 부적절함에 대한 내밀한 인식으로 나아가게 한다는 것을 브론테가 암시하기 때문이다. 피 흘리는 상처는 물론 여성성에 대한 전형적인 프로이트식 상징으로 여성의 생식력과 여성의 몸의 불완전성을 명백하게 나타낸다. 그러나 브론테는 그 의미를 확장한다. 「제인」에서 피 흘리는 상처는 여성의 생리뿐만 아니라 여성의 심리, 피 흘리는 여성의 불완전한 몸뿐만 아니라 두통, 상처받고 박탈당한 상상력까지 상징한다.

앤 핀치에서 메리 셸리와 에밀리 브론테에 이르는 작가들처럼, 샬럿 브론테도 여성의 '타락' 문제를 해결하려고 한다. 샬럿 브론테는 타락의 모호성과 그로 인한 상처를 가장 멀리까지 그려낸 작가다. 제인도 윈칠시 백작부인처럼 야망이라는 질병으로 고통받는다. 하지만 고통받는 이유는 그 교육자가 자신을 추락시켰어도 죄인이나 상속권을 빼앗은 신이 아니라 자신을 보호해주는 양아버지, 피난처, 가정이라고 생각하기 때문이다. 프랜시스는 자신의 스승이 시의 마지막에서 '그들이 다시 부른다. 이제 내 가슴을 떠나라'고 말하는 모습을 상상한다. '제인, 너의 진정한 피난처를 떠나라. / 그러나 속거나 배척당하거나 억압당할 때, / 나의 집으로 다시 오너라.' 제인의 운명은 독자의 상상력에 맡겨지지만 프랜시스는 그녀의 스승에게 '돌아온다'. 크림즈워스는 아버지처럼 프랜시스를 무릎 위에 앉힌 채 청혼하고, '교수님, 내 인생을 당신과 함께하는 것에 동의합니다' 하고 그녀가 말하자 마치 프랜시스의 작문을 채점하듯, '아주 잘했어, 프랜시스'라며 흡족해한다. 그 후 그들의 결혼과 직업적인 성공은 그들 관계를 둘러싼 다른 모든 것과 마찬가지로 모호하다. 크림즈워스는 완벽한 교수와 가부장이 되었지만, 프랜시스는 전적으로 의존적인 학생으로 남아 있기를 거부한다. 한편으로 프랜시스는 자신의 예술을 포기한 듯 보인다(우리는 더 이상 그녀가 쓴 '작문'에 대해 듣지 못한다). 그러나 또 한편으로 그녀는 '가르치는 직업'을 포기하지 않겠다고 주장하는 것으로 보아 '야망의 강한 맥박'이 그녀를 완전히 떠나지 않았다는 것은 명백하다.

두 사람의 결혼 이후 '야망의 강한 맥박'과 '내밀한 마음의 상처' 사이에서 프랜시스가 겪는 갈등도 해결이 모호하다. 그것은 오스틴의 이중적인 구조를 상기시키는 동시에 다른 많은 여성 작가들이 쓴 소설의 미심쩍은 대단원을 예견한다. 크림즈워스 부인으로서 그녀는 일종의 정신분열적 인격을 보여준다. '다른 상황에서 그녀는 매우 달랐다. 나는 마치 두 아내를 소유한 것 같았다'고 크림즈워스는 말한다.[25장] 낮에는 조라이드 로이터처럼 사악한 권위를 얼마간 행사하는 '빈틈없고 열심인' 교장이다. 그러나 저녁이 되면 그녀는 '나의 작은 레이스 수선가 프랜시스 앙리'가 되어 '그녀의 고집' 때문에 남자로부터 '많은 벌'을 받는다. 프랜시스는 자신의 교수에게 '착하고 사랑스러운 아내'이지만, 동시에 억압되지 않은 그녀 정신의 편린을 보여준다. 크림즈워스는 조심스럽게 규정된 한계 내에서만 그녀의 정신 에너지를 고무할 뿐이다.

*

크림즈워스와 프랜시스의 결혼이 낳은 작은 결실은 빅터라는 이상한 아이다. 빅터에 대해 우리가 알 수 있는 것은 '[그의] 기질에 무언가, 일종의 전기 같은 열정과 힘이 있으며, 그것은 [빅토르 프랑켄슈타인의 역사를 상기시키려는 듯] 이따금 불길한 불꽃을 방출한다'는 것이다. 고압적인 교수는 '빅터가 가지고 있는 이 무언가를 없애지는 못할지라도 적어도 올바르게 훈육시켜야' 한다고 생각한다. 반면 프랜시스는 '이 두드러진 아들의 성격에 이름을 붙이지 않는다. 그것이 나타나면 […] 실망감에 강하게 반발하는 감정으로 […] 그녀는 그를 가슴으로 꼬옥 껴안는다.'[25장] 빅터가 안고 있는 불가해한 문제는 그에 대한 부모의 태도가 서로 다르다는 것과 함께 브론테가 (눈을 감은 채 썼든 뜬 채 썼든)『교수』전체를 통해 고려한 모든 갈등을 요약하고 있는 듯하다. 따라서 소설이 빅터와 빅터의 개 요크, 그리고 중요한 제3자이자 크림즈워스의 옛 지기인 헌스든 요크 헌스든의 일화로 끝나는 것은 매우 적절하다. 이 마지막 인물은 작품 전체에 자주 등장한다. 그러나 헌스든이 이 소설에서 맡고 있는 진짜 역할은 가끔 이해하기 어렵다. 첫째, 처음에는 이 소설의 플롯에 헌스든의 자리가 거의 없는 것 같다. 다음으로 엄격하고 이상주의적인 크림즈워스는 헌스든을 완전히 싫어하는 것처럼 보이며, 그럴 만한 충분한 이유가 있다. 철저하게 상업적인 오래된 가문의 자손인 헌스든은『교수』의 다른 어떤 인물보다도 더 불만에 가득 차 있는 바이런적 (또는 사탄적) 영웅이다. 수줍어하고 거의 소녀 같은 크림즈워스와는 정반대다. 크림즈워스가 수동적이고 내성적이며 귀족적이라면, 헌스든은 말썽꾸러기다. 크림즈워스가 이상주의적이고 예민하다면 헌스든은 냉소적이다. 크림즈워스가 고압적이라면 헌스든은 혁명적이다. 두 사람 다 서로 특별한 애정을 보이지 않는다. 그렇지만 이 둘은 편치 않은 동료 관계로 불가해하게 묶여 있으며, 둘의 관계는 이 작품의 다른 어떤 관계보다 길게 지속된다.

이 비우호적인 우정은 무엇 때문인가? 왜 브론테는『교수』의 시작과 결말에서 그들의 우정을 극화시키는가? 헌스든의 빈정거림과 (처음에 나타나는) 크림즈워스의 빈정거림 사이, 헌스든의 반항성과 (나중에 나타나는) 프랜시스나 빅터의 반항성 사이에 점점 뚜렷한 유사성이 드러난다는 점에서 해답에 가까운 무언가를 찾아볼 수 있을 것이다. 처음에 헌스든은『교수』에서 불만이 많은 사람처럼 보인다. 헌스든은 (찰스 웰즐리, 자모르나, 또는 노생거랜드의 공작처럼) 샬럿 브론테 자신의 마음속에 있는 분노의 무의식적인 이미지다. 그의 이름 헌스든 요크 헌스든은 기존의 제도를 전복하려는 야만적 의지뿐만 아니라 프랜시스 앙리와 크림즈워스가 되돌아가고자 열망하는 '어머니의 나라' 영국과의 밀접한 관계를 암시한다. 헌스든은 분노로 가득한 '터의 기운'이기도 하면서 어딘가 양성적인 인물이다. 처음에 헌스든은 '강력하고 당당한 것처럼' 보이지만 자세히 살펴보면 '그의 몸집이 얼마나 작고, 심지어 여성적인가 […] [그는] 지금은 침울한 황소 같은 풍채를, 또 때로는 짓궂고 장난꾸러기 같은 소녀의 면모를 [지니고 있다.] 종종 이 두 외관이 섞여서 기묘한 복합적인 용모를 빚어낸다'는 것을 크림즈워스는 발견한다.[4장] 헌스든은 크림즈워스를 경멸하고 귀족 혈통을 이유로 그를 비난하지만, 동시에 헌스든은 크림즈워스의 처지에 대해 마치 분노에 찬 수동적 사무원의 목소리인 듯, 분명 혈기왕성한 젊은이다운 평가를 내린다.('너는 권력이 없어. 너는 아무것도 할 수 없어.') 크림즈워스 대신 에드워드의 폭압을 폭로하는 헌스든은 또다시 크림즈워스의 대리인 역할을 한다. 헌스든은 형 에드워드의 비리를 폭로함으로써 동생 크림즈워스에게 해방을 가져다준 형제 간 한바탕 소동에 불을 붙인다. 자신의 행동에 대한 헌스든의 설명은 ('나는 나의 본능에 따라 폭군에 저항했고 쇠사슬을 끊었다') 크림즈워스 자신이 하고 싶었던 행동이다. 또한 결단력 없는 실직한 사무원인 크림즈워스에게 헌스든은 한 가지 제안을 하는데('대륙으로 가라'), 그 제안은 마치 크림즈워스 자신의 내밀한 욕망이었던 듯 신속하게 받아들여진다.('내가 가고 싶어한다는 것을 신은 알고 계시다.')

어떤 의미에서 헌스든은 반항의 목소리이기도 하지만 플롯의 조종자이자 위장한 화자이고, 줄거리를 나가야 할 방향으로 진행시키며 일어나는 사건을 논평하는 자다. 헌스든은 크림즈워스에게 잃어버린 어머니의 초상화를 제시함으로써, 크림즈워스가 정체성을 새롭게 인식하도록 한다. 또한 헌스든이 애국심에 대해 프랜시스나 크림즈워스와 논쟁할 때, 그의 신랄한 견해는 영국을 이상화하는 그들의 감상주의와 대립하며 소설에 내재한 내밀한 불만을 풍자적으로 표현하고 있다. '우리의 위풍당당한 귀족주의의 흔적을 살펴보아라. 그들이 어떻게 피 속에서 걸어다니며, 가는 곳마다 가슴을 눌러 으깨버리는지 보아라.'[24장] 가장 흥미로운 것은, 수수께끼 같은 루시아에 대한 그의 사랑이 (그는 그녀의 초상화를 어디든 몸에 지니고 다닌다) 프랜시스에게 (그리하여 브론테 자신에게) 가부장제의 숨 막히는 폐쇄성으로부터 탈출을 공상할 마지막 기회를 제공한다는 점이다.

루시아의 '매우 아름답고 매우 개성적인 […] 얼굴'이 그려진 상아로 된 작은 모형을 살펴보면서, 과거의 레이스 수선가는

'루시아도 한때는 쇠사슬에 묶여 있었는데 그것을 부쉈구나' 하고 생각한다. 그러고 나서 '내가 의미하는 것은 결혼의 쇠사슬이 아니라 일종의 사회적 쇠사슬이다'라고 신경질적으로 덧붙인다.[25장] 이 이야기에 진실의 싹이 숨어 있는지 아닌지 우리는 결코 알 수 없다는 점이 의미심장하다. 헌스든의 역할처럼 『교수』의 플롯에서 루시아의 역할은 극적이라기보다는 주제와 더 관련된다. 헌스든과 프랜시스가 루시아에 대해 논평하는 부분이 중요한 주된 이유는 그 논평이 해방, 탈출, 반항에 대한 반쯤 억압된 욕망을 나타내고 있기 때문이다. 브론테 자신처럼 헌스든도 분명 자신의 분노를 스스로 터뜨릴 수 없었다. 프랜시스는 루시아가 '당신이 결코 아내를 얻으리라고는 생각지도 못했을 그런 영역을 채워주었다'고 말한다. 이때 '개성적인' 여성 이미지는 단지 작은 모형으로 축소되어 있음을 우리는 알아차릴 수 있다. 그럼에도 불만에 가득 찬 논평가인 헌스든은 끊임없이 반항을 이야기한다. 소년 빅터가 헌스든을 '좋아한다면' 그것은 놀랄 일이 아니다. 매우 모호하지만, 프랜시스 앙리와 윌리엄 크림즈워스의 결합은 불가피하게 바이런적인 반항의 즐거움과 위험에 이끌리는 아이를 낳을 것이다.

『교수』의 끝부분에 오면, 크림즈워스 자신은 그런 과격함에 더 이상 끌리지 않는다. 루시아의 불꽃같은 정신에 대해 말할 때, 그는 프랜시스에게 '나의 시력은 불꽃을 견뎌내기에는 항상 너무 약했다'고 교사다운 아이러니를 활용한다. 헌스든과 이름이 같은 빅터의 맹견 요크가 광견병에 걸린 개에게 물렸을 때 크림즈워스는 지체 없이 아들의 반려견을 쏘아 죽인다. 이에 격

노한 빅터는 '치료될 수도 있었다'고 말한다.[25장] 그 사건은
이야기를 진전시키기보다는 브론테의 상징성을 명료하게 밝히
는 역할을 한다. 크림즈워스는 개를 죽이고 싶어할 뿐만 아니라
개가 나타내는 것을 죽이고 싶어한다. 이제 완전한 가부장이자
교수가 된 그는 요크 헌스든과 개 요크를 그의 삶에 있어서 병
들고 광적인 요소로 보는 것이다.[17]

이 소설의 초반부에서 크림즈워스 자신은 알 수 없는 질병을
앓고 있었다. 교수가 된 이후에도, (또는 아마 특히) 프랜시스
가 그의 아내가 되겠다고 동의한 이후에도, 그는 다른 에피소
드에서 이상하게도 '우울증'에 시달렸다. 이 에피소드는 요크의
광견병처럼 플롯을 전개하는 데는 아무런 역할을 하지 않지만,
상징성을 명료하게 하는 데 크게 기여한다. '무섭고 핼쑥한 첩'
으로 의인화된 크림즈워스의 병은 요크 헌스든과 브론테 자신
처럼 우울한 화자/논평가이기도 하다. "그녀가 나에게 어떤 이
야기를 할 것인가. […] 어떤 노래를 암송할 것인가. […] 그녀
는 나에게 자신의 나라에 대해 어떻게 말할 것인가. 무덤. […]
'공동묘지!' 그녀는 속삭일 것이다. […] '거기에는 당신을 위한
대저택이 있어.'"[23장] '악마의 무시무시한 폭정'과 싸우는 크
림즈워스는 우리에게 샬럿의 일기에 나오는, 죽었지만 살아 있
는 루시를 상기시키고, 프로테스탄트의 공동묘지에 생매장당
하거나 피 흘리는 상처 속에서도 살아남으려고 애쓰는 프랜시
스 앙리를 상기시킨다. 그가 개 요크를 쏴 죽이는 것도 똑같은
싸움의 일부로 보인다. 역할에 적응한다는 것이 교수와 학생 둘
다에게 가차 없는 자기 억제를 수반하고 있음을 브론테는 암시

한다.

『교수』를 단지 역할과 억압 면에서만 논한다면, 그것은 어떤 의미에서 첫 장편소설로 이뤄낸 젊은 소설가의 성취를 하찮게 만드는 것이다. 이 소설이 작가가 희망했던 대로 현명하며 '분명하고 평범한' 교양소설이 아니고, 숨겨진 의도의 복잡성에 플롯이 늘 부합하지도 않긴 하지만, 이 작품은 샬럿 브론테의 작가 전체 이력에 걸쳐 점점 중요해질 주제를 처음으로 보여준다는 점에서 상당히 중요하다. 은유적으로 눈을 감은 채 글을 쓴 브론테는 여기에서 자신의 소명과 상처를 탐색했고, 완전성을 향한 다른 길을 발견하려고 마치 꿈속에서처럼 더듬거리며 노력했다. 결국 우울증에 시달리는 젊은 크림즈워스는 처음에 프랜시스 앙리에게 끌린다. 히스클리프와 캐서린의 좀 더 창백한 변형인 듯 그들 둘 다 부적응자이기 때문이다. 히스클리프의 박탈이 캐서린의 상처받은 추락과 병치되는 것처럼 크림즈워스의 병은, 실비아 플라스의 「튤립」의 시구를 인용해보자면, '[프랜시스의] 상처에 말을 걸고, 상처는 응답한다.'[18] 그리하여 샬럿 브론테의 첫 소설에 등장한 두 주요 인물의 병과 어려움은 작가 자신의 전형적인 여성적 상처에 상응한다. 물론 그것은 제인 오스틴의 병든 사회를 에워싼 많은 고통을 상기시킨다. 동시에 비록 작품 전체를 통해 그들은 불완전했지만, 크림즈워스와 프랜시스 둘 다 그들이 완전히 자신이 될 수 있는 장소를 찾으려고 (대부분의 오스틴의 인물보다도 훨씬 더 많이) 애썼다는 것을 우리는 눈여겨봐야 한다. 브론테의 다른 소설들을 들여다보면 더 명확해지겠지만, 그들의 실제적인 여정은 스위스, 벨기에, 영국이었음에도 상호 매료된 그들 여정의 진정한 목표는 신비한 어머니의 나라 영국도 아니고 어린 시절 열광했던 천국 앵그리아도 아니다. 그곳은 '진정한 가정', 그들과 그들의 창조자가 완전해질 수 있는 땅, (「튤립」에서 다시 인용하자면) '건강만큼 멀리 떨어져 있는' 나라다.

10장 자아와 영혼의 대화
평범한 제인의 여정

거울을 보고 있는데 끔찍한 얼굴(짐승의 얼굴)이 갑자기 내 어깨 위로 나타나는 꿈을 꾸었다. 나는 이것이 꿈인지 현실인지 구분할 수 없었다.

– 버지니아 울프

걱정 마. [⋯] 어느 날 갑자기, 네가 예상도 못하고 있을 때 나의 짙은 색 외투 안에 감추어둔 망치를 꺼내 너의 작은 머리통을 달걀 껍데기처럼 부숴줄 테니까. 네 머리는 달걀 껍데기처럼 부서져서 피와 뇌수로 흥건해질 거야. 언젠가, 언젠가. [⋯] 언젠가 내 옆에서 걷고 있는 사나운 늑대가 너에게 달려들어 너의 징그러운 내장을 찢어버릴 거야. 언젠가, 언젠가. [⋯] 지금, 바로 지금, 부드럽게, 소리 없이, 소리 없이

– 진 리스

나는 나의 영혼에게 노래를 부르라고 말했지 ―
그녀는 말했어, 줄은 다 끊어졌고 ―
활은 산산조각났다고 ―

그녀를 고치기 위해—나는 일을 했지
다음 날 아침이 될 때까지—
- 에밀리 디킨슨

『교수』가 샬럿 브론테 자신이 인식하고 있었던 것보다 훨씬
더 그녀의 사고를 지배하고 있던 갈등과 주제에 대한 흐릿한 몽
환의 진술이라면, 『제인 에어』는 완전함으로 도피하는 데 대한
앵그리아적인 환상인 분노로 물들어 있는 작품이다. 버니언의
남성적 『천로역정』에 나타난 신화적인 탐색 (그러나 독실한 신
앙에 대한 내용이 아닌) 플롯을 빌렸지만, 이 소설에서 젊은 소
설가는 그녀의 내적 현실과 그녀를 에워싼 (감금, 고아 신세, 굶
주림, 분노에서 광기에 이르기까지) 여성의 현실에 확실히 눈
을 뜬 것처럼 보인다. '과거에 자신을 구속했던 사슬을 부수고
나온' 에너지 넘치는 여성을 상징하는 불같은 이미지의 루시아
가 『교수』에서는 축소된 모습이었지만, 『제인 에어』(1847)에서
이 인물은 영웅이자 거리낌 없이 드러난 열정적인 반항의 상징
이 된다.

브론테의 잠재의식 안에 있는 열정의 강렬함을 본능적으로
확실히 감지한 빅토리아 시대의 비평가들은 이 점을 매우 잘 이
해한 것 같다. 매슈 아널드는 1853년에 샬럿 브론테에 대해 그
녀의 '마음속에는 배고픔, 반항, 분노만 있다'고 썼다.[1] 그는 『빌
레트』에 대해서도 언급한 적이 있는데, 다른 곳에서 이 소설을
'섬뜩하고 불쾌하며, 경련을 일으키고, 속박되어 있는 작품'이

라고 표현했다.[2] 매슈 아널드는 『제인 에어』에 대해서도 같은 말을 했을 것이다. 브론테에 대한 그의 반응은 샬럿이 처음 출판한 소설에 대해 몇몇 진영이 보여준 전형적인 무례함과 유사하다.[3] 엘리자베스 릭비는 1848년 〈쿼털리 리뷰〉에 '『제인 에어』는 시종일관 갱생하지 못한 미숙한 영혼을 의인화하고 있다. 그리고 그녀의 자서전은 […] 뛰어난 반기독교 작품이다. […] 차티스트운동과 반란을 일으켰던 정신과 사고는『제인 에어』를 썼던 정신과 사고와 똑같다'고 썼다.[4] 1853년에는 앤 모즐리가 〈크리스천 리멤브랜서〉에서 '커러 벨'은 '불쾌하고 거칠고 불만에 가득 차 있어 사회의 어느 법에도 복종하지 않는, 사회와 유리된 이방인 같은' 작가로 첫 모습을 드러냈다고 회상했다.[5] 또한 올리펀트 부인도 '10년 전에 우리는 소설 작법의 정설이 있다고 공언했다. 우리의 연인들은 겸손하고 헌신적이었다. […] 소유할 가치가 있는 유일하고도 진정한 사랑은 모든 여성을 신성시하는 기사도적 사랑이다. […] 그때 갑자기 경고도 없이 『제인 에어』가 이 무대에 들이닥쳤고, 이후 현대의 가장 놀라운 혁명이『제인 에어』의 침입에 뒤따랐다'고 1855년에 말했다.[6]

우리는 오늘날『제인 에어』를 교훈적인 고딕물, '길들여진 신화'라고 생각하는 경향이 있다. 즉『파멜라』의 딸과『리베카』의 숙모, (음침한 저택을 소유한) 매섭게 쏘아보는 바이런풍 남자 주인공과 (그 저택의 평면도도 제대로 알지 못하는) 바들바들 떠는 여자 주인공 사이의 약간의 스릴 넘치는 낭만적 만남이라는 전형적인 시나리오로 생각한다. 또는 좀 더 세련된 독자라면 샬럿 브론테를 정당하게 대우해 그녀의 신화적 능력뿐 아니라 전략도 인정할 것이다. 그런 독자들은 샬럿이 이미지를 만들어가는 패턴을 연구하고, 독자에게 직접 말을 건 횟수를 셀 것이다. 그러나 올리펀트 부인의 말이 시사한 대로 『제인 에어』의 침입에 뒤따른 '놀라운 혁명'을 우리는 여전히 간과하고 있다. '『제인 에어』는 명백한 페미니즘 논문이고, 여자 가정교사의 사회적 처우 개선과 여성의 동등한 권리에 대한 논쟁서'라고 리처드 체이스는 1948년에 다소 불만스러운 태도로 인정했다. 하지만 리처드 체이스는 다른 대부분의 현대 비평가와 마찬가지로, 이 소설의 힘은 제인과 남성 섹슈얼리티의 대결을 신화화한 데서 나온다고 믿었다.[7]

빅토리아 시대 평론가들은 『제인 에어』의 조악함이나 섹슈얼리티 때문에 충격을 받았다기보다 (그들은 이 책에 나오는 이런 요소를 싫어했다) 사회조직과 관습, 그리고 사회규범을 거부하는 이 작품의 '반기독교성' (간단히 말해서 이 작품의 반항적인 페미니즘) 때문에 충격을 받았다는 사실은 충분히 호기심을 불러일으킬 만하다. 평론가들은 로체스터의 거만한 바이런적인 성적 에너지 때문이 아니라 제인의 바이런적인 자존심과 열정 때문에, 남자 주인공과 여자 주인공 사이에 일어난 반사회적인 성적 동요 때문이 아니라 여자 주인공이 사회적 운명에 순종하기를 거부했기 때문에 혼란스러웠던 것이다. 엘리자베스 릭비는 '그녀는 우리의 타락한 본성 중에서 가장 나쁜 죄인 교만의 죄를 최대한도로 물려받았다'고 선언했다.

제인 에어는 거만하다. 따라서 감사할 줄 모른다. 이 때문에 신을 기쁘게 한 것은 제인을 고아로, 친구 없는 아이로, 무일푼으로 만들었다는 것뿐이었다. 그녀는 아무에게도 고마워하지 않는다. 하느님에게도 전혀 감사하지 않는다. 그 대신 반대로 먹을 것, 집, 의지할 데 없는 어린 시절의 친구, 동료, 교사에 대해서는 자신을 위해 이루어진 모든 것이 의심할 여지 없는 자신의 권리일 뿐만 아니라 오히려 한참 부족하다고 생각한다.[8]

다시 말해 빅토리아 시대의 사람들이 경악한 것은 제인의 분노였다. 또한 이 책에 대한 당대 비평가들의 반응은 최근의 비평가보다 더 정확할지도 모른다. 억압된 분노를 신화화하는 것과 억압된 섹슈얼리티를 신화화하는 것은 유사할지라도, 억압된 분노를 신화화하는 것이 사회질서에 훨씬 더 위험하기 때문이다. 검은 눈썹의 바이런풍 남자 주인공을 사랑하는 특별한 여성은 소설이나 응접실 안에 수용될 수 있는 존재다. 반면 응접실과 가부장적인 저택에서 완전히 도망치기를 열망하는 여자는 분명히 수용될 수 없는 존재다. 제인 에어는 매슈 아널드, 엘리자베스 릭비, 모즐리 부인과 올리펀트 부인이 의심했던 대로 그런 여자였다.

수많은 타자들에게 귀감이 되는 제인의 이야기는 (『교수』보다 훨씬 더 명확하고 극적으로) 감금과 탈출 이야기이자 확실한 여성 교양소설이다. 제인이 성숙한 자유라는, 생각조차 할 수 없는 목표를 향해 어린 시절의 감금에서 벗어나고자 발버둥칠 때 부딪치는 여러 문제—억압(게이츠헤드에서), 굶주림(로우드에서), 광기(손필드에서), 추위(마시엔드에서)—는 가부장적 사회에서 모든 여성이 직면하고 극복해야 하는 곤경의 징후다. 제인이 맞선 가장 중요한 사람은 로체스터가 아니라 그의 미친 아내 버사로, 제인과 버사의 대면이 이 책의 핵심 대결이고 만남이다. 이 대결과 만남은 프랜시스 크림즈워스가 루시아에 대해 가졌던 환상처럼 제인 자신의 섹슈얼리티와의 대결과 만남이 아니라, 그녀 자신의 감금된 '굶주림, 반항, 분노'와의 대결과 만남이며 자아와 영혼의 내밀한 대화다. 앞으로 보겠지만, 이 대화의 결과가 이 소설의 플롯이며, 여기에 로체스터의 운명과 제인의 성숙이 모두 달려 있다고 볼 수 있다.

*

상세한 해설로 시작하는 빅토리아 시대의 숱한 소설들과 달리 『제인 에어』는 평범하지만 수수께끼 같은 말로 시작한다. '그날은 산책 같은 것을 생각할 수도 없었다.' 그때('그날')와 산책(또는 산책 불가능)은 둘 다 의미심장하다. 첫 번째는 제인이 성숙을 향한 순례의 여정을 실질적으로 시작한 시기를 가리키며, 두 번째는 성숙에 이르기 위해 해결해야 하는 문제의 은유다. '나는' 집을 떠나지 않게 되어 '기뻤다'고 화자는 계속해서 말한다. '몸이 약하다는 열등감 때문에 위축된 채로 으스스한 추운 석양에 집에 돌아오는 일이 내게는 몸서리쳐지는 일이었다.'[1장][9] 많은 비평가가 논평한 것처럼 샬럿 브론테는 일관되게 불과 얼음의 대립되는 특성을 사용해 제인이 겪은 일을 특징적으로 표현한다. 브론테의 작법은 이 소설의 첫 단락에 즉각 뚜렷하게 나타난다.[10] 게이츠헤드 바깥 세계는 거의 견딜 수 없을 정도로 추운 반면, 게이츠헤드 내부는 밀실공포증을 불러일으킬 정도로 열 살 제인의 마음처럼 불같이 뜨겁다. 제인은 '만족할 줄 알고 즐거워할 줄 아는, 어리고 귀여운 아이'가 아니기 때문에 응접실에 있는 리드 가족과 떨어져서(즉 '정상적인' 사회와 떨어져서) 주홍색 커튼이 드리워진 창가 의자에 몸을 숨긴 채 '황량한 11월의 풍경을' 응시하고 비윅의 『영국 조류사』 극지방 편을 읽는다. 북극의 '죽음처럼 하얀 왕국'은 제인을 매혹시킨다. 제인은 자신이 처한 딜레마를 (답답한 주홍색 커튼 뒤에 그대로 있어야 할지, 사랑이 없는 냉정한 세계로 나가야 할지) 곰곰이 생각하는 듯 '추위의 혹독함'에 대해 깊이 생각한다.

제인은 결정을 내린다. 이 집의 독재자인 아들은 제인을 발견하고 그 집안에서 제인이 얼마나 이상한 위치에 있는지 상기시킨다. 그러고는 비윅의 무거운 책을 그녀에게 던져 제인에게 불같은 분노를 일으킨다. 제인은 '쥐새끼', '나쁜 짐승', '미친 고양이'처럼 그를 '네로, 칼리굴라' 등에 비유한 뒤 붉은 방으로 끌려가 비유적으로도 말 그대로도 감금당한다. 어른이 된 화자는 아이러니하게도 다음과 같이 고백한다. '사실 나는 [그 순간] 약간 정신이 나갔다. 프랑스인들 표현대로 말하면 제정신이 아니었다. […] 여느 반항하는 노예처럼, 나는 무슨 일이든지 해치울 결심을 했다.'[1장]

제인이 존 리드에 대항해 싸울 때 제정신이 '아니었다면', 붉은 방에 감금된 경험은 그녀의 어린 시절 경험 중에서 아마 은유적으로 가장 강렬한 체험이었을 것이다. 붉은 방에서 제인은 자아 속으로 깊이 빠져든다. 짙은 심홍색으로 장식한 붉은 방은 장엄하고 냉기가 도는데, 진홍빛 어둠 속에서 '하얀 옥좌'와도 같은 커다란 흰색 침대와 안락의자가 어렴풋이 보인다. 이 방은 불안한 꼬마 식객 같은 처지의 제인이 현재 처한 처지, 즉 사회 속에서 가질 수 있는 비전을 완벽하게 나타내고 있다. 제인은 '어떤 감옥도 이곳보다 안전한 곳은 없다'고 말한다. 곧 알게 되지만 어떤 감옥도 이보다 더 무서운 곳은 없었다. 지금까지 제인의 유일한 '아버지'라 할 수 있었던 리드 삼촌이 이곳에서 '숨을 거두었기' 때문이다. 다시 말해 이곳은 일종의 가부장이 죽은 방이다. 리드 부인은 이 방 안에 여전히 '여러가지 문서, 보석 상자와 죽은 남편의 작은 초상화'를 장롱 비밀 서랍에 보관하고 있다.[2장] 아이들은 그 방에서 귀신이 나오는지 궁금해한다. 적어도 화자는 고딕식으로 유령이 출몰하는 것은 아니지만 가령 『우돌포 미스터리』에 나오는 방보다는 (이 방은 그런 저택 방들의 기준이 되었다) 실제로 많은 유령이 나오고 있음을 암시한다. 제인이 사회 속에서 명확한 위치를 차지하지 못하는 분위기 때문에 가구의 귀퉁이는 날카로워지고, 그림자는 확대되고, 문의 자물쇠는 단단해진다. 또한 친아버지가 아닌 아버지가 죽은 침상은 제인의 소외감과 상처를 강조한다.

제인은 겁에 질려 '큰 거울'을 응시한다. 거울 속에는 낯설고 혼란스러운 제인의 이미지가 눈앞에 떠오른다. '거울 속 환상의 우묵한 곳에서는 모든 것이 실제보다 차갑고 어두워 보였다'고 어른이 된 제인이 설명한다. 그러나 거울 또한 신비스러운 폐쇄된 방이며, 그곳에서는 자아상이 '여러 층의 양피지'처럼 덧에 걸려 있다. 제인의 나이 든 자아는 어린 제인을 미신적이었던 것뿐이라고 비난하지만, 어린 제인은 자신이 이중으로 감금되었음을 정확히 인식한다. 좌절하고 화가 난 제인은 자기 삶의 불공정함에 대해 생각한다. 그리고 '견딜 수 없는 억압에서 벗어나기 위한 이상한 방법, 즉 도망가기, 만약 이것이 성공하지 않는다면 더 이상 먹지도 않고 마시지도 않아 자신을 죽게 내버려두기'를 상상한다.[2장] 도망쳐서 탈출하거나 굶어죽어서 탈출하는 것 외의 다른 방법은 『제인 에어』 전체에 걸쳐 되풀이될 것이며, 실제로 우리가 이미 살펴보았듯 19세기와 20세기에 여성이 쓴 다른 많은 작품에서도 반복되었다. 어린 제인은 붉은 방에서 훨씬 더 무서운 대안인 제3의 방법, 즉 광기를 통한 탈출을 선택한다(또는 선택을 강제당한다). 유령처럼 흔들거리는 불빛을 천장 위에 비친 달빛으로 보고, 제인은 말한다. '나의 가슴은 세게 고동치고 머리는 뜨거워졌다. 어떤 소리가 귀를 가득 채웠는데 날갯짓 소리라고 생각했다. 무엇인가 가까이 오는 것 같았다. 나를 누르는 것 같아 숨이 막혔다. 더는 참을 수가 없었다.' 어린 제인은 두려움에 비명을 지르고 운다. 화자는 냉정하게 덧붙인다. '나는 일종의 발작을 일으켰던 것 같다.' 왜냐하면 그녀의 다음 기억은 육아실에서 깨어난 것이기 때문이다. '내 앞에 무서운 붉은 불빛이 두꺼운 검은 막대기와 같이 지나갔다.'[3장] 물론 그것은 육아실의 불빛일 뿐이었지만, 어린 제인에게는 방금 겪었던 무서운 일을 기억나게 해주었고, 성인 화자인 제인 에어에게는 다가올 더 무서운 일의 전조였다.

『제인 에어』가 시작되는 '그날' 일어난 작은 극적인 사건 자체는 이 소설의 전체를 차지하는 더 큰 극적 사건의 패러다임이라 할 수 있기 때문이다. 제인이 사회에서 맡은 역할은 비정상적인 고아로 바보 취급당하는 것이며, 집 안에 갇혀 도주, 굶주림, (다음에 설명할 의미에서) 광기를 통한 탈출을 시도 하는 것이니 말이다. 또한 샬럿 브론테가 붉은 방에서 일어난 사건을 소설의 더 큰 플롯의 전형으로 의도했다는 사실은 서사에서 이 사건이 차지하는 위치로 볼 때나 소설의 중요한 순간마다 제인이 그 경험을 회상하는 것을 볼 때 명확히 드러난다. 예를 들면 제인은 로우드에서 브로클허스트 씨에게 모욕을 당할 때와 손필드를 떠나기로 결심한 날 밤에 당시의 경험을 회상한다. 더구나 이런 순간들 사이에 이루어지는 제인의 순례는 어떤 식이든 감금과 탈출이라는 붉은 방의 모티프를 중심으로 그 경험이 다양하게 변형되어 나타난다.

*

앞에서 살펴본 바와 같이 제인의 순례 암시는 의도적이다. 버니언 작품의 주인공처럼 제인도 의미심장한 이름을 가진 한 장소에서 다른 장소로, 일종의 신화적인 여정으로서 삶의 여행을 떠나기 때문이다. 제인의 이야기는 매우 자연스럽게 게이츠헤드에서 시작한다. 게이츠헤드는 제인이 자신에게 주어진 순탄하지 않은 삶(진짜 가족이 아닌 가족, 대리 가장처럼 집안에서 독재를 휘두르는 이기적인 사촌 '오빠', 어리석고 사악한 '계모', 불쾌하고 이기적인 두 '의붓 언니')과 만나는 출발점이다. 그 집에서 체구가 가장 작고 약하고 못생긴 아이 제인은 시무룩한 신데렐라이자 분노에 찬 미운 오리 새끼로, 자신을 억압하는 위계질서에 부도덕하게 반항하며 순례 여정을 시작한다. '내가 좀 더 쾌활하고 밝고 꾸밈 없고 까다롭고 예쁘고 말괄량이였더라면, 지금과 마찬가지로 남의 신세를 지고 친구는 없었겠지만, 리드 숙모가 내 존재를 개의치 않고 참아낼 수 있었을 텐데' 하고 어른이 된 제인은 회상한다.[2장]

그러나 아이 제인은 자신도 잘 알고 있는 것처럼, '쾌활하고 밝은' 아이일 수 없다. 제인은 결코 신데렐라도 미운 오리 새끼도 아니다. 백조가 될 가능성은 있다 해도 막대한 유산이 없기 때문이다. '가난하고 못생기고 작은' (이름도 당연히 암시적인) 제인 에어는 공기처럼 눈에 안 보이고 유산도 없으며 분노로 남모르게 숨이 막힌다. 제인에게 친구가 되어준 마음씨 좋은 유모 베시는 어떤 요정도 불러주지 않았을 법한 노래를 불러준다. 이 노래는 빅토리아 시대의 모든 현실 속 신데렐라가 처한 곤경을 잘 요약해준다.

갈 길은 멀고 산은 험한데
발은 아프고 몸은 지쳤어.
가련한 고아가 가는 길에는
이내 땅거미가 내려 달도 없이 황량하니.

워즈워스의 루시 그레이가 떠나는 슬픈 여행처럼, 그때는 세월이 안겨주는 삶의 예지를 터득한 시인의 눈이 아니라 어린 아이의 눈으로 제인의 희망 없는 순례 여정을 내면에서 바라본다. 제인은 나중에야 자신을 인도하는 어머니 같은 달이 떠오르는 것을 볼 수 있다. 하지만 지금의 제인은 손필드를 떠나 황야를 가로질러 필사적으로 도망가는 자신의 처지를 미리 보여주는 듯, 달도 없는 어스름 속에서 떠돌고 있다고 생각한다. 친구 베시가 제공해줄 수 있는 유일한 희망은 아이러니하게도 붉은 방의 가부장적 공포를 떠올리게 하고 다가올 가부장적 공포(로우드, 브로클허스트, 세인트 존 리버스)를 암시해주는 이미지일 뿐이다.

> 가다가 다리가 부서져 떨어져도
> 도깨비불에 홀려서 황야를 헤매도
> 나의 하느님은 축복과 약속으로
> 가엾은 고아를 당신 품에 안으리.

놀랍지도 않게 이런 전망에 직면한 어린 제인은 버니언의 기독교인이 하는 말, '주님 저는 어찌해야 합니까? 저는 어찌해야 합니까?'를 '반복해 자신에게 속삭이는' 자신을 발견한다. [4장][11]

절망에 찬 제인은 리드 숙모에게 자신이 그녀를 어떻게 생각하는지 반복해서 말함으로써 자신의 속박을 끊어버린다. 이것은 어느 빅토리아 시대의 아이는 물론 신데렐라에게도 가능하지 않은 대담한 자기주장 행동이다. 흥미롭게도 그녀가 처음 내뱉은 말은 숙모도 가부장적 한계에 둘러싸여 있음을 상기시키는 말이었다. '삼촌이 살아 있다면 뭐라고 하시겠어요?' 하고 제인은 묻는다. 제인은 말이 '내 의지와 상관없이 나도 모르게 입에서 나온 것 같았다. 내가 억제할 수 없는 어떤 것이 내 입에서 나와버렸다'고 설명한다.[4장] 오만한 리드 숙모조차 이 말에 놀란 것 같았다. '어떤 것이 내 입에서 나와버렸다'는 설명은 거만하면서 놀랍고, 제인이 위험한 붉은 방 안에서 발작을 일으킨 ('날갯짓 소리 […] 무엇인가 가까이') 이중의식을 시사한다. 어린 제인이 '눈에 보이지 않는 유대가 끊어졌다. 나는 투쟁을 통해 뜻밖의 자유를 얻게 됐다'는 진정한 인식을 가지고 '당신과 아무 관계가 아니어서 기뻐요' 하고 숙모에게 말할 때, 어른 화자는 '살아 있는 듯 번쩍이고 삼켜버릴 듯 불타오르는 황야의 언덕은 내 마음을 나타내는 적절한 상징이었을 것'이라고 말한다.[4장] 검은 쇠창살 뒤에서 타오르는 육아실의 난롯불이나 손필드를 파괴하는 불길 또한 제인의 마음을 나타낼 것이다.

*

의미심장하게도 어린 제인이 리드 숙모에게 마지막으로 사납게 말했던 시점은 자비심 없고 위선적인 가부장 브로클허스트 씨를 처음 만났을 때다. 그는 이제 제인의 순례를 다음 단계로 안내할 것이다. 많은 독자들이 알고 있듯, 빅토리아 시대 초자아의 화신은 (이 책의 마지막 3분의 1에 나오는 그의 닮은꼴인 세인트 존 리버스와 마찬가지로) 시종일관 남근적 용어로 그려진다. 그는 '꼭대기에 […] 조각한 가면처럼 험상궂은 얼굴'을 한 '검은 기둥'이다. 그는 우울하고 기묘한 것이 프로이트 학설에 어울리는 가구 같다.[4장] 그는 또「빨간 모자」에 나오는 늑대 같다. '그의 얼굴, 코와 입은 얼마나 큰지! 앞으로 튀어나온 이는 또 얼마나 큰지!' 제인은 소리 지르며 모든 남자를 '짐승'으로 규정했던 시대에 모든 여자아이의 마음을 틀림없이 괴롭혔을 어른 수컷 짐승에 대한 공포를 상기한다.

사회의 기둥이며 몸집이 비대한 나쁜 늑대 브로클허스트 씨는 제인을 로우드로 데려간다는 지옥 같은 소식을 가져온다. 그곳에서 고아 소녀들은 굶주리고 추위에 떨며 기독교 특유의 순종하는 삶을 산다는 점에서 로우드는 적절한 이름이다. 짐승이 숲속이 아닌 어디로 아이를 데려가겠는가? 차갑게 얼어붙은 영혼의 기둥이 집 없는 고아를, 먹을 것도 없고 따뜻한 온기도 없는 성소가 아닌 그 어디로 데려간단 말인가? 하지만 '모든 궁핍에도 불구하고' 로우드는 제인에게 '불타오르는 황야의 언덕'에서 도피할 계곡을 제공한다. 또한 제인이 존경하는 몇 안 되는 여성들과 교제하면서 가정교사가 되기 위해 학습하는 동안 분노를 다스리는 법을 배울 기회를 제공한다.

제인이 가장 존경하는 여성은 고귀한 미스 템플 선생과 불쌍한 헬렌 번스다. 이들의 이름도 또다시 의미심장하다. 예를 들어 대리석처럼 창백하고 천사 같은 미스 템플은 숙녀가 갖추어야 할 미덕(관대함, 교양, 예의범절, 억제)의 신전이다. 마치 빅토리아 시대 소녀들을 위한 행실 지침서를 쓴 불굴의 작가 코번트리 패트모어나 세라 엘리스 부인의 창조물인 듯, 미스 템플은 배고픈 이들에게 음식을 주고, 환자들을 방문하고, 훌륭한 사람들을 격려하고, 그렇지 못한 사람들에게서 눈을 돌린다. 1844년에 엘리스 부인은 다음과 같이 썼다. "'자신의 만족을 위해, 존경받기 위해, 내 존재의 의미를 다채롭게 하기 위해 무엇을 해야 하는가?' 이런 질문은 올바른 감정을 가진 여성이라면 아침에 일어나자마자 그날 할 일을 생각하면서 할 만한 질문이 아니다."

다음과 같은 질문이 여성 인격의 고귀한 특성에 훨씬 더 적합하다. 나는 내가 누릴 수 있는 시간과 건강과 부를 가치 있게 쓰기 위해 오늘 어떻게 노력해야 할까? 누군가 아픈 사람이 있나? 나는 지체하지 않고 그들을 찾아가야 한다. […] 여행을 나서는 사람이 있나? 또한 식사가 일찍 차려졌는지 살펴보아야 한다. […] 어제 방문한 사람 중 누구에게 불친절하거나 사려 깊지 못했는가? 나는 오늘 아침에 사람들을 좀 더 따뜻한 마음으로 만날 것이다.[12]

이런 질문은 분명히 미스 템플이 자신에게 던지고 행동으로 보여준 것이다.

그러나 미스 템플이 자기 몸의 광기와 분노를 억압해왔고, 그녀의 천사 같은 겉모습 뒤에 악마가 잠재해 있으며, 이 사원[템플] 지하에는 분노의 '하수구'가 있다는 것은 명백하다.[13] 예를 들어 미스 템플은 브로클허스트가 독실한 신자인 척하면서 보여주는 인색함에 분명히 분노하지만 숙녀다운 침묵으로 그의 설교를 듣는다. 제인이 기억하기로 미스 템플의 얼굴은 대리석의 '차가움과 견고함을 아울러 나타내고 있었다. 특히 꼭 다문 입은 조각용 끌 없이는 열릴 것 같지 않았다.'[7장] 템플 선생에게는 필시 '어떤 말'이 자기도 모르게 나오는 일은 결코 없을 것이고, 날갯짓도 머리속을 헤집어놓지 않을 것이며, 불같은 황야의 환상도 평정심을 깨지는 않을 것이다. 그렇더라도 템플 선생역시 동정심에서 나오는 분노는 느낄 것이다.

아마 이런 이유 때문에 템플 선생은 억압 속에서도 제인이 만난 그 어떤 사람보다 천사 같은 대모에 더 가깝고, 심지어 진짜엄마에 더 가깝다. 브로클허스트의 청교도적인 언명에도 불구하고, 그녀의 깔끔한 방 안에 있는 난로 옆에서 그녀는 배고픈 아이들에게 상징적인 씨가 박힌 과자와 차를 먹이고, 몸과 영혼에 자양분을 준다. '우리는 신들이 마시는 감로주와 음식으로 향연을 열었다'고 제인은 말한다. 여전히 제인은 덧붙이기를, '템플 선생님의 태도에는 위엄과 같은 […] 무언가가 있었고, 언어에는 세련된 무언가가 있었다. 그것은 정열과 흥분, 열정으로 일탈하는 것을 막았다. 선생님은 외경심을 통제하여 자신을 바라보고 자신의 말을 듣는 사람들의 즐거움을 누그러뜨리는 무엇인가를 항상 지니고 계셨다.'[8장] 매우 위엄 있을 뿐만 아니라 다소 두렵게 느껴지는 템플 선생은 단순히 집 안의 천사가 아니다. 이름으로 그녀를 규정한다면, 템플 선생은 천사라기보다 집이다. 즉 나쁜 기둥인 브로클허스트와 균형을 맞추기 위해 설계된 한 벌의 아름다운 대리석 기둥이다. 가난하고 못생기고 작을 뿐만 아니라 불처럼 사납고 소외된 제인은 신데렐라가 그녀를 도와주는 요정 대모가 될 수 없는 것처럼 자신도 템플 선생 같은 여성이 될 수 없으리라 정확히 예감한다.

템플 선생의 다른 제자인 헬렌 번스는 템플 선생과는 다르지만 역시 불가능한 이상을 제인에게 제시한다. 그 이상은 괴테의 마카리에가 대표하는 자기부정과 (소모적이며) 강렬한 정신이다. 제인처럼 '불쌍한 고아'인 ('아버지는 계시지만 […] 나를 보고 싶어하지 않으실 거야'[9장]) 헬렌은 '상상의 개울'이 있는 노섬버랜드의 고향 집, 그리고 천국에서 자신을 기다린다고 믿는 진정한 가정을 번갈아 그리워한다. 마치 베시의 노래 마지막 연에 나오는 '하느님은 나의 아버지시며 나의 친구'를 반향하기라도 하듯, 헬렌 번스는 (회의주의 때문에 이런 위안을 얻을 수 없는) 제인에게 '영원이란 공포와 심연이 아니라 전능한 가정'이라고 말한다. 그러면서 우리의 의무는 현세의 삶의 부당함에 굴복하고 내세의 궁극적 정의를 기대하는 것이라고 주장한다. '네 운명이 너에게 참으라고 말하는데, 네가 참을 수 없다고 말하는 것은 유약하고 어리석은 일이야.'[7장]

헬렌 번스는 자신의 운명을 참고 있을 뿐이다. 헬렌은 '(로우드에서 사용하는 말로, 착해지기 위해) 나는 어떠한 노력도 하지 않아, 나는 기분 내키는 대로 행동해' 하고 고백한다.[7장] 숙녀답게 서랍을 깔끔하게 정리하지 못해서 '단정치 못한 아이'라는 딱지가 붙은 헬렌은 모든 부적절한 아버지에 대해 논평하듯 찰스 1세에 대해서 숙고하면서('불쌍하구나. […] 그는 왕관의 특권 말고는 아무것도 더 볼 것이 없으니'), 새뮤얼 존슨 박사의 '행복한 계곡'과 그녀 자신이 감금당한 불행한 장소를 비교하며 『라셀라스』를 공부한다. '내 성격이 비참할 정도로 개선의 여지가 없다는 분명한 증거는, 템플 선생님의 충고조차 내 결점을 고치는 데 아무 영향력이 없다는 거야.' 헬렌은 경탄하는 제인에게 이렇게 설명한다. 헬렌은 명상적인 순수함을 품고 있지만 템플 선생과 마찬가지로 그녀 안에도 감추어진 분노의 '하수구'가 있다. 템플 선생의 이름처럼 헬렌 번스라는 이름도 의미심장하다. 정신적 열정으로 불타는 헬렌 번스는 분노에 불타 자신의 물건을 '수치스러울 정도로 어질러놓고' 영원속의 자유를 상상한다. 헬렌은 '일찍 죽는다면 심한 고통을 피할 수 있을 거야' 하고 말한다.[9장] 결국 헬렌은 로우드의 많은 이들이 '원인 불명의 발진티푸스'로 죽어갈 때, 자유에 대한 열병으로 쓰러진다. 제인의 마음이 그러했듯, 그녀의 몸이 그녀가 감금된 습한 계곡을 '삼켜버리는 […] 불타는 황야의 언덕'인 것처럼.

템플 선생과 헬렌 번스가 자기 운명을 감수하려는 제인에게 아무런 도움도 주지 않았다고 말하려는 것이 아니다. 두 사람다 어떤 의미에서 제인에게는 어머니다. 에이드리언 리치가 지적했듯[14] 템플 선생과 헬렌은 제인을 위로해주고 상담해주고 먹여주고 안아주었다. 제인은 특히 템플 선생에게 '좀 더 조화로운 생각'을 하는 법을 배운다. '더 잘 통제된 것 같은 감정이 내 마음속 동거인이 되었다. 나는 의무와 질서에 충실했다. 나는 자제하고 억제하는 인물처럼 보이게 됐다.'[10장] 그러나 제인은 앵그리아의 신데렐라이고 바이런적인 여자 주인공이기 때문에 맨프리드나 차일드 해럴드의 사상이 그녀를 규제하지 못하는 것처럼 그녀 마음속 '동거인'도 인습적인 기독교의 지혜로 규제할 수가 없다. 따라서 템플 선생이 로우드를 떠날 때 '나는 내 본래의 성향 그대로 남겨졌다'고 제인은 말한다. 자신의 이야기를 시작한 '그날' 게이츠헤드 창밖을 보면서 제인은 진정한 자유를 열망하며 말한다. '나는 자유를 달라고 기도했다.' 세상과 직면하는 제인의 방식은 템플 선생의 숙녀다운 자제나 헬렌 번스의 성자 같은 자기 포기가 아니라 여전히 불처럼 반항하는 프로메테우스의 방식이다. 제인은 두 어머니로부터 최소한 외면적으로 타협하는 법을 배운다. 순수한 자유가 불가능하다면, '적어도 새로운 노역을 나에게 내려달라'고 외친다.[10장]

*

물론 제인은 새로운 노역에 대한 열망 때문에 고통스러운 경험을 겪는다. 그 경험이란 제인의 순례 그 중심에 있는 손필드에서 겪은 경험이다. 성경 구절에 비유한다면, 손필드에서 제인은 가시 왕관을 쓰고 황야에 내던져진다. 가장 중요한 점은 붉은 방에 있던 그날 오후부터 그녀를 따라다녔던 분노의 악마와 직면했다는 것이다. 로체스터가 나타나기 전에, 버사가 끼어들기 전에, 제인(과 독자들)은 손필드를 탐색해야 한다. 이 암울한 저택은 종종 샬럿 브론테가 자신의 소설을 잘 팔리게 하려고 도입한 또 다른 고딕풍 올가미로 보인다. 예를 들면 손필드는 오트란토나 우돌포보다 현실적으로 그려졌을 뿐 아니라 대부분의 고딕 저택보다 은유적으로 더 훌륭하다. 그 저택은 제인의 삶이 있는 곳이고, 저택의 마루와 벽은 그녀가 하는 경험의 건축물이다.

붉은 방에서 리드 삼촌의 유령이 떠돌아다녔듯, 알지 못하는 낯선 조상들의 초상화가 걸려 있는 '길고 추운 복도' 건너에 있는 작고 아름다운 방에서 제인은 잠든다. 그 방은 템플 선생의 훈육이 제인의 정신을 잘 채워주었던 것처럼 조화롭게 꾸며져 있다. 젊은이다운 낙천적인 태도로 제인은 자신의 '침상에 가시가 없다'는 것을 확인하고, 환영해주는 패어팩스 부인의 도움으로 '나에게 가시와 고난뿐만 아니라 꽃과 환희가 있는 인생의 좋은 시절이 시작되고 있다'고 믿는다.[11장] 기독교인이라면 '아름다운 궁전'에 들어갈 때 이와 같은 희망을 품을 것이다.

그러나 모호한 손필드 건축물 자체처럼 패어팩스 부인의 어색한 상냥함은 이내 손필드의 상황이 제인의 다른 모든 삶의 여건을 반복하고 있음을 암시한다. 제인은 처음에 패어팩스 부인이 그녀의 고용주라고 여겼지만, 곧 그녀가 단지 저택 관리인이자 부재중인 주인의 대리자임을 알게 되기 때문이다. 그것은 마치 리드 숙모가 돌아가신 리드 삼촌 또는 미성숙한 존 리드의 대리인이었고, 템플 선생이 부재중인 브로클허스트의 대리인이었던 것과 같다. 더구나 정체를 알 수 없는 로체스터의 일부라 할 수 있는 패어팩스 부인은 자신의 역할 때문에 얼굴은 다정하지만 신비로울 정도로 으스스하다. 패어팩스 부인은 제인과 3층을 지나던 중 '그레이스 풀'의 웃음소리를 들었을 때 '너무 시끄러워, 그레이스!'라고 단호하게 말한다. '내가 한 지시, 잊지 마!'[11장]

3층은 손필드에서 분명히 가장 상징적인 곳이다. 이곳에는 옛날 가구 사이로 난 좁은 통로를 따라 '전부 닫혀 있는 작은 검은 문들이 두 줄로 늘어서 있는데, 마치 『푸른 수염』에 나오는 성의 통로 같았다.'[11장] 제인은 처음으로 로체스터가 숨겨놓은 아내이자 어떤 의미에서는 제인 자신의 숨겨진 자아인 실성한 버사의 '뚜렷하고 음울한 웃음소리'를 듣는다. 제인은 이 불길한 복도 바로 위에서 그림 같은 성벽에 기대어, 푸른 수염 신부의 언니 앤처럼 바깥세상을 내다보면서 다시금 자유와 '실제 생활에서 그녀가 […] 경험하지 못했던 모든 사건, 생활, 정열, 감정'을 갈망한다.[12장] 다시 말해 이 높은 곳은 제인이 처해 있는 세계의 중대한 면을 상징적으로 축소해놓았다. 전혀 알 수 없는 조상의 유물이 제인을 벽처럼 에워싸고, 이유도 알 수 없이 잠긴 방들이 그녀와 관련 있을지도 모르는 비밀을 지키고 있으며, 멀리 보이는 경치는 가까이 갈 수는 없지만 바람직한 삶을 약속하는 것 같았다.

　훨씬 더 중요한 것은 손필드의 다락이 곧 제인의 이성적인 면 (그녀가 템플 선생에게 배운 것)과 비이성적인 면(그녀의 '굶주림, 반항, 분노')이 교차하는 복잡한 중심점이 된다는 것이다.[15] 예를 들어 제인은 손필드의 성벽에 서서 바깥을 내다볼 때만큼 그렇게 절실하게 자유에 대한 이성적인 갈망을 말해본 적이 없다. 이런 생각이 엘리자베스 릭비에게 불쾌감을 줄 테지만 (제인과 그녀의 창조자는 분명히 그럴 것이라고 생각했다) '좋아하는 사람은 누구든지 나를 비난할 것이다'로 시작하는 유명한 문구 안에 표현된 일련의 생각은 울스턴크래프트나 존 스튜어트

밀의 논문에 나온 사상만큼이나 논리적이다. 다소 비이성적인 면이 있다면 그것은 자유에 대한 그녀의 사소한 사색마저 눈에 띄게 하는 불안과 정열이다. 제인은 '나는 참을 수가 없다'고 말한다.

나는 가만히 있지 못하는 성질을 타고났다. 이것이 나를 가끔 고통스러울 정도로 흔들어댔다. 그럴 때 나를 위로하는 방법은 3층 복도를 왔다 갔다 걸어다니면서, 그곳이 주는 조용함과 적막함 속에서 편안한 마음으로 앞에 놓인 밝은 미래에 마음의 눈을 고정시키는 것이었다.

제인이 3층을 걸어갈 때 겪은 일은 이보다 훨씬 더 비이성적이다.

이렇게 혼자 있을 때 나는 가끔 그레이스 풀의 웃음소리를 듣는다. 늘 크고 낮고 느린 하! 하! 하는 그 웃음소리를 처음 들었을 때는 오싹했다. 또한 그녀가 중얼거리는 기괴한 소리도 들었다. 그것은 웃음소리보다 더 이상했다.[12장]

제인의 상상 속 중얼거림을 기분 나쁘게 반향한 이 기괴한 중얼거림과 이 이야기의 슬픔 후렴구라 할 수 있는 '낮고 느린 하! 하!' 웃음소리는 제인의 상상에서 나온 것이다. 템플 선생의 가르침에도 불구하고 붉은 방 안에 갇혔던 처음의 '나쁜 짐승'은 여전히 어두운 문 뒤 어딘가에 숨어서 도망갈 기회를 기다리고 있다. '가까이에 어떤 것'이 있다는 제인의 어릴 적 의식은 그때까지도 머릿속에서 떠나지 않았고 그 느낌은 오히려 더 강해졌다.

*

제인의 적지 않은 문제들, 특히 제인이 3층에서 겪은 일을 통해 상징적으로 드러난 문제의 원인은 손필드의 가정교사라는 제인의 애매한 위치 때문에 발생한다고 볼 수 있다. M. 진 피터슨이 지적한 바와 같이 빅토리아 시대의 모든 가정교사는 매우 상반되는(가정의 일원이기도 하고 아니기도 하며, 하인이기도 하고 아니기도 하다는) 메시지를 수신했다.[16] 이런 메시지 때문에 가정교사는 당시의 어느 관찰자가 '절망으로 굳은 슬픈 모습'이라고 표현한 모습을 보이곤 했다.[17] 다만 우리가 살펴보았듯 제인이 처한 어려움은 그녀의 타고난 분노에서 비롯한다. 흥미롭게도 제인이 손필드에서 만난 여성들 모두가 똑같이 신분의 모호함 때문에 고통을 겪지만, 그 누구도 제인에게 주어진 문제로 어려움을 겪지 않는다. 페어팩스 부인은 논외로 하고, 이들 중 가장 중요한 세 여성은 어린 아델, 블란치 잉그램, 그레이스 풀이다. 이 세 여성은 제인에게 중요한 부정적 '역할 모델'로, 순례의 목표인 독립적인 성숙함에 도달하기 전에 제인이 꼭 극복해야 하는 문제를 암시해준다.

우선, 아직 여성이라고 할 수 없지만 이미 '작은 여성'인 아델은 루이자 메이 올컷 소설에 나오는 에이미 마치처럼 교활하고 인형 같은 인물이다. 아델은 표면상 제인처럼 고아이긴 하지만 분명히 에드워드 로체스터가 방탕한 젊은 시절에 낳은 사생아다. 아델은 사랑이나 자유보다 유행하는 가운을 더 열망하고, 그녀의 어머니 셀린처럼 호프만이 만든 시계 장치의 요부인 듯 만찬의 흥을 돋우기 위해 노래하고 춤춘다. 템플 선생이 숙녀의 방식을 추구하고 헬렌이 성자의 방식을 추구한다면, 아델과 그녀의 어머니는 『허영의 시장』에서 통용되는 방식을 추구한다. 이런 방식은 게이츠헤드에서부터 제인을 괴롭혀왔다. 어떻게 가난하고 못생긴 가정교사가 아름다움과 스타일에만 보답하는 사회와 싸울 수 있겠는가? '타락한 여자의 딸'인 아델은 아마 '매춘부'의 세계에 들어선 여성 모델이 아닐까?

'허영의 시장' 거주자 블란치 잉그램도 제인에게 약간 다른 여성의 이미지를 보여준다. 키가 크고 예쁘고 집안이 좋은 그녀는 세속적이지만, 아델이나 셀린과 달리 그 세계에서 존경받는 위치에 있다. 그녀는 '잉그램 파크의 잉그램 남작 부인'의 딸로 조지애나 리드와 엘리자 리드와 함께 전형적으로 사악한 제인의 이복 자매다. 조지애나와 엘리자는 판에 박힌 운명으로 제인의 머릿속에서 지워지지만, 블란치의 이력은 제인에게 불길한 교훈을 가르쳐준다. 첫째, 블란치와 로체스터가 참여하는 '교도소'라는 몸짓 놀이는 은밀한 메시지를 보여준다. 인습적인 결혼은 다락방이 함축하는 것처럼 신비의 '우물'일 뿐만 아니라 3층 '푸른 수염'의 복도처럼 형무소다. 둘째, 로체스터가 블란치를 끌어들이는 구혼의 몸짓 놀이는 무서운 질문을 암시한다. 결혼 '시장'의 게임이란 아무리 교활한 여성이라도 질 수밖에 없는 게임 아닌가?

마지막으로, 제인이 손필드에서 만난 가장 알 수 없는 여성인 ('나는 그녀가 미스터리 중의 미스터리라고 생각했다') 그레이스 풀은 분명히 버사와 관련이 있다. 자기 몫의 흑맥주를 들고 다니는 '침착하며 말이 없는' 그녀는 미친 여자를 공공연하게 대표하는 듯하다. 제인은 '그녀는 스물네 시간 중 단 한 시간만 아래층에 있는 동료 하인들과 시간을 보낸다'는 데 주목하며, 그레이스 풀의 행동에서 드러나는 검은 '저수지'를 헤아려보려고 애쓴다. '그녀는 나머지 시간을 3층에 있는 낮은 천장의 참나무 방에서 보낸다. 그녀는 그 방에 앉아 바느질을 하고 […] 그녀의 감옥에서 죄수처럼 혼자 지낸다.'[17장] 그레이스 풀에게 버사나 제인처럼 친구가 없다는 것은 부인할 수 없는 사실이다. 제인의 세계에서 남성의 대리인처럼 행동하는 여성은 다른 여자를 감시하는 사람일지도 모른다. 다만 간수와 죄수는 둘 다 동일한 사슬에 묶여 있다. 어떤 의미에서 그레이스 풀이 제인에게 암시하는 미스터리 중의 미스터리는 제인 본인의 삶의 미스터리며, 그리하여 손필드에서 그레이스의 신분에 대한 의문은 제인 자신의 신분에 대한 의문이다.

흥미롭게도 제인은 그레이스 풀의 비밀을 캐다가 어느 시점에 로체스터 씨가 과거에 그레이스 풀에게 애정을 품었을 것이라고 추측한다. 그레이스의 '매력 없는 모습'이 이런 추측을 반박하는 것처럼 보이자, 제인은 결국 '너도 아름답지 않지만 아마 로체스터 씨는 너를 괜찮다고 생각할 거야'[16장] 하고 자신에게 상기시킴으로써 버사의 간수와 자신의 유대를 공고히

한다. 외모를 신뢰할 수 있는가? 누가 노예이고 주인이며 하인인가? 누가 왕자이고 신데렐라인가? 다시 말해 손필드의 주인과 그 주위를 맴도는 여성들 사이의 진짜 관계는 무엇인가? 물론 이런 질문 중 어느 것도 손필드 에피소드의 중심인물인 에드워드 패어팩스 로체스터에 대해 언급하지 않고는 답을 얻을 수 없다.

*

제인이 로체스터와 처음 만나는 장면은 동화 같다. 샬럿 브론테는 의도적으로 신화적 요소를 강조한다. 콜리지의 작품이나 푸셀리의 그림에 나오는 얼음처럼 추운 황혼의 배경, 떠오르는 달, 어둠을 뚫고 미끄러지듯 쓸쓸한 길에 나타나 가끔 늦게 오가는 여행객을 습격하는, 영국 북부의 유령 '가이트레시' 같은 '사자처럼' 생긴 큰 개, 그 뒤를 이어 나타나는 '큰 말과 그 위에 탄 사람'―낭만적으로 표현된 이미지들은 리처드 체이스가 보기에 브론테 자매가 사로잡혀 있던 남성 섹슈얼리티의 세계를 암시하는 것 같다.[18] '모피 깃과 강철 버클이 달린 승마복'을 입은 '어두운 얼굴, […] 단호한 외모, 짙은 눈썹'의 로체스터는 가부장적 에너지의 진수와 같은 모습으로, 중년의 전사로서 신데렐라의 왕자처럼 나타난다.[12장] 그러나 말과 함께 얼음 위에 떨어지면서 무미건조하게 '이게 무슨 꼴이람?' 하고 소리 지르는 것이 왕자의 첫 번째 행동이라는 사실을 우리는 어떻게 생각해야 할까? 분명히 주인의 능숙함은 일반적이지 못하다. 제인은 도움을 주고, 로체스터는 그녀 어깨에 기대면서 '당신을 이용할 수밖에 없군' 하고 그 상황을 받아들인다. 비록 제인의 시각과는 완전히 다르지만, 그는 나중에 그 장면을 회상하면서 자신도 이 만남을 신화적인 만남으로 여겼다고 고백한다. '어젯밤 당신을 헤이 레인에서 만났을 때, 난 […] 당신이 나의 말을 홀린 것이 아닌지 물어보려고 했소.'[13장] 의미심장하게도 가이 트레시의 환상이 로체스터의 힘을 제인이 인정했다는 의미이듯, (그 이상은 아닐지라도) 로체스터도 제인을 놀리는 듯한 말로 제인의 힘을 인정하고 있다. 이와 같이 어떤 의미에서 제인과 로체스터는 그들의 관계를 주인과 하인, 왕자와 신데렐라, 미스터 비와 파멜라의 관계로 시작하고, 또 어떤 의미에서 정신적으로 동등한 사이로 시작한다.

이야기가 진행됨에 따라 그들 사이의 동등성은 다른 장면에서도 강조된다. 예를 들어 로체스터는 제인의 그림을 보면서 '자리에 앉아서 내 질문에 답해요' 하고 오만하게 명령하지만, 그림에 대한 그의 반응은 바이런적 생각만이 아니라 제인에 대한 그의 인식을 보여준다. '이 샛별 속에 그려놓은 눈들은 당신이 꿈에서 본 것이지. […] 그리고 누가 당신에게 바람 그리는 법을 가르쳐주었소? […] 라트모스산은 어디에서 보았소?' [13장] 이런 말은 로체스터의 다른 부양 가족 대부분을 당황하게 했지만, 제인에게는 생명의 숨결이다. 로체스터가 제인의 주인인 것은 사실이지만, 그가 주인이기 때문이라거나, 매너가 왕자답기 때문이 아니라 어떤 의미에서 그녀와 동등하기 때문에, 또 그녀의 미술과 영혼을 알아보는 유일한 비평가이기 때문에 제인은 로체스터에게 사랑을 느끼기 시작한다.

그들의 다음 만남은 훨씬 더 복잡한 방식으로 둘의 동등성을 진전시킨다. 로체스터를 환대하라고 무례할 정도로 강요받은 제인은 '상냥하거나 복종하는 미소가 아닌' 웃음을 보여주고, 자신의 주인에게 '딱 잘라 말한다면 사실 나는 당신을 열등한 사람으로 취급하고 싶지 않소. […] 단지 나의 우월성은 20년이라는 나이 차이와 경험이 한 세기 앞선다는 사실에서 오는 필연적인 결과일 뿐이라고 말하고 있는 거요' 하는 해명을 이끌어낸다.[14장] 더 나아가 로체스터는 셀린과의 모험을 길게 이야기하면서 (첨언하면 이는 많은 빅토리아 시대의 독자들이 전적으로 부적절하게 여겼던, 방탕한 나이 든 남자가 어린 가정교사에게 하는 이야기다)[19] 제인에 대한 자신의 우월성을 입증하려 하기보다는 적어도 피상적으로나마 스스로 제인과 자신의 동등성을 인식하고 있음을 강조한다. 제인과 샬럿 브론테 둘 다 당시의 빅토리아 시대의 명령을 무너뜨리는 이 지점을 정확히 인식한다. 제인은 '로체스터의 편안한 태도 덕분에 고통스러운 제약을 벗어나 자유로움을 느끼고, 그가 나를 대하는 다정다감한 솔직함 때문에 그에게 끌린다. [이럴 때] 나는 그가 나의 주인이라기보다 친척처럼 느껴진다'고 고백한다.[15장] 물론 로체스터가 이 장면에서 제인을 유혹하고 있다는 비판적인 의혹도 존재하지만, 반대로 그는 셀린과 블란치처럼 여성들이 자신을 상품으로 파는 세계에서도 유혹에 빠지지 않는 제인의 독립심 때문에 위안을 얻는다.

로체스터에게 제인의 힘과 동등성이 필요하다는 사실은 곧 명확해진다. 예를 들면 제인이 불이 난 침실에서 로체스터를 구했을 때(거의 치명적으로 상징적인 곤경), 나중에 로체스터가 '그레이스 풀'의 공격에서 리처드 메이슨을 구하는 데 제인이 도움을 주었을 때가 그러하다. 제인과 로체스터가 서로 동등하다고 느꼈기에 이런 구조 행위가 가능했다는 사실은 손필드에 있는 모든 '젊은 숙녀들' 중 제인만이 집시 복장을 한 로체스터에게 속지 않는 장면에서 가장 명확하게 드러난다. '숙녀들은 잘 속였지만 내 앞에서는 집시 역할을 제대로 하지 못했어요' 하고 제인은 논평한다.[19장] 이 말이 함축하는 의미는 로체스터가 제인을 속이지 않았다(속일 수가 없었다)는 것이다. 제인은 집시 예언가로서 로체스터의 일시적인 위장 (또는 손필드 주인으로서의 일상적인 위장) 이면에 있는 그의 참모습을 알아볼 수 있기 때문이다. 제인 자신이 그러하듯, 로체스터 또한 제인의 눈에서 '나오는 단호하고 때 묻지 않은 자유로움'을 존중하고, 못생긴 가정교사 제인의 일상적인 위장 이면에 있는 그녀의 참모습을 이해한다.

제인과 로체스터의 첫 번째 약혼 장면에 나오는 열정적인 고백은 이 점을 다시금 명확히 드러낸다. 로체스터는 위장과 기만을 이용해 ('나의 아름다운 블란치처럼, 아주 빼어난 것은 아무리 많이 가져도 지나치지 않다') 제인과 대결하는데, 이 때문에 절망과 분노의 순간에 있는 제인은 위장을 벗어던지고 자신의 온전함에 대해 저 유명한 주장을 펼친다.

'가난하고 미천하고 못생기고 몸이 작다고 해서 내게 영혼도 감정도 없다고 생각하나요? 당신이 잘못 생각하는 거예요. 저도 당신과 똑같이 영혼도 있고 감정도 있어요! 하느님이 나에게 어느 정도 미와 상당한 부를 주셨다면, 지금 내가 당신을 떠나기 힘든 것처럼 당신이 나를 떠나기 힘들게 할 수도 있었을 거예요. 나는 지금 당신에게 풍습이나 인습, 사라질 육체를 매개로 말하는 것이 아니에요. 당신 영혼에 말을 거는 건 바로 나의 영혼이에요. 마치 우리 둘이 무덤을 통과해온 것처럼 우리는 신의 발밑에 동등하게 서 있는 거예요. 바로 지금처럼요!'[23장]

로체스터도 위장을 한 꺼풀 벗어던지고 자신이 블란치에 대해 제인을 속인 사실을 고백하며, 그들 사이의 동등성과 유사성을 인정한다. '나의 신부는 여기에 있소. 나와 동등한 자, 나의 닮은꼴이 여기 있으니' 하고 로체스터는 시인한다. 두 사람의 말 속에 성적인 에너지보다는 정신적인 에너지가 흐른다는 사실은 의미심장하다. 릭비 부인이 말했듯 이 말은 도덕적인 면이 아니라 정치적인 면에서 잘못되었다. 샬럿 브론테는 여기에서 왕자와 신데렐라가 민주적으로 동등하고, 파멜라도 미스터 비만큼 훌륭하고, 주인과 하인이 매우 비슷한 세상을 상상하는 듯 제시하기 때문이다. 또 이처럼 진정한 마음으로 맺어진 결혼에서는 남자나 여자나 걸림돌을 인정할 수 없다.

*

물론 우리가 아는 바와 같이 걸림돌은 존재한다. 그 걸림돌은 역설적으로 로체스터나 제인이 서로 동등함을 인정했음에도 그들 내부에 이미 존재하고 있다. 예를 들어 비록 로체스터가 집시 장면과 약혼 장면에서 그에게 지배권을 부여한 위장을 벗어던졌을지라도, 그런 위장이 애당초 필요했다는 사실은 매우 중요하다. 왜 로체스터는 사람들, 특히 여자들을 속여야 할까? 제인은 의문을 품는다. 그가 연기하는 인물의 이면에는 무슨 비밀이 숨겨져 있는가? 한 가지 분명한 대답은 로체스터 자신이 속임수를 자신의 힘의 원천으로 인식한다는 것이며, 따라서 로체스터는 제인이 보기에 적어도 자신이 믿는다고 주장한 동등함을 피하고 있다. 이 밖에도 이 소설의 많은 부분에서 로체스터가 숨기거나 위장하는 비밀은 제인과 샬럿 브론테가 보기에는 불평등이라는 비밀이다.

이런 비밀은 방탕한 로체스터 백작이라는 그의 이름에 대한 암시와 3층 '푸른 수염'의 복도에 대한 제인 자신의 언급에서 처음으로 분명하게 나타난다. 그것은 남성이 가진 힘의 비밀이고, 남성의 성적 죄의식에 대한 비밀이다. 바이런 이전의 바이런적 영웅으로서 진정한 왕정복고 시대 사람이라 할 수 있는 로체스터와 신화적인 푸른 수염처럼(실제로 제인과 비교해 경험이 많은 성인 남성처럼), 로체스터는 어떤 면에서 자신을 제인보다 '우월한' 자로 만드는 특정하고도 '죄의식을 불러일으키는' 성 지식을 갖고 있다. 비록 이 점이 제인에게 보여준 그의 솔직함에 대한 이전의 언급과 모순되는 것처럼 보인다 해도 사실상 그렇지 않다. 로체스터가 성적 모험담을 부적절하게 열거하는 것은 그와 제인이 동등하다는 점을 인정하는 행위다. 그런데 로체스터가 소유한 섹슈얼리티의 숨겨진 세부 사항들(그의 인형 같은 딸 아델과 미친 버사가 동물처럼 웅크리고 있는 3층의 자물쇠 채워진 문이 상징하는, 말하자면 섹스의 비밀에 대한 그의 지식)은 그런 동등성을 제한하고 약화시킨다. 또한 로체스터의 영문 모를 여성복과 집시 분장이 그의 남성성에 의한 성적인 이점을 감소시키려는 반의식적인 노력으로 여겨질지라도(여성의 옷을 착용함으로써 그는 여성의 약점을 갖게 된다), 그와 제인 두 사람 모두 분명히 이런 책략의 공허함을 인식했다. 왕자는 필연적으로 신데렐라보다 우월하다. 샬럿 브론테가 보았던 것처럼, 로체스터의 지위가 제인의 지위보다 더 높아서가 아니라 그녀에게 육체의 신비를 가르치는 사람이 바로 그이기 때문이다.

로체스터의 성 지식이 제인과 로체스터의 동등성에 걸림돌이라고 둘 다 어느 정도 의식했다는 사실은 실로 약혼 이후 그들의 관계에서 발생하는 긴장을 통해 더 잘 나타난다. 제인의 사랑을 손에 넣은 로체스터는 거의 반사적으로 그녀를 열등한 사람, 노리개, '처녀' 소유물로 취급하기 시작한다. 이제 제인은 그의 신입생, '겨자씨', '작고 태양 같은 얼굴의 […] 어린 신부'이기 때문이다. 로체스터는 '지금은 당신 마음대로 할 수 있는 시간이오, 작은 독재자!' 하고 선언한다. '그러나 곧 나의 때가 올 것이오. 일단 내가 당신을 완전히 사로잡아 당신을 소유하게 되면, 나는 곧바로 당신에게 (비유적으로 말하면) 이와 같은 쇠사슬을 걸어둘 것이오.'[24장] 로체스터가 새롭게 권력을 인식했다는 사실을 알아차린 제인은 그를 '합리적으로 저지'하기로 결심한다. 제인은 '저는 인형처럼 로체스터 씨가 옷을 입혀주는 것을 절대 참을 수 없어요' 하고 이야기한다. 또한 더 의미심장하게 이렇게 말한다. '저는 터키의 후궁 같은 자리는 절대 참지 않겠어요. […] 저는 [준비해서] 노예 상태로 사는 사람들에게 자유를 설교하는 전도사가 되겠어요.'[24장] 이런 주장이 몇몇 비평가들에게는 제인의 (그리고 샬럿 브론테의) 성적 두려움이 초래한 결과로 보일지 모르지만, 전후 관계를 살펴본다면 성적인 언급이라기보다는 지금까지 제인이 보여준 바와 같이 정치적인 진술이고, 약점의 표현이라기보다는 감정적인 강점을 찾아내려는 시도임이 분명하다.

마지막으로 로체스터의 궁극적인 비밀, 제인과의 결혼에 실제적인 걸림돌인 버사의 존재와 함께 드러나는 그의 비밀은 또 하나의 가장 놀라운 불평등에 대한 비밀이다. 이번에는 숨겨진 사실이 주인의 우월성보다 열등성을 시사한다. 제인은 결혼식이 좌절된 뒤, 로체스터가 서로의 사랑과 동등성을 제외한 모든 것, 신분 상승과 섹스와 돈 때문에 버사 메이슨과 결혼했다는 사실을 알게 된다. 로체스터는 '당시 내 행동을 생각하면 나 자신을 존중할 수 없소!' 하고 고백한다. '마음속의 경멸감 때문에 고녀가 나를 온통 지배하고 있소. 나는 그녀를 결코 사랑하지도 않았고, 존중하지도 않았고, 심지어 그녀에 대해 아는 것도 없었소.'[27장] 이 말은 자신이 더 우월하다는 제인의 앞선 주장을 우리에게 상기시켜준다. '나는 [로체스터가 블란치와 맺으리라고 암시한 애정 없는 결합 같은] 그런 결합을 경멸해요. 그러니까 나는 당신보다 더 나은 사람이라고 생각해요.'[23장] 따라서 어떤 의미에서 로체스터가 속죄해야 하는 가장 심각한 죄는 다른 사람들을 착취한 죄라기보다 자신을 착취한 죄이며 셀린과 블란치의 죄다. 그런데 그는 이 죄에 적어도 완전히 면역이 생긴 듯했다.[20]

*

로체스터의 성격과 삶이 제인과의 결혼에 실질적 걸림돌이라는 사실이 제인 자신에게는 아무런 방해물이 없다는 것을 의미하지 않는다. 그 한 가지 증거로 비록 제인이 로체스터와 '비슷하다'고 해도, 제인은 로체스터가 비밀(우리는 알고 있고 로체스터는 숨기고 있는 모든 비밀)을 숨기고 있다고 의심한다. 그 비밀에 대처하고 로체스터를 '합리적으로 저지하기 위해' 제인은 자신의 '주인'을 조종한다. 더군다나 모든 가부장제의 몸짓 놀이와 가장무도회(비밀 메시지)가 제인에게 영향을 미쳐왔다. 제인은 남성인 로체스터를 사랑하지만, 버사의 존재를 알기 전에도 남편감으로서 로체스터를 의심한다. 그녀의 세계에서는 진실한 마음을 나누는 사람들 사이의 평등한 사랑조차 결혼을 통해 불평등과 사소한 독재로 나아갈 수 있음이 감지되는 것이다. '얼마간 당신은 지금의 당신처럼 잘할 거예요. [하지만] […] 6개월이 지나면, 아니, 그 이전에라도 나는 당신의 사랑이 식을 거라고 생각해요. 남자들이 쓴 책에 6개월이 남편의 열정이 지속될 수 있는 가장 긴 기간이라는 구절을 읽었어요' 하고 제인은 냉소적으로 말한다.[24장] 로체스터는 물론 이런 예상을 강력하게 부인하지만, 일종의 로런스적인 성적 긴장이 함축된 그의 주장은 ('제인, 당신은 나를 기쁘게 해줘요. 당신이 순종하는 것처럼 보이기에 나를 꼼짝 못하게 해요') 오히려 상황을 악화시킨다. 왜냐하면 로체스터가 '[이 말에] 당신은 왜 웃지요, 제인? 그 […] 알 수 없는 표정 변화는 무슨 뜻이요?' 하고 물을 때, 제인은 버사의 서글픈 웃음을 생각나게 하는 이상하고 아이러니한 미소를 지으며 '유혹적인 여자와 함께 있는 헤라클레스와 삼손'이라는 미묘하게 적대적인 생각을 '무의식 중에' 드러내기 때문이다. 그 적대감은 실크 상점에서 명확해진다. 그곳에서 제인은 '그가 나에게 많은 것을 사줄수록 나의 뺨은 괴로움과 모멸감으로 더욱 달아올랐다. […] 그의 웃음은 힘있는 술탄이 기쁘고 기분 좋은 순간에 그의 금과 보석으로 치장한 노예에게 주는 웃음이었다' 하고 말한다.[24장]

제인의 전체 삶의 행로를 보건대, 그녀가 로체스터와 사회의 결혼 개념에 이런 식으로 분노하는 것은 당연하다. 로체스터의 애정 어린 독재는 존 리드의 사랑 없는 독재를 상기시키며, 로체스터가 베푸는 변덕스러운 호의('나의 내밀한 영혼은 그가 나에게 베푸는 큰 친절이 그가 많은 다른 사람들을 대할 때 보여주는 부당한 엄격함과 균형을 이룬 것임을 알고 있다'[15장])는 브로클허스트 씨의 위선을 상기시킨다. 제인이 손필드에 처음 머무는 동안 그린 꿈같은 그림들은 (『와일드펠 홀의 거주자』에서 헬렌 그레이엄이 그녀의 주인과 가까워질 수 있었던 것처럼, 제인을 그녀의 '주인'과 가깝게 해준 예술 작품은) 헬렌의 그림처럼 기능이 모호한데 그 그림들은 관습적이고 로맨틱한 환상처럼 보이는 동시에 제인과 로체스터의 관계에 생길 긴장을 예고한다. 첫 번째 그림은 익사한 여자 시체를 보여준다. 두 번째 그림은 '강렬한 고통'을 떨쳐내고 일어서는 (버사 메이슨 로체스터나 『프랑켄슈타인』의 괴물처럼) 일종의 복수하는 어머니 여신을 보여준다. 세 번째 그림은 밀턴의 불길한 죽음 이미지를 연상하도록 세심하게 고안한 무서운 아버지 유령을 보여준다. 실제로 제인은 『실낙원』을 인용하면서 이 마지막 그림은 '형태 없는 형태', 하느님을 증오하는 지옥의 암흑 안에도 드리운 가부장적 그림자를 묘사한다고 말한다.

이런 전조와 예시를 감안한다면 제인이 결혼에 대해 갖는 분노와 두려움이 커질수록 그녀는 상징적으로 과거로 되돌아가고, 특히 붉은 방 안에서 비롯된 위험한 이중성을 다시 경험한다는 것은 이상한 일이 아니다. 주인인 로체스터와 사랑에 빠지면서 제인이 꾸기 시작한, 강력하게 묘사된 어린 시절에 대한 반복적인 꿈이 바로 첫 번째 신호다. 제인은 버사가 리처드 메이슨을 공격한 그날 밤 '이 어린아이 환영과 친구 하고 있다가' 잠에서 깨어난다. 그다음 날 제인은 말 그대로 과거의 부름을 받는다. 제인은 게이츠헤드로 돌아가 죽어가는 리드 숙모를 만난다. 숙모는 제인에게 다시 한번 과거의 그녀와 잠재적으로는 여전한 현재의 그녀를 상기시킨다. '네가 제인 에어냐?[…] 옛날에 그 애가 미친 사람이나 악마처럼 나에게 말하던 일이 생생한데.'[21장] 훨씬 더 중요한 것은, 이 어린아이 환영이 제인의 결혼식 전날 밤 꿈에 두 번이나 극적인 방식으로 다시 나타난다는 점이다. 그때 제인은 자기를 로체스터와 '멀어지게 하는 어떤 걸림돌이 존재한다는 이상하리만치 안타까운 인식'을 얻는다. 첫 번째 꿈에서 제인은 비명을 지르는 작은 어린아이를 안고, 춥고 비오는 날 '알지 못하는 구부러진 길을 따라가면서' 미래의 남편을 붙잡으려고 안간힘을 다하지만 따라갈 수 없다. 두 번째 꿈에서는 손필드의 폐허 사이를 걷고 있는데, 여전히 '알 수 없는 작은 어린아이'를 안고 로체스터를 따라간다. '나는 길 모퉁이로 사라지는 그의 마지막 모습을 보기 위해 몸을 앞으로 숙였어요. 벽이 무너졌고 몸이 흔들리고 어린아이가 내 무릎에서 굴러떨어졌고, 나는 균형을 잃어 넘어졌고 잠에서 깨어났어요' 하고 제인은 로체스터에게 말한다.[25장]

제인이 '불길한 예감'이라고 부른 이런 이상한 꿈을 어떻게 해석해야 하는가? 우선 이 두 꿈에 모두 나타난 우는 어린아이는 게이츠헤드의 베시가 부른 노래에 나오는 '불쌍한 고아 아이'에 상응한다. 그러므로 이 아이는 분노와 절망으로 순례를 시작했던 울고 있는 신데렐라, 즉 제인 자신이라고 볼 수 있다. 그 아이의 불평은 ('갈 길은 멀고 산은 험한데, 발은 아프고 몸은 지쳤어') 여전히 제인의 불평이거나 적어도 불평등한 결혼에 저항하는 불평이다. 제인은 자신의 고아 자아가 상징하는 심각한 문제를 의식적으로 제거하고자 하지만, '나는 아무리 팔이 아프고 아이의 무게가 나의 순례를 지연시킬지라도, 그 아이를 아무 데나 내려놓지 않을 것'이라고 다짐한다. 다시 말해 제인은 순례의 목표에 도달할 때까지(성숙, 독립, 로체스터와 진정으로 평등한 관계, 그러므로 어떤 의미에서 세계의 다른 사람들과 동등한 관계를 이룰 때까지) 어디에 가든 자신의 고아 분신을 떠맡고 갈 운명이다. 과거의 짐은 그렇게 쉽게 벗어던질 수 없다. 예를 들어 그것은 성적 매력이 넘치는 애인, 비단옷, 보석, 새로운 이름을 통해 탈피할 수 없다. 제인이 자신을 로체스터와 멀어지게 하는 '걸림돌이 존재한다는 이상하리만치 안타까운 인식'을 갖는 것은 제인 자신이 제기할 문제에 대한 위장되었지만 날카로운 직관이다.

하지만 그 아이의 이미지가 내포한 의미보다 더 재미있는 것은 마지막에 꾼 아이 꿈이다. 바로 손필드가 폐허가 되는 꿈의 예언적 측면이다. 제인이 정확히 예견한 대로 손필드는 1년 뒤에 '박쥐와 올빼미의 은신처가 되고, 황량한 폐허'가 될 것이다. 로체스터에 대한 미묘하면서도 미묘하지 않은 제인의 적대감이 그 집을 폐허로 만든 재해와 연관이 있을까? 어떤 의미에서는 제인의 통찰적인 꿈은 소원이 성취되기를 바란 결과인가? 왜 하필이면 제인이 손필드의 폐허가 된 벽에서 떨어지자마자 우는 아이의 짐에서 벗어나는가?

이런 질문에 대한 대답은 아이 꿈을 꾼 뒤 일어나는 사건들과 밀접한 관계가 있다. 결혼식 이전의 중요한 몇 주 동안 아이가 출현했다는 것은 제인이 이 시기에 경험하는 인격 소멸의 징후이며, 붉은 방에서 '실신'한 일과 비교할 만한 자아분열의 징후이기 때문이다. 또 하나의 징후는 제인이 '다가오는 결혼식을 미룰 수가 없다'고 불안해하며 시작하는 장의 첫 부분에 나타난다.[25장] 그 징후란 '옷장 안에는 내 것이 아닌 이상한 유령 같은 옷, 내 이름 대신 제인 로체스터라는 이름이 붙은 옷'이 걸려있음에도 '나도 아직 모르는 제인 로체스터라는 사람'의 본질에 대해 고민하는 제인의 위트 있으나 불안한 생각을 말한다. 세 번째 징후는 결혼식 날 아침에 나타난다. 제인은 거울 속에서 '드레스를 입고 베일을 쓴 사람, 평소 모습이 아닌 완전히 낯선 사람'을 보고, '실제보다' 거울 속 '환영 안에서 모든 것이 더 차갑고 어둡게 보였던' 붉은 방 안의 순간을 떠올린다.[26장] 이처럼 자아 안에서 일어나는 일련의 놀라운 분열(제인 로체스터에게서 분리되는 제인 에어, 어른 제인에게서 분리되는 아이 제인, 제인의 몸과 괴상하게 분리되는 제인의 이미지)을 감안할 때, 일종의 '뱀파이어' 같은 알 수 없는 또 다른 유령이 그날 밤에 나타나 제인도 모르는 사람인 제인 로체스터의 면사포를 밟아 뭉개는 것은 놀라운 일이 아니다.

물론 밤중에 나타나는 유령은 버사 메이슨 로체스터다. 그러나 비유적 심리적 수위에서 버사라는 유령은 제인의 또 다른 (사실상 가장 위협적인) 화신이다. 예를 들어 버사가 저지른 일은 제인이 하고 싶었던 일이다. 제인 에어는 제인 로체스터의 '허황된 베일'이 싫어서 속으로는 찢어버리고 싶어한다. 버사는 제인을 위해 그 일을 한다. 제인은 피할 수 없는 '결혼식'이 두려워 식을 연기하려 한다. 버사는 그녀를 위해 또 그렇게 한다. 제인은 '두렵지만 사랑하는 사람'이라 생각했던 로체스터의 새로운 지배에 분개하고, 결혼 생활이라는 전투장에서 싸울 수 있도록 그와 동등한 몸집과 힘을 원한다. '몸집이 크고 키가 남편과 거의 같은' 버사는 제인에게 필요한 '남자 같은 힘'을 가지고 있다.[26장] 즉 버사는 제인의 가장 진실되고 가장 어두운 분신이고, 게이츠헤드의 삶 이후 제인이 억제하려고 애써왔던 숨겨진 사나운 자아, 고아 아이의 분노한 자아다. 클레어 로젠펠드가 지적한 바와 같이 '의식적 또는 무의식적으로 심리적 분신들을 이용하는 작가'는 자주 '두 인물, 즉 사회적으로 수용될 수 있거나 인습적인 인물과 자유롭고 구속받지 않으며 종종 범죄를 저지르는 자아를 구체화시킨 인물'을 병치시킨다.[21]

손필드의 다락방 안에 감금된 범죄적 자아의 존재는 궁극적으로 제인과 로체스터의 결혼에 법적 걸림돌이 된다. 버사라는 존재는 역설적으로 로체스터는 물론 제인이 자초한 걸림돌이기도 하다. 제인이 손필드에서 가정교사로 지내는 동안 버사가 제인의 어두운 분신 역할을 했다는 사실이 (그전에는 나타나지 않았다면) 이제야 드러나기 때문이다. 특히 버사의 출현이 의미하는 모든 것, 더 정확하게 말해 버사가 나타내는 모든 것은 제인이 가진 분노의 경험(억압)과 관련이 있다. 예를 들어 성벽 위에서 제인이 느낀 '굶주림, 반항, 분노'는 버사의 '낮고 느린 하! 하! 웃음소리'와 '기괴한 중얼거림'을 수반한다. 버사가 침실에 있는 주인을 화재를 일으켜 살해하려고 하기 전에는 로체스터의 외견상 평등주의적인 성적 자신감에 제인의 외견상 안전한 응답이 따라왔다. 로체스터의 교묘한 집시 분장에 대해 제인이 표출하지 않은 분노는 버사의 날카로운 비명과 리처드 메이슨에 대한 더 끔찍한 공격으로 표현된다. 결혼에 대한 제인의 불안과 특히 '드레스를 입고 베일을 쓴' 그녀 자신의 낯선 모습에 대한 두려움은 '가운인지 시트인지 수의인지 구분할 수 없는 희고 길게 늘어뜨린' 옷을 입은 버사의 이미지로 구체화된다. 로체스터의 지배와 제인의 종속을 상징하는 손필드를 파괴하고 싶은 제인의 내밀한 욕구도 버사가 충족시켜줄 것이다. 버사는 자신의 욕망뿐만 아니라 제인이 품은 욕망의 대리인이기라도 하듯, 손필드 저택을 태우고 그 과정에서 자신도 파괴하는 것이다. 그래서 마침내 제인은 '너는 오른쪽 눈을 잃게 될 것이다. 너의 오른손을 잘라낼 것이다' 하고 스스로 무서운 예언을 한다.[27장] 이런 예언으로 요약되는 로체스터에 대한 제인의 위장된 적대감은 기이하게 버사의 개입을 통해 실현된다. 버사의 멜로드라마 같은 죽음은 로체스터가 눈과 손을 잃는 원인이 된다.

제인과 버사 사이에 놓인 이런 유사성은 처음에는 다소 부자연스러워 보인다. 어쨌든 제인은 가난하고 못생기고 작고 창백하고 단정하고 조용하다. 반면 버사는 부유하고 크고 화려하고 관능적이며 낭비벽이 심하다. 버사는 한때 '블란치 잉그램 양처럼' 정말 아름다웠다고 로체스터는 말한다. 그렇다면 버사는 여러 비평가들이 시사하듯 제인의 분신이라기보다 경고의 이미지가 아닐까? 리처드 체이스가 언급한 대로 '버사는 [남성적] 열정의 육체적 그릇이 되어버린 [되려고 애쓰는] 여성에게 어떤 일이 일어나는지 보여주는 살아 있는 실례가 아닐까? 제인은 이렇게 자문하는 것 같다.'[22] 에이드리언 리치는 '자신을 보호하려는 [제인의] 본능이 초기의 유혹에 빠지지 않도록 제인을 지켜준 것처럼, 그 본능은 제인으로 하여금 1840년대 영국의 힘없는 여성이 참아낼 수 있는 한계 내로 상상력을 억제하게 만들어 버사와 같은 여자가 되지 않게 해주었다'고 말한다.[23] 심지어 로체스터도 둘 사이의 관계에 대해 비슷한 비판적 평가를 내린다. 그는 미친 버사를 가리키며 '저게 바로 내 아내요' 하고 말한다.

'그리고 내가 원하는 것은 이 사람이지요. […] 지옥의 입구에서 이렇게 엄숙하고 차분하게 서서 악마가 날뛰는 모습을 보고 있는 이 젊은 아가씨 말입니다. 지독한 라구 요리를 먹고 난 뒤 기분 전환으로 그녀를 원했답니다. […] 이 맑은 눈과 저 충혈된 눈, 이 얼굴과 저 가면을 비교해보세요. 이 몸매와 저 거대한 살덩이를요.'[26장]

물론 어떤 의미에서 제인과 버사의 관계는 서로 경고하는 관계라고 볼 수 있다. 버사는 제인의 숨겨진 환상을 실현해주지만, 동시에 제인에게 가정교사로서 해서는 안 되는 행동의 사례를 보여주고, 템플 선생이 가르쳐준 것 이상으로 제인에게 유익한 교훈을 가르쳐준다.

버사가 제인을 위해 혹은 제인처럼 행동하는 이미지가 소설 안에서 자주 나타나는 것은 충격적이지만 분명 사실이다. 다락방에 갇힌 채 안에서 네 발로 기어서 '앞뒤로' 뛰어다니는 버사의 모습은 정신적 고통에서 해방되는 유일한 길이 3층에서 '앞뒤로' 왔다 갔다 하는 것뿐이었던 가정교사 제인과 아울러, 붉은 방 안에 감금된 채 미친 듯이 울부짖었던 열 살의 '나쁜 짐승' 제인을 연상시킨다. 버사의 '마귀 같은 외모'는 ('반은 꿈, 반은 현실'이라고 로체스터는 말한다) 제인과 로체스터 두 사람이 처음 만났을 때 제인이 마술을 걸어 자신을 말에서 떨어뜨린 것이라는 로체스터의 비난조의 농담과 로체스터가 제인을 부르는 애칭('심술궂은 요정', '요정', '작은 못난이')을 연상시킨다. 버사를 '괴물'이라 말하는 로체스터의 묘사는 ('내가 이런 괴물과 함께 배를 타고 떠난 무서운 항해'[27장]) 아이러니하게도 괴물이 될까 두려워하는 제인 자신을 반향한다.('내가 괴물일까? […] 로체스터 씨가 나에게 진실한 사랑을 느끼는 것은 불가능할까?'[24장]) 버사의 악마 같은 광기는 자신의 정신 상태에 대한 제인의 평가뿐만 ('내가 지금처럼 제정신이고 미치지 않았을 때 간직한 원칙을 지킬 것이다'[27장]) 아니라, 리드 숙모가 제인에 대해 한 말을 ('옛날에 그 애가 미친 사람이나 악마처럼 나에게 말했지') 상기시킨다. 또한 무엇보다 가장 극적인 것은 버사의 선동적인 성향을 통해 제인이 사회에 반항하는 자기 마음의 상징으로 보았던 '불타오르는 황야의 불길'뿐만 아니라 로우드와 게이츠헤드 시절 초기에 제인이 보여준 불꽃 같은 분노를 연상시킨다는 점이다. 따라서 어른 제인이 비로소 자신의 끔찍한 분신을 명확히 인지하게 된다는 설정은 자연스럽다. 버사가 두 번째 로체스터 부인의 결혼식 베일을 쓰고 거울 앞에 섰을 때, 이 설정은 아이 제인이 붉은 방 안에 있는 '텅 빈 환상'의 거울에 비친 자신의 무서운 모습을 낯선 사람으로 보는 것과 균형을 맞추려는 시도인 듯하다. 그 순간 제인은 '검은 직사각형 거울에 매우 선명하게 비친 얼굴과 자태'를 보고, 그것을 마치 자신의 모습인 듯 바라본다.[25장]

제인은 로우드에서 몇 해를 보내는 동안 화합의 기질을 배웠지만, 손필드에 도착했을 때는 '훈련받고 억제된 성격만 드러난다'는 사실을 제인 본인과 함께 우리 역시 마침내 인식하게 된다. 제인은 가시 왕관을 쓴 채 자신이 에밀리 디킨슨이 말한 '표시가 없는 아내'²⁴임을 깨닫고, 조용한 겉모습 이면에 자신의 분노를 억누른다. 하지만 제인은 (디킨슨의 말을 다시 인용하면) '폭탄처럼, 밖에서'²⁵ 춤추고 싶은 영혼의 충동을 아직 떨쳐버리지 못했다. 이 충동은 제인이 실질적이고 상징적인 버사의 죽음을 통해 자신을 괴롭히는 분노에서 스스로를 해방시키고 동등한 결혼을 가능하게 만들고 나서야, 다시 말하자면 그녀 안에서 온전한 자아가 가능해진 다음에야 비로소 떨쳐버릴 수 있을 것이다. 제인 안에 있는 버사가 손필드의 폐허가 된 벽에서 떨어져 죽는 바로 그 순간에, 의미심장하게도 제인의 꿈이 예언한 것처럼 고아 아이도 제인의 무릎에서 굴러떨어질 것이며, 제인의 과거의 짐이 제거되고 제인도 깨어날 것이다. 그러는 동안 로체스터가 말한 대로, '이렇게 약하면서도 꿋꿋한 정신을 가진 사람은 없었소. […] [제인의] 눈에서 나오는 단호하면서도 거칠고 자유로운 것을 보시오. […] 갇혀 있는 새장을 가지고 내가 무엇을 하든, 나는 그 야만적이고 아름다운 피조물을 잡을 수 없소.'[27장]

*

이 '야만적이고 아름다운 피조물'이 이제 손필드를 떠나야 한다는 사실은, 소설에 나오는 다른 많은 사건들처럼 떠오르는 달을 (이는 붉은 방을 생각나게 하는 꿈을 수반한다) 통해 예상할 수 있다. 제인은 예전처럼 버림받은 신데렐라에게 가부장적 사회가 제공하는 덫 중 하나에 부당하게 감금되어 있지만, 이번에는 광기가 아니라 반드시 신중함을 통해 탈출해야 함을 깨닫는다. 제인에게 조언하는 어머니 같은 달은 ('내 딸아, 유혹에서 벗어나라') '거룩한 이마를 숙이고 있는 […] 하얀 인간의 형태'로, 에이드리언 리치가 시사한 것처럼 위대한 어머니라는 강력한 이미지로 나타나고 있다.[26] 그러나 '심오하고 도도하며 원형적인'[27] 이 모습은 제인 자신의 성격처럼 모호하다. 제인이 달이 뜨는 것을 본 마지막 날 밤은 버사가 리처드 메이슨을 공격한 밤이었고, 이 두 사건의 병치는 거의 충격적일 만큼 암시적이다.

[달의] 거룩한 시선이 나를 깨웠다. 한밤중에 깨어나 둥근 달을 바라보았다. […] 아름다웠지만 너무나 엄숙했다. 반쯤 일어나서 팔을 뻗어 커튼을 잡아당겼다.

오, 하느님! 이것은 무슨 울음소리인가요![20장]

이제 제인 자신이 인정한 것처럼 달은 그날 밤 버사의 행동만큼 폭력적이고 독단적인 행동을 제인에게서 끌어냈다. 그녀가 손필드를 몰래 빠져나올 때, 제인은 '나는 누구였던가?'를 생각한다. '나는 주인을 해치고 상처를 주고 그를 떠났다. 내가 보아도 나 자신이 미웠다.'[28장] 제인의 탈출은 달의 메시지처럼 도덕적으로 모호하지만, 자신을 보호하기 위해서는 필요한 행동이었다. 제인은 곧 버사처럼 '손과 무릎으로 기어 앞으로 나가 다시 일어선다. 길로 가기 위해 온 힘을 다해 분연히!'

그 길에서 제인의 방황은 그녀 평생의 순례를 구성하는 불쌍한 고아 아이의 방황을 상징적으로 요약한다. 제인의 꿈처럼 베시의 노래도 다가올 일을 무시무시할 정도로 정확히 예언해준다. '황야는 끝이 없고 잿빛 바위가 층층 쌓인 / 이 멀고 외로운 곳에 왜 나를 보냈나요?' 제인은 먼 곳에서 쓸쓸히 방황하고 굶주리고 추위에 떨고 넘어지면서 새 보금자리를 찾아 몇 안 되는 소지품과 이름, 심지어 자존심까지 버린다. '인간은 매정하고, 다정한 천사만이 / 불쌍한 고아 아이의 발길을 지켜본다.' 조지 엘리엇의 『애덤 비드』에서 헤티 소렐이 기아 상태로 방황하는 것처럼, 황무지를 헤치고 가는 제인의 끔찍한 여행은 가부장적 사회에서 여자들이 처한 본질적으로 집 없는 상태(이름도 없고 갈 곳도 없는 불확실한 지위)를 암시해준다. 하지만 제인은 헤티와 달리 순례 여행을 진전시킬 수 있는 내적인 힘이 있고, '친절한 천사들'은 마침내 어떤 의미에서 제인의 진정한 가정, 자아를 찾기 위한 행진의 끝을 상징하는 곳 즉, 의미심장하게도 마시엔드(늪의 끝) 또는 황무지 저택이라고 불리는 집으로 제인을 데려다준다. 이곳에서 제인은 사악한 의붓 가족인 리드 가족에 대한 분노 섞인 기억에서 벗어나도록 도움을 주는 '착한' 친척 다이애나, 메리, 세인트 존 리버스를 만난다. 리버스 가족이 사실상 제인의 친척으로 밝혀지는 것은 심리적인 면에서 일부 독자들이 생각하듯 일부러 꾸민 우연한 일치가 아니다. 로체스터의 곁을 떠나 그가 준 가시 왕관을 찢어버리고, 그가 청한 불평등한 결혼의 속임수를 거절했기 때문에 제인은 이제 이 세상에서 그녀가 설 진정한 위치를 찾기 시작할 힘을 얻었다. 세인트 존은 그녀가 학교에서 일자리를 찾도록 도와주고, 그녀는 다시 한번 자신의 선택을 되돌아본다. '마르세유에 있는 바보들의 낙원에서 노예로 사는 것이 더 나은가, 아니면 건강에 좋은 영국의 오지, 미풍이 부는 산속 외딴곳에서 정직하고 자유로운 마을 교사로 사는 것이 나은가?' 하고 자문하는 것이다.[31장] '내가 원칙과 법을 고수할 때 나는 옳았다'는 제인의 명백한 결론은 소설 전체가 지향해왔던 것처럼 보인다.

수식어 처럼 보인다는 필요한 단어다. 제인이 마시엔드에서 친척을 찾음으로써 순례의 끝에 이르렀다고 할지라도, 자아를 찾기 위한 제인의 순례 여정은 추상적인 '원칙과 법'이 자기 존재의 가장 심오한 원칙과 법과 항상 일치하지는 않는다는 것을 배울 때까지 완성되지 않을 것이기 때문이다. 초기에 템플 선생의 가르침이 자기 본래의 생명력에 단지 덧붙여진 것일 뿐이라고 제인이 인식한다는 점이 이미 위 사실을 암시한다. 제인이 템플 선생의 교훈을 철저히 이해한 것은 세인트 존 리버스를 만난 뒤다. 많은 비평가들이 주목했듯 리버스 가족 세 명은 무엇인가를 암시하는 상징적인 이름을 가지고 있다. 에이드리언 리치에 따르면, 제인의 진정한 '자매들'인 다이애나와 메리는 사냥의 여신 디아나와 동정녀 마리아의 이중적인 면을 지닌 위대한 어머니를 연상시킨다.[28] 이처럼 자신들의 상징적인 이름을 통해, 그리고 독립적이고 학식을 갖춘 자애로운 인품을 통해 다이애나와 메리는 제인이 추구해온 이상적인 여성의 모습을 제시해준다. 반면 세인트 존은 거의 노골적으로 가부장적인 이름으로, 「요한복음」의 남성적인 추상성과 ('태초에 말씀이 있었으니') 세례 요한의 위장된 여성 혐오증을 연상시킨다. 세인트 존은 여성에 대한 깊은 경멸을 표하면서 육체에 대한 교부적이고 복음주의적인 경멸을 더 강하게 드러낸다. 제인도 살로메처럼(나중에 오스카 와일드는 여성 혐오에 대한 살로메의 반항을 여성의 힘을 나타내는 떠오르는 달과 연관시켰다), 실제로는 아니라 해도 상징적으로, 자신의 진정한 독립을 최종적으로 이루어내기 전에 세인트 존의 추상적인 원칙의 목을 잘라야 한다.

그러나 처음에 세인트 존은 제인에게 로체스터가 제안한 삶의 방식에 대한 실행 가능한 대안을 제공한다. 로체스터는 그 이름의 유래처럼 방탕한 쾌락의 삶, 화려한 장미꽃 길(숨겨진 가시가 있지만), 정열적인 결혼을 제공하는 듯 보인다. 반면 세인트 존은 원칙의 삶, 가시밭길(숨겨진 장미가 없는), 정신적인 결혼을 제공하는 듯 보인다. 세속적인 미인 로자몬드 올리버(매우 진한 여운을 남기는 또 하나의 인물)에 대한 세인트 존의 금욕주의적 거부는 정열적이고 바이런적인 제인에게는 혼란스럽다. 하지만 적어도 세인트 존은 위선적인 브로클허스트와는 달리 자신이 설교한 것을 최소한 실천하고 있음을 보여준다. 세인트 존이 설교하는 내용은 노동을 통한 자기실현이라는 칼라일적인 가르침이다. '오늘이라고 부르는 동안에 일하라, 일할 수 없는 밤이 오리니.'[29] 그의 말을 따른다면 제인은 손필드에서 섬겼던 주인을 성스러운 주인으로 대체하고 사랑을 노동으로 대체해야 할 것이다. 세인트 존은 제인에게 '당신은 노동을 위해서 태어났지, 사랑을 위해서 태어난 것이 아닙니다'하고 말하기 때문이다. 예전에 로우드에서 제인이 '새로운 노역'을 요청했을 때, 그것은 세인트 존이 제안한 해결책을 어느 정도 마음속에 둔 것은 아니었나? 손필드의 성벽을 왔다 갔다 하면서, '여성도 남자 형제들과 똑같이 노력을 기울일 수 있는 영역이 필요하다'고 제인이 주장했을 때[12장], 그녀는 그런 실제적인 '실천'을 갈망한 것이 아니었는가? 베시의 노래는 '하느님은 희망과 축복으로 / 가엾은 고아를 자신의 품에 안으리'라고 예언했다. 그렇다면 약속된 목적지는 마시엔드가 아니겠는가? 세인트 존의 길이 하느님의 품으로 가는 길이 아니겠는가?

무엇보다 제인이 정신적인 조화를 강조했던 헬렌 번스와 템플 선생의 조언을 일찌감치 거절했다는 사실을 볼 때, 세인트 존의 방법이 제인을 유혹하더라도 제인이 그 유혹에 분명히 저항하리라는 예상은 가능하다. 로체스터와 마찬가지로 세인트 존이 제인과 '유사하다'는 것은 명백하다. 그러나 로체스터가 제인의 본성에 있는 불꽃을 나타낸다면, 제인의 사촌은 얼음을 상징한다. 어떤 여성에게는 얼음만으로 '충분'할지 모르나 사랑 없는 세상의 혹독한 추위에 대항해, 제정신일 때 버사가 그러했듯 평생 동안 투쟁해왔던 제인에겐 얼음은 분명히 충분하지 않을 것이다. 제인이 세인트 존의 '얼어붙은 마술'에 깊이 빠져들수록, 그를 기쁘게 해주기 위해서는 '내 본성의 반을 포기해야 한다'는 사실을 점점 더 깨닫는다. 또한 '그의 아내로서' 제인은 '늘 자제해야 하고 […] 본성의 불꽃을 끊임없이 낮추어야 한다. […] 비록 억압된 불꽃이 차츰차츰 생명력을 다 태워버릴지라도.'[34장] 사실 세인트 존의 아내로서, 그리고 '[그가] 삶에 효과적으로 영향을 미칠 수 있고 죽을 때까지 절대적으로 보유할 수 있는 영혼의 배우자'로서[34장], 제인은 로체스터가 제안한 결혼보다 훨씬 더 불평등한 결합 속으로 들어갈 것이다. 이 결혼은 제인의 순례가 지금까지 지향해왔던 온전한 삶에서 다시 한번 그녀를 완전히 배제한다. 세인트 존과 브로클허스트를 구별해주는 원칙의 고결함에도 불구하고, '악마의 공격에서 순례자를 지키는 전사 그레이트 하트'와 유사함에도 불구하고, [38장] 세인트 존은 마침내 브로클허스트가 그러했듯 가부장제의 대들보이자 '차갑고 방해가 되는 기둥'이 된다.[34장] 브로클허스트가 게이츠헤드에 감금당한 제인을 구해주기는 했어도 다시금 굶주림의 습한 계곡 안에 감금했다면, 로체스터가 제인을 '열정의 노예'로 만들려고 했다면, 세인트 존은 최후의 독방 안에, 원칙이라는 '갑옷' 안에, '단호하고 길들여지지 않는 자유로운 것', 즉 제인의 영혼을 감금하고자 한다.[34장]

*

여러 면에서 제인을 '가두려는' 세인트 존의 시도에 저항할 방법은 없는 듯 보일 것이다. 제인이 세인트 존의 '원칙과 법'을 고수하는 자신에게 만족하는 순간이 찾아오기 때문이다. 그러나 제인은 브로클허스트나 로체스터에게서 도망쳤던 것보다 더 쉽게 세인트 존의 속박을 벗어난다. 비유적으로 말해, 이것은 성숙을 향한 자신의 순례 도정에서 제인이 얼마나 멀리까지 나아갔는지 알아볼 수 있는 척도다. 제인의 도피는 사실 두 가지 사건 때문에 용이해진다. 첫째, 모든 것이 모호하긴 하지만 제인은 진짜 가족을 찾았기 때문에 마침내 상속을 받을 수 있다. 제인은 이제 마데이라에 있는 삼촌의 상속인이다. 삼촌이 제인의 삶에 처음으로 끼어든 이유는 적절하게도 제인과 로체스터의 결혼에 법적 걸림돌이 있음을 규명하기 위해서였고, 제인은 이제 비유적일 뿐만 아니라 명실상부한 독립 여성이 되어 자유의지대로 자신의 길을 갈 수 있게 되었다. 그러나 제인의 자유는 두 번째 사건인 버사의 죽음 때문에 다시 위태로워진다.

버사의 죽음에 대한 제인의 첫 번째 '불길한 예감'은 그녀가 앞으로 나아갈 길을 묻는 기도에 대한 응답으로 극적으로 찾아온다. 세인트 존이 그녀에게 청혼에 대한 결정을 내리라고 압박하고 있을 때다. '그의 질문에 사랑을 문제 삼지 말고, 단지 의무만을 생각해야 한다'고 믿는 제인은 하느님에게 '저에게 길을 보여주세요'라고 간청한다. 제인의 삶의 중요한 순간에 늘 그러했듯 방이 달빛으로 채워진다. 그것은 마치 강한 힘이 제인의 내부와 외부에서 아직 작동하고 있음을 상기시키는 것 같다. 지금 그런 힘이 작동하고 있기 때문에 제인은 마침내 신의 목소리를 듣는다. 그리고 로체스터의 형체 없는 울부짖음을 예민하게 받아들인다. '제인! 제인! 제인!' 그녀의 반응은 자기 확신으로 즉각적으로 나타난다. '나는 세인트 존과의 관계를 끊어야 한다. [⋯] 나 자신의 주관을 가져야 할 때다. 나는 힘이 있고 강하다.'[35장] 그런데 제인이 갑자기 느낀 강한 힘은 그녀가 느낀 '불길한 예감'처럼 전에 일어났던 모든 일의 정점이다. 많은 비평가들은 불필요한 멜로드라마라고 보았지만, 로체스터와 나누는 새로운 영적 교감은 제인의 새로운 독립성과 로체스터의 겸손함으로 가능해졌다. 이 울부짖음의 플롯은 두 연인이 항상 갈망했던 관계가 이제야 가능해졌다는 표시일 뿐이며, 처음 약혼 장면에 나온 제인의 은유적인 말이 현실화되었다는 표시이기도 하다. '당신 영혼에 말을 거는 것은 바로 나의 정신이에요. 마치 우리 둘이 무덤을 통과해온 것처럼 우리는 신의 발 아래 동등하게 서 있는 거예요. 바로 지금처럼요!'[23장] 왜냐하면 제인이 무의식중에 생각하듯이, 제인과 로체스터가 진정한 마음으로 결합하는 결혼 앞에는 이제 아무런 방해물이 없기 때문이다.

*

제인은 손필드로 돌아와 버사가 죽었다는 것, 자신의 꿈이 예견한 것처럼 손필드가 폐허가 되었다는 것을 알게 된다. 그리고 팔을 잃고 앞을 보지 못하는 로체스터와 펀딘에서 재결합한다. 그 후 로체스터와의 결혼은 자아를 향한 순례에서 (이 순례는 세인트 존과 결혼할 수 없다는 제인의 자각 때문에 마시엔드에서는 다른 식으로 결론이 났다) 필수적인 에필로그를 형성한다. 그 순간 '불가사의한 감정의 충격이 사도 바울과 실라가 있는 감옥의 토대를 흔들었던 지진처럼 다가왔고, 그것은 영혼의 감옥의 문을 열고 굴레를 풀어 잠에서 깨어나게 했다.'[36장] 그 순간 제인은 과거의 짐을 벗고 완전히 자유로워졌고, (사실상 손필드의 폐허가 된 성벽에서 이미 떨어진) 버사의 분노하는 유령과 (상징적으로 그녀의 꿈에서처럼 그녀 무릎에서 굴러 떨어진) 고아 아이의 자기 연민이라는 유령에게서 자유로워졌기 때문이다. 그 순간 또다시 꿈에서처럼, 제인의 자아와 욕구가 다시 깨어났던 것이다. 마찬가지로 로체스터는 비록 그의 집을 삼켜버릴 것 같은 불길에서 제인의 미친 분신을 구조하려다 부상을 입고 족쇄에 묶이지만, 자신을 '새장 안에 갇힌 독수리'처럼 보이게 만들었던 손필드라는 짐으로부터 자유로워졌다. [37장] 로체스터의 '족쇄'가 새로운 결혼에 아무런 방해가 되지 않는다는 것과 그와 제인이 이제 실제로 동등하다는 것이 편딘 부분의 주제다.

리처드 체이스를 비롯한 많은 비평가들은 로체스터의 부상을 '상징적인 거세' 또는 그가 젊은 시절에 저지른 방탕에 대한 벌로 보고, 남성의 성적인 힘을 두려워한 (제인 자신뿐만 아니라) 샬럿 브론테는 단지 힘을 잃은 삼손 같은 사람과 결합하는 결혼만 상상할 수 있다는 표시로 본다. '우주의 속도와 에너지는 우리가 보는 것처럼 참을성 있고 실용적인 여성에 의해 진정될 수 있다.' 체이스는 아이러니하게 말한다.[30] 이 의견에는 일말의 진실이 담겨 있다. 제인 안에 있던 분노한 버사는 로체스터에게 벌을 주고 그를 침실에서 태워 죽이고자 했으며, 그의 집을 파괴하고, 그의 손을 자르고, 압도하는 '강렬한 송골매 같은 눈'을 뽑아버리기 원했다. 정체 모를 웃음을 지으면서 버사는 '유혹하는 이들과 함께 있는 헤라클레스와 삼손'을 생각했다.

그러나 '우주의 속도와 에너지'를 진정시키는 것이 제인의 목표는 아니었다. 제인의 목표는 단지 자신을 강하게 만들어 로체스터가 상징하는 세계와 동등해지는 것이었다. 펀딘에서 연인이 재결합하는 장면에는 또 하나의 분명하고도 중요한 상징적 핵심이 함축되어 있다. 제인과 로체스터 두 사람이 신체적으로 온전할 때는 그들을 눈멀게 하는 사회적 위장(주인/하인, 왕자/신데렐라) 때문에 어떤 의미에서 두 사람은 서로를 볼 수 없었다. 이제 그런 위장들이 벗겨진 지금 그들은 동등하기 때문에 육체라는 매개를 초월해 (한 사람은 맹인이지만) 보고 말할 수 있다. 표면상 시력은 잃었지만 로체스터는 눈먼 글로스터의 전통을 따라, 그가 '두더쥐 눈의 얼간이'였던 시절 버사 메이슨과 결혼했던 과거보다 더 선명하게 볼 수 있게 되었다.[27장] 외견상으로는 장애가 생겼지만, 역설적으로 그는 손필드를 지배했던 과거보다 더 강해졌다. 왜냐하면 이제 그는 제인처럼 불평등, 위장, 기만이 아니라 그의 내면에서 힘을 끌어내기 때문이다. 과거 손필드에서 로체스터는 '과수원에 있는 번개 맞은 밤나무 고목과 다름없었고', 파괴된 밤나무는 그와 제인의 관계가 파국을 맞으리라는 것을 예시했다. 제인이 그에게 말하듯 로체스터는 '푸르고 원기왕성'하며 '당신이 요구하든 안 하든 식물은 당신 뿌리 주위에서 자랄 것'이다.[37장] 이제 그와 제인은 동등하기 때문에 한 사람이 다른 한 사람을 착취한다는 두려움 없이 서로 의존할 수 있다.

브론테가 이 장면에서 도출해내는 평등주의적 관계라는 낙관적인 그림에도 불구하고, 로버트 버나드 마틴이 지적한 대로 펀딘 장면에는 '적막한 가을의 분위기'가 있다.[31] 어두운 숲 깊은 곳에 있는 집은 낡았고 무너질 지경이다. 심지어 로체스터도 그 집이 혐오스러운 버사에게조차 적합하지 않다고 생각했다. 또한 그 집의 그늘진 계곡 같은 분위기는 인생의 학교였던 로우드와 비슷하다. 이곳에서 로체스터는 제인이 아주 어린 나이에 이미 흡수했던 교훈을 배워야 한다. 더군다나 펀딘은 매우 손상되었을 뿐만 아니라 극적 배경으로서도 반사회적인 곳이다. 따라서 이 연인이 물리적으로 소외되었음을 알 수 있다. 두 사람의 결혼처럼 평등한 결혼이 불가능하지는 않을지라도 매우 드문 세계에서 이들은 정신적으로도 소외될 수밖에 없다. 진실된 마음은 계급사회의 비난을 피하기 위해 멀리 떨어진 숲속, 심지어 황야에 은둔해야 한다고 샬럿 브론테는 말하는 것 같다.

브론테의 반항적인 페미니즘(미스 릭비와 『제인 에어』의 다른 빅토리아 시대의 비평가들이 주목한 사회질서에 대한 '반종교적인' 불만)은 이런 은둔을 통해 스스로와 타협하고 있는가? 제인은 고아 시절의 분노를 떨쳐내고 결국 그녀 자신의 원칙이 정했던 책임에서 물러났는가? 이런 질문에 대한 잠정적인 답은 『제인 에어』보다 『교수』, 『셜리』, 『빌레트』에서 더 쉽게 찾아볼 수 있다. 브론테는 다른 소설에서 제한된, 심지어 불확실한 결말을 맺고 있다. 이는 그녀가 가부장적 억압이라는 문제에 대해 실행 가능한 해결책을 명확하게 그릴 수 없었음을 시사해준다. 그녀의 모든 책에서 (우리가 보아온 것처럼) 브론테는 일종의 황홀경에 취해 글을 썼으며, 현상의 대변인들을 기분 상하게 했던 자유를 향한 열정적인 욕망을 보여줄 수 있었지만, 어느 작품에서도 성취한 자유의 완전한 의미를 의식적으로 정의할 수 없었다. 아마 동시대인 누구도, 울스턴크래프트나 존 스튜어트 밀 같은 사람조차 성숙한 제인과 로체스터가 실제로 살 수 있을 만큼 과감하게 변화된 사회를 적절히 묘사할 수 없었기 때문일 것이다.

브론테는 논리적으로 정의를 내릴 수는 없었던 것을 미약하나마 암시적인 이미지를 통해, 버니언에 대한 마지막이자 아마도 가장 중요한 재정의를 통해 구체화할 수 있었다. 가장 넓은 의미에서 자연은 이제 제인과 로체스터 편에 서 있다. 펀딘은 그 이름이 암시하는 것처럼 꾸밈이 없다. '꽃도 정원도 없지만', 그곳은 제인이 로체스터에게 그렇게 될 것이라고 말한 대로 푸르고 부드러운 비를 맞아 양치식물이 우거지고 비옥하다. 사회에서 고립되었지만 제인과 로체스터는 이곳에서 스스로 만든 자연의 질서 안에서 번성하며, 육체적으로는 '[서로의] 뼈 중의 뼈, [서로의] 살 중의 살'이 될 것이다.[38장] 또한 이곳에서 자연의 치유력으로 결국 로체스터는 시력을 회복할 것이다. 사회적 제약에서 해방된 자연은 '기적을 행하지는 않을 것이지만 최선을 다할 것이다.'[35장] 천국의 도시가 아니라 자연의 천국, '천국의 경계선에 있는' 안식의 땅이야말로 ('그곳에서 신부와 신랑 사이의 계약은 새롭게 수정된다') 우리가 이제 깨닫는 것처럼 제인의 변함없는 순례의 목적지였다.[32]

천국의 도시 자체에 대해 언급하자면, 여기에서 브론테는 (비록 나중에 재고하지만) 천국의 도시와 같은 목표가 지상에서 불평등을 받아들이는 사람들의 꿈, 말하자면 여자 가정교사를 그들의 '자리'에 가둬두기 위해 가부장제 사회가 사용하는 많은 도구 중 하나라는 점을 암시한다. 브론테는 이 점을 매우 신봉하고 있기 때문에 의식적으로『제인 에어』의 결론을『천로역정』에 대한 인유로, 나아가 초월적인 천국의 사도이며 '전사 그레이트 하트'의 그림자인 세인트 존 리버스에 대한 절반은 풍자적인 돈호법으로 끝맺는다. 브론테는 우리에게 말하기를 "세인트 존의 강요는 사도의 강요다. 그는 단지 예수를 대변해서 말하기 때문이다. '누구든지 나를 따르려는 사람은 자신을 버리고 십자가를 지고 나를 따르라.'"[38장] 무엇보다 브론테는 '굶주림, 반항, 분노'로『제인 에어』를 썼고, 그것을 존 버니언의 비전에 대한 '반종교적인' 재정의이자 거의 패러디로 만들었다. 이는 결국 브론테가 자아 부정의 십자가를 거부했다는 의미다.[33] 미스 릭비가 정확하게 '갱생되지 않은, 미숙한 영혼의 화신'으로 보았던 평범한 제인 에어는 동등성을 향해가는 놀라운 순례의 결과, 에밀리 디킨슨이 15년 후에 묻게 되는 쓰라린 질문('나의 남편이 ─여자들은 말한다─/선율을 타면서─/이것이 ─길인가?')[34]에 답변하고 있다. '아니다!' 제인은 손필드에서 도망치면서 선언한다. 그것은 길이 아니라고. 이것이, 펀딘에서 진정한 마음으로 결합한 이 결혼이 길이라고 제인은 말한다. 제인의 길이 제한되고 고립되어 있긴 해도, 그것은 적어도 희망을 상징한다. 샬럿 브론테는 이후 다시는 이런 낙관주의에 젖지 못했다.

11장 굶주림의 기원, 『셜리』를 따라

나는, 인간이기에, 홀로 태어났다.
나는, 여자이기에, 단단히 포위되어 있다.
나는 돌에서 쥐어짜 얻은
적은 영양분으로 산다.
- 엘리너 와일리

음식을 얻기 위해 투쟁하는 굶주린 사람들을 보는 것에서 즐거움을
찾는 사람이 아니라면, 자신의 주위 사람들이 빠져 있는 니힐리즘을
반격하고자 하는 샬럿의 광적인 노력에 반대하는 어떤 말도 할 수 없
을 것이다.
- 리베카 웨스트

가장 극단적인 상징의 시대에
벽은 매우 얇고,
거의 투명하다.
공간은 주름진 아코디언,
거리는 변한다.

그러나 또한, 창자는 납작해지고
우리는 굶주린다.
- 루스 스톤

『제인 에어』는 앵그리아 이야기와 같은 강렬함이 있어서 초
기 독자 중 가장 적대적인 사람들조차 그 이야기를 혁명적이고
어떤 의미에서 '신화적'이라고 인정했지만, 『셜리』(1849)에서
샬럿 브론테는 『교수』에서 보여준 것보다 더 진한 위장과 더 복
잡한 회피로 후퇴하는 듯하다. 첫 소설 『교수』에서 브론테가 문
자 그대로 남자(엄격하고 검열관스러운 남자)로 분장함으로써
리얼리즘을 지향했다면, 『셜리』에서는 마치 『제인 에어』에서
방출된 분노의 불길에 반항하기라도 하듯, 언뜻 보아서는 사소
설을 써나가며 객관성, 균형, 절제를 지향하는 것처럼 보인다.
이 사소설에서 브론테는 이야기가 전개됨에 따라 그녀의 중심
인물들이 앞으로 나아가기보다는 오히려 잠재성을 잃어가며 물
러설 것이라고 공공연히 말하는 역사적인 환경 속에서 외롭게
분투하는 듯하다.

브론테 자신은 이런 서사 전략에 대해 양가적이었는데, 기민
한 당대 독자들은 (예를 들어 G. H. 루이스는) 브론테의 불편
함을 감지한 것 같다. '『셜리』에는 한 부분이 다른 부분에서 발
전해 나온다는 식의 강렬한 연결도 없고 예술적인 융합이나 조
건도 없다'고 루이스는 썼다.[1] 『셜리』가 유기적인 전개에 실패
한 것은 사실이지만, 그 이유는 적어도 부분적으로 브론테가 평

온한 객관성을 창조하고자 새커리처럼 '티탄'의 권위 있는 전지전능함을 추구함으로써, 그녀의 모든 작품에 등장하는 인물들을 가두어버렸던 것과 본질적으로 똑같은 남성 지배적 구조망에 걸려들었기 때문이다.[2] 공식적으로는 존재하지 않는 계급제도를 역사적으로 다루면서, 브론테는 역사적인 변화와는 표면적으로 아무 관련 없이 보이는 여자 주인공들의 외로운 투쟁과 역사적 변화 사이의 거리를 탐색하는 데 주력한다. 루이스가 불평한 대로 브론테는 이 포괄적인 부조화 때문에 예술적 융합에는 실패했다. 하지만 우리는 『셜리』에서 감금으로 겪는 여성의 고통이 브론테에게 단순한 주제에 불과한 것이 아니라 그녀의 예술성의 척도이자 양상이었다고 유리하게 해석할 수 있다.

의미심장하게도 『셜리』는 분명하게 남성적인 장면, 예를 들면 제인 오스틴은 결코 쓰지 않았던 그런 장면으로 시작한다. 목사 세 사람이 테이블 앞에 앉아 있다. 그들은 구운 쇠고기는 질기고 맥주는 김빠졌다고 불평하면서도 엄청나게 먹어치우며 '빵을 더 달라'고 외치고 여주인에게 '빵을 잘라, 여편네야!' 하고 말한다.[3] 그들은 야채와 치즈, 향신료로 만든 케이크도 다 먹어치운다. 브론테의 많은 비평가들이 주장했던 것처럼, 이 게걸스러운 목사들은 단지 지방색이나 무의미한 이탈을 보여주는 것이 아니다. 이 장면 덕분에 이 소설은 부자들의 비싼 진미, 독특한 이국 요리, 공업 도시에서 일어난 식량 소요, 군인들에게 가야 할 많은 식량, 아동 노동자들의 불충분한 저녁 바구니, 실업자들의 굶주림에 대해 많은 것을 이야기할 수 있다. 사실상 배고픔은 착취당하는 이들과 영국 사회에서 독립적이고 성공적 삶에서 배제된 모든 사람을 연결시킨다. 한 노동자는 '굶주린 민중은 만족할 수도 없고 정착할 수도 없다'고 명료하게 말한다.[18장] 『제인 에어』가 보여주듯 배고픔은 반항과 분노로 이어질 수밖에 없기 때문에 이 시대 비평가들이 『셜리』에서 커러 벨의 여성 정체성을 발견했다는 것은 놀랄 일이 아니다. 이 작품의 전지적 시점과 유사 남성적 시점에도 불구하고, 샬럿 브론테의 세 번째 작품은 이전의 두 작품보다 훨씬 더 의식적으로 '여성 문제'를 이야기하는 소설이기 때문이다. 1811년부터 1812년까지 영국의 중상주의 경제가 쇠퇴하던 시기의 전시 위기를 배경으로, 이 소설은 노동자들의 분노가 모든 피착취자들, 특히 (이 장의 제사가 암시하듯) 삶의 목적의식에 굶주린 여자들에게 어떻게 파괴적으로 작용하는지 묘사한다.

제인 오스틴, 메리 셸리, 에밀리 브론테의 소외당한 인물들을 괴롭혔던 굶주림과 똑같은 배고픔을 묘사하는 가운데, 샬럿 브론테는 여성들이 그들 자신이 고안한 소설을 지속시키는 것에 굶주려 있는 만큼, 음식에도 굶주려 있다는 점을 암시한다. 따라서 소설을 시작할 때 폭식하는 목사들의 '비낭만적인' 장면을 보여주면서 화자는 '식탁에 놓인 최초의 음식은 착한 가톨릭 신도가 (심지어 영국국교회 신도라도) 수난주간의 성 금요일에 먹을 만한 음식이 되어야 한다. 즉 구운 양고기가 없고 쓴 허브가 든 이스트를 넣지 않은 빵이어야 한다'고 말한다.[1장] 물론 헨리 필딩부터 존 바스까지 소설가들은 독자들 앞에 그들의 입맛이 물리거나 감질나는 식사를 차렸다. 그런데 『셜리』에서 브론테는 입맛 떨어지는 첫 번째 코스로 식사를 시작하고 있는 것이다. 브론테는 목사들의 향연이 왜 여자 주인공들의 단식으로 이어지는지 고찰하고자 했기 때문이다. 디킨슨의 말로 하자면 사실상 『셜리』에서 브론테는 어떻게 여자의 배고픔이 '창문 밖 사람들의 / 방식'인지 설명할 뿐만 아니라, 왜 '[창문 안으로] 들어가는 것이' 욕망을 '없애버리는' 방식인지 설명한다.[J 579 편] 그 이유는 남자를 유지해주는 음식과 허구가 정확하게 바로 여자를 병들게 하는 음식과 허구이기 때문이다. '사도의' 목사들이 내뱉는 말은 바로 여자들이 굶주려야 하는 이유를 설명해준다. 그리하여 브론테는 여기에서 성경에 나오는 낙원의 신화에 대한 페미니즘적인 비판을 암시한다.

우리는 이미 밀턴에 대한 셜리의 공격이 ('밀턴은 위대하다. 그러나 그가 좋은 사람이었던가?') 어떻게 브론테의 여성 선배들이 사용한 소설 전략과 관련 있는지 보았다. 『셜리』에서 브론테는 더 행복한 환경에서 태어난 에밀리 브론테를 그려나가지만, 수정한 시학의 결과에 대해서는 훨씬 더 비관적이었다. 따라서 브론테는 이미 고칠 수 없을 정도로 타락한 세계에 초점을 맞추면서 여성 작가들의 사적인 사색이 공적 신화의 강력한 영향을 말살할 수 없으리라 말한다. 『셜리』를 쓰는 동안 브론테는 브랜웰, 에밀리, 앤의 쇠약과 죽음을 목격했다. 독자들은 브론테가 자신의 서사 구조 안에 갇혀 있다는 것을 보여주는 소설을 통해, 소외감으로 인해 그녀가 느꼈을 깊은 절망감을 감지할 수 있다. 엘리자베스 배럿이 인류 타락 이후의 「망명의 드라마」 (1884)를 잠겨 있는 낙원의 문 바로 바깥에서 시작했듯[4], 샬럿 브론테도 이브의 추방된 딸들이 스스로 가하는 징벌을 검토하고 있다.

*

『셜리』는 무력함에 대한 이야기이기 때문에 브론테는 행동하지 못하는 무능한 인물들의 이야기로 플롯을 짜야 한다는 문제를 해결해야 했다. 앞으로 보겠지만, 이 소설에서 모든 계급은 프랑스와 벌인 전쟁에서 이길 수 없는 영국인의 무능함에 영향을 받고 있다. 요크셔의 공장주, 목사, 노동자는 모두 의회가 그들의 주된 무역 시장을 봉쇄했기 때문에 고통받는다. 이 점을 강조하기 위해 이 작품은 공장주인 로버트 무어를 도와달라는 요청에 부목사들이 식사 중 불려 나오는 장면으로 시작한다. 로버트는 기계가 도착하기를 기다리고, 그 기계는 결국 분노한 노동자들에 의해 박살난다. 소설 전체에 걸쳐 무어는 초라해진 자신의 재산이 다시 불어나기를 바라지만, 현실적으로는 어떤 조치도 취하지 못한 채 기다리기만 한다. 결국 그는 도덕적으로 비난받을 만하고 가엾을 정도로 효과 없는 결정에 이르게 된다. 무어는 가난한 캐럴라인 헬스턴과 결혼하는 대신 단지 부자라는 이유로 셜리 킬다에게 청혼하기로 결심한다. 이 작품은 이 두 젊은 여자와 그들의 불행한 역할에 관한 이야기를 중점적으로 다룬다. 해외 전쟁이라는 엄청난 희생이 따르는 우발적 사건 때문에 소설 속 어떤 인물도 효과적으로 행동할 수 없는 반면, 브론테의 여자 주인공들은 젠더 때문에 제약을 받아 행동 자체를 할 수 없다. 많은 독자들은 비유기적으로 전개되는 플롯 때문에 『셜리』를 계속 비판하지만,[5] 가부장적 사회의 강제가 개별 구성원 모두에게 영향을 미치며 오염시킨다고 브론테가 암시할 때, 성차별과 상업 자본주의의 뗄 수 없는 관계를 예증하려는 것이 그녀의 의도임을 알아챌 수 있다. 상황이 이러하니 탈출의 길을 제공하거나 묘사하기가 쉽지 않다.

요크셔의 지도자들 중 최고의 인물, 즉 자신의 노력으로 삶을 영위하는 데 가장 헌신했던 사람은 정치적으로 서로를 지독하게 증오했던 두 사람이다. 반항적이며 불경한 하이럼 요크는 '왕이 지배하는, 성직자가 지배하는, 귀족이 지배하는' 땅에 폭언을 퍼부어대는 반면, 미스터 헬스턴은 성직자로서 신과 왕, 그리고 '앞으로 올 심판'을 옹호한다.[4장] 그들은 각각 상대방이 저주받았다고 생각한다. 그들은 거의 말도 건네지 않는 사이지만, 그럼에도 보기 드문 용기와 정직성을 공유하고 있다. 민주적이며 무뚝뚝한 요크의 관대함은 헬스턴의 충성스러운 대담함과 마찬가지로 찬양할 만하다. 휘그당원과 토리당원, 공장주와 성직자, 가정을 꾸린 사람과 아이 없는 독신남, 부자 지주와 성직 생활로 편안하고 유복한 삶을 사는 자, 이들은 공동체의 두 기둥으로 이웃의 빈곤과 파산의 영향을 받지 않는다. 게다가 자신들의 미래를 걱정하지 않으며, 자신들이 속한 사회의 최고 대표자로서 공통의 과거를 공유하고 있다. 소설 초반부에서 우리는 그들이 젊은 시절에 '성모 마리아처럼 생긴 소녀, 살아 있는 대리석 같은 소녀, 고요함의 화신 같은 소녀'를 두고 경쟁한 적이 있음을 알게 되기 때문이다.[4장]

이 '기념비적인 천사'의 이름은 불길하게도 메리 케이브[무덤]다. 이 이름은 여자가 어떻게 이류 예술을 제외한 모든 것을 빼앗기고, 그들의 모계적인 계보학도 박탈당한 채 내재성에 갇혀 있는지 명백하게 설명해주는 동굴의 비유를 생각나게 한다. 사실 메리 케이브는 일종의 죽음의 천사이기 때문에 성직자 남편에게 완전히 무시당한다. 우리는 그녀가 '계급상 열등한 존재'에 속해 있었기 때문에 분명 미스터 헬스턴의 동반자는 아니었다고 알고 있다. 1, 2년간의 결혼 생활 후, 그녀는 '차갑고 하얀 […] 여전히 아름다운 진흙 모형'을 남겨둔 채 죽는다.[4장] 요크와 결혼했더라도 그녀는 고통받았으리라는 것을 우리는 나중에 알게 된다. 두 남자 모두 여성이라는 성을 존경하지도 좋아하지도 않기 때문이다. 헬스턴은 되도록 멍청한 여자를 선호하고, 요크는 자식을 낳고 길러줄 까다롭고 폭군적인 아내를 선택한다. 브론테는 가장 고결한 가부장조차 기만적이고 모순되는 여성의 이미지, 즉 메리 케이브의 죽음을 초래하기에 충분한 치명적인 이미지에 사로잡혀 있다고 암시한다. 따라서 메리 케이브는 하나의 상징, 즉 남성이 지배하는 사회에서 여자의 운명은 자멸적인 자기부정을 포함하고 있다는 경고를 제시한다.

캐럴라인 헬스턴의 상상 속에 메리 케이브가 출몰하는 것은 이해할 만하다. 숙부 헬스턴의 집에서 기거하는 캐럴라인도 보이지 않는 사람으로 살고 있다. 어머니를 기억할 수 없는 캐럴라인은 자신의 숙모만큼이나 외롭고 상처받기 쉬운 인물이다. 헬스턴과 함께하는 캐럴라인의 삶은 적어도 아버지와 함께 살았던 과거보다 더 평온하다. 아버지는 그녀를 가구도 없는 다락방에 밤낮으로 가두어두고 돌보지 않았으며, 그 방에서 '그녀는 술이 아버지를 미치게 하거나 분별력 없는 바보로 만들었다는 것을 알면서도 그가 돌아오기를 기다렸다.'[7장] 헬스턴은 캐럴라인을 무시하기는 하지만, 최소한 항상 물리적으로 적절한 환경을 제공해주었는데 말이다. 캐럴라인은 숙부와의 정치적인 불화 때문에 로버트 무어가 그녀를 거부하기 전까지 사촌들이 사는 무어 집안을 방문할 수 있었다.

캐럴라인이 무어 집안으로 탈출한 것은 결코 해방이 아니었다. 그녀가 프랑스어 문법 문제, 계속되는 바느질, 눈이 피곤해지는 스타킹 수선 같은 '여자들의 의무'를 처음 배울 때 사촌 호텐스는 이 얌전한 소녀가 '만족할 만큼 소녀답고 순종적이지 않다'고 괴롭힌다.[5장] 캐럴라인은 아주 온순해 보이지만 자기 마음을 확실히 알고 있다. 그녀는 자신이 로버트 무어를 사랑한다는 것을 안다. 캐럴라인은 새침하고 단정하지만, 노동자들에 대한 로버트의 잔인성을 비판하고 그에게 『코리올라누스』에서 얻은 교훈인 자만심의 악을 가르치려고 애쓴다. 또한 메리 케이브와 자신의 아버지를 본보기로 떠올리며 처음부터 그녀가 자신의 생활비를 벌 수 있다면 형편이 훨씬 나을 것이라고 생각한다. 캐럴라인은 사촌인 로버트가 많이 소유하고 많이 소비하는 데 전력투구하기 때문에 지참금 없는 소녀와는 결혼하지 않을 것이라는 점을 인지하고 있다. 따라서 캐럴라인은 사촌으로서 거리를 두려는 그의 시선을 거부의 의미로 해석하는 데 어떤 어려움도 느끼지 않는다.

따라서 사랑해달라는 요청도 없는데 사랑하는 여자로서 캐럴라인은 화자에 의해 응징당한다. 퇴짜 맞은 그녀는 '질문도 항의도 하지 말라는' 경고를 받는다.[7장] 화자의 논평은 가혹한데, 여성의 자기 봉쇄와 자기 절제의 필요성뿐 아니라 음식과 돌의 대립으로 전개되는 모든 이미지로 표현한다.

네가 발견한 대로 그 문제를 받아들여라. 질문하지 마라. 항의도 하지 마라. 그것이 최고의 지혜다. 너는 빵을 기대했지만 돌을 얻었을 뿐이다. 그것으로 너의 이를 부러뜨려라. 비명도 지르지 마라. 신경은 순교했으니까. 너의 정신적인 위장이 (만약 네가 그런 것을 가지고 있다면) 타조만큼 강하다는 것을 의심하지 마라. 돌도 소화할 것이다. 너는 달걀을 달라고 손을 내밀었지만, 운명은 너의 손 안에 전갈을 놓았다. 놀라지 마라. 그 선물을 너의 손가락으로 꼭 쥐어라. 전갈이 너의 손바닥을 찌르게 놔두어라. 상관하지 마라. 시간이 지나면, 너의 손과 팔이 부어오르고 고통으로 오래 떨린 다음, 전갈은 짓눌려 죽을 것이다. 그러면 너는 울지 않고 견뎌내는 방법이라는 위대한 교훈을 배울 것이다. 네가 이 시험에서 살아남으면 (어떤 사람은 이 시험에서 죽기도 한다) 남은 인생 동안 너는 더 강해지고 더 현명해지고 덜 예민해질 것이다.[7장]

넬리 딘이나 조라이드 로이터가 생각나는 억압의 목소리로 말하는 이 문장들은 분명 악영향을 끼친다. 왜냐하면 '돌도 소화할 것이다'나 '전갈은 짓눌려 죽을 것이다' 같은 확신은 그런 이미지 자체는 물론이고 빵에서 돌로, 달걀에서 전갈로 바뀌는 기이한 변신과도 모순되기 때문이다. 그것은 사랑하는 '죄'를

범한 사람에게 주는 적절한 벌이다. 발라드 〈메리 리의 비가〉의
여자 주인공처럼, 캐럴라인은 단지 숨어버리는 데서 오는 애매
한 위안을 품고 자신을 감금시키는 감옥으로 물러날 수 있을 뿐
이다.

> 나를 눈으로 완전히 덮어라,
> 해가 결코 나를 보지 못하게!

> 오, 눈의 화환을 절대 녹이지 마라
> 그건 나를 매장하는 것.[7장]

밀턴적인 '분노의 불길의 침상에서 얼음 속의 굶주림'에 이르
게 된 저주받은 자로서 캐럴라인은 '마비와 무력감' 때문에 고
통받는다. '겨울이 그녀의 봄을 정복했고, 마음의 토양과 그 보
물은 점점 얼어서 불모의 황무지가 되어가고 있었기' 때문이
다.[10장] 글자 그대로 굶주림으로 사라지기 시작할 때까지, 처
음에는 자신의 방으로, 그 후에는 더 위험하게 자기 안으로 칩
거해간 캐럴라인 헬/스톤은 '자신의 어머니를 찾아내고자 하는
깊고 내밀한 강렬한 열망'에 사로잡혀 있다.[11장] 어머니 없는
소녀인 캐럴라인은 남성의 거부 앞에 무력하고, 메리 케이브의
선례를 따를 수밖에 없다. 그림자 속에 서서 자신의 마음을 숨
기려 움츠러드는 캐럴라인도 '단지 하얀 모형이나 굳은 조각상'
이 되는 것이다.[24장]

유령인 캐럴라인에게 남겨진 것은 숙부의 다탁과 교회 성경

학교에서 여성의 의례와 임무를 수행하는 것뿐이다. 이 사실을 강조하기 위해서인 듯, 캐럴라인은 로버트가 거부의 눈길을 보낸 다음의 첫 장면에서 숙부의 응접실에 모인 그 사회의 교양 있는 걸물들을 접대하면서 '그 무시무시한 악몽' 같은 자선 바구니를 돌본다.[7장] 그런 의미 없는 활동에 지치고, 피아노와 끝없는 가십의 품위 없는 소음으로 인한 무기력에 넌더리가 난 캐럴라인은 조용한 방으로 숨어들다가 뜻밖에도 로버트와 맞닥뜨린다. 공장 노동자들에 대한 그의 가혹함이 결국 그를 파괴할 것이라는 캐럴라인의 경고에는 무언가 불길한 조짐이 보인다. 캐럴라인은 로버트가 '이 나라 사람들이 어떻게 원한을 품게 되는지, 어떤 사람들은 7년간 호주머니에 돌을 가지고 다니다가 마지막에 마음을 고쳐먹고, 다시 7년을 더 간직하다가 마침내 돌을 던져서 목표물을 맞추는 것'을 자랑으로 여긴다는 것을 알기 바란다.[7장] 여자의 사랑에 대한 보답으로 빵 대신 돌을 주는 남자는 그 벌로 자신의 경쟁적인 이기심의 또 다른 희생자인 노동자들이 던진 돌에 맞을 것이다.

로버트가 무역에 바쳐진 '살아 있는 무덤'이며[8장] 스스로를 '바위로 봉해진 존재'로[9장] 여긴다는 것을 알게 될 때, 캐럴라인에게 돌밖에 줄 수 없다는 것은 더욱 분명해진다. 캐럴라인은 로버트의 강인함을 알아본다. 그 강인함 때문에 그는 자신을 비롯해 모든 남자가 미래에 그들 자신과 사회의 자유로운 주인이 되어야 한다고 스스로 믿고 행동하는 것이다. 자신의 노력, 일, 자립을 자랑스럽게 여기는 로버트는 사업 이외의 모든 활동을 '게으름이라는 빵을 먹는 것'으로[10장] 간주하는 영국 상인의 신념을 구현한다. 이 신조를 감안하면 로버트가 여자를 경멸하는 것은 당연하다. 그러나 로버트는 자신의 노동자들에게 짐짓 친절하다. 경제적인 이익 이외에는 그를 움직일 동기는 아무것도 없기 때문에, 그는 심지어 영국인의 자유를 확보하기 위해서는 싸워야 한다는 것을 알고 있지만 전쟁의 지속에는 반대한다. 따라서 그와 다른 공장주들을 통해서 브론테는 자립이라는 노동 윤리가 이기심과 성차별주의를 의미할 뿐임을 암시하고 있다. 더 나아가 브론테는 노동자의 착취를 여성의 실업과 연결하면서, 여성과 노동자를 소유물로 취급하는 탐욕적인 정신은 나라의 천연자원에 대한 경시와 직접적으로 관련되어 있다고 시사한다.

로버트 무어는 자기 행위의 과정(그의 공장, 공장 안의 물건, 노동자, 그의 여자들에게 지배력을 행사하려는 복수심에 불타는 시도)을 확신하고 있지만, 캐럴라인은 인생의 '엉킨' 문제를 연구해야 한다.[7장] '세상에서 나의 자리는 어디인가?'는 캐럴라인이 풀려고 애쓰는 질문이다.[10장] 캐럴라인은 낭만적인 과거의 기억을 억누르고, 현재의 외로운 상황으로 되돌아가도록 자신을 밀어붙이면서, 자신의 좁은 방에 대한 분명한 인식으로 너넬리 숲에서 무어에게 딸기와 견과를 주는 상상을 대체하려고 애쓴다. 또한 새들의 노래 대신 창틀에 떨어지는 빗소리를 들으며 벽에 드리워진 자신의 희미한 그림자를 바라본다. 캐럴라인은 자기희생이 미덕이 아니라는 것을 알고 있지만, 그녀의 세계에 다른 해법은 없어 보인다. 물어뜯긴 생존자는 더 강해질 것이다. 생존자는 캐럴라인이 독신녀의 비밀을 배우기 위해 방문하는 전형적인 독신녀 미스 만처럼 덜 예민하기 때문이다. 그러나 캐럴라인은 그곳에서 눈이 마주친 남자를 돌로 만들어버리는 메두사 같은 여자, '1년에 한 번도 빵 조각이 주어지지 않는' 여자, '배고프고 목말라 굶주려 있는' 여자를 발견할 뿐이다.[10장] 그 지역의 또 다른 독신녀인 미스 에인리는 오직 종교적인 헌신과 자아 부정을 통해 좀 더 낙관적으로 삶을 꾸려나간다. 로버트가 조롱하는 이런 삶은 캐럴라인에게도 매력적이지 않다. 그럼에도 캐럴라인에게는 다른 어떤 대안도 보이지 않는다. '모든 남자는 개인으로 보면 대체로 이기적이고, 집단으로 보면 심하게 이기적이기' 때문이다.[10장] 그리하여 캐럴라인은 주먹을 단단히 쥔 채 미스 에인리의 본보기를 따르기로 결심한다. '장례식 같은 내면의 울부짖음이 그녀를 떠나지 않지만, 자신의 고통을 억누르려고 애쓰기로 한다.[10장]

*

『제인 에어』가 일련의 알레고리적이고 가부장적인 위험에 맞서 승리해야 하는 모든 여자에 대한 비유인 것처럼, 캐럴라인 헬스턴의 사례는 시련의 진정한 원인이 바로 여성의 의존적인 위치에 있음을 증명한다. 물론 제인과 달리 캐럴라인은 꽤 아름답고, 관대한 숙부 덕분에 빈곤에 빠지지 않도록 보호받고 있으며, 심지어 숙부는 자신이 죽고 난 후에도 연금을 주겠다고 약속한다. 다만 제인은 적어도 게이츠헤드에서 로우드로, 손필드에서 마시엔드, 그리고 펀딘으로 여행할 수 있는 이동성이 있는 반면, 캐럴라인은 결코 요크셔를 떠나지 않는다. 사실상 캐럴라인은 가정교사라는 편치 않은 지위를 받아들일 것이다. 적어도 그 자리는 자신을 숨 막히게 하는 무력증을 완화해줄 것이기 때문이다. 캐럴라인의 '친구들'은 그런 선택을 부적절하게 여겨 거부하며, 캐럴라인의 완벽한 부동성은 마침내 그녀의 '정신적인 위장'이 '돌을 소화할 수' 없고 그녀의 손도 전갈의 침을 견뎌낼 수 없다는 사실을 매우 그럴듯하게 조성하기 시작한다. 의미심장하게도 완전한 마비가 온 바로 이 시점에 브론테는 모든 면에서 캐럴라인과 대조적인 여자 주인공 셜리 킬다를 소개한다.

셜리는 캐럴라인이 무색인 만큼 화려하고 캐럴라인이 내향적인 만큼 외향적이다. 셜리는 의존적인 동거인이나 수동적인 애원자도 아니며, 주부나 아내도 아니다. 셜리는 격자 창문과 석조 현관, 벽에 사슴 머리 조각이 걸려 있는 어두운 회랑을 완비한 자신의 집, 즉 보통은 남자 주인공이 상속받는 조상 대대로 내려온 저택을 소유한 부유한 상속녀. 실내에 있을 때는 거의 항상 창문 옆에 서 있는 모습으로 그려지는 셜리는 정원의 유리문을 통해 자신의 이름을 붙인 소설에 처음으로 등장한다. 장원의 '주인'으로서 셜리는 애완견을 조롱하는 대신 에밀리의 사냥개가 연상되는 거대한 맹견과 뛰어논다. 셜리는 자신의 사회적 지위뿐만 아니라 그 지위가 자신의 역할에 미치는 모호한 영향도 분명 즐기고 있다.

사업! 그 단어는 내가 이제 더는 소녀가 아니라 괜찮은 여자 그 이상이라는 것을 의식하게 해준답니다. 나는 지주예요! 지주 셜리 킬다가 나의 이름이고 나의 직함이 되어야 하지요. 그들은 나에게 남자 이름을 주었어요. 남자의 지위를 가지고 있고요. 그것은 나에게 남자다움을 충분히 느끼게 합니다. 당당한 영국계 벨기에인 제러드 무어 같은 사람이 내 앞에서 심각하게 사업에 대해 얘기할 때 나는 정말 내가 신사 같다고 느낍니다.[11장]

셜리는 자신의 독립성을 인정하지 않는 헬스턴 씨와 이야기하고 있기 때문에 그녀의 이 말은 다소 조롱조다. 이 문단은 또한 크로스 드레싱에 대한 브론테의 반복적이고 계속되는 관심을 반영하고 있다. 집시처럼 옷을 입는 로체스터, 용감한 기사처럼 치장한 셜리, 연극에서 교태 부리는 여자에게 손을 뻗치는 멋쟁이로 분해 시시덕거리는 루시 스노, 찰스 웰즐리나 윌리엄 크림즈워스로 분한 샬럿 자신, 이 모든 것은 브론테가 다른 성의 신비한 경험을 통해 해방적이고 (특히 빅토리아 시대 영국에서) 흥미로운 느낌을 체험함으로써 전통적인 성 역할의 관습을 깨뜨리는 일에 매료되어 있음을 보여준다. 셜리가 캐럴라인이라는 겸손한 아가씨 앞에 지휘관인 듯 연기할 때, 그들의 수줍은 듯한 농담과 실험은 그들의 관계에 섬세하고 미묘한 섹슈얼리티를 불어넣는다. 그런 섹슈얼리티는 서로를 속이는 이성애적 관계에서는 찾아볼 수 없다. 그러나 셜리의 남자 같은 이름이 아들을 원했던 부모가 명명한 것임을 감안한다면, 독립성이란 남자와 밀접하게 연관되어 있어 셜리가 일종의 남자 흉내를 내는 데 불과하다는 매우 불길한 예감을 드리운다.

진정으로 관대한 숙녀, 강하고 사랑스러운 셜리는 장난스러울 때를 제외할 때만 자칭 남자가 아니다. 정원에 성찬을 즉각 차리거나 주방에서 향연을 즉흥적으로 펼쳐내는 셜리는 마을 사람들에게 우유와 버터를 제공하는 젖소를 소유하고 있으며, 하녀가 자신을 속이고 있다고 의심해도 빵과 초와 비눗값으로 청구한 터무니없는 액수의 돈을 지불하기도 한다. 셜리는 어떻게든 캐럴라인에게 먹을 것을 주는데, 자신의 손가방에 무어의 하인들을 위한 고기와 포도주, 또는 병아리와 참새들에게 던져줄 달콤한 케이크를 가지고 있기 때문만이 아니라 시적인 상상력이 고취시키는 즐거움을 누릴 수 있는 은총을 받았기 때문이다. '행복이 충만한' 순간에 셜리의 '유일한 책은 […] 기억의 희미한 기록이거나 기대하고 있는 예언의 페이지였다. […] 그 순간 그녀의 입술 주변에는 이야기나 예언의 기미를 드러내는 미소가 감돌았다.'[13장] 캐럴라인은 셜리가 이 재능 덕분에 (캐럴라인 자신이 영향받고 있는) 남자와 남자들의 인정에 의존하지 않을 수 있었다고 생각한다. 캐럴라인은 극도의 불행도 시인이 경험한다면 문학의 창조력으로 일소된다고 확신하기 때문이다. 예를 들면 윌리엄 쿠퍼와 루소는 분명 '글 쓰는 데서 위안을 찾았고 […] 시의 재능(인간에게 부여된 가장 성스러운 것)은 해를 끼칠 정도로 감정이 지나칠 때 감정을 가라앉히기 위해서 부여된 것이라고 믿는다.'[12장] 그런 시인은 사랑받을 필요가 없고, '만약 여자 쿠퍼와 루소가 있다면 나는 그들에게도 똑같이 주장할 것이다.'[12장] 다시 말해 캐럴라인은 셜리에게서 자신의 삶을 위협하는 구속으로부터 자유로운 여자를 발견했다.

캐럴라인이 자제력과 순종으로 완전히 꼼짝 못 하게 되었을 때 셜리가 나타난다는 사실을 보면, 버사 메이슨 로체스터가 자신이 나타나지 않았으면 사면초가 상태에 빠졌을 제인 에어에게 탈출 수단이 되어주었던 방식이 생각난다. 여기에서는 억압이 죄인이 아니라 자유롭고 제약받지 않은 자아 출현의 신호탄이다. 셜리가 캐럴라인의 분신이고 캐럴라인의 모든 억압된 욕망이 투사된 존재라는 사실은 셜리가 캐럴라인을 '위해' 하는 행위를 통해 분명해진다. 셜리가 하는 것은 캐럴라인이 하고 싶어하는 것이다. 부목사들에 대한 캐럴라인의 내밀한 증오는 그들이 셜리의 개에게 공격을 받은 뒤 셜리가 분노하여 그들을 집 밖으로 쫓아낼 때 충족된다. 캐럴라인이 미스터 헬스턴을 움직일 필요가 있을 때는 셜리가 자신의 의지대로 그를 굴복시킨다. 소설 초반에 캐럴라인이 남자들의 사업상 비밀을 간파하고 싶어할 때, 셜리는 도시의 지도층들이 보낸 편지와 신문을 통해 비밀에 접근한다. 캐럴라인이 로버트의 재정적인 짐을 덜어주기를 원할 때, 셜리는 그에게 대출을 확보해준다. 캐럴라인은 로버트를 향한 욕망을 억제하려고 애쓰지만, 셜리는 그의 관심과 청혼을 끌어낸다. 캐럴라인은 로버트가 교훈을 배워야 한다고 항상 생각하지만(그녀는 『코리올라누스』의 교훈에 대해 이야기한다), 셜리는 로버트의 청혼을 거부하는 굴욕적인 형식으로 그를 가르친다. 무엇보다도 캐럴라인이 잃어버린 어머니를 오랫동안 갈망할 때, 셜리는 캐럴라인에게 프라이어 부인의 모습을 보여주며 어머니를 대신해준다.

이전의 자기 파괴적이고 분노에 찬 버사의 모습과 대조적으로 이토록 낙관적으로 분신을 묘사했음에도, 역설적으로 셜리는 처음 캐럴라인에게 약속한 듯했던 해방을 주지 않는다. 그 대신 셜리 자신은 옴짝달싹 못 하는 캐럴라인의 상황을 되풀이하게 만드는 사회적 역할에 빠져버린다. 예를 들면 셜리는 로버트와 쓸데없이 시시덕거리면서 캐럴라인에게 고통을 주는데, 캐럴라인은 셜리가 로버트 무어의 사랑을 얻어낼 수 있는 성공한 경쟁자라는 믿음 때문에 고통받는다. 사실상 셜리는 캐럴라인에게서 무어를 보는 작은 즐거움조차 빼앗는다. '그녀의 굶주린 가슴은 음료 한 방울과 음식 한 조각을 맛보았다. […] 그러나 그녀는 그 풍성한 향연을 강탈당했고 그것은 다른 사람 앞에 펼쳐졌다. 그녀는 그 향연에 단지 구경꾼으로 남았다.'[13장] 더 나아가 셜리는 소설이 진행됨에 따라 캐럴라인을 닮아가기 시작해 결국 캐럴라인의 운명에 압도당한다. 셜리는 적극적 성격임에도 자신의 젠더에 갇혀 있다. 그녀의 친구처럼 그녀도 남성적 사회에서 배제되는 것으로 나타나기 때문이다. 브론테는 교회 성경 학교 파티와 공장 습격이라는 두 가지의 주요 에피소드를 병치함으로써 이 감금의 기원과 본질을 추적한다.

'흡사 눈처럼 하얀 비둘기와 보석 빛깔의 극락조처럼'[16장] 보이는 캐럴라인과 셜리는 성령 강림 대축일 의식 때 여자들과 아이들로 이루어진 브라이어필드 대표단의 맨 앞에 서 있다. 겨우 두 사람 정도 나란히 걸을 수 있는 좁은 골목길에서 반대편의 비국교도들 행렬과 마주쳤을 때, 셜리는 매우 정확하게 그들을 '우리의 분신'이라고 정의한다.[17장] 헬스턴과 셜리가 비국교도들을 강제로 도망가게 함으로써 마지막 향연은 경건한 기독교 의식이라기보다는 오히려 승리의 축제가 되어버린다. 브론테가 이 장면을 공장 방어와 연결시키지 않았더라도, 이 장면의 군사적 국가적 의미는 분명했을 것이다. 교회는 국가의 권력일 뿐만 아니라 교회와 국가는 모두 경제적 사회적 성적 배제와 강제에 의존한다. 토스트를 먹고 차를 마시는 것도 마찬가지다. 즐거움과 환호 속에서 셜리는 좌석을 보전하기 위해 가장 무의미한 여성적 계략에 의지해야 하는 반면, 캐럴라인은 비밀리에 사랑하는 남자와 자신의 친구가 친밀하다는 데 말없이 고통받는다. 특히 적어도 스무 개의 새장에 어울리지 않는 카나리아 떼가 매달린 채 앉아 있는데, 그것은 '여러 소리 가운데 카나리아들이 항상 가장 크게 지저귄다는 것을 알고 있는' 판매원이 그곳에 놓아둔 것이다.[16장] 여자 주인공들의 잡담과 화려한 장신구를 조롱하는 상징인 새장에 갇힌 새들은 캐럴라인과 셜리만큼 장식적이고 부적절하다. 두 사람은 공장을 사수하는 계획에서 배제되고, 공장 소유주들과 근처 구릉 지대에서 온 노동자들의 역사적 갈등을 지켜볼 수 있을 뿐이다. 노동자들, 즉 그들의 '분신들'이 대문과 입구의 문을 부수고 공장의 창문에 빗발치듯 돌을 던져댈 때, 캐럴라인과 셜리는 공장주와 노동자들 사이에서 어느 편을 들어야 할지 갈등하며, 사실상 어떤 식으로도 참여할 수 없게 된다.

여자의 복수라는 면에서 공장에 대한 노동자들의 분노를 이해하기 위해서는, 하루 일정이 끝나고 밤의 전투가 시작되기 전에 캐럴라인과 셜리가 성경 학교의 다른 사람들을 따라 교회에 가기를 거부하고 어떤 생각을 했는지 상기할 필요가 있다. 셜리가 캐럴라인에게 자연의 아름다움에 감동한 나머지, 우리가 '밀턴의 악령'에서 논의했던 밀턴의 창조 이야기의 다른 판본을 바로 이 장면에서 제시하기 때문이다. 셜리가 묘사한 것은 밀턴이 그렸던 길들여진 주부가 아니라 메시아를 잉태하여 낳을 수 있는 '여자 티탄', 천상에서 태어난 이브, 원래 '자연'이라고 불리는 아마존 어머니다.[18장] 우리가 이미 살펴보았듯, 동생에 대한 샬럿 브론테의 묘사는 자연을 자신의 여신으로 삼는 인물과 에밀리를 연결한다. 『셜리』 전반을 통해 초록빛 그늘 아래 펼쳐지는 셜리의 초록빛 생각은 '자신의 피조물에게 주는 신의 순수한 선물'이다. 그것은 의미심장하게도 '자연이 그녀의 아이에게 대가 없이 주는 유산'이다.[22장] 마지막으로 즐거움을 누릴 수 있는 셜리의 능력은 생식력, 즉 자신의 티탄-이브의 육체성과 행복, 생식력에 대한 깊은 인식과 관련이 있다. 이것은 셜리에게 자연의 여신이 영혼의 신을 대신한다는 것을 의미한다. 그것은 가끔 에밀리 디킨슨에게도 마찬가지였다. "'자연'은 우리가 보는 것, / […] 자연은 우리가 아는 것"이라는[J 668편] 그녀의 믿음은 '성경은 골동품이 된 책, / 시들어간 남자들이 쓴'이라는 디킨슨의 보완적인 느낌으로 귀착한다.[J 1545편] 동시에 브론테와 디킨슨 둘 다 남자가 창조한 말, 책 중의 책은 여자들이 그들의 과거와 힘을 '잊어버리게' 할 정도로 충분히 강력하다는 것을 암시한다. 비록 에덴은 단지 '희미하게 들리는 전설'일 뿐이지만,[J 503편] 그것은 여자들이 원래 들었던 멜로디, 특히 그들 자신의 기쁨과 타락하지 않은 본성의 선율을 가려버린다.

혹시 우리가 『셜리』의 티탄이 성경의 이브에게서 얼마나 철저하게 벗어나 있는지 모를까 염려해, 브론테는 곧바로 그 사실을 우리에게 환기시키려고 무어의 십장을 소개한다. 검열관 같은 십장은 디모데에게 보내는 바울의 첫 번째 편지 중 2장을 인용한다. '여자는 말없이 순종 속에서 배우게 하라. […] 왜냐하면 아담이 처음 만들어지고 나서 이브가 만들어졌기 때문이다.' 셜리가 그 교훈을 바로 받아들이지 않자 십장은 이어서 말한다. '아담은 현혹되지 않았지만, 여자가 꼬임에 빠져 탈선했다.' [18장] 여기에는 분명 [바벨탑 건축 때 일어난] 언어의 혼선이 있다. 십장이 『셜리』의 티탄-여자를 이해할 수 없었던 것과 마찬가지로, 셜리는 이브를 받아들일 수 없기 때문이다. 셜리도 캐럴라인도 이 남자와는 더 이상 앞으로 나아갈 수 없다. 셜리는 이 성경의 명령에 '어리둥절해하며', 캐럴라인은 도러시아 브룩이 밀턴에 대항해 이용한 방어의 변을 통해 소극적으로 대항한다. 캐럴라인은 '내가 그리스어 원본을 읽을 수 있다면 […] 재능만 약간 있어도 나는 분명 그 문단을 정반대로 돌려놓을 수 있을 것'이라고 희망적인 생각을 품는다.[18장]

엘리자베스 캐디 스탠턴과 그녀의 '수정위원회'가 1890년대에 신의 말씀을 페미니즘적으로 논평하며 시도했던 것은 위 문단을 '정반대로 돌려놓는' 바로 이 '재능'이었다. 몇몇 목사가 '여자들과 악마의 작품'이라고 간주했던 『여자의 성경』에서 엘리자베스 캐디 스탠턴과 그녀의 '수정위원회'는 '바울이 이 말을 할 때 무한한 지혜의 영감을 받았다고 할 수 없다'[6]고 겸손하게 설명함으로써 디모데에게 보내는 편지에 쓰인 바울의 명령에 대항하기 시작한다. 스탠턴과 페미니스트들은 계속해서 바울의 여성 혐오가 여자들의 말뿐만 아니라 그들의 재산과 인격까지 통제하려는 남성적 시도와 어떻게 관련되어 있는가를 폭로한다.

브론테는 성경이 정당화하는 듯 보이는 여자에 대한 착취가 어떻게 상업 자본주의를 영속화시키고, 상업 자본주의가 어떻게 인간성과 육체의 본성에 대한 강제적인 통제를 영속화시키고 있는지 폭로한다. 그러나 브론테의 인물들은 성경적 신화의 구속을 피할 수 없다. 캐럴라인은 에덴에 사로잡혀 '마치 추방당한 최초의 여자가 에덴으로 되돌아가기를 열망했던 것처럼' 할로의 오두막으로 되돌아가고자 한다.[13장][7] 바울의 낙원 이야기가 가진 힘을 알고 있는 캐럴라인과 셜리도 남자는 여자를 순종하는 천사 아니면 공격적인 괴물로 상상하고 있다는 것을 깨닫는다.

아무리 영리하고 빈틈없는 남자라도 여자는 환상 속에 있는 경우가 빈번하다. 그들은 여자를 있는 그대로 보지 못한다. 여자를 선하다고 생각하든 악하다고 생각하든, 남자들은 여자를 오해하고 있다. 남자들에게 착한 여자는 반은 인형이고 반은 천사인 기괴한 존재이고, 나쁜 여자는 거의 항상 악마다.[20장]

셜리와 캐럴라인은 자신들이 에덴에 살고 있는 것이 아니라 사실상 폐허가 된 수녀원이 있는 넌우드의 가장자리에 살고 있다는 사실을 점점 더 의식한다. 그러면서 남자들은 여자를 있는 그대로 보지 못하고 남자 작가들은 잘못된 여자 주인공을 창조한다고 생각한다. 셜리는 또한 자신이 남자의 권위를 비판하는 것이 얼마나 전복적인지를 알고 있다. 그래서 자신이 '1급 작품의 [소위] 1급 여자 주인공들에 대한 자신의 진짜 의견'을 말한다면 '30분 안에 복수의 돌무덤 안에서 죽게 될' 것이라고 캐럴라인에게 말한다.[20장]

셜리는 무기력한 여성의 이미지에 자신과 다른 여자들이 침묵으로 순종하는 것이 여성의 분노를 부추기고 있다고 생각한다. 자신과 가정교사, 캐럴라인이 함께하는 여행을 계획하면서 셜리는 멀리 북대서양에서 만나기를 꿈꾸는 인어를 묘사한다.

너에게 이미지 하나를 보여줄게. 희미한 파도 속에서 나타나는 설화 석고처럼 아름다운 이미지를. 우리 둘 다 머리를 길게 기르고 거품처럼 하얀 팔을 들어 올린 채, 별처럼 빛나는 타원형의 거울을 보고 있어. 그것은 점점 더 가까이 미끄러지듯 다가오지. 사람의 얼굴을 또렷이 볼 수 있을 정도야. 너와 똑같은 형태의 얼굴, 창백함이 그 반듯하고 순수한 (이 말을 쓰는 것을 양해해줘. 이 표현이 적절하거든) 생김새를 손상시키지 않는 얼굴이 우리를 바라보는데, 그건 너와는 다른 눈이야. 나는 그 교활한 눈길에서 초자연적인 유혹을 느끼겠지. 그것은 손짓해 부르고 있어. 우리가 남자라면 그 신호에 벌떡 일어설 거고, 그 차가운 유혹자에게 가려고 차가운 파도도 무릅쓸 거야. 그러나 우리는 여자니까, 두렵지 않은 것은 아니지만 안전하게 서 있겠지.[13장]

셜리는 여자를 기괴한 (그러나 유혹적인) 괴물로 보는 전형적인 남자의 환상을 풍자할 뿐만 아니라, 그런 환상이 여자들 자신에게 미치는 영향을 묘사하고 있다. 거세된 몸에 갇힌 기괴한 인어는 캐럴라인과 셜리 같은 순수한 여자를 노예로 만든 남자를 파멸시키기 위해 냉혹한 마술을 부린다. 미스 만, 미스 무어, 프라이어 부인처럼 메두사를 닮은 인어는 이브의 선구자인 '죄'와 문화에 자연의 복수를 가하려는 '우리 자신의 괴물성'을 수정한 화신이다. 도러시 디너스틴이 보여주었듯, '위험한 인어'는 '우리의 생명이 잉태되었으나 우리가 살 수 없는 어둡고 마술적인 물밑 세계의 유혹적이고 불가해한 여성 대리인이기' 때문이다.[8] 셜리 자신은 생물학적인 생식력과 동일시됨으로써 문화적 창조성에서 배제되어왔기 때문에, '여성 쿠퍼'가 될 수 없다. 따라서 셜리는 자기규정의 정당성이나 심지어 가능성을 부인해온 난파자들에게 말없이 벌을 주는 바다를 상상할 수 있을 뿐이다.

셜리는 매우 의식적으로 괴물 같고 비정상적이고 배제되어 있고 무력하며 분노에 차 있는 자신을 경험하고 있기 때문에, 불평등과 착취를 수반하며 눈감아주기까지 하는 문화의 강제적인 신화를 꿰뚫어본다. 게다가 셜리는 가부장적인 자본주의가 결과적으로 비인간화를 촉진한다는 사실을 이해하기 때문에 이 소설에서 '부자들이 만든 고통으로 가난한 사람들이 갖는 비참한 감정을 밤낮으로 잊을 수 없는' 유일한 부자다.[14장] 셜리는 가능한 성 역할에 의해 제한된 자신의 젠더 경험 덕분에 가난한 사람들의 불행을 꿰뚫어볼 수 있는 통찰력을 얻었기 때문이다. 그렇다고 셜리가 그토록 상반되는 감정으로 지켜본 계급 갈등에 대해 해결책이 있는 것은 아니다. 무어가 자신의 재산을 지켜줄 때 셜리는 그에게 동조하지만, 무어의 잔인함과 노동자들의 불행이 그녀가 한탄할 수밖에 없는 폭력으로 폭발했다는 것을 알고 있고, 그녀와 노동자들의 모계적 관계가 계급 사이에 더 많은 친절함을 허용할지라도 그 관계가 잠재적인 폭력으로 가득 차 있다는 사실을 안다. 셜리는 노동자들의 삶을 경제적으로 지배하며, 그들은 남자의 자존심 때문에 그녀의 권위를 부자연스럽게 여기며 분노하기 때문이다.

그럼에도 셜리만이 '모든 계급 대 계급의 배열, 모든 당파적 증오, 자유로 가장한 모든 독재'를 거부한다.[21장] 가부장적 불의에 대한 셜리의 저항은 그녀의 이웃인 하이럼 요크로 하여금 그녀의 정치적인 열정을 꺾으려고 애쓰게 만들 뿐이다. 요크는 셜리의 정치적인 열정을 위장한 사랑의 열정으로 간주하기 때문이다. 셜리의 당당한 자기 방어는 요크를 당황하게 한다. 요크는 '알 수 없는 언어로 쓰인 열렬한 서정시'처럼 보이는 셜리의 표정은 번역할 수 없는 언어처럼 읽을 수 없다고 느낀다. 소설에서는 결코 전개되지 않지만 매우 암시적인 한 가지 사실을 우리는 바로 이 흥미로운 교착 상태에서 알게 된다. 셜리 아버지의 이름은 찰스 케이브 킬다였다. 자살을 통해 여자의 저항을 상징했던 메리 케이브는 셜리의 조상이었고, 이는 셜리와 캐럴라인의 또 다른 연결점이다.

*

비록 셜리가 티탄-여자의 신화적 존재가 떠오르는 그녀 나름의 자유스러운 목가적 삶을 살고 있을지라도, 그녀의 열정적인 서정시뿐 아니라 그녀의 모든 몸짓과 말에도 번역할 수 없는 무언가가 있다. 품격 있는 신사든, 용기 있는 지휘관이든, 수줍은 척하는 요부든, 관대한 숙녀든, 작은 아씨든, 감동받은 시인이든, 셜리는 그녀가 패러디하는 역할이라는 운명을 짊어진 것 같다. 그녀가 계속 이런 식으로 방해받는다는 사실 때문에 심프슨 가족을 그들의 '모범적인 옷차림과 모범적인 행동으로 판에 박힌 젊은 아가씨들'과 함께 집으로 초대하기로 한 불가해한 결정에도 덜 놀라게 된다.[22장] 캐럴라인도 독자도 아직 셜리가 그들의 가정교사이자 연인인 루이스 무어를 오게 하려고 심프슨 가족을 이용한다는 것을 깨닫지 못한다. 무어의 출현은 셜리가 종속에 이르는 과정 중 또 하나의 단계다. 셜리가 구혼자를 나타나게 하려는 계략을 비밀에 부칠 때 그녀의 부자유는 차후 캐럴라인의 몰락에 영향을 미친다.

캐럴라인은 단순한 상사병 이상으로 매우 불안한 상태에 놓여 있다. 그녀의 병은 자신이 어떻게도 할 수 없는 절망적 상황의 결과다. 캐럴라인의 선생인 프라이어 부인이 이미 결혼이나 가정교사라는 직업이 캐럴라인을 권태와 외로움으로부터 해방시켜주지 않을 것이라는 확신을 주었다. 기가 막힌 이름을 가진 (프라이어 부인이 가정교사 미스 그레이였을 때 그녀를 고용했던) 하드먼 가족은 『제인 에어』의 비평가들이 샬럿 브론테에게 퍼부었던 모든 혹평을 쏟아낸다. 또한 미스 그레이의 가정교사 시절 이야기는 앤 브론테의 『아그네스 그레이』를 상기시킨다.

마치 앤이 자신의 소설에서 상상한 낭만적인 행복한 결말을 샬럿 브론테가 망가뜨리려고 하는 것만 같다. 기독교적 순종의 이름으로 미스 하드먼은 미스 그레이에게(미스 릭비가 제인 에어에 대해 말하듯) 혹은 아그네스 그레이의 고용주들이 아그네스에게 말하듯 '너는 거만해. 그러니 감사할 줄도 모르지' 하고 말한다.[21장] 하드먼 부인은 미스 그레이에게 사악한 불만을 억제하라고, 그러지 않으면 결국 정신병원에서 죽게 될 것이라고 경고한다.[21장] 캐럴라인과 프라이어 부인 둘 다 이것은 엘리트와 착취적인 바리새인의 종교적인 믿음일 뿐이라고 생각한다. 그러나 캐럴라인에게는 '마치 정원의 석상처럼 가만히'[22장] 체념한 듯 앉아 있는 것 외에는 다른 어떤 대안도 없다. 자기가 알고 있는 미혼 여성들을 밀폐된 방, 수의 같은 긴 옷, 관처럼 좁은 침대에 갇혀 있는 수녀로 여기는 캐럴라인은 '독신녀는 집 없고 일자리 없는 가난한 사람들처럼 이 세상에서 어떤 자리와 직업도 요구해서는 안 된다'고 주장하는 사회에 의해 내쳐진다.[22장] 또한 캐럴라인은 상업적 시장의 노동자들처럼 자신을 상품화해야 하는 '결혼 시장'에 진입하려 계략을 꾸미게 만드는 여자들의 '편협한' 운명 때문에 병이 든다. 물론 여성 문제에 대한 캐럴라인의 생각은 측은하게도 '영국 남자들'을 향한, 열정적인 청원으로 끝난다! 여자의 정신을 계속해서 '속박하는 것'은 그들이며, 그 사슬을 풀어줄 힘이 있는 자도 오로지 그들뿐이다.

캐럴라인은 이 감정을 격렬하게 터뜨린 직후, 마치 그녀의 분노를 다른 사람이 채택하여 다른 목소리로 표현한 것처럼, 로즈 요크에게 공격받는다. 로즈는 어떻게 여성이 가정적인 운명 때문에 자신의 간수가 되는가를 예증하는 맥락에서 감금의 모든 이미지를 이용해, '대리석 안에 매장된 두꺼비 같은 캄캄한 몽환 상태'의 삶을 거부하겠다고 선언한다. 로즈는 '과부의 무덤'이 떠오르는 집에 '영원히 갇혀 있지' 않겠다고 말한다.

'만일 신이 저에게 10달란트를 준다면, 제 의무는 그것으로 거래해서 20달란트로 만드는 거예요. 집 안 서랍의 먼지 속에 그 동전을 묻어두기만 해서는 안 돼요. 주둥이가 부서진 찻주전자나 찬장 속 다기들 사이에 넣어두어서도 안 되고요. 저는 그 동전들을 털양말 더미 속에서 질식하도록 당신 작업대에 맡기지도 않을 거예요. 홑이불 사이에 수의가 들어 있는 리넨 옷장에 가두어두지도 않을 거고요. 무엇보다 어머니, (그녀는 마루에서 일어난다) 저는 그 동전들을 차디찬 감자 그릇에 숨겨서 식료품실 선반에 있는 빵, 버터, 과자, 햄과 함께 놓아두는 일은 없을 거예요.'[23장]

달란트라는 단어의 동음이의어적 사용은 기능적이다. 로즈는 정확하게 여자들의 경제적인 의존과 창조적인 잠재력의 파멸 사이에 연관성이 있음을 지적하고 있다. 주부의 서랍, 궤, 상자, 찬장, 단지, 가방은 각각 그리고 모두 자기 파괴적인 '여성의' 봉사, 자기 매장, 침묵을 보증하는 바로 그 기술을 나타낸다. 전형적인 '숙녀'인[9장] 캐럴라인 헬스턴은 그녀의 재능[달란트]을 매장해버렸고, 그녀는 헬렌 번스를 파괴한 것과 똑같은 '활활 타오르는 불길'에 소진되어버린다. 헬렌이 그랬던 것처럼 캐럴라인도 '마치 녹아 내리는 눈의 소용돌이처럼' 사라져 간다.[21장] 슬픔에 지친 캐럴라인은 음식을 먹을 수 없었는데, 그것은 다시 여성의 질병으로, 나아가 여성문학의 주제로, 신경성 거식증이 두드러지게 나타난다는 사실을 상기시켜준다. 캐럴라인은 빵 대신 돌을 받았고, 어머니의 보살핌과 음식을 박탈당했다. 그래서 캐럴라인은 사랑의 전통적 상징을 거부한다. 물론 이 질병으로 고통받는 다른 많은 소녀들처럼(모든 사례 연구에서 이들은 공통적으로 마비에 가까운 무력감을 보여준다), 캐럴라인에게는 자신이 통제할 수 있는 유일한 것은 자신의 몸뿐이라고 믿을 만한 충분한 이유가 있다. 캐럴라인은 이 세상에서 자신의 견딜 수 없는 운명을 변화시키는 일에는 완전히 무력하기 때문이다. 다른 거식증 환자처럼 캐럴라인은 오로지 자신의 순종성과 '여성적인' 온순성에 대한 보답만 받아왔다. 따라서 그녀의 굶주림은 아이러니하게도 극기의 이상을 수용하는 것이다. 캐럴라인은 또한 남자의 거절을 경험했고, 그 경험이 분명 자기 자신을 폄하시키는 좌절감에 일조했다.[9] 캐럴라인은 로버트의 거부에 분노하거나 슬퍼하는 대신 수치스러워하고, 따라서 자신이 부족하다는 인식은 (돌과 전갈의 침을 견뎌내라는 처음의 충고가 보여주었듯) 캐럴라인이 스스로 가하는 징벌을 정당화시킨다.

캐럴라인의 굶주림은 동시대 거식증 환자와의 유사성이 시사하는 것보다 상징적인 면에서 훨씬 더 복잡하다. 우리가 살펴보았듯 소설 초반부에 브론테는 게걸스러운 부목사들, 성경 학교 파티, 미스터 헬스턴의 다탁, 공장 소유주들에게 주는 셜리의 배급을 음식과 면밀하게 연관시켰다. 어떤 측면에서 캐럴라인은 음식을 거부함으로써 이런 인물들에게 반응하고 있을 뿐만 아니라 성찬과 구원을 정의하는 그들의 방식에도 반응하고 있다. 『셜리』는 이미 창세기의 기독교적 설명을 공격했다. 이제 (여자는 먹는 것 때문에 저주받았다는) 그 기원의 신화가 여성에 대한 남자의 증오와 자신을 유지하거나 강하게 만드는 여성에 대한 남성의 공포를 어떻게 나타내는지 더 분명해진다. 캐럴라인은 먹지 말라, 말하지 말라, 그리고 나서지 말라는 명령을 내면화했다. 자학하는 캐럴라인을 묘사하는 브론테의 방식은 이브의 죄를 극화하고 있는 엘리자베스 배럿 브라우닝의 방식과 매우 흡사하다. 「추방의 드라마」에서 이브는 아담에게, '나를 즉시 가두세요, / 나의 이름과 함께! 그대여, 나를 벌해주세요!' 하고 요청한다. '나 또한 유혹한 뒤에, 땅에서 몸부림치며, / 그대가 건네준 재를 먹고 살 것입니다' 하고 자백하는 배럿 브라우닝의 이브는 캐럴라인을 닮았다. 캐럴라인은 자신이 재를 먹고 살아야 한다고 생각하기 때문이다. 이브처럼 캐럴라인도 '장소의 즐거움에서, 그리고 통곡의 권리에서 […] 두 번 추락했다, / '나는 통곡한다' 나를 위해서가 아니라―단지 '나는 죄지었기' 때문'이라고 느낀다.[10] 다시 말해 조용하고도 천천히 진행된 캐럴라인의 자살은 그녀가 남자의 신화에 의해 희생당한 모든 방식을 함축한다.

반면 캐서린 언쇼 린턴처럼 캐럴라인 헬스턴도 일종의 저항 수단으로 단식 투쟁을 이용한다. 캐서린은 여자로서 '감금'당하는/'분만'하는 것을 거부했다. 캐서린의 음식 거부는 부분적으로 임신 거부였다. 처녀에게 훨씬 더 자주 발생하는 신경성 거식증은 성숙한 여자로 성장하는 것에 대한 저항으로 볼 수 있다. 자의로 굶는다는 것은 소녀들을 작은 아이의 몸 상태로 되돌리고 그들이 '저주'로 여기는 월경 주기를 방해하기 때문이다. 마지막으로 캐럴라인의 굶주림은 사회가 자양분으로 정의한 것의 거부다. 『래크랜트 성』 속 레이디의 저항처럼 반항의 행위인 단식은 이질적인 음식을 먹고 사는 것의 거부다. 먹는 것은 자아를 유지하는 수단이기 때문에 치욕적인 세계에서는 먹는 행위가 복종을 암시하는 타협이라 할 수 있다. 스스로를 명명하고 자신의 세계를 조종할 수 있는 힘을 부여해주는 새로운 이야기가 창조될 때까지, 여자들은 침묵 속에서 굶을 것이라고 브론테는 말하는 듯하다. 달란트를 잘 투자해야 얻을 수 있는 하느님 아버지의 사랑이 가치가 없다고 표현할 때, 캐럴라인의 단식은 부양하는 여자와 대접받는 남자를 비판한다.

그리하여 의미심장하게도 캐럴라인은 바로 이 시점에서 다른 세계의 존재와 이 세계의 목적에 질문을 던지기 시작한다. 여자들은 디킨슨이 말했던 귀중한 '육화된 말'을 번번이 '머뭇거리며 취하는 것' 같다. 여자들은 그 말이 '우리의 특별한 힘'에 적합하다는 것을 결코 확신할 수 없기 때문이다. 셜리와 마찬가지로 브론테의 스타일도 그녀의 글쓰기가 진전됨에 따라 점점 더 광적이고 열렬하고 이국적으로 되어간다. 셜리는 자신의 성性을 위해 새로운 말, 새로운 장르를 창조하고자 한다. 『제인 에어』처럼 『셜리』에서도 여자 주인공 하나가 조용히 굶고 다른 여자 주인공은 절규한다. 둘 다 오래된 신화와 그 신화가 강요하는 자존감을 멍들게 하는 역할을 투쟁적으로 거부한다. 그러나 『제인 에어』와 달리 『셜리』는 가부장의 종교를 매우 의식적으로 공격한다. 병석에서 캐럴라인은 하느님 아버지에 대한 믿음을 구하지만 감싸안는 어머니의 팔을 발견할 뿐이다.

프라이어 부인은 적절한 어머니다. 대중에게서 물러난 내향적인 그녀는 '남자-호랑이'의 시험에서[25장] (그의 신사다운 부드러운 말은 '신경을 가르고 피를 응결시키는' 사적인 '불화와 광기를 불러내는 소리'를 은폐했다[24장]) 살아남는다. 형식적이며 과묵한 프라이어 부인은 캐럴라인뿐 아니라 셜리보다 먼저 중요하게 다루어야 할 여자다. (여자-티탄의 경험이 아닌) 그녀의 경험은 이 젊은 아가씨들이 살고 있는 사회에서 전형적으로 여성적이기 때문이다. 대부분의 소녀들처럼 캐럴라인과 셜리도 결혼을 통해 여자로 성숙하겠지만, 결혼은 프라이어 부인의 경고처럼 끔찍하고 파괴적인 경험이 될 것이다. 프라이어 부인은 남자의 권력이 가져올 공포에 대해 상세히 열거하지는 않지만, 신비한 채로 남은 권력은 더욱더 가공할 만한 것이 된다. 게다가 결혼으로 고통을 겪고 그 결과 결혼에서 도피하는 일은 캐럴라인과 셜리 사이의 최초의 분열, 자멸적이고 '여성적인' 수동성과 '남성적인' 자기주장 사이의 분열에서 핵심적이다. 프라이어 부인은 어떤 의미에서 자신이 이 분열을 구현하고 있는 만큼 이 분열을 영속화한다. 프라이어 부인은 남편에 대한 두려움 때문에 딸을 거부했어도, 캐럴라인 또한 그녀의 딸이고 그녀의 일부이기 때문이다. 프라이어 부인은 그녀의 딸에게 강한 자존감을 주는 사랑을 거두어버렸기 때문에 캐럴라인의 수동성의 원인이 된다. 더 나아가 남자를 악으로 경험하고 자신을 남성에게 비하당하거나 남성에게서 도망칠 수밖에 없는 희생자로 간주함으로써, 프라이어 부인은 여성의 역할을 비극적이라고 정의내린다. 마지막으로 셜리의 대리모이자 캐럴라인의 생물학적 어머니인 프라이어 부인은 여자 주인공들이 마찬가지로 제약당한다는 것을 증명하고 있다. 따라서 이 시점에 두 여자 주인공들(이제는 자매들)은 무어 형제들의 구애를 받고, 섹슈얼리티 입문을 치욕적으로 경험한다.

프라이어 부인의 등장 이후 셜리는 그 엄한 부인이 바랐던 대로 점점 더 과묵해지고 신중해지는 모습을 보여준다. 셜리는 프라이어 부인의 진짜 정체성에 대한 의구심을 캐럴라인에게 말하지 않을 뿐만 아니라 캐럴라인의 사촌인 루이스 무어의 존재도 비밀에 부친다. 마침내 루이스가 나타났을 때 셜리는 그를 계속해서 차갑고 형식적으로 대한다. 셜리의 자제력은 광견병에 걸렸다고 생각한 개에게 물렸을 때 극에 달한다. 캐럴라인은 비유적인 전갈의 물림에 어떤 놀라움도 보이지 말라는 충고를 받지만, 자기 억제의 공포를 완벽하게 집약적으로 보여주는 사람은 바로 셜리다. 셜리는 광견병의 공포 앞에서 실제로 침묵하고 그 불안 때문에 여위어가기 때문이다. 괴사한 상처는 이런 추락에 대한 셜리의 고통이 밖으로 드러난 표시일 뿐이며, 이는 개에게 물려 젠더의 감옥으로 들어갔던 캐서린 언쇼의 추락과 매우 유사하다. 셜리는 점점 더 말이 없어지고 교실의 늙은 교사에게도 점점 더 유순해진다. 셜리가 프랑스어를 공부하려고 할 때, 그녀는 정말로 '그의 언어를 자신의 언어로 만든다는 기쁨에 생생한 흥분'을 느낀다.[27장] 한 장章의 제목처럼 '오래된 글씨 연습 책들'로 되돌아가는 셜리의 운명은 프랜시스 앙리의 운명을 상기시키기도 한다. 셜리는 뛰어난 상상력이 있지만, 그녀도 영감 넘치는 여자들의 침묵과 타협해보려는 브론테의 또 한 번의 시도라 볼 수 있다.

화자는 낭만적인 상상가인 셜리가 '그녀의 머릿속에 소유욕의 기관(그녀의 본성에 속한 재산에 대한 사랑)을 조금만 더' 가지고 있었다면, 펜을 들었을 것이라고 생각한다.[22장] 그러나 셜리는 '그녀가 가슴속에 생생하게 간직하고 있는 찬란하고 신선한 봄기운의 가치를 온전히 알지 못하고 죽을' 것이다.[22장] 셜리는 재량껏 적절하게 사용할 수 있는 언어가 없어서 결코 '야망의 강력한 맥박'을 경험하지 못한다. 디킨슨이 말했듯 '자연은 우리가 아는 것, / 그러나 우리에게는 그걸 말할 수 있는 기술이 없고' '자연의 단순성에 비해 / 우리의 지혜는 너무 무능'하기 때문이다. 그러나 셜리는 방해받고 있는 듯하다. 배럿 브라우닝의 이브처럼 셜리는 말 때문에 '한번 한없이 씁쓸한 파국에 이르렀던'[11] 적이 있기에 다시 말하는 것을 두려워한다. 셜리가 마지막에 교실의 수사학으로 되돌아가는 것은 자신의 추락을 확인하고 완성시킬 뿐이다. 그러나 브론테는 몇몇 비평가들이 제시하듯 셜리의 순종을 용서하지 않는다. 그 대신 브론테는 매장되어버린 셜리의 재능을 반복해서 환기시킨다. 티탄-여자는 정복당했는데, 바로 다름 아닌 최초의 남자에 의해서였다. 루이스는 자랑스럽게 선언한다. '동물과 함께 나는 아담의 아들임을 느낀다. 나는 '지상에서 움직이는 모든 살아 있는 것'에 대한 지배권을 쥔 그의 상속자'다.[26장]

'밀턴의 악령'에 대한 논의에서 우리가 살펴보았듯, 셜리가 예전에 제출했던 '최초의 여성학자'라는 제목의 작문 숙제는 그녀가 이전에 캐럴라인에게 설명했던 프로메테우스적인 티탄-여자의 묘사와는 극히 다르다. 이 대안적 신화는 여성의 복종을 묵인하기 때문이다. 선생님께 제출한 셜리의 숙제에서 우리는 춥고 배고픈 고아 소녀를 본다. 처음에 그녀는 대지에 의해서 양육되지만, 결국 지니어스라 불리는 남자 주인에게 감응한다. 그는 죽어가는 그의 신부를 '그의 집, 천국'으로 데려가 그곳에서 마침내 '구원받은 그녀를 여호와, 그녀의 창조자에게 돌려드린다.'[27장] 셜리는 여성이 창조성이라는 신의 힘과 융합될 수 있는 성적 결합의 찬양으로 그럴 듯하게 시작하고 있지만, 결말은 『폭풍의 언덕』에서 우리가 보았던 깊이 각인된 신화를 말하는 것으로 끝낸다. 그 신화는 육체적 모성적 자연의 아이가 어떻게 아버지의 치명적인 정신의 영역으로 유혹되거나 유괴되는지에 관한 이야기다. 샬럿 브론테의 비가는 에밀리의 예술에 대한 섬세한 평가를 제공하는 동시에 에밀리의 부재로 그녀가 느끼는 나약함을 애도하고 있다. 캐서린 언쇼를 먼저 유혹하고 결국 셜리를 유혹했던 힘에 저항한 에밀리의 승리에 경의를 표할 때조차 샬럿은 에밀리의 부재를 애도한다.

브론테 자신처럼 셜리도 새로운 이야기, 기원에 대한 여성의 신화로 시작한다. 그녀 또한 자신의 멜로디를 기억하려고 애쓰지만, '이브—그리고 고뇌—할머니의 이야기'라는 옛날이야기를 반복하고 있음을 알게 된다. '그러나―나는―내가 들었던 곡을―읊조리고 있었다―'[J 503편] 브론테가 급진적 의도를 가지고 이 소설을 시작하긴 했지만 결국 인습에 항복하게 되기 때문이다. 영국 남자들에 대한 분노로 가득 차 있는 하얀 피부의 창백한 여자 주인공과 한편으로 자신의 진정한 감정에 대해 침묵하고 독립적이며 거무스름하고 낭만적인 여자를 제시함으로써, 브론테는 전통적인 기대를 약화시킨다. 하지만 셜리와 루이스 무어가 어떻게 소설적 관습을 뒤엎고 있는지 묘사한다. 사실상 이 연인들은 처음에 『제인 에어』에서 활용한 연인의 유형을 뒤집는 것처럼 보인다. 셜리가 갖추어야 할 모든 장신구를 소유한 귀족적인 영웅인 반면, 루이스 무어는 (젊은 사원 윌리엄 크림즈워스처럼) 여자 가정교사에 해당하는 남성이라 할 수 있다. 눈에 띄지 않고 배고픈 가정교사인 무어는[36장] 자신의 능력과 감정이 갇혀 있고 벽으로 차단되어 있다고 느낀다.[26장] 한때 열병을 앓게 한 절망적인 정열을 기록한 일기를 그는 잠가놓은 책상 서랍 속에 간직하고 있다. 그 자신도 '전도된 세멜레 신화'를 기억하면서 이 전통적인 역할의 교환에 대해 언급한다.[29장] 그러나 이 분명한 역할 전도에도 불구하고, 루이스는 셜리에게 그의 지배, 충고, 감독이 필요하기 때문에 그녀를 사랑한다. 더 나이 들고 더 현명한 교사인 그는 그녀에게 구속이 필요하다는 사실뿐만 아니라 그녀 안에 있는 완벽한 숙녀를 소중히 여긴다. 따라서 소설의 마지막에 이르면, 셜리는 '영웅과 가부장'의 손아귀에 든 한 명의 '여자 노예'가 된다.[35장]

*

    브론테는 문학에 나오는 성적 이미지뿐만 아니라 그런 이미지가 유래하는 구혼의 역할과 신화를 전복시킬 의도를 가지고 『셜리』를 시작한 것 같다. 그러나 브론테는 이런 종류의 소설이 참고할 모델을 찾을 수 없었다. 창세기 신화를 언급하며 설명하고 있듯, 그녀가 속한 문화의 이야기들은 여성의 권위를 저지하는 전통적인 성적 역할을 적극적으로 승인한다. 따라서 브론테는 그럴듯한 근거를 제시하지만, 그녀의 여자 주인공들이 겪는 결핍과 무기력은 부자연스러워 보인다. 『셜리』에서 적어도 그녀의 주요한 진술 중 하나는 여성이 그들 자신의 삶에 필연적으로 영향을 미치는 공적 역사를 만들 수 없다는 사실의 비극적 결과에 대해서 언급하고 있음에도, 그녀의 여자 주인공들이 직면한 문제는 그들이 놓여 있는 특정한 역사 체계와 관련이 없는 듯 보인다. 브론테의 개인적인 신조와 문학적 인습의 규칙 사이의 긴장은 브론테가 여성의 힘과 생존의 이야기를 쓰고자 할 때 특히 뚜렷해진다. 소설 안에서 브론테 자신은 왜 사회에서 여성에게 유일한 '행복한 결말'이 결혼인가를 독자에게 설명했다. 브론테는 행복한 결말을 우리에게 제시하지만, 제인 오스틴처럼 결혼이란 여성의 복종에 기반을 둔 의심스러운 제도이며, 소설의 여자 주인공이 아닌 여자들은 아마도 셜리와 캐럴라인도 잘 대우받지 못할 것이라는 사실을 주지시킨다.

    좀 더 엄밀하게 말하면 브론테는 상속받은 일반적 관습이 작중인물들에게 여성의 상황에 대한 자신의 인식과는 모순되게 어느 정도의 자유를 부여한다는 것을 인식했기 때문에, 여자 주인공들에게 있음 직하지 않은 탈출구를 묘사함으로써 이 괴리에 관심을 환기시킬 수 있었을 뿐이다. 적어도 『셜리』의 결말을 그토록 비현실적으로 보이게 하는 원인의 일부는 플롯이 서사적 관습에 거의 냉소적으로 과도하게 양보함으로써 모든 인물들에게 적절한 보상과 벌을 할당하는 방식이다. 예를 들면 로버트 무어는 노동자들에게 잔인했고 돈을 목적으로 셜리에게 청혼했다는 점에서 죄를 지었다. 그리하여 그는 '벽 뒤에서 튀어나온 야생동물처럼' 반쯤 미친 직공이 쏜 총에 맞아 쓰러진다.[31장] 로버트는 자신을 사업 기계로 만들었기 때문에 자립의 한계와 자비의 필요성을 배워야 한다. 요크 집안의 저택 브라이어메인스에 갇힌 로버트는 자신이 여성 괴물의 처분에 내맡겨져 있음을 깨닫는다. 2층 침실에 갇힌 채 로버트는 무시무시한 호스폴스 부인에게 유순함을 배운다. 로버트의 무관심은 이전에 캐럴라인을 아프게 했다. 이제 로버트는 그를 굶길 것이라고 위협하는 여자의 손아귀에서 쇠약해져간다.

전체 에피소드는 어린 시절의 판타지와 공포를 상기시키고, 이런 판타지와 공포는 금지된 동화에 매혹당한 어린 소년인 마틴 요크가 등장하면서 더욱 강조된다. 여성 혐오자인 사춘기 소년 마틴은 개구쟁이 꼬마 요정의 힘을 부여받은 것 같다. 집안 전체에 마법을 걸어 잠자는 브라이어[찔레]/메인스[저택]의 병약자를 깨우도록 캐럴라인을 2층으로 올려 보내는 것이 마틴이기 때문이다. 마틴에게 연인들을 도울 수 있는 동정심과 상상력이 있는 것은 마틴이 아직 소년이기 때문이다. 그러나 마틴은 작가에 대한 일종의 패러디로, 연인들을 자신이 만든 로맨스의 등장인물들로 바라보며 그들을 자신의 허구로 조종하는 것을 즐길 만큼 사악하다. 로버트가 호스폴스 부인과 마틴을 피하는 방법은 캐럴라인과 그의 누이 호텐스, 그리고 그가 처음으로 가정으로 인정하는 집으로 되돌아가는 것뿐이다. 그런데 브론테는 이 역사적으로 새롭게 규정된 맥락에서 『제인 에어』의 동화 모티프로 되돌아감으로써 공장주의 속죄를 위한 교육을 단순한 소원 성취로 명시한다.

행복으로 향하는 셜리의 길도 캐럴라인만큼 놀랍다. 캐럴라인이 마틴을 고용하듯, 셜리는 루이스를 매혹하기 위해 시적인 헨리 심프슨의 찬양을 이용한다. 루이스가 마침내 늙은 미운 오리에서 젊은 시골 멋쟁이로 변신할 때까지, 셜리는 세속적인 이점을 증대시킬 수 있는 세 번의 청혼을 거절한다. 셜리는 격앙한 상태에서 자신의 사악한 의붓아버지 심프슨을 비난하는데, 그는 모든 구혼자들을 거절하는 셜리를 이해할 수 없었고 셜리가 진짜 '아가씨'가 맞는지 의심한다. 셜리는 도전적으로 자신이 천 배는 더 나은 사람, 즉 '정직한 여자'임을 주장한다.[31장] 교양의 힘으로 그토록 쉽게 침묵당해도 결합의 시기는 분명 무르익었다. 아마 루이스의 나이와 지성은 셜리의 부와 미모와 균형을 이룰 것이다. 그들에게 유일하게 남아 있는 문제는 누가 먼저 말할 것인지 결정하는 것이다. 루이스가 먼저 침묵을 깬다는 사실은 그가 지배력을 쥐고 있다는 또 하나의 표지다. 화가 났을 때조차 '돌처럼 냉정한' 루이스는 이집트 신의 '모래에 파묻혀 있는 위대한 석상의 머리'처럼 보인다.[36장] 셜리는 루이스가 자신의 '보호자'이며 자신은 '암표범'이 되었다고 고백한 만큼, 첫 번째 남자인 루이스는 '셜리가 사슬을 갉아 먹을 때' 그녀에 대한 지배권을 보여주어야 한다.[36장] 소설 마지막에 브론테는 '질서에 따라 행동한다'는 셜리의 주장을 인용함으로써, 셜리의 순종에 대한 강조에 제한을 두고 있다. '셜리가 지배하는 것을 멈추지 않았다면' 루이스는 '결코 지배하는 것을 배우지 않았을 것'이기 때문이다.[37장] 하지만 전술적이든 강박적이든 셜리의 순종은 그들의 결혼에 완벽하고도 필요한 서곡이다.

브론테는 마지막 장에 '결말'이라는 제목을 부침으로써 소설의 마지막인 이 엉뚱한 환상에 주목을 요한다. 행복한 결말을 수정하는 것으로는 충분하지 않다는 듯, 브론테는 느슨한 결말을 단단히 묶고 '유약이 아주 잘 칠해진 것 같다'고 선언한다.[37장] 셜리가 결혼을 눈앞에 두고 있는 상태에서 로버트 무어가 캐럴라인이 성모 마리아와 닮았다고 인식하기 시작한 것은 놀랍지 않다. 그러나 메리 케이브를 기억하는 독자들에게 반복되는 이 장면은 불길하게 다가온다. 브론테는 소설의 처음부터 그녀가 수립한 이미지를 전개하는 데, 특히 돌과 남자의 무정함을 연관시키는 데 매우 신중하다. 청혼의 장면은 조각된 돌(아마 십자가의 기단)의 파편들 옆에 있는 벽 가까이에서 이루어지는데, 이는 여성의 박탈을 그리는 이 소설에 매우 알맞은 상징이다. 과연 그답게 로버트는 '캐럴라인은 나의 것인가?' 하고 묻는다. 로버트는 '마치 그 장미가 이 단단한 잿빛 돌을 폭풍으로부터 보호하겠다고 약속한 것처럼'[31장] 그녀가 자신을 돌봐줄 수 있을지 궁금해한다. 여전히 자신을 제외한 어떤 사람도 사랑할 수 없는 그는 자신의 확장된 공장에 고용할 마을 사람들을 위해 캐럴라인이 완벽한 교회 성경 학교 여자 교사라고 묘사한다.

로버트는 19세기 정신, '바위를 집어던지는 과격한 운동을 하는 티탄-소년'[37장]의 정신을 상징한다. 영국은 웰링턴이라는 티탄-소년과 유사한 '신격화된 영웅'에 의해 구제되었다. 반면, 브론테는 최종적인 승리와 비전을 갖는 자는 로버트임을 암시한다. 로버트는 '초록빛 자연의 대지를 포장된 거리로 만드는' 방법을 묘사한다. '어두운 계곡과 쓸쓸한 비탈에도 집들이 있을 것이다. 울퉁불퉁한 자갈길은 평탄하고 단단하고 넓고 까맣고 거무스름한 길이 될 것이다.'[37장] 미래는 오직 남자들과 그들의 산업적 가부장제에 의해, 그리고 그들을 위해 쟁취되었다. 화자는 이 예측이 사실임을 확신하며 할로로 되돌아와 돌과 벽돌, 바벨탑처럼 거대한 공장을 묘사한다. '그의' 설명은 그가 '그의' 가정부와 대화하는 것으로 끝나는데, 그 가정부의 어머니는 '필드헤드 할로에서 요정을 보았으며, 그 요정이 이 지역에 출몰했던 마지막 요정이었다'고 말한다.[37장] 이 소설의 마지막에서 동화가 거부되는 것처럼, 요정들의 부재는 어머니/자연의 신화가 상업적인, 타락 이후의 영국에서 거부당했음을 암시한다. 브론테는 이 타락한 세상에서는 행복한 결말이 그렇게 쉽게 현실화되지 않으리라는 점을 암시한다. 냉혹한 사실의 세계에서 그저 로맨스에 불과한 것은 역사로 대체되기 때문이다.

12장 루시 스노의 파묻힌 삶

나의 쇠사슬과 나는 친구가 되었고,
그토록 오랜 친교가
우리를 오늘의 우리 모습으로 만들어간다.
- 바이런 경

고독하게 감금된 죄수, 대리석 벽돌에 갇힌 두꺼비,
모두들 때맞춰 자신의 운명을 만들어간다.
- 샬럿 브론테

우리는 방이 될 필요가 없다 — 귀신이 출몰하는 —
우리는 집이 될 필요가 없다 —
우리의 머리에는 통로가 있어 — 물리적 장소를
능가하는 —
- 에밀리 디킨슨

나 자신의 우리에 걸쇠를 걸어 잠근다.
나의 말들이 자물쇠를 채운다

[…]
나는 '명령을 따르는' 종복.
나에게는 권한이 없지.
- 에리카 종

『빌레트』는 여러 가지 면에서 샬럿 브론테의 가장 명백하고 절망적인 페미니즘 소설이다. 우리가 살펴보았듯이, 『교수』와 『셜리』는 여성성의 불안에 대한 강한 집착을 냉정한 가짜 남성 외관 뒤에 숨기면서 적어도 다른 의도가 있는 체했다. 『제인 에어』는 암시적으로 반항적인 페미니즘 소설이라 할 수 있지만 일종의 동화 구조를 이용해 심지어 남성 사회에서 여성의 위치에 관한 작가의 깊은 비관주의를 작가 자신에게조차 감추고 있었다. 그러나 브론테의 다른 어떤 여자 주인공보다 나이가 많고 현명한 『빌레트』의 주인공이자 화자인 루시 스노는 처음부터 끝까지 아무것도 없는(바깥 사회에서도 가진 것이 없고, 부모도 친구도 없고, 육체적 정신적 매력도 없고, 돈도 자신감도 건강도 없는) 여자다. 루시 스노의 이야기는 아마도 지금까지 여성의 박탈을 다뤄왔던 이야기 중 가장 감동적이며 무시무시한 이야기일 것이다.

말이 없고 눈에 띄지 않는, 기껏해야 모난 데가 없는 그림자에 불과한 루시 스노는 많든 적든 상속받은 재산도 없고 상속받을 가망도 없다. 심지어 그녀의 창조자에게도 그녀는 '병적이고 허약한'[1] 데다 냉담하고 생기 없는 사람으로 보인다. '어떤 미묘

한 생각 때문에 그녀에게 차가운 이름을 지어주기로 결심했다'
라고 샬럿은 출판업자에게 말했다.² 평등한 삶을 요구했던 프
랜시스 앙리와 제인 에어를 비롯해 저항하는 모습을 거의 보여
주지 않았던 캐럴라인 헬스턴에 이르기까지, 용기와 활력이 점
차 쇠퇴해가는 과정은 루시에 이르러 비로소 복종과 침묵으로
완성된다. 이것은 마치 샬럿 브론테가 여성들에게 질식할 것 같
은 절망감만 안겨주는 늙어가는 과정을 성숙의 과정과 동일시
하는 것 같다. 사실 소설들이 진전됨에 따라 여성들은 파괴적인
가부장 사회의 구속을 내면화하고 이로써 점차 도피가 어려워
진다. 여성들은 자신 안에 갇힌 채 출발 시점부터 패배하는 것
이다. 루시 스노는 결코 충만하게 존재할 수 없었지만 그 대가
로 생존할 수 있었다. 하지만 루시는 단조롭고 진지한 위장된
모습 뒤로 물러남으로써 고통을 피해왔다는 사실을 자각하고
고통받는다. 자신이 될 수도 있었던 모습 때문에 괴로워하는 루
시는 의미와 목적뿐 아니라 자신의 정체성과 힘도 박탈당해왔
다. 어떻게 그녀가 현재 모습에서 벗어날 수 있단 말인가?

　『빌레트』는 물론 한 작가가 사랑받지 못한 자기 존재와 타협
하고, 특히 에제의 우정을 상실한 슬픔에서 벗어나고자 일련의
소설적 시도로 빚어낸 마지막 작품이다. 브뤼셀의 교사였던 에
제를 향한 사랑은 처음에 그의 아내가 브론테를 일종의 독방에
감금시키면서 끝이 났고, 마지막에 가서는 에제 자신이 영국에
서 보낸 브론테의 편지에 답장하기를 거절하며 끝이 났다. 그의
초기작이며 가장 분명한 자전적 시라 할 수 있는 「프랜시스」는
프랜시스 앙리가 『교수』에서 경험한 고독뿐 아니라 브론테 자

신이 겪은 배척의 느낌을 묘사한다. 그 여자 주인공의 삶은 일종의 살아 있는 죽음과 같다.

> 나에게 우주는 입을 다문 벙어리,
> 　　완전히 귀 멀고 휑한, 완전히 눈먼,
> 정신이라는 답답한 한계 안에서
> 　　나는 삶의 경계를 그어야 하고 존재를 요약해야 한다.
> 그 정신이 바로 나. 오! 밀폐된 좁은 감방,
> 　　어둡고―형상 없는―살아 있는 무덤!
> 거기에서 나는 잠자고, 깨어나고, 생활하며
> 　　만족한다―무기력과 고통과 우울함으로.[3]

　루시 스노는 이 시에 나오는 프랜시스처럼, 어느 정도는 결혼 전의 프랜시스 앙리처럼, 자기 정신의 한계, 어둡고 좁은 방에 갇혀 있다. 이 무덤 안에 살면서 루시는 그 방이 결코 형상이 없는 것이 아님을 알게 된다. 그것은 생매장된 방이 아니라 지독한 환상의 방이다.

　매슈 아널드는 『빌레트』가 출판되던 바로 전해에 루시가 겪은 것과 유사한 딜레마를 다룬 시를 한 편 썼음에도 (아마도 썼기 때문에) 브론테의 굶주림과 반역과 분노에 대해 이 모두가 대단히 불쾌하다고 반응했는데, 어찌 보면 당연하다. 아널드는 「보이지 않는 삶」에서 감추어진 자아로부터 분리된 존재의 허위성을 애도한다. 루시처럼 아널드도 많은 사람들이 무관심과 마주칠까 두려워 자신들의 진짜 감정을 감춘다는 것을 알고 있다. 아널드와 루시 둘 다 말 못 하는 공허한 삶과 존재의 감추어진 열정적 중심 사이의 불일치를 묘사했다. 그러나 이 둘의 시각 차이는 교훈적이다. 루시가 받는 억압의 감정은 여성들에게 잔인할 정도로 무관심한 사회에 대한 반응이라 할 수 있지만, 아널드는 모든 사람들의 진정한 자아가 매장되었다고 주장하기 때문이다. 이 때문에 아널드의 시에는 루시가 경험한 고뇌에 찬 공포가 없는 것일 수도 있다. 아널드의 시는 형이상학적 애가이고, 루시의 시는 강박적으로 다룬 개인의 이야기다. 루시는 자신이 감옥에 감금당했다고 느끼는 반면, 아널드는 강력한 강줄기와 같은 진정한 자아에서 잘려나간 삶이라 할지라도 세상 속에서 활동적으로 살아가는 삶을 묘사한다. 다시 말해 루시는 감금에 저항하지만, 아널드는 모든 것이 최선을 위한 것이라고 철학적으로 주장하는 것이다. 아널드는 진정한 자아는 매장될 운명이기에 의식적인 의지로 뒤집히거나 할 수 없고, 따라서 자연은 누구에게나 은혜롭게 작용하고 있다고 주장한다.

아널드는 19세기 초반과 중반 시에서 아주 인기 있던 모호하지만 궁극적으로는 낙관주의적인 염세관을 명확하게 표현했다. 바이런, 셸리, 워즈워스처럼 아널드는 '영혼의 비밀스러운 심연'에서 멀어진 자신을 애도하면서도, '마음속에 품은 생각을 말하고 원하는 것이 무엇인지 알 수 있는' 시기가 오리라는 희망을 붙들고 있다.[4] 하지만 여성인 브론테는 그녀의 시대에 완전히 꽃피었던 문학적 전통인 낭만주의의 관습에 온전히 참여할 수 없었다. 사회에서 독립적으로 활동할 수 있던 남성 낭만주의자들은 돈을 벌어 쓰는 일에 열중하는 평범한 세계를 경멸했지만,

브론테는 사회적 경제적 삶에서 배제되어 있었기에 그 세계를 자유롭게 거부할 수도 없었다. 반대로 브론테의 많은 여성 인물들은 오히려 낭만주의적 시인들이 비방했던 경쟁 시장에 들어가기를 갈망한다. 따라서 남성 낭만주의자들은 '보이지 않는 삶'을 존재론적으로 미화하지만, 브론테는 집 없음, 가난, 육체적인 매력 없음, 성차별, 여성에게 스스로 보이지 않음을 강요하는 전형적인 사고와 같은 세속적 사실을 탐구한다. 아널드 같은 남성 시인들은 좀 더 타당한 내적 자아를 경험하고자 하는 갈망을 표현하는 반면, 브론테는 단지 사적인 영역에만 머물도록 제한받는 여성들의 고통을 묘사한다. 이런 여성들은 보이지 않는 자아를 추구하고 찬양하는 대신, 그런 보이지 않음 때문에 자신이 희생되었다고 느낀다. 여성들은 세상에서 자신들의 잠재력을 실현할 수 있기를 갈망한다.

여성 주체에 초점을 맞춤으로써 브론테는 그녀의 남성 상대들이 영적 갈망에 대한 위안을 맑은 눈길과 부드러운 감촉에서 찾는 방식을 암암리에 비판하고 있다. 「보이지 않는 삶」에서 아널드는 그의 많은 다른 시와 같이 여성 독자의 가장 깊은 영혼을 그가 읽을 수 있도록 그녀가 눈을 돌려 자신을 봐주기를 간청한다. 물론 회의적인 여성 독자라면 아널드가 그곳에서 결국 자기 자신의 모습만 보리라는 점을 안다.[5] 그래서 브론테는 이기적인 숭고함에 맞서 아널드가 워즈워스로부터 물려받은 전통에 의문을 제기한다. 두 시인 모두 자기 믿음의 표상이고 근원인 한 소녀의 중재를 통해 일상적 삶의 무미건조한 관계에서 도피하려고 하기 때문이다. 그런 해결책에 대한 브론테의 혐오감이 『빌레트』에서 '루시 그레이'와 '루시'가 등장하는 워즈워스의 시들이 수없이 나타나는 이유를 설명해준다. 사람들의 발길이 닿지 않는 곳에 숨어 있거나, 눈 내리는 달 밝은 밤 황야를 홀로 배회하거나, 폭풍 속에서 사라지는 루시와 루시 그레이는 자연이 가져다주는 고요와 평화의 표상으로 「틴턴 사원」에서 워즈워스의 여동생이 시인을 위해 떠맡았던 역할과 아주 흡사한 기능을 해왔다. 하지만 브론테는 그녀의 소설 여기저기에서 길 잃은 소녀의 관점으로 그 신화를 재정의하기 위해 길 잃은 어린 소녀의 이야기를 새롭게 해석한다.

그런 만큼 루시 스노는 루시와 루시 그레이를 의미 있는 방식으로 패러디한 인물이다. 루시 스노는 결코 자연의 총애를 받는 자가 아니라, 역경을 위해 선택된 사람들 중 하나인 듯 보인다. 루시 스노는 워즈워스의 말처럼 '느낄 수 없는 존재'이기[6] 때문에 축복받은 것이 아니라 오히려 저주받은 존재다. 분명히 자연은 자기를 사랑하는 사람들조차 배반할 수 있다. 브론테는 이 마지막 소설에서 자아 속으로 물러남으로써 도피할 수도 없고 (그런 은둔은 유아론적인 것으로 거부당하기 때문에) 타자를 영적인 대상으로 비인간화함으로써 해결할 수도 없는 여성들을 통해 보이지 않는 삶의 구원이 아니라 파괴적인 결과를 탐색하고 있는 것이다. 비록 어떤 반가운 축하도 없고 풍성한 보상도 있을 수 없다 하더라도, 브론테는 『빌레트』에서 탈출구를 찾지 못하고 살아갈 의지를 빼앗긴 모든 여성을 위한 정직한 비가를 제공했다. 동시에 『빌레트』는 작가의 탈출에 대한 이야기이기도 하다. 브론테의 등장인물들이 가부장적 사회제도에 감금당한 것처럼 여성 예술가로서 브론테도 남성적 관습에 의해 구속받아왔기 때문이다. 브론테는 여성의 언어를 탐색하면서 남성 문화의 부적절함을 고찰한다. 남성이 고안해낸 예술을 거부했기 때문에 그녀는 여성의 상상력이 여성 자신에게 미치는 위험을 탁월하게 묘사할 수 있었다.

*

　루시의 대모가 살고 있는 멋진 집을 묘사하는 『빌레트』의 첫 문장부터, 브론테가 다시 한번 가족 내에서 이례적인 위치에 놓여 있는 여자 주인공을 창조했다는 점이 분명히 드러난다. 상징적인 이름이 붙은 브레턴 저택은 여성이 소유하여 관리하는 여러 저택 중 첫 번째 저택으로, 어떤 면에서는 루시의 감금이 스스로 자초한 일이라는 중요한 표지다. 이것은 루시의 신중한 태도로 즉시 입증된다. 브레턴 여사의 집에서 미스 마치몬트의 집으로, 다시 마담 베크의 학교로 여행을 하면서도 루시는 말없이 물러나 있다. 역설적으로, 루시가 전임자들보다 더 순종적이라면 그녀는 가정교사가 되기를 거부한다는 점에서 더 반역적이기도 하다. '그녀 존재의 흐릿함과 우울함은 모두 자발적인 것임이 틀림없기' 때문이다.[7] 『빌레트』에 대해 현대 비평가들은 루시 내부에 있는 자제와 열정, 이성과 상상력 사이의 갈등을 인식한다. 하지만 가장 중요한 것은 주인공의 정신분열증에 해당하는 증상을 객관화하기 위해 소설의 다른 등장인물들을 동원하는 방식이다.[8] 루시 스노는 에밀리 디킨슨의 '우리는 방이 될 필요가 없다―유령이 출몰하는―'에 숨겨진 진실의 좋은 예이기 때문이다.

　루시는 브레턴 집안과 생활을 함께하는 대신 바라만 본다. 또다른 어린 방문객의 출현은 루시의 모순된 초연함을 강조한다. 루시는 여섯 살 난 폴리에게 사랑과 남성의 보호가 필요하다는 것(처음에는 그녀 아버지에 대한 의존, 그다음에는 그녀의 사랑에 응답할 수 없는 나이 많은 소년 그레이엄 브레턴에게 매혹당하는 것)에 경멸감을 느낄 뿐만 아니라 폴리의 열광적인 반응과 인형 같은 몸짓을 비웃는다. 폴리의 아버지 혹은 아버지의 대리인이 식사할 때, 시중을 들고 싶어하는 폴리의 욕구뿐만 아니라 함께 먹기를 거부하는 폴리에 대해서도 빈정댄다. 이처럼 루시는 노골적으로 자기 자신을 드러내며 자신의 우월성을 선언한다. '나, 루시 스노는 침착했어.'[3장] 폴리가 보호받기 위해 아버지의 망토 자락 안에 숨거나 그레이엄의 팔에 매달려 있는 동안 루시는 '다른 사람 안에서 살고 움직이고 존재해야 하는' 그 소녀를 비웃는다.[3장] 이처럼 루시는 다른 사람의 존재 안에서 존재하지 않기로 결심한 듯 보이지만, 그녀의 관음증적인 초연함이 다른 사람들의 관점에서 그녀를 규정한다는 것을 우리는 이내 알게 된다. 그것은 폴리의 의존적인 애착이 가차없이 그 어린 소녀를 규정하는 것과 마찬가지다.

　루시의 수동적인 냉정함과 폴리의 열정적인 강렬함, 루시의 물러나 있음과 폴리의 장난기는 대조를 이룬다. 다만 브론테의 소설에서 흔히 그렇듯 이 두 대조적인 인물은 공통점이 많다. 루시와 폴리는 나이 차이에 상관없이 부지런하며 여성스럽고,

태도가 단정하고, 감정을 좀처럼 언어로 표현하지 않는다. 그리고 둘 다 브레턴 집안의 방문객으로서 같은 방에 머무른다. 루시는 폴리가 큰 기쁨을 느끼는 순간에 소리를 지른다면, 자신이 약간이나마 안도할 수 있다고 생각했다는 점에서 둘은 친밀하게 엮여 있다는 것이 분명하다.[2장] 이상하게도 루시는 '작은 유령처럼'[3장] 자신을 '항상 뒤따라다니는'[2장] 자신의 일부를 폴리 안에서 발견하기도 한다. 마침내 루시는 폴리가 혼자 남겨졌을 때, 아이의 운명을 걱정하며 유령을 자신의 침대 안에 불러들여 위로한다. 의미심장하게도 루시는 자기 생애 앞에 펼쳐질 굴욕과 고독의 관점으로 그 아이의 운명을 상상한다. 리비스가 언급했듯, 루시가 이미 억제해버린 모든 충동을 폴리가 행동으로 보여준다는 점에서[9] 두 소녀는 루시의 분리된 자아의 양면이라 할 수 있으며, 일련의 대표적인 맞수들 중 첫 번째라 할 수 있다.

　루시와 폴리의 운명은 비교할 만하다. 마치 이 점을 강조하려는 듯 폴리는 루시에게 먼 나라들에 관한 책을 보여주는데, 이것은 구조적으로 (『제인 에어』가 시작할 때 등장하는 베윅 출판사의 책이나 『셜리』에서의 『코리올라누스』와 아주 흡사하게) 미래의 위험을 암시하는 기능을 한다. 폴리가 황량한 땅들, 훌륭한 영국의 선교사, 중국 여성의 전족, 얼음과 눈의 나라들을 묘사할 때 루시는 열심히 듣는다. 이것은 루시처럼 제한된 운명을 수동적으로 받아들이는 것과 충만한 삶에 대한 반항적인 갈망 사이에서 분열되어 있는 자들 앞에 놓여 있는 시련이기 때문이다. 그 책은 결국 두 소녀들이 경험해나갈 추방, 그러니까 신

같은 치료자와 특히 이국적 형태의 억압, 여성의 생존을 위협하는 추위에 시달려야 하는 추방을 예언해준다. 루시는 이국 땅에서 자신의 정체성을 찾아야 할 것이다. 그녀는 영국에서조차 비유적으로는 이방인이기 때문이다. 집이 없는 루시는 나라도 공동체도 없는 여성인데, 이후의 이민자 신분이 그것을 시사한다.

또 다른 차원에서 루시의 딜레마는 내적인 것인데, 브론테는 이 소녀가 또 다른 영국 여성의 집으로 들어가는 장면에서 그 딜레마를 다시 극화한다. 늙고 병약한 마치몬트가 스스로 선택한 감금은 그녀가 은둔하게 된 비극적 삶의 원인이자 결과라 할 수 있다. 마치몬트는 경고의 이미지로 등장한다. 동시에 홀로 되어 잃어버린 가족을 애도하느라 눈이 움푹 꺼진 루시는 이미 위층에 있는 두 개의 방에 갇힌 채 류머티즘으로 절뚝거리며 고통에서 해방시켜줄 죽음만을 기다리는 주인을 닮았다. 루시는 그녀가 받은 약간의 애정에 감사하기 때문에 환자의 식사에 의존해 생존하는 것에도, 자신이 마치몬트가 되는 것에도 거의 개의치 않는다. 루시는 결코 미스 하비샴처럼 되지 않을 것이라 다짐하는 『위대한 유산』의 핍과는 달리(물론 핍은 잔인한 컴페이슨 때문에 죽은 목숨처럼 살고 있는 미스 하비샴을 불쌍하게 여긴다), 그러나 마비된 스미스 부인과 자신을 동일시하는 앤 엘리엇과는 몹시 흡사하게, '결핍과 작은 고통으로 가득 찬 삶에 굴복함으로써 때때로 다가오는 커다란 고뇌를 피하고자' [4장] 하는 만큼 묵종적이라 할 수 있다. 루시의 주인이 스스로를 감금시킨 것 또한 커다란 고뇌에 대한 대응이다. 마치몬트는 자신이 30년 전 달빛이 밝은 크리스마스이브에 격자 창가에 기대어 연인이 달려와주기를 간절하게 바랐고, 그의 시체를('달빛 아래서 그것을'[4장]) 보았을 때 아무 말도 할 수 없었다고 루시에게 말한다. 루시의 초연함이 상처받기 쉬운 폴리가 견뎌야 했던 고통을 피하기 위해 루시 스스로 선택한 것이듯, 마치몬트도 달빛 아래서 연인의 시체를 보고 갈망이 실망으로 끝나버림으로써 결핍과 은둔의 삶을 살게 된다.

마치몬트가 처한 곤경은 모든 여성이 스스로를 감금하는 운명에 처할 것이라는 의미인 동시에, 그럼에도 그녀의 인생 이야기는 워즈워스의 '루시' 연작 중 하나를 역으로 뒤집어놓은 것이라 할 수 있다. 「내가 겪은 기이한 열정의 발작」에서 화자인 말을 탄 남자는 연인이 죽었다는 걷잡을 수 없는 생각에 사로잡혀 달빛 아래 연인의 집으로 달려간다. 하지만 브론테는 기다리는 여성의 (최악의 공포는 항시 현실로 나타나는) 정지되고 갇힌 시점으로 같은 사건에 접근하고 있다. 치명적인 사랑의 상징인 마치몬트는 크리스마스이브에 잃어버린 연인을 애도하며 영원한 독신녀로, 하지만 어떤 종교적 위안도 받지 못하는 수녀처럼 살아간다. 그녀는 하느님의 방식을 이해할 수도 없고 받아들일 수도 없기 때문이다. 마치몬트는 사랑이 고통을 가져다주었으며, 그 고통은 사랑스러운 본성을 순화시켜 성자처럼 만들 수도 있고 악마적인 악령으로 변화시킬 수도 있다고 말한다.[4장] 수녀로 변했든 마녀로 변했든, 마치몬트의 이야기는 여성이 사랑을 경험하기로 마음먹으면 배반당하고 파멸하는 수밖에 없다는 의미를 담고 있다. 일단 여성이 자기 최상의 자아를 사랑과 함께 묻는다면, 그녀는 무덤 같은 마음의 감방에서 혼자 견뎌야 하는 운명에 처하기 때문이다.

미스 마치몬트가 등장하는 부분이 과장되어 있다고 비평가들이 지적한 것은[10] 신화적 순례를 떠나는 루시의 여정을 묘사하기 위해 브론테가 사용한 세세한 것들에 의해 더욱 강화된다. 아이러니하게도 마치몬트의 죽음 덕분에 '이 황야를 떠나는'[5장] 해방을 맞은 이후, 루시에게 활기를 가져다준 것은 얼음으로 뒤덮인 북극의 오로라다. 자신 앞에 '유령처럼'[5장] 떠오르는 슬픔 때문에 루시에게는 과거에 대한 혐오감 이외에는 아무것도 없다. 루시의 뱃삯 때문에 싸우는 뱃사공들, 검은 강, '비비드호'라는 이름의 배, 목적지인 '진흙 바다', 스틱스강과 어둠의 땅으로 영혼들을 실어나르는 카론에 대한 그녀의 기억—이모든 것이 비록 무의식을 거쳐 자아를 향해가는 이 항해를 신화적으로 만들어주긴 하겠지만, 여행이 불행하게 끝날 것이라는 불안을 반영한다. 루시가 라바스쿠르[낮은 안뜰]에 도착한 당시를 거의 초현실적으로 묘사하고 있는 세부 사항들(반쯤 겨울잠을 자고 있는 뱀들처럼 느릿느릿하게 기어가는 운하, 정체된 잿빛 하늘, 그 작은 도시[빌레트]에서 그녀에게 갈 길을 안내해준 유일하게 믿을 만한 어느 영국인, 그리고 그녀를 쫓아와 오래되고 좁은 골목 으슥한 곳으로 몰아갔던 호색적인 두 남자 등)은 오직 루시의 여정이 담고 있는 신화적 의미를 통해서만 이해할 수 있다. 이 외국 여행은 제인 에어가 떠난 영국 순례와 다른 것 같지만, 문화를 박탈당한 여성들의 비슷한 관점을 제시하고 있다. 또한 제인 에어처럼 루시는 사랑의 필요와 혼지되는 것에 대한 두려움을 감수함으로써 통합되고 성숙하고 독립된 정체성을 획득하기 위해 투쟁해야 하는 모든 여성을 대표한다. 그리하여 제인처럼 루시도 빅토리아 시대 사람들이 '잉여 인구'라고 일컬었던 독신 여성들에게 맡겨진 쇠약해지는 역할을 돌파해야 할 필요성에 직면할 것이다.

따라서 해리엇 마르티뉴가 『빌레트』의 등장인물들은 사랑 이외에는 아무것도 생각하지 않는다며 『빌레트』를 비판한 것은 아이러니하다.[11] 왜냐하면 그것이 바로 정확하게 브론테의 요점이기 때문이다. '비비드호'를 타고 가면서 루시는 여성의 핵심적인 딜레마에 빠져 있는 여성들 몇 명과 마주친다. 루시는 (기름통처럼 생긴 남편과 함께한) 어느 신부를 보고 그녀의 웃음소리가 절망의 광기임에 틀림없다고 단정한다. 빌레트로 떠나는 들떠 있는 여학생인 지네브라 팬쇼는 돈 많은 늙은 신사와 결혼해야 하는 다섯 자매 중 하나라고 자신을 소개하고, 객실 승무원의 편지에 등장하는 샬럿이라는 여성은 경솔한 결혼을 저지르려는 것처럼 보인다. 결혼은 외로운 고립의 삶만큼이나 고통스러운 복종으로 보이지만 루시는 '감옥을 만드는 것은 돌벽이 아니며 / 새장을 만드는 것도 쇠창살이 아니'라고[12] 생각하며 갑판에서 기뻐한다. 그러나 언제나처럼 승리의 순간은 즉시 사라진다. 루시도 뱃멀미 때문에 다른 사람들처럼 아래로 내려가야 하고, 루시의 시는 여전히 모호한 상태로 남는다. 감옥에 갇힌 죄수를 자유롭게 풀어줄 수 있는 것이 마음이라면, 육체적으로 자유로운 사람들에게 벽과 창살을 제공할 수 있는 것도 마음이기 때문이다.

라바스쿠르에 도착한 루시는 그녀가 소유한 몇 안 되는 물건과 자신을 나타내는 상징물까지 빼앗긴다. 열쇠, 트렁크, 돈, 언어 역시 쓸모가 없다. 낯선 땅의 이방인인 루시는 자신의 신체적 상황이 자신의 심리적 상태를 반영한다는 사실을 인식하게 된다. 루시는 마음속에 정해놓은 특별한 목적지도 없었기 때문에 지네브라가 자기네 학교 여자 교장이 영어 가정교사를 구하고 있다고 말하자 '지푸라기라도' 잡는 심정이 된다. '우연히' 마담 베크의 저택을 발견한 루시는 응접실에서 대기하며, '금도금 장식이 되어 있는 거대하고 흰 접이식 문'에 시선을 고정한다.[7장] 그 문은 닫혀 있었지만 루시 가까이에서 예상하지 못한 어떤 목소리가 상징적인 질문을 하기 시작한다. 그래서 루시는 자신과 자신의 독자에게 '내 옆에 아무런 유령이나 어떤 귀신 같은 형상도 서 있지 않았다'고 확인해야 했다.[7장] 그러나 이것이 완전한 사실은 아니다. 루시가 지나쳐온 풍경과 그 풍경의 우연한 끝은 그녀가 마법에 걸린 환상의 땅에 들어선 것처럼 보이게 한다. 이 환상의 땅은 극도로 있음 직하지 않은 우연의 지배를 받으며 유령들이 거주하는 땅이라는 것을 상징적으로 적절하게 암시하는 요소로 가득 차 있다.

최근 『빌레트』의 비평가들은 열등하거나 멜로드라마적인 플롯으로 보이는 것을 앞에 두고 당황한 듯,[13] 이렇게 신기한 것들은 무시하는 대신 이미지에 초점을 맞춘다. 그러나 조지 엘리엇같이 총명한 독자는 이 소설의 힘이 '초자연적'임을 알았고, 『빌레트』에 매료당한 나머지 '대부분의 소설은 한 번 읽지만 이 소설은 적어도 세 번은 읽어야 한다'고 당당하게 주장했다. 엘리엇은 이 소설이 개인적인 성장 과정에서 겪는 모험을 그리기에 감탄할 만한 구조를 갖추었다고 생각했고, 흥미롭게도 자신이 유부남인 조지 헨리 루이스와 도피 행각을 벌였을 때 그것을 '라바스쿠르'로 떠나는 여행이라고 불렀다.[14] 브론테는 자신의 수사적 표현에 담긴 성 심리적 의미를 보여줌으로써 그 표현을 극화하고 신화화하기 위해 연속적인 사건을 활용하며, 외관상으로는 독립적으로 보이는 일련의 인물들을 통해 루시 스노의 심리적 삶을 표현한다. 빌레트의 이야기를 진정 '초자연적'이거나 신비하게 만드는 것은 이런 사건과 인물들이다. 에이드리언 리치는 「우리 죽은 자들이 깨어날 때」에서 '우리 피부 바깥에 있는 모든 것은 / 이런 고뇌의 이미지'라고 설명한다.[15] 루시는 스스로 선택한 살아 있는 죽음의 상태에서 발작적으로 깨어나는데, 이때 루시는 그림 형제의 백설 공주에서 케이트 쇼팽의 에드나 폰텔리에에 이르는 모든 여자 주인공을 닮았다. 이들의 각성은 위험하다. 각성한 여자 주인공들은 리치의 말처럼, '살아 있다는 거짓말의 / 진실에 이보다 더 가까이 간 적이 없다'는 것을 감지했기 때문이다. 다른 말로 하자면 루시가 마담 베크의 집으로 가는 길을 우연히 발견하는 그 집이 바로 자신의 자아의 집이기 때문이다. 보이지 않는 문을 통해 마술처럼 들어와 방문자를 놀라게 하는 마담 베크는 효과적으로 루시를 정탐할 수 있다. 마담 베크는 루시의 마음속에 살면서 끊임없이 그녀를 괴롭히는 많은 목소리 중 하나다.

'마음속에 타오르는 불도, 거기서 흘러나오는 부드러움'도, 자기 눈으로 한 번도 '본 적이 없는'[8장] 여성인 마담 베크는 소리 나지 않는 슬리퍼를 신고 학교를 돌아다니며 정찰하고 감독함으로써 모든 이들을 통제한다. 루시는 마담 베크를 미노스, 이그나시아 수녀, 수상, 경찰서장에 비유한다. 마담 베크는 미끄러지듯이 돌아다니며 열쇠 구멍으로 몰래 들여다보고, 문에 기름칠을 하고, 열쇠를 복사하고, 서랍을 열어보고, 루시의 사적인 사연들을 주의 깊게 꼼꼼히 조사하고, 루시의 호주머니를 뒤집어본다. 마담 베크는 오직 이기적인 동기에 따라 행동하기에 그녀의 얼굴은 '돌의 얼굴'이고 모습은 남자 같다.[8장] 마담 베크는 억압의 상징이고, 루시가 행하는 자기 억제의 투사이자 전형이기 때문이다. 냉정하고 말이 없고 권위적인 마담 베크는 학교 이름을 더럽히는 부적절한 행동을 막기 위해 어떻게든 위험한 감정을 통제하고자 경계심을 늦추지 않는다. 마담 베크의 염탐은 관음증의 한 형태라고 루시는 비난한다. 그러나 루시도 마담 베크를 몰래 정탐한다는 것이 이내 명백해진다. 마담 베크는 루시처럼 단정한 회색 옷을 입고, 루시처럼 젊은 영국인 존 박사에게 끌린다. 물론 마담 베크는 루시가 그렇듯 존 박사가 원하는 사람이 아니다. 마담 베크는 패배하더라도 자신을 다스릴 수 있다. 루시는 교실에서 마담 베크의 억압적인 방침을 흉내 낼 뿐만 아니라, 마담 베크가 존 박사에 대한 자신의 욕망을 억제하는 방법에 찬사를 보낸다. '역시 훌륭하세요, 마담 베크! 당신은 편애의 악마인 아폴리온과 겨루어 좋은 싸움을 했고 이겨냈어요!'[11장] 루시는 그렇게 함으로써 그녀 자신의 자기 억제에 대한 헌신과 자기 감시를 향한 충동을 찬양하는 것이다.

하지만 마담 베크가 엿보기라는 방법으로도 통제하지 못하는 몇몇 행동이 있다. 따라서 루시의 자기 감시의 성공 가능성에도 의문이 생긴다. 통제되지 않는 행동 중 가장 아이러니한 것은 마담 베크의 딸과 관련이 있다. 아이 이름은 적절하게도 데지레[원하다]다. 마담 베크를 악마적으로 패러디한 데지레는 몰래 다락방에 들어가 하녀의 서랍들과 상자들을 열고 안에 든 것을 조각조각 찢어버린다. 데지레는 도자기들을 깨부수거나 통조림을 훔치기 위해 몰래 방으로 들어간다. 그녀는 어머니의 물건을 훔치고, 훔친 물건을 정원 담벼락의 구멍에 묻어두거나 다락방 틈새에 감추어둔다. 마담 베크는 데지레를 감시하는 데 실패한다. 데지레는 억압이 반역을 낳고, 그 반역이 (그 반역의 시기가 다가왔을 때) 파괴와 속임수를 수반하는 것임을 상징하는 하나의 기호다. 루시 자신이 반역하게 될 것이라는 사실은 '스비니' 부인이라고 불리는 보모의 (루시가 그 자리를 채웠다) 이야기를 통해서도 짐작할 수 있다. 스비니 부인은 사실 아일랜드인으로 본명은 스위니다. 이 알코올중독자 세탁부는 자신에게 맞지 않는 화려한 옷을 이용해 영락한 영국 귀부인으로 행세하는 데 성공한다. 위선자인 스비니 부인은 루시도 그녀의 열정을 복장 뒤에 감추고 있다는 사실을 깨우쳐준다. 루시와 폴리의 대립을 통해 표현되는 억제와 탐닉, 관음증과 참여 사이의 분열은 한편으로는 마담 베크와 데지레, 다른 한편으로는 스비니 부인과 지네브라 팬쇼의 적대감으로 반복된다.

마담 베크의 코앞에서 두 번의 비밀스러운 연애를 벌인 지네브라는 방종과 자유에 매혹당하는 루시를 가장 잘 구현한 인물이다. 지네브라의 풍자적인 위트와 루시의 냉소적인 정직함 사이에는 유사점이 있다. 이것이 지네브라가 애정을 품고 루시를 자신의 '할머니', '티몬', '디오게네스'라고 부르는 근거다. 지네브라만이 루시가 '변장한 인물'이라는 것을 알고 있다.[27장] 지네브라는 '대체 당신은 누구예요?'[27장] 하고 반복해서 루시에게 질문한다. 지네브라는 루시 주위에서 왈츠를 추면서, 루시 곁에 '꼭 붙어' 앉아서 루시가 '[지네브라가] 팔꿈치로 찌르지 못하도록 자신의 거들에 솜씨 좋게 핀을 찔러두게'[28장] 하면서, 자신에게 익숙한 신체적 표시를 사용해 루시가 스스로 선택한 고립을 깨뜨린다. 자신이 결코 완전히 이해할 수 없는 이유로 루시는 자신의 음식을 지네브라와 함께 나누고, 지네브라의 연애를 상상하고, 심지어 지네브라의 눈꼴사나운 나르시시즘까지 찬양한다. 그들의 우정이 발전함에 따라 루시는 이 소녀에게 호응하고, 지네브라는 그녀가 정원에 '나가야 한다'고 주장한다.[9장] 실제로 정원에서 루시는 지네브라로 오해받는다.

그 정원이 루시에게 특히 소중하게 보이는 이유는, 그 밖의 모든 것은 '돌로 둘러싸인 무미건조한 벽과 뜨거운 포장도로'라는 것을 루시가 알고 있기 때문이다.[12장] '폐쇄적이고 식물을 심어놓은, 흙으로 된 이곳'은 즉시 불법적인 것, 낭만적인 열정, 마담 베크가 통제할 수 없는 모든 행동과 연관된다. 그곳은 원시의 정원이고, 도시 안에 있는 약간의 자연이며, 데지레가 훔친 물건을 감추는 곳이고, 또 다른 시설인 남자학교에 인접해 있기도 하다. 그곳에서 지네브라에게 보낸 연애편지들이 비 오듯 쏟아지지만, 그것을 읽는 사람은 루시다. 첫 묘사에서 그 정원은 묻혀서 보이지 않는 삶의 상징이었다.

아주 오래된 배나무 가지는 대부분 죽어 있다. 그러나 몇몇 가지들은 여전히 충실하게 봄에는 눈같이 하얀 배꽃 향기를 새롭게 뿜어내고, 가을에는 그들의 꿀처럼 달콤한 열매를 매달고 있었다. 반쯤 드러난 뿌리 사이로 이끼 낀 흙덩이를 긁어내면, 부드럽고 단단하며 검고 두꺼운 나무 널판들이 언뜻언뜻 보였다. 이 정원에는 확증할 수 없고 인정받지 못했지만 여전히 널리 퍼져 있는 전설이 있다. 이곳은 땅속 깊은 곳에 묻힌 지하 납골당의 입구로, 그 위에는 풀이 자라고 꽃이 피고 있는데, 음울한 중세 수도 생활의 비밀 회합에서 자신의 맹세를 어긴 소녀가 여기에 산 채로 매장되어 지금도 그 뼈가 묻혀 있다는 이야기다.[12장]

루시는 캐서린 몰런드가 발견하고 싶어했던 것, '상처 입고 불행한 어떤 수녀의 끔찍한 기념물'을 발견하고[『노생거 사원』 1부 2장], 그 수녀의 이야기에서 자신의 이야기를 발견한다. 하지만 『수도원의 비너스』나 『망토를 걸친 수녀』에서 루이스의 『수도사』에 이르기까지 남성 문학에서는 수도원이 에로틱한 모험의 장소였던 것과는 달리, 여기에서 종교적 유폐의 상징은 해방된 성의 표출을 위한 사생활을 제공하지 않는다.[16] 반대로 루시와 수녀는 둘 다 수도사의 감독에 동조함으로써 순결이라는 감옥에서 빠져나올 수 없게 된다. 매장된 그 소녀처럼 루시는 금지된 오솔길에 자주 간다. 루시는 자신이 애초에 묵인했던 억압에 반역하고자 하기 때문이다. '이성'과 '상상력'은 루시가 의식적인 자기 억압과 무의식적인(그녀가 두려워하지만 또한 희망하는) 성적 욕망 사이의 갈등을 묘사하기 위해 사용하는 용어들이다. 그러나 의미심장하게도 루시는 자신을 이 두 힘에서 분리된 존재로 인식하고, 이성과 상상력 둘 다에 희생되었다고 느낀다.

(루시가 영국의 오래된 가시나무 곁에서 빛나던 것으로 기억하는) 초승달과 별들 아래, '금지된 통로'의 감추어진 좌석에 앉아 루시는 자신이 그렇게 오랫동안 억압해왔던 그 위험한 감정을 경험한다.

나에게도 감정이 있었다. 비록 수동적으로 살았고, 말을 거의 하지 않았으며, 냉정하게 보일지라도, 과거를 생각했을 때 나는 느낄 수 있었다. 현재를 생각하면 금욕적인 것이 더 낫다. 미래에 관해서 말하자면, 나의 미래라고 하는 그런 것은 죽은 것이다. 마비와 죽은 듯한 최면 상태에서 나는 내 본성의 속살을 애써 눌렀다.[12장]

루시는 과거에 '살아야' 한다는 의무감을 느꼈던 학교 기숙사의 순간을 회상한다. 폭풍이 치던 날 밤 다른 아이들은 각자 자신의 성인에게 기도를 드렸지만, 루시는 창틀 밖으로 기어나와 황량한 칠흑 같은 어둠 속에서 젖은 창틀에 앉아 있었다. '인간에게 결코 전달된 적이 없는 송시를 울려 퍼뜨리는 캄캄하고 천둥소리 요란한 야생의 시간과 함께 있다는 기쁨을 도저히 억제할 수 없었기' 때문이다.[12장] 영국의 가시나무, 정원에서 느낀 내적 경험, 고요 속의 이 경험이 루시가 무한의 힘을 느꼈던 예전의 장소를 상기시키는 방식, 이 모든 것이 워즈워스의 시를 생각나게 한다. 문체, 부정 구문, 어순의 도치도 그렇다. 하지만 시인과 달리 루시는 시골이 아니라 도시 한복판 작은 공원에 갇혀 있다. 루시는 바람 속에 있는 자신, 나뭇가지에서 흔들리고 있는 자신이 아니라 창틀 위에 웅크리고 있는 자신을 기억한다. 루시가 들었다고 생각한 송시는 찬란하다기보다 그야말로 무시무시했다. 흑백 하늘은 그 수녀나 루시 자신처럼 쪼개졌고, 루시는 '위로 앞으로' 나아갈 도피처를 갈망했다.[12장] 그러나 그녀의 욕망 대부분처럼 그 갈망도 부정되어야 했다. 이번에는 그것이 죽음을 초래하기 때문이다.

루시는 탈출에 대한 희망을 시스라로, 그 희망에 대한 억압을 야엘로 의인화하면서 그녀 내부의 분열이 얼마나 고통스럽게 진행되고 있는지 보여준다. 성경에서 헤벨의 아내 야엘은 피곤에 지친 전사 시스라를 자신의 천막에서 쉬도록 설득하고 우유와 담요를 제공해준다. 시스라가 잠들었을 때 야엘은 망치를 가져와 관자놀이에 못을 때려박아 그를 땅에 못 박아버린다.(「사사기」 4장 18~21절) 루시가 자신의 감정을 깨달은 그날 밤 그녀의 시스라는 선잠을 자고 있었다. 그녀의 시스라는 앞으로 다가올 피할 수 없는 공포의 순간을 경험해야 하기 때문이다. 하지만 성경의 희생자와 달리 루시의 시스라는 결코 완전히 죽지 않는다. 감금에서 탈출하고 싶은 그녀의 갈망은 단지 '일시적으로 기절한 것일 뿐 간간히 반항적으로 몸을 비틀어 야엘의 못에 맞섰다. 그러면 관자놀이는 피를 흘렸고, 뇌는 정수리까지 오싹해졌다.'[12장] 실로 루시의 삶에서 공포란 반복에 대한 공포이고, 특히 프랜시스 앙리가 그렇게 두려워했던, 주기적으로 피를 흘리는 상처가 불러오는 공포였다. 루시의 존재는 살아 있는 죽음이었다. 루시는 의식하지 못한 채 죽어가는 이방인이고, 의심하지 않는 손님을 살해하는 가정부이기 때문이다. 폴리이자 루시이고 지네브라이자 마담 베크인 루시는 이런 내적 갈등으로 마비된 수녀다. 루시가 자신을 마담 베크의 거미집에 걸린 파리, 달팽이, 혹은 위태로운 거미줄에서 튕겨 나오는 거미로 상상하는 것은 당연하다. 자아라는 집 내부의 갈등 속에서 루시 안의 서로 대립하는 존재들은 루시의 내면이 파편화되었음을 보여준다. 결국 이 파편화는 루시를 완전한 신경쇠약으로 내몰고 말 것이다.

모든 여자들이 공통적으로 존 박사에게 매혹됨으로써 연결되고 규정되고 자극받는다는 것은 의미심장하다. 존 박사는 폴리의 책에 나오는, 빛나는 머리칼을 가진 영국인 선교사이고, 영국의 치료 기술에 책임감을 지닌 사람이며, 황금 갈기가 있는 강력한 표범이고, 태양의 신 아폴로일 뿐만 아니라 에밀리 디킨슨이 '정오의 남자'라고 불렀던, 두려울 만큼 강력한 연인이다. 모든 여성은 자신만의 방식으로 존 박사에게 구애한다. 마담 베크는 그를 고용하고, 지네브라는 그와 서로 희롱하며, 루시는 그가 사랑하는 여성을 보호할 수 있도록 조용히 도와준다. 존 박사의 부탁을 들어주기 위해 루시는 지네브라를 도와주고, 정원을 자주 드나들면서 자유를 경험한다. 그러나 자신의 본성이 직면한 모순(삶의 참여와 삶의 후퇴 사이의 갈등)을 감안할 때 사랑에 빠지는 루시는 마담 베크의 의심을 불러일으킨다. 마담 베크는 루시의 모든 상자를 열어보고 잠긴 서랍을 조사한다. 루시는 지네브라가 의미하는 것과 마담 베크가 의미하는 것 사이에서 갈팡질팡한 채 '쓰라림과 웃음, 열정과 슬픔'을 경험한다.[13장] 루시는 자기 억제와 억압이라는 자신의 통상적인 치료법에 의지할 수 있을 것이라고 생각한다. 그러나 그녀 자신의 감정을 경험하고 난 뒤, 루시는 포셋 거리의 창과 문이 여름 정원을 향해 열려 있다는 것을 발견하고는 새 드레스를 산다. 이는 루시가 자기 자신의 존재에 가담하고 싶은 유혹을 느낀다는 표시다.

적극적으로 존재하고자 하는 루시의 갈망이 가장 잘 드러나는 부분은 루시가 학교의 연극에서 역할을 맡는 장면이다. 루시는 폴 선생이 '연극, 당신은 할 수 있소. 연극, 당신은 해야 하오' 하고 명령하고 나서야 참여한다.[14장] 루시는 자신에게 어울리는 적절한 역할이 없다고 생각하며 자신의 역할이 특히 끔찍하다고 여긴다. 루시는 아름다운 요부의 손을 한번 잡아보기 위해 새롱거리는 바보 같은 바람둥이 역할을 배정받는다. 자신이 맡은 바보 역할 때문에 루시는 조롱거리가 되지 않을까 두려워한다. 또한 루시는 남자 역할에 참여하면 자신이 건방져 보일까 두려워한다. 더욱이 루시는 참여하는 것을 두려워하기 때문에 다락방에서 자기 역할을 연습한다. 그곳에는 딱정벌레, 거미줄, 쥐 등이 수녀를 감출 만큼 큰 망토를 뒤덮고 있다.

루시는 무대 위에서 완전히 남자처럼 옷 입는 것을 거부함으로써, 자신이 맡은 남성 인물을 나타내는 단지 몇 개의 아이템만을 선택함으로써 자신만의 역할을 소화한다. 동시에 루시는 자신이 선택한 남성 복장 덕택에 자유로워진다. 이런 점에서 루시는 남성으로 위장함으로써, 혹은 더 빈번하게 남성 권위의 상징을 복장 도착으로 패러디함으로써 예술적 독립성을 알리는 모든 여성 예술가를 상기시킨다. 비록 남성의 복장을 입는 것이 자기 분열적이기는 하지만, 역설적으로 그것은 자기 증오에서 여성을 해방시킬 수 있고, 다른 여성에 대한 사랑을 좀 더 자유롭게 표현할 수 있게 해준다. 루시는 무대 위에서 남성의 재킷을 입고 지네브라가 연기한 여자 주인공에게 적극적으로 구애한다. 존 박사의 관심을 끌 수 없는 루시는 지네브라에게 구애하여 사랑을 얻음으로써 존 박사에게서 일종의 반응을 (비록 그것이 분노뿐일지라도) 얻어낼 수 있다. 동시에 루시는 자신 안에 잠재적인 유쾌함을 구현하고 있는 소녀의 존재를 절실히 느낄 수 있다. 루시는 이 연극의 연기가 모든 역할 연기의 상징임을 보여주려는 듯, 연극에 참여한 뒤 정원에서 존 박사가 만든 지네브라에 대한 감상적인 허구를 깨부수기 위해 존 박사를 조롱한다. 당연하게도 다음 날 아침 루시는 연극적인 사회적 연기에 대한 자신의 흥미에 '열쇠를 채울' 결심을 한다. '그것은 인생을 단지 구경하는 사람에게는 소용없기' 때문이다.[14장]

우리가 살펴보았듯 플롯의 사건들이 루시 내면의 드라마를 나타내고 있기 때문에, (루시가 무대에 나왔을 때) 그 드라마의 위기는 루시가 크레틴병을 앓는 장애아와 (그녀의 계모는 그녀가 집에 오는 것을 허락하지 않았다) 함께 학교에 홀로 남겨졌던 긴 방학 동안 그녀가 경험한 감금과 고립을 야기시킨다고 할 수 있다. 루시는 마치 자신이 길들여지지 않은 어떤 이상한 동물과 함께 감금당한 듯 느낀다. 크레틴병 환자는 루시 자신의 악몽 같은 (사랑받지도 못하고 활발하지도 않고 침묵하며 정신과 몸이 뒤틀려 있고 굼뜨고 게으르고 분노에 찬) 결정판이기 때문이다. 아이러니하게도 크레틴병 환자는 보호자/간수보다 운이 좋아 마침내 숙모가 데려간다. 이제 루시는 완전히 혼자가 되어 지네브라 생각에 사로잡힌다. 지네브라는 복잡하게 상상하는 일련의 환상 속에서 루시의 여자 주인공이 되었기 때문이다. 이어서 루시는 곧 병에 걸린다. 이는 자신이 죽음의 삶을 살고 있다는 그녀 최후의 고통스러운 자각이다. 루시는 하얀 기숙사 침대들이 유령들로 변하고 '각 유령의 왕관이 태양으로 표백된 거대한 해골이 되는 것을, 크게 뻥 뚫린 눈구멍 안에 이전 세계의 죽은 꿈과 더 강한 종족이 얼어 갇혀 있는 것을' 바라본다.[15장] 루시는 '운명은 돌과 같고, 희망은 (눈멀고 피눈물도 없고 속이 화강암처럼 단단한) 거짓된 우상'이라고 느낀다. [15장] 루시는 멍한 절망감 속에 싸여 있는데, 이 절망감은 크리스티나 로세티의 황량한 '땅, 낮도 밤도 없는, / 열기와 추위도 없고, 바람과 비도 없고, / 언덕도 골짜기도 없는'[17] 상태와 거의 유사하다. 결국 루시를 '무덤의 널판처럼 무너지는'[15장] 집 밖으로 내몬 것은 자신이 더는 (심지어 죽은 자로부터도) 사랑받지 못하는 존재라는 견딜 수 없는 생각이다.

　루시는 도망쳐봤자 자신을 감금한 공간에서 그보다 훨씬 더 제한적인 다른 공간인 고해실로 갈 수 있을 뿐이다. 일부 독자들은 『빌레트』의 반교황주의에 가장 분노한다. 그러나 비현실성과 이중성의 느낌에 강박적으로 매달려 있는 브론테에게 가

722　4부 샬럿 브론테의 유령 같은 자아

톨릭교는 루시 내면의 분열을 제도화한 듯 보인다. 가톨릭교는 질투심 많은 영혼의 구속과 균형을 맞추기 위해 관능적인 탐닉을 허용하며[14장], 감독과 결핍을 통해 뜨거운 열정을 장려하기 때문이다. '억압과 결핍과 고뇌로 점철된 악몽 같았던 이야기들'인[13장] 성자의 삶은 루시의 관자놀이와 가슴, 손목을 흥분으로 고동치게 하지만, 루시는 그 성자들에게 혐오감을 느끼기도 한다. 루시는 가톨릭교를 일종의 노예제도라고 생각하기 때문이다. 그러면서도 가톨릭교가 일종의 허가받은 정신분열증을 나타낸다는 바로 그 이유 때문에 루시는 자신이 가톨릭에 이끌리고 있음을 알게 된다. 결국 병중에 루시는 성당 돌바닥에 무릎을 꿇는다. 수녀의 산책길에 살고 있는 그녀는 내면의 정열을 숨기기 위해 항상 잿빛 두건으로 가린 채 살아왔다.[22장] 이제 고해실 안에서 은신처를 찾은 루시는 공동체와 소통하기 위해 이 열린 틈에 호소한다. 공동체와 소통하는 것은 루시에게 마치 '극도의 빈궁 속에 있는 사람에게 빵과 같은' 반가운 의미다.[15장]

결국 루시는 자신을 담을 수 없는 이 좁은 공간에 자신이 속해 있지 않다고 고백할 수밖에 없다. '신부님, 저는 프로테스탄트입니다.'[15장] 자기 마음대로 할 수 있는 유일한 언어, 자신의 입술에는 여전히 낯설게 느껴지는 외국어만 사용하여, 루시는 자신이 비국교도이며 신교도임을 죄로서, 자신의 존재에 대한 권리를 거부하는 어떤 권위도 (그것이 그녀의 내면에서 왔든 외부에서 유래했든) 거부한다는 표시로서 경험해야 한다. 어떤 사람에게는 단지 '고통의 빵과 고통의 물만' 있다고 '신부'

는 말한다.[15장] 신부의 충고는 우리에게 브론테의 적의에 찬 반가톨릭주의를 상기시킨다. 브론테는 창조 신화에서 사회제도에 이르기까지 모든 형태의 기독교에 스며들어 있는 남성의 지배를 강력하게 공격해왔던 것이다. 루시는 사제의 친절에 고마워하면서도 '바빌론의 화덕으로 걸어들어갈' 생각이 없다는 듯, 다시는 사제 가까이에 가려 하지 않을 것이다. 니나 아우어바흐가 최근에 주장했듯,[18] 성모 마리아의 자비는 교회를 매우 모성적인 공간으로 보이게 한다. 하지만 루시에게 그것은 순간일 뿐이다. 루시는 사제가 원하는 것은 열성에 '불을 붙여 분발케 하는' 것임을, 그것은 그녀가 '이교도적인 서사를 쓰는 대신 카르멜 수녀원의 방에서 묵주를 세고 있어야 함을 의미하는' 것임을 인식하고 있다. 실제로 루시는 끊임없이 그녀 자신의 이야기를 하는 가운데 수녀들이 수녀원의 벽 때문에 괴로워한다는 사실과 교회는 자신을 가둘 수 있는 힘을 가진 가부장적인 구조라는 사실을 점차 확신해나갈 것이다.

루시는 고해실을 떠난 이후 달리 갈 곳이 없어서 좁고 바람 부는 거리의 '그물처럼 얽혀 있는 알 수 없는 모퉁이들 사이에 붙잡혀' 있다. 폭풍에 난타당하고, '곧바로 심연으로' 내던져진 루시는 추락한 천사를 떠올리고 자신의 임무와 운명에 대한 어떤 인식도 없이 그토록 먼 곳에 외롭게 내던져진 불쌍한 고아 아이를 떠올린다. 워즈워스의 루시는 자연의 보호('불붙이거나 억제하는 / 감독하는 힘')를 받지만, 브론테의 루시는 자신의 개인적인 모순이 불러일으키는 공포에 사로잡혀 있다. 워즈워스의 루시는 '말 없는 비정한 사물들의 / 침묵과 평온'을 향유하면서 잔디를 가로질러 새끼 사슴처럼 즐겁게 뛰노는 반면, 브론테의 루시는 (그녀는 인적 없는 곳에서 아는 사람 없이 살고 있기 때문에) 바람에 두들겨 맞고 추방당해 갈 곳이 없거나 존재가 없는 삶 속에 묻혀 숨 막혀버릴 운명이다.

*

루시가 자신의 불만을 늘어놓는 불가해한 방식은 놀라울 정도다. 사실상 이 소설을 좌절 장면부터 거꾸로 해석하지 않는 이상, 루시의 고충은 거의 이해할 수 없다. 루시의 갈등은 감추어져 있다. 우리가 살펴보았듯 루시는 자신의 갈등을 다른 사람들의 행동을 통해 보여주기 때문이다. 자신을 내세우지 않는 화자인 동시에 소설 속 인물인 루시는 자신의 이야기만 아니라면 어떤 이야기라도 할 수 있는 듯 보인다. 폴리 홈, 미스 마치몬트, 마담 베크, 지네브라는 각각 루시 자신보다 훨씬 더 상세하고 더 분석적으로 제시되고 있다. 그 때문에 여러 세대에 걸쳐 독자들은 이 작품이 반쯤 끝날 때까지 브론테가 이 소설의 주제를 자각하지 못했다고 생각했다. 이는 또한 작품의 신화적 요소들을 비록 인식했다 해도, 일반적으로 오해받아왔거나 정당화될 수 없는 것으로 거부당해왔음을 의미한다. 그렇다면 어째서 루시의 정신분열은 모든 여자가 직면하는 일반적인 문제로 간주되는가? 브론테가 『빌레트』의 막간에서 직면한 문제가 (그것이 암시하는 모든 것과 함께) 바로 이 질문이다.

우리가 이미 살펴본 것처럼 루시는 다른 여자들의 이야기를 하면서 회피하듯이, 또 폭로하듯이 자신의 이야기를 하고 있다. 브론테도 루시 스노의 역사를 통해 자신의 개인적 경험을 이야기하면서 회피와 폭로의 방법을 사용한다. 브론테가 자신의 과거를 드러내기 위해 과거를 수정하는 것처럼, 루시도 자신의 '이교도적인 서사'를 양면적으로 바라봄으로써[15장] 많은 것을 침묵 속에 남겨둔다. 분명 루시의 설명에는 현저하게 구체성이 결여되어 있다. 어린 시절의 공포, 부모의 상실, 존 박사에 대한 짝사랑, 긴 방학 동안 이어진 악몽의 공포는 이상할 정도로 암시적으로만 제시된다. 예를 들면 실제 사건을 묘사하는 대신 루시는 이런 고통의 순간에 자신이 느낀 괴로움을 표현하기 위해 물의 이미지를 빈번하게 활용한다. 루시의 광포한 어린 시절은 결국 '배를 잃어버리고 선원들이 사라져버린' 소금물 파도의 시간이다.[4장] 존 박사의 무관심은 루시에게 '바위를 내려쳐 므리바의 물을 분출시킨 것' 같은 [얻어맞은 듯한] 느낌을 갖게 한다.[13장] 긴 방학 동안 루시는 폭풍우와 축축한 기후 때문에 가없는 바다에서 뽑아온 까맣고 강한 맛의 이상한 음료를 억지로 마시는 꿈을 꾸고, 그 때문에 병을 앓는다.[15장] 여기에서 물의 이미지는 특히 해석하기 어렵다. 물은 안전성과도 연관되기 때문이다. 예를 들면 루시는 자신의 브레턴 집안 방문을 마치 '어떤 유쾌한 강가에서 체류하고 있는 희망에 찬 기독교인의' 평화로운 시간으로 기억한다.[1장] 마지막 생명을 주는 물의 속성은 다른 어떤 곳보다도 루시가 심연을 따라 곧장 내동댕이쳐진 이후 의식이 되돌아왔을 때 가장 명백하게 드러난다. 이 지점에서 루시는 자신이 브레턴의 집에 있음을, 이제 기

적적으로 도시 바깥에 놓여 있음을 발견한다. 라 테라스의 청록
빛 방에서 깨어난 루시는 깊은 해저에 있는 편안한 방에서 다시
태어난 듯한 기분을 맛본다. 루시가 훌륭한 차와 케이크가 있고
대모가 사는 이 안전한 피난처에 도착했을 때, 그녀는 단지 삶
의 물줄기에서 나온 이 온화한 한 모금에 만족하기를 바랄 뿐이
었다.

　루시는 기꺼이 그 한 모금을 마시고 싶지만, 일단 목마름에
굴복해버리면 다음에는 너무 열정적으로 이 반가운 물에 의존
해버릴까 두려워한다. 그럼에도 루시에게는 두 번째 기회가 주
어진다. 루시는 똑같은 갈등에 다시 빠지지만, 이번에는 갈증으
로 자신을 죽게 할 수는 없다고 인식한다. 브론테는 초기 소설
들에서처럼 아버지 신에 대한 여자 주인공의 양면성을 통해 가
부장적 태도에 저항하는 여성의 항거를 추적한다. 제인 에어는
세인트 존 리버스가 뿜어내는 열정의 압도적인 ‘흐름’에 직면했
다. 그 열정은 그레이스/풀의 구원적이지 않은 역할이 함축하
는 믿음의 전적인 부재와 마찬가지로 제인을 파괴하겠다고 위
협한다. 『빌레트』에서 루시 스노는 ‘고여 있는 물은 절름발이,
맹인, 벙어리, 광인을 위해 다시 흐를 것이다. 그리고 그들은 그
물에서 목욕하게 될 것’이라고 믿기를 원한다.[17장] 그러나 루
시는 ‘수천 명이 그 연못 주위에 누워서 울며 절망하고 있으며,
느릿느릿하게 흐르는 세월 속에 고인 물을 바라보고 있을 뿐’임
을 알고 있다.[17장] 물이 다시 흐른다면 무엇을 가져다줄 것인
가? 울고 있는 자와 절망하는 자는 죽음이나 부활을 기다리는
가? 익사인가, 세례인가? 물에 잠기는 것인가, 물에 삼켜버리는

것인가? 다가올 구원에 대해 논할 때 루시는 결코 가정이나 명령, 의문 형태에서 벗어나지 않는다. 구원에 대한 루시의 욕망은 항상 희망과 기원으로 표현될 뿐 결코 신념으로 표현되지 않기 때문이다. 지상의 삶은 불평등에 기초하고 있으며, 자신보다 더 큰 힘이 불평등을 묵인하고 있다는 사실을 알기에 루시는 냉소적이고 거의 풍자적으로 '우리가 자신을 낮추어 순종을 하든 안 하든' 신의 뜻이 이루어질 것이라고 인정한다.[38장]

따라서 물 이미지가 갖는 바로 그 문제적 특성은 루시의 양면성을 반영한다. 그것은 명백한 만큼 혼란스러우며, 폭로적인 만큼 위장적이다. 역할 연기에 대한 루시의 두려움이 그녀가 말하거나 글 쓰는 방식까지 제한하는 것은 당연하다. 화자로서 루시의 과묵함은 그녀 자신이 가장 두려워하는 것을 다룰 때, 특히 그녀를 신뢰할 수 없게 만든다. 루시의 속임수를 비난했던 많은 비평가들이 당황스럽게도,[19] 루시는 존 박사의 성을 독자에게 알리지 않을 뿐만 아니라 편지 내용을 결코 누설하지 않는다. 이야기의 마지막까지 루시는 자신이 존 박사에 대해 품은 따뜻한 감정을 계속해서 부인한다. 더 나아가 루시는 단지 고집 때문에 다른 인물들에게도 정보를 알려주지 않는다. 예를 들면 루시는 빌레트에 도착한 날 밤에 그가 자신을 도와주었다는 것이나, 자신이 브레턴 시절부터 그를 그레엄으로 기억했다는 것을 존 박사에게 결코 스스로 말하지 않는다. 나중에 루시가 콘서트에 갔던 밤에 대해 지네브라에게 자세히 말할 때, 루시는 그 이야기를 왜곡하여 말한다. 심지어 루시는 폴 선생에게 자신이 그의 이야기를 들었다고 말하고 싶을 때조차 조롱하듯이 자신이 알고 있는 바와 반대로 말한다. 실제로 루시는 많은 장면에서 침묵하지만, 말을 할 때 그녀의 목소리는 자아를 정의해야 하는 위험에서 물러나 풍자와 아이러니 뒤로 숨는다. 루시는 '내가 그렇게 느낀다 해도 결코 표현해서는 안 되는 것일까?' 하고 자신에게 묻고, 그녀의 이성이 '결코 해서는 안 돼!' 하고 선언하는 것을 들을 뿐이다.[21장] 정원에서조차 루시는 지네브라와 존 박사를 패러디할 뿐이며[14~15장], 자신의 뜻이 곡해된다 하더라도 '현실과 [자신의] 묘사 사이의 차이를 생각하며 쾌락을' 느낀다.[21장]

왜 브론테는 의도적으로 문제를 회피하려 하거나 독자가 오해하도록 화자를 선택했는가? 예를 들어 루시는 자신의 어린 시절을 '온화한 날씨 속에 쉬고 있는 돛단배'처럼 그리면서 문제를 회피하거나 독자들의 오해를 산다. '많은 여자들과 소녀들은 이런 식으로 자신의 삶을 살아가기' 때문이다.[4장] 왜 브론테는 허구적인 전기를 서술하기 위해 엿보는 사람을 선택했는가? 이는 화자가 자신이 아닌 다른 사람, 더 매력적인 여자가 이야기의 중심인물인 것처럼 이야기하는 방식을 고집한다는 것을 의미한다. 분명 루시의 삶과 자신에 대한 루시의 인식은 여성의 삶을 규정하고 제한하는 그녀의 문화가 강요하는 문학적 사회적 전형에 부합하지 않는다. 루시는 또한 마치 자신에게는 아무 이야기도 없는 것처럼 느낀다는 점에서 괴테의 마카리에를 닮았다. 루시는 그녀가 이용할 수 있는 서사 구조를 차용할 수 없다. 그러나 그 밖의 다른 서사 구조는 존재하지 않는다. 그래서 루시는 자신의 경험에 맞지 않거나 부적절하거나 정도를 벗어난다고 여겨지는 이야기들을 생략하거나 무시할 때조차, 남자가 고안한 이야기와 이미지를 사용하거나 오용하는(묘사하고 약화시키는) 자신을 발견한다.

루시는 만약 자신의 불행에 대해 이야기한다면 다른 사람들을 불안하게 할 수도 있다고 걱정한다. 그러면서 반쯤 가라앉은 구명정의 선원은 자신의 생각을 누구에게도 털어놓아서도 안 되고 이야기를 길게 늘어놓아서도 안 된다고 생각한다.[17장] 이때 루시는 분명 자신의 이야기를 한다는 것에 불안감과 죄책감을 느끼고 있다. 인생에서 한 번 이상 외로운 감금 생활에서 내적 혼란이나 광기를 경험한 사람으로서 루시는 침묵하는 것이 현명하다고 생각한다.[24장] 가끔은 죄책감을 느끼는 군소리 없는 복종으로, 가끔은 분노에 찬 저항으로 귀착되는 괴리, 즉 루시 자신에게 공공연하게 기대되는 것과 자신에 대한 그녀의 개인적인 인식 사이의 괴리는 루시가 느끼는 비현실감의 원인이 된다. 길 잃은 작은 소녀(폴리)도, 교태 부리는 여자(지네브라)도, 유사 남성(마담 베크)도, (정원에) 묻힌 수녀도 아닌 루시는 자신에게 가능한 역할을 찾을 수 없고, 그들에게서 자유롭지도 못하다. 이 모든 여자들은 그녀의 일부를 상징하기 때문이다. 이 여자들이 맡고 있는 역할 중 어떤 역할도 주도권과 지성, 또는 자신의 이야기를 해야 할 필요성을 여자에게 부여하지 않다는 점이 중요하다. 그러므로 화자로서 회피하는 방식을 택한 루시는 그녀가 (그리고 모든 여자들이) 침묵의 복종에서 얼마나 멀리 떨어져 있는지, 그리고 목소리를 찾기 위해서는 아직도 가야 할 길이 얼마나 많이 남았는지 보여준다. 루시는 자신이 이어받은 모든 형태의 감금에 저항하는 과정에서 진정으로 신화적인 일(자기 자신의 적절한 허구를 창조하려는 시도)을 하고 있는 것이다. 『빌레트』는 거의 똑같이 나뉘어진 두 부분으로 이루어진 소설이다. 첫 번째 부분은 고해실의 에피소드까지 루시를 데리고 가며, 두 번째 부분은 마담 베크의 거처에서 스스로 길을 헤쳐 나가려는 루시의 새로운 시도에 대해 말한다. 그러나 브레턴 집안이 등장하는 막간에서 브론테는 가부장적 문화의 미학적 관습이 왜, 그리고 어떻게 성차별적인 사회적 경제적 정치적 제도와 마찬가지로 여자들을 감금시키는지 탐색한다.

브론테는 자신의 다른 소설과 같이 굶주림 때문에 거의 죽음 근처까지 갔다가 뜻밖에 가족을 발견할 때까지 여자 주인공이 겪는 감금, 탈출, 배제 과정을 그린다. 우연의 일치에 의한 브레턴 집안과 루시의 재회는 루시가 병을 통해 어느 정도 자아를 인식하게 되었다는 것을 의미한다. 루시가 어떤 식으로든 치유되었다는 것은 그녀가 존 그레이엄 브레턴 박사와 다투는 장면에서 명백하게 드러난다. 루시는 지네브라를 여신이라 생각하는 존 박사의 견해에 동의하지 않으며, 그를 노예라고 부르고 자신이 그와 다르다는 것에만 동의한다. 루시는 존 박사를 그가 좋아하는 성자의 제단에 봉헌할 준비가 되어 있는 숭배자로 본다.[18장] 이렇게 비난하면서 루시는 낭만적인 사랑이 (가톨릭교가 퍼뜨리는 정신적인 사랑처럼) 강요와 노예 상태에(숭배자와 숭배받는 자 둘 다의 독립성, 자유, 자존의 상실에) 의존하는 방식에 주의를 환기시킨다.

19장 「클레오파트라」는 이 점을 상세히 설명하는 데 핵심적이다. 존 박사가 루시를 관광차 박물관으로 데리고 갔을 때, 그녀는 무대와 이야기 속에 그려진 여자 주인공의 게으른 거만함에 충격을 받는다. 가냘픈 루시에게 거대한 이집트 여왕은 그녀가 그려진 그림의 크기만큼이나 터무니없이 과장된 듯 보였다. 거대한 캔버스는 경계선으로 차단되어 있고, 그 앞에는 찬양하는 대중을 위해 쿠션이 있는 의자가 놓여 있었다. 루시와 그녀의 창조자는 그런 예술의 부조리성을 명백하게 알고 있었다. 루시는 그런 괴물 같은 그림이 마치 자신의 권리이기라도 하듯 요구하는 인정에 저항해 싸워야 한다. 루시는 그 초상화를 현실과 분리된 자율적인 실체로 취급하는 것을 거부한다. 마찬가지로 루시는 폴 선생이 주목해야 한다고 말한 '여자의 인생'에 대한 종교적인 그림들의 수사학에 도전한다. 이런 초상화 속의 전형적인 여자들은 '피도 없고 두뇌도 없는 무실체들!'이며, 흥미롭게도 맥 빠진 '유령들' 같다고 루시는 말한다. 그들은 루시가 알고 있는 삶과 아무런 관계도 없기 때문이다. 젊은 아가씨, 아내, 어머니, 과부로서 그들의 경건함과 인내심은 클레오파트라의 육감적인 관능과 마찬가지로 루시를 냉담하게 할 뿐이다.

물론 그 그림들은 남자가 여자에게 부여한 우스꽝스러운 역할을 검토하기 위해 제시된 것이다. 따라서 이 장은 여성의 이미지에 대한 남자의 반응이 아무리 다양할지라도, 그 반응이 한결같이 여자들을 통제하려는 남자의 자만으로 만들어냈다는 사실을 독자들이 최대한 인식할 수 있도록 고안한 것이다. 루시를 안정시키고 회복시키는 까다로운 존 박사, 자신은 클레오파트라가 '최고의 여성'이라 생각하면서도 루시는 클레오파트라에게서 고개를 돌리게 하는 관음증적인 폴 선생, 그림 앞에서 우아하게 점잔 빼며 말하는 멋 부리는 드 하말을 통해, 마치 케이트 밀럿이 보여주었듯, 브론테는 완전히 관능적인 클레오파트라와 완전히 무성적이며 모범적인 소녀-아내-어머니-과부에 대한 남자들 반응의 범위를 묘사한다.[20]

특히 남자들의 반응은 적극적 관능과 금욕적 순종 사이에서 갈등하는 루시의 내면을 패러디하고 있기 때문에, 클레오파트라와 '여자의 인생'은 이 두 극단 중 하나가 정체성이 될 수 있다는 (또는 되어야 한다는) 오류를 범한다. 의미심장하게도 그림을 전시한 박물관의 수사는 상업적이고 선전적이며 자기 만족적이다. 그림들은 귀중한 소유품으로서 각각 메시지가 있으며 칭송받을 만한 완성된 대상으로 제시되어 있다. 마찬가지로 루시가 존 박사와 그의 어머니와 함께 참석한 연주회의 부르주아 예술도 상업적이다. 흥미롭게도 존 박사는 이 연주회에서 지네브라 팬쇼가 순수한 천사가 아닐뿐더러 순수한 마음을 가진 여자도 아니라고 판단한다. 이 경우 단순히 여성의 섹슈얼리티에 대한 존 박사의 까다로움이 문제인 것은 아니다. 바로 콘서트홀의 화려함이 그곳에서 행해지는 예술의 젠체함과 참석자들의 물욕을 입증하기 때문이다.

그러나 미술관의 그림도, 시민 음악당의 공연도 루시의 상상력을 자극하지 못한다. 루시는 그들의 마술이라고 생각했던 조작에 분개하기 때문이다. 이런 예술은 고상하지 않다. 그 예술은 '교회와 군대(유골을 든 성직자들과 무기를 든 군인들)

의'[36장] 거창한 행렬과 마찬가지로 독선적이며 강제적이기 때문이다. 루시는 사실상 가톨릭교회는 (가부장제의 적절한 상징인) '사제 제도'를 통해 '계속해서 곧장 위를 향해 나아가 모든 것을 지배하는 최고 경지에 이를 수 있도록' 연극적인 의식을 사용한다고 주장한다.[36장] 그럼에도 음악회에서 건축물이 주는 환영은 사람들을 성공적으로 현혹시킨다. 루시를 제외한 모든 사람은 여왕이 그녀의 남편과 함께 비극적인 드라마에 연루되어 있음을 눈치채지 못하는 듯하다. 왕은 루시에게 출몰하는 똑같은 유령, '우울증이라는 유령'에 사로잡혀 있다.[20장] 연주회의 사회적 미학적 인습이 사람들에게 마술을 건 것처럼 보인다. 그들은 과시적인 국가의 환영 때문에 왕의 실제 상태를 보지 못하고 있는 것이다. 음악회의 예술은 박물관과 교회 예술과 마찬가지로, 세속적인 것이든 성스러운 것이든 내적 힘이나 도덕성이 결여된 가부장적인 형식을 지속시키는 잘못된 신화를 영속화한다.

존 박사는 루시가 포셋 거리로 가기 위해 라 테라스를 떠난 이후에야 여배우 와스디를 보러 가는 길에 루시를 데려가지만, 존 박사의 이런 극적인 행동은 루시의 미학적인 유람에 적절한 결론이다. 청중은 역시 빌레트 사회의 엘리트들이다. 그러나 이번에는 루시의 상상력이 자극을 받아 그녀는 예술가의 거대한 힘을 경험한다. '극도로 열광적인 에너지 속에서도 와스디의 정열적인 움직임 하나하나에는 제왕과 같은 위엄과 장엄함이 흘러나왔다.'[23장] 확실히 와스디에 대한 루시의 묘사는 너무 열렬하게 광적이어서 일관성이 없을 정도다. 가장 평이하게 설명하자면 와스디는 자신의 행위 때문에 스스로를 파괴하는 역할을 연기한다. 따라서 많은 비평가들이 주장했듯 "'평범하다'고 말해지는 이 여자"는 루시를 훈계하는 이미지로 루시 자신의 과묵함을 정당화하고 있다.[23장][21] 실제로 적어도 한 여성 시인은 춤을 추지 않겠다고 결심한 성경에 나오는 여왕 '와스디'의 결단에 이끌렸다. 미국의 흑인 시인 프랜시스 하퍼는 '나는 결코 춤추지 않을 것'이라고 선언한 '와스디'를 소재로 시를 썼다.[22] 브론테의 와스디는 예술적 공연을 통해 해방된 리비도적인 에너지의 파괴적인 힘을 논증함으로써 그런 맹세 뒤에 있는 동력을 보여준다. 소설 전체에 걸쳐 루시는 '그 저주, 지나치게 뜨거운 종잡을 수 없는 상상력'이 무죄임을 호소했다.[2장] 그러나 루시가 자기 안의 두 측면 사이에서 협상하려고 애쓴다고 해도, 즉 단조로운 일에 한정되어 있는 외적인 삶을 살아가는 대가로 환상이 주는 '마술적 즐거움'에서 자양분을 얻는 사고의 내적인 삶을 살려고 해도[8장], 상상의 힘은 이런 식으로 억제될 수 없음을 브론테는 보여주고 있다. 상상력은 루시가 훌륭하게 말살시켰다고 스스로 생각했던 모든 감정을 부활시켰다. 앞서 보았듯 루시가 정신적으로 쇠약해졌을 때 그녀의 상상력은 악몽 속에서 죽은 자들을 불러냈고, 자신을 괴롭혔던 유령들을 깨어나게 했으며, 기숙사를 그녀 자신의 마음의 복사물, 즉 공포의 방으로 변화시켰다.

예술의 마력은 남성의 신화에 의해 죽임을 당한 여성들을 다시 살려내기 때문에, 여성에게는 광적인 것으로 간주될 수밖에 없는 걸까? 루시는 마담 베크의 집으로 되돌아온 뒤 상상력이 제공한 해방감이 매우 유혹적임을 알게 된다. 방 앞에 서 있는 잔인한 선생과 같은 이성은 냉랭한 침대와 메마른 판지를 연상시킨다. 그러나 상상력은 달콤한 음식과 따뜻함으로 달래주는 날개 달린 천사다. 천국의 딸인 상상력은 여신이며 루시는 그녀에게 위로를 찾는다.

신전은 태양을 위해 세워졌고, 제단은 달에게 바쳐졌다. 오, 더 위대한 영광이여! 그대를 위해서는 신전을 짓지도 않고 찬양하지도 않았지만, 마음만은 수 세대에 걸쳐 그대를 공경해왔다. 그대가 머무는 곳은 너무 넓어서 담을 쌓을 수 없으며, 너무 높아서 둥근 지붕을 얹을 수도 없다. 그대의 신전은 우주가 곧 그 마루다. 그 신비한 의식은 현전 속에 방출되어 세계들의 조화에 불을 붙인다.[21장, 강조는 인용자]

남성적 태양도 여성적 달도, 억제될 수도 제한될 수도 없는 이 양성적인 상상력의 힘에 비유할 수 없다. 루시는 모든 한계를 초월하는 상상력이 가진 힘의 광활함과 자유를 칭송할 때조차, 죽어가면서 추방당하는 꿈속이 아니라면 가둘 수 없는 이 힘을 결코 자신은 얻지 못할 것이라고 두려워한다.

와스디의 연기는 루시의 고유한 정신의 드라마를 재현할 뿐만 아니라 모든 여자들에게 상상력이 위험하다는 것을 말해주는 중요한 진술이다. 와스디는 자신의 열정적인 연기 때문에 관습적인 사회에서 거부당한다. 예를 들면 존 박사는 '그녀를 예술가가 아니라 여자로 판단했고, 그 판단은 낙인을 찍는 것이었다.'[23장] 그러나 존 박사의 관습적인 거부보다 더 심각한 것은 와스디 자신이 스스로 저주받았다고 생각한다는 점이다. '추락하고 추방된 모반자로서 그녀는 자신이 항거했던 장소인 천국을 기억하고 있다. 천국의 빛이 추방된 그녀를 뒤따라와 그 경계를 꿰뚫고 그곳의 버려진 황량함을 폭로한다.'[23장] 처음에 루시는 무대 위의 와스디가 '단지 여자일 뿐'이라고 생각했다. 그러나 루시는 '그녀에게서 여자도 아니고 남자도 아닌 무엇인가를 발견했다. 그녀의 두 눈에는 악마가 담겨 있었다.' 악마의 힘은 와스디의 이마에 '지옥'이라는 글자를 새겼다. 이 악마는 '심하게 울부짖으며 자신이 출몰했던 육체를 찢었지만, 여전히 물러나려 하지 않았다.' '증오와 살인과 광기'를 구현하는 와스디는[23장] 『프랑켄슈타인』과 『폭풍의 언덕』에서 우리가 보았던 인물과 유사한 사탄적인 이브다. 와스디가 행하는 죽음의 예술은 무대 위에서 그녀가 재연하는 추락과 추방에 대한 복수의 증거일 뿐만 아니라 그녀가 은총에서 멀어지고 천국의 독재에 저항한다는 증거다.

와스디는 그녀 자신의 열정의 기원을 경험했지만, 여자들에게는 확실히 아무런 소용이 없는 반항 때문에 벌을 받을 것이다. 이는 분명 『페드르』에서 라신이 암시하는 바다. 페드르는 실존했으며 와스디의 원형이라 할 수 있는 프랑스의 위대한 비극 여배우 라셀이 연기한 역할 중 가장 유명하고 정열적인 인물이다.[23] 와스디 연기의 맹렬함은 (그녀는 '갇힌 채 몸부림치며, 완고하게 저항하면서' 무대에 서 있다) 그녀가 실제로 자신이 연기하는 인물과 똑같은 운명에 저항하여 싸우고 있음을 시사한다. 마찬가지로 루시도 자신이 연기하는 마음에 맞지 않은 역할에 저항하여 싸운다. '모든 재능의 강탈'에 저항하는 와스디는 여성 예술가의 곤경을 (이들은 여자 주인공의 섹슈얼리티를 혼란과 고통의 원천이라고 주장하는 예술 혹은 그렇게 주장하지는 않았어도 그런 의미를 암시하는 예술이 여성에게 강요하는 순종의 교훈을 전복시키려고 애쓴다) 보여준다. 와스디는 통제할 수 없는 여자로 그려지기 때문에 그녀의 힘은 관객은 물론 와스디 자신까지도 삼켜버릴 만한 정열을 방출할 것이다.

루시는 와스디가 클레오파트라를 그린 화가를 부끄럽게 만들었다는 이야기를 하기 위해 와스디에 대한 열광적인 묘사를 두 번이나 중단한다. 『빌레트』에 나오는 많은 그릇된 예술가들과 달리, 와스디는 다른 사람들을 조작하기 위해서가 아니라 자신을 나타내기 위해 예술을 사용한다. 다시 말해 와스디의 예술은 고백적이고 미완성이며 생산품이 아니라 행위다. 억제하고 강요해야 할 대상이 아니라 개인의 발화다. 사실상 와스디의 연기는 일종의 스트립쇼이며, 사드에서 스너프 필름의 이름 없는 연출가들에 이르기까지 포르노 작가들이 착취했던 여성의 자살적인 자아 노출의 한 형태다. 따라서 비싼 값을 치른 와스디의 자기 표현은 플라스의 「레이디 나사로」의 고통에 찬 아이러니한 울부짖음을 상기시킨다. '나는 몸부림치다 불타오른다, / 내가 당신의 우려를 얕보았다고 생각하지 마라.'[24] 동시에 와스디의 공연은 우리에게 「백설 공주」의 마지막에서 여왕이 불 구두를 신은 채 추어야 하는 죽음의 춤을 상기시킨다. 그러나 브론테는 와스디가 고통스러워하는 모습을 보여주면서도 이 예술이 가부장적인 미학에 대한 페미니즘적 반응임을 강조하고 있다. 그리하여 루시는 그 배우의 '진짜' 이름을 말하지 않고, 그 대신 그 배우를 '와스디'라고 부른다.

자신의 주인을 위로해주려고 하는 빌레트의 여왕이나 남자의 쾌락을 위하여 만들어진 것처럼 보이는 나일의 여왕과는 달리, 「에스더」의 와스디 여왕은 아하수에로 왕을 달래주지 않는다. 왕은 특별한 이유도 없이 모든 족장이 휴식을 취하고 있는 일곱 번째 날에 와스디를 불러 그 지역의 모든 왕자 앞에서 그녀의 아름다움을 드러내라고 명령한다. 하지만 와스디는 명령을 거절한다. 여왕의 반항은 족장들로 하여금 그들의 부인들이 자신들을 무시할까 두려워하게 만든다. 브론테의 여배우도 성경 속의 여왕처럼 자신이 대상으로 취급받는 것을 거부하며, 예술의 주체나 관중을 비인간화시키는 예술을 의식적으로 거부한다. 사적인 것과 공적인 것, 개인과 예술가, 예술가와 예술 사이의 구분을 초월함으로써 와스디는 남성 문화의 닫힌 형식들에 의문을 제기한다. 성경 속 여왕의 저항처럼 와스디의 저항은 그녀가 소유한 영지를 상실하고 왕의 시야에서 추방되는 결과를 가져온다. 그리고 '한마디 말이나 한 번의 손길에도 / 대가가, 매우 큰 대가가 따른다'고 불길하게 경고하는 사악한 레이디 나사로처럼 와스디는 열광적으로 공연한다. 그 공연은 사회질서를 완전히 전복하는 내용을 담고 있었고, 극장에 진짜로 불이 나서 모든 부자 후원자들은 살기 위해 밖으로 뛰쳐나간다. 와스디의 드라마는 가부장적 문화에 대한 대안을 제안할 때도, 여성의 예술적 재능이 불러오는 고통과 여성의 저항이 지닌 복수의 힘을 규정한다.

*

　'채 1년도 안 된 과거'를 생각나게 하는 비 오는 어두운 밤, 루시는 두 번째로 마담 베크의 집에 도착하고 이내 과거보다 훨씬 더 격렬한 갈등을 경험한다.[20장] 루시는 존 박사에게서 온 편지를 받고 싶은 욕망에 사로잡혀 있다. 마침내 편지가 왔을 때, 루시는 그 편지를 '영양가 있는 건강에 좋은 고기'로 묘사한다. 그러나 루시는 편지를 뜯지도 않은 채 학교 안의 잠긴 기숙사 안에 있는 닫힌 서랍 속, 자물쇠가 채워진 상자 안에 넣어둔다. 앞서 루시가 가면과 허구적 역할 뒤에 숨어서 경험했던 감정은 이 숨겨진 편지들을 읽는 쓸쓸하고 어둡고 추운 다락방으로 다시 한번 재현되고, 루시는 그 감정을 다시 한번 경험한다. '연판 지붕 밑의 토굴 감옥에서'[20장], 루시는 '악인의 망토가 출몰한다는 어두운 후미진 곳에서 조용히 나타나는 무엇인가를' 경험한다.[22장] 다락방의 미친 여자는 브론테의 소설에서 다시 한번 여자 주인공의 내밀한 욕망의 투사로 나타나는데, 이 경우에는 무화되고자 하는 루시의 욕구가 투사된 것이다.

　찰스 부르크하르트가 『샬럿 브론테: 브론테 소설의 성 심리적 연구』에서 설명하듯, 또 E. D. H. 존슨과 로버트 하일먼이 통찰력 있는 논문에서 말하듯, 수녀는 다섯 차례에 걸쳐 루시 앞에 나타나는데, 바로 루시가 뜨거운 열정을 가지고 자기 삶의 주인공이 되는 시기다.[25] 반면 유령은 상상력과 정열에 대한 루시의 불안뿐만 아니라 존재할 수도 있는 루시 자신의 권리에 대한 불안을 반영한다. 자신의 공허가 '가장 작은 발걸음 소리까지 메아리친다'고 느끼는 실비아 플라스처럼, 루시는 '수녀와 같은 마음이며 세상 앞에서는 맹인이다.'[26] 따라서 수녀가 루시의 병든 머리에서 나왔다고 생각하는 존 박사의 판단은 옳다. 루시는 이미 무대에서 드 하말의 역할을 연기했으며, 지금은 그가 마담 베크의 집에서 수녀로서 루시의 역할을 연기하고 있다. 이런 정신분석적 해석에는 루시 자신이 말하고 있듯이 한계가 있기 마련이다.

루시는 그녀 이전의 많은 여자들을 매혹시키는 동시에 혐오감을 주었던 이미지에 사로잡혀 있다. 여자들은 자신들이 죄의 원천이라는 말을 충분히 들어왔다. 따라서 여자들이 회개의 필요성을 받아들인다면 응당 죄책감을 느끼게 될 것이다. 또한 여자들은 사회의 중요한 과정에서 자신들이 불필요한 존재라는 사실을 효과적으로 배워왔기 때문에 스스로 보이지 않는 사람처럼 살고 있다고 느낀다. 그러므로 수녀는 침묵 속에 순종하며, 감금을 받아들이고, 어두운 검은색 옷을 입고, 얼굴을 감추고, 자신을 무성화시키고자 하는 루시의 욕망이 투사된 결과일 뿐 아니라, 루시에게 수녀의 방식은 독신 여자들에게 유일하게 사회적으로 용인된 삶(봉사와 자아 포기, 그리고 정절의 삶)의 상징이다.[27] 따라서 루시가 수녀 앞에 드러내는 꼼짝 못 할 정도의 공포는 마거릿 풀러가 베일을 쓴 소녀를 보았을 때나 검은 옷을 입은 수녀들이 '불길한 향연의 까마귀처럼' 의식에 참여하는 장면을 보았을 때 표출했던 분노에 상응한다. 브론테와 동시대인이며 추방자였던 풀러는 벗어나고 싶은 수녀의 속박이 '강제되거나 후회되는 곳보다 더한 지옥은 없을 것'이라고 확신한다.[28]

루시의 수녀는 더 이상 매장되어 있지 않았다. 그 수녀가 전설 속의 수녀라면 이야기대로 남성의 불의에 저항하여 다락방에 출몰할 것이다. 수녀는 매장된 상태로 남아 있기를 거부한다. 이는 루시가 수녀원 같은 죽음 속의 삶을 어떤 식으로든 거부하는 방향으로 나아가고 있음을 시사한다. 생색을 내는 듯한 존 박사와 달리 루시가 다락방에서 환영을 보고 느꼈던 당혹감을 진지하게 다룬다면, 우리는 루시가 제인 에어와 캐럴라인 헬스턴과 마찬가지로 신비한 사건에 말려들게 되었다는 것을 깨닫는다. 미혼인 루시가 어떻게 수녀의 운명을 피할 수 있을 것인가? 자신의 화신들에게 괴롭힘을 당하고 있는 루시 스노는 실마리를 좇아서 하나의 정체성을 맞춰나가는 탐정이 된다. 여기에서 브론테는 『제인 에어』에서처럼 여성의 성장이 수수께끼 같은 남성 지배적인 세계의 부단한 탈신비화를 요구한다는 것을 논증하기 위해서 교양소설에 추리물의 요소를 접합시킨다.

이런 맥락에서 얼음 같은 다락방 수녀와 불 같은 와스디에게서 벗어나 어떤 불가사의한 방식으로 '불과 얼음을 결합시킬 수 있는 존재'가 등장한다는 사실은 주목할 만하다. 그 존재는 루시처럼 물과 불에 의해 분열되는 대신 그 둘을 결합한다. 이 지점의 플롯에서 폴리가 '우연의 일치처럼' 나타나는 것은 루시가 결코 존 박사를 통해서 해결책을 발견할 수 없다는 것을 의미한다. 루시가 라 테라스에서 다시 태어난 것처럼 폴리도 극장에서 다시 태어난다. 존 박사는 빽빽하게 밀집한 군중을 열어젖히고 단단하고 뜨겁고 숨 막히는 피와 살로 이루어진 바위를 뚫고 마침내 루시와 함께 몹시 추운 밤거리로 나온다. 그때 폴리가 아이처럼 밝고 경쾌하게 나타난다.[23장] 부드러운 '하얀 서리'로 둘러싸인[32장] 생기 넘치는 순결한 불길이며, 자족적이지만 사랑스럽고 섬세하지만 강한 폴리는 루시와 과거 브레턴 시절을 기억하고 있다. 또한 폴리는 존 박사의 편지를 받고 흥분하며, 그 편지들을 읽기 전에 2층으로 들고 올라가 자물쇠를 채워 보물처럼 보관했다가 한가할 때 읽는다. 사실상 폴리는 행운의 별 아래서 태어난 루시 스노다. 폴리의 출현은 루시를 거슬리지 않는 그림자 이상이라고 생각했던 존 박사의 의식에 종지부를 찍게 한다.

루시는 그녀에게 오는 존 박사의 편지가 멈추자 (이제 멈춰야 하지만) 다시 한번 감금과 굶주림의 이미지에 사로잡힌다. 자신을 방에서 움직이지 않는 은둔자라고 생각하는 루시는 모름지기 현명한 은자란 봄 해빙기의 희망으로 자신의 감정을 숨기고 눈 덮인 무덤을 감수해야 하는 법이라고 스스로를 설득한다. 그러나 루시는 그 서리 즉 폴리가 '그의 가슴속에 들어갈 수도' 있다는[24장] 사실을 알고 있으며, 편지를 기다리는 7주 동안 자신이 음식을 기다리며 갇혀서 굶주리는 동물 같다고 생각한다. 긴 방학 동안 느꼈던 공포를 다시 체험하며 루시는 마침내 '인내심을 소진시켜버린, 평온한 척하려는 오랜 노력'을[24장] 떨쳐버리고, '고뇌를 고뇌라고, 절망을 절망이라고 부르기'로 결심한다.[31장] 루시는 자기 인생사를 쓰는 과정에서 자신이 처음 사건들을 서술했을 때부터 시작된 배움의 과정을 지속했다. 루시의 관점의 변화는 아마도 존 박사와 폴리 사이에 자라나는 사랑을 말하는 방식에 가장 구체적으로 반영되어 있을 것이다.

고통스럽지만 정직하게 루시는 자신이 로맨스를 거부했던 이야기를 한다. 루시 자신이 말한 대로 '위대한 강은 또 다른 곳으로 흘러가기 때문에' 이 거부는 루시에게 강요된 것이다.[26장] 루시의 반응은 독특하다. 루시는 밀봉된 단지 속에 있던 존 박사의 편지를 배나무 밑둥의 구멍 속에 묻는다. 그리고 나서 그 위를 함석으로 덮는다. 이 에피소드에서 루시에게는 신 같은 남성에 대한 숭배, 낭만적인 사랑과 남성에게 보호받고자 하는 욕망이 뿌리내리고 있다고 브론테는 암시한다. 따라서 이 시점에 루시는 자신의 욕망을 억제하려고 애쓸 수밖에 없다. 그러나 상상력의 마술적인 힘으로 이런 종류의 매장은 부적절해진다. 매장지에 수녀가 나타나는 것은 존 박사가 계속해서 루시를 사로잡는 방식을 예시한다. 루시는 무덤이 조용하지 않다고 느끼면서 '이상하게 들썩대는 땅'과 (리지 사이달 로세티의 이야기에 대한 이상한 예감으로) '관의 틈으로 삐져나온 생생하게 살아 있는 황금빛'[31장] 머리카락을 꿈꿀 것이다. 매장은 그녀로 하여금 인내하게 하고, 폴리의 친구가 되게 하고, 존 박사에게 침착하게 말하게 하며(그가 자신을 '사랑의 드라마에서 참견하는 시녀'로 이용하는 것을 거부하며[27장]) 그녀가 폴 선생 때문에 상처받았을 때 침묵하도록 한다.

로맨스에서 배제된 채 루시는 낭만적인 사랑 자체가 만병통

치약이 아니라는 사실을 발견한다. 폴리는 지상 최고의 행복이란 사랑하는 것이 아니라 사랑받는 것이라고 말하며 실러의 발라드 「소녀의 슬픔」을 비판한다.[26장] 루시는 사랑하는 것도 사랑을 받는 것도 자기중심주의에서 우리를 지켜주지 못한다는 것, 예를 들면 실러의 시를 암송하는 폴리의 무신경함에서 우리를 지켜주지 못한다는 것을 이해하기 시작한다. 그런 무신경함은 루시가 겪은 바로 그 고통을 감상적으로 만들기 때문이다. 궁극적으로 자신은 독신녀로서 수녀(아무것도 아닌 사람)라는 생각에서 루시를 해방시켜주는 것은 폴리를 통해 새롭게 얻은 그녀 자신에 대한 인식이다. 연약한 여자, 요정, 기묘한 아이, 아직도 혀짤배기소리를 하는 아이 같은 영혼, 목신, 어린 양, 그리고 애완견 강아지 같은 폴리는 로맨스의 전형, 완벽한 아가씨다. 반면 루시의 비유는 폴리를 어린아이 상태로 머무르게 하는 역할의 한계를 루시가 이해하기 시작했음을 보여준다. 또한 루시는 마찬가지로 사려 깊지 않은 존 박사, 예를 들면 자신의 우울증에 대해 표면적으로는 염려해주면서도 몇 달 동안 자신의 존재 자체를 잊어버리고 자각하지 못했던 존 박사의 이기심도 간파한다. 연인들에게는 그들의 친구뿐만 아니라 그들 자신에게도 상처를 주는 '어떤 자기 몰입적인 자기중심주의'가[37장] 있다는 것을 루시는 알게 된다. 폴리조차 자신의 순결한 서리를 신중하게 간직해야 하며, 그렇지 않으면 그녀도 까다로운 존 박사에게 더는 숭배받지 못할 것이다. 마지막으로 폴리가 만드는 부적에는 무엇인가 악의적인 것, 남자들을 묶어두는 마력이 있다. 폴리는 아버지의 회색 머리털과 존 박사의 금빛 머리털을 함께 뽑아 그녀 가슴에 걸려 있는 목걸이의 금합 속에 가두어둔다. 그 금합은 루시가 묻어놓은 은닉물을 상기시켜준다.[37장]

낭만적인 매혹 때문에 생긴 잘못된 기대감을 강조라도 하는 양, 브론테는 폴 선생과의 사이에서 자라나는 루시의 우정을 '낭만적인' 구혼의 매력과 대치시킨다. 폴 선생은 뚜렷하게 반反영웅적이다. 어두운 낯빛에 검고 중년인 그는 독재적이고 자기 탐닉적이며 가끔은 잔인하고 때로는 바보이기까지 하다. 그러나 그의 약점 때문에 루시는 폴 선생을 자신과 동등한 사람으로 볼 수 있다. 그들의 관계가 동등하고 매우 비슷하기 때문에 싸울 수 있는 것이다. 사실상 폴 선생은 자신의 불같은 성질 때문에 루시의 정열을 인식한다. 폴 선생은 자신과 루시가 이마, 눈, 심지어 목소리 톤까지 유사하다고 확신한다. 그들은 자유에 대한 사랑, 불의에 대한 증오를 공유하고, 정원에 있는 '금지된 산책길'을 함께 즐긴다. 폴 선생에게도 '과거에 죽어버려 지금은 묻힌 채 누워 있는' 정열이 있음을 우리는 발견한다. 그 정열의 '무덤은 깊숙하고 두껍게 쌓아올려져 오랜 겨울을 이겨냈다.'[29장] 그 결과 그도 훔쳐보는 사람이 되어 마법의 격자 창을 통해 정원을 엿보고, 의식하지 못하는 거주민을 염탐한다. 폴과 루시 둘 다 자신들로 하여금 매장된 삶을 살게 한 조작적이며 억압적인 방식에 오염되어 있고, 둘 다 수녀에게 (나무 아래 그들이 나란히 서 있을 때 마침내 그들을 방문한다) 괴롭힘을 당하기 때문이다. 폴과 루시는 음식의 즐거움, 이야기하는 즐거움, 시골길 산책의 즐거움, 꽃 장식 모자와 화려한 빛깔의 옷의 즐거움에 함께 빠져들기 시작한다. 그러나 그들의 관계는 뇌리 속에 끝없이 떠오르는 수녀, 그리고 인간 교제에 대한 그들의 공통적인 두려움으로 계속 방해받는다.

게다가 폴이 루시의 선생이 되었을 때 그들 관계의 불평등은 극화된다. 폴 칼 데이비드 에마누엘은 루시의 지적 노력이 '불가사의한 무능'이라는 특징으로 드러나자 그의 학생을 단지 격려할 뿐이다. 폴 선생은 루시가 '[그녀의] 성의 고유한 한계'를 넘어선 것처럼 보일 때 잔인하게도 루시로 하여금 꿈틀거리는 야망을 느껴보게 한다. '내 힘이 무엇이든, 여성적이든 그 반대든, 신이 그것을 주셨고, 따라서 나는 신이 주신 어떤 능력도 부끄러워해서는 안 된다고 확실하게 느꼈다.'[30장] 폴은 '원숭이가 말할 수 있는 능력이 있지만 말하지 않는 것을 선택했을 뿐'인 것처럼[30장] 루시가 괘씸하게도 그리스어와 라틴어를 안다는 사실을 감추고 있다고 계속해서 믿는다는 것은 의미심장하다. 폴은 루시가 일종의 '자연의 변덕', 기형적인 우연임에 틀림없다고 확신한다. '그는 사랑스럽고 조용하며 수동적인 여성의 평범함이야말로 사고와 감각으로 지친 남자의 관자놀이에 휴식을 줄 수 있는 유일한 위안이라고 굳게 믿고 있었기 때문이다.'[30장]

간단히 말해 폴은 루시가 밀턴의 유순한 딸들처럼 되기를 원한다. 즉 폴은 루시가 자신의 작업을 필사하는 비서나 정해진 주제를 프랑스어로 바로 말할 수 있는 작가가 되어 자신의 명령을 수행하기 바란다. 당연히 루시는 자신이 폴의 피조물이 된다는 생각에, '연단에 앉아서 보여주기 위해 주문에 맞추어' 글을 쓴다는 생각에 소름이 끼친다. 그 이유는 부분적으로 루시가 남자 뮤즈와 자신을 '가장 미치게 만드는 주인'이라고 상상하는 '창조적 충동'이 '완전히 차갑고 딱딱하며 화강암처럼 단단한, 조각한 입술과 텅 빈 눈알, 무덤의 돌 표면 같은 가슴을 가지고 있는 검은 바알신'[30장]임을 확신하기 때문이다. 루시는 자신이 항의했음에도 마침내 폴 선생의 강요로 시험을 보게 되었을 때, 빌레트에 도착한 날 어두운 거리에서 음란하게 그녀를 따라와 그토록 놀라게 했던 사람들이 폴의 두 동료 교수였다는 사실을 알게 된다. 이처럼 존경할 만한 사회에 대한 풍자적인 관점은 루시가 폴의 편협한 포학성에 경멸을 표할 수 있을 정도로 루시를 해방시켜준다. 루시는 '손을 허리에 대고 있는 분노한 천박한 노파'라는 모습을 통해 변덕스럽고 강력하며 음탕한 여신과 같은 '인간의 본성'을 혹독하게 그려냈다.[26장]

*

이런 점에서 『빌레트』의 비평가들이 이 소설의 가장 기묘한 에피소드 중 하나를 한결같이 무시하는 것은 흥미롭다. 그 에피소드란 루시가 솟아오르는 사랑 때문에 커다란 불안을 느끼는 부분이다. '말레볼라'라는 제목이 붙은 장에서 루시는 과일 바구니를 할머니 집에 가져다주어야 하는 전형적인 동화 속의 작은 소녀를 생각나게 한다. 마담 베크는 루시에게 생일 축하 바구니를 마담 발라펜스에게 가져다주라고 부탁한다. 루시가 마주 거리에 도착하기 위해 오래된 바스빌에 들어서자마자 엄청나게 비가 쏟아졌다. 루시는 문 앞에서 하인에게 문전박대까지

당하면서 고택에 들어간다. 객실에서 그녀는 어떤 초상화를 응시하는데, 이 초상화는 마술처럼 뒤로 돌려지더니 사라지고, 그 뒤로 궁형의 통로와 차디찬 돌로 된 나선식의 신비한 계단, 그리고 매우 기이한 형체가 모습을 드러낸다.

그녀의 키는 90센티미터 정도로 보였지만, 특별한 형상을 갖추고 있지는 않았다. 앙상한 손은 서로 포개었고, 마술 지팡이 같은 상아 지팡이의 금으로 만든 손잡이를 잡고 있었다. 커다랗게 고정되어 있는, 그녀의 얼굴은 어깨 위가 아니라 가슴 앞에 붙어 있었다. 그녀는 목이 없는 것 같았다. 그녀의 모습에는 100년의 세월이, 그녀의 눈(두툼한 회색 눈썹과 뺑 둘러 검푸른 눈꺼풀이 있는, 악의적이며 다정하지 않은 눈)에는 아마 그 이상의 세월이 들어 있는 듯 보였다. 둔감하고 불쾌하다는 듯이 그 눈은 나를 단호하게 바라보고 있었다![34장]

마담 발라펜스는 마담 베크의 축하 인사에 저주를 퍼부었다. 마담 발라펜스가 되돌아가려고 할 때 천둥소리가 울렸다. 그녀의 집은 '마법에 걸린 성'이고 폭풍은 '주문에서 깨어난 폭풍' 같아 보인다.[34장] 마침내 마담 발라펜스는 나타났을 때와 마찬가지로 신비스럽게 사라진다. [싸움터의 까마귀라는 뜻의] 그녀의 이름 자체가 그녀의 역사를 보여준다. 우리는 이미 벽이 감금의 의미를 계속 띤다는 것을 살펴보았다. 반면 까마귀는 전통적인 켈트족의 이미지에 따르면 아이들을 죽이는 노파를 상징한다. 실제로 마담 발라펜스는 한 아이를 감금시켜 죽였다. 그녀는 손녀 저스틴 마리가 가난에 쪼들린 폴 선생과 결혼하는 것을 반대해서 손녀를 수녀원에 은둔시켰는데, 저스틴은 그곳에서 20년 전에 죽었던 것이다. 그녀의 기형적인 몸, 많은 나이, 적의에 찬 표정, 그녀의 지팡이를 보건대 마담 발라펜스는 확실하게 마녀다.

사실상 집 꼭대기에서 아래층으로 내려오는 마담 발라펜스는 또 하나의 복수심에 불타는 다락방의 미친 여자다. 버사 메이슨 로체스터처럼 그녀도 '장애 때문에 가끔 악마적으로 폭력적인 기질을 드러내는'[34장] 악의적인 분노로 가득 차 있다. 남편, 아들, 손주보다 더 오래 살아남은 그녀는 특히 결혼하기 직전에 행복으로 가득 차 있는 사람들게 미친 듯이 분노한다. 복수심에 불타는 무시무시한 어머니인 그녀는 『빌레트』의 마지막에서 남성과 남성적 문화의 불의에 대한 루시의 억압된 분노를 최종적으로 (그리고 가장 강렬하게) 보여주는 역할을 맡는다. 왜냐하면 그 도시의 가장 오래된 구역에 있는 이 오래된 집으로 가는 여정에서 루시는 그녀의 가장 어둡고 가장 내밀한 화신을 만났기 때문이다. 사실상 마담 발라펜스가 폴 선생을 다른 장소도 아닌 바스테르[낮은 땅]에 있는 보물을 찾아 떠나는 전형적인 마법의 원정길로 보낼 때 보여준 의지는 루시의 무의식적이고 말할 수 없는 의지와 같다. 앤 로스가 보여주었듯, 죽음이 다가오면 울부짖는 반시 전설에서도 노파-까마귀 여신은 살아남았기에,[29] 반시 전설이 나온 근거라 할 수 있는 숨 막힐 정도로 고통스러운 동풍을 항상 두려워했다는 루시 자신의 고백은 의미심장해 보인다.[4장] 더 나아가 폴이 자신에게 되돌아오기를 기다리는 루시는 ('조용히, 조용히, 반시'라고 기도하지만) 폭풍이 휘몰아치는 바다의 파괴적인 돌풍을 잠재울 수 없다.[42장] 폴 선생이 죽은 뒤, 루시는 그가 '더욱더 [그녀] 자신의 것'이었음을 깨닫는다. 그리하여 마담 발라펜스의 긴 인생에 대한 언급으로 자신의 서사를 자연스럽게 결론 맺는다.

만약 마담 발라펜스가 루시의 다락방의 미친 여자라면, 루시를 따라다니는 또 다른 환영인 다락방의 수녀는 그녀와 어떤 관계인가? 기독교에서 계속 나타나 노파-까마귀 여신의 모습은 로스가 주장하듯 자애로운 성자의 이미지로 이어진다. '노파'를 의미하는 켈트어인 카일리아크cailleach는 '수녀'를 의미한다. 그러므로 화려한 색깔의 옷과 반지로 장식한 채, 이 곱사등이가 집 꼭대기에서 내려와 죽은 수녀, 폴의 매장된 사랑인 잃어버린 저스틴 마리의 초상화를 통과해 나타난다는 것은 의미심장하다. 루시는 그 그림이 슬픔, 나쁜 건강, 순종적인 습관의 우울함을 나타내는 창백한 어린 얼굴에 수녀 복장을 한 성모 마리아 같은 모습을 그렸다고 확신한다. 우리는 이미 제인 에어의 순종의 결과로 버사 메이슨 로체스터의 공격성이 나타나는 방식을 보았고, 캐럴라인 헬스턴의 여성적인 수동성 때문에 셜리 킬다의 남성적인 힘이 나타나는 이유를 살펴보았다. 마찬가지로 『빌레트』에서 마담 발라펜스의 악의도 저스틴 마리의 자멸적인 수동성의 다른 면이다. 디킨슨의 시(「우리 뒤에 숨겨져 있는 우리가— / 가장 놀라게 한다—」)의 핵심적 진실을 극화하는 양, 브론테는 그 마녀가 바로 수녀라는 사실을 폭로한다. 미스 마치몬트의 초기 판단이 정당화되고 있는 것이다. 가부장제 사회에서 마녀나 수녀가 되지 않은 여자들은 루시처럼 마녀와 수녀 모두에게 시달린다. 사랑과 남자에 대한 루시의 양가적 감정은 이제 충분히 설명되었다. 루시는 자신의 세계에서 자아실현이 가능한 유일한 형식으로 감성적 성애적 관계를 추구하지만, 그녀는 그런 관계가 자신을 순종이나 파멸, 자살, 또는 살인으로 이끌고 가지 않을까 두려워한다.

동양의 마법과 연관된 악마적인 힘을 소유한 양성적인 '야만인 여왕'으로서[34장] 마담 발라펜스는 와스디를 닮았다. 마담 발라펜스는 예술가로서 그녀의 인물들을 죽음에 이르게 하는 교묘한 플롯의 창조자이기 때문이다. 그러나 그녀가 만든 악의적인 구성은 사악한 마술과 여성의 예술적 기교의 관계를 공고히 다질 뿐이다. 왜냐하면 마녀의 힘의 원천은 그녀의 마법적인 이미지, 즉 제시된 희생자의 약함과 질병, 그리고 최종적으로는 죽음을 야기하는 매장된 표상에 있기 때문이다.[30] 마담 발라펜스의 모든 자기중심주의와 에너지로 미루어보건대, 그녀는 예술가, 아마도 작가 자신을 우울하게 풍자하는 인물인 듯하다. 왜냐하면 그녀의 키 약 90센티미터는 브론테 자신의 작은 키(약 143센티미터)를 상기시키기 때문이다. 동시에 은빛 수염과 목소리가 남성적인 그녀는 분명 유사 남자다. 그녀는 가부장적 문화의 필수적인 부분이 됨으로써 권력을 획득했기 때문에 여자들의 노예화를 촉진하는 방향으로 자신의 예술을 사용한다. 그렇다면 마담 발라펜스는 자신의 창조성이 그녀 자신과 다른 사람들에게 미칠 영향을 두려워했던 브론테의 불안을 드러내는 인물이라 할 수 있다. 물론 마담 발라펜스가 실제로 예술가는 아니다. 그녀의 예술은 사실상 마담 베크의 마술적인 감시와 마찬가지로 억압적이고 조작적이다. 앞서 보았듯 마담 베크는 억제하려는 루시의 시도를 구현하는 인물이다. 자신의 권리를 가지고 있는 인물로서 마담 베크는 '수도원 생활을 좋아하지 않는다'는[38장] 것이 이제 명백해진다. 마담 베크와 마담 발라펜스 둘 다 루시 내면의 모순이 일으키는 폭정을 피하고 있지만, 그것은 오직 헤벨의 아내 야엘처럼 남성적 가치의 관리인, 다른 사람들의 종속을 강요하는 가부장적 문화의 중개자가 됨으로써 피할 수 있을 뿐이다.

어떻든 이 시점에 이르러 루시의 가장 핵심적인 범주가 무너져내리는 것 같다. 루시는 이전에 자신의 공포 때문에 인식하지 못했던 더 복잡한 세계와 마침내 타협하고 있기 때문이다. 마담 발라펜스의 마술적인 이미지를 거부할 때조차 루시는 그것이 가부장제를 거부하는 여자의 열광적인 마술과는 다르다는 것을 알고 있다. 가부장제를 거부하는 여자는 타자의 통제를 통해서가 아니라 자기 자신의 해방을 통해서 권력을 찾고자 한다. 여자들에게 권력 자체는 치명적이지 않아도 위험한 것처럼 보인다. 사회에 수용될 수 있는 통로를 제공받지 못한 독립적이고 창조적인 여자는 교활한 마녀로 낙인 찍힌다. 만약 그녀가 예술가가 된다면, 그녀는 자아 파괴의 가능성에 직면하고, 만일 그녀가 예술가가 되지 않는다면 그녀는 다른 사람들을 파괴할 것이다. 와스디가 여성의 예술성이 불러올 고통을 구현하고 있다면, 마담 발라펜스는 예술가가 되지 못하고 불구의 '비여성화된' 역할에 갇힌 자의 무시무시한 결말을 보여주고 있다. 여성 예술가는 자신을 부활시킬 수 있는 방법을 찾아야 한다. 예언가든 무당이든 마법사든 여성 예술가는 수녀의 침묵뿐만 아니라 마녀의 저주도 피해야 한다고 브론테는 말한다.

*

존 박사의 편지를 매장할 때 마법의 이미지를 이미 차용했던 루시는 열광적인 상상력의 (이 상상력의 부활은 꿈에서 금빛 머리털로 나타난다) 두렵지만 해방적인 힘과 비교해볼 때, 마법의 힘이 더 허약하다는 것을 알고 있다. 제인 에어는 자신의 꿈같은 스케치와 (여기에서 우리는 그녀의 무의식적인 충동이 예언적으로 나타나는 것을 보았다) 그녀의 초상화에서(여기에서 그녀는 자신이 로체스터와 맺어질 수 없다는 것을 증명하기 위해 보잘것없는 자기 자신과 대조적인 아름다운 블란치 잉그램을 그린다) 매우 다른 두 예술을 실험했다. 루시는 자신의 창조력에 대해 제인보다 더 불안해하는 모습을 보이면서 바느질, 정교한 판화 선 따라 그리기, 풍자적인 소품 쓰기 같은 심하게 제한적인 예술만 실천했다. 그러나 공원 풍경을 묘사하는 가장 중요한 장면에 이르면 루시는 뛰어난 작가가 된다. 무슨 일이 일어났는가? 우선 이 소설의 전 과정에 걸쳐 루시는 자신의 목소리로 말하는 방법, 그림자에서 나오는 방법을 배웠다. 루시는 실라스 신부와 폴 선생의 설득에 맞서 자신의 믿음을 성공적으로 방어한다. 그녀는 연인들을 위해 폴리의 아버지에게 거리낌 없이 이야기하고 마담 베크의 방해에 저항한다. 이런 진전에도 루시는 결국 자신이 한때 은둔했던 그 완벽한 어둠의 순간에 직면하지만, 전반적인 진전 덕분에 자기 표현과 자기 극화를 향해 나아간다.

더욱이 자신의 이야기를 쓰는 과정에서 루시는 점점 덜 얼버무린다. 루시의 서사는 점차 더 자신을 그녀 관심의 핵심으로, 자기 이야기의 주인공으로 규정한다. 루시는 폴리와 지네브라의 사랑의 도피를 기운차게 요약하는데, 이는 그녀가 낭만적인 사랑의 한계와 심지어 그 사랑의 희극적인 면까지도 보았다는 것, 이제 그녀에게는 고통스럽지만 지속적이며 지적인 다른 사랑이 더 흥미롭다는 것을 증명한다. 사실상 루시의 책략은 매장이 아니라 귀신을 몰아내는 의식을 향한다. 루시는 자기 삶의 이야기뿐 아니라 그녀 자신의 삶 자체의 작가가 되어가는 과정에 있기 때문이다. 『빌레트』에서 상상력의 문제적인 성격을 다루고 있는 것은 이 때문이다. 마지막 주제로 브론테는 억압과 구속의 공포를 그리고 나서 상상력을 숭배하는 삶의 가능성으로 돌아서는데, 부분적으로는 더 이상 여자를 노예화하지 않는 소설을 창작하고 싶은 자신과 타협하기 위해서다.

마담 베크가 루시를 단속하려던 시도가 실패로 돌아간 뒤, 적절하게도 장대한 피날레로 이 모든 인물들과 이미지들을 화해시키는 공원 장면이 등장한다. 루시는 수면제로 마취되지 않고 오히려 깨어나 이제는 공공연하게 소굴, 수녀원, 지하 감옥이라 불리는 학교에서 도망쳐 나온다. 루시는 마치 자아를 찾아 떠나는 그녀 자신의 모험을 묘사하는 듯한 꿈속의 신비한 무도회장을 몽유병 환자처럼 걸으며, 마술과 같은 상상력에 자극받은 것 같다. 둥근 거울, 달빛 속에 빛나는 돌 수반, 자정의 여름 공원을 걷고 있는 루시는 상상력의 상징들로 빛나는 마법의 장소(타오르는 별의 아치, 형형색색의 별똥별들, 이집트식 건물)를 발견한다. 유령과 환영이 만들어낸 마술적이고 환각적인 세계에서 주문에 걸려 있는 루시는 '이 모든 장면은 마치 꿈같았다. 모든 형상은 흔들리고 모든 움직임은 둥둥 떠 있었으며 모든 목소리는 메아리처럼 반은 조롱하듯 반은 불확실하게 울렸다'고 말한다.[38장] 이것이 자유를 위한 투쟁을 기념하는 축하연이라는 사실은 이 광경의 경이로움을 파괴하지 않는다. 이 장면은 너무도 분명하게 루시가 최근에 경험한 구속을 벗어난 자유를 반영하기 때문이다.[31] 예술에 대한 인유들, 동양적 배경, 음악, 마술에 대한 감각은 루시의 투쟁이 심리적이면서도 미학적이라고 우리에게 알려준다. 그리하여 루시는 공원을 숲이 우거진 극장이라고 언급하는데, 그곳은 절정과[38장] 결말로[39장] 이끌고 갈 발견에 참여하는 배우들로 가득 차 있다.

사실상 루시의 상상력이 과거와 현재의 삶에서 그녀를 사로잡았던 혼령들을 그녀 앞에 불러 모으듯, 이 꿈같은 한여름 밤, 발푸르기스 전야제에서 일어난 일련의 사건은 이 소설의 소우주를 구성한다. 처음에 루시는 브레턴 집안 사람들을 만나 그레이엄에 대한 감정을 전형적으로 공간적인 용어로 찬양하고 그녀가 그를 위해 간직해온 페리 바누의 천막을 묘사한다. 그녀의 손 우묵한 곳에 접혀 있는 그것은 펼치면 천막으로 커질 것이다. 루시는 처음으로 존 박사에 대한 그녀의 사랑을 인정하지만, 자신이 알려지는 것을 피해 실라스 신부, 마담 베크, 마담 발라펜스로 구성된 '교황 절대주의자 집단'을 관찰하기 위해 이동한다. 그들이 저스틴 마리의 도착을 기다리는 동안 루시는 죽은 수녀의 환영을 불러낸다. 그러나 루시는 수녀 대신 폴 선생이 죽은 성자의 이름을 갖고 있는 어린 피후견인인 여자 조카와 함께 도착하는 것을 본다. 루시는 질투하는 동시에 폴 선생의 수녀가 마침내 묻혀버렸음을 알게 된다. 커다란 고통을 느끼는 이 시점에 그녀는 진실의 여신을 찬양하기 시작한다. 비록 억압이 그녀에게 야엘과 시스라의 갈등과 자기희생의 고통을 재연할 것을 요구할지라도, 앞에서도 반복해서 그러했듯 루시는 억압을 옹호한다. '강철이 [그녀의] 영혼에 들어갔을 때, 그녀는 마침내 자신이 쇄신되었음'을 믿는다.

학교로 되돌아왔을 때 루시는 다락방의 수녀처럼 보이는 사람이 자기 침대에서 잠자고 있는 것을 발견한다. 이제 루시는 드디어 유령에 맞설 수 있다. 공원 장면에서 해방된 루시는 정절과 감금을 나타내는 상징을 파괴할 수 있게 되었기 때문이다. 왜 폴 선생의 수녀의 출현이 루시의 수녀를 표면으로 떠오르게 하는가? 항상 그랬듯 브론테는 답변을 보여주기 위해 플롯을 사용한다. 공원에서 열린 축제의 밤에 자신의 상상력을 따라가고 있는 루시는 수도원을 도망쳤으며, 그때 루시가 문을 조금 열어둔 결과 지네브라와 드 하말(바람둥이 여자에게 구혼하기 위해 수녀로 위장했던 멋쟁이)도 도망간 것이다. 우리는 이미 지네브라와 드 하말이 루시의 자기만족적이고 관능적이고 낭만적인 측면을 나타내고 있다는 것을 살펴보았다. 거울 앞에서 포즈를 잡아보는 이 맵시꾼과 바람둥이 여자는 바보 같지만, 그들의 역할은 중요하다. 오로지 '외부' 세계에만 존재하는 그들은 완전히 '내면적'인 삶을 사는 수녀와 마찬가지로 자존감을 갖고 있지 않다. 따라서 루시가 자신을 지네브라와 드 하말에게서 해방시킨다는 것은 동시에 그녀가 자기 내부에서 자아를 거부하는 수녀를 제거할 수 있음을 의미한다. 사실상 서로 의존하는 이 영혼들은 그녀의 집 밖으로 추방되었다. 공원에서 관음증 속으로 도피할 수 없었던 루시는 질투심을 경험했기 때문이다. 파괴되지는 않았지만 상처를 받은 루시는 적어도 일시적으로 내면의 분열을 일으키는 모순에서 자신을 해방시켰다. 브론테는 어떻게 그 분열이 남성적인 허구인가를 다시 한번 보여주기 위해서, 우리에게 외관상으로는 여성적인 수녀의 이미지가 어떻게 드 하말의 낭만적인 남성의 책략을 숨기는지 보여준다.

연달아 일어나는 이 전체적인 사건에서 가장 아이러니한 것은 루시가 틀렸다는 사실이다. 폴은 매장된 저스틴 마리에 대한 추억이나 그의 피후견인이 아니라 루시에게 몰두하고 있다. 그러나 루시는 자신이 틀렸기 때문에 구조된다. 공원 장면 전체에 걸쳐 루시는 자신의 상상력 때문에 길을 잃는다. 평온하고 어두운 공원의 이미지를 불러낸 다음, 루시는 이 불빛으로 장식된 축제에서 자신은 보이지 않는 사람으로 존재할 수 있다고 믿으며, 침대에 있는 마담 베크와 배 위에 있는 폴 선생을 그려보고, 부자이며 아름다운 폴의 피후견인과 폴의 낭만적인 이야기를 창조한다. 루시가 이른바 진실의 여신에게 바친 자신의 찬사를 비웃는 것은 이 해방된 자조 덕분이다. 여신의 메시지는 루시 자신의 최악의 공포를 단지 상상으로 투사한 것일 뿐이다. 결국 상상력과 이성 사이의 완전한 구분이 공원 장면에서 무너지는데, 루시가 '이성'이라고 불렀던 것이 사실은 그녀를 수녀로 변모시킬 마술적 이미지나 억압적 마술이라는 것을 자각하기 때문이다. 비록 루시는 조용하고 하얗고 흠이 없는 달이('모든 지배적인 진실'의[39장] 목격자가) 승리한다고 생각하면서 공원을 떠나지만, 다음날 그녀는 그 진실을 받아들일 수 없다. 루시가 침묵 속에서 순종할 수 없다는 바로 이 사실은 루시 자신이 그것을 약점이라 생각해도 과거의 내면의 싸움에서 그녀가 해방되었다는 표시다. 루시는 공원에서 좀 더 통합된 사람으로 태어났고, 가장 위협적인 상황에서도 자신을 표현할 수 있게 되었기 때문이다. 이제 루시는 폴과 말할 수 있는 마지막 기회를 붙잡기 위해 마담 베크에게 도전하며 울부짖음으로 그를 붙든다. '내 마음이 찢어질 거야!'[41장]

지독한 자의식을 가지고서도 루시는 이제 폴에게 자신의 모습이 그의 마음에 들지 않느냐고 물을 수 있다. 이 질문은 거울 앞에서 벌어지는 일련의 장면 중 (각각의 장면은 루시의 자아 인식을 규정하고 있다) 절정을 이룬다. 작품의 시작에서 지네브라가 루시에게 매력적인 소양이나 아름다움도 없고 사랑할 수 있는 기회도 없는 루시 자신의 이미지를 보여주었을 때, 루시는 지네브라의 솔직함을 칭찬하면서 냉소적으로 평온하게 그 이미지를 받아들인다. 그러나 소설 중간의 음악회에서 그녀는 분홍색 드레스를 입은 자신과 아름다운 브레턴 일가 사람들을 비교하며 '후회의 고통과 불화의 삐걱거리는 소리'를 경험한다. 마지막으로 루시는 폴을 볼 수 있는 마지막 기회를 놓쳤다고 생각할 때, (피부가 하얗고 부석부석하고 눈이 붓고 흐리멍텅한) 자신이 혼자임을 절절하게 인식한다.[38장] 다른 사람의 관찰 대상으로서 거울에 비친 자신의 이미지를 보는 대신, 루시는 스스로 자신을 바라본다. 루시는 점점 더 자신을 그녀 자신의 몸과 동일시할 수 있음으로써 자신을 알고 있다고 생각하는 모든 사람이 자신을 모순적이며 무능력하다는 식으로 규정하는 정의에서 자유로워진다. 그리하여 루시는 존 박사, 홈 씨, 지네브라, 폴리조차 어떤 편견을 가지고 자신을 보았는지 이해하기 시작한다. 브론테는 드디어 루시가 '진리'에 대한 상상적인 '투사'와 이성적인 '이해'는 분리될 수 없다는 것을 알게 되었음을 시사한다. 거울은 실재를 반영하지 않는다. 거울은 실재를 해석함으로써 실재를 창조한다. 그러나 해석의 행위는 지각의 행위로 남아 있을 때만 포학성을 피할 수 있다. 결국 '작은 방어들이 축적되는 곳에서만 […] 해석이 필요하다는 것은 확실하다.'[27장]

루시는 자아-정의가 필요한데 부족하다는 성숙한 인식을 (개인적으로 유용하다고 증명함으로써 그것의 한계를 역설하는 허구가 필요하다는 이해를) 통해 비로소 그녀 자신의 방, 사실상 그녀 자신의 집을 얻는다. 포부르 클로틸드에 있는 학교는 편안한 공간을 얻기 위한 그녀의 투쟁과 브론테의 모든 여자 주인공이 겪어왔던 투쟁에 걸맞은 결론이다. 작은 집에는 담쟁이 넝쿨로 덮인 커다란 창이 있다. 객실은 작지만 아름답고, 홍조를 띤 섬세한 벽과 매우 윤기나는 마루를 덮고 있는 화려한 카펫이 있다. 작은 가구, 식물들, 작은 부엌용품들은 루시를 기쁘게 한다. 벽이라고 할 정도로 넓지도 않고, 천장이라고 할 정도로 높지도 않은 거주지임에도, 루시의 작은 집은 한편으로는 그녀의 낮아진 시각을, 다른 한편으로는 비록 규모는 작아도 독립적으로 자신의 길을 가고자 하는 그녀의 의지를 상징한다.

학교나 가정 모두에 이 집은 루시의 독립성을 상징한다. 2층에는 침실 두 칸과 교실이 하나 있으며, 다락방은 언급되지 않고 있다. 여기에서 폴과 루시는 가까이에 물줄기가 솟아나오는 샘이 있는 포부르의 정원을 내려다보면서 발코니에서 초콜릿과 롤빵, 신선한 빨간 과일 같은 조촐한 식사로 그들의 사랑을 기념한다. 비록 폴이 루시의 왕일지라도, 그는 단지 집을 세냈을 뿐이기에 그녀는 곧 생활비를 벌어야 할 것이다. 루시는 조상의 저택에서도 수녀원에서도 탈출했다. 그리하여 루시는 이제 자신의 진실을 규정하는 그녀의 상상력을 상징하는 달빛 아래 서 있다. 이런 루시는 셜리보다 더 행운아다. 루시는 실제로 '우리의 위대한 아버지와 어머니'의 날들을 경험했기 때문이다. 루시는 '장엄한 아침의 이슬을 맛볼 수 있으며 떠오르는 태양 속에 몸을 담글' 수 있다.[14장]

더욱이 캐럴라인 헬스턴과 달리 루시에게는 진정한 음식이 주어진다. 루시는 폴이 부재하더라도 그와 연락을 유지할 것이기 때문이다. '그는 돌도 변명도 주지 않을 것이다. 전갈도 실망도 주지 않을 것이다. 그의 편지는 자양분을 주는 진정한 음식이고, 기운나게 하는 생명수였다.'[42장] 그러나 여자들이 자신에 대한 완전히 통합된 인식, 경제적인 독립, 남자의 사랑을 얻을 수 있다는 희망이 있음에도, 그런 소망이 이미 성취된 사실로 왜곡될 수는 없다는 것을 브론테는 자각하고 있다. 『빌레트』

의 애매한 결말은 루시의 양면성, 즉 폴에 대한 그녀의 사랑과 그녀의 인식, 말하자면 자신의 힘을 완전히 발휘할 수 있는 것은 폴이 부재할 때뿐이라는 인식을 반영한다. 그것은 또한 전통적으로 여성을 희생시킨 독재적인 허구를 피하고자 하는 브론테의 결단을 반영한다. 다시 한번 브론테는 남성의 낭만주의의 기를 꺾는다. 비록 루시의 연인이 폴앤드비르지니호를 타고 멀리 항해를 떠나지만, 비록 그녀의 소설이 베르나르댕 드 생 피에르의 소설처럼 난파로 끝나긴 하지만, 브론테는 모험하는 남자를 집에서 기다리는 사람은 구속된 여자, 즉 루시라는 것을 다시금 강조한다. 동시에 브론테는 사랑의 끝은 삶의 끝이 아니라는 점도 말한다. 『빌레트』의 마지막 장은 '공포는 가끔 헛된 상상을 만들어낸다'는 것을 우리에게 인지시키며 시작한다.[42장] 소설의 끝에서 루시는 확실하게 결론 내리기를 거부한다. '찬란한 상상력이 희망하게 놔두라.'[42장] 브론테는 삶을 떠받치는 이야기가 지속적으로 필요하다는 사실을 우리에게 상기시키는 것 이외의 어떤 명확한 메시지도 삼가는, 애매하게 열린 결말을 남겼다.

루시가 자기 삶의 저자가 되는 이야기를 말하는 매우 변덕스러운 방식은 어떻게 브론테가 문학적 대상이 아니라 의식의 문학을 만들어냈는지 예증하고 있다. 『빌레트』를 쓰기 위해 브론테 자신이 루시 스노가 되었던 것처럼, 루시가 모든 브론테의 인물들이 되었던 것처럼, 우리는 소설의 마력과 상상력의 마술로 소생한 죽은 자들이 내뱉는 진실을 말하는 음산한 목소리에 굴복한다. 브론테는 가부장적 예술이 여성들에게 부여한 감금의 이미지뿐만 아니라 그런 예술의 암묵적으로 강압적인 특질도 거부한다. 『빌레트』는 세심하게 만들어진 작품은 아니다. 과도한 문체도 그렇고 작가와 여자 주인공의 모호한 관계는 브론테가 쓰고 읽는 개인적인 과정에 몰두했다는 것을 증명하고 있다. 도취적 철학적 개인 중심적 장엄함 대신 브론테는 우리에게 키츠가 '소극적 수용 능력'이라고 불렀던 것에 좀 더 가까운 경험을 제공한다. 브론테는 자신의 소설을 플롯의 시간적인 연속을 통해서만 이해할 수 있는 풍자적이며 고백적인 발화로 만듦으로써, 『빌레트』에서 그녀가 고찰하는 예술가들, 루벤스, 실러, 베르나르댕 드 생 피에르, 워즈워스, 아널드와 그 밖의 사람들을 비판한다.

브론테 자신의 저항 때문에 그녀가 시인들의 이른 죽음에 대한 아널드의 시적 불평의 주제가 되었다는 것은 아이러니하다. 아널드는 「하워스의 교회 묘지」에서 브론테가 어떻게 '주인의 어투로 그녀 자신의 정열적인 삶의 위장된 역사'를 말했는지 묘사했다. 이때 아널드는 브론테의 예술이 의도적으로 만들어진 세계임을 인식하고 있다. 그러나 아널드는 브론테의 예술에서 성적 특징을 제거하면서 (여기에서는 그녀의 '주인의 어투'를 묘사하고, 나중에는 그녀를 언급할 때 남성 고유명사를 사용함으로써)[32] 그 자신의 삶, 예술, 비평과 전적으로 어긋나는 독서 과정과 인식에 그 자신이 굴복할 수 없거나 굴복하지 않으려는 독자들의 긴 대열의 선두에 서 있음을 입증한다.

가부장적 예술을 전복하기 위해 브론테가 사용한 것은 수용의 행위다. 최근 몇몇 페미니스트들은 브론테가 여자 주인공들을 수동적인 인물로 그렸다는 이유로 불편해한다.[33] 우리가 살펴보았듯 브론테의 작품들은 남성성을 권력과 동일시하고 여성성을 굴종과 동일시하는 폐해를 상세하게 설명한다. 그러나 브론테는 순종의 습관이 여성에게 중요한 통찰(여성들이 저항할 때 그들의 주인처럼 되지 않도록 그들을 도와줄 수 있는 공감의 상상력)로 이끌었음을 알고 있었다. 여자들은 자신을 대상으로서 경험할 수밖에 없었기 때문에 살아 있는 죽음에서 깨어날 필요성과 깨어날 수 있는 능력을 둘 다 이해한다. 여성들은 그 능력과 필요성이 마술적인 이미지가 아니라 마력이며, 박해하는 고백적인 참회가 아니라 부활하는 고백적인 예술임을 알고 있다. 그것은 그들이 탈출했던 장소에 또 다른 타자를 옭아매지 않으면서도 자신을 해방시킬 수 있는 예술이다. 시학의 정치를 의식하고 있기 때문에 브론테는 어떤 의미에서 (이성과 상상 사이의 간극을 공격하고, 객관적인 예술 작품의 주관성을 주장하며, 그녀 소설의 주제로 대상화된 희생자들을 선택하고, 그녀와 함께 타자화된 사람의 내면성을 경험하도록 독자를 초대하는) 현상학자다. 이 모든 이유 때문에 브론테는 끊임없이 고통받았고, 그녀의 좀처럼 잊을 수 없는 예술의 정직성 덕분에 힘을 얻었던 모든 여성들의 강력한 선구자로 남아 있다.

5부

조지 엘리엇의 소설에 나타난 감금과 의식

13장 상실감이 빚은 예민함
조지 엘리엇의 숨겨진 비전

에덴의 여자들은 어두운 무덤 속에 자신들을 감추기 위해 손수 짠 부드러운 비단 베일 속에서 겨울잠을 잔다.
그러나 남자들은 여자의 죽음을 통해 부활해 영원한 삶을 산다.
- 윌리엄 블레이크

…분별력과 훌륭한 감식력은 순수과학에서 뛰어난 성취를 이룩한 여자로 하여금 일반적인 관찰자들이 자신을 알아볼 수 없도록 항상 베일을 쓰게 만들었다. 그런 성취는 여자의 성에 어울리지 않기 때문이다.
- 두걸드 스튜어트

천천히, 머뭇거리며, 기어서,
여자는 여기까지 왔다! ―
그녀는 베일을 쓴 채 졸면서 걷는다,
자신의 힘을 알지 못하므로.
- 샬럿 퍼킨스 길먼

내가 쓰려고 하지 않았던
가면이, 마치 서리로 만든 가면인 양
내 얼굴을 덮는다.
내다보는 눈들,
노래의 핵심에는 침묵을 갈망하고.
- 데니즈 레버토프

샬럿 브론테의 소설은 여성문학에 나타난 폐쇄라는 문학적 형상과 분신 사용의 관련성을 명확히 보여준다. 우리가 그녀의 작품에서 보았듯이, 이 둘은 여성의 희생을 나타내는 상보적인 기호다. 불편한 공간과 불편한 자아에 갇혀 있는 브론테의 여자 주인공들은 그들 자신이 두려워하는 충동을 대체하거나 가장하는 대행자를 피할 수 없다. 따라서 그녀들은 존 어윈이 남성 소설에서 최근에 탐색했던 '운명의 손아귀에서, 시간의 흐름 속에서, 죽음에 직면해서, 모든 힘 있는 아버지의 손 안에서 무력감을' 경험할 때조차[1] 프로이트가 '억압된 것의 귀환'이라고 말했던 것을 반복해서 견뎌야 한다. 여자들의 이런 무력감은 여성 정체성의 수수께끼에 대한 이상적이지는 않지만 적절한 해결책으로 처방되는데, 이 사실이 문제를 더 복잡하게 만든다. 예를 들면 루시 스노는 스스로 수동적 상태를 선택했다고 생각하려 애쓴다.

이 장을 연 인용문이 예증하듯, 이 점에서 루시는 감금에 반응하는 여성 특유의 태도를 적절하게 대표한다. 샬럿 퍼킨스 길먼처럼 베일에 덮여 있다고 느끼든, 데니즈 레버토프처럼 가면을 쓰고 있다고 느끼든, 자신들의 상실감에서 특별한 이점을 얻어내려고 하는 경우에도 여성 작가들은 자신이 권위의 원천과 불가피하게 분리되어 있다는 깨달음을 묘사할 따름이다. 여성들이 정치, 사회, 교육 분야에서 그들의 영향력과 활동을 확대해가던 19세기 중반까지,[2] 역설적으로 여성 작가들은 반항하기보다는 한 발 물러나 내면화의 문제에 관심을 기울였다. 따라서 19세기 중반의 여성 작가들은 천사 같은 순종과 괴물 같은 자기주장이라는 쌍둥이 같은 유혹에 붙잡혀 있는 가운데 남성 지배 문화에서 문제적인 여성의 역할을 특히 강조했다. 그들은 모두 오스틴, 울스턴크래프트, 메리 셸리, 브론테의 열렬한 독자였기 때문에 여성의 하위문화에 의식적으로 참여하고 있었다. 가장 두드러진 이름을 들자면 영국의 조지 엘리엇과 크리스티나 로세티, 이탈리아의 엘리자베스 배럿 브라우닝, 미국의 에밀리 디킨슨과 해리엇 비처 스토가 있는데, 이들 사이에 감지되는 끈끈한 유대를 설명해주는 것은 바로 여성의 하위문화다.

예를 들면 해리엇 비처 스토가 샬럿 브론테의 유령을 불러들여 만났을 때, 그녀는 이 유령 손님이 동생 에밀리에 대해 말하기 위해 대서양을 건너왔다는 것을 믿어 의심치 않는다.('샬럿은 동생의 성격을 아주 뛰어나게 분석했습니다.')[3] 그러나 조지 엘리엇은 스토 부인의 미국 집에서 나눈 '기이한 브론테적인' 대화가 곤혹스럽기만 했다. 엘리엇이 영혼의 소통을 별로 믿지 않았다는 것은 놀라운 사실이 아니다. 엘리엇의 회의주의는 그녀가 몰두한 불가지론과 리얼리즘의 산물이기 때문이다. 나아가 엘리엇의 회의주의는 그녀가 진정한 빅토리아 시대의 현자에게 기대되는 온당함에 찬성해 빅토리아 시대다운 타협을 했다는 의미이기도 하다. 다른 많은 여성 작가들처럼 엘리엇은 자기의 사생활을 덜 고양된 문학 형식의 주제로 정당화시킨 낭만주의자의 덕을 보기도 했지만, 자신이 신봉한 워즈워스를 제외하고는 낭만주의자들의 방종을 별로 달가워하지 않았기 때문이다.

그러나 최근 페미니즘 비평가들은 조지 엘리엇의 소설에 감춰진 비이성적 요소를 간파해냈다.[4] 스토 부인에게 보내는 답신에서 엘리엇은 '우리가 도와줄 수 있는 불행한 영혼이 있다면 그때는 모든 일을 멈추고 그들의 편협한 정신을 감내해야' 한다고 말한다.[5] 엘리엇의 이 생각은 인류를 돌볼 책임감을 떠맡은 여성의 전형적 태도라는 점에서 의미심장하다. 또 이 생각이 한 여성 작가에게 보내는 편지에 (이 편지에서 엘리엇은 '여성적 고딕'에 대한 기호를 자매처럼 공유하는 다른 두 여성에 대해 이야기한다) 담겨 있다는 점도 중요하다. 조지 엘리엇은 그녀의 낭만주의적 선구자들에게 (남성이든 여성이든) 매력을 느끼면서도 반발한 여성 예술가로, 자신에 대한 양가적인 감정이 있었기 때문이다. 널리 읽히진 않지만 「벗겨진 베일」이라는 이야기에서 우리는 낭만화된 사탄의 모습에(확장하면 이브의 사탄 같은 모습에) 매력을 느끼는 엘리엇을 만날 수 있다. 이 이야기는 권위에 대한 엘리엇의 불편한 심기를 비롯해 엘리엇 자신과 메리 셸리 및 샬럿 브론테의 관계, 엘리엇이 베일이라는 낭만주의적 이미지에 매력을 느끼는 이유 등을 뛰어나게 해명한다. 더욱이 이 작품은 성공적이진 않았기에, 아마도 그래서 더욱 엘리엇의 작품 중 폭넓게 연구된 바 없는 인물과 시, 그리고 엘리엇이 작가로 성공한 뒤에도 그녀의 삶에 영향을 미친 긴장감을 해명해준다.

1859년에 잡지 〈블랙우즈〉에 익명으로 실린 중편소설 「벗겨진 베일」은 엘리엇이 『애덤 비드』로 성공을 거둔 뒤 『플로스강의 물방앗간』을 쓰기 전에 발표했으나 별로 주목은 받지 못했다.[6] 우리는 인간애에 대한 조지 엘리엇의 연민, 영국의 시골 생활에 대한 역사적 재현, 이기주의에 대한 비판, 자기희생에 매혹당하는 여자 주인공들에 익숙하지만, 이국 대륙을 배경으로 한 고딕적 비밀 이야기, 초감각적 인지능력과 과학적인 소생 실험 이야기를 엘리엇이 하리라고는 거의 기대하지 않는다. 또한 우리가 엘리엇의 소설에서 기대하도록 교육받아온 유기적 전개가 플롯에 의해 깨지는데, 여기에서 사건은 임의적이고 돌발적인 방식으로 야기되고, 화자는 (이 이야기의 화자에게는 우리가 일반적으로 엘리엇과 동일시하는 전지전능한 자비심이 전혀 없다) 그와 작가의 관계를 판단하기가 어려울 정도로 불쾌감을 준다.

「벗겨진 베일」 앞에서 조지 엘리엇이 보인 망설임은 이 작품을 특히 흥미롭게 만든다. 이 작품은 엘리엇이 자신의 베일, 즉 자신의 익명을 걷어올리고 자신이 이미 각광을 받는 소설가임을 받아들이던 시기에 썼다. 분명 엘리엇은 이 이야기가 자신의 후기 소설과 모순되는 점이 많다는 것을 스스로 의식하고 있었기에 14년 뒤 펴낸 『블랙우드 이야기』 연작에 이 작품을 포함시키지 않기로 했다. 그 대신 엘리엇은 이 단편 서두에 시 한 편을 덧붙였다.

> 위대한 신이여, 나에게 그 어떤 빛도 비추지 마시고
> 다만 인간적 친교의 기운을 발하는 빛을 주소서.
> 한층 완벽한 인격을 만들어내는, 그 풍요로워지고 있는
> 유산을 넘어서는 그 어떤 힘도 주지 마소서.[7]

구원적 상상력을 청하는 이런 애원은 인간적 친교로부터 소외당하는 이야기와 불완전한 인격 이야기를 직접적으로 해설할 뿐만 아니라, 이 이야기가 이름만 남자인 엘리엇이 자신의 것이라고 생각하는 힘과 빛 때문에 느끼는 불안에 초점이 맞춰질 것이라는 사실을 직접적으로 나타낸다.

「벗겨진 베일」의 화자인 염세적인 래티머는 자신이 한 달 뒤 죽을 것이라 예견하며, 남은 한 달 동안 둘째 아들로서 외롭게 지낸 어린 시절을 묘사한다. 그는 처음에는 '예지하는' 통찰력에, 그 다음에는 지인들의 생각을 '들을 수 있는' 정신 감응력에 시달린다. 래티머의 예민한 청각은 '인간적 친교의 에너지'에 기여하기보다는 하인, 가족, 친구 들의 비열함과 이기심을 폭로함으로써 래티머를 지인들과 분리시키고 점점 더 소외시킨다. 그의 시각적 통찰력도 천국에서 온 빛이라기보다 지옥에서 온 저주처럼 보인다. 래티머가 상상하는 각각의 폭력적인 장면은 그가 피할 수 없다고 느끼는 공포로 찾아오기 때문이다. 프라하에 대한 최초의 예견 때도, 아름답지만 잔인한 여자 '버사'와 만나는 두 번째 환상, 서로 증오하는 자신과 버사의 결혼 생활에

대한 세 번째 환영을 볼 때도, 래티머는 기괴한 미래를 따르는 일을 그만둘 수 없다. 래티머는 예감이 실현되는 것을 보고, 버사의 증오가 완전히 실현되는 것만은 피하고자 자신의 능력을 적극적으로 누른다. 그러나 래티머는 어린 시절 유일한 친구이자 부활을 연구하는 과학자의 방문을 받고 아내와 막역한 사이였던 죽은 하녀에게서 무시무시한 비밀을 듣게 된다. 잠깐 소생한 그 하녀는 버사가 래티머를 죽이려 했다고 폭로한다. 이 결정적 폭로로 공포에 사로잡힌 래티머는 버사를 떠나 병 때문에 더는 방랑할 수 없을 때까지 망명 생활을 한다. 결국 래티머의 고백적 자서전의 마지막 문장이 생략되면서 그의 마지막 환상이 입증된다. 래티머는 자신이 예견했던 방식대로 예견했던 시간에 죽음을 맞이한다.

U. C. 크뇌플마허와 루비 레딩어는 래티머에게 불쾌한 면이 약간 있지만, 그와 조지 엘리엇이 다방면에서 유사하다고 말한다. 래티머는 일곱 살이나 여덟 살 때쯤 돌아가신 천사 같은 어머니에게 보살핌과 사랑을 받았으며, '단호하고 고집스러우며 규율이 엄격하고, 뼛속까지 은행가인 한편 활동적인 지주로서 지역에 영향력을 발휘하고 싶어하는' 아버지의 둘째 아들로 자랐다. 조지 엘리엇도 매우 어린 나이에 어머니와 떨어져 학교로 보내졌으며, 항상 자신이 래티머의 아버지 같은 완고한 남자의 딸이라고 느꼈다. 래티머와 조지 엘리엇 둘 다 경제적 유산과 부모 사랑의 주요 상속자는 자신의 형과 오빠라고 생각한다. 둘 다 자신이 차선이라는 느낌 때문에 괴로워했고, 둘 다 자신의 소망과 달리 아버지로부터 마음에 들지도 않고 충분하지도 않

은 교육을 강요받아 이에 저항했다. 래티머와 조지 엘리엇 모두 애정 없는 자신의 상황과 그 상황을 만들어낸 아버지에 대한 반항심 때문에 하늘의 아버지에 대한 믿음을 상실했고, 둘 다 개인적인 수치심과 소외감으로 이 상실에 대한 대가를 치렀다. 낯선 사람에 대한 래티머의 불신과 반감은 새로 알게 된 사람에게 보인 엘리엇의 첫 반응과 별로 다르지 않다. 편지에서 엘리엇은 새로 알게 된 사람이라면 거의 매번 부정적인 표현으로 묘사한다.

샬럿 브론테의 초기 남성 페르소나였던 『교수』의 윌리엄 크림즈워스처럼, 래티머는 엘리엇이 인식하고 있는 작가 자신의 특이함을 반영한다. 엘리엇의 작품 속 여성 인물들이 보여주는 자의식 이상으로, '반은 여자 같고 반은 유령 같은 아름다움' 때문에 래티머가 자신의 '외모에 대해 품는 반감'은 젊은 여자가 보일 법한 예민함을 (그녀는 자신을 남자처럼 생겼다고 남자들에게 거부당한 여자라고 설명했고 '끔찍하게 못생긴 할망구', '늙은 마녀처럼 말라빠진'[편지 2] 여자로 묘사했다) 드러낸다. 래티머와 조지 엘리엇 둘 다 자신의 통찰력이 선사한 '재능'과 밀접하게 관련된 질병 때문에 고통받는다. 래티머는 자신에게 붙어 있는 많은 육체의 병 때문에 취약함과 민감함을 드러내며 동정심 없는 아버지가 '(그의) 조직의 결함'이라 한 예지력을 얻게 되지만, 래티머 자신은 결국 치명적인 심장질환 때문에 지금 문학에 쏟아붓는 노력이 파국에 이를 것임을 인정한다. 마찬가지로 조지 엘리엇은 밤중에 엄습하는 공포를 비롯해 신체 마비까지 갖가지 증세에 시달렸다. 엘리엇은 또한 '미친 자기 몸'

의 병을[편지 1] 모든 인간적 연민과 친교로부터 소외되었다는 래티머의 우울한 생각과 관련짓는다. 엘리엇이 평생 시달린 지독한 두통은 소설을 시작할 때 특히 심해졌다. 엘리엇이 영국에서 가장 성공한 여성 소설가로 인정받았을 때조차 헌신적인 동료 조지 헨리 루이스는 엘리엇이 서평을 보지 못하게 계속해서 막아야 했다. '불행하게도 그녀는 습관적으로 자신을 불신했다. 어떠한 공감이나 칭찬을 들어도 고작 하루나 이틀 정도 그 불신에서 벗어날 수 있을 뿐이었다.'[편지 5][8]

래티머와 조지 엘리엇 둘 다 상상적 미래상을 일종의 질병과 동일시한다. 래티머는 자신의 통찰력이 '질병'(뇌의 에너지가 건강하지 않은 활동에 집중하는 일종의 간헐적인 정신착란)이 아닌가 의심하며 자신의 선견지명을 '광기'와 결부시킨다. 이 광기 때문에 래티머는 '단순한 인간의 조건에 적응하지 못하는 천성을 타고난 사람이 운명적으로 갖는 공포'에 휩싸인다. 다른 사람의 생각을 들을 수 있는 래티머의 능력은 '시 창작으로 장엄하게 저항하기에는 너무 나약한', '외부의 고통에 수동적으로 휘둘려 병약해진 생명체'의 흔적 같다. 의미심장하게도 래티머의 '병든 의식'은 그를 혐오하거나 동정하는 사람들에 대한 생각으로 가득 차 있다. 이것은 또다시 엘리엇 사고의 특징을 보여준다. 다른 사람들이 자신을 실패자로 본다는 래티머의 인식은 조지 엘리엇의 선천적인 자기 회의와 별로 다르지 않기 때문이다. 허버트 스펜서에 따르면 엘리엇은 자신이 래티머에게 부여한 똑같은 종류의 '이중의식'에 대해 불평했다고 한다. '자기를 비판하는 경향은 그녀가 어떤 말을 하고 어떤 행동을 하든

습관적으로 나타났고, 이것은 자연스럽게 자기 비하와 자아 불신으로 이어졌다.'[9]

게다가 래티머는 자신이 상상하는 광경과 소리를 피할 수 없을뿐더러 발설할 수도 없다. 따라서 래티머에게는 '목소리 없는 시인의 감수성, 햇빛이 내리쬐는 강둑에서 말없이 눈물 흘리는 것 말고는 출구를 찾을 수 없는 시인의 감수성'이 있다. 마찬가지로 조지 엘리엇도 중년으로 접어드는 꽤 늦은 시기에 이를 때까지 감수성의 출구를 발견하지 못했다. 틸리 올슨이 '전경의' 침묵이라고 표현했던[10] 침묵의 희생자로서 엘리엇은 자신이 틀림없이 저주받았으며 말을 할 수 없다고 느꼈을 것이다. 그리하여 엘리엇은 '에너지 소모의 주요 원천'이라 할 수 있는 청춘 시절의 '절망'을 그 결과로 일어난 모든 쓰라린 후회와 연관시킨다. 심지어 엘리엇은 자신의 고통을 '메리 울스턴크래프트가 했듯, 마지막으로 뛰어들 때 더 잘 가라앉기를 바라면서 빗물로 옷을 적셔두는' 사람들의 자살 계획에 비교한다.[편지 5]

이 마지막 인유는 래티머가 겪는 고통의 의미를 푸는 단서를 제공한다. 메리 울스턴크래프트에 대한 엘리엇의 묘사는 엘리엇의 후기 작품 『대니얼 데론다』의 절망적인 여성 예술가 미라 코언을 예시한다. 코언은 물에 뛰어들기 전에 더 잘 가라앉기 위해 자신의 옷을 적신다. 엘리엇은 사실상 '반은 여성적이고 반은 유령 같은' 래티머의 무력감, 침묵, 이인자 자리, 약한 몸, 상처받은 영혼과 자신을 동일시함으로써 자신의 예술과 젠더에 대한 태도를 의미심장하게 드러낸다. 사랑받고 싶은 강렬한 욕구에 따라 움직이며 강압적인 아버지의 세계에서 어머니 없이 살아가는 여성은 살아남기 위해 수동성과 병약함에 의존해야 하는 전형적인 둘째 아이다. 래티머와 조지 엘리엇은 자신들이 무심한 남자들의 편협하고 강압적인 통제가 감추어진 거짓된 상황에 둘러싸여 있다고 생각한다. 세계 안에서 자신이 처한 실제 상황을 이해하기 위해서는 신비한 외관을 해독해야 한다는 사실을 알고 있는 많은 여자들의 생각도 이와 같다. 이는 동시에 여자들이 전통적으로 '무대 뒤의' 역할을 맡아왔다는 사실을 상기시키며, 자신들이 접근할 수 없는 공적 영역에 살고 있는 남자들과 가정생활을 하면서 공적인 주장과 사적인 현실 사이의 괴리를 독특하고 풍자적으로 인식할 수 있게 되었음을 드러낸다.

따라서 래티머와 엘리엇의 교감은 부분적으로 가정에서 여자가 맡는 전통적 역할의 확장으로 볼 수 있다. 가정에서 여자는 가족이 말하지 않은 욕구와 느낌을 감지하도록 교육받기 때문이다. 자기희생적인 체념 이면에는 자신의 이해와 대립하는 요구를 하는 낯설고도 익숙한 목소리가 늘 따라다닌다는 정신분열적 인식이 존재한다. 마찬가지로 피할 수 없는 공포스러운 미래를 들여다볼 수 있는 래티머와 조지 엘리엇의 통찰력은 자신이 이야기 속에 갇힌 채 적대적이지는 않다 해도 자신과는 이질적인 작가와 권위가 창조한 플롯을 피할 수 없을 것 같다는 여자들의 느낌에 상응한다. 특별한 재능이 있음에도 말을 하지 않는 래티머와 조지 엘리엇은 말하자면 카산드라의 무력감을 (표현하고자 했던 그녀의 노력은 과거나 미래의 사건을 결코 바꾸지 못하기 때문에 그녀의 말은 침묵만큼이나 효과가 없다) 상기시킨다.

본질적으로 여성적인 래티머의 특질은(예민함, 연약한 신체, 가족 내의 이인자 자리, 박탈, 수동성, 사랑받고 싶은 강렬한 욕구는) 사실상 그가 시인이 될 수 없도록 하기 때문에 고통의 원인이 된다. 시를 쓰는 재능은 받았지만 창조력은 부인당한 래티머는 예술가의 지위를 거부당한 여성들이 따라야 했던 전통적인 역할을 하며 살아간다. 여자들은 예술품 자체가 되거나(『미들마치』에서 윌은 도러시아에게 '너는 시야'라고 말한다 [22장]), 아니면 (런던의 사교 모임에서 가수와 노래 교사로 이력을 쌓아갔던 미라 코언처럼) 사회적으로 받아들여질 수 있는 성취 수준으로 능력을 한정하여 단지 예술적인 존재로 남아 있어야 하기에 예술가의 지위에 오르지 못한다. 엘리엇은 논평 「프랑스 여자들」에서 그런 재능 있는 여자들을 묘사했다. 엘리엇은 마담 드 사블레 같은 여자의 감식력이 '남자의 재치를 (여성의 지성이 문화 발전에 제공했던 최고 역할 중 하나인) 이해력'으로 보좌했다고 설명한다. 심지어 엘리엇은 여자는 항상 뮤즈일 뿐 결코 작가가 될 수 없다고 논증하는 생물학적 주장을 내놓기도 한다. '영국인과 독일인의 큰 두뇌와 느린 기질은 여성스러운 신체 기관에서는 일반적으로 몽상적이고 수동적으로 발현된다.' 그리하여 '거대한 용량의 여자는 아이디어를 흡수하는 일 이상은 할 수 없다. […] 이 볼타 전지電池는 결정체를 만들어낼 정도로 충분히 강하지 못하며, 여자는 위대한 생각의 유령들이 마음속에 떠다녀도 그것들을 붙들어 고정시킬 마력이 없다.'[11]

그러므로 예상할 수 있듯이 엘리엇은 꽤 오랫동안 자신을 문학의 창조자가 아니라 작가가 진술한 말의 의미에 자신의 표현 기술을 종속시킬 수밖에 없는 편집자와 번역가로 여겼다. 장기간 작업을 했음에도 엘리엇이 편집한 다비트 프리드리히 슈트라우스의 『예수의 생애』(1846)에는 이름조차 오르지 않았다. 또 고든 헤이트가 설명했듯 '실질적인 일은 엘리엇이 다 했다. 하지만 그녀는 공식적인 인정을 받지 못한 채 채프먼을 [〈웨스트민스터 리뷰〉의] 편집장으로 기꺼이 내세웠다.'[12] 엘리엇은 채프먼과 맺었던 이런 관계를 끝으로 (그녀가 아버지 신으로까지 고양시켰던) 남자들의 편집 조수, 비서, 필기사 역할을 그만둔다. 엘리엇은 한때 지극히 평범한 브라반트 박사에게 딸 ('두 번째를 의미하며 발음도 지극히 비슷한') 도이테라로 불리기도 했다.[편지 1] 더욱이 도로시아 브룩은 자신을 밀턴이 아니라 단지 (그리스어와 라틴어를 큰 소리로 읽는 법을 배우고, 자신이 읽은 것을 이해하기 위해 '모르는 언어로 한 연습'을 독학해 번역하는) 밀턴의 순종적인 딸[13] 중 한 명으로 여기는 엘리엇의 유일한 여자 주인공이 아니었다. 로몰라도 '늘 휴식과 변화가 필요하고 종잡을 수 없는 상상력을 낳는 여성의 섬세한 골격'을 비판하는 아버지에게 '열심히 공부하겠다'는 결심으로 응답한다. 로몰라는 '마치 아들인 것처럼 아버지에게 유용한 사람이 될 거예요. 언젠가는 어떤 위대한 학자가 결혼 지참금에 개의치 않고 저와 결혼해서 아버지와 함께 살기를 원할 거예요. 그러면 그는 아버지의 아들이 되어드릴 테고, 아버지는 제가 딸이라는 것을 더는 유감스러워하지 않아도 될 거예요' 하고 말한다.[14]

엘리엇은 아마도 작가가 되는 것에 대한 개인적인 불안 때문에 통찰력은 있지만 그 통찰력이 수동성, 질병, 무기력과 직접 연관되어 있는 인물들에게 반복적으로 흥미를 갖게 되었을 것이다. 래티머처럼 이런 인물들은 '목소리 없는 시인의 감수성' 때문에 괴로워한다. 예를 들면 자신의 이름을 딴 시에서 유발은 예술이 시작된 카인의 집에서 악기 리라를 만든다. 그러나 그 후 세상을 떠돌아다니다 새로운 목소리가 그에게 다가왔을 때, 그 자신의 '노래는 점점 약해지고 마음은 부서지는' 것을 감지한다. '목소리는 안 나오고, 리라의 완전한 음률을 / 깨울 수 있는 손가락도 움직이지 않는구나.'[15] 고향에 돌아와 자신의 이름이 신처럼 숭배되는 것을 마주했을 때 그는 개인적으로 인정받기를 바라지만 처음에는 조롱당하며, 나중에는 그가 신임을 믿지 않는 사람들에게 추방당한다. 그는 단지 '움츠리고 갈망할' 뿐이며, '가시덤불의 / 막'을 찾아 그곳에서 보이지 않게 엎드릴 수 있을 뿐이다.

또한 자신을 '예외적인 존재이자 일종의 조용한 광신자', 악령에 씌인 자로 간주하는 래티머처럼, 『로몰라』의 몽상적인 아들도 아버지의 저주를 받는다. 아버지는 그를 '무덤에서 사는 광신자에게나 어울리는 타락한 광적인 꿈에 미혹당한 자'로 간주한다.[5장] 래티머처럼 수동성과 병을 부여받은 로몰라의 오빠는 통찰자로서 그의 선견지명은 불행한 결혼 생활을 경고한다. 엘리엇이 마지막으로 완결한 소설 『대니얼 데론다』에서 모데카이 역시 강압적인 아버지에게 반항한다. 모데카이는 숨 쉬기가 힘들어서 파편적으로밖에 설명할 수 없는 몽상적인 꿈 때문에 죽어가면서 영국 사회가 이해할 수 없는 언어를 말한다. 모데카이는 '마치 낯선 언어를 말하는 사람들 가운데 있는 시인 같다. 그들에게는 자신의 시가 있긴 하지만 모데카이의 운율을 들을 수 있는 귀는 없으며, 그가 발견한 모국어에 잠재해 있는 미덕에도 전율하지 않는다.'[16] 모데카이는 대니얼 데론다의 정체성과 유대 민족의 미래에 대한 통찰적 지식이 있었지만, 완전히 수동적이라서 자신의 의지를 어떤 식으로도 행사할 수 없다.

세 인물은 모두 그들의 이름이 야기하는 어려움에 직면하는데, 그 이름들은 환영을 보는 역할의 양면성을 반영한다. 유발은 자신의 이름을 칭송하는 소리를 들었지만 개인적으로는 박탈을 경험하고 '자신이 유발이 될 수 있는지를 의심하면서 움츠러들었다.' 로몰라의 오빠는 세속적인 자신의 아버지가 대표하는 가치를 거부하며 자신의 이름을 '디노'에서 '프라 루카'로 바꾼다. 모데카이는 누이와 재회했을 때 에즈라 코언이라는 자신의 성姓을 다시 얻는다. 세 사람 모두 엘리엇 스스로 이름을 속였던 불안을 반영한다. 메리 앤, 메리앤, 메리언 에번스, (파괴의 천사인 아폴리온과 발음이 비슷한) 폴리언, 클리마티스(정신적 미), 도이테라, 미니, 폴리, 메리언 루이스, 존 크로스 부인 등은 '조지 엘리엇'이 자신의 익명성에서 벗어나고자 할 때 취했던 페르소나들이다.[17] 엘리엇은 자신의 아버지나 오빠의 이름이 드러날까 두려워했고, 이는 엘리엇이 창조성에 대해 느꼈던 죄책감의 크기를 짐작케 한다. 그녀의 죄책감은 엘리엇이 몰락한 래티머와 유사한 상상의 대리인들에게 안겨주었던 고통에 명백히 드러난다. 이 모두는 '자아와 삶'의 대화에서 '자아'의 목소리로 '내가 되었을 수도 있었던 나의 모습이 / 과거의 나를 꾸짖는 것을 보아라' 하고 주장할 수 있을 것이다.[18]

결코 완전히 달성할 수 없는 신적 권능을 열망하지만 아버지의 은총과 멀리 떨어져 있고, 악마적 에너지에 사로잡혀 있지만 항상 이인자 자리에 있는 이 모든 인물은 우리에게 엘리엇이 낭만화된 사탄에 (엘리엇은 사탄의 반항과 몰락이 이미 블레이크, 바이런, 괴테, 콜리지, 셸리, 키츠의 예술 작업에서 전형적이 되었다며 이들 남성 작가들을 반복해서 인용한다) 매혹되어 있다는 인상을 준다. 우리는 여기에서 소외된 죄인이자 정열적이고 권위 없는 무법자인 이브가 메리 울스턴크래프트와 메리 셸리부터 샬럿 브론테에 이르는 여성 작가들에게는 사탄과 마찬가지였음을 안다. 「벗겨진 베일」에서 엘리엇은 추락한 사탄과 자신을 동일시하는데 이는 그녀의 시극 「암가트」(1871)에서 보여준 사탄 같은 이브에 대한 엘리엇의 강한 공감으로 더욱 명백해진다. 이 극은 성공한 여성 예술가의 주제넘은 예술적인 열망과 그로 인해 젠더에 추락해 갇힌 상황을 묘사한다.

암가트의 막역한 친구이자 불길한 이름을 가진 발푸르가에 의하면, 암가트는 부정되었을 자아에 대한 정열적인 주장을 자신의 예술로 정당화한다.

영혼으로 향하는 길을 열어주는 목소리가 없었다면
자신의 삶이 어땠을지, 그녀는 자주 생각한다.
그녀가 말하기를, 영혼은 그녀의 사지를 뚫고 뛰쳐나와―
그녀를 미친 여자로 만들고―햇불을 잡아채게 만들어

분노로 숲에 불을 지르게 했을 것이다.

얼마 동안은 조용히 참고 지냈을지라도.

'불쌍한 여자!' 그녀는 여자 살인자가 누구든 그렇게 말한
다—

'세상은 잔인했고, 그녀는 노래할 수 없었다.

나는 목에 복수를 걸고 다닌다.

나는 노래 속에서 사랑하고, 다시 사랑받을 것이다.'

베토벤과 글루크의 청동 흉상 앞에 서서 암가트는 인정한다.
여자는 '완전한 순종 이외에는 어떤 좋은 일도 하려고 / 해서는
안 된다'는 '늘 배우는 복음'을 자기도 알고 있다고 말이다. 그러
나 암가트는 자신의 목소리를 천부적 축복으로 여기며, '그녀가
여자인 것을 감안하면 괜찮다, 아니 훌륭하다'고 판단되지 않을
공연에 열중한다. 엘리엇이 한 번 이상 읽었던 엘리자베스 배
럿 브라우닝의 『오로라 리』의 정서를 반향한 암가트는 부자 구
혼자의 청혼을 거절한다. '나하고 결혼하는 남자는 나의 예술과
결혼해야 하며— / 나의 예술을 그저 참아내는 것이 아니라 공
경하고 소중히 여겨야 하기' 때문이다.

암가트는 대담하게 자유를 누린 벌로 병에 걸리고, 그로 인해
예술 행위를 계속할 수 없다. 그런데 암가트의 목소리는 병이
아니라 치료 과정에서 악화되고,[19] 그녀를 '정상적인' 여자로 바
꾸어놓는다. 그런 정상 상태는 '영원히 들리지 않게 울부짖으며
/ 깊고 깊은 무덤'의 '용암'이나 '얇은 막' 속에 산 채로 매장되
는 것을 의미한다. 목소리가 '치료된' 암가트는 '상실로 인해 예

민해진 / 영혼'이며, '변화에 대한 의식으로 저주받은 자아, / 손발이 잘린 채 허무 속에 살고 있는 정신 / 고통으로 바뀐 힘―'이다. 암가트는 부자 구혼자의 영광을 위해 온순하며 유용한 평범한 여자로 쇠퇴해야 한다. 하지만 더는 자신의 재능을 포기할수 없었기 때문에 부자 구혼자 역시 암가트를 원하지 않게 된다. 그리하여 암가트는 자신의 운명이 '여자의 운명: 일상 이야기'라는 제목을 단 이야기와 똑같다고 생각한다.

비록 '남자에게 인형 옷이 어울리는 정도 만큼 / 세상에 어울리는 여자의 지식이라 불리는 / 모든 하찮은 모방 속에 갇혀' 있지만, 암가트는 자신이 이 축소된 단조로운 일에 굴복해야 한다는 사실에 사탄처럼 분노한다.

하늘이 나를 왕족으로 만들고―탁월하게 섬세한 마무리로
나를 완성했으며, 내 영혼의 모든 통로가
고귀한 목적으로 향했다가,
다시 나를 땅에 메어쳤기에,
나는 이 파괴를 가장 미묘한 고통으로 바꿔낼 것이다.
타고난 정열은 모반자의 권리를 선사한다.
좌절된 삶의 멍에를 짊어지느니
차라리 반역하여 스무 번이라도 죽으리.
더없이 날카로운 각각의 감각은 예민한 혐오로 변하고
배고픔은 충족되지 않고 생생하게 살아
반세기의 무기력을 들이마실 것이다.
모든 세상은 지금 단지 계속되는 고문,

나를 비틀고 축소시켜 하찮게 만들고
비열한 만족을 가장하게 한다, 여자의 불행이라는
침묵의 가면으로.

『빌레트』의 와스디나 『폭풍의 언덕』의 캐서린 언쇼처럼 암가트도 '섬광 같은 신성한 의식'을 소유했지만, 이제 그녀는 단지 이별을 경험할 뿐이다. '이제 나는 어둠으로 떨어져, 어둠 속에 앉아 있다, / 통렬한 기억을 간직한 채.'

의미심장하게도 암가트의 선생은 레오라는 이름의 예술가다. 『대니얼 데론다』에서 레오는 소설 속의 작곡가이고 미라가 그의 노래를 부르는데, 처음에는 클레스머를 앞에 두고 오디션에서 부르고 나중에는 상류사회의 응접실에서 또 한 번 부른다. 미라도 자신의 '목소리가 결코 충분히 강하지 못하고 기대를 충족시키지 못했다'는 것을 인식했다.[20장] 래티머처럼 미라도 아버지가 프라하로 데려가는데, 그곳에서 그녀는 자신이 이제 더는 목소리로 돈을 벌어줄 수 없자 아버지가 자신을 돈 많은 백작에게 팔아넘기려 한다는 것을 알고 공포에 떨다 결국 도망친다. 인생이 자신을 '불의 벽―사방에서 [자신을] 움츠리게 하는 타오르는 불'로 옥죄고 있다고 느낀 미라는 신과 인간에 대한 믿음을 상실하고는 죽을 작정으로 강에 간다.[6장] 그러나 에밀리 디킨슨의 비유를 예견하는 표현을 쓰자면, 조지 엘리엇에게 미라는 '그야말로 진주'다. 미라의 본성은 '단지 순종하는 것'이기 때문이다.[20장] 미라는 작고 사람을 쉽게 믿는 방랑자다. 그녀는 실제로 무대에서 더 이상 공연할 필요가 없다는 것에 안도한다. 미라는 자살 시도 중 구조되어 행복해질 두 번째 기회를 얻는다. 미라의 천사 같은 체념은 대니얼 데론다의 어머니인 할름에버슈타인 공주의 악마적 야망과 노골적으로 대조된다.

래티머와 똑같은 '이중의식'에 시달리는 이 공주는 '모든 여자는 똑같은 동기를 지녀야 하며, 안 그러면 괴물이 된다'는 것을 알고 있다.[51장] 공주는 자신이 어머니의 의무보다는 무대 위의 경력을 택했다고 해서 괴물인 것은 아니라고 주장하지만, 엘리엇은 그녀를 허리 아래가 뱀인 괴물 멜뤼진 같은 미인, 따라서 『실낙원』에서 '죄'의 화신이며 '죄'의 아버지인 사탄의 (사탄의 화신까지는 아니라 해도) 동료라고 소개한다. 공주는 '고양시키면서 동시에 꺾는'[51장] 사탄의 에너지와 죄의식을 품은 채, 아버지의 말씀에 반항한 대가로 극심한 고통에 시달리며 강요에도 단념하지 않는 자신을 이해할 수 없을 것이라고 아들에게 말한다. '너는 네 안에 천재적인 남자의 힘이 있지만 소녀라는 노예 상태의 고통을 겪어야 한다는 것이 어떤 것인지 너는 여자가 아니니 아무리 애써도 상상할 수 없을 거다.'[51장] 임종 때 공주가 느끼는 억울함은 자신의 반항이 무의미했다는 것을 깨달았기 때문이다. 할아버지의 상속자는 대니얼이 될 것이다. 암가트처럼 공주도 권력의 정점에서 곡조에 맞지 않는 노래를 부르기 시작한 것이다.[20]

이 모든 상황은 「벗겨진 베일」과 상당한 거리가 있는 듯 보일 수 있다. 그러나 대니얼 데론다의 이야기는 (엘리엇이 메리 울스턴크래프트와 메리 셸리, 브론테 자매가 여성 예술가와 사탄의 밀접한 연관성을 토대로 창조한) 여성 고딕소설의 전통에 작가 자신을 자리매김했음을 분명히 보여준다는 점에서 「벗겨진 베일」과 유사하다. '나는 알려지지 않은 것에 목말라했다. 이제 갈증은 사라졌다'는 래티머의 선언을 회고록 서문에 썼던 만큼, 엘리엇은 메리 셸리에게 빚진 바가 있음을 인정하는 것 같다. 래티머는 자신을 '기계 동력, 기본 소체, 전기와 자기 현상을 머릿속에 최대한 채우는' 과학적 기원을 탐구하는 학생으로 규정한다는 점에서 빅토르 프랑켄슈타인, 월턴, 괴물을 닮았다. 더 나아가 래티머는 인생의 신비에 대한 금지된 지식을 (마지못해서이기는 하지만) 탐구하는 자이며, 래티머와 뫼니에의 우정은 프랑켄슈타인과 클레벌의 우정을 상기시킨다. 래티머는 실패한 시인과 외로운 추방자로 시작해 연민을 자아내지만 결국 원한을 품은 카인으로 추락한다. 프랑켄슈타인의 괴물처럼 래티머는 '나는 외롭고 혐오스럽다'고 불평하며 괴물처럼 결함이 있고 말하지 못한다고 느낀다. 괴물처럼 동정심을 자아낼 수 없는 래티머는 복수를 행하기 때문에 더 많은 고통을 유발한다. 또한 래티머 이야기의 초기 무대를 제네바의 알프스로 설정하고, 죽은 시체를 다시 살려낸 영국 과학자 친구를 등장시키고, 늙어가는 래티머가 '악마를 숭배하는 것 외에는 어떤 숭배도 신앙도 불가능하다'고 말하게 하고, 마지막으로 래티머를 외로운 망명자로 묘사함으로써, 엘리엇은 자신이 메리 셸리에게 신세지고 있음을 강조한다.

도를 넘는 과학자, 기이한 몽상가, 생명 재생 실험, 유죄로 판명된 반항 등의 주제는 모두 『프랑켄슈타인』을 연상시킨다. 이는「벗겨진 베일」을 통해 알 수 있듯, 비상과 추락에 대한 성적으로 젠더화된 두려움, 치명적인 것으로 묘사한 문화적 소외 때문에 조지 엘리엇이 자신과 추락한 사탄의 실패한 열망을 동일시한다는 인상을 더 강화시킨다. '오랜 세월 붙잡혀 있는' 도시 프라하에 대한 최초의 예견을 통해 그는 '밤의 휴식도 없고 아침의 새로운 출발도 없이 영원히 계속되는 한낮 속에서만, 공포나 희망도 없고 늙지도 죽지도 못하는 운명에 처해 엄격한 규칙을 지키며 살아가야 할 듯한' '이곳의 진정한 거주자이자 소유자'인 음울한 석상들의 환영에 시달린다. 종말이 없는 이 세계에서 창조라는 것은 불가능하다. 이곳에서 스위프트의 스트럴드브럭이나 테니슨의 티토누스는 편안할 것이다. 래티머는 살아 있는 시체들의 도시 프라하에서 그 도시의 의미에 걸맞게 자신의 신부를 만난다. 이때 프라하는『미들마치』나 메리 셸리의『최후의 인간』에 나오는 로마를 닮았다. 열여섯 살 때 래티머가 '장 자크처럼 보트에 누워서 강물이 흘러가는 대로 몸을 맡겼던' 알프스와 달리, 메마르고 어둡고 지친 도시 프라하는 기억, 왕관을 쓰고 있는 조상들, 다리, 교회, 법정, 궁전(문화의 부속품)의 장엄함과 연관되어 있다. 그러나 프라하의 주민들은 '폐위되거나 용상에서 물러난 왕들처럼 묵은 기억만 되새기며' 살고 있고 조각상들은 '이제는 사라진 고대인들'처럼 보이는 까닭에 프라하의 문화는 지루하고도 압도적으로 가부장적인 것으로 드러난다.

엘리엇의 다른 소설에서 철저하게 섭리에 따르는 모성적 자연의 강은 세례를 베풀고 싹을 틔우고 파괴하고 소생시킨다. 반면 「벗겨진 베일」에서는 강조차 '얇은 금속편'처럼 보인다. 『실낙원』과 『프랑켄슈타인』의 얼어붙은 지옥과 같이 반복되는 세계에서는 재생이 불가능하다. 마찬가지로 뫼니에와 래티머의 과학 실험은 문명의 남성주의적 예술이 새로운 생명을 만드는 대신 죽은 자를 소생시키고 살아 있는 자를 죽일 뿐이라는 증거를 내놓는다. '죽은 자는 살 것이고 산 자는 죽을 것'이라는(드라이든, 「성 세실리아 축일의 송가」) 최후의 심판을 기이하게 풍자하고 있는 「벗겨진 베일」의 마지막 장면은 아처 부인의 순간적인 소생을 묘사한다. 그러나 버사의 음모를 폭로함으로써 아처 부인 자신은 최종적인 죽음을 맞이하고 버사에게 공식적으로 유죄판결을 내리며, 래티머는 죽음 같은 삶을 지속할 뿐이다. 래티머가 엘리엇의 상처받은 상상력을 나타낸다고 할지라도, 그는 (신의 이 둘째 아들이 여자들을 단지 생물로, 더 나쁘게는 기호로 환원함으로써 그들을 축소하고 있다는 엘리엇의 우려를 구현하는) 사탄 같은 영웅을 풍자적으로 그린 초상화이기 때문이다.

*

처음에 래티머는 프라하에 대한 자신의 예견을 시적인 본성의 표시이자 거침 없는 창조력의 발현이라고 생각한다. '호메로스가 트로이의 들판을 본 것, 단테가 죽은 자들의 거처를 본 것, 밀턴이 지구로 도망치는 사탄을 본 것도 분명 이런 식이었으리라.' 그리고 '일반인의 눈에는 보이지 않는 것'을 꿰뚫어볼 수 있는 래티머의 첫 예언적 통찰력은 밀턴처럼 그가 눈이 먼 이후에 나타난다. 다만 래티머는 상상의 표상을 통제할 수도 없고 그것으로 예술을 창조할 수도 없기에 자신이 밀턴이 아님을 금방 깨닫는다. 이상한 점은 엘리엇이 「벗겨진 베일」에서 밀턴의 이야기를 자신이 아는 수준에서 하는 것 같다는 점이다. '이브의 무절제가 어떤 불행을 / 인류에게 가져왔는가'를 기록한 밀턴처럼, 래티머도 『실낙원』과 같은 이야기를 한다. 래티머는 버사를 사랑해서 고통스러운 삶을 살고, 자신을 '여성의 매력에 분별없이 압도당하는 자', 특히 독립과 힘을 얻기 위해 자신의 계획을 비밀에 부치는 아름다운 고아, '가슴에 낯익은 악마처럼' 뱀 모양의 초록색 에메랄드 브로치를 달고 있고 '풍성한 곱슬' 머리를 한 자아도취적인 소녀의 매력에 넘어간 자로 묘사함으로써, 버사가 이브와 유사함을 강조하기 때문이다. 아담처럼 래티머도 버사가 자신을 죽음에 이르게 하리라는 것을 알았지만 그녀에 대한 사랑 때문에 곤두박질칠 수밖에 없었다는 식으로 독자가 믿게 만든다.

그런데 래티머는 엘리엇이 「벗겨진 베일」을 쓰기 약 4년 전 썼던 밀턴에 대한 글 속의 밀턴과 비슷하다. 엘리엇은 이혼을 탄원했던 밀턴에게 극단적으로 동조하며 시인을 인용했다. 엘리엇은 밀턴이 자신의 개인적 결혼 경험으로부터 이야기를 써나갔다고 믿었다. '젊은 여자의 수줍어하는 침묵이 대화에 매우 적절치 않은 추함과 자연적인 게으름 전부를 숨기는 경우가 빈번하다는 것을 누가 모르겠는가?'[21] 더 나아가 엘리엇은 밀턴이 '순종하지 않는 자연의 불화, 또는 빈번하게 일어나듯 대지와 점액 이미지에 단단히 묶여 있는' 남자의 운명을 한탄하는 모습을 기록했다. 이것은 래티머의 인생 이야기일 뿐만 아니라 루이스의 이전 결혼을 둘러싸고 엘리엇이 구성하고자 한 플롯이기도 하다. 흥미롭게도 이것은 또 메리 셸리가 쓴 「죽어야 하는 불멸자」의 핵심이었다. 이 단편은 『프랑켄슈타인』보다 「벗겨진 베일」과 공통점이 훨씬 더 많다.

셸리의 많은 다른 소설처럼 『유작』에 실린 「죽어야 하는 불멸자」는 『플로스강의 물방앗간』에 나오는 매기 털리버와 『미들마치』에 나오는 로저먼드 빈시가 갖고 있는 책이기도 하다. 소설의 화자는 죽기를 열망하지만 자살할 수 없어 자신의 인생을 글로 옮기기만 하는 기형적인 사람이라는 점에서 래티머를 닮았다.[22] 무엇보다 셸리의 화자는 연금술사 밑에서 일하는데, 버사라는 여자에 대한 고통스러운 사랑 때문에 '불멸의 약'을 마시고 싶어 괴로워한다는 점에서도 래티머를 닮았다. 따라서 그의 불멸성은 래티머의 투시력처럼 저주로 느껴지는 '재능'이다. 게다가 버사는 래티머의 버사와 이름 이상을 공유한다. 둘 다 부유한 고아로서 자신을 찬미하는 남자들을 질투심으로 미치게 만드는 오만하고 짓궂은 요부다. 하지만 죽을 수밖에 없는 불멸자는 버사에게 복수한다. 그 불멸자는 원기왕성하게 살아가지만 애초에 그를 마술에 빠지게 했던 부인은 늙고 추해져 그를 질투한다. 그녀는 그의 비밀을 공유하고 그와 함께 '신처럼' 되기를 원하지만 그럴 수 없다. 마찬가지로 버사 그랜트도 래티머의 초인적인 통찰력을 의심하지만, 그것을 피할 수도 얻을 수도 없다. 이 두 이야기에서 여성의 예술은 부적절하고 이차적인 것으로 남아 있다. 남편은 영원한 초월의 세계에 붙잡혀 있는 반면, 부인은 고유한 시간의 성질을 피할 수 없다.

「죽어야 하는 불멸자」처럼 「벗겨진 베일」을 고유한 여성 고딕의 예로 보면, 우리는 래티머와 조지 엘리엇 사이의 거리, 남성 젠더와 엘리엇이 래티머에게 준 역할 사이의 거리를 볼 수 있다. 래티머가 경멸하는 여자에게 매혹당하는 이야기를 할 때, 여성의 성에 대한 그의 공포와 증오가 발휘된다는 것이 점점 더 분명해진다. '섬뜩한 눈을 가진 물의 요정', '수상쩍을 정도로 자비로운 신'처럼 보이는 버사에게 사로잡혀 있는 래티머는 버사가 단지 자신의 애정을 가지고 장난치고 있을 뿐이라고 생각한다. 그의 경쟁자인 형이 죽고 신의 없는 버사가 그의 접근에 응하는 듯 행동할 때도, 래티머의 언어는 신의 없는 버사에 대해 그 자신의 의혹이 얼마나 깊은지를 드러낸다.

버사는 또한 나로 하여금 그녀가 나를 사랑한다고 믿게 만들었다. 농담조와 장난스럽게 우월함을 내보이는 말투를 버리지 않은 채 나를 굴복시켰다. […] 여자들은 아주 쉽게 우리를 이런 식으로 취하게 만든다! 반쯤 내뱉는 말 한마디가 […] 우리에게는 한참 동안 마취제처럼 작용한다. 좀처럼 알아보기 어려운 기호들로 늘어놓은 아주 섬세한 거미줄, 그녀는 그 거미줄로 나를 옭아맬 것이다.

자신이 매혹당했다는 이유로 버사를 비난하는 래티머는 자신의 자유의지로 선택한 이 여자 때문에 함정에 빠졌다고 생각한다.

래티머가 버사에게 끌리게 된 원래 이유는 그의 지기들 가운데 버사만 불가해한 인물로 남아 있었기 때문이다. 래티머는 버사의 생각을 엿들을 수 없었기 때문에 그녀는 진짜 '타자'가 된다. 이 점이 그가 매혹당한 근본적 이유인 동시에 증오의 발단이다. 그래서 래티머는 조르조네가 그린 '섬뜩한 눈'을 한 루크레지아 보르지아의 초상화 앞에 서서, 섬뜩한 눈으로 자신을 비웃는 버사와 함께할 결혼 생활을 예견하는 것이다. 래티머는 계속해서 버사를 사랑하고 뒤를 좇는 동시에 미래의 성숙한 부인을 두려워하고 혐오한다. 지금 이 젊은 여자는 자신을 '사로잡는 비밀'이자 래티머가 두려워하면서도 느낄 수밖에 없는 '마력'이다. 그러나 '요정 같은' 얼굴로 '되울려오는 세이렌의 노래처럼' 그의 상상력을 사로잡는 이 '장난꾸러기 공기의 요정 실프'는 불가피하게 미래에는 추락한 여자가 될 것이다.

한마디 말과 한순간의 표정에도 눈을 뗄 수가 없었고, 접촉 자체가 나에게는 축복이었던 가냘픈 소녀 버사 뒤에는 더 위압적인 형태, 더 매서운 눈, 더 완고한 입, 황폐하고 이기적인 영혼을 가진 버사가 계속 존재했다. 그 영혼은 더 이상 매혹적인 비밀이 아니었으며, 굳이 보고 싶지 않은 나의 눈앞에 끊임없이 달라붙어 있는 뻔한 사실이었다.

'결코 섞이지 않고 나란히 흘러가는 시냇물 두 줄기처럼 반짝이는 […] 이중의식'에 사로잡혀 있는 (스위프트와 자신을 동일시하는) 래티머는 여성 혐오적 상상력이 신부에게 어떤 특질을 부여하는지 구현하는데, 그런 특질은 정확하게 아내에 의해 파괴될 것이며 반박될 것이다. 아버지가 죽은 날 밤, 아버지의 상속자로서 래티머의 최초 인식이 버사가 저지른 죄의 전모를 폭로할 때 그는 '이 여자 영혼의 편협한 방'에 대한 경멸에 휩싸인다. 래티머는 버사의 생각 속에서 '한낮에 환영들에 둘러싸인 채 나뭇잎도 꿈쩍하지 않을 미풍에도 몸을 바르르 떨면서, 평범한 인간이 욕망하는 그 어떤 것에도 흥미를 보이지 않고 그저 달빛만을 열망하며 유령을 보고 있는 비참한 사람'으로 보이는 자신을 발견한다. 의미심장하게도 바로 그때 래티머는 '완전한 깨달음이라는 무시무시한 순간'을 맞이한다. 다시 말해 래티머는 버사에 대한 공포와 자기혐오 때문에 버사를 악한 존재로 인식하는 것이다.

버사는 세이렌, 뱀, 이브, 클레오파트라, 루크레지아 보르지아, 물의 요정, 그 밖의 정령과 관련됨과 아울러, 매기 털리버, 로저먼드 빈시, 궨덜린 할레스 같은 불길하면서도 유혹적인 아름다움을 지닌 위험한 여자들과 낭만주의 신화에서 유행했던 유형의 여자도 대표한다. 마리오 프라즈는 클레오파트라가 파멸한 여자의 최초 낭만주의적 화신 중 하나였다고 설명하면서, 이 유형을 지배하는 남자와 여자의 관계를 요약한다. '남자는 모호하고, 조건 면에서나 육체적인 풍만함 면에서나 여자보다 열등하다. 여자는 암컷 거미나 암컷 사마귀 등이 수컷과 맺는 관계와 똑같은 관계를 남자와 맺는다. 그녀는 성적인 식인성을 독점한다.'[23] 이것은 정확하게 약하고 병든 래티머와 강하고 게

르만적인 용모에 금발인 아내의 관계다. 「벗겨진 베일」의 마지막 장면에서 버사는 자신이 래티머를 죽이려고 꾸민 은밀한 음모를 공모자인 하녀가 누설할까 두려워하며 그녀의 임종 침상 곁을 지키고 서서 잡아먹을 듯 하녀를 지켜보는데, 그때 래티머는 '어떻게 저 얼굴이 여자로 태어난 사람의 얼굴일 수 있는지' 의아해한다. '그 순간 버사의 모습이 기이할 정도로 날카로웠고 눈빛은 매섭고 격렬해서, 마치 죽어가는 사람의 고통을 통해 자기 정신의 향연을 만끽하는 잔혹한 신처럼 보일 정도였다.'(강조는 인용자)

괴테의 『파우스트』, 셸리의 「메두사」, 키츠의 「잔인하고 아름다운 여성」, 스윈번의 「모든 고통의 여신들」은 (포의 찬미를 받은, 죽어가는 아름다운 여자 주인공들이 그러했듯) 낭만주의자들이 치명적인 여자와 그녀가 보여주는 죽음의 원칙에 매혹되어 있었음을 알려준다. 래티머는 죽은 아처 부인과 깨어 있는 자신의 아내를 바라보며, 죽음 속의 산 자와 그 동반자를 본 콜리지의 「노수부」 화자처럼 숨이 멎을 듯한 공포를 내뱉을 수 있을 것이다. '저것이 죽음인가? 둘씩이나 되는가? / 죽음이 저 여자의 짝인가?' 그럼에도 우리가 보았듯 래티머는 여성 혐오자이고 자신의 고통을 과하게 느끼기 때문에 래티머와 엘리엇을 완전히 동일시할 수는 없다. 래티머는 아마도 자신이 '알려지지 않는 것에 목말라했다'고 생각할지 모르지만, 엘리엇은 그를 제멋대로에 자기 연민에 푹 젖은 젠체하는 인물로 묘사한다. 자신의 슬픔을 우월성의 표시로 껴안으면서, 자신의 무기력함에 대한 모든 가능한 변명을 만들어내는 래티머는 낭만주의 문학을 채우고 있는 수동적이지만 기묘하게 영웅적인 수난자들, 즉 노수부, 바이런의 차일드 해럴드, 워즈워스의 거지들, 심지어 셸리의 프로메테우스 같은 인물을 풍자하는 듯 보인다.

엘리엇이 여성의 아름다움에 매혹된 래티머에게 어느 정도 동의했다 해도, 초기 소설에서 엘리엇은 외적인 모습에 이끌려 내적인 존재를 판단하는 행위를 반복해서 비판했다. 엘리엇이 보여준 예민함은 젊었을 때 이른바 여성의 미에 대한 감식가를 자청했던 남자들에게 반복해서 거부당한 탓이라는 설명이 쉬울 것이다. 그런 개인적 고통 덕분에 엘리엇은 미학적 대상으로 환원될 수도 없고 환원되고 싶지도 않은 여자들에게 여성적 미의 신비란 유해할 뿐이라는 성숙한 인식에 도달할 수 있었다. 엘리엇은 해리엇 비처 스토의 에세이 「바이런 경의 진짜 삶 이야기」에 반감을 가졌는데, 이는 다수의 낭만주의 시에 내재되어 있는 성적 난교나 도착에 엘리엇이 혼란을 느꼈기 때문이다. 바이런과 그의 시는 엘리엇의 비위에 '거슬린 것' 같았다. 엘리엇에게 바이런의 이야기는 '단지 썩어 사라져야 하는 것'이었다.[편지 5] 나중에 엘리엇은 그녀의 모범적인 주인공 중 한 명인 펠릭스 홀트의 입을 빌려 바이런의 시를 품고 다니는 소녀에게 설명하기를, 바이런은 '염세적인 방탕아였고 […] 영웅을 두고 자기 위를 뒤틀리게 하고 인간을 경멸한다고 생각한 사람이었답니다. 그의 시에 등장하는 해적과 배교자는 욕정과 오만의 조종을 받았지요' 하고 말한다.[24] 더 나아가 에스더 라이언의 '동양적 사랑에 대한 지식은 주로 바이런의 시에서 왔지만' 에스더 라이언은 착각 속에 있었고, '걱정하는 지요르가 그녀에게 그의 팔을 내밀었을 때' 충격적이게도 에스더는 지요르가 자기 부인을 노예로 사들였다는 사실을 알게 된다.

특히 에스더의 개인적 희생이 낭만주의 신화의 결과라는 사실을 더 구체적으로 떠올릴 수 있다면, 에스더의 극심한 소외와 엘리엇의 비판을 이해할 수 있을 것이다. 예를 들면 채프먼의 집에 살았던 엘리엇은 채프먼의 편집자, 그의 부인, 정부의 복잡한 감정적 관계를 통해 즐거움을 충족시켰던 채프먼 때문에 고통받았다. 아마도 그런 취향 때문에 채프먼은 '바이런'이란 별명을 얻었을 것이다. 채프먼의 집에서 엘리엇은 '사방의 벽이 축소되어 한 사람을 뭉개버린다고 상상하는 광기 비슷한 것을' 느낀다.[편지 2] 엘리엇이 루이스를 하나의 분신으로, 그의 친구들과 연인들의 낭만적 생활의 희생자로 보는 것은 당연했다. 루이스는 어린 아내로 인해 참혹하게 괴로워했는데, 셸리처럼 자유연애의 신봉자였던 그의 아내가 손턴 헌트의 아이들을 임신했기 때문이다. 루이스 자신도 레이와 손턴 헌트를 통해 고드윈, 셸리, 푸리에의 영향을 받았다. 아내인 아그네스에게 보여준 루이스의 관용 (그는 아이들에게 자신의 성을 물려줌으로써 그녀의 간통 행위를 용서했다) 때문에 루이스는 당시의 법에 따라 이혼을 할 수 없었다. 루이스는 여성 작가가 바랄 수 있는 가장 훌륭한 후원자이고 사랑스러운 동료였지만 (그는 엘리엇이 글을 쓰도록 독려했고, 출판과 관련한 세세한 일을 처리했고, 자주 아팠던 그녀를 간호했고, 작품의 배경 조사를 도왔다) 엘리엇이 루이스와 불법으로 동거했기 때문에 사회적 징벌을 직접적으로 받은 것도 진실이다.

루이스와 엘리엇은 바이런, 채프먼, 셸리, 헌트에게 매력을 느끼면서도 그들을 거부한다. 이런 루이스와 엘리엇은 칼라일이 '바이런을 덮고, 괴테를 펼쳐라' 하고 권고하며 해결하려 했던 관습적인 빅토리아 시대의 양면성을 예증하는 것처럼 보인다. 엘리엇은 가장 뛰어난 괴테의 전기 작가와 함께 살고 있었기 때문에 아마도 칼라일의 충고를 따르고 싶었을 것이다. 그러나 엘리엇은 『의상철학』의 저자인 칼라일이 보기에 자신이 타락한 존재임을 알고 있었고,[25] 바이런의 난교 윤리와 괴테의 영원히 여성적인 것의 원칙이 모두 자신에게 문학적인 맥락을 제공했다는 사실도 알고 있었다. 이런 판단은 엘리엇이 자신을 한 여자인 동시에 암암리에 여성 혐오자로도 인식했다는 점에서 매우 타당하다. 엘리엇이 낭만주의에 양가적 반응을 보인 것은 빅토리아적이지만, 그것은 여성에게 특히 위험하다고 생각한 전통을 내면화하지 않으려는 여성의 반응이라고도 할 수 있다.

*

　낭만주의 전통의 비평가이자 계승자로서 엘리엇은 특히 여성 선구자들에게 관심을 보였는데, 「벗겨진 베일」이 반향하는 또 다른 그물망이 이 점을 논증한다. 이 이상한 단편이 메리 셸리의 소설을 상기시킨다면, 엘리엇이 반복해서 영국의 조르주 상드라고 ('옷차림만 덜 도발적일 뿐이다'[편지 2]) 칭송했던 한 여성 작가의 걸작도 환기시키기 때문이다. 샬럿 브론테의 소설은 「벗겨진 베일」의 집필에 매우 중요한 영향을 미쳤다. 브론테의 소설은 엘리엇에게 여성으로 확인된 여성과 여성 혐오자 사이에서 엘리엇이 경험했던 자기 분열을 극화하도록 허락하고 있기 때문이다. 샬럿 브론테는 미친 여자를 통해 (그녀의 분노는 자신과 자신의 유순한 분신에게서 사랑을 빼앗아간 남성적 권력의 상징을 찢고 불태우고 파괴한다) 메리 셸리와 에밀리 브론테의 인물들이 경험하는 자기 분열과 살인적인 물질성, 섹슈얼리티로의 추락을 그리고 있다. 따라서 엘리엇은 분노에 찬 미친 여자를 '버사'로 명명함으로써 「벗겨진 베일」이 여성의 복수 시도에 관한 이야기임을 제시한다.

물론 어떤 의미에서 모든 버사들은 강력한 여성 섹슈얼리티를 상징하는 것 같다.[26] 엘리자베스 배럿 브라우닝의 「오솔길의 버사」에 나오는 '나쁜' 언니처럼 (그녀의 열정과 정염은 죽어가는 천사의 창백한 차가움과 대조를 이루는데, 그녀가 이 천사의 연인을 유혹했기 때문이다) 버사 그랜트는 특히 버사 메이슨 로체스터를 닮았다. 버사 그랜트는 악마적인 섹슈얼리티를 띠고 있을 뿐만 아니라, 고아이며 부유한 상속녀로서 여성적 연약함과 순종성이라는 지배적 개념과 현저한 대조를 이루는 체력과 투지가 있기 때문이다. 엘리엇은 촛불 곁에 서 있는 버사를 대단히 악의적이고 강력한 모습으로 묘사하면서 이런 동일성을 강화한다. 버사가 새 하녀에 대해 래티머에게 말하러 올 때, 래티머는 '그녀가 왜 그 잔인하고 경멸하는 듯한 눈으로 나를 응시하면서, 손에 촛불을 든 채 내 앞에 서 있었는가?' 하고 의아해한다. 마찬가지로 로체스터나 제인도 버사 메이슨 로체스터가 자꾸 나타나는 것에 의아해했을 것이다. 버사 그랜트가 비밀스러운 계획에 새 하녀를 (그녀와의 신비한 동지애는 극도로 사악해 보인다) 연루시키고 있다는 사실은 그레이스 풀 또한 이상한 여주인과 처음에는 공모 관계로 보였다는 점을 상기시키고, 래티머의 움츠림은 제인 에어가 느꼈던 불안감을 환기시킨다. 래티머는 아처 부인이 무례하게 행동했음에도 해고되지 않는 것을 알고 놀라는데, 이 놀라움은 그레이스 풀이 폭력적인 행위를 했음에도 손필드에서 해고되지 않는 것에 대해 제인이 느끼는 놀라움과 유사하다. 버사 그랜트가 두려워하면서도 아처 부인에게 의존하는 것은 '그녀의 드레스 룸에서 촛불을 든 어렴풋한 어떤 형상, 버사가 캐비닛에 감추어둔 무엇인가와 관련되어 있다.'(강조는 인용자) 특히 우리는 감춰둔 이 '무엇인가'가 독이라는 것을 알기 때문에 그 장면은 불길 속을 걸어다니는 버사 메이슨 로체스터와 자물쇠가 채워진 그녀의 다락방을 상기시킨다. 아처 부인이 죽었다 소생한 다음 버사가 꾸몄던 남편의 살해 책략을 폭로할 때, 우리는 엘리엇이 여기에서 다락방의 미친 여자의 전통에 빚지고 있음을 그녀 스스로 인정한다는 사실을 깨닫는다.

버사의 관점을 고려하기 위해 래티머의 시각을 벗어나면, 래티머가 버사를 통해 어떻게 욕망의 거세와 활력의 포기를 나타내고 있는지가 분명해진다. 그러므로 래티머가 지옥 같은 버사와의 결합을 점차 수동적으로 받아들였을 때, 버사는 자신의 생명을 되찾는 유일한 방법으로 래티머의 죽음을 열렬히 욕망하는 것이다. 버사는 래티머에게 남을 꿰뚫어보는 능력이 있는 것은 아닌지 의심하기 시작하며, 래티머에 대한 '공포에 끊임없이 시달리고, 이 공포는 한 번씩 그에 대한 반항으로 표출되었다. 어떻게 하면 자기 삶에서 이 악몽을 떨쳐낼 수 있을지, 자신이 한때 바보라고 경멸했고 이제는 심문자처럼 두려워진 존재의 이 가증스러운 속박에서 어떻게 자유로워질 수 있을지, 버사는 계속 생각했다.' 버사의 공포는 자신이 래티머의 플롯에 따라 움직여왔다는 깨달음, 심지어 래티머에 대한 자신의 원한조차 자신을 섬뜩한 눈을 가진 괴물로 보는 그의 통찰에 따라 예견되고 만들어졌다는 깨달음의 산물이다.

버사의 생애를 써나가는 저자 래티머는 버사가 자신이 이미 예견했던 역할을 해내고 있는 것을 보면서 아버지의 서재에 앉아 책을 읽는다. 이를 의식하는 버사는 당연히 그녀 자신이 무대 위 여배우나 등장인물이 되어버렸다고 생각한다. 래티머가 '어떻게 [자신을 향한] 그녀의 증오가 그토록 강렬하게 자라날 수 있는지 정말 놀랍다'고 생각한다 해도, 버사에게는 래티머의 '비상한 독심 능력'을 두려워할 충분한 이유가 있다. 그리하여 '비상한 독심 능력'이라는 어휘가 암시하듯, 버사가 남자의 독심 능력을 피하려고 애쓰는 일은 남자의 힘을 피하거나 부인하려고 노력하는 일이다. 따라서 버사가 래티머의 통찰력이 감소하는 것을 보면서 '기대감이나 희망 섞인 긴장감 속에서 살았다'는 해설은 매우 타당하다. 래티머가 창조한 폐쇄된 세계에서는 그런 긴장감이 가능하지 않다. 그러나 이제 버사는 한 등장인물이 아닌 한 사람으로 자신을 인식할 수 있다. 사생활을 추구하기 위해 작가에게서 도망가는 등장인물 버사는 래티머에게 '타소'라는 별명을 지어주면서 그녀가 욕망하는 자유를 가져다줄 유일한 음모를 꾸미는 가운데 자신의 딜레마를 인지한 것처럼 보인다. 게다가 래티머의 죽음 같은 승화에 대한 버사의 반응은 불가피하게 욕망 안에 내재한 폭력성을 드러내고 있고, 따라서 버사와 아처 부인 사이의 기묘한 성 심리학적 유대는 래티머를 살해하려는 음모가 무르익어갈수록 단단해진다. 버사는 래티머의 예언력이 잦아들어간다는 사실을 간파함에 따라 래티머의 살해 계획을 비밀리에 진행할 수 있었고, 아처 부인의 죽음을 '비밀을 봉인하는' 심정으로 지켜본다. 이 비밀은 남자들에게 적대적인 전복적인 이야기를 추구한다는 점에서 여자들(마님과 하녀)의 공모다. 아처 부인과 버사는 전통적으로 '여성적인' 여자의 몫이었던 양육 역할을 거부하려고 래티머에게 독을 먹였는데, 이 독은 그의 위를 경유해 심장에 도달할 것이다. 따라서 아처 부인과 버사는 자기 남자에게 죽음의 사과를 건네주는 이브의 반항적 행동을 기꺼이 받아들이고, 그 결과 자신들이 (반항할 때조차) 옛 구조에 붙잡혀 있음을 증명한다.

『제인 에어』에서 여자 주인공의 예견과 그녀의 미친 분신이 행하는 복수의 행위는 남성 지배의 세계, 거의 전적으로 여성적 시각에서만 보이는 세계를 성공적으로 변화시키고 회복시킨다. 그러나 조지 엘리엇은 브론테 소설에 반대하는 표시로 래티머의 의식에서 결코 벗어나지 않는다. 그리하여 버사의 여성적 우월성은 침묵에 묻히고 상대적으로 접근할 수 없는 영역으로 남게 된다. 엘리엇은 여성적 고딕의 전통을 전개하면서도 수정하고 있다. 브론테는 여성들이 고통스러운 자아분열을 치유할 방법을 탐색하지만, 엘리엇은 분열된 자아란 단지 폭발할 수밖에 없는 것임을 암시하기 때문이다. 래티머와 버사는 서로에 대한 증오를 인지하면서 결국 이혼한다. 공범자, 비밀스러운 음모, 유일한 자유의 원천을 빼앗긴 버사는 '빠르게 퍼져나가는 불길에 은신처를 빼앗긴 교활한 동물'과 닮은 까닭에 훨씬 더 강력하게 손필드의 미친 여자를 떠오르게 한다. 엘리엇은 자신 안의 분열을 여성 혐오주의자 남성과 남성을 증오하는 여성 사이의 분열로 간주하고,[27] 자기 자신의 문제이기에 중요하다고 생각하는 자기혐오의 문제를 설명하기 위해 상속받은 전통에서 벗어난다. 상호적이면서 상반되는 두 인물인 여성적인 래티머와 거세하는 버사는 삶에서 자유를 강탈해간 그들 자신의 한 측면으로서 서로를 경험한다. 더 나아가 래티머의 초월적 신통력과 버사의 정열적 욕망 사이의 투쟁은 일레인 쇼월터가 말한 매기의 '여성적인' 정열과 톰 털리버의 '남성적인' 억압 사이의 갈등을 상기시킨다.[28] 이런 투쟁과 갈등은 또한 『미들마치』의 결혼 관계에서도 (엘리엇이 이런 결혼 관계를 통해 자신의 무력감과 자신의 성을 약화시키고 폄하하는 태도를 내면화했다는 죄책감을 극화할 때조차) 나타난다.

따라서 엘리엇에게 의식의 타락 상태와 여성의 내밀한 상처는 자기혐오로 인한 무력감과 관련된 주제일 뿐 아니라 속박이기도 하다. 이런 자기혐오는 여성이 자신의 탁월성 때문에 (말하지는 않을지라도) 불가피하게 얻는 인식과 모순되는 가부장적인 가치를 수용하는 것에서 시작된다. 요컨대 엘리엇은 그녀의 에세이 「마거릿 풀러와 메리 울스턴크래프트」에서 『19세기 여성과 여성의 권리』는 (남자들의 불의를 직접적으로 다루고 있다는 점보다는) 어떻게 여성의 예속이 여성의 정신과 영혼을 모독하고 약화시키는지를 다룬다는 점에서 칭송받을 만하다고 말한다. 마찬가지로 「여성 소설가들의 어리석은 소설들」에서 엘리엇은 '여성이 지닌 가장 유해한 형태의 어리석음'을 강력하게 공격한다. 엘리엇이 여자 주인공들에게 내리는 징벌, 빈번한 병의 발작, 빈번하게 드러나는 비판적이면서도 자상한 어조, 그녀의 남자 같은 필명, 이 모든 것은 자신의 성과 동일시되지 않으려는 엘리엇의 강한 바람을 암시한다.

젠더의 한계를 비상할 정도로 초월한 작가로서 엘리엇은 자신의 노력과 성공을 정당화하기 위해 자신의 중요한 소설에서 여성적 체념의 신조와 복종의 서약에 자주 의지한다. 그런 신조와 서약은 공격적으로 자신의 경력을 쌓아나갔던 엘리엇 자신의 삶과는 정면으로 대치된다. 따라서 엘리엇은 '나의 책들이 나를 괴롭힌다'고 소리쳤던 것이다.[편지 5] 버지니아 울프도 엘리엇에 대해 '오랫동안 그녀는 차라리 자신에 대해 생각하지 않기로 했다'는 설득력 있는 주장을 내놓았다.[29] 이를 통해 우리는 엘리엇이 '영원히 여성적인' 고귀함을 찬미하면서도 자기 이야기를 쓰는 일은 거부함으로써 두통에 시달렸으며, 두통 때문에 괴테의 마카리에 같은 유형, 즉 작가에게는 결코 기분 좋지 않은 유형의 인물이 되어버렸음을 알게 된다. 더 나아가 「벗겨진 베일」에서 엘리엇은 타락의 신화와 여성적 악의 신화에 양가적 태도를 견지하는데, 이로써 그런 신화를 영속시켜 여자를 '타자'로 규정하는 가부장적 문화를 엘리엇 자신이 내면화하고 있음을 보여주고 있다. 엘리엇은 전 생애 동안 이런 내면화의 징후들(사회적 승인을 받지 못한 일에 대한 계속된 죄책감, 남자 친구를 더 좋아한다는 공언, 여성의 반페미니즘, 여성의 예속보다 다른 형태의 불의 전체가 더 중요한 자기 예술의 주제라는 자기 변명 같은 주장, 격려와 인정을 받기 위해 루이스에게 극도로 의존했던 모습, 작가로서 세상을 바라볼 수 없었고 자신의 작품에 대한 가장 호의적인 비평조차 읽을 수 없었던 무능력)을 보여준다.[30]

엘리엇은 스펜서, 조잇, 프루드와 마치니 같은 저명한 사상가들의 지적 동아리에서 단지 명목상으로만 여자였을 뿐, 자신이 그토록 맹렬하게 비판했던 해나 모어 부인이 바로 자신일지도 모른다고 생각했을 것이다. '그녀는 모든 괴물 중에서도 가장 유쾌하지 못한 존재였다. 학자인 체하는 여자, 비참할 정도로 잘못된 사회에서만 (그런 사회에서 얄팍한 지식과 철학을 갖춘 여자는 노래하는 쥐나 카드 놀이하는 돼지와 같은 범주로 분류된다) 존재할 수 있는 괴물이었다.'[편지 1] 물론 엘리엇은 얄팍한 지식이나 철학을 넘어선 것을 보유했고, 그리스어와 라틴어 문학에 정통했다. 그러나 이 점은 (폴 선생이 루시 스노에게 강조하며 말했듯) 엘리엇이 속한 세계에서 그녀를 더욱 별종으로 만들었을 뿐이다. 헤이트는 엘리엇이 '루이스와의 결합을 정직하게 털어놓아 저녁 식사에도 초대받지 못한 오랜 사회적 추방 시기 동안 고전을 공부했을 것'이라고 말한다.[31] 엘리엇은 말하자면 자신의 삶이 아버지가 숙녀답지 못하다고 경멸했을 삶, 훌륭한 오빠가 불쾌하게 여겨 인정하지 않았을 삶이라는 것을 알고 있었다. 엘리엇은 젊은 시절에 '아버지가 안 계신다면 나는 어떻게 될까?' 하고 상상하곤 했다. '그것은 마치 나의 도덕성의 일부가 사라져버린 것과 같을 것이다. 어젯밤 나는 나를 정화해주고 제지해줄 영향력이 사라져 나 자신이 세속적이고 관능적인 악마처럼 변하는 환상을 보았다.'[편지 1]

독립적이지 못했던 엘리엇의 무능력을 보여주는 가장 슬픈 징후는 (그녀의 일기에 나오는 위기라는 딱 한 단어가 죽은 지 5개월 반 뒤에 드러난 루이스의 배신을 가리키는 것이든 아니든)[32] 엘리엇이 서둘러서 아들뻘의 젊은 남자와 (게다가 당시 어머니 잃은 그 남자는 어머니를 대신할 누군가가 필요했다) 결혼한 사건이다. 엘리엇은 죽기 몇 개월 전에 존 크로스와 결혼했는데, 이 결혼은 엘리엇의 소설에 뿌리 깊게 박혀 있는 여자의 의존성에 대한 그녀의 통찰이 얼마나 중요한지 주목하게 한다. 신혼여행에서 새신랑이 베네치아의 발코니에서 운하로 뛰어내렸을 때 (지나가던 사공 덕분에 다치지 않고 구출되었지만) '베아트리체'는 (그는 그녀를 그렇게 불렀다) 무슨 생각을 했을까?

자신의 개인적인 불안감의 정체가 무엇이었든, 엘리엇은 자신의 소설이 소설사에서 전례 없는 성공을 거두었다는 사실을 분명 알고 있었다. 『애덤 비드』와 『플로스강의 물방앗간』은 선풍적인 인기를 얻은 덕분에 엘리엇은 경제적으로 성공했다. 그뿐 아니라 『미들마치』의 출간 시기에 이르러 엘리엇은 영국 전역에서 그녀 세대의 의심과 절망을 정직하게 대면하면서도 독자들에게 유머, 사랑, 의무 같은 심오한 가치가 이길 것이라고 격려하는 작가라고 칭송받았다. 대중이 엘리엇에게 보내는 경외감은 열광에 필적했고, 방문객들이 선물을 들고 와서 엘리엇에게 지혜의 '말씀'을 들으려고 기다릴 정도였다. 사람들이 엘리엇에게 예언가나 뮤즈와 같은 역할을 하도록 고무했다면, 그녀가 그렇게 만든 것이다. 엘리엇은 자신의 후기 소설에서도 봉사하는 여성이라는 이상에 대해 양면적인 태도를 취하는데, 이런 양면적 태도의 흔적은 그녀의 초기 번역서에서도 찾을 수 있다. 십자가에 못 박힌 예수에 대한 슈트라우스나 포이어바흐의 분석에 흥미를 갖게 된 것도 인간 감정의 진수를 통해 기독교적 자기희생의 본질을 지키고자 했던 엘리엇의 결단과 분명 관련이 있다. 그런 발견은 남자/신만이 배타적인 육화의 상징일 필요가 없어졌다는 것을 의미한다. 사실상 엘리엇이 강박적으로 사로잡혀 있었던 '여성적인' 체념이라는 측면에서 본다면, 성모 마리아와 성녀 테레사에게 관심을 가졌던 엘리엇은 여성적 신성의 고유한 상징을 찾고 있었다고 볼 수 있다. 엘리엇이 소설의 배경을 산업사회 이전의 역사로 설정한 것도 여자의 일이 인간 공동체를 유지하는 데 중요했던 시대에 향수를 느꼈기 때문이다. 어떤 경우건 엘리엇은 복음주의적인 자기부정에서 인간애에 대한 신앙으로 고통스럽게 이동해간다. 이 이동은 엘리엇이 남성 문화와 자신을 동일시하는 것과 자신을 여자로 의식할 수밖에 없는 불가피성 사이에서 끊임없이 곡예를 부려야 했다는 사실을 반영한다.

*

이 갈등을 이해하는 과정에서 「벗겨진 베일」이 제공하는 이미지 중 가장 흥미로운 것은 베일 자체다. 엘리엇은 베일이 나타내는 전통적인 낭만주의적 의미와 고유한 여성적 의미 사이를 중재하고 있기 때문이다. 여성 소설에서 여자 주인공을 끊임없이 숨 막히게 하는 울타리의 이미지와 비슷하면서도 또 다른 측면에서 감금 이미지를 드러내는 베일은 벽의 이미지와 유사하다. 그러나 베일은 불투명할 때도 있지만 아주 잠깐 그럴 뿐이며, 투명할 때는 드나듦이 가능한 출입구가 된다. 열려 있거나 닫혀 있는 문과 달리, 베일은 항상 잠재적으로 열려 있고 닫혀 있다. 베일은 구별되는 두 영역(현상과 실체, 문화와 자연, 두 가지 의식, 삶과 죽음, 공적인 외관과 사적인 실제, 의식적 충동과 무의식적 충동, 과거와 현재, 현재와 미래 등)을 분리한다. 베일을 통해 우리는 약속이나 위협, 곧 드러날 신비를 볼 수 있고 들을 수 있으며 심지어 느낄 수 있지만, 베일은 항상 모든 것을 감추고 있다. 특히 엘리엇은 베일의 경계에 일시적이고 양가적인 유동성을 부여하는 감금 이미지가 있다는 이유로, 또 여성을 나타내는 이미지 중 특별한 지위를 차지한다는 이유로 베일에 매력을 느꼈다. 엘리엇은 자신의 소설에서 베일을 무수한 망, 그물, 올가미, 붕대, 숄, 가면, 커튼으로 변화시켰다. 엘리엇은 베일을 통해 낭만주의뿐만 아니라 그녀 시대에 이미 제대로 수립되어 있던 여성문학의 전통과 자신이 맺고 있는 독특하고 복잡한 관계를 압축한 셈이다.

블레이크, 워즈워스, 콜리지, 에머슨, 셸리 같은 낭만주의자들이 '사물의 본질을 꿰뚫어보기 위해 친숙함의 베일'을 걷어올리려고 했다는 것은, 구름이 가려버린 뒤 성스러운 모습이 언덕 위에 빛났을 때를 다시 붙잡아보려는 그들의 반복된 시도를 통해 알 수 있다. 낭만주의 시인들은 베일이 가장 신성한 장소에서 신성을 분리한다는 것을 알고 있었기 때문에[출애굽기 26장 33절], 힘의 존재에 맞서 성직자/시인의 지혜를 구했다. 셸리는 『아도니스』의 마지막에서, 브라우닝은 「불 옆에서」에서, 스윈번은 많은 시에서 무상함의 베일 뒤에 있는 천상의 조화를 간파할 수 있으리라 확신했다. 그러나 케네스 존스턴이 보여주었듯, 워즈워스 같은 시인이 천상의 조화를 얼핏 볼 수밖에 없는 자신의 무능을 한탄할 때조차 그는 계시로부터 도망치고, 계시를 예감하는 고양된 의식에 다시금 베일을 씌우고 후퇴해버린다.[33]

사실상 워즈워스가 말년에 실제로 베일을 쓴 것은 말 그대로 눈에 문제가 생겨서였지만, 통찰력의 소유나 상실을 둘러싼 워즈워스의 일반적인 두려움을 말해준다. 다시 말해 낭만주의자들은 가끔 베일을 찢어버리는 동시에 베일 뒤에서 그들이 일별하게 될 것에 공통적으로 두려움이 있었기 때문에 '허영의 베일을 걷어올리지 말라'고 충고한다. 이 점에서 낭만주의자들은 오랜 고딕 전통을 지켰는데, 그 전통에서 베일은 죄와 죄의식, 과거의 범죄와 미래의 고통이 기이하게 드러나는 것을 감추는 수단으로 사용된다. 포(「발데마 사건」), 디킨스(「검은 베일」), 호손(「목사의 검은 베일」)의 이야기에서 베일은 비밀스러운 죄의 상징이다. 젊은 굿맨 브라운이나 후퍼 목사 같은 인물은 다른 마음들을 분리하는 베일이 그들의 통찰력에 의해 찢어졌을 때 악만을 본다.

소설에서 엘리엇은 베일에 담긴 이 모든 의미를 불러낸 것이 분명하다. 래티머는 허영의 베일을 걷어올리는 셸리의 성직자처럼 '사랑할 대상'을 찾지만, 그 결과 자신이 인정할 수 있는 것은 아무것도 없다는 사실만 발견할 따름이다. 태양이 '아침 안개의 베일'을 걷어올리는 것을 볼 때, '미래의 커튼'을 꿰뚫어볼 때, '[가까운 관계에 있는] 인물들의 관계망이 현미경으로 보는 것처럼 조각조각 떨어져나가는 것처럼 보일 때', '또 다른 어두운 베일'인 죽음을 꿰뚫어볼 때, 래티머는 어떠한 차이도 발견하지 못하고 '숨겨진 것을 보고 싶은 영혼의 욕구가 너무 절대적이어서' 장막이라면 무엇이든 환영하게 된다는 것을 깨닫는다. '그 안에 아무것도 없을지라도, 베일은 충분히 두꺼워야 한다.' 다시 말해 「벗겨진 베일」은 사람들이 기대할 법한 무시무시한 비밀을 전달하거나 악의 관념을 견지하지 않는다는 점에서 포, 디킨스, 호손의 이야기와 다르다. 래티머에게는 악이라는 고딕적인 공포에 대한 인식도 없고, 베일 뒤에 신성의 계시가 존재한다는 낭만주의적 사고도 없다. 래티머는 '어둠은 텅 빈 단조로운 벽 이외에는 [그로부터] 어떤 풍경도 숨기지 않고 있다'는 사실을 반복해서 발견할 뿐이다. 진정한 공포란 바로 이 무미건조한 진부함에 있음을 우리는 쉽게 추론할 수 있다. 따라서 시체 같은 삶으로 되돌아갈 때 우리는 다리가 놓인 무서운 심연에 대한 더는 공포스럽지 않은 환영을 보는 것이 아니라, 아내가 자신의 죽음을 바란다는 래티머의 의심을 확인하게 될 뿐이다.

「벗겨진 베일」은 날카로운 통찰력의 신화를(그 신화의 고딕적 낭만주의적 변주에 대한 비판을) 이야기하는 동시에 소설가가 자신의 작품에서 가정하고 있는 바를 탐색한다. 자신을 드러내지 않은 채 베일 뒤나 그 너머까지 볼 수 있는 래티머의 능력은 자신을 숨긴 상태로, 인물들의 인생을 결정하는 사건들을 변경하지 않고도 그들의 의식을 알 수 있는 '전지적인' 소설가의 주장을 표상한다. 래티머의 상상력은 전지적 화자에게만 허용되는 통찰력을 부여하고 있으나, 엘리엇은 이런 능력이 그를 소외시킬 뿐이라는 사실을 보여준다. 래티머는 자신의 통찰력을 통해 오직 그가 운명적으로 견뎌내야 할 소외, 소원함, 무능, 가족 이기주의, 친구들의 편협함, 반복성만 인식할 뿐이다. 다른 소설에서 엘리엇은 상상적 공감이 어떻게 인간의 연민과 동료애를 통해 생명을 소생시키는지 설명하거나 암시하는 데 많은 에너지를 기울이고 있지만, 「벗겨진 베일」에서 상상이 만들어낸 모습은 삶에서 신비감을 빼앗아 긴장감을 죽이고, 생동하는 것을 먹이로 삼고, 심지어 아름다운 외모를 파괴하고, 인간에게 필요한 모든 환상을 박탈하는 역할을 한다. 엘리엇이 계속 상상적인 통찰력에 대한 상반된 태도에 사로잡혀 있는 이유를 이해하기 위해서는 남성 문학에서 여성을 특징짓는 데 사용해왔던 베일의 이미지로 되돌아가야 한다. 그런 방식의 이미지 사용은 상상력이 있는 여성들에게 주어진 역할과 그 때문에 여성들이 겪어야 했던 체념과 분노 사이의 갈등을 완벽하게 보여주기 때문이다.

남자들의 마음속에서 베일의 애매함, 즉 모호한 가능성을 상징하는 베일의 본질적인 신비는 당연히 신비한 타자성의 저장소인 여성과 연결된다. 많은 시인들은 상상력의 원천과 영감으로서 베일 뒤에 있는 존재를 여성적 뮤즈로 보았다. 예를 들면 셸리의 『아틀라스의 마녀』에서 창조적인 여성은 자신의 아름다움을 감추기 위해 '섬세한 베일'을 짠다(이것은 '환한 세상을 어둡게' 만들기 때문에 인간의 눈에 매우 위험하다). 베일 때문에 다른 사람들 전부와 항상 분리되어 있는 이 마녀는 모습이 아름답지만 더 악의적인 베일 속 여자로 쉽게 변하는 치명적 존재다. 키츠의 모네타를 비롯해 벗은 몸이 너무 끔찍해 콜리지가 묘사할 수조차 없었던 ('보라! 그녀의 가슴과 허리의 반을— / 꿈에 그렸던, 그러나 말할 수 없는!')[34] 불길한 제럴딘에 이르기까지 베일 속 여자라는 이미지는 이런 식으로 쓰여왔다. 실러의 시 「사이아의 베일 이미지」에서 감히 여성적 이미지의 얼굴을 쳐다본 남자는 이시스 여신의 조각 주춧대 앞에서 죽은 채 발견된다.

이렇듯 시인들은 베일을 받아들이든 거부하든, 천사 같은 뮤즈가 괴물 같은 메두사로 쉽게 변형될 수 있다는 사실을 우리에게 알려준다. 이는 두에사를 발가벗기는 스펜서나 스위프트의 「숙녀의 분장실」, 『블라이드데일 로망』 같은 작품에서 나타난다. 엘리엇은 이런 책을 분명 읽었고 아마 서평도 썼을 것이다.[편지 2]

어떤 사람들은 베일이 세상에서 가장 아름다운 얼굴을 가렸다고 주장했다. 또 어떤 사람들은 (베일을 쓴 여성의 성을 고려하면 이쪽의 설명이 확실히 더 타당하다) 얼굴이 끔찍하고 흉물스러워 베일로 얼굴을 가렸다고 주장했다. 그것은 시체의 얼굴이었다. 그것은 해골의 머리였다. 그것은 메두사처럼 뱀 같은 머리 타래를 늘어뜨리고, 이마 한가운데 커다랗고 붉은 눈이 박힌 괴물 같은 모습이었다.[35]

아름답든 끔찍하든 베일을 쓴 여자는 여자에 대한 남자의 두려움을 반영하고 있다. 예를 들면 '온통 하얀 옷을 입은' 죽은 아내 영혼의 방문을 받은 밀턴은 이 유령의 존재가 영감을 주는 것만큼이나 자신을 괴롭힐 수 있다는 것을 알고 있다.[36]

엘리엇은 버사의 영혼을 감추고 있는 베일을 걷어올리는 래티머의 이야기뿐만 아니라 『로몰라』에서 베일에 덮인 성모 마리아의 자비로운 치유력과 베일을 쓰지 않은 여신 미네르바의 눈을 멀게 하는 힘에 대해서도 언급한다는 점을 보건대, 베일을 쓴 여자의 전통을 인식하고 있다는 것이 명백해진다. 그러나 여성으로서 엘리엇은 베일 뒤의 자신'만'을 경험할 뿐이기에 뮤즈/메두사의 계시를 탈신비화시키고, 그로 인해 고딕적 신화와 낭만적 신화를 위축시킨다. 래티머가 베일을 걷어올렸을 때 드러나는 것은 괴물이 아니라 미친 여자 버사 그랜트다. 이 점에서 엘리엇은 브론테 자매가 수립한 전통을 확장시켰다. 버사 메이슨 로체스터가 수의를 걸치고 결혼식 베일을 찢기 위해 내려왔을 때, 제인 에어는 버사가 자신의 분노한 분신이라는 인식에 이르기 때문이다. 수녀가 통이 좁고 검은 스커트를 입고 하얀 붕대로 얼굴을 가렸지만, 루시는 이 유령 같은 여자가 자신의 또 다른 망령임을 알아차린다. 루시 또한 잿빛 담요로 둘러싸여 있고 그림자에 가려져 있기 때문이다. 반항적인 캐서린 언쇼 린턴조차 그녀의 거울을 숄로 뒤덮는다. 임신한 상태로 남편의 집에 갇혀 있는 캐서린은 야생적이며 자유로운 자신의 일부로부터 격리되어 있기 때문이다. 여자들에게 베일은 거의 항상 유령처럼 흔적만 남아버린 모습을 상징한다. 따라서 크리스티나 로세티도 '전형'이라는 자신에게 주어진 역할 때문에 남자의 '틀' 안에 갇혀 있는 자신을 극도로 민감하게 인식하고, '강함이 약함과 겹쳐지며 / 부드러운 순종이 그녀의 위력을 가리고 있는' 여자 주인공을 자주 등장시킨다.[37] 이 장의 서두에 나오는 제사를 썼던 샬럿 퍼킨스 길먼과 데니즈 레버토프도 마찬가지다.

베일을 걷어올리는 래티머의 행위는 그가 가진 예지력을 상징하며, 이는 남성 문학에서 베일을 쓴 여자가 종종 정신적인 힘과 동일시되고 있음을 알려준다. 『블라이드데일 로맨스』에서 베일을 쓴 여성의 성모 마리아 같은 면과 메두사 같은 면을 구현하는 두 여자는 둘 다 초인간적 힘을 가지고 있다. 따라서 많은 미국 소설가들이 제노비아 여왕식의 페미니즘과 『선녀여왕』속 프리실라의 통찰력을 연결짓는다는 것도 놀라운 일이 아니다. 베이야드 테일러의 『해나 서스턴』(1864), 윌리엄 딘 하우웰스의 『미답의 땅』(1880), 헨리 제임스의 『보스턴 사람들』(1884~1885)은 프레드 폴리오라는 필명의 저자가 쓴 『루시 보스턴: 또는 여자의 권리와 정신주의, 19세기의 어리석음과 망상에 대한 설명』(1855)이라는 책 제목에 분명하게 드러나는 관계를 상술한다.[38] 이 작가들은 페미니즘 운동을 영매법, 최면술, 자동 기술, 영감에 따라 말하기로 폄하하며 '비이성적인' 심리적 현상으로 매도하며 정치적 운동의 신용을 떨어뜨렸지만, 이런 시각에는 분명 역사적인 근거가 있다. 엘리자베스 캐디 스탠턴, 마거릿 풀러, 루시 스톤, 해리엇 마르티뉴, 엘리자베스 배럿 브라우닝, 폭스 자매, 해리엇 비처 스토, 빅토리아 우드헐, 그밖에 수많은 퀘이커 여성 교도와 세이커 여성 교도는 19세기 후반에 페미니즘과 심령술 사이에 무시할 수 없는 관련이 있었다는 사실을 보여준다. 무아지경 상태에서 샬럿 브론테는 연인이 수 킬로미터 떨어진 곳에서 자신을 부르는 소리를 '듣는' 여자 주인공이 나오는 소설을 썼고, 거트루드 스타인은 초기에 영적 교감의 소통에 대한 에세이를 썼다. 또한 마거릿 애트우드의 『신탁받은 여자』에 나오는 여자 주인공은 몽환의 경지에서 먼저 거울의 반대편으로 들어가 『제인 에어』의 마지막 장면을 다시 고쳐 썼다.

우리는 래티머의 교감 능력이 그의 '여성적' 특질(타인의 요구에 대한 민감성, 육체적 허약함, 섬세한 감수성, 천사 같거나 악마 같은 힘과 겁 많은 겸손함)에 대한 은유임을 이미 살펴보았다. 루이자 메이 올컷(「가면 뒤에서」)과 메리 엘리자베스 브래던(『레이디 오들리의 비밀』) 같은 여성 작가들에게 이례적인 통찰력을 지닌 여성이 이중성을 보이는 베일을 쓰는 일은 남성 지배적이고 여성 적대적인 세계에서 생존을 위한 전략이 된다. 세상에서 마음껏 활동할 수 없는 그들의 여자 주인공들은 사회에서 편안한 지위를 얻기 위해 남자의 에고가 요구하는 바를 직관적으로 이해하고 이용한다. 마찬가지로 「설리번의 거울」에서 해리엇 비처 스토는 '얼굴에 베일을 쓴 채 꿰뚫어볼 수 있는 재능을 타고난' 여자의 통찰력을 묘사한다.[39] 루스 셜리번은 쫓겨나기 직전에 옷방 거울에서 잃어버린 유서를 발견해 조상의 영지 중 정당한 몫을 물려받는 예언적인 환상을 본다. 루스의 예지력은 제인 에어의 초자연적인 청력처럼 정치권력과 단절된 사람들이 그들의 수동성을 이용하는 방법을 보여주고 있다. 즉 그들은 남자의 통제를 넘어서는 영적인 힘과 개인적인 관계를 맺어 권위로 가는 지름길을 택하는 바로 그때 더 강한 힘에 의해 강제로 도구가 되는 것이다. 이 모든 여자 주인공들의 여성 고유의 감수성은 무기가 되는데, 이를테면 도리스 레싱의 『네 문의 도시』에서도 미친 여자들의 구원의 수단이 된다. 여기에서 마사가 듣는 '바다 소리'는 래티머의 '포효 소리'를 닮았다. 예견력과 통찰력이 처음에는 저주처럼 보이지만, 이 여자들은 결국 그런 능력을 소통의 전복적인 형태로 바꿈으로써 조지 엘리엇의 가장 중요한 계승자가 '부르주아의 반복적인 악몽'이라고 칭했던 저주에서 벗어날 탈출구를 마련한다.[40]

결국 베일 뒤의 존재를 기록하는 일은 분명 여성적인 작업이다. 가부장적 사회에서 베일 뒤에 존재하며, 공적 시선에서 보이지 않는 사적인 영역에 거주하는 자는 여자이기 때문이다. 이에 엘리엇은 워즈워스 시에서 알아본 소리 없는 괴로움과 기록되지 않은 고통을 탐색하기로 결심한다. 엘리엇은 포프 류의 시인이 택한 올림포스 신 같은 육중한 시각을 ('왜 인간은 현미경과 같은 미세한 눈이 없는가? / 이것이 바로 인간이 파리가 아닌 이유다') 거부했다.[41] 왜냐하면 엘리엇은 일반 렌즈로는 보이지 않는 세밀한 것을 보기 위해 '배율이 큰 렌즈'를 사용해 래티머의 '현미경적인 시각'에 몰두하기 때문이다. 엘리엇은 가정에서 전통적인 여성의 자리를 유리하게 이용해 공적인 태도 뒤에 가려져 있는 사적인 연약성을 폭로하며 남성적 신화를 반박하는데, 엘리자베스 배럿 브라우닝이라면 엘리엇의 이런 방식을 전형적으로 여성적이라고 생각했을 것이다.

　동양적 전통과 베일로 가린 여성의 얼굴을 통해 가부장이 성공적으로 다루었던 악은 과연 어떤 종류의 악인가? 만약 민첩하고 확실한 본능과 정직하고 순수한 눈을 가진 가모장이 그 가부장을 흘깃 바라보고 이름을 불러 그들을 손쉽게 추방한다면 어떻게 될까?[42]

여기에서는 리얼리즘이 박탈당한 자의 정직성과 동일시되고 있지만, 그것은 자기 포기와(다른 사람의 시각에서 인생을 바라보기, 덜 호의적인 시각에서는 하찮아 보일 수 있는 것의 의미를 식별하기와) 관련될 수도 있다. 다만 「벗겨진 베일」이 암시하듯 그런 통찰력은 자아를 약화시키고, 자아를 인간의 하찮은 편협성에 빠뜨리며, 주변 영혼들의 비밀스러운 부패로 자아를 오염시키고, 모순되는 욕구와 시각의 경험으로 자아를 마비시킬 수 있다.

엘리엇의 여자 주인공들의 체념이 가치 없는 희생을 해가며 그들을 좌절로 이끌듯이, 현미경과 같은 미세한 눈이 있기 때문에 수반되는 자아의 소멸은 무능과 분노의 감정을 가져올 수 있다. 자신의 의식과 다른 의식을 분리하는 베일을 걷어올리는 행위는 래티머에게 다른 사람들의 '사고의 흐름'이 그에게 돌진해오는 것을 의미한다. 그러니까 '마치 다른 사람들은 절대적인 고요함을 느끼고 있는데, 자기만 포효하는 소리를 들을 수 있는 초자연적으로 고양된 청각이 있는 것 같다.' 엘리엇은 『미들마치』에서 이와 똑같은 능력을 묘사한다. '만약 우리가 평범한 삶에서 예리한 상상력과 감정을 획득한다면, 그것은 마치 풀잎이 자라는 소리와 다람쥐의 심장 박동 소리를 듣는 것과 같을 것이다. 우리는 침묵의 반대편에서 울리는 굉음으로 죽을 것이다.'[『미들마치』 20장] 엘리엇은 '여느 때처럼 엿보는 가련한 눈과 다소간 통제받는 떨고 있는 입술이 있는' '커다란 가면 뒤'를 [『미들마치』 29장] 꿰뚫어볼 수 있기 때문에 빈번하게 동정과 경멸 사이를 왔다 갔다 한다.

더욱이 여성 작가인 엘리엇은 자신을 베일을 쓴 여자로 경험할 수밖에 없다. 다른 사람의 마음을 읽을 수는 있지만 수치심과 자신이 노출될 수도 있다는 공포 때문에 래티머가 자기 생각을 단호히 숨기는 것처럼, 엘리엇도 자신의 인물들보다 우월함을 유지한다. 끊임없이 시험받고 윤리적으로 평가받는 엘리엇의 인물들이 결함이 눈에 띌 것이라는 매우 억압적인 느낌을 갖는 이유는 부분적으로 엘리엇의 이 우월감 때문일 것이다. 엘리엇이 원숙한 성직자가 되든, 말을 탄 채 언덕 꼭대기에서 밑에 있는 골짜기의 광경을 바라보는 신사가 되든, 공동체의 모든 생각을 요약하는 육체 없는 목소리가 되든, 그녀는 래티머와 마찬가지로 과묵하며, 그녀의 플롯은 그녀의 자의식을 래티머의 대화처럼 효과적으로 숨긴다. 에밀리 디킨슨은 수치심을 '본질적 베일'이라 불렸는데, 분명 조지 엘리엇도 (그녀는 전지적이며 초월적 태도로 독자들의 접근을 막고 있다) 자신을 이 '핑크빛 숄'로 감싸고 있다. 그러나 디킨슨처럼 엘리엇도 그녀가 경험한 상실(공동체로부터 소외당한 일)을 이득으로 전환시킨다. 엘리엇이 점잖은 사회를 바라보는 외부인이자 타락한 여성, 지역의 삶을 관찰하는 한 마리 벌레가 되어버린 이래, 그녀의 고유한 시각은 바로 이 빗나감으로 더 이득을 본다. '그토록 얇은 막 밑의 생각은— / 더 똑똑히 보이고—' '떠나가는 빛에 의해 / 우리는 더 선명하게 보며' '숨기면서 드러내는 석양은— / 우리가 보는 것을 선명하게 만들어주기' 때문이다. 디킨슨은 자신의 눈길로 타인을 눈멀게 하기보다는 차라리 자신의 눈을 베일로 가리고자 했다. 따라서 막과 틈으로 시각을 가리는 것은 디킨슨이 취한 거부의 형태라 할 수 있다. '그것, 한 여자의 예리한 밝은 눈이 한때는 찬양을 받으며 가혹할 정도로 진실한 것을 바라볼 수 있었지만, 그 후로 그 가혹한 진실이 시야 안에 거의 들어오지 않는다는 사실은 끔찍하기' 때문이다.[『급진주의자 펠릭스 홀트』 43장] 자신을 '나'로 주장하는 것을 '불편해하는' 마음은 '눈'병을 일으킬 뿐 아니라 자신의 '눈'을 가려버린다. 현미경 같은 눈은 뭉개버릴 가치도 없기 때문에 그것은 못 본 체할 수 있다. 따라서 엘리엇과 자신이 가깝다는 것을 인식한 디킨슨은 '『미들마치』를 어떻게 생각하느냐고요? 영광을 내가 어떻게 생각하느냐고요? […] 인간 본성의 신비는 구원의 신비를 능가합니다'라고 썼다.[43]

사도 바울에 따르면 베일을 쓴 여자만 사원에서 예언할 수 있었다. 모든 남자의 머리는 그리스도 및 성령과 동일시되는 반면, 모든 여자의 머리는 육체와 동일시되는 만큼 가려야 하기 때문이다.[「고린도전서」 11장] 여성들은 퍼다[내실]의 장막처럼 베일을 받아들임으로써 자신의 수치를 인정하고 복종한다. 베일을 쓰지 않은 살로메는 남자를 저주하고 파괴했지만, 성모 마리아는 베일을 쓴 여신으로 남았다. 성모 마리아의 순수성은 가리기 편하려고 머리를 박박 깎는 독실한 유대교 여자들과 (결코 그리스도의 아내로 강등되지 않을 것이기 때문에) 그리스도의 신부로서 영원히 베일을 쓰는 수녀들에 의해 공유된다. 엘리엇은 자신의 전지적 지위가 준 불가시성의 망토를 입고, 여성의 금욕이라는 그녀의 메시지가 부여한 마리아의 베일을 쓴 채, 자신을 타자로 규정하면서 남성 지배 사회에서 살아남는다. 그러나 루이스가 '성모 마리아'나 '어머니'라고 불렀던 여자, 여자 친구들이 '성모 마리아'라고 불렀던 여자는[44] 진정한 상호 주관성이란 한 자아의 자율성뿐만 아니라 (앞으로 보겠지만) 적어도 한 자아의 생명까지 위협할 것이라는 점을 모르지 않았다.

엘리엇은 꽤 최근까지 거의 전적으로 남성 문학사의 차원에서만 주목받았지만,[45] 「벗겨진 베일」은 그녀가 강력한 여성 전통의 일부임을 보여주고 있다. 다른 여성 작가들과 자신이 연결되어 있다는 자의식, 남성적 문학 관습에 대한 비판, 예지력과 영적 교감 능력에 대한 관심, 감금 이미지, 파편화에 대한 정신분열적인 인식, 자기혐오, 에밀리 디킨슨이 그녀의 '가려진 비전'이라 불렀던 것은 오늘날에도 여전히 살아 있는 전통에 엘리엇을 자리매김해준다.

실비아 플라스, 루이스 보건, 메이 사턴처럼 엘리엇은 여성 괴물들을 바라보고 그 괴물들에게서 자신을 발견한다.

나는 당신의 얼굴을 돌려본다! 그것은 나의 얼굴
얼어붙은 분노는 내가 탐색해야 하는 것—
오, 비밀스럽고, 자기 봉쇄적이며, 약탈당한 곳!
이것은 내가 메두사에게 감사해야 할 선물.

엘리엇의 예술이 함축하는 것, 즉 여성의 힘이 자기혐오로 전복되어 여성의 창조성을 추악하게 만들었다는 것을 이해한 메이 사턴은 이 시에 '메두사 뮤즈'라는 제목을 붙였다. 엘리엇이 자신의 비밀 중에서도 자기 봉쇄적이고 약탈당한 부분을 탐색했다고 생각하기는 쉽지 않다. 「벗겨진 베일」은 엘리엇이 우리를 설득시키고자 했던 만큼 그렇게까지 특이하지도 않다. 움직이는 판넬벽에서 갑자기 튀어나와 궨딜린 할레스를 괴롭힌 죽은 얼굴과 같이, 실제로 「벗겨진 베일」은 엘리엇의 성숙기 주요 소설에 영향을 드리웠다. 할 수만 있었다면 엘리엇도 매기 털리버와 로저먼드 빈시처럼 여성 고딕의 유산을 거부했겠지만.

14장 파괴의 천사 조지 엘리엇

그리하여 오래된 태피스트리가 벽을 장식했다,
고귀한 귀부인들이 솜씨 좋은 베틀을 경멸하기 이전에.
아라크네는, 그때, 아테네 여신과 겨루었고,
그녀의 작품은 최상의 것으로 판정받았다.
용감한 행위는 책에서도 언급되지 않았다.
그러나 그 모든 명성은 싸움터에서 전해졌고,
유순한 동료는 그곳에 베틀을 가져와 일을 시작했다.
노동을 공유하는 동안에는 명성도 공유할 수 있었다.
그리하여 영웅들과 그녀의 섞여 짜인 이름이 뒤섞였다.
이제 여자들은 더는 그런 칭송을 열망하지 않으며,
이제 우리는 농노제도를 정당하게 찬양한다.
그리하여 모든 예술은 남자들이 독점하고 있으며,
얼마 안 되는 우리의 재능은 발휘되지 못하거나 방해받는다.
– 앤 핀치

어둡고 차가운 거미집,
유리즌 같은 영혼의 슬픔에서 뻗어나와

모든 고통받은 것을 뒤덮은
태아 상태의 여자.
누구도 그것을 깨뜨릴 수 없으리, 불의 날개로도.

끈은 너무 꼬이고, 그물망은 너무 엉켜 있어
마치 사람의 뇌와 같다.

모두 그것을 종교의 그물망이라 불렀다.
— 윌리엄 블레이크

'그리고 악에 대한 열망, 악에 대한 기원이 다시 와서 — 그 사이에서
내가 그것이 어떻게 된 일인지 알지 못하게 될 때까지 — 그 밖의 모
든 것을 희미하게 지워냈다. [...] 나는 아무것도 모른다. 나는 단지 나
의 소망이 나를 벗어나 있다는 것을 알 뿐이다.
— 조지 엘리엇

마가릿 풀러는 한때 고뇌에 싸여 '남자의 머리와 여자의 가
슴을 합해놓은 존재란 결코 있을 수 없는 것일까? 눈물을 훔치
고 있기에는 인생이 너무 풍요롭다고 생각하는 자는 누구인가?'
하고 질문했다. '결코 있을 수 없다고?'[1] 조지 엘리엇은 풀러처
럼 바이런적인 인생을 살진 못했지만, 남자의 머리와 여자의 가
슴의 결합이라는 이상을 성취해낸 자신에게 자부심을 느꼈을
것이다. 자신의 주요 소설들에서 엘리엇은 「벗겨진 베일」의 비
참한 결혼을 통해 가장 냉혹하게 직면했던 갈등을 해결하고자
애쓴다. 그러나 래티머와 버사의 결혼이 엘리엇의 서사를 읊는

초연한 목소리와 뜨거운 가슴 사이의 긴장을 보여준다 해도, 그것은 엘리엇의 소설에 나오는 숱한 결혼의 전형이라 할 수 있다. 성직 생활의 미덕에 대해 쓰려고 하는 불가지론자로서, 아내의 봉사를 찬양하는 '타락한' 여자로서, 모성을 찬양하는 아이 없는 작가로서, 여성적 감수성을 기꺼워하는 의미로 스스로 '삶의 실험'이라[편지 6] 부른 소재를 다루는 지성인으로서, 엘리엇은 모순에 빠지기 때문이다. 엘리엇은 자기 소설 인물들에게 복수하고 (그녀가 고백한 소설가의 의도와 견주면 더 두드러지는) 가혹한 징벌을 내림으로써 그런 모순을 해결할 수 있을 뿐이다. 정신과 마음 사이의 이 긴장이야말로 엘리엇이 초기 필명 중 하나(파괴의 천사 폴리언)의 역할에 헌신했던 이유이며, 또한 매우 다른 미국의 두 동시대인인 마거릿 풀러와 해리엇 비처 스토에게 매력을 느낀 이유다. 엘리엇은 엘리엇 자신의 예술 안에서 싸우는 충동을 두 사람이 구현했다고 본 것 같다.

조지 엘리엇과 마거릿 풀러는 성취한 업적이 매우 다르긴 하지만 여성적 힘에 대한 불안을 공유했다. 또한 이 둘은 다수의 지적 개인적 목표를 공유했다. 마거릿 풀러의 삶이 엘리엇 자신의 인생에 '구원과 같은 것'이었다고 말했을 때[편지 2], 엘리엇은 그런 사실을 인식했던 것 같다. 엘리엇처럼 무섭고 엄한 아버지 밑에서 자랐던 풀러는 부도 사회적 지위도 가지고 있지 않았다. 풀러는 돈 때문에 글을 쓰는 경우도 빈번했다. 학식이 높다는 이유로 비정상으로 여겨졌던 풀러는 엘리엇과 마찬가지로 무녀처럼 취급되었다. 엘리엇처럼 풀러도 독일 문화 가운데 특히 괴테 작품의 전문가가 되었다. 마치니의 친구로서 해리엇 마르티뉴와 조르주 상드를 찬양했던 풀러는 중요한 지성적 잡지에 산문을 기고했고, 기혼 편집자와 친밀한 관계를 맺었다는 소문으로 유명해졌다. 엘리엇처럼 외모가 매력적이지 않았던 풀러는 상당히 늦게까지 자신의 사랑에 보답해줄 남자를 만나지 못했다. 엘리엇처럼 풀러도 페미니즘보다는 신학·과학·정치·경제 문제에 더 큰 관심을 가졌다. 둘 다 숙녀 같은 소설가들을 경멸하고, 그들과 달리 폭넓은 여행과 독서와 평론 활동을 펼쳤다. 앤 더글러스가 풀러의 특별한 자질로 여긴 '무적의 역사주의'는[2] 엘리엇의 자질이기도 하다. 엘리엇을 포함한 많은 여성들이 풀러의 작품을 사실상 가장 신선하게 생각한 요소는 바로 현실에 대한 넓은 시각이었는데, 이는 엘리엇의 여자 주인공들이 반복적으로 애써 획득하고자 한 관점이다. 에밀리 디킨슨은 '루이스 부인' 엘리엇에게서 이런 폭넓은 시각을 감지했다. '그녀는 콜럼버스가 찾고 있던 인도로 가는 작은 길이다.'[3]

엘리엇처럼 풀러도 자신의 주제넘은 야망을 성의 한계를 초월하려는 열망과 동일시했다. '나는 줄곧 생각했다. 나는 쓸 수 없을 것이라고. 모든 것을 커튼 뒤에 숨겨둘 것이라고. 여자처럼 사랑과 희망과 실망에 대하여 쓰지 않을 것이라고. 나는 남자처럼 지성과 행동의 세계에 대해 쓰겠다고 마음먹었다.'[4] 풀러는 자신이 여성이라는 사실 때문에 '능력'을 발휘하는 데 '너무 철저한 제한을 받는다'고 생각했고, 동시대 여자들이 (수적 측면뿐만 아니라 성공 여부로 볼 때도) 뚜렷하게 여성이 가질 법한 직업으로 만들었던 소설을 결코 쓰지 않았다. 그러나 풀러는 만약 그녀가 남자처럼 쓴다면 '숨이 막히거나' 심지어 '마비'

상태에 빠질 것이라고 생각했다. 풀러는 자신이 남자처럼 쓸 경우 단지 '예술가인 체하는 것' 이상은 되지 못하리라 생각했기 때문이다.[5] 이 점에서 풀러는 엘리엇을 닮았다. 엘리엇도 진정성 없는 여성 예술이 '남자 복장을 걸친 서툰 배우의 뻐기는 걸음걸이처럼 남성적 스타일을 우스꽝스럽게 과장하는'[6] 것처럼 보일까 봐 두려워했다. 풀러는 의미 있는 행위의 인생을 살아가며 자신의 성을 초월하고자 했기 때문에 작가보다는 유창한 연설가가 되는 편이 더 낫다는 것을 알았다. '이전까지는 펜이 내 삶의 정신을 표현할 수 있는 도구로 보이지 않았기 때문이다.'[7] 풀러는 '시 창작보다는 시에 영감을 불어넣고 시를 수용하는 것이 더 자연스럽다고' 생각했기 때문에 동굴이 되어버린 자신의 머리에서 아름다운 천사가 탈출하는 꿈에 대해 기록했다. 풀러는 '별에서 태어났지만' '축축한 동굴의 입구'를 제외하고는 빛을 볼 수 없는 무능력을 한탄하는 (괴테의) 마카리에에게 매혹된 자신을 묘사했다. 풀러는 자신을 괴롭힌 지독한 편두통과 눈의 피로를 한탄하면서 조롱하듯이, '이 나쁜 머리야. 마치 나를 위대한 남자인 것처럼 느끼게 할 뿐인 나쁜 머리야' 하고 불평했다.[8]

풀러는 마비와 고통을 인식했기 때문에 여성들에게 '남성적인' 면 혹은 그녀가 '미네르바의 역할'이라고 불렀던 성품을 발전시키라고 충고했다. 아울러 평소에 풀러는 여자들이 그들의 영적인 운명을 피할 수 없으리라 주장하기도 했다. '여자를 통해 남자가 타락했으니, 여자를 통해 남자는 구원받아야 한다.'[9] 따라서 풀러가 '여류 시인'은 시적 에너지를 형성하는 힘이 부족하기 때문에 밀턴처럼 천사 같은 주인을 볼 수 없다고 주장함으로써 젠더의 측면에서 엘리자베스 배럿 브라우닝의 한계를 규정한 것, 그리고 『추방의 드라마: 그리고 다른 시들』을 논평하면서 배럿 브라우닝의 '진정한 여성의 가슴'을 칭찬한 것은 모순이 아니다. 풀러는 배럿 브라우닝이 '연민에 기대지 않고는 밀턴처럼 천사들을 대지 가까이 인도하여 그들의 현존을 알릴 수 없을' 것이라고 확신했기 때문이다.[10] 역설적으로 엘리자베스 배럿 브라우닝은 풀러의 때 이른 죽음 이후 풀러도 '문학적 삶을 사는 여자에게 닥치는 일반적인 어려움과 슬픔'과 직면하고 있었음을 재빨리 이해했다. 풀러의 진실과 대담함을 기리면서, 배럿 브라우닝은 자신의 예술을 괴롭힌 바로 그 문제들이이 미국 여성의 천재성이 약속한 문학작품을 실제로 생산할 수 없게 막았다고 말한다. 브라우닝은 한 친구에게 '풀러의 글은그녀보다 훨씬 못하고 그녀와 어울리지 않으니 그녀의 글을 읽지말라'고 경고했다.[11] 동시에 브라우닝은 편지를 주고받던 이들에게 다른 동시대인의 소설을 읽으라고 권고한다.

스토 부인의 책을 읽지 않는다고요! 당신은 읽어야 합니다. 스토 부인의 책은 이 시대의 기호이고 내적 힘도 상당하지요. 나는 한 여자로서, 그리고 한 인간으로서 그녀의 성공이 기쁩니다. 아, 당신은 여자가 노예제도 같은 문제와 전혀 상관없다고 생각하나요? 그렇다면 이제 펜을 들지 않는 것이 나을 겁니다. 그럴 바에는 차라리 노예제도에 굴종해서 첩이 되는 것이 낫다고 생각합니다. 옛날처럼 자신을 페넬로페들과 함께 '여자의 방'

에 가두고 사상가와 연설가 틈에서는 어떠한 지위도 차지하지 않는 편이 나을 겁니다.[12]

배럿 브라우닝은 에밀리 디킨슨이 『톰 아저씨의 오두막』(1852)에서 기쁨을 느꼈을 힘의 원천을 발견한 것 같다(디킨슨은 아버지가 극도로 싫어했음에도 이 작품을 읽었다).[13]

엘리엇은 스토의 글에서 부족한 것이('무서울 정도로 비극적인 요소, […] 억압받은 자의 악행에 숨어 있는 보복의 여신'에 대한 묘사가) 풀러에게 있다는 이유로 풀러를 칭송했다. 동시에 억압받은 자의 미덕을 그린 스토에게도 끌렸다. '왜 우리에게는 흑인들의 종교적인 삶에 대한 스토 부인의 그림만큼 흥미로운 영국 산업노동자 계급의 종교적인 삶에 대한 그림이 없을까?'[14] 엘리엇은 1856년 〈웨스트민스터 리뷰〉 독자들에게 이렇게 물었다. 그로부터 11일 후 엘리엇 자신이 쓰기 시작한 책은 이 도전에 대한 응답으로 볼 수 있다. 엘리엇도 밑바닥 인생에서 본 역사, 그리고 스토가 여성의 힘이나 역할과 동일시했던 감정을 통해 이해한 사회적 삶에 스토처럼 흥미를 보였다. 저술 활동 초기에 엘리엇은 분노가 아니라 사랑이 특징인 고유한 여성문학 전통의 가능성에 이끌렸다. 예술 안에는 '존재 전체'가 관여하므로 여성의 '감각, 감정, 모성적인 것'이 당연히 독특한 형식을 만들어낼 것이라 생각했기 때문이다.[15] 엘리엇은 여성도 지성이라는 '남성적' 힘을 획득해야 한다고 주장한 풀러보다는 남자가 '여성적' 감수성, 특히 여성의 양육 감수성을 발전시켜야 한다고 강조한 스토를 더 선호했던 것 같다.

스토의 혁명적인 책들은 마치 엘리엇이 세운 가설의 근거가 되어주기라도 하는 듯 남성적 공격성으로 파멸할 세상을 구원할 수 있는 것은 모성적 감각과 여성적 무력함뿐이라고 주장한다. 예를 들면 톰 아저씨는 최근에 경건하고 가정적이며 자기희생적이고, 사람과 윤리 문제를 대할 때 감정적으로 접근한다는 점에서 '전형적인 빅토리아 시대의 여자 주인공'과 동일시되었다.[16] 더욱이 톰 아저씨의 내밀한 기도와 극단적인 수동성은 여성이 강압적인 상황 앞에서 보이는 전형적인 반응이다. 이 반응은 노예제도를 노예와 여성(특히 아내로 기능하는 노예, 노예로 기능하는 아내)이 이용당하고 혹사당하는 가부장적 제도라고 보는 스토의 비판을 통해 조명된다. 스토는 남자를 죽음으로 몰고 가는 타락한 이브가 아니라 자기희생을 통해 영원한 삶을 가져오는 어린 에바에 대해 썼고, 특히 힘없는 자만이 기독교적 사랑을 발휘한다고 주장함으로써 그리스도가 여성이라는 의미까지 담아냈다. 그러므로 윤리적 시금석으로서 어머니-아이의 유대는 스토에게는 사회적 공동체의 전형이다. 『톰 아저씨의 오두막』의 모든 인물들이 유대에 대한 태도에 따라서만 평가되는 것은 아니다. 작가는 「맺음말」에서 이 소설이 '미국의 노예무역에 계속 아이를 빼앗기는 어머니들'을 동정하는 '당신들, 미국의 어머니들'을 위해 썼다고 분명하게 밝힌다.[17]

엘리엇은 이 두 사람의 미국 여성을 전형으로 삼았음이 틀림없다. 마거릿 풀러는 '작가 되기에 대한 불안'이라고 불렸던 문제에 대해서는 쓸 수 없었지만 전통적인 문학 장르 안에 속하지 않는 야심 찬 인생을 살면서 그 문제를 해결했던 반면, 해리엇 비처 스토는 자신이 창조한 허구 세계에서 자신에 대한 묘사를 배제하며 똑같은 문제를 해결했다. 엘리엇은 여성의 특별한 힘이란 모성적 공감 능력이라고 생각하면서 암암리에 스토에게 경의를 표하지만, 여성적 미덕에 대한 스토의 평가가 자화자찬 격의 감상성에 빠져버리지는 않을까 하는 불안을 엘리엇 자신의 소설에서 반복해 보여준다. 이런 감상주의가 결국 스토가 한탄했던 바로 그 가부장적 강제를 유지시키기 때문이다. 따라서 풀러와 스토는 둘 다 자아상을 그릴 때 머리를 떠나지 않던 뮤즈/어머니라는 이상에 방해받았음은 분명하다. 두 사람은 남성의 정신을 여성의 마음과 결합하려 노력하는 개인의 고통뿐만 아니라 남자와 여자가 그렇게 범주화됨으로써 벌어지는 사회 안의 갈등도 염려하고 있다. 두 사람 모두 '가슴이 머리에 동의하는 것인지, 아니면 단지 가슴에서 자연스럽게 흘러나오는 힘을 막아버리는 수동성, 다정한 속성을 가혹한 성질로 변질시키는 혐오감, 인생의 아름다운 기억을 파괴하는 의심을 발휘해 머리의 명령에 복종하는 것인지' 의심한다.[18]

이 두 사람에게 남성적 역할과 여성적 역할 사이의 긴장은 많은 동시대인들의 글에 영향을 준 좌절의 특징이다. 예를 들면 루이자 메이 올컷은 『작은 아씨들』(1869)에서 베스가 오랫동안 끌어온 자살을 통해 여성적 순종이 치러야 할 무시무시한 대가를 묘사하면서도 여성적 사회화의 장점을 분명하게 설교한다. 그러나 올컷도 어떻게 순종과 봉사가 침묵 속의 맹렬한 분노를 결코 말살시킬 수 없는지에 대해(그리고 심지어 키우고 있는지에 관해) 모범적인 어머니를 통해 폭로했다. '선머슴' 같은 조가 발끈하는 성미 때문에 결국 누군가 죽이고 말 거라고 걱정하자 어머니는 자신도 40년 동안이나 못 고친 성질이 있다고 말한다. '나는 거의 날마다 화가 나지만, 티를 내서는 안 된다고 배웠지. 그래서 나는 여전히 그것을 느낄 수 없게 하는 법을 배웠으면 해. 그러려면 또 40년이 걸리겠지만' 하고 조에게 말한다.[19]

개스켈 부인 같은 가정적인 소설가도 '나와 같은 종[인간]을 사랑하는 것마냥 써야 하지만 그들에게 느끼는 심한 증오감'을 느낀다며 불평했다.[20] 흥미롭게도 개스켈 부인은 조지 엘리엇의 초기 소설을 매우 좋아했고, 특히 엘리엇에게 보낸 편지에서 「재닛의 참회」를 칭찬했다. 그 편지는 '당신이 루이스 부인이기를 바란다고 […] 말하지 않는다면 […] 그것은 내 진심이 아닐 것'이라는 말로 끝맺는다.[21] 『성직 생활의 장면들』을 쓴 인내심 많은 작가인 조지 엘리엇은 개스켈 부인의 '동료애의 확신'에 대해 감사의 답장을 보냈지만, 틀림없이 고통스러운 암시였을 개스켈 부인의 마지막 말에 대해서는 예의 바르게 말을 아꼈다. 풀러, 스토, 올컷처럼 엘리엇도 자기통제의 결과 조의 어머니의 충고대로 자주 입을 다물었을 것이다. 조처럼 엘리엇도 자신의 분노가 살인을 저지를 수도 있다고 생각했기 때문이다.

*

『성직 생활의 장면들』(1857)의 화자는 '그러나 친애하는 나의 여자여! 흐릿한 잿빛 눈동자로 드러나고 아주 일상적인 어조로 말하는 인간 영혼의 경험에 숨은 시와 격정, 비극과 희극을 보는 법을 당신이 나와 배워나간다면, 당신은 말할 수 없이 많은 득을 볼 것이오' 하고 이따금 훈계한다.²² 화자의 잘난 체하는 태도는 멜로드라마를 좋아하는 청중의 타락한 기호를 개혁하려는 그의 결단과 연결된다. 엘리엇은 초기 소설에서 독자들이 보편적인 인간의 나약함에 민감해지도록 신경을 쓴 것이 분명하다. 엘리엇은 그녀의 후기 작품에서처럼 연민의 구원 가능성에 대한 우리의 신념을 확장하려 한다. 다른 소설과 마찬가지로 여기에서 엘리엇은 프로테스탄트의 복음주의 같은 역사적인 힘이 지방의 삶에 미치는 영향을 묘사한다. 그러나 화자가 여성 소설가들의 '바보 같은' 소설에 푹 빠져 있는 독자들이 열망하는 흥분과 감정 대신에 보통의 어조와 일상사로 우리의 주목을 환기시키는 가운데『성직 생활의 장면들』은 세 명의 대표적인 온화한 성직자를 부분적으로만 다룬다. 그들의 드라마는 사실상 매우 예외적인 여자들에게 달려 있기 때문이다. 엘리엇이 내세우는 도덕을 지지하는 비평가들은 그녀의 이야기는 무시하는데, 그도 그럴 것이 부분적으로는 이런 플롯이 당혹스러울 정도로 멜로드라마적이기 때문이다. 이런 플롯은 작가의 복수심으로 여성을 복종하게 만드는 주목할 만한 양상을 드러내면서 엘리엇의 이후 소설을 예고한다. 우리가 화자의 철학적 도덕주의적 성향과 유머러스한 성향을 밀어두고『성직 생활의 장면들』에 나타난 특정한 양상에만 전적으로 관심을 집중하는 것은 부분적으로 이 불균형을 바로잡기 위해서이고, 또 한편으로는 엘리엇의 소설이 무르익어감에 따라 이 목소리가 나타나고 변화하게 만든 요인을 이해하기 위해서다.

첫 번째 이야기인 「아모스 바턴」은 '최고로 평범한, 평범함의 진수'라 할 수 있는 성직자를 소개한다.[5장] 그 남자가 우리의 흥미를 끄는 유일한 이유는 놀랄 정도로 선한 아내, '크고 부드러운 근시의 눈을 가진 도량이 넓고 아름답고 부드러운 성모 마리아'[2장] 밀리 바턴 때문이다. 그녀는 『미들마치』의 '축복받은 처녀' 도러시아 브룩을 닮았다. 화자는 밀리 바턴의 미덕을 감탄조로 외친다. '부드러운 여성다움이 주는 위로, 말로 표현할 수 없는 매력! 그것은 모든 소유물과 모든 성취를 대체해버리는 것. […] 만약 그녀가 존재의 평온한 위엄에서 행위의 끊임없는 불안으로 타락한다면 당신은 분개할 수밖에 없을 것이다.'[2장] 화자는 '볼품없는 잡종 개'를 생각나게 한다는 그녀의 남편과 그녀가 잘 어울린다고 주장하기까지 한다. '그녀가 지닌 숭고한 사랑의 능력이' 그런 남자와 함께 '더욱더 커질 것이기' 때문이다.[2장] 평판 나쁜 여자 손님과 무감각한 남편에게 괴롭힘을 당하는 이 집 안의 천사는 '해야 할 많은 일을 연약한 몸이 점점 더 감당하기 어려워졌을' 때마저 그 고통을 드러내지 않고 계속 옷을 수선하고 저녁 식사를 준비한다. '사랑스러운 여자의 세계는 네 벽으로 이루어진 자신의 집 안에 놓여 있기'[7장] 때문이다. 사실상 바턴의 직업에서 드러나는 그의 평범함이 밀리에게 야기하는 문제들은 밀리가 그의 행동 규범을 암암리에 거부한다는 것을 의미한다. 그러나 바턴에 비해 밀리가 우월하다는 것이 제대로 나타나는 대목은 출산으로 인한 밀리의 죽음 장면이다. 이 장면이 주는 메시지는 공적인 세계의 무의미함과 사적인 사랑 행위의 중요성이다. 사실 밀리의 죽음에 직면해 그녀 가족이 아무것도 할 수 없다고 느끼는 무력감은 죽은 다음 그들 생활의 정신적 지도자로서 밀리의 권위를 강화할 따름이다. 항상 상복을 입고 있는 음울한 (『플로스강의 물방앗간』에서) 풀릿 숙모나 임박한 죽음에 대한 자신의 예언을 에스터와 펠릭스 홀트에게 반복하는 침울한 리디와 같이 밀리 바턴이라는 인물도, 여성이 쇠락에 강렬한 매혹을 느끼는 것은 그것이 권력을 얻는 (그것이 다만 재앙을 예언하는 힘일지라도) 하나의 수단이기 때문이라는 엘리엇의 이해를 드러낸다.

밀리의 죽음은 결국 행위하는 삶이 아니라 존재하는 삶의 논리적인 확장이므로, 그것 또한 여성적인 순종의 모델이 된다. 『성직 생활의 장면들』의 두 번째 이야기인 「길필 씨의 사랑 이야기」에서도 여자 주인공은 결국 밀리와 같은 방식으로 순종하게 되는데, 이는 자기 감정의 깊이와 쓸모없음을 완전히 경험한 뒤에 일어나는 변화다. 이 작품의 배경이 되는 건물도 눈여겨볼 만한데, 영국 가정집은 마치 예술 작품처럼 크리스토퍼 체버럴 경의 고딕풍 이탈리아식 성채가 선택되었다. 여자 주인공은 '그리스의 조상과 로마 황제의 흉상들, 자연물이거나 골동품 같은 희귀한 물건으로 가득 차 있는 낮은 캐비닛들'[2장]이 흩어져 있는 난장판 가운데서도 가장 기이한 것 중 하나다. 실제로 크리스토퍼 경은 주인공을 '원숭이'나 '노래하는 새'라 부른다. 그의 집이 우리가 계속해서 만나게 되는 집과 똑같은 오래된 저택이라는 사실은 하녀 방에 있는 벽난로 위에 새겨진 글자로 (신을 두려워하고 왕을 경배하라) 명백해진다. 이곳에서 그 어떤 합법적인 지위도 없는 고아 카테리나는 '유일한 재능인 사랑하는 능력'을[4장] 방해받지 않고 행사하여 와이브로 대위와 사랑에 빠진다. 대위는 '항상 가장 쉽고 가장 마음에 드는 일을 의무감으로 했으며'[4장], 그의 게으른 이기주의는 엘리엇의 후기 소설에 나오는 모든 인물(아서 도니슨, 스티븐 게스트, 해럴드 트랜섬, 티토 멜레마, 프래드 빈시, 그랜드코트 씨)의 이기주의를 예시한다.

와이브로 대위가 카테리나에게 암묵적으로 약속한 것을 무시하고 거만한 베아트리체 애셔를 집으로 데려와 이 초라한 식객 카테리나 앞에서 그녀에게 청혼할 때 우리는 『제인 에어』를 읽는 듯한 느낌을 받는다. 자신이 사랑하는 남자가 부자에다 골격이 큰 검은 머리 미인에게 청혼하는 것을 바라볼 수밖에 없는 카테리나는 '이제 막 날개를 파닥거리기 시작했으나, 부드러운 가슴을 숙명이라는 단단한 강철의 창살에 소심하게 부딪치는 […] 가련한 새'로 묘사된다.[3장] 제인이나 로체스터의 보호를 받는 아델처럼 카테리나는 어떤 가혹한 징벌 앞에서도 끄떡없는 '강력한 저항의 징후'를 경험한다. 심지어 그녀는 자신의 재정적 정신적 빈곤함과 관련 있다고 볼 수 있는 '복수의 재간'을 보여주기도 한다. 그런데 카테리나의 열정의 깊이를 이해할 수 있게 해주는 것은 그녀가 『폭풍의 언덕』의 캐서린과 닮았다는 점이다. 자신이 소유할 수 없는 친척인 대위를 욕망하는 카테리나는 '광적인 열정에 사로잡혀, 목소리만 들어도 자신을 낙담시키는 그 남자를 죽일 수 있다'고 결심하고, '그의 가슴을 […] 찌를 단도를 찾아낸다.[13장] 그러나 카테리나는 칼을 써볼 기회를 갖기도 전에(엘리엇의 출판사는 이 사건을 강하게 반대했다), 정원에서 심장마비로 죽은 그를 발견함으로써 어린 시절 연인과 영원히 헤어진다. 캐서린 언쇼처럼 카테리나 사티는 결국 좀 더 점잖은 구혼자 길필과 결혼하고 아이를 낳다가 세상을 떠난다. 오직 그때만이 그녀는 온전히 남편 차지가 된다. 아내와의 추억이 담긴 작은 물건(그녀의 작은 화장대, 고운 거울, 작은 검은 손수건)으로 가득 차 있는 방을 남편이 잠그기 때문이다.

지금까지는 출산이 죽음만 초래했지만, 세 번째 작품인 「재닛의 참회」에서 남성 화자는 이전의 이야기들처럼 모성이 '모든 불안을 평온하게 진정시키며, 이기심을 극기로 변화시키고, 심지어 맹렬한 허영심에도 찬양하는 사랑의 눈길을 준다'고 이어서 선언한다.[13장] 이 찬사는 재닛 뎀스터가 어머니가 된다면, 자신의 운명에 덜 슬퍼할 것이라는 설명이 되기는 하지만, 그녀의 운명은 '캄캄한 집의 술 취한 폭군' 남편인[7장], '가정교사가 되는 것 말고는 어떤 희망도 없어'[3장] 결혼할 수밖에 없었던 법률가와 함께하는 인생일 뿐이다. 재닛의 남편은 재닛을 '집시'라고 부르는데, 그 '집시'는 남편의 육체적인 잔혹성 때문에 점점 몰래 술을 마시게 되는 그녀 자신이다.

아침에 따라붙는 멍한 무기력증과 절망감 때문에 무더운 아침은 지난 밤보다 더 지겨웠다. 날마다 찾아오는 밤에는 납 같은 무감각으로 자신을 무장하지 않고는 용기를 내는 일이 더 힘들었다. 아침의 빛조차 그녀에게 어떤 기쁨도 주지 못했다. 아침은 그저 희미한 촛불 속에서 일어났던 일에, 불은 사그라지고 빛은 꺼져가는 응접실에서 평소처럼 취해 꼼짝 않고 앉아서 그녀에게 심한 욕설을 퍼붓고 과거를 거듭 비난하는 잔인한 남자에게, 또는 기억하지 못하는 무엇, 그러니까 옷을 입을 때마다 아픔이 느껴지는 어깨와 어깨에 피멍을 만든 어떤 섬뜩한 공허에, 눈부신 빛을 던질 뿐이다.[13장]

고통스러운 재닛은 어머니에게 왜 자신이 결혼하도록 놔두었느냐고 질문할 수 있을 뿐이다. 재닛은 '어머니, 왜 제게 말해주지 않았나요? 어머니는 남자들이 얼마나 잔인할 수 있는지 알고 있었잖아요. 나에게는 도움의 손길도 희망도 없답니다' 하고 말한다.[14장] 그녀의 이 말은 나중에 『급진주의자 펠릭스 홀트』의 트랜섬 부인이 외치는 가슴 절절한 항의에서 반복된다. '남자들은 이기적이에요. 게다가 잔인하죠. 그들이 신경 쓰는 일은 자신의 쾌락과 자존심뿐이에요.'[5장] 『대니얼 데론다』에서 궨덜린 할레스의 소용없는 한탄에서도 이 말이 나온다. '내가 결혼을 못 하더라도 상관없어. 좋아할 가치가 있는 것은 아무것도 없어. 나는 모든 남자들이 나쁘다고 믿거든. 그래서 그들을 증오해.'[14장]

'결혼 생활을 박차고 나갔을 때 그녀 앞에 펼쳐질 공허'와 직면할 능력이 없기 때문에 남편을 떠날 수 없는 재닛은 그녀를 죽일 수도 있고 벽장에 가둘 수도 있(다고 하인들이 생각하)는 남자와 같이 산다. 사실상 뎀스터가 재닛에게 자신의 힘을 보여주고자 한다면, 어느 추운 한밤중에 그녀를 잠옷 바람으로 길거리로 내몰기만 하면 된다. 우리는 재닛이 어머니였다면 이런 취급에도 그녀가 덜 슬퍼했을 것이라는 말을 듣지만, '다른 모든 악처럼 잔인함도 그 자체 이외에는 어떤 동기도 가지고 있지 않다. 그것은 단지 기회를 요구할 뿐'이라는 사실은 더욱 명백해질 뿐이다.[13장] '애정 없는 폭군이며 잔인한 남자는 자신의 잔인성을 유발하기 위해 어떤 동기도 필요하지 않다. 남편에게 필요한 것은 다만 자신의 것이라 부를 수 있는 여자가 영원히 자기 앞에 있는 것이며'[13장], 결혼은 정확하게 바로 이런 여자를 제공해준다. 엘리엇은 그녀의 출판업자인 존 블랙우드의 만류에도, 아내 학대와 여성의 알코올중독에 대해 쓰기를 고집했다. 엘리엇은 재닛이 '삶의 수수께끼'로[13장] '상처받은' 의식의 묘사를 비롯해 '얼마 되지 않는 그녀의 모든 재산이 남편의 손아귀에 있고 그 적은 재산 또한 남편의 도움 없이 그녀가 안락하게 살 수 있는 정도도 아니라'는[16장] 사실적인 설명에 이르기까지 이 주제를 매우 솜씨 좋게 서술하고 있다. 『성직 생활의 장면들』에 나오는 다른 모든 결혼처럼 이 결혼도 「벗겨진 베일」의 버사와 래티머의 결혼 못지않다.

「벗겨진 베일」과 마찬가지로 「재닛의 참회」에서 엘리엇은 '우리는 일상적이고 익숙한 삶의 하찮은 말과 행동이라는 장막 뒤로 서로를 감추고 있고, 우리와 함께 똑같은 난롯가에 앉아 있는 사람들은 표현되지 않은 악과 실행되지 않은 선으로 가득 차 있어서 우리 안의 깊은 인간 영혼에서도 가장 멀리 떨어져 있는 경우가 빈번하다'는[16장] 것을 보여주고자 한다. 실로 엘리엇은 가장 초창기 소설부터 성직에 종사하는 인물들을 썼는데, 적어도 부분적으로는 성직자들이 약간 '여성적'이기 때문이다. 감정적 도덕적 사적 영역에서 모범적인 삶을 살아야 하는 그들은 베일 뒤에서 일어나는 일을 잘 알고 있으며, '커튼이 드리워진 침묵 속이 아니면 결코 방문하지 않는 유물의 방에 낮의 햇살이 드리워질까 두려워하는'[18장] 모든 사람에게 고백을 권한다. 재닛은 사실상 순종의 전형을 보여주는 트라이언과 함께 '고통받는 동료애'를 형성하면서 참회하게 된다.[12장] 트라이언은 와이브로 대위가 저지른 죄와 유사한(자신보다 지위가 낮은 소녀를 유혹해 자신을 사모하게 만들고도 보답해주지 않은) 죄를 고백하면서, 어쩔 수 없는 죄에 대한 인식이 어떻게 구원을 가져다줄 수 있는지 재닛에게 설명한다. '전적으로 순종하는 것, 완전히 체념하는 것 말고 우리에게 어울리는 것은 아무것도 없습니다.'[18장]

재닛은 어머니와 화해하고 심지어 남편에게 돌아가야 한다고 믿기 시작한다. '나에게 잘못이 있었고, 할 수만 있다면 잘못을 보상하고 싶기'[20장] 때문이다. 그리하여 임종 침상에 누운 남편에게 재닛이 필요할 때 재닛은 아낌없이 도움을 베푼다. 결국 트라이언 씨의 인간적 연민을 신뢰하며 재닛은 술 마시고 싶은 유혹도 물리치게 만드는 신의 사랑을 신뢰하기에 이른다. 알코올중독과 절망에서 구원받은 재닛 템스터가 '먼지를 뒤집어쓴 상처투성이의 시든 식물이 하늘에서 떨어진 부드러운 빗방울로 변하듯이, 변했다'는[26장] 사실은 트라이언 씨의 성자다움을 증언한다. 재닛이 그에게 마련해준 안락한 빨간 벽돌집에서, 게다가 그녀의 애정 어린 포옹 속에서 맞이한 때 이른 죽음도 마찬가지다. 죽어가는 트라이언 씨에 대한 재닛의 헌신적 간호는 실제로 임종 침상의 아버지를 보살폈던 때를 '나의 가장 행복한 시절이었다'고 회상한 엘리엇을 상기시킨다.[편지 1]

이 구절의 의도하지 않은 아이러니는 「재닛의 참회」 덕분에 더욱더 분명해진다. 재닛의 팔에 안겨 그녀의 키스를 받으며 죽어간 이 남자는 우리에게 재닛이 치명적인 키스와 포옹으로 자신을 죽일 것이라고 믿으면서 그녀의 포옹 속에서 죽은 또 다른 남자를 상기시키기 때문이다. 잔인한 여성 혐오자인 뎀스터는 임종의 침상에서 아내가 자신에게 복수하는 무서운 환상에 시달린다. 그는 환상을 본다.

'그녀의 머리는 온통 뱀이다. […] 검은 뱀이다. […] 그것은 쉿 소리를 낸다. […] 쉿 소리를 낸다. […] 나를 놓아달라. […] 그녀는 차디찬 팔로 나를 끌어당기려 한다. […] 그녀의 팔도 뱀이다. […] 거대한 하얀 뱀이다. […] 그것은 나를 휘감을 것이다. […] 그녀는 나를 차디찬 물로 끌고 가려 한다. […] 그녀의 가슴은 차다. […] 그것은 검다. […] 그것은 온통 뱀이다.'[23장]

참회하는 재닛은 남편의 병든 상상 속에서 여성 괴물에 불과하고, 뎀스터가 재닛을 학대한 것에 대한 죄의식으로 미쳐버렸다는 사실을 보여주는 이미지로 변한다. 동시에 남편의 죽음은 재닛이 얻은 힘과 충분히 연관 있어 보인다. 재닛은 그의 죽음을 원했고, 타당하게도 그의 죽음으로 재닛은 달리 피할 도리가 없었던 감금 상태에서 예기치 않게 해방되기 때문이다. 더 나아가 우리는 뎀스터의 죽음과 확실하게 연결된 여성의 힘에 대해 듣게 된다. "복수의 여신 네메시스는 '절름발이'다. 그러나 그녀는 신들처럼 거대하다. 가끔 그녀는 자신의 칼을 칼집에서 채 뽑기도 전에 거대한 왼팔을 뻗어 희생물을 붙잡는다. 거대한 손은 보이지 않지만, 그 희생자는 무서운 악력으로 비틀거린다."[13장] 재닛의 거대한 하얀 뱀 팔을 상기시키는 네메시스의 거대한 왼팔은 고통받는 아내의 살해 욕망을 억압함으로써 앙갚음한다.

트라이언 씨가 '내가 덜 반항적이고 유혹에 빠지지 않는다면, 그런 식으로까지 자아를 부정할 필요는 없을 것'이라고[11장] 말할 때, 그는 엘리엇의 모든 여자 주인공들에게서 감지되는 체념에 대한 저항을 분명히 표현하고 있다. 밀리 바턴, 카테리나 사티, 재닛 뎀스터는 모두 원한과 분노에 저항해 상당한 내적 투쟁을 한 이후에야 확실히 천사 같은 순종에 이르게 된다. 실제로 그들은 그들이 견뎌내야 할 삶을 살기에는 너무 착하기 때문에, 이 셋은 모두 죽음에 의해서만 구원되고 그로 인해 파괴의 힘과 기이하게 연결된다. 세 여자 주인공은 그들 자신을 '죽여' 숙녀다운 온순함과 자기희생의 상태로 들어가는 만큼 알렉산더 웰시가 말하는 '죽음의 천사'의[23] 본보기다. 심지어 그들이 죽음에 굴복하는 것조차 삶의 거부로 볼 수 있다. 이 파괴의 천사들은 죽어가는 자를 보살필 뿐만 아니라 실제로 죽음을 가져오고, 그들의 환자/희생자를 끝장냄으로써 그들을 '구원한다.' 또는 그들이 충분히 분개할 만한 사람들을 실제로 죽이지는 않더라도 작가가 죽여버린다. 사실 여자 주인공들의 천사 같은 순수성은 작가의 멜로드라마적 반응을 보여주는 듯하다. 그리하여 밀리 바턴의 죽음은 비록 그녀를 소홀하게 다룬 남편을 벌하는 것이라 할지라도 그녀 자신을 성모 마리아의 역할에서 벗어나게 해주고, 단조롭고 고된 가정적 삶에서 벗어날 유일한 출구를 제공한다. 네메시스의 보이지 않는 왼팔은 정원에 있는 와이브로 대위에게 죽음을 내리치며, 그로 인해 카테리나 자신이 그를 죽이는 일을 막아준다. 또한 재닛의 남편을 '차디찬 물'로 끌고 감으로써 비참한 결혼 생활에서 그녀를 해방시킨다. 여자 주인공들이 자신의 분노를 누르고 체념의 필요성에 순종하는 동안, 작가는 네메시스가 되어 여자 주인공을 '위해' 행동하는 것이다. 그것은 프랑켄슈타인의 괴물이 그의 창조자를 '위해' 행동했던 방식이나 버사 메이슨 로체스터가 제인 에어를 '위해' 행동했던 방식과 똑같은 방식이다. 따라서 『성직 생활의 장면들』에서 미친 여자는 바로 (남성 화자가 아니라 장면들 뒤에 있는 여성 작가로서) 소설가라는 것은 매우 흥미롭다.

역사 작가 메리언 에번스와 소설 화자 조지 엘리엇의 모순은 '성직 생활의 장면들'과 같은 제목이 (엘리엇은 존 블랙우드와 의견의 대립이 있었음에도 이 제목을 계속 고집했다) 어떻게 플롯의 극적인 핵심을 감추기 위한 일종의 위장이나 오스틴 스타일의 '덮개'로 기능하는지 설명해준다. 행동의 남성 영역에서 남자의 우선성을 주장하는 엘리엇은 '삶의 편린들'을 분석하고 재생산하는 에세이스트의 '남성적'이고 과학적인 초연한 자세를 열망한다. 그리고 다른 많은 측면들이 존재하지만, 바로 이 점에서『성직 생활의 장면들』은 엘리엇의 후기 소설에 나타나는 일종의 위장을 예고한다. 남성적 제목을 단『애덤 비드』의 긴장감은 타락한 여자 헤티 소렐 이야기에 의존했다. 마찬가지로『급진주의자 펠릭스 홀트』는 에스더 라이언의 정신적 도덕적 발전을 그렸다. 반면『플로스강의 물방앗간』과『미들마치』는 비록 원래는 여성의 운명을 그리겠다는 의도로 구상했고 지금도 그렇게 이해하고들 있지만, 자칭 시골 생활에 대한 사회학적 연구다. 나아가 엘리엇은 그녀의 문학적 생애 마지막에『대니얼 데론다』, 더 쉽게 '궨덜린 할레스'라는 제목을 붙일 수 있었던 책을 썼다.[24]

『성직 생활의 장면들』은 파괴의 천사에 평생 매혹되었던 엘리엇을 전형적으로 보여주기도 한다. 이 초기 작품에서 우리가 발견한 하나의 고정된 틀(화자가 지지하는 여성적 체념과 작가에 의한 여성, 심지어 페미니스트의 복수 사이의 모순)은 (캐럴 크라이스트가 엘리엇의 소설에 나타난 섭리적 죽음의 기능에 대해 쓴 매우 유용한 에세이에서도 발견할 수 있듯이)[25] 엘리엇 소설의 중요한 요소로 남아 있다. 그러나 캐럴 크라이스트는 엘리엇의 여자 주인공들이 분노 행위를 수행하지 않아도 되는 상황만 설명했을 뿐, 모든 여자 주인공이 작가의 폭력에 연루되는 방식이나 작가가 가부장적 권력을 명확하게 상징하는 남성 인물들을 벌하는 방식을 연구하지는 않았다. 엘리엇의 가장 자서전적인 작품이라고 할 수 있는『플로스강의 물방앗간』(1860)은 다른 어떤 소설보다 이 점을 더 명확하게 설명해준다. 즉 이 작품에서 매기 털리버는 체념의 천사로 변하려 애쓸 때 오히려

가장 괴물처럼 나타난다.[26]

매기는 '잘린 뱀들로 휘감겨 있는 작은 메두사처럼'[1부 10장] 보이는 아이, 소용돌이치는 '이무기'처럼[1부 4장] 보이는 아이라는 묘사에 걸맞게 아버지의 집 다락에서 화풀이를 한다. 그곳에서 그녀는 물신, 즉 '오랫동안 고통을 대신 받아 망가진' 나무 인형에게 벌을 준다. '머리에 박힌 세 개의 못은 9년에 걸친 매기의 세속적 투쟁의 위기마다 그녀가 구약성경에서 시스라를 파멸시키는 야엘의 그림을 통해 연상했던 복수의 쾌락을 기념했다.'[1부 4장] 루시 스노처럼 매기는 야엘이자 시스라이고, 그녀의 예쁜 사촌인 루시 딘을 밀어서 진흙탕에 빠뜨리는 악마적인 고통의 가해자이며, 사랑을 자해적인 순교와 관련시키는 토머스 아 켐피스의 참회하는 추종자다. 매기는 성모 마리아이자 메두사인 동시에 자연의 아이다. 황홀한 꿈같은 매기의 감정은 물방아를 돌리는 강의 리듬을 연상시키는 감정의 물결에 그녀를 계속 실어보낸다. 그러나 매기가 그토록 열정적으로 헌신한 대상인 오빠는 물방앗간 자체를 상속받았다는 이유로 갈고 부수는 과정, 즉 원시적인 물질을 소비에 어울리는 문명화된 물건으로 전환시키는 과정과 연관된다. 그것은 마치 『폭풍의 언덕』에서 넬리 딘이 이차적이며 사회화 기술인 요리와 동일시되는 것과 같다.

죽은 토끼 에피소드와 다락에서 벌어지는 아이들의 잔치, 매기가 집시들에게 도망가는 사건에서 매기와 톰이 나누는 남매의 사랑은 캐서린 언쇼와 히스클리프의 열정적 결합을 상기시킨다. 그러나 엘리엇은 앞서 제시한 양성적 축복에 대한 비전을 약화시키기 위해 다시 에밀리 브론테의 이야기를 하고 있다고 볼 수 있을 것이다. 매기가 토끼들을 소홀히 다루어 죽게 만들고 그 때문에 톰의 분노를 산 일, 매기가 생각 없이 케이크의 가장 좋은 조각을 먹어버려서 톰에게 가혹한 비난을 사는 일은 화자가 에덴 시절과 동일시한 짧은 기간 동안에도 남매 간의 분열과 고통이 있었음을 드러내준다. 매기가 톰에게 도망쳐 집시의 여왕이 되는, '문명화된 생활에서 그녀를 따라다녔던 모든 파괴적인 악담에서 벗어날 피난처'를 부적절할 정도로 가련하게 찾는 장면도 마찬가지다.[1부 11장] 매기는 자신이 '집시 같고' '반은 야만적'이라는 말을 자주 들었다.[1부 11장] 캐서린 언쇼와 히스클리프는 히스 벌판에서 '강하고 자유롭게 반은 야생으로' 일체가 되어 황홀하게 뛰어노는 반면, 젠더화된 세계에서 태어난 엘리엇 남매의 경우 여자아이는 남자의 인정을 받아야 한다는 강력한 요구를 받고, 남자아이는 가혹하면서도 자기 합리화에 능한 명예라는 코드에 갇힌다.

방앗간이 물에 대한 권리를 둘러싸고 이해할 수 없지만 냉혹한 법적 싸움에 휘말려들자, 문화의 힘과 자연의 힘은 마치 오빠와 여동생의 갈등을 거대한 스케일로 재연하는 듯 돌이킬 수 없이 맞부딪친다. '미스 스핏파이어[성마른 여자]'는 (톰은 매기를 그렇게 부른다) 톰이 받는 학교 교육에서 배제되고, 완고한 아버지와 대지의 어머니 같은 숙모 모스[이끼] 가까이에서 자신의 지위가 인간 이하라고 생각한다. 심지어 자신을 서커스쇼의 '가련하고 불안한 하얀 곰(마치 좁은 공간에서 자유로워질 방법은 끊임없이 앞뒤를 돌아보는 것밖에 없다고 생각하는 것처럼 계속해서 그렇게 행동하는 바보 같은 곰)'으로[6부 2장] 상상하기도 한다. 동시에 매기는 톰에게 사랑을 갈구하고 바로 그 때문에 그에게 원망을 품는다. 매기가 자신의 성 때문에 제약을 받고 마비된다면, 톰의 경우에는 소년 시절에 품었던 정의감이 악의에서 나온 독선으로 퇴보한다. 자신의 여동생을 한없이 혐오하는 그는 자율적 인간이지만 동시에 실패한 인간이다. 캐서린과 에드거, 히스클리프와 이저벨라보다 더 비참하게 얽힌 매기와 톰은 각각 스티븐 게스트, 그리고 합법적인 상속녀로서 그의 정식 아내인 루시 딘과 연애를 하면서 완전히 곤란한 처지에 빠지게 된다. 스티븐과 루시가 살아남아 다시 결합하는 것은 소유와 예의범절의 원칙으로 회귀하는 것을 암시한다.

그렇다면 매기가 필립 웨이컴이 준 책과 노래 선물을 들고 연약한 그를 상징적 장소인 레드 딥스에서 비밀리에 만난다는 것은 어떤 면에서 그녀가 좀 더 건강한 자아로 거듭나기 위해 자신의 왜소한 본성과 맞서려고 애쓰는 것이다. 심지어 매기는 새로운 종류의 소설을 상상한다고 인정한다. '금발 여자들이 모든 행복을 가져가버리는' 책들에 싫증이 난 매기는 '흑발 여자가 승리하는' 이야기를 원한다. '그 편이 균형을 잡아줄 것이기' 때문이다.[5부 4장] 매기와 필립은 각자의 아버지가 내린 명령 때문에 헤어지고, 매기는 또 다른 사람들에게 상처를 줄까 봐 꺼려하는 동시에 오빠가 스티븐 게스트와의 연애를 허용하지 않기 때문에 루시에게 일시적인 승리 이상은 거두지 못한다. 하지만 매기는 자신의 세계에서 남자를 통하지 않고는 승리할 수 없음을 이해했다.

따라서 홍수가 났을 때 매기에게 부활은 있을 수 없다. 많은 독자들은 오빠의 생명을 구하려는 매기의 고결한 시도와 자기희생적인 사랑을 톰이 마침내 깨닫게 되었다고 칭송했다. 비록 매기는 [마을 이름인] 세인트오그스 보트에 탄 성모 마리아처럼 홍수에 휩쓸려 갔지만, 홍수 와중에 기적같이 항해하는 매기의 모습은 그녀의 어린 시절 환상 중 하나였던 '물의 마법에 걸린 여자'의 모습을 닮아 있다.[1부 3장] 부모의 총애를 우선적으로 받았고, 매기의 지적인 야심을 비웃고, 매기가 자신의 인생을 살 수 있는 자유와 나아가 상상할 수 있는 자유를 박탈하고, 자신의 편협한 도덕적인 기준으로 매기를 가혹하게 경멸함으로써 억압했던 오빠인데, 그 여동생은 거세지는 물길에 뛰어들어 오빠를 '구하기' 위해 안간힘을 쓴다. 하지만 결국 죽음의 '포옹'으로 오빠는 어두운 심연으로 끌려들어가 마침내 벌을 받는다. 화자는 제사와 소설의 마지막 문장에서 다음을 확신시킨다. 생애 전반을 통해 톰과 매기는 분리되어 있었지만, '죽음 속에서 그들은 분리되지 않았다.' 요컨대 엘리엇은 근친상간적인 죽음의 사랑이라는 치명적인 결합 안에서만 그들의 불화를 해소할 수 있었다.

『안티고네』 개정판에 대한 소론에서 엘리엇이 '자연적인 성향과 수립된 법 사이의 투쟁'으로 묘사했던 것은 매기 털리버의 비극에 그녀가 기울인 관심의 극히 일부일 따름이다. 엘리엇은 여성 혐오자 크레온 왕에 반항한 안티고네에게 몹시 이끌렸다. 그녀의 반항은 오빠 폴리네이케스에 대한 충절 때문이었고, 그것이 결혼 거부라는 형식을 띠었기 때문이다. 실제로 안티고네의 반항은 순수한 자신을 자발적으로 매장하는 것이다.[27] 엘리엇은 크레온과 폴리네이케스를 한 인물, 즉 톰으로 결합시켜 여자가 자신을 정의하고 자존감을 갖기 위해서는 남자에게 완전히 의존해야 한다는 여성 노예화를 분석하기 위해 이 이야기를 끌어들이고 있다. 『로몰라』(1862~1863)에서 콜로노스의 안티고네 초상화 모델을 서는 여자 주인공이나 『미들마치』에서 기독교적 의미의 안티고네로 보이는 도러시아의 경우도 분명 이에 해당하며, '헤카베와 헥토르 시대 이래' 여자들은 '성문 안에서 […] 멀리 떨어져 세상의 싸움을 바라보고, 길고도 공허한 날들을 기억과 공포로 채우고 있는데, 남자들은 밖에서 신과 인간의 일로 격렬하게 투쟁한다'고[5부 2장] 『플로스강의 물방앗간』의 화자는 추론한다. 국가의 법적 요구보다는 가족의 사적 유대에 더 헌신하는 현대의 안티고네들은 자신의 충절 행위가 늘 자살로 귀결될 수밖에 없는 고독하고 무력한 존재들이다.

'먼 곳에서 가져온 미지의 식물 잎과 이상한 짐승 뿔처럼'[2부 1장] 매혹적인 라틴어 공부에서 배제당한 매기처럼, 로몰라는 소녀치고 '민첩하고 얄팍하다'고 평가받는다. 아버지의 고전연구를 도와줄 수 없게 되자 로몰라는 그럴 수 있는 남자와 결혼한다. 하지만 남편이 아버지와 자신을 배반하자 로몰라는 '신성한 분노에 사로잡힌 바쿠스의 여자 사제가 느낀 것 같은' 무언가를[32장] 느낀다. 그래도 로몰라는 체념의 '잿빛 유령'이 된다.[37장] 길고 하얀 결혼식 베일은 자신이 아내 역할 이외에는 어떤 재능도 없다는 정신적 조언자의 단언에 대한 순종의 표시다. 로몰라는 자신이 티토에게 소외당했다는 것을 비밀로 한다. 티토가 결혼 서약을 배반한 것은 양아버지 발다사레에 대한 책임을 거부한 것과 쌍벽을 이룬다. 그런 점에서 발다사레는 로몰라의 분신이라 할 수 있다. 실제로 발다사레는 로몰라의 상황에 대해 사탄 같은 반응을 보인다. 신의 은총을 상실하고 기억상실증이라는 저주를 받아 그리스어를 읽을 수 없으며, 원한으로 가득 차 외국에 망명 중인 '이중 정체성을 가진 남자'[38장] 발다사레는 복수하고자 (로몰라도 복수를 원하며 그럴 만한 이유가 충분히 있다) 한다. 의미심장하게도 발다사레가 티토를 찾아내 살해하는 바로 그 순간, 로몰라도 남편과 더 이상 살 수 없다고 판단하고 죽음으로 흘러가기 위해 보트에 눕는다. 발다사레는 자신이 살해한 티토의 형상으로 운 좋게 검은 강의 '구원'을 받는데, 로몰라도 발다사레를 구원해준 검은 강의 '세례'를 받는다. 강이 그녀를 '매장되지 않은, 죽은 자들의 마을'로 데리고 간 그곳에서 로몰라는 성모 마리아로 여겨진다.[68장] 톰 털리버에 필적할 정도로 잘난 체하는 인물인 티토 텔레마의 자기만족적이고 자기과시적인 면을 감안하면 오로지 이 두 반응(천사 같은 수동성이나 사탄의 복수)만 가능해 보인다.

'손가락을 비트는 고문 기구의 힘과 차가움을 품은 말'을 던지는 남자와 결혼했다는 사실을 깨달은 『대니얼 데론다』(1876)의 궨덜린처럼, 이 여자 주인공들은 '[그들] 자신의 소망과 [그들] 자신의 증오를 두려워한다.'[54장] 특히 로몰라와 궨덜린은 둘 다 남편의 이기심이 다른 여자들을 희생시켰다는 사실을 알고 있다. 정부와 숨겨진 사생아를 낳은 남자의 법적인 아내로서 로몰라와 궨덜린 두 사람은 재산을 몰수당한 여자와 동일시된다. 엘리엇은 마치 자신의 모호한 '아내의 지위'를 강박적으로 숙고하는 것 같다. 로몰라가 테사를 도와 결국 티토와 테사가 낳은 아이들을 위해 가모장적 가정을 꾸린 것처럼, 궨덜린도 리디아 글래셔에 대해 '마치 어떤 유령 같은 환상이 꿈속에 나타나 '나는 여자의 인생'이라고 말하는 것마냥 일종의 공포'를 느낀다.[14장] 궨덜린이 남편인 그랜드코트가 죽기를 바라는 것은 부분적으로 그가 저지른 잘못을 바로잡고 싶은 그녀의 욕망, 특히 리디아 글래셔의 아이들을 그의 상속인으로 만든 뒤 휴고 경의 재산을 여성 소유자들에게 정당하게 되돌려주고 싶은 바람 때문이다. 카테리나 사티처럼 궨덜린은 비밀스러운 칼의 힘을 빌려 살해 계획을 마음에 품지만, 그녀는 의식적으로 칼이 든 캐비닛 열쇠를 깊은 물에 빠뜨린다. 그러나 그랜드코트가 예기치 않게 보트에서 떨어져 익사하기 때문에(다시 말해 복수의 여신의 보이지 않는 왼팔이 궨덜린의 의지를 분명하게 실행했기 때문에) 그녀는 남편의 죽음에 책임이 있는 것처럼 읽힌다. 이로써 대니얼 데론다가 타락한 궨덜린이 아니라 천사처럼 순종적인 미라를 선택한 것이 적어도 부분적으로는 정당화되는 듯하다. 궨덜린은 '내 머릿속에서 이미 나는 그를 죽였다'고 인정한다.[56장]

매기와 로몰라와 궨덜린이 추구했던 것, 즉 '더 추락하는 것을 막아줄 무엇'을[『플로스강의 물방앗간』 7부 2장] 찾지 못한 엘리엇의 소설 속 여자들은 워즈워스의 발라드 한 편을 변주한 작품인 『애덤 비드』(1859)에서 엘리엇이 보여주듯, 자신들의 분노를 참지 못하고 살해 욕망을 실천에 옮기는 행동으로 치닫는다. 사이어스 비드의 죽음을 예고하듯 창문을 두드리는 가시나무, 헤티 소렐이 자신이나 자기 아이를 빠뜨려 죽이고 싶은 충동에 휩싸이는 둥근 연못, 슬픔으로 미쳐서 돌아다니는 광녀가 된 헤티 소렐 등 이 모든 것은 아서 도니/손[가시]이 스스로 천명한『서정민요 시집』에 대한 혐오와 마찬가지로, 이 소설을 「가시」의 재서술로 보게 한다. 우리는 헤티가 처음에는 낙농장에서, 그다음에는 정원에서 과일을 따는 모습을 보게 된다. 헤티는 사냥터에서 타락한 이후 인간의 공동체 밖에서 방황하는 일종의 릴리스로 몰락하고, 급기야 릴리스의 죄, 즉 자신의 아이를 죽인 죄 때문에 문명의 변방으로 추방된다.『급진주의자 펠릭스 홀트』(1866)에서도 유아 살해가 나온다. 트랜섬 부인은 '마치 햇빛을 먹고 사는 까만 독성의 식물이 햇빛을 욕망하듯, 강렬한 욕망(허약하고 보기 흉하며 지적 장애가 있는 자신의 첫아이가 죽어버렸으면 하는 바람[1장])에 휘둘린다.' 두 릴리스는 천사 같은 마리아들, 즉 에덴동산의 아담을 구원하는 디나 모리스와 아담 같은 펠릭스를 구하는 에스더 라이언으로 대체된다.

이브의 정반대인 얼굴들의 간극을 각색하는 데 몰두한 작품들에서조차 엘리엇은 타락한 살인자들이 항상 천사 같은 마리아와 연결되어 있다는 전복적 증거를 제공하는 듯하다.『애덤 비드』를 예로 들면, 포이저의 두 조카는 고아들로 옆방을 차지하고, 헤티는 디나가 그녀에게 늘 붙어 따라다니기라도 하듯 실제로 디나로 분장한다.[15장] 마찬가지로『급진주의자 펠릭스 홀트』에서 에스더는 "'저 여자가 […] 나무에서 따주어서 먹었다'고 불평했던 아담을 씁쓸하게 기억하는, 백발 성성한 이브에게 줄곧 괴롭힘"을 당한다.[49장] 에스더는 트랜섬 부인의 실수를 되풀이하지 않기로 마음먹지만, 모든 '가난한 여자에게 […] 권력이란 오로지 그들의 영향력 내에서만 존재할 뿐'임을 깨닫는다.[34장] 이로 인한 좌절감으로 에스더는 비참한 운명을 피할 수 없다는 트랜섬 부인의 주장을 믿게 된다.

여자의 사랑은 항상 공포로 얼어붙는다. 여자는 모든 것을 원하지만 아무것도 얻지 못한다. 이 소녀는 훌륭한 정신(강한 열정과 자존심과 재주)을 가지고 있다. 남자들은 그런 포로를 좋아한다. 마치 재갈을 물어뜯고 땅을 발로 치는 말을 좋아하는 것처럼 말이다. 그들은 자신들의 지배력을 더 많이 행사할수록 더 큰 승리감을 느낀다. 여자의 의지가 무슨 소용인가? 그녀가 애써도 얻을 수 없고, 그러면 더는 사랑받지 못한다. 여자를 만들었을 때 신은 잔인했다.[39장]

이 문단은 당연히 궨덜린 그랜드코트가 직면했던 곤경을 상기시킨다. 남편은 그녀의 영혼에 이끌렸기 때문에 그녀를 길들이려고 했다. 그의 말처럼 궨덜린은 '지배력과 사치를 나타내는 그의 상징들'[27장] 중 하나가 된다. '저항하는 것은 결과를 알 수 없는 어리석은 동물처럼 행동하는 것과 같다'고[54장] 궨덜린이 인정할 때, 우리는 그의 지배가 성공적이었음을 알게 된다.

궨덜린이 재갈과 고삐로 통제받는다고 느낀다면 헤티는 새끼 고양이, 병아리, 오리와 연결된다. 반면 매기는 망아지, 강아지,

뱀 무리, 곰이며, 카테리나는 원숭이이고 새다. 사육되어 길들여진 낯익은 동물은 엘리엇의 소설 전체를 통해 여자는 자연의 힘과 밀접하게 연관되어 있음을 상기시켜준다. 『성직 생활의 장면들』과 「벗겨진 베일」처럼 엘리엇은 남자와 여자의 관계가 초월적 남성과 내재적 여성 사이의 투쟁이고, 여성의 유일한 힘은 물리적 세계와 그녀가 맺고 있는 계약에서 나오는 악마적 힘이라는 것을 암시한다. 따라서 톰을 죽이는 물과 친화성이 있는 매기는 강을 신뢰하는 로몰라와 닮았다. 강은 그녀에게 생명을 주었지만 남편에게는 죽음을 주었으니 말이다. 아내의 뱀 같은 팔이 자신을 '차디찬 물속으로' 끌고 들어갈 것이라는 뎀스터의 확신이 옳았음을 보여주려는 듯, 디나 모리스는 '수로를 만들어 '이곳으로 흘러가라. 그러나 저곳으로는 흐르지 말라'고 남자들은 말하지만, 성령의 길을 만드는 것은 남자가 아니'라고 말하며 여성의 설교할 권리를 옹호한다.[8장]

엘리엇의 모든 소설은 디나의 권리를 증명한다. 사이어스 비드처럼 책임감 없는 아버지는 온갖 이유로 물 때문에 죽을까 봐 두려워한다. 궨덜린의 남편은 '말을 다루는 것처럼 항해도 쉽게 잘해낼 수 있으리라'는 확고한 믿음을 품고 바다로 나가지만, 그는 무엇 하나 잘해낼 수 없고 자신의 주제넘음 때문에 벌을 받는다. 『플로스강의 물방앗간』에서 엘리엇이 설명했듯, '자연은 겉으로는 활짝 열려 있는 것처럼 보이지만 그 안에 자신을 숨기는 교묘한 솜씨가 있어서 작디작은 인간들이 자연을 꿰뚫어볼 수 있다고 생각할 때 비밀리에 그들의 자신만만한 예견을 반박하려고 준비하고 있다.'[1부 5장] 네메시스처럼 여기에서 여성적인 자연은 작가의 변치 않는 목적을 가리킨다. 매우 비밀스럽게 준비된 이 목적은 체념이라는 그녀의 지속적인 화술에 교묘하게 숨겨져 있다.

이 화술은 무시할 수도 없고 폄하할 수도 없다. 타락한 여자의 분노는 작가의 플롯에 감추어진 변증법 속에서 미친 여자와 성모 마리아를 연결하며 극화되지만, 결국 화자의 여자 주인공으로 살아남은 자는 이타적인 성모 마리아다. 독자들은 다음과 같은 것을 깨닫는다. 화자의 관점에서 볼 때 (헤티가 아니라) 디나, (발다사레가 아니라) 로몰라, (궨덜린이 아니라) 미라, (트랜섬 부인이 아니라) 에스더, (미친 아이가 아니라) 응징받고 비천해진 매기만이 인간을 고통에서 유일하게 구원해줄 체념 상태에 이르기 위해 분투한다는 것을. 여자 주인공은 남자에게 분노하지 않고, 증오를 자신에게 되돌려 자신을 벌한다. 그리하여 자기 비하를 통해 자신이 계속 받드는 남자보다 도덕적 우월성을 얻는다는 점에서 자신의 분신과 구별된다. 이런 '체념의 천사'들은 부분적으로 앞장에서 우리가 탐색했던 자기혐오를 보여주는 동시에 남성적 세계에서 여자가 처한 조건에 대한 엘리엇의 태도 변화를 보여주기도 한다. 엘리엇은 이 여성들을 통해 마치 남성 사회의 불의가 어떻게 부패한 사회질서로 인해 권리를 박탈당한 채 태어난 여자에게 특별한 힘과 미덕, 특히 감정의 능력을 부여하는지 탐색하는 것 같다.

샬럿 브론테가 저항했던 모든 부정적 전형이 조지 엘리엇에 의해 미덕으로 전환된다는 것은 의미심장하다. 브론테는 여자가 지적 발전을 이룰 수 없다는 사실을 저주하는 반면, 엘리엇

은 지적인 결핍이 초래할 무서운 결과는 인정하지만 이 결핍 덕
분에 여자에게는 감정적인 삶이 더 풍부해진다고 암시한다. 브
론테는 여자가 자기주장을 한다는 것이 얼마나 어려운지 보여
주는 반면, 엘리엇은 남성적 경쟁이 아닌 서로 돕는 동지애에
기초한 고유한 여성 문화의 미덕을 극화한다. 브론테가 여성의
감금이 불러일으키는 숨 막히는 구속의 느낌을 극화한다면, 엘
리엇은 『미들마치』의 마지막에 인용한 던의 말마따나 자신의
사랑으로 '어디에든 작은 방'을 만들 수 있는 여성의 창의성을
칭송한다.[83장] 브론테는 남자들이 소유한 권위 있는 자유를
부러워하는 반면, 엘리엇은 그 권위 때문에 사실상 남자들이 그
들 자신의 육체적 심리적 진정성을 경험할 수 없다고 주장한다.

이런 관점의 변화는 여자를 '작은 방'에 붙잡아두는 것을 정
당화하는 데 유용당할 위험이 있는 동시에 남성적 가치를 비판
하는 수단으로 활용될 수 있다. 다시 말해 엘리엇은 영국이 산
업화·도시화 때문에 잃어버릴 위험에 처했다고 생각하는 특징
을 여성과 관련시키는데, 이는 엘리엇 소설의 보상적 보수적 면
모다. 그 특징이란 타인에 대한 헌신, 공동체 의식, 자연에 대
한 감사, 돌봄의 사랑에 대한 믿음이다. 따라서 『성직 생활의 장
면들』에서 모든 의미 있는 관계는 어머니/아이의 관계에 기초
한다. '용감하고 충실한 남자의 사랑에는 항상 모성적 인자함
이 흐르고 있기 때문이다. 어머니의 무릎에 누워 있을 때 그에
게 비추어졌던 사랑스러운 보호의 빛을 그가 다시 내뿜는 것이
다.'[2부 19장] 마찬가지로 애덤 비드는 고통받는 헤티를 계속
사랑하면서 여성적으로 변한다. '진정한 인간적 사랑의 본질은

어머니의 열망인데, 타인의 삶 속에 사는 가장 완벽한 유형인 어머니의 열망은 가장 타락하고 비천한 인간한테서도 가슴에 품은 아이의 존재를 느끼기' 때문이다.[43장] 그러나 공적 정치 세계를 거부하고 사적 감정 세계를 소유하는 것이 필립 웨이컴과 해럴드 트랜섬 같은 남자들에게는 구원이 될 수도 있겠지만, 무력함에서 나오는 그 미덕은 여성을 더 완벽하게 감금시킬 수도 있다. 엘리엇은 자신의 후기 소설 전반을 통해 인자한 여자 주인공들에 대한 화자의 존경과 작가의 복수 충동 사이에서 균형을 잡고 있다. 우리가 이 투쟁의 의미 전체를 볼 수 있는 작품은 아마도 엘리엇의 가장 위대한 소설『미들마치』일 것이다.

*

『미들마치』에서 매우 흥미로운 에피소드 중 하나는 터티어스 리드게이트가 지역사회에 입문하기 전에 경험한 연애 에피소드다. 파리에서 전류 실험을 하던 어느 날 밤, 그는 개구리들과 토끼들을 남겨두고 극장에 갔다. 멜로드라마를 좋아해서가 아니라 연인을 악당으로 오해해 칼로 찔러 죽이는 인물을 연기한 배우에게 매혹당했기 때문이다. 그녀는 그 장면을 자신의 (이 불운한 인물로 분한) 실제 남편과 함께 연기했는데, '아내는 남편을 진짜로 찔렀고, 남편은 죽음이 명한 바에 따라 쓰러졌다.'[15장] 젊은 리드게이트는 이를 우연히 일어난 사건이라 확신하고 배우 마담 로리에게 청혼한다. 마담 로리는 처음에는 '정말 발이 미끄러졌다'고 은밀하게 말한다. 그러나 곧 잠깐 뜸을 들이다 더 천천히 '의도적이었다'고 두 번 설명한다. 리드게이트는 틀림없이 남편이 그녀를 학대했을 것이라며 감상적인 해석을 덧붙이지만, 마담 로리는 단지 남편이 자신을 '지치게 했을' 뿐이라고 반박하며 '나는 남편들을 좋아하지 않아요' 하고 짧게 말한다.

(로체스터가 제인 에어에게 행실이 의심스러운 프랑스 배우와 사귄 경험에 대해 설명한 것보다 훨씬 더 폭력적이고 플롯 전개로 보더라도 불필요하기 짝이 없는 이 이상한 사건을 포함해)『미들마치』에서 묘사한 결혼 관계와 여자의 연기가 은연중에 드러내는 살인 본능에 대한 엘리엇의 관점은 흥미롭다. 「벗겨진 베일」과 『성직 생활의 장면들』과 같이 엘리엇은 근본적으로 자신이 '남성적 정신'과 '여성적 가슴'으로 규정한 대립적인 두 측면에 내재한 폭력 가능성에 관심이 있었다. 또한 엘리엇도 마담 로리처럼 '나는 남편들을 좋아하지 않아요' 하고 선언하려는 듯 보인다. 또는 중요한 이미지를 사용해 결혼에 대해 말한 미스터 브룩처럼 생각하는 것 같다. '알다시피 결혼은 올가미예요. 화나는 일투성이죠. 남편은 주인이 되려고 하고요.'[4장] 심지어 감탄할 정도로 예의 바른 레이디 체텀조차 비보르 부인의 사례를 기억한다. '그들 말에 따르면, 비보르 대위는 부인의 머리채를 잡아끌고 와 그녀에게 장전한 권총을 들이댔다.'[55장] 이처럼 『미들마치』는 멜로드라마적인 어떤 것도 극화하지 않았다. 반대로 남성적으로 규정된 문화 안에서 맺는 남자들과 여자들의 비극적 공모 관계와 그로 인한 폭력에 초점을 맞춘다.

『미들마치』에서 남편이 되는 최초의 인물은 물론 에드워드 캐저반이다. 그는 근시안적인 도러시아의 숭배를 받는 밀턴 같은 아버지다. 우리가 이미 살펴보았듯, 엘리엇은 사소해 보이는 가정일을 하나하나 강조하면서 가부장적 문화를 철저하게 비판한다. '숟가락에서 자신의 초상화를 찾는 밀턴조차 시골뜨기의 얼굴 윤곽을 하고 있는 것을 인정해야 하기' 때문이다.[10장] 날카로운 셀리아와 촌스러운 이웃들이 묘사한 바와 같이, 에드워드 캐저반은 얼굴의 사마귀부터 수프 먹는 방식까지 착착 길들여지고 쪼그라든 밀턴 같다. 캐저반은 영국의 성직자, 로마, 학문, 그리스 로마 고전, 키케로부터 로크에 이르는 철학자들이 말하고 생각한 최고의 경지와 동일시된다. 더욱이 성모 마리아는 원죄로 오염되었다는 것을 근거로 원죄 없는 수태 교리를 부인했던 성 토마스 아퀴나스의 초상화 모델이 되기도 했던 캐저반은 여성의 악에 대한 가부장적 믿음이 육화된 인물로, 남성 문화와 여성 혐오의 뗄 수 없는 상관관계를 증명한다. 따라서 캐저반은 도러시아를 자기 존재의 예의 바른 보충물, '자기 인생의 남아 있는 4분의 1을 장식해주는' 달[11장], 비서이자 필경사, 대중의 감식력 있는 대표자, 심지어 사망 후 자신의 임무를 수행할 사도라고 인식할 뿐이다.

아이러니하게도 이 태양신 캐저반은 어둠에 둘러싸여 있는데, 시력이 퇴화하고 있을 뿐 아니라 그의 모든 것이 죽어가고 있기 때문이다. 그의 철회색 머리, 창백한 안색, 푹 꺼진 눈은 '창백한 겨울 햇살 같은 미소로만 환해질 수' 있을 뿐이다.[3장] '야위고 메마르고 병색이 완연한 […] 그리고 엄청난 고통과 놀라운 연구 때문에' 캐저반은 '너무 오랫동안 앉아 있어

생기는 온갖 질병'에 시달린다. 이 질병들은 엘리엇이 인용한 『우울의 해부』에서 버턴이 묘사한 질병과 같은 것이다. '옛 영국식 초록빛 돌로 된, 흉하지는 않지만 작은 창문이 달린, 우울해 보이는'[9장] 그의 우울한 집은 어울리게도 '로/윅'이라 불리며, 이 남자가 행동하고 말하는 모든 것을 찬양하는 도러시아에게는, '마치 광산에서 나온 표본 내지 박물관 문에 새겨진 명문 같아'[3장] 보인다. 도러시아 브룩은 캐저반을 자신의 연못과 비교해 호수라고 생각했지만, 캐저반은 그녀의 '시내[브룩]'와 비교하면 가뭄일 뿐이다. 따라서 캐저반 자신이 '고된 비생산적 시간을 어두운 지옥의 증기 압력으로 채우려는 오싹한 이상'에 [10장] 사로잡혀 있다는 것은 의미심장하다.

캐저반도 인정했듯 그는 죽은 것들에게 지나치게 많이 둘러싸여 살며, 그의 '정신은 고대의 유령 같다.'[2장] 이웃의 말을 빌리자면, '책 속에 파묻힌'[4장] 캐저반은 거의 그 자신이 책이다. 캐저반은 '말라붙은 책벌레'나 팸플릿, '해골'처럼 보인다.[10장] 생각과 감정 면에서 그의 능력은 '일종의 메마른 조직 표본, 생명 없는 지식의 미라처럼 쪼그라들었다.'[20장] 사실상 '미라나 다름없는'[6장] 그는 '일종의 양피지 위에 쓰인 기호'다.[8장] 현미경 아래에서 그의 피는 '모두 세미콜론과 괄호'다.[8장] 캐저반은 우리에게 보르헤스의 「책의 남자」 속 묘사를 상기시킨다. 보르헤스에 따르면 미신을 믿는 어떤 사람들은 '나머지 모든 책의 암호 해독서이자 그 모든 책을 완벽하게 요약할 수 있는 단 한 권의 책이 존재한다'고 믿는다고 설명했다.[28] 캐저반은 다른 모든 책의 암호 해독서이자 완벽한 요약본을 쓰려

할 뿐만 아니라 그 자신이 '책의 남자'다. 바로 엘리엇이 창조한, 남자의 권위에 대한 매우 전복적인 초상화인 것이다.

동시에 '열정적이지는 않지만 예민한' 캐저반은 '그의 영혼이 부화한 습지에서 날개를 생각하며 계속 퍼덕거리지만 결코 날지 못한다'는[29장] 이유 하나만으로도 「벗겨진 베일」의 래티머를 닮아 있다. 그리고 자신이 천직이라 여긴 것을 실제로 수행할 수 없는 (『미들마치』의 거의 모든 인물처럼) 그의 무능력은 적어도 부분적으로는 실패에 대한 엘리엇 자신의 두려움, 특히 작가가 되는 것에 대한 불안을 반영하고 있다. 천재란 '일반적인 것이 아닌 특별한 것을 만들거나 수행할 수 있는 힘'을 [10장] 의미하기 때문에 캐저반은 자신의 실패를 의식하지 않을 수 없다. 즉 캐저반은 스스로 병적인 과묵함에 빠져들게 만들고 글을 출판해 자신을 드러내는 일에 방어적이게 만든 의식에서 결코 완전히 벗어날 수 없는 것이다. 설사 그가 책을 완성한다 할지라도 캐저반은 죽음 같은 영향력으로 남게 될 것이다. 그가 쥔 모든 신화에 대한 열쇠는 그리스, 아프리카, 남태평양의 모든 신화들을 단 하나의 원천, 즉 성경의 계시에 대한 전도된 모방이거나 그림자에 불과한 것으로 보고 신화를 죽여 역사화할 것이기 때문이다. 따라서 그의 책은 자기중심적일 뿐만 아니라 자민족 중심적이기도 하다. 나아가 모든 역사를 단 하나의 추상적인 원천에서 출발한 직선상의 진행으로 환원함으로써 캐저반은 원래의 대大텍스트가 이차적이고 종속적인 소小텍스트를 낳는다는 위계적 계보학을 영속화할 것이며, 이 모든 소텍스트는 캐저반 책에서 파생한 역사로 정리된다. 많은 독자가 주목했듯 엘리엇은 캐저반을 통해 자신의 성경 비판에 잠재한 파괴적 효과에 직면한다. 엘리엇은 슈트라우스의 『예수의 생애』를 번역하던 당시 '폴리언'이라는 서명을 사용했다. 그러나 엘리엇의 비판적인 공격은 사실상 캐저반 비판과 정반대 방향을 향하고 있었다. 엘리엇은 성경의 역사적 기원을 통해 그 신화적 가치를 구해내고자 했으며, 전통적 형식의 믿음을 분석해 경외심을 소생시키고자 했다.

캐저반이 저작자, 권위, 책, 냉담함, 불모와 밀접하게 연관되어 있기에, 엘리엇은 (도러시아로 구현한) 남성적 지식이라는 분야를 손대기만 해도 죽음에 이르는 영역으로 만들었다. 도러시아는 캐저반과 결혼하면, '자신의 무지의 어둠과 압력 밑에서 불안하게 움직이고 있는 힘을 위한 방'을[5장] 얻을 것이라고 착각하고, '젊은 여자용으로 각색한 장난감 세계사'가 '새로운 비전'으로[10장] 바뀌리라고 희망한다. 하지만 도러시아는 '그의 말뿐인 기억의 어두운 벽장' 속에 남편의 노트와 함께 갇혀 있는 자신을 발견할 뿐이다. 도러시아는 자신이 이 작가로부터 충실히 배울 것이며 그에게 봉사함으로써 현명해질 것이라고 믿었다. 도러시아의 언니는 약혼 초기부터 '이 모든 일에는 장례식 같은 분위기가 감돈다'는 것을 눈치챘고, '캐저반은 남들의 비판이 무례해 보일 정도로 예배를 집전하는 성직자 같아 보였다.'[5장] 캐저반과 도러시아의 결혼이 죽음 같을 것이라는 실리아의 예상을 부지중에 입증한 캐저반은 도러시아가 없던 이전의 삶과 미래에 대한 희망을 대비시킨다. '나는 내 손에서 시들어갈 꽃을 따고 싶지 않았지만, 그러나 이제 당신 가슴에 놓기 위해 열심히 그 꽃을 꺾을 것입니다.'[5장] 도러시아의 가슴에 놓기 위해 꺾은 시든 꽃은 치명적 접촉에 대한 캐저반의 경고처럼 보인다. 가난한 사람을 위해 시작한 도러시아의 건축 프로젝트를 캐저반이 '고대 이집트인의 거주지에 있었던 극도로 협소한 숙박 시설'로 바꾸어 대답했을 때도 마찬가지다.

'로마는 꼭 보고 죽어야 한다'는 과장 섞인 말이 도러시아의 경우에는 '신부가 되어 로마를 보고, 이후 행복한 아내로 살아라'로[20장] 수정해 적용해야 한다고 캐저반은 그녀에게 설명했지만, 그의 말은 결코 수정이 아니다. 죽은 남자의 행복한 아내가 되는 것은 생매장과 같기 때문이다. 성녀 도러시아는 신부가 되기를 거절해 살해당했던 순교자였지만,[29] 도러시아가 순교당한다면 그것은 그녀가 신부이기 때문이다. 따라서 도러시아에게 로마는 남편이 표상하는 문화의 상징이 된다. 도러시아는 '반구 전체의 과거가 이상한 고대의 이미지와 멀리서 모아온 트로피로 장례 행렬을 이루는 것 같은, 이 현존하는 역사의 도시'를 바라보면서 '야심에 찬 사상의 거대한 파편, 자신의 인생도 수수께끼 같은 복장을 한 가면극이 될 것 같은 모든 시대의 가장무도회'의[20장] 불가해성에 지쳐버린다. 성 베드로 성당의 거대한 둥근 지붕을 비롯해 '마치 망막의 질병처럼 어디서나 자신을 펼쳐 보이는'[20장] 듯한 크리스마스 장식으로 걸려 있는 빨간 휘장에 이르기까지, 도러시아는 로마를 바라보며 그녀의 신혼여행 자체가 말할 수 없는 병 같다고 느낀다. 도러시아의 귀향도 조짐이 좋지 않다. 윌은 로윅에서 도러시아가 '그 돌 감옥에 갇히고 […] 생매장될 것'이라고[22장] 확신하다시

피 한다.

물론 도러시아는 로윅에서 '도덕적 감옥'에 갇히기에 위축된 풍경과 케케묵은 실내는 그녀의 마음 상태를 그대로 나타낸다. 도러시아가 남편의 정신 속에서 찾기를 꿈꾸었던 '거대하고 광대한 전망과 신선한 공기 대신 곁방과 어디로 가는지도 알 수 없는 꼬불꼬불한 통로만 존재한다.'[20장] 도러시아는 일단 '결혼의 문턱'을 지나자 '바다는 보이지 않고' 그 대신 자신이 '막힌 웅덩이를 탐색하고' 있다는 것을 깨닫는다. 그리하여 그녀는 '그를 따라가면 넓은 바다를 볼 수 있으리라'는 기대를 접는다. 가련한 캐저반 자신은 '작은 벽장과 꼬불꼬불한 계단에서 길을 잃은 채 […] 창문이 없다는 것을 잊어버리고 […] 햇빛에 무관심하게' 되었다.[20장] 미스터 몰의 지하 결혼식장에 갇힌 엄지 공주처럼 도러시아는 아내가 되자 생매장을 경험한다. '태어나—신부가 되어—수의로 싸인' 도러시아는 결혼식 무덤으로 가는 안티고네의 모습, 결혼을 통해 명부의 여왕이 된 페르세포네의 모습을 닮았다.

메리 셸리(「페르세포네」)에서 H. D(「데메테르」), 버지니아 울프(『등대로』), 실비아 플라스(「페르세포네의 두 자매」), 뮤리얼 루카이저(「지하 세계에서」), 토니 모리슨(『가장 푸른 눈』)까지 여성 작가들은 여성의 성적 입문을 유괴, 강간, 육체 세계의 죽음, 여성 동료와의 격리라는 주제를 담은 페르세포네의 신화로 묘사했다. 페르세포네와 어머니 이야기는 출산이라는 고유한 여성적 힘에 주목하면서 계절의 변화에 따른 자연의 죽음, 지하 세계의 왕에게 딸을 빼앗긴 어머니의 슬픔으로 설명

한다.[30]

따라서 자기 삶의 배경이 도로시아에게 가장 연극적이고 비현실적으로 보일 때, 마담 로리가 그랬듯 결혼이 자신으로 하여금 고향 땅을 버리게 만든다고 느낀다는 것은 흥미롭다. 월은 도로시아의 결혼이 '끔찍한 처녀 제물'을 바치는 의식이라는 생각에 사로잡혀 있다. 따라서 월이 '아름다운 입술이 성스러운 해골에 입맞춤하는'[37장] 환상에 시달리며 불안해하는 것은 도로시아가 남자의 힘에 헛되이 복종하는 올가미에 걸려들 것이라고 생각했기 때문이다. 죽음 같은 결혼에 대한 비슷한 환상은 프라 루카가 로몰라에게 티토 멜레마와 함께하는 그녀의 미래를 경고하는 장면에 정확하게 나타난다.

당신과 결혼했던 성직자는 죽음의 얼굴이었어요. 그리고 무덤이 열리고, 수의를 입은 죽은 자들이 일어나 결혼식 행렬처럼 당신을 뒤따랐어요. […] 그리고 로몰라 당신이 손을 비틀어 물을 찾았지만, 물은 없었죠. 그러자 청동과 대리석의 형상들이 당신을 조롱하며 물이 든 컵을 내밀었고요. 당신은 컵을 들어 내 아버지 입술에 댔지만, 그것은 양피지로 변해버렸습니다.[15장, 강조는 인용자]

의미심장하게도 궨덜린 할레스 역시 자신이 그랜드코트와 약혼하는 것은 '물에 빠진 여자들의 뻣뻣한 손가락뼈에서 가까스로 빼낸'[『대니얼 데론다』14장] 보석으로 자신을 치장하는 것 같다고 느낀다.

도러시아는 결혼 생활에서 '남편의 마음에 드는 편협한 사람이 되기 위해 최고의 자기 영혼을 감옥에 가두고 몰래 방문하는 것 같다'고[42장] 느낄 뿐 아니라, 실비아 플라스가 상세히 기록한 '얇은 종이 같은 감정'에[31] 사로잡힌다. 그 감정은 도러시아가 캐저반의 아내로서 남편이 바라는 적절치 않은 이미지에 자신을 맞추려고 애쓰는 과정에서 나타나는 신체적 비현실감이다. 여하간에 캐저반은 '열정'과 '에너지'가 없다. 크뇌플마허가 보여주었듯 열정과 에너지는 상상력과 관련된 자질이다.[32] 그러나 빅토리아 시대 사람들은 이 두 단어를 정열을 가리키는 완곡어법으로 빈번하게 사용했다. 캐저반의 '냉담한 수사법'은 '극히 얕은 실개천'과 같은 그의 '감정의 흐름'과 마찬가지로 무력해 보인다.[7장] 도러시아는 '산산조각난 미라와 전통의 파편들을 꼬마 요정처럼 태어날 때부터 이미 시들어버린 이론을 위한 양식' 삼아 정리하며[48장] '결코 빛을 보지 못할 책을 생산했던 유령 같은 노동의 기계만 남게 될 실질적인 무덤에서' 심지어 캐저반이 정말 죽은 뒤에도 캐저반의 노예가 되어 사는 삶에 당연히 거부감을 느낀다.[48장]

도러시아는 캐저반과의 결혼 생활을 통해 섹슈얼리티가 텍스트성으로 완벽하게 대체된다는 사실을 깨닫고, 그 책이 캐저반의 아이이자 그 책을 쓰는 것이 캐저반에게는 곧 결혼을 의미한다고 믿게 된다. 엘리엇은 남성의 강제를 (문학적 노동, 종이 미라, 책을 좋아하는 아이들) 불모성과 동일시하는 페르세포네의 신화를 따르고 있지만, 여성들은 강간이 아니라 여성의 공모에 의해 죽음과 같은 결혼에 이른다고 설명한다. 엘리엇은 여성의 내면화를 둘러싼 문제를 분석하면서 그릇된 남성 신에 대한 도러시아의 숭배가 적어도 부분적으로는 그녀가 곤경에 처하는 이유라고 지적한다. 불평등의 에로티시즘(남자 교사와 매혹당한 여학생, 남자 주인과 찬양하는 여자 하인, 남자 작가와 순종적인 여성 필경사나 여성 인물)은 어떻게 여자들이 남자의 인정에 의존하고, 그런 의존이 얼마나 파괴적인지 예증한다.

페르세포네와 달리 도러시아는 스스로 결혼하려 했고, 어머니가 없었던 도러시아는 자신이 덫에 걸렸다는 느낌에 압도당한다. 도러시아가 '그녀의 현실 세계인 조용하고 하얀 경내'를 내려다보는 활 모양 창문이 있는 로윅의 방은 색바랜 가구와 태피스트리, 다리가 가는 의자, 모조품처럼 보이는 순수 문학 책과 함께 예의 바른 여자의 '자유'에 도러시아가 느끼는 압박을 상징하고 있다. 이 방에서는 행복했던 과거에 대한 기억조차 '어두운 슬라이드처럼 죽은 것'이 된다. 캐저반판 현실의 미로에서 길을 잃은 채, 도러시아는 윌의 할머니의 소형 초상화와 '섬세한 여자의 얼굴이지만 […] 완고한 표정과 해석하기 어려운 기이한 점이 있는'[28장] 캐저반의 숙모 줄리아와 자신을 동일시한다. 가난한 남자와 결혼한 죄로 빈곤하게 살았던 줄리아 숙모 덕분에 도러시아는 '어떤 역사적 정치적 이유로 장남이 더 우월한 권리를 가지는지, 왜 토지는 장남에게 상속되어야 하는지' 의문을 품게 된다. '쪼그라든 가구, 한 번도 읽지 않은 책들, 햇빛에 사라지는 듯한 창백한 환상의 세계에 사는 유령 같은 황소와 함께, 차갑고 퇴색한 협소한 풍경' 속에서, 도러시아는 도망친 소녀와 '새로운 동료애적' 유대감에 속수무책으로 사로잡힌다. 도러시아는 캐저반의 치명적인 유언에 최초로 반항함으로써 줄리아 숙모에게 가해진 잘못을 바로잡으려 한다. 줄리아가 상속받지 못한다는 것은 곧 도러시아 자신의 박탈, 무력함, 비가시성을 나타내기 때문이다. 루시아의 초상화를 바라보는 프랜시스 앙리나 어머니의 초상화를 바라보는 오로라 리처럼 도러시아는 줄리아 숙모의 (틀에 끼워지고 축소된) 얼굴에서 다른 삶의 가능성을 발견한다.

*

도러시아가 캐저반의 아내가 되어 그의 영혼을 꿰뚫어볼 때 도러시아를 따라다니는 올가미, 질병, 불모의 이미지는 어떤 의미에서 그녀가 결혼 전과 마찬가지로 똑같은 미로 속에 살도록 저주받았다는 것을 증명한다. 캐저반과 함께하는 도러시아의 삶은 브룩 숙부와 함께했던 삶과 별로 다르지 않기 때문이다. 그때도 도러시아는 '단지 시시한 길들의 미궁처럼 보이는, 어디로 가는지도 알 수 없는 벽으로 꽉 막힌 미로처럼 보이는 사회생활에 에워싸인 채, 편협한 교육의 굴레 속에서 몸부림쳤다.'[3장] 브룩은 사실상 아무런 관련이 없는 산발적인 정보, 쓸모없는 고전주의, 도러시아의 두뇌가 생물학적으로 열등하다고 믿는 남존여비적 신념으로 차 있다. 브룩은 캐저반의 어두운 패러디다. 그의 고전에 대한 인유, 문학판 가십, 학술적 진부함은 캐저반의 노트와 마찬가지로 구식이고 충분히 이해되지도 않는다. 의회의 개혁파 후보자로서, 더욱이 '파이오니어'의 소유주이자 경영자로서, 브룩은 캐저반이 문학적 편협성을 패러디하는 식으로 정치적 편협성을 패러디하고 있다. 정치 집회에서 브룩의 연설을 반향한 그의 담황색 누더기상은 그를 잘 재현한다. 브룩의 반복적이고 독창성 없고 기본적으로 이해할 수 없는 연설은 캐저반이 나무로 만든 대머리 인형처럼 그를 꼭두각시로 만드는 일종의 반복이기 때문이다.[20장]

도러시아는 캐저반이나 브룩에 의해서만 감금된 것이 아니라, 두 남자와 매우 유사한 남자들이 조종하는 사회의 '벽으로 둘러싸인 미로' 같은 관계에 의해서도 감금되어 있다. 실제로 『미들마치』에 등장하는 여러 전문직 남자들은 캐저반의 변형처럼 보인다. 예를 들면 비평가들은 대부분 피터 페더스톤을 캐저반의 들러리로 간주했다. 임종의 침상에서도 이 병든 남자는 유언을 통해 자신의 '죽은 손'을 살아 있는 사람들의 손 위에 놓으려고 애쓴다. 스톤 코트 영지의 죽어가는 세계에서 페더스톤은 돈뿐만 아니라 그의 서류, 유언 보족서, 유언장을 자기만 열쇠를 가지고 숨겨놓은 철궤에 자물쇠를 채워 보관한다. 결국 페더스톤의 상속인(개구리처럼 생긴 유산 수령인 릭)은 인생의 행복한 결말에 이르러 왕자가 아니라 전당포 주인이 된다. 세속적 기쁨을 주는 릭의 정원은 환전소처럼 보인다. 그는 '자신이 가지고 다니는 열쇠에 맞는 자물쇠들이 항상 자기 주변에 널려 있기를 원하고, 그리하여 무력한 탐욕이 철제 격자창 반대편에서 그를 부러운 듯 바라보고 있는 동안, 자신은 돈을 증식해주는 모든 방물을 다루면서 숭고할 정도로 냉정하게 보이기를' 원한다.[53장] '아직 그의 신화적인 열쇠의 복사본들을 만들어내는

데 성공하지 못하고'[29장] 메말라버린 캐저반처럼, 성 기능 쪽에 장애가 있는 릭은 영국의 재정 체제를 대표하는 페더스톤과 벌스트로드와 함께 일한다. 그러나 피터 페더스톤과 그의 상속인은 덜 그럴듯하지만 더 억압적으로 가부장적 편협성을 구현하고 있음에도, 그들의 이름이 암시하듯 시시한 사람들이다. 캐저반이 비평과 예술의 지적 파산을 대표한다면, 학문의 도덕적 평범함에 대해 많은 것을 말해주는 것은 터티어스 리드게이트니 말이다.

짙은 눈썹과 검은 눈, 반듯한 코, 튼튼한 하얀 손, 숱 많은 검은 머리, '세련된 무명 손수건'을[12장] 소지한 스물일곱 살의 리드게이트는 캐저반과 정반대로 보인다. '하찮은 걸림돌에는 경멸'을 표하고, '두려움 없이 성공을 기대'하며, 의사로서 이타주의적 목표가 있는 그는 두려움에 떨고 있는 자기 연민적 공론가와 더욱더 구별된다. 동시에 W. J. 하비가 보여주었듯 리드게이트는 모든 생명체의 비밀을 풀어줄 열쇠 하나, '생명이 시작된 원시적 조직'[15장], '모든 조직의 동일한 기원'을[5장] 찾고자 한다는 점에서 캐저반을 닮았다.[33] 또한 캐저반처럼 '리드게이트는 정확하게 무엇인지도 모르면서 남자의 우월성을 찬양하는 것이 여자의 가장 아름다운 태도라고 믿었다.'[27장] 큐피드와 프시케 신화를 '신화적 산물로만 평가할 수 없는 낭만적 발명품'으로[20장] 보는 캐저반과 같이 리드게이트는 '비단, 거즈, 공단, 벨벳의 기원인 누에고치처럼 모든 것이 시작되는 어떤 공통된 기초'를 찾는다.[15장] 마치 엘리엇이 생물학과 신화를 대표하는 이들을 통해 어떻게 남자들이 여성의 신성에 대한 이야기를 프시케의 변신으로, 자연의 신비를 고치 안의 벌레가 나비로 변태하는 과정으로 탈신비화하고 폄하하는지 고찰하는 듯하다.

프랑켄슈타인 박사와 존 박사, 그리고 샬럿 퍼킨스 길먼의 「누런 벽지」부터 실비아 플라스의 『벨 자』에 이르는 여성 작가들의 작품에 출몰하는 그 모든 의사들처럼, 리드게이트는 자기 몸에 대한 여성의 통제권을 빼앗기 위해 협박함으로써 그들의 가장 깊숙한 자아를 위험에 빠뜨린다. 탕카드 주점의 여주인은 '리드게이트가 그들의 시체를 가차 없이 절단할 것'이라고 믿으며[45장], 로저먼드는 그의 영웅인 베잘리우스의 시체 유기도 그렇고, '병적인 흡혈귀의 기호처럼 보이는'[64장] 리드게이트의 학문 주제들에 넌더리를 낸다. 레이디 체텀과 탈트 부인은 전통적으로 인정받아 온 자신들의 세력권을 리드게이트에게 강탈당한다. 리드게이트가 '환자들뿐만 아니라 존과 엘리자베스, 특히 엘리자베스를 좋아했다'는[15장] 것은 약간 불길한 신호다. 리드게이트는 여자를 주로 기분 전환용이나 연구 대상으로 여기기 때문이다. '삶의 다른 가혹한 사실들처럼 그는 평범한 여자들을 철학적으로 고찰하거나 학술적으로 탐구해야 한다고 여겼다.'[11장] 몸을 다루는 이 내과 의사와 자칭 영혼의 치유자 벌스트로드의 밀접한 관련도 확실히 불길하다.

'벌스트로드가 일반적으로 정당화된다면, 리드게이트에게는 많은 것이 더 쉬워질 것'이기에[16장] 패어브러더가 벌스트로드를 리드게이트의 '비소맨'이라고[17장] 칭한 것은 과장이 아니다. 리드게이트는 타이크를 사제로 선출하기 위해 벌스트로드와 '손과 장갑'처럼[67장] 행동하며, 벌스트로드에게 치명적 지식을 주입하고, 그의 돈을 빼앗고, 은행가의 굴욕이 최고조에 이를 때 벌스트로드를 공적 물질적으로 지원한다. 미들마치의 대다수 인물이 리드게이트가 그들의 시체를 절단할 것이라고 느낀다면, 상당수 시민들은 (캐저반이 죽음처럼 느껴지듯이) 죽음처럼 보이는 벌스트로드가 '틀림없이 통제 감각을 갖고 흡혈귀의 잔치를 벌이기에'[16장] 거의 먹지도 않고 마시지도 않는다고 확신한다. 자신의 개인적 의지를 신의 의지와 동일시하고, 자신의 경제적 성공을 자신의 영혼이 선택받았다는 표시로 보는 벌스트로드는 본래의 소명을 달성하지 못하고 젊을 때 큰 돈벌이가 되는 장물 거래를 위해 성직을 포기했다는 점에서 리드게이트와 캐저반을 닮았다.[34] 벌스트로드는 캐저반이 그랬듯, 또 리드게이트가 그렇게 할 예정이듯, 자신의 체면이라는 허구를 유지하려고 필사적으로 애쓰지만 성공하지 못한다. 마침내 벌스트로드는 자신을 죄의식처럼 따라다니는 남자를 죽이기로 결심한다.

그렇다면 결국 캐저반의 신화적 열쇠부터 페더스톤과 릭의 실제 열쇠까지 열쇠의 이미지는 소유적이고 환원론적인 일원론의 상징이라 할 수 있다. 벌스트로드가 열쇠를 건네줌으로써 하녀가 래플스를 죽이게 했다는 것이 드러날 때 이 일원론은 강제와 더욱더 밀접하게 관련된다. 벌스트로드는 캐비닛에 들어 있는 알코올이 래플스에게 치명적이라는 사실을 알고 있다. 그런데도 벌스트로드는 그 사실을 모르는 이에게 브랜디를 건네주도록 유도한다. 벌스트로드는 과거에 자신이 저지른 부정을 폭로할지도 모르는 목소리를 압살하고 싶었던 것이다. 『미들마치』에서 열쇠 이미지는 쉽게 프로이트식으로 읽을 수 있다. 엘리엇은 죽음을 여는 열쇠가 모든 남자가 공통적으로 사로잡혀 있는 기원에 대한 강박증과 불가분하게 연결됨을 보여주려고 남성의 공격성을 강조한다. '단지 시작인 것, 모든 유용성을 다 벗겨버리고 정신 속에 오직 시작으로만 범주화되는 지점까지 자신을 계속 밀어붙이려고 할 때, 사람은 '막 시작하려는 시작' 같은 동어반복적 회로 속에 붙잡힌다.' 이는 에드워드 사이드의 말이다. 미들마치의 모든 전문직 남성은 엘리엇이 '존재 없는 죽음'으로 보여주는 것에 붙잡혀 있다. 그들은 현재 순간을 경험할 수 없는 대신, 사이드가 '절대자가 느끼는 공허함'이라고[35] 말한 것을 통해 과거나 미래를 붙잡고 있다. 벌스트로드의 모호한 기원들이 계속 그의 현재 성공을 유도하고 정당화하기 때문에 그에게는 현재의 성공보다 기원들이 더 진짜 같다. 그것은 마치 피터 페더스톤이 자신을 숨이 붙어 있는 죽어가는 자라기보다는 미래의 죽은 자로 더 완벽하게 경험하는 것과 같다. 리드게이트와 캐저반에게도 현존은 기원을 탐색하는 동안 상실되어버린다.

열쇠라는 단어는 암호와 기호뿐만 아니라 분류학도 의미한다. 모든 신화를 여는 열쇠란 최근에 가야트리 스피박이 모든 기원의 잠정적이고 비본래적 성질을 논하면서, '안정된 중심에 대한 욕망, 앎과 소유를 통해 지배를 확신하고 싶은 인간의 […] 공통된 욕망'의[36] 무용함이라고 규정한 바를 의미한다. 진리를 향한 캐저반과 리드게이트의 의지는 페더스톤과 벌스트로드의 권력의지와 마찬가지로, 중심의 존재에 대한 헌신과 다를 바 없다. 이 남자들을 통해 엘리엇은 안정된 기원, 끝, 정체성의 가능성에 의문을 제기하는데, 이는 이 남자들과 그들의 프로젝트 때문만이 아니라 확대해서 그녀 자신의 텍스트 때문이기도 하다. 엘리엇은 양식에 대한 강박증과 그로 인한 강제에 관심을 기울였다. 마치 이 모든 미들마치 사람들의 간절한 열망을 말하기라도 하는 양, 마거릿 애트우드는 이 향수를 주제로 쓴 시에서 '우리는 무언가를 상실했다.' '글쓰기가 분명한 / 이 사물에 접근할 수 있는 열쇠를!' 하고 외친다. '이 혼란, 이 광대함, 이 흩어짐을 알아내고 결합시킬'[37] 무엇인가가 틀림없이 있기 때문이다. 그러나 상실하거나 숨겨진 열쇠를 찾는 이 탐색은 성과 없이 실패로 끝나버릴 운명이다. 다이앤 와코스키는 「태양」이라는 시에서 '어떤 새가 그 노래를 부르는가 / 키, 키'라고 익살스럽게 묻는다. '열쇠들로 만들어진 한 마리의 새'뿐이다.[38]

*

『미들마치』 도입부에서 도러시아는 열쇠들을 찾고 있다. 뜻밖의 아름다움을 약속하는 어머니의 보석함 열쇠뿐 아니라 캐트월래더 부인이 말했던 미래의 레이디 체텀, 화자가 언급하는 성 테레사, 또는 도러시아 스스로 꿈꾸는 가난한 사람을 위한 건축가 등의 장래 정체성들을 '벽으로 에워싼 미로'의 탈출구 열쇠도 찾고 있다. '자신의 이해를 돕는 열쇠'를 원했던 매기 털리버처럼, 도러시아는 이 열쇠를 '위대한 남자들이 알고 있던

진정한 지식과 지혜'와[『플로스강의 물방앗간』 4부 3장] 연관
시킴으로써 밀턴의 딸이 되기로 한다. 그러나 도러시아는 자신
이 얻고자 했던 지식과 지혜를 캐저반이 줄 수 없으리라는 것을
이내 깨닫는다. 좌절과 실망에도 도러시아는 '그 좌절과 실망을
드러내기보다 감정을 억누르는 것'이[29장] 더 쉽다는 것을 발
견한다. 그리하여 도러시아는 '건축 모형을 손에 들고 있거나
우연히 두개골에 칼이 박힌 성자들'의 이미지를 이해하기 시작
한다. 전에는 그런 모습이 늘 괴물처럼 보였는데 말이다.[20장]

도러시아는 캐저반과의 결혼 생활을 통해 심지어 자신을 비
하하면서 '분노와 의존보다 더 나은 무엇'을[21장] 찾고 있을
뿐인데도 캐저반에게 고통을 야기하고 만다. 그녀는 캐저반이
그토록 열심히 계획해왔던 책을 실제로 쓰기 시작해야 한다고
몰아침으로써 전문가로서 얻을 수 있는 권위에 대한 환상을 박
탈한다. 그런 말은 '캐저반을 심하게 자극하고 찔러댔기 때문에
도러시아는 그 말을 사용하지 않을 수 없었다.'[20장] 캐저반에
게 도러시아는 '악의적인 추론의 힘으로 모든 것을 감시하는 첩
자'다.[20장] 캐저반은 도러시아의 침묵이 '억압된 반항'[42장]
이라는 사실을 잘 알고 있다. 도러시아의 표면적 순종은 그녀의
분노, 우월함, 경멸을 위장한다. 하지만 일단 도러시아의 감정
이 표현되자 캐저반은 도서관 계단에서 실신한다. '그녀의 분노
로 야기된 동요가' 병을 '야기했을 것이다.'[30장] 도러시아는
자신을 줄리아 숙모와 동일시함으로써 가부장제의 경제적 기
반, 특히 캐저반의 권리에 의문을 제기한다. 과거의 가족에 대
한 의무를 무시하고 자신의 유언을 결정하고 상속의 순서를 정

할 수 있는 캐저반에게 그녀는 더할 수 없이 큰 상처를 입힌다. 분노에 찬 나머지 자신의 감정으로 살인을 저지를 수도 있겠다는 생각에 놀라서, 그녀는 '두려움으로 모든 에너지가 묶여 있는 이 악몽 같은 삶을 견딜 수 있도록 도와달라 말 못 하며 속으로만 절규하므로―비참하다.'[37장] 도러시아의 결혼은 '공포와의 영원한 싸움'이 된다.[39장] 캐저반이 (은유적으로 완벽한) '심장의 퇴화' 때문에 고통받고 있다는 것을 알고 도러시아는 캐저반에게 동정을 표한다. 하지만 캐저반이 이를 거부했을 때 그녀는 '반발심으로 분노가 솟구치는 것'을 느낀다.[42장] '그런 위기 때 어떤 여자들은 증오하기 시작한다'고[42장] 화자는 말한다.

도러시아의 신체적 감정적 상황은 매기 털리버의 상황과 유사하다.

어쨌든 그녀가 책을 들고 창가에 앉았을 때, [매기는] 바깥의 햇살에 시선을 멍하니 고정하곤 했다. 그러면 두 눈은 공포로 채워졌다. 가끔은 […] 그녀는 자신의 운명에 저항했고, 외로움에 생기를 잃어갔다. 분노와 증오의 발작이 […] 마치 용암처럼 그녀의 애정과 양심 위로 넘쳐흘렀으며, 그녀는 자신이 악마가 되는 게 어렵지 않다는 것을 깨닫고 놀랐다.[『플로스강의 물방앗간』4부 3장]

자기 감정의 '따뜻한 흐름'에[20장] 대항해 싸우려는 도러시아의 강한 욕구는 그녀에게 반항할 힘이 있다는 증거다. 도러시아는 억압 속에서 '절름발이가 된 사람에게 상처주는 일을 간신히 피했을 때 우리 안에 솟아오르는 감사'의[42장] 마음을 발견한다. 그러나 또다시 매기 털리버처럼 도러시아는 '정열과 의무 사이의 관계를 바꿀' 수 있는 '열쇠를 우리는 갖고 있지 않다'는 사실을 깨닫는다.[『플로스강의 물방앗간』 7부 2장] 도러시아는 캐저반이 그녀를 위해 세운 죽음 속의 삶이라는 시나리오에 자신을 맡기기로 결심하며 '자신의 불운에 '네'라고 대답하리라'는 믿음을 품고 '새로운 멍에'에 굴복한다.[48장] 캐저반이 자신이 죽은 뒤에 자신의 연구에 헌신해달라는 조건을 붙였을 때, 도러시아는 그 조건을 완전히 받아들이기 전에 밤새 망설인다. 그 망설임 때문에 그녀는 적어도 마음속에서나마 그 죽음에 연루된다.

도러시아의 딜레마는 한 미국 여자가 겪은 곤경을 기이하게 반향한다. 그녀의 가족은 19세기 후반 미국 인문학을 대표했다. 앨리스 제임스는 자신이 '움직이지 않고 가만히 앉아 있을 때'의 감정을 다음과 같이 회상한다.

서재에서 책을 읽고 있을 때 나 자신을 창문 밖으로 던져버리거나, 은백색 머리카락의 자비로운 아버지가 책상에 앉아 무언가를 쓰고 있을 때 그의 머리를 부숴버리고 싶은 격렬한 충동이 갑자기 온갖 형태로 나의 근육을 덮치는 것을 느꼈다. 나는 그 모든 공포와 고통을 느꼈지만, 다만 광인과 다른 점이라면 내 몫의 의사나 간호사의 의무와 구속복이 있다는 것이었다.[39]

엘리엇은 살인적 분노와 치명적 자기 징벌 사이에서 갈팡질 팡하던 도러시아를 해방시킨다. 그러나 역설적이게도 여자 주인공의 내밀한 소망을 인정함으로써 엘리엇은 사실상 가부장적 도덕의 교훈을 강화하고 있다. 캐저반의 뜻하지 않은 죽음은 도러시아의 책임이기 때문이다. 달리 말해 엘리엇은 여성의 포기를 지지한다. 그것이 적절하게 여성적이라고 믿기 때문이 아니라 여성적 분노의 파괴적인 잠재력을 강렬하게 인식하기 때문이다. 그리하여 엘리엇은 분노를 부정해야 할 필요성과 실제로 그럴 수 없다는 절대적 불가능성을 동시에 예증한다. 바로 이런 이유 때문에 엘리엇은 앨리스 제임스에게 '도덕적 육체적으로 곰팡이나 어떤 병적인 것(비정형의 균이나 만지기 꺼려지는 축축한 것)이 증식하는 듯한 인상'을 남겼을 것이다.[40]

도러시아의 공모를 더 명확하게 드러내기 위해 엘리엇은 그녀에게 들러리를 마련해준다. 예를 들면 메리 가스는 죽어가는 페더스톤의 침대 곁에 서서 간호사라는 자기 역할을 되도록 참을성 있게 수행하기로 한다. 메리가 천성적으로 성자가 아니라는 것을 우리는 이미 알고 있다. 끊임없는 '분노로' '소용없는 분노로'[25장] 가득 차 있음에도, 메리는 페더스톤이 어느 날 밤 깨어나 이례적으로 분명하게 그녀의 도움을 요구할 때까지 자신을 잘 억제한다. 페더스톤이 마지막 유언 중 하나를 불태우려고 그녀에게 상자를 열라고 명령하지만 메리는 거부한다. '나는 당신 열쇠나 돈에 손을 대지 않을 것입니다.'[33장] 기다리면서 '곧 따뜻한 심정으로 그에게 다가가려고' [33장] 결심하는 메리는 도러시아와 닮았다. 그녀는 자기 환자가 '오른손으로는 열쇠를 꽉 쥐고, 왼손은 노트들과 금 더미 위에 올려놓은 채'[33장] 죽었음을 발견한다. 메리는 노인에게 반항하느라 자신이 그의 죽음을 재촉했을지도 모른다고는 생각하지 않는다. 그러나 메리는 도러시아처럼 자기도 모르는 새 매력적인 젊은이가 유산을 받을 가능성을 잘라버렸으며, 그 때문에 역설적이게도 그 젊은이를 돈과 치명적인 열쇠들에서 구원했음을 인식한다. 이런 메리는 장막 뒤의 권력으로 기능하는 여성의 속임수를 생각나게 하지만, 실제로는 프레드의 삶과 가치관을 형성시켜주면서 여성의 고양된 영향력을 보여준다.

메리 가스가 '물약을 혼합할' 때 미스터 트럼벌은 그녀를 관찰한다. '그녀는 주의를 기울여 자신의 일을 합니다. 그것이 여자의 위대한 점이죠. […] 가치 있는 인생을 사는 남자는 아내를 간호사로 생각해야 합니다.'[32장] 그러나 메리의 인내심은 의지의 결과이기 때문에 기독교적 간호사는 미들마치 지역에서 일어나는 모든 임종의 침상을 바라보는 '기독교적 육식동물들'로 변조되어간다.[35장] 엘리엇은 가장 여성적인 남자인 창백하고 병든 벌스트로드가 '헌신으로 정화된 […] 그릇'이 되고자 래플스를 죽을 때까지 간호하는 모습을 보여주면서 기독교적 체념에 포함된 잘못된 신념을 까발린다. 궁극적으로 엘리엇은 그런 점을 여성 인물보다는 남성 인물을 통해 폭로함으로써 여자들에게는 반드시 제한되는 충동을 남자는 자유로이 행할 수 있다는 바로 그 이유 때문에 남자가 더 완벽하게 저주받았다는 작가의 믿음을 보여준다. 따라서 어떤 의미에서 계급이 모호한 국외자이자, 이타주의적 행동을 하기보다 자신을 비하해 신앙심을 내세울 수밖에 없는 종교적 인간으로서 벌스트로드는 도러시아를 악마적으로 패러디한다. 그는 여자 주인공의 성자 같은 체념에 내재한 잠재적 배신과 그 치명적인 결과를 폭로하고 있기 때문이다.

여성의 반항에 대한 엘리엇의 가장 중요한 연구는 로저먼드와 관련이 있다. 도러시아의 메리에게 릴리스 같은 존재인 로저먼드는 소설 초반부에서 세이렌, 뱀, 악마처럼 유혹적인 매력을 지닌 인물로 그려진다. 로저먼드는 리드게이트를 유혹해 자신에게 구애하게끔 만든 다음, 남몰래 그의 지배에 반항하며 내밀한 속셈을 품고 스스로 마음껏 즐길 권리를 의도적으로 주장한다. 로저먼드는 자기 방식대로 할 수 없다면 아버지를 몰락시키겠다고 위협하고, 남편의 명령에 반항해 임신 중에도 말을 타겠다고 고집을 부리다가 유산했기 때문에, 대부분의 비평가들은 그녀를 엘리엇이 자아도취적이라고 경멸하는 이기주의의 본보기로 간주했다. 리드게이트는 로저먼드를 두고 자신을 싫증나게 했다는 이유로 남편을 죽이려 한 마담 로리 같은 여자라고 생각하는데, 우리도 이런 견해를 수용하고 싶어진다. 반면 도러시아는 다른 종류의 여자로 규정된다.[56장] 우리는 도러시아도 로저먼드가 더욱 명백하게 상징하는 일종의 '여성적 무감각성'에 얽혀 있다는 것을 안다.[56장] 더욱이 도러시아와 로저먼드 둘 다 천사로 불리고, 완벽한 숙녀의 기준에 부합하고, 둘 다 아름답다고 여겨진다. 둘 다 '호메로스와 속어를 구분하지'[11장] 못할 정도로 교육을 잘 못 받은 희생자이기에 둘 다 '그 어떤 부적절한 지식'도[27장] 없다. '여자의 선택이란 보통 그녀가 얻을 수 있는 유일한 남자를 취하는 것일 뿐'이라는 캐드월러더 부인의 말에 담긴 진실에 좌절해 도러시아와 로저먼드는 감금과 권태에서 벗어나게 해줄 구혼자를 선택하는 것으로 지역의 삶에 대한 불만을 표현할 수 있을 뿐이다.

두 사람에게 결혼은 이내 '실망감'으로[64장] 이어진다. 숙녀다운 여자의 '자유'란[28장] 억압일 뿐이고, 이 억압 속에서 두 사람은 남편에게 우아하지만 부적절한 장신구로 대우받는 것에 분개한다. 또 두 사람은 감히 남편을 자신이 만든 이미지로 재창조하려 한다. 도러시아처럼 로저먼드도 소녀 시절 꿈꾸었던 행복이 외도라는 불변의 현실에 의해 순식간에 좌절되는 경험을 한다. 이 두 여자는 자신들의 분노를 억누르려고 애쓰는 동안 월의 방문을 받고 위안을 얻는다. 월이 돌아간 다음 둘은 권태에 짓눌려 남편 집에서 창밖을 지루하게 바라볼 뿐이다. 도러시아는 로윅에서, 로저먼드는 로윅 게이트에서 남편의 친척들에게 편지를 쓰는 것으로 외로움을 다소나마 누그러뜨리려 애쓴다.

도러시아와 로저먼드가 결혼 생활에서 비슷하게 고군분투하듯, 남편들도 직업 영역뿐만 아니라 부부 생활에서도 비슷해져가고 아내들은 그런 비슷한 남편에게 묶여 있다. 로저먼드가 그녀의 삶뿐만 아니라 리드게이트에게도 영향을 미칠 빚에 대해 의견을 말하자, 리드게이트는 캐저반을 따라 '당신이 이해하지 못하는 문제에 대해서는 내 판단을 따르는 법을 배워야 해'[58장] 하고 말한다. 리드게이트는 로저먼드를 경멸하듯 '여보!'라고 부르며, 캐저반도 주제넘게 행동한 도러시아에게 크게 화가

났을 때 똑같이 부른다. 화자는 '멍에' 앞에 무릎 꿇어야 하는 리드게이트에게 동정을 표하지만, 그런 다음 곧바로 리드게이트가 '마치 발톱을 숨기고 있는 짐승처럼'[58장] 복종한다는 설명을 덧붙인다. 리드게이트는 '사나운 눈과 숨길 수 있는 발톱이 있는 동물을 연상케 하는 흥분된 편협한 의식'을[66장] 가지고 말하고 행동하기 시작한다. 캐저반처럼 리드게이트도 도움의 손길이 미친다면 자존심 때문에 '극복할 수 없는 침묵 속에 빠져버릴' 것이다.[63장] 또한 캐저반처럼 '헛수고와 품위를 떨어뜨리는 편견'[64장] 때문에 불만을 느낀다. 리드게이트는 빚의 '늪'에 빠져서[58장], '마치 공인된 고질병처럼, 자신 안에서 모든 가능성을 그 불쾌한 집요함과 함께 뒤섞어버리고 모든 사고를 쇠약하게 만들었다는 점에서' 자신의 삶이 실패했다고 느낀다.[58장]

리드게이트는 로저먼드가 '가장 완벽한 여성, 즉 머리를 빗으며 거울을 보고, 청송받는 자신의 지혜로 인한 긴장감을 가라앉힐 노래를 불러주고, 교양 있는 인어처럼 남편의 정신을 존경해줄 여자'라고 보았다.[58장] 이는 캐저반의 꿈과 크게 다르지 않다. 이 구혼자 리드게이트의 탁월한 정신은 '가구나 여자에 관한 (마치 이 둘이 교환할 수 있는 물건인 것처럼) 자신의 판단과 감정을 관철시키지 못했고'[15장], 결국 그는 가구를 둘러싼 논쟁에서 아내에게 지고 만다. 리드게이트는 자신이 세상 경험 없는 소녀를 골치 아프게 했다는 것을 인정하고[58장], '아내는 결혼 생활이 어떤 것인 줄도 모르고 [그와] 결혼했으니, 결혼하지 않는 게 아내에게 더 좋았을 것'이라는 사실을 안다.[76장] 리드게이트는 집에 집착하는 로저먼드를 힐난하며 신랄하게 '여자는 왜 그토록 집과 가구에 연연하나?' 하고 생각한다.[64장] 그러나 로저먼드에게는 신경 쓸 만한 다른 일이 없었다. 리드게이트가 자신에게 구혼하는 동안 그녀는 자신이 '새장 같은 방들만 있는 집 한 채를 브라이드 거리에 갖게' 될 것이라고는 '상상할 수도 없었을 것이다.'[64장]

로저먼드에게는 어떤 뚜렷한 도피 수단도 없는데, 남편은 자신의 충고를 듣지도 않고 받아주지도 않는다. 그래서 로저먼드는 도러시아처럼 침묵으로 반항한다. 로저먼드는 특히 '바위가 방해를 하더라도 자기 갈 길을 가는 하얀 물체의 부드러운 끈질김으로 더욱 강력해진다.'[36장] 언제라도 책략을 써서 리드게이트를 좌절시킬 수 있는 로저먼드는 '살해된 남자의 머릿속에서 엄청나게 번식하는'[종장] 리드게이트의 향료가 된다. 로저먼드는 여자와 식물에 대해 궨덜린이 보여주었던 비전을 실행한다. 즉 그들은 예쁘지만 권태로움에 빠져 있고, '그 때문에 그들 중 일부는 독을 손에 넣는다.'[『대니얼 데론다』13장] 엘리엇이 로저먼드의 결혼 생활에 대해 마지막으로 언급한 바대로 로저먼드는 결혼에 감금되어 있었다. 리드게이트는 '브라이드 거리의 위협받는 새장 대신 온갖 꽃과 도금한 새장을 건넸다.'[종장] 화자는 로저먼드의 편협한 자아도취를 경멸하지만, 로저먼드는 매기 털리버의 '화산 폭발 같은 혼란'뿐만 아니라[『플로스강의 물방앗간』4부 3장], 죽음 같은 결혼에 저항하는 도러시아의 침묵 속 분노, 메리 가스의 원한, 버사 그랜트의 책략, 궨덜린 그랜드코트의 내밀한 열망, 재닛 뎀스터의 욕망을 수행하고 있음이 분명하다. 또한 로저먼드는 '집 안의 베수비오 화산'이라⁴¹ 할 미국의 에밀리 디킨슨을 떠오르게 한다. 에밀리는 엘리엇의 소설을 열정적이고 흥미롭게 읽었으며 그녀 자신을 총이나 폭탄 같은 폭발적인 이미지로 여겼다. 이는 엘리엇이 로저먼드의 힘을 '어뢰'로 묘사한 것과 다르지 않다.[64장]

*

　도러시아는 윌과 로저먼드가 (자신이 생각하기에) 사랑을 나누는 장면을 목격하고 자신이 윌을 사랑했음을 깨닫는다. 그때 도러시아는 자신의 심경이 '아이가 칼로 두 동강나는 것을 보고, 피 흘리는 반쪽을 가슴에 꼬옥 품은 채, 어머니의 고통을 결코 알지 못하는 거짓말하는 여자가 나머지 반쪽을 가져가는 모습을 고통스럽게 눈길로 쫓고 있는 어머니 마음과 같다'고 생각한다.[80장] 흥미롭게도 도러시아는 두 동강난 아이 윌을 바라보며 고통을 느끼지만, 그렇다고 로저먼드를 '거짓말하는 여자'로 생각하지는 않는다. 그 대신 로저먼드는 재빨리 그 장면에 대해 캐저반이 죽기 전까지 견뎌야 했던 삶을 상기시켜주는 '또 다른 여자의 곤경에 빠진 삶과 밀접한 관련이 있다'고[80장] 생각한다. 과거에 도러시아는 윌에게 '자신의 인생을 더 잘 꾸려나가지 못하고 더 좋은 일을 하지 못한다는 이유로 여자들을 경멸했다'고[54장] 고백한 바 있다. 그러나 일단 도러시아 자신이 젠더가 부과한 구속을 경험할 수밖에 없게 되자, 그녀는 자신을 이길 것 같은 경쟁자까지 포용할 정도로 다른 여자들에게 동정심을 확장시킨다.

사실상 엘리엇은 소설가 자신이 묘사한 궁극적 감금, 자아의 감방 속에 갇힌 감금에서 탈출하면서 확장되는 여자 주인공 생애의 비전을 여자들 사이의(디나와 헤티, 루시와 매기, 에스더와 트랜섬 부인, 로몰라와 테사, 미라와 궨덜린 사이의) 호의적 공감 행위와 매번 연결시킨다. 자신의 아름다운 얼굴을 응시하는 「백설 공주」의 미친 여왕처럼 헤티와 트랜섬 부인, 테사, 궨덜린은 거울 앞에서 자신만 바라보며 멍하니 앉아 있다. 창을 통해 바깥세상을 바라보는 디나, 에스더, 로몰라, 미라는 창가에서 바느질하는 착한 여왕을 닮았다. 예를 들면 트랜섬 부인은 거울에서 노파인 자신을 보지만, 에스더는 블라인드를 걷어올리고 '희미한 달빛이 있는 잿빛 하늘, 영원히 흐르고 있는 강줄기들, 나무들이 흔들리며 휘어지는 모습을 보기 좋아한다.' 그녀가 얻은 것은 '세상의 광대함'에 대한 인식이다.[49장]

두 여왕처럼 이 여자들은 그들이 서로 상대방이 될 수 있다는 가능성을 공유한다. 그리고 이 가능성을 인식함으로써 그들은 가부장제 내의 영웅적 자매애를 규정한다. 매기 털리버는 '강쪽으로 창문을 활짝 열어놓은 채 황혼 속에서 촛불도 없이 […] 여전히 그 다정한 얼굴을 보려고 애쓰면서' 앉아 있고, 바로 그때 실제로 루시가 문을 연다. 디나는 감방에 갇힌 헤티의 자매가 된다. 이들 여자는 각각 개인적인 기대를 텅 비운 채 이해하고 바라보면서 기다리기 때문에 자신이 아무것도 아니라는 것을 경험할 능력이 있고, 그 때문에 다른 사람의 존재를 자신 안에 머물게 할 수 있다. 도러시아는 '다른 사람의 운명을 우연 자

체라고 생각하면서 우둔하게 궁상을 떨다가 자신을 불행이라
는 좁은 방에 가두는 결과를 가져오지'[80장] 않으려고 애쓴다.
매기 털리버처럼 도로시아는 '자신의 욕망만 만족시키려는 입
장을 바꾸어, 자신의 입장을 자신에게서 떼어내어 자기 삶이 신
의 안내를 받는 전체 삶 중 하찮은 일부라고 볼 가능성'을 포착
하는 것이다.[『플로스강의 물방앗간』 3장] 도로시아는 이처럼
고통을 상상 속에서 재구성함으로써 래티머처럼 미쳐버리지 않
을 수 있다. 그녀가 길을 보려고 커튼을 열어 젖힐 때 그런 재구
성을 통해 창문을 통한 조망을 얻을 수 있기 때문이다. '등에 짐
을 지고 있는 남자와 아이를 안고 있는 여자, […] 멀리 보이는
구부러진 하늘에 진줏빛이 비추었다. 그리고 그녀는 세상의 광
대함과 노동과 인내를 향해 다양하게 깨어나는 사람들을 느꼈
다.'[80장] 결국 도로시아는 자신이 '그 무의식적이며 고동치는
삶'의 일부라는 것을 깨닫고 유아론에서 해방되어 '로저먼드를
보고 구하게' 된다.[80장]

그러므로 로저먼드와 도로시아의 만남은 『미들마치』의 정점
이다. 두 여자는 자신들의 여성성 때문에 성숙하지 못해 둘 다
아이처럼 보인다. 각자 울면서 밤을 새느라 창백하고, 자신들
이 '개인적인 즐거움을 매장해버렸다'고 믿고 있다. 둘은 서로
질투하지만 동시에 헌신적이다. 도로시아는 '어둠 속에서 고통
받는 동물에게서 나오는 낮은 울부짖음 같은' 목소리로 말하고,
로저먼드는 '마치 자기 내면의 상처가 헤집어지는 듯한' 고통을
느낀다.[81장] 도로시아와 로저먼드는 서로 손을 잡고 앉아서
'결혼을 죽여버린' 자신들의 사랑에 대해, 그리고 '살인자처럼

자신들과 함께 머물고 있는' 결혼에 대해[81장] 이야기한다. 도러시아는 자기를 희생하는 행위를 통해 로저먼드를 구하러 가지만, 로저먼드는 실로 자신을 희생하여 도러시아를 구원한다. 도러시아는 로저먼드를 자신의 경쟁자로 생각하지만, 로저먼드는 윌에게 캐저반의 유언 보족서를 알려줌으로써 사실상 도러시아를 위해 행동했다. 도러시아에게 하는 로저먼드의 고백은 '[도러시아] 자신의 에너지를 반영'한 것임에 반해[81장], 로저먼드는 윌에게 도러시아가 윌의 진심을 안다고 알려주기 위해 이후 독립적으로 행동한다.

리드게이트가 로저먼드와 도러시아의 창백한 얼굴이 눈에 아른거려 되돌아왔을 때, 이들이 짧은 순간 성취한 자매애라는 연대감을 어렴풋이 알아차린다. 리드게이트가 문 앞까지 도러시아를 부축했을 때, 독자는 이 둘이 매우 잘 어울린다고 생각한다. 자신의 에너지와 돈을 쏟아부을 수 있는 대의를 찾고자 하는 도러시아는 리드게이트의 포부를 통해 자신의 높은 이상을 발견했을 것이며, 마찬가지로 그녀의 후원으로 리드게이트는 자신의 연구(『미들마치』의 동시대 평자들이 대부분 열렬하게 소망했던 성취)를 계속하기 위해 필요한 시간과 믿음을 얻었을 것이다. 엘리엇은 이런 기대감을 증폭시켰고, 그 기대에 뒤따르는 실망감도 전개시켰다. 엘리엇은 도러시아와 리드게이트가 어떻게 성적 범주에 갇히게 되었는지 보여준다. 리드게이트가 문 앞에서 로저먼드를 돌아보며 '이 연약한 존재를 자신이 선택했고 그녀의 삶의 짐을 자신의 팔에 얹어놓았으며, 가엽게도 이 짐을 떠안고 갈 수 있는 데까지 걸어가야 한다'는[81장] 자신의 의무를 깨닫는 장면은 의미심장하다. 도러시아가 윌과 로저먼드 사이의 장면을 재해석해야 할 필요가 있는 것처럼, 우리는 창문 너머 보이는 이 전망을 다시 읽어야 한다. '시간이 흐른 뒤에는 어떤 이야기도 똑같지 않다. 아니 오히려 그것을 읽는 우리가 더는 똑같은 해설가가 아닌 것이다.'[『애덤 비드』 54장] 도러시아의 '흐르는 듯한 어조', 그녀의 '높아지는 흐느낌', 그리고 그녀의 '슬픔의 큰 파도'가 '따뜻한 물살'처럼 로저먼드를 뒤덮을 때, 두 여자는 '마치 그들이 난파선에 있는 것처럼' 서로 껴안는다. 둘 다 '우리와 묶여 있는 다른 사람을 다치게 할까 봐 항상 두려워하면서 걷는다는 것이 얼마나 어려운 것인지' 알기 때문이다. 도러시아가 창문 너머 본 '등에 짐을 진 남자와 아이를 안고 있는 여자'는 로저먼드의 짐을 진 리드게이트와 자신의 아이라고 생각하는 남자, 즉 윌을 안은 도러시아의 모습을 떠오르게 한다. 완벽하게 어울리는 이 두 쌍은 함께하거나 스치지도 않고 각자의 운명을 향하여 여행을 한다. 이들의 순례는 웅대한 삶을 찾아 오빠와 함께 '손에 손을 잡고' 걸어가는 『서곡』의 성 테레사의 순례와 얼마나 다른가!

*

그럼에도 화자는 반복해서 로저먼드의 계속되는 옹졸함에 대해 유감을 표현한다. 하지만 실제로 윌과 도러시아를 구해주는 자가 로저먼드라는 사실은 그녀가 바로 메리 엘먼이 칭한 『미들마치』의 '악마적인 중심'임을 뒷받침하는 하나의 증거일 뿐이다.⁴² 많은 독자들은 엘리엇이 예쁜 여자에게 강렬한 질투심을 느껴서 로저먼드를 원한을 품은 여자로 그렸다고 생각한다. 그런 비평은 작가인 엘리엇이 유혹적인 금발 여자에게 동조하고 있다는 단서를 간과한 것이다. 마담 로리처럼 로저먼드는 뛰어난 전략가이며, '천성적으로 뛰어난 배우다. 심지어 연기를 너무 잘해서 자기 역할이 바로 자기 성격이라는 것도 몰랐다.' [12장] 엘리엇처럼 로저먼드는 희극적 역할에는 능숙하지 못했기에 그런 역할은 거의 택하지 않았다. 레몬 부인의 학교의 뛰어난 이 학생은 '모든 어조를 흉내낼 수 있을 만큼 명석하다.'[16장] 그녀는 피아노를 치고, 반주와 함께 노래할 수 있는 훌륭한 음악가다. 더욱 의미심장한 것은 로저먼드가 항상 사실적으로나 은유적으로 바느질을 한다는 것이다. 로저먼드는 실제로 레이스를 짜거나 그물코를 뜨고, 실을 짜지 않을 때는 머리를 땋거나 리넨을 수놓거나 페티코트를 덧대거나 손수건을 수선하거나 양말을 만든다. 그녀는 끊임없이 자기 미래를 계획하고 궁리하고 있으며, 가끔은 실현하기도 한다. 간단히 말하자면 엘리엇처럼 로저먼드도 실을 잣는 사람이자 이야기를 짜는 사람이다.

로저먼드는 어떤 면에서 여성으로서 자기 역할을 수용한다는 표시로 바느질을 한다. 그녀는 이 점에서 엘리엇의 소설에 나오는 대부분의 여자 주인공들과 현저한 차이가 있다. 다른 여자 주인공들은 기예가 부차적이고 전적으로 보상적이라고 생각하면서 그에 대해 느끼는 혐오감과 싸워야 했기 때문이다. 바늘이나 물레에서 떨어지는 세 방울의 피가 여성적 젠더로 추락하는 것을 의미하고, 잠에 빠져들거나 임신하는 상황을 상징하는 모든 동화에서 바느질은 여성이 집 안에 갇히거나 축소되어 존재한다는 것을 의미한다. 매기 털리버는 조각보를 만들기 위해 천을 조각조각 찢는 행위를 경멸하면서도 마침내 밋밋한 바느질을 완성시킨다. 그 바느질은 스스로를 고행의 길로 밀어넣고자 하는 열의에서 나온 것이다. 반면에 궨덜린 할레스는 어머니와 자매들과 함께 테이블보나 성찬식 식탁보를 만든다는 생각만으로도 치를 떤다. 매기와 궨덜린은 응접실을 꾸미려고 응접실에서 작업하는 여성적 예술에 반항한다는 점에서 도러시아를 닮았다. 그러나 도러시아는 '성경 속 여성 인물들을 연구함으로써, […] 그리고 안방에서 수를 놓기보다는 자신의 영혼을 돌봄으로써' 축복을 발견할 수 있으리라는 믿음에서 '배제되어' 있다.[3장]

리드게이트로 하여금 '구애의 상호 그물'을 짜게 만든 로저먼드의 '대단치 않은 사슬 세공'은[3장] 섬세하고 약해 보이며, 로저먼드 자신과 다르지 않은 아름다운 환상처럼 보인다. 그 사슬의 취약성은 '여자의 희망은 햇살로 짜여 있고, 그림자는 그 희망을 사라져버리게 한다'는 점을 암시한다. 엘리엇이 『급진주의자 펠릭스 홀트』에서 설명하듯 이 그림자는 '무력함을 […] 예견한다.'[1장] 사실상 무력함 때문에 로저먼드의 계략과 같은 여성적인 책략을 구사하기에 이르는 것이다. 『이집트의 헬렌』에서 H. D.가 설명하고 있듯, '여성의 계략은 그물이기' 때문이다.

여자가 싸운다면
비밀리에 해야 한다,

보이지 않는 도구로.
여자의 손에 들린
칼도 단검도 창도

틀린 것을 바로잡을 수 없다.[43]

　무력감에 젖어들기 싫어하는 동화 속의 모든 소녀들에게는 「세 명의 방적공」에 나오는 나이 든 여자들이 따라다닌다.[44] 소녀는 여왕이 남겨둔 아마를 짤 수도 없고 짜려고 하지도 않는데, 그녀를 위해 나이 든 방적공 세 명이 아마를 어떻게든 짜낸다. 흥미롭게도 이 방적공들은 기이한 면이 있다. 한 명은 방적기를 끝없이 밟아댄 통에 발이 넓적해졌고, 또 한 명은 끊임없이 실을 핥느라 입술이 아래로 처졌으며, 나머지 한 명은 한없이 실을 꼬아대느라 엄지손가락이 넓어졌다. 운명의 여신들처럼 강력한 베 짜는 여자들은 우리에게 필로멜라와 페넬로페 같은 인물을 생각나게 한다. 둘 다 남자들의 인생을 통제하기 위해 자신들의 예술을 전복적이고도 조용하게 행사했기 때문이다. 그들은 또한 보부아르가 묘사한 동굴에서 실을 잣는 노파를 생각나게 할 뿐 아니라 '탄생과 죽음으로 세계의 태피스트리를 짜는' 헬렌 다이너의 모신들과도 닮았다.[45] 숙녀 같은 로저먼드는 처음에 그들과 달라 보이지만 그녀 또한 직물을 짜며, 그 직물이 나중에 꽤 큰 남자를 덮을 놓아 붙잡을 수 있을 정도로 강한 사슬이 된다. 얌전한 척하는 재봉사 실리아 브룩(그녀는 개념이나 양심에 대해 산산이 흩어져 누군가 밟거나 앉아 찔리거나 삼킬까 무서운 바늘 같다고 생각한다[2장]), 뜨개질하는 가스 부인, 리즈베스 비드, 실제로 '바늘로 만들어진!' '무서운 여자' 포이저 부인만큼이나[『애덤 비드』 53장] 로저먼드도 조용하게 자신의 길을 걷고자 한다. 사실 이들은 모두 '바늘'같이 찌르는 말로 사람들에게 상처를 주거나 가장 좋지 않은 상황에서도 자신의 영향력을 확고하게 주장하지만, 이차적 지위에 머물 수밖에 없어 못마땅해한다.

많은 비평가들은 『미들마치』가 사회를 서로 다르지만 서로 관련된 삶들로 짜인 직물로 묘사하고 있음에 주목했다. 예를 들면 이 마을의 역사는 도시적인 마을과 시골 교구 사이에 만들어진 '새로운 연결의 실'이라는 측면으로 묘사된다.[11장] 반면 시골 생활의 개인 관계들은 일종의 실로 꼬아 만든 듯한 창조물이 된다. 화자는 '이 대부분의 내면의 삶이란 다른 사람들이 그에 대해 갖고 있다고 믿는 생각으로 이루어져 있다는 것을, 그 의견들로 짠 천이 파멸의 위협을 받을 때까지, 누가 알 수 있겠는가?' 하고 묻는다.[64장][46] 다만 이보다 덜 명확한 것은 연결의 실을 바느질하는 것이 여자들이기 때문에 공동체를 구성하는 의견의 천을 짜는 사람들도 여자들이라는 점이다.

『플로스강의 물방앗간』에서 엘리엇이 설명하듯 '공공 의견이란 […] 항상 여성의 것이다.'[7부 2장] 『미들마치』에서 방문해서 이야기를 교환하는 사람은 플린데일 부인, 벌스트로드 부인,

빈시 부인, 캐드월러더 부인, 덜럽 부인, 핵버트 부인, 텀털러 부인 같은 여자들이다. '부인, 과부, 독신녀 들이 일감을 들고 평소보다 더 자주 차를 마시러 가서'[71장] 공동체를 '함께 엮는' 기록을 한다.[『플로스강의 물방앗간』6부 14장]『설득』에서 험담하기 좋아하는 간호사 루크처럼 개인적인 삶을 기록하는 그런 여자 역사가들은 통찰력이 뛰어나다. 따라서 '바늘땀을 세면서 뜨개질하는 사이사이에 주워들은 오해하기 쉬운 파편적인 정보를 모았던 태프트 부인' 같은 사람이 '리드게이트가 벌스트로드의 서자였다는 사실, 복음주의 신도들에 대한 그녀의 의심을 정당화하는 사실을 떠올린다는 것'은 별로 놀라운 일이 아니다.[26장]

그런 여자들이 짠 사회적 직물은 의심의 여지 없이 높은 야망과 이상을 품은 개인을 방해하거나 귀찮게 한다. 로몰라는 '원대한 목적을 품은 이상이 […] 이제 완전히 사라져버렸다. 모든 노력을 그저 엉킨 실타래를 질질 끌고 가는 일로 만들어버린 인간사의 혼란 때문이었다'고[61장] 느낀다. 스위프트의 걸리버처럼 털리버 씨는 '그물코에 얽혀 있는데'[『플로스강의 물방앗간』3부 7장], 어느 정도는 '실타래가 엉켜 있다는 강한 인상을 받는 데 한 올의 실을 잡아채는 것만 한 일이 없기' 때문이다.[1부 8장] 적지 않은 사람들이 '눈에 보이지 않을 만큼 가느다란 실도 노련하게 묶여 있다면 예민한 몸이 그 실을 끊으려는 움직임 때문에 고통을 느끼고, 실은 그 어떤 족쇄보다 더 심한 속박이 될 수 있음'을 안다.[『급진주의자 펠릭스 홀트』8장] 앞서 보았듯 암가트는 자신이 '엉킨 실'에 얽혔다고 느끼며, 다른 많은 인물들도 자신의 '사고가 은유 속에 뒤엉켰음'을 깨닫고는 '은유의 힘을 좇아 치명적인 행동을 하는 것'이다.[10장]

그렇다면 화자는 어떻게 사회적 직물이 존재하게 되었는지 연구하기 위해 사회적 직물을 과학적으로 풀어내는 인물이라 할 수 있다. 그런 만큼 화자는 '나는 할 일이 많다. 인간의 운명을 풀어 인간의 운명이 어떻게 짜여 있고, 또한 서로 어떻게 얽혀 있는지 연구하고 있기 때문이다. 그리하여 내가 장악할 수 있는 빛은 전부 이 특별한 직물에 집중되어야 할 뿐, 우주라 불리는 그 유혹적 타당성으로 분산되어서는 안 된다'고 생각한다.[15장] 리드게이트나 캐저반처럼 이 화자는 이야기에 전체 의미와 일관성을 부여하는 숨겨진 구조를 찾고 있다. 그러나 섞어 짜거나 엉키게 하는 것이 여성의 영역에 속하는 일이듯, 그것을 푸는 일도 여성의 몫이다. 그 행위는 페넬로페뿐만 아니라 자연 자체에 의해 밤에 이루어지기에 사물의 영원한 신선함이 확보되는 것이다. 『성직 생활의 장면들』과 『애덤 비드』에서는 분명하게 남성적인 화자들이 등장하지만, 이 화자는 『미들마치』에 이르러 좀 더 중립적인 존재로 변한다. 힐리스 밀러가 주장하듯 이 화자는 텍스트 때문에 위험에 빠진 '전체화하려는 노력'에 연루된 남자일 수도 있고, 또는 쿠엔틴 앤더슨이 말하는 '현명한 여자'일 수도 있으며, U. C. 크뇌플마허의 '남성적 어머니'일 수도 있다.[47] 그러나 화자가 누구든 엘리엇의 서사의 목소리가 초연한 이유는 슬픔 때문이다. 이 슬픔 때문에 매기와 도러시아는 죽음 같은 덫에서 벗어나기 위한 유일한 출구를 찾기 위해 자신들의 관점을 변화시켰다. 거리야말로 『미들마치』에서 위안의 원천이다.

명상적이며 철학적이고, 유머러스하며 동정적이고, 도덕적이며 과학적인 화자는 그녀/그 자신을 우리 문화의 일반적인 분류를 훌쩍 넘어 젠더 구분을 초월하는 존재로 제시한다. 엘리엇은 지식을 추구하고 '남자의 머리와 여자의 가슴'을 결합시키는 전통적으로 남성적인 임무를 여자의 방식으로 수행하면서, 젠더에 기초한 범주들을 부적절하게 만든다. 엘리엇의 목소리는 서로 반대되는 관점을 공감하는 듯한 태도로 말하기 때문에, 그 목소리는 일반화의 위험을 무릅쓸 때조차 일시적이고 잠정적이기 때문에, 이 화자는 믿을 만한 '우리', 즉 사람과 사물 사이의 복잡한 친족 관계뿐만 아니라 의미의 미확정성을 받아들이는 공동체의 목소리가 되는 것이다. 그러나 자아의 한계와 문화의 정의를 뛰어넘어 획득한 이런 성취는 관습적인 역할을 강요당하는 여성 인물들의 현실을 바꾸지 못한다. 화자는 엉켜 있는 실타래를 객관적으로 풀어내는 인물로 그녀/그 자신을 제시하고 있지만, 결국 애초에 그런 플롯을 짜놓은 사람은 작가다.

적지 않은 엘리엇의 인물들은 '운명이 아련히 빛나는 베일 뒤에 자신의 차갑고 무서운 얼굴을 위장한 채, 우리를 따뜻한 솜털 날개 속에 가두고 제비꽃 향으로 독살하는'[『애덤 비드』 12장] 허구의 세계에 살고 있다. 『급진주의자 펠릭스 홀트』의 변호사 저민처럼 엘리엇은 '모든 실타래를 붙들고 그것을 증거로 사용하거나 […] 폐기할' 수 있다.[21장] 『미들마치』의 작가는 '우리를 뼈와 근육으로 함께 엮고 두뇌의 좀 더 미세한 그물망으로 나누어버린 위대한 비극의 극작가 자연'처럼[『애덤 비드』

4장], 이 그물망의 전형을 우리에게 보여준다. 이 그물망에서 엘리엇은 로저먼드처럼 가부장적 문화를 대표하는 사람들(캐저반, 벌스트로드, 페더스톤, 리드게이트)을 얽어매고 그들의 권위에 의문을 제기함으로써 여성의 공동체를 '위해' 일했다.

벌스트로드는 래플스가 자신을 찾을 수 있었던 실마리가 '신의 섭리'[53장]에 있다고 믿는데, 어떤 의미에서 그의 말이 옳다는 것은 의미심장하다. '보복의 여신이 우리의 양심 때문에 그녀 자신을 위한 칼을 버릴 수 없다면', 그녀는 징벌의 플롯을 사용해 '우리 반대편에 서게 될 것이다.'[『애덤 비드』 29장] 뜨개질하는 패어브러더 부인이 도로시아에게 설명하듯, '사람들은 운명의 여신이 여자이고 변덕쟁이라고 말한다. 그러나 가끔 그녀는 좋은 여자가 되어 자격이 있는 자들에게 행운을 준다.'[54장] 「전도서」의 저자는 '죽음보다 더 가혹한 것은 덫이나 함정과 같은 마음을 가진 여자'라고 경고한다. '신을 즐겁게 하는 자는 그 여성을 피하지만, 죄인은 그녀에게 사로잡힐 것이니라.'[7장 26절] 비록 엘리엇이 성경의 아버지를 운명의 여신으로 대체하는 것처럼 보일지라도, '특정한 잘못을 따라다니는 무서운 복수의 여신이 있고, 그래서 범죄를 좋아하는 사람들이 그 잘못을 범죄로 해석할 가능성은 항상 있기에' 행위는 엘리엇의 소설에서 냉혹한 영향력을 갖는다.[72장] 엘리엇의 인물들은 덫에 걸려 있는 대부분의 시간 동안 그 사실을 알지 못한다.

인간의 운명이 은밀히 모이는 과정을 날카롭게 주시해온 사람이라면 누구나 한 인생이 다른 인생에 미치는 영향이 천천히 준비되는 장면을 본다. 그런 준비 과정은 아직 인사를 나누지 않은 이웃을 바라보는 차가운 눈길이나 무관심에 대한 계산된 아이러니처럼 알려온다. 운명의 여신은 자기 손 안에 있는 우리의 등장인물들을 빈정거리면서 방관한다. [11장]

'천천히 준비 중인 영향력에' 붙잡힌 엘리엇의 인물들은 티토 멜레마처럼 '자신의 성장에 힘을 전혀 쓰지 못하듯 천도 자신과 상관없이 계속해서 짜였'다고[34장] 느낄 것이다. 우리가 살펴보았듯 화자의 동정 어린 관심을 가장 많이 받은 리드게이트는 '작은 사회적 조건이 만들어내는 실처럼 얽혀 방해하는 압력'에 대비하고 있다. [18장] '사실상 미들마치는 리드게이트를 삼켜버리고, 그를 매우 편안하게 동화시키는 데 달려 있기' 때문이다. [15장] 게다가 벌스트로드에게 미들마치는 마치 그 정교한 정당성을 '세월이 영원히 자아내서, 거미줄 덩어리처럼 얽혀 있는 복잡한 두께를 만들어 도덕적 감수성을 덧대는 것처럼 보인다.'[60장]

우리는 앞으로 에밀리 디킨슨이 그녀 자신을 전복적인 주문의 실을 조용히 잣는 거미라고 생각하며, 어떻게 '보이지 않는 도구로 / 비밀리에 싸우는지' 탐색할 것이다. 가장 작은 틈과 균열 안에서 거의 모습을 드러내지 않은 채 일하는 거미의 모습은 일찍이 매기 털리버가 풍요로운 하얀 가루로 뒤덮인 플로스의 물방앗간에서 만들어진 마술 같은 레이스 세공품을 떠올렸을 때 그녀의 생각을 지배했다. 실제로 거미줄은 자연이 보여주는 기예의 사례이며 누에고치 솜floss도 마찬가지다. 엘리엇이 그 강을 플로스라 불렀을 때, 그 이름은 강물의 흐름과 실 사이의 은유적인 관계에 우리의 관심을 환기시킨다. 물론 앤 핀치의 인용구가 말해주듯 거미줄은 엘리엇과 디킨슨 훨씬 이전부터 중요한 상징으로 쓰여왔다. 상징으로서 거미줄은 여성의 권위 추락과도 밀접한 관련이 있다. 실제로 마거릿 캐번디시는 자신의 시의 서문에서 '손가락으로 실을 잣는 일이 시를 공부하거나 쓰는 일보다 (이는 두뇌로 실을 잣는 일이다) 여성에게 더 적절하다는 것은 진실'이라고 인정한다. 그런 만큼 캐번디시가 어느 시에서 '거미줄을 잣는 거미의 가사 노동은 / 자기 옷이 아니라 날벌레 잡을 밧줄을 만들기 위해서'라고 쓴 것은 결코 놀랍지 않다.[48]

캐번디시가 자신에게 실 잣는 육체노동만 강요하는 이들에게 저항하는 이야기를 직조한 것만큼, 엘리엇도 자신의 섬세한 올가미와 그 함정에 걸려든 남자들의 지적인 작업 사이의 차이에 주목한다. '물렛가락을 잡고 앉아 두껍게 감겨 있는 실 뭉치를 들고 있는 에리나'와 같이 엘리엇은 곤충이 노동하듯 지루하게 삼베를' 짜고 있지만, '한 무리의 / 신과 남자들의 행위를 시인들은 노래에 새겨넣는다.'[『대니얼 데론다』 51장] 다시 말해 캐저반의 텍스트와 리드게이트의 직물과 달리, 엘리엇의 소설은 직물을 짠다는 의미의 라틴어 '텍세레texere'의 어원을 완벽히 설명하는 일종의 태피스트리다. 더 나아가 엘리엇의 직물은 '창의적인 마음으로 바라보기만 한다면 유피테르에서 주디에 이르기까지'[32장] 모든 형태를 발견할 수 있는 천장의 번개 무늬 장식이나 벽지와 매우 흡사하다. 그 직물은 사방으로 수없는 생채기가 난 잘 닦인 강철로 만든 전신 거울과 닮았다. '이제 그 앞에 촛불을 한가운데 놓고 보아라! 작은 태양을 중심으로 생채기들은 아름다운 동심원을 이룰 것이다.'[27장] 태피스트리나 번개 무늬 장식, 전신 거울처럼 『미들마치』는 일관성 있거나 안정된 패턴으로 요약될 수 없다. 엘리엇의 여성 인물들이 만든 자수와 뜨개질, 십자수와 그물 레이스를 닮아 복잡하게 엉킨 미궁 같은 이 직물은 어떤 종류의 해석적 행위도, 그것이 문학적이건 정치적이건 사회적이건 의학적이건 기술적이건 호색적이건 문제가 있다는 것을 정확하게 드러낸다.

엘리엇의 직물은 무한하게 해독할 수 있기 때문에 항상 해독할 수 없는 것으로 남는다. 그것은 문화에 가하는 자연의 복수일 뿐만 아니라 보수적인 기준으로 여성 공동체를 대변한다. 『플로스강의 물방앗간』의 글렉 숙모는 매기가 도움을 필요로 할 때까지는 사회적인 관습을 뛰어넘고자 하는 매기의 열망에 무서울 정도로 가혹하다. 그러나 그물 레이스 몇 장을 얻기 위해 그토록 열정적으로 흥정하던 이 인물은 조카인 매기를 비난하는 자들에게 대항해 그녀를 옹호해준다. 해리엇 벌스트로드 같은 여자들은 가정의 영역에 갇혀 있다는 바로 그 사실 때문에 가족을 공동체로 묶어주는 의무와 책임의 그물망에 유난히 민감하다. 이처럼 사회적 책임을 전체론적으로 인식한다는 맥락에서 보면, 가장 위대한 영웅의 자질이 있는 자는 도러시아다. 도러시아는 다른 사람의 삶이 자신의 삶과 '밀접한 관계'를 맺고 있다고 여기기 때문이다. 반면 가장 나쁜 악당은 벌스트로드인데, 아내와 이웃에게 거짓된 자신을 보여주었기 때문이다. 그뿐만 아니라 벌스트로드의 거짓은 미스터 빈시의 비단을 망쳐버린 염료를 파는 행위로 적절하게 증명되고 있기도 하다.[61장] 만일 한 여자가 '악의에 찬 독 묻은 옷'이나 '네소스의 셔츠'처럼 입은 사람을 약하게 만드는 옷을 만들어내는 '부정한 천'을 직조할 수 있다면[『애덤 비드』 22장], 그 여자는 '새로운 실마리', 즉 체념의 실마리로[『로몰라』 41장] '삶을 꿸 수 있고', 그로 인해 로몰라와 도러시아, 로저먼드처럼 아리아드네와 동일시될 수 있다.[49]

흥미롭게도 티토 멜레마는 로몰라에게 결혼 선물로 작은 나무 상자를 준다. 이 상자를 로몰라 오빠의 십자가를 보관하는 데 사용한 티토는 상자에 바쿠스와 아리아드네의 승리 3부작을 그려넣었다. 티토는 오비드가 묘사한 바 있는 낙소스의 집으로 가고 있는 어린 소년 바쿠스의 신화를 수정했다. 『변신』에서 바쿠스는 배를 멈추고 노를 담쟁이넝쿨로 감아 무서운 바다짐승처럼 보이게 했고, 이에 선원들이 놀라 바다로 뛰어들어 죽음으로써 믿지 않는 선원들에게 자신이 신임을 증명한다. 티토는 바쿠스와 아리아드네가 이 배에서 결혼식을 치르는 장면을 그린다. 우리는 티토의 수정본을 통해 그가 자신에게 자기만족적인 견해를 가지고 있으며, (그런 시각이 현실을 왜곡시킬지라도) 사물의 밝은 면만 보는 자기 기만적인 욕망이 있다는 사실을 확인할 수 있다. 그러나 로몰라는 '낙원의 정자'라는 이 환상을 '거짓의 장막'(실제로 열쇠가 채워진 상자)으로 인식한다.[37장] 로몰라는 전체 신화를 확실하게 기억하고 있기 때문이다. 아리아드네는 미궁에서 길을 찾기 위해 필요한 실을 테세우스에게 건네주고, 테세우스는 미노타우로스를 죽인다. 그 이후 테세우스는 아리아드네를 버리고, 아리아드네는 낙소스 섬에서 신과 결합한다. 그런데 로몰라는 자신이 바쿠스 덕분에 왕관을 쓰게 된 아리아드네보다 테세우스에게 버림받은 아리아드네를 훨씬 더 닮았다는 사실을 알게 된다. 그녀는 '가슴을 벅차게 하는 긴 여행보다는 자신의 평범한 자리에 앉아 있을 운명이기 때문이다.'[41장] 사실상 티토는 자신이 바쿠스, 즉 구원자라고 생각하지만 그의 역할은 테세우스, 즉 배반자 역할에 더 가깝다.

납치를 죽음 같은 결혼으로 이끄는 유혹으로 재서술하며 엘리엇은 아리아드네 신화를 페르세포네 이야기의 강력한 판본으로 보았다. 아리아드네는 미궁을 탈출할 수 있는 실을 쥐고 있는데도 스스로 탈출할 수 없기 때문에 여성의 무력함, 회복력, 부양, 그런 무력함이 역설적으로 야기하는 인내의 중요한 상징이 된다. '우리의 모든 희망과 즐거움, 우리가 두려워하고 인내했던 모든 것이 하찮아져서 우리의 관심사에서 떨어져나갈 때, 즉 우리에게 가장 가까이 있었던 사람들이 무력하고 고통스러울 때 그들과 우리를 엮어주는 단순하고도 원시적인 사랑 속에서 그것이 마치 하찮은 기억처럼 사라져버릴 때, 그들 인생 최고의 순간을 경험할 수 있는' 능력에 의해 엘리엇 소설의 여성은 돋보인다.[『플로스강의 물방앗간』 3부 1장]

로마에서 도로시아는 '한때 클레오파트라라고 불린, 누워 있는 아리아드네' 옆에 서 있다.[19장] 도로시아의 아이러니한 분신이라 할 수 있는 로저먼드는 '아리아드네처럼 버림받은 존재, 매력적인 배역인 아리아드네는 의상으로 가득 찬 상자와 함께,

마차가 되돌아오리라는 희망도 없이 뒤에 남겨진다'고 묘사된
다.[31장] 사회를 구성하는 관계의 미로에 갇혀 있는 여자에게
아드리아네의 실 선물은 (그 실 선물은 결국 잘못된 남자에게
주어질 운명이지만) 조지 엘리엇이 이타주의를 지향하는 여성
의 특별한 능력이라고 생각했던 것을 나타낸다. 이런 여성 묘사
는 분명 보수적이다. 그것은 아마도 엘리엇이 페미니즘의 주창
자들을 피하는 하나의 방식이기도 했을 것이다. 그러나 엘리엇
의 소설 속 여자들은 사회 공동체나 도덕적 강렬함과 동일시되
며 탁월성을 부여받는다. 래티머를 광기로 몰아넣었던 그런 종
류의 의식은 엘리엇의 여자 주인공들과 공감하고 동일시할 능
력을 부여하는데, 이 능력을 통해 여자 주인공들은 복수심에 불
타는 작가의 플롯에 나오는 악의적인 덫이나 난관을 일종의 생
명줄로 바꾼다. 그들은 다양한 방식으로 미로를 헤치고 나아가
는 다른 인물들에게 이 생명줄을 내밀고 있다.

*

따라서 패어/브러더 같은 남자들의 미덕이 '여성적' 체념, 감
수성, 독신 여성에게 있을 법한 집 안에 대한 책임감으로 규정
된다는 것은 놀랍지도 않다. (『미들마치』에서 남성 권위의 상징
인) 책 없이 말하는 설교가 패어브러더는 작은 곤충, 심지어 거
미까지도 수집하는 사람이다. 그의 이야기는 「벗겨진 베일」에
서 엘리엇이 탐색한 바 있는 현미경 같은 관점을 보여준다. 그
것은 '개미들에 대한 이야기다. 개미들의 아름다운 집이 톰이라

는 거인에 의해 부서진다. 그러나 톰은 개미들의 울부짖음을 들을 수 없고 개미들이 손수건으로 눈물을 닦는 모습을 볼 수 없기에 그들이 전혀 개의치 않는다고 생각했다.'[63장] 패어브러더는『애덤 비드』의 어윈이나『대니얼 데론다』의 한스 메이릭과 마찬가지로 가모장적 가정에서 살고 있기 때문에 많은 여성 부양 가족에 대한 자신의 책임을 받아들인다. 그 부양가족 중에는 훌륭한 숙모인 미스 노블도 있는데, 그녀는 그의 어머니보다 '더 온순한 작은 노인으로, 더 낡고 여러 번 기운 주름 장식과 손수건을 가지고 있다.'[17장] '굉장히 예스러운 멋을 풍기는, 자신을 잊어버린 여신 같은 모습'[50장]의 이 여성은 패어브러더의 티테이 불에서 설탕을 몰래 훔쳐 자신보다 더 곤궁한 사람들에게 주기도 한다. 패어브러더가 프레드 빈시와 메리 가스를 맺어주기 위해 노력했듯, 독신녀spin-ster(실 잣는 여자) 미스 노블도 도러시아가 윌을 동정하게 만들어 결국 윌이 도러시아의 집에 자리를 잡도록 도와준다.

　헨리 제임스 같은 비평가는 윌 래디슬러를 '여자에게 인기 있는 남자'라고 혹평했지만, 윌은 엘리엇이 여자들에게 매력적인 남성성의 이미지를 창조하고자 매우 급진적이고 반가부장적으로 내세운 인물이다. 참수당한 메두사의 머리 피로 만들어진 윌은 미네르바가 뮤즈에게 선물한 날개 달린 말 페가수스를 연상시킨다. 따라서 그는 신화적으로도 여성의 힘과 여성의 영감에 연결되어 있다. 도러시아의 아리아드네에게 바쿠스 같은 존재인 윌은 사회적으로 유산과 영국 이름이 없는 외부자이기 때문에 여성적이다. 바이런과 셸리가 떠오르는 '소녀의 얼굴 같은 호리호리한 젊은이는'[50장] '모든 사람의 감정 속으로 들어가 그들의 생각을 강철처럼 단호하게 거부하고 자신의 생각을 강요하는 대신, 그들의 생각을 받아들일 수 있는 사람'이다. [50장] 도러시아는 월이 자신을 사랑한다는 사실을 알기만 해도 '마치 단단한 얼음 같은 압력이 녹아버리고 자신의 의식이 확장되는 것 같은' 느낌을 받는다.[62장]

생존을 위해 월이 체득한 여성적인 힘은 그가 모계 혈통을 잇는다는 점은 물론 재산을 박탈당한다는 사실에서 가장 뚜렷하게 드러난다. 도러시아는 월을 만나기 전 캐저반의 내닫이 창이 달린 방에서 줄리아 숙모의 세밀화를 통해 그를 알게 된다. 도러시아는 줄리아 숙모와 자신을 동일시하면서도, 줄리아 숙모에게서 월의 얼굴을 발견한다. 줄리아 숙모는 월의 친할머니로서 자신이 사랑했던 남자와 결혼했기 때문에 재산을 상속받지 못한 여자다. 월의 어머니 쪽 가족사도 의미심장하다. 월의 어머니는 자신의 집안이 불명예스럽게 전당포업에 연루되었을 때 집에서 도망나왔기에 재산을 상속받지 못했다. 벌스트로드의 속임수에 넘어간 월의 어머니는 자신의 어머니와 헤어지게 되고, 그 어머니는 딸을 되찾으려고 애를 쓴다. '벌스트로드는 자신에게 미리 '딸을 결코 찾지 못할 것'이라고 말한 적은 없지만, 그 순간이 왔을 때 그는 딸의 존재를 숨겼다.'[61장] 따라서 월의 집안은 가부장제 속 여성의 경제적 박탈을 상징한다.

폴란드나 유대계 혈통의 외국 추방자로서 지위도 없고 눈에 띄게 별난 이름을 가진 월은 조롱을 당하지만, '일종의 '집시'처럼 어떤 계급에도 속하지 않는다는 사실을 오히려 즐기는' 듯하다.[46장] 월은 홉스, 밀턴, 스위프트와 연관됨으로써 캐저반이 아니라 도러시아와 유사하다는 것을 강조한다. 월도 작가라 하기 어려운 비서이기 때문이다. 그러므로 엘리엇의 손길에 의해 월과 도러시아의 연애 관계는 아버지/딸 관계의 위계적 부적절함에서 오빠/누이라는 동등한 모델로 바뀐다. 월에 대한 거부감은 남매의 에로틱한 관계와 어느 정도 관련이 있을 것이다. 이 관계는 여기에서(엘리엇 소설의 다른 곳에서처럼) 권력 투쟁적인 이성애의 대안으로 기능하도록 되어 있다. 도러시아에게 다소 문학적 칭송을 보내는 음유시인의 이미지라는 결함이 있지만,[50] 월은 에이드리언 리치가 '이해하고자 하는 남자 유령, / 잃어버린 형제, 쌍둥이 중 하나'로 평가했던 남자다.[51] '손가락으로 만지던 거북 등껍질로 만든 마름모꼴 상자(월이 미스 노블에게 준 상자)를 무의식적으로 끌어당기며 해리 같은 소음'을 내는 미스 노블은 월을 캐저반의 서재로 데리고 가서 두 연인을 만나게 해준다. 플롯의 유사-상징적인 면을 감안하면 도러시아는 마침내 자신의 고귀한 의지와 결합했다고 할 수 있다.

도러시아의 삶이 다른 사람의 삶에 흡수되고, 위대한 과업이 아니라 '예상할 수 없는 곳으로 퍼져나가는' 영향력에 그녀가 만족해야 한다는 것은 사실이지만[종장], 그녀의 결혼은 여전히 엘리엇이 규정한 맥락 안에서는 그녀가 할 수 있는 가장 전복적인 행위다. 죽은 남자가 내걸었던 조건, 도러시아 자신의 가족, 친구들이 금지했던 유일한 행위가 바로 결혼이기 때문이다. 도러시아는 루시 스노처럼 말한다. '마음이 찢어질 거야.'[83장] 도러시아는 루시가 필요로 했던 남자의 인정을 포기하지 않지만 남자 교사와 얽히는 대신 두 번째 남편으로 학생을 선택한다. 게다가 도러시아는 자신이 아이처럼 여기는 남자를 선택함으로써 자기 스스로 관계를 통제할 수 있다는 의식이 생긴다. 월은 남쪽의 태양, 신선한 공기, 열린 창문, 그리고 도취적인 영혼과 관련되어 있다. 이런 월을 선택함으로써 도러시아는 줄리아 숙모처럼 상속을 박탈당하는 상황을 받아들이고, 자신이 그토록 고통스럽게 갇혀 있던 죽음 같은 지하세계에서 벗어나 자신의 길을 찾는다. 도러시아가 자신을 구속하는 사회적 의무나 한계로 이루어진 미로에서 여전히 벗어나지 못했다면, 그것은 엘리엇의 세계에서 그런 초월이 가능하지도 않고 필연적 가치가 있지도 않기 때문이다.

루시가 폴의 사랑을 잃을까 필사적인 것처럼, 도러시아도 월의 사랑을 잃을까 필사적이 된다. 이때 도러시아는 『빌레트』의 마지막을 반향하는 듯한 말을 하는데, 이 말은 우리에게 조지 엘리엇이 메리 셸리나 에밀리 브론테와 마찬가지로 문학의 상속녀임을 상기시킨다. 『미들마치』는 엘리엇이 〈웨스트민스터 리뷰〉 서평가로서 견습 기간을 거친 뒤, 영국의 최고 문학비평가와 오랫동안 개인적인 관계를 맺고 있던 시기에 쓰인 소설이기 때문에 당연히 자의식적인 문학 텍스트라 할 수 있다. 『미들마치』의 모든 장은 세르반테스, 블레이크, 셰익스피어, 버니언, 골드스미스, 스콧, 브라운 같은 작가들을 인용하며 시작한다. 이는 마치 엘리엇이 강박적으로 자신의 자격을 주장하는 것 같다. 그런데 흥미롭게도 적지 않은 인용구가 전복적이고 재치 있게 활용된 엘리엇의 창작물이다. 그녀는 마치 권위를 인용하는 관습을 조롱하는 듯하다. 문학성에 사로잡혀 있는 책이 늘 그렇듯 글쓰기는 중요한 플롯 장치다. 윌, 캐저반, 브룩, 고드윈 경의 편지는 치명적인 오해를 불러들여 모든 인물에게 질투와 경쟁심을 불러일으킨다. 래플스에게 벌스트로드가 어디에 있는지 실마리를 제공해준 것 역시 유리병에 꽂힌 종이 조각 위의 몇 마디 글이었다. 앞서 살펴보았듯 도러시아는 그리스어와 라틴어를 배우기 위해 결혼하려고 한다. 반면 로저먼드는 네드 플림데일의 『유품』을 읽지 않고 리드게이트를 받아들인다.

　남성의 권위는 글쓰기(캐저반의 열쇠, '글로 쓸 만한 일을 하고, 내가 한 일을 스스로 쓰겠다'는 리드게이트의 결심[45장], 페더스톤의 유언장, 브룩의 신문, 프레드의 차용증서들, 가스 씨의 서명, 그리고 벌스트로드의 보증서)와 매우 밀접하게 관련되어 있기 때문에, 『미들마치』에서 읽기와 쓰기를 가르치는 여자인 가스 부인이 '자기 성에 가혹한 편'이라는 것은 놀랍지 않다. 가스 부인에 따르면 여성은 예속되도록 만들어졌기 때문이다. 심지어 가스 부인은 딸 레티에게 오빠에게 복종해야 한다고 가르친다. 레티는 이야기 속의 영웅 킨키나투스가 될 수 없지만, 아들은 영웅이 될 수 있기 때문이다. 메리 가스는 마침내 책을 한 권 쓰는데 그것은 프레드의 업적이 된다. 그가 '고대인들이 공부했던 대학을 다녔기 때문'이다.[종장] 이는 농작물과 소 사료에 대한 프레드의 책이 메리의 책으로 간주되는 것만큼이나 우스꽝스럽다. 메리가 아들들을 위하여 쓴 『플루타르크 영웅전에서 발췌한 위대한 사람 이야기』는 여성에 대한 지속적이며 반역적인 모순을 암시한다. 그 모순은 영국 문인 전기 시리즈를 저술한 레슬리 스티븐 경이 엘리엇을 다루는 한편, 올리펀트 부인과 엘리자 린턴부터 도로시 리처드슨과 엘리자베스 로빈스에 이르는 여성 작가들이 '남자처럼' 쓴다는 이유로 엘리엇을 거부한 일을 통해 엘리엇이 명성으로 인해 견뎌야 했던 대우를 아이러니하게 보여준다.[52]

메리의 『플루타르크 영웅전에서 발췌한 위대한 사람 이야기』는 엘리엇의 필명처럼 이런 모순을 이해하는 데 도움이 되는 반면, 『미들마치』 자체는 악마적일 만큼 야심 넘치는 책으로 '가정의 서사시'다. [종장] 『미들마치』는 위대한 남자들의 이야기가 아니라 '아무것도 만들어내지 않은 여성 창립자'의 이야기다. [서장] 엘리엇은 여자 주인공들이 자신들에게 주어진 한 가지 재능마저 (그것을 숨기는 것은 곧 죽음과 같다) 박탈당하는 상황에 직면하는 것을 두려워하지 않는다. 남자 옷을 입은 여배우처럼 보이는 여자 예술가들에 대한 최초의 논의를 비롯해, 매기 털리버의 정열적인 인생에 대한 묘사와 (매기에게 인생은 '드라마였고, 그녀는 스스로에게 자신의 역할을 열정적으로 수행할 것을 끊임없이 요구했다'[『플로스강의 물방앗간』[4부 3장]) 마담 로리에 대한 간략하지만 핵심적 묘사에 이르기까지, 엘리엇은 일이 주는 명확함이 없는 여자들에게는 안정된 자아나 단일한 중심이 없다는 것을 보여주기 위해 연극적 은유를 차용한다. 엘리엇의 여성 인물 중 최상의 인물, 즉 분장이라는 유혹을 두려워하는 (안티고네, 페르세포네, 아리아드네 같은) 인물들이 위험한 속박의 유혹에 치명적으로 이끌리는 이유는 바로 이 끔찍한 공허에서 생겨난 존재론적인 불안 때문이다.

톰 털리버는 '당신이 아무것도 할 수 없다면 할 수 있는 사람들에게 복종하라'고 매기에게 충고한다.[『플로스강의 물방앗간』 5부 6장] 그러나 여성들이 복종할 때조차 여성적 연기나 위장은 지식과 소유라는 남성적 양식을 무너뜨린다. 동시에 복종한다는 바로 그 이유 때문에 여자는 남자보다 더 직접적으로 '개인적인 공허를 감수한다.'[편지 2] 엘리엇의 여자 주인공들의 삶을 구조짓는 것은 타자성과 부재이며, 이로써 여자 주인공들은 기원이나 현전에 대한 치명적인 요구를 벗어나 특별한 관점을 획득한다.

*

엘리엇이 어떤 식으로든 문학적 상속인이라 할 수 있다면, 우리는 필연적으로 이 장 서두에 등장하는 두 명의 미국인으로 돌아가게 된다. 마거릿 풀러와 해리엇 비처 스토도 여성에게 부여된 부차적인 지위 때문에 생긴 비현실성과 싸웠다. 마거릿 풀러는 애써 자신의 '일시적 비극'으로 바라보려 한 성차별 때문에 고통받았지만, 성차별이 불식된 통합의 경지를 상상할 수 있었다. '내 안의 여자는 무릎을 꿇고 어린애처럼 기뻐하며 울지만, 내 안의 남자는 앞으로 돌진하나 좌절로 끝날 뿐이다. 그러나 이 비극적인 왕과 여왕이 언젠가 결합하여 빛나는 주체적 자아가 탄생할 날이 올 것이다.'[53] 해리엇 비처 스토는 작가로서 성공적인 생애를 누렸고, 누이, 아내, 어머니로서도 충만한 인생을 살았다는 점에서 풀러와는 현저한 대조를 이루지만, 그녀도 여자가 빛나는 주체적 자아로 다시 태어날 수 있는 방식을 상상했다.

여성의 전통적 역할 안에서 충만한 삶을 살아가는 스토의 능력 때문에 조지 엘리엇은 스토에게 그토록 애처로운 편지를 쓰기 시작했을 것이다. 엘리엇은 작가로서 자신의 불행을 받아들였고 스토의 편지를 읽은 뒤, '당신[스토]이 한순간이라도 좌절을, 아니 작가로서 많은 날을 살아오면서 나를 마비시켰던 낙담을 상상할 수 있기를 바랐습니다. 그래야 당신의 동정심에서 내가 발견한 선의를 당신이 완전히 이해할 수 있을 테니까요' 하고 말한다.[편지 5] 엘리엇은 자신의 명성이 확고해진 1869년부터 죽을 때까지 스토 부인과 서신을 주고받았다. 엘리엇은 편지에 '자신의 정신적인 병'에 대해 길게 쓰지 않고, 스토를 '사랑하는 친구이자 동료 노동자'라고 반복해서 확인한다. 즉 스토는 '작가로서 나보다 더 경험이 많고, 아이를 낳아 어머니의 역사를 처음부터 알고 있기 때문에 여자로서 더 완벽한 경험을' 했다는 것이다.[편지 5] 엘리엇은 자신이 '항상 사진 찍는 것을 피했기에 사진이 없어서' 자기 사진을 보낼 수 없다고 설명한다.[편지 5] 그러나 엘리엇은 스토와 그녀의 남편이 '자신의 정신적 자녀들에게 계속 관심을 갖기를' 끊임없이 바라며, '사랑스러운 딸들이 돌보는 오렌지 과수원에 있는 당신[스토]의 행복한 삶의 밑그림'을 그려볼 수 있음을 상기시킨다.[편지 6]

엘리엇은 스토를 통해 사랑스러운 딸들의 보살핌을 받는 밀턴의 모습과 충분히 균형을 이룰 수 있을 만한 여성 작가의 본보기를 발견한 것 같다. 또한 엘리엇은 분노로 소진되지 않고도 분노를 표할 가능성이 여성에게 있음을 애써 보여준 스토의 의도를 간파했다. 엘리엇은 스토가 『톰 아저씨의 오두막』을 보내주기 훨씬 전에 이미 그 책을 읽었다. 아마도 엘리엇은 샬럿 브론테처럼 그 소설의 마지막 장면의 진가를 음미했을 것이다. 바로 여기에서 스토는 여자들이 자살하거나 남을 살해하지 않고도 조상의 저택에 갇히지 않을 방법을 탐색하기 때문이다. 엘리엇을 매혹시킨 것은 무의식적 행위가 아니라 의식적인 분장 전략임이 틀림없다. 또 엘리엇은 전 생애를 통해 강제 없는 포용을 추구했다. 버사 메이슨 로체스터나 버사 그랜트, 도러시아 캐저반이나 로저먼드 리드게이트보다 『톰 아저씨의 오두막』의 마지막 장을 지배한 미친 노예는 더 성공적으로 여성적 보복을 자행한다. 엘리엇이 『미들마치』에서 분노를 넘어서고, 초기 작품에서 드러나는 남성 역할의 전유를 넘어서 작업하고 있듯, 스토 역시 『톰 아저씨의 오두막』에서 해방의 고유한 여성적 형태를 그린다.

캐시는 사이몬 리그리의 노예이자 첩이다. 캐시는 자신을 성적 법적으로 소유하고 자신의 어린 두 아이를 팔아넘긴 백인 노예주의 손아귀에서 겪었던 일 때문에 (그녀는 두 아이를 잃은 슬픔 때문에 셋째아이를 살해함으로써 아이를 '구한다') 미쳐버린 여자다. 캐시는 '수년 전에 리그리를 화나게 해서 갇혀 지냈던 한 흑인 여자의' 다락방 바로 아래에 살고 있다. 캐시는 결국 리그리의 집안에 떠도는 소문을 이용하기로 결심한다. 다락방의 그 여자가 죽어서 끌려나온 이후 '저주와 욕설과 격렬하게 구타하는 소리가 울부짖음과 절망의 신음과 섞여서 저 낡은 다락방에 울려퍼진다'는 소문이다. 캐시는 처음에는 분노한 영혼들이 너무 시끄러워 잠을 잘 수 없다는 말을 흘리며 방을 떠난다. 다음 장면에서 그녀는 집 주변에 유령들이 나오는 책을 놓아두고 오래된 병목을 다락방의 옹이 구멍에 놓아두어 밤이면 바람의 애처로운 울음소리와 비명 소리가 울리게 한다. 리그리는 그녀의 '게임' 때문에 간담이 서늘해진다. 캐시가 익숙한 이야기를 조작하고 있다는 사실은 너무나 자명하다. 그녀 자신이 미친 여자로서 캐시는 다락방의 미친 여자 이야기를 이용해 자신과 리그리의 다음 첩이 될 소녀 에멀라인을 구출하려고 계획을 짠다.

다시 말해 캐시는 여성 고유의 계략을 실행하여 도망칠 수 있었다. 그녀는 양식과 옷을 다락방에 비축해둔 다음, 보란 듯이 에멀라인과 함께 도망치고 나서는 리그리가 결코 감히 수색하지 않을 다락방에 은신하기 위해 되돌아온다. 리그리가 도망간 그들을 찾느라 시골을 헤매는 동안, 리그리의 다락방을 은신처로 이용하는 이 두 여자는 그의 집 꼭대기에서 안전하게 읽고 먹고 잠잔다. 『미들마치』의 마담 로리가 실제 살인을 감추기 위해 위장 살인을 이용하듯, 캐시는 자신을 미치게 하는 감금 상태에서 벗어나기 위해 위장된 광기와 감금을 이용한다. 마담 로리는 위장이라고 생각되는 것을 실제로 행동에 옮긴 반면, 캐시는 실제 행동이라고 생각되는 것을 위장하여 자신의 분노를 실행에 옮겼다는 죄책감에서 벗어난다. 따라서 톰 아저씨가 다락방에 있는 은신처를 끝까지 폭로하지 않은 영웅적 행동 때문에 죽자, 캐시는 리그리를 괴롭혀서 죄 많은 주인을 벌주기로 한다.

「진짜 유령 이야기」장에서 '하얀 수의를 입은 키가 큰 모습의' 캐시는 오래된 저택을 활주하듯 돌아다니며 잠긴 문과 통로로 출입한다. 캐시는 자신의 고통을 참아내느라 쪼그라들었는데, 어떤 의미에서는 자신의 죽어버린 자아의 유령이며 리그리의 학대로 살해당한 자아다. 동시에 하얀 옷을 입은 이 흑인 여자는 스토가 묘사한 저항할 수 없는 가부장적 노예 경제에 의해 노예화된 모든 여성 사이에 존재하는 유대를 보여준다. 리그리는 캐시의 '유령'을 보고 자기 '어머니의 수의'로 착각하는데, 그것은 옳다. 베일을 쓴 이 여자는 리그리 자신이 거부했던 어머니, 어머니의 사랑, 어머니의 권리를 나타내기 때문이다. 어머니를 살해하는 죄를 짓고 병들어 죽어가는 리그리는 끝까지 그 죽음의 천사를 잊을 수 없다. '그가 죽어갈 때, 그 침대맡에는 단호하고 하얀 옷을 입은 냉혹한 형상이 '오라! 오라! 오라!'고 말하며 서 있었다.' 흰옷을 입은 이 여자, 흔적 없는 아내를 통해 스토도 조지 엘리엇의 파괴의 천사가 자아 분노와 체념의 엉킨 실을 조명한다는 것을 알았다. 동시에 샬럿 브론테의 영혼이 불러주고 자신은 그저 받아 적기만 했다는 스토의 주장도 진실임을 증언한다.

6부

고통의 힘
19세기 여성의 시

15장 체념의 미학

당신 여자의 머리칼은, 나의 누이여, 온통 헝클어진 채,
고통 속에서 산발된 힘을 물에 띄우며,
당신 남자의 이름에 반박하는.
- 엘리자베스 배럿 브라우닝

내가 쓴 셰익스피어의 여동생에 관한 이야기를 다시 검토해보니 [⋯]
16세기에는 위대한 재능을 타고난 여자라면 누구라도 틀림없이 미치
고 말았을 것이라는 생각이 들었다. [⋯] 자신의 재능을 시를 통해 발
현하고자 했던, 소질이 뛰어난 소녀가 너무 심한 방해와 좌절 앞에서
[⋯] 건강을 잃고 미쳐버렸으리라고 확신하는 데는 심리학의 도움을
받을 필요도 없다.
- 버지니아 울프

영국에는 학식 있는 여자들이 많았다. [⋯] 그러나 여성 시인은 어디
있는가? [⋯]나는 여자 조상을 찾아 온갖 곳을 뒤졌지만 아무도 만나
지 못했다.[1]
- 엘리자베스 배럿 브라우닝

만일 디킨슨 부인이 따뜻하고 다정했다면 […] 에밀리 디킨슨은 아마 어린 시절에 그녀와 동일시해서 가정적이 되어 인습적 여자 역할을 택했을 것이다. 그리하여 그녀는 교회의 신도로서 공동체의 일에 적극적이었을 것이며, 결혼해 아이를 가졌을 것이다. 물론 창조의 잠재력은 여전히 있었겠지만, 그것을 그녀가 발견할 수 있었을까? 고통과 외로움으로 생기는 글쓰기의 동기를 도대체 어떤 동기가 대체할 수 있었을까?

— 존 코디

버지니아 울프는 『자기만의 방』 중반부에서 '여자 몸에 사로잡혀 엉켜 있는 시인의 가슴속 열기와 폭력성을 누가 가늠할 수 있을까요?' 하고 역설한다. 울프는 상상 속 인물이지만 여성 시인의 전형인 '주디스 셰익스피어', 위대한 남성 시인의 뛰어난 '재능 있는 여동생'에 대해 이야기한다. 울프는 자신의 오빠 윌(윌리엄 셰익스피어)처럼 주디스도 시인-극작가가 되기 위해 런던으로 도망쳤을 것이라고 가정한다. '울타리에 에워싸여 울고 있는 새도 그녀보다 더 음악적이지는 않았기 때문이다.' 그러나 윌과 달리 주디스는, 극장에서 기다리고 있는 자신의 유일한 미래는 섹슈얼리티의 착취라는 것을 곧 알게 된다. 울프는 우리에게 '연기하는 여자는 춤추는 개를 생각나게 한다'고 말한 엘리자베스 시대의 배우-연출가 닉 그린을 상기시킨다. 분명 여자가 글을 쓴다는 것은 연기하는 것보다 훨씬 더 우스꽝스러울 정도로 부자연스러운 일이었다. 예의 닉 그린은 (울프의 이야기는 그렇게 계속된다) 기꺼이 주디스 셰익스피어를 성적으로 이용하려 들었을 것이다. 울프는 닉 그린이 '그녀를 측은하게 여겼다'고 건조하게 말한다. '주디스는 자신이 [그의] 아이를 가졌음을 알게 되었고 ('여자의 몸에 사로잡혀 엉켜 있는 시인의 가슴속 열기와 폭력성을 누가 가늠할 수 있을까요?') 어느 겨울밤 자살하고 말았습니다. 그런 그녀는 지금은 버스 정류장이 된 엘리판트앤드캐슬 지역 외곽 어느 교차로에 묻혀 있습니다.'[2]

문학적 유혹과 배반을 다룬 이 작은 소품에서 울프는 (『자기만의 방』에서 여성 문제에 대한 확장된 사색을 촉발시킨) '여성과 소설'이라는 주제와 관련이 있으면서도 똑같지는 않은 문제를 규정한다. 울프가 지적했듯, 그리고 우리의 연구를 통해 보아왔듯, 영국에는 (배럿 브라우닝의 말을 빌리자면) '많은 학식있는 여자들, 독자뿐만 아니라 학술 언어를 사용하는 저자들'이 있다.[3] 더 구체적으로 영국과 미국의 문학사가는 많은 뛰어난 여성 산문 작가들(에세이스트, 일기 저자, 저널리스트, 편지저자, 특히 소설가)의 업적을 기록했다. 사실상 애프라 벤을 시작으로 패니 버니, 앤 래드클리프, 마리아 에지워스, 제인 오스틴과 함께 성장해온 영국 소설은 상당 부분 여성의 발명품인 것처럼 보인다. 오스틴은 『노생거 사원』에서 이 지점을 확실하게 암시한다. 비록 울프는 '새커리와 디킨스와 발자크'가 대표하는 묵직한 남성 전통에서 여성이 배제된 현실을 애도하긴 했지만, 마치 그들이 희미하게 반짝이는 페미니스트 묵주의 구슬들인양 '자매 소설가들'의 이름을 말할 수 있다. 그러나 배럿 브라우닝이 슬프게 질문했듯 '여성 시인은 어디 있는가', 주디스 셰익스피어들은 어디 있는가? '여전히 거부되는 표현 수단은 시'라고 울프 자신은 슬프게 말한다.[4] 울프가 표현한 한 가지 희망은 주디스 셰익스피어를 대체한 상상의 현대 소설가 메리 카마이클을 두고 한 '100년 후에는 […] 시인이 될 것'이라는 말뿐이다.[5]

울프가 『자기만의 방』을 쓴 해는 1928년이었다. 그때는 이미 많은 여성 시인들, 또는 적어도 시를 썼던 많은 여성이 있었다. 울프 자신은 앤 핀치와 마거릿 캐번디시의 생애를 추적했고, 브론테 자매들의 '야생적인 시'를 찬양했으며, 엘리자베스 배럿 브라우닝의 이야기시 『오로라 리』에는 어떤 산문과도 견줄 수 없는 시적 덕목이 있음을 관찰했다. 나아가 울프는 크리스티나 로세티의 「복잡한 노래」에 대해 거의 경외심에 가까운 찬사를 보냈다.[6] 그렇다면 울프는 왜 여성의 시가 본질상 문제가 있다고 생각할까? 왜 울프는 주디스 셰익스피어가 '사로잡혀 엉켜 있고 거부되며' 숨이 막혀 스스로 매장되거나 아직 태어나지 않았다고 느끼는가? 이 질문에 대한 답은 (닉 그린에서 존 크로랜섬과 R. P. 블랙머에 이르는) 남성 독자들과 비평가들이 배럿 브라우닝, 로세티, 에밀리 디킨슨 (울프가 디킨슨의 시를 읽었기를 바라지만 확신할 수는 없다) 같은 여자들의 시에 반응한 방식을 매우 간략하게 살펴봄으로써 찾아나갈 수 있다.

1959년에 『에밀리 디킨슨 시선집』을 소개하면서 제임스 리브스는 울프의 이야기보다 훨씬 더 분명하게 여성이 쓴 시에 많은 남자 문인들이 보인 지배적인 태도를 '한 친구'의 말을 인용하며 보여준다. '아주 진지하게 한 말은 아니겠지만, 그 역시 문학비평가인 친구는 여성 시인이라는 말 자체가 모순'이라고 말했다.[7] 다시 말해 울프가 '남성적'이라고 칭한 관점에서 보면 서정시의 본질 자체가 여성성의 본질이나 특성과 내재적으로 양립할 수 없다는 것이다. 다른 '남성 우월주의자' 독자와 비평가도 같은 지적을 했다. 예를 들면 시인 시어도어 레트키는 그의 친구(가끔은 연인)인 루이스 보건의 작품을 호의적으로 논평하는 가운데, '여자가 쓴 시에 가장 자주 퍼부어지는 비난'에 대해 상세하게 말했다. 그는 객관적인 척하며 말하기 시작하지만 스스로 그런 비난을 퍼붓고 있다는 것이 이내 분명해진다.

[가장 빈번한] 비난 두 가지는 […] 주제와 감정적 어조에 드러나는 범위의 협소함과 유머 감각의 부족이다. 진짜 재주를 가진 작가들 가운데 개개인에 따라 다른 미학적 도덕적 결함을 덧붙일 수 있을 것이다. 장황함, 하찮은 주제의 윤색, 삶의 표피(산문에서 여성적인 재능이 발휘되는 특별한 영역)에만 관심을 갖는 것, 영혼의 진정한 고뇌에서 도피하는 것, 실존의 진실에 직면하기를 거부하는 것, 서정적이거나 종교적인 체하는 태도, 내실과 제단 사이를 왔다 갔다 하는 것, 신에 대항해 아주 작은 발자국을 찍거나 작가가 완전함을 재창조했다고 암시하는 교훈으로 빠져드는 것, 운명과 시간에 대해 지나치게 떠들어대는 것, 여자의 운명을 한탄하는 것, 징징대는 것, 똑같은 시를 쉰 번 정도 쓰는 것 등등.[8]

이 문단을 대강만 읽어봐도 일관성이 없다는 것을 알 수 있다. 여자들은 사소하고 교훈적인 것을 다룬다고 비난받고 심오한 주제를 어리석게 피상적이고 멜로드라마적으로 '떠들어댄다'고 책망당한다. 그러나 더 의미심장한 것은 레트키가 여성 시인이 마치 남성 시인처럼 신, 운명, 시간, 완전함에 대해 쓰고, 똑같은 주제나 문제에 대해 강박적으로 쓴다는 이유로 공격한다는 사실이다. 레트키의 언어는 남자들의 예술을 전복하는 것은 정확하게 문학적 여성들의 성임을 암시한다. '신에 대항해' 프로메테우스 같은 주먹을 휘두르는 것은 완벽히 이성적인 미학 전략이지만, '아주 작은' 여성의 발자국을 찍는 것은 매우 다른 이야기다.

이와 유사하게 존 크로 랜섬도 1956년 에밀리 디킨슨에 대한 에세이에서 반감 없이 다음과 같이 말했다. '하나의 유형으로서 여성 시인은 […] 너무 쉽게 자연 속으로 도피하는데, 이런 식의 과격한 전략을 정당화할 수 있을 만한 형이상학적인 중요성도 없는 하찮은 일에 주로 빠져버린다는 것이 독자들(적어도 남성 독자들)이 품고 있는 일반적인 믿음이다.'[9] 같은 에세이의 다른 곳에서 랜섬은 디킨슨을 '집 안에 틀어박혀 있는 작은 사람'이라고 묘사하면서 그녀가 쓴 1775편의 시 가운데 '17분의 1 이상은 공공의 자산'이 될 운명이 '아니'라고 말했다. 그는 디킨슨의 삶이 '그녀가 살았던 프로테스탄트적인 공동체에서 온순한 독신녀들은 가정 안에서 확실하고도 유용한 자리를 차지하고 있어서 사실상 직업이라 할 만한 것이 없었고'[10] '별 사건이 없는 지루한 일상이었다'고 생각했다(그렇지만 어떻게 그토록 평범한 사회적 운명에 처한 사람이 위대한 시를 쓸 수 있었을까? 그는 이 점을 의아하게 생각한 듯하다). 마찬가지로 디킨슨의 시와 그녀의 여성성 사이의 미심적은 관계에(말하자면 그녀의 '온순한' 독신 생활과 맹렬한 예술 사이의 화해할 수 없는 갈등처럼 보이는 것에) 관심을 가지고 R. P. 블랙머는 1937년에 이렇게 말했다. '디킨슨은 전문 시인도 아마추어도 아니다. 그녀는 여자가 요리하거나 뜨개질하듯 지칠 줄 모르고 시를 썼던 사적인 시인이었다. 언어에 대한 그녀의 재능과 그녀 시대의 문화적인 곤경이 그녀를 의자 등받이 덮개 대신 시로 몰아붙였다.'[11]

심지어 1971년에도 디킨슨의 남성 독자들은 시와 여성성 사이의 이 명백한 분열에 대해 숙고했다. 존 코디의 『큰 고통 이후』는 대부분의 디킨슨의 비평가와 전기 작가가 인정하기를 거부했던 고통에 대한 중요한 분석을 제공한다. 그러나 존 코디의 결론에서 볼 수 있듯 (그 일부가 이 장의 앞머리에 인용되었다) 그도 여성적 실현과 정열적인 예술이 양립할 수 없다고 여긴다는 것을 강조한다. '글쓰기에 외로움과 고통이 부여하는 동기를 어떤 동기가 대체할 수 있을까? 만일 아내와 어머니로서 해야 할 일이 있었음에도 디킨슨이 자신을 시로 표현하고자 하는 욕구를 계속 느꼈다면, 도대체 무엇이 그녀의 주제가 되었을까? 예술은 열망과 좌절, 박탈에서 나올 수 있는 것처럼 성취감과 만족감, 완전성에서도 나올 수 있는가?' 흥미롭게도 이런 질문은 15년 전 랜섬이 취한 매우 다른 입장을 다시 진술한 것이다. '만일 디킨슨이 다른 여자처럼 욕구를 실현할 수 있는 자신만의 로맨스가 없었더라면, 아마 그녀의 시 대부분은 상당한 성취를 이루지 못했을 것이다.'[12] 랜섬은 '로맨스'의 존재와 그 '성취'에 대해 이야기하는 반면, 코디는 로맨스의 부재가 주는 고통을 논한다. 하지만 둘 중 누구도 시 자체가 여자의 성취일 수 있다고는 생각하지 않는다. 반대로 둘 다 여성 시인의 예술은 얼마간은 (일반적인 감상적이라는 의미의) '낭만적인' 감정, 즉 실제 로맨스에 대한 반응이나 잃어버린 로맨스에 대한 보상에서 나온다고 가정한다.

여성의 '성취'(분명 20세기 사상가들이 자신들의 목적에 맞게 새롭게 정의한 19세기 개념)를 강박적으로 비판한다는 관점에서 보면, 여성의 시를 찬미할 때는 일반적으로 그 시가 '여성적'이기 때문이고, 반대로 비난받을 때는 그 시에 '여성성'이 부족하기 때문이라는 것은 놀랍지도 않다. 예를 들면 그 당시 가장 빈번하게 분석되어 비판받고 찬양받고 비난받았던 여성 시인 엘리자베스 배럿 브라우닝은 '여성이 주는 사랑의 깊이와 부드러움, 그리고 겸양에 대한 그녀의 이해 때문에',[13] 그리고 '뼛속까지 시인이었지만 사랑스럽게 여성적이었기'[14] 때문에 전형적으로 찬양받았다. 게다가 '여자 셰익스피어'로서[15] '사생활'에서도 '순수하고 아름다웠기' 때문에 특히 존경받았다. '천재적인 여자들의 삶은 죄로 더럽혀지는 경우가 빈번해서 […] 그들의 지적인 재능은 (일반적으로) 축복이기보다 오히려 저주였기' 때문이다.[16] 의미심장하게도 배럿 브라우닝이 1860년 『의회 앞에 선 시』에서 비낭만적이며 '비여성적인' 정치 시를 썼을 때, 적어도 한 비평가는 그녀가 '발작적인 광기에 […] 사로잡혔다'고 판단했고, '여자가 할 일은 저주가 아니라 축복이다. 만일 브라우닝 부인이 더 평온한 순간에, 그녀 자신을 그토록 우울한 이탈로 몰고 갔던 정신을 플로렌스 나이팅게일을 고무시켰던 정신과 비교한다면, 미래를 위하여 틀림없이 유익한 교훈을 얻을 수 있을 것'이라고 주장했다.[17]

일레인 쇼월터가 분명하게 보여주었듯, 19세기 내내 여성이 쓴 소설도 번번이 이런 식으로 비판받았다.[18] 그러나 일반적으로 여성 소설가에 대한 남성 비평가의 공격은 덜 격렬하고, 더 정확하게 말하자면 덜 사적이었다. 여성이 쓴 서정시에는 분명 여성의 성취 또는 여성의 광기를 숙고하게 만드는 무엇인가가 있다. 주디스 셰익스피어의 이야기를 만들어내면서 울프는 결국 자살한 여자 주인공이 지금은 버스 정류장이 된 엘레펀트앤드캐슬 근처에 묻히는 것으로 끝을 맺는 극단적인 플롯을 구성한다. 상징적으로 말하자면 울프는 현대의 런던은 과학기술의 매연과 가부장적 고함 소리와 함께 이 상상의 여성 시인이 묻혀 있는 냉혹한 교차로 위에서 성장했다는 것을 암시했다. 이런 이미지의 섬뜩한 잔인함을 강화시키려는 듯이 울프는 이렇게 덧붙인다. 역사를 읽거나 잡담을 나눌 때, 우리는 마녀와 마술을 부리는 현명한 여자에 대해 듣게 되는데, 그때마다 '나는 재능이 주는 고통 때문에 미쳐서 황무지에 머리를 부딪쳐 부수어버렸거나, 도로 근처에서 비참히 흐느끼는 […] 억압된 시인을 […] 추적하고 있다고 생각한다.'[19] '원래 [문학적] 충동은 시에 대한 것'이고 '노래의 우두머리는 여성 시인'이었지만, 영국과 미국의 여성 문인들은 울프가 주디스 셰익스피어에게 부여했던 바로 그 광기가 두려웠기에 최근까지 일반적으로 시보다는 소설 쓰기를 선호했다. 울프는 마거릿 캐번디시와 동시대인인 한 사람의 말을 인용했다. '이 불쌍한 여자가 약간 혼란에 빠졌음이 분명하다. 감히 책을, 그것도 운문으로 쓰려는 것만큼 어리석은 일은 결코 없을 것이다. 설사 내가 2주 동안이나 잠을 못 잤더라도 그런 생각에 이르지는 않았을 것이다.'[20] 다시 말해 여성 소설가는 미친 여자의 분신이나 다른 악마적인 분신에 대해 쓰면서 작가가 되는 일에 대한 불안을 피하거나 쫓아내는 반면, 여성 시인은 문자 그대로 미친 여자가 되거나 악마적인 역할을 맡아야 하고, 전통과 장르, 사회와 예술의 교차로에서 한없이 극적으로 죽어야 하는 것이다.

*

우리는 모든 비평의 유파들이 부유하며 둘러싸고 있는 이 논쟁적 주제를 남김없이 규명하는 척해서는 안 되며, 소설 쓰기와 시 쓰기 사이에는 많은 장르적 차이가 있음을 주목해야 한다. 그와 같은 차이는 울프의 구별이 옳았고, 억압된 (혹은 억압되지 않은) 여성 시인의 광기에 대한 그녀의 결론도 옳았음을 입증했다. 그 한 가지 이유는 소설 쓰기라는 직업이 대개 (블랙머에게는 실례지만) 빵 굽기나 뜨개질같이 유용하기 때문이다. 소설은 항상 상업적인 가치가 있었는데, 즐거움을 준다는 점에서 기능적이며 공리적이기 때문이다. 반면 시는 (바이런이나 스콧의 이야기시를 제외하고) 전통적으로 돈의 가치와 거리가 멀었다. 그 이유를 우리는 계속 살펴볼 것이다. 따라서 샬럿 브론테가 보낸 시를 받고 로버트 사우디가 했던 다음과 같은 유명한 답변은 의미심장하다. '문학이란 여자가 할 일이 될 수 없으며 되어서도 안 됩니다.'[21] 분명 이 계관시인은 증권거래소와 그럽 스트리트(런던의 삼류 작가들의 거주 지구)라는 세속적인 의미가 아니라 예수가 '나는 나의 아버지 일을 해야 한다'고 했던 그 고결한 의미의 직업을 가리켰다. 한편 여성에게 문학이 장려되지는 않았음에도 절박한 상황 속에서 펜으로 먹고살아야 했던 여자들이 있었다는 것은, 재능이 덜한 여자들이 가정교사로 세상에 뛰어들어야 했던 것과 마찬가지로 일반적으로 이해되는 19세기 현상이었다. 재능 있는 가난한 여자는 소설을 써서 사실상 자신은 물론 아마도 굶주리는 그녀의 가족 전부를 먹여 살려야 했을 것이다.

소설 쓰기가 생계 수단이 되는 일이었다는(그리고 직업이었다는) 사실은 소설 쓰기를 시 쓰기보다 지적으로나 정신적으로 가치가 낮은 작업처럼 보이게 만들었다. 모든 가능한 문학 작업 중 19세기가 최고의 지위를 부여한 것은 시 쓰기였기 때문이다. '솔직하게 말하겠다. 예술은 스쳐 지나가는 당신의 순간을 최상의 것으로 만드는 것 외에는 아무것도 약속하지 않는다. 예술은 오로지 그 순간을 위해 당신에게 온다'라고[22] 월터 페이터는 말하면서 동시대인에게 예술의 사욕 없는 황홀을 정의해주었다. 새커리나 조지 엘리엇의 소설 대신 키츠의 송시 같은 작품을 언급하면서 앞서 '시적 정열'이라고 칭한 데 대해 이야기한 것이다. 시 쓰기(신비로운 '영감', 신적 영감, 음유시인의 의식)는 전통적으로 성스러운 소명이었다. 르네상스 시대부터 19세기까지 대부분 유럽 사회에서 시인은 특권적이고 마술적이라 할 역할을 수행했다. 낭만주의 사상가들이 미학의 영역에 신학적 어휘를 차용한 이후 '그(시인)'는 유사 성직자의 역할을 맡게 되었다. 그러나 서구 문화에서 여자는 성직자가 될 수 없다. 뜨거운 논쟁이 벌어지기는 하지만, 이 법칙의 유일한 예외는 비주류인 성공회뿐이다. 그렇다면 (시인은 성직자인데) 어떻게 여자가 시인이 될 수 있단 말인가? 이 질문은 궤변처럼 들릴지도 모르지만, 남녀 모두 의식적이거나 무의식적으로 이 질문을 ('시적 열정'으로 고통받는 여자들이 문학이라는 대기실에 나타났던 것만큼) 자주 해왔다는 증거가 많다.

울프가 보여주었듯 소설 쓰기는 단지 '덜 중요한' 것이기 때문이 아니라 미학적이기보다 상업적이고, 성스럽다기보다 실용적이기 때문에 여성의 직업으로 더 적절하다고 여겨졌다. 20세기까지 물질적 사회적 '리얼리티'를 추종하는 장르였던 소설은 귀족주의적 교육 대신에 있는 그대로 기록할 것을 빈번하게 요구한다. 반면 알렉산더 포프는 야심 있는 비평가와 (은연중에) 시인에게 '옛 규칙을 정당하게 존경하는 것을 […] 배우라. / 자연을 본받는 것은 곧 옛 규칙을 본받는 것'이라고[23] 훈계하면서, '자연과 호메로스는 똑같다'고 말한다. 불같은 우상 파괴주의자인 퍼시 비시 셸리도 묵묵히 따르는 것이 의무인 양 아이스킬로스와 다른 그리스 '대가'들을 열심히 번역했다. 서구 사회가 정의한 대로 서정 시인은 미학적 모델이 있어야 하며, 어떤 의미에서 문학 형식에 걸맞은 심원한 언어를 말해야 한다. 그(또는 그녀)는 자연과 사회의 현상을 단순히 기록하거나 묘사해서는 안 된다. 시에서 자연은 전통으로(즉 '옛 법칙'의 교육으로) 매개되어야 하기 때문이다. 물론 울프가(그리고 밀턴의 딸들이) 낙담하며 배웠듯 그리스 로마의 전통 고전(서구의 문학, 역사, 철학의 정수라 할 수 있는 플라톤적 본질)은 '남성의 학문 영역'을 이룬다. 따라서 그 영역은 극히 예외적인 상황을 제외하고 여자들에게 언제나 닫혀 있었다. 울프는 언젠가 그리스어에 대한 '우리의' 무지 때문에 여자들은 '어떤 남학생 반에 들어가더라도 꼴찌가 될 것'이라고 말했다.[24] 흥미롭게도 모든 주요 여성 시인 중 엘리자베스 배릿 브라우닝만이 '고전'을 (병약함 때문에 격리되어 일상적 즐거움을 희생했기 때문에) 진지하게 공부할 수 있었다. 셸리처럼 브라우닝도 아이스킬로스의 『포박된 프로메테우스』를 번역했고, 더 나아가 브라우닝은 별로 알려지지 않은 그리스의 기독교적인 시인들에 대한 연구 성과를 내놓기도 했다. 그러나 고전학자로서 브라우닝의 능력 가운데 가장 흥미로운 점은 그녀가 '고전 작가'에 일가견이 있다는 사실이 그 당시 거의 주목받지 못했고 우리 시대에 와서는 거의 다 잊혔다는 것이다.

분명 여기에는 삼중의 속박이 있다. 첫 번째로, 호메로스에 대해 적당히 존경을 표할 줄 아는 여성 시인은 (18세기 '문학병에 걸린 여자'가 야유받았듯) 무시당하거나 심지어 조롱당한다. 두 번째로, (그런 공부가 허용되지 않아서) 호메로스를 공부하지 못한 여성 시인은 경멸받았다. 세 번째로, 여성 시인이 '옛 법칙'을 대체하려고 어떤 다른 전통을 시도할 경우 그 전통은 교묘하게 모욕당했다. 예를 들면 랜섬은 '아버지의 찬송가집'에서 배운 디킨슨의 운율이 모두 '우리 언어에서 가장 오래된 대중적인 운문 형식인 민요조'에 기초하고 있다고 주장하면서 '이런 운율이 참고한 위대한 고전이란 고작해야 영국의 발라드나 마더 구스'라고 덧붙인다. 이것이 거꾸로 하는 칭찬이라는 것을 우리는 본능적으로 알 수 있다. 그 비평가는 '민요조는 불리하다. […] 그것은 영어의 오보격 사용이 더 적절할 때 그 사용을 방해할 수 있다. 오보격은 이른바 학구적인, 또는 '대학의' 시라고 부를 수 있는 장르의 주요한 요소로, 민요조에는 담을 수 없는 복잡한 많은 종류의 현실을 담을 수 있고 형식화할 수 있기 때문이다. 에밀리 디킨슨은 한 번도 오보격을 시도해보지 않은 것 같다'고[25] 말함으로써 우리의 생각이 옳았음을 확인시켜준다. 우리가 여기에서 '오보격'을 '고전 공부'의 대용어로 읽는다면 우리는 다시 한번 '여성'과 '시인'이 서로 모순되는 용어임을 알 수 있다.

시인과 비평가가 대대로 생각해왔듯 소설 쓰기는 시 쓰기만큼 엄격한 고전 교육을 요구하지 않고, 산문-소설 쓰기에서는 서정시를 창작하는 것만큼 자아를 주장하지 않아도 된다. 이것이 아마도 여성 문인들이 시보다 소설을 택하게 만든 중요한 요소였을 것이다. 여자는 대개 자신을 버리도록 교육받아왔기 때문에 울프가 우리에게 상기시켜주었듯 지속적으로 다른 사람들의 감정과 '개인적 관계'를 의식했다. 울프의 말마따나 사실상 '19세기 초에 여자가 거친 모든 문학적 훈련은 인물 관찰과 감정 분석이었다.'[26] 따라서 재능 있는 여자는 시보다 소설을 쓰는 것에 더 편안함을 느꼈을 것이고, 말하자면 죄책감을 덜 느겼을 것이다. 어떤 의미에서 소설가는 '그들'이다. 그녀는 일인 칭 서사를 쓸 때도 삼인칭으로 작업한다. 그러나 시인은 삼인칭 으로 쓸 때조차 '나'를 말한다. 물론 셰익스피어부터 예이츠, T. S. 엘리엇에 이르는 예술가들은 '나'를 수정해 엘리엇처럼 '탈개 성화'를 주장하거나, 가면 같은 페르소나를 예술적으로 만들어 내 '개성의 말살'을 강조하거나, 디킨슨 자신이 했던 것처럼 시 의 화자란 '가정된 사람'이라고 주장했다.[27] 그럼에도 서정시는 마치 자기주장이 강한 '나', 실제든 상상이든 강력하게 정의된 핵심적인 나로부터 '나오는 것'처럼 (19세기식 의미로) 작동한 다. 반면 소설은 사회가 여성에게 주입하는 자기 말살적인 움츠 림을 허용하거나 심지어 조장한다. 서정 시인이 자신을 주체로 계속 인식해야 한다면, 소설가는 자신을 행위의 참여자로 투사 한다는 점에서 어느 정도는 자신을 대상으로 보아야 한다. 더욱 이 서사적 목소리를 구축할 때 여성 소설가는 일반적으로 자신 의 주체성을 가장하거나 억압해야 한다. 엘런 모어스가 제시하 듯, 제인 오스틴은 자신의 작품에서 강력한 서술적 주체일 수도 있지만, 장막 뒤에서나 압지 밑에서 전형적으로 '여성적인' 방 식으로 사건을 우회적으로 조정하는, 비교적 눈에 띄지 않는 존 재다.[28]

여자들이 사건에 참여하는 대신 사건을 조정해야 했다는(직 접적이 아니라 간접적으로 말해야 했다는) 사실은 왜 그들이 소설가로서는 주목할 만한 성공을 보여주면서도 그토록 오랫동 안 시를 회피해왔는지, 또 다른 이유를 우리에게 보여준다. 여 기에서 우리는 울프가 쓴 주디스 셰익스피어의 고통스러운 이야기로 되돌아간다. 앞서 살펴보았듯 시에 나타나는 직접적이고 자주 고백하는 '나'는 여성으로 하여금 실제 삶의 불안이나 적대감을 재연하게 만들지만, 소설에서 여성은 정확하게 바로 그 불안이나 적대감을 피하거나 쫓아내기 때문이다. 언젠가 조이스 캐럴 오츠가 말했듯 소설이 일종의 구조화된 백일몽이라면, 서정시는 키츠의 말마따나 '아담의 꿈―그가 깨어나 그 꿈이 진실임을 깨닫는' 것이라고 할 수 있다.²⁹ 따라서 시인의 '나'가 '가정된 사람'이라고 할지라도, 이런 위험한 분장의 강렬함 때문에 자신의 은유를 문자 그대로 받아들이게 하고, 자신의 주제를 스스로 재연하게 할 것이다. 던이 실제로 관 안에서 잠을 잤듯이 에밀리 디킨슨도 실제로 20년 동안 흰옷만 입었고, 실비아 플라스와 앤 섹스턴은 스스로를 가스로 질식시켰다. 그와 같은 은유의 강렬함 때문에 울프는 주디스 셰익스피어가 ('여성의 몸에 사로잡혀 엉켜 있는 시인의 가슴속 열기와 폭력성을 누가 가늠할 수 있을까요?') 『자기만의 방』의 중심에 있는 문학의 교차로에서 죽은 채 누워 있다고 가정한다. 그러나 그녀는 완전히 죽은 것이 아니다. 우리가 앞으로 살펴보겠지만, 많은 여성 시인이 그녀의 불안한 정신을 되살려냈기 때문이다.

*

　'남성 우월주의자' 비평가들의 견해에 따르면 여성이 자신의 몸 안에 살아 있는 시를 떠올리고 유지하기 어렵다는 것은 분명하다. 이 어려움은 시인이 된 여자의 자아상을 비슷한 처지에 있었던 남성 시인의 자아상과 비교할 때 더욱 분명해진다. 크리스티나 로세티는 열아홉 때 이와 관련해『모드』라는 굉장히 흥미로운 짧은 반#자전소설이자 서사적 산문을 썼다. 여기에는 그녀의 가장 완성도 높은 시들이 실려 있다. 주인공인 열다섯 살 모드 포스터는 분명 저자의 대리 자아다. 모드는 '늘 창백하고 고통스러울 정도로 무언가에 몰두하는 듯, 지쳐 있는 표정'만 아니라면 '매우 예뻤을' 조숙한 시인이다. 그러나 아마 이 불안한 표정은 '사람들이 자신을 영리하다고 생각하고, 자신의 시들을 돌려 읽고 칭송한다'는 것을 ('사람들은 무엇이 그녀의 시 대부분을 그토록 가슴 아프게 만드는 것인지 의아해했지만')³⁰ 모드가 알고 있기 때문이다.

분명 모드가 쓴 많은 시는 가슴을 후비는 작품인데, 처음에는 그 이유를 설명할 수도 없다. 어떤 시에서 소녀는 죽음이나 잠을 갈망하고, 어떤 시에서는 백합과 장미가 시들 것이라 경고하며, 어떤 시에서는 '허영'이나 '분노' 때문에 자신을 비난한다. 사실상 모드는 소설을 통틀어 비교적 밝다고 할 만한 시를 딱 한 편 쓰는데, 그것은 사촌 아그네스와 아그네스의 친구 막달렌과 함께하는 '화운和韻' 소네트 콘테스트에 나온다. 즉 그 시가 밝을 수 있던 것은 또 다른 사촌인 메리가 운을 밟는 끝단어를 미리 주기 때문이다. 이 소네트는 즐겁기는 해도 묘하게 적대적인 작품이다.

어떤 숙녀는 빛나는 하얀 모슬린 옷을 입고,
어떤 신사는 간결하게 까만 옷을 입고,

어떤 이는 개 수레의, 어떤 이는 늙은 말의 손님이 되고,

어떤 이는 페인트칠한 사륜마차만 좋다고 생각한다.

청춘이 항상 그렇게 유쾌한 광경만은 아니다.

그의 등에 술을 달고 있는 남자를 보아라.

또는 부대 같은 두꺼운 외투를 입어

자신의 성에 아랑곳하지 않고 무시무시한 높이로 솟아 있는

여자를,

모든 세계가 익사하기 좋은 물로 가득 차 있다면

수영을 가르치지 않고,

오히려 그들이 가라앉는 것을 보며

즐기고 싶은 몇 사람은 있는 법.

소녀처럼 분홍색 옷을 입은 늙은 여자들,

자진하여 장미와 제라늄을 든—

웅덩이로 가서 수면 위의 그들을 찌르고 싶은—[31]

'소녀처럼 분홍색 옷을 입은 늙은 여자들'을 익사시키고 싶은 모드의 희극적인 욕망은 달리 설명이 불가능한 그녀의 지속적인 우울증과 관련이 있을까? '자신의 성에 아랑곳하지 않고 무시무시한 높이로 솟아 있는' 기괴한 여자에 대해 그녀가 느끼는 움츠러들 정도의 혐오감은 무엇인가? 그녀의 경쟁자들의 시도 매우 좋았지만, 참가자들은 모두 모드가 '화운 소네트 콘테스트'의 우승자임을 인정했다. 모드의 사촌 아그네스도 소네트 한 편을 썼는데, 다시 또 소네트를 쓰느니 차라리 얼어 죽거나 익사하거나 나귀 내지 무로 변하거나 '왼쪽에서 오른쪽으로 마차를

끄는 / 비참한 늙은 말'로 변하고 말 것이며, 심지어 '섬뜩한 노란 새틴 가운'도 입을 수 있다는 것이 요지였다. 반면 아그네스의 신앙심 깊은 친구 막달렌은 '나는 태아의 생명을 길러주는 […] 흰옷을 입은 착한 요정들을 상상한다'는 구절로 충실하게 종교적인 시를 쓴다.[32]

자아 인식이나 적어도 자기분석에 도전하는 시적 자기주장 행위 자체가 모든 경쟁자로부터 회피, 불안, 적대감, 즉 '고통스러운 생각'을 이끌어내는 즐거운 소네트 놀이는 역설적으로 놀이를 통해 몰아내려 했던 바로 그 우울의 병균을 퍼뜨리고 있는 셈이다. 나중에 모드의 우울은 더욱 깊어지고 확산되어 시적이지 않고 순진한 아그네스, 메리, 막달렌까지 위협하는 지경에 이른다. 소녀들이 모두 모드의 분신이거나 또 다른 자아임은 많은 시에 나타난다. 그중 하나는 잘 알려진 로세티의 초기 시 「그녀는 앉아서 늘 노래했다」다. 이 시에서 두 소녀는 여성의 사춘기에 대한 상보적 불안을 연출한다.

> 그녀는 앉아서 늘 노래했지
> 초록빛 시냇가에서
> 물고기가 뛰어오르며 노는 것을 바라보며
> 찬란한 햇살 아래서.
>
> 나는 앉아서 늘 울었지
> 아주 희미한 달빛 아래서
> 산사나무 꽃이 울며 개울로 잎을

떨구는 것을 바라보며.

나는 기억 때문에 울었지
그녀는 한없이 아름다운 희망 때문에 노래했지―
내 눈물은 바다가 삼켰지만,
그녀의 노래는 허공으로 사라졌지.[33]

‘그녀의 노래는 허공으로 사라졌지.’ 모드가 분명하게 본 것, 그리고 명백하게 ‘그녀의 가슴을 아프게 하는 것’은 자신의 재능이 실제로 꽃피지 않을 것이며 결코 꽃필 수도 없다는 사실이다. 자신의 노래는 허공으로 사라질 운명을 맞이할 뿐이다.

그러나 왜? 이야기가 전개되어 소녀들이 각자의 상징적 운명을 만났을 때 우리는 그 이유를 이해하게 된다. 메리는 결혼한 뒤에야 비로소 완전해졌고, 굴욕적으로 그녀의 남편에게 흡수되어간다. 막달렌은 수녀원으로 들어가 ‘내가 짊어진 이 십자가를 위해 모든 것’을 바친다. 진지한 아그네스는 (아마 랜섬이 그토록 찬양했던 온화한 자매의 도리 중 하나인) 현명하고 유용한 독신녀가 될 운명처럼 보인다. 사랑도 기도도 할 수 없는 모드는 자신은 구제받을 수 없을 정도로 사악하다고 설명하며 갑자기 교회 가기를 거부한다. ‘내가 앞에 나서서 내 시를 선보이는 것을 피할 수 있다고 하지 않았기’ 때문이다.[34] 그러다 모드는 메리의 결혼식에 가는 길에 뜻밖의 마차 사고로 심하게 다친다. ‘마차가 뒤집어졌다. 팔다리가 부러지지는 않았지만 그녀는 그 사고 이후 움직일 수도 없고 말을 할 수도 없게 되었다.’ 전복당하는 재앙은 확실히 로세티 자신에게만큼 그녀의 젊은 시인에게도 물리적으로 필요한 사건이었다. 이런 생각은 3주 후 조용히, 그러나 용서 없이 찾아온 모드의 죽음으로 더욱 강화된다. 모드는 반문학적이며 자신의 초자아 같은 사촌 아그네스를 유언 집행자로 지정하고, '결코 발표할 의도가 없었던 작품들을 없애버리라'는 수수께끼 같은 유지를 전한다. 아그네스는 이 모호한 지시를 아무 의심 없이 수행한다. 아그네스는 모드의 잠긴 일기장을 열어보지도 않은 채 그대로 관에 집어넣는다. '모드가 쓴 글의 다양함에 놀란 데다 […] 일반에게 공표할 의도가 없었던 글이 보존될까 두려워 한 편 한 편 불꽃 속에 던져넣기는 했지만, 그렇게 모두 불태워버린 뒤 모드의 어머니에게 얼마 안 되는 기록만 남겨진 것을 보고는 고통스러워했다.'[35]

몇몇 논평가가 주시했듯 이 이야기의 교훈은 크리스티나 로세티 안의 모드가(야심만만하고 경쟁적이고 자기 생각에 몰입해 자기주장을 내세우는 시인은) 죽어야 한다는 것, 또는 아내나 수녀, 그럴듯하게 친절하고 유용한 독신녀로 대체되어야 한다는 것이다. 로세티는 모드를 두고 이렇게 말한다. '모드가 말하거나 마음을 쏟는 것은 뭐든 늘 그녀 자신이 몰두해 있는 생각과 이어져 있었어.'[36] 바로 여기에 최악이며 절대 용서받을 수 없는 죄, 허영이라는 본원적인 여성의 죄가 있다. 사실이든 은유든 여성은 결코 자연이나 예술에서 자기 자신의 이미지를 사랑해서는 안 된다. 반면 로세티가 루이스 캐럴식 동화라 할 만한 『비슷한 점 말하기』에서 보여주었고 그녀가 훨씬 나중에 시로 썼듯, '지나가는 모든 것은 여자의 거울이다.'

지나가는 모든 것은

여자의 거울이다.

거울은 여자에게 보여주나니,

그녀의 꽃이 어떻게 시들어가며, 자신이 어떻게 매장되는지

그늘에 시든 장미 다발과 함께

지나가버린 여름의 기쁨이

닿지도 않고, 사랑스럽지도 않은 모습으로.[37]

이 모든 것에, (로세티와 그녀의 오빠들이 매우 칭송했던) 존 키츠가 열아홉 살 때 이미 진지하고 열정적으로 예술가의 길에 뛰어들었다는 점을 지적할 필요는 없을 것이다. 키츠가 스물한 살이 될 때까지 사실상 그는 자기 발전을 위해 엄청난 계획을 세웠다. '오, 10년 동안 나는 시로 나 자신을 압도하리라. / 그리하여 나 자신의 영혼이 명령했던 / 행위를 할 것이다.'[38] 의미심장하게도 압도하다는 단어가 암시하는 자기희생 이미지는 여기에서 '행위'로서의 시 쓰기나 '영혼 만들기'와 같이 강하게 자신을 주장하는 '남성의' 개념에 의해 상쇄된다. 물론 키츠는 적절한 겸손과 심지어 굴욕의 필요성도 이해했다. 이보다 더 효과적인 독학법이 있을까? 동시에 키츠는 자신의 무지조차 모호한 '비범함'으로 보며[39] 자신이 사후에 '영국 시인들' 사이에 자리할 것이라는 직관을 주저 없이 선언했다. 이런 자기평가가 '허영'은 아닐까 하는 의심은 추호도 없었다. 모드처럼 키츠도 (1816년 리 헌트와 함께) 시 백일장에 참여했으며, 모드처럼 주어진 주제에 대해 빠르고 즐겁게 소네트를 썼고, 소네트에 자

신의 깊은 근심을 투사했다. 소네트의 첫 문장은 (모드의 '어떤 숙녀는 빛나는 하얀 모슬린 옷을 입고'와 대조적이게도) '지상의 시는 결코 죽지 않는다'였다. 키츠가 자신의 소네트에서 시가 모든 곳, 즉 자연의 모든 것에 있듯이 자신에게도 있다는 것을 확신하는 건강함과 기쁨을 표현할 수 있었던 까닭은 적어도 자신이 창조의 주인이라는 남성적 확신 때문이었음에 틀림없다. 이와 대조적으로 모드/로세티는 자신을 연약하고 허영심만 가득한 여자로 보았고, 자연의 지배자가 아니라 고통받은 하인으로 여겼다.

로세티의 여자 주인공처럼 키츠 또한 터무니없이 이른 나이에 죽었다. 모드는 불안해하는 저자에 의해 불가해하게 '전복당했지만', 키츠는 (바이런의 농담이나 셸리의 의심에도 아랑곳없이) 다른 힘이 아니라 유전이라는, 세상에서 가장 적대적인 힘에 쓰러져 죽었다. 모드는 기꺼이 죽었지만 키츠는 소멸과 힘겹게 싸웠고, 한편으로는 '편안한 죽음'을 원하는 고통스러운 소망과도 싸웠다. 키츠가 죽었을 때 친구들은 그의 약혼녀 패니 브론이 보낸 상당수의 편지를 그와 함께 묻었다. 그러나 친구들은 키츠가 썼던 단 한 구절도 없애지 않았다. 로세티는 모드의 일기장을 죽은 저자와 함께 묻는다는 발상을 키츠에게서 얻었을 수도 있다. 동시에 이는 여성 시인이 남성의 은유를 '불안과 죄의식'이라는 여성 이미지로, 얼마나 마조히즘적으로 변형시켰는지 보여준다.[40]

끝으로, 모드의 마지막 시는 허영심 때문에 '그대가 약해질 때를 감지해 그대가 두려워하지 않도록 덮어줄 어둠의 힘'과 어쩌면 허영심을 잡아줄 가부장적 신이 부여한 십자가의 속박이 자신에게 필요하다는 것을 강조하지만, '여기 물 위에 자신의 이름을 쓴 자가 누워 있다'는 키츠의 신랄한 묘비명은 시인이 자신과 예술, 즉 자신의 이름이 영원하리라는 믿음에 열정적으로 헌신했음을 반어적으로 강조한다. 사실 초기 소네트 「키츠에 대하여」에서 크리스티나 로세티는 이 묘비명을 정확하게 인용했는데, '이 강한 남자'에게 '멋진 운명이 / 비옥한 땅에 떨어졌다. 땅에는 가시가 없고, / 그 자신의 데이지만 피어 있으며, 그의 이름은 노래하는 모든 소박한 가슴에 / 참으로 사랑이 흘러나오는 샘이 될 것'이라고 선언함으로써 묘비에 새겨진 글귀를 반박하기 위해서였다.[41] 물론 키츠도 자신의 정직하지 못한 묘비명을 부정했다. 이 시는 일반적으로 죽음을 넘어서까지 맹렬하고 노련한 열정으로 시를 쓰고자 했던 키츠의 마지막 상태를 기록했다고 여겨지기 때문이다.

이 살아 있는 손, 지금은 따뜻하고 마음을 다해
붙잡을 수 있지만, 만일 무덤의 얼음 같은 침묵 속에서
차가워진다면, 이 손은 그대의 낮을 괴롭힐 것이며
그대의 꿈꾸는 밤을 얼어붙게 하리니.
그대가 그대 자신의 가슴속 피가 마르기를 원할 정도로
그리하여 나의 핏줄에 붉은 생명이 다시 흐르기를
그리고 그대 양심이 평온해지기를—보아라, 여기 있다—
나는 그것을 그대에게 내민다.

모드는 죽어서 수동적으로 천사처럼 예의 바르게 누워 있는 반면(그리고 살아 있는 크리스티나 로세티가 '우리 모두를 위해 아멘'을 쓰는 데 일생을 바치기 위해 펜을 집어든 반면), 죽은 존 키츠는 죽기를 거부하고 그를 잊어버리겠다고 위협하는 살아 있는 세계를 향해 분노의 주먹을 휘두른다. 키츠는 자신의 마지막 편지의 마지막 문장에서 자신이 공손하지 못했다고 상냥하지만 조롱기 섞어 고백했다. '나는 항상 어색하게 인사했기' 때문에 인생의 따뜻한 방에서 떠나기를 주저한다고 말이다.[42]

*

에밀리 디킨슨과 월트 휘트먼! 거의 동시대인이며 유사한 방식으로 우상 파괴적이었던 두 미국 시인의 생애와 작품을 동등한 관심을 품고 잠깐만 살펴보아도, 우리는 훨씬 더 현저하게 '여성의 겸양'과 '남성의 자기주장'이라는 똑같은 양상이 공식화되어 있음을 발견한다. 디킨슨은 1861년에 '나는 아무도 아니다! 너는 누구냐?'라고 썼으며, '유명 인사가 된다는 것은 얼마나 따분한 일인가! / 자신의 이름을 개구리처럼 6월 내내 / 찬양하는 늪에 대고 말하는 것은 / 얼마나 공공연한 일인가' 하고 방어적으로 덧붙였다. 1년 뒤 디킨슨은 토머스 웬트워스 히긴슨에게 보낸 유명한 편지 중 첫 번째 편지를 썼다. 네 편의 시와 함께 보낸 편지에서 디킨슨은 바쁜 편집자에게 '나의 시가 살아남았는지 아닌지 알려주지 못할 정도로 바쁘신가요?' 하고 겸손하게 묻는다.[43] 여기에서 보다시피 그녀가 자신을 알리는 첫

발을 머뭇거리며 내딛는 동안에도(아이러니하게 그녀는 자신을 '아무도 아닌 존재'로 보았지만) 디킨슨은 편지에 서명하지 않고, 다른 봉투에 넣은 시와 편지와 함께 동봉한 카드에 이름을 밝혔을 뿐이다. 이 이야기는 세상이 키츠의 이름을 물 위에 썼을 수도 있지만, 디킨슨은 자신의 이름을 상징적인 종이 관에 가두어버렸다는 것을 말해준다.

이 일화는 키츠의 묘비명과 디킨슨의 '나는 아무도 아니다'라는 선언을 상기시킬 뿐 아니라 패니 임레이가 자살 노트에서 자신의 서명을 삭제해버린, 좀 더 멜로드라마적인 사건을 상기시킨다. 사실상 전기 작가들은 두 여자의 침묵을 비슷하게 설명한다. 뮤리얼 스파크는 임레이의 그런 행동은 '고드윈의 이름을 숭배하기 때문'이라고 주장했다.[44] 리처드 시월은 디킨슨의 경우 '그녀의 가족이나 고향에 당혹감을 안기는 방식으로 디킨슨이라는 이름을 남기게 될까 진심으로 걱정'했기 때문이라고 설명한다.[45] 이런 설명은 여성, 특히 여성 시인이 '자신의' 이름에 대해 느끼는 근원적 소외감을 강조한다. 위태롭게 하는 것도, 세상에 알려지는 것도, 불후의 명성을 가져다주는 것도 그녀의 이름이 아니다. 그것은 오히려 여성 작가의 아버지 이름이요, 계부의 이름이요, '고향'의 이름이다. 여성 작가 자신에게 그녀는 '아무도' 아니어야 한다. '다른 사람의—이름을—갖고 있는 / 영혼에는 겸손이 어울린다 / 의심—그것이 진정으로 공정하려면— / 그 완전한—진주를—갖기 위해 / 남자는—여자를—묶는다— / 그녀의 영혼을 옥죄기 위해—모두를 위해—' 유명 인사가 된다는 것이 '따분하거나' 속되게 '이름을 알려' '누군가'가 되는 일이라는 방어적인 확신에 의해 지지를 받을 때조차, 그런 단호한 겸손은 시인의 예술에 심각한 문제를 일으킬 수밖에 없다. 우리가 나중에 상세하게 살펴보겠지만, 디킨슨에게 아무도 아닌 존재의 문학적 결과는 사실상 그 범위가 매우 광범위하다. 그것은 가끔 기이할 정도로 어린아이 같은 자아상부터 크기에 대한 고통스러우리만큼 왜곡된 감각, 영원히 괴롭히는 허기, 정체성에 대한 심각한 혼란까지 포괄한다. 더욱이 아무도 아닌 존재는 세속적인 결과를 가져왔기에 궁극적으로 이 결과는 훨씬 더 심각했을 것이다. 분명 아무도 아닌 존재는 시를 출판해서는 안 된다는 확신 때문에, 디킨슨은 '출판이란 인간의 정신을 경매에 넘기는 것'이라고 합리화하면서 출판을 고집하지 않았을 것이다. 이중부정은 의미심장하다. 다중부정이 이 시인 주위에 사회적 문법의 무시무시한 벽을 둘러친 듯 보이기 때문이다. 1866년경 디킨슨이 자신의 여생을 그녀의 '가장 작은 방'에서 자신과 바깥의 금단 세계 사이에 '문을 조금만 열어둔 채' 보내겠다고 결심했을 때 그 벽은 거의 완벽하게 밀폐되었다.

에드워드 디킨슨 하원의원의 겸손한 딸이 히긴슨에게 편지를 쓰기 7년 전에 또 다른 매우 독창적인 (심지어 '괴상한') 미국 시인이 문단에 등장했다. 1855년 월트 휘트먼이 『풀잎』 초판을 출판한 것이다. 그는 이 작품을 여생 동안 계속 개정했다. 대부분의 독자가 알고 있듯, 휘트먼의 서사적 명상의 초석은 지금은 '나의 노래'라는 제목이 붙어 있지만, 초판에서는 '월트 휘트먼'이라는 제목이 붙었던 시에서 볼 수 있는 정체성에 대한 강력한 주장이다. 1855년판『풀잎』은 속표지에도 작가의 이름을 적지 않았기 때문에 어떤 비평가들은 '익명성'을 이 작품의 특성으로 언급했다. 이후 다른 판본은 시인의 이름과 사진뿐만 아니라 인쇄 서명으로 이 걸작을 장식했다는 사실과 비교해보면, 초판은 예외적으로 말을 아낀 셈이다.[46] 물론 휘트먼에게는 예외적인 겸손이 디킨슨에게는 광적인 자기주장처럼 보였을 것이다. 휘트먼은 '대개 익명으로' 자신의 시를 발표했지만 책의 권두 그림으로 자신의 은판 사진을 사용했고, 가장 중요한 시의 제목을 자신의 이름으로 붙인 데다 자신의 이름을 시의 심장부와 통합함으로써 자신을 '월트 휘트먼, 미국인, 거친 사나이, 대우주'라고 선언한다.[47] 그는 자신의 이름을 굳이 시집의 속표지에 쓸 필요가 없었다. 그와 그의 시는 동시에 존재하기 때문이다. 휘트먼에게는 시 자체가 크고 굵게 써놓은 자신의 이름이었다.

더욱이 휘트먼의 과대망상적인 시행들은 계속해서 거들먹대며 자신의 우주적 예언적 힘의 거대함을 선언한다. 그의 시는 '나는 나를 찬양하고 나를 노래하노라'고 오만하게 시작하고, '내가 취하는 것을 당신도 취하리라'라고 말하며 만일 당신이 '오늘 낮과 밤을 나와 함께 머문다면 […] 당신은 모든 시의 원천을 얻을 것이다'라고 음유시인다운 자신감으로 약속한다. '집에서 가장 사소한 존재'인 디킨슨은 자신을 아무도 아닌 존재와 일치시키는 반면, 휘트먼은 상냥하게 묻는다. '내가 모순된 말을 하는가? / 좋다, 나는 모순된 말을 한다. / (나는 거대하고 나는 군중을 품는다.)' 디킨슨은 자기 방에서 문을 살짝만 열어놓은 채 떨고 있는 반면, 휘트먼은 '문의 자물쇠를 풀어라! / 문설주에 달린 문의 나사를 풀어라!'고 외친다. 디킨슨이 상징적인 흰옷으로 자신을 감싼 채, '나는— 큰 소리를 내며—사는 것을 견딜 수 없다 / 큰 소리가 나는 너무나 부끄러웠다—'고 쓴 반면, 휘트먼은 '나를 통해 금지된 목소리들, / 성과 욕정의 목소리들, 베일로 가려진 목소리들, 나는 베일을 걷는다, / 외설적인 목소리들은 나에 의해 명료해지고 변화된다'고 외친다. 디킨슨은 늙어갈수록 자기 안으로 침잠해가지만 (마치 말 그대로 자신을 보이지 않게 하려는 듯, 그녀 시의 길이와 너비도 줄어들지만), 휘트먼의 걸작은 살을 찌우며 고통스러운 거부와 공격에도 지칠 줄 모르고 자신을 광고하고 융성해간다. 휘트먼 자신은 '미국의 비공식 계관 시인', 뉴저지주 캠던의 '훌륭한 백발' 예언자가 되어, 그의 오두막으로 수많은 찬양자들이 순례를 떠난다. 실제로 레슬리 피들러가 말하듯, '『풀잎』의 권두에 있는 작가의 초상화는 작가와 그의 책과 함께 늙어가고, 휘트먼이 이 시집의 나중 판본에서 선택한 화자의 가면이나 페르소나와 함께 성격도 변해갔다.' 하지만 그 20년 동안 디킨슨은 사진 찍히기를 거부했을 뿐 아니라 침모가 몸의 치수를 재거나 의사가 그녀를 검진할 때도 안전한 거리를 유지한 채 자기가 그들 앞을 재빨리 지나갈 때 해달라고 요구했다.[48]

물론 휘트먼의 '가면이나 페르소나'에 대한 피들러의 언급은 '휘트먼이 시에서 그렇게 요란하게 주장하는 공격적인 남성성이[49] 랜섬의 말대로 디킨슨의 거슬리지 않는 '흰옷을 입은 작은 여성'이 '꾸민 사람'인 것과 마찬가지로 단지 '가상의 존재'로서, 사실상 가면이거나 페르소나였다는 사실을 유익하게 상기시킨다. 그럼에도 디킨슨의 시를 썼던 고통스러운 아무도 아닌 존재와 휘트먼의 시를 썼던 '거칠고 뚱뚱하고 관능적인' 유명 인사 사이의 차이는 그 자체로 의미심장하다. 많은 비평가들은 디킨슨의 은둔이 그녀의 시에 유익했으므로 시인에게도 유익했을 것이라고 말했다(우리가 인용했던 코디의 문단은 이 견해를 대표한다). 문학에서 '만일' 게임은 (만일 키츠가 더 오래 살았으면 어떻게 되었을까? 만일 셰익스피어가 젊어서 죽었다면 어떻게 되었을까? 만일 디킨슨이 세상에 '더 잘 적응했더라면' 어떻게 되었을까?) 일반적으로 쓸모있는 것은 아니지만, 디킨슨의 소외와 문학적 실패가 필연적으로 이로웠다는 결론은 얼마 후 아무도 아닌 존재로서의 그녀 자신의 고된 즐거움이라기보다 오히려 일종의 합리화처럼 들리기 시작한다. 디킨슨이 유별나게 억압적인 환경에서 얼마나 빛나는 시를 썼는지를 생각한다면, 그녀가 만일 휘트먼의 자유와 '남성적인' 확신을 가졌더라면 무엇을 했을 것인지 짐작해볼 수 있을 것이다. 마찬가지로 로세티가 자신의 예술적 자긍심을 사악한 '허영심'으로 규정하지 않았다면 어떤 종류의 시를 썼을지도 생각해볼 수 있을 것이다. 어쨌든 디킨슨은 자신이 아무도 아닌 존재인 것처럼 포즈를 취하고 있지만, 다른 어떤 사람보다 주디스 셰익스피어에 가까운 사람이라고 말할 수 있을 것이다. 디킨슨이 자신을 대단한 인물로 만들었다면 그 인물은 바로 주디스 셰익스피어였을 것이다.

*

여기에서 우리는 코디가 자주 지적했던 바를 인정해야 한다. 디킨슨이 자신을 방에 감금한 것은 타의에 의해서가 아니었다. 여성이 상대적으로 보상받을 수 있는 많은 문학적 업적을 포함해 그녀가 영위할 수 있었던 삶의 양식은 사실 다양했다. 우선 19세기 뉴잉글랜드 지방에서 독립하고자 했던 거의 모든 지적인 젊은 여자는 예컨대 영국의 가정교사에 상응하는 미국의 '여교사'가 될 수 있었다. 코디는 에밀리 디킨슨의 가장 친한 친구로서 나중에 오스틴 디킨슨의 아내가 된 수전 길버트도 이 과정을 밟았다는 것을 상기시켜준다. (훗날 헬렌 헌트 잭슨으로 유명해진 헬렌 피스크 헌트나 루이자 메이 올컷 같은) 더 재능 있는 소녀는 저널리즘, 소설 쓰기, 심지어 시 쓰기로 운을 시험해볼 수 있었다. 앨버트 겔피는 최근에 다음과 같이 말했다.

19세기 미국에는 여성 시인이 상당히 있었다(숙녀 시인이라고 하는 게 더 좋겠다). 그들은 대중적 성공을 거두었고 신문 칼럼이나 증정본, 시집을 죽음과 영원에 대한 인습적 경건함으로 채우며 돈을 꽤 잘 벌 수 있었다. '하트포드의 달콤한 가수'로 알려진 리디아 시고니 부인이 대표적이다. 마크 트웨인의 에멀라인 그랜저포드는 풍자적 존재, 아주 적나라하게 재창조된 풍자적 존재다.[50]

루퍼스 그리스월드의 『미국의 여성 시인들』(1848)과 캐럴라인 메이의 『미국 여성 시인들』(1869)은 이런 종류의 수익성 좋은 온화한 시들을 엮은 대표적 시 선집이다. 여기에는 대부분 가정이라는 성스러운 은신처에서 '사랑은 확실한 빛과 기쁨이며 그 보호망!'이라는 취지에 바치는 시들로 메워져 있다.[51] 디킨슨이 시 몇 편을 발표했던 새뮤얼 볼스의 〈스프링필드 리퍼블리컨〉에서는, 캐럴라인 메이의 문구를 사용하자면, 비슷비슷하게 '물오른 여성의 재능'이라고 대서특필했다.[52] 물론 디킨슨 같은 젊은 여성 시인은 신문 칼럼과 증정본을 통해 자리를 잡으려 애쓰는 동시에 이른바 '역할 모델'을 찾으리라는 희망을 품고 몇몇 뛰어난 우상 파괴적 여성 문인들, 즉 배럿 브라우닝, 상드, 엘리엇, 브론테 자매 같은 영국이나 프랑스 작가들의 작품을 연구할 수도 있었다.

19세기 미국 여성 문인의 이력에 대해 이처럼 간략하게만 말하는 우리의 의도는 아이러니하게 보일 수도 있지만, 그렇게 보이는 것은 일부분일 뿐이다. 디킨슨이 평생 간헐적으로 새뮤얼 볼스, 헬렌 헌트 잭슨, 조시아 홀랜드, 나중에는 출판사 '로버츠 앤드선'의 토머스 나일스 같은 문인들에게 썼던 편지와는 다른 종류의 편지를 히긴슨에게 썼다는 데는 의심의 여지가 없다. 디킨슨은 자신의 방어적인 항변에도 헬렌 헌트, 조지 엘리엇, 브론테 자매, 그리고 시고니와 리처드 시월이 말한 '패니 펀과 미니 머틀르'에게 명성과 부를 안겨준 종류의 문학 이력을 자신도 수립하고자 했기 때문이다. 디킨슨의 조카인 마사 디킨슨 비앙키에 의하면 그렇게 작지 않은 디킨슨의 방에는 조지 엘리엇과 샬럿 브론테의 사진이 걸려 있었다고 한다. 루스 밀러는 디킨슨의 시 다수에 대해 그녀가 잡지에서 읽었던 작품에 대한 변주처럼 보인다고 했다. 마치 디킨슨이 더 '성공적인' 시인들과 비교

해 자신의 기술을 실험하고 있는 것 같다고 말이다.[53]

사실상 디킨슨의 문제는 그녀가 돈을 목적으로 삼는 '정신 경매'에 역겨움을 품었다는 것이 아니라, 그녀와 동시대인인 패니 펀, 미니 머틀, 에멀라인 그랜저포드보다 더 전문적이었다는 사실일 것이다. 이런 맥락에서 보면 권위적인 시월부터 페미니스트인 겔피에 이르는 비평가와 전기 작가가 경멸적으로 사용한 '숙녀 시인'이라는 단어는 불길한 의미를 띤다고 볼 수 있다. 사실상 19세기 미국(그리고 영국)에서 여자들은 (울프가 보았던) 17세기와 18세기의 여자들이 저지당한 방식으로 시를 쓰지 못하도록 종용받은 것은 아니었다. 오히려 그 반대로 시 쓰기는 빅토리아 시대의 교양으로서 스케치나 피아노 연주나 레이스 뜨기처럼 우아한 취미가 되었다. 그러나 책 캡스가 우리에게 알려주듯[54] 디킨슨은 『오로라 리』의 특정한 행에 표시를 했다. 디킨슨은 이를 통해 자신과 우상 파괴적인 엘리자베스 배럿 브라우닝 사이의 반항적인 유사성을 '강조하는' 것 같다.

> 그런데
> 여성의 작품은 상징적이다.
> 우리는 꿰매고 깁고 손가락을 찔러가며, 침침해지는 눈으로,
> 무엇을 만들어내는가? 슬리퍼 한 벌이요, 주인님,
> 당신이 피로할 때 신을, 또는 그 위로 넘어질—
> 발판을, 그리고 당신을 화나게 할 […] '빌어먹을 발판!'[55]

이들 바로 앞에 온 시행에도 마찬가지로 깊은 뜻이 있는데,

에밀리 디킨슨은 이 시를 통해 필시 거의 똑같은 강력한 유대의 감정을 경험했을 것이다. 오로라는 결혼 안 한 숙모의 야속한 감독 아래 자신이 받는 교육을 이렇게 표현한다. 그녀가 '씻어 내버렸다.'

자연으로부터 풍경을(아니, 차라리 휩쓸어버렸다고 하리라).
나는 폴카와 왈츠와 마주르카를 추었고,
유리 공예를 하고, 새를 박제하고, 꽃 모양 왁스를 만들었다.
그녀가 소녀의 소양을 좋아했기 때문이다.
나는 여성에 대해 이야기한 책을 많이 읽었다.
만일 여자가 생각할 줄 모른다면, 그 책들이 (결혼 안 한 숙모
에게 또는 작가에게)
사고력을 가르쳐준다는 것을 증명하기 위해,
─책들, 별로 심오하지 않은 남편 말을 이해할 그들의 권리를
'당신이 좋다면' 또는 '그래요'라는 예쁜 말로 답변할 권리를
그들의 기민한 통찰과 섬세한 소질을
특별한 가치와 일반적인 이타성을
대담하게 주장하는 책들,
그들이 난롯가에 조용히 있는 한,
그리고 세상이 '예'라고 말할 때
결코 '아니요'라고 말하지 않는 한.

오로라 리는 특히 재치 있는 회상 속에서 자신이 '십자수를 배웠고' 양치기 소녀를 ('사랑의 번민으로 야윈, 분홍빛 눈을 가

진 / 내가 비단옷으로 착각한 그녀의 구두와 어울리는 눈을, / 그녀의 머리는 둥근 모자의 무게로 꺾이지 않고 / 비극적인 시인을 살해한 / 거북이 등딱지와 기묘하게 비슷한 모자로') 수놓았다고 덧붙인다. 이 시행이 미묘하게 전달하는 바는 다른 무엇보다도 '비극적인 시인을 살해한' 십자수다. 이 지점에서 디킨슨은 엘리자베스 배럿 브라우닝과 패니 펀은 물론, 존 키츠, 셰익스피어, 토머스 칼라일, '우주'와 (휘트먼은 자신을 그렇게 불렀고, 디킨슨의 방에는 배럿 브라우닝의 초상화 옆에 휘트먼의 초상화가 걸려 있었다) 자신의 유사함을 숙고하며 최악의 공포를 느꼈을 것이다.

응접실에서 교양 삼아 쓰는 숙녀의 시는 우리가 현재 당시의 가장 진지한 여성 시인으로 간주하는 사람들에게는 거슬리고 모욕적이었을 수 있다. 이는 로세티의 『모드』에 등장하는 가장 효과적이고 풍자적인 한 장면에서 명확하게 나타난다. 모드는 사촌들이 '감기에 걸려' 갈 수 없었기 때문에 스토로디 부인 집에서 열리는 지루한 티 파티에 혼자 가야 했다. 모드에게 최악의 순간은 파티를 '지지하는' 한 젊은 숙녀가 노래 몇 곡을 부르면서 여흥이 시작되는 순간이다. 모드는 그녀의 시가 다른 젊은 아가씨의 '음악'과 동등하게 평가받는다는 사실 때문에 매우 언짢아한다.

새비지 양과 소피아 모브레이 사이에 앉은 모드는 양편에서 자신의 시에 대해 질문 세례를 받았다. 첫 번째 질문. 당신은 계속해서 시를 썼나요? 네. 답변을 하자 황홀한 찬사가 쏟아져나왔다. 모드는 매우 젊고 찬양받을 만하지만 가엾게도 매우 예민해 보여요. 달콤한 시를 생각하느라 그녀가 밤새 잠을 이루지 못했다는 것은 애처로운 일이네요(모드는 '나는 푹 잔답니다' 하고 건조하게 덧붙였다). 그 시들은 모드의 친구들을 매우 기쁘게 했어요. 포스터 양을 설득해 출판만 한다면 대중도 매혹될 겁니다. 마침내 구경꾼들은 그녀에게 시를 암송해달라고 요청했다.

모드는 불쾌감에 얼굴이 붉어졌다. 입에서 바로 답변이 나왔다. 자신의 처지가 우스꽝스럽다는 생각이 너무나 강하게 스쳐가는 바람에 당혹스러움을 이기지 못하고 웃음을 억제할 수 없자 손수건을 입으로 가져갔다. 새비지 양은 자기 청을 들어주는 줄 알고 감동하여 손을 들어 조용해달라고 요청하고 나서 자신도 듣는 자세를 취했다.

'미안해요.' 모드가 마침내 매우 냉정하게 말했다. '사람들의 주목을 내가 독점할 수는 없어요. 여러분은 정말로 좋은 분들이니, 너그러이 이해해주시길 바랍니다.'[56]

그런 응접실의 찬사는 물론 '숙녀' 시인 시고니 부인과 에멀라인 그랜저포드를 위한 것이었다. 그들은 눈물을 짜내는 감상적인 시를 수놓는 훈련을 받았을 뿐 아니라 스스로 그런 시를 요구했던 이들이다. 그러나 점잖은 기대에 부응하려는 그 여자들의 열성은 바로 디킨슨과 로세티 같은 여성 시인 주위에 또 다른 벽을 쌓아올렸음에 틀림없다. 그 벽은 이미 그들을 가두어버린 이중부정의 덩어리마냥 무시무시하다. 스트로디 부인 등이 모드에게 암송하기를 부탁했던 시는 나쁜 시, 겔피가 말하듯 '인습적 경건함'을 영속화하고, '특히 운명의 책임을 지고 그것을 영원히 전달해주는 아내와 어머니의 가정 내 역할을 영속화하기' 위해 쓴 시일 것이다. 이보다 훨씬 후인 1928년에 D. H. 로런스는 자신의 초기 시가 엉망이었다고(역겨울 정도로 감상적이고 서툴며 짐짓 상냥한 척했다고) 고백하고, '젊은 아가씨누구나 그런 시를 썼을 것'이라고 피력했다.[57] 물론 그 시대의모든 독자, 심지어 현재의 모든 독자도 그의 말이 무엇을 뜻하는지 정확하게 알았고, 안다. 그러니 로세티나 디킨슨처럼 재능있는 '젊은 아가씨들'이 로런스의 고백이 무슨 의미인지 알지못했으리라 가정한다면 잘못일 것이다. 그들은 19세기를 살면서 루이스 보건이 100년 후에 '안' 것을 똑똑히 '알고 있었을' 것이다. 레트키가 표현했을 혹평을 내면화하고 있는 보건은 존 휠록에게 '여성 시 선집'을 편집하는 '아름다운 일'을 거부하는 이유는 '많은 여성, 즉 노래하는 새들과 교류한다는 생각이 나를역겹게 하기' 때문이라고 말했다.[58]

물론 그런 사실은 어떤 의미에서 모든 여자가 알고 있었지만, 몇몇 소수에게는 특히 고통스러운 일이었다. 또 다른 부수적인 문학적 현상이 '숙녀 시인'이라는 용어의 의미에 대해 모든 사람들이 지닐 법한 특정한 인식을 영속화시켰다. 이 문학적 현상은 특히 여성 작가들을 명명하는 방식과 관련되며, 그 방식은 여전히 일부 비평가들과 학자들에게 문제로 남아 있다. 디킨슨과 로세티 같은 여자들은 여성 작가들이 남성 작가와 같은 방식으로 평가받지 않는다는 점을 목격했을 것이다. '제인 오스틴'

은 가끔 '제인'이었어도 존 밀턴은 결코 '존'이 아니었다. 20세기가 시작되었을 때 이처럼 등을 두드리는 듯한 친밀성과 이 친밀성의 정신분석학적 호색성은 관행이 되었고, 이런 관행은 훨씬 더 널리 퍼졌기 때문에 여성 시인을 틀림없이 훨씬 더 우울하게 만들었을 것이다. 최근까지 에밀리 디킨슨은 어디에선가 '에밀리'였고, 엘리자베스 배럿 브라우닝은 누군가에게 '브라우닝 부인'이었다. 이름을 부르는 이 두 형식 모두 이름을 불리는 사람이 이례적인 상황에 있음을 강조한다. 둘 다 여자임을 강조한다기보다 숙녀임을(말하자면 여성 시인의 사회적 의존성, 결혼의 결과로 얻게 된 지위나 상처받기 쉬운 '처녀성'을) 강조하는 것이다.

여성 작가의 이름 문제가 여전히 지속된다는 사실은 여자들이 시인으로서 자신의 정체성을 주장하지 못한다는 문제뿐만 아니라, 그들이 어머니들로부터 물려받은 위험한 시를 보존하지 못한다는 문제도 지속되고 있음을 의미한다. 울프는 생명력 있는 여성 전통의 부족함이 주디스 셰익스피어와 그녀의 시적 후손들이 처한 핵심 문제라고 보았으며, 그것은 시인만큼 그렇게 심각한 어려움은 아니었겠지만, 어느 정도는 여성 소설가에게도 문제였다. 한편 여자들은 가장 열렬하게 서로 업적을 인정하는 경우가 허다했다. 디킨슨이 일생 동안 만났던 독자들 중에 오로지 헬렌 헌트 잭슨만이 디킨슨을 완전히 지지했고, 은둔하고 있는 자신의 친구에게 '너는 위대한 시인이야. 네가 살아 있는 날까지 소리 높여 노래하지 않는다면 그건 잘못이야' 하는 믿음을 주었다.[59] 그러나 또 다른 면에서는, 디킨슨 시의 사후 출판을 둘러싸고 어처구니없이 얽혀 일어난 음모(소송, 해적판, 전기, 반反전기)는 매우 상징적이다. 그 격렬한 '집안 전쟁'은 (리처드 시월이 쓴 두 권짜리 디킨슨 전기의 반 권 분량은 디킨슨의 시를 장악하기 위한 이들의 싸움에 할애되었다) 본질적으로 여자들의 전쟁이었기 때문이다.

이 전쟁에서 투사들은 디킨슨 세대의 여자인 동생 비니와 올케 수가 아니라 후손들이었다. 즉 오스틴의 젊은 연인 마벨 루미스 토드, 그녀의 딸 밀리센트 토드 빙엄, 수 길버트 디킨슨의 딸 마사 디킨슨 비앙키였다. 이들 사이의 적대감에 대한 시월의 설명을 읽으면 놀라서 멍해질 것이다. 루스 밀러가 말했듯이, '이들 젊은 여자들이 그들의 어머니들을 위해 에밀리 디킨슨의 시를 가지고 싸움을 계속할수록 더 절망적인 혼돈에 빠지는 상황은 참으로 이상하다.'⁶⁰ 다른 어떤 혼돈만큼이나 그런 혼돈은 '주디스 셰익스피어'가 직면했고 또 직면하고 있는 문제의 징후로 보인다. 시를 교육하지 않은 곳에 시의 전통은 없으며, 전통이 없는 곳에는 보존을 위해 따라야 할 명확한 과정이 없기 때문이다. 울프는 모든 지적인 젊은 여자들이 주디스 셰익스피어의 부활에 참여할 것이라고 생각했다. 울프는 주디스 셰익스피어의 화신이 한 명 나타났을 때, 그 여자 후손들이 분열과 분노 때문에 가부장적 사회가 늘 여자들 사이에 놓아두었던 것과 똑같은 낡은 칼로 서로를 내리칠 것이라는 사실을 예견할 만큼 충분히 냉소적이지도 못했고 비탄에 잠기지도 않았다. 그러는 동안 시인의 시체-작품은 피범벅이 되어 주목받지도 못한 채 교차로가 아니라 모퉁이에 놓여 있을 뿐이었다.

*

앤 핀치의 시대 이래 여성 시인들을 둘러싸고 있던 미로 같은 사회적 구속을 감안한다면, 뛰어난 여성 작가 중 일부가 시인으로 사는 동안 내내 부득이하게 해야 하는 일을 미덕으로 삼았다는 사실은 놀랍지 않다. 이 미덕을 아주 자극적으로 표현한다면, 서정시가 전통적으로 요구하는 자기주장을 열정적으로 단념하는 것이라 표현할 수 있겠다. 아이러니하게도 그것은 외견상 시적인 소외나 모호성에 점잖게 굴종하는 것으로 정의내릴 수 있을 것이다. 물론 디킨슨은 고통스러운 단념이 주는 역설적 쾌락을 칭송하는 시를 다수 썼다. 사실 너무 많이 써서 대다수 독자(예를 들면 리처드 윌비)는 '화려한 빈곤'을 그녀 예술의 핵심 모티프로 간주했다.[61] 이것이 디킨슨 시의 라이트모티프 중 하나임은 분명하다. 그것은 또한 에밀리 브론테와 조지 엘리엇이 쓴 시의 모티프이기도 하다. 그러나 디킨슨은 외모에 취한 자이면서 (또는 아마도 노래에 취한 자이기 때문에) 앞으로 보게 되겠지만 욕심 많고 분노에 차 있으며 은밀하게 혹은 공개적으로 자기주장을 강하게 하는 사람이다. '화려한 빈곤'이라는 문구는 그녀가 빈곤 속에서도 충족시키려고 결심한 양가적인 관능을 표현한다. 이와 대조적으로 크리스티나 로세티와 (정도는 덜하지만) 엘리자베스 배럿 브라우닝은 자신들의 예술에서 열정적이거나 차분한 빈곤을 기꺼이 받아들이고 있다. 빈곤이 선사하는 가장 높고도 고귀한 미덕으로 체념을 노래했던 위대한 19세기 여성 시인은 디킨슨이 아니라 이들 두 시인이었다.

로세티의『모드』는 숙녀다운 열다섯 살 시인이 (작가의 암시에 따르면) 쫓기듯 들어가게 된 빈곤의 풍경을 탐색하려는 초기 시도다. 이 소설은 과장과 자기 연민에 빠져 있을 뿐만 아니라 로세티에게 어울리지 않은 형식으로 짜여졌다. 로세티는 스토리를 연장하거나 복잡한 플롯을 설명하는 데 능숙하지 않았기 때문이다. 다만 로세티 작품 가운데 예외적인 작품인「도깨비 시장」은 그로부터 10년 후 그녀의 능력이 절정에 달했을 때 쓰였다. 이 시는『모드』를 성공적으로 고쳐 쓴 작품으로서 빈곤의 미덕에 대한 열정적인 찬가다.

「도깨비 시장」(1859)은『모드』처럼 다양한 여자 주인공들을 묘사하고 있으며, 각자는 여성이 지닐 수 있는 서로 다른 자아를 대표한다.『모드』에서는 아그네스, 메리, 막달렌, 모드 자신 사이에서 당황스러울 정도로 선택이 분산되어 있지만,「도깨비 시장」에는 단지 쌍둥이 같은 두 자매 리지와 로라만 (로라의 그림자 같은 선구자 지니와 함께) 등장한다. 이 둘은 불길한 골짜기에서 멀지 않은 '쉼 없이 흐르는 시냇가', 즉 일종의 초현실적이고 동화 같은 오두막에서 살고 있다. 이야기는 다음과 같다. 아침저녁으로 허둥대는 털북숭이 동물처럼 생긴 도깨비들이 ('한 마리는 고양이 얼굴이고 / 한 마리는 꼬리를 흔들어댔으며 / 한 마리는 쥐가 달려가는 속도로 돌아다녔고 / 한 마리는 달팽이처럼 기어다녔다') 골짜기를 나와 마법으로 만들어낸 듯한 맛있는 과일('어느 읍내에서도 팔지 않는, 뺨에 꽃이 내려온 듯한 복숭아 / 검은 꼭지의 오디, / 야생 크렌베리' 등)을 팔고 다녔다.[62] 물론 이 두 소녀는 알고 있다. '우리는 도깨비를 보면 안

된다, / 우리는 도깨비가 파는 과일을 사서도 안 된다. / 도깨비가 배고프고 목마른 뿌리를 / 어떤 흙에서 길렀는지 누가 알겠는가?' 그렇지만 로라는 의미심장하게도 '자신의 금발 타래'를 팔아 도깨비가 파는 과일을 사서 '입술이 아플 때까지' 달콤한 과일을 빨고 또 빨아 먹는다.

시의 나머지는 로라의 행위가 가져온 무시무시한 결과와 그녀가 얻은 궁극적 구원을 다룬다. 도깨비가 판 과일을 먹자마자 이 반항적인 소녀 로라는 작고 '기운찬 과일 장사'의 외침을 더 이상 듣지 않는다. 그러나 로라보다 착실한 리지는 계속 그들의 '달콤하고 유혹적인' 말을 듣는다. 그러다 시간이 지나자 로라는 병들고 쪼그라들어 부자연스럽게 늙어간다. 로라의 머리는 '숱 적은 잿빛으로 변하고' 울다가 잠든 그녀는 멜론 꿈을 꾼다. 로라는 자신과 리지 둘 다 '벌처럼 부지런하고 상냥했던' 옛날, 즉 과일을 먹지 않았을 때 리지와 함께했던 집안일을 더는 하지 않는다. 마침내 리지는 여전히 자신 앞에 나타나는 도깨비 행상에게 과일을 사서 로라를 구해주기로 한다. 그러나 리지가 과일을 사자 그들은 그 자리에서 먹으라고 강요한다. 그녀가 마치 '하얗게 포효하는 바다에 / 떠 있는 한 송이 백합처럼 또는 홀로 남겨진 횃불처럼' 말없이 가만히 서 있기만 하고 먹으려 하지 않자 그들은 과일로 공격하여 으깨진 과육으로 그녀를 뒤덮는다. 그 결과 리지는 집에 있는 아픈 동생에게 가서 자신을 그녀에게 거의 성찬식의 음식처럼 제공할 수 있게 된다. '나를 먹어라, 나를 마셔라, 나를 사랑하라. […] 나를 귀히 여겨라.' 그러나 로라가 언니에게 걸신들린 듯 키스하자, 그녀는 그 주스가

'자신의 혀에는 약쑥'이라는 것을 알고 나서, '그녀는 그것을 혐오했고, / 그녀는 귀신 들린 사람처럼 몸부림치고 뛰어오르며 노래했다.' 마침내 로라는 기절해버린다. 그녀가 깨어났을 때, 그녀는 자신이 예전의 자신으로 변해 있음을 알게 된다. '그녀의 윤기 나는 머리 타래에는 한 올의 흰 머리도 없었고, / 그녀의 숨결은 5월처럼 달콤했다.' 수년이 지나 이제 행복한 아내이자 어머니가 된 두 자매는 딸들에게 과일 파는 남자들을 조심하라고 경고하면서 자신들의 이야기를 해준다. '그들의 자매애가 어떻게 / 무서운 곤경 속에서 자신들을 구원했는가. […] 자매만 한 친구는 없기 때문이다, / 평온할 때나 폭풍 속에서나 / 지치지 않고 서로를 격려하며, / 한 명이 길을 잃으면 데려오고, / 한 명이 비틀거리다 쓰러지면 부축해주고, / 한 명이 시련을 겪는 동안 힘을 돋우어주기 때문이다.'

분명 이 이야기시의 의식적 반의식적 비유에는 성적/종교적 의도가 담겨 있다. 로라는 여느 소녀들이 그러듯, '지갑' 속에 간직했던 금은보화를 주거나, 혹은 머리 타래를 '강탈당하는' 대가로 사악한 남자에게 관능적인 쾌락의 정원에서 딴 금지된 과일을 받는다. 그러나 로라가 일단 처녀성을 잃자, 문자 그대로 더 이상 유혹할 가치가 없어진다. 로라의 과장된 몰락은 사실상 시간의 경과를 강렬하게 만들었다. 이런 시간의 경과는 이브가 금지된 과일을 먹은 죄로 우리 최초의 부모가 생식 영역으로 들어갔을 때 모든 인류에게 시작되었다. 그리하여 관습적인 빅토리아 시대의 몰락에 빠진 로라는 몸집이 줄어들고 백발이 되어 마녀 같은 늙은이로 변한다. 이 시점에 영혼이 병든 자에게 자신의 몸과 피를 빵과 포도주로 내놓으며 인류를 구하기 위해 개입했던 예수처럼, 로라의 '착한' 언니 리지도 여성 구원자로서 예수가 사탄과 했던 것처럼 도깨비와 협상하고, 여성의 영성체가 되어 자신을 먹고 마시라고 한다. 예수가 인류를 원죄에서 구원해 최소한 천국으로 가는 길을 복구했던 것처럼, 리지도 로라를 회복시켜 길 잃은 마녀에서 처녀 신부로 되돌려 마침내 순수한 가정이라는 천국으로 로라를 인도하는 것이다.

그러나 이런 교훈 이상으로 「도깨비 시장」에는 감질나게 하는 많은 층위의 의미(특히 여자들을 위한, 여자들에 대한 의미)가 담겨 있다는 점에서 최근 페미니즘 비평가들에게 중요한 작품이 되었다. 그런 독자에게는 분명 백합이나 바위, 횃불, '풍성한 오렌지나무', '금박의 돔과 첨탑이 있는 / 왕의 순결한 도시'처럼 우뚝 선 불굴의 리지가 빅토리아 시대의 아마존 전사로 보이고, '자매애는 강하다'는 19세기의 선언으로 다가온다. 페미니즘의 관점에서 보면, 사악하고 상업적인 작은 남자들과 순수하고 고귀한 정신의 여자들이 등장하는 「도깨비 시장」은 확실히 남자는 훼손시키고 여자는 회복시킨다는 점을 말한다. 이 시에 불쾌한 도깨비들 이외에 어떤 남자도 등장하지 않는다는 사실은 의미심장하다. 심지어 로라와 리지가 '아내와 어머니'가 되었을 때조차 그들의 남편은 결코 나타나지 않으며, 그들에게는 필시 아들도 없다. 이렇게 볼 때 로세티는 유력한 모계적 여가장의 세계를 제시하는 한편, 두 자매 간의 매우 성적인 구원 장면을 감안한다면 (양면적이지만) 은밀하게 레즈비언의 세계를 제시했다고 볼 수 있다.

동시에 리지가 로라를 인도해 되찾은 에덴이 가정과 동일시되는 천국이라는 점은 어떻게 판단해야 할까? 로라는 혼수상태에서 깨어나 '예전처럼 순수하게' 웃지만, 사실은 경험의 지옥에서 물러난 블레이크의 셀처럼 시 초반부에서보다 더 이전 심리 단계로 퇴화했다. 로라는 순결한 처녀의 세계에 살면서 섹슈얼리티, 자기주장, 개인적 쾌락은 어떤 것이든 부정하면서(동물 같은 도깨비가 증명하듯 남자는 짐승이기 때문에), 전적으로 딸들의 '연약한 삶'을 (과일 상인들이 그녀에게 가했던 위협과 다를 바 없는) 위험으로부터 지키는 일에 헌신한다. 반면 로라의 세계에는 더 이상 그런 위험이 없으며, 지나간 날들('오래전에 사라진 즐거운 날들', '귀신이 출몰하는 골짜기'와 '사악하고 괴상한 남자 과일상'이 존재하는 날들)에 대한 로라의 회상을 묘사하는 로세티의 시에는 향수 어린 어조가 스며 있다. 리지처럼 로라도 진정한 빅토리아 시대의 자아 없이 미소 짓는 집안의 천사가 되었고, 따라서 당연히 (우리는 본능적으로 이 결과를 알 수 있다) '귀신이 출몰하는 골짜기'와 '괴상한' 도깨비들은 사라졌다.

로라가 천사처럼 자아를 버렸을 때 도깨비 과일상들의 골짜기가 사라지는 이유는 무엇인가? 도깨비는 짐승 같고 착취하는 남성의 섹슈얼리티 이외에 다른 어떤 것을 구현하고 있는가? 도깨비들의 과일은 육체적 쾌락 이상의 어떤 것을 의미할까? 이 질문에 대한 답변은 로세티가 사용하는 바로 그 밀턴적 이미지에 새겨져 있을 것이다. 『실낙원』에서 사탄인 뱀은 이브를 설득해 사과를 먹게 하는데, 사과가 맛있어서가 아니라 먹는 사람에게 '이상한 변화'를 일으켜서 그의 '내적 힘'에 '이성'과 '말'을 더해주기 때문임을 기억해야 한다. 동물에 불과한 뱀이 이 '성스럽고 현명하고 지혜를 주는 식물' 덕분에 변했다면, 인간 이브는 다른 능력은 물론 말하는 면에서도 '신처럼' 될 수 있을 것이라고 밀턴은 주장한다.[63] 밀턴의 뱀보다 더 수수께끼 같은 로세티의 도깨비 남자들은 로라에게 그런 약속은 하지 않지만, 「도깨비 시장」에서 과일을 먹는 장면은 여러 다른 방식으로 『실낙원』의 장면과 병치되기 때문에 실낙원의 약속에 병치되는 요소 또한 당연히 잠재되어 있을 것이다.

낙원에서 나는 '지력의 음식'을 탐욕스럽게 먹은 이브는 꼭 자신의 후손인 로라처럼 행동한다. 이브는 '과일 맛에 완전히 넋이 나가서' '과일 말고는 아무것'도 생각하지 않는다. 마침내 '이브가 포도주를 마신 것처럼 즐겁고 유쾌하게 고무될' 때까지[64] '여지껏 다른 과일에서 결코 맛본 적이 없는 그런 맛을 […] 이브는 게걸스럽게 양껏 먹어치웠다.' 그러나 이브가 육체적인 쾌락을 만끽하고 있긴 해도 이브의 진짜 목적은 지적인 면에서 신처럼 되는 것, 아담과 (그리고 신과) 동등하거나 우월해지는 것, 오로지 자신만의 주장을 하는 것이다. 이브가 마침내 과일을 '물릴 정도로 먹었을' 때, 제일 처음 한 결심은 그 나무를 날마다 '노래로' 숭배하는 것이다. 이와 같은 밀턴의 맥락을 감안하면, 도깨비가 파는 과일을 빨아 먹고 자신의 욕망을 내세우며 '실컷' 탐닉한 로라 역시 성적 자아뿐 아니라 지적 (또는 시적) 자아도 주장하고 있는 것이다. 로라 이전에 이브가 그러했던 것처럼, 결국 로라는 은유적인 의미에서 말을 먹고 권력의 맛을 즐긴다. 에밀리 디킨슨은 '육화된 단어는 전율하며 함께 먹을 수도 / 전해질 수도 없다'고 썼다. 이는 아마 「도깨비 시장」의 핵심 상징을 가리키는 말이었을 것이다. 디킨슨은 로라의 사탄처럼 사악한 성찬식의 역학을 밝히기라도 하려는 듯 다음과 같이 덧붙였기 때문이다.

> 그러나 나는 은밀한 황홀감으로
> 우리 각자가 맛보았던
> 바로 그 음식을, 우리의 특별한 힘에 대해
> 논란이 되고 있는 그 음식을
> 착각하지 않았다.
> [J 1651편]

디킨슨은 권력의 맛과 '언어학' 둘 다 죄에 물들어 있다고 말하는 듯하다. 우리가 살펴보았듯 이브와 로라 같은 여자들만이 (또한 로세티 자신만이) '은밀한 황홀'을 맛볼 수 있기 때문이다.

여성의 쾌락과 여성의 힘, 독단적인 여성의 섹슈얼리티와 독단적인 여성의 말 사이의 그런 관계는 유구하다. 이브의 이야기와 디킨슨의 시는 둘 다 그런 관계를 명백하게 보여준다. 메리 울스턴크래프트 같은 우상 파괴적인 페미니스트에게 쏟아진 공격도 마찬가지다. 『여성의 권리 옹호』는 '매춘부 홍보를 위해 교활하게 만들어진 경전'이라는 비난도 받았다.[65] (울스턴크래프트를 가장 악의적으로 비평한 사람 중 리처드 폴웰은 울스턴크래프트의 '거세된' 여성 추종자들이 내보이는 '오만한 태도'와 '거만한 저항'을 '식물학에서 얻는 기쁨'과 연결시키기까지 했다.)[66] 우리는 또한 엘리자베스 배럿 브라우닝이 흠잡을 데 없는 성생활로 칭송받았다는 것을 기억해야 한다. '천재 여성의 삶은 죄악으로 더럽혀지는 경우가 너무 빈번해서 […] 그들의 지적 재능은 [보통은] 축복이라기보다 저주다.' 이 말에서 섹슈얼리티와 천재 여성의 관계는 사실상 인과관계다. 천재 여성은 통제할 수 없는 성적 욕망을 일으키고, 역으로 통제할 수 없는 성적 욕망이 천재 여성이라는 질병을 불러일으킨다는 것이다.

'여자에게 천재성과 섹슈얼리티란 질병이나 광기와 유사한 질병이다' 같은 이야기는 「도깨비 시장」에서 ('신부가 되었어야 할, / 그러나 신부가 원하는 기쁨 때문에 / 기쁨의 절정에서 / 병들어 죽었던') 로라의 병과 리지가 들려준 지니의 이야기 모두가 암시한다. 신부의 기쁨에 대한 로세티의 인유는 금지된 도깨비의 과일이 곧 금지된 섹슈얼리티를 의미한다는 처음 생각을 강화하는 것만 같다. 하지만 더 앞서 언급된 지니 이야기에서 과일의 상징성은 로라 이야기의 과일처럼 모호해진다. 리지가 로라에게 알려주기를, 지니는 도깨비 남자들을 '달빛 아래에서' 만났고, '그들이 주는 질 좋은 선물을 잔뜩 받았고, / 여름 내내 성숙한 나무 그늘에서 딴 / 도깨비들의 과일을 먹고 그 꽃을 달았다.' 다시 말해 달빛 아래에서 배회하다가 골짜기에서 온 이상한 피조물과 교제했던 지니는 마녀 혹은 미친 여자가 되었고, 그리하여 자신을 전적으로 '부자연스러운' 또는 적어도 비여성적인 꿈과 영감으로 가득 찬 삶에 바쳤다. 지니가 받은 벌은 몰락이었으며, 이 몰락은 본질적으로 그녀의 내적인 질병이 겉으로 드러난 결과였다고 할 수 있다.[67]

한편으로 도깨비의 과일과 꽃이 부자연스러우며 제철 것이 아니라는 사실은 그 과일과 꽃이 예술 작품(정신의 과일)뿐만 아니라 죄 많은 섹슈얼리티와도 연관되어 있음을 의미한다. 게다가 그 과일과 꽃은 일상적인 의미로 스스로를 재생산하지 않으며, 일반적인 식물의 재생산을 방해하는 듯 보인다는 점에서 그들이 기묘하고 죄 많은 가짜라는 우리의 인식을 부채질한다. 지니와 로라는 둘 다 육체적 불모성으로 저주받은 인물로, 빅토리아 시대의 타락한 여자들과는 다르다. (엘리엇의 헤티 소렐이나 배럿 브라우닝의 메리언 얼처럼) 빅토리아 시대의 타락한 여자들은 거의 항상 사생아를 낳아 수치스러움을 경험하기 때문이다. 지니의 무덤에는 데이지조차 자라지 않을 것이다. 또 로라가 아껴두었던 씨는 싹이 트지 않는다. 병들고 수척해진 지니와 로라 둘 다 건강하고 어린아이 같은 여성 섹슈얼리티는 물론 '겸손한 아가씨'로, 사회적으로 규정된 역할로부터도 격리되어 있다. 로라는 그녀가 도깨비 남자들을 방문한 다음 날에도 여전히 리지를 도와 우유를 짜고 청소하고 바느질하고 반죽하고 휘젓는다. 리지는 이에 만족하는 반면, 로라는 이미 '한편으로는 아프고', 다른 한편으로는 도깨비가 출몰하는 골짜기의 과일을 갈망한다. 결국 로라도 지니처럼 집안일을 거부한다.

마지막으로, 어떤 층위에서는 도깨비 골짜기 자체가 여성의 성적 상징이지만, 의미 있는 또 다른 층위에서는 「쿠블라 칸」에서 콜리지가 이야기했던 황홀한 낭만적인 틈새, 『플로스강의 『물방앗간』에서 조지 엘리엇이 묘사했던 상징적인 붉은 심연, 또는 많은 시에서 디킨슨이 정의 내렸던 마음의 균열과 유사한 정신의 균열을 나타낸다는 것이 점점 분명해진다. 이 점을 인식할 때 로라와 지니를 괴롭혔던 질병(이상한 통곡, 몽롱한 권태, 성적 무력함, 마녀 같은 기괴한 몸)을 더 철저하게 이해할 수 있다. 도깨비 남자들은 일반 사람만큼 크지 않았고, 성적으로 카리스마 있는 남자도 아니었다. 실제로 모든 면에서 로세티는 이 시에 결코 나타나지 않는 진짜 남자들과 그들을 구별한다. 그 대신 도깨비들은 내내 많은 여성 작가들이 마음속 도깨비 골짜기에서 만났다고 기록한 작은 피조물, 허둥지둥 종종걸음을 치는 털 북숭한 쥐 같은 것들이나 무의식, 피할 길 없는 몽마들이었다. 짐승 같은 버사 로체스터처럼 '교활하고', '쥐'나 '사악한 고양이' 같은 아홉 살 제인 에어처럼 '사악한' 그들은 악마처럼 검은 히스클리프가 캐서린 언쇼에게 의미했던 '그것', 디킨슨이 가끔 자신을 가리켜 말했던 '그것', '우리 모두가 속에 품고 있는 귀여운 늑대'도 상기시킨다. 무의식의 이끼 낀 동굴, 즉 자아 내부의 도취적이지만 세속적인 틈새에서 나온 남성적 단호함으로 '닦아내고 베어내는' 그것 같은 내면의 자아는 밖으로 튀어나와 지니, 로라, 리지, 로세티에게 부자연스럽지만 꿀처럼 달콤한 예술의 과일, 즉 스스로를 만족시키는 관능적인 쾌락의 농밀한 과일과 유사한 (또는 동일한) 과일을 제공하는 것이다.

『모드』가 예견했던 것처럼 로세티, 혹은 로세티가 자신의 문학적 불안을 투사했던 대리 자아들 중 하나는 예술이라는 도깨비 과일을 거부해야 했을 것이다. 허영과 자기주장 같은 유아론적 향락으로 이끄는 과일은 사실 수상쩍은 토양을 먹고사는 '배고프고 목마른 뿌리'를 가지고 있다. 체념을 다루는 로세티의 또 다른 주요한 시 「집에서 가정으로」는 「도깨비 시장」과 같은 해에 쓰였는데, 이 시는 이 점을 더 직접적으로 보여준다. 이 시의 시인-화자는 '내 영혼 속의 즐거운 곳, / 최고로 아름다운 지상의 낙원'에 살고 있다고 고백한다.[68] 그러나 그녀의 내적인 에덴은 '목표로부터 그녀를 유인해냈다.' 그저 '축복받은 거짓말의 연속'인 이 낙원은 '하얀 투명 유리의 성과 노래와 꽃과 과일'로 가득 차 있는 숲과 '불꽃같은 눈을 가진 […] 나의 욕망을 만족시켜주는' 뮤즈 같은 남성 영혼으로 가득 차 있다. 그리하여 로세티의 '즐거운 곳'은 자신을 만족시키는 예술의 낙원, 즉 남자 뮤즈의 유혹을 통해 「도깨비 시장」의 남성적 과일상들의 유혹을 예상할 수 있는 곳이며, 도깨비 과일의 관능적 쾌락이 교묘하게 만들어낸 행복한 자연의 피조물들의 소우주에 구현된 낙원임이 분명하다. 이 내면의 에덴이 '즐거운 곳'이라는 바로 그 이유 때문에 그곳은 이내 시인-화자가 벌로 그녀의 뮤즈에게 버림받고 로라와 지니처럼 추위에 떨고 굶주리며 늙어갈 수밖에 없는 추방의 영역이 된다. 또다시 로라와 지니처럼 로세티는 고통을 겪는 법을 배워야 하며, 예술과 관능이 주는 자기만족을 거부해야 한다.

더욱이 로세티는 대표적인 여성 시인-화자로서 쾌락을 찬양할 때 이기적으로 노래를 부르기보다는 고통스럽더라도 사심 없이 노래하는 법을 배워야 한다고 믿었다. 「집에서 가정으로」의 핵심 문단은 희한할 정도로 마조히즘적인 환상을 묘사하는

데, 이는 「도깨비 시장」이 근거하고 있는 도덕적인 미학을 인상
적으로 해명해주고 있다.

나는 한 여자의 환상을 보았어.
　　밤과 새날의 경계에서,
더할 나위 없이 창백하고, 백지장 같은,
　　표현할 수 없을 정도로 슬픈 여자의 환상을.
……………………………………………………………
나는 바깥쪽 메마른 땅에 서 있고,
　　그녀는 꽃봉오리 맺혀 있는 내면의 땅에 서 있어.
결코 느슨해지지 않는 원으로 빙빙 돌면서
　　신비스러운 시간 옆에서 춤추었지.

그러나 모든 꽃은 가시 위에 솟아났고,
　　모든 가시는 모래에서 솟아났어.
그녀 발을 쑤시기 위해서, 경멸 속에 울려 퍼지는 쉰 웃음소리,
　　손뼉 치는 잔인한 손들.

그녀는 피 흘리고 울었지만, 움츠리지는 않았지, 그녀의 힘은
　　기쁨의 새벽이 올 때까지 팽팽했어.
그녀는 잴 수 없는 슬픔을 쟀어,
　　그 길이와, 너비와 깊이와 높이를.

그리고 나는 보았어, 어떻게 사슬이 그녀를 지탱하는지를,

만들어지거나 쪼개지지 않은 살아 있는 고리의 사슬.
그것은 번개와 바람과 폭풍을 뚫고 수직으로 뻗어나가,
　　하늘에 굳게 닻을 내렸어.

한 명이 울부짖었지. '얼마나 오랫동안 바위에 머물러
　　싸우고 고통받고 쟁취해야 하는 거야?' —
한 명이 대답했지. '폭풍우의 충격으로 신념이 흔들려도
　　그녀의 영혼은 다시 강해질 거야.'

나는 컵 하나가 그녀에게 내려오는 것을 보았어.
　　혐오와 냉소로 넘쳐나는
그녀는 검푸른 입술로 마셨고, 깊이 휘젓는 것처럼 보였지만
　　줄어든 것 같지는 않았지.

그러나 그녀가 마실 때 나는 엿보았지.
　　손이 새 포도주와 새 꿀을 내리는 것을, 그리하여 그것을
처음에는 쌉쌀할 정도로 달콤하게
다음에는 진짜 달콤하게 만드는 것을,
　　마침내 그녀가 달콤함만 맛볼 때까지.

그녀의 입술과 뺨은 갓 핀 장미꽃 빛으로 물들었지.
　　마시면서 노래했어. '내 영혼은 아무것도 원하지 않으리.'
그리고 다시 마셨지. 부드러운 노래를 부르면서,
　　신비롭고 느린 노래를.

이 문단에서 여성 시인-화자는 고통스러워도 여성 시인에게 체념만이 노래의 적절한 원천이 될 수 있다는 점을 발견한다. 로세티의 환상 속에 등장하는 상처 입고 고통받는 예수 같은 시인은 자아의 포기라는 비통함을 마시고 나서 노래를 부른다. 로세티는 과거의 '즐거운 곳'에서 맛본 순수한 달콤함이 단지 '일련의 거짓'일 뿐이라는 점을 암시한다. 여성 예술가는 역설적으로 달콤 쌉쌀한 고통을 통해서만 '살아갈 수 있도록' 강해질 수 있다.

「집에서 가정으로」의 달콤한 '향락'처럼, 「도깨비 시장」의 과일은 어린아이처럼 자기만족적인 환상과 같은 정신이 원하는 하층토에서 자라났다. 그러므로 이기적인 리지는 필수적인 매개로서 불가피한 '하얀 황금빛' 미덕이자 억압이다. 금지된 과일을 먹은 뒤 로라가 돌아왔을 때, 리지는 그녀에게 던질 '현명한 질책을 잔뜩 준비하고 / 문에서' 맞이한다. '너는 그렇게 늦게까지 있어서는 안 돼, / 아가씨에게 석양은 좋지 않거든. / 골짜기에서 배회해서는 안 돼 / 도깨비 남자들이 출몰하는 곳은.' 앞서 살펴보았듯 비록 도깨비 남자들이 '실제' 사람은 아닐지라도, 필연적으로 자기주장이라는 남성 특권과 연관된다. 그러므로 리지가 로라에게 말하는 것은(그리고 로세티가 자신에게 말하는 것은) 예술이 주는 만족과 위험은 '젊은 여자에게 좋지 않다'는 것이다. 그것은 로라가 문자 그대로 흡수해야 할 도덕이며, 마찬가지로 「집에서 가정으로」에서 시인-화자가 배워야 할 도덕이다. 로라, 모드, 크리스티나 로세티 같은 젊은 아가씨들은 상상의 골짜기에서 배회해서는 안 된다. 그곳은 키츠나 테니슨, 혹은 단테 가브리엘 로세티나 그가 속했던 라파엘 전파의 동료 같은 도깨비 남자들이 출몰하는 곳이기 때문이다.

살이 되는 (사탄적이라기보다) 가부장적인 말씀의 여성적 판본이라 할 수 있는 성찬식의 메시아가 된 리지는 로라에게 자신을 먹으라고 (로라가 회복되기 위해서는 리지의 쓰디쓴 억압적인 지혜, 필수 불가결한 지혜를 섭취해야 하므로) 명령한다. 실제로 로라가 리지를 마음껏 먹을 때, 로라의 억압적인 언니의 피부에 남아 있는 도깨비 주스는 '혀에 약쑥' 같았다. 「집에서 가정으로」가 그러했듯, 쾌락의 미학은 비판적인 도덕에 의해 고통의 미학으로 변형되었다. 또한 「집에서 가정으로」에서 여성 주인공이 피를 흘리고 울음을 터뜨리고 고통스럽기 때문에 노래를 부른 것과 마찬가지로 「도깨비 시장」에서 로라는 마침내 체념의 교훈을 배운 순간에 '새장에서 풀려난 것처럼' 뛰어오르고 노래하기 시작한다. 다시 말해 이 순간 로라는 로세티가 여성 시인이 도달할 수 있는 예술의 절정이라고 본 경지에 이르렀고, 여기에서 로라는 로세티의 진정한 대리인이 된다. 나중에 로라는 모든 향락을 그만두고 어린아이처럼 가정적이 되어가겠지만, 여기에서 겪은 황홀한 고통을 느끼는 짧은 순간에 로라는 '빛을 막아 / 곧장 태양으로 되돌려보내며' '이름 없는 쓴맛을' 게걸스레 맛본다. 이는 디킨슨이 '절제의 향연'이라고 불렀던 것의 마조히즘적 변형이다. 로라는 자신의 억압적인 자매의 초자아를 흡수한 뒤, 예전의 자기주장이 강한 시적/성적 삶을 완전히 잊어버린다.

다시 한번 키츠와 비교하는 것이 적절할 듯하다. 키츠 역시

『모드』에서 로세티에게 중요했던 것과 똑같은 시적 훈련에 내내 사로잡혀 있던 까닭에, (반대 성의 마술적 존재로 구현되어 있는) 내면의 타자성을 만나고자 하는 갈망과 시의 관계에 대해 상징성이 매우 풍부한 시를 썼기 때문이다. 로세티의 도깨비 남자들처럼 키츠의 「잔인한 미인」은 시인의 상처 입기 쉬운 기사에게 불가해하지만 감미로운 음식('달콤한 맛의 뿌리 / 야생 꿀과 감로')을 먹여, 음식과 말의 관계를 접합시킨다. 여성은 기사騎士에게 '이상한 언어로 […] 나는 당신을 진정으로 사랑한다'고 말한다. 로세티의 로라처럼 (그리고 「집에서 가정으로」의 화자처럼) 키츠의 기사도 뮤즈 같은 여성에게 (그는 그녀를 초원에서 만났고 도깨비 골짜기와 유사한 기괴한 '요정의 동굴'에서 구혼했지만, 일단 그녀가 그를 마음대로 하게 되자) 불가해한 방식으로 버림받는다. 로라처럼 그 기사도 수척해지고 굶주리며, 그의 아니마와 작가가 자신을 버렸던 현실의 추운 언덕에서 병에 걸린다. 한편, 로세티와 달리 키츠는 그 기사의 운명이 어떻게 되든 시인이 일시적으로만 버림받았음을 암시한다. 로라/로세티는 도깨비 남자들에게 배신을 당하는데, 여기에서 아름다운 여왕과 쥐 얼굴의 도깨비 남자들의 차이가 드러난다. 이 배신은 예술의 금지된 과일을 먹고 싶다는 욕망이 헛된 죄의 충동이라는 것을 로라/로세티에게 확인시키지만, 기사가 버림받는 것은 단지 그의 비극을 더욱 장엄하게 고양시킬 뿐이다.

키츠는 예술에는 궁극적으로 위험을 걸 만한 가치가 있고, 심지어 소외나 외로움을 견딜 만한 가치가 있다고 말한다. 미인의 '달콤한 키스'와 '이상한 언어'가 주는 황홀경은 앞으로 닥칠 고뇌와 굶주림을 무릅쓰고 획득할 만한 가치 이상이다. 비록 기만적일지라도 키스가 가져다주는 황홀함은 그 자체로 키츠와 그의 기사가 얻을 수 있는 유일한 보상이다. 리지가 로라에게 주는 그 어떤 구원도, 비록 그것이 기사를 '다람쥐의 곡물 창고마저 가득 차 있는' 비옥한 땅으로 되돌려 보내준다 해도, 그에게 진정으로 가치 있는 것(요정의 동굴, 요정의 노래, '야생 꿀'에 대한 그의 기억)을 파괴할 것이다. 마찬가지로 도깨비 골짜기와 '목에 꿀 같았던 과일'에 대한 로라의 기억도 그녀가 억압적인 가정생활을 의례적으로 받아들이며 결국 파괴된다. 「도깨비 시장」은 단지 다른 여자들의 삶에 대한 관찰이 아니라 로세티가 자신을 위해 고안한 미학에 대한 정확한 설명이라 할 수 있다. 이것이 바로 키츠가 무덤을 넘어서까지 자신을 주장할 수 있다고 생각한 반면, 로세티는 왜 괴로움을 마시며 '체념'이라는 관에 자신을 생매장해야 했는지 설명해준다.

*

우리가 앞에서 살펴보았듯 엘리자베스 배럿 브라우닝의 시 가운데 가장 훌륭한 시는 우아하거나 열정적인 자기희생과 화해할 때 나왔다. 그런 자기희생은 19세기 여자에게 최고의 미덕이었다. 그러나 배럿 브라우닝은 로세티의 기질과 환경이 키웠을 철저한 금욕주의를 천성적으로 좋아하지 않았기 때문에 젊은 여자 특유의 고통의 미학을 좀 더 친숙한 빅토리아 시대의 섬김의 미학으로 결국 대체했다. 브라우닝의 걸작 『오로라 리』

(1856)는 부분적으로 페미니스트가 쓴 자기 확신의 서사시이기도 하지만, 섬김의 미학을 가장 완벽하게 전개하고 있는 작품이기도 하다. 『오로라 리』는 너무 길어서 「도깨비 시장」처럼 상세하게 분석할 수는 없다. 다만 약간의 논평을 할 가치는 있는데, (버지니아 울프가 기쁨에 가득 차서 그 작품을 발견했다고 보고하고 있듯)[69] 이 작품을 읽지 않은 대부분의 독자들이 생각하는 것보다 이 작품이 훨씬 더 훌륭하기 때문이기도 하고, 19세기에 제정신인 세속적 여성 시인이 자기주장과 굴종 사이에서 성취할 수 있는 가장 합리적인 타협점을 보여주기 때문이기도 하다. 앞으로 살펴보겠지만, 에밀리 디킨슨은 사실 배럿 브라우닝이 제시한 타협안을 암암리에 거부했다. 이 사실은 의심할 바 없이 디킨슨의 애머스트 '신화'가 얼마나 '무모하고' 순진했는지를 보여준다.

요컨대 『오로라 리』는 여성 시인이 성장과 금지, 공감, 사랑, 고통을 통해 배우는 정신교육에 대해 무운시로 엮은 교양소설이라 할 수 있다. 피렌체에서 태어난 여자 주인공은 이탈리아 여자를 엄마로, 그 여성과 결혼함으로써 상속권을 박탈당한 영국 남자를 아버지로 두었다. 열세 살 때 고아가 되어 영국으로 온 여자 주인공은 결혼 안 한 까다로운 고모에 의해 여성의 예절이라는 고문 과정에 입문한다. 고모는 여성이 쓴 소설에 나오는 많은 다른 여자들처럼 예의 바른 가정용으로 젊은 여자를 '교육하기 위해' 가부장제의 대리인으로 행동하는, 상냥하지 않은 독신녀다. 오로라 리는 부분적으로 그녀가 보냈던 비영국적이고 반反인습적인 어린 시절 때문에 고모의 구속을 거부한다. 일찍이 돌아가신 아버지의 책으로 공부한 오로라 리는 시인이 되기로 결심한다. 고결한 정신을 품은 정치적 야심가인 사촌 롬니 리(환생한 세인트 존 리버스 같은 존재)가 아내이자 내조자가 되어달라고 청했을 때, 오로라 리는 그 제안을 위세등등하게 거절한다. 그러면서 그녀에게도 천직이 있는데, 자신의 천직은 바로 예술로 그것은 최소한 사회복지 사업만큼 필요한 일이라고 말한다.[70]

여기에서 자아를 발전시키는 예술과 자아를 포기시키는 '일' 사이의 독특한 양극성은 테니슨이 「예술의 궁전」에서 묘사했던 빅토리아 시대의 전형적인 양극성을 상기시킨다. 그렇긴 해도 배럿 브라우닝은 그 소녀가 자신을 정당화하는 연설에 페미니즘적 차원을 부여한다. 이를 통해 롬니를 거절한 오로라 리는 제인 에어가 존의 청혼을 거부함으로써 악명 높게 개척했던 반항적인 자기주장의 전통 안에 정확하게 자리 잡는다. 여자들은 '아이들이 칼을 갖고 놀듯이 / 예술을 갖고 논다, / 진정한 행동은 불가능하기에 / 흔히 칭송받는 아름다운 영혼을 보여주기 위해' 하고 롬니는 오만하게 말한다. 오로라 리는 이를 거부한다. 그녀는 롬니의 '나랑 함께 일하고 사랑하자'는 권유, '우리와 태양 사이에 걸린 / 휘장 침대의 벨벳에 / 우리가 꿰매는 맵시 있는 술 장식을 위해서가 (당신은 그것을 목적이라 하지만, / 여전히 훨씬 작은 신의 영광 아닌가?) / 아닌 다른 목적을 위해서' 일하자는 요청을 거부한다. 제인만큼 열정적으로 자기주장을 하는 오로라 리는 '남자든 여자든 모든 피조물은, / 책임 있는 행동과 생각을 하는 독립된 존재다 […] [그리고] 나 또한 나의 천직[해야 할 일]이 있다 […] / 가장 진지한 일이며, 가장 필요한 일'이라고 주장한다.[71] 이 대목에서 오로라 리는 '새벽이 슬로 온통 반짝이며 흥분해' 있다. 디킨슨이 나중에 자신의 용법으로 전환한 은유를 빌리자면 '정오를 기다리며 굶주리고' 있다. 바로 이런 이유로 남성적 공격성을 지닌 오로라 리가 '제국과 많은 공물'을 추구할 때, 누군가 '당신에게 가치 있는 일을 내가 주겠소. / 이리 와서, 나의 마구간을 쓸고, 나의 병원을 지켜주시오, / 그러면 나는 남자가 여자에게 주는 / 동전을 당신에게 지불할 것이오' 하는 것은 모욕적인 동시에 경멸할 법한 일이다.

의미심장하게도 『오로라 리』는 『제인 에어』가 멈추는 바로 그 지점에서 시작한다. 제인은 자신을 부인하는 삶을 살자는 존의 청을 거절하고 자기만족적인 세속의 낙원으로 들어간다. 브론테는 이 낙원을 상세하게 보여주지 않는다. 반면 오로라는 그녀 앞에 자신의 전 생애를 펼쳐놓는다. 오로라의 직업(시)은 그녀가 예언하듯 '나의 청춘의 악마'라고 말했던, 콧대 높은 '그것'과 관련된 과장된 자기 확대의 위험을 지니고 있다. 따라서 제인의 자기주장이 정체성을 찾는 기나긴 투쟁의 산물이었다면, 오로라의 자기주장은 오래 지속될 정체성의 포기 또는 억압이 시작되는 선결 조건이다. 제인은 자신이 되는 법을 배워야 했고, 오로라는 자기 자신이 되지 않는 법을 배워야 한다.

오로라는 특별한 대리인 메리언 얼에게 교육받는다. 메리언은 오로라의 자매 같은 분신으로 기능하는 '하층계급 여자'다. 메리언은 처음에 롬니를 사랑하고 섬기며, 그다음에는 자신의 처녀성을 (의도적이지는 않지만) 롬니에게 내줌으로써 오로라에게 행동하고 고통받는 방법을 알려준다. 롬니는 사회 평등을 지향하는 정치적 제스처로서 메리언 얼과 결혼하려 하지만, 방종하고 '음탕한' 귀족주의자이며 롬니와 사랑에 빠져 있는 발데마르 부인의 설득으로 메리언은 롬니의 청혼을 거절한다. 이 '귀부인'이 보낸 하인의 보호 아래 보따리와 함께 프랑스로 보내진 메리언은 (당연히 리처드슨의 방식대로) 성매매촌에 갇히고, 마약, 강간, 임신에 이어 일시적 정신분열까지 겪는다. 이 모든 사건을 통해 오로라가 배워야 하는 것은 첫째가 연민이고 둘째는 봉사다. (그녀가 정말로 사랑하는) 롬니가 발데마르 부인과 결혼할 것이라는 확신 때문에 고통받던 오로라는 파리로 가서 그곳에서 학대당한 메리언과 그녀의 사생아를 만난다. 이때 오로라 리는 꽤 유명한 시인이 되어 있었고, 그녀는 즉각 자신의 '모국'인 피렌체에 메리언과 그녀의 아이를 위한 가정을 만들기로 마음먹는다. 이 결심은 봉사와 '이기심' 사이에서 행복한 페미니즘적 균형을 이루는 것 같다. 오로라는 계속해서 야심 찬 시를 쓸 것이며, 메리언과 아이는 안전할 것이다.

메리언이 아이를 돌보는 광경을 바라보면서 이 자긍심 높은 시인은 겸손의 기쁨 그 이상을 배운다. 오로라는 한 여성의 '자신을 잊고, 자아를 버리는 극단적 사랑'을 부러워한다. 이때 롬니가 피렌체에 나타나 자신이 발데마르 부인과 결혼할 의사가 없고, 더욱이 조상의 저택을 무너뜨린 대화재 때 메리언의 술취한 아버지를 구하려다가 눈이 멀었다고 밝힌다. 표면적으로 보면 롬니는 냉혹하게 정의로운 세인트 존 리버스에서 유혹적으로 연약해진 로체스터로 변신한 듯하다. 메리언에 대한 사랑으로 부드러워지고 롬니의 소식으로 누그러진 오로라는 마침내 빅토리아 시대의 청중에게 '예술은 소중하다. 그러나 특히 여자에게는 사랑이 더 소중하다'고 인정한다.

> 예술은 천국을 상징한다, 그러나 사랑은 신이며
> 천국을 만든다. 나, 오로라, 갱도에서 추락한,
> 나는 다른 여자들처럼 되지 않을 것이다.
> 사랑을 믿는 단순한 여자,
> 그리고 사랑하기 때문에 사랑의 권리를 소유한,
> 그리고 자신을 사랑한다는 말을 듣고,
> 신을 만족시키는 것으로 만족하는. 나는 분석하고
> 맞서고 질문해야 한다. 마치 파리 한 마리가
> 어떤 햇빛 아래서도 몸을 덥히지 않기로 결심했던 것처럼
> 해가 절정에 이를 때까지[72]

오로라의 고백 이미지는 중요하다. 롬니가 앞을 보지 못해도 로체스터와 같지 않은 것처럼, 사랑이라는 면에서도 오로라는 제인 에어와는 같지 않다는 것을 보여주기 때문이다. 사랑하지 않는 여자는 사탄이나 이브처럼 천국에서 '추락'할 테지만, 사랑하는 여자는 정오의 햇빛을 싸워 없앨 생각은 하지 않고 그 아래서 햇빛을 쪼고 만족스러워하는 파리 같으니 말이다.

맹인인 롬니와 결혼한 오로라는 아내이자 예술가로서 남편의 협력자가 될 것이다. 오로라는 (더 어렸을 때 그녀가 했던 방

식대로) 태양을 욕망하기보다 공부하고 수확하여 그것에서 이득을 얻을 것이다. 롬니는 '통찰적인 비전으로 태양을 응시하라'고 오로라에게 충고한다. '태양의 내장의 열기에서 태양 너머 빛의 뿌리를 뜯어내라'고도 한다. '예술은 봉사이며 흔적'이기 때문이다. '은으로 만든 열쇠가 그대 손 안에 있으니, / 그대는 밤낮으로, 지칠 줄 모르고 서서, / 열심히 천천히 돌려서 그 열쇠를 맞추라.'[73] 다시 말해 예술가, 특히 여성 시인은 반짝이는 존재도 영감에 가득 찬 인물도 아니고, 열정적으로 자기를 주장하는 제인 에어도 아니다. 오히려 그녀는 아폴론의 겸손한 신부로서 그녀의 찬란한 눈먼 주인을 위해 (그리고 인류를 위해) 일하는 자다. 「집에서 가정으로」에서 그녀는 로세티의 꿈의 여왕이 견뎠던 침묵의 고뇌만큼 강렬한 '지칠 줄 모르는' 자기희생의 황홀 가운데 일한다.

그녀의 이름이 보여주듯 오로라는 디킨슨이 '정오의 남자'라고 불렀던 신에게 (다시 지어진 그의 집에 '초석'을 놓아) 봉사하는 새벽의 여신이 된다. 롬니가 '멀어버린 장엄한 눈을 / 완전한 정오에 대한 생각으로' 부양하듯, 그의 예술가 아내는 동쪽에서 발견한 성경에 나오는 빛의 돌들(벽옥, 사파이어, 옥수, 수정), 즉 환상 속의 벽을 짓는 데 사용하는 바로 그 돌들을 묘사한다. 캐저반에게 봉사하는 도러시아처럼 오로라는 밀턴의 딸이 수행한 이상화된 역할, 눈은 멀었으나 권력은 있는 주인에게 충실한 하녀 역할을 재연한다. 시력을 잃었으나 여전히 엄격하게 가부장적인 롬니가 이제 반은 로체스터, 반은 존 리버스처럼 보이는 것처럼, 오로라와 오로라의 작가는 빅토리아 시대의 결혼이 요구하는 온순함과 시가 요구하는 에너지 사이에서 완벽하게 타협을 달성한 것으로 나타난다. 그들은 시인의 '영감'과 시인인 그녀 자신의 관계를 재규정했고, 그것은 빅토리아 시대의 현자와 그의 순종적 내조자의 관계를 반영하고 있다.

동시에 밀턴의 딸들에 대한 조지 엘리엇의 인유가 겉으로는 여성의 종속에 대한 가부장적인 원칙을 말하는 가운데 내밀하게 반항하는 판타지를 암시하는 것처럼, 배럿 브라우닝이 타협한 봉사의 미학도 오로라 리의 혁명적 충동을 감추고 있다(그러나 말살시키지는 못한다). 순화된 오로라는 롬니를 위해 일할 것을 맹세하지만, 배럿 브라우닝은 오로라의 일을 여전히 격렬하고 환상적이라고 상상하기 때문이다. 배럿 브라우닝은 오로라의 상상이 만들어낼 충격을 누그러뜨리려는 양, 오로라가 아니라 롬니에게 오로라의 임무를 묘사하게 만든다. 브라우닝이 이런 타협을 감행한 부분적인 이유를 말하자면, 빅토리아 시대의 독자들은 남성 인물이 이야기하는 천년왕국의 신화를 더 쉽게 수용할 것이라고 요령 좋게 인식했기 때문이다. 그러나 물론 롬니가 윤곽을 그린 천년왕국의 기획은 그 자신의 것이 아니다. 그것은 그의 저자(그리고 그녀의 여자 주인공, 미래의 그의 아내)의 혁명적인 환상이며, 여성에게서 시작되어 남성의 입술로 신중하게 옮겨진 것이다. 비록 롬니는 애정에 바탕한 빅토리아 시대의 결혼이 혁명조차 정당화한다는 약삭빠른 생각을 상세히 설명하지만, 그 자신도 천년왕국이 여성의 혁명적 환상이라고 인정한다.

이제 당신의 여자의 입술에 클라리온을 놓아라,
(사랑의 성스러운 키스는 여전히 신성하리라)
악기에 당신의 섬세하고 예리한 숨을 불어넣어라,
그리고 여리고 성벽처럼 모든 계급의 벽을 부숴버려라

롬니는 그의 프로그램의 포괄적 본질에 실수가 있어서는 안 된다고 외치며 덧붙인다.

옛 세계는 갱신의 시간을 기다리고 있다,
그때를 향해 개개인의 새로운 가슴은 빠르게
뛰어야 하며, 그런 가슴들이 늘어나
다수가 되어 인류의 새로운 왕조를 만들어야 한다.
그로부터 발전하여 동시에 새로운 교회, 새로운 경제,
자유를 인정하는 새로운 법이, 잘못을 배제하는
새로운 사회가 나올 것이다.
그가 모든 것을 새롭게 만들리라.[74]

신성한 가부장이 인간 가부장과 그의 협력자의 도움을 받아 '모든 것을 새롭게 만들 것'이라는 사실을 통해 위 인용은 배럿 브라우닝의 구도 안에서 모든 것이 새롭게 만들어져야 하며 만들어질 것이라는, 더 놀라운 사실을 끝까지 숨기지 않고 있다.

에밀리 디킨슨은 '그 외국 여자' 엘리자베스 배럿 브라우닝을 처음 읽었을 때 '정신의 개조'를 경험했다고 썼다. 디킨슨은 『오로라 리』의 결론을 읽고 자기를 포기하는 굴종의 베일 뒤에 감추어진 사회 변화에 대한 낭만주의적 열망을 감지했음에 틀림없다.[75] 그녀는 또한 이 시의 끝에서 해가 떠오를 때 오로라 리가 본 천상의 도시는 결국 오로라의 것이지 눈먼 롬니가 볼 수 있는 것이 아니라는 점을 틀림없이 알아차렸을 것이다. 그 도시는 빛나는 도시 새 예루살렘이기 때문이다. 오로라 리의 가슴속 '열기와 과격성'이 아무리 길들여진다 해도 그 서광 같은 불길은 완전히 꺼지지 않았다. 그렇기 때문에 배럿 브라우닝이 사방으로 '여성 선배들'을 찾아다녔고, 그녀 자신이 영국과 미국을 통틀어 모든 현대 여성 시인들의 조상이 되었다는 것은 의심의 여지가 없다. 분명 브라우닝은 에밀리 디킨슨의 정신적 어머니였다. 앞으로 살펴보겠지만, 에밀리 디킨슨은 브라우닝의 타협을 거부했다. 그러나 그녀는 브라우닝의 '통찰적 시선'에 매번 영감을 받았고, 바로 그 시선을 통해 시를 쓸 때 여성 시인을 괴롭히는 '문제'를 해결했다.

16장 흰옷을 입은 여자
에밀리 디킨슨의 진주 실

북아메리카 토착민들 사이에서 [···] 여자의 독신 생활은 [···] 다음의
경우에 허용되었다. [···] 젊었을 때 자신이 태양과 약혼했다고 생각한
여자. 그녀는 외딴곳에 자신의 오두막을 짓고, 그곳을 자기 결혼의 표
상과 독립 생활을 위한 도구로 채웠다. 그곳에서 그녀는 혼자 힘으로,
자신이 서약한 약혼에 충실히 임했다.
모든 민족이 태양과 약혼한 것처럼 살았던 여자는 묵인했다. 그녀가
성인이 되면 그녀의 청춘을 아름답게 꽃피운 빛이 그녀를 후광으로
감싸리라고, 우리는 믿는다.
- 마거릿 풀러

어린아이 같은 종종걸음으로 붉은빛 머리에 매끄러운 머리띠를 두
른 작고 평범한 얼굴의 여자가 조용히 들어왔다. [···] 여자는 수수하
고 깨끗한 하얀 골무 무명옷에 파란색 소모사 레이스 숄을 걸치고 있
었다. 그녀는 가져온 백합 두 송이를 어린아이처럼 내 손에 놓으면서,
놀라 숨죽인 어린아이 같은 부드러운 목소리로 '이것이 나입니다' 하
고 말했다. 그리고 작은 목소리로 덧붙였다. '내가 놀란 모습이라면 용
서해주세요. 나는 낯선 사람을 만나본 적이 없기 때문에 무슨 말을 해

야 할지 잘 모른답니다.' 그러나 그녀는 이내 이야기했고 그 이후 계속
해서 [...]
- 토머스 웬트워스 히긴슨

팔린 로맨스는 어떤 것이든
그 개인을 정독하는 것만큼
사람을 매혹시킬 수 없으리—
그것은 허구의 몫—그럴듯함으로 희석시키는 것은
우리의 소설—믿을 수 있을 만큼
작을 때—그것은 진실이 아니다!
- 에밀리 디킨슨

　에밀리 디킨슨은 장시를 한 편도 쓰지 않았고 산문이나 소설,
로맨스도 쓰지 않았다. 바로 이 사실 때문에 동시대 성공한 여
성들과 비교할 때 디킨슨이 더없이 두드러진다. 엘리자베스 배
럿 브라우닝과 크리스티나 로세티만 해도 우리가 여성 서정시
의 '문제'로 규정한 것을 해결하려 하면서 예술에 대한 여성의
불안을 극화하고 거리를 둔 채 서사 안에 서정시적 폭발을 안전
하게 (말하자면 주제넘지 않게) 끼워넣었기 때문이다. 로세티
의 가장 성공적인 두 작품은 「도깨비 시장」과 「집에서 가정으
로」이고, 이 둘 다 본질적으로 여자들이 오랫동안 산문으로 써
왔던 고딕 로맨스다(「도깨비 시장」의 운문은 「성 아그네스의
이브」보다 『마더 구스 동요집』과 훨씬 더 비슷하다). 배럿 브라
우닝은 『오로라 리』 같은 대규모 서사시를 구상하던 시기, 처음
에는 로세티보다 자기주장이 더 강했다. 하지만 브라우닝 자신

이 이 작품을 소설-시로 묘사함으로써 작품의 길이에 비해 그 작품이 품을 수 있는 야심은 약화되어버린다. 약강격의 오보격 형식으로 쓴『제인 에어』는 전통 서사시였다면 보였을 장엄함이 훨씬 덜하다. 서사시란 본래 워즈워스의『서곡』이나 밀턴의『실낙원』처럼 '인간'을 '신'에 관련시킨다는 우주적 목표를 내포하지만,『오로라 리』는 여느 풍속소설처럼 여자를 남자에 관련시킬 뿐이다. 사실 매우 신비해 보이는 오로라와 롬니의 약혼도 (어쨌든 표면상으로는) '그는 오로지 신을 위해, 그녀는 롬니 안의 신을 위해'라는 [『실낙원』 4편 299행] 밀턴의 위계질서를 해명하기 위해 고안된 것처럼 보인다.

이런 비평 가운데 어떤 것도 로세티나 배럿 브라우닝이 성취한 바를 폄하하고자 하는 건 아니다. 그들의 애매한 체념의 미학에도 불구하고, 두 예술가는 성공적인 시인으로 칭송받아야 한다. 로세티와 배럿 브라우닝은 자신들의 재능을 위장하지만 감추지는 않는 위장 보호막을 채택했다는 점에서 그들의 억압적인 사회 안에서 성공을 거둔 여성으로 칭송받아야 한다. 그러나 이 논평은 에밀리 디킨슨이 전통적으로 가장 사탄적이며 단호하고 과감하며 여성에게는 가장 위험한 문학 장르인 서정시를 통해 성취했던 시적 자아 창조의 위대함을 시사하고자 한다.

토머스 웬트워스 히긴슨 앞에서 그토록 소심했고 그토록 신경증적으로 은둔했던 디킨슨이 어떻게 그처럼 놀라운 시적 성취를 달성했을까? 랜섬이 말했듯 겉으로는 '얌전한 독신녀'처럼 보이는 디킨슨이 어떻게 '주디스 셰익스피어'와 가장 유사한 존재가 되었을까? 이 존재라는 단어에 디킨슨의 성공 열쇠가 있다. 로세티와 브라우닝 같은 작가들, 우리가 보았던 모든 소설가가 허구를 만들어낼 때 몽환에 도취되어 표현했던 분노와 죄의 환상을 디킨슨은 삶과 그녀 자신의 존재로 글자 그대로 수행했다. 조지 엘리엇과 크리스티나 로세티는 파괴와 체념의 천사에 대해 썼던 반면, 디킨슨은 스스로 그런 천사가 되었다. 샬럿 브론테가 자신의 불안을 고아의 이미지에 투사할 때, 에밀리 디킨슨은 스스로 그 아이의 역할을 재연했다. 『래크렌트 성』의 마리아 에지워스에서 『제인 에어』의 샬럿 브론테, 『폭풍의 언덕』의 에밀리 브론테, 『미들마치』의 조지 엘리엇에 이르는 18세기 말과 19세기의 거의 모든 여성 작가는 '미친 여자'라는 씁쓸한 자화상을 자기 소설의 다락방에 은닉시켰던 반면, 에밀리 디킨슨은 스스로 미친 여자가 된 것이다. 앞으로 살펴보겠지만, 디킨슨은 (의도적으로 미친 여자로 분함으로써) 아이러니하게 미친 여자가 되었을 뿐 아니라, (아버지 집의 방에 갇힌 무력한 광장공포증 환자가 됨으로써) 정말로 미친 여자가 되었다.

다시 말해 디킨슨의 삶 자체가 일종의 소설이고 이야기시였다. 이 창의적인 시인은 정확하게 손에 잡히는 복장의 도움을 받아 비상하게 복잡한 일련의 책략을 만들어냈고, 이를 통해 예술에 대한 불안과 여성의 종속에 대한 분노 둘 다를 재연하고 결국 해결했다. 디킨슨의 간결하고 폭발적인 시들은 어떤 의미에서 허구적 인물의 대사다. 그녀가 히긴슨에게 말했듯 '내가 시에서 대리인을 통해 나 자신을 말할 때 그것은 (나를 의미하지 않고) 가상의 사람을 가리킵니다.'¹ 사실상 정교한 극적 독백으로 이해되는 디킨슨의 시는 확장된 소설 속 '대화'이며, 소설의 주제는 가상 인물의 삶이다. 그 인물은 원래 에밀리 디킨슨이지만 스스로 에밀리, 데이지, 에밀리 형제, 에밀리 아저씨, 디킨슨 삼촌 등으로 다양하게 이름 지었다.

물론 비평가들은 에밀리 디킨슨을 번번이 미국 문학에서 가장 노련한 새침데기로 규정했다. 예를 들면 R. B. 시월은 디킨슨의 작품에서 발견되는 과장과 멜로드라마를 디킨슨 집안의 '수사학'이라 부르고, 이 수사학이 그녀의 여러 작품을 '위트, 변덕, 과장과 드라마적 성향'으로 특징짓는 데 중요한 역할을 했다고 주장했다.[2] 동시에 대부분의 비평가들은 여성 시인으로서 디킨슨이 풀어야 했던 문제의 본질이나 중요성을 고려하지 않았기 때문에 그녀가 취한 '태도'의 본질과 목적을 오해했다. 전기 작가들은 디킨슨의 연인/주인의 정체성에 담긴 수수께끼나 그녀의 종교적 헌신 문제, 또는 그 모두에 집중했다. 문학비평가들은 디킨슨 예술의 언어학적 형이상학적 모호함에 집중했다. 거의 모든 사람이 '시인으로서 디킨슨은 특정한 것에서 일반적인 것으로, 구체적인 것에서 보편적인 것으로 나아갔으며 […] 그녀는 본질에 사로잡혀 있었다. 우연한 것은 그녀의 관심사가 아니었다'는 시월의 의견으로 결론을 맺었다.[3]

그러나 여기에서 우리는 디킨슨이 취한 태도가 우연적인 것이 아니라 그녀의 시적 성취에 본질적인 것이라고 주장할 것이다. 디킨슨은 자신의 삶을 시극으로 변형시켰고, 그 덕분에 수잰 유하스가 여성 시인의 '이중 구속(여성으로서 자기주장의 불가능성과 시인으로서 자기주장의 필요성)'이라[4] 말했던 문제를 초월할 수 있었다. 극적 허구라는 맥락에서 디킨슨은 공격적으로 말할 수 없는 현실의 사람으로부터 공격적으로 말할 수 있는 인물로 변신할 수 있었다. 더 구체적으로 말하면, 디킨슨은 자신의 삶에 고딕적 낭만주의적 허구의 양상을 부여했다. 그것은 그저 (심지어 주로) 과장이라는 가문의 '수사학' 때문만이 아니라, 이 시인이 다른 어떤 문인들보다 더 찬양했고 모든 여성 작가가 매우 빈번하게 차용한 형식이 고딕적 낭만주의적 유형이었기 때문이다. 비평가들은 디킨슨의 자기 극화를 '단순히' 소녀 같은 태도라고 규정했으며, 마찬가지로 디킨슨이 읽은 소설, 특히 그녀가 읽었던 여성 작가의 소설을 무시하거나 디킨슨의 시와 상관없는 것으로 치부했다. 여성 작가가 쓴 소설이 디킨슨에게 미친 진지한 영향에 대한 연구 중 이 방향에 가장 근접한 것으로는 『오로라 리』가 디킨슨의 은유에 끼친 영향을 논한 엘런 모어스의 논고를 들 수 있다. 그러나 여기에서도 모어스의 주된 관심은 플롯보다 배럿 브라우닝 시의 이미지였다. 그 밖에 책 캡스와 루스 밀러는 디킨슨이 읽었던 책을 연구하긴 했지만, 이 연구는 거의 전적으로 셰익스피어와 프랜시스 퀼스에서 키츠와 에머슨에 이르기까지, 디킨슨이 남성 시인들을 얼마나 잘 알고 있는지에 집중한다.[5]

학식 있는 19세기 여성처럼 에밀리 디킨슨도 많은 소설, 특히 여성이 쓴 소설을 열의 있게 읽었다. 디킨슨은 디킨스를 사랑하면서도 (그녀의 아버지는 대중소설을 인정하지 않고 '대중이 즐겨 찾지 않는 엄숙한 책'을 추천했음에도) 『미들마치』를 '영광'이라 생각했고 브론테 자매를 칭송했다. 그녀는 이런 여성과 동시대인의 작품을 읽을 때, 이를테면 캐서린 몰런드가 래드클리프 부인의 소설을 허기진 듯 읽었을 때 보였던 내밀한 열정을 품었다. 실제로 캐서린이 노생거 사원의 회랑에서 허구를 만들어내면서 그녀 자신의 이야기를 찾고자 한 것처럼, 디킨슨은 '아버지의 집'에서 몰래 읽었던 여성 고딕소설에서 자기 삶의 은유적인 대응물을 찾고자 했고, 그것을 자신의 시에서 공공연히 극화시켰다.[6]

오스틴의 풍자적인 로라와 소피아를 비롯해 에밀리 브론테의 A. G. A.까지, 여성이 쓴 소설의 여자 주인공들은 그들의 은둔적인 작가들이 실제 삶에서는 거부했던 (또는 거부당했던) 멜로드라마의 로맨스와 고딕 플롯을 강박적 자의식적으로 재연한다. 또한 우리는 여성 작가가 주인공들을 대할 때 (로라와 소피아에 대한 오스틴의 태도에서 나타나는) '객관적'이며 냉담한 입장, 또는 아이러니하게도 즐기는 입장을 취하다가도 점차 (에밀리 브론테가 A. G. A.에 빠져 있는 것처럼) 자신을 여자 주인공과 공공연하게 동일시하는 상태로 옮겨가는 모습을 보아왔다. 따라서 이들 예술가들 중에서 가장 최근 작가이자 가장 의식적으로 과격한 작가였던 에밀리 디킨슨의 작품에서 이 과정의 절정, 그러니까 소설 속 인물들이 작가의 페르소나로 거의 완전히 흡수되어버리는 양상을 보는 것은 놀랄 일이 아니다. 그리하여 작가와 그녀의 주인공(들)은 실용적인 목적에 따라 한 사람(고도로 문학적인 여러 자아와 삶을 재연함으로써 자아 창조의 권위를 획득하는 한 명의 '가상의 사람')이 된다.

디킨슨 자신이 자아 극화, 자아 창조, 문학적 창조 사이의 이런 상호 의존성을 잘 알고 있었다는 사실은 많은 시와 편지를 보더라도 분명하다. 디킨슨은 언젠가 히긴슨에게 '자연은 유령이 출몰하는 집—그러나 예술은—유령이 출몰하도록 애쓰는 집'이라고 써 보냈다.[7] 이 말은 나와 타자의 관계를 에머슨식으로 분석했다고 자주 여겨지지만, 이 말의 고딕적 은유는 (만약 이 말이 고딕적 은유에 의존하고 있음을 솔직하게 인정한다면) 우리에게 다른 것, 즉 디킨슨이 (여성) 고딕소설에 나오는 자아의 출몰을 (여성) 예술에 본질적이라고 생각했음을 말해준다. 실제로 디킨슨에게 예술이란 포에시스-만들기보다 미메시스-행동하기였는데, 이는 그녀가 의식조차 사색적이기보다 연극적이라고 믿었기 때문이다. 토머스 존슨이 1863년경 디킨슨이 썼다고 추정한 아래의 시는 히긴슨에게 보낸 편지보다 훨씬 더 상세하게 이 점을 밝혀준다.

> 극의 가장 생생한 표현은 일상이다
> 우리 주변에서 떠오르고 지는—
> 다른 비극은
>
> 암송으로 사라진다—
> 이것이—최상의 공연
> 청중이 흩어지고
> 관람석이 닫혔을 때—
>
> '햄릿'은 자신에게 햄릿이었을 것이다—
> 셰익스피어가 쓰지 않았다면—

'로미오'는 자신의 줄리엣에 대한
어떤 기록도 남기지 않았지만,

그것은 무한하게 공연되었다
인간의 가슴에서—
오로지 극장만이 기록했다
소유주가 문 닫을 수 없는—
[J 741편]

인생은 연기이며, 예술은 내면의 무대에서 공연된 장면이 외부로 드러난 것이다. 따라서 작가와 그녀의 인물들은 하나다. 그들은 한 명의 '가상의 사람'이거나 더 정확히는 일련의 그런 사람들로서, 낭만주의적 드라마나 (이 장 첫머리에 인용한 디킨슨의 시가 암시하듯) 믿을 수 없는 거대한 '소설'에서 ('믿을 수 있을 만큼 작을 때 / 그것은 진실이 아니다) 상호작용한다. 앞으로 우리는 디킨슨의 내면 소설이 펼쳐질 때 디킨슨이 '되었던' 가상의 사람들의 유형과 은유를 추적할 것이다. 이 많은 페르소나들이 고통을 수반함에도 그들이 의존하고 있는 미학이 디킨슨을 자유롭게 해주었다는 것을 보게 될 것이다. 만일 이 미학이 없었다면 디킨슨은 자신의 예술을 질식시키고 절뚝이게 만들었을 사회적 심리적 구속에서 자유롭지 못했을 것이다. 특히 사실적으로, 또 은유적으로 디킨슨은 '흰옷을 입은 여자'로 분함으로써 자신의 삶을 고딕풍 '진주 실'로 엮어냈다. 그리고 그것이 그녀에게 위대한 시를 쓰는 데 필요한 바로 그 '품위'와

'경외'를 안겨주었다.[8]

*

많은 비평가들이 관찰한 바대로 에밀리 디킨슨은 의식적으로 아이의 역할을 행하는 것으로 (의도적으로 자신의 어린 시절을 연장하고 자신을 위해 새로운 또 다른 어린 시절을 창조하면서) 자신의 시적 생애를 시작했다. 동시에 디킨슨의 아이 가면은 「나는 아무도 아니다! 너는 누구냐?」에서 스스로를 거슬리지 않고 보이지 않는 영혼으로 규정했던 시도와 분리될 수 없다. 자신의 초기 모습에 (디킨슨은 이 초기 모습을 끈질기게 유지했다) 어울리게 디킨슨은 계속해서 자신을 매우 작은 사람, 굴뚝새, 데이지, 쥐, 아이, 혹은 주위 상황에 쉽사리 압도되는 겸손한 작은 생물체로 묘사했다. 자신이 매우 칭송했던 배럿 브라우닝처럼, 디킨슨도 처음에는 낭만주의적 시적 자아의 주장을 빅토리아 시대의 결혼을 본으로 삼은 여성 봉사의 미학으로 변형시킴으로써 시 쓰기에 달라붙는 죄책감을 누그러뜨렸던 것 같다. 분명 주인 같은 남편과 자아를 포기한 아내의 관계 같은 것이 디킨슨이 쓴 여러 시의 중심에 나타난다. 그런 시들에서 그 관계는 연인과 정부, 왕과 여왕의 만남 등으로 다양하게 그려졌다. 더 자세히 살펴보면, 이때 여자와 남자의 관계는 아버지와 딸, 주인과 학자/노예, 사나운 '정오의 남자'와 연약한 새벽의 꽃, 공손하거나 반항적인 아무도 아닌 사람과 (윌리엄 블레이크의 유용한 신조어를 빌려 말한다면) 전능하고 어디에나 존재하는 정체 모를 아버지nobodaddy의 관계임을 우리는 볼 수 있다.[9] 이 와중에 디킨슨은 계속 어린아이 같은 자세를 취한다.

그러나 디킨슨의 시가 여성 자아와 남성 타자의 복잡한 관계를 제시한다는 사실은 곧장 그녀의 예술에 복잡성은 물론 지속적인 모호성을 부여한다(이런 모호성으로 디킨슨은 가장 초라하고 '순진한' 상태에서도 여성의 복종과 시적인 자기주장이라는 명백한 대립의 조화를 이루었다). 가끔 위장되고 완곡하게 보이긴 해도 크리스티나 로세티식 체념의 미학과 배럿 브라우닝식 봉사의 미학은 자신을 한없이 음울한 어조로 정의하는 디킨슨의 시학과 비교하면 매우 명쾌하다. 비록 브라우닝 부인의 이 미국인 신봉자가 자신을 아무도 아닌 사람으로 묘사하고 『오로라 리』를 칭송하며 이따금 로세티식 체념에서 얻은 '통찰적 미덕'을 설교하는 듯 보인다 해도, 그녀의 가장 공손하고 '여성적인' 다양한 발언은 아이러니가 숨긴 칼날에 의해 약화된다. 이 아이러니가 봉사를 전복으로, 체념을 '하얀 선거'라는 '왕가의 인장'으로 변형시켰다.[10]

디킨슨은 은근히 자신이 선택받았다고 생각하면서도 모든 여자에게 아무도 아닌 사람의 역할을 하도록 강요하는, 우주의 법칙으로 위장한 사회적 요구를 이해했다. 이와 같은 디킨슨의 정확한 인식은—여성의 '명예로운 일'이라고 역설적으로 묘사했던 것에 바쳐진—다양한 시와 편지에 표현되어 있다. 이 '얌전한 독신녀'는 진단하는 시선과 객관성을 발휘해 동시대 여자들을 관찰했으며, 자신이 관찰한 '얌전한 여자들'을 '부서지기 쉬운 숙녀들', '부드러운 천사 같은 피조물들', 베일 이미지, 심지어 단순히 '견면 벨벳' 소파 쿠션 같은 수동적인 물건으로 묘사했다.[11] 디킨슨은 대부분의 여자들을 꼼짝 못 하게 옥죄는 것이 특히 결혼이라는 '부드러운 퇴색'이라고 생각했다. 결혼은 (디킨슨이 특히 찬양했던 소설 『폭풍의 언덕』에서 에밀리 브론테가 제시했듯) '반은 야생적이며 강하고 자유로운' 소녀를 여자와 아내로 변모시켜 에너지와 상상력 넘치는 소녀가 품었던 '최초의 전망'을 지워버리기 때문이다.[12] 이 주제에 대한 디킨슨의 유명한 선언은 이 점을 명쾌하게 보여준다.

> 그녀는 그의 요구에 일어섰다―그녀 삶의
> 장난감들을 떨어뜨리고
> 여자의, 그리고 아내의―
> 명예로운 일을 잡기 위해서
>
> 새로운 날에 그녀가 잃어버린 무언가가 있다면
> 품위나 경외―
> 또는 최초의 전망―또는 금
> 사용하여 닳아버린
>
> 그것은 말해지지 않은 채 놓여 있다―바다가
> 진주와 해초를 만들어내지만,
> 단지 바다만―알고 있듯이
> 그들이 살고 있는 깊은 곳은―
> [J 732편]

여기에서 묘사해놓은 여자/아내의 상황이 지닌 아이러니는 남편의 엄격한 '요구'에 '일어섰던' 그녀가 소녀 시절에 살았던 성스러운 워즈워스식 상상의 바다에서 (캐서린 린턴-언쇼처럼) 내팽개쳐졌다는 사실이다. 훨씬 더 아이러니한 것은 청교도-빅토리아 사회의 모든 정체 모를 아버지처럼 그녀의 새 남편이자 주인이 바닷속 상상력의 산물(진주 같은 품위와 해초 같은 경외)을 장난감으로 명확하게 규정해버린다는 사실이다. 그러나 디킨슨의 관점에서 보면, 유일하고 절대적으로 필요한 것은 품위와 경외뿐이다. '어렸을 때 나는 나에게 무슨 일이 생기면 항상 집에 있는 '경외'로 달려갔다'고 디킨슨은 언젠가 히긴슨에게 말했다. 이어서 수수께끼처럼 '그는 경외심을 느끼게 하는 어머니였지만, 나는 다른 누구보다 그를 좋아했다'고 덧붙인다.[13] 다시 말해 바다처럼, 경외란 시인의 상상 속에서 강한 어머니 같은데 너무나 강해서 남성 대명사를 요구할 정도다. 그리고 여성과 아내는 이 강력하게 주장하는 아버이로부터 벗어나 '일어서야' 한다. 디킨슨은 배럿 브라우닝과 로세티의 전통에 있는 자신을 부정하려고 애쓰지만, 자신의 결정이 천국처럼 안전하고 제왕처럼 성숙한 선택이라고 합리화한다.

　　나는 '아내'다―나는 끝냈다 그―
　　다른 상태를―
　　나는 황제다―나는 이제 '여자'다―
　　그래서 더 안전하다―

이 부드러운 일식 뒤에서—
소녀의 삶은 얼마나 이상해 보이는가
천국에 있는 사람들에게—이제—
지상이 그렇게 느껴지리라
이것이 편안하니—그러니까

그 다른 것은—고통이었다—
그러나 왜 비교하지?
나는 '아내'다! 거기서 그만!
[J 199편]

　이 극적인 독백에 힘을 주는 정신의 진행과 정지는 화자의 불안한 합리화에 대한 디킨슨의 아이러니한 관점을 분명하게 보여준다. '이것이 편안하니—그러니까' 우리는 '그 다른 것은—고통'이라고 추론해야 한다. 고통에 대한 실질적인 증거가 없었기 때문이다(시는 그렇게 암시하고 있다). 마찬가지로 불안한 질문, '그러나 왜 비교하지?'는 앞에 '그러나'라는 역접의 어휘를 내세워 비교는 사실 피하고 싶은 작업이라는 우리의 인식을 강화한다. 따라서 자신의 '명예로운 일'을 집어든 화자는 자신의 생각이 (또는 아마도 그녀의 삶조차) 더 나아가지 않도록 강제로 억제해야 한다. '나는 '아내'다! 거기서 그만!'
　물론 「그녀는 그의 요구에 일어섰다」가 암시하듯 상상의 바다는 거기에서 멈추지 않는다. 억누를 수도 굽힐 수도 없기 때문에 바다는 침묵 속에서 진주와 해초를 만들어낸다. 그러나 진주와 해초는 (책상 서랍 속 시처럼) 오직 가부장적 문화에서 '그'라고 불리는 강하고 적극적인 여성의 남성적 부분에만 알려진 비밀이다. 몇몇 시에서 디킨슨이 여성의 이중생활, 즉 표면적 요구에 응하는 생활과 고요하지만 진주를 만들어내는 깊은 바다의 생활을 외과 의사처럼 냉철하게 분석하고 있다고 해서 자신이 묘사한 심리적 분열을 견디는 여성에게 공감하지 않는다는 뜻은 아니다. 또한 그것은 디킨슨이 결코 공식적으로 아내가 되어본 적이 없기 때문에 자신이 그런 문제를 면제받았다고 생각했음을 의미하지도 않는다. 반대로 디킨슨의 아이러니와 객관성은 모든 여성이 에워싸인 욕망의 올가미에 그녀 자신도 걸려 있다는 자신의 깨달음에 의해 강화되었다. 그 올가미는 (우리가 뚫고 지나갈 수 있는) 바위 하나가 아니라, '거미줄— 철석같이 단단하게 짜인— / 짚으로 지은—흙벽 / 여자의 얼굴에 드리워진—베일 같은 제한 / 그러나 모든 그물눈은—하나의 요새— / 그리고 용들—주름에는'으로 묘사한, 일련의 얽혀 있는 암묵적인 법들이다.[J 398편] 짚으로 지은 흙벽 뒤에서 디킨슨은 틀림없이 자신과 바다가 생매장되었다고 느꼈을 것이다. 진주와 해초가 있음에도 역사의 시작 어디쯤에서 디킨슨의 삶 또한 '면도되어 / 틀에 맞추어졌기' 때문이다. 그때 디킨슨 같은 여자들은 아버지의 집에서 '가장 작은' 방을 배정받았을 뿐이다.[14]

시인의 경외의 바다가 숨겨져야 하고 말해질 수 없다는 것은 파국을 의미한다. 디킨슨은 자신의 내밀한 자아에 접근할 수 있는 미학적 전략을 고안해야 했다. 앞서 보았듯 크리스티나 로세티는 시에서 자신을 주장한 욕망하는 내면의 존재를 역설적으로 포기해 훌륭한 예술을 이루었다. 엘리자베스 배럿 브라우닝은 미학적 야망을 아내의 의무로 변형해 자신의 예술을 개척했다. 그러나 디킨슨의 경우 표리부동한 포기 이외에는 어떤 것도 불가능하다는 것이 바로 그녀의 이미지 (디킨슨은 이 이미지로 자신의 문제를 정의했다) 안에 구축되어 있다. 내면의 바다도, 경외라는 이름의 어머니도 포기할 수 없는데, 둘 다 혈통과 피할 수 없는 상속의 문제다. 그러므로 어떤 의미에서 디킨슨은 구속하는 리지가 없는 로라이며, 정화시켜주는 롬니가 없는 오로라 리다. 만일 리지와 롬니가 필요 없다면 어떻게 될까? 품위와 경외라는 위대한 장난감이 여전히 적절하다면 어떻게 될까? 예술가로서 생애 초기에 디킨슨은 (자신을 부인해야 하는) 여성다움을 포기한다면 예술은 포기하지 않아도 되리라는 것을 반쯤 의식적으로 자각하고 있었음에 틀림없다. 달리 말하자면 디킨슨은 틀림없이 자신이 여자라는 것을 받아들이지 않음으로써 여자가 된다는 문제를 풀 수 있다고 판단했을 것이다. 비록 여성다움이나 아내의 자리를 성취했다는 '표시'인 영예로운 직함을 갖지 못하더라도, 디킨슨은 예술에서 '하얀 선거'로 빛날 것이다.[15] 올케에게 보낸 시에 썼듯이 디킨슨의 정원은 얼음 같은 북쪽에 면해 있다. 그러나 그 정원은 '사방에서'[J 631편] 알쏭달쏭한 위안거리를 많이 제공할 것이다. (남편의 집에서 아무도 아닌 아내로 남아 있기보다는) 아버지의 집에서 아무도 아닌 아이로 남아 있음으로써, 대단한 사람의 지위를 얻기 위해 적어도 경외와 협상할 기회를 가질 것이다. 1862년 디킨슨은

'나는 가능성에 살고 있다— / 산문보다 더 아름다운 집'이라고 썼으며, 바버라 클라크 모스버그가 지적했듯 디킨슨은 어린 시절의 무성적 '가능성'이 성인 여성의 숨 막히는 '산문'보다 훨씬 더 경이롭고 풍요롭다고 생각했다.[16]

초기의 디킨슨은 '여자와 아내의' 일에 대항해 아이로 분하고 어린 시절의 장엄한 장난감에 매혹되었다. 그 결과가 미친 영향력은 사실 매우 광범위했다. 한편으로는 정교하게 고안된 (세상의 관점에서 보면 '부분적으로 금이 간') 아이 가면에 초기의 디킨슨이 보인 강한 집착은 숱한 시작詩作으로 이어졌을 뿐 아니라 놀랄 정도로 혁신적인 (문법적 '오류'로 가득 차 있고 미친 아이만 쓸 법한 엉뚱한 문체로 점철되어 있는) 시로 이어졌다.[17] 반면에 아이 가면(또는 태도나 복장)은 결혼의 공포에서 디킨슨을 자유롭게 해주고 품위 있는 장난감과 '놀 수 있게' 해주었지만, 결국 디킨슨이 절뚝이는 자아가 되도록 위협했다. 즉 그 자아는 디킨슨의 고딕적 삶의 허구가 위기에 부딪쳤을 때, 어린 여자아이가 육아실에 갇히듯 아버지의 집에 디킨슨을 감금시켜버렸다. 복장이라는 의미에서 습관이었던 것이 중독이라는 더 치명적 의미의 습관이 되었고, 결국에는 이 두 가지 습관 때문에 디킨슨은 내면의 거주자(뇌리를 떠나지 않는 내면의 타자)는 물론 외부의 거주지(피할 길 없는 감옥)를 얻었다.

*

처음에 디킨슨의 어린 시절에 대한 열망은 기운차고 장난스러웠다. 사춘기 때도 그녀는 자신이 무엇을 하고 있는지, 왜 그것을 하는지를 즐겁게 이해하고 있는 덤벙대는 작은 소녀로 분장했다. 디킨슨은 스무 살 때 친한 친구 애비아 루트에게 '나는 내가 어린아이인 것이 좋다'라고 썼으며, 스스로 선택한 어린 아이다움 속에서 자신이 '자신보다 더 여자다운' 다른 친구와는 삶에 대한 '다른 견해'를 가지고 있다고 (마치 젠더와 되도록 명확하게 연관지으려는 것처럼) 설명했다.[18] '신은 나를 가정에서 떼어놓았다'고 그녀는 다른 곳에서 외쳤다. 어머니가 병들었기 때문에 디킨슨은 자신이 주부가 하는 하찮은 일을 엄청나게 해내려 애쓴다고 희극적으로 말했다. 디킨슨은 분명 허드렛일을 싫어했지만, 그 일을 싫어한다는 감정 표현은 열정적이고 재기발랄하다. '절망에 묶여 있는 나를 보고 싶지 않나요? 나의 부엌을 둘러보고, 친절을 베풀어 나를 구해달라고 기도하며, 결코 이런 곤경에 처해본 적 없다고 소리 지른답니다. 나의 부엌, 나는 그렇게 불렀지만 신은 그것이 나의 것임을, 나의 것이 되기를 허락하지 않았답니다.'[19] 자신을 어린 시절의 무책임과 인생의 장난감으로 완전히 동일시하면서, 디킨슨은 나중에 스스로 '낮의 정거장'이라 불렀던 것을 받아들여야 한다고 진지하게 생각하지 않았다.[20]

그런 만큼 디킨슨은 초기의 많은 시에서 '무책임한 역할'을 (붉은 뺨에, 바쁘고, 경이감에 놀라 눈을 크게 뜨고, 성인 세계를 바라보는, 아이러니하게도 시대에 뒤떨어진 작은 사람 역할을) 맡는다. 예를 들면 "'대각성'이 그의 또 다른 이름— / 나는 그를 '스타'라고 부르겠다"로 시작하는 작품은 종교와 시의 전통적 은유를 대체했던 과학의 사실적 어휘에 대한 아이의 놀라움을 재치 있게 이용하고 있다. 그리하여 "한때는 '천국'이었던 것이 / 이제는 '천장'이다." 그 결과 천국 자체도 변했다.

> 아마 '하늘의 왕국'도 변했으리라—
> 나는 그곳에 있는 '아이들'이
> 내가 왔을 때—'현대적이' 되어
> 나를 비웃고—쳐다보지 않기를—
>
> 바라건대 하늘에 계신 아버지가
> 구식이고—버릇없는—전부인—
> 그의 작은 소녀를—
> '진주'의 문설주 위로 들어올려주기를.
> [J 70편]

이 마지막 연은 친절한 빅토리아 시대의 아버지 하느님과 앞치마와 페티코트를 입은 귀엽고 장난꾸러기 작은 아씨 이미지 때문에 처음에는 진부하게 보인다. 그러나 곧 애비아 루트에게 보낸 편지에서 알 수 있듯, 디킨슨이 빅토리아 시대 가정의 감상적인 신앙과 신중하게 직접 창조한 아이다움을 둘 다 의도적으로 풍자한다는 것이 분명해진다. 그녀가 만든 환상의 극단적이고 냉소적인 날렵함이 풍자의 징표이고, 이 시에서 모든 핵심 단어에 인용부호를 달았다는 것이 또 다른 징표다. 그 인용부호는 디킨슨이 '천장' 같은 과학적인 용어뿐만 아니라 '하늘의 왕국'이나 '현대적', '진주' 같은 전통적 문구에도 의문을 던지고 있음을 암시한다. 여기에서 나타나듯 아이의 순진함으로 변장하는 일은 몇 겹의 유용성이 있다. 아이는 운문을 가지고 놀 수 있을 뿐만 아니라, 또한 (아이 관점에서 보면 모든 언어는 새롭고 이상하기 때문에) 모든 단어는 아이의 빛나는 장난감이 되어 아이러니한 경외감으로 다루고 조사하고 음미하며 희롱할 수 있다.

존슨이 1859년 작품으로 간주한 「'대각성'이 그의 다른 이름이다」는 디킨슨이 아이의 시각으로 아이러니하게 쓴 예외적으로 쾌활한 시다. 마찬가지로 디킨슨은 아이다움을 좋아하고 집안일을 싫어한다고 애비아 루트에게 고백하는데, 이 역시도 본질적으로 가벼운 고백이었다. 자기 삶의 복장을 이제 막 만들기 시작한 그 시점에 디킨슨은 자신을 아이처럼 보이게 하는 앞치마가 그렇게 철저하게 쓰이리라고는 거의 생각하지 못했던 것 같다. 애비아에게 편지를 보낸 지 19년 만에 디킨슨은 히긴슨에게 '나는 아버지의 땅을 가로질러 이 도시에 있는 어떤 집에도 가지 않습니다'라고 분명하게 말한다.[21] 그리고 5년 전에 디킨슨은 사촌 루이스 노크로스에게 가족이 자신에게 작업 요법으로 집 안의 허드렛일을 주었다고 말한다. '나는 파이에 노란 옷을 입혔고, 케이크에 향신료를 뿌렸다. […] 그들은 내가 도움이 되었다고 말한다.'[22] 집안일에 몰두하면서 아이 같으면서도 우울해하는 모습을 보여주었던 것처럼, 언어와 경험에 대한 디킨슨의 시적 질문들도 그 시각이 경이롭다는 점에서는 어린아이 같았지만 점점 더 어둡고 엄격해졌다.

1859년에 썼던 또 다른 시에서 디킨슨은 궁금함을 참지 못하고 '하늘에서 온 현자'에게 질문하려 애쓰는 '작은 순례자' 가면을 쓴다. "정말 '아침'이 있을까? / '낮' 같은 것이 있을까? […] 그것은 수련 같은 발이 있을까? / 그것은 새처럼 깃털이 달려 있을까?"[J 101편] 여기에서 '하늘에서 온 현자'는 「대각성」의 '하늘이 계신 아버지' 같고, '아침'과 '낮'에 대한 화자의 오해는 반은 희극적이면서도 (젊은 에밀리 디킨슨이 가끔 그랬던 것처럼)²³ 반은 순진한 교태 같다. 그러나 이 시의 아이러니는 어디에선가 철사를 당기기라도 하는 듯 더 팽팽하고 아프다. 디킨슨 같은 회의주의자가 진주 문을 앞에 두고 농담하는 것과 공기에 취한 자가 아침의 의미를 잊어버리는 것은 매우 다른 문제이기 때문이다. 그리하여 이제는 경의를 표하는 디킨슨의 질문 앞에서 웃을 수 없으며, 그 대신 그림자가 시인의 눈을 덮기 시작했음을 발견한다. 결국 그런 그림자가 1860년대에 당황스러울 정도로 위대한 서정시를 낳게 될 것이다. 이 시들은 정의 내릴 수 없다고 아이처럼 고집함으로써 고뇌를 주장한다. 이 장르에서 디킨슨의 전형을 보여주는 시는 아마도 두 편의 시, '그것은 죽음이 아니었다, 왜냐하면 나는 일어섰기 때문이다, / 그리고 모든 죽은 자는 누워 있는데—'와[J 510편] '나는 아직 번개를 맞지 않았다—'[J 925편] 같은 구절로 시작하는 시일 것이다. 이와 관련된 다른 시도 여럿 거론할 수 있다. 또한 디킨슨이 낮과 밤 같은 기본적인 경험의 질서까지 어린아이처럼 헷갈린다고 고백했다는 점에서 「정말로 '아침'이 있을까?」는 「좋은 아침—한밤중」 같은 시에 (이 시도 1860년대에 썼다) 설득력을 주는,

의도적으로 고안된 어린아이 같은 엉뚱함과 외견상 순진해 보이는 착각을 예견한다. 디킨슨은 결국 공손하지만 당황한 어린아이의 역할을 맡음으로써 '좋은 아침―한밤중― / 나는 집에 가고 있다― / 낮은―나에게 싫증났다― / 어떻게 내가―싫증날 수 있겠어―그에게?'[J 425편] 같은 비인습적인 구절을 지어낼 수 있었다. 또한 디킨슨은 거부당한 아이가 느끼는 피로감을 재연함으로써만 '낮'이라는 지배적인 성인 남자의 세계에 거부당한 자신을 전달할 수 있었다. 그녀는 의식적이고 어린아이답지 않은 고집으로 분명하게 그 세계의 요구에 따라 일어나기를 거부했다.

*

여자의 낮과 삶을 지배하는 강력한 남성 타자를 향한 디킨슨의 태도는 그녀 자신의 삶에 맞춰 변형시킨 고딕'소설'의 핵심에 자리한 태도와 흡사한데, 그 태도는 현저하게 양면적이다. 한편으로는 디킨슨이 '강도! 은행가―아버지'라[J 49편] 불렀던 원형적 가부장은 블레이크가 정체 모를 아버지라고 묘사한 못된 신, '낡은 모든 것'을 창조한 폭군 같은 신과 매우 흡사해 보인다. 이와 달리 과장된 열정으로 디킨슨이 사랑한 이름 없는 주인은 매혹적일 정도로 신비하다. 랜섬은 이 신비를 '로맨스'로 묘사함으로써 디킨슨이 '다른 여느 여자처럼 자신을 실현할 수 있었다'고 주장했다.[24] 그리하여 (전기적 질문은 차치하고라도) 남성 타자에 대한 디킨슨의 양가적인 태도 때문에 그녀 예술에는 중요한 역설이 발생한다. 우리가 보아왔듯 수많은 시에서 이 '얌전한 독신녀'는 폭군 남편/아버지를 원망하며 그의 사나운 요구에서 간절히 벗어나고 싶어하는 도전적인 여자아이 역할을 맡는다. 동시에 여러 시에서 디킨슨은 반복해서 사랑하는 주인/아버지를 빛나는 아폴로로 묘사하고 자신의 내면에는 그의 인정과 사랑, 황금빛 온기를 갈망하는 '상냥한 이리'가 살고 있다고 고백한다.[25] 소녀 시절 디킨슨은 '그들이 집안일이라고 부르는 것'에서 자신을 벗어나게 해달라고 간청했다. 그러나 아이러니하게도 디킨슨은 나이가 들어가면서 구원의 대가로 광장공포증에 시달리며 아버지의 집에 갇히고, 그에 따라 성인의 섹슈얼리티가 만들어내는 정열적인 드라마에서 배제되는 비용을 치러야 한다는 것을 발견했다. 또한 디킨슨은 '타오르는 정오'를 두려워했다. 아마도 '신경성 실명'[26] 같은 알 수 없는 눈병으로 시야가 침침해졌을 때, 디킨슨은 문자 그대로이기도 하고 비유적으로 빛을 '아침의 호박색 길'과 '나의 유한한 눈 사이에 / 내가 취할 수 있는 한 많은 정오를 취할 수 있기를'[J 327편] 갈망했다.

「내가 취할 수 있는 한 많은 정오를」에서 취한다라는 단어의 애매함은 정오의 태양과 관련된 역설적 쾌락/고통과 함께, 강력한 남자를 향한 디킨슨의 양면성을 요약한다. 이 강력한 남자는 디킨슨의 시라는 드라마에서 (다른 위장으로) 매우 중요한 역할을 맡고 있다. 따라서 디킨슨이 연기하는 정교한 드라마의 맥락에서 보면, 그녀의 은유적인 (그리고 아마도 가끔은 실제적인) 실명은 부분적으로 거세의 은유로, 『폭풍의 언덕』에서 캐서린 언쇼의 부상당한 발과 기능이 같다. 디킨슨이 성장하여 캐서린처럼 (어린 소녀인 척하면서 지연시켰던) 성 의식이 생겨남에 따라 어린 시절의 양성적 자유에서 떠나야 한다는 것을 인식하고, 여성의 무력함에 암시된 상징적 거세를 자각하기 때문이다. 가부장적인 태양의 타는 듯한 눈부신 빛(모든 공적인 것을 조종하고 밝히는 거대한 '남성의' 빛)을 들여다보면서 디킨슨은 틀림없이 그 강렬함에 눈이 머는 듯한 느낌을 받았을 것이며, 그와 비교되는 자신의 빈약함과 함께 보이는 것에 함축된 양면성을 자각했을 것이다. 디킨슨은 가부장적인 거대한 정오가 '나를 내리쳐 죽일' 것이라는 공포 때문에 빛을 보지 않으려는 열렬한 자기 보호 욕망을 묘사할 때조차 '나의 유한한 눈 사이에 / 내가 취할 수 있는 한 많은 정오'에 거의 마조히즘적이고 성적으로 매료당한다. 이런 양면성을 아주 냉랭하게 보여준 시에서 디킨슨은 '내 눈이 빠지기 전에, 나는 잘 보고 싶다— / 다른 피조물처럼 —'이라고 고백한다.

위협적으로 찬란한 태양은 디킨슨에게 일종의 가부장적인 빛의 신을 의미한다. 이는 디킨슨이 1862년 수전 길버트에게 보낸 편지에 썼던 '정오의 남자'에 대한 특별한 사색에서 분명해진다. 더욱이 아내가 된다는 의미를 샅샅이 살펴보고 있는 이 편지는 시인이 대부분의 시보다 훨씬 더 솔직하게 태양 같은 '정체 모를 아버지'(검열관처럼 매우 비판적인 '강도! 은행가-아버지'이자 이상화된 주인/연인)에 대한 상반된 감정을 예리하게 의식했음을 폭로한다.

매일 황금으로 치장하는 신부와 약혼녀에게는 우리의 삶이 얼마나 지루해 보일까? […] 그렇지만 수지, 아내에게는 […] 우리의 삶이 세상 다른 어떤 삶보다 더 소중해 보이겠지. 너는 아침 이슬을 맘껏 머금은 꽃을 보았지. 똑같이 아름다운 꽃들이 정오에는 강력한 태양 앞에서 고통으로 머리를 숙이는 것도 보았고. 너는 이제 이 목마른 꽃들에게 필요한 것은 이슬뿐이라고 생각하겠지? 아니야, 꽃은 햇빛을 갈구하고 불타는 정오를 갈망할 거야. 햇빛이 자신을 태우고 상처를 입혀도 말이야. 그들은 평화롭게 지내왔어. 그들은 정오의 남자가 아침보다 더 강력하다는 것을 알게 됐어. 이제 그들의 삶은 그의 것이야. 오, 수지, […] 그런 생각이 들 때마다 […] 내 가슴은 무너지는 것 같아. 그래서 가끔은 스스로 굴복해버릴까 봐 온몸을 떨어.[27]

이 너무도 솔직한 편지에서 남성의 힘과 여성의 무력함을 잔인할 정도로 상세하게 설명하는 이미지는 그야말로 충격적이다. '정오의 남자'는 강력하고, 강렬한 생명력으로 불타오르고, 무자비한 능력의 소유자다. 아내가 된 (성적으로 깨닫게 된) 여자는 무력하게 그녀의 젠더에 뿌리박고 있다. 마치 꽃이 에너지를 주는 햇빛과 땅에 붙잡혀 있는 것 같다. 이 햇빛은 꽃을 때려 복종시키고, 꽃은 고통 속에서 고개를 숙이고 있다. 의미심장하게도 '데이지'는 디킨슨이 자신에게 붙인 별명 중 하나다. 디킨슨이 이 편지를 썼던 스물두 살에 이미 그녀는 통찰력 있게 '빛을 사랑하는/태양을 두려워하는 꽃'으로 자신을 상반되게 정의 내리기 시작했다. 따라서 어머니 경외와 내면의 바다 이미지가 디킨슨에게 체념이란 불가능하다고 암시했듯, 시대에 뒤진 어린 소녀의 어쩔 수 없는 굴복이 이 편지의 이미지에 내포되어 있다. 해는 뜨고 아침의 꽃은 어쩔 수 없이 태양의 움직임을 따라가야 한다. 태양의 신부가 아니라면, 열렬한 노예로서.

많은 전기 작가들이 보여주었듯 디킨슨의 아버지는 디킨슨에게 필요하지만 두려운 태양 같은 '정체 모를 아버지'의 특징이 있었다. 이 '정체 모를 아버지'는 디킨슨의 삶을 둘러싸고 있던 허구에서 매우 핵심적이었다. 정력적이고 엄격한 법률가이며 애머스트의 지도자였던 에드워드 디킨슨은 엄격하게 공적이며 지배적인 남자의 전형이었다. 에드워드 디킨슨의 아들 오스틴의 말대로 에드워드는 '오래된 교회당의 종소리와 신을 두려워하는 너무도 진지한 사람들 사이에서' 태어난 애머스트의 조상에게서 청교도적 엄격함을 물려받았다.[28] 에드워드는 기질상은 물론 문화적으로도 냉정하고 강력하며 엄격한 가부장이었다. 그의 누나인 캐서린은 '에드워드는 매우 침착하고 말수가 적다'라고 말했다. 에드워드 자신도 결혼을 준비하면서 아내 될 사람에게 낭만적이기보다는 정의롭고, 관능적이기보다는 검열관처럼 비판적인 어조로 편지를 썼다. '이성적으로 행복한 삶을 준비합시다. 나는 쾌락의 삶은 기대하지도 바라지도 않습니다.'[29]

처음에는 그런 엄격함 때문에 에드워드 디킨슨은 미국의 세인트 존 리버스, 사회의 엄격한 정의의 기둥처럼 보였고, 에밀리 디킨슨처럼 젊은 아가씨의 예리한 기지는 그에게 반항할 수 있다고 생각했을 것이다. 그러나 시인의 아버지는 '진지하고 신을 두려워하는' 애머스트의 시민이면서 전형적인 미국 사업가로서 대담하고 사탄처럼 야심에 찬 사람이었다. 출세에 대한 아버지의 열정은 낭만주의적인 시에 경도되어 있던 딸에게는 매력적이지만 무서웠다. 1835년에 에드워드는 "나는 어떻게든 약간이라도 돈을 벌어야 하오. 그리고 땅을 사야겠소. '동부'에서 살 작정이 아니라면 '서부'에서라도" 하고 아내에게 편지를 썼다. '일단 일에 열중하면 그 어떤 인간적인 것도 재산을 모으려는 나의 필사적인 노력을 막지 못할 것이오. […] 나는 나 자신을 더 많은 땅에 펼쳐야 하오. 네 평짜리 집, 여덟 평짜리 정원은 성에 차지 않는다오.'[30] 그러므로 어떤 의미에서 에밀리 디킨슨은 아버지를 두 명 두고 있는 셈이다. 한 명은 태워버릴 듯이 강렬한 남자, 바이런의 영웅 같은 사람으로 '홀로 엄숙한 책들을 읽고 결코 놀지 않으며', '마음은 순수하지만 무섭고' 자신을 '더 많은 땅에' 펼쳐내고자 하는 사람이다.[31] 다른 한 명은 '여성 참정권론자'를 공격한 위풍당당한 공인이며, 히긴슨에게 '마르고 건조하며 말 없는 사람'이라는 인상을 주어 '에밀리의 삶이 어떠할지 추측할 수 있을' 정도였다.[32]

시인이 끊임없이 도피하려고 했던 아버지는 분명 두 번째 아버지, 바르고 시간을 엄수할 것을 요구하는 가부장이다. '종소리가 더는 아침을 놀라게 하지 않는 곳'에서 디킨슨은 심지어 죽음으로('지친 아이들이 수 세기의 정오 내내 / 평온하게 잠드는 곳', 그리하여 '아버지의 종소리도—공장도 / 우리를 더는 놀라게 하지 않는 곳'으로[J 112편]) 도망치고 싶은 심정을 표현했다. 바이런의 주인공 같은 아버지는 너무도 독선적이어서 그가 죽은 뒤에도 디킨슨은 '나는 밤마다 아버지 꿈을 꾼다, 항상 다른 꿈을. 그리고 내가 낮에 무엇을 했는지 잊어버린 채, 그가 어디 있는지 궁금해한다'고 썼다.³³ 에밀리 디킨슨의 바르고 엄격한 공인이었던 아버지는 너무나 강력해서 디킨슨은 아이러니하게도 탈출을 염원하는 자신의 기도를 아버지, 즉 그녀가 피하고 싶은 바로 바로 그 사람에게 바쳤다. 죽음을 에덴('이곳은 축복─이 도시는 천국─')처럼 묘사하면서 디킨슨은 소녀처럼 '제발 아버지, 빨리요!' 하고 외친다. 이 아버지(공적 가부장)는 점점 '마르고 건조하고 말 없는' 에드워드 디킨슨에서 하느님 아버지, 천국의 가부장으로 변형되기 때문이다.

아버지와 '정체 모를 아버지'의 경계를 흩뜨리는 이런 변신은 가상의 사람으로서 디킨슨이 시로 써낸 생애 전반에 걸쳐 정기적으로 벌어진다. 예를 들면 초기 시 「위에 계신 아버지!」에서 화자의 하늘에 계신 아버지는 분명 찬양받는 빅토리아 시대의 가장이다. 시인은 나쁜 짐승 같은 아홉 살 제인 에어처럼 자신을 인간 이하의 피조물과 동일시한다.

위에 계신 아버지!
고양이에게 꼼짝 못 하고 있는
쥐를 살피소서!
당신의 왕국에 보존하소서
쥐의 '저택'을!

천사의 찬장에서 편안하게
하루 종일 조금씩 갉아먹도록,

수상하게 여기지 않으며 긴 세월이

엄숙하게 굴러가는 동안!

[J 61편]

디킨슨은 마치 자신을 죽은 쥐와 동일시하듯 지상의 아버지
와 천상의 아버지를 연관시키며, 분명 아버지와 그녀 자신 사
이, 혹은 모든 아버지와 모든 딸 사이의 권력의 비율을 나타내
고 있다. 동시에 디킨슨이 익살스럽게 수줍어하며 아버지를 정
체 모를 아버지로, 자신을 한 마리 쥐로 (또는 쥐의 친구로) 과
장하는 것은 하나의 기교라 할지라도, 그녀는 이 기교를 통해
자신의 문제를 극화시키고 자신이 재현하는 허구에 특별한 강
렬함을 (말하자면 명암을) 부여했다. 게다가 디킨슨은 아이러
니한 과장법을 통해 자신과 아버지의 관계에서 발견한 문학적
신학적 패러다임을 명료하게 인식하고 있음을 시사한다. 끝으
로, 이 과장법은 아버지와 자신의 관계를 파괴하거나 전복시키
고 싶은 욕망의 정도를 그녀 자신이 의식하고 있음을 보여준다.
엄숙하지만 수상하게 여겨지지는 않은 천상의 세월은 결국 여
섯 세대에 걸친 '진지한 신을 두려워하는 사람들'을 떠올리게
하는데, 이들은 오래된 교회에 주일마다 모이는 디킨슨 가족을
나타낸다. 천사의 천장에 편안하게 있는 시적 쥐는 작지만 전
복적인 힘이다. 어린아이 같은 '순진무구함'으로 디킨슨은 어떤
토대를 무너뜨리고 있는가?

아버지에 대한 자신의 감정이 혁명적이라는 것을 디킨슨이
이해했을 뿐만 아니라 그 감정의 문학적 의미도 인식했다는 사

실은 그녀가 『제인 에어』의 여백 두 군데에 눌러 써놓은 유일하게 남은 희미한 메모에서 분명해진다. 첫 번째 메모는 다음 구절 옆에 쓰여 있다.

세인트 존은 좋은 사람이다. 그러나 그가 자신이 엄하고 냉정한 사람이라고 말했을 때, 나는 그가 솔직하게 말하고 있다고 느꼈다. 그는 인간애와 삶의 쾌적함에 매혹되지 않았고, 삶을 평화롭게 즐기는 일에도 관심을 갖지 않았다.

두 번째 메모는 같은 문단의 두서너 줄 뒤에 나타난다.

나는 자연이 (기독교도든 이교도든) 그녀의 영웅들, 그러니까 입법자, 정치인, 정복자 들을 만들었던 바로 그 재료로 [세인트 존을] 만들었다는 것을 깨달았다. 위대한 일을 성취하기 위해 기댈 수 있는 견고한 성채란 난롯가에서는 방해가 되곤 하는 차디찬 기둥이고, 음울하며 어울리지도 않는다.[34]

에밀리 디킨슨이 아버지를 문학적 형상의 종류로 의식했다는 사실은 그녀의 반항과 불가피했던 감금을 모두 이해하는 데 도움을 준다. 제인 에어조차 세인트 존이 자신을 원칙이라는 철의 수의로 에워싸려 하면 자유로워지기 어렵다는 사실을 알았다. 다만 제인에게는 몽환의 경지에서 자신을 불러내는 로체스터가 있었다. 디킨슨에게는 세인트 존과 로체스터, 사회의 기둥과 독선적인 영웅 모두가 그녀의 아버지/주인/연인이라는 하나의 형상에 압축되어 있다. 그것은 신과 사탄이 하나의 '정체 모를 아버지' 형상으로 결합되어 있는 것과 같다.

*

디킨슨은 불가사의한 주인을 향한 연애시를 수두룩하게 썼다. 이 시의 내용은 제인이 로체스터에게 사랑을 처음 느꼈을 때 썼을 것 같은 찬사만큼이나 열렬하고 단정적이다. 우리가 디킨슨의 '정체 모를 아버지' 시라고 부른 작품들이 고도로 문학적인 과장의 산물이라면, 이 연애시들은 일반적으로 양식화되어 있고 문학적이며 아이러니하다. 실제로 그 시들은 제인과 로체스터의 관계를 특징짓는 것과 유사하게 감추어진 긴장과 적대감을 보인다는 점에서 아이러니하다. 반면 클라크 그리피스가 설명하듯, 그 시들에 사용한 자의식적 수사법은 시인이 '뚜렷한 공적 문학 양식'을 통해 작업했음을 보여준다.[35] 예를 들면 「데이지는 가만히 태양을 따른다」 같은 우아한 시는 아버지/주인/연인인 가부장적인 태양을 두고 강렬한 감정을 표현하는 동시에 세심하게 우아한 비유를 구사하는 듯하다. 따라서 존 던의 초기 시처럼 이 시는 문학적 관습을 독창적으로, 그러나 양식에 맞게 사용하며 성적 정열을 중재한다.

데이지는 가만히 태양을 따른다 —
그의 금빛 산책이 끝나면 —
그의 발아래 수줍은 듯 앉아 있다 —

그는— 깨어나—그곳에서 꽃을 발견하고—

무엇 때문에—약탈자—너는 여기에 있는가?

주인님, 사랑이 달콤하기 때문이죠!

우리는 꽃이고—그대는 태양!

우리를 용서하소서, 날이 저물어—

우리가 더 가까이 그대에게 살그머니 다가가도!

떠나가는 석양에 매혹되어—

평화—도주—자수정—

밤의 가능성!

[J 106편]

이 시는 디킨슨이 주인/연인의 불가피함을 의도적으로 아이러니하게 이용한 흥미로운 사례인 동시에 (그녀의) 낭만주의적 '성취'에 대한 행복한 환상이다. 이 점은 이 시가 인습적인 구조에 의식적으로 기대고 있다는 사실에서도 확인된다. 태양과 데이지가 나누는 작은 아침의 노래/대화는 글자 그대로 꿈꾸고 있는 시인의 소망을 극화한다. 반면 예상 밖으로 설명조의 긴 말로 문학적 '그대'에게 기대는 것은 그녀 스스로 자신의 상상 속 술책을 인식했다는 점을 강조하기 위해서일 것이다. 마지막에 '평화—도주—자수정— / 밤의 가능성!'으로 표현한 강렬한 열망을 통해 디킨슨은 만족스럽게 자신이 상상한 이야기를 낭만주의적인 결론으로 이끌었을 뿐만 아니라, 이 시의 다른 어떤 대목보다 솔직하게 불같은 주인/연인에 대한 깊은 성적 요구를 고백한다.

우리가 디킨슨이 두려워하면서도 찬양하는 태양의 모든 은유적 의미를 추적한다면 '밤의 가능성'은 이상하게 애매해진다. 밤에는 태양신이 물러나기 때문에 인간은 승리를 기뻐하며 관능적일 수 있지만, 밤의 가능성은 꽃을 위해 버려질 뿐이다. 동시에 만약 억압적인 태양의 '정체 모를 아버지'가 구속을 풀어 버리는 막간이 밤이라면, 시인은 밤 사이 자아를 주장할 가능성을 얻는다. 디킨슨이 '밤의 가능성'이라는 이 구절과 태양 같은 주인/연인과의 환상적인 관계에 이 모든 문제와 보상을 함축하고 있다는 사실은 이 관계를 극화한 몇몇 다른 시에서 더 분명해진다.

예를 들면 「태양이—아침을 막 만졌다—」는 「데이지는 가만히 태양을 따른다」의 음울한 수정판 같다. 앞의 시처럼 낙관적으로 시작하는 이 시는 점점 신랄한 아이러니를 담아 '아침— 행복한 것— / 그가 거주하러 온다면— / 삶은 온통 봄일 텐데!' 하고 묘사한다. 하지만 큰 주기와 마찬가지로 작은 주기도 엄숙하게 굴러간다. 디킨슨은 그 주기가 가장 도전적인 '아침', 데이지, 쥐, 또는 여자에 의해서는 조종되지 않음을 관찰한다. 그리하여 '바퀴로 굴러가고 있는 그녀의 왕'은 장엄하게 가버리고, '아침'의 복장을 한 시인을 '새로운 필요성! / 왕관의 결여'와 함께 남겨두었다.

아침은—퍼덕거렸다—비틀거렸다—
나약하게 더듬어 찾았다—그녀의 왕관을—

성유를 바르지 않은 그녀의 이마를 —

이제부터는 — 그녀만의 것!

[J 232편]

이 시는 그 슬픈 이야기와 마찬가지로 「데이지는 가만히 태양을 따른다」에 나타난 즐거운 구애의 환상에서 시인이 얼마나 멀리 떠나왔는지 보여준다. 포기가 밤의 가능성이라면 여기에서 포기는 디킨슨의 가장 큰 고통과 연관된 비애의 모든 부속품으로 (대시로 끊어놓아 숨 막힐 듯 읽어야 해서 더듬거리며 헐떡이는 말, 거기에 맞는 단어는 없고 그저 어조만 있음에도 의미를 소통하고 싶은 욕망을 표현한 듯한 폭발적인 이탤릭체, 속어 같지만 응축된 구문, 정통이 아닌 작시법으로) 재연되었다. 이 시를 쓴 1861년은 스물두 살의 디킨슨이 수전 길버트에게 순수한 객관성을 담아 강력한 '정오의 남자'에 대해 편지를 쓴 지 9년의 세월이 지난 시기이며, 이 스물두 살 소녀가 '완전히 굴복'당하고 그 불가사의한 주인을 향한 마조히즘적이고 자기부정적이다시피 한 열정 때문에 가슴이 '찢어진' 시기이기 때문이다. 이 주인은 다른 무엇보다 디킨슨 자신이 내밀하게 욕망했던 세속적 예술적 품위를 구현한 인물이다. 그런데 디킨슨이 검열관처럼 비판적인 '정체 모를 아버지'의 요구로부터 자신을 지키기 위해 고안한 아이 같은 태도는 아이러니하게도 낭만적인 주인의 유혹에 더 쉽게 넘어가도록 그녀를 이끌었다. 디킨슨은 세상을 어린아이 같은 경외감 가운데 바라보았기 때문에 그녀의 상상 속 연인이 자신을 외롭고 춥고 어두운 밤의 가능성 속에 방치했을 때, 그는 실제보다 훨씬 더 거대한 인물, 그녀를 태우고 눈멀게 한 태양의 거인이 되었다. 나아가 디킨슨은 자신을 집에서 '가장 하찮은 존재'라고 극단적으로 규정하는 경우가 잦았기에, 이제 그녀는 자신을 시들어 점점 작아지는 데이지, 울고 있는 작은 동물, 거의 보이지 않는 '그것'으로, 결국에는 '아무도 아닌 존재'로 상상하기에 이르렀다.

디킨슨의 「태양이 ─ 아침을 막 만졌다 ─」의 대시나 이탤릭체보다 훨씬 더한, 악명 높은 '주인에게 보내는 편지들'은 조잡한 초고 상태로 남아 있는데, 이 시의 열광적 수사는 파열된 구문 스타일, 고유명사의 혼돈, 상상력에 따른 빠르고 생략하는 자유연상으로 이루어져 있다. 많은 학자들은 '주인'의 정체성을 둘러싼 전기적 수수께끼에 집착했지만, 사실 이 시가 채택한 양식이 암시하는 정신 상태가 훨씬 더 의미심장하다. 디킨슨은 고통스러워하며 종잡을 수 없는 그녀의 마지막 주인에게 보내는 편지에 '오, 내가 그것을 기분 상하게 했나요 ─'라고 썼다. '[그것은 내가 진실을 말하는 것을 바라지 않았나요?] 데이지 ─ 데이지는 ─ 그것을 기분 상하게 한다 ─ 그녀의 더 작은 삶을 그의 [그것의] 더 온순한[더 낮은] 나날로 굴복하게 한 자를 […]'³⁶ '그', 즉 주인은 여기에서 '그것'이지만, 디킨슨 자신인 어린아이 같은 데이지는 평소 '그것'이다(또는 '그것'을 포함한다). 「나는 무엇을 할 것인가 ─ 그것이 그토록 훌쩍이고 있는데 ─ 가슴속의 이 작은 사냥개가」나[J 186편] 「왜 그것이 의심하게 하는가 ─ 의심이 그것을 그토록 마음 아프게 하는데 ─」[J 462편] 같은 시에서 그런 것처럼 말이다.

특히 두 번째 시는 두려워하면서도 찬양하는 '정오의 남자'가 디킨슨의 마음을 찢어놓았던 무시무시한 힘, 논리와 구문과 순서를 산산조각내는 힘을 입증하고 있다. 그 시의 전문은 다음과 같다.

왜 그것이 의심하게 하는가―의심이 그것을 이토록 마음 아프게 하는데―
너무 아프고―추측하는 것은―
너무 강하고―아는 것은―
너무 용감하다―그것의 작은 침대에서
그들이 했던 마지막 말까지 말하는 것은
그 자체에―미소 짓고―떨며―
사랑스럽고―멀리 있고―위험한 것을―위해서―
그러나―그보다도―움츠러들게 하는 공포는
그것이 했던―또는 감히 하려고 하는―무엇인가가―
환영을 깨뜨리고―도망쳐버리며―
그들이 더 이상 나를 기억하지 못하며―
돌아보고 나에게 이유를 말하지도 않으리라는 것―
오, 주인이여, 이것이 고통입니다―

시에서 '그들', '그것', '그 자체', '나를' 등은 계속해서 의미가 바뀌는 동시에 작가의 특징적인 대시에 의해 접합되거나 분리된다. 이 각각의 대시는 이제 일종의 틈새가 되어 시는 단지 힘겹게 그 틈을 뛰어넘는다. 또한 시의 어느 곳에도 '그'나 '당신'

은 암시되기만 할 뿐 구체적으로 나타나지 않는 것은 의미심장하다. 이제 지배적인 정오의 남자가 디킨슨의 삶을 너무 완벽하게 지배하기 때문에 그녀는 그와 거의 대면할 수 없다. 디킨슨 자신의 아버지의 모호한 실체가 예견했듯, 빛나는 연인/주인은 이제 검열관처럼 비판적인 가부장과 공공연하게 융합된다. 여기에서 남성 타자 자신은 인간이 신이라 부르고 블레이크는 '정체 모를 아버지'라 부른 '멀리 있는 당당한 연인'만이 아니라, 디킨슨이 한때 자신은 필요하지 않다고 생각했던 '잃어버린 모든 것'이 된다. 디킨슨은 정오의 남자의 요구에 '굴복하기를' 거부하고, 또한 그로 인해 '가슴이 찢어지는 것'을 거부함으로써 나중에 '상처가 점점 커져서 / [자신의] 모든 삶이 그 안으로 들어갈 때까지 / 그리고 그 옆에 홈통이 생길 때까지 / 상처를 받아들이지 않는다'고[J 1123편] 묘사한 상태에 이른다.

사실 디킨슨의 삶으로 쓰인 허구가 이 시점에 이르면 상처는 자신의 죄(자신의 '환영'을 깨뜨린 죄로 시달리는 '오금이 저리는 공포'), ('[그녀의] 작은 침대에서' 느끼는) 자신의 무력함, 자신이 치러야 할 응보의 운명('고통')을 상징하는 디킨슨의 존재론적 집이 된다. 그러므로 이제 디킨슨은 자신이 무엇인가를 성취할 수 있다는 밤의 모호한 가능성이 아니라, 버려질 것이라는 자정의 확실성에 갇혀 있음을 발견한다. 그래서 그녀는 주장한다.

운명이란 문이 없는 집—
그것은 태양으로부터 들어온다—

그러고 나서 사다리는 치워진다

탈출은—끝났기 때문에—

[J 475편]

눈을 멀게 하는 정오의 응시 아래 (벽과 확신, 사랑과 확실성에 대한 욕망을 의미하는) 광장공포증은 (피할 수 없는 벽, 한계에 봉착한 '사랑'을 의미하는) 폐소공포증이 되고, 시대에 뒤떨어진 작은 소녀는 그녀의 신/아버지가 그녀를 위해 준비했을 법한 어두운 감방에 갇힌다.

상상된 로맨스의 모든 복장은 '무덤의 떼로 엮은 가운'으로 되돌아가고, 이 가운을 입은 루시 스노처럼 생매장된 디킨슨도 유리즌 같은 '정체 모를 아버지'가 도를 넘는 여자들을 위해 엮은 '원칙의 철 수의' 속에 자신이 제인 에어처럼 파묻혔다고 묘사한다.[37] 절망적인 주인에게 보내는 디킨슨의 편지가 자신의 '주인'에게 보낸 샬럿 브론테의 편지를 기이하게 반향한다는 것은 놀랄 일이 아니다. 물론 우리는 브론테의 수신자가 누구인지 알고 있고, 디킨슨이 브론테의 편지를 읽었을 리가 없다는 것도 알고 있다. 한편, 형식상 브뤼셀의 교장 콩스탕탱 에제에게 보낸 영국 여성의 열렬한 호소도 디킨슨의 편지처럼 실제보다 훨씬 더 큰 남성 타자를 향해 있다. 이 남성 타자가 빅토리아 시대의 이 두 여성에게는 여성이 처한 운명의 원동력이었다. 브론테는 에제에게 '당신에게 편지 쓰는 것을 금지하는 것, 나에게 답장을 보내지 않는 것은 지상에서 유일한 나의 기쁨을 빼앗는 것이며, 나의 마지막 특권(내가 결코 양도하지 않을 특권)을 빼앗는 것이 될 것입니다' 하고 말했다. 이어 브론테는 주인에 대한 자신의 욕구 때문에 마음이 어떻게 산란해지는지 묘사한다.

나의 주인이신 선생님, 당신이 나에게 편지를 쓰는 것이 당신이 할 선행이라는 나의 말을 믿어주세요. 당신이 나를 마음에 들어한다고 내가 믿는 한, 내가 당신에게 소식 받기를 소망하는 한, 나는 안심할 수 있고 그리 슬프지 않을 것입니다. 그러나 오래 지속되는 우울한 침묵이 나의 주인이 멀어진다고 위협할 때, 날이면 날마다 편지를 기다리고 날이면 날마다 실망감이 압도하는 슬픔 속으로 나를 내던질 때, 당신의 글씨를 보고 당신의 충고를 읽는 나의 달콤한 기쁨은 헛된 환상이 되어 나에게서 달아납니다. 그러고 나면 열기가 나를 덮칩니다. 나는 입맛을 잃고 불면에 시달립니다. 수척해져갑니다.[38]

디킨슨과 비교할 때 브론테의 산문은—『셜리』의 형식에 대한 브론테 자신의 묘사를 인용하자면—'월요일 아침처럼 비낭만적'이다.[39] 그러나 디킨슨이 자신의 절망을 더 '비뚜름하게' 말하긴 해도 그녀도 거의 정확하게 같은 진실을 품고 있다. 디킨슨도 죄책감을 느끼고 두려워하며 자신의 주인에게 인정받기를 애타는 마음으로 기원하며 회신이 오지 않는다는 사실에 쇠약해지고 수척해져간다.

한때 무릎을 낮추면 그녀를 (왕 같은) 말 없는 휴식으로 데려다주었는데, [이제] 데이지는 죄인처럼 무릎을 [꿇고] 자신에게

자신의 잘못[죄]을 말합니다―주인이여―그녀의 생명을 없애
버릴 만큼 잘못이 작다면[작지 않다면], 그녀[데이지]는 만족합
니다―그러나 벌을 주시고[주지 마세요] 추방하지는 마세요―
그녀를 감옥에 가두세요, 주인이시여―당신이 용서할 것을 맹
세만 하세요―언젠가―무덤 앞에서, 데이지는 개의치 않을 거
예요―그녀는 깨어날 거예요, 당신과[그와] 같은 모습으로.
　경이로움은 벌보다 더 나를 아프게 합니다―벌은 결코 나를
쏜 적이 없죠―그러나 내가 어디를 가든[가야 하든] 그의 힘으
로 즐거운 음악을 만들었답니다―경이는 나의 음을 가볍게 하
죠. 당신은 말했죠, 나는 아껴둘 크기가 없다고.[40]

브론테처럼 디킨슨도 절망적인 것 같다. 두 여자는 예술가를
괴롭히는 최악의 고뇌로 고통받고 있기 때문이다. 그것은 바로
정신적 노예 상태라 할 수 있는 심리적 위축이다. 브론테는 '자
기 자신의 생각을 조정할 수 없다는 것, 후회와 기억의 노예가
된다는 것, 정신 위에 군림하는 고정된 지배적 사고의 노예(간
단히 말해 로맨스와 그 플롯의 노예)가 된다는 것'은 심히 수치
스러운 일이라고 썼다.[41]
　브론테와 디킨슨 둘 다 매우 잘 알고 있었듯, 그런 플롯은 가
부장제의 여자들에게 피할 수 없는 덫을 의미하는 경우가 허다
하다. 또 다른 19세기 여성 작가 마거릿 풀러의 「주인에게 보내
는 편지」는 이 모든 재능 있는 예술가들이 낭만적인 강제를 상
당히 의식했음을 보여준다. 1852년 마거릿 풀러는 '사랑이, 한
사랑이 여자에게는 그녀 실존의 전체라는 것은 통속적 오해'라

고 주장했지만,[42] 1843년에 썼던 편지는 베토벤에게 보내는 환상의 편지, 즉 디킨슨이 불가사의한 연인에게 보낸 편지와 브론테가 콩스탕탱 에제에게 보낸 편지와 별반 다르지 않다. 이 편지에서 풀러는 '나의 운명은 저주받았습니다. 그래요, 나의 친구여, 나로 하여금 내 운명을 저주하게 하세요. [⋯] 나에게는 당신처럼 깊은 영혼의 팽창을 토해낼 예술이 없습니다'라고 고백한 뒤, 이어서 로맨스 소설의 플롯에 자신이 감금되어 있다는 사실뿐만 아니라, 그런 플롯이 나타내는 가부장적 구조도 아주 명쾌하게 분석한다.

주인이시여, 나는 최후의 운명에 충실하지 못했지만, 당신은 그런 나를 용서하실 거예요. 그 때문에 나는 사방에서 '경멸받는 사랑으로 인해 고통스러워하고' 괴로워했답니다. 당신도 똑같았습니다. [⋯] 그러나 당신은 그런 실수 덕분에 예의 천재적인 영감을 얻었죠. 그런데 왜 나는 그럴 수 없다는 걸까요? 내가 여자로서 영혼이 자신을 드러내는 것을 막는 육체의 법칙에 묶여 있기 때문인가요? 가끔은 달이 조롱하듯 그렇게 말하는 것 같습니다. 내가 태양을 발견할 수 없다면 나 또한 빛나지 않을 것이라고 말하는 듯합니다. 오, 냉정한 불모의 달이여, 다른 이야기를 해주세요. 그리고 나에게 내 아들을 주세요.[43]

흥미롭게도 풀러가 그녀의 편지에 끼워넣은 sun[태양]과 son[아들]의 동음이의어 수사는 약 20년 뒤 디킨슨을 사로잡았던 이미지를 떠오르게 한다. 디킨슨이 아들이었다면 그녀는 '정오의 남자'와 이와 같은 멜로드라마적이고 양면적인 로맨스를 재연할 필요가 없었을 것이라는 점은 분명하다.

*

브론테나 풀러의 경우와 마찬가지로, 디킨슨처럼 자의식적이며 화산 같은 재능 앞에서는 어떤 감금도 영원할 수 없다. 디킨슨의 폐소공포증은 (존 코디가 지적했듯) 광장공포증과 번갈아 나타난다. 이 둘은 서로에게 필요한 보충물처럼 기능한다.[44] 그런데 디킨슨의 영혼이 '붕대로 감긴 순간'은 번번이 '탈출의 순간'으로 대치되었다. 이 탈출의 순간에 디킨슨의 영혼은 성적 한계를 격렬한 기세로 초월해 '사방에서 폭탄처럼' 춤추며, 여성의 복종, 수동성, 자아 포기라는 그림자 같은 봉쇄로부터 '정오와 낙원'이라는 남성적 자기주장으로 달아난다.[J 512편] 앞으로 보겠지만, 그런 탈출을 위한 시인의 전략은 디킨슨이 취했던 패배의 가면이 그랬던 것처럼 다양하고 창의적이었다. 사실상 많은 경우 패배의 가면은 승리의 얼굴로 변형되었다.

예를 들면 디킨슨의 어린아이 가면은 인정되지 않은 자기 삶의 상처 안에 그녀를 가두는 데 일조하는 동시에 (디킨슨이 명예롭게 가려진 아내의 영혼을 봉인해버린다고 보았던) 무의식에서 그녀를 구출했다. 경외감이 낳은 이 어린아이 같은 작은 순례자는 가끔 크나큰 절망감 때문에 멀리 있는 주인을 위해 자신을 낮추었을 것이다. 그러나 그 어린아이는 그 주인을 그녀의 목적에 봉사하는 강력한 뮤즈로 변형시킬 수 있었다. 디킨슨은 어느 시에서 '속박은 의식이다, / 자유도 마찬가지'라고 말했다.[J 384편] 디킨슨에게 이것은 진실이었다. 극심한 폐소공포증에 시달리는 패배의 순간에도 디킨슨은 사물에 대한 '최초의 통찰'을 포기하지 않았기 때문이다. 그리하여 「나에게는 말 없는 한 명의 왕이 있다」[J 103편] 또는 「나의 삶은 서 있었다ㅡ 장전된 총으로」에서[J 754편] 그녀는 멀리 있는 당당한 연인 덕분에 얻게 된 시적 영감을 찬양한다. 그는 낮에는 물러나 있고, 「왜 그것이 의심하게 하는가ㅡ의심이 그것을 그토록 마음 아프게 하는데」 같은 시에서는 그에게 말을 걸 수조차 없지만, 「나에게는 왕이 한 명 있다」에서 디킨슨은 꿈속에서 '낮에는 닫혀 있는' 제왕의 '응접실을 엿보고는' 그를 만남으로써 승리한다. 더욱이 「나의 작은 난로에 그의 불이 들어왔다」에서[J 638편] 디킨슨은 '운명'의 문이 없는 집(어린아이가 갇혀 있는 집), 영감에 의해 변형된 집을 묘사한다. 그녀는 시적 과정을 그려냄으로써 감정적 패배를 영혼의 승리로 변형시키는 시에서 '나의 집 모든 것이 / 갑작스러운 빛으로 이글거리고 부채질하며 진동한다ㅡ' 하고 외친다. 주인/뮤즈의 성스러운 불길이라는 관점에서 보면 '그것은 정오였다ㅡ밤의 소식이 없는ㅡ' 대상이며, 신학자들이 영원이라고 부를 만한 것이기 때문이다. 그런 영원한 불길의 에너지를 받아 디킨슨은 이따금 자신의 어린아이 가면을 완전히 벗어버리고 고백한다. 「나의 삶은 서 있었다ㅡ장전된 총으로」에서 디킨슨은 사실상 그녀의 불같으나 침묵하는 주인/뮤즈, '말 없는 왕'을 대신해 말하고 있다고 고백한다. 그것도 베수비오 화산처럼 격렬하게 말한다.

디킨슨이 말하는 동안 그녀의 주인이 침묵을 지킨다면 실제로 누가 주인이고 누가 노예인가? 여기에서 디킨슨은 짐짓 겸손한 태도로 자신을 아무도 아닌 사람으로 묘사했지만, 동시에 책상 서랍에 평생 숨겨놓은 작은 말뭉치를 꺼내듯 복잡하게 층을 이룬 여러 단계의 아이러니를 제시했다. 물론 디킨슨의 삶에서 진짜 장난감은 시 뭉치들이다. 디킨슨은 어떠한 요구가 있더라도 이 장난감을 포기하지 않았다. 우리는 디킨슨이 시를 포기하지 않았다는 사실을 알고 있기 때문에 정오의 남자인 '정체 모를 아버지'에 대한 그녀의 고뇌에 찬 구혼을 제대로 알 수 있다. 그녀는 두 번째 '주인에게 보내는 편지'에서 '당신은 살아 있는 자를 담을 수 있는 작은 상자(가슴)가 있나요?' 하고 묻는다.[45] 이 어린아이 같은 질문은 적어도 부분적으로는 아이러니하다. 살아 있는 시로 가득 차 있는 수수한 상자를 가지고 있던 사람은 디킨슨 자신이었기 때문이다. 그러나 완전한 시의 정원을 창조하고 그 안에서 '노는' 작은 소녀가 아버지와 교사와 집안의 사업 같은 세계를 누르고 비밀리에 승리하고 있지 않은가? 그렇다면 (은밀하게 어른인) 이 작은 소녀가 진정으로 선출된 자 중의 한 명, 인정받지 못한 여왕이나 황후가 아니겠는가?

이따금 무력하고 의존적인 어린아이-자아('데이지'라는 이름의 시대에 뒤떨어진 작은 소녀)와 '적당하고-도도한' 여왕 같은 자아(그녀가 언젠가 '골고다 언덕의 황후'라고 칭한 '흰옷을 입은 여자') 사이에 조성되는 긴장 가운데 디킨슨은 자신이 거둘 희미한 승리를 묵묵히 사색한다.

그리고 그때―현자들이―작다고 말하는―
이 '작은' 크기의 인생은
내 조끼 안에서―부풀어올랐다―수평선처럼―
그리고 나는 냉소했다―가만히―'작다고'!
[J 271편]

또 다른 경우, 거의 들리지도 않을 디킨슨의 조소는 우레 같
은 말을 쏟아내는 분노에 찬 환상으로 대치된다. 예를 들면 「나
의 삶은 서 있었다―장전된 총으로」에서 총/화자가 뿜어내는
살인의 에너지는 적어도 그녀가 (또는 '그것'이) 침묵하는 주인
을 위해 말한다는 사실만큼이나 의미심장하다.

나의 삶은 서 있었다―장전된 총으로―
구석 자리에―소유주가 지나가다가―
알아보고서―나를 데려갔던―
날까지

이제 우리는 군주의 숲을 헤맨다―
이제 우리는 암사슴을 사냥한다―
내가 그를 대신해 말할 때마다―
산들이 즉각 답한다―

내가 미소 지으면, 그처럼 따뜻한 빛이
골짜기 위에 빛나니―

마치 베수비오의 얼굴이
자신의 기쁨을 내뿜는 것 같다―

밤이 오면―우리의 좋은 낮은 끝나고―
나는 내 주인의 머리맡을 지킨다―
함께 공유하기는―푹신한 물오리 솜털 베개보다―
그것이 훨씬 더 좋다

그의 적에게―나는 치명적인 적―
아무도 두 번 다시 움직이지 않는다―
그에게 내가 노란 총구를 겨누거나―
단호하게 엄지손가락에 힘을 주면―

그보다 내가 더―오래 살지 모르지만
그가―나보다―더 오래 살아야 한다
나는 죽일 수 있는 힘만 가지고 있기에,
죽는 힘―없이―
[J 754편]

　미소 짓는 총/화자의 맹렬하지만 정중하게 허풍을 떠는 '베수
비오의 얼굴'과 '아무도 두 번 다시 움직이지 않는다― / 그에
게 내가 노란 총구를 겨누거나― / 단호하게 엄지손가락에 힘을
주면―'이라고 절제된 말 이면의 사악한 재치에는 자율적 힘에
대한 암시가 숨어 있다.

이 총은 분명 시인이다. 그것도 사탄처럼 야심만만한 시인이다. 사실상 여기에서는 뮤즈 같은 주인이나 '소유주'는 마치 그저 촉매제일 뿐인 양, 총/시인의 치명적 어휘를 활성화시키는 듯하다. 더욱이 수수께끼 같은 마지막 4행의 아이러니는 최후의 말을 할 사람은 주인이 아니라 총이고, 그녀의 뮤즈가 아니라 시인이라는 것을 암시한다. 수수께끼처럼 들릴 수도 있지만, 주인은 인간의 속성을 타고났으므로 필연적으로 총의 존재를 완전히 통제하지 못하기 때문이다. 예를 들면 주인은 인간이기 때문에 살아야 하는 반면, 총은 '그것'이 말할 때 / 죽일 때만 살기 때문에 어쩔 수 없이 '살거나' 또는 '살지' 않아야 하는 존재다. 물론 육체를 가지고 있는 주인은 죽을 '힘'을 (이는 '약함'을 의미하는데, 이 행에서 힘은 체력이 아니라 능력을 의미하기 때문이다) 지니고 있는 반면, 분노와 불꽃에 의해 비인간적으로 에너지를 받는 총은 '죽일 수 있는 힘만', 다시 말해 '그것이' 지닌 베수비오 같은 분노에 의해 부여된 영원성만 가지고 있다.

이 시는 무례할 정도로 사탄적인 광포성을 띠고 있다. 이는 이 작품의 원천이었을 시와의 관계를 살펴보면 더 분명해질 것이다. 그 시는 바로 토머스 와이어트 경의 「연인은 그의 가슴을 너무 많이 장전된 총에 비유하다」다.

미친 듯이 날뛰는, 분노로 광포한 총,
총알이 너무 빽빽하게 장전되어
불꽃이 불과 분리될 수 없어,
부서져 조각나며, 공기 속으로 포효해 내뿜는다,

부서진 조각들을. 나의 욕망도 마찬가지,

그 불꽃이 점점 더 불어나,

내뿜는 것을 나는 감히 보지도 말하지도 못하니.

그리하여 내면의 힘은 나의 가슴을 산산조각낸다.[46]

여기에서도 정열적인 자아를 총에 비유하는 기상奇想은 화산처럼 격렬하며 분노로 가득 찬 성적 암시를 내보인다. 총은 음경이다. 그것의 폭발은 오르가즘을 나타낸다. 총이 내뿜는 성적 에너지는 '미친 듯이 날뛰는 분노'와 연관되어 있다. 흥미롭게도 와이어트의 시에서 총의 분노는 그 자신을 거역한다. (시의 제목이 지적하고 있듯) '너무 많이 장전되어' 그것의 '불꽃이 점점 더 불어나' 결국 '내 가슴을 산산조각내는 내면의 힘'과 유사해진다.

반면 디킨슨에게 총의 베수비오 같은 미소는 외부로 향해, 겁에 질린 암사슴(가부장적 명령에 일어섰던 여자?), 뮤즈/주인의 모든 적들, 종국에는 상처 입기 쉬운 인간인 주인 자신마저 공평하게 모두 죽인다. 사방에서 '폭탄처럼' 춤추며, '무덤의 떼로 엮은 가운'과 자신의 삶까지 깎아 맞춘 어둠의 '틀'로부터 폭발한 이 분노한 시인은 그녀 자신의 무기가 되고, '그의 요구'를 벗어나 자신의 필요에 따라 변형된 그녀의 도구가 된다. 여기서 주인이란 어느 정도 시인의 분노에 대한 설명이거나 근거일 뿐이다. 디킨슨의 목소리는 자신이 상상하는 바대로 사형선고를 내렸다. 조지 엘리엇의 암가트처럼, 디킨슨은 자신의 '복수를 [자신의] 목에' 걸고 다니며 죽음을 말하고, '칼날 같은 단어'를 다룬다. 디킨슨은 주인의 적을 향해 강력하고 '단호하게 엄지손가락'에 힘을 줌으로써 남성적인 권위를, 이른바 시몬 드 보부아르의 실존주의적인 용어를 빌려 말한다면 일종의 '초월성'을 획득하는 것이다. 우리가 1장에서 보았듯이, 보부아르는 원시사회에서 (현대의 가부장적 문명은 이 원시사회를 본떠 만들어졌다) '여자에게 내려진 최악의 저주는 여자가 [남자들의] 전쟁에서 제외되었다는 것에서 비롯되었다. [왜냐하면] 인간의 우월함이 생명을 낳는 성이 아니라 죽이는 성에 부여되었기 때문'이라고 통찰력 있는 논평을 내놓은 바 있다.[47] 이와 관련해 앨버트 겔피는 「내 삶은 서 있었다」에 대한 뛰어난 분석에서, 디킨슨의 총과 (예를 들어 「그리스 고병부」처럼) 삶을 '죽여' 예술로 만드는 키츠식 낭만주의 시인 사이의 복잡한 유사성을 지적했다.[48] 종합해보면, 겔피와 보부아르는 이 불가사의하리만큼 강력한 시에 '남성적' 예술의 자유에 대한 놀라운 주장이 다양한 방식으로 담겨 있음을 지적했다.

결국 이 모든 시는 '정체 모를 아버지'와 디킨슨의 관계 주기가 노스롭 프라이가 윌리엄 블레이크 시에서 '오크 주기'라고 불렀던 것과 기묘할 정도로 유사하다는 점을 보여준다.[49] 블레이크의 「마음의 여행자」처럼 주인과 노예는 계속 장소를 바꾸며, 그러는 동안 세월은 굴러간다. 「내 삶은 서 있었다」 같은 시에서 대표적으로 드러나는 주기에 이르면, 디킨슨을 압도하며 전에는 그녀를 삼켜버리기까지 했던 '상처'조차 무기가 된다. 디킨슨은 자신의 가장 초기 작품 중 하나에서 '상처 입은 사슴이 — 가장 높이 뛰어오른다'고 주장했다. '그것은 단지 죽음의 황홀함― / 그러고 나서 브레이크는 멈춘다!' [J 165편] 따라서 디킨슨이 자신과 동일시했던 것은 상처 입은 동물이었다. 「내 삶은 서 있었다」에서 디킨슨은 자신 안에 있는 수동적이고 고통받은 암사슴을 추적하고 덤벼들어 잡는다. 그러나 디킨슨은 이전 시의 두 번째 연에서 '내뿜고 있는 강타당한 바위! / 튀어 오르는 뭉개진 강철'을 이야기한다. 따라서 어떤 의미에서 디킨슨이 장전된 총으로 변신하는 것은 예상된 일이었다. 상처는 폭발을 야기한다. 상처 입은 사슴은 분노한 '예쁜 이리'가 되고, 혹사당한 땅은 조만간 화산 같은 분노를 내뿜는다. 실제로 「상처 입은 사슴」을 쓰고 얼마 지나지 않아 디킨슨은 '그 오래된― 차분한 산들은 / 보통 너무도 조용한― // 그 안에 지니고 있다―놀라운 화기, / 불, 연기, 그리고 총을'이라고[J 175편] 썼고, 그들의 불길한 부동성을 '거인 같은 모습들이 고통 속에서 / 그들의 자리를 지키는―인간의 얼굴에 있는 화산 같은' 평온에 비교했다. 나중에 인간적/비인간적 화산을 장전된 총처럼 치명적인 시인으로 변형시키면서, 디킨슨은 명백하게 여성적이며 격렬하게 성적인 베수비오를 다음과 같이 묘사한다.

장엄한―뜨거운―상징―
결코 거짓말하지 않는 입술―
그의 쉿 소리를 산호가 가르고―닫는다―
그리고 도시들은―점차 사라져간다―
[J 601편]

그녀, 즉 에밀리 디킨슨(이 모든 시에서 디킨슨이 서술하는 역사의 가상의 사람)이 화산-상처, 총-상처가 야기한 교란을 스스로 경험했다는 사실은 그녀의 가장 순수하고 격렬한 시들 중 하나인 「당신은 백열 속 영혼을 감히 보려 드는가?」를 보면 명백해진다. 디킨슨은 독자에게 이렇게 도전적으로 질문하면서 '그렇다면 문 안에서 읍소하라—'고 냉담한 목소리로 명령한다. '문 안에서'는 우선 시의 방 안과 마음의 방 안을 동시에 의미한다. 그러나 그녀의 어린 소녀 자아의 '가장 작은 방'은 이제 단지 상처나 제인 에어가 갇혀 있던 붉은 방처럼, 아무도 아닌 사람의 폐소공포증적인 운명의 집이 아니라, 장전된 총의 불같은 약실, 내부에서 화산처럼 불타고 있는 폭탄이 되었다. 불꽃이 타오르는 이 동굴의 중심에서 시인은 여사제의 신탁과 같은 목소리로 '결코 거짓말하지 않는 입술'을 통해 그녀의 예술과 영혼이 제련되는 대장장이의 일터를 묘사한다.

당신은 백열 속 영혼을 감히 보려 드는가?
그렇다면 문 안에서 읍소하라—
빨강이—불의 보통 빛깔이다—
그러나 선명한 광석이
불꽃의 상태를 극복했을 때
그것은 용광로에서 아무 색도 없이,
그러나 기름이 부어지지 않은 불길의 빛으로 흔들린다.
아무리 작은 마을에도 대장장이는 있으며
그 모루의 평평한 원은

더 좋은 용광로의 상징이다

그것은 안에서—소리 없이 잡아당겨—

망치와 불꽃으로

이 성마른 광석들을 제련한다

지정된 빛이

용광로를 거부할 때까지—

[J 365편]

이 시는 자아 창조의 불같은 과정에서 겪게 되는 고통을 인정
한다. 용광로는 '잡아당기고' 불꽃은 '흔들린다.' 의미심장하게
도 디킨슨이 여기에서 진정으로 강조하는 것은 자신의 고통이
아니라 자신의 승리다. 그녀의 영혼을 구성하는 선명하고 성마
른 광석은 '불꽃의 상태'를 극복하고 마침내 '지정된' 또는 선택
된 빛으로, 조롱하듯 용광로 자체를 '거부하며' 정신적 미학적
승리로 폭발하고 있다. 이 시는 (육체를 영혼이 통과해야 할 속
죄의 용광로라고 하고, 영혼은 '정제자의 시련의 불'을 통해 자
신을 순화시켜야 한다고 말한다는 점에서) 기독교적 상징 요소
들을 통합했지만, 디킨슨은 그런 종교적 어휘를 분명히 낭만주
의 전통 안에서 시를 쓰는 용도로 사용하고자 한다. 블레이크
의 로스Los[대장장이 예언자]처럼 디킨슨 역시 상상의 예언자
로서, 그녀의 두뇌는 삶의 조악한 원료를 생산품(정제된 광석)
과 예술의 힘(지정된 빛)으로 변형시키는 용광로다. 디킨슨의
두뇌의 불꽃에 '기름이 부어지지 않았다'는 사실은 두뇌에 색이
없다는 의미일 뿐만 아니라, 그녀의 두뇌는 로스의 불꽃처럼 열

렬하게 세속적이거나 적어도 전통적인 종교에 의해 인정받지 못한다는 점을 암시한다. 동시에 유령처럼 빛나는 용광로 위에서 타고 있는 디킨슨의 하얀 불꽃은 그녀의 영혼이 승리했다는 표시다. 흰색은 그녀가 자신을 둘러싸고 있다고 상상하는 후광이며, 결국 그녀가 입은 모든 옷의 색이다. '선명한 광석이 / 불꽃의 상태를 극복했을 때'(즉 승리한 영혼이 그 자신의 빛과 예술을 만들어낼 때) '멜로디의 섬광들'은 그들의 순수하고 '기름 붓지 않은' 에너지를 강렬하게 내뿜으며 용광로에서 흔들린다. 디킨슨이 다른 시에서 '하얀 선거'라고 부른 것은 바로 이 자아 창조의 시적 에너지에 의해 가능했다.

*

하얀 선거, 백열등, 흰색(또는 색이 아닌 색)은 가상의 사람으로서 에밀리 디킨슨의 은유의 역사를 통틀어 핵심적이다. 그 의미의 모호성은 그녀의 삶으로 만든 허구라 할 수 있는 '진주 실'의 중심 가닥을 구성한다. 1860년대 초반 내지 중반의 어느 때쯤, 아마도 1862년, 확실치 않은 사건이 많이 일어났던 시기에 디킨슨은 그 유명한 흰옷을 입는 습관을 들였다. 처음에 흰옷은 간헐적으로, 특별한 경우에 특별한 의미로 입었던 복장이었을 것이다. 그러다가 지속적으로 입기 시작했고, 이 예외적인 복장이 마침내 일상 습관이 되었다. 디킨슨이 글자 그대로 흰옷을 입기 전에도 그녀는 비유적으로 자신에게 흰옷을 입히는 시를 썼다. 예를 들면 1861년 그녀는 자아를 다음과 같이 정의 내렸다.

나는 그것을―장엄한 일이었다―말했다―
만일 신이 나에게 어울린다고 생각한다면―
하얗게―되는―여자가―
그녀의 흠 잡을 데 없는 신비를―입는다는 것이―

성스러운 일―한 인생을
자줏빛 샘에 빠뜨리는 것은―
다림추도 없이―그것은 돌려준다―
영원을―내가 숙고할 때까지―

축복이 어떤 모습일까―
그것은 자만심을 가질까?―
안개 속에서―떠다니는 것으로―보이는―
그것을 내가 손으로 잡았을 때―

그리고 그때―이 '작은' 삶의 크기는―
현자들은―그것을 작다고 말하지만―
나의 조끼 속에서―수평선처럼―부풀어올랐다―
나는 조롱했다―가만히―'작다고!'
[J 271편]

다시 말해 디킨슨은 흰색을 크기, 특히 과장된 크기와 연관시켰다. 일찍이 1859년에 그녀는 '큰소리로 싸우는 것은 매우 용감하지만', '가슴 속에 슬픔의 기병대를 담은 일은 더 용감하다'고 말했다. 그리고 (남자의 공적 전투보다는) 후자, 즉 본질적으로 여성의 사적 드라마에 경의를 표하며 '천사들은 간다― 열을 지어, 발을 맞추어― / 눈으로 만든 옷을 입고'라고[J 126편] 덧붙인다.

오늘날 애머스트역사학회는 디킨슨이 입었던 드레스(또는 적어도 '눈으로 만든 옷' 중 하나)를 보관용 비닐 자루에 담아 그녀의 집 벽장에 걸어두었다. 대부분의 독자들은 그녀의 자의식을 의식하며 옷이 작으리라고 기대하겠지만, 아름답게 주름 잡혀 완벽하게 보존되어 있는 옷은 기대보다 크다. 그리하여 그 드레스는 디킨슨의 집을 방문하는 학자들에게 그녀의 핵심적 은유에 담긴 지속적인 수수께끼를 상기시킨다. 반면 좀 더 실용적인 방문객들은 그런 옷을 같은 상태로 유지하는 것이 얼마나 어려운지 알기에 숨을 멈출 정도로 놀라며 경외심을 드러낸다. 이 옷의 흰색은 실제적으로나 비유적으로 정확하게 무엇을 보여주는 걸까? 흰 드레스는 지적인 여자로 하여금 실용적인 차원의 어떤 어려움도 견디도록 어떤 보답을 주는 건가? 윌리엄 셔우드는 흰 물건에 대한 디킨슨의 강박증을 멜빌의 강박증과 비교하면서, '그녀는 기독교적 수수께끼가 아니라 기독교적 신비를, [⋯] 소생을 수반하는 세속적 죽음의 역설을 [⋯] 알리겠다는 결심을 반영한다'고 주장했다. 그녀의 옷('전형적으로 진실을 비스듬히 보여주는 것')은 그녀의 결심이 무엇인지 '그것을 포착할 수 있는 재능이 있는 누구에게나' 드러내 보여주었을

것이라고 셔우드는 덧붙였다.[50]

디킨슨 자신이 일부러 옷을 메시지 전달 수단으로 사용했을까 하는 합리적 의심을 할 수는 있다. 디킨슨의 하얀 시가 암시하는 연상을 감안한다면, 그녀에게 흰색은 멜빌처럼 오히려 불가사의, 패러독스, 아이러니의 궁극적인 상징이라 할 수 있다. 흰색은 '색이라기보다 가시적인 색의 부재다. 동시에 모든 색이 한데 엉킨 것이다.' 따라서 멜빌의 질문은 디킨슨의 질문이기도 하다. '눈 덮인 광활한 풍경에 의미로 가득 차 있는, 말로 표현할 수 없는 그런 공백(우리가 피하려고 하는 무신론의 색 없는 모든 색)이 있는 것은 이런 이유 때문인가?' 또한 멜빌이 사색 끝에 내린 결론도 디킨슨의 결론과 같다. 멜빌은 '[자연의] 모든 색을 만들어내는 신비로운 화장품, 빛의 위대한 원리 자체는 영원히 흰색 또는 색 없음으로 남아 있으며, 물질에 매개 없이 작용한다면 모든 대상을 […] 그 자신의 텅 빈 색으로 물들게 할 것'이라고 말한 바 있다.[51] 디킨슨의 시에서도 흰색은 낭만주의적인 창조성의 에너지(하얀 열기)와 더불어 낭만주의적인 창조성이 요구하는 시련과 거부의 외로움(극지의 추위)을 나타내는 동시에 영원의 하얀 광휘(또는 계시)와 수의의 하얀 공포를 모두 상징한다.

그러므로 디킨슨의 흰색은 불꽃과 눈, 승리와 순교 모두와 연관되어 있는 빛의 양 칼날이다. 『실낙원』에서 밀턴이 '본' '자연 만물의 백색'처럼(3편 48행) 절대적인 디킨슨의 흰색은 역설적으로 신의 강렬함과 동시에 신의 부재, 새벽의 순수함과 죽음의 냉혹함, 신부의 정열과 처녀의 차가움을 나타낸다. 이로써 다음과 같은 결론이 도출된다. 디킨슨에게 흰색은 백지상태, 텅 빈 페이지, 살지 않은 삶의 순수한 가능성('잃어버린 모든 것')을 상징함과 동시에 겨울의 완전한 피로, 북극, '극지에서의 속죄', 사탄 부대의 이동, 메리 셸리의 불경한 삼위일체가 만나는 빙하 황야를 암시한다.[52] 따라서 흰색은 퍼시 셸리의 「흰 산」이 그러하듯 창조/파괴의 원칙에 통합된 하늘의 영광과 지옥의 무시무시함을 의미한다. 아이와 유령과 모두 극적으로 연관된 그것은 백합의 발(전족), 거미의 거미줄, 부드러운 데이지의 꽃잎, 그리고 많은 일을 겪은 진주의 꺼끌꺼끌한 겉면이 발하는 색이다. 마지막으로 멜빌에게도 흰색은 중요했지만, 19세기에 흰색은 여성의 색이었음이 분명하고 매번 여성의 또는 여성에 의한 상징으로 선택되었다. 디킨슨은 그 이유를 잘 알고 있었을 것이다.

여성의 순백에 대한 빅토리아 시대의 도상학은 우선 가장 뚜렷하게 여성의 순수라는 빅토리아 시대의 이상과 관련된다. 밀턴의 '죽은 성자 같은 아내'처럼 집 안의 천사는 흰옷을 입은 여자이며, 여자의 순종적인 순결은 미혼 여성의 창백함, 대리석 같은 이마, 그리고 빅토리아 시대의 시에 자주 등장하는 눈[雪]이 은유하는 날개를 통해 명시되었다. 수동적이고 순종적이며 아직 깨어나지 않은 그녀는 자아를 주장하는 의식이나 자아를 만족시키고 싶은 욕망을 드러내지 않는 순수하고 하얀 얼굴빛을 띠고 있다. 그녀의 뺨이 분홍색으로 빛나면 그것은 관능성의 분출이라기보다는 순수함의 홍조로 빛나는 것이다. 이상적으로 그녀의 머리칼도 (레슬리 피들러가 관찰했듯) 천상의 금빛인

데, 이는 마치 그녀를 더 나아가 천상의 순백, 반짝이는 진주로 만든 그 도시와(청교도적인 극기가 영혼의 금과 은으로 보상받는 곳과) 연결시키는 것 같다.[53]

우리가 이미 살펴보았듯 백설 공주는 천사 같은 처녀의 전형으로서, 많은 동화와 마찬가지로 백설 공주라는 이름은 문제의 핵심을 보여준다. 백설 공주가 눈처럼 하얗다는 것은 그녀의 순수성의 표시이자 그녀의 죽음, 즉 '실제' 삶에 필요한 자기주장에 대한 무관심을 상징하기 때문이다. 유리 관에서 차디찬 상태로 꼼짝 않는 백설 공주는 죽어 있는 예술품이다. 마찬가지로 그녀의 은유적인 사촌, 집 안의 눈처럼 하얀 '처녀'/'천사'는 알렉산더 웰시가 지적했듯 죽음의 천사이고, 타자성의 전령이며, 천상과 지하 사이를 중재하는 영혼의 안내자다.[54]

천사 같은 처녀가 눈처럼 하얗다는 것은 그녀의 순수성을 '짐승 같은' 남자와 비교했을 때 비인간적으로까지 보이는 그녀의 우월성을 상징하지만, 그것은 또한 그녀의 상처 입기 쉬운 여성적 속성을 감질나게 암시한다. 색이 없는 그녀의 어린아이 같은 흰 드레스는 그 위에 뭔가 쓰이기를 기다리는 텅 빈 여백이다. 마찬가지로 그녀의 처녀성은 '가져가주기'를, '약탈당하기'를, '꺾여지기'를 기다린다. 그녀의 흰 드레스는 오직 완전히 드레스를 벗겨줄 남자를 위해서만 존재한다. 신부 드레스를 입은 그녀는 자기 자신을 신랑을 위한 선물이라고 생각한다. 결국 만질 수 있고 상처 입기 쉬운 그녀의 순백은 더럽혀지기 위해 제공된다. 누구의 손도 타지 않은 그녀의 순결(자기 폐쇄)은 부숴지기 위해 제공되고, 그녀의 베일은 찢어지기 위해 제공된다.

여자는 순백에 내재된 그런 약함을 어떻게 초월할 수 있을까? (빅토리아 시대의 여러 소설을 포함해) 많은 신화와 이야기가 보여주듯, 한 가지 방법은 흰색 자체의 복잡한 상징성을 더 발전시켜 사용하는 것이다. 수동성이 순응과 저항이라는 의미를 모두 함축하는 것처럼, 어떤 의미에서 순백은 초대를 의미하지만 다른 의미에서는 거부를 암시하기 때문이다. 눈은 태양에 쉽게 영향을 받지만, 그것은 열을 거부한 결과다. 처녀성virginity은 단어의 어원이 남성다움이나 힘을 의미하는 남편vir과 관련되어 있기 때문에 (신화 속 사냥꾼과 달처럼 하얀 디아나의 모습이 우리에게 알려주듯) 자기 안에 있는 일종의 갑옷을 나타낸다. 따라서 눈처럼 하얀 '처녀'에게 처녀성은 약함이 아니라 힘을 뜻하고, 신랑에게 바치는 선물이 아니라 그녀 자신에게 주는 양성적 완전성, 자율성, 자족성이라는 은혜다.

그렇다면 로세티의 모드가 예술에 대한 자신의 헌신을 나타내기 위해 흰옷을 입은 것처럼, 배럿 브라우닝의 오로라 리도 자기를 주장할 수 있는 예술에 헌신하는 삶을 위해 사촌 롬니의 청혼을 거절할 때 스스로 짠 월계관과 소녀의 흰 드레스를 입고 있었던 것은 이상한 일이 아니다. '새벽 이슬로 온통 반짝이며, 꼿꼿하게 / 그리고 정오에 굶주린'(남성의 권위에 대한 디킨슨의 상징처럼 배럿 브라우닝의 우주론에서도) 배럿 브라우닝은 디킨슨이 종종 여성의 낙원의 장소로 여긴 동쪽을 구현한다. 사촌인 롬니는 오로라 리의 흰 드레스를 새침 떠는 처녀성을 상징하는 복장으로 오해한다. 롬니는 오로라 리의 시적인 야망에 대해 말하면서 여자들에게 그런 열망은 '두통'을 일으키고 '깨

끗하고 하얀 아침의 드레스'를 더럽힐 것이라고 경고한다. 그러
나 수년 뒤 눈먼 상태에서 더 명확하게 볼 수 있게 된 그는 회상
한다. 그 순간에 어떻게 '당신의 흰 드레스와 빛나는 곱슬머리
가 / 조용한 푸른 공기 속의 당신을 에워싸고 퍼져나갔는지, /
마치 당신이 말할 때 내면으로부터 영감이 그들 모두를 불어 꺼
버렸던 것처럼.'[55] 말하자면 롬니는 오로라의 흰 드레스를 새롭
게 바라봄으로써 오로라에 대한 자신의 '잘못된 인식'을 정정한
것이다.

  빅토리아 시대의 흰 드레스는 처녀의 연약함과 처녀의 힘 사
이의 긴장 사이에서 모호한 의미를 품고, 그 의미는 그 긴장 관
계 너머로 확장된다. 호손의 눈사람에서 테니슨의 레이디 샬럿,
디킨스의 미스 하비셤, 콜린스의 앤 캐서릭에 이르는 불운하고
마술적이며 반쯤 미쳤거나 절망하는 여자들이 하나같이 흰옷을
입는다는 사실은 분명 의미심장하다. 더 흥미로운 것은 남성이
상상한 이 허구적인 인물 각각이 오로라 리가 그랬듯, 이런저런
방식으로 '실제' 에밀리 디킨슨과 유사하다는 점이다. 오로라가
디킨슨이 열망했던 건강하고 자기주장적인 예술가를 나타낸다
면, 레이디 샬럿은 디킨슨이 이따금 그렇게 될까 봐 두려워했
음에 틀림없는 소외된 미친 예술가를(저주받은 시인을) 가리킨
다. '조용한 작은 섬'에 좌초당한 그 레이디는 매사추세츠의 아
무도 아닌 사람처럼 눈에 띄지 않는다. '누가 손 흔드는 그녀를
보았는가? / 또는 그녀가 창가에 서 있는 것을? / 또는 육지에
서는 그녀를 아는가, / 레이디 샬럿을?' 게다가 예술의 거울 옆
에서 사색하며 디킨슨의 '진주 실'과 다르지 않은 '마법의 직물'

을 짜고 있는 레이디는 '반은 그림자에 넌더리내며' 애머스트의 신화인 뉴잉글랜드에 사는 자신과 유사한 인물처럼 그녀도 주인 같은 란셀럿 경과 사랑에 빠진다. 그 순간에 레이디가 쥔 예술의 거울은 '이쪽저쪽으로' 금이 가고 그녀는 우울증에 빠져드는데, 그 상태는 디킨슨이 절망적인 「주인에게 보내는 편지」를 썼던 당시의 상태와 비교할 만하다. '마지막 노래를 부르면서' 그녀는 미친 오필리아처럼 강을 따라 카멜롯으로 떠내려간다. 그곳에서 '눈처럼 하얀 옷을 입고 누워 있는 상태로' 그녀는 발견된다. 그것은 치명적이리만큼 극단까지 간 여성의 무력함, 미학적 소외, 처녀의 연약함에 대한 메멘토 모리, 죽음을 기억하라는 경고다.[56]

레이디의 눈으로 만든 옷이 빅토리아 시대 여성성에 내재한 자살적 수동성을 암시한다면, 호손의 눈사람이 입은 마법의 하얀 가운은 분명 상상력의 옷, 한겨울에 생명 없는 자연에도 불가해한 생명을 주는 옷을 나타낸다. 호손의 '현실' 자녀 피오니와 바이얼릿이 눈으로 만든, 반은 '날아다니는 눈송이'이고 반은 작은 소녀인 이 상상의 아이는 워즈워스의 루시 그레이와 확실히 가족 관계를 맺고 있다. 루시 그레이도 자신의 타고난 마법에 신호를 보내기 위해 눈보라 속으로 용해되기 때문이다. 그러나 궁극적으로 여성의 관점에서 보면, 이 두 명의 눈의 소녀에게 가장 놀라운 것은 그들이 단지 눈에 불과하다는 사실이다. 그들의 조상인 백설 공주처럼 마법에 걸려 죽어 있는 눈 말이다. 이러하기 때문에 공적인 현실 세계를 지배하는 남성의 의지에 직면하면 그들은 무력하고, 그 세계에서는 매력적일지라도 실체가 없는 대체 가능한 존재일 뿐이다.

디킨슨은 태양 같은 '정체 모를 아버지'의 태울 듯한 습격에도 민감했지만, 눈사람의 운명이 특히 더 끔찍하다고 생각했을 것이다. 그것은 여성이라면 모두 입고 있는 상상력의 옷이 이따금 빠질 수밖에 없는 운명을 경고하기 때문이다. 겉으로 자비로운 빅토리아 시대 가부장은 눈사람을 뜨거운 객실에 가두고, 눈사람은 속수무책으로 난로 앞 깔개에 녹아든다. 빅토리아 시대의 어머니는 눈사람이 '우리가 기적이라고 부르는 것'을 구현한다고 느끼고 있음에도 눈사람처럼 힘이 없기에 이 결말을 막을 수 없다. '남편이여! 사랑하는 남편이여! […] 이 모든 것에는 매우 이상한 점이 있어요' 하는 그녀의 재치 있는 물음에 남편은 웃으면서 답변하기를, '사랑하는 나의 아내여! […] 그대는 바이얼릿이나 피오니처럼 어린아이 같구려' 한다.[57] 마지막으로, 빅토리아 시대의 여성 독자들은 그런 무력함을 가차없이 이용하는 남성 화자가 상징을 통해 자신들을 조종한다고 느꼈을 것이 분명하다. 아이러니하게도 남성 화자의 예술의 난로 옆에 붙잡혀 '풀이 죽은 채 주저하는' 눈사람의 슬픔이 이 미학적 가부장에게는 관심 없는 문제인 것 같다. 그가 묘사한 온화하고 친절한 아버지도 마찬가지였다. 전자는 그녀를 죽임으로써 '도와주고자' 했고, 후자는 그녀를 교화함으로써 도와주고자 한다. 어느 경우든 눈이라는 그녀의 여성 옷은 타고난 마법의 상징으로, 그녀가 사람이라기보다는 대상이며 문제라는 사실을 표시한다.

미스 하비샴의 찢어진 웨딩드레스와 앤 캐서릭의 이상한 흰

옷은 여성의 연약함과 광기의 또 다른 층위를 상징한다. 그것은 흰색과 풀 수 없을 만큼 뒤엉켜 있다. 공단 웨딩드레스 속에서 썩어가는 미스 하비샴은 로맨스의 부패시키는 힘을 암시한다. 로맨스는 사랑에 빠진 흰 공단 옷을 입은 처녀를 함정에 빠뜨려 그녀를 감금하거나 그 옷차림 상태로 죽음에 이르게 하기 때문이다. (디킨슨은 이를 「정기의 땅에 떨어져」에서[J 665편] 풍자했다. 이 시에서 하얀 가운은 '무덤의 떼로 엮은 가운'이며, 영웅적인 '백작'은 죽음 자체다.) 레이디 샬럿처럼(그리고 에밀리 디킨슨 자신처럼) 미스 하비샴은 짝사랑과 연인의 거부가 불가피하게 불러일으킨 엄청난 분노로 고통받는다. 의미심장하게도 거미들이 득실거리는 미스 하비샴의 거대한 웨딩 케이크는 마치 「홀로, 모종의 상황에서」[J 1167편] 같은 디킨슨의 시에 나타난 중요한 프로이트식 꿈 이미지를 제공해주는 것만 같다. 유령처럼 흰옷을 입은 채 어두운 저택을 천천히 걸어 다니는 미스 하비샴은 심한 광장공포증으로 고통받고 있다는 점에서 디킨슨과 놀랄 정도로 닮았다. 하비샴은 흰옷과 로맨스라는 미친 수녀 속에 감금되어 20년 동안 '태양을 보지 않았다.' 그녀의 드레스가 마침내 불기둥이 되어 폭발한다는 것은 디킨슨과 또 다른 기이한 유사성을 암시한다. 디킨슨도 자신이 온갖 곳에서 폭탄처럼 춤추는 화산처럼 흰 열기로 불타고 있다고 상상했다.

미스 하비샴의 옷이 로맨스에 광적으로 집착하는 것을 나타낸다면, 앤 캐서릭의 (월키 콜린즈의 『흰옷을 입은 여자』의 제목이 된) 흰 드레스는 결코 성인이 될 수 없기에 유아 상태에 집착하는 빅토리아 시대의 어린아이-여자의 비애를 암시한다. 앤은 이복동생이자 분신이랄 수 있는 로라 패어리보다 훨씬 더 의존적이며 순진해서 사기꾼 가부장인 퍼시벌 글라이드 경이 꾸민 음모의 희생물로 전락한다. 퍼시벌은 앤을 (그다음에는 앤으로 가장한 로라를) 정신병원에 감금시킨다. 눈사람의 서리 내린 옷이 여성의 연약함을 의미하는 정교한 상징 체계의 핵심 용어였던 것처럼, 앤의 흰 드레스는 여성의 무력함에 대한 현실적인 이야기를 해준다. 그것은 새뮤얼 리처드슨이『클러리사』에서, 메리 울스턴크래프트가『마리아』에서, 래드클리프 부인이『우돌포 미스터리』에서, 마리아 에지워스가『래크렌트 성』에서, 제인 오스틴이『노생거 사원』에서, 에밀리 디킨슨이 그녀 자신의 삶에서 보여준 것과 똑같은 이야기다.

(「나는 머릿속에서 장례식을 느꼈다」[J 280편] 같은 시에서 표현한) 광기에 대한 디킨슨의 불안은 앤 캐서릭, 미스 하비샴, 레이디 샬럿 같은 허구적 인물들의 광기에서 온 것일까? 디킨슨의 흰 드레스는 어떤 의미에서든 19세기 소설가와 시인이 그런 여자들에게 부여한 흰옷이 원형인가? 학자들은 디킨슨이 흰색을 고의로 선택한 이유가 (셔우드가 말했듯) 치장과 은유라는 두 가지 목적 때문이었는지 가늠할 수 있을 것 같지 않다. 그러나 그녀의 은유적 옷에 붙어 있는 문학적 연관성은 적어도 신학적 연관성만큼이나 의미심장하다. 왜냐하면 샬럿 브론테의 루시 스노나 (그녀의 이름은 디킨슨이 사용한 이미지의 또 다른 원천을 암시하고 있다) 프랜시스 앙리처럼 (그녀가 노트르담오네주 거리에서 거주한다는 것은 마찬가지로 의미심장

하다) 흰옷을 입고 있는 애머스트의 여자는 종교적인 수녀라기보다는 세속적인 수녀였고, 비유적으로 말해서 그녀도 루시와 프랜시스처럼 자신의 사회에서 생매장되었다고 생각했기 때문이다.

마지막으로 생매장이라는 개념과 그로 인한 '살아 있는 죽은 자'라는 개념, 다시 말해 포의 공포소설 못지않게 디킨슨의 죽음의 시들에 자주 등장하는 이 두 개념은 디킨슨의 은유적 흰 드레스에 깔린 빅토리아 시대 도상학의 또 다른 측면을 시사한다. 19세기에만 국한되지는 않지만, 멜로드라마적인 고딕물과 함께 흰색은 특히 19세기에 죽음, 유령, 수의, 영혼의 '방문자'를 의미하는 색이었다. 『톰 아저씨의 오두막』에서 해리엇 비처 스토가 냉소적으로 말했듯 '유령 가족의 일반적 특성은 흰 수의를 입고 있다'는 점이다. 우리가 앞에서 살펴보았듯 스토는 그녀의 캐시와 에멀라인을 흰 이불로 에워싸 미친 여자가 아닌 미친 여자 유령으로 분장시킴으로써 그들이 사이먼 리그리의 억압에서 탈출하도록 처리한다. 디킨슨과 같은 풍자 작가라면 의식적으로든 무의식적으로든 비슷한 분장을 시도하지 않았겠는가? 온통 하얗게 입힘으로써 옛 에밀리는 죽고 또 다른 에밀리가 탄생했다는 것을 세상에 보여주려는 의도가 아니었을까? 이 또 다른 에밀리는 빅토리아 시대 소설들의 기행을 택해 빅토리아 시대의 현실 요구를 피했던 한 명의 가상의 사람이거나 일련의 가상의 사람들이다. 디킨슨은 개인적인 계시를 행하면서 오로라 리처럼 그녀는 자아 창조의 예술을 실천하기 위해 '흰옷을 입은 채 걸을 수 있는, 신의 죽은 자' 쪽을 편들고 있는 것은 아닐까?[58]

빅토리아 시대의 소설에 흰옷을 입은 여자들이 많이 등장한다는 것을 감안하면, 디킨슨은 자신이 읽은 작품과 그 작품이 암시하는 의미를 재연하고 있다는 느낌을 받게 된다. 의심의 여지 없이 디킨슨이 흰옷을 입게 된 이유는 수많은 19세기 여자들을 가두었던 흰 드레스의 고통과 부분적으로 타협하기 위해서였다. 동시에 '하얀 선거'에 대한 주장은 자신이 순백에 의해 선택받았을 뿐만 아니라 스스로 자유로이 그것을 선택했다는 느낌을 강조한다. 크리스티나 로세티의 소네트, 「한 영혼」의 주체(그러나 흰옷을 입은 또 다른 여자)처럼, 디킨슨은 '백색 대리석상이 서 있듯 창백하게' 서 있기로 했다. 그녀는 '내면의 힘으로 용기를 얻어 인내하며, / 약함 속에서도 굴하지 않고, / 그녀의 얼굴과 의지는 빛에 저항하며 / 죽음처럼 창백한 불가사의'처럼 서 있기를 선택한 것이다.[59] 그리고 로세티의 신비한 여자 주인공처럼 디킨슨은 빅토리아 시대의 흰색이 담고 있는 모든 의미를 도전적으로 모아 자신의 몸을 흰색으로 싸인 형상으로 만듦으로써 그녀 자신이 빅토리아 시대의 여성 시인(타자로 가장한 자아, 허구화된 객체를 체현하는 창조적 주체)의 역설을 구현한 존재임을 알렸다. 그렇게 디킨슨은 자신이 문화의 핵심에서 간파한 수수께끼를 스스로 재연한다. 그것은 마치 19세기 문화가 자연에서 보았던 수수께끼를 멜빌의 '흰고래'가 구현한 것과 같다. 동시에 역설적으로, 디킨슨은 아이러니하게도 문화의 구속을 자신에게 부과함으로써 그 구속을 모면한다. 왜냐하면 에이론eiron, 즉 자신을 비하하는 캐릭터는 자신의 분장을 구현하는 동시에 그로부터 거리를 유지해 자신의 순진한 대화자들(예를 들면 그녀가 '흰 열기 속'에서 자아를 생성하는 자신의 영혼을 봐달라고 요청하는 독자들)을 매번 이기기 때문이다.

*

디킨슨의 흰 드레스가 한 명의 가정된 사람이 아니라 여러 인물을 함축하고 있다는 사실을 통해 요구 조건을 피하려는 그녀의 전략이 교묘하고 복잡할 뿐만 아니라 위험하기까지 하다는 사실을 알 수 있다. 흰옷을 입은 '작은 소녀', 흰옷을 입은 사나운 처녀, 흰옷을 입은 수녀, 흰옷을 입은 신부, 흰옷을 입은 미친 여자, 흰옷을 입은 죽은 여자, 흰옷을 입은 유령 등 이 모든 것을 동시에 가장한 디킨슨은 일련의 악마들로 분열하는데, 이 악마들은 아버지의 집뿐 아니라 자기 마음에도 출몰한다. 자신의 가장 고백적인 작품에 썼듯, '누구나 유령이 출몰하는 방이 될 필요는 없기'[J 414편] 때문이다. 따라서 디킨슨의 흰 드레스에 내재한 모호성과 불연속성은 사회가 여자에게 가하는 다양한 (그리고 상반되는) 요구의 표시이자 그녀 자신의 심리적인 파편화의 표시가 되었다. 이처럼 흰 드레스는 시인의 진정한 인격의 수수께끼를 객관화했다. 만일 그녀가 데이지이면서 황후이고, 아이이면서 유령이라면, '진정한' 그녀는 누구인가? 이에 덧붙여 말하면, 아마도 가장 놀라운 사실일 텐데, 그들은 그 수수께끼 같은 자아 안에서 지속되는 싸움을 극화시켰다. 이런 많은 싸움이 디킨슨의 가장 아프고도 고통스러운 시의 주제가 되었다.

「그것은 소용돌이 같았다」와 [J 414편] 「영혼은 순간을 붕대로 묶었다」는 [J 512편] 에밀리 디킨슨의 가상의 자아 속에서 벌어지는 싸움을 매우 고딕적으로 보이는 '도깨비'와의 충돌로 허구화한다. 첫 번째 시에서 무력하고 마비된 '당신'은 "한 피조물이 숨을 헐떡이며 '그만!'"이라고 외칠 때까지 '악귀'나 '자를 손에 든 도깨비'에게 고문당한다. 두 번째 시에서 '영혼'은 또다시 마비되고 '너무 무서워 꼼짝도 못 하고' 있다. 그때

> 그녀는 어떤 무시무시한 공포가 다가와
> 멈춰서 그녀를 바라보고 있음을 느낀다—
>
>
> 그녀에게 인사하며 — 긴 손가락으로 —
> 그녀의 얼어붙은 머리를 애무하는 것을 —
> 마셔라, 악귀여, 바로 그 입술에서
> 연인은 — 맴돌고 있다 — 위에서 —

두 시에서, 특히 두 번째 시에서 '도깨비'는 말할 수 없는 어두운 생각을 구현한다. 다시 말해 「영혼은 순간을 붕대로 묶었다」에서는 '그토록 짓궂은 생각'을 구현하고, 「그것은 소용돌이 같았다」에서는 '고뇌'를 구현한다. 그러나 의미심장하게도 이 두 경우에 이런 생각은 하나의 분신, 즉 (결혼식 전날 밤 제인 에어에게 다가가 말을 건 '악귀' 버사 메이슨 로체스터와 다르지 않은) 자아 속에 있는 악귀에 구현되어 있다. 샬럿 브론테

의 『제인 에어』처럼 디킨슨은 명백하게 죄 없는 '영혼'과 그를 고문하는 악귀 사이의 유사성에 주목함으로써 그들의 완전한 관계를 보여주고 있다. 「영혼은 순간을 붕대로 묶었다」에서 '영혼'은 불가해한 '악당'이다. 마찬가지로 「그것은 소용돌이 같았다」의 '당신' 역시 설명할 수 없는 징벌을 받아야 하며, 그리하여 고난뿐 아니라 유예의 측면에서도 똑같이 고통받아야 한다. 19세기의 많은 고딕 이야기와 같이 범인과 희생자, 고문하는 자와 고문당하는 자는 어떤 의미에서 한 사람이다.

또한 디킨슨은 가끔 의식적으로 자신을 '영혼'과 동일시할 뿐만 아니라 '악귀'와 동일시하는데, 이는 그녀의 가장 오싹한 극적 독백에 가장 분명하게 나타난다.

해돋이입니다―작은 아가씨여―그대는―
낮에는 정거장이 없나요?
예전에는 그대, 그렇게 지체하지 않았어요―
그대의 근면을 회복하세요―

정오입니다―나의 작은 아가씨여―
아아―그대는 아직도 자고 있나요?
백합은―잡초를 뽑아주길 기다리고 있는데―
벌을―그대는 잊었나요?

나의 작은 아가씨여―밤입니다―아아
그 밤은 그대의 것이어야 합니다

아침 대신에 —그대는 말을 꺼냈나요
죽으려는 그대의 작은 계획을—
내가 그대를 단념시킬 수 없다면, 그대여,
나는 도와줄 수는 있을 터—그대를—
[J 908편]

여기서 시인은 악귀와 친족 관계라고 고백이라도 하듯, 그녀
가 통상 가장하는 연약한 희생자가 아니라 아이러니하게도 그
녀가 일반적으로 두려워하는 살인적인 미친 여자가 되어 말한
다. 그녀의 어조는 음산하게 '친절해서' 마치 빅토리아 시대의
작은 아가씨들에게 선의의 친척과 성직자가 보여주는 사악하고
생색내는 듯한 자선을 풍자하는 듯하다. 심지어 그녀의 형식적
용어는 '그대를', '그대는', 반복되는 '아아!' 및 간결한 완곡어
법과 ('그대의 근면을 회복하세요') 함께 빅토리아 시대의 과장
된 행동을 흉내 내고 전복시킨다. 사실상 브로클허스트나 세인
트 존 리버스도 이 정도는 해석할 수 있을 것이다. 그러나 기이
하게 '자살/살인'에까지 이르는 놀라운 결론은 버사 메이슨 로
체스터의 '낮게, 천천히, 하! 하!'거리는 웃음소리만큼이나 음산
하며 희극적이다. 우리는 100년 후 이와 유사한 방법으로, 자기
파괴를 냉소적으로 묘사한 실비아 플라스의 소품 「레이디 나사
로」를 보게 된다.

이와 같은 시에서 디킨슨이 극화한 내면의 분열을 감안한다
면, 그녀가 자신을 악한인 자신에게 괴롭힘당하는 희생자로, 유
령인 자신에게 괴롭힘당하는 왕후로, 미친 여자인 자신에게 괴

롭힘당하는 어린아이로 느끼는 것도 무리는 아니다. 살인적이
거나 적어도 불가해하게 음산한 내면의 타자에 직면해 디킨슨
은 그녀의 가상의 자아를 주제로 한 편의 시를 썼다. 그 시는 스
토 부인이 사이먼 리그리를 (캐시와 에멀라인이 이 악한의 뇌
리에 출몰하는 동안) 묘사한 내용을 거의 의역한 듯 보인다. 스
토는 '그는 얼마나 바보인가, 유령을 들이지 않으려 문을 잠갔
지만 혼자서는 감히 만날 수 없는 한 영혼을 자기 가슴속에 품
고 있으니!' 하고 썼다.[60] 디킨슨은 마찬가지로 무시무시한 유
령의 출몰에 대해 다음과 같은 시를 썼다.

누구나 방이 될 필요는 없다—귀신이 출몰하는—
누구나 집이 될 필요는 없다—
뇌는 회랑을 품고 있으며—물질적인 장소를—
뛰어넘는다—

외부의 유령은
한밤중에 만나는 것이 훨씬 더 안전하다
내면의 유령을 직면하는 것보다도—
더 냉혹한 그 주인을.

사원의 말을 달려
보석을 추적하는 것이 훨씬 더 안전하다
무장도 없이, 외로운 곳에서—
자신의 자아를 만나는 것보다도—

우리 뒤에 우리 자신이 ─숨겨져 있어─
가장 놀라게 할 것이다─
우리의 저택에 숨어 있는 암살자는
가장 시시한 공포다.

몸이 ─권총을 빌린다─
그는 문을 빗장 걸어 잠근다─
더 뛰어난 유령을 내려다보면서─
또는 그 이상인─
[J 670편]

　이 시는 우리가 시사했듯 고백적이기도 하지만 문학비평으로
서도 주목할 만하다. 이 시는 디킨슨이 마치 고딕 로맨스인 듯
자신의 삶을 살고 있다는 것을 (더 정확하게 말하자면 구축하
고 있다는 것을) 디킨슨 자신이 예리하게 인식했음을 보여주기
때문이다. 이 시는 고딕 장르가 (특히 여성에게) 진정 중요했다
는 점, 즉 19세기의 분열된 자아들이 그렇게 빈번하게 빠질 수
밖에 없던 혼란스러운 심리적 상태에 대한 은유를 제공해주어
유용했다는 점에 대해 논평한다. 그러면서 디킨슨은 참된 시적
강렬함을 지닌 삶은 어떤 소설적 허구보다 훨씬 더 극적이라는
강한 신념을 재확인한다. '그럴듯함으로 희석하는 것은 ─허구
의 일. / 우리의 소설은 ─신뢰할 만큼 / 충분히 작을 때 ─그것
은 진실이 아니'기 때문이다.

*

존 코디가 『큰 고통 이후』에서 시사했듯, 디킨슨의 '진주 실', 즉 그녀의 시가 말하고 있는 인생 이야기에서 한동안 주요한 에 피소드였던 자아분열에 내재한 고뇌는 분명 어떤 고딕적 공포 의 전율보다 훨씬 더 심각했다. 코디가 주장한 것처럼 디킨슨이 실제로 정신병을 겪었든 아니든 그녀는 많은 시에서 미친 여자 의 역할을 재연했고, 그녀의 '광기'는 출몰하는 자아 때문에 고 통받는 사람이 취하는 그런 형식을 반복적으로 취했다. 그 형 식이란 존재의 핵심에서 느껴지는 틈, 간극, 금, 설명할 수 없는 공간적 시간적 불연속의 형식을 말한다. '첫날밤이 왔다'로 시 작하는 불가사의한 고백에서 이 어둠의 핵심은 실제로 하나의 자아와 또 다른 자아 사이에서 꼼짝 못 하는 심연이 된다. '나는 나의 노래에게 노래하라고 말했다'고 시인은 말한다. 그러나 그 녀는 다음과 같이 말한다.

그녀는 말했다, 그녀의 현이 끊어졌다고—
그녀의 활은—산산조각났다고—
그리하여 그녀를 고쳐주기 위해서—나는 일을 했다
다음 날 아침까지—

그러나 고쳐보려는 시도에도 영혼은 완전히 산산조각나고 말았기에 디킨슨은 결국 광기에 대한 두려움을 토로하기에 이 른다.

나의 두뇌는—웃기 시작했다—

나는 중얼거렸다—바보처럼—

수년 전이었지만—그날—

나의 두뇌는 킥킥대고 있다—여전히.

그리고 무엇인가 이상한 것이—내부에서—

과거의 나—

그리고 지금 이 사람—똑같이 느끼지 않는다—

미친 것일까—이것은?

[J 410편]

1862년에 썼던 디킨슨의 많은 시처럼 이 시에서 묘사한 심리적 분열은 문체에도 반영되어 있다. 각 행은 모호한 문장부호들의 방해로 심하게 끊기는데, 각각의 부호는 한 구문과 다음 구문 사이에서 호흡하는 틈새를 보여주는 것만 같다. 자신을 미친 여자, '공포의 쌍둥이'로 정의하는 화자는 전부 말하기를 주저하다 두려운 마음을 리듬에 실어 무심결에 토로한다. 그리고 이 운율은 마치 여배우가 자신의 독백을 표시하기 위해 리허설 대본에 점을 찍는 것처럼 불가해한 대시들로 표시되어 있다. 「주인에게 보내는 편지」처럼 대시 부호는 말 한가운데 있는 상처인 '내부의 치명적인 골절'처럼 휴지와 침묵을 보여주는 듯하다.[61] 여기에서 이런 분리는 무관심하거나 악의적인 '정체 모를 아버지'에 의한 상처보다 내면에서 일어나는 일련의 폭발에서 온 것이다.

「나의 머릿속에서 장례식을 느꼈다」에서 디킨슨은 더 정확하게 '과거의 나'가 '지금의 이 사람'에게서 분리되어 나오는 과정을 규명하려고 한다. 우선 디킨슨은 자신의 삶과 예술이 침입당했던 것처럼, 자신의 머리가 많은 낯선 존재들에게 침입받는 장면을 묘사하고 있다. 이 장면에 등장하는 사람들은 모두 디킨슨이 그동안 자신에게 부여했던 역할(처녀 신부, 작은 소녀, 왕후 등)이 아닌 문상객이다. 디킨슨은 마치 그녀 자신의 경험 속에서 지독한 패배의 반복으로 여겨온 것을 강조하는 듯하다. 결국 디킨슨은 이 애도하는 분신들이 '관을 들어 올리고 / 나의 영혼을 관통하여 삐걱거리며 움직이는' 소리를 듣는다. 그리고 '이윽고 공간이 ─ 종을 울리기 시작했다.'

마치 온 하늘이 종이고,
존재는 단지 귀인 것처럼,
나와 침묵은, 이상한 경주를 했다
난파당해, 외롭게, 여기에서 ─

이윽고 이성의 판자가, 부서지고,
나는 떨어졌다 아래로, 아래로 ─
떨어질 때마다 세상과 부딪쳤다,
그리고 아는 것을 끝냈다 ─ 그때 ─
[J 280편]

이 결론은 모든 사람이 문상객임을 의미하는 동시에 그녀가 관을 차지한 자이자 죽은 자라는 것, 따라서 침묵의 경주에서 소외된 대표 주자임을 의미한다. 그리하여 같은 주제를 다루는 더 유명한 시 「나는 파리가 윙윙거리는 소리를 들었다―내가 죽었을 때」와 같이[J 465편] 그녀는 이제 이 마지막 이별의 순간을 재연한다. 일생에 걸쳐 자신이 경험한 작별은 단지 이 마지막 이별을 위한 준비였을 뿐이다. 「나는 파리가 윙윙거리는 소리를 들었다」가 그 순간을 죽음의 찰나로 상상한 반면, 「나는 장례식을 느꼈다」는 고딕 전통을 따라 생매장의 순간으로 상상한다. 관이 내려가자 (종이 울리고, 구두 소리가 삐걱거리고, 침묵이 틈새로 침입하고) 죽었지만 살아 있는 영혼은 망각 속으로, '아래로, 아래로' 떨어진다. 의미심장하게도 그 마지막 하강은 '이성의 판자'가 부서지는 곳에서 시작한다. 여기에서 죽음은 디킨슨의 다른 많은 시와 마찬가지로 궁극적으로는 광기에 대한 은유, 특히 심리적 소외와 파편화에 수반되는 광기에 대한 은유다.

여기에서 디킨슨이 이토록 정교하게 만든 생매장 이미지는 샬럿 브론테가 『빌레트』에서 보여준 생매장 이미지, 에밀리 브론테의 지하 감옥 시들, 디킨슨 자신의 「누구나 방이 될 필요는 없다―귀신이 출몰하는」처럼 고딕 전통과 그 심리적 의미에 대한 고도의 의식적 문학적 논평이 된다.[62] 동시에 죽음/파편화/광기를 은유적으로 동일시하면서 19세기 죽음의 시가 반복해서 취했던 형식을 논평한다. 이른바 우리가 '무덤 너머에서 들리는 목소리'의 관행이라고 부르는 그 형식은 특히 많은 빅토리아 시대의 '숙녀' 시인들이 의존했다. 디킨슨은 여기에서 그런 시는 사실상 죽은 자의 상황보다는 살아 있는 자의 상태에 대해 말하고 있다고 시사하는 듯하다. 그런 시는 사회에서 살아 갈 수 있는 자리를 거부당하고 생매장당한 사람들을 묘사하기 때문이다. 오스틴의 『설득』 속 앤 엘리엇의 비극판처럼, 배제당하고 소외된 사람이 경험하는 심한 아노미 상태란 형이상학적 불안의 순간에 느낄 죽은 자의 감정임이 분명하다. 그녀는 말하지만 아무도 들어주지 않는다. 쓰러져도 아무도 신경 쓰지 않는다. 그녀는 자신을 매장하지만 아무도 상관하지 않는다. 이름도 없고 보이지도 않은 채 눈에 덮여 그녀는 다시 한번 마지막으로 아무도 아니게 된다. '아는 것을 끝냈으므로' 그녀는 이제 자신이 몸에서 보내는 가장 작은 생명의 신호조차 상실했다고 상상하기 때문이다.

「나는 장례식을 느꼈다」와 이보다 3년 후에 쓴 일종의 자매품이라 할 「나는 내 마음이 쪼개지는 것을 느꼈다」를 비교해보면, 「나는 장례식을 느꼈다」에 나오는 생매장이라는 고딕 이야기가 실제로 심리적 파편화를 말한다는 점은 더욱 분명해진다.

나는 내 마음이 쪼개지는 것을 느꼈다―
마치 나의 머리가 갈라지는 것처럼―
나는 맞추어보려고 애썼다―이음매를 따라―
그러나 맞출 수가 없었다.

나중에 온 생각을, 나는 접합해보려고 애썼다
이전의 생각과―

그러나 순서가 소리와 엉켰다
마루 위의—공들처럼.
[J 937편]

이 두 시는 시작 행의 구조가 유사하고 공통적으로 마음의 풍
경을 사용한다는 점 외에도, ('나의 머리가 갈라지는', '이성의
판자가, 부서지고' 같은) 부서지는 이미지와 ('순서가 소리와
엉켰다', '나와 침묵은, 이상한 경주를 했다' 같은) 침묵의 상징
적 극화를 활용한다는 점도 유사하다. 그러나 뒤에 나온 시 작
품이 좀 더, 광기가 시의 진정한 주제이며, 심리적 파편화, 즉
자신을 다른 사람과 연결할 수 없는 무능함이 광기의 원인임을
솔직하게 토로한다. 여기에서 디킨슨의 공간적 시간적 용어 사
용이야말로 그녀가 묘사한 압도적이면서 어디에나 스며 있는
내면의 불연속성을 가장 솔직하게 대면한다. 고백하는 가상의
인물은 스스로 여러 개의 인격이 공존한다고 생각하기 때문에
쪼개져 있다. 다만 이 인격들은 서로 '맞지도' 않고 '어울리지도'
않는다. 그녀는 또한 과거의 생각과 현재의 생각을 접합시킬 수
없기 때문에 쪼개져 있다. 과거의 '그 사람'과 지금의 '이 사람'
은 '똑같이 느끼지 않는다—'. 캐서린 린턴-언쇼처럼 그녀는 자
신의 삶의 거울에서 원래의 자신을 알아볼 수 없다. 더는 과거
의 자신이 아닌 그녀는 필경 지금의 자기 역할을 행할 수 없을
것이다.

마지막으로 보겠다. 디킨슨은 거의 현실 초월적인 뛰어난 서
사인 「사랑하는 이여, 내 삶의 이 틈새」에서 어둠의 핵심 자체

를 검토한다. 그것은 그녀의 존재 중심에 있는 틈새거나 균열이
다. 그 틈새나 균열은 마음이 쪼개질 때마다, 머릿속에서 장례
식이 일어날 때마다 넓어지며, 계속 반복적으로 자아를 자아로
부터, 과거를 현재로부터, 순서를 이성으로부터 분리시킨다. 그
러나 「나는 쪼개짐을 느꼈다」와 「나는 장례식을 느꼈다」는 둘
다 이 틈새에 열광적으로, 심지어 멜로드라마적으로 접근하는
반면, 「사랑하는 이여, 내 삶의 이 틈새」에서 그녀의 어조는 아
이러니하고 불길하다. 「해돋이다―작은 아가씨여」처럼 심지어
쓸쓸하게 희극적이다. 「해돋이다―작은 아가씨여」 가 브로클
허스트나 세인트 존 리버스 같은 사람의 설교를 미묘하게 풍자
하고 있다면, '이 틈새'는 숙녀들이 썼던 감상적인 연애시를 조
소하듯 풍자한다. 사실상 불가사의한 대화자를 '사랑하는 사람'
과 '나의 연인'이라고 부르는 화자는 이제 순종적이지만 자살하
고 싶어하는 신부, 그녀의 주인/연인의 검열관처럼 매우 비판
적인 질문에 얌전하게 대답하는 신부로 변형된, 죽은 작은 아가
씨 자신일지도 모른다.

　　사랑하는 이여,
　　내가 그대에게 말한,
　　내 삶의 이 틈새
　　아침놀이 틈새를 통해 떨어지면
　　낮 또한 따라가야 한다.

　　우리가 항변하면, 그 벌어진 양쪽이

마치 무덤처럼, 그 안에 반듯이 누워 있는
우리 자신을, 운명의 총아를
드러낸다.

그것이 단지 한 생명을 담고 나면
그때, 그대여, 그것은 닫힐 것이다
그러나 그것은 날마다 더 대담해지고
그렇게 사나워져

나는 어느 정도 그것을 꿰매버리고 싶은 유혹을 받는다
내가 굴복할지라도 놓쳐서는 안 될
남아 있는 숨으로, 비록
그에게 그것은 죽음일지라도—

그래서 나는 잘 견뎌낸다
이른—나의 매장을
이제 곧 떠날 한 생명은
더는 나를 괴롭힐 수 없기에—
[J 858편]

이 시가 묘사하는 틈새는 정확하게 무엇인가? 우선 그것은
작은 아가씨가 죽은 채 발견되는 그 아침처럼 '아침놀'이 떨어
지는 틈새다. 그리하여 그것은 새벽의 여신 오로라 리가 상징하
는 그런 희망을 삼켜버린 절망의 늪이거나 은유적 샘이다. 실

제로 화자가 어떤 자아를 구현하고 있는가에 상관없이 그가 틈새의 삼켜버리는 어둠을 피하고자 한다면('우리가 만일 항변하면') 그것은 입을 더 크게 벌려 '우리 자신'(다시 말해 죽은 인물 안에 있는 시인의 많은 자아들), 즉 '그 안에 반듯하게 누워 있는 / 운명의 총아'를 드러낸다.

운명의 총아가 된다는 것은 최종적인 '정체 모를 아버지', 죽음, '나긋나긋한 구혼자'의 연인이나 정부가 된다는 것이다. 구혼자의 '창백한 빈정거림'은 다른 무엇보다 여자들을 침묵시키고, 그들에게 흰 제복을 입히고, 그림자의 저택에 그들을 생매장하려는 빅토리아 시대 가부장제의 충동을 시사한다.[63] 따라서 분노란 화자가 발견한 것에 대한 그녀의 응답이며, 그것은 그녀의 모든 자아가 단 하나의 틈새에, 즉 역설적이게도 그녀의 존재를 담고 있고 그녀의 존재에 담겨 있는 틈새에 갇혀 있다는 발견이다. 그녀가 아무리 자신 속에 있는 (즉 그녀 안의 틈새에 있는) 저항하는 '생명'을 침묵시키려 해도, 그것은 마치 힘과 자율성이 계속 증가하는 괴물 같은 태아처럼 매일 점점 더 과감해지고 점점 더 사나워진다. 이 꿈같은 서사를 실로 뛰어나게 만드는 비상한 특징 중 하나는 매우 분명하게 임신의 비유를 사용한다는 점이다. 운명 또는 죽음은 그의 '총아'와 일종의 성교를 통해 과감하고 사나운 아이를 얻고, 시인의 육체 틈새에 묻혀 있는 아이는 시인/화자 자신의 생매장을 객관화시킨다. 그리하여 그녀는 '이른—나의 매장을 잘 견뎌낸다.' 다시 말해 그녀는 그녀 이전에 건강하고 생산적인 자궁 대신 사납고 죽었지만 살아 있는 어린아이-자아라는 모호한 짐을 밴 자궁을 갖고 있다. 이 짐은 그녀가 매장될 때까지 그녀가 견뎌야 할 짐을 의미하며, 나아가 그녀의 죽음 이전에 이루어지는 때 이른 매장을 의미한다.[64]

어떤 의미에서 '이 틈새'의 화자는 캐서린 린턴-언쇼와 유사하다. 캐서린도 아이/분신을 임신하지만 아이의 출생으로 그녀 자신이 죽기 때문이다. 또 다른 의미에서 이 시의 화자는 가는 곳마다 울부짖는 고아 자아를 ('그 무게가 나의 앞길을 아무리 방해한다 할지라도 […] 나는 그것을 어디에도 내려놓지 못할 것이다') 짊어져야 하는 운명의 제인 에어 같다.[65] 그러나 이 얌전한 작은 아가씨는 제인이나 캐서린과 달리 자신의 아이/분신이 거주하는 자기 인생의 틈을 막아버리겠다는 '소박한 계획'을 세웠다. 화자는 '굴복할지라도 놓쳐서는 안 될 남아 있는 숨'으로 그녀의 존재에 있는 구멍을 '꿰매버리고' 싶은 유혹을 받는다. 비록 '그것이' 그녀의 아이/분신에게는 '죽음일지라도' 그녀가 스스로 임신한 괴물을 낙태시키고 자신의 끔찍한 파편화를 치유할 수 있는 유일한 방법은 자살밖에 없는 것처럼 보이기 때문이다. 그녀는 삶 속의 죽음과 대립하는 죽음 자체를 통해서만 완전한 일체로 되돌아갈 수 있고, 내면의 소란과 쉿쉿 소리내는 화산 같은, '결코 거짓말하지 않는 입술'의 침묵이라는 분열적인 의식에서 탈출할 수 있다고 믿기 때문이다. 그녀는 불안한 육체를 떠난 생명이 어머니의 몸을 '떠날 준비가 되어 있는' 태아처럼 더는 소유주를 '괴롭힐 수' 없다는 아이러니를 암시한다.

따라서 디킨슨이 인지한 존재의 틈은 그녀 자신의 삶, 특히 여성의 몸으로 밝혀진다. 그녀는 몸 안에 무력하게(그러나 불온하게) 끼워져 있는 '운명 […] 문이 없는 집'인데, 그녀의 많은 자아들이 갇혀 있거나 매장되어 있는 곳은 그녀 자신의 몸, 곧 그녀 자신의 자아이기 때문이다. 그녀는 그 자아들의 무덤, 묘지, 감옥이다. 마지막으로 그녀는 자신을 그런 무덤이나 감옥, 일종의 의인화된 시옹성으로 보기 때문에 많은 시를 통해 자신 안에 '황폐의 과정', '영혼에 있는' 거미줄, 그리고 (그녀의 다양한 인간적 자아 이외에도) 허둥대며 은밀하게 썩어가는 생물체들(쥐 ―'가장 간명한 세입자', 생쥐 ―'슬픔은 생쥐다', 벌레 ―'분홍빛의 홀쭉하고 따뜻한', 그리고 거미 ―'방치된 천재의 아들')이 살고 있다고 상상한다.[66] 바이런의 죄수처럼 그녀는 가끔 음침하게도 이런 생물체의 기괴한 짓으로 (예를 들면 「하늘에 계신 아버지시여」 같은 초기 시에서) 자신을 즐겁게 한다. 그녀는 때로 끔찍하게 잔혹한 몽마夢魔와의 만남을 묘사할 때처럼, 포 같은 혐오스러운 이야기꾼이 되기도 한다.

「홀로, 모종의 상황에서」는 이 주제를 다룬 디킨슨의 이야기 중 가장 오싹하다. 언젠가 한번 '홀로, / 듣고 싶지 않은 / 모종의 상황에서 / 거미 한 마리가 내 침묵 위로 / 열심히 기어 다녔을' 때를 떠올리며, 그녀는 자신의 '최근의 거주지'가 그때부터 '연무장'이 되어버렸다고 말한다. 거기에서 침묵 속에서 실을 잣고 있는 이 불길한 '공기의 동거인들은 / 건방지게도 끊임없이 / 마치 각자 특별한 상속인인 듯했다.' 상황이 더욱 악화되어 그녀는 이 원하지 않은 세입자들을 쫓아낼 방도를 찾을 수 없다고 고백한다. 그들의 침입은 어찌해볼 수 없을 만큼 심각하게 부당한 행동을 나타낸다.

> 누군가가 법으로
> 나의 재산을 빼앗는다면
> 그 법령은 나의 박식한 친구이리라
> 그러나 불법에 대한 어떤 보상도 없네
> 여기에서도 그곳에서도
> 그러하니 공평치 않아라—
> 시간과 정신의 절도
> 낮의 골수의 절도
> 거미에 의한,
> 아니면 그것을 금지시키소서, 주여
> 내가 명세서에 기입하는 것을.
> [J 1167편]

죽음을 향한 '미끄러짐'처럼, '충돌의 법칙'인 '파멸'처럼, 디킨슨의 거미는 여기에서 자연의 과정, 또는 인간의 법령이 저항할 수 없는 법칙을 나타낸다. 게다가 거미는 '흰옷을 입은—여자'의 삶에 난 틈새의 거주자로서 '운명의 총아'였던 괴물 같은 아이/분신과 유사하다. 동시에 거미들은 특히 여성의 운명(처녀의 순백이 강요하는 대가인 불임의 운명)의 전령들이다.

디킨슨은 치명적 '시간과 정신의 절도'를 상징하기 위해 이 시에서 오래된 신화적 전통의 힘을 빌려 의식적으로나 무의식적으로 거미를 사용한다. 이 전통은 실 뽑는 여자와 실을 뽑아내는 거미를 연관시킨다. 실 뽑는 여자로서 그런 여자들은 자기 스스로 거미로, (키르케처럼) 남자들을 옭아매는 이중적이며 마녀 같은 직공으로, (운명의 여신처럼) 형이상학적 운명의 베를 짜는 사람으로, (엘리엇의 많은 인물이나 우리가 살펴본 엘리엇 자신처럼) 소설의 베를 짜는 사람이나 운명의 플롯을 엮는 사람으로 정의되곤 한다. 또한 남자들의 애착으로부터 자유로운 처녀로서 그런 여자들은 불안한 그림자로 가득 채워진 텅 빈 그릇 또는 틈으로 간주되어왔다. 제2의 성을 둘러싼 신화에 천착한 시몬 드 보부아르는 이 민속학적 전통을 명쾌하게 요약해준다. 이 전통은 '흰옷을 입은—여자'가 자기 몸에 거미와 거미 같은 존재를 살게 함으로써 작은 아씨에서 독신녀로 변형되어가는 과정을 묘사한다.

'처녀성'은 [⋯] 그것이 젊음과 관계될 때만 성애적 매력이 있다. 그렇지 않은 경우, 그것의 신비는 또다시 불온해진다. 오늘날 많은 남자들은 처녀 시절이 지나치게 연장되는 것에 성적 반감을 느낀다. '독신녀'를 초라하고 비참한 여자로 만드는 것은 단지 심리적인 원인만이 아니다. 그들의 육체 자체, 주체가 없는 객체일 뿐인 육체, 어떤 남자도 욕망하지 않는 육체, 남자의 세계에 자리를 발견하지 못한 채 피었다 시들어간 육체에 저주가 내려진다. 타당한 목적지에서 쫓겨난 육체는 기이한 것이 되고, 미친 사람의 알아먹을 수 없는 생각처럼 불온한 것이 된다. 여전히 아름답지만 아마 처녀일 거라고 추정되는 마흔 살 여자에 대해, 나는 한 남자가 상스럽게 말하는 것을 들었다. '안이 틀림없이 거미줄로 가득 차 있을 거예요.' 그리고 진실로 더는 아무도 들어가지 않아 아무 소용 없는 지하실과 다락방은 꼴사나운 신비로 가득 차게 된다. 환영들이 그곳에 출몰할 것이며, 사람들이 버린 집은 유령의 거주지가 될 것이다. 사람들은 여성의 처녀성을 신에게 바치지 않는다는 것은 악마와 결혼하는 것과 같다고 쉽게 믿어버린다. 남자에 의해 정복되지 않은 처녀들, 남자의 힘을 피했던 독신녀들은 다른 어떤 이들보다 더 쉽게 마녀로 간주된다. 여자의 운명은 다른 사람에게 속박되어 있기 때문에, 만약 그녀가 남자의 굴레를 벗어난다면, 그녀는 악마의 굴레를 받아들일 준비가 되어 있는 것이기 때문이다.[67]

'표시 없는—아내'로서 디킨슨은 분명 자신의 눈 같은 처녀성을 '손대지 않은 채' 간수했고, 그리하여 그녀는 '태어나—신부가 되고—수의가 입혀졌다—하루 만에.' 세상에서 죽은 사람이 되어버린 디킨슨은 상상 속에서 그녀 자신이었던 운명의 집을 시끄럽게 산산조각 폭발시키거나 말 없는 거미줄의 베일로 덮어버리곤 했다. 동시에 그녀가 만든 서로 대립되는 허구들의 압박에도, 그녀가 흩어진 자아들을 모아 단 하나의 진주실을 짤 수 있었던 것은 결국 거미 같은 마법 덕분이었다. 독신녀/거미가 성적인 부패를 상징한다면, 그녀/그는 디킨슨에게 '무시되었다' 해도 중요한 예술적 상징이었고, 가장 의기양양한 내밀한 자아로서 예술가의 상징이었기 때문이다.

*

「거미는 은빛 공을 들고 있다」에서 [J 605편] 말했듯 진주 실을 푸는 것은 물론 거미다.

거미는 은빛 공을 들고 있다
보이지 않는 손에—
비밀스럽게 조용하게 춤추면서
그의 진주 실이—풀린다—

거미는 (보이지 않는 예술을 의미하는) '보이지 않는 손'을 가지고 있다. 이로써 이 곤충 예술가는 잘난 척하며 자신의 이름을 '찬양하는 늪에' 공표하기보다는 침묵 속에서 자신에게만 자기 이름을 말하는 '아무도 아닌 사람'에 가까워진다. 거미의 성취는 눈에 띄지 않기 때문에 (디킨슨 세계의 용어를 감안하면) 거미는 '그'가 방적의 '실체 없는 거래'를 한다는 점에서 여성적인 것처럼, 침묵 속에 있다는 점에서도 여성적이다. 비밀스럽고 조용하게 춤을 추는 것도 그의 과묵함을 강조하는데, 실 뽑는 일과 베 짜는 일처럼 춤추기는 예술에 대한, 특히 여성 예술에 대한 디킨슨의 은유 중 하나임을 우리에게 상기시킨다. 거미의 춤을 묘사하기 얼마 전에 디킨슨은 매우 비슷한 방식으로 자신의 춤을 묘사했다.

나는 발끝으로 춤을 출 수 없다—
누구도 나에게 가르쳐주지 않았다—
그러나 가끔 내 마음속,

기쁨이 나를 사로잡는다,

내가 발레를 배웠다면─
그것을 피루엣으로 표현할 텐데
무용단을 하얗게 질리게 하고─
수석 무용수를 미치게 할.

　디킨슨은 이 시에서 자신이 거미처럼 사실상 보이지 않는 무
용수라고 말하고 있다. 그런데 거미의 춤처럼 그녀의 춤도 그녀
예술의 내밀한 승리를 나타낸다. 「백설 공주」에서 여왕이 추는
춤과는 달리, 디킨슨의 '발레'는 자멸적인 것이 아니라 즐거운
것이고, 공개적이고 굴욕적인 것이 아니라 사적이며 당당한 것
이기 때문이다.

아무도 내가 예술을 안다는 것을 모른다
나는 말한다─쉽게─여기에서─
어떤 플래카드로도 나를 자랑하지 않는다─
그것은 오페라처럼 충만하다─
[J 326편]

　다시 말하건대 디킨슨의 상징체계 안에서 거미의 실이 진주
실이라는 사실은 그의 승리에 담긴 역설적인 비밀과 그의 거래
에서 나타나는 여성적 특성을 시사한다. 「그녀는 그의 요구에
일어섰다」의 순종적인 소녀가 '여자와 아내의 / 명예로운 일'을

선택했을 때, 품위와 경외감을 열망한 그녀의 일부는 말 없는 비밀의 바다와 ('진주와 해초'를 생성하고 있는, 비록 '그들이 살고 있는 심연은 / 오로지 그에게만 알려졌을지라도') 면밀히 연관된다는 것을 기억해야 한다. 종합해서 말하면, 디킨슨이 정의내리고 있듯이, 이 모든 시는 여성의 예술이 거의 필연적으로 비밀의 예술이 될 수밖에 없음을 말하는 것 같다. 그 예술은 '정체 모를 아버지'의 집 다락방에서 조용히 행해지는 정신의 피루엣이고, 깊은 바다에서 눈에 띄지 않게 생성되는 보석, 특히 거미가 눈에 띄지 않게 짜놓은 진주 실이다.[68]

「거미는 은빛 공을 들고 있다」에서 거미가 '무에서 무로 부지런히 움직이며— / 실체 없는 거래에서', 마침내 '그의 경계는 잊힌 채 / 주부의 빗자루에' 매달려 흔들거린다는 것은 거미의 기예와 그것이 상징하는 여성 예술의 모호한 속성을 시사한다. 한편으로는 무와 무를 연결하면서, 거미는 오직 한순간의 진주 같은 출현을 위해 '실체 없는' 정신적인 그물, 파편화된 세계를 함께 엮는 그물, '빛의 대륙'을 짠다. 또 한편으로 디킨슨의 거미줄은 태피스트리의 덧없음, 영(0)의 괄호로 둘러싸는 것, 검열관 같은 '주부의 빗자루'에 쉽게 사라지는 것을 통해 디킨슨은 거미줄이 상징하는 예술의 영원성에 대한 비관주의, 적어도 아이러니의 반짝이는 불빛을 보여준다. 비밀의 시에서 자아낸 빛의 대륙들은 결국 발견되어야 하고 칭송되어야 한다. 그런데 만일 매정한 남성 편집자와 여성 후손이 중요하지 않은 잊힌 삶의 모든 다른 퇴적물과 함께 그것을 솜씨 좋게 쓸어내버린다면 어떻게 해야 하나?

디킨슨은 자신에게도 문학적으로 불확실한 순간이 있었고, 심지어 절망의 순간도 있었지만, 그것이 완전히 잊히지는 않으리라는 확신이 있었던 것 같다. '흰옷을 입은—여자'로서 디킨슨이 입었던 여러 복장은 심리적 파편화를 상징하지만, (또는 우리가 앞으로 보겠지만 그 파편화 때문에) 그녀는 자기 삶의 어두운 틈새에서 진주 실을 자아내는 거미-예술가가 불가해한 방식으로 승리할 것을 깊이 확신했다.

거미는 밤에 바느질한다
빛도 없이
하얀 곡선 위에.

귀부인의 주름 칼라인지
또는 난쟁이의 수의인지
자기 자신만 알고 있는 상태에서.

영원을 위한
그의 전략은
골상학이었다.
[J 1138편]

이 시의 미국적인 맥락을 탁월하게 규명한 앨버트 겔피는 여기에서 거미는 '은빛 공을 들고 있는' 거미처럼, '자신의 내부에서 뚜렷한 개성 있는 세계를 자아내는 장인에 대한 에밀리 디킨슨의 상징'이라고[69] 주장한다. 그러나 앞의 시도 그러했듯, 거미는 구체적으로 여성 장인, 실 뽑는 여자(독신녀), 침모, 태피스트리 짜는 사람을 상징한다. 더욱이 놀랄 만한 방식으로 이 침모는 정확하게 디킨슨 자신에게 상응한다. 사실 다른 어떤 시보다도 이 시에서 디킨슨은 가면을 벗어던지고 '흰옷을 입은—여자' 뒤에 숨어 있는 진정한 예술가를 드러내고 있다. 이 예술가, 침묵의 거미는 남몰래 어두운 밤에 바느질을 한다. 추측건대 부분적으로 '낮에는 주둔지가 없기' 때문이다. 그녀는 정오의 남자에게 거부당하고 찢겨졌기 때문에 자정이 그녀의 집이다. 게다가 그녀가 밤에 바느질을 하는 것은 자신의 최종 주인이며 '말 없는 그녀의 왕'인 뮤즈를 만나는 곳이 주로 꿈꿀 때, 즉 광기와 상상이 넘쳐나는 환상적인 밤의 세계이기 때문이다. 마지막으로 그/그녀는 밤의 주민이기 때문에, 이 거미 예술가는 불빛 없이도 어둠 속에서 섬세한 바늘땀을 뜰 수 있다. 아마도 그녀의 재료인 '하얀 곡선'에 그/그녀가 발하는 내면의 광휘 때문일 것이다.

이 '하얀 곡선'은 굳이 분석할 필요가 없다. 그것은 분명 디킨슨이 흰옷을 입은 여자로서 자신의 특성을 창조했던 재료이기 때문이다. 따라서 그것은 흰색과 관련해 우리가 앞에서 살펴본 모든 함축적 의미를 다 내포하고 있다. 그것은 눈이고 텅 빈 백지이고 고난과 승리이자 진주이고 여기에서는 어둠을 비추는 역설적 빛이다. 그렇다면 거미는 이 실체 없는 물질로 어떤 옷을 짜는가? 흰 제복을? 번쩍이는 가운을? 여기에서 디킨슨은 그녀 자신이 진주 실을 짜는 전략을 드러낸다. 그 전략이란 예술적으로 많은 역할을 채택하고 훨씬 더 교묘하게 어떤 역할에도 안주하지 않는 다양성의 허구다.

그럼에도 디킨슨이 언급하는 특별한 복장은 의미심장하다. 디킨슨의 모든 위장 중에서 '귀부인의 주름 칼라'와 '난쟁이의 수의'는 그녀가 가장 강렬하게 느끼는 두 가지 복장이기 때문이다. 디킨슨은 시와 편지를 통해 자신을 반복해서 귀부인, 여왕, 황후로 규정했다. 어떤 의미에서 디킨슨의 시(그녀가 밤에 짰던 예술의 그물)는 더 낮은 계층의 왕족의 옷과 구별되는 엘리자베스 여왕의 주름 칼라와 같다. 여왕으로 불리는 와중에도 디킨슨은 자신을 작은 수수께끼, 마술적인 '아무도 아닌 사람', 넓고 경이로운 대양에서 온 꼬마 요정 전령으로(말하자면 난쟁이로) 간주했다. 실지로 디킨슨은 히긴슨에게 보낸 편지에서 '당신의 난쟁이'라고 서명했다.[70] 자신의 격언적 시가 유실되고 오해되고 비하당할까 두려워했던 디킨슨은 자신의 시가 여왕 같은 자아를 위해 빛나는 왕족의 주름 칼라가 아니라 난쟁이 같은 자아를 위한 어두운 수의가 될까 봐 걱정했던 것이다.

디킨슨이나 디킨슨의 거미 예술가가 수의와 주름 칼라 사이에서 분명하게 선택하지 않았다고 해서 시인과 거미가 바느질하는 목적을 잊어버린 것은 아니었다. 거미는 매 순간 자신이 어떻게 위장할지 꽤 의식적으로 안다. 거미는 자신에게 자신의 계획을 끊임없이 알려주고 있다. 더욱이 동사의 가장 일반적인 의미에 따라 거미는 자신에게 알려주는데, 이는 겔피가 지적했듯 '투사된 자기 이미지에 '형식을 준다'는 의미에서' 동음이의어적 재치로 그 자신을, 더 정확하게 말하면 디킨슨 자신을 특징짓고 있다. 겔피의 말마따나 거미-예술가 우화에는 '두 명의 시인이 있기' 때문이다. 말하자면 한편에는 공적 시인이(언어를 재료 삼아 스스로 짠 진주 같은 유창함을 입고 항상 변하는 '흰 옷을 입은─여자'가) 있고, 다른 한편에는 변하지 않는 사적 시인이(상상된 자아를 위해 언어로 주름 칼라나 수의를 짜는, 신중하고 침묵하는 거미가) 있다.[71]

디킨슨이 '영원을 위한 / 그의 전략은 / 골상학이었다'고 주장할 때 확실하게 언급한 대상은 후자의 시인이다. 그러나 이 결정적 시의 나머지 부분처럼 마지막 주장 역시 의미심장하게 모호하다. 가장 명백한 바는 바로, 영원을 포획하기 위한 거미의 전략이 (신의 바람을 잡기 위해서 '그'가 던진 그물은) 자신의 몸에서 뽑은 진주 실로 만들어지고, '밤과 죽음을 속이기 위해 그 자신에게서 나와 자신을 위해 짠 계획'이라는 것이다.[72] 이런 의미에서 거미 예술가는 「가슴으로부터 노래했습니다, 주인님」에[J 1059편] 등장하는 새와 같다. 그 새는 자기 노래에 색을 입히려고 가슴속에 부리를 꽂고, 그 결과 그 새의 '멜로디'는 '아주 흠뻑 젖어 / 몹시 빨간 색을 띠게' 된다. 그런데 '고백적인' 새는 극적으로 피를 흘리며 고통받는(그리하여 공적인 시인에 대한 또 하나의 판본이 되는) 반면, 거미는 사적이고 침묵하며 거의 보이지 않는다. 새는 퍼드덕거리며 '몹시 빨간 색' 같은 잘못을 인정하지만, 거미는 전술의 대가로서 그의 전략은 의심할 바 없이 새와 같은 자기 비하를 포함한다(그러나 그것에 한정되지 않는다).

거미의 전략인 '골상학'은 새의 핏빛 노래가 의존하고 있는 단순한 '생리학'과 다르다. 골상학은 몸이나 체격에서 출발하지만 '난쟁이'와 '격언적' 같은 소리를 이용한 말장난으로 수수께끼와 신비감을 더해준다. 이 골상학은 자아의 '어긋난' 구현을 암시하며, 또한 수의가 될 수도 있는 모호한 주름 칼라의 옷에 의도적으로 의존하고 있음을 암시한다. 더욱이 공식적 정의에 따르면, '골상학'은 외모, 특히 얼굴에 나타난 특징의 성격을 연구하는 학문이다.

① 몸, 특히 얼굴의 특징을 관찰함으로써 성격과 정신적 자질을 평가하려는 행위. ② 특히 성격을 나타낸다고 가정되는 얼굴. 얼굴의 특징과 표현. ③ 외견상의 특징. 외모나 외관.[73]

거미 예술가가 성격을 외면화하는 골상학을 끌어온 이유는 다른 사람의 성격을 평가하기 위해서가 아니다. 오히려 (시는 그렇게 암시하는데) 영원을 위한 그의 전략은 지속적인 명성을 끌고 유도하기 위해 다양한 성격의 그물, 가면들의 그물을 치는 것이다. 따라서 이 점에서 거미는 사적 시인인 에밀리 디킨슨과 매우 비슷하다. 디킨슨 역시 '흰옷을 입은—여자'라 할 수 있는 온갖 다른 허구적인 얼굴을 면밀하게 고안해냈고, 이 얼굴들은 모두 미래의 주목을 끌어내고 삼켜버리기 위해서 고안한 것이다. 언젠가 디킨슨은 '나는 죽음에 대한 공포가 있다. 죽은 자는 너무 빨리 잊힌다. 그러나 내가 죽으면 그들은 나를 기억해야 할 것'이라고 말했다. 디킨슨이 의미한 '그들이 기억해야 할 것'은 자신의 시로 짰던 그녀의 삶에 대한 정교하고도 허구화된 태피스트리였음이 틀림없다. 그 태피스트리에서 각각의 시는 어느 정도 그녀가 만나리라 상상한 얼굴들을 만나려고 준비한 얼굴이었다. '그들이' 기억해야 할 또 다른 것이 있다면, 그것은 여성 예술가로서 (윌리엄 블레이크의 말을 바꿔 쓰면) 영원을 유혹하기 위해 시간의 산물을 이용한 방식이다.

*

여성 거미 예술가가 디킨슨이 계획적으로 공들여 만든 책략의 미학임을 암시한다면, 바로 그 거미는 또 다른 핵심적 여성의 은유라 할 수 있는 바느질에 몰두했다는 것을 암시한다. 우리가 검토해온 디킨슨의 거의 모든 상징과 비유처럼 이 은유도 모호하고, 거미의 주름 칼라와 수의처럼 긍정적인 동시에 부정적이다. 예를 들면 자신의 삶의 틈새를 '한숨으로' 자살하듯 꿰매는 것이 디킨슨이 상상한 바느질이었다. 그러나 파편화를 수정하는 전략으로서 바느질은 거미의 주도면밀한 책략보다 피흘리는 새의 공개된 멜로드라마에 더 가까웠다. 그런 분노에 찬 냉소적인 바느질은 실비아 플라스의 「레이디 나사로」의 마술적인 자기희생처럼, '환한 대낮에' 행해진 극적인 몸짓일 것이다. 이와 대조적으로 파편화를 수정하거나 치유하는 거미의 바느질은 긍정적으로 기능한다. 자멸적인 바느질이 단순히 시인의 흩어진 자아들을 죽음의 흰 제복으로 모으는 것이라면, 거미 예술가의 솜씨 좋은 바느질은 스스로 만들어가며 자신을 드러내는 하나의 진주 실로 그 파편들을 잇는다. 자멸적인 바느질은

'옆구리 통증'을 느낄 때처럼 찌르거나 뚫는다. 예술적인 바느질은 통찰적이고 치유적인 '호미질'이다. 찌르며 상처주는 자멸적인 바늘땀은 통합하기만 하는 것이 아니라 역설적으로 더 심하게 쪼개기도 한다. 반면 치유하는 예술의 한 땀은 다리다. 「나는 머릿속에서 장례식을 느꼈다」에서 장례식으로 몰고 가는 죽음은 자살이나 절망의 바늘땀이 야기했을 것이다. 그것은 다른 시에서 디킨슨이 묘사한, '불어가는 바늘의 무게'다. 그러나 「나는 내 마음이 쪼개지는 것을 느꼈다」의 쪼개짐과 「사랑하는 이여, 내 삶의 이 틈새」의 틈새는 예술의 마술적인 바느질로 솔기마다 덧대지고 수선된다.

사적인 거미 예술가 디킨슨은 사실 어떤 면에서 싸우기 좋아하는 파편화된 공적 자아들(수녀와 난쟁이, 처녀와 황후)을 진주처럼 하얀 여자로 바꿔내기 위해 진주 실을 사용한다. 동시에 휘트먼이 말한 디킨슨의 '조용하고 참을성 있는 거미' 자아가 내던진 생각의 가닥들은 그녀로 하여금 은둔 속 극도의 외로움과 (그 안에서 그녀는 자신의 자아들을 창조했다) 좀 더 혼잡한 열대의 공기 (그 안에서 그녀는 자신의 자아들이 구현하는 멜로드라마적 허구를 재연했다) 사이의 간극을 메울 수 있도록 도와주었다. 마지막으로 디킨슨의 창조적 악마는 자신을 표현하는 주요 활동인 은유적 예술의 바느질(모든 것을 흡수하는 단 하나의 과정)을 수행했다. 이 예술의 바느질은 피상적으로 다르게 보이는 모든 복장을 고안해냈으며, 디킨슨의 여러 자아는 영원과 대면하기 위해 그 옷들을 입었다.

그러나 디킨슨의 모든 바느질이 은유적인 것은 아니었다. 대부분의 여자들, 특히 영국과 미국의 모든 19세기 여자들처럼, 디킨슨은 틀림없이 스푼과 단지에 능숙했고 바늘과 실에도 능숙했을 것이다. 그때는 미혼녀가 지금보다 훨씬 더 자주 실을 자았을 것이다. 나이 지긋한 부인은 실제로 '모계(물레)'를 대표했고, 어린 소녀는 '재봉 견본품'을 만들었다. 나이 든 여자는 뜨개질을 했으며, 나이에 상관없이 재능 있는 여자는 수를 놓고, 누비고, 레이스를 만들고, 코바늘로 레이스를 뜨고, 그 밖의 '수예품'을 만들고, 아마도 중세의 여자처럼 태피스트리를 짰을 것이다. 전기 작가 위니프리드 제린에 따르면, 청교도적인 숙모 브랜웰은 어머니가 없었던 브론테 자매를 잡아놓고 날마다 많은 시간 바느질을 시켰다고 한다. 이 에피소드를 반영하듯, 배럿 브라우닝은 어머니 없는 오로라 리의 숙모로 하여금 '오로라 리가 빈손으로 밤을 맞이하는 것을 / 좋아하지 않으니 십자수'를 배워야 한다고 주장하게 한다. 1864년과 1865년에 디킨슨은 알 수 없는 눈병을 치료하기 위해 보스턴의 병원에 갔다. 그 병을 앓기 시작한 1862년에 에밀리 디킨슨은 아래와 같이 시작하는 시를 썼다.

나의 실과 바늘을 치우지 말라―
새들이 지저귀기 시작할 때―
나는 바느질을 시작할 것이니
더 훌륭한 바늘땀으로―그렇게―

바늘땀들이 구부러졌다―나의 시력이 비뚤어졌다―

나의 정신이 ─ 명료해지면

나는 꿰맬 것이다 ─ 여왕의 노력은

고백하는 것을 부끄러워하지 않을 것이다 ─

[J 617편]

시는 계속해서 '감침질 ─ 숙녀가 따라가기에는 너무 섬세한', '주름단들 ─ 군데군데 미려하게 산재해 있는'에 대해 말한다. 그러나 글자 그대로의 시침질, 감침질, 주름단만이 디킨슨의 실과 바늘이 만든 유일하게 주목할 만한 산물은 아니었다. 훨씬 더 주목해야 하는 것은 사실상 디킨슨이 자신의 시를 글자 그대로 꿰매고 묶어 만들었던 작은 다발들이다. 앞서 살펴보았듯, 어떤 면에서 보면 이 다발들은 브론테 자매가 고안해낸 작은 책들처럼 소박한 놀이 책, 남성 작가들이 생산해낸 '진짜' 작품에 비하면 어린 소녀의 장난감 모조품이었다.[74] 따라서 브론테 자매의 어린아이 같은 소박한 책들조차 기만적이었다. 앵그리아와 곤달은 결국 자율적인 힘을 열망하는 화산 같은 판타지를 은폐했다. 그렇다면 디킨슨의 이 홀쭉한 소책자는 얼마나 더 기만적이었는가! 성인이자 고도로 의식적인 문학의 침모 디킨슨은 자신이 무엇을 왜 깁고 있는지 정확하게 알고 있었다. 예를 들면 '거미가 밤에 바느질했을' 때, '그'가 '하얀 곡선'을 시침해서 만든 주름 칼라나 수의는 비유적으로 그녀의 시일뿐만 아니라, 실제로 그녀가 자신의 완성된 시를 꿰매어 만든 다발들이었다.

그런 시들이 완성품이며, 디킨슨이 자신의 바느질을 불가해하지만 자비출판이라는 실행 가능한 형식으로 간주했다는 사실은 필사본 다발을 살펴본 사람이라면 누구나 확신할 수 있다. 토머스 존슨처럼 모든 필사본에는 '훌륭한' 타자 복사본이 있다고 말하는 것은 이 경우를 얕보는 소리다.[75] 그 필사본의 필체는 매끄럽게 흐르며 깔끔하고, 다양한 해석 가능성을 보여주는 난외의 주석은 매우 전문적이다. (틈, 분열, 망설임, 휴지를 나타낼 의도였다고 우리가 생각한) 그 유명한 대시들조차 타이핑 원고보다 필사본에 더 깔끔하고 더 공들인 모습으로 쓰여 있다. 작고 깔끔한 그것들은 '군데군데 미려하게 산재해 있는—주름단들'처럼 우아하며, 분열된 생각을 솔기마다 접합시켜주는 섬세한 바늘땀들이다. 그것은 마치 편집자나 출판인이 부재한 상황에서 늦게 피어난 필경사처럼, 디킨슨 자신이 편집하고 인쇄한 책과 다를 바 없다. 그러므로 디킨슨의 결정적인 편집 부호는 그녀의 바늘이 새겨넣은 표시다. 이 표시는 필경사의 작업이 끝났다는 것, 시는 장정과 보관을 위해(말하자면 후손을 위해) 선별되었고, 루스 밀러가 주장했듯 일관성 있는 연속체 가운데 특정한 자리를 차지하도록 선택되었다는 것을 말해주는 표시다.[76] 어떤 면에서 하얀 곡선 위에 바느질한 이 연속체들 각각은 영원의 바다 위에서 시인의 생각을 담고 있는 하얀 방주라고 생각할 수도 있을 것이다. 디킨슨 자신이 말한 대로, 영혼을 생존할 수 있게 실어나르는 수단으로 '책만 한 군함이 없기'[J 1263편] 때문이다.

남성 편집자와 여성 후손이 디킨슨의 바늘땀을 다시 풀었다는 것, 그리하여 사실상 그녀가 온전한 것으로 만들었던 파편을 다시 파편화시켰다는 것은 문학사의 아이러니 중 하나다. 그것은 시인 자신이 예견했을 아이러니다. 디킨슨의 바느질뿐만 아니라 바느질을 주제로 한 그녀의 시는 비록 그녀 자신의 방식이기는 해도, 그녀가 소통하고자 열망하는 의식적인 문인이었음을 보여준다. 디킨슨은 자신의 시력이 '비뚤어지고' 정신이 더는 '명료하지' 않게 되었을 때, 자신이 만들지도 모를 불완전한 바늘땀 때문에 괴로워했다. 누가 봐도 분명히 불규칙한 운율, '그 쨀랑거리는 소리가 나의 걸음걸이를 진정시켰던 종소리'를 포기하지 않았지만, 디킨슨은 히긴슨에게 "모든 남자들이 나에게 '뭐라고?' 하며 묻는데, 그 반응에 답할 수 있는 재판소가 없습니다"고 슬프게 고백했다.[77]

지금까지 우리가 살펴보았듯, 영국과 미국의 여성 작가들은 운명처럼 그런 이해의 실패를 종종 겪어야 했다. 디킨슨을 비롯한 많은 여성 작가들은 디킨슨의 사실적이며 비유적인 바느질처럼 말없이 전복시키는 예술에 의존하며 남성들이 말하는 '대체 뭐라고들 하는 것이냐?'고 묻는 질문에 반응했는데, 이는 문학사의 또 다른 아이러니를 함축하고 있다. 오해나 적의에 대한 방어로 시작된 예술은 종종 결국 의미를 모호하게 하는 장막이 되었기 때문이다. 그럼에도 디킨슨은 바느질의 미묘한 전복성뿐만 아니라 바느질로 표현한 완전함을 향한 노력에 천착해 여성 예술가에 대한 전통적인 은유를 재연하고 활용한다. 아리아드네, 페넬로페, 필로멜라처럼 여자들은 자신을 방어하고 침묵 속에서 목소리를 내기 위해 자신의 베틀과 실과 바늘을 이용했다. 『최후의 인간』에서 무녀의 흩어진 잎들을 모으는 메리 셸리처럼, 그들은 역사가 그들에게 입힌 상처를 치료하기 위해 바느질을 했다. 『등대로』의 램지 부인처럼 그들은 유리즌의 습격을 피하기 위해 뜨개질을 했다. 댈러웨이 부인처럼 그들은 삶의 핵심에 있는 고통을 숨기기 위해 '숙녀가 따라가기에는 너무 섬세한 가장자리'를 바느질했다. 에이드리언 리치처럼 그들은 '이 길게 늘어진 편물, 이 어둠의 천 / 이 여자의 옷'을 수선하기 위해 일했으며 '실타래를 지키기 위해 애썼다.'[78]

이 모든 여자들에게 바느질은 방어적인 바느질이 필요하지 않을 세계에 대한 전망을 감추는 동시에 드러낸다. 에밀리 디킨슨도 마찬가지였다. 거미의 은유를 좀 더 면밀히 살펴보면, 디킨슨 삶의 틈새 안에 거주한 거미 예술가의 머릿속에는 마술적인 장소에 대한 환상, '낙원의 태피스트리'가[J 278편] 있었으며, 거미 예술가는 그녀가 알고 있는 낙원의 이미지를 자신의 진주 마법으로 짜고 있었다. 이 낙원에서 여성 예술가는 자신과 자신의 의미를 모호한 그물망으로 위장한 전복적 거미가 아니라 꾸밈없이 빛나는 모습일 것이다. 여기에서 여성 예술가는 더는 '북극'의 외로움 속에서 밤새 바느질할 필요가 없기 때문에 마침내 '동쪽'의 새벽 햇살 속에서 춤추고 노래하며 '큰소리 내며 살 수' 있게 될 것이다. 디킨슨은 남성 시인들이 (그의 '여름이—1년 내내 지속되는'[J 569편]) 항상 그런 금빛 영역에서 살아왔다고 시마다 반복해서 말한다. 반면 여성 거미 예술가의 '빛의 대륙'은 불가피하게 청교도적인 빗자루에 쓸려나가버렸다. 독신녀의 시 묶음은 '숙녀의 서랍' 속에 숨겨진 채, 그녀의 열망의 향기를 계속해서 풍기겠지만 말이다. 남몰래 승리를 축하하며 시 묶음은 '여름을 만들 것이다— / 그녀가 끊임없는 로

즈메리 속에 ─ / 누워 있을 때.'[J 675편]

*

　에밀리 디킨슨의 시 묶음이 어렴풋이 그려낸 낙원은 교묘하
게 위장된 시적 생애의 말 없는 시작부터 침묵의 결말에 이르기
까지 에밀리 디킨슨이 공공연하게 거주하기를 열망한 곳이다.
그녀가 한 묶음으로 꿰매어놓았던 초기 시 중 하나는 그 장소와
그곳의 거주자들을 가장 상세하게 설명한다.

　　남자들에게는 보이지 않는 아침이 있다 ─
　　그들의 하녀들은 더 먼 곳의 초원에서
　　천사 같은 5월을 축하하며 ─
　　온종일 춤과 놀이, 그리고
　　내가 결코 명명하지 못할 장난으로 ─
　　자신들의 휴일을 즐긴다.

　　여기에서 경쾌한 멜로디에 맞춰,
　　이제 더는 마을의 거리를 걷지도 않으며 ─
　　숲가에서 발견되지도 않는 발을 옮긴다 ─
　　여기에 태양을 좇았던 새들이 있다
　　작년의 물레 가락이 한가로이 걸려 있고
　　여름의 이마가 묶여 있을 때.

그토록 놀라운 광경을 나는 본 적이 없다—

그와 같은 초원에서 그런 원을 본 적이 없다—

그토록 평온한 정렬을—

마치 어느 여름밤 별들이

그들의 귀감람석 컵을 흔들어—

낮이 올 때까지 한껏 즐기듯이—

신선한 5월 아침마다, 나는 부탁한다.

그대처럼 춤추며—그대처럼 노래하는—

신비한 초원 위의 사람들에게—

나는 기다리고 있다고 그대의 먼, 환상의 종소리가—

다른 골짜기에 있는 나를—

다른 새벽에게 알려주기를!

[J 24편]

시몬 드 보부아르가 설득력 있게 말했듯, 거미와 마법이 디킨
슨 같은 처녀 안에 거주하는 이 강력한 광경은 처녀성에 대한
디킨슨의 헌신, 그녀의 마법 뒤에 있는 힘으로서 그녀 자신 안
에서 '악마와 한 결혼'을 설명해준다.

다른 여성 예술가들도 자연의 낙원에 대한 전망을 품고 있었
다. 에밀리 브론테는 '바위로 된 골짜기'와 '말 없는 황무지'에
대해 썼다. 제인 오스틴은 캐서린 몰런드에게 초록빛 초원에서
야생적으로 뛰어노는 자유로운 소녀 시절을 주었다. 샬럿 브론
테의 루시 스노는 비밀의 정원에서 꿈을 꾸었다. 엘리자베스 배

럿 브라우닝은 사춘기의 오로라 리를 위해 그녀 자신의 방을 상
상했다. 그 방은 비밀의 정원을 암시할 뿐 아니라 그 소녀가 정
열적인 시로 성장해가는 과정을 간접적으로 설명해주었다. '나
는 집에 작은 방 하나가 있다'고 오로라는 고백한다.

> 새 한 마리가 둥지를 틀려고 한
> 쥐똥나무 산울타리처럼 푸른, 비록 둥지 자체는
> 단지 칙칙한 갈색 나무토막과 짚만 보여주지만. 벽은
> 초록빛, 양탄자도 완전히 초록빛. 반듯한
> 작은 침대에 드리워진 초록빛 커튼, 주름 부분은
> 창문 주위에 초록빛으로 걸려 있고, 그 창은
> 온통 초록빛 바깥세상을 들여놓고 있네.
> 그대 머리를 밀어낼 수도 없고,
> 인동덩굴에 맺힌 새벽이슬의 돌격을 피할 수도 없으리라,
> 그러니 그대는 세례를 받아 은총과
> 통찰의 특권을 받았으니 […]

마찬가지로 「집에서 가정으로」에서 크리스티나 로세티는 신
비한 초록빛 낙원에 사는 자신을 상상했다. 그곳은 뮤즈가 거주
하고 노래가 흘러나오는 순수한 내면의 에덴이라는 점에서 디
킨슨의 장소에 훨씬 더 가깝다.

> 나의 산책길은 물결 이는 초원이었네,
> 그 아래로 위엄 있는 나무들의 그림자가 잠자고 있고,

그 사이로 매끄러운 정원의 화단이 흘끗 보였지
불꽃이나 하늘이나 눈처럼.

날쌘 다람쥐들 목초지에서 편히 쉬고,
뛰노는 양 떼 무섭지 않은 칼로부터 안전하고,
나무에서 즐거워하는 모든 노래하는 새들은
그들의 태평한 삶을 구가했네.
....
나의 히스는 멀리 떨어져 놓여 있네, 그곳에는 도마뱀이
이상한 금속 갑옷 속에서 살았네, 엿보면 사라지는
던져진 번개처럼 여기저기에서 감지되지만
어디에도 머물지 않는

개구리와 살찐 두꺼비는 그곳에서 뛰거나 터벅터벅 걸으며
평화로이 거친 패거리를 번식시키네,
벨벳머리의 골풀들이 바스락거리며 나부끼고
아침 이슬을 흩뜨리는 곳에서.
....
가끔 천사 같은 사람이 나와 함께 걸었네,
영혼을 식별하는 불꽃같은 눈을 가진,
헤아릴 수 없이 가없는 바다처럼 깊은 눈을 가진,
나의 욕망을 채워주며.
....
우리는 길가에서 함께 노래 불렀네,

서로 부르고 또 부르는 소리, 기쁨의 메아리
그렇게 함께 온종일 우리는 이야기하고,
밤에는 꿈속에서 그렇게 했네.[79]

　배럿 브라우닝과 로세티는 이 낙원을 거부해야 한다고 생각
했다. 그들에게 그 낙원은 미학적인 자아도취에 빠진 에덴처럼
보였기 때문이다. 오로지 디킨슨만 낙원을 포기하지 않았다. 디
킨슨도 순교를 감수하며 '화려한 궁핍'에 대한 애착을 주장했
지만, 그럼에도 여성 시인도 남성 시인처럼 적나라한 빛 속에
서 알몸으로 춤출 수 있는 초록빛 낙원에 대한 기대에 끈질기게
집착했다. 디킨슨은 타협의 그림자 아래에서 바느질을 해야 했
는데도, 그 타협의 그림자는 단지 일시적일 뿐이라고 되뇌었다.
그것은 블레이크가 '조직화된 순수'의 최종적인 자유를 얻기 위
해서는 영혼이 통과해야 한다고 생각한 구체화된 '경험'의 영역
처럼 보인다. 디킨슨은 자신의 순백을 자기 스스로 규정하려고
시도할 때, 가끔 자신을 하얗게 옷을 입은 모습보다는 오히려
벌거숭이의 하얀 모습으로 상상했고, 신비한 초록빛 낙원에 대
한 자신의 열정을 개화하려는 꽃의 충동과 동일시했다.

어두운 흙을 뚫고—교육처럼—
백합은 확실히 통과하며—
자신의 흰 발을 느낀다—전율도 없이—
그녀의 신념을—공포도 없이—

나중에 ─ 초원에서 ─
그녀의 담청색 종을 흔들면서 ─
틀 속의 삶은 ─ 모두 잊어버리고 ─ 지금은 ─
황홀 속에서 ─ 그리고 골짜기에서 ─
[J 392편]

부활의 꽃인 백합이 핀다는 것은 이 시가 기독교적 상징체계를 갖추고 있으며, 전통적인 부활절 시임을 시사한다. 하지만 디킨슨이 상상하는 신비한 초원은 매우 도전적으로 여성적이기 때문에 그녀가 남몰래 상상하는 축제는 「아침이 있다」의 '휴일'처럼 여성의 부활절이라고 보아야 할 것이다. 묵시론적인 부활의 날에 빅토리아 시대가 생매장했던 여자들은 젠더의 무덤에서 다시 살아나 '황홀과 골짜기'의 낙원으로 들어갈 것이다.

황홀과 골짜기 ─ 디킨슨이 신비한 초록빛 낙원을 묘사하는 이 용어들은 많은 남자들이 상상한 미학적 천국과는 의미심장할 정도로 다르다. 예를 들면 예이츠의 「비잔티움으로 가는 항해」에서 비잔티움은 어떠한 초원도 없는 순수 예술의 도시다. 고통의 과정을 지닌 자연을 몰아내고서, 시인/화자는 황금의 새라는 영원한 금속의 옷을 입기 위해 몸과 마음을 떨쳐버린다. 키츠는 더욱 애매하지만, 영원한 대리석, 즉 통제되고 규제된 자연을 가지고 논다. 자연의 원초적인 낙원을 상상하는 밀턴조차 아담과 이브로 하여금 제멋대로 자라는 에덴을 끊임없이 잘라내고 가꾸도록 한다. 중세의 용어를 사용하자면, 그의 충성심은 '생성하는 자연'보다 '이미 생성된 자연'을 향한다.

디킨슨에게 신비한 초원은 전적으로 활력이 넘치고 구속이 없는 곳이다. 디킨슨은 자신이 찬양한 에밀리 브론테처럼 의식적으로나 무의식적으로나 만일 그녀가 여자로서 자연과 같다면, 일반적이면서도 특별한 여자로서 그녀는 자유롭고 사나운 자연이 되어야 한다고 생각했다. 들판의 백합과 데이지는 굳이 힘들여 실을 뽑지 않는다. 거미가 힘들여 수행하는 자기 은폐/자기 생식에서 해방되어 그들은 그저 자신의 기쁨을 춤출 뿐이고 황홀과 골짜기 속에서 자신을 몇 번이고 표현할 뿐이다. 산이 그들을 둘러싸고 있고, '남자들에게는 보이지 않지만' 여신들('쉿 쉿' 소리내는 불길한 화산이 아니라 든든하고 강한 여성적인 존재들)의 시선이 꽃들의 살아 있는 춤을 돋보이게 해준다. 우리가 보아왔듯 디킨슨이 이런 시에서 보통 묘사하는 신은 사나운 남성이었다. 황금의 주인이거나 가부장적인 '정체 모를 아버지'였으며, 그의 지배는 디킨슨 삶의 사회적 현실을 반영하는 것이었다. 그러나 디킨슨은 그녀의 시적 생애에 적어도 두 번, 자신의 통상적인 위장을 벗어던지고 자신이 살기를 갈망하는 신비한 초원을 지배한 자연의 여신에 대해 솔직하게 썼다. 언젠가 디킨슨은 화산이 아니라 '다정한 산'에 대해 썼다.

다정한 산들―그대는 나에게 거짓말하지 않으며―
결코 나를 거부하지도―날아가버리지도 않는다―
언제나 똑같은 그 눈은
나를 향하고―내가 실패하거나―또는 가장할 때,
또는 왕족의 이름을 헛되이 취할 때―

그들의 아득하고—느린—보랏빛 시선—

나의 강한 성모 마리아들은—고요히 품고 있다—
제멋대로인 수녀를—언덕 아래에서—
그녀의 섬김은—당신의 것—
그녀의 가장 최근의 숭배는—낮이
하늘에서 사라져갈 때—
당신을 향해 눈썹을 치켜세우는 것—
[J 722편]

'강한 성모 마리아들'이 어머니 경외의 (디킨스은 아이였을
때 집에 있는 어머니 경외에게 달려갔다고 히긴슨에게 말했다)
자매들임은 확실하다. '강한 성모 마리아들'은 또한 비밀이기는
하지만 시인이 '정체 모를 아버지'의 요구를 피할 수 있게 해주
는 (힘을 주는) 그런 어머니들이었고, 또 다른 어머니 뮤즈/여
신은 하얀 모습에 순결한 달의 여신 디아나의 이미지를 시사한
다. 디킨슨은 언젠가 디아나에 대해 다음과 같이 썼다.

그녀의 얼굴은 펼친 머리카락 위에 있었다,
좁은 땅의 꽃들처럼—
그녀의 손은 성스러운 빛의 양식이 되는
고래 기름보다 더 하얗다.
그녀의 말은 잎새에서 비틀거리는—
운율보다 더 부드럽다

듣는 사람은 믿지 않겠지만,

본 사람은 믿을 것이다.

[J 1722편]

  디킨슨은 히긴슨에게 자신을 소개하면서 '두 송이 백합'을 건
넸고, 이따금 손님들에게 '포도주 한 잔과 장미 한 송이 중 선택
하라는 예상 밖의' 제안을 하기도 했다. 이 시는 디킨슨의 이런
행동이 감상성에서 나온 것도 아니고 광기에서 나온 것도 아니
라는 것을 말해준다. 디킨슨은 신중하게 위장한 채 자신을 허구
화시키지만, 그녀는 자기 개인의 믿음에 대한 하나의 적나라한
진실을 상징적으로 전달하려고 했음에 틀림없다.

  디킨슨은 그녀가 한 명의 '외국 여성'(엘리자베스 배럿 브라
우닝)을 읽기 시작한 이후 그런 믿음이 생겼다고 시에서 고백
한다.

  나는 매혹당했다고 생각한다

  우울한 소녀가 처음—

  그 외국 여성을 읽었을 때—

  어둠이—아름답게 느껴져—

  그것이 밤의 정오였는지

  혹은 정오의—천국이었는지—

  빛의 그 광기에 대해서

  말할 수 있는 힘이 나에게는 없기에—

위장하지 않은, 숨기지 않은 여성의 예술에 영향을 받아 여성
적 자연조차 일종의 서사시가 된다.

> 낮들이 ─ 강력한 박자에 맞춰 스텝을 밟고 ─
> 가장 평범한 것도 ─ 장식되며
> 마치 갑자기 오십 넌제로
> 승인을 받은 것처럼 ─

동시에 이 전향의 매혹은 미묘하고 정의할 수 없는, 낭만주의
적인 광기였다.

> 나는 변화를 규정할 수 없었을 것이다 ─
> 정신의 변화란
> 영혼의 정화처럼 ─
> 목격될 뿐 ─ 설명되지 않으니 ─

> 그것은 신의 광기였다 ─
> 제정신이 될 위험을
> 나는 다시 경험해야 한다 ─
> 되돌아가는 것에 대한 방어책 ─

> 그것은 확실한 마술의 책으로 ─
> 마술사는 잠들어 있다 ─
> 그러나 마술에는 ─ 지켜야 할 ─

요소가 있다―신처럼
[J 593편]

디킨슨은 이 비밀스러운 예술의 분파로, 그리고 그 예술의 여신들인 '강한 성모 마리아들'에게로 전향했기 때문에 결코 또다시 '제정신이 될 위험'을 겪지 않았다. 디킨슨은 아버지 집의 그림자 아래서 실을 자아내는 거미 예술가에게 '심한 광기는 가장 신성한 의식'임을 항상 의식하고 있었기 때문에 오로라 리가 그녀에게 상상해보라고 했던 '빛의 광기'에 묵묵히 끈질기게 집착했다. 디킨슨은 세상이 '제정신'이라고 불렀던 것이 자신을 위협했을 때, '티탄의 오페라'를 재연함으로써 '큰소리 내며 살 수 있는' 신비한 초원을 견고하게 사수했다. 그 오페라에서 디킨슨은 『실낙원』 5편에 나오는 밀턴의 이브나 『에어리얼』에서 실비아 플라스가 재연한 강렬한 탈출의 비상을 상상했다. 꿈속에나 나올 법한 성스러운 광기를 구현한 시를 통해 디킨슨은 마치 폭탄처럼 춤추며 시간의 흐름을 타고, 아마도 은밀하게 여성적이었을 '정오, 그리고 낙원'에서 한껏 즐긴다. 붕대를 푼 디킨슨은 다락방을 탈출해 '하얀-여자'로서 그녀가 입어야 했던 숙녀 같은 복장을 내던져버린다. 항상 자신이 아닐까 생각한 그 여왕처럼 새벽의 빛 속으로 날아간 디킨슨은 '수치'와 '분홍색 숄'을 [J 1412편] 그녀의 진줏빛 흰 드레스와 함께 벗어 던져버린다. 디킨슨은 '정체 모를 아버지'의 요구를 초월했기 때문에 생각 속에서나마 더는 자신의 진주 실이 필요하지 않을 '어머니 나라'로 되돌아갈 수 있다. 즉 그녀 삶으로 지은 허구들이 (언젠가 실비아 플라스가 서로 갈등하는 자신의 여러 자아를 가리켜 불렀던) '늙은 매춘부의 패티코트'처럼 버려지는 것이다.[80]

끝으로, 디킨슨은 '가부장적인 시'에 사탄적인 힘이 깃들어 있다고 생각했다. 그러나 디킨슨은 그 힘이 그녀 자신의 것임을 알고 있었고, 자나깨나 꿈꾸는 동안 그 힘이 계시의 순간에 (이는 낭만주의 시인의 존재 이유다) 자신에게 종종 다가온다는 것, (낭만주의 전통처럼) 청하지도 않았건만 말을 건다는 것을 매우 솔직하게 인정한다. 디킨슨은 그런 힘을 다시 갖게 해달라고 열렬하게 기도했다. 이는 자신의 '가장 작은 방'을 에덴과 같은 여성적인 빛의 대륙으로 변화시킬 수 있는 힘을 구하는 기도다. 「남자들에게는 보이지 않는 아침이 있다」는 그런 변모를 꿈꾸는 디킨슨의 초기 기도문 중 하나였다. 「다정한 산―그대는 나에게 거짓말하지 않는다」는 그녀가 집필 중기에 썼던 기도문이다. 생의 마지막 무렵까지도 디킨슨은 여신에 대한 호소를 멈추지 않았다.

나로 하여금 그 완벽한 꿈을
새벽의 얼룩으로 손상케 하지 마라
그러나 그것이 다시 올 수 있도록
나의 매일 밤을 그렇게 조절하게 하라

우리가 알고 있을 때, 그 힘은 오지 않는다
놀람의 옷은
우리의 모든 소심한 어머니가 입었던 옷

집에서―낙원에서.

[J 1335편]

특히 이 마지막 시는 디킨슨의 예술에 활력을 불어넣었던 여성 고유의 경외가 낭만주의적 환상일 뿐 아니라 낭만주의적 영감의 산물이었음을 암시한다. 디킨슨 자신이 알고 있었듯, 그녀가 꾸며낸 모든 이야기에 깔려 있는 진실은 '황홀과―골짜기'에 대한 갈망, 가장 '구식인' 작은 소녀도 '큰소리 내며 살 수 있는' 변형된 우주에 대한 묵시론적 갈망이기 때문이다. 그 갈망은 위장되고 억제되었지만 디킨슨의 극화된 자아들은 우리에게 만일 그녀가 시로 쓴 자서전이 '로맨스가 되는 것을 멈출 수' 있다면 (그녀가 언젠가 히긴슨에게 자신의 예술에 대해서 말했듯이) '그것은 로맨스의―씨앗인―계시가 될 것'임을 말해준다.[81]

제2판 서문

1. Joan Kelly, "Did Women Have a Renaissance?" in *Women, History and Theory: The Essays of Joan Kelly* (Chicago: University of Chicago Press, 1986), 19~50쪽을 보라.

2. Anne Finch, Countess of Winchilsea, "The Introduction" in *The Norton Anthology of Literature by Women: The Traditions in English*, eds. Sandra M. Gilbert and Susan Gubar, 2nd ed. (New York: Norton, 1996), 168쪽을 보라. 강조는 인용자.

3. *The Letters of Elizabeth Barrett Browning*, ed. Frederic G. Kenyon, 2 vols. in 1 (New York: Macmillan, 1899), 1: 230~232쪽.

4. 19세기 미국 여성문학 전통과 영국 여성문학 전통에 대한 분석은 다음 비평가들에게 얻었다. Nina Baym, *Woman's Fiction: A Guide to Novels by and about Women in America, 1820~1870* (Ithaca: Cornell University Press, 1978); Cheryl Walker, *The Nightingale's Burden: Women Poets and American Culture Before 1900* (Bloomington: Indiana University Press, 1982); Elaine Showalter, *A Literature of Their Own: British Women Novelists from Bronte to Lessing* (Princeton: Princeton University Press, 1977); Kathleen Hickock, *Representations of Women: Nineteenth Century British Women's Poetry* (Waterport, Conn.: Greenwood, 1984).

5. *The Collected Poems of W. B. Yeats* (New York: Macmillan, 1956), 235쪽.

6. Gayle Rubin, "The Traffic in Women: Notes on the "political Economy of Sex" in, *Toward an Anthropology of Women*, ed. Rayna R. Reiter (New York: Monthly Review Press, 1975), 157~210쪽.

7. 많은 영향을 끼친 리치의 "Compulsory Heterosexuality and Lesbian Existence"를 보라. *Women, Sex and Sexuality*, eds. Catharine R. Stimpson and Ethel Spector Person (Chicago: University of Chicago Press, 1980), 60~91쪽.

8. *The Femist Reader: Essays in Gender and the Politics of Literary Criticism*, ed. Catherine Belsey and Jane Moore (New Yo5rk: Basil Blaskwell, 1989), 175~196쪽 재수록.

9. 여러 사람 중 특히 아네트 콜로드니와 주디스 페털리도 미국학 연구 초기에 중요한 글을 발표한 반면, 수전 제퍼즈, 제니스 레드웨이, 세실리아 티치, 발레리 스미스, 앤 뒤실, 로빈 위그먼, 넬리 매케이는 미국 문화에 대한 의미 있는 페미니즘 연구서를 출간한 본보기에 속하는 저자들이다.

10. 갤라허는 "Aphra Behn Delavier, Charlotte Lennox, Fraances Burney, Maria Edgeworth"(xix쪽, xxi쪽)에서 그들의 여성성과 박탈을 '작가의 수사'라고 강조하며, 그들은 자신을 단지 '교환의 결과'로만 제시한다고 주장한다. 하지만 그렇게 함으로써 그들은 상당한 재정적 이득을 얻었다는 사실은 꽤 역설적이다.

11. *Tainted Souls and Painted Faces: The Rhetoric of Fallenness in Victorian Culture*에서 젠더에 대한 포스트구조주의 접근의 결과 등장한 주체의 매개와 문화의 증발이라는 현재의 딜레마를 넘어서기 위해 어맨다 엔더슨이 보여준 최근의 노력은 앞으로도 빅토리아 시대 문학연구가들이 페미니즘 이론의 진화를 위해 계속 핵심적 역할을 맡을 것임을 시사한다.

12. 에이드리언 리치의 "Notes toward a Politics of Location"를 보라. *Women, Feminist Identity, and Society in the 1890s*, eds. Myriam Diaz-Diocaretz and Iris M. Zavala (Amsterdam: John Benjamins, 1985), 5~12쪽.

1장

제사 "In the End", in *Chelsea 35*, 96면;

"The Introduction", in *The Poems of Anne Countess of Winchilsea*, ed. Myra Reynolds (Chicago: University of Chicago Press, 1903), 4~5쪽;

The Diary of Anaïs Nin, Vol. Two, 1934~1939, ed. Gunther Stuhlmann (New York: The Swallow Press and Harcourt, Brace, 1967), 233쪽.

1. *The Correspondence of Gerard Manley Hopkins and Richard Watson Dixon*, ed. C. C. Abbott (London: Oxford University Press, 1935), 133쪽.

2. Edward W. Said, *Beginnings: Intention and Method* (New York: Basic Books, 1975), 83쪽.

3. 같은 책, 162쪽. 부권에 대한 그런 이미지를 유사하게 사용한 예로는 다음을 참조하라. Gayatri Chakravorty Spivak's "Translator's Preface" to Jacques Derrida, *Of Grammatology* (Baltimore: Johns Hopkins University Press, 1976), xi쪽. '데리다의 구조적인 은유를 사용하자면, [서문은] 아버지(텍스트 또는 의미)에 의해 생겨난 아들이나 종자다.' 또한 니체에 대한 스피박의 논의를 보라. 거기에서 그녀는 '소유의 남성적인 스타일'을 '바늘, 송곳, 박차'의 측면에서 고찰했다. xxxvi쪽.

4. James Joyce, *Ulysses* (New York: Modern Library, 1934), 205쪽.

5. 같은 책, 매우 적절한 이 문단 전체는 이 개념을 더욱더 전개시키고 있다. '의식적인 잉태라는 의미에서의 부권이란 남자에게는 알려져 있지 않다'고 스티븐은 말한다. '그것은 신비한 영역이며, 오로지 낳는 자로부터 태어난 자에게 전달되는 사도적인 계승이다. 교활한 이탈리아의 지성이 유럽의 민중에게 던져주었던 성모 마리아가 아니라, 바로 이 신비에 기반해 교회는 세워졌다. 그것은 움직일 수 없는 사실이다. 왜냐하면 대우주·소우주의 세계처럼 그

것은 공허에, 불확실성에, 있을 법하지 않음에 기반하고 있기 때문이다. 어머니와 자아, 주관적 객관적 소유가 삶에서 유일하게 진정한 것이다. 부권이란 합법적인 허구다.'(204~205쪽)

6. Coleridge, *Biographia Literaria*, chapter, 13. John Ruskin, Modern Painters, vol. 2, *The Works of John Ruskin*, ed. E. T. Cook and Alexander Wedderburn (London: George Allen, 1903), 205~251쪽. 비록 콜리지는 버지니아 울프가 『자기만의 방』에서 '위대한 정신은 양성적이다'라고 생각했다고 말했을지라도, 그녀는 '콜리지는 분명 그것이 여자들에게 특별히 공감하는 정신임을 의미한 것은 아니'라고 냉정하게 덧붙이고 있다.(*A Room of One's Own* [New York: Harcourt Brace, 1929], 102쪽) 콜리지가 묘사한 상상력의 힘이 울프적인 의미에서 '남성적-여성적'임을 의미하지 않는다는 것은 분명하다.

7. Shelley, "A Defense of Poetry" Keats to John Hamilton Reynolds, 3 February 1818; *The Selected Letters of John Keats*, ed. Lionel Trilling (New York: Doubleday, 1956), 121쪽.

8. E, R. Curtius, *European Literature and the Latin Middle Age* (New York: Harper Torchbooks, 1963), 305쪽과 306쪽을 보라. 쿠르티우스의 'The Symbolism of the Book'과 'Book of Nature'라는 은유에 대한 더 상세한 논평은 데리다의 『그라마톨로지』, 15~17쪽을 보라.

9. "Timon, A Satyr", in *Poems of John Wilmot Earl of Rochester*, ed. Vivian de Sola Pinto (London: Routledge and Kegan Paul, 1953), 99쪽.

10. Bridget Riley, "The Hermaphrodite", *Art and Sexual Politics*, ed. Thomas B. Hess and Elizabeth C. Baker (London: Collier Books, 1973), 82쪽. 라일리 자신은 '이 논평을 삶의 찬양으로서 그의 작품에 대한 그의 태도를 표현하는 것으로 해석한다'고 말한다.

11. Norman O. Brown, *Love's Body* (New York: Vintage Books, 1968), 134쪽; John T. Irwin, *Doubling and Incest, Repetition and Revenge* (Baltimore: Johns Hopkins University Press, 1975), 163쪽. 어윈은 또한 '창조적 상상력의 남근적 생식력'에 대해 말한다. (159쪽)

12. Harold Bloom, *The Anxiety of Influence* (New York: Oxford University Press, 1973), 11쪽; 26쪽.

13. 『설득』에 대한 모든 인용은 채프먼이 편집하고 데이비드 데이시스가 서문을 부친 텍스트 (New York: Norton, 1958)를 참고했다.

14. Anne Finch, *Poems of Anne Countess of Winchilsea*, 4~5쪽.

15. Southy to Charlotte Brontë, March 1837. Winifred Gérin, *Charlotte Brontë: The Evolution of Genius* (Oxford: Oxford University Press, 1967), 110쪽에서 재인용.

16. Finch, *Poems of Anne Countess of Winchilsea*, 100쪽. Otto Weininger, *Sex and Character* (London; Heinemann, 1906), 286쪽. 이 문장은 예외적인 문단의 일부다. 여기에서 바이닝거는 '여자들은 존재도 본질도 가지고 있지 않다. 그들은 부정이며 무다.' 왜냐

하면 '여자는 사고와 관련이 없으며, 도덕적이지도 않으며, 반도덕적이지도 않기 때문이다.' 그러나 '모든 존재는 도덕적이며 논리적인 존재'라고 주장한다.

17. 리처드 체이스는 다음에서 '남성적 활력'에 대해서 말한다. "The Brontës, or Myth Domesticated", in *Forms of Modern Fiction*, ed. William V. O'Connor (Minneapolis: University of Minnesota Press, 1948), 102~113쪽. '여성 내시'에 대한 논의는 Germaine Greer, *The Female Eunuch* (New York: McGraw Hill, 1970)을 보라. 또한 Anthony Burgess, "The Book Is Not for Reading", *New York Times Book Review*, 4 December 1966, 1쪽과 74쪽; William Gass, on Norman Mailer's *Genius and Lust*, *New York Times Book Review*, 24 October 1976, 2면을 보라. 이와 관련해서 버지니아 울프가 분명하게 자신을 '내시'로 정의한 것은 흥미롭다(그리고 우울한 일이다). (Noel Annan, "Virginia Woolf Fever", *New York Review*, 20, April 1978, 22면.)

18. Rufus Griswold, Preface to *The Female Poets of America* (Philadelphia: Carey & Hart, 1849), 8쪽.

19. Roland Barthes, *Sade/Fourier/Loyola*, trans. Richard Miller (New York: Hill & Wang, 1976), 182쪽; Hopkins, *Correspondence*, 133쪽.

20. Finch, *Poems of Anne Countess of Winchilsea*, 5쪽.

21. Leo Bersani, *A Future for Astyanax* (Boston: Little, Brown, 1976), 194쪽.

22. Jean-Paul Sartre, *The Words*, trans. Bernard Frechtman (Greenwich, Conn.: Braziller, 1964), 114쪽.

23. Marjorie Grene, *Sartre* (New York: New Viewpoints, 1973), 9쪽.

24. Cornelia Otis Skinner의 1952년 극작품, *Paris '90*에서 인용했다.

25. Norman O. Brown, "Daphne", in *Mysteries, Dreams and Religion*, ed. Joseph Campbell (New York: Dutton, 1970), 93쪽.

26. Lewis Carroll, *Through the Looking Glass*, chapter 6, "Humpty Dumpty."

27. Albert Gelpi, "Emily Dickinson and the Deerslayer", in *Shakespeare's Sisters*, ed. Sandra Gilbert and Susan Gubar (Bloomington: Indiana University Press, 1979), 122~134쪽.

28. Simone de Beauvoir, *The Second Sex* (New York: Knopf, 1953), 58쪽.

29. D. H. Lawrence, *The Plumed Serpent*, chapter 23, "Huitzilopochtli's Night."

30. 다음을 보라. Wolfgang Lederer, M. D., *The Fear of Women* (New York: Harcourt Brace Jovanovich, 1968); H. R. Hays, *The Dangerous Sex* (New York: G. P. Putnam's Sons, 1964); Katherine Rogers, *The Troublesome Helpmate* (Seattle: University of Washington Press, 1966); Dorothy Dinnerstein, *The Mermaid and the Minotaur* (New York: Harper and Row, 1976).

31. Lederer, *Fear of Women*, 42쪽.

32. Mary Elizabeth Coleridge, "The Other Side of a Mirror", in *Poems by Mary E.*

Coleridge (London: Elkin Mathews, 1908), 8~9쪽.

33. The Wife's Prologue, 1~3행을 보라. '경험은 이 세상에서 어떤 권위도 없지만 내가 모든 결혼의 고통에 대해서 말하는 데는 경험으로 충분했다.' 또한 이 말에서 제목을 따온 페미니스트 비평 선집 *The Authority of Experience* ed. Arlyn Diamond and Lee Edwards (Amherst: University of Massachusetts Press, 1977)를 보라.

34. 에드워드 사이드는 '권위'에 대한 자신의 정의에 이어서 이와 필수적으로 관련되어 있는 '박해'라는 개념을 정의한다. 여기에서 '박해'란 '자신의 권위(얼마나 완벽한가와는 상관없이)나 화자의 권위가 가짜라는 것을 모르는 소설가는 없다'는 것을 의미한다고 그는 말한다.(*Beginnings*, 84쪽) 한 여성이 남성의 문학적/가부장적 권위에 도전을 시도하게 되는 방법에 대한 매혹적인 논의에 대해서는, Mitchell R. Breitweiser, "Cotton Mather's Crazed Wife", in *Glyph 5*를 보라. 이 미친 여자는 남편의 필사본을 박해함으로써(더럽히고 훔침으로써!) 문자 그대로 그의 권력을 중단시켰다.

35. Virginia Woolf, "Professions for Women", *The Death of the Moth and Other Essays* (New York: Harcourt, Brace, 1942), 236~238쪽.

36. Sylvia Plath, *Ariel* (New York: Harper & Row, 1966), 8쪽.

37. Christina Rossetti, "In an Artist's Studio", in *New Poems by Christina Ressetti*, ed. William Michael Rossetti (New York: Macmillan, 1896), 114쪽.

38. "A Woman's Poem", *Harper's Magazine* (February 1859), 340쪽.

39. Elizabeth Barrett Browning, *The Poetical Works of Elizabeth Barrett Browning* (New York: Crowell, 1891), 3~4쪽.

40. 1844년 8월에 존 캐넌에게 보낸 편지에서 배럿 브라우닝은 자신의 초기의 모방적인 시 (「정신에 대한 에세이」같은 시)와 그녀의 성숙한 작품과의 차이는 '단순히 두 유파의 차이가 아니고, 미성숙과 성숙간의 차이도 아니다. […] 그것은 죽은 자와 살아 있는 자의 차이, 모방과 개성의 차이, 나 자신인 것과 자신이 아닌 것과의 차이다'라고 선언했다. (*The Letters of Elizabeth Barrett Browning*, ed. Frederic G. Kenyon [2 vols. in 1, New York: Macmillan, 1899], 1:187)

41. Ortner, "Is Female to Male as Nature is to Culture?" in *Woman, Culture and Society*, ed. Michelle Zimbalist Rosaldo and Louise Lamphère (Stanford: Stanford University Press, 1974), 86쪽.

42. Susan Braudy, "A Day in the Life of Joan Didion", Ms. 5 (8 February 1977), 109쪽.

43. 예를 들면 Rogers, *The Troublesome Helpmate*; Kate Millet, *Sexual Politics* (New York: Avon, 1971)를 보라.

44. Hans Eichner, "The Eternal Feminine: An Aspect of Goethe's Ethics", in Johann Wolfgang von Goethe, *Faust*, Norton Critical Edition, trans. Walter Arndt, ed. Cyrus Hamlin (New York: Norton, 1976), 616~617쪽. 의미심장하게도, (침묵이 아니라) 말이 특별히 여성적이라고 간주될 때에도, **행동은 남성적으로 말은 여성적으로**라는 표어처럼 그것

은 행동이 아니라 말일 '뿐'이다.

45. 같은 책, 620쪽. (패트모어의 호노리아의 미덕 이외에도) 마카리에의 미덕이 버지니아 울프 의 『등대로』에서의 램지 부인의 미덕을 예시하고 있음은 분명하다. 왜냐하면 램지 부인 또 한 일종의 연민과 아름다움의 '등대'이기 때문이다.

46. Coventry Patmore, *The Angel in the House* (London: George Bell & Son, 1885), 17쪽.

47. 같은 책, 73쪽.

48. "The Everlasting Yea", *Sator Resartus*, book 2, 9장.

49. Abbé d'Ancourt, *The Lady's Preceptor* (3rd ed, London: J. Walts, 1745), 8쪽.

50. Mrs. Sarah Ellis, *The Women of England* (New York, 1844), 9~10쪽.

51. Mrs. Ellis, *The Family Monitor and Domestic Guide* (New York; Henry G. Laugley, 1844), 35쪽.

52. John Ruskin, "Of Queens' Garden", *Sesame me Lilies* (New York; Charles E. Merrill, 1899), 23쪽.

53. Alexander Welsh, *The City of Dickens* (London: Oxford University Press, 1971), 184쪽.

54. 같은 책, 187쪽; 190쪽.

55. Ann Douglas, *The Feminization of American Culture* (New York: Knopf, 1977), "The Domestication of Death", 200~226쪽.

56. "The Philosophy of Composition", *The Complete Poems and Stories of Edgar Allan Poe, with Selection from his Critical Writings*, ed. A. H. Quinn (New York: Knopf, 1951), 2: 982.

57. Douglas, *Feminization of American Culture*, 202쪽.

58. Welsh, *City of Dickens*, 182~183쪽.

59. Patmore, *Angels in the House*, 175~176쪽.

60. Oswald Doughty, *A Victorian Romantic: Dante Gabriel Rossetti* (London: Frederick Muller, 1949), 417쪽.

61. Doughty, 418쪽에서 인용, 또 다른 시각으로 죽은 여자의 애매한 아름다움/공포를 철저 히 살펴보기 위해서는, Mario Praz, *The Romantic Agony* (London: Oxford, 1970), 특히 "The Beauty of the Medusa", 23~45쪽을 보라.

62. Patmore, *Angel in the House*, 91쪽.

63. Thackery, *Vanity Fair*, ed. Geoffrey and Kathleen Tillotson (Boston: Houghton Mifflin, 1963). 617쪽.

64. Adrienne Rich, *Poems, Selected and New, 1950~1974* (New York; Norton, 1975), 146 쪽.

65. *King Lear*, 4. 4. 142-143; *The Faerie Queene*, 1. 2. 361.

66. John Gay, Alexander Pope and John Arbuthnot, *Three Hours After Marriage*, ed. Richard Morton and William M. Peterson, Lake Eric College Studies, vol. 1

(Painesville, Ohio: Lake Eric College Press, 1961), 22쪽.

67. Walpole to Hannah More, 24 January 1975.

68. *The Poems of Jonathan Swift*, ed. Harold Williams, 3 vols. (Oxford: Clarendon Press, 1937), 2: 383, II, 67~68.

69. "A Beautiful Young Nymph", 2: 583, II, 67~68.

70. Swift, "The Progress of Beauty", I:228, II, 77~78.

71. "Epistle II. To a Lady", *The Poems of Alexander Pope*, ed. John Butt (New Haven: Yale University Press, 1963), 560쪽, 1.219, 1. 3.

72. *Three Hours After Marriage*, 14쪽; 54~56쪽.

73. Jonathan Swift, *A Tale of A Tub, to Which is Added the Battle of the Books and the Mechanical Operations of the Spirit*, ed. A. C. Guthkelch and D. Nichol Smith (Oxford: Clarendon Press, 1920), 240쪽.

74. Pope, *The Rape of the Lock*, canto 4, II. 58~60, in *The Poems of Alexander Pope*, 234쪽.

75. Pope, *The Dunciad in Four Books* (1743). canto 1, II. 311~318 *in The Poems of Alexander Pope*, 734쪽.

76. Simone de Beauvoir, *The Second Sex*, 138쪽.

77. Karen Hoeney, "The Dread of Woman", in *Feminine Psychology* (New York: Norton, 1973), 133~146쪽; Dorothy Dinnerstein, *The Mermaid and Minotaur*, 124~154쪽. '메두사 콤플렉스'와 이것이 전하는 여성 혐오적인 메시지에 대한 논의를 위해서는 다음을 보라. Philip Slater, *The Glory of Hera* (Boston: Beacon, 1968); R. D. Laing, *The Divided Self* (London: Penguin Books, 1965).

78. 릴리스 논의를 위해서는 다음을 보라. *A Dictionary of the Bible*, ed. James Hustings (Edinburgh, 1950): Louis Ginzberg, *The Legends of the Jews* (Philadelphia: The Jewish Publication Society of America, 1961), 65~66쪽; T. H. Gaster, *Orientalia* 11 (1942), 41~79; George MacDonald, *Lilith*; Laura Riding, "Eve's Side of It".

79. "Little Snow White." 이에 대한 모든 인용은 *The Complete Grimm's Fairy Tales* (New York: Random House, 1972)를 참고했다.

80. Bruno Bettelheim, *The Uses of Enchantment: The Meaning and Importance of Fairy Tales* (New York: Knopf, 1976), 202~203쪽.

81. Bettelheim, 205쪽.

82. Ellen Moers, *Literary Women* (New York: Doubleday, 1976), 211~242쪽을 보라.

83. Bettelheim, 211쪽.

84. "Juniper Tree" in *The Complete Grimm's Fairy Tales*를 보라.

85. Geoffrey Hartman, "The Voice of the Shuttle", in *Beyond Formalism* (New Haven: Yale University Press, 1970), 337~355쪽.

86. *The Poems of Gerard Manley Hopkins*, ed. W. H. Gardner and N. H. MacKenzie

(Oxford: Oxford University Press, 1970), 133쪽.

87. Mathew Arnold, "Philomela", in *Poetry and Criticism of* Matthew Arnold, ed. A. Dwight Culler (Boston: Houghton Mifflin, 1961), 144쪽 l. 7.

2장

제사 *Doctor on Patient* (Philadelphia: Lippincott, 1888). Ilza Veith, *Hysteria: The History of a Disease* (Chicago: University of Chicago Press, 1965), 219~220쪽에서 재인용; *The Living of Charlotte Perkins Gilman* (New York; Harper & Row, 1975; 초판 1935), 104쪽; J 1261편 in *The Poems of Emily Dickinson*, ed. Thomas Johnson, 3 vols. (Cambridge, Mass.: the Belknap Press of Harvard University Press, 1955: 이후의 모든 인용은 이 판에 의함); "The Red Shoes", *The Book of Folly* (Boston: Houghton Mifflin, 1972), 28~29쪽.

1. 「전통과 개인의 재능」에서 엘리엇은 물론 이 문제를 고려한다; 『미메시스』에서 아우어바흐는 리얼리스트가 이전에는 예술에서 배제되었던 것들을 포함시키는 방식을 추적한다; 『결말의 의미』에서 프랭크 커모드는 허구와 실제 간의 불일치를 탐색하기 위해서 시인과 소설가가 그들 선배들이 시도한 형식의 문학성을 어떻게 발가벗기고 있는가를 보여준다.

2. J. Hillis Miller, "The Limits of Pluralism, III: The Critic as Host", *Critical Inquiry* (Spring 1977), 446쪽.

3. 블룸식의 문학사에서 여성 작가와 그 위상에 대한 논의는 다음을 보라. Joanne Feit Diehl, "'Come Slowly-Eden': An Exploration of Women Poets and their Muse", *Signs* 3, no. 3 (Spring 1978), 572~587쪽. 또한 딜에 대한 응답은 *Signs* 4, no. 1 (Fall 1978), 188~196쪽을 보라.

4. Juliet Mitchell, *Psychoanalysis and Feminism* (New York: Vintage, 1975), xiii쪽.

5. 같은 책, 404~405쪽.

6. Adrienne Rich, "When We Dead Awaken: Writing as Re-vision", in *Adrienne Rich's Poetry*, ed. Barbara Charlesworth Gelpi and Albert Gelpi (New York: Norton, 1975), 90쪽.

7. Michell, *Psychoanalysis and Feminism*, 402쪽.

8. Elaine Showalter, *A Literature of Their Own* (Princeton: Princeton University Press, 1977)을 보라.

9. Annie Gottlieb, "Feminists Look at Motherhood", *Mother Jones* (November 1976): 53.

10. *The Letters of Emily Dickinson*, ed. Thomas Johnson, 3 vols. (Cambridge, Mass.: The Belknap Press of Harvard University Press, 1958), 2: 475; 2: 518.

11. Jessie Bernard, "The Paradox of the Happy Marriage", Pauline B. Bart, "Depression in Middle-Aged Women", and Naomi Weisstein, "Psychology Constructs the Female", in *Woman in Sexist Society*, ed. Vivian Gornick and Barbara K. Moran (New York: Basic Books, 1971). 또한 다음을 보라. Phyllis Chesler, *Women and Madness* (New York: Doubleday, 1972). 이 모든 문제의 요약은 다음을 보라. Barbara Ehrenreich, Deirdre English, *Complaints and Disorders: The Sexual Politics of Sickness* (Old Westbury: The Feminist Press, 1973).

12. 『광기의 징후』(1861)에서 존 밀라는 '정신착란은 월경불순인 젊은 여자에게 빈번하게 일어난다. 특히 광기에 대한 강한 유전적 소인을 가진 여성에게 흔하다'라고 썼으며, '가끔 따뜻한 좌욕이나 거머리로 하여금 치골의 피를 빨게 하면 […] 완전히 회복될 것'이라고 덧붙였다. 1873년 헨리 몰드세이는 『육체와 정신』에서 '매달 난소의 활동이 […] 정신과 육체에 현저한 영향을 끼친다. 따라서 그것은 정신적 육체적 착란의 중요한 원인일 수도 있다'라고 말했다. 특히 『광기와 도덕: 19세기의 광기에 대한 개념』, ed. Vieda Skultans (London: and Boston: Routledge & Kegan Paul, 1975), 230~235쪽에서 존 밀라, 헨리 몰드세이, 앤드루 윈터의 의학적인 의견을 보라.

13. Marlene Boskind-Lodahl, "Cinderella's Stepsisters: A Feminist Perspective on Anorexia Nervosa and Bulimia", *Signs* 2, no. 2 (Winter 1976): 342~356; Walter Blum, "The Thirteenth Guest", (on agoraphobia), in *California Living, The San Francisco Sunday Examiner and Chronicle* (17 April 1977):8~12; Joan Arehart-Treichel, "Can Your Personality Kill You?" (on female rheumatoid arthritis, among other diseases), *New York* 10, no. 48 (28 November 1977): 45면. '최근에 행해진 연구에 의하면, 류머티즘 환자 다섯 명 중 네 명이 여자인데, 그럴 만한 이유가 있다. 이 병은 전통적인 여성의 역할에 만족하지 못하는 사람들에게 생기는 것 같다.'

14. 거식증의 치료와 원인에 대한 최근의 논의에는 다음과 같은 것이 있다. Hilde Bruch, M. D., *The Golden Cage: The Enigma of Anorexia Nervosa* (Cambridge, Mass.: Harvard University Press, 1978); Salvador Minuchin, Bernice L. Rosman and Lester Baker, *Psychosomatic Families: Anorexia Nervosa in Context* (Cambridge: Harvard University Press, 1978).

15. Ehrenreich and English, *Complaints and Disorders*, 19쪽에서 재인용.

16. Eichner, "The Eternal Feminine", Norton Critical Edition of *Faust*, 620쪽.

17. John Winthrop, *The History of New England from 1630 to 1649*, ed. James Savage (Boston, 1826), 2: 216.

18. Wendy Martin, "Anne Bradstreet's Poetry: A Study of Subversive Piety", *Shakespeare's Sisters*, ed. Gilbert and Gubar, 19~31쪽.

19. "The Uncensored Poet: Letters of Anne Sexton", *Ms.* 6, no. 5 (November 1977): 53.

20. Margaret Atwood, *Lady Oracle* (New York: Simon and Schuster, 1976), 335쪽.

21. 『노생거 사원』 10장을 보라. '[결혼과 춤] 둘 다 남자가 선택권을 갖고 있고 여자는 단지 거절할 수 있을 뿐이라는 것을 당신은 인정해야 해요.'

22. Dickinson, *Poems*, (J 579편 「나는 수년 동안 배고팠다」), (709편 「출판은—경매다」), (J 891편 「나의 민감한 귀에—주어진—나뭇잎들」)을 보라. 또한 Christina Rossetti, "Goblin Market"을 보라.

23. Dickinson, Poems, J 327편 (「내 눈이 빠지기 전에」). George Eliot, *Middlemarch*, book 2, chapter 20 and M. E. Coleridge, "Doubt", in *Poems by Mary E. Coleridge*, 40쪽.

24. Dickinson, *Poems*, J 101편을 보라.

25. *The Poetical Works by Christina G. Rossetti*, 2 vols. (Boston: Little, Brown, 1909), 2: 11.

26. Griswold, *The Female Poets of America*, 7쪽.

27. Austen, *Persuasion*, chapter 23.

28. Finch, *Poems of Anne Countess of Winchilsea*, 250쪽.

29. Showalter, *A Literature of Their Own*, "The Double Critical Standard and the Feminine Novel", 73~99쪽.

30. Anne Killigrew, "Upon the Saying that My Verses Were Made By Another", in *The World Split Open*, ed. Louise Bernikow (New York: Vintage, 1974), 79쪽.

31. Bradstreet, "The Prologue", in Bernikow, 같은 책, 188~189쪽.

32. *By a Woman Writt*, ed. Joan Goulianos (Baltimore: Penguin, 1973), 55~56쪽. 또한 *The Living of Charlotte Perkins Gilman*, 77쪽을 보라. '고통을 일으키는 태도를 견지하는 데는 / 초자연적인 힘이 든다. / 굴복으로 안식을 찾기 위해서 / 결국 최상보다 못한 것에 / 굴복하지 않은 사람은 거의 없다.'

33. Virginia Woolf, *A Room of One's Own* (New York: Harcourt, Brace and World, 1929), 64~65쪽.

34. "Epilogue", *Sir Patient Fancy in The Works of Aphra Behn*, ed. Montague Summers (New York: Benjamin Blom, 1967), 6 vols., 4: 115.

35. Winifred Gérin, *Charlotte Brontë*, 110~111쪽을 보라.

36. Dickinson, *Letters* 2: 408.

37. Woolf, *A Room of One's Own*, 77쪽.

38. Linda Nochlin, "Why Are There No Great Women Artistis?" in Gornick and Moran, *Woman in Sexist Society*, 507쪽.

39. 같은 책, 506쪽.

40. "Preface", *The Lucky Chance in The Works of Aphra Behn*, 3: 187.

41. Elizabeth Barrett Browning, *Poetical Works of Elizabeth Barrett Browning*, 363쪽. 다른 한편으로, 상드에 대한 마거릿 풀러의 논평과 비교해보라. 풀러 또한 성적인 애매성을 그녀의 창조성의 본질로 보고 있지만 그 방식이 매우 다르다. '나는 사고의 삶에 대한 상드의 통찰에 놀란다. 그녀는 한 남자를 통해서 그것을 알았음에 틀림없다. […] 어떤 시빌도 미

켈란젤로의 시빌처럼 존재하지 않았다.'(Bell Gale Chevigny, *The Woman and the Myth: Margaret Fuller's Life and Writings* [Old Westbury: The Feminist Press, 1976], 58쪽)

42. *Toward a Recognition of Androgyny* (New York: Harper Colophon, 1973)에서 캐럴린 하일브런은 특히 그리스에 '숨겨진' 양성성의 전통이 있었으며, 그 전통은 안티고네와 메데 이아 같은 비극 여자 주인공들 속에 구현되어 있다고 지적한다.(1~16쪽) 그러나 지난 사오 백 년 동안 이 전통은 깊이 감추어져 보이지 않게 되었다.

43. Joyce Carol Oates, *The Hostile Sun: The Poetry of D. H. Lawrence* (Los Angeles: Black Sparrow Press, 1973), 44쪽.

44. Joanna Russ, "What Can a Heroine Do? Or Why Women Can't Write", in *Images of Women in Fiction*, ed. Susan Koppelman Cornillon (Bowling Green: Bowling Green University Popular Press, 1972), 10쪽.

45. John Keats to Richard Woodhouse, 27 October 1818, *Selected Letters*, 165~167쪽.

46. Harriet Beecher Stowe, *My Wife and I: or, Harry Henderson's History* (New York: Fords, Howard & Hulbert, 1871).

47. *The Poetical Works of Elizabeth Barrett Browning*, 252쪽. '오 시인-여자여! 아무도 / 도약 을 통과하여 휴식을 얻지 못하느니.'

48. Lynn Sukenick, "On Women and Fiction", in *The Authority of Experience*, ed. Diamond & Edwards, 31쪽에서 재인용.

49. Chevigny, *The Woman and the Myth*, 63쪽에서 재인용.

50. George Eliot, "Silly Novels by Lady Novelists", *Westminister Review* 64 (1856년), 442~461쪽.

51. Dickinson, *Poems*, J 1129편.

52. 예를 들면 Barbara Charlesworth Gelpi, "A Common Language: The American Woman Poet", in *Shakespeare's Sisters*, ed. Gilbert an Gubar, 269~279쪽을 보라.

53. Judy Chicago, *Through the Flower: My Struggle as a Woman Artist* (New York: Doubleday, 1977), 40쪽.

54. Dickinson, *Poems*, J 512편 (「영혼은 붕대로 감긴 순간을 갖는다―」).

55. Patricia Meyer Spacks, *The Female Imagination* (New York: Knopf, 1975), 317쪽; Carolyn Heilbrun and Catharine Stimpson, "Theories of Feminist Criticism: A Dialogue", in *Feminist Literary Criticism*, ed. Josephine Donavan (Lexington: The University Press of Kentucky, 1975), 62쪽. Elaine Showalter, "Review Essay", *Signs* 1, no, 2 (Winter 1975): 435. 또한 다음을 보라: Annis V. Pratt, "The New Feminist Criticisms: Exploring the History of the New Space", in *Beyond Intellectual Sexism: A New Woman, A New Reality*, ed. Joan I. Roberts (New York: David Mckay 1976). 183 쪽에서 프랫은 그녀가 '듣지 못하게 하는 이론'이라고 부른 것을 묘사한다. 그것은 '흑인 문 화의 한 현상에서 온 것이다. 습지의 오지에 작은 흑인 교회가 있고, 그곳에서 당신이 <모세

여 내려가라>를 부르려고 한다. [그러나] 이따금 신도들이 벗어나서 <오 자유>를 부르고자
한다. [···] 그 노래를 부를 때마다 그들은 현관에 커다랗고 오래된 검은 독을 놓아두고, 노래
를 부를 때 그 독을 두드린다. 그렇게 하면 백인들은 듣지 못할 것이다. 이 듣지 못하게 하는
효과, 실제로 페미니즘에 대한 발화를 들리지 않게 하기 위해서 독을 두드리는 것은 최초의
여성 소설에서 시작되었으며, 아직도 사라지지 않았다. 많은 여성 소설가들은 자신들의 책
에서 숨겨져 있거나 암시적인 페미니즘을 그들 자신으로부터 숨기는 일에 성공하기도 했다.
[···] 그 결과 우리는 플롯의 구조와 성격 묘사에 새겨져 있는 모든 종류의 가장, 책략, 가면,
위장의 형태로 진정한 창조적인 정신에 부과되어 있는 명시적인 문화 규범을 갖게 된다.'

56. De Beauvoir, *The Second Sex*, 132쪽; Kizer, "Three", from "Pro Femina" in *No More Masks!*, ed. Florence Howe and Ellen Bass (New York: Doubleday, 1973), 175쪽.

57. Plath, "Elm", *Ariel*, 16쪽; Sarton, "Birthday on the Acropolis", *A Private Mythology* (New York: Norton, 1966), 48쪽.

58. *The George Eliot Letters*, 7 vols., ed. gordon S. Haight (New Haven: Yale University Press, 1954~1955), 5: 58.

59. Eliot, *Poems*, 2 vols (New York: Croscup, 1896), 124쪽.

60. Rukeyser, "Myth", *Breaking Open* (New York: Random House, 1973), 20쪽.

61. '복잡한 진동'을 이해하려면 Elaine Showalter, "Review Essay", 435쪽을 보라. 신화의
재창조를 위해서는 Mona Van Duyn, "Leda" and "Leda Reconsidered" in *No More
Masks!*, 129~132쪽; Margaret Atwood, "Circe/Mud Poems", in *You Are Happy* (New
York: Harper & Row, 1974), 71~94쪽. 힐다 둘리틀 같은 시인은 고유의 여성 서사시, 예를
들면 *Helen in Egypt* (New York: New Directions, 1961)에서 페르세포네, 메두사, 헬렌을
계속해서 재창조한다.

62. Marge Piercy, "Unlearning to not speak", *To Be Of Use* (New York: Doubleday, 1973),
38쪽.

63. "I am in danger-sir-", *Adrienne Rich's Poetry*, 30~31쪽.

64. *Ellen Mores, Literary Women*, 90~112쪽.

65. *The Living of Charlotte Perkins Gilman*, 77쪽.

66. Dickinson, *Poems*, J 512편(「영혼은 붕대로 감긴 순간을 갖는다—」).

67. Boskind-Lodahl, "Cinderella's Stepsisters".

68. Dickinson, *Letters*, 2: 460; Byron, "The Prisoner of Chillon", 389~392행; Brontë,
Shirley (New York: Dutton, 1970), 316쪽; *Brontë to W. S. Williams*, 26 July 1849.

69. Gaston Bachelard, *The Poetics of Space, trans. Maria Jolas* (Bostob: Beacon, 1970),
xxxii쪽.

70. *Adrienne Rich's Poetry*, "Snapshots of a Daughter-in-Law" #3, 12쪽. '생각하는 여자는
괴물과 함께 잔다. / 그녀는 그녀를 꽉 쥐는 부리가 된다.'

71. Charlotte Perkins Gilman, *The Yellow Wallpaper* (Old Westbury: The Feminist Press,

1973). 이 텍스트의 모든 인용은 이 판본에 의거한다.

72. *The Living of Charlotte Perkins Gilman*, 121쪽.

73. "Stings", *Ariel*, 62쪽.

3장

제사 *The Republic*, trans. W. H. D. Rouse (New York: Mentor, 1956), 312쪽 (Book VII);
"The Key-Note", *The Poetical Works of Christina G. Rossetti*, 2: 11;
A Fountain of Gardens Watered by the River of Divine Pleasure, and Springing Up in all Variety of Spiritual Plants. […] (London, 1697~1701), 1: 18. 제인 리드의 글을 우리에게 소개해준 캐서린 스미스에게 감사를 전한다.

1. 『국가』 마지막에 나오는 재생의 비유에 대한 논평에 관해서는 Helen Diner, *Mothers and Amazons: The First Feminine History of Culture* (New York: Anchor Books, 1973 reprint)를 보라. "플라톤의 대지의 식도로 태어나면서 소리지르는 영혼들은 생명에서 내려오며 일어서서 자리 잡고 다시 올라갈 땐 그들에게 배정된 새로운 운명을 갖고 있다.

2. Edgar Allan Poe, "The Fall of the House of Usher"; Sylvia Plath, "Nick and the Candlestick" ("black bat airs") and "Lady Lazarus"("grave cave"), *Ariel*, 6쪽; 33쪽.

3. De Beauvoir, *The Second Sex*, 77~78쪽.

4. 같은 책, 137쪽.

5. Helen Diner, *Mothers and Amazons*, 16~18쪽. Blake, *For the Sexes: The Gates of Paradise* (from "The Keys […] of the Grates", 15~16행, 44~50행).

6. Mary Shelley, "Author's Introduction" to *The Last Man* (Lincoln: University of Nebraska Press, 1965), 1~4쪽.

7. 같은 책, 4쪽.

8. Northrop Frye, "The Revelation to Eve", in *Paradise Lost: A Tercentenary Tribute*, ed. Balachandra Rajan (Toronto: University of Toronto Press, 1969), 46쪽.

9. Rich, "Re-Forming the Crystal", in *Poems: Selected and New*, 228쪽.

10. Dickinson, *Poems*, J 492편. '신비한 녹색' 은유는 J 24편('사람들에게 보이지 않는 아침이 있다')도 보라. '나는—큰 소리를 내며—사는 것을 견딜 수 없다 / 큰 소리가 나는 너무나 부끄러웠다'는 J 486편('나는 집 안에서 가장 하찮았다')을 보라.

11. *The Poetical Works of Christina Rossetti*, 1: 116.

12. Dickinson, *Letters*, 1:210 ("man of Noon"); J 891편("To my quick Ear the leaves conferred […] Creation seemed a mighty Crack").

13. Rebecca Harding Davis, *Life in the Iron Mills, with a Biographical Interpretation by Tillie Olsen* (Old Westbury: Feministi Press Reprint, 1972), 24쪽; 32~33쪽; 65쪽; "Living in the Cave", Adrienne Rich's Poetry, 72쪽; Plath, "Nick and the Candlestick", Ariel, 33~34쪽.

14. Ursula K. Le Guin, "The New Atlantis", in *The New Atlantis and Other Novellas of Science Fiction*, ed. Robert Silverberg (New York: Hawthorn, 1975), 75쪽.

15. Dickinson, *Poems*, J 278편.

16. Willa Cather, *My Antonia* (Boston: Houghton Mifflin, 1918), 337~339쪽.

17. "An Island", *The Poetical Works of Elizabeth Barrett Browning*, 332~335쪽.

4장

제사 Jane Austen, *Love and Friendship* in *The Works of Jane Austen*, ed. R. W. Chapman, vol. 6 (London: Oxford University Press, 1954), 102쪽;

Poems, J 613편;

「그들이 메리를 공격했다. 그는 킬킬거렸다」(A Political Caricature)', in *Selected Writings of Gertrude Stein*, ed. Carl Van Vechten (New York: Vintage, 1962), 533쪽;

The Second Sex, 279쪽.

1. *The Autobiography, Times, Opinions and Contemporaries of Sir Egerton Brydges* (London, 1834), vol. 2, chapter 3, 41쪽, Frank Bradbrook, *Jane Austen and Her Predecessors* (Cambridge: Cambridge University Press, 1967), 401쪽에서 재인용.

2. To Ann Austen, 9 September 1814, *Jane Austen's Letters to Her Sisters Cassandra and Others*, ed. R. W. Chapman (2d ed. London: Oxford University Press, 1952), 401쪽.

3. To J. Edward Austen, 16 December 1816, *Austen's Letters*, 468~469쪽.

4. To Cassandra Austen, 4 February 1813, *Austen's Letters*, 299쪽.

5. Anne Katharine Elwood, *Memoirs of the Literary Ladies of England* (London, 1843), 2: 216에서 재인용.

6. Gaston Bachelard, *The Poetics of Space*, 161쪽.

7. 바느질, 코바늘 뜨개, 레이스 뜨기, 수예품, 도자기 페인팅 같은 전통적으로 '여성적인' 기예들은 최근에 와서야 주디 시카고와 그녀와 함께 일하는 여성 예술가의 '디너파티 프로젝트'를 통해 평가절하를 면할 수 있었다. Chrysalis 4 (1977): 89~101에 나온 시카고와의 인터뷰를 보라.

8. Walter Scott, unsigned review of *Emma* in *Quarterly Review* (March 1816), reprinted in *Jane Austen: The Critical Heritage*, ed. B. C. Southam (New York: barnes & Noble, 1968), 68쪽.

9. Charlotte Brontë to G. H. Lewes, 1 January 1848 reprinted in *Critical Heritage*, 126쪽.

10. 피츠제럴드의 논평은 *Letters of Edward Fitzgerald*, vol. 2 (London, 1894), 131쪽에 대한

각주에 실려 있다. 존 하퍼린의 훌륭한 분석 "Jane Austen's Nineteenth-Century Critics", in *Jane Austen: Bicentenary Essays*, ed. John Haperin (Cambridge: Cambridge University Press, 1975), 23쪽에서 인용되었다. 엘리자베스 배럿 브라우닝의 논평은 러스킨에게 보낸 1855년 11월 5일 편지에서 발견된다. *Letters of Elizabeth Barrett Browning*, 2: 217.

11. *Journals of Ralph Waldo Emerson: 1856-1863*, ed. E. W. Emerson and W. E. Forbes (Boston: Houghton Mifflin, 1913), 9: 336~337.

12. Mark Twain to Willim Dean Howells, January 18, 1909, reprinted in *The Portable Mark Twain*, ed. Bernard DeVoto (New York: Viking, 1946), 785쪽.

13. D. H. Lawrence, "A Propos of Lady Chatterley's Lover", in *Sex, Literature and Censorship*, ed. Harry T. Moore (New York: Twayne Publishers, 1953), 119쪽. 이 논평은 오스틴의 '판단과 도덕관념은 타락했다'고 주장한 킹슬리 에이미스의 논평과 유사하다. *What Became of Jane Austen? and Other Questions* (London: Jonathan Cape, 1970), 17쪽.

14. Henry James, "The Lesson of Balzac", *The Future of the Novel: Essays on the Art of Fiction*, ed. Leon Edel (New York: Vintage, 1956), 100~101쪽.

15. Rudyard Kipling, "The Janeites", *The Writings in Prose and Verse of Rudyard Kipling* (New York: Scribner's, 1926), vol. 31, 159~191쪽.

16. Jane Austen, *Persuasion*, ed. R. W. Chapman (New York: Norton, 1958), vol. I, chapter 11. 권과 장의 숫자는 인용문 끝에 괄호로 표시하기로 한다. 장의 숫자가 권에 구애받지 않고 이어진 판본 기준으로는 13장이 채프먼 편집 판본의 2권 1장이다.

17. 도널드 그린은 흥미로운 논문 "The Myth of Limitation"에서 제인 오스틴을 비방하려는 비평에는 남성다움이—우리의 오랜 벗 '남성 우월주의'가—짙게 스며 있지 않은지 질문한다; *Jane Austen Today*, ed. Joel Weinscheimer (Athens, Ga.: University of Georgia Press, 1975), 168쪽.

18. W. H. Auden, "Letter to Lord Byron", *Collected Longer Poems* (New York: Random House, 1969), 41쪽.

19. Jane Austen, *Love and Friendship in Minor Works, The Works of Jane Austen*, ed. R. W. Chapman (London: Oxford University Press, 1954), vol. VI, 79쪽. 이후 이들 작품의 인용은 이 책에 의한다.

20. Virginia Woolf, "Jane Austen", *The Common Reader* (New York: Harcourt, Brace and World, 1925), 140쪽.

21. Mary Lascelles, *Jane Austen and Her Art* (Oxford: Clarenden Press, 1939), 60쪽.

22. "A Letter from a Young Lady, whose feelings being too strong for her Judgement led her into the commission of Errors which her Heart disapproved", *Minor Works*, 175쪽.

23. To Cassandra Austen, 7 January 1807, *Austen's Letters*, 48쪽.

24. To Cassandra Austen, 24 January 1809, *Austen's Letters*, 256쪽.

25. Frank Bardbrook, *Jane Austen and Her Predecessors*, 24~27쪽.

26. Mary Wollstonecraft, *A Vindication of the Rights of Woman*, ed. Carol H. Poston (New York: Norton, 1975), 22쪽. 또한 다음을 보라: Llyod W. Brown, "Jane Austen and the Feminist Tradition", *Nineteenth-Century Fiction* 28 (1973): 321~338.

27. "A Collection of Letters: Letter the Second", *Minor Works*, 154쪽.

28. *Sense and Sensibility*, in *The Novels of Jane Austen*, ed. R. W. Chapman (London: Oxford University Press, 1943), vol. I, chapter 10. 이후 이 책의 인용은 텍스트 안에 괄호로 권과 장을 명시할 것이다. 숫자가 연속적으로 매겨 있는 장으로 된 판본 기준으로는 23장부터 36장까지가 2권 1장부터 14장까지, 37장부터 50장까지는 3권 1장부터 14장까지다.

29. A. Walton Litz, *Jane Austen: A Study of Her Artistic Development* (New York: Oxford University Press, 1965), 50쪽.

30. De Beauvoir, *The Second Sex*, 277쪽.

31. Karen Horney, "The Overvaluation of Love", *Female Psychology* (New York: Norton, 1967), 182~213쪽.

32. *Sanditon in Minor Works*, 390쪽, 6장. 이후 이 책의 인용은 텍스트 안에 괄호로 장만 표시한다.

33. To Cassandra Austen, 5 March 1814, *Austen's Letters*, 379쪽.

34. Jane Austen, *Mansfield Park* in *The Novels of Jane Austen*, ed. R. W. Chapman (London: Oxford University Press, 1923), vol. I, chapter 10. 이후 이 책의 인용은 텍스트 안에 괄호로 장과 권을 표시한다.

35. Mary Ellmann, *Thinking About Women* (New York: Harcourt Brace Jovanovich, 1968), 199쪽.

36. Lascelles, *Jane Austen and Her Art*; Mudrick, *Jane Austen: Irony as Defense and Discovery* (Berkeley: Univeristy of California Press, 1968); Butler, *Jane Austen and the War of Ideas* (Oxford: Clarendon Press, 1975).

37. Nina Auerbach, "Austen and Alcott on Matriarchy", *Novel* 10, no. 1 (Fall 1976): 6~26.

38. Jane Austen, "Jack and Alice", *Minor Works*, 24쪽.

39. "The Three Sisters: A Novel", *Minor Works*, 66쪽.

40. "A Tour Through Wales—in a Letter from a Young Lady", *Minor Works*, 177쪽.

41. "Letter the Third From a Young Lady in distressed Circumstances to her friend", *Minor Works*, 156~160쪽.

42. Jane Austen, *Northanger Abbey* in *The Works of Jane Austen*, ed. R. W. Chapman (London: Oxford Univeristy Press, 1943), vol. I, chapter 10. 이후 이 책의 인용은 본문

안에 괄호로 권과 장을 표시한다. 채프먼 판은 2권으로 되어 있으며, 1권은 15장에서 끝난다.

43. Mary Wollstonecraft, *A Vindication*, 151쪽.

44. Jane Austen, *Pride and Prejudice* in *The Works of Jane Austen*, ed. R. W. Chapman (London: Oxford University Press, 1940), vol. II, chapter 6. 이후 이 책의 인용은 본문 안에 괄호로 권과 장을 표시한다. 1권은 1장부터 34장까지이고, 2권은 1장부터 19장까지, 3권은 1장부터 19장까지다.

45. Adrienne Rich, *Of Woman Born* (New York: Norton, 1976), 235쪽: Lynn Sukenick, "Feeling and Reason in Doris Lessing's Fiction", *Contemporary Literature* 14 (Fall 1974):519; Judith Kegan Gardiner, "A Wake for Mothers: The Maternal Deathbed in Women's Fiction", *Feminist Studies* 4 (June 1978): 146~165.

46. "Jack and Alice", 13쪽, 28쪽.

47. Jane Austen, *Emma* in *The Works of Jane Austen*, ed. R. W Chapman (London: Oxford University Press, 1933), vol. II, chapter 17. 이후 이 책의 인용은 본문 안에 괄호로 권과 장을 표시한다. 1권은 1장부터 18장까지, 2권은 1장부터 18장까지, 3권은 1장부터 19장까지 되어 있다.

48. "Jack and Alice", *Minor Works*, 24쪽.

49. "Frederic and Elfrida", *Minor Works*, 4쪽; "Lesley Castle", 111쪽 and "Catharine", 199쪽.

50. 장군의 악랄함에 대한 마리아 에지워스와 *British Critic* 사이의 반대되는 의견을 보라. *Critical Heritage*, 17쪽.

51. Samuel Richardson, *Clarissa* (New York: Everyman, 1962), 1: 226~227.

52. Darrel Mansell, *The Novels of Jane Austen* (New York: Barnes and Noble, 1973)은 오스틴의 모든 소설에 등장하는 잘못된 구혼자에 대해서 논하고 있으며, 진 케나드 Jean Kennard는 *Victims of Convention* (Hamden, Conn.: Archon Books, 1978)에서 19세기 소설의 두 구혼자 관습에 대해서 논하고 있다.

53. "The History of England", *Minor Works*, 139~150쪽.

54. To James Stanier Clarke, 1 April 1816, *Austen's Letters*, 452~453쪽.

55. To James Stanier Clarke, 11 Dec. 1815, *Austen's Letters*, 443쪽.

56. 굉장히 유용한 다음의 논문에서 인용함: Irene Tayler and Gina Luria, "Gender and Genre: Women in British Romantic Literature", in *What Manner of Woman: Essays on English and American Life and Literature*, ed. Marlene Springer (New York: New York University Press, 1977), 102쪽.

57. George Eliot, *Daniel Deronda* (Baltimore: Penguin, 1967), 160쪽.

58. Virginia Woolf, *Three Guineas* (New York: Harcourt Brace and World, 1966), 9쪽.

59. Litz, *Jane Austen*, 64쪽.

60. Robert Hopkins, "General Tilney and the Affairs of State: The Political Gothic of Northanger Abbey", *Philosophical Quarterly* (근간). 알리스테어 M. 덕워스 또한 헨리 틸니가 폭동에 대한 그의 누이의 비이성적인 공포를 아이러니하게 재구성한 것이 어떻게 사실상 1780년의 고든 폭동Gordon Riots을 묘사하는지 설명하고 있다. 다음을 보라: *The Improvement of the Estate* (Baltimore: Johns Hopkins University Press, 1971), 96쪽.

61. Ellen Mores, *Literary Women*, 67쪽.

62. 패니 나이트Fanny Knight에게 보내는 이 편지에서 오스틴은 이 점이 '결혼을 선호하는 하나의 강력한 주장'임을 계속해서 인정한다, 13 March 1817, *Austen's Letters*, 483쪽.

63. Mary Burgan, "Mr. Bennet and the Failures of Fatherhood in Jane Austen's Novels", *Journal of English and German Philology* (Fall 1975): 536~552쪽.

64. Katrin Ristkok Burlin, "'The Pen of the Contriver': The Four Fictions of *Northanger Abbey*", in Halperin, *Bicentenary Essays*, 89~111쪽.

65. George Levine, "Translating the Monstrous: *Northanger Abbey*", *Nineteenth-Century Fiction* (December 1975): 335~350쪽; 또한 다음을 보라: Donald Greene, "Jane Austen's Monsters", in *Bicentenary Essays*, 262~278쪽.

66. Florence Rush, "The Freudian Cover-Up: The Sexual Abuse of Children", *Chrysalis* 1 (1977): 31~45쪽. 러시는 강간 피해자들이 자신들이 당한 범죄에 대해서 스스로 죄책감을 느끼게 되는 것과 마찬가지로 어린 소녀들이 부모의 성폭행을 자기 책임이라고 느끼게 되는 과정을 묘사하고 있다.

5장

제사 *Memoirs*, vol. 3, 259쪽, Marilyn Butler, *Maria Edgeworth* (Oxford: Clarendon Press, 1972), 9쪽에서 재인용;

Poems, J 657편;

The Girls' Book of Diversions, C. Willett Cunnington, *Feminine Attitudes in the Nineteenth Century*, 124쪽에서 재인용;

"Pro Femina", *Knock upon Silence* (Garden City, N. Y.: Doubleday, 1965), 41쪽, 1~2행.

1. Virginia Woolf, "Jane Austen", *The Common Reader*, 144쪽. 에지워스의 논평이, 그녀가 반항하고 있는 캐닝의 말처럼, 사우디나 콜리지를 패러디하고 있거나 그렇지 않거나 간에, 자신을 궁핍한 칼 가는 사람으로 보는 그녀의 관점은 독자에게 자신의 인생과 예술에 대하여 더 이상의 정보를 제공하지 않겠다는 행위의 일부다.

2. Maria Edgeworth, *The Life and Letters of Maria Edgeworth*, ed. Augustus J. C. Hare, 2 vols. (Freeport, N. Y.: Books for Libraries' Press, 1984, repr. 1971), 1권, 260쪽. 애나 오스틴에게 보낸 1814년 9월 28일 수요일 편지에서, 제인 오스틴은 '미스 에지워스의 것

과 너와 나 자신의 것을 제외하고는 나는 어떤 소설도 좋아하지 않기로 결심했다'고 썼다, *Austen's Letters*, 405쪽.

3. Butler, 413쪽에서 재인용.

4. 에지워스의 문학적 교육적 글에 대한 세심한 연구와 훌륭한 통찰에도 불구하고, 매릴린 버틀러의 문학적인 전기는 리처드 러벨 에지워스를 악한으로 만들었던 빅토리아 시대의 여성 전기 작가들에 대항해서 그를 정당화하는 데 힘을 쏟고 있다.

5. Bertha Coolidge Slade, *Maria Edgeworth: A Bibliographical Tribute* (London: Constable, 1937), 11쪽은 1794년 2월 23일 소피 럭스턴에게 보낸 편지를 인용하고 있다.

6. Maria Edgeworth, *Letters for Literary Ladies, to which is added An Essay on the Noble Science of Self-Justification*, 2nd ed. (London: J. Johnson in St. Paul's Churchyard, 1799), 75쪽. 이 개정판의 서문에 에지워스는 다음과 같이 썼다. '초판에서 여성의 이해를 진작시키는 것의 이점에 대해 쓴 **두 번째 편지**는 그것이 지지하는 명분을 약화시킨다고 생각되었다. 그 편지가 다시 쓰여졌다. 그것을 개선하고 문학에 대한 여성의 권리를 더 명확하게 주장하기 위해서 어떤 고통도 마다하지 않았다', iv~v쪽.

7. Maria Edgeworth to Sophy Ruxton, May 1805, Butler, 207쪽에서 재인용.

8. Maria Edgeworth to Sophy Ruxton, 26 February 1805, Butler, 209쪽에서 재인용.

9. Maria Edgeworth, *Castle Rackrent*, ed. George Watson (London: Oxford University Press, 1964), 26쪽. 이후 이 책의 인용은 본문 안에 괄호로 쪽수로만 표시한다.

10. J. H. Plumb, *The First Four Georges* (New York: Wiley, 1967), 39쪽.

11. Donald Davie, *The Heyday of Sir Walter Scott* (London: Routledge & Kegan Paul, 1961), 68쪽. George Watson, "Introduction", *Castle Rackrent*, x~xiv쪽.

12. 새디Thady의 의식적인 전복성이나 충성심에 대한 서로 상반되는 비평으로는 다음을 보라. James Newcomer, *Maria Edgeworth the Novelist* (Fort Worth: Texas Christian University Press, 1967), 147~151쪽, Gerry H. Brookes, "The Didacticism of Edgeworth's *Castle Rackrent*", *Studies in English Literature* 17 (Autumn 1977), 593~605쪽.

13. Maria Edgeworth to Francis Jeffry, 18 December 1806, Butler, 272쪽에서 재인용.

14. Maria Edgeworth to Etienne Dumont, 18 September 1813, Butler, 289쪽에서 재인용.

15. 같은 책, 207쪽; 210쪽; 278쪽; 289쪽.

16. 같은 책, 403쪽.

17. Mark D. Hawthorne, *Doubt and Dogma in Maria Edgeworth* (Gainesville: University of Florida Press, 1967).

18. *A Memoir of Maria Edgeworth*, edited by her children (privately printed: London, 1867), 3: 265~266쪽, Vineta Colby, *Yesterday's Women: Domestic Realism in the English Novel* (Princeton: Princeton University Press, 1974), 89~90쪽.

19. Woolf, *A Room of One's Own*, 69~70쪽. 오스틴은 삐걱거리는 문을 고치는 것에 반대했는

데, '그 소리 때문에 그녀는 누가 오고 있음을 알아차렸기 때문이었다'고 제임스 에드워드 오스턴리는 설명한다. *Memoirs of Jane Austen*, ed. R. W. Chapman (Oxford: Clarendon Press, 1967), 102쪽.

20. Sir William Blackstone, *Commentaries of Laws of England, Book The First* (Oxford, 1765), 442쪽.

21. Woolf, "Jane Austen", 142쪽; 146쪽.

22. A. Walton Litz, 43쪽; Margaret Drabble, "Introduction", *Lady Susan/The Watsons/Sanditon* (London: Penguin, 1974), 13~14쪽.

23. James Edward Austen-Leigh, *Memoirs of Jane Austen*, 157쪽.

24. Robin Lakoff, *Language and Woman's Place* (New York: Harper Colophon, 1975), 19쪽.

25. Simone de Beauvoir, *The Second Sex*, 315쪽.

26. 예를 들면, 이에 대한 가장 최근의 주장인 다음을 보라: Everett Zimmerman, "Admiring Pope no more than is Proper: *Sense and Sensibility*", in *Jane Austen: Bicentenary Essays*, ed. Halperin, 112~122쪽.

27. 평화와 평온의 장소로서 맨스필드 파크에 대한 패니 프라이스의 사랑은 다음에서 논의되고 있다. Tony Tanner, "Jane Austen and 'The Quiet Thing'", in *Critical Essays on Jane Austen*, ed. B. C. Southam (New York: Barnes and Noble, 1968), 136~161쪽. 또한 Alistair M. Duckworth, *The Improvement of the Estate*, 71~80쪽을 보라.

28. Irene Tayler and Gina Luria, "Gender and Genre: women in British Romantic Literature", 113쪽.

29. Leo Bersani, *A Future for Astyanax*, 77쪽. 헨리 크러포드가 '고도의 책임 있는 임무'로(347쪽) 패니에게 부여한 천사의 역할을 그녀가 거부하는 것은 모순이 아니다. 그녀의 이 거부가 바로 그녀의 모범적이고 기독교적인 겸양을 증명하기 때문이다.

30. 라이어널 트릴링의 영향력 있는 에세이 "Mansfield Park" in *Jane Austen: A Collection of Critical Essays*, ed. Ian Watt (Englewood Cliffs, N. J.: Prentice-Hall, 1963), 124~140쪽은 스튜어트에 의해서 가장 효과적으로 다시 진술되고 있다, *Some Words of Jane Austen* (Chicago: University of Chicago Press, 1973), 158~204쪽.

31. Samuel Richardson, *Sir Charles Grandison*, 6 vols. (Oxford: Shakespeare Head, 1931), 4: 302쪽.

32. D. W. Harding, "Regulated Hatred: An Aspect of the Work of Jane Austen", *Scrutiny* 8 (March 1940): 346~362쪽.

33. 인디애나대학의 웬디 콜마가 현재 이들과 덜 알려진 빅토리아 시대의 여성 소설가들에 대한 논문을 쓰고 있다. 제목은 「여성을 위한 여성 글쓰기: 1860년대와 1870년대의 빅토리아 시대의 중산층 소설」이다.

34. 오스틴이 자신의 결말을 아이러니하게 약화시켜버리는 것에 대해 가장 지속적으로 논의

하고 있는 곳은 다음과 같다. Lloyd W. Brown, *Bits of Ivory: Narrative Techniques in Jane Austen's Fiction* (Baton Rouge: Louisiana State University Press, 1973), 220~229쪽.

35. 가족들의 집단적 의견이 보여주듯이, 제인 오스틴의 가족은 거의 모두 노리스 이모를 기꺼워했다. *Jane Austen: A Casebook on "Sense and Sensibility", "Pride and Prejudice", "Mansfield Park"*, ed. B. C. Southam (New York: Macmillan, 1976), 200~203쪽.

36. W. J. Harvey, "The Plot of Emma", in *Emma*, A Norton Critical Edition, ed. Stephen M. Parrish (New York: Norton, 1972), 456쪽.

37. Stuart Tave, *Some Words of Jane Austen*, 256~287쪽.

38. 미셸 짐발리스트 로잘도는 가장 평등한 사회란 남자들이 가정 생활에 참여하는 사회임을 시사하고 있다. 다음을 보라: "Women, Culture, and Society: A Theoretical Overview", in *Women, Culture, and Society*, ed. Michelle Zimbalist Rosaldo and Louise Lamphere (Princeton: Princeton University Press, 1974), 41쪽.

39. 갓 태어난 자기 아이의 붉은 잇몸에 대한 팔머 부인의 공포에서(『이성과 감성』) 머스그로브 부인의 시끄럽고 이기적인 자매들의 집에 이르기까지(『설득』), 오스틴은 모성의 불편함을 그리고 있다. 그녀의 한탄을 보여주는 다음의 편지들을 보라. '가련한 여자! 솔직히 말해 어떻게 그녀가 다시 아이를 기를 수 있겠는가?' (1808년 10월 1일 카산드라에게, *Letters*, 210쪽); '가련한 동물, 그녀는 서른이 되기도 전에 지쳐버릴 것이다.'(1817년 3월 23일 패니 나이트에게, *Letters*, 488쪽); '인생의 매우 이른 나이에 어머니의 일을 시작하지 않음으로써 체격, 정신, 외모에서 너는 젊음을 유지할 것이다, 그러나 해먼드 부인은 갇혀서 아이를 키우느라 늙어가고 있다.'(1817년 3월 13일 패니 나이트에게, *Letters*, 483쪽).

40. 폴 지틀로는 스미스 부인이 '위기를 막기 위해서 중요한 순간에 무대 위로 강림하는 여신'이라고 주장한다(193쪽), "Luck and Fortuitous Circumstance in *Persuasion*: Two Interpretations", *ELH* 32 (1965): 179~195쪽.

6장

제사 Sonnet XXXI, "Sonnets from a Lock Box", in *The World Split Open*, ed. Louise Bernikow, 246쪽;
Sonnet: "In our content, before the autumn came", in *The World Split Open*, 284쪽;
Bee Time Vine (New Haven: Yale University Press, 1953), 263쪽;
"The Old Chevalier", *Seven Gothic Tales* (New York: Modern Library, 1934), 88쪽.

1. Virginia Woolf, *A Room of One's Own*, 118쪽.

2. 같은 책, 7쪽에서 울프는 '리시다스' 원고에 관련된 사건을 상술한다. 39쪽에서 그녀는 '크고 당당한 신사의 모습, 그것은 나로 하여금 밀턴을 영원히 찬양하도록 자극한 것이었다'라고 언급했다.

3. Harold Bloom, *The Anxiety of Influence*, 35쪽. 『옥스퍼드 영어사전』은 악령의 세 가지 의미를 말하는데, 전부 이 부분과 상관이 있다. '(1) 유사-고유명사로서; 악한 자, 악마. (2) 유령 또는 도깨비; 많은 두려움을 주는 사람. (3) 비유·공포와 두려움의 대상; 무서운 것.'

4. Albert Gelpi, *Emily Dickinson: The Mind of the Poet* (Cambridge, Mass.: Harvard University Press, 1965), 40쪽. 디킨슨의 소녀 시절 반항에 대해 언급하면서, 겔피는 다음처럼 덧붙였다. '바이런처럼 그녀의 호전성이 그녀로 하여금 악마의 역할을 부추겼다. 그녀는 애비아에게 말했다. '나는 **여기저기**에서 왔으며, 신이 사탄에게 어디 있느냐고 물었을 때 사탄이 큰 소리로 대답했던 장소를 위아래로 걸어 다녔다.' 그녀도 바이런도 의지의 힘이 아무리 장대했어도, 그것은 무모할 뿐 아니라, 악마적이라는 인식을 피할 수 없었을 것이다.'(41쪽)

5. 이 문제는 가장 최근에 『밀턴 연구』에서 마르시아 랜디와 바버라 레월스키에 의해 논의되었다. 둘 다 여자에 대한 밀턴 자신의 의도와 주장에만 관심을 두고 있다. (반면에 우리는 여자에 대한 밀턴의 생각이 암시하는 의미를 정의하는 데 흥미가 있다.) 다음을 보라. Marcia Landy, 'Kinship and the Role of Women in *Paradise Lost*', *Milton Studies IV* (Pittsburgh;University Of Pittsburgh Press, 1972), 3~18쪽; Barbara K. Lewalski, "Milton on Women—Yet Once More", *Milton Studies VI* (Pittsburgh: University of Pittsburgh Press, 1974), 3~20쪽.

6. Woolf, *A Writer's Diary* (New York: Harcourt, Brace, 1954), 5~6쪽. 따로 떼어서 읽어보면 이 문단은 울프식 아이러니의 본보기로 보일 것이다. 그러나 일기의 맥락에서 보면, 이것은 밀턴에 대한 울프의 생각과 감정을 아주 솔직하게 표현하고 있다.

7. Bloom, *The Anxiety of Influence*, 32쪽.

8. *A Writer's Diary*, 135쪽.

9. *A Room of One's Own*, 7~8쪽.

10. *The Voyage Out* (New York: Harcourt, Brace, 1920), 326쪽.

11. 같은 책, 341쪽.

12. Bloom, *The Anxiety of Influence*, 95쪽: '영향은 인플루엔자다—별의 질병.'

13. Charlotte Brontë, *Shirley*, 18장.

14. 「이브에게 내려온 계시」에서 노스럽 프라이는 여성의 대표로서의 이브와 '위대한 어머니-여신 신화' ('그들의 아버지가 타락한 천사들이긴 하지만 자연에 있는 모든 신격화된 원칙들은 궁극적으로 어머니-여신으로부터 온 것이다') 사이의 관계를 논하고 있다. 그리하여 '지성에서 태어난' 티탄들, 이브, 그리고 (우리가 보게 되겠지만) 사탄의 관계를 암시하고 있다. 그러나 프라이가 말하고 있듯이, 밀턴은 이 관계를 (브론테는 이를 명백하게 밝혔다) 단지 암시하고 있을 뿐이다. 그의 가부장적 우주론에는 '어머니-여신', 즉 자연의 종속이 필요하다. 이 에세이는 *Paradise Lost: A Tercentenary Tribute*, ed. Balachandra Rajan (Toronto: University Toronto Press, 1969)에 수록되어 있다. 특히 20~24쪽; 46~47쪽을 보라. 흥미롭게도 브론테 자신은 일찍이 이브를 거인 같은 어머니-여신으로 잠정적으로 재정의

하기 시작했던 것 같다. 브론테의 첫 소설 『교수』 19장의 중요한 장면에서 『실낙원』이 나온다. 고통스러운 이별 이후에 그녀의 '마스터'(그리고 연인)와 다시 결합한 후, 프랜시스 앙리는 그에게 '오렙이나 시나이 꼭대기에서 히브리 목동에게 어떻게 혼돈의 자궁 속에서 세상이 잉태되어 성숙했는가를 가르쳤던 천상의 뮤즈를 불러내는 밀턴의 청원'을 읽어준다. 문학적 부권 은유에 대한 앞선 우리의 주장과 관련해서 보면, 여기에서 브론테가 밀턴의 뮤즈의 여성적 창조력을 강조하여, 뮤즈의 생식 이미지보다는 잉태의 이미지에 주의를 환기시키고, 아버지 '이데아'의 권위보다는 어머니의 자궁의 권위를 암시하는 것은 의미심장하다.

15. William Bake, *Milton*, book 2, plate 39, 40~42행.

16. Stanley Fish, *Surprised by Sin* (New York: 9. Martin's, 1967), 249~253쪽을 보라.

17. De Beauvoir, *The Second Sex*, 특히 17장 "The Mother"를 보라.

18. 그러나 로스 우드하우스는 샌드라 길버트에게 보낸 편지에서, 우라니아는 밀턴에게 '모계적 명령'을 제공하며, 그리하여 양성성의 가능성을 간략하게 제공한다고 주장했다. 그 덕분에 우리는 우라니아의 중요성에 주목하게 되었다.

19. "On the Character Milton's Eve" in *The Complete Works of William Hazlitt*, ed. P. P. Howe (London, 1930~1934), 4: 105~111을 보라. 이브와 '죄'의 유사성에 대한 또 다른 논의에 대해서는 William Empson, "Milton and Bentley", in *Some Versions Of Pastoral* (New York: New Directions, 1950), 172~178쪽을 보라. 밀턴의 '이브-유혹'에 대해 논평하면서, 엠프슨은 또한 다음처럼 말한다. '이브는 수수하지만 '유혹하는' 곱슬머리를 가지고 있다. 그 머리는 마치 덩굴식물의 덩굴손처럼 아담을 붙고 있다. 따라서 이제 이브는 그녀 자신이 금지된 나무다; 지옥의 얼굴 전체가 그녀의 얼굴과 동일하게 된다, 그것은 유혹자의 조롱처럼, 그를 말려들게 한 그녀의 머리칼로 채워진다; 그녀로 인해 자연의 모든 아름다움은, 그녀의 아름다움처럼, 도덕적 결함을 덮어준다. 그러나 적어도 이제 우리는 그녀를 노출시켰다, 그녀의 머리는 시체에 끓고 있는 구더기다; 그녀는 그녀 자신의 죄의 쓰디쓴 사과이며, 에우메니데스처럼 친절하다.'(176~177쪽)

20. 물론 사탄, '죄', 죽음의 부정적 삼위일체는 성부, 성자, 성령의 '공식적인' 신성한 삼위일체를 풍자한다. 그러나 『실낙원』의 구조에서 아담은 신, 예수와 함께 또 다른 가부장적 삼위일체에 참여하고 있는 반면, 이브는 은유적으로 사탄과 '죄'의 삼위일체에 속해 있다.

21. Robert Graves, *The White Goddess* (New York: Creative Age Press, 1948). 이 여성 혐오적 전통이 존 밀턴에게 (특히 밀턴과 여자들의 관계에) 미친 특별한 영향에 대한 그레브스의 이해는 그의 다음 저서에 분명하게 드러나 있다. *Wife to Mr. Milton: The story of Marie Powell* (New York: Creative Age Press, 1944).

22. *Milton*, Book 1, plate 2, 19~20행, 조세프 비트라이히는 밀턴의 여섯 겹의 이머네이션의 정신적 형식이며, 여자에게 저지른 그의 실수 기저에 깔린 진실이다. 밀턴의 세 부인과 세 딸들이 (블레이크에 의하면 밀턴은 그들 모두를 학대했다) 그의 어머네이션을 구성한다"고 말하고 있다. (Joseph antony Wittreich, Jr. ed., *The Romantics on Milton* (Cleveland: The Press of Case Western Reserve University, 1970), 99쪽). 밀턴에 대한 블레이크의

관점을 논하면서, 노스럽 프라이는 '밀턴이 이 사악한 '여성의 의지'를 넘어서는 어떤 것도 결코 보지 못한다는 사실은 충격적이다. 여성에 대한 그의 관점은 적대감과 공포만을 갖고 있을 뿐이다. 유혹자에 대해서 그런 관점을 갖는다는 것은 옳은 것이지만, 그것만이 여성이 묘사되는 유일한 방식은 아니다'라고 말했다. (Northrop Frye, *Fearful Symmetry: A Study of William Blake* [Boston: Beacon, 1962], 352쪽) 같은 취지로 비트라이히 또한 그의 최근 책에서 '[밀턴에 대한 블레이크의 요점은 [⋯] 밀턴은 이 세상을 경멸하기 때문에, 정절의 예복을 입은 채 육체로부터 영혼을 분리하기 때문에, 그의 생애 대부분 동안 신성한 상상력에서 소외되어왔다는 것이다.' 그러나 '그 자신과 아내, 딸들을 억압하였던 밀턴의 정절 원칙은 그의 승리의 순간에 극복되며, 밀턴은 법(유리즌)의 폭정을 말살한다. 그 폭정 중 하나는 괴물을 묶고 있는 질투의 쇠사슬이다.' *Angel of Apocalypse: Blake's Idea of Milton* (Madison: University of Wisconsin Press, 1975), 37쪽; 247쪽.

23. Milton, *book 21* plate 41, 30행; 32~33행; 35~36행.

24. Blake, *The Marriage of Heaven and Hell*, plate 6.

25. Bloom, *The Anxiety of Influence*, 23쪽.

26. Shelley, *Prometheus Unbound*, 3. 1. 57; Byron, *Childe Harold's Pilgrimage*, canto 1, stanza 6를 보라. 이에 대한 좀더 자세한 설명을 위해서는, Mario Praz, "The Metamorphoses Satan", *The Romantic Agony*, 55~94쪽을 보라. 잘생긴 악마인 사탄에 대해서는, 보들레르의 말을 참조하라. "남자다운 아름다움의 가장 완벽한 유형은 밀턴의 사탄이다." (Baudelaire, *Journauz Intimes*, Praz, 5쪽에서 재인용.)

27. 이와 관련해서 프라이는 쇠사슬에 묶인 티탄의 화산 같은 반항과 화약 음모 사건으로 탈출하는 이브의 꿈이 지닌 폭발적인 이미지에 대해 말하고 있다. 'The Revelation to Eve", 24쪽을 보라.

28. Byron to Moore, 19 September 1821, *Byron, Selected Works*, ed. Edward E. Bostetter (New York: Holt, Rinehart & Winston, 1972), editor's footnote, 285쪽에서 재인용.

29. Mary Wollstonecraft, *A Vindication of the Rights of Woman*, ed. Carol H. Poston (New York: Norton, 1975), note by Wollstonecraft, 25쪽.

30. Blake, *Milton*, book 2, plate 40, 29~31행.

31. Shelley, *Prometheus Unbound*, 4: 578.

32. "Snake", *The Complete Poems of D. H. Lawrence*, ed. Vivian de Sola Pinto and Warren Roberts (New York: Viking, 1964), vol. 1, 349~351쪽.

33. Ellen Moers, *Literary Women*, 19쪽.

34. Review *Jane Eyre, Quarterly Review* 84 (1848년 12월), 173~174쪽. 사변적인 페미니즘 정치학과 신학, 특히 창세기(밀턴의 주요한 원천 중 하나의 연관에 대한 분명한 진술은 다음에서 볼 수 있다. *The Woman's Bible* (초판 1895; 다음에 재수록. *The Original Feminist Attack on the Bible* [New York: Arno Press, 1974]), esp. 23~27쪽.

35. Letter of 27 August, 1850. Mrs. Gaskell, *The Life of Charlotte Brontë* (New York:

Everyman, 1974), 313쪽; "Doubt", *Poems of Mary E. Coleridge*, 40쪽; Coleridge, 'The
Devil's Funeral", *Poems*, 32~33쪽.

36. W. B. Yeats, 'The Cold Heaven', *Collected Poems of William Butler Yeats* (New York:
Macmillan, 1955), 122~123쪽.
37. "Daddy", *Ariel* (New York: Harper & Row, 1966), 50~51쪽.
38. Leslie Marchand, *Byron: A Biography* (New York: Knopf, 1957), vol. 2, 591쪽.
39. *Shirley*, 27장을 보라.
40. Helene Moglen, *Charlotte Brontë: The Self Conceived* (New York: Norton, 1976), 32쪽
41. 'The Introduction', *The Poems of Anne Countess of Winchilsea*, 4~6쪽.
42. Letter to George and Georgiana Keats, 1819년 9월 24일, Wittreich, *The Romantics
on Milton*, 562쪽에서 재인용.
43. Wordsworth, Preface to *Lyrical Ballads*, Shelley "A Defence of Poetry"를 보라.
44. Wittreich, *The Romantics on Milton*, 12쪽. 전형적인 시인으로서 (그리고 아마도 '위대한
억제자로서) 밀턴의 역할에 대한 작지만 놀랄 만한 예는 엘리자베스 배럿 브라우닝의 「시인
들의 비전」 초고에서 나타난다. 배럿 브라우닝이 작성한 전 시대에 걸쳐서 가장 위대한 시
인들의 원래의 목록은 다음처럼 시작했다(삭제된 구문은 괄호로 묶었다).

여기 커다란 불안을 느끼는 호메로스가 있다.
[그 얼굴은 모양새로 보아 호메로스의 것이었다.]
우레 같은 눈썹—강렬한 [아이 같은] 입술의
말 많은 신—무구함을 가진—
여기에 밀턴이 있다—눈멀었지만 꿰뚫을 것 같은
그의 눈은   정신의 절정에서 빛 중의 빛을
찾아내는 세계.
여기에 셰익스피어가 있다, 그의 이마로
세계의 왕관들이 기어오른다—오 그 눈들
항상 눈물과 웃음으로 숭고한.

배럿 브라우닝이 셰익스피어를 생각하기 전에(비록 호메로스를 생각한 이후지만) 밀턴을
일종의 원형적인 시인으로 생각했다는 것은 명백하다. 브라우닝은 밀턴에 대한 찬사의 말
을 지어내기 위해 큰 고심을 한 것처럼 보인다. 그러나 의미심장하게도, 초고를 수정할 때
그녀는 이 언급을 삭제했다. 「시인들의 비전」의 최종판에서 셰익스피어는 호메로스 다음
에 나오며, 밀턴은 마치 엘리자베스 배럿 브리우닝이 그를 적절한 위치에 배치하려고 고심
했던 것처럼, 거의 100행 이후에서야 언급된다. (위에서 인용된 구절은 뉴욕 공공도서관 버
그 컬렉션에 있는 자필 원고에서 발췌한 것이다. 또한 "A Vision of Poets" in *The Poetical
Works of Elizabeth Barrett Browning*, 247~260쪽을 보라.)

7장

제사 *Milton*, book 1, plate 10, 6~9행;

Hawthorne (on Fanny Fern), Caroline Ticknor, *Hawthorne and His Publishers* (Boston: Houghton Mifflin, 1913), 142쪽;

Poems, J 532편.

1. Keat's annotation to *Paradise Lost*, Wittreich in *The Romantics on Milton*, 560쪽.
2. George Eliot, *Middlemarch* (1871/1872: Cambridge, Mass.: Riverside Edition, 1956), book 1, 7장. 이후 모든 인용은 이 책에 의한다.
3. Letter to J. H. Reynolds, 17 April 1817, in *The Letters of John Keats*, ed. Hyder E. Rollins (Cambridge, Mass.: Harvard University Press, 1958), 1: 130. 또한 Wittreich, 563쪽, note 9를 보라.
4. *Middlemarch*, 1부 7장.
5. 같은 곳.
6. 같은 책, 1부 3장.
7. 같은 곳.
8. 같은 곳.
9. 같은 곳. 흥미롭게도 도러시아는 이 지점에서 캐사본의 작품이 '완전한 지식과 경건한 신심을 조화시킬 것이다'고 판단하면서, '여기에 숙녀들의 학교 문학의 얄팍함을 넘어서는 무엇이 있다'고 생각한다.
10. *A Room of One's Own*, 31쪽.
11. Preface to *The World's Olio*, in *By a Woman writt*, ed. Joan Goulianos (Baltimore: Penguin Books, 1973), 60쪽.
12. Anne Finch, "The Introduction", *Poems of Anne Countess of Winchilsea*.
13. From *Jane Anger her Protection for Women*, in Goulianos, 26쪽.
14. 예를 들면, Harold Bloom, "Afterword", *Frankenstein* (New York and Toronto: New American Library, 1965), 214쪽을 보라.
15. Author's Introduction to *Frankenstein* (1817: Toronto, New York, London: Bantam Pathfinder Edition, 1967), xi쪽. 이후 이 판에서 인용할 경우 쪽수만 표시함. 다른 판을 사용하는 사람들을 위해서 장 번호도 넣을 것이다. 문학의 '가족 로맨스'에 대한 기본적인 논의는 Harold Bloom, *The Anxiety of Influence*를 보라.
16. Robert Kiely, *The Romantic Novel in England* (Cambridge, Mass.: Harvard University Press, 1972), 161쪽.
17. Moers, *Literary Women*, 95~97쪽.
18. 울스턴크래프트에 대한 공격에 관한 좀 더 자세한 논의는 다음을 보라. Ralph Wardle,

Mary Wollstonecraft (Lincoln, Neb.: University of Nebraska Press, 1951), 322쪽.

19. Muriel Spark, *Child of Light* (Hodleigh, Essex: Tower Bridge Publications, 1951), 21쪽.

20. 독서 목록을 보려면 다음을 보라. *Mary Shelley's Journal*, ed. Frederick L. Jones (Norman Okla: University of Oklahoma Press, 1947), esp32~33쪽; 47~49쪽; 71~73쪽; 88~90쪽. 메리 셸리는 고드윈의 『정치적 정의』와 함께 울스턴크래프트의 『마리아』, 『여성의 권리 옹호』, 그리고 서너 권의 다른 책들 외에도 이 시기에 부모의 저서에 대한 비평과 풍자물도 읽었다. 여기에는 그녀가 『반자코뱅 시』라고 부른 책이 들어 있는데, 이 책에는 울스턴크래프트를 가혹하게 공격하고 있는 간행물도 포함되어 있었을 것이다. 그녀에게 독서란 단지 그녀의 가족을 읽는 것이 아니라, 그녀의 가족**에 대해서** 읽는 것이었다.

21. 마크 루벤슈타인은 소설 전반을 통해서, '어떤 의미에서는 수동적인 관찰 행위가 또 다른 의미에서는 은밀하게, 그리고 상징적으로 능동적이 된다: 관찰 장면은 에워싸는 자궁 같은 용기가 되며, 그 안에서 이야기는 다양하게 전개되고, 보존되며 전해진다. 스토리텔링은 대리 임신이 되는 것이다"라고 말하고 있다.' "'My Accursed Origin': The Search for the Mother in *Frankenstein*", *Studies in Romanticism* 15, no. 2 (Spring 1976): 173쪽.

22. Anne Finch, "The Introduction", in *The Poems of Anne Countess of Winchilsea*, 4~6쪽; Sylvia Plath," The Moon and the Yew Tree", in *Ariel*, 41쪽.

23. 『프랑켄슈타인』의 북극의 은유에 대해서 말하면서, 루벤슈타인은 월튼이 (그리고 메리 셸리가) '얼음 속에 갇혀 있는 환상 속의 어머니 […] 얼어붙은 북극 너머의 모성적 낙원'을 추구한다고 주장한다. 그리고 우리에게 프랑켄슈타인과 그의 괴물이 나중에 샤모니의 얼음 바다(mer de Glace, 또는 어머니Mère)에서 만나는 장면에 내재해 있는 동음이의어적 말장난을 생각해보라고 요청하고 있다.(Rubenstein "My Accursed Origin", 175~176쪽)

24. Moers, *Literary Women*, 99쪽을 보라.

25. 1816년 여름 바이런은 사실상 그의 의붓 여동생 오거스타 리, 진정한 실제 '아스타르테'와의 떠들썩한 연애 사건의 여파를 피하기 위해서 영국을 떠났다.

26. Matthew Arnold, "Preface" to *Poems*, 1853.

27. Spark, *Child of Light*, 134쪽.

28. Moers, *Literary Women*, "Female Gothic"; Rubenstein, "My Accursed Origin", 165~166쪽.

29. '더러움filth'에 대한 『옥스퍼드 영어사전』의 정의에는 '음란'과 '도덕적 타락'도 실려 있다.

30. 괴물의 서사는 또한 놀라울 정도로 메리 울스턴크래프트의 유작인 『마리아 또는 여자의 학대』에서의 제미마의 서사를 반향하고 있다. *Maria* (1798; rpt. New York: Norton, 1975), 52~69을 보라.

31. 해럴드 블룸은 '괴물은 […] 메리 셸리의 가장 훌륭한 발명품이고, 그의 서사는 […] 소설에서의 가장 빼어난 성취다'라고 말한다. ("Afterword" to *Frankenstein*, 219쪽.)

32. James Rieger, "Introduction" to *Frankenstein, (the 1818 text)* (Indianapolis: Bobbs-Merrill, 1974), xxx쪽.

33. 서구 문화에서 여성성을 기형성이나 음란성으로 보는 시각의 기원은 적어도 아리스토텔레스까지 거슬러 올라간다. 아리스토텔레스는 '우리는 여성적 상태를 기형적인 존재(자연의 일상적인 과정에서 발생한다 할지라도)로 보아야 한다'고 주장했다. (*The Generation of Animals*, trans. A. L. Peck [London: Heinemann, 1943], 461쪽.) 그의 이론에 대한 간략하지만 통찰적인 논의는 Katharine M. Rogers, *The Troublesome Helpmate*를 보라.

34. de Beauvoir, *The Second Sex*, 156쪽.

35. Adrienne Rich, "Planetarium", in *Poems: Selected and New* (New York: Norton, 1974), 146~148쪽; Djuna Barnes, *The Book of Repulsive Women* (1915; rpt. Berkeley, Calif., 1976); Denise Levertov, "Hypocrite Women", *O Taste & See* (New York: New Directions, 1965); Sylvia Plath, "In Plaster", *Crossing the Water* (New York: Harper & Row, 1971), 16쪽.

36. *Mary Shelley's Journal*, p. 73을 보라.

37. Elizabeth Nitchie, *Mary Shelley* (New Brunswick, N. J.: Rutgers University Press, 1953), 219쪽.

38. Spark, *Child of Light*, 192~193쪽을 보라.

39. Woolf, *A Room of One's Own*, 79쪽.

40. 「노더니의 홍수」에서 아이작 디네센은 세라피나 폰 플라텐 백작의 조카인 칼립소의 이야기를 해준다. 철학자인 그는 '여성적인 것은 무엇이나 싫어하였고 믿지 않았으며', 그에게 '낙원이란 […] 길게 줄지어 있는 아름다운 어린 소년들이 […] 음악에 맞추어 시를 읊는 것이었다.' 자신의 숙부가 지닌 여성 혐오에 '압도되어' 칼립소는 자신의 가슴을 '날카로운 도끼'로 잘라버리려고 한다. *Seven Gothic Tales*, 43~51쪽을 보라.

41. 마르크 루벤슈타인은 소녀 시절에 셸리가 자신을 임신하고 있었을 때 부모 사이에 오갔던 편지를 실제로 읽었을 것(그리고 그에 의해서 영향을 받았을 것)이라고 가정한다.

42. *Maria*, 152쪽.

43. Spark, *Child of Light*, 205쪽.

44. *The Last Man*, 339쪽.

8장

제사 *King Lear*, 4막 6장 126~130행;

The Marriage of Heaven and Hell, plates 5~6;

Poems, J 959편.

1. Mark Schorer, "Fiction and the Analogical Matrix", in William M. Sale Jr., ed., Norton Critical Edition of *Wuthering Heights* (New York: Norton, 1972, revised), 376쪽.

2. 예를 들면 브론테 부인은 「종교적 문제에서 가난의 이점」이라는 '활기찬 에세이'를 썼는

데, 그녀의 남편이 '정기간행물 중 하나에 게재해달라고 보냈다'고 위니프리드 제린이 말했다. (Winifred Gérin, *Emily Brontë* [Oxford: The Clarendon Press, 1971], 3쪽). 또한 Annette Hopkin, *The Father of the Brontës* (Baltimore: Johns Hopkins Press for Goucher College, 1958)를 보라.

3. 출판된 브론테 자매의 초기 작품에는 다음과 같은 것들이 있다: Charlotte Brontë, *The Twelve Adventurers and Other Stories*, ed. C. W. Hatfield (London: Hodder, 1925); Charlotte Brontë, *The Spell*, ed. G. E. MacLean (London: Oxford University Press, 1931); Charlotte Brontë, *Tales from Angria*, ed. Phyllis Bentley (London: Collins, 1954); Charlotte Brontë, *Five Novelettes*, ed. Winifred Gérin (London: The Folio Press, 1971); Charlotte Brontë, *Legends of Angria*, compiled by Fannie E. Ratchford and William Clyde De Vane (New Haven: Yale University Press, 1933): Emily Jane Brontë, *Gondal's Queen: A Novel in Verse*, arranged by Fannie E. Ratchford (Austin: University of Texas Press, 1955). 자매들의 작품에 대한 샬럿 브론테의 가장 유명한 비평은 다음에 실려 있다. *Wuthering Heights, Agnes Grey, together with a selection of Poems by Ellis and Acton Bell*, Prefixed with a Biographical Memoir of the authors by Currer Bell (London: Smith, Elder, 1850).

4. Leo Bersani, *A Future for Astyanax*, 203쪽.

5. 같은 책, 203쪽; 208~209쪽.

6. Gérin, *Emily Brontë*, 47쪽.

7. Norton Critical Edition of *Wuthering Heights*, 72쪽. 모든 인용은 이 판에 준한다.

8. Catherine Smith, "Jane Lead: The Feminist Mind and Art of a Seventeenth-Century Protestant Mystic", forthcoming in Rosemary Ruether, ed., *Women and Religion*.

9. Thomas Moser, "What is the matter with Emily Jane? Conflicting Impulses in *Wuthering Heights*", *Nineteenth-Century Fiction* 17 (1962): 1~19.

10. Fannie E. Ratchford, *Gondal's Queen*, 22쪽. 래치퍼드가 보여주고 있듯이, 브론테의 최상의 시들 대부분은 A.G.A.를 위한 극적인 독백으로 쓰여졌다. 게다가 많은 비평가들은 A.G.A.를 캐서린의 최초의 모델로 보았다.

11. Terence Eagleton, *Myths of Power* (London and New York: Macmillan, 1975), 58쪽.

12. Claude Lévi-Strauss, *Tristes Tropiques* (New York: Atheneum, 1965), 214~216쪽; '(우리가 보기에는) 남자들의 집에서 거의 양립할 수 없는 활동들이 조화를 이루고 있는 그 편안함이 유럽인 관찰자에게는 거의 수치스럽게 보인다. 보로인들만큼 그렇게 돈독하게 종교적인 사람들은 거의 없을 것이다. [⋯] 그러나 그들의 영적인 믿음과 일상의 습관은 아주 밀접하게 섞여 있어서 전자에서 후자로 넘어간다는 것에 대한 어떤 지각도 없는 것처럼 보인다.'

13. Ratchford, *Gondal's Queen*, 186쪽.

14. 같은 책, 192~193쪽.

15. Q. D. Leavis, "A Fresh Approach to *Wuthering Heights*", Norton Critical Edition, 313 쪽; Mark Schorer, "Fiction and the Analogical Matrix", 371쪽; Leo Bersani, *A Future for Astyanax*, 203쪽; Elliot Gose, *Imagination Indulged* (Montreal: McGill-Queen's University Press, 1972), 59쪽.

16. Robert Kiely, *The Romantic Novel in England* (Cambridge, Mass.: Harvard University Press, 1972), 233쪽.

17. Emily Jane Brontë, "Often rebuked, yet always back returning", in C. W. Hatfield, ed., *The Complete Poems of Emily Jane Brontë* (New York: Columbia University Press, 1941), 255~256쪽. 햇필드는 에밀리가 이 시의 저자라는 점에 의문을 제기하며, 실제로는 샬럿이 '동생에 대한' 그녀 자신의 '생각'(위의 인용문 중)을 표현하기 위해서 썼을 것이라는 가정을 제시한다. 그러나 제린은 그것을 명확하게 에밀리 브론테의 작품으로 논하고 있다.(Gérin, *Emily Brontë*, 264~265쪽)

18. Byron, *Manfred*, 2. 4. 134~148쪽; 또한 Gérin, *Emily Brontë*, 46쪽을 보라.

19. 오스틴을 논할 때 우리가 보았듯이, 루이스에게 보낸 (1848년 1월 12일) 편지에서 샬럿은 루이스가 읽어보라고 충고하기 전까지 『오만과 편견』을 읽지 않았다고 말한다. 따라서 에밀리가 오스틴의 어떤 작품도 읽은 것 같지는 않다. 특히 비교적 잘 알려지지 않은 『노생거 사원』을 읽지는 않았을 것이다.

20. Mircea Eliade, *The Myth of the Eternal Return* (New York: Pantheon, 1954).

21. *The Complete Poems of Emily Jane Brontë*, 255~256쪽.

22. 둘 사이의 유사성을 존중하면서, 첫 번째 캐서린과 두 번째 캐서린을 구분하기 위해서, 우리는 이 논의에서 캐서린 언쇼 린턴의 딸을 캐서린 2세라고 부를 것이다.

23. 그러나 승마에 대한 캐서린의 흥미가 본질상 인습 파괴적이라는 주장은 19세기의 행위 지침서에 나오는 다음의 말에 의해 뒷받침된다: '[승마는] 숙녀들의 목소리를 거칠게 하고, 바깥바람으로 피부를 거칠게 만든다. 또한 몸 하체의 뼈를 부자연스럽게 강화시켜, 여기에서는 길게 논할 필요가 없는 미래의 기능에 놀랄 만한 장애가 생길 것이다; 근육의 지나친 발달로 승마는 허리를 매우 굵게 한다. 간단히 말해서, 종합적으로 승마란 남성적이며 여성답지 못하다.' (Donald Walker, *Exercises for Ladies*, 1837, Cunnington, *Feminine Attitudes in the Nineteenth Century*, 86쪽에서 재인용).

24. Bersani, *A Future for Astyanax*, J. Hillis Miller, *The Disappearance of God* (Cambridge Mass.: Belknap Press of Harvard University Press, 1963, 155~211쪽.

25. Q. D. Leavis, "A Fresh Approach to *Wuthering Heights*", 321쪽.

26. 『폭풍의 언덕』의 양성성에 대한 간략한 논의는 다음을 보라. Carolyn Heilbrun, *Toward a Recognition of Androgyny* (New York: Knopf, 1973), 80~82쪽.

27. 따라서, "세상의 어떤 목사도 (캐서린과 히스클리프가) 그들의 순진한 이야기에서 했던 것처럼 천국을 그렇게 아름답게 그리지 못했다"는 넬리의 말에는 여러 층위의 아이러니가 내재되어 있다.

28. C. P. Sanger, "The Structures of *Wuthering Heights*", Norton Critical Edition, 296~298 쪽.

29. Bersani, *A Future for Astyanax*, 201쪽.

30. 말하는 방식에서도 간결하고, 구식이며, 수수께끼 같은 늙은 언쇼는 동화 속의 인물처럼 보인다. 반면에 힌들리와 프랜시스는 더 "사실주의적" 소설의 인물처럼 이야기한다.

31. 이글턴은 린턴 집안의 개들을 마르크시즘적 관점에서 논하고 있다; *Myths of Power*, 106~107쪽을 보라.

32. Elizabeth Janeway, "On 'Female Sexuality'", in Jean Strouse, ed., *Women and Analysis* (New York: Grossman, 1974), 58쪽.

33. Claude Lévi-Straus, *The Raw and the Cooked: Introduction to a Science of Mythology*, vol. 1 (New York: Harper & Row, 1969).

34. Dickinson, *Letters* 2: 408.

35. 샬럿 브론테는 『교수』, 『제인 에어』, 『빌레트』에서 '숙녀다운' 교육의 공포에 대해 상술했다. 코원 브리지의 경험에 대한 사실적인 설명은 Gérin, *Charlotte Brontë*, 1~6쪽을 보라.

36. Blake, *The Marriage of Heaven and Hell*, plate 5.

37. Mark Kinkead-Weekes, "The Place of Love in Jane Eyre and Wuthering Heights", in *The Brontës: A Collection of Critical Essays*, ed. Ian Gregor (Eaglewood Cliffs: Prentice-Hall, 1970), 86쪽.

38. Dorothy van Ghent, *The English Novel: Form and Function* (New York: Harper & Row, 1961), 153~170쪽을 보라.

39. 문학적 부권 은유에 대해 논할 때 우리가 살펴보았듯이, 장폴 사르트르는 책을 권력의 구현으로 생각했다. 그가 언젠가 그의 할아버지의 서재를 '거울 속에 붙잡혀 있는 세계'라고 불렀던 것이 여기에서 적절한 것 같다. Marjorie Grene, *Sartre*, 10쪽.

40. Sylvia Plath, "The Stones", in *The Colossus* (New York: Vintage, 1968), 82쪽.

41. Sanger, "The Structures of *Wuthering Heights*", 288쪽.

42. Plath, "Tulips", *Ariel*, 11쪽.

43. Leavis, "A Fresh Approach to *Wuthering Heights*", 309쪽; Bersani, *A Future for Astyanax*, 208~209쪽.

44. Plath, "Lady Lazarus", *Ariel*, 6쪽.

45. Plath, "Contusion", *Ariel*, 83쪽.

46. A. Alvarez, *The Savage God* (London: Weidenfeld & Nicolson, 1971)을 보라.

47. Marlene Boskind-Lodahl, "Cinderella's Stepsisters", 352쪽,

48. 같은 책, 343~344쪽.

49. 에밀리의 언니 샬럿에게 실제로 일어났을지도 모르는 이 현상에 대한 논의는 Helene Moglen, *Charlotte Brontë: The Self Conceived*, 241~242쪽을 보라.

50. Maxine Hong Kingston, *The Woman Warrior* (New York: knopf, 1976), 48쪽. "지금도

중국은 나의 발 주위에 두 겹으로 끈을 싸맨다."

51. Dickinson, *Poems*, J 1072편 ("신의 직함은—나의 것! / 아내—표시도 없는!").

52. Charlotte Brontë, "Editor's Preface to the New Edition of *Wuthering Heights* (1850)", Norton Critical Edition, 11쪽.

53. Q. D. Leavis, "A Fresh Approach to *Wuthering Heights*", 310쪽.

54. 흥미롭게도, 여기서도 그리스어와 라틴어에 강박적으로 사로잡혀 있던 '밀턴의 딸들'의 특징이 나타난다. 넬리는 서재에 있는 책 중 읽지 않은 책은 '그리스어, 라틴어, 프랑스어' 책들뿐이라고 말하면서, 그런 책들도 '그 언어들을 구분할 수 있다'고 말한다.

55. Bersani, *A Future for Astyanax*, 221~222쪽.

56. Q. D. Leavis, "A Fresh Approach to *Wuthering Heights*", 321쪽.

57. Bersani, *A Future for Astyanax*, 208~209쪽.

58. Showalter, *A Literature of Their Own*, 133~152쪽.

59. Ortner, "Is Female to Male as Nature is to Culture?" in *Women, Culture, and Society*, 80쪽.

60. '양성성' 개념은, 몇몇 페미니즘 비평가들이 최근에 말했던 것처럼, 일반적으로 남성성 안에 여성적인 것을 '담는 것'이다. 그러나 에밀리 브론테의 비전은 뚜렷하게 다른 의미로 양성적이다. 말하자면 여성적인 것 안에 남성적인 것을 담근다.

61. *The Rainbow*, "Wedding at the Marsh", 5장.

62. John Donne, "Problems", VI, "Why Hath the Common Opinion Afforded Women Soules?"

63. *Lear*, 1. 2. 15~16.

64. 같은 책, 2. 4. 57.

65. Bersani, *A Future for Astyanax*, 221~222쪽.

66. 같은 곳.

67. Ortner, "Is Female to Male as Nature Is to Culture?".

68. Bettelheim, *The Uses of Enchantment*, 277~310쪽.

69. Lévi-Strauss, *The Raw and the Cooked*, 82~83쪽.

70. 같은 곳.

71. Charlotte Brontë, *Shirley*, 18장.

72. Charlotte Brontë, "Editor's Preface", 12쪽.

73. Jane Lead, *A Fountain of Gardens*, 2: 105~107쪽.

74. "Enough of thought, Philosopher", in *The Complete Poems of Emily Jane Brontë*, 220쪽.

75. "The Witch", *Poems by Mary E. Coleridge*, 44~45쪽.

76. Blake, *The Marriage of Heaven and Hell*, plate 24.

9장

제사 *The Professor*, 23장;

The Bell Jar (New York: Bantam, 1972) 62~63쪽;

Poems, J 599편.

1. Charlotte Brontë, undated entry, "Roe Head Journal", unpublished MS #98/7, Bonnell Collection, Brontë Parsonage Museum, Haworth, England.

2. Winifred Gérin, "General Introduction" to Gérin, ed., Charlotte Brontë, *Five Novelettes* (London: The Golio Press, 1971), 16쪽.

3. Charlotte Brontë, 14 October 1836, "Roe Head Journal".

4. Gérin, General Introduction, 17쪽.

5. 문학적 정체성을 얻기 위한 이 소설가의 강력한 투쟁을 (약간 다른 시각에서지만) 연구하고 있는 브론테의 생애에 대한 페미니즘적 분석은 다음을 보라. Helène Moglen, *Charlotte Brontë: The Self Conceived*.

6. Gérin, 같은 곳, 20쪽에서 재인용.

7. Charlotte Brontë, "The Spell", unpublished MS, # Addi 34255, British Museum, London. 복사판으로는 *The Shakespeare Head* Brontë: *The Miscellaneous and Unpublished Writings of Charlotte and Patrick Branwell Brontë*, in two volumes (Oxford: Blockwell, 1936), 377~406쪽을 보라. 또한 George MacLean, ed., *The Spell* (Oxford: Oxford University Press, 1931)을 보라.

8. "주장보다는 암시로": "C. A. F. 웰즐리"는 「주문」에서 그는 그의 형이 "통제할 수 없는 불같은 바보임을 […] 주장하기보다는 암시적으로" 증명할 것이라고 말하고 있다. 샬럿 브론테는 크림즈워스의 "고난의 언덕의 등정"을 『교수』(The Haworth Edition, including poems by Charlotte, Emily and Anne Brontë and the Rev. Patrick Brontë, etc., with an Introduction by Mrs. Humphrey Ward [New York: and London: Harper & Brothers, 1900], 3쪽)의 서문에서 언급하고 있다.

9. Winifred Gérin, *Charlotte Brontë*, 312쪽.

10. Southey to Charlotte Brontë, March 1837; Gérin, *Charlotte Brontë*, 110쪽에서 재인용.

11. 예를 들면 248쪽을 보라.

12. Mrs. Sarah Ellis, *The Family Monitor and Domestic Guide* (New York: Henry G. Langley, 1844), 17~18쪽을 보라. "세속적인 힘의 증강을 효능 있게(거의 전지전능하다는 의미로) 고려하는 일은 남자들의 일이다. 그것은 끊임없이 그들을 잘못 인도하고, 양심의 목소리에 그들의 귀를 닫게 하고 그들을 속인다. […] 남자들이 종사하고 있는 행위의 위대한 영역에 화합이란 없다. 단지 시기와 증오, 그리고 대립만이 마지막까지 있을 뿐이다. 모든 남자는 자신의 형제와 적대하고 각자는 자신을 높이기 위해서 투쟁한다. […] 그의 곁에서 기

절해 있는 약한 형제의 자리를 찬탈함으로써."

13. Gérin, *Charlotte Brontë*, 14장, "The Black Swan: Brussels, 1843", and 15, "A Slave to Sorrow."

14. 토머스 메드윈의 『셸리의 생애』는 "내가 스위스에 있을 때, 셸리는 메스꺼울 정도로 나에게 워즈워스의 약을 먹이곤 했다"는 바이런의 언급을 기록한다. (Leslie Marchand, *Byron: A Biography* (New York: Knopf, 1957), 2: 624 note에서 재인용). 브론테가 워즈워스를 반복하고 있는 것은 우연의 일치일 수도 있겠지만 바이런에 대한 그녀의 열정을 감안하면(그리고 그녀가 메드윈을 읽었을 수도 있음을 감안하면), 우리는 여기에서 남성적 은유를 여성이 재해석하는 또 다른 본보기를 보는 것이다.

15. 흥미롭게도 브론테는 크림즈워스와 프랜시스의 최초의 결합을 6장 14번 미주에서 우리가 언급했던 밀턴의 재정의 작업과 연관시키고 있다. 크림즈워스를 (노트르담오네주 거리로) 차를 마시자고 데리고 온 프랜시스는 그녀의 차 대접이 그에게 그들 서로의 "모국"인 영국을 생각나게 하지 않느냐고 묻는다. 그리고 『실낙원』에서 "천상의 뮤즈에게 하는 밀턴의 탄원"(180)을 그에게 읽어준다. 그리하여 프랜시스는 그녀의 교수와 그녀의 삶을 다시 얻어 그녀의 "어머니들"인 뮤즈와 나라 둘 다를 다시 얻는다. 그리고 이 일 이후 곧, 마치 올바른 세계에서 정신적인 재생에는 물질적인 번영이 수반된다는 것을 보여주기라도 하는 양, 그녀는 브뤼셀 최고의 영국인 학교에서 학생들을 가르치는 직업을 얻게 된다.

16. 억누를 수 없는 분노 그리고/또는 불안을 암시하고 있는 우는 아이의 이미지가 『제인 에어』에서 제인이 그녀의 주인의 집이 파괴되는 예언적인 꿈을 꾸는 손필드 에피소드에서 반복되고 상술되고 있다는 것은 의미심장하다.

17. 이 에피소드는 『셸리』에서의 중요한 에피소드를 예견하고 있을 뿐만 아니라, 또한 에드워드 크림즈워스가 초기에 윌리엄을 어떻게 취급했는가를 반영하고 있다. 그가 윌리엄을 집무실에서 채찍질하려고 했을 때, 에드워드는 소리 질렀다. "네가 개라면 좋겠다! 그러면 지금부터 시작해서, 이 채찍으로 너의 뼈에서 모든 살점을 발라낼 때까지 나는 이곳에서 꼼짝도 하지 않을 것이다."(43쪽)

18. Sylvia Plath, *Ariel* (New York: Harper & Row, 1966), 10~12쪽.

10장

제사 *Moments of Being* (New York; Harcourt Brace Jovanovich, 1977), 69쪽;
Good Morning, Midnight (New York: Vintage, 1974), 52쪽;
Poems, J 410편.

1. Matthew Arnold, *Letters of Matthew Arnold*, ed. George W. E. Russell (New York and London: Macmillan, 1896), 1:34.

2. Matthew Arnold, *The Letters of Matthew Arnold to Arthur Hugh Clough*, ed. Howard

Foster Lowry (London and New York: Oxford University Press, 1932), 132쪽.

3. 의미심장하게도, 아널드는 동시대의 다른 비평가의 견해를 참고하여, "종교나 헌신, 또는 그 밖에 무엇이라고 부르던 간에 그러한 것들은 지금의 사람들에게는 불가능할 것이다. 그러나 그들은 그것을 대체할 것을 찾지 못했고, 그들이 그것으로 스스로를 위안했을 때가 훨씬 더 좋은 세상이었다"라고 같은 편지에서 덧붙였다. 하지만 많은 비평가들은 『제인 에어』를 (『빌레트』처럼) 호평했다. 조지 헨리 루이스는 *Fraser's Magazine* 36(December 1847)에서 '심오하고 의미 있는 리얼리티 소설'이라고 말했다.

4. *Quarterly Review* 84 (1848년 12월), 173~174쪽.

5. *The Christian Remembrancer* 25 (June 1853), 423~443쪽.

6. *Blackwood's Magazine* 77 (May 1855), 554~568쪽.

7. Richard Chase, 'The Brontës, or Myth Domesticated", in *Jane Eyre*, ed. Richard J. Dunn (New York: Norton, 1971), 468쪽 및 464쪽.

8. *Quarterly Review* 84 (1848년 12월), 173~174쪽. 샬럿 브론테가 자신의 생각이 '혁명적'임을 의식하고 있다는 것은, 우리가 보게 되겠지만, 그녀가 『셜리』에 나오는 불쾌하고 거만한 미스 하드먼으로 하여금 미스 릭비의 발언 중 일부를 말하게 했다는 사실에서 명확히 나타난다.

9. 『제인 에어』에 대한 모든 인용은 Norton Critical edition, ed. Richard J. Dunn (New York: Norton, 1971)에 따른다.

10. 예를 들어 David Lodge, "Fire and Eyre: Charlotte Brontë's War of Earthly Elements", in *The Brontës*, ed. Ian Gregor, 110~136쪽을 참고하라.

11. 『천로역정』을 참조하라. '누더기 옷을 입은 남자를 나는 보았노라. […] 그는 애통하게 울부짖으며, 나는 어찌하오리까? 하고 말했다.' 샬럿 브론테는 『빌레트』에서 『천로 역정』을 훨씬 더 광범위하게 인유했다. 이 점에서 그녀는, 자신들의 소설을 구성하기 위해 버니언의 알레고리에 의존했던 많은 19세기 소설가들의 (새커리에서 루이자 메이 올컷에 이르기까지) 전형이었다. 샬럿 브론테가 『빌레트』에서 『천로역정』을 인유한 것에 대한 논평은 Q. D. Leavis, "introduction" to *Villette* (New York: Harper & Row, 1972), vii~xli쪽을 보라.

12. Mrs. Sarah Ellis, *The Family Monitor*, 9~10쪽.

13. de Beauvoir (on Tertullian), *The Second Sex*, 156쪽을 보라.

14. Adrienne Rich, "Jane Eyre: The Temptations of a Motherless Woman", *Ms.* 2, no. 4 (October 1973), 69~70쪽.

15. 가스통 바슐라르는 『공간의 시학』에서 "지하실의 비이성"과 반대되는 것으로 "지붕의 이성"에 대해 말한다. 그는 지하실이 "비극으로 둘러싸인 매장된 광기"라면, 다락방에서는 "낮의 경험들이 밤의 두려움을 항상 지워버릴 수 있다"고 말하고 있다(18~20쪽). 하지만 손필드의 다락방은 그의 의미로 보면, 지하실이자 다락방이며, 감금하는 과거의 헛간이자 새로운 전망이 보이는 전망대다. 그것은 마치 제인의 마음속에 광적인 "불안감"과 "조화를 이룬" 이성이 공존하는 것과 같다.

16. M. Jeanne Peterson, "Victorian Governness: Status Incongruence in Family and Society" in *Suffer and Be Still: Women in the Victorian Age*, ed. Martha Vicinus (Bloomington, Ind.: Indiana University Press, 1972), 3~19쪽.

17. G. Willer Cunnington, *Feminine Attitudes in the Nineteenth Century*, 119쪽.

18. Chase, "The Brontës, or Myth Domesticated", 464쪽.

19. 예를 들면, 다음을 보라. Mrs. Oliphant, *Women Novelists of Queen Victoria's Reign* (London: Hurst & Blackett, 1897), 19쪽. "『제인 에어』에서 솔직하지만 아직 익숙하지 않은 독자들을 고민하게 만들었던 중요한 것은 […] 자신이 사랑했던 소녀에게 비밀을 털어놓는 로체스터의 성격이었다 […] 로체스터는 그의 애정 행각과 정부들에 대해 그 사실을 전혀 모르고 있는 소녀에게 이야기했어야 했다."

20. 어떤 의미에서 로체스터와 '경멸할 만한' 버사 메이슨의 중매결혼 또한 가부장제의 결과, 적어도 장자 상속제라는 가부장적인 관습의 결과다. 그는 차남이라 다른 식의 어떤 확실한 미래도 보장되어 있지 않기 때문에, 아버지의 권유로 돈과 신분 상승을 위해 결혼했기 때문이다.

21. Claire Rosenfeld, "The Shadow Within: The Conscious and Unconscious Use of the Double" in *Stories of the Double*, ed. Albert J. Guerard (Philadelphia: J. B. Lippincott, 1967), 314쪽. 로센펠트는 "열정적이고 제약받지 않는 자아가 여성일 때, 그녀는 종종 어둡다"고 말한다. 물론 버사는 크레올(피부가 가무잡잡하고 "검푸른")이다.

22. Chase, "The Brontës, or Myth Domesticated", 467쪽.

23. Rich, "Jane Eyre: The Temptation of a Motherless Woman", 72쪽. "1840년대 영국에서 힘없는 여성이 무엇을 견뎌낼 수 있느냐'의 문제는 이저벨라 새커리의 실화를 불가피하게 상기시킨다. 그녀는 1840년에 미쳤고, 종종 로체스터의 미친 아내의 모델로 (매우 잘못된 생각이지만) 여겨졌다. 이러한 비교는 우연의 일치다. 그러나 이저벨라가 "가는 곳마다, '폭풍우, 홍수, 회오리바람'이 따라다녔다"고 전해지는 버사 메이슨 같은 엄마에 의해 양육되었다는 사실은 흥미롭다. 또한 이저벨라의 병이 실성한 듯한 부적절한 웃음으로 시작하여 폭력적 자살 시도와, 제인 에어와 같은 유순함으로 번갈아 나타났다는 것도 흥미롭다. 어느 시점에서 새커리가 실제로 자신을 이저벨라에게 **묶음으로써** 그녀를 보호하려고 시도했다는 것은 또한 로체스터의 무서운 속박을 상기시켜주는 것 같다. 이저벨라 새커리에 대한 좀 더 상세한 이야기는 다음을 보라. Gordon N. Ray, *Thackeray: The Uses of Adversity, 1811~1846* (New York: McGraw-Hill, 1955), esp. 182~185쪽 (이저벨라 어머니에 대해서), 10장 "A Year of Pain and Hope", 250~277쪽.

24. Emily Dickinson, *Poems*, J 1072편, 「신의 직함은—나의 것! / 아내—표시가 없는!」

25. Dickinson, *Poems*, J 512편 「영혼에는 붕대가 감겨지는 순간들이 있다」

26. Rich, "Jane Eyre: The Temptations of a Motherless Woman", 106쪽.

27. 같은 곳.

28. 같은 곳.

29. *Sator Resartus*, 9장, "The Everlasting Yea".

30. Chase "The Brontës, or Myth Domesticated", 467쪽.

31. Robert Bernard Martin, *The Accents of Persuasion: Charlotte Brontë's Novels* (New York: Norton, 1966), 90쪽.

32. *The Pilgrim's Progress* (New York: Airmont Library, 1969), 140~141쪽.

33. 여기에서는 샬럿 브론테가 『빌레트』에서 『천로역정』을 훨씬 더 인습적으로 이용했다는 것에 주목해야 한다. 루시 스노가 천국의 도시에 들어가기를 소망할 때, 그녀는 단지 그 천국의 도시에서 사후의 진정한 축복을 찾을 수 있으리라 느끼는 것 같다.

34. Emily Dickinson, *Poems*, J 1072편 「신의 직함은—나의 것!」을 보라.

11장

제사 "Let No Charitable Hope", *Black Armour* (New York: George H. Doran, 1923), 35쪽; "Charlotte Brontë, in *Rebecca West: A Celebration* (New York: Viking, 1977), 433쪽; "As Now", *Cheap* (New York: Harcourt Brace Jovanovitch. 1972), 36쪽.

1. *Edinburgh Review* 91 (1850년 1월), 84쪽.

2. Charles Burkhart, *Charlotte Brontë: A Psychosexual Study of Her Novels* (London: Victor Gollancz Ltd., 1973), 80~82쪽. 부르크하르트는 브론테가 역사소설을 쓰겠다고 결심하기까지 루이스가 어떤 영향을 미쳤는가를 탐색할 뿐만 아니라, 『셜리』는 새커리 소설의 "크고 상세한 세계상"을 모방하고자 하는 브론테 나름의 시도라고 설명하고 있다. 또한 Moglen, *Charlotte Brontë*, 152~153쪽을 보라.

3. 여기에 인용한 모든 텍스트는 *Charlotte Brontë, Shirley* (New York: Dutton, 1970)에서 가져왔다. 앞으로는 본문 괄호 안에 각 장의 숫자만 표시한다.

4. "A Drama of Exile", *The Poetical Works of Elizabeth Barrett Browning*, 179~211쪽.

5. 예를 들면 다음과 같다. Patricia Beer, *Reader I Married Him* (London: Macmillan, 1974), 106~109쪽. Burkhart, *Charlotte Brontë*, 80~82쪽. Terence Eagleton, *Myths of Power: A Marxist Study of the Brontës* (New York: Knopf, 1975), 58~63쪽; Patricia Meyer Spacks, *The Female Imagination* (New York: Knopf, 1975), 58~63쪽.

6. Elizabeth Cady Stanton and the Revising Committee, *The Woman's Bible* (Seattle: Coalition Task Force on Women and Religion, 1974), 163쪽. 이 판의 편집진은 여자들이 악마를 위해서 이 작업을 했다고 주장하는 성직자에 대한 스탠턴의 반응을 인용한다: "사탄 같은 황제 폐하는 여자들로만 구성된 이 수정 위원회에 초대되지 않았다." (viii쪽)

7. "Charlotte Brontë, Feminist Manquée", *Bucknell Review* 21, no. 1 (1973): 87~102. 여기에서 M. A. 블룸은 『셜리』에서의 창세기 신화와 브론테의 모든 소설이 여성의 섹슈얼리티에 대한 남성의 두려움과 그 결과(인형이라는 긍정적인 이미지와 악마라는 부정적인 이미

지를 창조한 것)를 탐색하는 방식을 논하고 있다.

8. Dorothy Dinnerstein, *The Mermaid and Minotaur* (New York: Harper Colophon, 1977), 5쪽.

9. Marlene Boskind-Lodahl "Cinderella's Stepsisters: A Feminist Perspective on Anorexia Nervosa and Bulimia", 350쪽. 그녀의 환자들은 "남자들이 가지고 있는 완벽함 이라는 불가해한 기준에 맞추기 위해서" 굶는다.

10. "A Drama of Exile", 185쪽; 197쪽.

11. "A Drama of Exile", 196쪽.

12장

제사 *The Prisoner of Chillon*, 389~391행;
Letter to W. S. Williams, 26 July 1849;
Poems, J 670편;
"The Prisoner", *Here Comes and Other Poems* (New York: Signet, 1975), 229쪽.

1. Letter to W. S. Williams, 6 November, 1852, in *The Brontës: Their Lives, Friendships and Correspondence*, ed., T. J. Wise and J. Alexander Symington (Oxford: Blackwell, 1932), 4: 18.

2. 같은 곳.

3. "Frances", *Poems of Charlotte and Branwell Brontë*, ed. T. J. Wise and J. Alexander Symington (Oxford: Shakespeare Head, 1934), 20~28쪽.

4. Matthew Arnold, "The Buried Life", 73행; 87행.

5. 이것은 정확하게 앤서니 헥트가 그의 풍자극인 「음탕녀 도버」에서 활용했던 아이러니다.

6. William Wordsworth, "A Slumber Did My Spirit Seal", 3행. 이 텍스트에 언급된 워즈워 스의 다른 시들은 다음과 같다: "She Dwelt Among the Untrodden Ways", "I Travelled Among Unknown Men", "Strange Fits of Passion Have I Known", "Three Years She Grew in Sun and Shower", "Lucy Gray"

7. Charlotte Brontë, *Villette* (New York: Harper Colophon, 1972), 26장. 이후 모든 인용은 이 책에 의한다.

8. 대부분의 비평가들이 추상적이며 이상하리만치 심리적인 의미가 결여되어 있는 이성과 상 상력 사이의 갈등을 언급하고 있지만, 마곳 피터스는 이 대립을 적대적인 세계에서 자신의 전체성을 주장하는 더 큰 맥락 안에 설득력 있게 위치시키고 있다. *Charlotte Brontë: Style in the Novel* (Madison: University of Wisconsin Press, 1973), 119~121쪽을 보라. 또한 Andrew D. Hook, "Charlotte Brontë, the Imagination and *Villette*" in *The Brontës: A Collection of Critical Essays*, ed. Ian Gregor, 137~156쪽.

9. 하퍼 클로폰 판 『빌레트』의 서문에서 리브스는 "작은 폴리는 [루시의] 내적 자아가 구체화된 것"이라고 주장하고 있다. xxvi쪽.

10. 예를 들면 다음을 보라. Robert Martin, *The Accents of Persuasion* (New Yortk: Norton, 1966), 158쪽.

11. 『데일리 뉴스』(3 February 1853)의 『빌레트』 서평에서 해리엇 마르티뉴는 "모든 여성 인물들은 그들의 삶에서 단지 한 가지 생각(사랑)만으로 꽉 차 있거나, 바로 그 한 생각인 사랑의 관점으로만 그들을 보게 만든다"고 불평했다. 이 서평은 *The Brontës: The Critical Heritage*, ed. Miriam Allott (London and Boston: Routledge & Kegan Paul, 1974), 171~174쪽에 재수록 되었다.

12. Richard Lovelace, "To *Althea*, from Prison", 25~26행.

13. Q. D. 리비스 같은 뛰어난 비평가도 수녀를 단지 '허구적이며 초자연적인 주제'로 간주하며, 브론테가 긴장감을 유지하고 책이 출판되게 하기 위해서 사용한 장치로 생각했다. 하퍼 콜로폰 판 『빌레트』에 그녀가 쓴 서문을 보라. xxiii쪽. 또한 "Charlotte Brontë: The Two Countries", *University of Toronto Quarterly* 42 (Summer 1973: 339쪽에서 니나 아우어바흐는 (이 점을 빼면 굉장히 통찰력 있는 논문에서) 플롯이 루시의 정체성을 확립하기 위한 투쟁과 긴밀하게 연관되어 있지 않다고 주장한다. 물론 이러한 공격들에 응답하는 몇몇 중요한 비평들이 있다. 그중 아마도 가장 중요한 것은 다음일 것이다. Robert B. Heilman's "Charlotte Brontë's 'New' Gothic", in *From Jane Austen to Joseph Conrad*, ed. Robert C. Rathburn and Martin Steinmann, Jr. (Minneapolis: University of Minnesota Press, 1958), 118~132쪽.

14. George Eliot, *Westminster Review* 65 (January 1856), 290~312쪽.

15. Barbara Charlesworth Gelpi and Albert Gelpi eds., "When We Dead Awaken", *Adrienne Rich's Poetry* (New York: Norton, 1975), 59쪽.

16. Max Byrd, "The Madhouse, The Whorehouse and the Convent", *Partisan Review*(Summer 1977)에서 "수도사" E. T. A. 호프만과 디드로가 그린 수도원 내에서의 근친상간에 대해 논한다.

17. Christina Rossetti, "Cobwebs", in Lona Mask Packer, *Christina Rossetti* (Berkeley and Los Angeles: University of California Press, 1963), 99쪽.

18. Nina Auerbach, *Communities of Women: An Idea in Fiction* (Cambridge, Mass.: Harvard University Press, 1978), 109쪽.

19. E. M. Forster, *Aspects of the Novel* (New York: Harcourt, Brace, 1964), 92~93쪽.

20. Kate Millet, *Sexual Politics* (New York: Avon, 1971), 198쪽.

21. Martin, *Accents of Persuasion*, 166~170쪽. 와스디를 묘사할 때 루시의 비일관적인 태도를 다루는 탁월한 논의로는 Andrew D. Hook, "Charlotte Brontë, the Imagination and *Villette*"를 보라. 와스디 이야기는 「에스더」 1장 1절에서 2장 18절까지 나온다.

22. Frances Harper, "Vashti" in *Early Black American Poets*. ed. William Robinson (Iowa:

Wm. C. Brown Co., 1969). 34~36쪽.

23. 『샬럿 브론테』, 481쪽에서 위니프리드 제린은 라셸이 『페드르』에서의 정열적인 연기로 유
    명해졌다고 말한다. 하지만 샬럿 브론테는 그녀가 코르네유의 *Le Trois Horaces*에서의 까미
    유, *Adrienne Lecouvreur*에서의 에이드리언이라는 "좀 더 부드러운" 역할을 연기하는 것을
    보았다고 설명한다.

24. Sylvia Plath, "Lady Lazarus", *Ariel*, 6~9쪽.

25. Charles Burkhart, *Charlotte Brontë: A Psychological Study of Her Novels* (London:
    Victor Gollancz Ltd., 1973), 113~17쪽; Heilman, "Brontë's 'New' Gothic"; E. D.
    H. Johnson, "'Daring the dread Glance': Charlotte Brontë's Treatment of the
    Supernatural in *Villette*", *Nineteenth-Century Fiction* 20 (March 1966): 325~336쪽.

26. Sylvia Plath, "Small Hours", *Crossing the Water* (New York: Harper & Row, 1971), 28쪽.

27. 여성의 자아포기의 상징으로서 수녀에 대한 가장 최근의 페미니스트적인 탐색은 다음을 보
    라. Mona Isabel Barreno, Maria Teresa Horta and Maria Velho da Costa, *The Three
    Marias*, trans. Helen R. Lane (New York: Bantam, 1975).

28. Bell Gale Chevigny, *The Woman and the Myth: Margaret Fuller's Life and Writings* (Old
    Westbury, N. Y.: The Feminist Press, 1976), 440쪽.

29. Anne Ross, "The Divine Hag of the Pagan Celts", in *The Witch Figure*, ed. Venetia
    Newall (London: Routledge & Kegan Paul, 1973), 162쪽.

30. George Lyman Kittredge, *Witchcraft in Old and New England* (New York: Russell &
    Russell, 1929), 73~103쪽.

31. Earl A. Knies, *The Art of Charlotte Brontë* (Athens, Ohio: Ohio University Press, 1969),
    194쪽.

32. 매슈 아널드의 「하워스의 교회 묘지」는 원래 <프레이저 매거진> (May 1855)에 발표되었으
    며, *The Brontës*, ed. Allott, 306~310쪽에 재수록되었다.

33. Patricia Beer, "Reader, I Married Him", 84~126쪽. Patricia Meyer Spacks, *The Female
    Imagination*, 70~72쪽.

13장

제사 "The Four Zoas" ("Vala: Night the First");

   Elements of the Philosophy of the Human Mind (New York: Garland Publishers, 1971;
   reprint of 1792 edition, first pub. Edinburgh), IV, 242 (우리가 이 문단에 주목할 수 있게
   도와준 마이클 컨스에게 감사한다);

   "She Walketh Veiled and Sleeping", in *The World Split Open*, ed. Bernikow, 224쪽;

   "A Cloak", *Relearning the Alphabet* (New York: New Directions, 1970), 44쪽.

1. John T. Irwin, *Doubling and Incest/Repetition and Revenge*, 96쪽.

2. *The Widening Sphere*, ed. Martha Vicinus (Bloomington: Indiana University Press, 1977).

3. *The George Eliot Letters*. 이 인용은 CA Stonehill, Inc. Catalogue, April 1934, item 108 에 대한 언급과 함께 5권 280쪽 주석에 나온다. 앞으로 달리 표시가 없으면 엘리엇의 편지 에 대한 이후의 언급은 텍스트 안에 괄호로 넣을 것이다.

4. Nina Auerbach, "The Power of Hunger: Demonism and Maggie Tulliver", *Nineteenth-Century Fiction* 30 (September 1972): 150~171쪽. Carol Christ, "Aggression and Providential Death in George Eliot's Fiction", *Novel* (Winter 1976): 130~140쪽. and Ellen Moers, *Literary Women*, 45~52쪽; 154쪽.

5. 엘리엇은 '불행한 영혼' 같은 것이 없다면 '영혼을 연구할 의무를 느끼지 않는다'고 말한다. (*Letters* 5: 281)

6. 이에 대한 연구 중 가장 유용한 것은 U. C. Knoepflmacher, *George Eliot's Early Novels: The Limits of Realism* (Berkeley: University of California Press, 1968), 128~161쪽; Ruby V. Redinger, *George Eliot: The Emergent Self* (New York: Knopf, 1975), 400~405 쪽이다. 「벗겨진 베일」이 엘리엇의 주요한 소설에서 나타나는 실패와 미성취라는 주제에 어떻게 관련되어 있는가를 다룬 초기 연구는 Eliot L. Rubinstein, "A Forgotten Tale by George Eliot", *Nineteenth-Century Fiction* 17 (September 1963), 175~183쪽을 보라. 래 티머가 자신의 의식 안에 갇혀 있는 것은 소설가의 딜레마라 주장하는 가장 최근의 연구 는 Gilman Beer's "Myth and the Single Consciousness: *Middlemarch* and *The Lifted Veil*", in *This Particular Web: Essays on Middlemarch*, ed. Ian Adams (Toronto and Buffalo: University of Toronto Press, 1975), 91~115쪽.

7. George Eliot. "The Lifted Veil" in *Silas Marner, "The Lifted Veil" and "Brother Jacob"* (Boston: Eates and Lauriat, 1895), 252쪽. 이후 이에 대한 인용은 텍스트 안에 괄호로 처 리함.

8. 엘리엇은 자신의 마지막 책, *Impressions of Theophrastus Such* (New York: Harper & Brothers, n.d.) 170~181쪽에서 유명하지 않은 한 여성 작가가 자신의 소설에 대한 논평들 을 우아하게 장정해놓은 선집을 읽고 매우 자세하게 논의하도록 방문객들에게 강요하는 장 면을 포함시키고 있다. Essay, xv쪽의 '작은 작가의 질병'이라는 제목은 매우 적절하다.

9. Herbert Spencer, *An Autobiography*, 2 vols. (New York: D. Appleton and Co., 1904), 1: 459.

10. Tillie Olsen, "Silences: when Writers Don't Write", in *Images of Women in Fiction*, ed. Susan Koppelman Cornillon (Ohio: Bowling Green University Popular Press, 1972), 97~112쪽.

11. *George Eliot*, 'Woman in France: Madame de Sablé" in *Essays of George Eliot*, ed. Thomas Pinney (New York: Columbia University Press, 1963), 91쪽.

12. Gordon Haight, *George Eliot* (Oxford: The Clarendon Press, 1968), 91쪽.

13. George Eliot, *Middlemarch* (Boston: Houghton Mifflin, 1956), 7장. 이후 이 책의 인용은 괄호 안에 장만 표시하기로 한다.

14. George Eliot, *Romola* (New York: Sm. L. Allison, n.d.), 5장. 이후 이 책의 인용은 괄호 안에 장만 표시하기로 한다.

15. George Eliot, "The Legend of Jubal", *Poems*, 2: 52-76. 이후 시의 인용은 텍스트 안에 표시함.

16. George Eliot, *Daniel Deronda* (Baltimore: Penguin Books, 1967), chapter 42. 이후 이 책의 인용은 텍스트 안에 괄호로 표시함.

17. 일레인 쇼월터는 빅토리아 시대의 많은 여성 소설가에게 필명이 얼마나 중요했는가를 다룬 뛰어난 논문을 썼다. "Women Writers and Double Standard", *Woman in a Sexist Society*, ed. Vivian Gornick and Barbara K. Moran (New York: New American Library), 452~479쪽.

18. 엘리엇의 소설에서 이 상상의 대리인들이 겪은 실패는 책 판매를 통해서 자신의 성공을 증명하고자 했던 엘리엇의 강박적인 욕구를 설명해준다. 이러한 금전적인 충동은 레딩거의 『조지 엘리엇』에서 빼어나게 추적 분석되고 있다.(433~451쪽)

19. Spencer, *Autobiography*, 458쪽.

20. 엘리엇은 결혼 때문에 대중 앞에서 다시는 노래를 부를수 없는 상황에 이르러서야 공주에게 목소리를 되찾아준다. 이때 엘리엇은 공주에게 앙심을 품은 것처럼 보인다. 이런 종류의 플롯은, 주디스 로만(인디애나 대학의 대학원생)이 지적하듯이, 메리 윌킨스 프리먼의 단편에서 가장 강박적으로 명백하게 드러난다.

21. "Life and Opinions of Milton" in *Essays of George Eliot*, 157쪽.

22. Mary Shelley, "The Mortal Immortal", *Mary Shelley: Collected Tales and Stories*, ed. Charles E. Robinson (Baltimore and London: The Johns Hopkins University Press, 1976), 219~230쪽.

23. Mario Praz, *The Romantic Agony*, 215~216쪽.

24. George Eliot, *Felix Holt The Radical* (New York: Norton, 1970), 5장. 이후 이 책의 인용은 텍스트 안에 괄호로 장만 표시한다.

25. 레딩거는 여성의 고유 영역에 대한 칼라일의 보수적 태도가 루이스와 엘리엇 사이의 긴장 관계를 더욱 복잡하게 했다고 설명했다. *George Eliot*, 269~270쪽.

26. 이상하게도 '버사'라는 이름은 전적으로 부정적 전통과 연관되어 있다. 예를 들면 D. H. 로런스의 『채털리 부인의 사랑』에서 자기 확신에 차 있는 악녀는 성적으로 공격적인 멜러의 첫 부인 버사 쿠츠다. 그녀의 이름은 버사 메이슨 로체스터에 대한 무의식적 인유라 할 수 있다. 또한 1차 세계대전 때 사용된 총기류 중에는 "커다란 버사들"이라 불리던 총이 있었다.

27. 여성 혐오*misogyny*에 대응하는 이 단어를 만나기 매우 어렵다는 사실은 우리가 사용하는

언어에 가득한 편견을 드러내준다.

28. Showalter, *A Literature of Their Own*, 126쪽.

29. Woolf, "George Eliot", *The Common Reader*, 173쪽.

30. 여성의 반페미니즘과 여성적 악의 신화에 대한 메리 데일리의 논의를 참고할 것. *Beyond God the Father*, 50~55쪽.

31. Haight, *George Eliot*, 195쪽.

32. 마가니타 라스키는 엘리엇이 루이스가 죽은 후에 그의 배신을 알게 되었을 가능성에 대해서 논한다. *George Eliot and Her World* (London: Jarrold and Sons Ltd, 1973), 111~112쪽. 그러나 여기에서 우리는 또한 크뇌플마허와 나눈 대화에 힘입고 있다. 엘리엇은 크로스에게 그와 결혼한 동기와는 상관없이 보살핌을 받고 싶은 자신의 강력한 욕구를 보여주는 편지를 썼다. 엘리엇은 크로스에게 "나에게 사랑을 주는 눈길이 없을 때 태양은 너무나 차갑기만 하다"고 애처롭게 말한다.(*Letters* 6: 211-212)

33. Kenneth R. Johnson, "The Idiom of Vision", *New Perspectives on Coleridge and Wordsworth*, ed. Geoffrey H. Hartman (New York: Columbia University Press, 1971), 1~39쪽; Johnson, "'Home at Glasmere': Reclusive Song", *Studies in Romanticism* 14 (Winter 1975): 1~28쪽; Johnston, "Wordsworth's Last Beginning: *The Recluse* in 1808", *ELH* 43 (1976): 316~341쪽. 케네스 존스턴은 예이츠의 *The Trembling of the Veil*에 나오는 베일을 절정에 이른 몽상의 전통적인 "징후"로 해석하고 있다. 우리는 이러한 해석에 신세지고 있다. 또한 스타로빈스키와 풀레가 사용한 투명성의 신화로서의 베일의 이미지에 대해서는 다음 논의를 참고하라. Richard Macksey, "The Consciousness of the Critic: Georges Poulet and the Reader's Share", *Velocities of Change*, ed. Richard Macksey (Baltimore: The Johns Hopkins University Press, 1974), 330~332쪽.

34. "Christabel", 252~253행. 또한 키츠의 "The Fall of Hyperion", 255~270행과 셸리의 "The Witches of Atlas"를 보라. 흥미롭게도 셸리는 이 시를 아내에게 바쳤지만, 그녀는 이 시가 어떤 인간적인 흥밋거리도 가지고 있지 않다는 이유로 거절했다.

35. Nathaniel Hawthorne, *The Blithedale Romance* (New York: Norton, 1958), 127~128쪽.

36. 「나는 죽은 아내의 성자를 보았다Methought I saw My late Espoused Saint」에서 밀턴은 영혼의 베일을 쓰고 밤에 그를 방문한 죽은 아내의 얼굴을 묘사하고 있다.

37. Christina Rossetti, "A Helpmeet for Him", *Poetical Works*, 2: 214.

38. 메리 먼로는 현재 인디애나 대학에서 'Feminism and Spiritualism in Nineteenth-Century American Fiction'이라는 제목의 글을 쓰고 있다.

39. Harriet Beecher Stowe, "The Sullivan Looking-Glass", *Regional Sketches*, ed. John R. Adams (New Haven, Conn.: College & University Press, 1972), 114쪽.

40. 도리스 레싱은 계급과 가족의 착취 구조가 반복되고 있다는 주장을 *A Proper Marriage* (New York: New American Library, 1952), 95쪽 에서 최초로 언급한다.

41. Alexander Pope, *An Essay on Man*, 1. 193~194쪽.

42. Elizabeth Barrett Browning, *Letters* 2: 445.

43. Emily Dickinson, *Letters* 2: 506번째 편지.

44. 고든 헤이트는 엘리엇이 그녀의 "정신적인 딸들"과 맺고 있었던 여러 관계에 대해 논한다. *George Eliot*, 452~454쪽.

45. Lee Edwards, "Women, Energy and *Middlemarch*", *The Massachusetts Review* 13 (Winter/spring 1972), 223~283쪽과 젤다 오스틴의 답변, "Why Feminist Critics Are Angry with George Eliot", *College English* 37 (1976), 549~561쪽을 보라.

14장

제사 "A Description of One of the Pieces of Tapestry at Long-Leat", 1~13행, *The Poems of Anne Countess of Winchilsea*, 47쪽;

"The Book of Urizen", chapter 8, no. 7; *Daniel Deronda*, chapter 56.

1. W. H. Channing, J. F. Clarke and R. W. Emerson, *Memoirs of Magaret Fuller Ossoli*, 2 vols. (Boston: 1852), 1: 248~249쪽.

2. Ann Douglas, *The Feminization of American Culture*, 262쪽.

3. Emily Dickinson, *Letters* 2: 551쪽. 디킨슨은 『대니얼 데론다』를 보내준 수전 길버트 디킨슨에게 감사를 표하면서, 엘리엇의 죽음에 대한 추모 시를 포함시키고 있다. "그녀를 잃은 것은 우리가 얻은 것을 부끄럽게 한다— / 그녀는 삶의 빈 보따리를 짊어졌다. / 마치 동양이 그녀의 등에서 / 흔들리고 있는 양 용감하게 / 삶의 빈 보따리는 가장 무겁다, /모든 짐꾼이 알고 있듯이— / 꿀을 벌하는 것은 헛된 일— / 그것은 단지 더 달콤하게 될 뿐"; *Letters* 3, 769~770쪽.

4. *The Woman and the Myth: Margaret Fuller's Life and Writing*, ed. Bell Gale Chevigny, 57쪽. 이 인용은 1835년 11월자 그녀의 일기에서 나온 것이다.

5. 같은 책, 63쪽. *Memoirs*에서 인용(1: 297).

6. "Women in France: Madame de Sablé", *Essays of George Eliot*, 53쪽.

7. Chevigny, ed., *The Woman and the Myth*, 216쪽.

8. Margaret Fuller, *Woman in the Nineteenth Century* (New York: Norton, 1971), 115쪽; Chevigny, ed., *The Woman and the Myth*, 57~59쪽.

9. *Woman in the Nineteenth Century*, 156쪽.

10. *The Woman and the Myth*, ed. Chevigny, 203~205쪽. 흥미롭게도 그녀의 에세이 "The Prose Works of Milton"에서 "밀턴이 인간들 중 절대적으로 가장 위대한 자가 아니라 하더라도 신 자신의 아버지, 이상적인 장엄함, 완벽한 미덕의 인생, 영웅적인 분투와 불멸성 같은 많은 특징들을 그토록 풍요로운 재능과 결합시킨 사람을 찾기는 어렵다"고 풀러는 설명

한다. 그녀의 *Papers on Literature and Art* (New York: Wiley and Putnam, 1846), 36쪽을 보라.

11. Elizabeth Barrett Browning, *Letters to Mrs. David Ogilvy* ed. Peter N. Heydon and Philip Kelley (London: Murray, 1974), 31쪽.

12. Elizabeth Barrett Browning to Mrs. Jameson, 12 April 1853, *Letters* 2: 110~111쪽.

13. Emily Dickinson, *Letters*, 1: 237.

14. "Silly Novels by Lady Novelists", in *Essays of George Eliot*, 319쪽.

15. "Woman in France: Madame de Sablé", *Essays of George Eliot*, 53. 불행하게도 엘리엇은 예술에서의 이 독특한 여성적 형식에 대해서 한 번도 명시하지 않았다.

16. Elizabeth Ammons, "Heroines in Uncle Tom's Cabin", *American Literature* 49 (May 1977): 172쪽.

17. Harriet Beecher Stowe, *Uncle Tom's Cabin* (New York: harper & Row, 1965), 447쪽. 이후 이 책에 대한 인용은 텍스트 안에 괄호로 표시한다.

18. *Woman in the Nineteenth Century*, 29~30쪽.

19. Louisa May Alcott, *Little Women* (New York: Collier Books, 1962). 95쪽.

20. 1854년 12월 24일 토티 폭스에게 보내는 편지. Winifred Gérin, in *Elizabeth Gaskell: A Biography* (Oxford: Clarendon Press, 1976), 154쪽에서 인용.

21. 같은 책, 254~255쪽.

22. George Eliot, *Scenes of Clerical Life* (Baltimore: Penguin, 1973), 80~81쪽. 이후의 인용은 본문 안에 괄호로 표시함. 다음을 보라. Neil Roberts, *George Eliot: Her Belief and Her Art* (Pittsburgh: University of Pittsburgh Press, 1975), 53~62쪽. Derek and Sybil Oldfield, "*Scenes of Clerical Life*: The Diagram and The Picture", *Critical Essays on George Eliot*, ed. Barbara Hardy (London: Routledge & Kegan Paul, 1970), 1~18쪽.

23. Alexander Welsh, *The City of Dickens*, 182~184쪽.

24. 이 규칙의 예외처럼 보이는 『로몰라』도 일종의 위장이다. 『로몰라』는 악마적이며 타락한 분신(발다사르)과 복수의 플롯을 감추기 위해 천사 같은 모범적인 여주인공을 강조하고 있기 때문이다.

25. Carol Christ, "Aggression and Providential Death in George Eliot's Fiction", *Novel* (Winter 1976), 130~140쪽.

26. Nina Auerbach, "The Power of Hunger: Demonism and Maggie Tulliver"는 아마도 『플로스강의 물방앗간』의 고딕적 요소를 다룬 에세이 중 최고의 에세이일 것이다. 매기의 마조히즘에 대한 버나드 패리스의 논의 또한 매우 유용하다. *A Psychological Approach to Fiction* (Bloomington: Indiana University Press, 1974), 165~189쪽을 참조하라.

27. Ruby V. Redinger는 엘리엇의 소론-서평과 *The Mill on the Floss in George Eliot: The Emergent Self*, 314~315쪽; 325쪽에서 엘리엇의 안티고네 사용을 논한다.

28. J. L. Borges, "The Library of Babel", *Ficciones* (New York: Grove Press, 1962), 85쪽.

29. 질리언 비어는 『미들마치』와 「벗겨진 베일」에서 제임슨 부인의 『신성하고 전설적인 예술』과 성자 도러시아의 전설에 대한 엘리엇의 지식을 논한다.

30. 이 부분은 「H. D.에 나타난 문화적 대사의 변형」에서 레이첼 블라우 듀플레시스가 발표한 논의에 힘입고 있다. 이는 1977년 12월에 있었던 MLA 학회의 '여성 시인에 대한 특별 세션'에서 발표되었다.

31. Sylvia Plath, "Cut", in *Ariel*, 13~14쪽.

32. U. C. Knoepflmacher, "Fusing Fact and Myth: The New Reality of *Middlemarch*", *Essays on Middlemarch*, ed., Ian Adam, 54쪽.

33. W. J. Harvey, "Introduction to *Middlemarch*", in *George Eliot's Middlemarch: A Casebook*, ed. Patrick Swinden (New York: Macmillan, 1972), 196쪽.

34. David Carroll's "*Middlemarch* and the Externality of Fact", in *Essays on Middlemarch*, ed. Ian Adam, 73~90쪽을 보라. 또한 Alan Mintz, *George Eliot and the Novel of Vocation* (Cambridge, Mass.: Harvard University Press, 1978), 93~96쪽; 115~121쪽; 146~150쪽을 보라.

35. Edward W. Said, *Beginnings: Intentions and Method*, 76~77쪽.

36. Gayatri Chakravorty Spivak, "Introduction", *Of Grammatology*, xi쪽.

37. Margaret Atwood, "A Place: Fragments", anthologized in *Possibilities of Poetry*, ed. Richard Kostelanetz (New York: Delta Books, 1970), 315~318쪽.

38. Diane Wakoski, *Inside the Blood Factory* (New York: Doubleday, 1968), 67쪽.

39. *The Diary of Alice James*, ed. Leon Edel (New York: Dodd, Mead & Co., 1964), 149쪽.

40. *The Diary of Alice James*, 40~41쪽. 앨리스 제임스는 엘리엇을 싫어한다고 고백하지만, 자신이 마비되어 있으며 표출되지 못하는 분노를 가지고 있다는 인식은 기이하게도 엘리엇의 여주인공들의 투쟁을 떠오르게 한다. 유명한 윌리엄과 헨리 제임스의 여동생인 앨리스가 갇혀 지내는 환자의 생활을 마감했을 때, 그녀는 그녀의 가족이 그토록 소중히 여겼던 활기와 해학적인 음조를 버리고 그녀의 간호사이자 동료인 캐서린 로링에게 자신의 **일기** 마지막 부분을 받아 적게 했다. "5일. 토요일 내내, 밤까지, 앨리스는 문장을 만들고 있었다. 그녀가 나에게 한 마지막 말은 3월 4일의 문장, '도덕적인 불화와 신경과민적 공포'를 수정하라는 것이다. 3월 4일의 이 지시가 종일 머릿속에서 들끓고 있었다. 그리고 그녀는 매우 약해지고, 구술이 그녀를 지치게 하였지만, 그것을 다 쓸 때까지 머리를 쉬게 할 수 없었다. 그러고 나서 그녀는 해방되었다."(232~233쪽)

41. Adrienne Rich, "Vesuvius at Home", in *Shakespeare's Sisters*, ed. Gilbert and Gubar, 99~121쪽.

42. Mary Ellmann, *Thinking About Women*, 194쪽.

43. H. D. *Helen in Egypt* (New York: New Directions, 1961), 97쪽.

44. "The Three Spinners", *The Complete Grimm's Fairy Tales*, ed. Joseph Campbell (New York: Pantheon, 1972), 83~86쪽.

45. Helen Diner, *Mothers and Amazons*, 16쪽.

46. Reva Stump, *Movement and Vision in George Eliot's Novels* (Seattle: University of Washington Press, 1959), 172~214쪽; J. Hillis Miller, "Optic and Semiotic in *Middlemarch*", in *The World of Victorian Fiction*, ed. Jerome Buckley (Cambridge, Mass.: Harvard University Press. 1976): 125~145쪽.

47. J. Hillis Miller's "Optic and Semiotic in *Middlemarch*", 144쪽; U. C. Knoepflmacher's "*Middlemarch*: An Avuncular View", *Nineteenth Century Fiction* 30 (June 1975): 53~81쪽; Kathleen Blake's "*Middlemarch* and the Woman Question", *Nineteenth Century Fiction* 31 (1976년 12월), 285~312쪽. 이는 이전의 "George Eliot in *Middlemarch*" by Quentin Anderson in *From Dickens to Hardy* (Baltimore: Pelican, 1958), 274~293쪽에 의존하고 있다. 젠더에 직접적으로 관여하고 있지는 않지만, 화자의 일반화하는 경향에 대해 매우 유용한 분석을 하고 있는 에세이로는 Isobel Armstrong's "*Middlemarch*: A Note on George Eliot's Wisdom", *Critical Essays on George Eliot*, ed. Barbara Hardy, 116~132쪽이 있다.

48. Margaret Cavendish, *Poems and Fancies* (Scolar Press, 1972), 2쪽; 156쪽.

49. 크뇌플마허는 "Fusing Fact and Myth: The New Reality of *Middlemarch*", in *This Particular Web*, ed. Ian Adams, 43~72쪽에서 아리아드네의 중요성을 언급하고, 미노타우로스의 의미에 대해서 숙고한다. 밀러 또한 이 신화를 연구하고 있다. 『미들마치』에 대한 그의 마지막 논문과 (직물에 대한 관심과 함께) 앞으로 나올 그의 책 제목 『아리아드네의 실』은 이를 보여주고 있다. 여성문학의 경우, 엘리자베스 배럿 브라우닝이 잠자고 있는 아리아네드를 발견한 바쿠스의 신화를 번역하기로 결정했다는 사실이 흥미롭다. 그녀의 바쿠스는 아리아네드를 "진정한 행위를 서술하는 진정한 이야기꾼"이라 부른다. "How Bacchus Comforts Ariadne [Dionysiaca, Lib. XLVII]", *The Poetical Works*, 514~515쪽.

50. Barbara Hardy. "*Middlemarch* and the Passions", in *Essays on Middlemarch*, ed. Ian Adam, 16쪽.

51. Adrienne Rich, "Natural Resources", *The Dream of a Common Language* (New York: Norton, 1978), 62쪽.

52. 엘리엇에 대한 여성 작가들의 평판을 기술한 최고의 논의는 쇼월터의 『그들 자신의 문학』, 107~110쪽을 보라.

53. *The Woman and the Myth*, ed. Chevigny, 216쪽.

15장

제사 "To George Sand: A Recognition", *Poetical Works of Elizabeth Barrett Browning*, 363쪽;

A Room of One's Own, 51쪽;

The Letters of Elizabeth Barrett Browning, 1: 230~232;

After Great Pain: The Inner Life of Emily Dickinson (Cambridge, Mass.: The Belknap Press of Harvard University Press, 1971), 495쪽.

1. "우리가 여자인 것은 우리가 우리 어머니들을 통해 생각하기 때문이다. 우리가 아무리 즐거움을 위해서 위대한 남성 작가들을 읽을지라도, 글 쓰는 데 도움을 받기 위해서 그들에게 갈 필요는 없다"는 버지니아 울프의 말과 비교해보라. (*A Room of One's Own*, 79쪽)

2. Woolf, *A Room of One's Own*, 48~51쪽.

3. Elizabeth Barrett Browning, *Letters* 1, 230~232행.

4. Woolf, *A Room of One's Own*, 79~80쪽.

5. 같은 책, 98쪽.

6. "Aurora Leigh", "I am Christina Rossetti" in *The Second Common Reader* (New York: Harcourt, Brace and Company, 1932), 182~192쪽; 214~222쪽을 보라.

7. Reprinted in Richard B. Sewall, ed., *Emily Dickinson: A Collection of Critical Essays* (Englewood Cliffs, N. J.: Prentice-Hall, 1963), 120쪽. 리브스를 정당하게 평가하기 위해서는 그가 이 말을 인용한 것은 그것을 반박하기 위해서임에 유의해야 한다.

8. Theodore Roethke, 'The Poetry Louis Bogan", *Selected Prose of Theodore Roethke*, ed. Ralph J. Mill, Jr. (Seattle: University of Washington Press, 1965), 133~134쪽.

9. "Emily Dickinson: A Poet Restored", in Sewall, ed., *Emily Dickinson*, 92쪽.

10. 같은 책, 89쪽.

11. Reeves, "Introduction to *Selected Poems*", 119쪽에서 재인용.

12. Ransom, "Emily Dickinson: A Poet Restored", 97쪽.

13. Gardner B. Taplin, *The Life of Elizabeth Barrett Browning* (New Haven: Yale University Press, 1957), 417쪽.

14. *The Edinburgh Review* 189 (1899): 420~439쪽.

15. Samuel B. Holcombe, 'Death of Mrs. Browning", *The Southern Literary Messenger* 33 (1861): 412~417쪽.

16. *The Christian Examiner* 72 (1862): 65~88쪽.

17. "Poetic Aberrations", *Blackwood's* 87 (1860), 490~494쪽. 배럿 브라우닝은 특히 나이팅게일과의 이 불쾌한 비교에 화를 냈다. 브라우닝은 이 유명한 간호사가 여전히 여성은 남자의 하녀라는 낡아빠진 생각을 뒷받침하는 여성의 기능을 수행한다고 논평한 적이 있기 때문이다(*Letters*, 2: 189를 보라).

18. Showalter, *A Literature of Their Own* 특히 "The Double Critical Standard and the Feminine Novel", 73~99쪽을 보라. 쇼월터는 "우리는 빅토리아 시대의 논평가들이 얼마나 집요하게 여성을 편견에 가득 찬 비판의 대상으로 만들었는가를 잊어버리는 경향이 있다"고 지적하고 있다. 73쪽.

19. *A Room of One's Own*, 51쪽. 울프는 여기에서 또한 잃어버린 소설가들에 대해서 언급하지만, 이어 나오는 문단에서 보면, 그녀가 일차적인 문학적인 충동에서 나오는 것으로 규정하고 있는 시에 집중하고 있다는 것은 명백하다.

20. 같은 책, 65쪽.

21. To Charlotte Brontë, 1837년 3월.

22. "Conclusion" to *The Renaissance*.

23. "An Essay on Criticism", 1부 135~140행을 보라.

24. "On Not Knowing Greek", *The Common Reader*, 24쪽. 이 맥락에서 보면 이 진술은 이상하게도 모호하다. 울프는 모든 현대 독자들이 가슴 아프게도 그리스어를 모른다는 점을 지적하는 것 같다. 그러나 "남학생"에 대한 그녀의 언급은 그녀가 다른 곳에서 언급한 고전어에 대한 여자의 무지에 대한 진술과 함께, 실지로 그녀는 우선적으로 여자에 대해서, 특히 자기 자신에 대해 (그녀가 말한 '우리'는 '나'를 뜻하는 사실적 '우리'다.) 말하고자 한다는 것을 암시한다.

25. Ransom, "Emily Dickinson: A Poet Restored", 100쪽.

26. *A Room of One's Own*, 100쪽.

27. T. S. Eliot, "Tradition and the Individual Talent", Emily Dickinson, letter to T. W. Higginson, July 1862, in *The Letters of Emily Dickinson*, ed. Johnson, 2: 412.

28. Moers, *Literary Women*, 215쪽.

29. John Keats, letter to Benjamin Bailey, November 22, 1817을 보라.

30. *Maude: Prose and Verse*, edited and with an introduction by R. W. Crump (Hamden, Conn.: Archon Books, 1976), 30~31쪽.

31. 같은 책, 37쪽.

32. 같은 책, 35~36쪽.

33. 같은 책, 41쪽.

34. 같은 책, 53쪽.

35. 같은 책, 72쪽.

36. 같은 책, 32쪽.

37. "Passing and Glassing", in *The Poetical Works of Christina G. Rossetti*, 2:115.

38. "Sleep and Poetry", 96~98행.

39. "거대한 무지 속에 홀로 서서, / 그대에 대해서 그리고 클레이디스(에게해 일군의 섬들)에 대해서 듣는다"로 시작하는 「호메로스에게」를 보라.

40. 여기에서 다음을 기억할 가치가 있다. 그의 누이가 『모드』를 쓰고 12년이 지난 후, 단테 가브리엘 로세티는 (아마도 그녀의 이야기에 영향을 받아서, 아마도 키츠의 일화에 영향을 받아서) 자신의 시를 아내의 관 속에 묻었다. 그러나 크리스티나가 여성 시인에게 해당된다고 생각했던 포기는 야심 찬 남성 시인에게는 기능하지 않음이 증명되었다. 7년 후 로세티와 아내의 시신은 발굴되었고, 그의 시는 회수되어 출판될 수 있었다. 더 상세한 사항은,

Oswald Doughty, *A Victorian Romantic: Dante Gabriel Rossetti* (London: Frederick Muller Ltd., 1949), 412~419쪽을 보라.

41. *Maude*, 75쪽. "On Keats" in *New Poems*, ed. W. M. Rossetti (1896), 22~23쪽.

42. To Charles Brown, 30 November 1820.

43. To Thomas Wentworth Higginson, 15 April 1862, *Letters* 2, 403쪽.

44. Muriel Spark, *Child of Light*, 48~49쪽.

45. Richard Sewall, *The Life of Emily Dickinson*, in 2 volumes (New York: Farrar, Straus & Giroux, 1974), 2권, 541쪽.

46. *Whitman: Selections from Leaves of Grass* (New York: Dell, 1959)에 대한 레슬리 피들러 Leslie Fiedler의 서문과 주석을, 특히 7쪽과 183쪽을 보라.

47. "Song of Myself", section 24.

48. Fiedler, introduction to *Selections from Leaves of Grass*, 8쪽. 또한 Sewall, *The Life of Emily Dickinson*, 1: 8을 보라.

49. Ransom, "Emily Dickinson: A Poet Restored", 98쪽. 디킨슨, 휘트먼의 현저한 양극 성에 대한 더 상세한 논의는 Terence Diggory, "Armoured Women, Naked Men", in *Shakespeare's Sisters*, ed. Gilbert and Gubar, 135~152쪽을 보라.

50. Albert Gelpi. "Emily Dickinson and the Deerslayer: The Dilemma of the Woman Poet in America", in *Shakespeare's Sisters*, ed. Gilbert and Gubar, 122~134쪽.

51. Rufus Grisworld, ed., *The Female Poets of America* (Philadelphia: Carey & Hart, 1848). Caroline May, ed., *The American Female Poets* (New York; Leavitt & Allen Bros. 1869). 인용은 "서문"에서 온 것이다. May, vi쪽. 19세기 미국의 "숙녀 시인들"에 대한 상세 한 논의는 Ann Douglas, *The Feminization of American Culture*. "Preface" to *American Female Poets*, vi쪽을 보라.

52. May, 같은 곳.

53. Ruth Miller, *The Poetry of Emily Dickinson* (Middletown, Conn.: Wesleyan University Press, 1968)를 보라. 특히 제9장 "The Practice of Poetry"를 보라.

54. Jack L. Capps, *Emily Dickinson's Reading: 1836~1886* (Cambridge, Mass.: Harvard University Press, 1966), 86쪽.

55. *Aurora Leigh in The Poetical Works of Elizabeth Barrett Browning*, 8쪽.

56. *Maude*, 48~49쪽.

57. D. H. Lawrence, Preface to *Collected Poems, 1928*, in *The Complete Poems of D. H. Lawrence*, ed. Vivian de Sola Pinto and Warren Roberts (New York: Viking, 1964), 27~28쪽.

58. To John Wheelock, 1 July 1935, in *What the Woman Lived: Selected Letters of Louise Bogan, 1920—1970*, ed. Ruth Limmer (New York: Harcourt Brace Jovanovich, 1973), 86쪽.

59. Sewall, *The Life of Emily Dickinson*, 2: 580.

60. Miller, *The Poetry of Emily Dickinson*, 24~25쪽.

61. Richard Wilbur, "Sumptuous Destitution", in Sewall ed., *Emily Dickinson*, 127~136쪽.

62. "Goblin Market", *The Poetical Works of Christina G. Rossetti*, 1: 3~22쪽.

63. *Paradise Lost*, 9. 599~600행; 679행.

64. 같은 책, 9. 790~800행.

65. Ralph Wardle, *Mary Wollstonecraft*, 322쪽.

66. Richard Polwhele, *The Unsex'd Females: A Poem* (New York: Garland, 1974; first published 1798), 6~9쪽. "최근 식물학은 숙녀들 사이에서 유행하는 오락이 되었다. 그러나 나는 식물의 성적 시스템을 연구하는 것이 어떻게 여성의 겸손함과 일치할 수 있는지를 이해할 수 없다"고 폴웰은 주석에서 불평하고 있다. 그리고 울스턴크래프트를 비방하며 그는 다음처럼 쓰고 있다. "나는 상상할 수 없는 새로운 장면에 전율한다, / 거세된 여자가 오만한 태도를 뽐내고, 소녀들이 […] 식물학의 행복으로 가슴 부풀어하는, / 여전히 어머니 이브와 함께 금지된 과일을 따는, / 한숨 짓는 작은 꽃에 사춘기는 할딱거리거나, / 또는 식물의 매춘을 지적하고, / 부정한 욕정의 기관을 해부하며, / 그리고 간지럼 태우는 먼지를 다정하게 응시하네." 다시 말해 그는 여성의 식물 채집이 글자 그대로 여성의 타락의 표시인 성적 정치적 자기주장을 수반한다고 생각했다.

67. 지니의 (그리고 로라의) 질병의 역학은 로세티의 소네트, 「세계」에서 더 자세히 설명된다. 여기에서 화자는 "세계"를 여자로 묘사한다. 즉 낮에는 "익은 과일, 아름다운 꽃, 그리고 충분한 포만"을 제공하지만 밤에는 "사랑과 기도가 없는 괴물 그 자체"가 되는 여자로 묘사하고 있다. 그리하여 "낮에 그녀는 거짓을 고수하고 밤에 그녀는 / 발가벗겨진 진실의 공포 속에 있다. / 찌를 듯한 뿔과 발톱, 그리고 꽉 붙들고 있는 손을 가진." 로세티는 "세계, 육체, 그리고 악마"라는 전통적인 삼중의 비유를 단 한 명의 무시무시한 인물로 전환시켰다. 이 인물은 다른 무엇보다도 여성의 야망, 영감, 그리고 자기주장에 대한 그녀의 깊은 불안을 구현하고 있다.(*Poetical Works*, 1: 96을 보라.)

68. "From House to Home", 같은 책, 103~112쪽.

69. Woolf, "Aurora Leigh", in *The Second Common Reader*.

70. 오로라 리의 이름이 바이런의 이복여동생인 오거스타 리의 이름과 매우 유사하다는 사실은 연인들의 구애가 근친상간적이라는 암시를 담고 있다. 배럿 브라우닝은 바이런과 오거스타 사이의 충격적인 로맨스를 전설적인 이야기로 다시 쓰는 동시에 "정화시키고" 있다. 매리언 얼 이야기의 원천이 개스켈 부인의 『루스』라는 주장 또한 제기되어왔다.

71. *Aurora Leigh*, 22~27쪽.

72. 같은 책, 173쪽.

73. 같은 책, 177쪽.

74. 같은 책, 178쪽.

75. J 593편을 보라. "나는 매혹당했다 / 그 우울한 소녀를ㅡ / 그 외국 여자를ㅡ / 내가 처음 읽

었을 때 / 아름답게 느껴진—어둠—"

16장

제사 *Woman in the Nineteenth Century*, 101쪽;
Higginson, quoted in *The letters of Emily Dickinson* ed. Thomas Johnson, 2: 473;
Poems, J 669편.

1. To T. W. Higginson, July 1862, *Letters* 2: 412.
2. Richard B. Sewall, *the Life of Emily Dickinson*, 1: 240.
3. 같은 책.
4. Suzanne Juhasz, *Naked and Fiery Forms, Modern American Poetry by Women: A New Tradition* (New York: Harper Colophon Books, 1976), 1장, "The Double Bind of the Woman Poet", 1~6쪽.
5. 『오로라 리』를 차용했던 디킨슨에 대한 논의는 엘런 모어스의 *Literary Women*, 55~62쪽을 보라. 디킨슨의 독서에 대한 또 다른 분석으로는 Jack L. Capps, *Emily Dickinson's Reading*; Ruth Miller, *The Poetry of Emily Dickinson*, Appendix III, "Emily Dickinson's Reading", 385~430쪽이 있다.
6. 디킨슨은 거의 항상 그녀의 집을 '나의 아버지 집'으로 언급했다. 그녀가 그런 문구를 사용한 것은 자신이 '아버지의 일'을 했던 예수와 다르지 않은 '골고다의 여왕'이라고 생각했기 때문이다. 그러나 그것은 또한 디킨슨 자신이 가부장적 문화의 힘과 본성을 빌려 자신의 예술을 성숙시킬 수 있었다는 점을 명확하게 의식하고 있었다는 의미이기도 하다. 아버지가 지배하는 문화는 그녀가 **몰래** 읽어야 했던 문화이고, 그녀가 히긴슨에게 첫 번째로 지적한 문화였다. '아버지가 […] 많은 책을 사주십니다만, 그것들을 읽지 말라고 하십니다. 아버지는 그것들이 제 마음을 흔들어버릴까 봐 걱정하시기 때문입니다.' (*Letters* 2: 404)
7. 같은 책, 554쪽.
8. J 271편('그것은—장엄한 일—나는 말했지— / 한 여자가—하얗게—된다는 것은—'), J 605편('거미는 은빛 공을 들고 있네 / 보이지 않는 손에— / 그리고 자신에게 부드럽게 춤추면서 / 그의 진주 실은 풀려나오지—'), J 732편('그의 요구에 그녀는 일어섰다 […] 새날에 그녀가 무엇을 그리워한다면, / 품위나 경외—/ […] 그것은 말해지지 않은 채 놓여 있다')
9. Blake, "To Nobodaddy"와 ('왜 당신은 침묵하며 보이지 않는가, / 질투의 아버지여?') '영국의 클롭슈토크가 도전해왔을 때, / 블레이크는 자긍심에 차 일어섰다, / 왜냐하면 꼭대기에 있는 아무것도 아닌 늙은 아버지는 / 방귀 뀌고 트림하고 기침만 할 뿐이기 때문이다.'
10. J 528편을 보라. '나의 것—하얀 선출의 권리에 의해! / 나의 것—왕의 봉인에 의해!'
11. J 401편을 보라. '얼마나 부드럽고—천사 같은 창조물인가—이 얌전한 여자들은— / 우리는 차라리 플러시 천을 공격하거나—별을 폭행하고자 할 것이다—'

12. 『폭풍의 언덕』 12장에서 넬리 딘에게 캐서린 린턴은 다음과 같이 말한다. '나는 다시 소녀가 되고 싶어. 반은 야생적이고, 강하고 자유로웠던, 그리고 모욕에 광분하지 않고 그냥 비웃어 버렸던! 나는 왜 이렇게 변해버렸을까? 왜 나의 피는 몇 마디 말에도 지옥의 소용돌이를 일으키는 것일까?'

13. *Letters* 2: 518~519.

14. J 510편을 보라. '그것은 죽음이 아니었다. 왜냐하면 나는 일어 섰기 때문에, / 그리고 모든 죽은 자는 누워 있다 [⋯] 나의 인생이 면도되어 / 한 틀에 맞추어진 것처럼, / 그리고 열쇠 없이 숨도 쉴 수 없는 것처럼.' J 486편도 참조하라. '나는 집에서 가장 하찮았다— / 나는 가장 작은 방을 가졌다—.'

15. J 1072편을 보라. '신적인 직함은—나의 것! / 표시 없는 —아내!'

16. Barbara Clarke Mossberg, "The Daughter Construct in Emily Dickinson's Poetry" (Ph. D. diss., Indiana University, 1977).

17. 히긴슨은 언젠가 편지에서 디킨슨을 '약간은 미친 애머스트의 시인'이라고 불렀다. Jay Leyda, ed., *The Years and Hours of Emily Dickinson* (New Haven: Yale University Press, 1960), 2: 263.

18. *Letters* 1, 104.

19. 같은 책, 99쪽.

20. J 908편을 보라. '해돋이입니다—작은 아가씨여, 그대는 / 낮에는 정거장이 없나요?'

21. *Letters* 2, 460.

22. 같은 책, 439쪽.

23. 예를 들면 디킨슨이 윌리엄 디킨슨에게(1849년 2월 14일), 조지 굴드에게(1850년 2월), 그리고 엘브리지 보도인에게(1851년 2월) 보냈던 초기의 기운찬 편지를 보라. *Letters* 1, 75~77쪽; 91~93쪽; 110쪽.

24. Ransom, "Emily Dickinson: A Poet Restored", 97쪽.

25. *Letters* 3, 777.

26. 존 코디는 『큰 고통 이후』, 416~422쪽에서 이렇게 말한다.

27. *Letters* 1: 209~210.

28. Millicent Todd Bingham, *Emily Dickinson's Home: Letters of Edward Dickinson and His Family* (New York: Harper & Row, 1955), 407쪽에서 재인용.

29. 캐서린 디킨슨 스위서의 인용은 Bingham, *Home*, 17쪽에 나오고, 에드워드 디킨슨의 인용은 Sewall, *The Life of Emily Dickinson*, 47쪽에 나온다.

30. Leyda, *Years and Hours*, 1: 30.

31. 그는 '혼자 엄격한 책을 읽는다', 그는 '결코 놀지 않는다', 그의 '심장은 순수하고 무시무시하다', *Letters* 2: 473; 486; 528.

32. Leyda, *Years and Hours*, 2: 218, *Letters* 2: 245.

33. *Letters* 2: 559쪽. (to Louise and Frances Norcross)

34. 『제인 에어』의 34장을 보라. 이 책은 하버드 대학의 휴턴Houghton 도서관에 있다. 시월은 디킨슨이 여백에 무언가를 썼던 책의 목록에 이 책을 포함시키지 않았지만, 이 페이지에 나오는 두 행의 희미한 밑줄은 시월이 에밀리 디킨슨 표시의 특징이라고 말한 것과 정확하게 일치한다.

35. Clarke Griffith, *The Long Shadow: Emily Dickinson's Tragic Poetry* (Princeton: Princeton University Press, 1964), 155쪽.

36. *Letters* 2, 391.

37. J 665편을 보라. '정기의 땅에 떨어져— / 무덤의 떼로 만든 가운을 입고서 […] 아래로 가는 여행 — 그리고 다이아몬드의 채찍— / 백작을 만나러 말을 달리는—' 많은 점에서 이는 로맨스 장르에 대한 디킨슨의 가장 신랄한 (그리고 우울한) 논평이다. 이와 비교해서, 훨씬 더 유명한 「내가 죽음을 위해 멈출 수 없기 때문에」는(J 712편) 좀 더 온건하며 감상적이다.

38. 이 편지 원문과 그에 대한 논의는 Winifred Gérin, *Charlotte Brontë*, 290~293쪽을 보라.

39. Charlotte Brontë, *Shirley*, 1장 "Levitical".

40. *Letters*. 2: 391.

41. Gérin, *Charlotte Brontë*, 291쪽.

42. Bell Gale Chevigny, *The Woman and the Myth*, 278쪽에서 재인용.

43. Chevigny, 61쪽에서 재인용.

44. Cody, *After Great Pain*, 52쪽을 보라.

45. *Letters* 2, 375.

46. 셀레스트 터너 라이트 덕택에 우리는 이 시에 주목할 수 있었다.

47. George Eliot, *Armgart, Poems*, 92쪽; Simone de Beauvoir, *The Second Sex*, 58쪽.

48. Albert Gelpi, "Emily Dickinson and the Deerslayer".

49. Northrop Frye, *Fearful Symmetry: A Study of William Blake* (Princeton: Princeton University Press, 1947), 206~229쪽; 그 밖의 여러 곳.

50. William R. Sherwood, *Circumference and Circumstance: Stages in the Mind and Art of Emily Dickinson* (New York: Columbia University Press, 1968), 152쪽, 231쪽.

51. Herman Melville, *Moby Dick*, chapter 42, "The Whiteness of the Whale".

52. J 985편 보라. '모든 것을 잃는 것은—내가 사소한 것을 잃는 것을 / 막아주었다', J 532편. '나는 더 외로운 것을 생각하려고 애썼다 / 내가 보았던 어떤 것보다도— / 어떤 극치의 속죄—뼈 속에서 느끼는 징조 / 죽음이 굉장히 가까이 있다는—'

53. Leslie Fiedler, *Love and Death in the American Novel* (New York: Dell, 1966); Wendy Martin, "Seduced and Abandoned in the New World: The Image of Woman in American Fiction", in Vivian Gornick and Barbara K. Moran, ed., *Woman in Sexist Society: Studies in Power and powerlessness* (New York: Basic Books, 1971).

54. Alexander Welsh, *The City of Dickens*, chapter 11, "Two Angels of Death", 180~195쪽.

55. Elizabeth Barrett Browning, *Aurora Leigh, Poetical Works*, 21쪽; 28쪽; 149쪽.

56. Alfred, Lord Tennyson, "The Lady of Shalott", part 1, 24~27행, part 2, 72행, part 3, 116행, part 4, 136행, 146행.

57. Nathaniel Hawthorne, "The Snow Image", *The Complete Novels and Selected Tales of Nathaniel Hawthorne*, ed. Norman Holmes Pearson (New York: Modern Library, 1937), 1167쪽. 디킨슨이 호손을 읽었다는 점에서 우리는 디킨슨이 『주홍 글씨』에 나오는 어린 펄Pearl에게 영향을 받아 자신의 '진주pearl' 이미지를 구축했다고 추정할 수 있다. 펄은 부분적으로는 추방된 어머니의 소설적 창조물인 은유적인 아이다. 더욱이 호손의 "이탄 브랜드. 실패로 끝난 로맨스"의 끝에서 이탄 브랜드는 석회 굽는 가마에 뛰어드는데, 이는 디킨슨이 「당신은 감히 하얀 열기 속의 영혼을 보고자 하는가?」에서 묘사하고 있는 용광로를 떠오르게 한다.

58. Harriet Beecher Stowe, *Uncle Tom's Cabin; or, Life Among the Lowly*, chapter 42, "An Authentic Ghost Story" Elizabeth Barrett Browning, *Poetical Works*, 21쪽.

59. Christina Rossetti, "A Soul", in *New Poems by Christina Rossetti*, ed. William Michael Rossetti (New York: Macmillan & Co., 1896), 77쪽.

60. Stowe, *Uncle Tom's Cabin*, chapter 42.

61. *Letters* 2: 412를 보라. 디킨슨은 1862년 7월, '뼈를 칭찬하기 위해서 우리는 외과 의사를 부르지 않습니다. 외과 의사를 부르는 것은 뼈를 바로 세우기 위해서죠, 선생님. 그리고 내부 골절은 더 치명적이랍니다'라고 히긴슨에게 말했다.

62. 예를 들면, 에밀리 브론테의 "Julian M. and A. G. Rochelle"이나 ('집은 고요하다. 모두가 누워 잠들어 있다') 「희망」과 ('희망이란 단지 소심한 친구, 그녀는 나의 삐걱거리는 소굴 밖에 앉아 있었다') 비교해보라. *The Complete Poems of Emily Jane Brontë*, ed. C. W. Hatfield (New York: Columbia University Press, 1941), 192쪽, 236쪽.

63. J 1445편을 보라. "죽음은 나긋나긋한 구혼자 / 마침내 이기는— / 그것은 은밀한 구애 / 처음에는 창백한 풍자로 / 그리고는 잘 안 보이게 접근하는"

64. 이 화자와 『실낙원』의 '죄' 사이의 유사성은 매우 현저하다. '죄'는 결국, 은유적인 운명(사탄)과 사실적인 운명(죽음)의 총아이며, 둘 다 사나운 아이들로 그녀에게 고통을 준다. 좀 더 엄밀하게 개인적인 의미에서 이 시가 담고 있는 짐은 디킨슨의 시 뭉치 짐이며, 그 짐은 그녀가 갖고 다녀야 할, 동여매어진 비밀이다. 마찬가지로 디킨슨이 논하고 있는 때가 아닌 죽음은, (그녀의 죽음 이전에) 비밀리에 쓰여지고 관 같은 옷장 서랍에 숨겨놓은 그녀가 쓴 시의 시기상조의 매장을 나타낸다. 이 주제를 다르게 다루고 있는 시를 보려면 J 1737편을 참고하라. '아내의 사랑을 재정리하라! [⋯] 나의 큰 비밀, 그러나 그것은 꽁꽁 동여매져 있어— / 결코 달아나지 못할 것이다.'

65. *Jane Eyre*, chapter 25.

66. J 997편('바스라지는 것은 한 순간의 행위가 아니다'), J 1356편('쥐는 간명한 세입자다') J 793편("슬픔은 생쥐다"), J 1275편('거미는 예술가다 / 한 번도 고용된 적이 없는— / [⋯] 천재의 방치된 아들 / 나는 너를 손으로 잡는다—').

67. De Beauvoir, *The Second Sex*, 144쪽. 여자를 거미 같은 베 짜는 사람으로 묘사하고 있는 시로는 Lucy Larcom, "Weaving"과 Kathleen Raine, "The Clue" in Louise Bernikow, ed., *The World Split Open*: 180쪽, 200쪽.

68. H. D.의 '자아로—부터—나온—자아, / 자아 없는, / 대단한—가격—의 —그 진주', *Trilogy* (New York: New Directions, 1973), 9쪽과 비교해보라.

69. Albert Gelpi, *Emily Dickinson: The Mind of the Poet*, 151쪽. 그/그녀의 내부에서 아름다움('빛의 대륙')을 자아내는 거미에 대한 디킨슨의 시각을 거미의 예술에 대한 스위프트의 혐오와 비교해보는 것은 유용하다. 스위프트는 거미의 예술은 곤충의 창자에서 자아내는 것이기 때문에 더럽다고 규정한다. 어떤 의미에서 디킨슨은 스위프트를, 적어도 스위프트의 전통을 수정하고 있다.

70. *Letters* 2, 424.

71. Gelpi, *Emily Dickinson*, 152쪽.

72. 같은 곳.

73. Webster's *New World Dictionary, College Edition* (Cleveland and New York: World Publishing Co., 1966).

74. 흥미롭게도 엘리자베스 배럿 브라우닝의 회상록에서, 그녀의 친구인 오길비 부인은 "그녀의 편지들은 데이지 줄기의 솜털보다 가느다란 필체로, (가끔은 아주 작은 봉투로 접혀 있는) 아주 작은 메모 종이에 쓰여 있어서, 이 모든 것은 마치 인형의 편지처럼 보였다"고 썼다. 게다가 버그 컬렉션에 있는 많은 배럿 브라우닝의 시는 아주 작은 노트에 적혀 있다. 많은 여성 예술가들은 반의식적으로 그들의 작업을 놀이처럼 보이게 하려고 애썼던 것처럼 보인다. ("Recollections of Mrs. Browning, by Mrs. David Ogilvy", in *Elizabeth Barrett Browning's Letters to Mrs. David Ogilvy*, 1849~1861 [New York: Quadrangle Books, 1973], xxxiii쪽.

75. Thomas Johnson, Introduction to *The Poems of Emily Dickinson*을 보라.

76. Miller, *The Poetry of Emily Dickinson*, chapter 10 "The Fascicles."

77. *Letters* 2: 408, 409, 415.

78. Adrienne Rich, "When We Dead Awaken", in *Diving into the Wreck* (New York: Norton, 1973), 5쪽.

79. *The Poetical Works of Elizabeth Barrett Browning*, 10쪽; *The Poetical Works of Christina G. Rossetti*, 1: 104~105.

80. Christina Rossetti, "Mother Country" in *Poetical Works*, 1: 116쪽; Sylvia Plath, "Fever 103", in *Ariel*, 55쪽. Terence Diggory's "Armored Women, Naked Men"은 한편으로 미국 시에 나타난 남성의 개방성(또는 "나체성"), 자기주장과 또 다른 편으로 여성의 회피성, 과묵성, 위장성을 구분하는 데 특히 도움이 된다.

81. *Letters* 2: 546.

다락방의 미친 여자

| 1판 1쇄 | 2022년 9월 7일 |
| 1판 3쇄 | 2022년 11월 1일 |

지은이	샌드라 길버트, 수전 구바
옮긴이	박오복
펴낸이	김정순
편집	허정은 허영수 김경원 오윤성 황도옥
디자인	김민영
마케팅	이보민 양혜림 정지수

펴낸곳	(주)북하우스 퍼블리셔스
출판등록	1997년 9월 23일 제406-2003-055호
주소	04043 서울시 마포구 양화로 12길 16-9(서교동 북앤빌딩)
전자우편	editor@bookhouse.co.kr
홈페이지	www.bookhouse.co.kr
전화번호	02-3144-3123
팩스	02-3144-3121

| ISBN | 979-11-6405-178-6 03800 |

샌드라 길버트(Sandra M. Gilbert, 1936~)는 미국의 영문학자이자 시인이다. 코넬대학과 뉴욕대학을 거쳐 컬럼비아대학에서 박사 학위를 받은 뒤 여러 대학에서 강의했고 이후 프린스턴대학 영문학 교수로 재직하며 일평생 페미니즘 이론 및 비평, 정신분석 연구에 천착했다. 미국 현대어문학회 회장을 역임했고, 전미도서상과 존차디상 등을 수상했다. 대표작으로 『주목 행위: D. H. 로런스의 시』 『제4세계에서』 『여름의 부엌』 『에밀리의 빵』 『여파』 등이 있다. 현재 캘리포니아 주립대학 데이비스 캠퍼스 명예교수로 있다.

수전 구바(Susan D. Gubar, 1944~)는 미국의 영문학자이자 작가다. 뉴욕 시립대학, 미시건대학을 거쳐 아이오와대학에서 박사 학위를 받았다. 1973년 인디애나대학에 영문학 교수로 임용된 뒤 2009년까지 재직했고 2011년 전미철학학회 회원으로 선출되었다. 대표작으로 『미성년자 이용 금지』 『영어의 안팎』(공저) 등이 있다. 현재 인디애나대학 명예교수로 있다.

샌드라 길버트와 수전 구바는 1973년 인디애나대학에서 처음 만나 영미 여성문학을 함께 가르쳤고, 공동 강의와 연구를 바탕으로 『다락방의 미친 여자』 『남자의 것이 아닌 땅』(3부작) 등을 함께 저술하는 한편, 『셰익스피어의 여동생』 『노턴 앤솔러지: 여성문학』 『여성의 상상력과 모더니즘 미학』 등을 편집하며 페미니즘 비평의 문을 열었다. 1986년 〈미즈〉 올해의 여성으로 선정되었고, 2013년 전미도서비평가협회 주관 평생공로상을 수상했다. 2021년에는 『다락방의 미친 여자』 출간 40여 년 만의 후속작 『스틸 매드』를 발표하면서 다시 한번 큰 화제를 불러일으켰다.

박오복 옮긴이
서강대학교 영어영문학과에서 에밀리 디킨슨 연구로 박사 학위를 받았다. 미국 캘리포니아 주립대학 데이비스 캠퍼스에서 연구교수로 재직하며 샌드라 길버트에게 수학했고, 귀국 후 순천대학교 영어교육과 교수로 재직했다. 『다락방의 미친 여자』 『참을 수 없는 몸의 무거움』 『19세기 영국 소설과 사회』 등을 옮겼으며, 「에밀리 디킨슨 시에 나타난 자아와 타자의 대립」 「탈식민주의 비평가의 윤리, 책임: 가야트리 스피박」 「에이드리언 리치의 위치의 정치학」 등의 논문을 발표했다.